WINKLER
WELTLITERATUR
DÜNNDRUCK
AUSGABE

CHARLES DICKENS

BLEAKHAUS

ROMAN

WINKLER VERLAG MÜNCHEN

Vollständige Ausgabe in der Übertragung
von Carl Kolb, durchgesehen von Anton Ritthaler,
mit den Illustrationen zur Erstausgabe
von H. K. Browne.

ISBN Leinen 3 538 05031 7   Leder 3 538 05531 9

VORREDE

Vor einiger Zeit hatte ein Kanzleirichter die Güte, in einer Gesellschaft von etwa hundertfünfzig Männern und Frauen, die nicht unter dem Verdacht litten, verrückt zu sein, zu versichern, daß das Kanzleigericht fast fleckenlos sei, obgleich es den Lieblingsgegenstand vielverbreiteter Vorurteile bilde; dabei schien er mir einen Seitenblick zuzuwerfen. Als unbedeutenden Mangel gab er die langsame Arbeitsweise zu, aber auch das werde übertrieben und sei lediglich der „Knauserei des Publikums" zuzuschreiben; dieses höchst strafbare Publikum hatte sich allem Anschein nach bis vor kurzem fest entschlossen gezeigt, keinesfalls die Zahl der Kanzleirichter zu vermehren, die, glaube ich, Richard II. – es kann aber ebensogut irgendein anderer König gewesen sein – festgesetzt hat.

Dies schien mir ein zu tiefgründiger Witz, um ihn in mein Buch aufzunehmen; sonst hätte ich ihn Konversations-Kenge oder Mr. Vholes zuweisen müssen, von denen er allenfalls herstammen könnte. In ihrem Mund hätte ich ihn recht passend mit einem Zitat aus Shakespeares Sonetten verbinden können:

> ... Ich werde
> Dem Stoffe gleich, in dem ich wirke,
> wie eines Färbers Hand;
> Beklag mich denn, und wünsche anders mich!

Aber da es heilsam ist, wenn das knauserige Publikum erfährt, was in dieser Hinsicht geschehen ist und noch geschieht, so erwähne ich hier, daß alles, was in diesem Buch vom Kanzleigericht erzählt wird, durchaus wahr und nicht übertrieben ist. Der Fall mit Gridley weicht in keinem wesentlichen Punkt ab von einem wirklichen Vorgang, den eine unbeteiligte Person, die das ganze ungeheure Unrecht vom Anfang bis zum Ende beruflich kennenlernte, veröffentlicht hat. Gegenwärtig liegt dem Gerichtshof ein Prozeß vor, der vor fast zwanzig Jahren begonnen hat, in dem einmal dreißig bis vierzig Anwälte bei einem Termine erschienen, dessen Kosten sich bis jetzt auf 70 000 Pfund belaufen, der ein pro-forma-Prozeß ist und der, wie man mir versichert, jetzt seinem Ende nicht näher ist als zu Beginn. Unentschieden ist auch noch ein anderer wohlbekannter Kanzleigerichtsprozeß, der vor dem Ende des letzten Jahrhunderts begonnen und bisher mehr als 140 000 Pfund verschlungen hat. Wenn ich noch mehr Belege für „Jarndyce gegen Jarndyce" nötig hätte, könnte ich diese Blätter damit füllen, um – das knauserige Publikum zu beschämen.

Nur über einen anderen Punkt habe ich noch eine Bemerkung zu machen. Man hat seit dem Tod Mr. Krooks die Möglichkeit der sogenannten Selbstverbrennung geleugnet; mein guter Freund Mr. Lewes, der irrtümlich, wie er bald fand, annahm, alle Autoritäten hätten die Sache aufgegeben, veröffentlichte, als der Vorfall verzeichnet wurde, einige geistreiche Briefe an mich, die zu beweisen suchten, daß Selbstverbrennung unmöglich sei. Ich brauche nicht zu bemerken, daß ich meine Leser nicht aus bösem Willen oder aus Nachlässigkeit irreführe und daß ich, ehe ich jenen Todesfall beschrieb, die Sache sorgfältig untersuchte. Man kennt ungefähr dreißig Fälle, deren berühmtesten, den der Gräfin Cornelia de Bandi Cesenate, ein Stiftsgeistlicher in Verona, Giuseppe Bianchini, auch sonst als Schriftsteller bekannt, genau untersucht und beschrieben hat. Er veröffentlichte darüber 1731 in Verona einen Bericht, den er später in Rom nochmals drucken ließ. Alle bei diesem Fall beobachteten Erscheinungen, die sich vernünftigerweise nicht bezweifeln lassen, sind dieselben wie bei Mr. Krook. Der nächstberühmte Fall kam sechs Jahre früher in Reims vor; über ihn hat Le Cat, einer der berühmtesten Chirurgen Frankreichs, berichtet. Das Opfer war eine Frau, deren Mann später fälschlich wegen ihrer Ermordung verurteilt wurde; aber er appellierte an eine höhere Instanz und wurde freigesprochen, da aus den Zeugenaussagen hervorging, daß sie an Selbstverbrennung gestorben war. Ich halte es nicht für nötig, diesen wohlbekannten Tatsachen und der allgemeinen Berufung auf solche Autoritäten die schriftlich niedergelegten Meinungen und Erfahrungen ausgezeichneter französischer, englischer und schottischer Mediziner aus neuerer Zeit hinzuzufügen, und begnüge mich mit der Bemerkung, daß ich die Tatsachen nicht eher bezweifeln werde, als bis eine einwandfreie Selbstverbrennung der Beweise stattgefunden hat, durch die Vorfälle im menschlichen Leben gewöhnlich erhärtet werden.

In *Bleakhouse* habe ich vorsätzlich die romantische Seite des alltäglichen Lebens hervorgehoben.

1. KAPITEL

Im Kanzleigericht

London. Der Michaelitermin ist vorüber, und der Lordkanzler sitzt in Lincoln's Inn Hall. Abscheuliches Novemberwetter. So viel Schmutz in den Straßen, als ob sich die Wasser der Sintflut eben erst von der Erde verlaufen hätten; es wäre gar nicht wunderbar, einem vierzig Fuß langen Megalosaurus zu begegnen, der wie eine elefantengroße Eidechse Holborn-hill hinaufwatschelt. Der Rauch der Schornsteine fällt in einem feinen, schwarzen Regen herab, gemischt mit Rußflocken, so groß wie eine ausgewachsene Schneeflocke, die – könnte man sich einbilden – um den Tod der Sonne Trauer angelegt hat. Hunde, vom Schmutz unerkennbar gemacht, Pferde, nicht viel besser, bis an die Scheuklappen mit Kot bespritzt, Fußgänger, die, von übler Laune verseucht, einander an die Regenschirme stoßen und an Straßenecken ausgleiten, wo seit Anbruch des Tages – wenn er überhaupt angebrochen ist – zehntausend Fußgänger ausgeglitten sind und dabei neue Schichten auf die Schmutzrinden gehäuft haben, die an diesen Stellen zäh am Pflaster kleben und sich hier wie Zins und Zinseszins anhäufen.

Nebel überall. Nebel stromaufwärts, wo der Strom zwischen Buschwerk und Auen fließt; Nebel stromabwärts, wo er sich schmutzig zwischen Reihen von Schiffen und dem Uferunrat einer großen – und schmutzigen – Stadt hindurchwälzt. Nebel auf den Sümpfen von Essex und Nebel auf den Höhen von Kent. Nebel kriecht in die Kajüten der Kohlenkähne; Nebel liegt draußen auf der Takelung und klimmt durch das Tauwerk großer Schiffe; Nebel senkt sich auf die Bollwerke von Barken und kleinen Booten. Nebel dringt in die Augen und Kehlen alter Greenwich-Invaliden, die am Kamin in ihrem Kämmerchen keuchen; Nebel legt sich in Rohr und Kopf der Nachmittagspfeife des grimmigen Kapitäns unten in seiner engen Kajüte;

und Nebel schleicht sich unbarmherzig an Finger und Zehen des fröstelnden, kleinen Schiffsjungen auf dem Verdeck. Vorübergehende schauen von der Brücke über das Geländer hinunter in einen Nebelhimmel und sind rings von Nebel umgeben, als ob sie in einem Luftballon in den grauen Wolken hingen.

Da und dort in den Straßen blinzeln trübäugige Gaslaternen durch den Nebel, so wie jetzt der Ackersmann und der Pflügerjunge von den durchweichten Feldern aus die Sonne sehen. Die meisten Läden haben zwei Stunden vor der Zeit Licht angezündet – was das Gas zu wissen scheint, denn es sieht schmal und mürrisch aus.

Der rauhe Nachmittag ist am rauhesten, der dicke Nebel am dicksten und die schmutzigen Straßen am schmutzigsten in der Nähe jenes bleiköpfigen Steins des Anstoßes, der eine passende Zier für die Schwelle einer bleiköpfigen, alten Körperschaft ist: Tempel Bar. Und dicht bei Tempel Bar, in Lincoln's Inn Hall, mitten im Herzen des Nebels, sitzt der Lord Oberkanzler in seinem hohen Kanzleigerichtshof.

Nie kann der Nebel zu dick, nie können Schmutz und Kot zu tief sein, um dem umnachteten und verschlammten Zustand zu entsprechen, in dem sich dieser hohe Kanzleigerichtshof, dieser schlimmste aller grauen Sünder, an einem solchen Tag dem Himmel und der Erde darstellt.

Mehr denn je muß an einem solchen Nachmittag der Lord Oberkanzler hier sitzen – wie er auch dasitzt – mit einer Nebelglorie um das Haupt, umhüllt und umhängt von Scharlachtuch und -vorhängen, und vor sich einen großen Anwalt mit starkem Backenbart, dünner Stimme und einem unendlich dicken Aktenbündel, der seine Blicke zur Lampe an der Decke richtet, wo er nichts sieht als Nebel. An einem solchen Nachmittag müssen ein paar Dutzend Mitglieder des hohen Kanzleigerichts verbohrt sein – wie sie es auch sind – in eines der zehntausend Stadien eines endlosen Prozesses, müssen sich mit schlüpfrigen Präzedenzfällen Schlingen legen, müssen knietief in technischen Spitzfindigkeiten waten, müssen mit ihren ziegen- und roßhaargeschützten Köpfen gegen Wälle von Worten rennen und mit ernsten Gesichtern eine Komödie der Gerechtigkeit aufführen. An einem solchen Nachmittage müssen die verschiedenen Anwälte, von denen zwei oder drei diese Rechtssache bereits von ihren dabei reich gewordenen Vätern ererbt haben, in einer Reihe stehen – und stehen sie nicht da? – dort unten in einem mit Strohmatten ausgelegten Brunnen – auf dessen Grunde man aber vergebens die Wahrheit suchen würde – zwischen dem roten Tisch des Registrators und den seidenen Talaren: Repliken, Dupliken, Tripliken, Interlokute, Einsprüche, Beschwerden, Gutachten, Eingaben an die Beisitzer, Berichte der Beisitzer, Berge kostspieligen Unsinns vor sich aufgehäuft. Wohl mag der Saal trübe sein, hier und da von verschwimmenden Lichtern erhellt; wohl mag der Nebel schwer darin hängen, als ob er nie wieder heraus könnte; wohl mögen die bunten Glasfenster ihre Farbe verlieren und kein Tageslicht hereinlassen; wohl mögen sich die Uneingeweihten von der Straße, die durch die Glasscheiben der Tür hereinlugen, vom Eintritt abschrecken lassen durch seinen lichtscheuen Anblick und durch das schläfrige Gesumm, das matt zur Decke hinauftönt von dem gepolsterten Baldachin her, wo der Lord Oberkanzler in die Lampe blickt, in der kein Licht ist, und wo die Perücken der Beisitzer in einer Nebelwolke verschwimmen! Aber das ist das Kanzleigericht, das seine verfallenden Häuser und seine wüsten Äcker in jeder Grafschaft, seine lebensmüden Wahnsinnigen in jedem Irrenhaus und seine Toten auf jedem Kirchhof hat; das seine ruinierten Prozessierenden besitzt, mit niedergetretenen Absätzen und abgeschabtem Rock, bei jedem Bekannten reihum borgend und bettelnd; das der Geldmacht reichliche Mittel gibt, das Recht müde zu hetzen; das Geld, Geduld, Mut und Hoffnung so erschöpft, den Kopf so verwirrt und das Herz so bricht, daß kein ehrenwerter Mann unter seinen Advokaten anstehen wird, warnend zu rufen: „Lieber jedes Unrecht leiden, als hierherkommen!"

Wer ist an diesem trüben Nachmittag außer dem Lordkanzler, dem Anwalt in der vorliegenden Sache, zwei oder drei Anwälten, die nie eine Sache haben, und dem vorhin erwähnten Brunnen voll Agenten sonst noch im Kanzleigericht? Der Registrator unten vor dem Richter in Perücke und Talar und die Pedelle oder Offizianten oder wie sie sonst heißen mögen in der vorgeschriebenen Tracht. Sie gähnen alle; denn kein Brosamen Unterhaltung fällt von der Sache Jarndyce gegen Jarndyce ab, die schon seit vielen, vielen Jahren bis zum letzten Tropfen ausgequetscht ist. Die Stenographen, die Berichterstatter des Gerichts und die Zeitungsleute entfliehen regelmäßig mit dem übrigen Personal, wenn Jarndyce gegen Jarndyce an die Reihe kommt. Ihre Plätze sind leer. Auf einer Bank an der Seitenwand steht, um besser in das vorhangverhangene Heiligtum spähen zu können, eine kleine, verrückte Frau in einem zerdrückten Hut, die jeder Sitzung von Anfang bis Ende beiwohnt und beständig irgendein unbegreifliches Urteil zu ihren Gunsten erwartet. Einige sagen, sie sei wirklich Partei in einer Rechtssache oder sei es gewesen; aber niemand weiß es gewiß, weil sich niemand darum kümmert. In ihrem Strickbeutel hat sie ein kleines Paket, das sie ihre Dokumente nennt; es besteht hauptsächlich aus Papierfidibussen und getrocknetem Lavendel. Ein blasser Gefangener unter Aufsicht eines Gerichtsdieners erscheint zum sechsten- oder siebentenmal vor den Schranken, um sich persönlich gegen die Anschuldigung des Unterschleifs zu verteidigen; freilich wird es ihm kaum je gelingen, denn er ist ein letztüberlebender Testamentsvollstrecker und ist mit Rechnungen in Verwirrung geraten, von denen nicht feststeht, ob er überhaupt etwas von ihnen gewußt hat. Unterdessen ist sein Lebensglück zugrunde gerichtet. Ein anderer zugrunde gerichteter Prozessierender trifft regelmäßig von Shropshire ein und macht am Ende jeder Sitzung krampfhafte Anstrengungen, den Kanzler anzureden; er läßt sich durchaus nicht überzeugen, daß der Kanzler rechtlich nichts von seinem Dasein weiß, obgleich er es ihm seit einem Vierteljahrhundert schwergemacht hat. Er hat sich einen guten Platz ausgesucht und wendet kein Auge vom Richter, bereit, in klagendem Baß „Mylord!" zu rufen, sobald er aufsteht. Ein paar Anwaltsschreiber und einige andere, die den Mann vom Sehen kennen, bleiben da in der Hoffnung, daß er vielleicht Anlaß zu einem Spaß gibt und das abscheuliche Wetter ein wenig erheitert.

Jarndyce gegen Jarndyce geht seinen schleppenden Gang. Dieses Prozeßungetüm ist im Lauf der Zeit so verwickelt geworden, daß kein Mensch mehr weiß, worum es geht. Die Parteien verstehen es am wenigsten; aber selbst zwei Kanzleigerichtsadvokaten können nicht fünf Minuten davon sprechen, ohne schon über die Vorfragen völlig uneinig zu werden. Zahllose Kinder sind in den Prozeß hineingeboren worden; zahllose junge Leute haben hineingeheiratet; zahllose alte Leute sind aus ihm herausgestorben. Dutzende von Personen sind zu ihrem Schrecken plötzlich Partei in Sachen Jarndyce gegen Jarndyce geworden, ohne zu wissen wie und warum; ganze Familien haben mit dem Prozeß Stammesfeindschaften geerbt. Der kleine Junge auf der Kläger- oder Beklagtenseite, dem ein neues Schaukelpferd versprochen war, wenn Jarndyce gegen Jarndyce entschieden sei, ist groß geworden, hat sich ein lebendiges Pferd gekauft und ist in die andere Welt getrabt! Jugendfrische Mündel des Gerichts sind zu Müttern erblüht und zu Großmüttern verwelkt; eine lange Prozession von Kanzlern ist gekommen und gegangen; das Verzeichnis der Prozeßbeteiligten ist zu einer langen Totenliste geworden; vielleicht leben nicht mehr drei Jarndyce auf der Erde, seit sich der alte Tom Jarndyce in einem Kaffeehaus in der Kanzleigerichtsgasse aus Verzweiflung eine Kugel durch den Kopf schoß; aber Jarndyce gegen Jarndyce schleppt sich immer noch in unendlicher Länge vor dem Gerichtshof hin ohne Aussicht auf ein Ende.

Jarndyce gegen Jarndyce ist zu einem Gegenstand des Scherzes geworden, und das ist das einzige Gute, das je davon gekommen ist. Vielen ist er der Tod gewesen, aber für die Juristen ist er ein Spaß. Jeder Beisitzer des Kanzleigerichts hat darüber zu berichten gehabt. Jeder Kanzler hat, als er noch Anwalt war, für die eine oder andere Seite plädiert. Blaunäsige, alte Advokaten mit dicken, plumpen Schuhen haben in auserlesenen Portwein-Sitzungen nach dem Essen in der Halle ihre Witze darüber gerissen. Juristische Lehrlinge haben ihren Scharfsinn daran geübt. Der letzte Lordkanzler verwendete ihn geschickt: als der berühmte Anwalt Mr. Blowers von irgendeiner Sache sagte, sie könne allenfalls geschehen, wenn es Kartoffeln vom Himmel regne, verbesserte er ihn: „oder wenn wir mit Jarndyce gegen Jarndyce fertig werden, Mr. Blowers"; – ein Scherz, der besonders den Pedellen und anderen untergeordneten Gerichtspersonen Spaß machte.

Wie viele am Prozeß Unbeteiligte die Sache Jarndyce gegen Jarndyce ausgesaugt und verderbt hat, ist schwer zu sagen. Von dem Beisitzer, auf dessen Aktenregal ganze Stöße bestäubter Erlasse in Sachen Jarndyce gegen Jarndyce in formlosen Haufen ruhen, bis hinab zu dem Schreiber im Büro, der Zehntausende von Kanzleifolioseiten mit dieser ewigen Überschrift kopiert hat, ist keines Menschen Herz dadurch besser geworden. Hinterlist, Ausflüchte, Verschleppung, Ausbeutung, Vorspiegelung falscher Tatsachen: das alles kann nie zum Guten führen. Selbst die Laufburschen der Anwälte, die seit unvordenklichen Zeiten die unglücklichen Prozeßgegner mit der Lüge getröstet haben, daß Mr. Chizzle, Mizzle oder sonstwer bis zu Tisch dringend beschäftigt und verabredet seien, haben vielleicht durch Jarndyce gegen Jarndyce einen krummen Weg mehr gehen gelernt. Der Konkursverwalter hat an der Sache ein schönes Stück Geld verdient, aber auch seiner eigenen Mutter mißtrauen und das ganze Menschengeschlecht verachten gelernt. Chizzle, Mizzle und wer sonst noch haben sich allmählich angewöhnt, ihr Gewissen mit dem unbestimmten Versprechen zu beruhigen, daß sie diese oder jene schwebende kleine Sache überlegen und sehen wollen, was für den schwer vernachlässigten Drizzle geschehen könne, wenn die Sache Jarndyce gegen Jarndyce ausgefochten sei. Hinausschieben und Vertuschen in all ihren mannigfaltigen Formen hat der unselige Rechtsfall veranlaßt; und selbst jene Menschen, die seine Geschichte unberührt von diesem Übel betrachtet haben, sind, ohne es zu merken, in Versuchung geraten, tatenlos das Schlechte seinen schlechten Weg gehen zu lassen und den skeptischen Glauben anzunehmen, daß die Welt krumm gehen müsse, weil sie leichtsinnigerweise nie dazu bestimmt sei, gerade zu gehen.

So sitzt inmitten des Schmutzes und im Herzen des Nebels der Lord Oberkanzler in seinem hohen Kanzleigerichtshof.

„Mr. Tangle", sagt der Lord Oberkanzler, den die Beredsamkeit des gelehrten Herrn jetzt etwas unruhig gemacht hat.

„Mylord?" sagt Mr. Tangle. Mr. Tangle weiß mehr von Jarndyce gegen Jarndyce als jeder andere Mensch. Er ist dafür berühmt und steht in dem Ruf, nichts anderes gelesen zu haben, seit er aus der Schule ist.

„Sind Sie mit Ihrer Darlegung bald fertig?"

„Mylord, nein – noch eine Menge Punkte – halte es jedoch für meine Pflicht, mich Eurer Herrlichkeit zu unterwerfen", gleitet als Antwort von Mr. Tangles Lippen.

„Mehrere der Herren Anwälte wollen heute noch plädieren, glaube ich?" sagt der Kanzler mit kaum merklichem Lächeln.

Achtzehn von Mr. Tangles gelehrten Freunden, jeder mit einem kleinen Aktenauszug von 1800 Bogen bewaffnet, tauchen empor wie achtzehn Hämmer in einem Klavier, machen achtzehn Verbeugungen und versinken wieder in die Dunkelheit ihrer achtzehn Plätze.

„Wir wollen die Sache Mittwoch über acht Tage weiterhören", sagt der Kanzler. Denn es handelt sich heute nur um einen Kostenpunkt, nur um eine Knospe an dem zu einem ganzen Wald gewordenen Baum des ursprünglichen Prozesses, und darüber wird es wirklich in nächster Zeit zu einer Entscheidung kommen.

Der Kanzler erhebt sich; der Gerichtshof erhebt sich; der Gefangene wird eilig an die Schranken gebracht; der Mann aus Shropshire ruft: „Mylord!" Pedelle und Gerichtsdiener gebieten entrüstet Stille und messen den Mann aus Shropshire mit erzürnten Blicken.

„Was das junge Mädchen betrifft", fährt der Kanzler, immer noch in Sachen Jarndyce gegen Jarndyce, fort –
„Bitte Eure Herrlichkeit um Verzeihung – den Knaben", unterbricht ihn Mr. Tangle voreilig.
„Was das junge Mädchen und den Knaben betrifft", beginnt der Kanzler mit größerem Nachdruck von neuem, „die beiden jungen Leute –"
(Mr. Tangle ist vernichtet.)
„– die ich heute vor Gericht bestellt habe und die sich jetzt in meinem Zimmer befinden, so werde ich selbst mit ihnen sprechen und mich überzeugen, ob es angemessen ist, ihnen die Erlaubnis zu erteilen, bei ihrem Onkel zu wohnen."
Mr. Tangle erhebt sich abermals.
„Ich bitte Eure Herrlichkeit um Verzeihung – er ist tot."
„Bei ihrem" – der Kanzler schaut durch seine Brille in das Papier auf seinem Pult – „Großvater."
„Bitte Eure Herrlichkeit um Verzeihung – Opfer einer Übereilung – gehirnkrank."
Plötzlich erhebt sich ein sehr kleiner Advokat in den entlegeneren Strichen des Nebels und sagt mit schrecklicher Baßstimme voll Wichtigkeit: „Will Eure Herrlichkeit mir erlauben? Ich vertrete diese Person. Es ist ein entfernter Vetter. Ich bin im Augenblick nicht vorbereitet, dem Gerichtshof Auskunft zu geben, in welchem Grad er vervettert ist, aber er ist ein Vetter."
Der kleine Advokat läßt diese Rede, die er gleichsam mit Grabesstimme gesprochen, am Gebälk der Decke verklingen, versinkt wieder und ist sofort vom Nebel verschluckt. Alle suchen ihn mit den Augen. Niemand kann ihn sehen.
„Ich will mit den beiden jungen Leuten sprechen", sagt der Kanzler abermals, „und mir über das Wohnen bei ihrem Vetter Auskunft verschaffen. Ich werde die Sache morgen früh bei Eröffnung der Sitzung wieder erwähnen."
Der Kanzler will sich gegen den Gerichtshof verneigen, als der Gefangene vorgeführt wird. Aus dem Knäuel, in den er verstrickt ist, kann sich nichts ergeben, als daß er wieder ins Gefängnis geschickt wird, was auch sehr rasch geschieht. Der Mann aus Shropshire wagt noch ein beschwörendes „Mylord!", aber der Kanzler hat die Gefahr vorher entdeckt und ist geschickt verschwunden. Alle übrigen verschwinden ebenfalls rasch. Eine Batterie blauer Beutel wird mit schweren Ladungen von Papier vollgestopft und von Schreibern fortgeschleppt; die verrückte Alte trippelt mit ihren Dokumenten fort; das leere Gericht

wird geschlossen. Wenn alle Ungerechtigkeit, die es begangen, und alles Elend, das es verursacht hat, miteingeschlossen und das Ganze auf einem großen Scheiterhaufen verbrannt werden könnte – wieviel besser wäre es für andere Parteien als die in Sachen Jarndyce gegen Jarndyce!

2. KAPITEL

In der großen Welt

Nur einen flüchtigen Blick gedenken wir an diesem schmutzigen Nachmittag in die feine Welt zu tun. Sie ist dem Kanzleigerichtshof nicht so unähnlich, daß wir nicht ohne weiteres auf sie übergehen könnten. Die feine Welt und das Kanzleigericht sind beides Dinge des Brauchs und Herkommens, träumende Rip van Winkles, die während langer Gewitter seltsame Spiele gespielt haben, schlafende Dornröschen, die der Prinz eines Tages erwecken wird, so daß sich alle stillstehenden Bratspieße in der Küche wunderbar emsig zu drehen beginnen!

Die feine Welt ist keine sehr ausgedehnte Welt. Selbst im Verhältnis zur unsrigen, die auch ihre Grenzen hat – wie Eure Hoheit finden werden, wenn Sie rund um sie herumgereist sind und an dem Rand stehen, wo sie aufhört –, ist sie ein winziges Fleckchen. Es ist viel Gutes darin; es leben viele gute, ehrliche Leute in ihr; sie hat ihren bestimmten Platz. Aber das Schlimme an ihr ist, daß sie zu sehr in feine Baumwolle eingewickelt ist und das Brausen der größeren Welten nicht hören und nicht sehen kann, wie sie um die Sonne kreisen. Es ist eine Welt, in der alles gedämpft ist, und ihr Wachstum wird manchmal aus Luftmangel ungesund.

Mylady Dedlock ist auf einige Tage in ihre Stadtwohnung zurückgekehrt, ehe sie nach Paris reist, wo sich die gnädige Frau einige Wochen aufhalten wird; wohin sie sich dann zu begeben gedenkt, ist noch ungewiß. Die Nachrichten aus der Modewelt verkünden es zum Trost der Pariser, und sie wissen alles, was in der feinen Welt geschieht. Etwas aus anderer Quelle zu wissen, verstieße gegen die Sitten der großen Welt.

Mylady Dedlock kommt von daher, was sie familiär ihre „Bleibe" in Lincolnshire nennt. In Lincolnshire sind die Flüsse über die Ufer getreten. Ein Bogen der Brücke im Park ist vom Wasser unterwühlt worden und eingestürzt. Die angrenzende Niederung, eine halbe Meile breit, ist ein stehender Fluß mit trauernden Bäumen als Inseln darin und einer Oberfläche, die den ganzen Tag über von fallendem Regen punktiert wird. Mylady Dedlocks Landsitz ist sehr ungemütlich geworden. Seit vielen Tagen und Nächten ist es so feucht gewesen, daß die Bäume bis auf den Kern durchweicht scheinen und die nassen Späne, die des Holzhauers Axt abhaut, ohne Knacken und Prasseln zu Boden fallen. Das durchnäßte Wild läßt Pfützen zurück, wohin es tritt. Der Schuß aus der Büchse verliert in der feuchten Luft seinen scharfen Knall, und der Rauch schwebt langsam in einer kleinen Wolke der grünen, buschgekrönten Höhe zu, die den Hintergrund des fallenden Regens bildet. Die Aussicht aus Myladys Fenstern ist abwechselnd eine Landschaft in Bleistiftzeichnung und eine in Tusche. Die Vasen auf der Terrassenmauer im Vordergrund fangen tagsüber den Regen auf, und des Nachts fallen die schweren Tropfen eintönig auf die breiten Sandsteinplatten des Ganges, der von alters her der Geisterweg heißt. Sonntags ist die kleine Kirche im Park von feuchtem Moder erfüllt; die eichene Kanzel bricht in kalten Schweiß aus, und überall herrscht ein Geruch wie aus der Gruft der alten Dedlocks. Wenn Mylady Dedlock, die kinderlos ist, im Morgenzwielicht aus ihrem Boudoir einen Blick auf des Parkwächters Häuschen warf und den Schein eines Feuers durch die Fensterläden schimmern, Rauch aus dem Schornstein aufsteigen sah und beobachtete, wie ein Kind, von einer Frau verfolgt, in den Regen hinauslief einem dick eingemummten Mann entgegen, der zum Tor hereinkam, war es um ihre gute Laune geschehen. Mylady Dedlock sagt, sie habe sich tödlich gelangweilt.

Deshalb hat Mylady Dedlock von ihrem Landsitz in Lincolnshire Abschied genommen und hat ihn dem Regen, den Krähen, den Kaninchen, dem Rotwild, den Rebhühnern und Fasanen überlassen. Die Bilder der Dedlocks vergangener Tage schienen aus reiner Niedergeschlagenheit in die feuchten Wände zu verschwinden, als die Haushälterin durch die alten Gemächer ging und die Läden schloß, und wann sie wieder zum Vorschein kommen werden, kann der Berichterstatter der Modewelt, der gleich dem bösen Feind allwissend für Vergangenheit und Gegenwart, aber nicht für die Zukunft ist, jetzt noch nicht sagen.

Sir Leicester Dedlock ist nur ein Baronet, aber es gibt keinen bedeutenderen Baronet als ihn. Seine Familie ist so alt wie die Berge und unendlich vornehmer. Er meint im allgemeinen, daß die Welt ohne Berge bestehen könnte, aber ohne Dedlocks zugrunde ginge. Er gibt zu, daß die Natur eine gute Idee ist – vielleicht ein wenig gemein, wenn sie nicht von einem Parkgitter umschlossen ist –, aber eine Idee, die in ihrer Ausführung ganz von den großen Familien der Grafschaft abhängt. Er ist ein Gentleman von strengster Gewissenhaftigkeit, verabscheut alle Kleinlichkeit und Niedrigkeit und ist bereit, in kürzester Frist eher jeden beliebigen Tod zu sterben, als den geringsten Flecken auf seiner Ehre zu dulden. Er ist ein ehrenwerter, eigensinniger, gerader, stolzer Mann voll krasser Vorurteile und vollkommen unvernünftig.

Sir Leicester ist volle zwanzig Jahre älter als Mylady. Fünfundsechzig hat er hinter sich, vielleicht auch sechsundsechzig und siebenundsechzig. Er hat manchmal einen Gichtanfall und geht ein wenig steif. Er ist mit seinem lichtgrauen Haar und Backenbart, dem feinen Spitzenhemd, der reinen, weißen Weste und dem immer zugeknöpften blauen Frack mit glänzenden Knöpfen eine ansehnliche Erscheinung. Er ist zeremoniös und feierlich, zu allen Zeiten ausnehmend höflich gegen die gnädige Frau und zollt ihren persönlichen Reizen höchste Verehrung. Seine Galanterie gegen sie, die sich seit dem Brautstand nie verändert hat, ist der einzige kleine Schuß Romantik und Poesie an ihm.

Er hat sie aus Liebe geheiratet. Man flüstert sich sogar zu, daß sie nicht einmal von Familie sei, aber Sir Leicester war so sehr von Familie, daß er vielleicht daran genug hatte und auf Zuwachs verzichten konnte. Aber sie besaß Schönheit, Stolz, Ehrgeiz, Anmaßung und Verstand genug, um damit eine ganze Legion vornehmer Damen auszustatten. Reichtum und Rang, mit diesen Gaben vereint, brachten sie bald in die Höhe, und seit Jahren steht jetzt Mylady Dedlock im Mittelpunkt der feinen Welt und auf der Spitze des Baumes Mode.

Daß Alexander weinte, als er keine Welten mehr zu erobern hatte, weiß jeder – oder sollte es wenigstens wissen, denn der Umstand ist ziemlich häufig erwähnt worden. Als Mylady Dedlock ihre Welt erobert hatte, sank die Temperatur ihres Gemüts nicht auf den Tau-, sondern eher auf den Gefrierpunkt. Erschöpfte Gefaßtheit, Ruhe der Übersättigung, matter Gleichmut, der sich weder durch Verlangen noch durch Befriedigung stören läßt, sind die Trophäen ihres Sieges. Sie ist vollkommen wohlerzogen. Könnte sie morgen in den Himmel versetzt

werden, sie schwebte sicherlich ohne die mindeste Verzückung empor.

Sie ist immer noch schön, und wenn auch nicht mehr in ihrer Blüte, so doch noch nicht in ihrem Herbst. Dem ursprünglichen Charakter nach ist ihr Gesicht eher sehr hübsch als schön, aber der angelernte Ausdruck der vollendeten Weltdame verleiht ihm klassische Würde. Ihre Gestalt ist elegant und erscheint groß und schlank. Nicht daß sie es wirklich wäre, aber sie hat „in jeder Hinsicht das Beste aus sich gemacht", wie der ehrenwerte Bob Stables wiederholt eidlich versichert hat. Derselbe Gewährsmann bemerkt, daß sie „vollkommen im Geschirr sei", und sagt lobend von ihrem Haar, sie sei die „bestgestriegelte Frau im ganzen Gestüt".

Mit all ihren Reizen ist Mylady Dedlock von ihrem Landsitz in Lincolnshire eingetroffen, eifrig von der Berichterstattung der Modewelt verfolgt, um einige Tage in ihrer Stadtwohnung zu verweilen, bevor sie nach Paris reist, wo sie einige Wochen zu bleiben gedenkt; ihre weiteren Absichten sind noch ungewiß. Und in ihrer Stadtwohnung stellt sich an diesem trüben, schmutzigen Nachmittag ein altmodischer, alter Herr ein, Rechtsberater und außerordentlicher Anwalt beim hohen Kanzleigericht, der die Ehre hat, Rechtsbeistand der Dedlocks zu sein, und so viele eiserne Kästen mit diesem Namen darauf in seiner Kanzlei aufweisen kann, als ob der gegenwärtige Baronet wie das Geldstück eines Taschenspielers beständig durch die ganze Reihe hindurchgezaubert würde. Ein Diener mit gepudertem Kopf führt den alten Herrn durch die Vorhalle, die Treppe hinauf, die Korridore entlang und durch die Zimmer, die in der Saison sehr glänzen, zwischendurch aber recht unwirtlich sind – ein Feenland für die Besucher, eine Wüste für den Bewohner –, zu der gnädigen Frau.

Der alte Herr sieht abgeschabt und verrostet aus, steht aber in dem Ruf, durch Heiratskontrakte und Testamente der Aristokratie viel Geld erworben zu haben und sehr reich zu sein. Ihn umgibt ein undurchdringlicher Nebel von Familiengeheimnissen, als deren stummen Hüter man ihn kennt. Es gibt adelige Mausoleen, die seit Jahrhunderten in abgelegenen Parkalleen unter uralten Bäumen und wucherndem Farnkraut stehen und doch vielleicht weniger Familiengeheimnisse bewahren, als, verschlossen in Mr. Tulkinghorns Brust, unter den Menschen umherwandeln. Er gehört der alten Schule an, worunter man meist eine Schule versteht, die nie jung gewesen zu sein scheint, und trägt kurze Hosen, die mit Bändern an den Knien geschlossen sind, und Gamaschen oder Strümpfe. Eine Eigentümlichkeit seiner schwarzen Kleider und Strümpfe, seien sie nun aus Seide oder Wolle, ist, daß sie nie glänzen. Stumm, verschlossen, kein Spiegel zudringlichen Lichts, ist sein Anzug wie er selbst. Er unterhält sich nie, wenn man ihn nicht beruflich zu Rate zieht. Man findet ihn zuweilen stumm, aber ganz zu Hause, an einer Ecke der Gasttafel in vornehmen Landsitzen oder nicht weit von der Türe jener Salons, von denen die „Nachrichten aus der Modewelt" viel zu reden haben: dort kennt ihn jedermann, und die halbe Aristokratie bleibt bei ihm stehen mit den Worten: „Wie geht's Ihnen, Mr. Tulkinghorn?" Er empfängt diese Begrüßung würdevoll und begräbt sie neben allem, was er sonst weiß.

Sir Leicester Dedlock ist bei Mylady und schätzt sich glücklich, Mr. Tulkinghorn zu sehen. Der Mann hat ein verjährtes Aussehen, das Sir Leicester immer angenehm ist: er nimmt es als eine Art Tribut an. Er findet auch an Mr. Tulkinghorns Anzug Gefallen, denn auch darin liegt etwas wie Huldigung, da er sehr respektabel ist und doch an die untergeordnete Stellung des Trägers erinnert: er ist gleichsam die Livree des Verwalters der Rechtsmysterien oder des juristischen Kellermeisters der Dedlocks.

Betrachtet sich Mr. Tulkinghorn auch selbst so? Es kann sein oder kann auch nicht sein; aber ein merkwürdiger Umstand ist bei allem zu beachten, was mit Mylady Dedlock als Mitglied ihrer Schicht, als Führerin und Verkörperung ihrer kleinen Welt in Berührung kommt. Sie hält sich für ein unerforschliches Wesen, außerhalb des Gesichtskreises gewöhnlicher Sterblicher, und sieht sich auch so in dem Spiegel, in dem sie auch wirklich so ausschaut. Doch kennt jeder kleine, schwache Stern, der um sie kreist, von ihrer Kammerzofe bis zum Direktor der Italienischen Oper, ihre Schwächen, Vorurteile, Torheiten und Launen und richtet sein Benehmen nach einer so genauen Berechnung und richtigen Einschätzung ihres Charakters, wie sie die Schneiderin kaum von ihrem Körper besitzt. Ist eine neue Tracht oder Sitte, ein neuer Sänger oder Tänzer, ein neuer Schmuck, ein neuer Zwerg oder Riese, eine neue Kapelle oder sonst etwas Neues in Mode zu bringen? Es gibt unterwürfige Leute in einem Dutzend Gewerbe, hinter denen Mylady Dedlock nichts vermutet als Ehrfurcht vor ihr, und die euch doch sagen können, daß sie wie ein Kind zu leiten ist; die ihr ganzes Leben lang an nichts denken, als sie zu hätscheln; die sich stellen, als ob sie ihr demütig und gehorsam folgten, und doch sie und ihren ganzen

Kreis hinter sich herziehen; die in ihrer Person die ganze Schar angeln und entführen, wie Lemuel Gulliver die stattliche Flotte des Reiches Liliput entführte. „Wenn Sie sich an unsere Leute wenden wollen, Sir", sagen die Juweliere Blase und Sparkle – damit meinen sie Lady Dedlock und die übrigen –, „so dürfen Sie nicht vergessen, daß Sie es nicht mit dem großen Publikum zu tun haben; Sie müssen unsere Leute an ihrer schwächsten Stelle packen, und ihre schwächste Stelle ist eben diese." – „Um diesen Artikel abzusetzen, meine Herren", sagen die Schnittwarenhändler Sheen und Gloß zu ihren Freunden, den Fabrikanten, „müssen Sie zu uns kommen, weil wir die oberen Zehntausend zu fassen wissen und ihn dort in Mode bringen können." – „Wenn Sie diesen Kupferstich auf die Tische meiner hochgestellten Kunden bringen wollen, Sir", sagt der Buchhändler Mr. Sladdery, „oder wenn Sie diesen Zwerg oder Riesen in die Häuser meiner hohen Kunden eingeführt sehen möchten, oder wenn Sie für diese Unternehmung die Unterstützung meiner hohen Kunden brauchen, so müssen Sie das mir überlassen; denn ich habe mich gewöhnt, die Tonangebenden unter meiner hohen Kundschaft zu studieren, Sir; und ich kann Ihnen ohne Eitelkeit sagen, daß ich sie um den Finger wickeln kann" – womit Mr. Sladdery, der ein ehrlicher Mann ist, durchaus nicht übertreibt.

Während daher Mr. Tulkinghorn nicht zu wissen scheint, was gegenwärtig in Lady Dedlocks Seele vorgeht, ist es doch sehr möglich, daß er es weiß.

„Ist Myladys Sache wieder vor dem Kanzler verhandelt worden, Mr. Tulkinghorn?" fragt Sir Leicester und gibt ihm die Hand.

„Ja! Sie kam heute zur Verhandlung", entgegnet Mr. Tulkinghorn mit einer seiner stillen Verbeugungen gegen Mylady, die auf einem Sofa am Feuer sitzt und das Gesicht mit einem Schirm schützt.

„Es wäre nutzlos zu fragen, ob etwas geschehen ist", sagt Mylady, noch immer bedrückt von der trüben Stimmung, die ihr der Landsitz in Lincolnshire verursacht hat.

„Es ist nichts geschehen, was Sie etwas nennen würden", entgegnet Mr. Tulkinghorn.

„Und es wird nie etwas geschehen", sagt Mylady.

Sir Leicester hat gegen einen endlosen Kanzleigerichtsprozeß nichts einzuwenden. Es ist eine langsame, kostspielige, echt britische, konstitutionelle Sache. Allerdings handelt es sich für ihn in dem fraglichen Prozeß nicht um Sein oder Nichtsein, sondern bloß um die Mitgift seiner Frau, und er hat ein dunkles Gefühl, daß es für seinen Namen – den Namen Dedlock – ein höchst lächerlicher Zufall ist, in einer Rechtssache vorzukommen, die nicht nach ihm benannt ist. Aber er betrachtet das Kanzleigericht, selbst wenn es eine gelegentliche Verzögerung der Gerechtigkeit und einige Verwirrung mit sich bringen sollte, als ein Ding, das zusammen mit mannigfachen anderen Dingen von einer übermenschlichen Weisheit zur ewigen Ordnung (im irdischen Sinn) alles Bestehenden ersonnen wurde. Und er ist im ganzen der Überzeugung, daß er, wenn er einer Beschwerde darüber seine Zustimmung gäbe, irgendein Individuum der unteren Klassen zum Aufstand ermuntern würde – wie Wat Tyler.

„Da einige neue, schriftliche Aussagen zu den Akten gekommen sind", sagt Mr. Tulkinghorn, „und da sie kurz sind und da ich nach dem beschwerlichen Prinzip verfahre, meine Klienten um Erlaubnis zu bitten, ihnen alle neuen Schritte in ihrer Rechtssache vorzulegen –" Mr. Tulkinghorn ist ein vorsichtiger Mann, der nicht mehr Verantwortung übernimmt, als nötig ist, „– und da Sie außerdem nach Paris reisen, so habe ich sie mitgebracht."

(Sir Leicester ging, beiläufig gesagt, ebenfalls nach Paris, aber der Glanzpunkt der Modewelt war seine Frau.)

Mr. Tulkinghorn zieht seine Papiere aus der Tasche, bittet um Erlaubnis, sie auf ein goldenes Schmuckstück von Tischchen neben Mylady zu legen, setzt die Brille auf und fängt an, beim Schein einer Schirmlampe zu lesen.

„Im Kanzleigericht. Zwischen John Jarndyce –"

Die gnädige Frau unterbricht ihn mit der Bitte, von dem Formengreuel soviel wie möglich wegzulassen.

Mr. Tulkinghorn blickt über die Brille und fängt weiter unten von neuem an. Mylady findet es nicht der Mühe wert, ihm ihre Aufmerksamkeit zu schenken. Sir Leicester in seinem Lehnstuhl blickt ins Feuer und scheint an den juristischen Wiederholungen und Weitschweifigkeiten, die zu den nationalen Bollwerken gehören, viel Gefallen zu finden. Zufällig ist die Hitze dort, wo Mylady sitzt, groß, und ihr Schirm ist mehr schön als nützlich, denn er ist unbezahlbar, aber klein. Sie setzt sich daher anders, erblickt dabei die Papiere auf dem Tisch, besieht sie näher, besieht sie noch näher – und fragt lebhaft: „Wer hat das kopiert?"

Mr. Tulkinghorn unterbricht sich, verwundert über den Eifer der Dame und ihren ungewöhnlichen Ton.

„Ist das eine Kanzlistenhand?" fragt sie, blickt ihn wieder in ihrer teilnahmslosen Weise an und spielt mit dem Schirm.

„Nicht ganz. Offenbar –" Mr. Tulkinghorn besieht sie, während er spricht, „hat sie den Kanzleicharakter erst angenommen, als die eigenen Schriftzüge schon ausgebildet waren. Warum fragen Sie?"

„Um Abwechslung in diese abscheuliche Einförmigkeit zu bringen. Bitte, fahren Sie fort!" Mr. Tulkinghorn liest weiter. Die Hitze wird größer, Mylady schützt das Gesicht mit dem Schirm. Sir Leicester fällt in Halbschlummer, fährt plötzlich auf und fragt: „Bitte? Was sagten Sie?"

„Ich fürchte", sagt Mr. Tulkinghorn, der hastig aufgestanden ist, „Lady Dedlock ist unwohl."

„Mir ist nur schwach", lispelt Mylady mit weißen Lippen, „sonst nichts; aber es ist wie Todesschwäche. Sprechen Sie nicht mit mir. Klingeln Sie und lassen Sie mich in mein Zimmer bringen!"

Mr. Tulkinghorn zieht sich in ein anderes Zimmer zurück; Klingeln ertönen, Tritte kommen und gehen, dann herrscht Stille. Endlich bittet der gepuderte Diener Mr. Tulkinghorn, wieder ins Zimmer zu kommen.

„Es geht jetzt besser", sagt Leicester und winkt dem Anwalt, Platz zu nehmen und ihm allein vorzulesen. „Ich bin wirklich erschrocken! Ich kann mich nicht entsinnen, daß Mylady je ohnmächtig geworden wäre. Aber das Wetter ist abscheulich – und sie hat sich auf unserem Gut in Lincolnshire wirklich tödlich gelangweilt."

3. KAPITEL

Werden und Wachsen

Es fällt mir sehr schwer, den Anfang zu finden, um meinen Teil der Geschichte zu schreiben, denn ich weiß, daß ich nicht geistreich bin. Ich habe das immer gewußt. Schon als ganz kleines Mädchen pflegte ich zu meiner Puppe zu sagen, wenn wir allein waren: „Püppchen, ich bin nicht so klug wie die anderen, weißt du, und du mußt mit mir Geduld haben, liebes Herz!" Und so saß sie, in einen großen Armstuhl gelehnt, mit dem prächtigen Gesicht und den knallroten Lippen und starrte auf mich – oder eigentlich mehr ins Leere –, während ich emsig nähte und ihr alle meine kleinen Geheimnisse erzählte.

Meine liebe, alte Puppe! Ich war als Kind so scheu, daß ich selten den Mund auftat und niemandem sonst mein Herz auszuschütten wagte. Ich muß fast weinen, wenn ich daran denke, welch ein Trost es für mich war, wenn ich aus der Schule nach Hause kam, in meine Kammer hinaufzulaufen und zu sagen: „Ach, meine liebe, gute Puppe, ich wußte, daß du mich erwartest!" Und dann setzte ich mich auf die Dielen, stützte den Ellbogen auf ihren Armstuhl und erzählte ihr alles, was ich beobachtet hatte, seit wir uns nicht gesehen hatten. Ich fand immer etwas zu beobachten, aber ich faßte nicht rasch auf – durchaus nicht! –, sondern beobachtete still, was vor meinen Augen geschah, und dachte mir, wie gern ich es besser verstünde. Ich bin keineswegs von lebhaftem Verstand. Wenn ich jemanden recht gern habe, scheint er zu wachsen; aber das ist vielleicht auch nur eine eitle Einbildung.

Soweit ich mich zurückerinnern kann, erzog mich, wie eine der Prinzessinnen im Märchen, nur daß ich nicht so schön war, meine Patin. Wenigstens kannte ich sie nur unter dieser Benennung. Sie war eine gute, gute Frau. Dreimal ging sie jeden Sonntag in die Kirche, mittwochs und freitags zum Frühgebet, und in die Predigt, sooft eine gehalten wurde; sie hat keine versäumt. Sie hatte ein schönes Gesicht; und wenn sie nur einmal gelächelt hätte, hätte sie wie ein Engel ausgesehen – so dachte ich damals –, aber sie lächelte nie. Sie war immer ernst und streng. Sie war selber so sehr gut, dachte ich mir, daß ihr die Schlechtigkeit anderer Leute das ganze Leben verfinsterte. Ich kam mir so ganz anders vor als sie, selbst wenn ich den Unterschied zwischen einem Kind und einer erwachsenen Frau noch so sehr in Betracht zog. Ich fühlte mich so armselig, so unbedeutend und so weit von ihr entfernt, daß ich ihr nie vertrauen, ja daß ich sie nie so lieben konnte, wie ich gewünscht hätte. Viel Kummer machte mir der Gedanke, wie gut sie und wie unwürdig ich ihrer sei. Inbrünstig hoffte ich, mein Herz möge besser werden, und oft sprach ich darüber mit meiner lieben Puppe; aber ich liebte meine Patin nie so, wie ich sie hätte lieben sollen und wie ich sie hätte lieben müssen, wenn ich ein besseres Mädchen gewesen wäre.

Dieser Selbstvorwurf, glaube ich sagen zu dürfen, machte mich schüchterner und stiller, als ich von Natur aus war, und meine Puppe war die einzige Freundin, mit der ich gemütlich verkehren konnte. Als ich noch ganz klein war, geschah aber noch etwas, das mich in dieser Richtung bestärkte.

Ich hatte nie von meiner Mutter sprechen hören. Auch von meinem Vater nicht, aber an meiner Mutter lag mir mehr. Ich konnte mich nicht entsinnen, je ein schwarzes Kleid getragen zu haben. Man hatte mir nie meiner Mutter Grab gezeigt. Man hatte mir nie gesagt, wo es sei. Aber man hatte mich auch nie für eine Verwandte außer meiner Patin beten gelehrt. Mehr als einmal hatte ich diesen Gegenstand meines Nachdenkens vor Mrs. Rachael erwähnt, unserer einzigen Dienerin, die mein Licht fortnahm, wenn ich im Bett lag – auch sie war eine gute Frau, aber streng gegen mich –, aber sie sagte nur: „Esther, gute Nacht!" ging fort und ließ mich allein.

Obgleich sich in der nahen Schule, wo ich Unterricht erhielt, sieben Mädchen befanden und obgleich sie mich die kleine Esther Summerson nannten, war ich doch bei keiner im Haus gewesen. Alle waren wesentlich älter als ich, aber außer diesem Altersunterschied und dem Umstand, daß sie viel klüger waren und viel mehr wußten als ich, schien noch eine andere Scheidewand zwischen uns zu bestehen. Eine von ihnen, das weiß ich noch sehr gut, lud mich in der ersten Woche meines Schulbesuchs zu meiner großen Freude zu einem kleinen Fest bei ihr zu Hause ein. Aber meine Patin schrieb einen steifen Absagebrief, und ich durfte nicht gehen. Ich war nie irgendwo zu Besuch.

Mein Geburtstag war wieder da. Die Geburtstage der anderen waren Feiertage in der Schule, der meinige nicht. Bei anderen Geburtstagen fanden Festlichkeiten zu Hause statt, wie ich die Mädchen einander erzählen hörte, beim meinigen nicht. Mein Geburtstag war zu Hause der trübste Tag im Jahr.

Ich erwähnte schon, daß, wenn mich meine Eitelkeit nicht täuscht – was wohl sein kann, denn ich könnte sehr eitel sein, ohne es zu ahnen –, durch Zuneigung meine Auffassungsgabe belebt wird. Ich habe ein sehr liebebedürftiges Gemüt; und vielleicht würde ich eine solche Wunde, wenn man sie mehr als einmal empfangen könnte, heute noch ebenso tief fühlen wie an jenem Geburtstag.

Das Mittagessen war vorüber, und meine Patin und ich saßen am Tisch vor dem Feuer. Die Uhr tickte, und das Feuer knisterte; sonst war im Zimmer und im Haus kein Laut zu hören, ich weiß nicht, wie lang. Ich schaute zufällig schüchtern von meiner Näherei auf über den Tisch und sah, wie mich meine Patin trübe musterte, als wollte sie sagen: „Es wäre viel besser, kleine Esther, wenn du keinen Geburtstag hättest, wenn du gar nicht geboren wärst!"

Ich fing an zu weinen und zu schluchzen und sagte: „Ach, liebe Patin, sag mir, bitte, sag mir, starb Mama an meinem Geburtstag?"

„Nein", gab sie zurück; „frag mich nicht weiter, Kind!"

„Bitte, sag mir etwas von ihr; ich bitte dich, liebe Patin, tu's jetzt endlich! Was hab ich ihr getan? Wie hab ich sie verloren? Warum bin ich so verschieden von anderen Kindern, und warum bin ich schuld daran, liebe Patin? Nein, nein, nein, geh nicht fort. O, sag es mir!"

Mich packte eine Angst, die über meinen gewöhnlichen Kummer hinausging. Ich hielt sie am Kleid fest und kniete vor ihr. Bis dahin hatte sie immer gesagt: „Laß mich gehen!" Aber jetzt blieb sie stehen.

Ihr verfinstertes Gesicht hatte solche Gewalt über mich, daß ich mich in meinem stürmischen Beginnen unterbrach. Ich wollte mit meiner zitternden kleinen Hand die ihrige fassen, um sie mit aller Innigkeit um Verzeihung zu bitten, zog sie aber wieder zurück, als sie mich anblickte, und drückte sie auf mein klopfendes Herz. Sie hob mich auf, setzte sich in ihren Stuhl, stellte mich vor sich hin und sprach langsam, in kaltem, gedämpftem Ton – ich sehe noch ihre gerunzelte Stirn und ihren strafend erhobenen Finger: „Deine Mutter, Esther, ist deine Schande, und du warst die ihre. Die Zeit wird kommen – und früh genug –, da du das besser verstehen und auch so fühlen wirst, wie es nur eine Frau fühlen kann. Ich habe ihr verziehen" – aber ihr Gesicht glättete sich nicht, als sie das sagte – „ich habe ihr verziehen, was sie mir Böses getan hat, und spreche nicht mehr davon, obgleich es schlimmer war, als du je begreifen wirst, schlimmer als je einer begreift außer mir, die es erlitten hat. Du aber, unglückliches Kind, verwaist und beschimpft vom ersten dieser unseligen Geburtstage an, bete täglich, daß die Sünden anderer nicht auf dein Haupt kommen, wie es geschrieben steht. Vergiß deine Mutter und erlaube allen anderen Leuten, die ihrem unglücklichen Kinde diesen größten Gefallen erweisen wollen, sie zu vergessen. Jetzt geh!"

Sie winkte mich jedoch noch einmal zurück, als ich, völlig erstarrt, gehen wollte, und setzte hinzu: „Demut, Selbstverleugnung, Fleiß sind die Vorbereitung für ein Leben, das mit einem solchen Flecken begonnen hat. Du bist anders als andere

Kinder, Esther, weil du nicht wie sie nur in der allgemeinen Sündhaftigkeit und Verworfenheit geboren bist. Du bist gezeichnet."

Ich ging in meine Kammer hinauf, kroch ins Bett und legte den Kopf meiner Puppe an meine tränennasse Wange; und mit dieser einzigen Freundin am Herzen weinte ich mich in Schlaf. So unvollkommen ich auch mein Leid verstand, so wußte ich doch, daß ich zu keiner Zeit einem Herzen Freude gemacht hatte und daß ich keinem auf Erden das war, was mir die Puppe bedeutete.

Ach, nur zu denken, wieviel Zeit wir später noch miteinander verbrachten und wie oft ich der Puppe die Geschichte meines Geburtstags erzählte und ihr anvertraute, daß ich mich so angestrengt wie möglich bemühen wolle, den Fehler wiedergutzumachen, mit dem ich geboren war und dessen ich mich unklar schuldig und doch wieder unschuldig fühlte; daß ich mit jedem kommenden Jahr mehr streben wolle, fleißig, zufrieden und freundlichen Herzens zu sein, irgendwem Gutes zu tun und mir Liebe zu erwerben, wenn ich könnte. Ich hoffe, es ist keine Selbstgefälligkeit, in Gedanken daran jetzt Tränen zu vergießen. Ich bin voll Dank und Freude, aber ich kann nicht ganz verhindern, daß sie mir in die Augen treten.

So! Jetzt habe ich sie weggewischt und kann wieder fortfahren.

Seit meinem Geburtstag fühlte ich die Kluft zwischen meiner Patin und mir so viel tiefer und empfand es so sehr, in ihrem Haus einen Platz einzunehmen, der hätte leer sein sollen, daß es mir schwerer fiel, mich ihr zu nähern, obgleich ich ihr im Herzen dankbarer war denn je. Ebenso ging es mir mit meinen Schulkameraden, mit Mrs. Rachael, die Witwe war, und ach! mit ihrer Tochter, auf die sie stolz war und die alle vierzehn Tage einmal zu ihr auf Besuch kam. Ich war sehr schüchtern und still und versuchte, sehr fleißig zu sein.

An einem sonnenhellen Nachmittag, als ich mit Büchern und Mappe, den langen Schatten neben mir beobachtend, aus der Schule gekommen war und wie gewöhnlich die Treppe hinauf in meine Kammer eilte, öffnete meine Patin die Tür des Wohnzimmers und rief mich hinein. Ich fand neben ihr einen Fremden sitzen, was sehr ungewöhnlich war: einen behäbigen, wichtig aussehenden Herrn, ganz schwarz gekleidet, mit weißer Halsbinde, großen, goldenen Petschaften an der Uhr, goldener Brille und einem großen Siegelring am kleinen Finger.

„Das ist das Kind", sagte meine Patin leise zu ihm. Dann sagte sie in ihrem gewöhnlichen, strengen Ton: „Das ist Esther, Sir."

Der Herr setzte seine Brille auf, um mich zu betrachten, und sagte: „Komm her, liebes Kind!" Er reichte mir die Hand und bat mich, den Hut abzunehmen, wobei er mich immerfort betrachtete. Als ich seinen Wunsch erfüllt hatte, sagte er: „Ah!" und dann: „Ja!" Dann nahm er die Brille ab, steckte sie in ein rotes Futteral, lehnte sich in den Armstuhl zurück und nickte meiner Patin zu, während er das Futteral zwischen den Fingern drehte. Darauf sagte meine Patin: „Du kannst hinaufgehen, Esther!" und ich machte einen Knicks und ging.

Es muß zwei Jahre später gewesen sein, und ich war fast vierzehn Jahre alt, als an einem schrecklichen Abend meine Patin und ich am Kamin saßen. Ich las ihr vor, und sie hörte zu. Ich war wie immer um neun Uhr heruntergekommen, um ihr aus der Bibel vorzulesen, und las gerade aus dem Johannes-Evangelium, wie sich unser Erlöser bückte und mit dem Finger auf die Erde schrieb, als sie die Ehebrecherin vor ihn brachten: „Als sie nun anhielten, ihn zu fragen, richtete er sich auf und sprach zu ihnen: ‚Wer unter euch ohne Sünde ist, der werfe den ersten Stein auf sie!'" Ich hielt inne, denn meine Patin stand auf, legte die Hand an die Stirn und rief mit verzweifelter Stimme, aus einem ganz anderen Teil des Buches: „So wachet nun, auf daß er nicht schnell komme und finde euch schlafend; was ich aber euch sage, das sage ich allen: Wachet!"

Als sie so vor mir stand und diese Worte sprach, sank sie plötzlich zu Boden. Ich brauchte nicht zu rufen, ihre Stimme war durch das ganze Haus gedrungen und auch auf der Straße gehört worden.

Man legte sie auf ihr Bett. Länger als eine Woche lag sie dort, äußerlich nur wenig verändert; das alte, schöne, entschlossene Stirnrunzeln, das ich so gut kannte, war auf ihrem Gesicht erstarrt. Viele, viele Male bei Tag und bei Nacht legte ich meinen Kopf neben den ihren aufs Kissen, damit sie mein Flüstern besser verstehe, küßte sie und dankte ihr, betete für sie, bat sie um ihren Segen und ihre Verzeihung, flehte sie an, mir nur das leiseste Zeichen zu geben, daß sie mich kenne oder höre. Nein, nein, nein. Ihr Antlitz blieb unbeweglich: bis zu allerletzt, und selbst darüber hinaus blieb ihre Stirn dräuend gerunzelt.

Am Tag nach dem Begräbnis meiner guten, armen Patin stellte sich der schwarze Herr mit dem weißen Halstuch wieder ein. Mrs. Rachael ließ mich holen, und ich fand ihn auf derselben Stelle, als wäre er nie weggegangen.

„Ich heiße Kenge", sagte er; „Sie können sich den Namen merken, liebes Kind. Kenge und Carboy, Lincoln's Inn."

Ich erwiderte, daß ich mich erinnere, ihn schon einmal gesehen zu haben.

„Bitte, setzen Sie sich – hier neben mich. Weinen Sie nicht, es nützt nichts. Mrs. Rachael, ich brauche Ihnen, die Sie mit den Angelegenheiten der seligen Miss Barbary vertraut waren, nicht erst zu sagen, daß deren Mittel mit ihr enden und daß diese junge Dame jetzt, nach dem Tod ihrer Tante –"

„Meiner Tante, Sir?"

„Es ist wirklich unnütz, eine Täuschung fortzusetzen, wenn nichts mehr dadurch zu erreichen ist", sagte Mr. Kenge sanft. „Tante tatsächlich, wenn auch nicht vor dem Gesetz. Regen Sie sich nicht auf! Weinen Sie nicht! Beruhigen Sie sich! Mrs. Rachael, unsere junge Freundin hat jedenfalls gehört von – der – ah – Sache Jarndyce gegen Jarndyce."

„Nie", sagte Mrs. Rachael.

„Ist es möglich", fuhr Mr. Kenge fort und setzte die Brille auf, „daß unsere junge Freundin – ich bitte Sie, regen Sie sich nicht auf! – niemals von Jarndyce gegen Jarndyce gehört hat?"

Ich schüttelte den Kopf, ohne zu ahnen, was das sei.

„Nichts von Jarndyce gegen Jarndyce?" fragte Mr. Kenge, indem er mich über die Brillengläser hinweg anblickte und das Futteral langsam in den Händen herumdrehte, als ob er etwas liebkose. „Nichts von einem der größten aller bekannten Kanzleigerichtsprozesse? Nichts von Jarndyce gegen Jarndyce – dieser Sache – in sich selbst ein Denkmal der Kanzleigerichtspraxis? In ihr, möchte ich sagen, kommt jede Schwierigkeit, jede Möglichkeit, jede Rechtsfiktion, jede Prozeßform, die bei diesem Gericht bekannt ist, immer wieder vor. Es ist ein Rechtsfall, der außerhalb dieses freien und großen Landes nicht existieren könnte. Ich möchte behaupten, daß sich der Gesamtbetrag der Kosten in Sachen Jarndyce gegen Jarndyce, Mrs. Rachael" – ich fürchte, er wendete sich an sie, weil ich mich unaufmerksam zeigte –, „gegenwärtig auf 60 000 bis 70 000 Pfund beläuft!" sagte Mr. Kenge nachdrücklich, während er sich in den Stuhl zurücklehnte.

Ich kam mir sehr unwissend vor, aber was konnte ich tun?

Der Gegenstand war mir so gänzlich unbekannt, daß ich selbst damals nicht das geringste davon verstand.

„Und sie hat wirklich nie von der Sache gehört", sagte Mr. Kenge. „Wunderbar!"

„Miss Barbary, Sir", gab Mrs. Rachael zurück, „die jetzt unter den Seraphim ist –"

„Das hoffe ich bestimmt", schaltete Mr. Kenge höflich ein.

„– wünschte, daß Esther nur lerne, was ihr dienlich sein könne. Und von den Lehrern, die sie hier hatte, hat sie auch nichts anderes gelernt."

„Gut!" sagte Mr. Kenge. „Im ganzen sehr angemessen. Jetzt zur Sache", fuhr er zu mir gewandt fort. „Miss Barbary, Ihre einzige Verwandte – tatsächlich nämlich; denn ich muß bemerken, daß Sie gesetzlich keine Verwandten haben –, ist jetzt tot, und da natürlich nicht zu erwarten ist, daß Mrs. Rachael –"

„Ach Gott, nein!" sagte Mrs. Rachael rasch.

„Sehr richtig", bemerkte Mr. Kenge; „– daß Mrs. Rachael die Sorge für Ihren Lebensunterhalt übernimmt – bitte, weinen Sie nicht –, so ist es für Sie das Gegebene, ein erneutes Anerbieten anzunehmen, das ich auftragsgemäß schon vor ungefähr zwei Jahren Miss Barbary gemacht habe und das zwar damals abgelehnt wurde, aber im Einverständnis darüber, daß es nach dem beklagenswerten Vorfall, der inzwischen eingetreten ist, wiederholt werden solle. Nun glaube ich nicht gegen die mir beruflich auferlegte Vorsicht zu verstoßen, wenn ich zugebe, daß ich in Sachen Jarndyce gegen Jarndyce und auch sonst einen sehr menschenfreundlichen, aber zugleich auch eigentümlichen Mann vertrete", sagte Mr. Kenge, indem er sich wieder in seinen Stuhl zurücklehnte und uns beide ruhig ansah.

Der Klang seiner eigenen Stimme schien ihn mehr als alles in der Welt zu erfreuen. Ich wunderte mich darüber nicht, denn sie war weich und wohlklingend und gab jedem Wort, das er aussprach, großes Gewicht. Er lauschte sich selbst mit offenbarer Befriedigung und schlug manchmal zu seiner eigenen Musik mit dem Kopf den Takt oder rundete einen Satz mit der Hand ab. Er machte mir großen Eindruck – damals schon, bevor ich noch wußte, daß er sich nach dem Muster eines großen Lords richtete, der sein Klient war, und daß er gewöhnlich Konversations-Kenge genannt wurde.

„Da Mr. Jarndyce", fuhr er fort, „von der – ich möchte sagen verlassenen – Stellung unserer jungen Freundin unterrichtet ist, so bietet er ihr an, sie in einer Anstalt ersten Ranges unterzubringen, wo ihre Erziehung vollendet, ihre Behaglichkeit gesichert, ihre vernünftigen Wünsche im voraus erfüllt werden sollen und wo sie sich die Fähigkeit aneignen kann, ihre Pflicht in der Lebensstellung zu erfüllen, zu der sie der Ratschluß der – darf ich sagen Vorsehung? – berufen hat."

Mein Herz war so voll, von dem, was er sagte, wie von der liebreichen Weise, in der er es sagte, daß ich nicht sprechen konnte, obgleich ich's versuchte.

„Mr. Jarndyce", fuhr er fort, „stellt keine Bedingungen; er spricht nur die Erwartung aus, daß unsere junge Freundin die fragliche Anstalt nicht ohne sein Wissen und seine Mitwirkung verläßt, daß sie sich mit Fleiß der Erwerbung jener Fähigkeiten widmet, durch deren Anwendung sie sich später erhalten muß, daß sie auf dem Pfad der Tugend und Ehre bleibt und – daß – und so weiter."

Ich konnte noch weniger sprechen als vorhin.

„Nun, was sagt unsere junge Freundin?" fuhr Mr. Kenge fort. „Nehmen Sie sich Zeit, nehmen Sie sich Zeit! Ich warte auf Ihre Antwort. Aber nehmen Sie sich Zeit!"

Was ich zu einem solchen Angebot zu sagen versuchte, brauche ich nicht wiederzugeben. Was ich wirklich sagte, könnte ich leichter erzählen, wenn es des Erzählens wert wäre. Was ich fühlte und bis zu meiner letzten Stunde fühlen werde, dafür könnte ich nie Worte finden.

Diese Unterredung fand in Windsor statt, wo ich, soviel ich wußte, mein ganzes Leben zugebracht hatte. Acht Tage später verließ ich, reichlich mit allem Notwendigen versehen, diesen Ort, um in der Landkutsche nach Reading zu fahren.

Mrs. Rachael war zu vollkommen, um beim Abschied bewegt zu sein, aber ich war nicht so vollkommen und weinte bitterlich. Ich dachte, ich sollte sie nach so vielen Jahren eigentlich besser kennen und sollte mich bei ihr so in Gunst gesetzt haben, daß ihr das Scheiden weh tue. Als sie mir einen kalten Abschiedskuß auf die Stirn drückte, als ob ein Tropfen vom vereisten steinernen Torbogen niedertaute – es war kaltes Wetter –, fühlte ich mich so unglücklich und schuldbewußt, daß ich sie umschlang und ihr sagte, ich wisse wohl, es sei meine Schuld, daß ihr der Abschied von mir so leichtfalle!

„Nein, Esther", entgegnete sie, „es ist dein Unglück!"

Die Kutsche stand vor der kleinen Gartenpforte – wir waren erst aus dem Haus getreten, als wir die Räder rollen hörten –, und so verließ ich sie mit bekümmertem Herzen. Sie ging hinein, bevor meine Koffer auf das Kutschendach gehoben waren, und schloß die Tür. Solange ich das Haus sehen konnte, schaute ich aus dem Fenster durch meine Tränen darauf zurück. Meine Patin hatte Mrs. Rachael ihr ganzes kleines Vermögen hinterlassen; es sollte eine Auktion stattfinden, und ein alter Teppich mit Rosen darauf, der mir immer als das Schönste auf Erden vorgekommen war, hing draußen in Kälte und Schnee. Ein oder zwei Tage vorher hatte ich meine liebe Puppe in ihren Schal gewickelt und sie in aller Stille – ich schäme mich fast, es zu erzählen – im Garten unter dem Baum begraben, der das Fenster meiner Kammer beschattete. Ich hatte keinen Freund mehr als meinen Vogel, und den hatte ich in seinem Käfig mit mir genommen.

Als ich das Haus nicht mehr sehen konnte, setzte ich mich, den Käfig vor mir im Stroh, auf den niedrigen Vordersitz, um durch das hohe Fenster hinauszuschauen und die bereiften Bäume zu betrachten, die wie schöne Stücke Feldspat aussahen, die Felder, die der Schnee der letzten Nacht glatt und weiß zudeckte, die Sonne, so rot und doch so wenig wärmend, und das Eis, schwarz wie Eisen, von dem Schlittschuhläufer und Schlitternde den Schnee weggekehrt hatten. Mir gegenüber saß ein Herr, der in einer Menge Umhüllungen sehr breit aussah; aber er blickte zum anderen Fenster hinaus und nahm keine Notiz von mir.

Ich dachte an meine tote Patin: an den Abend, an dem ich ihr vorgelesen; an das erstarrte, zürnende Gesicht, mit dem sie auf dem Bett lag; an den fremden Ort, dem ich entgegenfuhr; an die Leute, die ich dort finden sollte, und wem sie ähnlich sehen und was sie zu mir sagen würden, als mich eine Stimme in der Kutsche vor Schreck auffahren machte.

Sie sprach: „Warum, zum Teufel, weinen Sie denn?"

Ich erschrak so sehr, daß ich die Stimme verlor und nur flüsternd antworten konnte: „Ich, Sir?" Denn natürlich wußte ich, daß es der Herr in den vielen Umhüllungen sein mußte, obgleich er immer noch zum Fenster hinaussah.

„Ja, Sie", sagte er und drehte sich um.

„Ich wußte nicht, daß ich weinte, Sir", stammelte ich.

„Aber Sie weinen!" sagte der Herr. „Sehen Sie." Er rutschte aus der anderen Ecke des Wagens auf den Platz mir gegenüber, fuhr mit einem seiner großen Pelzaufschläge über meine Augen – aber sehr sanft – und zeigte mir, daß er naß war.

„Sehen Sie! Jetzt wissen Sie's. Nicht wahr?"

„Ja, Sir", sagte ich.

„Und warum weinen Sie?" fragte der Herr. „Wollen Sie nicht gern dorthin?"

„Wohin, Sir?"

„Wohin? Nun, dahin, wohin Sie reisen", sagte der Herr.

„Ich gehe sehr gern hin", gab ich zur Antwort.

„Nun, dann machen Sie auch ein fröhliches Gesicht!" sagte der Herr.

Er kam mir sehr sonderbar vor; wenigstens soweit ich ihn sehen konnte, denn er war bis ans Kinn eingehüllt, und sein Gesicht verschwand fast in einer Pelzmütze mit breiten Pelzohrklappen, die unter dem Kinn zusammengebunden waren; aber ich hatte mich wieder gefaßt und fürchtete mich nicht vor ihm. Ich sagte ihm also, ich hätte über den Tod meiner Patin geweint und weil Mrs. Rachael der Abschied von mir so leicht geworden sei.

„Verwünscht sei Mrs. Rachael!" sagte der Herr. „Sie soll im nächsten Sturmwind auf dem Besenstiel wegfliegen!"

Ich fing jetzt an, mich wirklich vor ihm zu fürchten, und betrachtete ihn mit größtem Erstaunen. Aber er hatte freundliche Augen, obgleich er fortfuhr, ärgerlich vor sich hinzubrummen und auf Mrs. Rachael zu schelten.

Nach einer kleinen Weile knöpfte er seinen obersten Rock auf, der mir groß genug schien, um die ganze Kutsche zu umhüllen, und fuhr mit dem Arm in eine tiefe Seitentasche.

„Da, sehen Sie!" sagte er. „In diesem Papier" – es war zierlich zusammengefaltet – „ist ein Stück von der besten Pflaumentorte, die für Geld zu haben ist, zolldick Zucker darauf wie Fett auf Hammelkoteletts. Hier ist ein Pastetchen aus Frankreich, ein Juwel nach Größe und Art. Und was denken Sie, was darin ist? Leber von fetten Gänsen. Das ist eine Pastete! Nun wollen wir einmal sehen, wie sie Ihnen schmeckt."

„Ich danke sehr, Sir", erwiderte ich, „ich bin Ihnen sehr verbunden, aber ich hoffe, Sie nehmen es mir nicht übel; sie sind zu schwer für mich."

„Wieder abgeblitzt?" sagte der Herr, was ich gar nicht verstand, und warf Torte und Pastete zum Fenster hinaus.

Fortan sprach er nicht mehr mit mir, bis er eine kurze Strecke vor Reading die Kutsche verließ, wobei er mich ermahnte, ein gutes Mädchen und fleißig zu sein, und mir die Hand schüttelte. Ich muß gestehen, ich fühlte mich durch sein Scheiden erleichtert. Wir ließen ihn an einem Meilenstein zurück. Ich ging später oft daran vorüber, und lange Zeit tat ich es nie, ohne an ihn zu denken und halb zu erwarten, ihn zu treffen. Aber ich traf ihn nie, und so schwand er mir im Lauf der Zeit aus der Erinnerung.

Als die Kutsche hielt, blickte eine sehr adrette Dame zum Fenster herein und sprach: „Miss Donny."

„Nein, Madam; Esther Summerson."

„Ganz richtig", antwortete sie; „Miss Donny."

Ich erriet jetzt, daß sie sich mit diesem Namen vorstellte, bat sie wegen meines Irrtums um Verzeihung und wies ihr auf ihren Wunsch meine Koffer. Unter der Leitung eines sehr sauberen Dienstmädchens wurden sie auf eine sehr kleine, grüne Kutsche gepackt, und dann stiegen Miss Donny, das Mädchen und ich ein und fuhren fort.

„Alles ist für Sie bereit, Esther", sagte Miss Donny; „und Ihr Stundenplan ist in genauer Übereinstimmung mit den Wünschen Ihres Vormunds, Mr. Jarndyce, zusammengestellt."

„Meines – wie sagten Sie, Madam?"

„Ihres Vormunds, Mr. Jarndyce", sagte Miss Donny.

Ich war so verwirrt, daß Miss Donny glaubte, die Kälte sei für mich zu groß gewesen, und mir ihr Riechfläschchen lieh.

„Kennen Sie meinen – Vormund, Mr. Jarndyce, Madam?" fragte ich nach längerem Zögern.

„Nicht persönlich, Esther", sagte Miss Donny; „nur durch seine Rechtsanwälte, die Herren Kenge und Carboy in London. Ein ganz ausgezeichneter Herr, Mr. Kenge, wahrhaft beredt. Manche seiner Perioden sind wirklich majestätisch!"

Ich fand das sehr zutreffend, war aber zu verwirrt, um darauf einzugehen. Die schnelle Ankunft an unserem Bestimmungsort, ehe ich Zeit hatte, mich zu fassen, vermehrte meine Verwirrung; und ich werde nie vergessen, welch unbestimmten, traumhaften Eindruck an jenem Nachmittag alles auf mich machte, was zu Greenleaf – so hieß Miss Donnys Haus – gehörte!

Aber ich gewöhnte mich bald daran. Ich war in die gleichmäßige Lebensordnung Greenleafs bald so eingeschult, als wäre ich schon lange Zeit dort gewesen und hätte mein altes Leben bei meiner Patin mehr geträumt als gelebt. Nichts konnte genauer, pünktlicher und strenger geordnet sein als Greenleaf. Um das ganze Zifferblatt herum hatte jedes Ding seine Zeit und wurde in dem dafür festgesetzten Augenblick verrichtet.

Wir waren zwölf Schülerinnen im Haus, und zwei Misses

Donny, Zwillinge. Man setzte voraus, daß ich später einmal von meinen Kenntnissen als Gouvernante leben solle; ich wurde daher nicht nur in allem unterrichtet, was man in Greenleaf lehrte, sondern wurde schon sehr bald dazu herangezogen, die Vorsteherinnen beim Unterrichten zu unterstützen. Obgleich ich in jeder anderen Hinsicht wie die übrigen Schülerinnen behandelt wurde, machte man diesen einen Unterschied von Anfang an. Je mehr ich lernte, desto mehr gab ich auch Unterricht; so bekam ich im Lauf der Zeit viel zu tun, was mir viel Freude machte, da mich die Mädchen dadurch lieb gewannen. Wenn wir eine neue Schülerin bekamen, die sich ein wenig niedergeschlagen und unglücklich fühlte, so erwählte sie mich – ich weiß nicht warum – so sicher zu ihrer Freundin, daß schließlich alle Neuankömmlinge mir anvertraut wurden. Sie sagten, ich sei so liebevoll; aber ich bin überzeugt, sie selbst waren es! Ich dachte oft an den Entschluß, den ich an meinem Geburtstag gefaßt hatte, mich zu bemühen, fleißig, zufrieden und aufrichtig zu sein und Gutes zu tun, wo ich dazu Gelegenheit fände, und mir Liebe zu erwerben, wo ich könnte; und wahrhaftig, ich schämte mich fast, so wenig getan und so viel gewonnen zu haben.

Ich verlebte in Greenleaf sechs glückliche, stille Jahre. Nie las ich, Gott sei Dank, an meinem Geburtstag in einem Gesicht, es wäre besser gewesen, wenn ich nie geboren wäre. Sooft der Tag erschien, brachte er mir so viele Zeichen liebevollen Gedenkens, daß sie mein Zimmer vom Neujahrstag bis Weihnachten schmückten.

In diesen sechs Jahren hatte ich Greenleaf nie verlassen, außer zu Besuchen während der Ferien in der Nachbarschaft. Gegen Ende des ersten halben Jahres hatte ich Miss Donny um Rat gefragt, ob es schicklich sei, Mr. Kenge zu schreiben, daß ich glücklich und dankbar sei; und mit ihrer Billigung hatte ich einen Brief dieses Inhalts geschrieben. Ich erhielt eine förmliche Antwort, die den Empfang bestätigte und mit den Worten schloß: „Wir haben den Inhalt zur Kenntnis genommen und werden nicht versäumen, ihn unserem Klienten mitzuteilen." Danach hörte ich manchmal Miss Donny und ihre Schwester erwähnen, wie regelmäßig meine Rechnungen bezahlt würden, und etwa zweimal im Jahr wagte ich, ähnliche Briefe zu schreiben. Ich empfing stets postwendend genau dieselbe Antwort in derselben Kanzleischrift, unterschrieben „Kenge und Carboy" von anderer Hand, die ich für die Mr. Kenges hielt.

Es kommt mir so seltsam vor, all dies von mir erzählen zu müssen. Als ob dies die Geschichte *meines* Lebens wäre! Aber mein unbedeutendes Ich wird jetzt bald in den Hintergrund treten.

Sechs stille Jahre – ich sehe, daß ich es zum zweitenmal sage – hatte ich in Greenleaf verlebt und hatte in denen, die mich dort umgaben, wie in einem Spiegel jede Stufe meines Wachstums und meiner Entwicklung gesehen, als ich an einem Novembermorgen folgenden Brief empfing. Ich lasse das Datum weg.

„Old Square Lincoln's Inn.
In Sachen Jarndyce gegen Jarndyce.
Madam! Unser Klient, Mr. Jarndyce, steht im Begriff, auf Anordnung des Kanzleigerichtshofs ein Mündel dieses Hofes in dieser Sache in sein Haus aufzunehmen, und sucht dafür eine passende Gesellschafterin. Er hat uns daher beauftragt, Sie zu benachrichtigen, daß er sich freuen wird, von Ihren Diensten in der gedachten Eigenschaft Gebrauch zu machen.

Wir haben veranlaßt, daß Sie nächsten Montag morgens mit der Achtuhrkutsche kostenlos von Reanding zum ‚Weißen Roß', Picadilly, London, befördert werden, wo Sie einer unserer Schreiber erwarten wird, um Sie in unsere oben bezeichnete Kanzlei zu begleiten.

Wir verbleiben, Madam,
Ihre gehorsamsten Diener
Kenge und Carboy

Miss Esther Summerson."

Oh, nie, nie werde ich vergessen, welche Aufregung dieser Brief im Haus verursachte! Es war so lieb von ihnen, sich so um mich zu kümmern; es war so gnädig vom Vater im Himmel, der mich nicht vergessen hatte, den Weg eines Waisenkindes so zu ebnen und mir so viele jugendliche Herzen geneigt zu machen, daß ich es kaum ertragen konnte. Nicht als ob ich gewünscht hätte, es hätte ihnen weniger leid getan – das, fürchte ich, tat ich nicht; aber Wohlgefallen und Schmerz, Stolz, Freude und demütiger Kummer über das Bedauern meiner Freunde waren so ineinander verwoben, daß mein Herz fast zu brechen schien, während es voller Entzücken war.

Der Brief gab mir nur noch fünf Tage Frist. Aber was empfand mein Herz, als jede Minute die Beweise der Liebe und Zuneigung vermehrte, die ich in diesen fünf Tagen erhielt;

als endlich der Morgen kam und sie mich durch alle Zimmer begleiteten, daß ich sie zum letztenmal sehen möge, und als eine mich rief: „Liebe Esther, sag mir Lebewohl hier an diesem Bett, wo du mich zuerst so freundlich getröstet hast!" Als andere mich baten, nur auf ein Blatt Papier ihre Namen zu schreiben und darunter: „mit Esthers Liebe", als mich alle umringten mit ihren Abschiedsgeschenken und weinend an mir hingen und ausriefen: „Was sollen wir anfangen, wenn unsere liebe, liebe Esther fort ist!" und als ich versuchte, ihnen zu sagen, wie nachsichtig und gut sie gegen mich gewesen seien und wie dankbar ich allen sei und wie ich alle segnete!

Und was empfand mein Herz, als die beiden Misses Donny ebenso ungern von mir schieden wie die Geringste der anderen; als die Dienstmädchen sagten: „Gott behüte Sie, Miss, wohin Sie auch gehen!" und als der häßliche, lahme Gärtner, von dem ich glaubte, daß er mich die ganzen Jahre hindurch kaum beachtet habe, hinter der Kutsche hervorgekeucht kam, um mir ein Geraniensträußchen zu geben, und mir sagte, ich sei das Licht seiner Augen gewesen — wahrhaftig, das sagte der Alte!

Konnte ich etwas dafür, daß ich durch all das und durch das Vorbeikommen an der Kinderschule und durch den unerwarteten Anblick der armen Kinder, die vor ihr standen und ihre Hüte schwenkten, und eines grauköpfigen Herrn und einer Dame, deren Tochter ich mit unterrichtet und die ich in ihrem Haus besucht hatte — sie galten als die stolzesten Leute in der ganzen Gegend — und die jetzt nur immer wieder ausriefen: „Leben Sie wohl, Esther. Alles, alles Gute!" — konnte ich dafür, daß ich ganz überwältigt in der Kutsche saß und viele, viele Male sagte: „Oh, ich bin ja so dankbar, so dankbar!"

Aber bald fiel mir natürlich ein, daß ich nach allem, was für mich geschehen war, keine Tränen an den Ort mitbringen dürfe, wohin ich ging. Deshalb zwang ich mich, weniger zu schluchzen, und überredete mich zur Ruhe, indem ich mir immer wieder vorsagte: „Aber Esther, du mußt dich fassen! Das geht nicht!" Zuletzt beruhigte ich mich so ziemlich, obgleich ich fürchte, daß es länger dauerte, als es hätte dauern sollen; und als ich die Augen mit Lavendelwasser gekühlt hatte, war es Zeit, sich nach London umzusehen.

Ich war vollständig überzeugt, daß wir dort seien, als wir noch zehn Meilen davon entfernt waren, und daß wir nie hinkämen, als wir wirklich darin waren. Erst als wir über Steinpflaster holperten, und vollends, als jedes andere Fuhrwerk uns und wir jedes andere Fuhrwerk zu überfahren schienen, begann ich zu glauben, daß wir uns wirklich dem Ende unserer Reise näherten. Bald danach hielten wir an.

Ein junger Herr, der sich wohl zufällig mit Tinte beschmiert hatte, stand auf dem Gehsteig und redete mich an: „Ich bin von Kenge und Carboy, Miss, von Lincoln's Inn."

„Sehr angenehm, Sir", antwortete ich.

Er war sehr höflich, und als er mich in eine Droschke hob, nachdem er das Verstauen meines Gepäcks überwacht hatte, fragte ich ihn, ob in der Nähe ein großes Feuer sei, denn die Straßen waren so voll dicken, braunen Qualms, daß kaum etwas zu erkennen war.

„O Gott, nein, Miss", sagte er, „das ist ein echter Londoner."

Von einem solchen Ding hatte ich nie gehört.

„Ein Nebel, Miss", erklärte der junge Herr.

„So", sagte ich.

Wir fuhren langsam durch die schmutzigsten und dunkelsten Straßen, die es – meiner Meinung nach – in der Welt gab, und durch ein so lärmendes Gewühl, daß ich mich fragte, wie die Leute bei Verstand bleiben könnten, bis wir durch einen alten Torweg in plötzliche Stille und über einen schweigenden Platz an eine Ecke kamen, wo steile, breite Stufen zu einem Tor führten wie zu einer Kirchtür. Und daneben lag, von einem Kreuzgang umschlossen, wirklich ein Kirchhof, denn ich sah die Grabsteine durchs Treppenfenster.

Hier war das Büro von Kenge und Carboy. Der junge Herr führte mich durch ein Vorzimmer in Mr. Kenges Privatkontor – es war niemand darin – und rückte mir höflich einen Lehnstuhl ans Feuer. Dann machte er mich auf einen kleinen Spiegel aufmerksam, der an einem Nagel auf der einen Seite des Kamins hing.

„Falls Sie sich nach der Reise einmal zu beschauen wünschen, Miss, da Sie vor dem Kanzler erscheinen sollen. Nicht daß es nötig wäre", bemerkte der junge Mann höflich.

„Vor dem Kanzler erscheinen?" fragte ich, für einen Augenblick erschrocken.

„Eine bloße Formsache, Miss", entgegnete er. „Mr. Kenge ist jetzt bei Gericht. Er läßt sich Ihnen empfehlen. Vielleicht wünschen Sie etwas zu sich zu nehmen" – Backwerk und eine Karaffe Wein standen auf einem Tischchen – „und einen Blick in die Zeitung zu werfen" – er übergab sie mir, schürte dann das Feuer und ließ mich allein.

Alles war so seltsam – besonders, da es zur Tageszeit Abend war, die Lichter mit weißer Flamme brannten und streng und frostig aussahen –, daß ich die Worte in der Zeitung las, ohne zu wissen, was sie bedeuteten, und mich dabei ertappte, wie ich dieselben Sätze immer wieder anfing. Da es ganz nutzlos war, in dieser Weise fortzufahren, legte ich die Zeitung hin, schenkte meinem Hut im Spiegel einen Blick, ob er noch schmuck sei, und betrachtete dann das kaum halb erhellte Zimmer, die schlechten, staubigen Tische, die Aktenregale und einen Bücherschrank voller Bücher, die so ausdruckslos aussahen, als hätten sie gar nichts von sich zu sagen. Dann dachte ich weiter und weiter; und das Feuer brannte immerfort, und die Lichter qualmten und sprühten, und es war keine Lichtschere da, bis der junge Mann eine sehr schmutzige brachte. Das alles dauerte wohl zwei Stunden lang.

Endlich erschien Mr. Kenge. Er hatte sich nicht verändert; war aber überrascht, daß ich mich so verändert hatte, und schien sich darüber zu freuen.

„Da Sie die Gesellschafterin der jungen Dame werden sollen, die jetzt im Privatzimmer des Kanzlers ist, Miss Summerson", sagte er, „so glaubten wir, es sei gut, wenn Sie ebenfalls verfügbar seien. Sie werden sich doch vor dem Lordkanzler nicht fürchten, hoffe ich?"

„O nein, Sir", sagte ich, „ich glaube nicht." Bei einiger Überlegung sah ich wirklich nicht ein, warum ich mich fürchten sollte.

Mr. Kenge gab mir nun seinen Arm, und wir gingen um die Ecke herum, einen Säulengang entlang und zu einer Seitentür hinein. So kamen wir über einen Korridor in ein behagliches Zimmer, wo eine junge Dame und ein junger Herr an einem großen, laut prasselnden Feuer standen. Ein Schirm stand zwischen ihnen und dem Feuer, und sie lehnten sich an ihn, während sie plauderten. Beide sahen auf, als ich eintrat, und im Feuerschein, der auf sie fiel, stellte sich mir die junge Dame als ein bildschönes Mädchen dar mit reichem, goldenem Haar, sanften, blauen Augen und einem heiteren, unschuldigen, vertrauensvollen Gesicht.

„Miss Ada", sagte Mr. Kenge, „das ist Miss Summerson."

Sie kam mir mit freundlichem Lächeln und ausgestreckter Hand entgegen, schien aber plötzlich anderen Sinnes zu werden und küßte mich. Kurz, sie hatte ein so natürliches, gewinnendes Wesen, daß wir in wenigen Minuten im Schein des Feuers am

Fenster saßen und denkbar unbefangen und zufrieden miteinander sprachen.

Welche Last fiel von mir! Es war so beglückend, zu wissen, daß sie mir vertrauen und Gefallen an mir finden konnte! Es war so gut von ihr und so ermutigend für mich!

Der junge Mann war ein entfernter Vetter von ihr, wie sie mir sagte, und hieß Richard Carstone. Er war ein hübscher Bursche mit offenem Gesicht und gewinnendem Lachen. Nachdem sie ihn zu uns ans Fenster gerufen hatte, blieb er bei uns im Schein des Feuers stehen und plauderte lustig wie ein vergnügter Junge. Er war sehr jung, höchstens neunzehn, aber fast zwei Jahre älter als sie. Beide waren Waisen und hatten sich, was mir sehr unerwartet und merkwürdig schien, bis jetzt noch nie gesehen. Daß wir alle drei uns zum erstenmal an einem so ungewöhnlichen Ort trafen, war schon wert, daß man darüber redete, und wir taten es auch. Das Feuer, das nicht mehr prasselte, blinzelte uns mit seinen roten Augen zu – wie sich Richard ausdrückte – wie ein schläfriger, alter Kanzleilöwe.

Wir unterhielten uns in gedämpftem Ton, weil ein Herr in Gala mit Beutelperücke häufig ins Zimmer trat und wir dann jedesmal ein schläfriges Summen aus der Ferne hörten; das sei, sagte er, einer der Beisitzer in unserer Sache, der dem Lordkanzler Vortrag halte. Er berichtete Mr. Kenge, der Kanzler werde in fünf Minuten die Sitzung beenden, und alsbald hörten wir Scharren und Gehen, und Mr. Kenge sagte, das Gericht habe sich erhoben und Seine Herrlichkeit sei im anstoßenden Raum. Fast gleichzeitig öffnete der Herr mit der Beutelperücke die Tür und forderte Mr. Kenge auf, einzutreten. Darauf begaben wir uns alle ins nächste Zimmer, voran Mr. Kenge mit meinem Liebling – es ist mir so selbstverständlich geworden, daß es mir einfach in die Feder fließt –, und dort saß, ganz in Schwarz gekleidet, in einem Lehnstuhl vor einem Tisch am Feuer Seine Herrlichkeit; seine mit schöner Goldtresse besetzte Robe lag auf einem anderen Stuhl. Er warf einen forschenden Blick auf uns, als wir eintraten, aber sein Benehmen war höflich und gütig.

Der Herr mit der Beutelperücke legte Papiere auf den Tisch, und Seine Herrlichkeit suchte schweigend ein Heft aus und blätterte darin.

„Miss Clare?" sagte der Lordkanzler, „Miss Ada Clare?"

Mr. Kenge stellte sie vor, und Seine Herrlichkeit ersuchte sie, neben ihm Platz zu nehmen. Daß er sie bewunderte und Anteil an ihr nahm, konnte sogar ich auf den ersten Blick sehen. Es tat mir weh, daß das Vaterhaus eines so schönen jungen Geschöpfs durch diese trockene Amtsstube verkörpert sein sollte. Der Lord Oberkanzler erschien mir selbst bei bestem Willen als armseliger Ersatz für Liebe und Stolz wirklicher Eltern.

„Der fragliche Jarndyce", sagte der Lordkanzler, immer noch im Heft blätternd, „ist Jarndyce von Bleakhaus?"

„Jarndyce von Bleakhaus, Mylord", sagte Mr. Kenge.

„Ein trauriger Name", sagte der Lordkanzler.

„Aber jetzt kein trauriger Ort mehr, Mylord", sagte Mr. Kenge.

„Und Bleakhaus", sagte Seine Herrlichkeit, „liegt in –"

„Hertfordshire, Mylord."

„Mr. Jarndyce von Bleakhaus ist nicht verheiratet?" fragte Seine Herrlichkeit.

„Nein, Mylord", antwortete Mr. Kenge.

Pause.

„Ist der junge Mr. Richard Carstone anwesend?" sagte der Lordkanzler mit einem Blick auf ihn.

Richard verbeugte sich und trat vor.

„Hm", sagte der Lordkanzler und blätterte weiter.

„Mr. Jarndyce von Bleakhaus, Mylord", bemerkte Mr. Kenge leise, „hat, wenn ich mir erlauben darf, Eure Herrlichkeit daran zu erinnern, eine geeignete Gesellschafterin gewählt für –"

„Für Mr. Richard Carstone?" glaubte ich – aber ich bin nicht ganz sicher – Seine Herrlichkeit ebenso leise und mit einem Lächeln sagen zu hören.

„Für Miss Ada Clare. Hier ist die junge Dame. Miss Summerson."

Seine Herrlichkeit schenkte mir einen freundlich herablassenden Blick und erwiderte meine Verbeugung sehr gnädig.

„Miss Summerson ist, glaube ich, mit keiner der Parteien in dieser Sache verwandt?"

„Nein, Mylord."

Mr. Kenge beugte sich zu ihm, bevor er dies ganz gesagt hatte, und flüsterte ihm etwas zu. Seine Herrlichkeit hörte zu, die Augen auf seine Papiere geheftet, nickte zwei- oder dreimal, wendete noch mehrere Blätter um und blickte mich nicht wieder an, bis wir uns verabschiedeten.

Mr. Kenge trat jetzt mit Richard wieder zurück zu mir, in die Nähe der Tür, und ließ meinen Liebling – das Wort kommt mir so natürlich, daß ich es wieder nicht unterdrücken kann – neben dem Lordkanzler sitzen. Seine Herrlichkeit sprach mit

Ada eine Weile allein; er fragte sie, wie sie mir später erzählte, ob sie sich den Schritt, den sie zu tun gedenke, wohlüberlegt habe, ob sie glaube, sie werde bei Mr. Jarndyce von Bleakhaus glücklich sein, und weshalb sie das glaube. Gleich darauf erhob er sich höflich, um sie zu entlassen, und sprach ein paar Minuten lang mit Richard Carstone, stehend und viel ungenierter und weniger förmlich, als ob er, obgleich Lordkanzler, immer noch wüßte, wie man geraden Wegs zum offenen Herzen eines Jungen geht.

„Sehr gut!" sagte Seine Herrlichkeit laut. „Ich werde das Dekret ausfertigen lassen. Mr. Jarndyce von Bleakhaus hat, soweit ich beurteilen kann" – und dabei sah er mich an –, „eine sehr gute Gesellschafterin für die junge Dame besorgt, und das ganze Arrangement scheint mir das beste, das die Umstände zulassen."

Er entließ uns freundlich, und wir alle waren ihm dankbar für seine Leutseligkeit und Höflichkeit, durch die er in unseren Augen gewiß nicht an Würde verloren, sondern viel gewonnen hatte.

Als wir unter den Säulengang kamen, besann sich Kenge, daß er noch einmal hinein müsse, um etwas zu fragen, und er ließ uns im Nebel stehen, wo des Lordkanzlers Wagen und Bediente auf ihn warteten.

„Nun, das wäre vorbei", sagte Richard Carstone. „Und wohin gehen wir jetzt, Miss Summerson?"

„Wissen Sie's nicht?" fragte ich.

„Nicht im mindesten", sagte er.

„Und wissen Sie's auch nicht, liebe Ada?" fragte ich diese.

„Nein!" antwortete sie. „Wissen Sie's nicht?"

„Durchaus nicht!" sagte ich.

Wir sahen einander an, halb belustigt durch unsere Ähnlichkeit mit verirrten Kindern im Wald, als eine seltsame, kleine Alte in einem zerdrückten Hut und mit einem Strickbeutel knicksend und lächelnd mit hochfeierlicher Miene auf uns zukam.

„Oh!" sagte sie. „Die Mündel in Sachen Jarndyce! Sehr glücklich, die Ehre zu haben! Ein gutes Omen für Jugend, Hoffnung und Schönheit, sich an diesem Ort zu finden und nicht zu wissen, was daraus werden soll."

„Verrückt!" flüsterte uns Richard zu, im Glauben, sie könne es nicht hören.

„Richtig! Verrückt, junger Herr!" erwiderte sie so rasch, daß er ganz beschämt dastand. „Ich war selbst ein Mündel. Ich war

damals nicht verrückt", setzte sie mit tiefer Verbeugung und einem Lächeln zwischen jedem kleinen Satz hinzu. „Ich war jung und voll Hoffnung. Ich glaube, ich war auch schön. Darauf kommt es jetzt wenig an. Keins von den dreien half mir. Ich habe die Ehre, den Gerichtssitzungen regelmäßig beizuwohnen. Mit meinen Dokumenten. Ich erwarte ein Urteil. Binnen kurzem. Am Tag des Jüngsten Gerichts. Ich habe entdeckt, daß das sechste Siegel in der Offenbarung das Große Siegel ist. Es ist schon seit langem geöffnet! Bitte, empfangen Sie meinen Glückwunsch."

Da Ada etwas erschrocken war, sagte ich, um der Alten nicht weh zu tun, wir seien ihr sehr verbunden.

„Ja!" sagte sie geziert. „Das glaube ich. Und hier kommt Konversations-Kenge. Mit seinen Dokumenten! Wie geht's Euer geehrten Hochwürden?"

„Ganz gut, danke! Aber bitte, belästigen Sie niemanden, gute Frau", sagte Mr. Kenge, indem er uns zurückgeleitete.

„Durchaus nicht", sagte die arme Alte, während sie neben Ada und mir herging. „Will durchaus nicht belästigen. Ich werde beiden Güter schenken, was doch gewiß nichts Belästigendes ist. Ich erwarte ein Urteil binnen kurzem. Am Tage des Jüngsten Gerichts. Ein gutes Omen für Sie. Genehmigen Sie meinen Glückwunsch!"

Sie blieb unten an der steilen, breiten Treppe stehen; wir sahen uns um, als wir hinaufgingen, und sie stand immer noch da und sagte immer noch mit einem Knicks und einem Lächeln bei jedem kleinen Satz: „Jugend. Und Hoffnung. Und Schönheit. Und Kanzleigericht. Und Konversations-Kenge! Ha! Bitte, nehmen Sie meinen Glückwunsch!"

4. KAPITEL

Menschenliebe durchs Fernrohr

Als wir wieder in seinem Zimmer waren, teilte uns Mr. Kenge mit, wir würden die Nacht bei Mrs. Jellyby bleiben. Dann wandte er sich zu mir und sagte, er setze voraus, ich wisse, wer Mrs. Jellyby sei?

„Ich weiß es nicht, Sir", antwortete ich. „Vielleicht weiß es Mr. Carstone oder Miss Clare –"

Aber nein, sie wußten auch nichts von Mrs. Jellyby.

„Wirklich! Mrs. Jellyby", sagte Mr. Kenge mit dem Rücken zum Feuer gekehrt und die Augen auf den staubigen Teppich geheftet, als ob dort Mrs. Jellybys Biographie geschrieben stünde, „ist eine Dame von bemerkenswerter Charakterstärke, die sich ganz dem öffentlichen Wohl widmet. Sie hat sich nach einander der verschiedensten öffentlichen Anliegen angenommen und ist gegenwärtig, bis etwas anderes ihre Aufmerksamkeit auf sich zieht, mit Afrika beschäftigt in der Absicht, den Anbau des Kaffeestrauchs zu fördern – und die Eingeborenen – und die glückliche Ansiedlung unseres heimischen Bevölkerungsüberschusses an den Ufern der afrikanischen Flüsse. Mr. Jarndyce, der bei jedem Werk helfen will, das ein gutes zu werden verspricht, und von Philanthropen sehr hoch geschätzt wird, hat, glaube ich, eine sehr hohe Meinung von Mrs. Jellyby."

Mr. Kenge zupfte seine Halsbinde zurecht und sah uns an.

„Und Mr. Jellyby, Sir?" fragte Richard.

„Ah! Mr. Jellyby", sagte Mr. Kenge, „ist – ah – ich wüßte nicht, wie ich ihn besser beschreiben könnte, als wenn ich sage, daß er der Gatte der Mrs. Jellyby ist."

„Eine Null, Sir?" fragte Richard mit einem komischen Blick.

„Das sage ich nicht", entgegnete Mr. Kenge ernst. „Das kann ich nicht sagen, denn ich weiß gar nichts von Mr. Jellyby. Ich habe, soviel ich weiß, nie das Vergnügen gehabt, Mr. Jellyby zu sehen. Er mag ein ausgezeichneter Mann sein; aber er ist, sozusagen, hinter den glänzenderen Eigenschaften seiner Gattin verschwunden – rein verschwunden." Mr. Kenge erzählte uns dann, da der Weg nach Bleakhaus an einem solchen Abend doch sehr lang, finster und beschwerlich wäre und da wir ohnedies heute unterwegs gewesen seien, habe Mr. Jarndyce selbst diese Lösung vorgeschlagen. Zeitig am nächsten Morgen solle uns ein Wagen bei Mrs. Jellyby abholen.

Er schellte dann, und der junge Herr trat ein. Mr. Kenge fragte Guppy – so redete er ihn an –, ob Miss Summersons Koffer und das übrige Gepäck hingeschickt worden seien. Mr. Guppy bejahte das und fügte hinzu, ein Wagen warte, um uns ebenfalls hinzufahren, sobald wir es wünschten.

„So bleibt mir nur noch übrig", sagte Mr. Kenge, indem er die Hand reichte, „meine lebhafte Befriedigung (Leben Sie wohl, Miss Clare!) über die heute getroffene Anordnung auszusprechen, sowie meine (Leben Sie wohl, Miss Summerson!) lebhafte Hoffnung, daß sie zum Glück, zur (Freue mich der Ehre, Ihre Bekanntschaft gemacht zu haben, Mr. Carstone!) Wohlfahrt und zum Vorteil in jeder Hinsicht für alle Beteiligten ausschlage! Guppy, Sie fahren mit hin."

„Wo ist ‚hin‘, Mr. Guppy?" sagte Richard, als wir die Treppe hinabgingen.

„Ein Katzensprung", sagte Guppy, „in Thavies' Inn, wissen Sie?"

„Ich kann nicht behaupten, daß ich's wüßte, denn ich komme von Winchester und bin in London fremd."

„Nur um die Ecke", sagte Guppy, „Chancery Lane und durch Holborn, und in vier Minuten, auf die Sekunde, sind wir dort. Das ist jetzt Londoner ‚Echter‘, nicht wahr, Miss?" Er schien sich darüber meinetwegen recht zu freuen.

„Der Nebel ist wirklich entsetzlich!" sagte ich.

„Doch er scheint Ihnen nicht zu schaden", sagte Guppy, indem er den Wagentritt aufklappte. „Im Gegenteil, er scheint Ihnen gutzutun, Miss, nach Ihrem Aussehen zu urteilen."

Ich wußte, er meinte es gut mit diesem Kompliment; als er daher den Wagen geschlossen und sich auf den Bock gesetzt hatte, lachte ich über mich selbst, weil ich darüber rot geworden war, und wir lachten alle drei und unterhielten uns über unsere Unerfahrenheit und die Seltsamkeit Londons, bis wir durch einen Torweg an unserem Bestimmungsort eintrafen: einer engen Straße von hohen Häusern, wie eine längliche Zisterne zum Aufnehmen des Nebels. Vor dem Haus, vor dem wir hielten und an dessen Tür eine blindgewordene Messingplatte mit der Inschrift „Jellyby" angebracht war, stand ein wirres Häuflein Leute, meist Kinder.

„Erschrecken Sie nicht!" sagte Mr. Guppy zum Kutschenfenster herein. „Einer der kleinen Jellybys ist mit dem Kopf zwischen die Stäbe des Hausflurgitters gekommen!"

„Oh, das arme Kind!" sagte ich; „bitte lassen Sie mich aussteigen!"

„Aber nehmen Sie sich bitte in acht, Miss. Die kleinen Jellybys sind tückisch", antwortete Mr. Guppy.

Ich drängte mich zu dem armen Kind, einem der schmutzigsten Unglückswürmer, die ich je gesehen habe, und fand es erhitzt, verängstigt und laut schreiend, mit dem Hals zwischen zwei Gitterstäben, während sich ein Milchmann und ein Kirchspieldiener in denkbar bester Absicht bemühten, es an den Beinen wieder herauszuziehen, in der unbestimmten Vorstellung, daß der Schädel von selbst nachgebe. Nachdem ich es beruhigt hatte, stellte ich fest, daß es ein kleiner Junge mit einem von Natur großen Kopf war; ich dachte, wo sein Kopf durchgekommen sei, könne auch sein Körper folgen, und äußerte: der beste Weg, ihn zu befreien, sei, ihn vorwärtszuschieben. Diesen Vorschlag nahmen Milchmann und Kirchspieldiener so günstig auf, daß sie ihn auf der Stelle ins Kellergeschoß gestoßen hätten, wenn ich ihn nicht am Röckchen festgehalten hätte, während Richard und Mr. Guppy durch die Küche hinabeilten, um ihn in Empfang zu nehmen, wenn er loskomme. Wir erlösten ihn auch glücklich ohne weiteren Zwischenfall, und sogleich fing er an, ganz wütend mit einem Reifen auf Mr. Guppy loszuschlagen.

Von den Hausbewohnern hatte sich niemand gezeigt außer einer Person in Holzpantoffeln, die von unten mit einem Besen nach dem Kind gestoßen hatte, wozu, weiß ich nicht, und sie wußte es wahrscheinlich auch nicht. Ich vermutete daher, Mrs. Jellyby sei nicht zu Hause, und war ganz überrascht, als uns jene Person dann ohne die Holzpantoffeln im Flur empfing, vor Ada und mir zum letzten Zimmer im ersten Stock hinaufging und uns anmeldete: „Die beiden jungen Damen, Mrs. Jellyby!" Wir kamen unterwegs noch an mehreren Kindern vorbei, über die man im Finstern wohl oder übel stolpern mußte, und als wir vor Mrs. Jellyby erschienen, fiel gerade eines der armen Kleinen mit großem Lärm die Treppe hinab, dem Klang nach einen ganzen Absatz.

Mrs. Jellyby, deren Gesicht nichts von der Unruhe zeigte, die wir nicht verbergen konnten, als der Kopf des armen Kindes seinen Weg mit einem hohlklingenden Aufschlag auf jeder Stufe bezeichnete – Richard sagte später, er habe sieben gezählt und noch einen für den Treppenabsatz –, empfing uns mit vollkommenem Gleichmut. Sie war eine hübsche, sehr kleine und wohlbeleibte Frau zwischen vierzig und fünfzig, mit schönen Augen, die nur die Eigenheit hatten, immer auszusehen, als ob sie in weite Fernen blickten, als ob sie – ich führe abermals Richards Worte an – nichts Näheres sehen könnten als Afrika.

„Es freut mich sehr", sagte Mrs. Jellyby mit angenehmer Stimme, „das Vergnügen zu haben, Sie bei mir zu sehen. Ich schätze Mr. Jarndyce sehr, und niemand, an dem er Anteil nimmt, kann mir gleichgültig sein."

Wir drückten unseren Dank aus und setzten uns hinter der Tür, wo ein lahmer Invalide von Sofa stand. Mrs. Jellyby hatte schönes Haar, war aber von ihren afrikanischen Pflichten zu sehr beansprucht, um es zu kämmen. Der Schal, der sie lose umhüllte, fiel auf den Stuhl, als sie uns entgegenkam, und als sie sich umdrehte, um ihren Platz wieder einzunehmen, konnten wir nicht umhin, zu bemerken, daß ihr Kleid hinten klaffte und der Spalt mit einem Gitterwerk von Schnürleibchenband ausgefüllt war, das an eine Sommerlaube erinnerte.

Das Zimmer, dessen Boden mit Papieren übersät und das fast ganz von einem großen Schreibtisch ausgefüllt war, den gleichfalls ein Papierwust bedeckte, war nicht nur unsauber, sondern durchaus schmutzig. Wir mußten das mit unseren Augen wahrnehmen, selbst während wir mit unserem Gehör dem armen Kind folgten, das die Treppe hinuntergepoltert war, ich glaube, bis in die hintere Küche, wo jemand sein Geschrei zu ersticken schien.

Was uns aber am meisten auffiel, war ein abgearbeitet und ungesund aussehendes, obgleich keineswegs häßliches Mädchen, das am Schreibtisch saß, an der Fahne seiner Feder kaute und uns anstarrte. Ich vermute, kein Mensch strotzte je so von Tinte. Und von ihrem wirren Haar bis zu ihren zierlichen Füßen, die von ausgefransten, hinten niedergetretenen Atlasschuhen entstellt waren, schien sie, von der kleinsten Nadel angefangen, nichts an sich zu tragen, das in ordentlichem Zustand oder an der rechten Stelle gewesen wäre.

„Sie finden mich, wie gewöhnlich, sehr beschäftigt, meine Lieben", sagte Mrs. Jellyby und putzte die beiden großen, in Zinnleuchtern steckenden Lichter, die einen starken Geruch nach warmem Unschlitt im Zimmer verbreiteten. Das Feuer war ausgegangen, und im Kamin war nichts als Asche, ein Bündel Holz und ein Schüreisen. „Aber Sie werden das entschuldigen. Das afrikanische Projekt nimmt gegenwärtig meine ganze Zeit in Anspruch, es bringt mich in Briefwechsel mit öffentlichen Körperschaften und Privatpersonen im ganzen Land, die auf die Wohlfahrt der Menschheit bedacht sind. Es freut mich, sagen zu können, daß es damit vorwärtsgeht. Wir hoffen, nächstes Jahr um diese Zeit hundertfünfzig bis zweihundert rüstige Familien mit Kaffeebau und Erziehung der Eingeborenen in Borriobula-Gha auf dem linken Ufer des Niger zu beschäftigen."

Da Ada nichts sagte, sondern mich ansah, bemerkte ich, daß das viel Freude machen müsse.

„Es macht auch große Freude", sagte Mrs. Jellyby. „Freilich erfordert es die Hingabe all meiner Kräfte, soweit sie reichen; aber das ist nichts, wenn es nur gelingt; und ich vertraue jeden Tag mehr auf den Erfolg. Wissen Sie, Miss Summerson, es wundert mich fast, daß Sie Ihre Blicke nie auf Afrika gerichtet haben?"

Diese Wendung des Gesprächs kam mir so unerwartet, daß ich gar nicht wußte, was ich darauf antworten sollte. Ich deutete an, daß das Klima —

„Das schönste Klima von der Welt!" unterbrach Mrs. Jellyby.

„Wirklich, Madam?"

„Gewiß. Mit der nötigen Vorsicht", sagte Mrs. Jellyby. „Sie können nach Holborn gehen ohne die nötige Vorsicht und überfahren werden. Sie können nach Holborn gehen mit der nötigen Vorsicht und nie überfahren werden. Genauso ist's mit Afrika."

„Ja, gewiß", meinte ich und dachte an Holborn.

„Wenn Sie vielleicht", sagte Mrs. Jellyby und schob uns einen Stoß Papiere hin, „über diesen Punkt und über den Gegenstand überhaupt einige Bemerkungen, die weit verbreitet worden sind, nachlesen wollen, während ich diesen Brief zu Ende diktiere, meiner ältesten Tochter hier, die mir als Amanuensis dient —"

Das Mädchen am Tisch hörte auf, an der Feder zu kauen, und erwiderte unsere Begrüßung mit einer Verbeugung, die halb mürrisch und halb verschämt war.

„— so bin ich vorhanden einmal fertig", fuhr Mrs. Jellyby mit süßem Lächeln fort, „obgleich meine Arbeit nie endet. Wo sind wir stehen geblieben, Caddy?"

„Empfiehlt sich Mr. Swallow und bittet —" sagte Caddy.

„Und bittet", diktierte Mrs. Jellyby, „ihn in Beantwortung seiner Anfrage wegen des afrikanischen Projekts informieren zu dürfen. — Nein, Peepy, durchaus nicht!"

Peepy, der sich selbst so benannt hatte, war das unglückliche Kind, das die Treppe hinuntergefallen war und nun, mit einem Pflaster auf der Stirn, das Diktat unterbrach, um seine wunden Knie zu zeigen. Ada und ich wußten nicht, was wir an ihnen mehr bemitleiden sollten: die Schrammen oder den Schmutz. Mrs. Jellyby aber setzte nur mit der heiteren Gelassenheit, mit der sie alles sagte, hinzu: „Geh hinaus, du garstiger Peepy!" und wandte ihre schönen Augen wieder Afrika zu. Da sie jedoch mit ihrem Diktat gleich wieder fortfuhr und da mein Tun sie darin nicht störte, wagte ich in aller Stille, den armen Peepy, als er hinausgehen wollte, aufzuhalten und auf den Schoß zu nehmen. Er machte darüber und daß ihn Ada küßte, ein ganz verwundertes Gesicht, schlief aber bald in meinen Armen ein, in immer längeren Zwischenräumen schluchzend, bis er still war.

Ich war so mit Peepy beschäftigt, daß ich auf die Einzelheiten des Briefes nicht achtete, obgleich er mir im allgemeinen einen solchen Eindruck von der hohen Wichtigkeit Afrikas und der tiefen Nichtigkeit aller anderen Länder und Gegenstände vermittelte, daß ich mich wirklich schämte, so wenig darüber nachgedacht zu haben.

„Sechs Uhr!" sagte Mrs. Jellyby. „Und unsere Speisestunde ist nominell – denn wir speisen zu allen Stunden – fünf! Caddy, zeige Miss Clare und Miss Summerson ihre Zimmer. Sie wollen sich vielleicht ein wenig umkleiden? Ich weiß, Sie werden mich entschuldigen, da ich so beschäftigt bin. Oh, das garstige Kind! Bitte, setzen Sie es hin, Miss Summerson."

Ich bat um Erlaubnis, den Kleinen bei mir zu behalten, indem ich wahrheitsgemäß sagte, daß er gar nicht lästig sei. Ich trug ihn hinauf und legte ihn auf mein Bett. Ada und ich hatten zwei Zimmer im Obergeschoß, durch eine Tür verbunden. Sie waren sehr kahl und unordentlich, und der Vorhang an meinem Fenster war mit einer Gabel befestigt.

„Sie möchten vielleicht warmes Wasser?" fragte Miss Jellyby und sah sich nach einem Krug mit einem Henkel um, aber vergebens.

„Wenn es keine Umstände macht", sagten wir.

„Oh, es ist nicht wegen der Umstände", entgegnete Miss Jellyby, „die Frage ist nur, ob welches da ist."

Der Abend war so kalt, und die Zimmer rochen so dumpfig, daß es uns wirklich ein wenig unbehaglich wurde und Ada am Weinen war. Wir lachten jedoch bald wieder und waren eifrig am Auspacken, als Miss Jellyby mit der Nachricht zurückkehrte, daß es leider kein warmes Wasser gebe: sie könnten den Teekessel nicht finden und der Waschkessel sei entzwei.

Wir baten sie, sich nicht weiter zu bemühen, und beeilten uns, um möglichst rasch wieder hinunter in die geheizte Stube zu kommen. Aber alle die kleinen Kinder standen draußen auf der Treppe vor der Tür, um das Schauspiel des auf meinem Bett schlafenden Peepy zu sehen, und wir wurden abgelenkt durch das beständige Erscheinen von Nasen und Fingern in gefährlichen Lagen zwischen Tür und Angel. Es war unmöglich, die beiden Zimmer abzuschließen, denn mein Türschloß, an dem der Griff fehlte, sah aus, als müsse erst die Feder aufgezogen werden, und obgleich sich der Griff an Adas Schloß mit größter Leichtigkeit um und um drehen ließ, brachte das doch nicht die geringste Wirkung an der Tür hervor. Deshalb schlug ich den

Kindern vor, hereinzukommen und sich artig an meinen Tisch zu setzen; dann wolle ich ihnen, während ich mich anziehe, die Geschichte vom Rotkäppchen erzählen. Das taten sie auch und waren mäuschenstill, einschließlich Peepys, der noch rechtzeitig erwachte, ehe der Wolf auftrat.

Als wir hinuntergingen, fanden wir einen Trinkbecher mit der Aufschrift: „Andenken an Tunbridge-Brunnen" mit einem Licht versehen auf dem Treppenfenster stehen. Ein Mädchen, dessen geschwollenes Gesicht in Flanelltücher eingewickelt war, versuchte im Staatszimmer, das jetzt durch eine offene Tür mit Mrs. Jellybys Zimmer in Verbindung stand, das Feuer anzublasen und wäre dabei fast erstickt. Bald rauchte es dermaßen, daß wir eine halbe Stunde lang bei offenem Fenster hustend und mit tränenden Augen dasaßen, während Mrs. Jellyby mit unverändert freundlichem Gleichmut Briefe über Afrika adressierte. Sie so beschäftigt zu sehen, war mir, wie ich gestehe, eine große Erleichterung, denn Richard erzählte uns unterdessen, daß er sich die Hände in einer Pastetenschüssel gewaschen habe, und daß sie den Teekessel auf seinem Toilettentisch gefunden hätten. Er brachte Ada so zum Lachen, daß auch ich schrecklich lachen mußte.

Kurz nach sieben Uhr gingen wir hinunter zum Essen, nach Mrs. Jellybys Rat mit Vorsicht, denn die Teppiche auf der Treppe waren nicht gehörig befestigt und so zerrissen, daß sie Fallstricke für die Füße bildeten. Es gab schönen Schellfisch, Roastbeef, Koteletts und Pudding – ein vortreffliches Mittagessen, wenn man es gekocht hätte nennen können, aber es war fast roh. Das Mädchen mit dem verbundenen Gesicht bediente, ließ aber alles auf den Tisch fallen, wohin es gerade kam, und nahm es nicht eher wieder weg, als bis sie es auf die Treppe setzte. Die Person in Holzpantoffeln, wahrscheinlich die Köchin, erschien häufig und scharmützelte mit ihr an der Tür; es schien großer Haß zwischen beiden zu herrschen.

Während des ganzen Mahles, das lang dauerte, weil sich Vorfälle ereigneten wie der, daß die Schüssel mit den Kartoffeln in den Kohlenkasten verlegt wurde und daß der Griff des Korkenziehers abbrach und dem Dienstmädchen ans Kinn flog, behielt Mrs. Jellyby ihren Gleichmut bei. Sie erzählte uns viel Interessantes von Borriobula-Gha und den Eingeborenen und nahm so viele Briefe in Empfang, daß Richard, der neben ihr saß, vier Umschläge gleichzeitig in der Bratensoße schwimmen sah. Einige der Briefe waren Berichte von Damenkomitees oder

Beschlüsse von Damenversammlungen, die sie uns vorlas; andere waren Anfragen von Leuten, die sich auf verschiedene Art über die Kultur des Kaffees und der Eingeborenen aufregten; wieder andere verlangten Antwort, und um diese zu schreiben, schickte sie ihre älteste Tochter drei- oder viermal vom Tisch fort. Sie war erfüllt von Geschäften und ging ohne Zweifel, wie sie uns erzählt hatte, ganz in der Sache auf.

Ich war etwas neugierig, wer ein sanfter Herr mit Glatze und Brille sei, der sich, als der Fisch abgetragen war, in einen leeren Stuhl setzte – es gab keine feste Tischordnung – und widerstandslos Borriobula-Gha über sich ergehen ließ, aber keinen tätigen Anteil an dieser Niederlassung zu nehmen schien. Da er kein Wort sprach, hätte man ihn, abgesehen von seiner Gesichtsfarbe, für einen Eingeborenen halten können. Erst als wir vom Tisch aufstanden und er allein mit Richard zurückblieb, dämmerte mir der Gedanke, es könnte vielleicht Mr. Jellyby sein. Und es war wirklich Mr. Jellyby. Ein geschwätziger junger Mann namens Mr. Quale mit großen, glänzenden Beulen statt der Schläfen und mit weit zurückgebürstetem Haar, der sich abends einstellte und Ada erzählte, er sei Philanthrop, sagte ihr auch, daß er die Ehe zwischen Mrs. und Mr. Jellyby die Vereinigung von Geist und Stoff nenne.

Dieser junge Mann wußte von sich aus viel von Afrika und von seinem Plan zu erzählen, die Kaffeepflanzer zu lehren, daß sie den Eingeborenen das Drechseln von Klavierbeinen beibrächten und damit Ausfuhrhandel trieben; außerdem machte er sich einen Spaß daraus, Mrs. Jellyby auszuholen, indem er sie fragte: „Ich glaube wirklich, Mrs. Jellyby, Sie haben an einem Tag schon einmal hundertfünfzig bis zweihundert Briefe über Afrika empfangen, nicht wahr?" oder: „Wenn mich mein Gedächtnis nicht trügt, Mrs. Jellyby, so erwähnten Sie einmal, Sie hätten von einem einzigen Postamt auf einen Schlag fünftausend Rundschreiben abgeschickt." Er wiederholte uns dann jedesmal Mrs. Jellybys Antwort wie ein Dolmetscher. Mr. Jellyby saß den ganzen Abend in einer Ecke, den Kopf gegen die Wand gelehnt, als ob er melancholisch wäre. Als er nach dem Essen mit Richard allein war, öffnete er wohl mehrmals den Mund, als habe er etwas auf dem Herzen, schloß ihn aber zu Richards großer Verwirrung immer wieder, ohne etwas zu sagen.

Mrs. Jellyby saß in einem wahren Nest aus weggeworfenen Papieren, trank den ganzen Abend Kaffee und diktierte dazwischen ihrer ältesten Tochter. Sie hatte auch eine Aussprache mit Mr. Quale, deren Gegenstand, wenn ich recht verstand, die Brüderschaft der Menschlichkeit war, und äußerte wunderschöne Empfindungen. Ich war aber keine so aufmerksame Zuhörerin, wie ich gewünscht hätte, denn Peepy und die anderen Kinder drängten sich in einer Ecke des Zimmers um Ada und mich und baten, ihnen noch eine Geschichte zu erzählen. So setzten wir uns denn unter sie und erzählten ihnen leise den Gestiefelten Kater, und ich weiß nicht, was noch, bis sich Mrs. Jellyby zufällig ihrer erinnerte und sie zu Bett schickte. Da Peepy zu weinen anfing und nur von mir zu Bett gebracht werden wollte, trug ich ihn hinauf, wo das Dienstmädchen mit dem verbundenen Gesicht wie ein Drache unter die kleine Schar fuhr und sie in ihre Bettchen warf.

Nachher bemühte ich mich, unser Zimmer ein wenig hübsch zu machen und ein widerspenstiges Feuer, das man im Kamin angezündet hatte, zum Brennen zu bereden, bis es zuletzt ganz hell brannte. Als ich wieder hinabkam, fühlte ich, daß mich Mrs. Jellyby ziemlich geringschätzig musterte, weil ich so läppisch sei; es tat mir leid, obgleich ich doch wußte, daß ich keine höheren Ansprüche machen konnte.

Es war fast Mitternacht, ehe wir Gelegenheit fanden, zu Bett zu gehen; und selbst da blieb Mrs. Jellyby noch unter ihren Papieren und trank Kaffee, und Miss Jellyby kaute an der Fahne ihrer Feder.

„Ein merkwürdiges Haus", sagte Ada, als wir oben waren. „Wie seltsam von meinem Vetter Jarndyce, uns hierherzuschicken!"

„Liebe Ada", sagte ich, „es macht mich ganz verwirrt. Ich verstünde es gern und verstehe es nicht."

„Was?" fragte Ada mit ihrem reizenden Lächeln.

„Alles", sagte ich. „Es muß sehr verdienstlich von Mrs. Jellyby sein, sich mit einem Plan zum Besten der Eingeborenen so viel Mühe zu machen – und doch – Peepy und diese ganze Wirtschaft."

Ada lachte, umarmte mich, als ich so stand und ins Feuer blickte, und sagte mir: ich sei ein stilles, liebes, gutes Wesen und habe ihr Herz gewonnen. „Du denkst so viel nach, Esther", sagte sie, „und bist doch so heiter! Und du tust so viel und machst doch kein Wesen davon! Du würdest selbst dieses Haus in ein Heim verwandeln!"

Mein schlichtes Herzenskind! Sie war sich gar nicht dessen

bewußt, daß sie nur sich selbst pries und nur in ihrer Herzensgüte so viel aus mir machte!

„Darf ich mir eine Frage erlauben?" sagte ich, als wir eine kleine Weile vor dem Feuer gesessen hatten.

„Fünfhundert", sagte Ada.

„Über deinen Vetter, Mr. Jarndyce. Ich verdanke ihm so viel; willst du ihn mir wohl beschreiben?"

Sie schüttelte ihr goldenes Haar aus dem Gesicht und sah mich mit so lachender Verwunderung an, daß ich mich ebenfalls wundern mußte – teils über ihre Schönheit, teils über ihr Erstaunen.

„Esther!" rief sie.

„Liebe Ada!"

„Ich soll dir meinen Vetter Jarndyce beschreiben?"

„Nun ja, ich habe ihn nie gesehen."

„Und ich auch nie!" gab Ada zur Antwort.

Wie merkwürdig!

Nein, sie hatte ihn nie gesehen. So jung sie war, als ihre Mutter starb, sie erinnerte sich doch, wie ihrer Mutter die Tränen in die Augen traten, wenn sie von ihm und der edlen Großmut seines Charakters sprach, auf den man mehr bauen könne als auf alles Irdische sonst. Und Ada baute auf ihn. Ihr Vetter Jarndyce hatte ihr vor einigen Monaten geschrieben – „einen einfachen, ehrlichen Brief", erzählte sie –, hatte ihr die jetzt getroffene Regelung vorgeschlagen und ihr gesagt, „daß diese Anordnung mit der Zeit einige der Wunden heilen könne, die der unselige Kanzleigerichtsprozeß geschlagen habe." Sie hatte in ihrer Antwort diesen Vorschlag dankbar angenommen. Richard hatte einen ähnlichen Brief erhalten und eine ähnliche Antwort gegeben. Er hatte Mr. Jarndyce wirklich einmal gesehen, aber nur einmal, vor fünf Jahren in der Schule von Winchester. Er hatte Ada, als sie an dem Schirm vor dem Feuer lehnten, wo ich sie fand, erzählt, daß er ihn als „derben, frischen Burschen" im Gedächtnis habe. Mehr konnte mir Ada von ihm nicht sagen.

Ich machte mir darüber so viele Gedanken, daß ich immer noch am Feuer saß, als Ada schon eingeschlafen war; ich zerbrach mir den Kopf über Bleakhaus und wunderte mich, daß der gestrige Morgen schon so weit hinter mir zu liegen schien. Ich weiß nicht, wohin meine Gedanken noch geschweift wären, wenn sie nicht ein Klopfen an der Tür zurückgerufen hätte.

Ich öffnete leise und fand Miss Jellyby fröstelnd vor der Tür stehen, ein zerbrochenes Licht in einem zerbrochenen Leuchter in der einen Hand, einen Eierbecher in der anderen.

„Gute Nacht", sagte sie mürrisch.

„Gute Nacht!" sagte ich.

„Darf ich eintreten?" fragte sie kurz und unerwartet in derselben mürrischen Art.

„Gewiß", sagte ich. „Wecke nur Miss Clare nicht."

Sie wollte sich nicht setzen, sondern blieb am Feuer stehen, tauchte ihren tintenbefleckten Mittelfinger in den Eierbecher, der Essig enthielt, und bestrich damit die Tintenflecke im Gesicht; dabei runzelte sie die ganze Zeit die Stirn und schaute sehr böse drein.

„Ich wollte, Afrika wäre tot!" sagte sie plötzlich.

Ich wollte widersprechen.

„Ja, das wollte ich!" sagte sie. „Sagen Sie nichts dagegen, Miss Summerson. Ich hasse und verabscheue es! Es ist ein Vieh!"

Ich sagte, sie sei müde und tue mir leid. Ich legte die Hand an ihre Stirn und sagte, sie sei jetzt heiß, morgen werde sie wieder kühl sein. Sie stand immer noch schmollend und grollend vor mir; aber gleich darauf setzte sie den Eierbecher hin und wandte sich leise dem Bett zu, wo Ada schlummerte.

„Sie ist sehr hübsch!" sagte sie mit dem alten Stirnrunzeln in der alten barschen Weise.

Ich stimmte lächelnd bei.

„Eine Waise, nicht wahr?"

„Ja."

„Weiß aber wahrscheinlich sehr viel? Kann tanzen und Klavier spielen und singen? Sie spricht gewiß Französisch und versteht Geographie und den Globus und Nähen und alles mögliche?"

„Gewiß", sagte ich.

„Ich kann es nicht", gab sie zurück. „Ich kann kaum etwas anderes als Schreiben. Ich schreibe immerzu für Mutter. Mich wundert, daß ihr beide euch nicht schämt, heute nachmittag hereinzuschneien und zu sehen, daß ich sonst nichts gelernt habe. Das sieht eurer Bosheit ähnlich. Und ihr haltet euch doch für sehr feine Damen, gewiß!"

Ich sah, daß das arme Mädchen dem Weinen nahe war, setzte mich wortlos wieder auf meinen Stuhl und sah sie, hoffe ich, so freundlich an, wie ich für sie empfand.

„Es ist eine Schande!" sagte sie. „Sie wissen es. Das ganze Haus ist eine Schande. Die Kinder sind eine Schande. Ich bin

eine Schande. Papa ist unglücklich, und das ist kein Wunder! Priscilla trinkt — sie trinkt ständig. Es ist wirklich eine Schmach und eine reine Fabel, wenn Sie sagen, Sie hätten's heute nicht gerochen. Heute vor dem Essen war es so schlimm wie in einer Schenke; Sie wissen das!"

„Liebes Kind, nein", sagte ich.

„Doch!" sagte sie kurz. „Sie sollen's nicht leugnen. Sie wissen es!"

„Aber, liebes Kind", sagte ich, „wenn du mich nicht sprechen lassen willst —"

„Sie sprechen doch jetzt. Sie wissen es. Erzählen Sie keine Geschichten, Miss Summerson!"

„Liebes Kind", sagte ich, „wenn du mich nicht anhören willst —"

„Ich mag Sie nicht anhören."

„O doch, du wirst es tun", sagte ich, „weil das Gegenteil unvernünftig wäre. Was du mir erzählst, wußte ich nicht, weil das Dienstmädchen bei Tisch nicht in meine Nähe kam; aber ich bezweifle nicht, was du mir sagst, und es tut mir leid, es zu hören."

„Sie brauchen sich kein Verdienst daraus zu machen", sagte sie.

„Gewiß nicht, liebes Kind", antwortete ich; „das wäre sehr töricht."

Sie stand noch immer neben dem Bett, und jetzt beugte sie sich nieder, aber immer mit demselben verdrossenen Gesicht, und küßte Ada. Dann kam sie leise zurück und stellte sich neben meinen Stuhl. Ihre Brust hob sich krampfhaft, und sie tat mir sehr leid; aber ich glaubte, es sei besser, zu schweigen.

„Ich wollte, ich wäre tot!" brach sie aus. „Ich wollte, wir alle wären tot. Es wäre viel besser für uns."

Einen Augenblick später kniete sie neben mir auf dem Fußboden, verbarg ihr Gesicht in meinem Kleid, bat mich leidenschaftlich um Verzeihung und weinte. Ich tröstete sie und wollte sie aufheben, aber sie rief: Nein, nein, sie wolle so bleiben!

„Sie haben Mädchen unterrichtet", sagte sie. „Hätten Sie mich unterrichtet, so hätte ich von Ihnen lernen können. Ich bin so unglücklich, und ich liebe Sie so sehr!"

Ich konnte sie nicht überreden, sich neben mich zu setzen; nur dazu brachte ich sie, einen zerrissenen Stuhl heranzuschieben, wo sie kniete, und ihn zu nehmen; dabei hielt sie immer noch mein Kleid in derselben Weise fest. Allmählich schlief das arme, müde Kind ein, und ich hob leise ihren Kopf in die Höhe, daß er auf meinem Schoß ruhen konnte, und deckte uns beide mit Schals zu. Das Feuer ging aus, und die ganze Nacht schlummerte sie so vor dem kalten Kamin. Anfangs konnte ich nicht einschlafen und versuchte vergeblich, mich mit geschlossenen Augen unter den mannigfachen Auftritten des Tages zu verlieren. Endlich wurden sie immer undeutlicher und verwirrter. Ich war nicht mehr sicher, wer auf meinem Schoß schlief. Jetzt war es Ada; dann eine meiner alten Freundinnen aus Reading, von denen ich nicht vor so kurzer Zeit geschieden zu sein glaubte; dann war es die kleine, verrückte Alte, müde vom Knicksen und Lächeln; dann wieder eine Autoritätsperson in Bleakhaus. Zuletzt war es niemand, und ich war auch niemand.

Der stockblinde Tag kämpfte mühsam mit dem Nebel, als ich die Augen aufschlug und dem starr auf mich gerichteten Blick eines schmutzigen kleinen Gespensts begegnete. Peepy war aus seinem Bett gestiegen und in seinem Nachthemd und Mützchen zu mir gekrochen und fror so sehr, daß ihm die Zähne klapperten, als seien sie alle locker.

5. KAPITEL

Abenteuer am Morgen

Obgleich der Morgen rauh war und der Nebel immer noch dick zu sein schien – ich sage: schien, denn die Fensterscheiben waren so mit Schmutz überzogen, daß sie den hellsten Sonnenschein trübe gemacht hätten –, stellte ich mir doch das Haus zu dieser frühen Stunde so unbehaglich vor und war so neugierig auf London, daß ich Miss Jellybys Vorschlag, einen Spaziergang zu machen, als guten Gedanken empfand.

„Mama wird noch nicht so bald herunterkommen", sagte sie, „und dann ist das Frühstück vielleicht erst eine Stunde danach fertig; sie trödeln so sehr. Papa nimmt, was er kriegen kann, und geht aufs Büro. Was man ein ordentliches Frühstück nennt, hat er in seinem Leben noch nicht gehabt. Priscilla legt ihm am Abend vorher Brot und Milch heraus, wenn eine da ist. Manchmal ist keine da, und manchmal säuft sie die Katze. Aber ich fürchte, Sie werden müde sein, Miss Summerson, und gingen vielleicht lieber zu Bett."

„Ich bin durchaus nicht müde, liebes Kind", sagte ich, „und möchte viel lieber ausgehen."

„Wenn Sie wirklich Lust haben", entgegnete Miss Jellyby, „will ich mich anziehen."

Ada erklärte, sie wolle mitgehen, und war bald fertig. Peepy machte ich, da ich nichts Besseres für ihn tun konnte, den Vorschlag, er solle sich von mir waschen und dann wieder auf mein Bett legen lassen. Er nahm das so gnädig wie möglich auf sich: er glotzte mich während der ganzen Prozedur an, als sei er noch nie im Leben so erstaunt gewesen und könne nie wieder so erstaunt sein, schaute dabei auch sehr weinerlich aus, erhob aber kein Wehgeschrei und fiel sogleich in süßen Schlummer, als es vorbei war. Anfangs zweifelte ich, ob ich mir eine solche Freiheit nehmen dürfe, überlegte mir aber bald, daß es wohl niemand im Haus bemerken werde.

Die eifrigen Bemühungen, Peepy zu waschen, mich anzuziehen und Ada zu helfen, machten mir bald ziemlich warm. Miss Jellyby fanden wir im Schreibzimmer bei dem Versuch, sich an dem Feuer zu wärmen, das Priscilla mit einem rußigen Talglicht anzuzünden bemüht war; damit es besser brenne, warf sie das Licht hinein. Alles stand und lag noch, wie wir es am Abend verlassen hatten, und sollte offenbar so bleiben. Im Erdgeschoß war das Tischtuch nicht weggenommen, sondern für das Frühstück liegengeblieben. Krumen, Staub und Papierschnitzel lagen überall im Haus herum. Ein paar zinnerne Bierkrüge und eine Milchkanne hingen auf dem Hofgitter; die Tür stand offen, und wir begegneten der Köchin an der nächsten Ecke, als sie aus einem Wirtshaus kam und sich den Mund wischte. Sie sagte uns im Vorbeigehen, sie habe nachgesehen, wieviel Uhr es sei.

Aber ehe wir der Köchin begegneten, trafen wir Richard, der vor Thavies' Inn herumtanzte, um sich die Füße zu wärmen. Er war angenehm überrascht, uns so früh auftauchen zu sehen, und sagte, er wolle gern an unserem Spaziergang teilnehmen. So nahm er Ada unter seine Obhut, und Miss Jellyby und ich gingen voran. Ich muß hier erwähnen, daß Miss Jellyby wieder in ihr mürrisches Wesen verfallen war; ich hätte nicht geglaubt, daß sie mich so gern habe, wenn sie es mir nicht gesagt hätte.

„Wohin wollen wir gehen?" fragte sie.

„Irgendwohin, liebes Kind", erwiderte ich.

„Irgendwohin ist nirgendwohin", sagte Miss Jellyby und blieb stehen.

„Nun, so mach du einen Vorschlag", sagte ich.

Darauf begann sie sehr rasch zu gehen.

„Es ist mir gleich!" rief sie aus. „Sie sind mein Zeuge, Miss Summerson, ich sage, es ist mir gleich – aber wenn er auch mit seiner großen, glänzenden, buckligen Stirn jeden Abend zu uns käme, bis er so alt wäre wie Methusalem, wollte ich nichts von ihm wissen. Zu was für Eseln machen sich er und Mama!"

„Aber Kind!" mahnte ich im Hinblick auf diesen Ausdruck und die kräftige Betonung, die Miss Jellyby darauf legte, „deine Kindespflicht –"

„Ach! sprechen Sie mir nicht von Kindespflicht, Miss Summerson; wo bleibt Mamas Mutterpflicht? Die ist ganz in Öffentlichkeit und Afrika aufgegangen, wie mir scheint. Dann mögen ihr Öffentlichkeit und Afrika Kindespflicht erweisen, ihnen kommt es mehr zu als mir. Das empört Sie wahrscheinlich! Nun, mich empört's auch; so empört es uns beide, und damit gut!"

Sie zwang mich, noch schneller zu gehen.

„Aber trotz alledem sage ich noch einmal, mag er kommen und wiederkommen und nochmals kommen, ich mag nichts von ihm wissen. Ich kann ihn nicht ausstehen. Wenn ich etwas auf der Welt hasse und verabscheue, so ist es das, was er und Mama schwatzen. Ich wundere mich nur, daß die Pflastersteine vor unserem Haus Geduld genug haben, dort zu bleiben und solches Unwesen mit anzusehen, solche Widersprüche, solch blühenden Unsinn – und Mamas ganze Wirtschaft!"

Sie konnte natürlich nur Mr. Quale meinen, den jungen Herrn, der gestern nach dem Essen erschienen war. Vor der peinlichen Notwendigkeit, mehr über diesen Gegenstand zu hören, retteten mich Richard und Ada, die uns jetzt in scharfem Schritt einholten und uns lachend fragten, ob wir einen Wettlauf anstellen wollten. Dadurch unterbrochen, wurde Miss Jellyby still und ging mißmutig neben mir her, während ich die bunte Reihenfolge der Straßen bewunderte, die vielen Leute, die schon jetzt auf den Beinen waren, die Menge der Wagen, die in alle Richtungen fuhren, die Geschäftigkeit im Ausschmücken der Schaufenster und im Auskehren der Läden und die seltsamen, in Lumpen gehüllten Gestalten, die verstohlen im Kehricht nach Nägeln und anderem Abfall wühlten.

„Sieh nur, Kusine", sagte hinter mir Richards heitere Stimme zu Ada, „wir sollen gar nicht aus dem Kanzleigericht herauskommen! Wir sind auf einem anderen Weg zu unserem gestrigen Treffpunkt gekommen, und – beim großen Siegel! da ist auch die Alte wieder!"

Wahrhaftig, da stand sie unmittelbar vor uns, knicksend und lächelnd, und sagte mit derselben Gönnermiene wie gestern: „Die Mündel in Sachen Jarndyce! Freut mich sehr, wirklich sehr!"

„Sie stehen zeitig auf, Madam", sagte ich, als sie mir ihren Knicks machte.

„Ja! Ich gehe gewöhnlich hier früh spazieren! Ehe das Gericht zusammentritt. Es ist so still hier. Ich sammle hier meine Gedanken für das Geschäft des Tages", sagte die Alte geziert. „Das Geschäft des Tages verlangt viel Überlegung. Dem Kanzleigerichtsrecht zu folgen ist schwer, sehr schwer!"

„Wer ist das, Miss Summerson?" flüsterte mir Miss Jellyby zu, indem sie meinen Arm fester an sich drückte.

Die kleine Alte hörte merkwürdig gut. Sie antwortete sogleich selbst.

„Eine Prozessierende, mein Kind, Ihnen zu dienen. Ich habe die Ehre, den Gerichtssitzungen regelmäßig beizuwohnen, mit meinen Dokumenten. Habe ich das Vergnügen, mit noch einer der jungen Parteien in Sachen Jarndyce zu sprechen?" fragte die Alte, indem sie sich, den Kopf zur Seite geneigt, aus einem sehr tiefen Knicks wieder aufrichtete.

Richard, voll Eifer, seine gestrige Gedankenlosigkeit wiedergutzumachen, erklärte ihr geduldig, daß Miss Jellyby mit dem Prozeß nichts zu tun habe.

„Ah!" sagte die Alte. „Sie erwartet kein Urteil? Sie wird noch alt werden. Aber nicht so alt. Ach Gott, nein! Das ist der Garten von Lincoln's Inn. Ich nenne ihn meinen Garten. Er ist ein wahres Paradies im Sommer, wenn die Vögel melodisch singen. Ich verbringe den größten Teil der langen Gerichtsferien hier, in Betrachtung versunken. Die großen Ferien kommen Ihnen außerordentlich lang vor, nicht wahr?"

Wir bejahten das, da sie es zu erwarten schien.

„Wenn die Blätter von den Bäumen fallen und keine Blumen mehr blühen, die man zu Sträußen für das Gericht des Lordkanzlers binden könnte", berichtete die Alte, „so sind die Ferien abgelaufen, und das sechste Siegel, von dem die Offenbarung spricht, wird aufgetan. Bitte, kommen Sie mit und sehen Sie sich meine Wohnung an. Es wäre ein gutes Vorzeichen für mich; Jugend, Hoffnung und Schönheit sind sehr selten dort. Seit langer, langer Zeit haben sie mich nicht besucht."

Sie hatte mich an der Hand gefaßt und führte mich und Miss Jellyby vorwärts, während sie Richard und Ada winkte, zu folgen. Ich wußte nicht, wie ich mich loseisen sollte, und blickte hilfesuchend Richard an. Da er aber belustigt und neugierig zugleich war und auch nicht wußte, wie man die Alte loswerden könne, ohne sie zu beleidigen, so führte sie uns ungehindert weiter, und er und Ada folgten uns. Mit lächelnder Herablassung versicherte uns unsere seltsame Führerin fortwährend, daß sie nicht weit entfernt wohne.

Das war ganz richtig, wie sich bald zeigte. Sie hauste so nahe, daß wir keine Zeit hatten, ihr auch nur flüchtig böse zu sein, ehe wir ihre Wohnung erreichten. Die Alte schob uns durch eine kleine Seitenpforte in ein schmales Nebengäßchen, das zu einigen Höfen dicht neben Lincoln's Inn gehörte, blieb hier ganz unerwartet stehen und sagte: „Hier wohne ich. Bitte, treten Sie ein!"

Wir standen vor einem Laden, über dem geschrieben stand: Krook, Hadern und Flaschen. Ferner in langen, dünnen Buchstaben: Krook, Schiffsvorräte. In einem Teil der Fensterscheibe war eine rote Papiermühle abgebildet, vor der man von einem Wagen Säcke mit Hadern ablud. In einem anderen stand die Inschrift: Ankauf von Knochen. In einem dritten: Ankauf von Küchenabfall. In einem vierten: Altes Eisen gesucht. In einem fünften: Ankauf von Altpapier. In einem sechsten: Ankauf von Herren- und Damenkleidung. Alles schien hier gekauft, nichts verkauft zu werden. Das Fenster stand voll schmutziger Flaschen, Flaschen für Stiefelwichse, Medizinflaschen, Ingwerbier- und Sodaflaschen, Einmach-, Wein- und Tintenflaschen; da ich diese erwähne, fällt mir wieder ein, daß der Laden in manchen Kleinigkeiten die Nachbarschaft eines Gerichts erkennen ließ und sich als schmutziger Schmarotzer und verstoßener Verwandter des Gesetzes verriet, der er war. Der Tintenflaschen waren sehr viele. Vor der Tür stand eine kleine, wacklige Bank mit modrigen, alten Bänden und einem Zettel: „Juristische Bücher, neun Pence das Stück". Mehrere der erwähnten Inschriften waren von Kanzlistenhand geschrieben wie die Papiere, die ich im Büro von Kenge und Carboy gesehen, und die Briefe, die ich so lang von ihnen empfangen hatte. Mitten unter den Anzeigen erblickte ich einen Zettel von derselben Hand, der aber nichts mit dem Geschäftsbetrieb zu tun hatte, sondern meldete, daß sich ein anständiger Mann von fünfundvierzig Jahren für Reinschriften oder Abschriften, sauber und pünktlich ausgeführt, empfehle: Adresse Nemo, abzugeben bei Mr. Krook im Laden. Auch etliche alte Haarbeutel, blaue und rote, sah man hängen. Nicht weit von der Tür lagen auf dem Fußboden Haufen alter, zerknitterter Pergamentstreifen und vergilbter Akten mit Eselsohren. Ich konnte mir vorstellen, daß all die rostigen Schlüssel, die hier zu Hunderten als altes Eisen gehäuft waren, früher die Zimmer oder die Stahlschränke juristischer Büros geschlossen hatten. Das Bündel Lumpen, das halb aus einer einarmigen, hölzernen Waagschale heraushing, die ohne Gegengewicht an einem Balken baumelte, mochte aus zerrissenen Anwaltstalaren und -borten bestehen. Man brauche sich, flüsterte Richard Ada und mir zu, als wir alle spähend an der Tür standen, nur noch auszumalen, daß der Haufen sauber abgenagter Knochen in der Ecke die Gebeine von Klienten seien, dann sei das Bild vollständig.

Da es immer noch neblig und dunkel war und außerdem die nur wenige Schritte entfernte Mauer von Lincoln's Inn dem Laden das Licht abfing, hätten wir wenig gesehen, wenn nicht ein alter Mann mit Brille und Pelzmütze eine brennende Laterne im Laden herumgetragen hätte. Als er sich zur Tür wandte, erblickte er uns. Er war klein, leichenblaß und verdorrt; der Kopf stak schief zwischen den Schultern, und der Atem kam als sichtbarer Rauch aus dem Mund, als ob er inwendig brenne. Hals, Kinn und Augenbrauen waren so bereift mit weißen Haaren und so runzlig von Adern und Hautfalten, daß er von der Brust aufwärts wie eine alte, überschneite Wurzel aussah.

„Hihi!" machte der Alte und trat an die Tür. „Haben Sie etwas zu verkaufen?"

Wir traten natürlich zurück und sahen unsere Führerin an, die bemüht war, die Haustür mit einem Schlüssel zu öffnen, den sie aus der Tasche genommen hatte; jetzt sagte Richard zu ihr, da wir das Vergnügen gehabt, ihre Wohnung kennenzulernen, wollten wir uns von ihr verabschieden, da wir nicht viel Zeit hätten. Aber so leichten Kaufs kam man von ihr nicht los. Sie wurde so wunderlich und ernsthaft dringend in ihren Bitten, hinaufzukommen und nur einen Augenblick ihre Wohnung anzusehen, und war in ihrer harmlosen Weise so hartnäckig, mich als Teil des ersehnten guten Vorzeichens hineinzuführen, daß ich ihr nachgeben mußte, ohne die anderen zu fragen. Wahrscheinlich waren wir alle mehr oder minder neugierig – jedenfalls wurden wir es, als der alte Mann seine Überredungskünste den ihren hinzufügte und sagte: „Ja, ja! Tun Sie ihr den Gefallen! Kostet höchstens eine Minute! Nur herein, herein! Kommen Sie durch den Laden, wenn die andere Tür versagt!"

Wir traten daher alle ein, aufgemuntert durch Richards beherztes Lachen und im Vertrauen auf seinen Schutz.

„Mein Hauswirt Krook", erklärte die Alte mit großer Herablassung, als sie ihn uns vorstellte. „Seine Nachbarn nennen ihn den Lordkanzler. Sein Laden heißt der Kanzleigerichtshof. Ein sehr exzentrischer Mann. Kurioser Kauz. Oh, ich sage Ihnen, ein kurioser Kauz!"

Sie schüttelte vielmals den Kopf und deutete mit dem Finger auf die Stirn, um auszudrücken, daß wir ihm etwas zugutehalten müßten; „denn er ist ein klein wenig – Sie wissen schon!" erklärte sie hoheitsvoll. Der Alte hörte es und lachte.

„Es stimmt schon", sagte er, als er uns mit der Laterne voranleuchtete, „daß sie mich den Lordkanzler und meinen Laden das Kanzleigericht nennen. Und warum, meinen Sie, nennen sie mich den Lordkanzler und meinen Laden das Kanzleigericht?"

„Ich weiß es nicht!" sagte Richard ziemlich gleichgültig.

„Sehen Sie", sagte der Alte, indem er stehenblieb und sich umdrehte, „sie – Hi! das ist schönes Haar! Ich habe drunten drei Säcke voll Frauenhaar, aber keines ist so schön und weich wie dieses. Welche Farbe, welche Weichheit!"

„Schon gut, lieber Freund!" sagte Richard, der es höchlich mißbilligte, daß er eine von Adas Locken durch seine gelbe Hand gezogen hatte. „Sie können es bewundern, wie wir es alle tun, ohne sich solche Freiheit zu nehmen!"

Der Alte warf ihm einen schnellen Blick zu, der sogar mein Augenmerk von Ada ablenkte; diese erschrak und wurde im Erröten so auffallend schön, daß sie selbst die unstete Aufmerksamkeit der kleinen Alten zu fesseln schien. Aber da sich Ada einmischte und lachend sagte, sie könne auf eine so ungeschminkte Bewunderung nur stolz sein, zog sich Mr. Krook ebenso schnell wieder in seine frühere Rolle zurück, wie er vorhin herausgefallen war.

„Sie sehen, ich habe so viele Sachen hier", nahm er den Gesprächsfaden wieder auf und leuchtete mit der Laterne herum, „und so vielerlei, und nach Meinung der Nachbarn – aber die verstehen nichts davon – alle nur zum Vermodern und Verderben, daß sie mich und meinen Laden deshalb so getauft haben. Ich habe auch so viele alte Pergamente und Papiere auf Lager. Und ich habe Gefallen an Rost und Moder und Spinnweben. Und alles, was Fisch ist, kommt mir ins Netz. Und es ist mir unmöglich, etwas wieder herauszugeben, was ich einmal habe – wenigstens glauben das meine Nachbarn, aber was wissen die? –, oder etwas zu ändern oder hier kehren, fegen, scheuern, aufräumen zu lassen. Dadurch habe ich den bösen Namen Kanzleigericht bekommen. Mir ist das einerlei. Ich besuche meinen vornehmen und gelehrten Kollegen fast jeden Tag, wenn er im Gericht Sitzung hält. Er beachtet mich nicht, aber ich beachte ihn. Der Unterschied zwischen uns ist nicht groß. Wir wühlen beide in altem Schlamme. Hi, Lady Jane!"

Eine große, graue Katze sprang von einem nahen Brett auf seine Schulter und erschreckte uns alle.

„Zeig ihnen, wie du kratzen kannst! Kratz, Jane!" sagte ihr Herr.

Die Katze sprang auf den Boden und riß mit ihren Tigerkrallen an einem Bündel Hadern mit einem Klang, der mir durch Mark und Bein ging.

„So würde sie's jedem Menschen machen, auf den ich sie hetzte", sagte der Alte. „Ich handle auch mit Katzenfellen, und das ihre wurde mir angeboten. Es ist ein sehr schönes Fell, wie Sie sehen, aber ich habe es ihr nicht über die Ohren gezogen! Das war freilich nicht Kanzleigerichtsbrauch, werden Sie sagen!"

Er hatte uns unterdessen durch den Laden geführt und öffnete jetzt eine Hintertür, die auf den Hausflur führte. Während er mit der Hand am Türschloß dastand, bemerkte die kleine Alte gnädig, ehe wir hinausgingen: „Schon gut, Krook. Ihr meint es gut, seid aber gar zu umständlich. Meine jungen Freunde haben nicht viel Zeit. Ich selbst habe auch keine zu verlieren, denn ich muß bald in die Sitzung. Meine jungen Freunde sind die Mündel in Sachen Jarndyce."

„Jarndyce!" sagte der Alte und fuhr in die Höhe.

„In Sachen Jarndyce gegen Jarndyce. In dem großen Prozeß, Krook", wiederholte seine Mieterin.

„Hi!" rief jener im Ton nachdenklichen Staunens aus und starrte uns mit noch größeren Augen an als früher. „Sieh einer an!"

Er schien auf einmal so in Gedanken versunken und sah uns so seltsam an, daß Richard sagte: „Sie scheinen sich sehr um die Prozesse bei Ihrem vornehmen und gelehrten Kollegen, dem anderen Kanzler, zu bekümmern!"

„Ja", sagte der Alte zerstreut. „Gewiß! Ihr Name muß sein –" „Richard Carstone."

„Carstone", wiederholte der Alte und zählte den Namen langsam auf seinem Zeigefinger ab; ebenso machte er es mit jedem der andern Namen, die er erwähnte, auf einem anderen Finger. „Ja. Dann war da der Name Barbary und der Name Clare und auch der Name Dedlock, glaube ich."

„Er weiß von dem Prozeß so viel wie der wirkliche, beamtete Kanzler!" sagte Richard ganz erstaunt zu Ada und mir.

„Ja!" sagte der Alte, der nun langsam aus seiner Geistesabwesenheit erwachte. „Ja! Tom Jarndyce – Sie werden entschuldigen, daß ich so sage, aber man kannte ihn hier in der Umgebung des Gerichts unter keinem anderen Namen, und man kannte ihn so gut wie – die da jetzt"; dabei deutete er mit leichtem Nicken auf die Alte. „Tom Jarndyce war oft hier im Laden. Er hatte sich ein ruheloses Herumlaufen angewöhnt, während seine Sache verhandelt wurde, oder er fing beim Warten ein Gespräch mit den kleinen Ladeninhabern an und riet ihnen, um jeden Preis dem Kanzleigericht fernzubleiben. ‚Denn', sagte er, ‚dort sein heißt: Stück für Stück in einer langsamen Mühle gemahlen, an einem langsamen Feuer gebraten, von einzelnen Bienen zu Tode gestochen, von steten Tropfen ertränkt, schrittweise verrückt werden.' Er war dem Selbstmord so nah wie möglich, gerade hier auf der Stelle, wo jetzt die junge Dame steht."

Wir hörten mit Grausen zu.

„Er kam zur Tür herein", erzählte der Alte, indem er mit dem Finger langsam einen vorgestellten Pfad durch den Laden verfolgte, „an dem Tag, an dem er es tat – die ganze Nachbarschaft hatte schon seit Monaten gesagt, er werde es ganz gewiß früher oder später tun –, er kam zur Tür herein, ging hier entlang, setzte sich auf eine Bank, die dort in der Ecke stand, und bat mich – Sie können sich denken, daß ich damals viel jünger war –, ihm eine halbe Flasche Wein zu holen. ‚Denn', sagte er, ‚Krook, ich bin sehr niedergeschlagen; meine Sache wird wieder verhandelt, und ich glaube, ich bin der Entscheidung näher denn je.' Ich wollte ihn nicht allein lassen und überredete ihn, in das Wirtshaus drüben auf der anderen Seite meiner Straße – will sagen Chancery Lane – zu gehen; ich ging ihm nach, schaute zum Fenster hinein und sah ihn ganz gemütlich, wie ich glaubte, im Lehnstuhl am Feuer sitzen und Gesellschaft um ihn. Aber kaum war ich wieder in meinem Laden, da hörte ich einen Schuß aus dem Wirtshaus herüberknallen. Ich lief auf die Straße – die Nachbarn liefen auf die Straße – zwanzig riefen wie aus einem Mund: ‚Tom Jarndyce!'"

Der Alte hielt inne, sah uns scharf an, blickte in die Laterne, blies das Licht aus und schloß die Laterne.

„Wir hatten es erraten, das brauche ich Ihnen nicht zu sagen! Ha! Wie die Nachbarschaft ins Gericht strömte, als an diesem Nachmittag die Sache verhandelt wurde! Wie mein vornehmer, gelehrter Kollege und die anderen alle das herkömmliche Lied ableierten und ein Gesicht zu machen suchten, als ob sie von dem letzten Ereignis des Prozesses kein Wort gehört hätten oder als ob es sie weiß Gott nichts anginge, wenn sie zufällig davon gehört haben sollten!"

Aus Adas Gesicht war alle Farbe gewichen, und Richard war kaum weniger blaß. Und wenn ich nach meiner eigenen Bewegung urteilte, obwohl mich doch der Prozeß gar nichts anging, so konnte ich mich nicht wundern, daß es für ungeprüfte, junge Herzen erschütternd war, die Erbschaft eines lang hingeschleppten Elends anzutreten, das für manche Menschen mit so schrecklichen Erinnerungen verknüpft war. Auch war ich in Sorge, welchen Eindruck die schmerzliche Geschichte auf das arme, halbverrückte Geschöpf machen werde, das uns hergeführt hatte; aber zu meiner Verwunderung schien sie davon völlig unberührt und ging uns nur wieder voran die Treppe hinauf. Dabei gab sie uns mit der Nachsicht eines höheren Wesens für die Schwächen eines gewöhnlichen Sterblichen zu verstehen, ihr Hauswirt sei „ein wenig – müssen Sie wissen!"

Sie wohnte im obersten Stockwerk in einem ziemlich großen Zimmer, von wo sie eine Aussicht auf das Dach der Lincoln's Inn Hall hatte. Hauptsächlich dies schien sie ursprünglich veranlaßt zu haben, die Wohnung zu mieten. Sie könne nachts hinsehen, sagte sie, besonders im Mondschein. Das Zimmer war reinlich, aber sehr, sehr kahl. An Möbeln konnte ich nur das Allernotwendigste bemerken; ein paar alte Kupferstiche aus Büchern, Kanzler und Advokaten darstellend, waren mit Oblaten an die Wand geklebt, und ein halbes Dutzend Strick- und Arbeitsbeutel „mit Dokumenten", wie sie sagte, hingen herum. Auf dem Kaminrost befanden sich weder Kohlen noch Asche, und nirgends waren Kleidungsstücke oder Lebensmittel zu bemerken. Auf einem Brett in einem offenen Küchenschrank standen ein paar Teller, ein paar Tassen und ähnlicher Hausrat; aber alles war trocken und leer. Ihr kümmerliches Aussehen kam mir jetzt, da ich mich umgesehen hatte, rührender vor als früher.

„Ich fühle mich hoch geehrt", sagte unsere arme Wirtin mit größter Herzlichkeit, „durch diesen Besuch der Mündel in Sachen

Jarndyce. Und ich bin Ihnen sehr verbunden für dieses gute Vorzeichen. Es ist eine stille Lage hier. Ich bin in der Wahl der Lage beschränkt durch die Notwendigkeit, den Gerichtssitzungen beizuwohnen. Ich wohne seit vielen Jahren hier. Die Tage bringe ich im Gerichtssaal zu, die Abende und die Nächte hier. Die Nächte werden mir lang, denn ich schlafe wenig und denke viel. Das ist natürlich unvermeidlich, es gehört mit zum Kanzleigericht. Es tut mir leid, daß ich Ihnen keine Schokolade anbieten kann. Ich erwarte binnen kurzem ein Urteil und werde dann meine Wirtschaft auf größerem Fuß einrichten. Für jetzt gestehe ich den Mündeln in Sachen Jarndyce ohne Beschämung, aber im tiefsten Vertrauen, daß es mir manchmal schwer wird, den Schein zu wahren. Ich habe hier Kälte kennengelernt. Ich habe hier noch Schlimmeres erlebt als Kälte. Doch das tut nichts. Entschuldigen Sie, daß ich von so gewöhnlichen Dingen spreche."

Sie zog den Vorhang des langen, niedrigen Dachfensters etwas zurück und machte uns auf eine Anzahl dort hängender Vogelkäfige aufmerksam; einige enthielten mehrere Vögel. Es waren Lerchen, Hänflinge und Gimpel, ich schätze mindestens zwanzig.

„Diese Tierchen zu halten begann ich in einer Absicht, die die Mündel leicht begreifen werden", sagte sie. „In der Absicht, ihnen die Freiheit wieder zu schenken, sowie ich mein Urteil erhielte. Ja! Und doch sterben sie im Käfig. Das Leben der armen Dinger ist so kurz im Vergleich mit Kanzleigerichtsprozessen, daß nach und nach die ganze Sammlung schon mehrmals ausgestorben ist. Wissen Sie, ich zweifle, ob eines von ihnen, so jung sie noch sind, den Tag der Freiheit erleben wird! Sehr traurig, nicht wahr?"

Obgleich sie manchmal eine Frage stellte, schien sie doch nie eine Antwort zu erwarten, sondern schwatzte weiter, als ob das so ihre Gewohnheit sei, wenn sie allein war.

„Wahrhaftig", fuhr sie fort, „ich kann Sie versichern, manchmal zweifle ich, ob man mich nicht, solange der Prozeß noch unentschieden ist und das sechste oder große Siegel noch obwaltet, einmal hier tot und starr auffinden wird, wie ich schon so viele Vögel gefunden habe."

Einem mitleidigen Blick aus Adas Augen folgend, benutzte Richard die Gelegenheit, leise und unbemerkt etwas Geld auf den Kaminsims zu legen. Wir traten alle näher an die Käfige und taten, als betrachteten wir die Vögel.

„Ich darf sie nicht oft singen lassen", sagte die kleine alte Dame, „denn – Sie werden das seltsam finden – der Gedanke, daß sie singen, während ich der Beweisführung vor Gericht folge, macht mich ganz wirr. Und ich muß mir den Kopf doch besonders klar erhalten, das können Sie sich denken! Ein andermal will ich Ihnen ihre Namen sagen. Jetzt nicht. An einem Tag von so guter Vorbedeutung sollen sie singen, soviel sie wollen. Zu Ehren der Jugend" – sie lächelte und knickste – „Hoffnung" – wiederum Lächeln und Knicks – „und Schönheit" – nochmals Lächeln und Knicks. „So! Wir wollen volles Licht hereinlassen."

Die Vögel begannen zu flattern und zu zirpen.

„Ich kann hier keine frische Luft hereinlassen", sagte die kleine Alte; das Zimmer war dumpfig, und frische Luft hätte ihm gutgetan; „weil ihnen die Katze, die Sie unten gesehen haben, Lady Jane, nach dem Leben trachtet. Sie lauert stundenlang draußen auf dem Sims. Und ich habe entdeckt", flüsterte sie uns geheimnisvoll zu, „daß ihre natürliche Grausamkeit geschärft wird durch eine eifersüchtige Furcht, die Vögel könnten mit dem Urteil, das ich in Kürze erwarte, ihre Freiheit wiedergewinnen. Oh, sie ist schlau und voll Tücke. Ich möchte manchmal beinahe glauben, sie ist gar keine Katze, sondern der Wolf aus dem alten Märchen. Es ist so schwer, sie von der Tür fernzuhalten."

Eine Turmuhr in der Nähe, die die arme Seele daran erinnerte, daß es halb zehn sei, trug mehr zur Beendigung unseres Besuches bei, als wir selbst hätten tun können. Sie nahm hastig ihren kleinen Dokumentenbeutel, den sie beim Eintreten auf den Tisch gelegt hatte, und fragte, ob wir auch zum Gericht gingen. Als wir das verneinten und hinzufügten, wir wollten sie um keinen Preis aufhalten, öffnete sie die Tür, um uns hinabzugeleiten.

„Bei einem solchen Vorzeichen ist es noch notwendiger als gewöhnlich, daß ich dort bin, ehe der Kanzler kommt", sagte sie, „denn er könnte meine Sache zuerst aufrufen. Ich habe so eine Ahnung, daß er sie wirklich heute morgen als erste vornimmt."

Auf der Treppe blieb sie stehen, um uns flüsternd mitzuteilen, daß das ganze Haus voll sei von allerlei Gerümpel, das ihr Hauswirt Stück für Stück gekauft habe und durchaus nicht verkaufen wolle – weil er ein wenig – – sei. Das war auf dem ersten Treppenabsatz. Aber sie war schon einmal im zweiten Stock stehengeblieben und hatte dort schweigend auf eine dunkle Tür gedeutet.

„Der einzige Mieter außer mir", flüsterte sie jetzt erklärend,

„ein Gerichtsschreiber. Die Kinder auf der Gasse sagen, er habe sich an den Teufel verkauft. Ich weiß nicht, wohin er das Geld gebracht haben sollte. St!" Sie schien sogar hier zu fürchten, der Mieter könne sie hören, und ging, immer St! flüsternd, auf den Zehen vor uns her, als ob selbst der Schall ihrer Tritte ihm verraten könnte, was sie gesagt hatte.

Als wir das Haus wieder durch den Laden verließen, fanden wir den Alten damit beschäftigt, eine Anzahl Pakete Altpapier in einem brunnenartigen Schacht im Fußboden zu stapeln. Er schien angestrengt zu arbeiten, denn der Schweiß stand ihm auf der Stirn; er hatte ein Stück Kreide in der Hand, mit dem er ein Kreuz an das Wandgetäfel machte, sooft er ein Paket oder ein Bündel hineinschichtete.

Richard, Ada, Miss Jellyby und die kleine, alte Dame waren schon an ihm vorbeigegangen, und ich wollte dasselbe tun, als er meinen Arm berührte, damit ich stehenbleibe; dabei malte er ein J an die Wand, auf sehr seltsame Art, indem er mit dem unteren Ende des Buchstabens anfing und ihn rückwärts zog. Es war ein großes J, kein Druckbuchstabe, sondern einer, wie ihn ein Schreiber aus der Kanzlei von Kenge und Carboy gemalt hätte.

„Können Sie ihn lesen?" fragte er mich mit stechendem Blick.
„Gewiß", sagte ich. „Er ist sehr deutlich."
„Wie heißt er?"
„Jot."

Mit einem zweiten Blick auf mich und einem Blick zur Tür wischte er ihn weg und ersetzte ihn durch ein a, diesmal ein kleines, und sagte: „Was ist das?"

Ich sagte es ihm. Er wischte dann das a aus, setzte ein r hin und stellte dieselbe Frage. So malte er rasch weiter, bis er, auf dieselbe seltsame Weise immer am verkehrten Ende der Buchstaben anfangend, das Wort Jarndyce zustande gebracht hatte, ohne je zwei Buchstaben gleichzeitig an der Wand stehenzulassen.

„Was heißt das?" fragte er mich.

Als ich es ihm sagte, lachte er. Auf dieselbe seltsame Art, aber ebenso schnell schrieb er dann einzeln die Buchstaben des Wortes Bleakhaus hin. Auch das las ich mit einigem Erstaunen, und er lachte wieder.

„Hi!" machte er dann und legte die Kreide weg, „ich habe so eine Art, aus dem Gedächtnis Buchstaben nachzumalen, obgleich ich weder lesen noch schreiben kann."

Er sah dabei so häßlich aus, und seine Katze sah mich so boshaft an, als ob ich mit den Vögeln droben blutsverwandt wäre, daß ich mich ganz erleichtert fühlte, als Richard an der Tür erschien und sagte: „Miss Summerson, ich hoffe, Sie wollen doch nicht Ihr Haar verkaufen! Lassen Sie sich nicht verlocken! Drei Säcke im Keller sind gerade genug für Mr. Krook!"

Ich säumte nicht länger, Mr. Krook guten Morgen zu wünschen, und schloß mich meinen Freunden auf der Straße an, wo wir von der kleinen Alten Abschied nahmen. Sie gab uns mit großer Feierlichkeit ihren Segen und erneuerte ihr gestriges Versprechen, Ada und mir Güter zu vermachen. Ehe wir die Gasse endgültig verließen, drehten wir uns noch einmal um und sahen Mr. Krook in seiner Ladentür stehen und uns durch die Brille nachblicken, während ihm die Katze auf der Schulter saß und ihr Schwanz auf der einen Seite seiner Pelzmütze wie eine schlanke Feder in die Luft ragte.

„Ein rechtes Abenteuer für einen Morgen in London!" sagte Richard mit einem Seufzer. „Ach, Kusine, es ist ein schlimmes Wort, dieses Kanzleigericht!"

„Das ist es für mich, solange ich denken kann", entgegnete Ada. „Es tut mir weh, daß ich vermutlich die Feindin vieler Verwandten und anderer Menschen sein muß und daß sie vermutlich meine Feinde sein müssen und daß wir alle einander zugrunde richten sollen, ohne zu wissen, wie oder warum, und unser Leben lang in Spannung und Zwietracht sind. Es dünkt mich seltsam, da doch auf einer Seite das Recht sein muß, daß kein ehrlicher, ernsthafter Richter in diesen vielen Jahren hat herausfinden können, wo es liegt."

„Ach, Kusine!" sagte Richard. „Wirklich seltsam! Dieses zeitvergeudende, ziellose Schachspiel ist sehr seltsam. Diesen besonnenen Gerichtshof gestern so unbekümmert dahintrödeln zu sehen und dabei an den Jammer und das Elend der Steine auf dem Brett zu denken, machte mir Kopfweh und Herzweh zugleich. Mein Kopf tat mir weh vom Nachgrübeln, wie das möglich sei, wenn die Menschen nicht Narren oder Schelme wären; und mein Herz tat mir weh, als ich dachte, sie seien vielleicht doch das eine oder das andere. Aber jedenfalls, Ada – ich darf Sie doch Ada nennen?"

„Warum nicht, Vetter Richard?"

„Jedenfalls, Ada, soll das Kanzleigericht auf uns keinen seiner bösen Einflüsse ausüben. Dank unserem guten Verwandten sind wir glücklich zusammengekommen, und das Kanzleigericht kann uns jetzt nicht trennen!"

„Niemals, hoffe ich, Vetter Richard!" sagte Ada sanft.

Miss Jellyby drückte meinen Arm und warf mir einen bedeutsamen Blick zu. Ich antwortete mit einem Lächeln und wir legten den Heimweg recht vergnügt zurück.

Eine halbe Stunde nach unserer Ankunft erschien Mrs. Jellyby, und binnen einer Stunde fanden sich die verschiedenen zum Frühstück nötigen Dinge eins ums andere im Speisezimmer ein. Ich zweifle nicht, daß Mrs. Jellyby, wie üblich, zu Bett gegangen und wieder aufgestanden war, aber sie machte durchaus nicht den Eindruck, die Kleider gewechselt zu haben. Während des Frühstücks war sie außerordentlich beschäftigt; denn die Morgenpost brachte einen schweren Pack Briefe über Borriobula-Gha, mit denen sie, sagte sie, einen arbeitsreichen Tag zubringen werde. Die Kinder purzelten in allen Ecken herum und kerbten Merkzeichen ihrer Unfälle auf ihre Schienbeine, die vollständige kleine Unglückskalender darstellten, und Peepy war anderthalb Stunden lang verloren, bis ihn ein Polizist vom Newgatemarkt nach Hause brachte. Die gleichmütige Art, in der Mrs. Jellyby sein Verschwinden wie seine Wiederkehr in den Familienkreis aufnahm, setzte uns alle in Erstaunen.

Sie diktierte unterdessen unentwegt ihrer Tochter Caddy, und Caddy versank schnell in den tintenbekleckstesten Zustand, in dem wir sie gefunden hatten. Um ein Uhr kam ein offener Wagen für uns und ein Karren für unser Gepäck. Mrs. Jellyby trug uns viele Grüße an ihren guten Freund Mr. Jarndyce auf; Caddy verließ ihr Pult, um uns abreisen zu sehen, küßte mich im Hausflur und stand, an der Feder kauend, schluchzend auf den Stufen. Peepy schlief glücklicherweise, so daß ihm der Abschiedsschmerz erspart blieb – ich war nicht ohne Besorgnis, daß er zum Newgatemarkt gelaufen sei, um mich zu suchen –, und die anderen Kinder kletterten hinten auf unser Fuhrwerk und fielen wieder herunter, und wir sahen sie mit Schrecken über das Pflaster von Thavies' Inn verstreut, als wir zum Tor hinausrollten.

6. KAPITEL

Ganz zu Hause

Der Tag war viel heiterer geworden und wurde immer heller, je weiter wir westwärts kamen. Wir fuhren durch Sonnenschein und frische Luft und wunderten uns mehr und mehr über die ausgedehnten Straßen, den Glanz der Läden, den lebhaften Verkehr und die Scharen von Leuten, die das bessere Wetter hervorgelockt zu haben schien wie bunte Blumen. Nach und nach ließen wir die wunderbare Stadt hinter uns und kamen durch Vorstädte, die in meinen Augen schon für sich eine recht ansehnliche Stadt hätten bilden können; und endlich kamen wir wieder auf eine wirkliche Landstraße, mit Windmühlen, Pachthöfen, Meilensteinen und Bauernwagen, mit dem Geruch alten Heus, baumelnden Wirtshausschildern und Futterkrippen, mit Bäumen, Feldern und Hecken. Die grüne Landschaft vor uns und die unermeßliche Hauptstadt hinter uns waren ein herrlicher Anblick; und als ein Frachtwagen, mit schönen Pferden bespannt, die mit roten Behängen und hellklingelnden Glöckchen geschmückt waren, uns mit dieser Musik entgegenkam, glaubte ich, wir hätten alle drei zu dem Schellengeläut singen können, so erheiternd wirkte die ganze Umgebung.

„Der ganze Weg hat mich an meinen Namensvetter Whittington erinnert", sagte Richard, „und dieser Wagen vollendet das Bild. Hallo! Was gibt's?"

Wir hielten an und der Frachtwagen gleichfalls. Seine Musik dämpfte sich, als die Pferde stehenblieben, zu einem leisen Klingeln, außer wenn ein Pferd den Kopf zurückwarf oder sich schüttelte und dadurch einen kleinen Regen von Schellengeläut verspritzte.

„Unser Postillion sieht sich nach dem Fuhrmann um", sagte Richard, „und der Fuhrmann kommt zu uns herüber. Guten Tag, Freund!" Der Fuhrmann stand an unserem Kutschenschlag. „Holla, das ist aber seltsam!" setzte Richard hinzu, indem er den Mann genauer betrachtete; „er trägt ja Ihren Namen auf dem Hut, Ada!"

Er hatte alle unsere Namen auf seinem Hut. In dem Hutband steckten drei Briefchen: einer an Ada, einer an Richard, einer an mich. Der Fuhrmann übergab jedem den seinen, nachdem er zuerst die Aufschrift laut gelesen hatte. Auf Richards Frage, von wem sie kämen, antwortete er kurz: „Von der Herrschaft, Sir", setzte den Hut wieder auf, der einer flachen Schale glich, knallte mit der Peitsche, weckte die Musik von neuem und fuhr mit Kling und Klang seines Wegs.

„Ist das Mr. Jarndyces Wagen?" fragte Richard unseren Postillion.

„Ja, Sir", antwortete dieser. „Er fährt nach London."

Wir öffneten die Briefe; einer lautete wie der andere und enthielt in solider, einfacher Handschrift folgendes:

„Ich wünsche, meine Lieben, daß wir uns unbefangen und ohne Zwang auf der einen oder anderen Seite zusammenfinden, und schlage daher vor, daß wir uns als alte Freunde begrüßen und die Vergangenheit ruhen lassen. Es wird für euch möglicherweise, für mich aber sicherlich eine Erleichterung sein. Einstweilen herzlichen Gruß

John Jarndyce."

Ich hatte vielleicht weniger Grund, überrascht zu sein, als meine beiden Gefährten, da ich noch nie Gelegenheit gefunden hatte, einem Mann zu danken, der mein Wohltäter und so viele Jahre lang meine einzige Stütze auf Erden gewesen war. Ich hatte gar nicht darüber nachgedacht, wie ich ihm danken könnte, da hierzu meine Dankbarkeit zu tief in meinem Herzen lag; aber jetzt begann ich zu überlegen, wie ich ihm begegnen könne, ohne ihm zu danken, und fühlte, daß das sehr schwer sein werde.

Die Briefe frischten bei Richard und Ada einen allgemeinen Eindruck auf, den beide hatten, ohne recht zu wissen, wie sie dazu gekommen seien, daß nämlich ihr Vetter Jarndyce durchaus keinen Dank für Wohltaten oder Gefälligkeiten ertragen könne, die er erwiesen hatte, und daß er, um ihm zu entgehen, zu den seltsamsten Mitteln und Ausflüchten greife, ja sogar fortlaufe. Ada erinnerte sich dunkel, als ganz kleines Kind von ihrer Mutter gehört zu haben, daß er sich gegen sie ungewöhnlich edel benommen habe; als sie aber zu seinem Haus gegangen sei, um ihm zu danken, habe er sie zufällig vom Fenster aus herankommen sehen, sei sofort durch die Hintertür ausgerissen und drei Monate lang verschwunden geblieben. Um diesen Gegenstand drehte sich nun unsere Unterhaltung fast den ganzen Tag, und wir sprachen kaum von etwas anderem. Wenn wir zufällig doch auf etwas anderes gerieten, kehrten wir bald wieder darauf zurück und rieten hin und her, wie das Haus aussehe, wann wir hinkämen, ob wir Mr. Jarndyce gleich bei seiner Ankunft oder erst später sehen, was er zu uns und wir zu ihm sagen würden. Über all das rätselten wir immer wieder hin und her.

Die Straße war für die Pferde sehr schlecht, der Fußweg dagegen war meist gut; deshalb stiegen wir vor jeder Bodenwelle aus und gingen bergauf zu Fuß, und das gefiel uns so gut, daß wir unseren Spaziergang noch auf der Ebene fortsetzten, wenn wir die Höhe erreicht hatten. In Barnet warteten frische Pferde auf uns, aber da sie eben erst gefüttert waren, mußten wir auch auf sie warten und machten abermals einen langen Spaziergang über eine Heide und ein altes Schlachtfeld, ehe uns der Wagen einholte. Diese Verzögerungen verlängerten unsere Reise so sehr, daß der kurze Tag zu Ende ging und die lange Nacht begonnen hatte, ehe wir St. Albans erreichten, in dessen Nähe Bleakhaus liegen sollte.

Wir waren jetzt so unruhig und aufgeregt geworden, daß selbst Richard, als wir über das Pflaster der alten Straße rasselten, gestand, in ihm lebe der unvernünftige Wunsch, umzukehren. Ada und ich, die er sorgsam gegen die scharfe Nachtluft eingehüllt hatte, zitterten von Kopf bis Fuß. Als wir, um eine Ecke biegend, die Stadt hinter uns ließen und Richard uns sagte, daß sich der Postillion, der schon seit langer Zeit an unserer gesteigerten Erwartung teilnahm, nach uns umsehe und uns zunicke, standen wir beide im Wagen auf, wobei Richard Ada unterstützte, damit sie nicht strauchle, und suchten auf der weiten Ebene in der sternhellen Nacht unser Reiseziel. Auf einer Höhe vor uns schimmerte ein Licht, und der Postillion deutete mit seiner Peitsche darauf hin und rief: „Das ist Bleakhaus!" Er setzte seine Pferde in Galopp und fuhr, obgleich es bergauf ging, so rasch, daß uns die Räder den Kies von der Straße wie den Gischt einer Wassermühle um die Köpfe schleuderten. Jetzt verloren wir das Licht aus den Augen, jetzt sahen wir es wieder, jetzt verschwand es abermals, jetzt tauchte es wieder auf, und wir bogen in eine Allee ein, an deren Ende es hell strahlte. Das Licht kam aus dem Fenster eines, soweit sich erkennen ließ, altmodischen Hauses mit drei Giebeln an der Vorderseite und einer halbkreisförmigen Auffahrt. Eine Glocke schlug an, als wir vorfuhren, und beim Schall ihrer tiefen Stimme in der stillen Nachtluft, unter fernem Hundegebell, in einem Lichtstrom aus der geöffneten Tür, im Dampf der erhitzten

Pferde und mit rascher pochenden Herzen stiegen wir in nicht unbeträchtlicher Verwirrung aus.

„Liebe Ada, liebe Esther, willkommen! Es freut mich, euch zu sehen! Rick, wenn ich jetzt eine Hand übrig hätte, gäbe ich sie dir!"

Der Herr, der das mit heller, gastfreundlicher Stimme sprach, hielt Ada mit dem einen und mich mit dem anderen Arm umschlungen, küßte uns beide väterlich und zog uns durch die Vorhalle in ein freundliches kleines Zimmer, das von einem hellen Feuer durchwärmt war. Hier küßte er uns nochmals, ließ uns los und hieß uns nebeneinander auf dem Sofa Platz nehmen, das an den Kamin gerückt war. Ich fühlte, er wäre auf der Stelle fortgelaufen, wenn wir irgendwelche Umstände gemacht hätten.

„Jetzt, Rick", sagte er, „habe ich eine Hand frei. Ein Wort aus dem Herzen ist so gut wie eine Rede. Es freut mich herzlich, dich zu sehen. Du bist hier zu Hause. Wärm dich nur!"

Richard schüttelte ihm beide Hände mit einer ungezwungenen Mischung aus Verehrung und Offenheit und sagte bloß, freilich mit einer Innigkeit, die mich beunruhigte, weil ich fürchtete, Mr. Jarndyce werde plötzlich verschwinden: „Sie sind sehr gütig, Sir, wir sind Ihnen sehr verbunden!" Dabei legte er Hut und Überrock ab und trat ans Feuer.

„Und wie hat dir die Fahrt gefallen? Und wie hat dir Mrs. Jellyby gefallen?" sagte Mr. Jarndyce zu Ada. Während sie ihm antwortete, betrachtete ich sein Gesicht – ich brauche nicht zu erwähnen, mit wieviel Anteilnahme. Es war ein hübsches, lebendiges Gesicht, wandlungsfähig und beweglich; das Haar war ein silberiges Eisengrau. Ich hielt ihn den Sechzigern näher als den Fünfzigern, aber er war gerade, frisch und kräftig. Vom ersten Augenblick an hatte seine Stimme in mir eine Erinnerung geweckt, die mir nicht klarwerden wollte; jetzt aber gemahnte mich etwas Rasches in seiner Art und ein freundlicher Ausdruck in seinen Augen an den Herrn in der Landkutsche vor sechs Jahren an dem denkwürdigen Tag meiner Reise nach Reading. Ich war sicher, daß er es war. Ich bin in meinem ganzen Leben nicht so erschrocken wie jetzt, da ich diese Entdeckung machte; denn er begegnete meinem Blick, schien meine Gedanken zu lesen und sah sich so nach der Tür um, daß ich schon fürchtete, er sei uns verloren.

Doch freut es mich, sagen zu können, daß er dablieb und mich fragte, was ich von Mrs. Jellyby halte.

„Sie müht sich sehr um Afrika", sagte ich.

„Großartig!" gab Mr. Jarndyce zurück. „Aber Sie geben dieselbe Antwort wie Ada." Ich hatte nicht gehört, was sie sagte. „Ihr scheint mir alle noch einen Nebengedanken zu haben."

„Uns kam es fast vor", sagte ich mit einem Blick auf Richard und Ada, die mich mit den Augen ermunterten, zu sprechen, „daß sie sich nicht allzusehr um ihren Haushalt kümmere."

„Abgeblitzt!" rief Mr. Jarndyce aus.

Ich erschrak wieder ein wenig.

„Na! Ich möchte Ihre wahren Gedanken wissen, meine Liebe! Ich habe Sie vielleicht nicht ohne Absicht hingeschickt."

„Wir glaubten", sagte ich zögernd, „daß es sich vielleicht gehöre, mit den häuslichen Verpflichtungen den Anfang zu machen, und daß keine anderen Pflichten sie aufwiegen, wenn sie übersehen und vernachlässigt werden."

„Die kleinen Jellybys", kam mir Richard zu Hilfe, „sind wirklich – ich kann einen starken Ausdruck nicht umgehen, Sir – in einem verteufelten Zustand."

„Sie meint es gut", sagte Mr. Jarndyce hastig. „Übrigens, es ist Ostwind."

„Als wir herfuhren, war Nordwind, Sir", bemerkte Richard.

„Lieber Rick", sagte Mr. Jarndyce und stocherte im Feuer, „ich will darauf schwören, daß wir Ostwind entweder haben oder gleich haben werden. Ich fühle mich immer unbehaglich, wenn hin und wieder der Wind aus Osten weht."

„Rheumatismus, Sir?" fragte Richard.

„Wahrscheinlich, Rick; ich glaube, ja. Also die kleinen Jell – ich habe mir meine Gedanken darüber gemacht – sind in einem – o Gott, ja, es ist Ostwind!" sagte Mr. Jarndyce. Er war zwei- oder dreimal unentschlossen in der Stube auf und ab gegangen, während er diese halben Sätze hervorbrachte; dabei hielt er in der einen Hand noch das Schüreisen und strich sich mit der anderen in gutmütiger Verlegenheit übers Haar, gleichzeitig so komisch und so liebenswert, daß wir uns sicherlich mehr über ihn freuten, als wir mit Worten hätten aussprechen können. Er gab Ada den einen und mir den anderen Arm, bat Richard, ein Licht zu nehmen, und wollte uns hinausführen, als er plötzlich mit uns allen wieder umkehrte.

„Diese kleinen Jellybys. Konntet ihr nicht – habt ihr nicht – na, wenn es Zuckerplätzchen oder dreieckige Himbeertorten oder etwas dergleichen geregnet hätte!" sagte Mr. Jarndyce.

„Ach, Vetter –" unterbrach ihn Ada hastig.

„Gut, mein Goldkind. Vetter gefällt mir. Vetter John wäre vielleicht noch besser."

„Also, Vetter John!" fing Ada lachend von neuem an.

„Haha! Wahrhaftig, sehr gut!" sagte Mr. Jarndyce vergnügt. „Klingt ungewöhnlich natürlich. Nun, liebes Kind?"

„Es ist mehr als das. Esther kam vom Himmel geregnet."

„Wie?" fragte Mr. Jarndyce. „Was tat Esther?"

„Sehen Sie, Vetter John", sagte Ada, indem sie ihm die Hände auf den Arm legte und gegen mich, die hinter ihm stand, den Kopf schüttelte, weil ich sie bat, zu schweigen, „Esther war sogleich ihre beste Freundin. Esther wartete sie, brachte sie zu Bett, wusch sie und zog sie an, erzählte ihnen Geschichten, daß sie ganz still wurden, kaufte ihnen Spielzeug" – das gute Mädchen! Ich war nur mit Peepy ausgegangen, als er wiedergefunden war, und hatte ihm ein unscheinbares Pferdchen gekauft! –, „und, Vetter John, sie wußte die arme Caroline, die älteste Tochter, so zu beschwichtigen und war um mich so liebenswürdig besorgt – nein, nein, keinen Widerspruch, liebe Esther! Du weißt, du weißt, es ist wahr!"

Das warmherzige, gute Mädchen neigte sich über ihren Vetter John zu mir herüber und küßte mich; dann sah sie ihm ins Gesicht und sagte keck: „Jedenfalls, Vetter John, laß ich mir's nicht nehmen, Ihnen für die Freundin zu danken, die Sie mir geschenkt haben." Es war, als ob sie ihn herausfordere, fortzulaufen. Aber er tat es nicht.

„Was für einen Wind hatten wir doch, Rick?" fragte Mr. Jarndyce.

„Wir hatten Nordwind, als wir herfuhren, Sir."

„Ja, du hast doch recht. 's ist kein Ostwind. Ich habe mich geirrt. Kommt, Mädchen, und seht euch das Haus an."

Es war eines jener wunderhübschen, unregelmäßigen Häuser, wo von einem Zimmer ins andere Stufen hinauf- und hinunterführen, wo man immer noch mehr Zimmer findet, wenn man schon alle gesehen zu haben glaubt, wo es an kleinen Hallen und Gängen nicht mangelt, wo man in unerwarteten Winkeln uralte Sommerzimmer findet, mit Fenstergittern und grünem Laub, das sich hindurchzwängt. Mein Zimmer, das wir zuerst betraten, war ganz von dieser Art: mit ungleichmäßiger Decke, die mehr Ecken hatte, als ich je wieder gezählt habe, und mit einem Kamin, ganz mit reinen, weißen Fliesen ausgelegt, in deren jeder ein funkelndes Miniaturbild des Holzfeuers glänzte, das

hier brannte. Aus diesem Raum ging man zwei Stufen hinab
in ein allerliebstes, kleines Wohnzimmer für Ada und für mich,
das auf einen Blumengarten hinausging. Von hier führten
wieder drei Stufen hinauf in Adas Schlafzimmer mit einem
hübschen, breiten Fenster, das eine schöne Aussicht bot – wir
sahen eine ausgedehnte, dunkle Fläche im Sternenlicht liegen;
vor diesem lag eine verschließbare Fensternische, in der sich
drei Adas auf einmal hätten verdrücken können. Aus diesem
Zimmer kam man in eine kleine Galerie, mit der die anderen
Staatszimmer, nur zwei, in Verbindung standen, und so über
eine kleine Treppe, die flache Stufen und trotz ihrer Kürze
zahlreiche Absätze aufwies, in die Halle hinunter. Wenn man
aber, anstatt durch Adas Tür zu gehen, wieder in mein Zimmer
zurückkehrte, die Tür durchschritt, durch die man eingetreten
war, und dann ein paar krumme Stufen hinaufstieg, die unversehens von der Treppenflucht abzweigten, so verlor man sich in
Korridore, wo Wäscherollen, dreieckige Tische und ein echter
Hindustuhl standen, der Sofa, Koffer und Bettstelle zugleich
war, in jeder Eigenschaft halb wie ein Bambusgerippe, halb wie
ein großer Vogelbauer aussah und aus Indien herübergebracht
worden war, niemand wußte, wann und von wem. Über diese
Korridore kam man zu Richards Zimmer, das teils Bibliothek,
teils Wohnzimmer, teils Schlafzimmer war und tatsächlich ein
gemütliches Gemisch mehrerer Zimmer zu sein schien. Von hier
aus erreichte man geradewegs über einen kleinen Gang die
schmucklose Stube, wo Mr. Jarndyce schlief, das ganze Jahr
hindurch bei offenen Fenstern; die vorhanglose Bettstelle stand
mitten im Zimmer, um mehr Luft zu haben, und das kalte
Bad wartete in einem kleinen Nebenraum auf ihn. Von hier aus
kam man wieder auf einen Gang mit einer Hintertreppe, wo
man hören konnte, wie vor dem Stall die Pferde abgerieben
wurden und wie ihnen der Stallknecht warnend zurief, wenn
sie auf dem holperigen Pflaster stolperten. Oder man konnte
auch, wenn man aus einer anderen Tür trat – jedes Zimmer
hatte mindestens zwei –, wieder über ein halbes Dutzend Stufen
hinab durch einen niederen Torbogen geradewegs in die Halle
hinabgehen und sich wundern, wie man dahin gelangt oder
je herausgekommen war.

Die Ausstattung des Hauses war, wie dieses selbst, mehr altmodisch als alt, und allerliebst unregelmäßig. Adas Schlafzimmer war ein buntes Blumenbeet – aus Kattun und Papier,
aus Samt, Stickerei und Brokat, dieser an zwei Lehnsesseln

mit steifem Rücken, die zu beiden Seiten des Kamins standen, jeder um des Ansehens willen von einem Schemel als kleinem Pagen begleitet. Unser Wohnzimmer war grün; an den Wänden hingen unter Glas und Rahmen eine Menge erstaunlicher und erstaunter Vögel, die aus dem Bild heraus eine wirkliche Forelle in einer Glasschale anstarrten, so glänzend und braun wie Aspik; sie betrachteten ferner den Tod des Kapitäns Cook und die Teebereitung in China von Anfang bis zu Ende, gemalt von chinesischen Künstlern. In meinem Zimmer hingen ovale Kupferstiche, die Monate darstellend: Mädchen als Mäherinnen mit kurzen Jäckchen und großen, unter dem Kinn gebundenen Hüten für den Juni, Edelleute mit prallen Waden, mit Dreispitzen auf Dorfkirchtürme deutend, für den Oktober. Brustbilder in Pastell waren in reicher Fülle über das ganze Haus verstreut, aber so regellos, daß ich den Bruder eines jungen Offiziers, der in meiner Stube hing, in der Porzellankammer fand und das ergraute Matronenalter meiner hübschen, jungen Braut, die eine Blume am Leibchen trug, im Frühstückszimmer. Als Ersatz dafür hatte ich vier Engel aus Königin Annas Regierungszeit, die mit einiger Anstrengung einen behäbigen Herrn an Blumenketten gen Himmel hoben, und eine kunstreiche Stickerei, die Früchte, einen Kessel und ein Alphabet darstellte. Alle beweglichen Gegenstände von den Kleiderschränken bis zu den Stühlen, Tischen, Vorhängen und Spiegeln, ja bis zu den Nadelkissen und Riechfläschchen auf den Toilettentischen zeigten dieselbe wunderliche Verschiedenheit. Sie stimmten nur darin überein, daß sie blitzsauber und mit dem weißesten Linnen überzogen waren und daß überall, wo es eine Schublade, groß oder klein, möglich machte, Mengen von Rosenblättern und Lavendel aufgehäuft waren. Dies also: erleuchtete Fenster, die, hie und da durch Vorhänge überschattet und gedämpft, in die sternklare Nacht hinausleuchteten; Licht, Wärme und Behaglichkeit; gastliches Tellerklirren aus der Ferne, wo das Abendbrot gerüstet wurde; das Gesicht seines hochherzigen Herrn, das alles aufheiterte, was wir sahen, und gerade Wind genug, um alles leise zu begleiten, was wir hörten – das waren unsere ersten Eindrücke von Bleakhaus.

„Es freut mich, daß es euch gefällt", sagte Mr. Jarndyce, als er uns in Adas Wohnzimmer zurückgebracht hatte. „Es ist anspruchslos, aber es ist, hoffe ich, ein behagliches, kleines Haus und wird es noch mehr sein mit so jungen, freundlichen Gesichtern darin. Ihr habt kaum noch eine halbe Stunde bis zum

Essen. Es ist niemand hier als das beste Geschöpf von der Welt – ein Kind."

„Wieder Kinder, Esther!" sagte Ada.

„Ich meine nicht buchstäblich ein Kind", fuhr Mr. Jarndyce fort; „kein Kind den Jahren nach. Es ist ein erwachsener Mensch – mindestens so alt wie ich –, aber an Einfalt, Frische des Gemüts, Wärme des Herzens und einer schönen, arglosen Unfähigkeit für alle Angelegenheiten dieser Welt ist er ein vollkommenes Kind."

Wir waren alle überzeugt, daß er der Beachtung wert sein müsse.

„Er kennt Mrs. Jellyby", sagte Mr. Jarndyce. „Er ist Musiker; Dilettant, könnte aber Virtuos sein. Er ist auch Maler; Dilettant, könnte aber mehr sein. Er ist ein Mann von großen Kenntnissen und einnehmenden Manieren. Er hat Unglück in seinen Geschäften, in seinen Bestrebungen, in seiner Familie gehabt; aber er kümmert sich nicht darum – er ist ein Kind."

„Wollen Sie damit sagen, daß er selbst Kinder hat, Sir?" fragte Richard.

„Jawohl, Richard, ein halbes Dutzend, oder vielmehr fast ein volles, nehme ich an, doch hat er sich nie nach ihnen umgesehen. Wie konnte er auch? Er braucht selbst wen, der nach ihm sieht; er ist ja ein Kind", sagte Mr. Jarndyce.

„Und haben denn die Kinder für sich selbst gesorgt?" fragte Richard.

„Nun, das kann man sich leicht denken", sagte Mr. Jarndyce, während sein Gesicht plötzlich in die Länge ging. „Von den Kindern sehr armer Leute sagt man, sie würden nicht aufgezogen, sondern wüchsen wild. Harold Skimpoles Kinder haben sich hochgerappelt, Gott weiß wie. Der Wind dreht sich wieder, fürchte ich. Ich fühle es schon!"

Richard bemerkte, daß das Haus für eine windige Nacht recht ungeschützt liege.

„Es liegt ungeschützt", sagte Mr. Jarndyce. „Daran ist nicht zu zweifeln. Bleakhaus klingt schon so preisgegeben. Aber ihr geht ja meinen Weg. Kommt mit!"

Da unser Gepäck bereits angekommen und zur Hand war, war ich in wenigen Minuten umgekleidet und war dabei, mein Hab und Gut einzuräumen, als mir ein Mädchen – nicht das für Ada bestimmte, sondern eines, das ich noch nicht gesehen hatte – einen Korb mit zwei Bund Schlüsseln, alle mit Zetteln versehen, ins Zimmer brachte.

„Für Sie, Miss, bitte sehr", sagte sie.
„Für mich?" fragte ich.
„Die Wirtschaftsschlüssel, Miss."
Mein Erstaunen entging ihr nicht, denn sie setzte, ihrerseits ein wenig erstaunt, hinzu: „Ich sollte sie Ihnen bringen, sobald Sie allein wären, Miss. – Miss Summerson, wenn ich nicht irre?"
„Ja", sagte ich, „so heiße ich."
„Der große Bund sind die Wirtschaftsschlüssel, der kleine die Kellerschlüssel. Irgendwann morgen früh, ganz nach Ihrem Belieben, soll ich Ihnen die Schränke zeigen, zu denen sie gehören."

Ich wählte halb sieben Uhr, und als sie fort war, stand ich da und betrachtete den Korb, ganz verloren in die Größe meiner Verantwortlichkeit. So fand mich Ada, und als ich ihr die Schlüssel zeigte und ihre Bedeutung berichtete, zeigte sie ein so freudiges Vertrauen zu mir, daß es kalt und undankbar gewesen wäre, sich nicht ermutigt zu fühlen. Freilich wußte ich, daß das liebe Mädchen aus Gutherzigkeit so sprach, aber es freute mich, so angenehm hintergangen zu werden.

Als wir hinunterkamen, wurden wir Mr. Skimpole vorgestellt, der vor dem Feuer stand und Richard erzählte, wie gern er in seiner Schulzeit Fußball gespielt habe. Er war ein kleiner, freundlicher Mann mit ziemlich großem Kopf, aber mit feinen Zügen und wohltuender Stimme; er hatte etwas unwiderstehlich Einnehmendes. Alles, was er sprach, kam so ungezwungen von Herzen und war mit so gewinnender Heiterkeit vorgebracht, daß man ihm völlig angetan zuhörte. Er war schlanker als Mr. Jarndyce, hatte lebhaftere Gesichtsfarben und brauneres Haar und sah daher jünger aus. Überhaupt machte er mehr den Eindruck eines angegriffenen jungen als eines wohlerhaltenen älteren Mannes. Eine ungenierte Nachlässigkeit lag in seinem Wesen, sogar in seiner Tracht – das Haar war nicht streng geordnet und das Halstuch lose geschlungen, wie ich es auf Selbstbildnissen der Künstler zuweilen gesehen habe: sie weckte in mir unwillkürlich die Vorstellung eines romantischen Jünglings, der irgendeine einzigartige Entwertung durchgemacht habe. Sie fiel mir auf, weil sie durchaus nicht zur Art und Erscheinung eines Mannes paßte, der vom gewöhnlichen Weg der Jahre, Sorgen und Erfahrungen schon viel zurückgelegt hat.

Aus der Unterhaltung erfuhr ich, daß Mr. Skimpole ursprünglich Arzt gewesen war und als solcher am Hof eines deutschen Fürsten gelebt hatte. Da er aber, so erzählte er, in allem, was

Maß und Gewicht heißt, stets ein richtiges Kind gewesen sei und nie etwas davon verstanden habe, außer daß er sie verabscheute, so sei er nie imstande gewesen, mit der nötigen Genauigkeit Rezepte zu verschreiben. Überhaupt, sagte er, habe er keinen Kopf für Einzelheiten. Er erzählte uns auch mit viel Humor, wenn er den Fürsten zur Ader lassen oder einen seiner Leute behandeln sollte, habe man ihn meist im Bett liegend gefunden, mit Zeitunglesen oder Karikaturenzeichnen beschäftigt, so daß er nicht kommen konnte. Da dies dem Fürsten zuletzt mißfiel, „womit er vollkommen im Rechte war", wie Mr. Skimpole freimütig zugab, wurde das Verhältnis gelöst, und da Mr. Skimpole, wie er mit allerliebster Heiterkeit hinzusetzte, „von nichts leben konnte als von der Liebe", so habe er sich verliebt und geheiratet und sich mit rosigen Wangen umgeben. Sein guter Freund Jarndyce und einige andere gute Freunde halfen ihm dann in schnellerer oder langsamerer Folge zu verschiedenen Neuanfängen; aber das war umsonst, denn er mußte sich zu zwei der seltsamsten Schwächen dieser Welt bekennen: die eine war, daß er keinen Begriff von Zeit, die andere, daß er keinen Begriff von Geld hatte. Infolgedessen hielt er nie eine Verabredung ein, konnte nie ein Geschäft abschließen und erfaßte nie den Wert einer Sache. Gut! So war er durchs Leben gekommen, und hier war er nun! Er las gern Zeitungen, zeichnete gern Karikaturen und liebte Natur und Kunst. Von der menschlichen Gesellschaft verlangte er nur, ihn leben zu lassen. Das war nicht viel. Er hatte geringe Bedürfnisse: Zeitungen, Plauderstunden, Musik, Hammelbraten, Kaffee, eine hübsche Landschaft, Obst zur Zeit der Reife, ein paar Bogen Zeichenpapier, ein Gläschen Bordeaux, mehr verlangte er nicht. Er war das reine Kind auf der Welt, aber er schrie nicht nach dem Mond. Er sagte zur Welt: „Geht eure verschiedenen Wege in Frieden! Tragt rote Röcke, blaue Röcke, Chorröcke, steckt Federn hinter die Ohren, tragt Schürzen; macht Jagd auf Ruhm, Heiligkeit, Handel, Gewerbe oder was ihr sonst wollt; nur – laßt Harold Skimpole leben!"

Das alles und noch viel mehr erzählte er uns nicht nur mit größtem Schmiß und Vergnügen, sondern auch mit einer gewissen munteren Offenheit, indem er von sich sprach, als ginge er sich gar nichts an, als sei Skimpole eine dritte Person, als wüßte er, daß Skimpole seine Eigenheiten habe, aber auch seine Ansprüche, die ein allgemeines Menschheitsanliegen seien und nicht abgelehnt werden dürften. Er war wirklich bezaubernd. Wenn mich, was ich aber nicht sicher weiß, in dieser Anfangszeit überhaupt etwas verwirrte bei dem Bemühen, das, was er sagte, mit dem zu versöhnen, was ich über Pflichten und Verantwortungen des Lebens dachte, so war es der Umstand, daß ich nicht recht begriff, warum er von solchen Bindungen frei sei. Daß er frei sei, bezweifelte ich nicht; er war ja selbst so fest davon überzeugt.

„Ich bin nicht habsüchtig", sagte Mr. Skimpole so leichthin wie immer. „Aus Besitz mache ich mir nichts. Hier ist meines Freundes Jarndyce vortreffliches Haus. Ich bin ihm dankbar, daß er es besitzt. Ich kann eine Skizze davon machen und sie verändern. Ich kann es in Musik setzen. Wenn ich hier bin, besitze ich genug davon und habe weder Beschwerden und Kosten noch Verantwortung. Mein Verwalter heißt Jarndyce, und er kann mich nicht betrügen. Wir sprachen vorhin von Mrs. Jellyby. Sie ist eine gescheite Frau mit starkem Willen und unglaublicher Beherrschung des geschäftlichen Details, die sich mit wunderbarem Eifer auf eine Sache wirft! Ich bedaure nicht, daß ich keinen starken Willen und keine große Beherrschung des geschäftlichen Details besitze, um mich mit wunderbarem Eifer auf eine Sache zu werfen. Ich kann sie ohne Neid bewundern. Ich kann mit ihren Anliegen sympathisieren. Ich kann von ihnen träumen. Ich kann mich ins Gras legen – bei schönem Wetter – und einen afrikanischen Fluß hinabschwimmen und alle Eingeborenen, denen ich begegne, umarmen und das heilige Schweigen ebenso tief fühlen und das undurchdringliche Dach üppig wuchernder Tropenpflanzen ebenso genau zeichnen, als ob ich dort wäre. Ich weiß nicht, ob das unmittelbar Nutzen bringt, aber es ist alles, was ich tun kann, und ich betreibe es gründlich. Also um Himmels willen, da Harold Skimpole, ein vertrauendes Kind, euch, die Welt, eine Anhäufung praktischer Leute mit Geschäftsgewohnheiten, bittet, ihn leben und die menschliche Familie bewundern zu lassen, so gestattet es ihm als gute Seelen auf die eine oder andere Weise und laßt ihn sein Steckenpferd reiten!"

Es war offenkundig genug, daß Mr. Jarndyce dieser Beschwörung nachgekommen war; das zeigte schon Mr. Skimpoles Stellung im allgemeinen, ohne daß er uns jetzt noch eigens darüber hätte aufzuklären brauchen.

„Nur euch, die edelmütigen Menschen, beneide ich", sagte Mr. Skimpole und wandte sich an uns, seine neuen Freunde, in der Gesamtheit. „Ich beneide euch um die Fähigkeit, das zu tun, was ihr tut. Darin könnte ich selbst schwelgen. Ich fühle keine banale Dankbarkeit gegen euch. Es kommt mir fast vor, als ob ihr mir dankbar sein müßtet, weil ich euch Gelegenheit gebe, in Großmut zu schwelgen. Ich weiß, ihr tut das gern. Vielleicht bin ich ausgesprochen zu dem Zweck in die Welt gekommen, um eure Glückseligkeit zu vergrößern. Vielleicht bin ich geboren, um euer Wohltäter zu sein, indem ich euch manchmal Gelegenheit gebe, mir in meinen kleinen Verlegenheiten beizustehen. Warum sollte ich meine Unfähigkeit für Details und praktische Fragen beklagen, wenn sie so erfreuliche Folgen hat? Ich beklage sie daher nicht."

Von all seinen scherzhaften Reden – scherzhaft, und doch immer genau das meinend, was sie aussprachen – schien keine mehr nach Jarndyces Geschmack als diese. Ich fühlte mich später noch oft versucht, mich zu fragen, ob es wirklich oder nur für mich unerhört sei, daß er, der wahrscheinlich beim geringsten Anlaß der dankbarste Mensch war, so darauf erpicht war, sich der Dankbarkeit anderer zu entziehen.

Wir alle waren bezaubert. Ich empfand es als verdiente Anerkennung der gewinnenden Eigenschaften Adas und Richards, daß Mr. Skimpole schon beim ersten Zusammentreffen so rückhaltlos war und sich ihnen zu Gefallen derart zergliederte. Beide, namentlich Richard, hatten aus ähnlichen Gründen ihre unbefangene Freude daran und betrachteten es als außergewöhnliche Gunst, daß ihnen ein so anziehender Mann so unbedingt vertraute. Je eifriger wir zuhörten, desto vergnügter plauderte Mr. Skimpole. Schlechthin blendend wirkten sein feines, heiteres Wesen, seine hinreißende Offenheit und seine geistvolle Art, mit den eigenen Schwächen zu spielen, als wollte er sagen: „Ich bin ein Kind, das wißt ihr ja! Verglichen mit mir seid ihr schlaue Leute" – er brachte es wirklich fertig, daß ich mich in diesem Licht sah –, „aber ich bin froh und unschuldig; vergeßt eure prosaischen Sorgen und spielt mit mir!"

Er war auch so empfindsam und hatte ein so reges Gefühl für alles Schöne und Zarte, daß er schon dadurch allein ein Herz gewinnen konnte. Abends, als ich Tee bereitete, während Ada im Nebenzimmer Klavier spielte und ihrem Vetter Richard eine Melodie vorsummte, von der sie zufällig gesprochen hatten, setzte er sich aufs Sofa in meine Nähe und sprach von Ada in einer Weise, daß ich ihn fast liebte.

„Sie ist wie der Morgen", sagte er. „Mit ihrem goldenen Haar, ihren blauen Augen und ihren frischen, blühenden Wangen ist sie wie der Sommermorgen. Die Vögel hier werden sie sicher dafür halten. Wir wollen ein so liebliches junges Wesen wie sie, das allen Menschen zur Freude ist, nicht eine Waise nennen. Sie ist das Kind des Universums."

Ich sah, daß Mr. Jarndyce nicht weit von uns stand, die Hände auf dem Rücken und ein aufmerksames Lächeln auf dem Gesicht.

„Das Universum", bemerkte er, „ist kein besonders guter Vater, fürchte ich."

„Oh, das weiß ich nicht!" rief Mr. Skimpole zuversichtlich. „Ich glaube, ich weiß es", sagte Mr. Jarndyce.

„Nun", rief Mr. Skimpole, „Sie kennen die Welt – die Sie mit dem Universum gleichsetzen –, und ich kenne sie nicht; Sie sollen also recht haben. Aber wenn es nach mir ginge", sagte er mit einem Blick auf Richard und Ada, „so sollten auf einem Pfad wie dem ihren keine Dornen jämmerlicher Wirklichkeit sein. Er müßte mit Rosen bestreut sein; er müßte durch freundliche Gefilde führen, wo nicht Frühling, Herbst und Winter, sondern ewiger Sommer herrschte. Unverändert sollte er die Zeit überdauern. Das gemeine Wort ,Geld' dürfte dort nie laut werden!"

Mr. Jarndyce tätschelte ihm lächelnd den Kopf, als ob er wirklich ein Kind wäre, trat ein paar Schritte vor, blieb stehen und warf einen Blick auf die beiden jugendlichen Gestalten. Dieser Blick war nachdenklich, hatte aber einen wohlwollenden Ausdruck, den ich noch oft – ach, wie oft! – gesehen habe und der meinem Herzen lange eingeprägt blieb. Das Zimmer, in dem sie sich aufhielten und das mit dem unsrigen zusammenhing, war nur vom Kaminfeuer erhellt. Ada saß am Klavier, Richard stand neben ihr und beugte sich zu ihr hinab. An der Wand verschmolzen ihre Schatten ineinander, umgeben von seltsamen Schattenrissen, die das flackernde Feuer spukhaft bewegte, obgleich sie von unbeweglichen Gegenständen stammten. Ada spielte und sang so leise, daß der Wind, der über die fernen Hügel seufzte, trotz der Musik zu hören war. Das Geheimnis der Zukunft und der leise Hinweis auf sie, den die Stimme der Gegenwart gab, schienen sich in dem ganzen Bild auszudrücken.

Aber nicht um diesen Eindruck wachzurufen, so deutlich ich mich seiner erinnere, stelle ich mir diese Szene wieder vor Augen.

Erstens blieb mir der Gegensatz in Meinung und Absicht nicht ganz verborgen, der zwischen dem stummen Blick auf das Paar und dem Geplauder bestand, das ihm vorhergegangen war. Zweitens hatte ich, obgleich Mr. Jarndyces Blick beim Zurückgleiten nur einen Augenblick auf mir ruhte, das Gefühl, daß er mir in diesem Augenblick seine Hoffnung anvertraute, Ada und Richard möchten dereinst ein engeres Band knüpfen, und ich wußte, daß er mir vertraute und daß ich sein Vertrauen aufnahm.

Mr. Skimpole konnte Klavier und Cello spielen; er komponierte – er hatte einmal eine halbe Oper geschrieben, war ihrer aber überdrüssig geworden – und spielte seine Kompositionen mit viel Geschmack. Nach dem Tee hatten wir ein regelrechtes kleines Konzert, wobei Richard, der von Adas Gesang ganz bezaubert war und mir sagte, sie scheine alle vorhandenen Lieder zu kennen, Mr. Jarndyce und ich die Zuhörerschaft bildeten. Nach einer kleinen Weile vermißte ich zuerst Mr. Skimpole und dann Richard, und während ich mich noch wunderte, wie Richard so lange wegbleiben und soviel versäumen könne, sah das Mädchen, das mir die Schlüssel übergeben hatte, zur Tür herein und sagte: „Möchten Sie wohl eine Minute herauskommen, Miss?"

Als ich mit ihr draußen in der Vorhalle stand, sagte sie händeringend: „Ach, bitte, Miss, Mr. Carstone sagt, Sie möchten doch einmal hinauf in Mr. Skimpoles Zimmer kommen. Ihn hat der Schlag getroffen, Miss!"

„Der Schlag?" fragte ich.

„Ja, der Schlag, Miss, ganz plötzlich!" sagte das Mädchen.

Ich fürchtete, sein Zustand sei gefährlich, bat sie aber natürlich, still zu sein und niemanden zu stören; während ich ihr treppaufwärts folgte, sammelte ich mich so weit, daß ich überlegte, welche Mittel anzuwenden seien, wenn sich wirklich ein Schlaganfall herausstellen sollte. Sie öffnete eine Tür, und ich trat in ein Zimmer, wo ich zu meinem unsagbaren Erstaunen Mr. Skimpole nicht etwa auf dem Bett oder auf dem Fußboden ausgestreckt fand, sondern am Fenster stehend und Richard anlächelnd, während dieser sehr verlegen einen Mann in weißem Überrock ansah, der auf dem Sofa saß und sein glattes, dünnes Haar mit einem Taschentuch noch glatter strich und noch dünner machte.

„Miss Summerson", sagte Richard hastig, „ich bin froh, daß Sie da sind. Sie können uns einen Rat geben. Unser Freund,

Mr. Skimpole – erschrecken Sie nicht –, ist wegen einer Schuld verhaftet!"

„Ja, wahrhaftig, liebe Miss Summerson", sagte Mr. Skimpole mit seiner angenehmen Offenheit, „ich war noch nie in einer Lage, in der mir richtiger Takt, umsichtiger Verstand und praktischer Sinn nötiger gewesen wären, jene Eigenschaften, die jeder an Ihnen bemerken muß, der nur eine Viertelstunde in Ihrer Gesellschaft verbringen durfte."

Der Mann auf dem Sofa, der den Schnupfen zu haben schien, schnaubte so laut, daß ich zusammenschrak.

„Ist die Summe groß, Sir?" fragte ich Mr. Skimpole.

„Liebe Miss Summerson", sagte er unter freundlichem Kopfschütteln, „ich weiß es nicht. Ich glaube, es war die Rede von ein paar Pfund, etlichen Schillingen und Pence."

„24 Pfund, 16 Schillinge und 7½ Pence", bemerkte der Fremde. „So viel ist's."

„Und es klingt – irgendwie klingt es wie eine kleine Summe", sagte Mr. Skimpole.

Der Fremde entgegnete nichts, sondern ließ wieder ein Schnauben hören. Es war so gewaltig, daß es ihn in die Höhe zu heben schien.

„Mr. Skimpole", sagte Richard zu mir, „möchte sich aus Zartgefühl nicht gern an Vetter Jarndyce wenden, weil er vor kurzem – wenn ich nicht irre, sagten Sie: vor kurzem, Sir –"

„Jawohl", gab Mr. Skimpole lächelnd zurück. „Obgleich ich vergessen habe, wieviel es war und wann. Jarndyce täte es gern wieder; aber ich bin so genießerisch veranlagt, daß ich eine Abwechslung in der Unterstützung vorzöge; daß ich lieber " – er sah Richard und mich an – „Edelmut auf neuem Boden und in neuer Blütenform züchten möchte."

„Was wäre da wohl zu tun, Miss Summerson?" sagte Richard halblaut zu mir.

Ehe ich antwortete, wagte ich die Frage, was wohl geschehe, wenn sich das Geld nicht auftreiben lasse.

„Gefängnis", sagte der Fremde und steckte kaltblütig sein Taschentuch in den Hut, der vor ihm auf dem Fußboden stand. „Oder Coavinses."

„Darf ich fragen, Sir, was das ist?"

„Coavinses?" sagte der Fremde. „Ein Haus."

Richard und ich sahen einander wieder an. Es war höchst eigentümlich, daß die Verhaftung uns in Verlegenheit setzte, nicht Mr. Skimpole. Er beobachtete uns mit lebendiger Teil-

nahme; aber es schien, wenn ich mich so paradox ausdrücken darf, nichts von Selbstsucht darin zu liegen. Er hatte seine Hände von der Verlegenheit reingewaschen, und sie war die unsrige geworden.

„Ich glaubte", sagte er, als wolle er uns gutmütig aus der Klemme helfen, „da Sie in einem Kanzleigerichtsprozeß um ein, wie man sagt, sehr großes Vermögen Partei sind, könnten Mr. Richard oder seine schöne Kusine oder beide etwas unterschreiben oder übertragen oder eine Sicherheit, ein Pfand oder einen Schuldschein geben. Ich weiß nicht, wie man es im Geschäftsleben nennt, aber ich wollte meinen, Sie können ein Dokument beibringen, um die Sache abzumachen."

„Durchaus nicht", sagte der Fremde.

„Wirklich nicht?" entgegnete Mr. Skimpole. „Das muß einen, der gar nichts von solchen Sachen versteht, seltsam berühren."

„Seltsam oder nicht", sagte der Fremde barsch, „ich sage Ihnen: Durchaus nicht."

„Nur ruhig, lieber Mann, nur ruhig!" redete ihm Mr. Skimpole höflich zu, während er seinen Kopf auf einem Buchumschlag skizzierte. „Lassen Sie sich durch Ihr Geschäft nicht die Laune verderben. Wir wissen Sie von Ihrem Amt zu trennen, wir können Person und Sache unterscheiden. Wir sind nicht so vorurteilsvoll, daß wir Sie im Privatleben für etwas anderes halten sollten als für einen hochachtbaren Mann mit viel unbewußter Poesie in sich."

Der Fremde antwortete nur mit einem abermaligen heftigen Schnauben, ob in Anerkennung oder in verächtlicher Zurückweisung der ihm zugestandenen Poesie, sprach er nicht aus.

„Nun, liebe Miss Summerson und lieber Mr. Richard", sagte Mr. Skimpole heiter, unbefangen und vertrauensvoll, während er seine Zeichnung von der Seite betrachtete, „Sie sehen mich ganz unfähig, mir selbst zu helfen, und sehen mich ganz in Ihren Händen! Ich verlange bloß, frei zu sein. Die Schmetterlinge sind frei. Die Menschheit wird sicherlich Harold Skimpole das nicht verweigern, was sie den Schmetterlingen zugesteht."

„Liebe Miss Summerson", flüsterte Richard mir zu, „ich habe zehn Pfund, die mir Mr. Kenge gegeben hat. Ich will sehen, was damit auszurichten ist."

Ich besaß fünfzehn Pfund und einige Schillinge, die ich mir von meinem Vierteljahrsgehalt seit mehreren Jahren erspart hatte. Ich hatte stets damit gerechnet, daß mich ein Zufall plötzlich ohne Verwandte und ohne Vermögen in die Welt hinausstoßen könnte, und hatte mich daher immer bemüht, einige Pfennige zurückzulegen, um nicht ganz entblößt dazustehen. Ich sagte Richard, daß ich diese kleine Summe besitze und sie gegenwärtig nicht benötige, und bat ihn, auf taktvolle Weise Mr. Skimpole davon zu unterrichten, während ich es holen wolle, damit wir das Vergnügen hätten, seine Schuld zu tilgen.

Als ich zurückkam, küßte mir Mr. Skimpole die Hand und schien tief gerührt zu sein: nicht um seinetwillen – wieder fühlte ich diesen verwirrenden, ausgefallenen Widerspruch –, sondern unsertwegen, als ob er persönlichen Rücksichten ganz unzugänglich wäre und ihn nur die Betrachtung unseres Glückes berühre. Richard bat mich, um, wie er sich ausdrückte, der Sache ein anmutigeres Gesicht zu geben, mit Mr. Coavinses – so nannte ihn Mr. Skimpole jetzt scherzend – abzurechnen, und ich zählte ihm das Geld hin und empfing die erforderliche Quittung. Auch darüber freute sich Mr. Skimpole.

Seine Komplimente waren so unaufdringlich, daß ich weniger darüber errötete, als man hätte erwarten können, und mit dem Fremden im weißen Überrock fehlerlos abrechnete. Er steckte das Geld in die Tasche und sagte kurz: „Nun, so wünsche ich Ihnen einen guten Abend, Miss."

„Lieber Freund", sagte jetzt Mr. Skimpole, der mit dem Rücken gegen das Feuer stand, nachdem er die Skizze halbfertig weggelegt hatte, „ich möchte Sie etwas fragen, wenn Sie erlauben."

Ich glaube, er antwortete: „Na, los!"

„Wußten Sie heute früh schon, daß Sie diesen Auftrag erhalten würden?"

„Wußte es schon gestern nachmittag zur Teezeit", sagte Coavinses.

„Es schadete Ihrem Appetit nicht? Es verursachte Ihnen kein Unbehagen?"

„Durchaus nicht", sagte Coavinses. „Ich wußte, wenn man Sie heute vermißte, würde man Sie schon morgen nicht mehr vermissen. Ein Tag macht nicht so viel aus."

„Aber als Sie hierher unterwegs waren", fuhr Mr. Skimpole fort, „war ein schöner Tag. Die Sonne schien, der Wind wehte, Licht und Schatten wechselten auf den Feldern, die Vögel sangen."

„Niemand leugnet das, soviel ich weiß", entgegnete Coavinses.

„Nein", bemerkte Mr. Skimpole. „Aber was dachten Sie sich auf dem Weg?"

„Wie meinen Sie das?" brummte Coavinses mit einem Gesicht, als habe er das sehr übelgenommen. „Denken! Ich habe genug zu tun und bekomme wenig genug dafür, ohne lang zu denken. Denken!" (Mit tiefster Verachtung.)

„Sie dachten also", fuhr Mr. Skimpole fort, „keinesfalls etwas wie: Harold Skimpole sieht gern die Sonne scheinen, hört gern den Wind wehen, beobachtet gern den Wechsel von Licht und Schatten, hört gern den Vögeln zu, diesen Chorsängern im großen Dom der Natur; und ich gehe jetzt, um Harold Skimpole dieser Güter zu berauben, die sein einziges angeborenes Erbteil sind! Sie dachten nichts dergleichen?"

„Ich – gewiß – nicht", sagte Coavinses, der diesen Gedanken mit so grenzenloser Verstocktheit zurückwies, daß er sie nur veranschaulichen konnte, indem er hinter jedes Wort eine lange Pause einschob und das letzte mit einem Kopfschütteln hervorstieß, das ihm den Halswirbel hätte verrenken können.

„Sehr sonderbar und merkwürdig ist der Denkprozeß bei euch Geschäftsleuten", sagte Mr. Skimpole nachdenklich. „Ich danke Ihnen, guter Freund. Gute Nacht!"

Da unsere Abwesenheit schon lang genug gedauert hatte, um unten aufzufallen, ging ich gleich wieder hinunter und fand Ada, mit einer Handarbeit am Kamin sitzend, mit Vetter John im Gespräch. Bald erschien auch Mr. Skimpole, und kurz nach ihm Richard. Den Rest des Abends nahm mich meine erste Lektion im Puffspiel genugsam in Anspruch, die mir Mr. Jarndyce erteilte. Er spielte es sehr gern, und ich wünschte es natürlich so schnell wie möglich zu lernen, um ihm den kleinen Gefallen zu tun, mit ihm zu spielen, wenn er keinen besseren Partner hatte. Aber gelegentlich, wenn Mr. Skimpole Bruchstücke aus seinen Kompositionen spielte oder wenn er am Klavier oder beim Cellospiel und bei Tisch ohne Anstrengung für gute Laune und den leichten Fluß der Unterhaltung sorgte, kam es mir vor, als ob auf Richard und mich das Gefühl übergegangen wäre, seit dem Essen in Schuldhaft zu sein; und dies schien mir recht wunderlich.

Erst spät in der Nacht trennten wir uns; denn als Ada um elf Uhr gehen wollte, setzte sich Mr. Skimpole ans Klavier und spielte ein lustiges Lied: „Nichts Bessres kann's geben, um länger zu leben, als der Nacht ein paar Stunden zu stehlen, juchhe!" Es war zwölf vorbei, als sein Licht und sein strahlendes Gesicht aus dem Zimmer verschwanden; und ich glaube, er hätte uns bis zum Morgen festhalten können, wenn er gewollt hätte. Ada und Richard standen noch ein paar Augenblicke am Feuer und überlegten, ob wohl Mrs. Jellyby ihr Tagewerk an Diktat schon beendet habe, als Mr. Jarndyce, der das Zimmer verlassen hatte, zurückkehrte.

„Ach, du lieber Gott, was ist das, was ist das!" sagte er, indem er sich in gutmütiger Verdrießlichkeit den Kopf rieb und dabei hin und her ging. „Was muß ich da hören? Rick, mein Junge, liebe Esther, was habt ihr da gemacht? Warum habt ihr das getan? Wie konntet ihr es tun? Wieviel war's von jedem? – Der Wind hat sich wieder gedreht. Ich fühle es durch und durch!"

Wir wußten beide nicht, was wir antworten sollten.

„Nur heraus mit der Sprache, Rick! Vor dem Schlafengehen muß das abgemacht sein. Wieviel habt ihr ausgelegt? Ihr zwei habt das Geld zusammengeschossen, höre ich. Warum denn? Wie konntet ihr nur? – Mein Gott, ja, es ist richtiger Ostwind – muß Ostwind sein!"

„Wahrhaftig, Sir", antwortete Richard, „ich glaube, es wäre nicht ehrenhaft, wenn ich es Ihnen sage. Mr. Skimpole verließ sich auf uns –"

„Gott bewahre, lieber Junge! Er verläßt sich auf jeden!" sagte Mr. Jarndyce, indem er sich den Kopf gewaltig rieb und mit einem Ruck stehenblieb.

„Wirklich, Sir?"

„Jawohl, auf jeden! Und er wird nächste Woche wieder in derselben Klemme sein!" sagte Mr. Jarndyce und ging wieder mit großen Schritten durchs Zimmer, in der Hand eine Kerze, die erloschen war. „Er ist immer in derselben Klemme. Er ist in sie hineingeboren. Ich glaube wahrhaftig, seine Geburtsanzeige in der Zeitung hat gelautet: ‚Am vergangenen Dienstag hat Mrs. Skimpole in ihrer Wohnung zu Klemmhausen einen verschuldeten Sohn geboren.'"

Richard lachte herzlich, setzte aber hinzu: „Dennoch, Sir, möchte ich sein Vertrauen nicht erschüttern oder gar täuschen! Und wenn ich Ihrer besseren Einsicht nochmals zu bedenken gebe, daß ich mich verpflichtet fühle, sein Geheimnis zu wahren, so hoffe ich, Sie werden das in Betracht ziehen, ehe Sie weiter in mich dringen. Wenn Sie doch in mich dringen, weiß ich natürlich, daß ich unrecht habe, und werde Ihnen alles sagen."

„Na!" rief Mr. Jarndyce, blieb wieder stehen und machte geistesabwesend verschiedene Versuche, den Kerzenleuchter in die

Tasche zu stecken. „Ich – hier! Setzen Sie ihn weg, liebes Kind. Ich weiß nicht, was ich damit anstelle; der Wind ist daran schuld; hat stets diese gleiche Wirkung. Ich will nicht in dich dringen, Rick, du magst recht haben. Aber – dich und Esther herzunehmen – und euch auszupressen wie ein paar weiche, junge Michaelisorangen! – Wir bekommen gewiß in der Nacht Sturm!"

Bald steckte er jetzt die Hände in die Taschen, als ob er sie lange dort lassen wolle, bald zog er sie wieder heraus und rieb sich heftig den Kopf.

Ich nahm die Gelegenheit wahr, darauf hinzuweisen, daß Mr. Skimpole, da er in all solchen Sachen ein wahres Kind sei –

„Ja, meine Liebe?" sagte Mr. Jarndyce, dieses Wort aufgreifend.

„– da er ein wahres Kind ist, Sir", fuhr ich fort, „und so verschieden von anderen Leuten –"

„Sie haben recht!" sagte Mr. Jarndyce, und sein Gesicht entwölkte sich. „So ein weiblicher Verstand trifft ins Schwarze. Er ist ein Kind – ein vollkommenes Kind. Ich sagte euch ja gleich, daß er ein Kind sei."

„Gewiß, gewiß!" stimmten wir zu.

„Und er ist wirklich ein Kind. Nicht wahr?" fragte Mr. Jarndyce, dessen Antlitz sich immer mehr aufhellte.

Ja, das sei er, antworteten wir.

„Wenn man's genau bedenkt, ist es wirklich kindlich von euch – ich meine von mir –", sagte Mr. Jarndyce, „ihn auch nur einen Augenblick lang als Mann zu betrachten. Ihn kann man nicht verantwortlich machen. Sich Harold Skimpole mit Absichten und mit Plänen und mit der Kenntnis der Konsequenzen vorzustellen! Hahaha!"

Es war köstlich, die Wolken aus seinem Gesicht mehr und mehr verschwinden und ihn so herzlich vergnügt zu sehen und zu wissen, was man unmöglich verkennen konnte, daß die Quelle seiner Freude das gute Herz war, dem es weh tat, jemanden zu verdammen oder zu beargwöhnen oder heimlich anzuklagen; kein Wunder, daß ich Tränen in Adas Augen glänzen sah, während sie sein Lachen erwiderte, und daß ich sie in den meinen aufsteigen fühlte.

„O, was für ein Stockfisch ich bin", sagte Mr. Jarndyce, „daß ich daran nicht gedacht habe. Die ganze Geschichte zeigt das Kind von Anfang bis zu Ende. Nur ein Kind konnte ja darauf verfallen, gerade euch beide an der Sache zu beteiligen! Nur ein

Kind konnte auf den Gedanken kommen, daß gerade ihr das Geld haben könntet! Wären es tausend Pfund gewesen, er hätte es genauso gemacht!" sagte er mit völlig besonntem Antlitz.

Nach der Erfahrung dieses Abends stimmten wir ihm alle bei. „Gewiß, gewiß!" sagte Mr. Jarndyce. „Indes, Rick, Esther und auch du, Ada, denn ich weiß nicht, ob selbst deine kleine Börse vor seiner Unerfahrenheit sicher ist, ihr müßt mir alle versprechen, daß so etwas nie wieder geschehen soll. Keine Vorschüsse! Nicht einen Sixpence!"

Wir versprachen es alle getreulich, Richard mit einem schelmischen Blick auf mich und einem leichten Schlag auf seine Tasche, als wollte er andeuten, daß wir nicht Gefahr liefen, ungehorsam zu sein.

„Was Skimpole betrifft", fuhr Mr. Jarndyce fort, „so würde den guten Jungen ein bewohnbares Puppenhaus mit guter Küche und ein paar Bleifiguren, von denen er Geld borgen könnte, glücklich machen fürs Leben. Er schläft jetzt gewiß schon den Schlaf eines Kindes; es wird Zeit, daß ich meinen schlaueren Kopf auf mein erdennäheres Kissen lege. Gute Nacht, liebe Kinder, Gott behüte euch!"

Er guckte noch einmal mit freundlichem Gesicht herein, ehe wir unsere Lichter angezündet hatten, und sagte: „Oh, ich habe nach dem Wetterhahn gesehen. Es war doch falscher Lärm mit dem Wind. Er kommt von Süden." Und er verschwand, vor sich hin summend.

Als Ada und ich dann noch ein wenig miteinander plauderten, waren wir darin einig, daß diese Grille mit dem Wind nur Schein sei und daß er diesen Vorwand benutze, um jedes Mißbehagen, das er nicht verbergen konnte, zu erklären, damit er nicht die wirkliche Ursache rügen oder jemanden bloßstellen oder herabsetzen müsse. Uns schien dieser Zug charakteristisch zu sein für seine maßlose Herzensgüte und für den Unterschied zwischen ihm und jenen launischen Menschen, die Wetter und Wind – besonders den armen Wind, den er zu einem so ganz anderen Zweck erkoren hatte – zum Vorwand für ihre mürrischen und verdrießlichen Anwandlungen nehmen.

Zu meiner Dankbarkeit war schon an diesem einen Abend so viel Liebe gekommen, daß ich hoffen konnte, ich werde ihn schon vermöge dieser beiden Gefühle verstehen lernen. Scheinbare Widersprüche in seinem Verhalten zu Mr. Skimpole oder zur Mrs. Jellyby versöhnen zu können, durfte ich nicht erwarten, da ich zu wenig Erfahrung oder praktische Kenntnis mitbrachte. Ich versuchte es auch nicht; denn als ich allein war, kreisten meine Gedanken um Ada, Richard und das Vertrauen, in das mich Mr. Jarndyce bezüglich ihrer gezogen hatte. Meine Träume, vielleicht ein wenig verwirrt durch den Wind, wollten auch nicht ganz selbstlos bleiben, obgleich ich sie gern dazu überredet hätte, wenn es gelungen wäre. Sie schweiften zurück zum Haus meiner Patin, verfolgten die Zeit seither und riefen verschwommene Grübeleien wieder in mir wach, die damals zuweilen aufgedämmert waren: was wohl Mr. Jarndyce von meiner frühesten Geschichte wisse, ob er wohl gar mein Vater sei – obgleich dieser eitle Traum längst verflogen war.

Das alles ist jetzt abgetan, sagte ich mir vor, als ich von meinem Sitz am Kamin aufstand. Es kam mir nicht zu, über Vergangenes zu grübeln, sondern ich sollte heiteren Sinns und dankbaren Herzens tätig sein. So sprach ich zu mir selbst: Esther, Esther, Esther! Deine Pflicht! Und ich gab dem kleinen Korb mit den Wirtschaftsschlüsseln einen solchen Stoß, daß sie wie Glöckchen klangen und mich hoffnungsvoll zu Bett läuteten.

7. KAPITEL

Der Geisterweg

Während Esther schläft und wieder erwacht, herrscht immer noch nasses Wetter auf dem Landsitz unten in Lincolnshire. Der Regen fällt pausenlos, trip, trip, trip, Tag und Nacht auf die breiten Steinplatten der Terrasse, die der Geisterweg heißt. Das Wetter unten in Lincolnshire ist so schlecht, daß sich die lebhafteste Phantasie kaum vorstellen kann, es werde wieder schön sein. Freilich waltet hier kein überschwengliches Phantasieleben, denn Sir Leicester ist nicht da – und selbst wenn er da wäre, trüge das nicht eben viel dazu bei –, sondern ist mit Mylady in Paris, und Einsamkeit hockt mit grauen Fittichen brütend auf Chesney Wold.

Einiges Phantasieleben gibt es dagegen bei den Tieren in Chesney Wold. Die Pferde in den Ställen – langen Ställen um einen kahlen Hof mit rohen Ziegelmauern, wo in einem Turm eine große Glocke hängt und eine Uhr mit breitem Zifferblatt, das die Tauben, die nicht weit von ihr hausen und gern auf ihren

Simsen sitzen, immer zu befragen scheinen – diese Pferde machen sich wohl manchmal in ihrem Innern ein Bild von schönem Wetter und sind darin bessere Künstler als die Stallknechte. Der alte Rotschimmel, dessen Stärke die Parforcejagd ist, denkt vielleicht, wenn er seine großen Augen dem vergitterten Fenster nicht weit von seiner Krippe zuwendet, an die frischgrünen Blätter, die zu anderen Zeiten dort glänzen, an die Wohlgerüche, die dort hereinströmen, und an einen feinen Galopp mit den Hetzhunden, während der Mensch, der den nächsten Stand auskehrt, nie über seine Heugabel und seinen Besen hinausdenkt. Der Grauschimmel, der seinen Stand der Tür gegenüber hat, der ungeduldig das Halfter schüttelt, erwartungsvoll die Ohren spitzt und den Kopf wendet, wenn diese Tür aufgeht, und zu dem der Eintretende sagt: „Na, Schimmel, ruhig! Heut braucht dich niemand!" weiß das wahrscheinlich ebenso gut wie der Sprecher. Das ganze, scheinbar so stumpfe und ungesellige halbe Dutzend im Stall bringt vielleicht die langen, nassen Stunden, wenn die Tür geschlossen ist, in lebhafterer Unterhaltung zu, als sie im Dienerzimmer oder in der Dorfschenke herrscht, oder vertreibt sich gar damit die Zeit, daß es das Pony in der Ecke erzieht oder auch verführt.

Auch der Hofhund, der draußen in seiner Hütte, den dicken Kopf auf die Pfoten gelegt, dahindöst, mag an den warmen Sonnenschein denken, wenn die Schatten der Stallgebäude seine Geduld durch ihren Wechsel ermüden und ihm einmal am Tag keine breitere Zuflucht lassen als den Schatten seiner eigenen Hütte, wo er dann aufrecht sitzt und keucht und knurrt und gar zu gern etwas anderes herumzerren möchte als sich und seine Kette. Jetzt träumt er sich vielleicht im Halbschlummer augenzwinkernd das Haus voller Gäste, die Remise voller Wagen, die Ställe voller Pferde und die Wirtschaftsgebäude voller Reitknechte, bis er nicht mehr weiß, wie es jetzt wirklich steht, und aus seiner Hütte kommt, um nachzusehen. Dann schüttelt er sich verdrossen und knurrt vielleicht innerlich: Regen, Regen, Regen! Nichts als Regen – und niemand hier! Und er kriecht wieder in die Hütte und streckt sich aus mit mürrischem Gähnen.

Genauso ist's mit den Jagdhunden im Zwinger hinter dem Park, die hin und wieder Unrast befällt und deren Geheul, wenn der Wind hartnäckig aus ihrer Richtung bläst, diese Unrast dem ganzen Haus mitteilt: treppauf, treppab und bis in Myladys Zimmer. Sie jagen vielleicht jetzt in Gedanken die ganze Umgebung ab, während die Regentropfen rings um ihr

Nichtstun aufschlagen. Auch die Kaninchen, die mit ihren verräterisch leuchtenden Schwänzchen aus ihrem Bau unter den Baumwurzeln heraus- und wieder hineinschlüpfen, lassen sich durch den Gedanken an luftige Tage ermuntern, wenn's ihnen um die Ohren weht, oder an jene aufregende Jahreszeit, da es süße junge Pflänzchen zu knabbern gibt. Der Truthahn auf dem Hühnerhof, ewig verärgert über ein Unrecht an seiner Klasse – wahrscheinlich Weihnachten –, gedenkt möglicherweise des ihm widerrechtlich vorenthaltenen Sommermorgens, da er zwischen den gefällten Bäumen einherging und dort den Tisch mit Gerste gedeckt fand. Die unzufriedene Gans, die sich duckt, um unter dem zwanzig Fuß hohen, alten Torweg hindurchzuschreiten, teilt uns vielleicht durch ihr Geschnatter, wenn wir es nur verstünden, ihre watschelfreudige Vorliebe für Wetter mit, bei dem der Torweg seinen Schatten auf die Erde wirft.

Sei dem, wie ihm wolle, sonst lebt nicht viel Phantasie in Chesney Wold. Wenn in seltenen Augenblicken einmal etwas davon auftaucht, so geht sie wie ein kleiner Lärm in dem alten, widerhallenden Gebäude weite Wege und knüpft sich meist an Geister und Spuk.

Es hat so stark und so anhaltend geregnet, dort unten in Lincolnshire, daß Mrs. Rouncewell, die alte Wirtschafterin in Chesney Wold, schon mehrmals ihre Brille abgenommen und abgewischt hat, um sich zu vergewissern, daß die Tropfen nicht etwa nur auf den Gläsern seien. Zwar hätte sie das Rauschen des Regens hinreichend überzeugen können, aber sie ist etwas taub, und nichts kann sie bewegen, das zu glauben. Sie ist eine ansehnliche, alte Dame, hübsch stattlich und wunderbar sauber, an Rücken und Brust so wohlbestellt, daß niemand, der sie kennt, überrascht wäre, wenn sich nach ihrem Tod ergäbe, daß ihr Schnürleib ein großer, altmodischer Familienkamin gewesen ist. Die Witterung kümmert Mrs. Rouncewell wenig. Das Haus ist bei jedem Wetter da, und das Haus, sagt sie, ist das, was sie angeht. Sie sitzt in ihrem Zimmer – in einem Seitengang des Erdgeschosses, mit einem Bogenfenster und der Aussicht auf ein glattes Rasenviereck, das in regelmäßigen Abständen mit glatten, runden Bäumen und glatten, runden Steinblöcken verziert ist, als ob die Bäume mit den Steinen Kegel spielen wollten – und das ganze Haus ruht auf ihren Schultern. Sie kann es bei Gelegenheit öffnen und kann dann rege und tätig sein; jetzt aber ist es verschlossen und ruht in majestätischem Schlummer auf Mrs. Rouncewells breitem, erzgepanzertem Busen.

Es ist fast unmöglich, sich Chesney Wold ohne Mrs. Rouncewell vorzustellen. Dabei ist sie doch erst fünfzig Jahre hier! Fragt sie heute, an diesem Regentag, wie lang sie da sei, und sie wird antworten: „Wenn ich durch Gottes Gnade bis Dienstag lebe, sind's fünfzig Jahre, drei Monate und vierzehn Tage." Mr. Rouncewell starb einige Zeit vor dem Verschwinden der hübschen Zopfmode und versteckte den seinen, wenn er ihn mitnahm, bescheiden in einer Ecke des Kirchhofs im Park, nicht weit von der altersgrauen Eingangspforte. Er war im Marktflecken geboren und seine junge Witwe gleichfalls. Ihre Laufbahn begann in den Tagen des seligen Sir Leicester in der herrschaftlichen Vorratskammer.

Das gegenwärtige Familienoberhaupt der Dedlocks ist ein vortrefflicher Herr. Er setzt bei all seinen Leuten das völlige Fehlen individueller Charakterzüge, Absichten und Ansichten voraus und ist überzeugt, daß er auf der Welt sei, um sie bei ihnen überflüssig zu machen. Sollte er das Gegenteil entdecken, so wäre er einfach betäubt und käme wahrscheinlich nur wieder zu sich, um noch einmal zu stöhnen und zu sterben. Aber er ist trotzdem ein vortrefflicher Herr, der das für eine Pflicht seines vornehmen Standes hält! Er hat Mrs. Rouncewell sehr gern; er nennt sie eine höchst achtbare, vertrauenswürdige Frau. Er schüttelt ihr stets die Hand, wenn er nach Chesney Wold kommt und wenn er wieder abreist, und wenn er krank würde oder einen Unfall erlitte oder in irgendeine Lage geriete, die man „Dedlock im Unglück" nennen könnte, so würde er sagen, falls er noch sprechen könnte: „Geht und schickt mir Mrs. Rouncewell!" Denn er wüßte in einer solchen Lage seine Würde bei ihr besser aufgehoben als bei sonstwem.

Mrs. Rouncewell hat des Lebens Sorgen kennengelernt. Sie hat zwei Söhne gehabt, deren jüngerer ein Tunichtgut war, unter die Soldaten ging und nie wiederkehrte. Selbst jetzt noch werden Mrs. Rouncewells ruhige Hände unbeherrscht, wenn sie von ihm spricht; sie liegen nicht mehr gefaltet im Schoß, sondern fahren erregt hin und her, wenn sie erzählt, was für ein liebenswürdiger, hübscher, fröhlicher, gutmütiger, gescheiter Junge er war! Ihr zweiter Sohn sollte in Chesney Wold versorgt werden und wäre mit der Zeit Hausverwalter geworden; aber schon als Schuljunge fing er an, Dampfmaschinen aus Kochtöpfen zu basteln und Vögel abzurichten, sich mit möglichst geringem Arbeitsaufwand ihr Wasser selbst heraufzuziehen, wobei er sie mit so wohlersonnenen hydraulischen Druckvorrichtungen unterstützte, daß sich ein durstiger Kanarienvogel buchstäblich nur mit der Schulter an das Rad zu stemmen brauchte, und das Werk war getan. Dieser Hang machte Mrs. Rouncewell große Sorgen. Mit der Herzensangst einer Mutter erkannte sie, daß das in eine revolutionäre Richtung gehe, denn sie wußte, daß Sir Leicester grundsätzlich jede Neigung für eine Kunst so einschätzte, die etwas mit Dampf und hohen Schloten zu tun hatte. Aber da der verkappte junge Rebell, sonst ein sanftes Kind von großer Ausdauer, mit wachsendem Alter kein Zeichen der Gnade blicken ließ, sondern im Gegenteil das Modell eines mechanischen Webstuhls baute, mußte sie sich endlich doch entschließen, unter vielen Tränen dem Baronet seine Sündhaftigkeit zu gestehen. „Mrs. Rouncewell", sagte Sir Leicester, „Sie wissen, ich kann mich mit niemandem auf einen Disput einlassen. Machen Sie, daß Sie den Jungen loswerden; das beste ist, Sie stecken ihn in eine Fabrik. Die Eisenbaugegenden weiter nördlich sind, glaube ich, der rechte Boden für einen Knaben mit diesen Neigungen." Der Knabe ging weiter nördlich und wuchs weiter nördlich auf; und falls ihn Sir Leicester Dedlock je sah, wenn er in Chesney Wold seine Mutter besuchte, oder falls er später noch je an ihn gedacht hat, so hat er ihn sicherlich nur als einen aus einer Masse von etlichen tausend ruß- und rauchgeschwärzten Verschwörern betrachtet, die wöchentlich zwei- oder dreimal nachts bei Fackelschein zu gesetzwidrigem Treiben ausziehen.

Dennoch ist Mrs. Rouncewells Sohn, wie Natur und Kunst es mit sich bringen, ein Mann geworden, hat sich selbständig gemacht, hat geheiratet und Mrs. Rouncewells Enkel in sein Geschäft aufgenommen. Dieser hat schon ausgelernt, ist von einer Reise in ferne Länder zurückgekehrt, wo er seine Kenntnisse erweitern und die Vorbereitung auf das Wagnis dieses Lebens vollenden sollte, und steht jetzt, an eben diesem Tag, an den Kamin gelehnt, in Mrs. Rouncewells Zimmer in Chesney Wold.

„Und noch einmal, Watt, ich freue mich, dich zu sehen! Und abermals, ich freue mich, daß du da bist!" sagt Mrs. Rouncewell. „Du bist ein hübscher junger Bursche. Ganz wie dein armer Onkel George. Ach!" Mrs. Rouncewells Hände werden, wie gewöhnlich bei diesem Gedenken, unruhig.

„Sie sagen, ich sei meinem Vater ähnlich, Großmutter."

„Ja, liebes Kind, auch ihm – aber am ähnlichsten deinem

armen Onkel George! Und dein lieber Vater" – Mrs. Rouncewell legt die Hände wieder ineinander –, „geht's ihm gut?"

„Ja, sehr, Großmutter, in jeder Hinsicht."

„Gott sei Dank!" Mrs. Rouncewell liebt ihren Sohn, gedenkt aber seiner mit Kummer, etwa als ob er ein ehrenwerter Soldat wäre, der zum Feind übergegangen ist.

„Und er ist glücklich?" fragt sie.

„Vollkommen."

„Dafür bin ich dankbar! Er hat dich also für sein Gewerbe erzogen und hat dich in fremde Länder geschickt? Nun, er weiß es am besten. Es mag eine Welt jenseits von Chesney Wold geben, die ich nicht verstehe. Obgleich ich auch nicht mehr jung bin und doch auch viel gute Gesellschaft gesehen habe."

„Großmutter", sagt der junge Mann, auf etwas anderes übergehend, „wer war das hübsche Mädchen, das vorhin bei dir war? Du nanntest sie Rosa."

„Ja, Kind. Sie ist die Tochter einer Witwe im Dorf. Die Mädchen lernen heutzutage so schwer, daß ich sie schon ganz früh zu mir genommen habe. Sie ist gelehrig und wird vorankommen. Sie weiß den Fremden das Haus schon recht hübsch zu zeigen. Sie wohnt bei mir und ißt an meinem Tisch."

„Ich hoffe, ich habe sie nicht vertrieben?"

„Sie glaubt wahrscheinlich, wir hätten Familienangelegenheiten zu besprechen. Sie ist sehr bescheiden. Eine schöne Eigenschaft an einem jungen Mädchen. Und gegenwärtig", sagt Mrs. Rouncewell und dehnt ihr Mieder bis zu seiner äußersten Weite, „seltener als früher!"

Der junge Mann neigt das Haupt vor den Lehren der Lebenserfahrung. Mrs. Rouncewell horcht auf.

„Räder!" sagt sie. Die jüngeren Ohren ihres Enkels haben sie längst gehört. „Lieber Himmel! Was für ein Wagen mag das sein bei solchem Wetter?"

Nach kurzer Zeit klopft es an die Tür. „Herein!"

Eine dunkeläugige, dunkelhaarige, schüchterne Dorfschöne tritt ein, so frisch in ihrer rosigen und doch zarten Blüte, daß die Regentropfen, die in ihrem Haar hängen, aussehen wie Tau auf einer frischgepflückten Blume.

„Was für Fremde sind das, Rosa?" fragt Mrs. Rouncewell.

„Zwei junge Herren in einem Gig, Madam, die das Haus zu sehen wünschen – jawohl, und wenn Sie erlauben, ich sagte es ihnen schon!" setzt sie rasch hinzu als Antwort auf eine verneinende Gebärde der Wirtschafterin. „Ich ging an die Haustür und sagte ihnen, es sei weder der rechte Tag noch die rechte Stunde; aber der junge Mann, der die Zügel führte, zog den Hut im Regen und bat mich, Ihnen diese Karte zu bringen."

„Lies sie, lieber Watt", sagt die Wirtschafterin.

Rosa übergibt sie ihm so schüchtern, daß sie zwischen ihnen zu Boden fällt, und beim Aufheben stoßen sie fast mit den Köpfen zusammen. Rosa ist noch schüchterner als vorher.

„Mr. Guppy", weiter steht nichts auf der Karte.

„Guppy!" wiederholt Mrs. Rouncewell. „Mr. Guppy! Unsinn! Ich habe den Namen nie gehört."

„Wenn Sie erlauben, das sagte er mir auch!" berichtet Rosa. „Aber er sagte, er und der andere junge Herr seien erst gestern abend mit der Post von London gekommen, um bei der Friedensrichterversammlung, zehn Meilen von hier, mitzuwirken; und da sie bald fertig geworden seien und viel von Chesney Wold gehört hätten und wirklich nicht wüßten, was sie mit der Zeit anfangen sollten, so seien sie trotz des Regens hierhergefahren, um es zu besichtigen. Es sind Advokaten. Er sagt, er sei nicht in Mr. Tulkinghorns Kanzlei, sei aber überzeugt, sich nötigenfalls auf Mr. Tulkinghorn berufen zu dürfen." Da Rosa jetzt, als sie fertig ist, bemerkt, daß sie eine lange Rede gehalten hat, wird sie noch verlegener.

Nun gehört Mr. Tulkinghorn gewissermaßen zum Haus, und außerdem geht die Sage, er habe Mrs. Rouncewells Testament gemacht. Die alte Dame wird milder gestimmt, bewilligt den Gästen den Eintritt als eine Gunst und entläßt Rosa. Der Enkel jedoch ist plötzlich von dem Wunsch befallen, das Haus zu sehen, und macht den Vorschlag, sich der Führung anzuschließen. Die Großmutter, die sich freut, daß er so viel Anteil nimmt, begleitet ihn, obgleich er sie – diese Gerechtigkeit müssen wir ihm widerfahren lassen – in ihrer Ruhe durchaus nicht stören möchte.

„Ich bin Ihnen sehr verbunden, Madam!" sagt Mr. Guppy, indem er in der Vorhalle seinen nassen Flauschrock ablegt. „Wir Londoner Juristen kommen nicht oft heraus; und wenn, dann möchten wir's gern ausnutzen, nicht wahr?"

Die alte Wirtschafterin deutet mit gnädiger Würde auf die große Treppe. Mr. Guppy und sein Freund folgen Rosa, Mrs. Rouncewell und ihr Enkel folgen ihnen, ein Gärtnerbursche geht voraus, um die Läden zu öffnen.

Wie es Leuten zu gehen pflegt, die Häuser besichtigen, so sind auch Mr. Guppy und sein Freund schon abgespannt, ehe sie recht begonnen haben. Sie verlaufen sich in unrechte Winkel, beschauen Nebensachen, lassen die wirklichen Sehenswürdigkeiten unbeachtet, gähnen, wenn sich neue Zimmerreihen auftun, zeigen sich tiefverzagt und sind offensichtlich am Ende. In jedem Zimmer, das sie betreten, zieht sich Mrs. Rouncewell, die sich so gerade hält wie das Haus selbst, in eine Fensternische oder einen ähnlichen Winkel zurück und lauscht mit hoheitsvoller Billigung Rosas Erklärung. Ihr Enkel ist so aufmerksam, daß Rosa scheuer ist – und hübscher denn je. So gehen sie von Zimmer zu Zimmer, beschwören die gemalten Dedlocks auf ein paar kurze Minuten heraus, wenn der Gärtnerbursche das Tageslicht einläßt, und lassen sie in ihre Grüfte zurücksinken, wenn er es wieder ausschließt. Dem niedergeschlagenen Mr. Guppy und seinem untröstlichen Freund kommt es vor, als wollten die Dedlocks kein Ende nehmen, deren Familienruhm darin zu bestehen scheint, daß sie siebenhundert Jahre lang nichts getan haben, um sich auszuzeichnen.

Selbst der lange Empfangssaal von Chesney Wold kann Mr. Guppys Lebensgeister nicht aufmuntern. Er ist so erschöpft, daß er auf der Schwelle stehenbleibt und kaum den Entschluß findet, einzutreten. Aber ein Porträt über dem Kamin, von dem Modemaler des Tages angefertigt, wirkt auf ihn wie ein Zauber. Augenblicklich hat er sich völlig erholt. Er starrt es mit ungewöhnlicher Teilnahme an; er ist von ihm wie gebannt und behext.

„Mein Gott", sagt Mr. Guppy, „wer ist das?"

„Das Gemälde über dem Kamin", sagt Rosa, „ist das Porträt der gegenwärtigen Lady Dedlock. Es gilt als ausgezeichnet getroffen und als bestes Werk des Meisters."

„Ich will des Todes sein, wenn ich sie je gesehen habe!" sagt Mr. Guppy und starrt seinen Freund fast erschrocken an. „Und doch kenne ich sie! Ist das Porträt in Kupfer gestochen, Miss?"

„Das Porträt ist noch nie in Kupfer gestochen. Sir Leicester hat stets die Erlaubnis verweigert."

„Hm!" sagt Mr. Guppy halblaut. „Man kann mich erschießen, wenn es nicht seltsam ist, daß ich das Bild so gut kenne! Das ist also Lady Dedlock!"

„Das Bild rechts ist der gegenwärtige Sir Leicester Dedlock, das Bild links ist sein Vater, der selige Lord Leicester."

Mr. Guppy hat kein Auge für diese beiden Magnaten. „Es ist mir unerklärlich", sagt er und starrt immer noch das Porträt an, „wie gut ich das Bild kenne! Ich will verwünscht sein", sagt er und sieht sich um, „wenn ich nicht denke, ich muß von diesem Bilde geträumt haben!"

Da Mr. Guppys Träume keinem der Anwesenden besonders nahe gehen, so wird die Wahrscheinlichkeit nicht weiter verfolgt. Aber er bleibt so vertieft in das Bild, daß er noch unbeweglich vor ihm steht, bis der Gärtnerbursche die Läden geschlossen hat; dann verläßt er das Zimmer in einer Benommenheit, die kein normaler, aber ein hinreichender Ersatz für Aufmerksamkeit ist, und durchschreitet die folgenden Gemächer mit wirren, weit offenen Augen, als ob er sich überall wieder nach Lady Dedlock umsähe.

Er sieht sie nicht noch einmal. Er sieht ihre Zimmer, die zuletzt gezeigt werden, weil sie sehr elegant sind, und blickt aus dem Fenster, durch das sie vor nicht langer Zeit nach dem Wetter ausschaute, das sie so tödlich langweilte. Alles hat ein Ende – selbst Häuser, die man selbst mit schweren Opfern zu sehen begehrt und deren man müde ist, ehe man recht damit begonnen hat. Mr. Guppy hat das Ende des Rundgangs und die frische Dorfschönheit hat das Ende ihrer Beschreibung erreicht, das immer lautet:

„Die Terrasse unten wird sehr bewundert. Man nennt sie nach einer alten Familiensage den Geisterweg."

„Wie!" sagt Mr. Guppy voll heißer Neugier; „was für eine Geschichte ist das, Miss? Kommt etwas von einem Bild darin vor?"

„Bitte, erzählen Sie uns die Geschichte", sagt Watt halblaut.

„Ich weiß sie nicht, Sir." Rosa ist schüchterner denn je.

„Sie wird Fremden nicht erzählt; sie ist fast vergessen", sagt die Wirtschafterin dazwischentretend. „Sie ist nie mehr gewesen als eine Familienanekdote."

„Sie erlauben mir nochmals die Frage, ob etwas von einem Bild darin vorkommt, Madam", bemerkt Mr. Guppy; „denn ich versichere Ihnen, je mehr ich an das Bild denke, desto besser kenne ich es, ohne zu wissen, woher ich es kenne."

Es kommt kein Bild in der Geschichte vor, dafür kann die Wirtschafterin bürgen. Mr. Guppy ist ihr für die Nachricht verbunden und darüber hinaus ganz im allgemeinen. Er verabschiedet sich mit seinem Freund, wird vom Gärtnerburschen über eine andere Treppe hinuntergeleitet, und gleich darauf hört man ihn abfahren. Es ist schon ganz dunkel. Mrs. Rouncewell kann sich auf die Verschwiegenheit ihrer beiden jungen Zuhörer verlassen, und ihnen kann sie verraten, wie die Terrasse zu dem gespen-

stischen Namen gekommen ist. Sie setzt sich in einen großen
Lehnstuhl am rasch dunkel werdenden Fenster und erzählt:

„In den bösen Zeiten Karls I. — ich meine natürlich in den
bösen Zeiten der Rebellen, die sich gegen den vortrefflichen
König verschworen — war Sir Morbury Dedlock Eigentümer von
Chesney Wold. Ob man vor jener Zeit etwas von einem Gespenst in der Familie gehört hat, weiß ich nicht. Ich halte es
aber für sehr wahrscheinlich."

Mrs. Rouncewell vertritt diese Meinung, weil sie überzeugt
ist, daß eine Familie von solchem Alter und solcher Bedeutung
ein Recht auf ein Gespenst habe. Sie betrachtet ein Gespenst als
eines der Privilegien der höheren Stände, als eine vornehme
Auszeichnung, auf die gemeine Leute keinen Anspruch haben.

„Sir Morbury Dedlock", fährt sie fort, „stand, wie sich von
selbst versteht, auf der Seite des heiligen Märtyrers. Aber man
vermutet, daß seine Gemahlin, in deren Adern kein Tropfen
des Familienblutes floß, die schlechte Sache begünstigte. Man
erzählt, sie habe unter den Feinden König Karls Verwandte
gehabt, habe mit ihnen Briefe gewechselt und ihnen Nachrichten
zugespielt. Wenn Landedelleute von der Partei Sr. Majestät hier
zusammenkamen, soll Mylady der Tür ihres Beratungszimmers
immer näher gewesen sein, als sie glaubten. Hörst du einen
Schall wie Tritte auf der Terrasse, Watt?"

Rosa rückt der Wirtschafterin näher.

„Ich höre den Regen auf die Steine tropfen", entgegnet der
junge Mann, „und ich höre ein seltsames Echo — ich halte es für
ein Echo —, das fast klingt wie ein hinkender Schritt."

Die Wirtschafterin nickt ernst und fährt fort: „Teils wegen
dieser Gesinnungsverschiedenheit, teils aus anderen Ursachen
lebten Sir Morbury und seine Gemahlin nicht glücklich miteinander. Sie war von hochfahrender Gemütsart. Sie paßten
weder dem Alter noch dem Charakter nach zueinander und
hatten keine Kinder, die zwischen ihnen Brücken schlagen konnten. Als ihr Lieblingsbruder, ein noch junger Mann, im Bürger-
krieg von einem nahen Verwandten Sir Morburys getötet worden war, empfand sie seinen Tod so tief, daß sie das ganze
Geschlecht haßte, in das sie hineingeheiratet hatte. Wenn die
Dedlocks im Begriff standen, in des Königs Dienst von Chesney
Wold auszureiten, soll sie mehr als einmal um Mitternacht in
die Ställe hinuntergeschlichen sein und die Pferde lahm gemacht
haben; und es geht die Sage, daß sie ihr Gatte einmal zu solcher
Stunde die Treppe hinunterhuschen sah und ihr in den Stall

folgte, wo sein Leibpferd stand. Dort packte er sie am Arm, und im Ringen oder Fallen oder dadurch, daß das Pferd erschrocken ausschlug, wurde sie in der Hüfte gelähmt und siechte von dieser Stunde an."

Die Wirtschafterin hat jetzt ihre Stimme fast bis zum Flüstern gedämpft.

„Sie war eine Frau von schönem Wuchs und edler Haltung gewesen. Nie klagte sie über die Veränderung; nie sprach sie davon, daß sie ein Krüppel sei oder Schmerzen habe; aber Tag für Tag machte sie auf der Terrasse Gehversuche und wankte, auf einen Stock und die steinerne Einfassung gestützt, auf und ab, auf und ab, auf und ab, im Sonnenschein und im Schatten, jeden Tag mit größerer Mühe. Endlich sah ihr Gatte, mit dem sie seit jener Nacht trotz aller Bitten kein Wort mehr gesprochen hatte, eines Nachmittags, als er an dem großen Südfenster stand, wie sie auf die Steinfliesen niedersank. Er eilte hinab, um sie aufzuheben; aber sie stieß ihn zurück, als er sich über sie beugte, sah ihn fest und kalt an und sprach: ‚Ich will hier sterben, wo ich gegangen bin. Und ich will hier gehen, auch wenn ich im Grab liege. Ich will hier gehen, bis der Stolz dieses Hauses gebrochen ist. Und wenn Unglück oder Schande ihm naht, sollen die Dedlocks meinen Schritt hören.'"

Watt sieht Rosa an. Rosa schaut in dem immer tieferen Dunkel zu Boden, halb von Grausen erfüllt, halb schüchtern.

„Dann starb sie, wo sie lag. Und aus jenen Tagen stammt der Name Geisterweg. Wenn der Schritt ein Echo ist, so ist er eins, das nur nach Dunkelwerden gehört wird, und oft lange Zeit gar nicht. Aber von Zeit zu Zeit kehrt es wieder; und sicherlich läßt es sich hören, wenn Krankheit oder Tod der Familie bevorsteht."

„– oder Schande, Großmutter –" ergänzte Watt.

„Schande kommt nie über Chesney Wold", erwiderte die Wirtschafterin.

Ihr Enkel macht seinen Verstoß mit einem: „Gewiß! Gewiß!" wieder gut.

„Das ist die Geschichte. Was immer dieses Geräusch sein mag, es ist beängstigend", sagt Mrs. Rouncewell und steht vom Stuhl auf; „und das Merkwürdigste dabei ist: es läßt sich nicht überhören. Mylady, die sich vor nichts fürchtet, gibt zu, daß man es hören muß, wenn es da ist. Es läßt sich nicht aussperren. Watt, hinter dir steht eine große Stutzuhr, die laut schlägt, wenn sie geht, und auch ein Musikwerk hat. Du weißt mit solchen Sachen umzugehen?"

111

„So ziemlich, Großmutter."
„Nun, so zieh sie auf."
Watt zieht sie auf, die Musik und alles.
„Jetzt komm hierher", sagt die Haushälterin. „Hierher, Kind, an Myladys Kopfkissen. Ich weiß nicht, ob es schon dunkel genug ist, aber horch! Kannst du den Schritt auf der Terrasse hören, durch die Musik und das laute Ticken und alles übrige hindurch?"
„Gewiß."
„Das sagt Mylady auch."

8. KAPITEL

Deckt eine Menge Sünden zu

Ich erhob mich vor Tagesanbruch und kleidete mich an. Es war hübsch, zum Fenster hinauszusehen, in dessen schwarzen Scheiben sich meine Lichter wie zwei Leuchtfeuer spiegelten, und zu beobachten, wie sich alles, was eben noch in das gleichmäßige Grau der schwindenden Nacht eingehüllt war, mit dem wachsenden Tag deutlicher herausschälte. Als sich die Aussicht allmählich entschleierte und die Landschaft sich zeigte, über die im Dunkeln der Wind geeilt war wie mein Gedächtnis über mein Leben, fand ich Vergnügen daran, die unbekannten Gegenstände zu entdecken, die mich im Schlaf umgeben hatten. Anfangs waren sie im Nebel nur schwach erkennbar, und über ihnen schimmerten noch einige verspätete Sterne. Nach diesem bleichen Zwischenspiel aber wurde das Bild so schnell weiter und inhaltreicher, daß ich mit jedem neuen Blick genug gefunden hätte, um es eine Stunde lang zu betrachten. Unmerklich wurden meine Lichter das einzige, was nicht mehr zur Morgenstimmung paßte, die finsteren Ecken in meinem Zimmer verschwanden alle, und der Tag schien hell auf eine heitere Landschaft; die alte Abteikirche, die sie mit ihrem wuchtigen Turm überragte, brachte in das Bild einen sanfteren Schatten, als mit ihrem rauhen Aussehen verträglich schien. Aber vom rauhen Äußeren, das hoffe ich gelernt zu haben, gehen ja oft friedliche, feine Wirkungen aus.

Alle Teile des Hauses waren so wohlgeordnet, und jedermann

war so aufmerksam gegen mich, daß mir meine zwei Schlüsselbünde nichts zu schaffen machten. Trotzdem hatte ich mit dem Versuch, mir den Inhalt jedes kleinen Fachs und Kastens zu merken, mit dem Unterfangen, auf einer Schiefertafel aufzuschreiben, was an Eingemachtem, Eingepökeltem, Eingelegtem, an Flaschen, Gläsern, Porzellan und vielen anderen Dingen vorhanden war, und mit dem Bemühen, ein übergründliches, altjüngferliches Närrchen zu spielen, so viel zu tun, daß ich gar nicht glauben konnte, es sei Frühstückszeit, als ich es klingeln hörte. Ich lief jedoch hinunter und goß Tee auf, da mir die Verantwortung für den Teekessel schon übertragen war; und da sich alle etwas verspäteten und noch niemand unten war, wollte ich einen Blick auf den Garten werfen und auch den ein wenig kennenlernen. Er war ganz allerliebst; vorn die hübsche Allee und die Auffahrt, auf der wir gestern gekommen waren und wo, nebenbei gesagt, die Räder unseres Wagens so tiefe Furchen in den Sand gegraben hatten, daß ich den Gärtner bat, ihn zu walzen; hinten der Blumengarten und meine Freundin oben am Fenster, das sie öffnete, um mir zuzulächeln, als ob sie mich aus der Ferne küssen wollte. Hinter dem Blumengarten lag ein Küchengarten, dann ein Grasgarten und schließlich ein hübscher, kleiner Pachthof mit entsprechendem Wirtschaftsgebäude. Das Haus selbst mit seinen drei Giebeln auf dem Dach, seinen ungleichen Fenstern, einige ganz groß, einige winzig, und alle gefällig, mit seinem Spalier für Rosen und Jelängerjelieber an der Südseite und mit seinem anheimelnden, behäbigen, vertrauenerweckenden Aussehen war, wie Ada sagte, als sie mir am Arm des Hausherrn entgegenkam, ihres Vetters John würdig – ein kühner Ausspruch, obgleich er sie dafür nur in die Wange kniff.

Mr. Skimpole war beim Frühstück so angenehm wie gestern abend. Es stand Honig auf dem Tisch, und er knüpfte daran ein Gespräch über Bienen. Er habe nichts gegen Honig einzuwenden, sagte er, und das glaubte ich gern, denn er schien ihm sehr zu schmecken, aber er protestiere gegen die verstiegene Anmaßung der Bienen. Er sehe nicht ein, warum ihm die fleißige Biene als Muster hingestellt werden sollte; sicherlich finde die Biene Gefallen am Honigmachen, sonst täte sie's nicht, niemand verlange es ja von ihr. Von ihren Neigungen aber brauche sie nicht so viel Aufhebens zu machen. Wenn jeder Zuckerbäcker in der Welt herumschwärmen, gegen alles, was ihm in den Weg komme, anprallen und selbstbewußt jeden auffordern wollte, darauf zu achten, daß er jetzt an die Arbeit gehe und nicht gestört werden dürfe, so würde die Erde ein ganz unerträglicher Aufenthalt. Überdies sei es doch eine lächerliche Lage, aus seinem Besitz mit Schwefel ausgeräuchert zu werden, sobald man ihn fertiggestellt habe. Von einem Fabrikanten in Manchester dächte man sehr gering, wenn er nur zu diesem Zweck Baumwolle spänne. Er müsse sagen, er halte die Drohne für die Verkörperung eines schöneren und weiseren Prinzips. Sie sage ganz aufrichtig: „Ihr müßt entschuldigen, aber ich kann mich nicht ums Geschäft kümmern; ich lebe in einer Welt, in der so viel zu sehen und so wenig Zeit dazu vorhanden ist, daß ich mir die Freiheit nehmen muß, mich umzuschauen und zu bitten, daß jemand für mich sorgt, der sich nicht umzuschauen braucht." Das war nach Mr. Skimpole die Drohnenphilosophie, und er hielt sie für eine recht gute Philosophie – immer vorausgesetzt, daß die Drohne gewillt sei, mit der Biene auf gutem Fuß zu stehen, was, soviel er wisse, bei dem gutmütigen Kerl immer der Fall sei, wenn ihn nur das wichtigtuerische Geschöpf in Ruhe ließe und nicht so eingebildet auf seinen Honig sein wollte!

Er spann dieses Phantasiegebild leichtbeschwingt nach allen Richtungen aus und erheiterte uns alle, obgleich er auch wiederum die Sache so ernst zu meinen schien, wie er dessen nur fähig war. Sie hörten ihm noch zu, als ich aufstand, um meinen neuen Pflichten nachzukommen. Sie hatten mich einige Zeit in Anspruch genommen, und ich ging, das Schlüsselkörbchen am Arm, durch die Korridore zurück, als mich Mr. Jarndyce in eine kleine Stube neben seinem Schlafzimmer rief, die, wie ich feststellte, zum Teil eine kleine Bibliothek mit Büchern und Papieren, zum Teil ein kleines Museum von Stiefeln, Schuhen und Hutschachteln war.

„Setzen Sie sich, liebes Kind", sagte Mr. Jarndyce. „Sie müssen wissen, das hier ist mein Brummstübchen. Wenn ich nicht bei Laune bin, gehe ich hierher und brumme."

„Sie sind gewiß sehr selten hier, Sir", meinte ich.

„Oh, Sie kennen mich nicht!" versetzte er. „Wenn ich mich getäuscht oder enttäuscht sehe – vom Wind, wenn er von Osten kommt –, so nehme ich meine Zuflucht hierher. Von allen Zimmern im Haus wird das Brummstübchen am meisten benutzt. Sie kennen meine Launen noch nicht zur Hälfte. Aber, mein Gott, wie Sie zittern!"

Ich konnte nichts dafür. Ich tat alles mögliche dagegen, aber als ich mich allein sah mit dem wohlwollenden Mann, seinen gütigen Augen begegnete und mich so glücklich, so geehrt und mein Herz so voll fühlte – küßte ich ihm die Hand. Ich weiß nicht, was ich sagte, ob ich überhaupt sprach. Er geriet außer Fassung und ging ans Fenster; fast glaubte ich, er wolle hinausspringen, bis er sich umdrehte und ich in seinen Augen las, was er hatte verbergen wollen. Er tätschelte mir sanft den Kopf, und ich setzte mich.

„– Soso!" sagte er. „Genug damit! Pah! Sei doch nicht so kindisch!"

„Es soll nicht wieder vorkommen, Sir", erwiderte ich, „aber anfangs ist es so schwer –"

„Unsinn", sagte er, „es ist leicht, ganz leicht! Warum nicht? Ich höre von einem guten, verwaisten Mädchen ohne Beschützer und nehme mir vor, dieser Beschützer zu werden. Sie wächst auf, übertrifft alle meine Erwartungen, und ich bleibe ihr Vormund und Freund. Was ist denn dabei? Soso! Nun haben wir die alten Geschichten abgemacht, und ich habe dein angenehmes, vertrauendes, treues Gesicht wieder vor mir."

Ich sagte zu mir: Liebe Esther, ich muß mich wundern! Das hätte ich nicht von dir erwartet! Und das wirkte so gut, daß ich die Hände über meinem Korb faltete und wieder ganz zu mir fand. Mr. Jarndyce sprach in seiner Miene seine Billigung aus und fing an, mit mir so vertraut zu sprechen, als ob ich mich jeden Morgen mit ihm zu unterhalten pflegte. Es war mir fast, als träfe das zu.

„Diese Kanzleigerichtssache verstehen Sie natürlich nicht, Esther?"

Natürlich schüttelte ich den Kopf.

„Nun, ich weiß auch nicht, wer sie versteht", fuhr er fort. „Die Juristen haben sie so heillos verwirrt, daß die ursprünglichen Streitpunkte des Prozesses längst von der Erde verschwunden sind. Es geht um ein Testament und um die Vermächtnisse aus einem Testament – oder es ging einmal darum. Jetzt geht es nur noch um Kosten. Dauernd müssen wir erscheinen und abtreten, schwören und Eide zuschieben, Schriftsätze und Gegenschriftsätze einreichen, beweisen, siegeln, beantragen, berichten, uns um den Lordkanzler und alle seine Trabanten drehen und uns in aller Form im Aktenstaub zutod wälzen – wegen der Kosten. Das ist die große Frage. Alles übrige ist auf wunderbare Weise rein verschwunden."

„Aber es ging um ein Testament?" sagte ich, um ihn zur Sache zurückzuführen, denn er fing an, sich den Kopf zu reiben.

„Nun ja, es ging um ein Testament, wenn es überhaupt um etwas ging", antwortete er. „Ein gewisser Jarndyce erwarb zu böser Stunde ein großes Vermögen und hinterließ ein umfangreiches Testament. Über der Frage, wie die Vermächtnisse aus diesem Testament zu verwalten seien, verflüchtigt sich das hinterlassene Vermögen; die Vermächtnisnehmer geraten in eine so jämmerliche Lage, daß sie genug gestraft wären, wenn sie dadurch, daß sie Geld erbten, ein schweres Verbrechen begangen hätten; und das Testament selbst wird zum toten Buchstaben. In dem ganzen beklagenswerten Prozeß wird alles, was alle Beteiligten bis auf einen schon wissen, an diesen einen verwiesen, der nichts davon weiß, um es herauszufinden; in dem ganzen beklagenswerten Prozeß muß jeder immer und immer wieder Abschriften von all den Wagenladungen von Papier bekommen, die sich dabei angehäuft haben, oder muß sie wenigstens bezahlen, auch wenn er sie nicht bekommt, was gewöhnlich der Fall ist, denn niemand will sie haben; und jeder muß eine so höllische Tour von Kosten und Gebühren und Unsinn und Bestechung durchtanzen, wie sie sich im wildesten Hexensabbat träumen läßt. Die Gerichte, die nach Billigkeit urteilen, befragen die Gerichte, die das gemeine Recht anwenden, und umgekehrt; die einen entdecken, daß sie dies, die anderen, daß sie das nicht dürfen; kein Gericht bringt es fertig, zu sagen, daß es überhaupt nichts tun dürfe, wenn nicht für A dieser, für B jener Anwalt oder Beisitzer bestellt wird; und so geht es durchs ganze Alphabet. Auf diese Weise läuft jede Einzelheit Jahr um Jahr und Menschenalter um Menschenalter, fängt immer wieder von vorn an und wird nie fertig. Und wir können uns des Prozesses unter keiner Bedingung entledigen, denn wir sind zu Parteien in ihm gemacht worden und müssen es sein, ob wir wollen oder nicht. Aber es ist nicht gut, daran zu denken! Als mein Großonkel, der arme Tom Jarndyce, daran zu denken begann, war es der Anfang vom Ende."

„Jener Mr. Jarndyce, dessen Geschichte ich gehört habe?"

Er nickte ernst. „Ich war sein Erbe, und dies war sein Haus, Esther. Als ich hierher kam, war es wirklich ein ‚ödes Haus'*. Er hatte ihm die Zeichen seines Jammerlebens aufgedrückt."

„Wie muß es sich seitdem verändert haben!" sagte ich.

„Es hatte vor seiner Zeit das ‚hohe Haus' geheißen. Er gab

---

* Der englische Gleichklang zwischen bleak (= öde, freudlos) und peak (= Spitze, Gipfel) ist deutsch nicht wiederzugeben.

ihm den jetzigen Namen und wohnte hier ganz zurückgezogen. Tag und Nacht brütete er über den bösen Aktenhaufen des Prozesses und hoffte wider alle Hoffnung, ihn zu entwirren und zu Ende zu bringen. Unterdessen verfiel das Haus, der Wind pfiff durch die gesprungenen Mauern, der Regen strömte durch das baufällige Dach, Unkraut sperrte den Weg zur verfaulten Tür. Als ich seine Leiche hierherbrachte, schien auch dem Haus das Gehirn aus dem Kopf geschossen zu sein, so zerfetzt, so verwüstet war alles."

Er ging ein wenig auf und ab, als er dies schaudernd mehr zu sich selbst sagte; dann sah er mich an, wurde fröhlicher und setzte sich wieder hin, die Hände in den Taschen.

„Ich sagte Ihnen, das hier sei das Brummstübchen. Wo war ich stehengeblieben?"

Bei der wohltätigen Veränderung, die er in Bleakhaus bewirkt habe, erinnerte ich ihn.

„Jawohl, Bleakhaus. In der City von London haben wir auch noch Besitztum, das heute so aussieht wie Bleakhaus damals. Wenn ich sage, wir haben Besitztum, so meine ich: dem Prozeß gehört es. Aber eigentlich sollte ich sagen: den Kosten gehört es; denn Kosten sind die einzige Macht auf Erden, die etwas dabei herausschlagen oder je etwas anderes darin finden wird als Augenschreck und Herzweh. Das Besitztum besteht aus einer Straße verfallener, blinder Häuser, denen die Augen ausgeschlagen sind: ohne eine einzige Glasscheibe, ohne etwas wie Fensterrahmen, nur mit kahlen Läden versehen, die aus den Angeln hängen und auseinanderfallen. Von den Eisengittern schälen sich Flocken von Rost ab; die Essen sinken in sich zusammen; die Steinstufen vor den Türen – jede könnte eine Todespforte sein – sind mit grünem Moder überzogen; selbst die Stützen, von denen die Trümmer gehalten werden, fangen an zu verfaulen. Obgleich Bleakhaus nicht in den Kanzleiprozeß verwickelt war, so war es doch sein Herr, und dasselbe Siegel war ihm aufgedrückt. Das sind die Abdrücke des Großen Siegels, die ganz England trägt – jedes Kind kennt sie."

„Wie verändert es ist", wiederholte ich.

„Nun ja, das ist es", antwortete er viel heiterer; „und es ist sehr weise von Ihnen, mich auf die Lichtseite des Bildes hinzuweisen." – Mein Gott, ich und weise! – „Das sind Dinge, von denen ich nie spreche, an die ich nicht einmal denke, außer im Brummstübchen hier. Wenn Sie es für richtig halten, Rick und

Ada davon zu erzählen" – er sah mich ernst an –, „so können Sie es tun. Ich überlasse es Ihrem Urteil, Esther!"

„Ich hoffe, Sir –" sagte ich.

„Wollen Sie mich nicht lieber Vormund nennen, liebe Esther?"

Ich fühlte, es würgte mich wieder in der Kehle – ich machte mir Vorwürfe darüber: ‚Esther, wie kommst du mir vor!' –, als er das scheinbar leichthin sagte, als sei es bloß Laune, nicht wohlüberlegte Herzensgüte. Aber ich schüttelte nur ein ganz klein wenig die Schlüssel, um mich an meine Schuldigkeit zu erinnern, faltete meine Hände noch fester über dem Korb und sah ihn ruhig an.

„Ich hoffe, Vormund", sagte ich, „Sie vertrauen meiner Einsicht nicht zuviel. Ich hoffe, Sie schätzen mich nicht falsch ein. Ich fürchte, Sie werden enttäuscht sein, wenn Sie merken, daß ich nicht sehr gescheit bin, aber es ist wirklich wahr; und Sie würden es bald entdecken, wenn ich nicht so ehrlich wäre, es Ihnen zu gestehen."

Er schien davon gar nicht enttäuscht; ganz im Gegenteil. Er sagte, übers ganze Gesicht lächelnd, daß er mich recht gut kenne und daß ich gescheit genug für ihn sei.

„Hoffentlich kann ich das wahr machen", sagte ich; „aber ich habe meine Befürchtungen, Vormund."

„Sie sind gescheit genug, um hier die gute, kleine Hausfrau zu sein, liebe Esther", versetzte er scherzend; „die kleine Alte aus dem Kinderlied – bei Kindern denke ich nicht an Skimpole –:

Liebe, kleine Alte, wohin so hoch hinaus?
,Will die Spinnweben fegen droben vom Himmelshaus.'

Sie werden sie bei Ihrer Haushaltführung so sauber von unserem Himmel fegen, Esther, daß wir eines schönen Tages das Brummstübchen räumen und seine Tür vernageln werden."

Bei dieser Gelegenheit erhielt ich zuerst den Namen Alte und Altchen und Spinnweb und Mrs. Staubfang und so viele ähnliche Namen, daß mein wirklicher Name darüber bald ganz vergessen wurde.

„Um jedoch auf unser Thema zurückzukommen", sagte Mr. Jarndyce, „da haben wir Rick, einen hübschen, vielversprechenden Jungen. Was ist mit ihm anzufangen?"

Du meine Güte, welcher Einfall, mich darüber um Rat zu fragen!

„Da ist er nun, Esther", sagte Mr. Jarndyce, steckte bequem

die Hände in die Taschen und streckte die Beine aus. „Er muß etwas lernen; er muß einen Beruf wählen. Es wird noch eine Menge Perückerei darum gemacht werden, das ahne ich schon; aber geschehen muß es."

„Eine Menge was, Vormund?" fragte ich.

„Perückerei", sagte er. „Das ist das einzige Wort, das ich dafür habe. Er ist ein Kanzleigerichtsmündel, liebe Esther. Kenge und Carboy werden dazu etwas zu sagen haben; Assessor Soundso – eine Art lächerlicher Totengräber, der in einem Hinterstübchen am Ende von Quality Court in Chancery Lane Gräber für die Prozeßergebnisse gräbt – wird dazu etwas zu sagen haben; die Advokaten, der Kanzler, seine Assistenten werden dazu etwas zu sagen haben. Sie alle rundherum werden dabei ein schönes Honorar verdienen; die ganze Sache wird ausnehmend feierlich, wortreich, ungenügend und kostspielig sein, und ich nenne das im allgemeinen Perückerei. Wie das Menschengeschlecht zur Plage der Perückerei gekommen ist oder für wessen Sünden diese jungen Leute in ihre Schlingen gefallen sind, weiß ich nicht; es ist aber so."

Er fing wieder an, sich den Kopf zu reiben und anzudeuten, daß er den Wind fühle. Aber es war ein reizendes Beispiel seiner Güte gegen mich, daß sein Gesicht, mochte er sich den Kopf reiben oder herumgehen oder beides zugleich tun, stets wieder seinen wohlwollenden Ausdruck annahm, sobald er mich ansah; und er wurde dann stets wieder ruhig, steckte die Hände in die Taschen und streckte die Beine aus.

„Vielleicht wäre es am besten", sagte ich, „zuerst einmal Mr. Richard zu fragen, wozu er Lust hat."

„Ganz richtig", entgegnete er, „das meine ich eben! Machen Sie sich daran, es mit Ihrem gewöhnlichen Takt und in Ihrer stillen Art mit ihm und Ada zu besprechen, und sehen Sie, was dabei herauskommt. Wir werden gewiß durch Ihre Hilfe der Sache auf den Grund kommen, Frauchen."

Der Gedanke an die Wichtigkeit, die ich erlangte, und an die vielen Dinge, die mir anvertraut wurden, machte mich wirklich bange. Ich hatte das gar nicht gemeint; ich hatte gemeint, er solle mit Richard sprechen. Aber natürlich erwiderte ich nichts, als daß ich mein Bestes versuchen werde, obgleich ich fürchte – das zu wiederholen hielt ich für nötig –, daß er mich für viel klüger halte, als ich sei. Darüber lachte mein Vormund nur, das liebenswürdigste Lachen, das ich je gehört habe.

„Kommen Sie", sagte er, indem er aufstand und den Stuhl

zurückschob, „ich glaube, wir haben für heute am Brummstübchen genug. Nur noch ein Wort zum Schluß. Liebe Esther, wünschen Sie mich etwas zu fragen?"

Er sah mich so aufmerksam an, daß ich ihn ebenso gespannt ansah und recht wohl fühlte, daß ich ihn richtig verstand.

„Über mich selbst, Sir?" fragte ich.

„Ja."

„Nein, Vormund", sagte ich und wagte, meine Hand, die plötzlich kälter geworden war, als ich wünschte, in die seine zu legen. „Ich bin fest überzeugt, wenn mir etwas zu wissen gut oder gar nötig wäre, brauchte ich Sie nicht erst zu bitten, es mir zu sagen. Wenn ich Hoffnung und Vertrauen nicht ganz auf Sie setzte, müßte ich wirklich ein hartes Herz haben. Ich habe Sie nichts zu fragen, durchaus nichts."

Er zog meine Hand durch seinen Arm, und wir gingen hinaus, um Ada aufzusuchen. Von dieser Stunde an fühlte ich mich ihm gegenüber ganz unbefangen, ganz rückhaltlos, ganz zufrieden, nicht mehr zu wissen, ganz glücklich.

Anfangs war es ziemlich lebendig in Bleakhaus; denn wir mußten mit vielen Menschen in nächster oder entfernterer Nachbarschaft bekannt werden, die Mr. Jarndyce kannten. Es schien Ada und mir, als kenne ihn jeder, der etwas mit anderer Leute Geld anfangen wollte. Als wir eines Morgens anfingen, seine Briefe zu sortieren und im Brummstübchen einige davon für ihn zu beantworten, wunderten wir uns, daß das große Lebensziel fast aller Menschen, die ihm schrieben, zu sein schien, Komitees zu bilden, um Geld zu sammeln und auszugeben. Die Damen waren darin so eifrig wie die Herren, ja, vielleicht sogar noch eifriger. Sie traten mit wahrer Leidenschaft zu Komitees zusammen und sammelten mit ganz außerordentlichem Ungestüm Subskriptionen. Einige, schien uns, verbrachten offenbar ihr Leben nur mit dem Verteilen von Subskriptionskarten an das ganze Adreßbuch: Schillingkarten, Halbkronenkarten, Halbsovereignkarten, Pennykarten. Sie baten um alles. Sie baten um Kleider, um Leinenhadern, um Geld, um Kohlen, um Suppe, um Fürsprache, um Autogramme, um Flanell, um alles, was Mr. Jarndyce hatte oder nicht hatte. Ihre Zwecke waren ebenso verschiedenartig wie ihre Bitten. Sie wollten neue Gebäude errichten, sie wollten Schulden auf alten Gebäuden abzahlen, sie wollten die Schwesternschaft mittelalterlicher Marien in einem malerischen Gebäude – ein Aufriß der Westfront, wie sie geplant sei, lag bei – unterbringen; sie wollten Mrs. Jellyby ein Ehrengeschenk überreichen; sie wollten ihren Sekretär malen lassen und das Porträt seiner Schwiegermutter schenken, deren große Verehrung für ihn allbekannt sei. Sie wollten, glaube ich, alles anschaffen, von 500 000 Traktätchen bis zu einer Leibrente, von einem Marmordenkmal bis zu einer silbernen Teekanne. Sie nahmen eine Menge Namen an. Sie hießen die Ehefrauen Englands, die Töchter Britanniens, die Schwestern jeder einzelnen Kardinaltugend, die Frauen von Amerika, die Damen von hundert anderen Benennungen. Vor lauter Stimmenwerben und Wählen schienen sie ständig in höchster Aufregung. Unserer geringen Einsicht und ihren eigenen Berichten nach schienen sie fortwährend Leute zu Zehntausenden zu gewinnen und doch ihre Kandidaten nie durchzubringen. Wir bekamen Kopfweh bei dem Gedanken, wie fieberhaft sie ihr Leben verbrachten.

Unter den Damen, die sich durch diese habgierige Wohltätigkeit – wenn ich so sagen darf – ganz besonders auszeichneten, war eine Mrs. Pardiggle, die, nach der Zahl ihrer Briefe an Mr. Jarndyce zu urteilen, eine fast ebenso gewaltige Briefschreiberin zu sein schien wie Mrs. Jellyby. Wir bemerkten, daß der Wind stets umschlug, wenn die Rede auf sie kam, und daß er Mr. Jarndyce unweigerlich unterbrach und am Weiterreden hinderte, sobald dieser erwähnt hatte, daß es zwei Klassen wohltätiger Leute gebe: solche, die wenig leisten und viel Lärm machen, und solche, die viel leisten und keinen Lärm machen. Wir waren daher sehr neugierig auf Mrs. Pardiggle, die wir der ersten Klasse zurechneten, und freuten uns, als sie uns eines Tages mit ihren fünf jungen Söhnen besuchte.

Sie war eine Dame von gewaltigem Format, mit Brille, Adlernase und lauter Stimme, und erweckte den Eindruck, als brauche sie sehr viel Raum. Und das tat sie wirklich, denn sie warf mit ihrer Schleppe kleine Stühle um, die ziemlich entfernt von ihr standen. Da nur Ada und ich zu Hause waren, empfingen wir sie schüchtern, denn sie schien wie kaltes Wetter ins Haus zu kommen und die Gesichter der ihr folgenden kleinen Pardiggles blaufrieren zu lassen.

„Das hier, meine jungen Damen", sagte sie mit großer Geläufigkeit nach der ersten Begrüßung, „sind meine fünf Knaben. Sie haben vielleicht ihre Namen auf einer gedruckten Subskriptionsliste – vielleicht auch auf mehreren – gelesen, die im Besitz unseres geschätzten Freundes Mr. Jarndyce sind. Egbert, mein Ältester, zwölf, ist der Knabe, der sein Taschengeld im Betrag von fünf Schillingen und drei Pence, den Tockahupo-

Indianern geschickt hat; Oswald, mein Zweiter, zehneinhalb, hat zu dem großen National-Ehrengeschenk für Smithers zwei Schilling und neun Pence beigetragen; Francis, mein Dritter, neun, hat einen Schilling und sechseinhalb Pence geopfert; Felix, mein Vierter, sieben, hat acht Pence für die Kasse der altersschwachen Witwen gestiftet; Alfred, mein Jüngster, fünf, ist freiwillig dem Kinderverein ‚Freude' beigetreten und hat sich verpflichtet, sich lebenslang des Tabaks in jeder Gestalt zu enthalten."

Noch nie hatten wir so mißvergnügte Kinder gesehen. Sie waren nicht bloß schwächlich und welk, obgleich sie auch das unzweifelhaft waren, sondern schauten vor Unzufriedenheit einfach wütend drein. Bei Erwähnung der Tockahupo-Indianer hätte ich Egbert wirklich für eins der schrecklichsten Mitglieder dieses Stammes halten können, so wild zog er die Stirn gegen mich in Falten. Jedes der Kinder nahm einen besonders bösartigen Gesichtsausdruck an, wenn seine Beitragssumme genannt wurde, aber der seine war bei weitem der schlimmste. Ich muß jedoch den kleinen Rekruten des Kindervereins ‚Freude' ausnehmen, der sein Unglück in stumpfsinniger Ruhe trug.

„Sie haben Mrs. Jellyby besucht, höre ich", sagte Mrs. Pardiggle.

Wir sagten, ja, wir hätten eine Nacht bei ihr verbracht.

„Mrs. Jellyby", fuhr die Dame immer in demselben lehrhaften, lauten, harten Ton fort, sodaß es mir war, als trage auch ihre Stimme gleichsam eine Brille; wobei zu bemerken ist, daß ihre Brille dadurch noch unerfreulicher wurde, daß sie, wie Ada sich ausdrückte, „herausgewürgte", das heißt stark hervortretende Augen hatte; „Mrs. Jellyby ist eine Wohltäterin der Gesellschaft und verdient Unterstützung. Meine Knaben haben zu dem afrikanischen Unternehmen beigesteuert: Egbert einen Schilling und sechs Pence, das ganze Taschengeld für neun Wochen; Oswald einen Schilling und anderthalb Pence, ebenfalls neunwöchiges Taschengeld, die übrigen nach ihren bescheidenen Mitteln. Dessenungeachtet gehe ich nicht in allem mit Mrs. Jellyby einig. Ich bin mit ihr in der Behandlung ihrer Kinder nicht einverstanden. Man ist darauf aufmerksam geworden. Man hat bemerkt, daß ihre Kinder von der Teilnahme an den Anliegen ausgeschlossen sind, denen sie sich widmet. Sie kann recht, sie kann unrecht haben; aber ob recht oder unrecht, mein Verfahren mit meinen Kindern ist das nicht. Ich nehme sie überall mit."

Ich und auch Ada waren später überzeugt, daß diese Worte

dem mißlaunigen Ältesten ein Wutgeheul auspreßten. Er versteckte es unter einem Gähnen, aber es fing als Geheul an.

„Sie gehen mit mir, wie es sich schickt, das ganze Jahr hindurch, auch mitten im Winter, morgens um halb sieben in den Frühgottesdienst", fuhr Mrs. Pardiggle schnell fort, „und sind um mich während der wechselnden Pflichten des Tages. Ich bin beim Schulausschuß, beim Besuchskomitee, beim Leseverein, beim Almosenverteilungskomitee, bei der örtlichen Linnenverteilungsgesellschaft und bei vielen Dachorganisationen, und meine Wahlarbeit ist allein schon sehr ausgedehnt – vielleicht hat niemand so viel damit zu tun wie ich. Aber sie begleiten mich überall, und dadurch lernen sie die Armen kennen und werden fähig, in Wohltätigkeitssachen aller Art zu wirken – mit einem Wort, sie gewinnen Geschmack an diesen Dingen, der sie im späteren Leben zu einer Hilfe für ihre Nachbarn machen und ihnen selbst zur Befriedigung gereichen wird. Meine Kinder sind nicht frivol; sie verwenden ihr ganzes Taschengeld nach meiner Anleitung für wohltätige Zwecke und haben so viele öffentliche Versammlungen besucht und so viele Vorlesungen, Reden und Verhandlungen mit angehört wie nur wenige Erwachsene. Alfred, fünfjährig, der, wie Sie wissen, aus eigener Wahl dem Kinderverein ‚Freude' beigetreten ist, war eins der wenigen Kinder, die nach einer zweistündigen, eindringlichen Ansprache des Leiters dieses Abends bei dieser Gelegenheit bewußte Teilnahme an den Tag legten."

Alfred sah uns so böse an, als ob er die Schmach dieses Abends nie vergeben könne oder wolle.

„Sie werden bemerkt haben, Miss Summerson", sagte Mrs. Pardiggle, „daß auf einigen der erwähnten Listen im Besitz unseres geschätzten Freundes Mr. Jarndyce die Namen meiner Kinder mit dem Namen schließen: O. A. Pardiggle, F. R. S., ein Pfund. Das ist ihr Vater. Wir befolgen meist dasselbe Verfahren. Ich lege mein Scherflein zuerst hin, dann zeichnen meine Kinder ihre Beiträge ein, nach ihrem Alter und ihren bescheidenen Mitteln, und dann schließt Mr. Pardiggle den Zug. Mr. Pardiggle schätzt sich glücklich, unter meiner Anleitung seine kleine Gabe beizusteuern, und so machen wir die Sache nicht nur angenehm für uns selbst, sondern, hoffen wir, auch erhebend für andere."

Gesetzt, Mr. Pardiggle speiste bei Mr. Jellyby und dieser schüttete ihm nach Tisch sein Herz aus, würde dann umgekehrt auch Mr. Pardiggle dem anderen eine vertrauliche Mitteilung machen? Es machte mich ganz verlegen, als ich mich auf diesem Gedanken ertappte, aber er kam mir von selbst in den Sinn.

„Das Haus liegt sehr hübsch hier!" sagte Mrs. Pardiggle.

Wir waren froh, daß etwas anderes zur Sprache kam, traten ans Fenster und machten sie auf die Schönheiten der Aussicht aufmerksam, auf denen die Brille, wie mir schien, mit merkwürdiger Gleichgültigkeit ruhte.

„Kennen Sie Mr. Gusher?" fragte unser Besuch.

Wir mußten leider gestehen, daß wir nicht das Vergnügen hatten, Mr. Gusher zu kennen.

„Dann verlieren Sie viel, kann ich Ihnen versichern", sagte Mrs. Pardiggle gebieterisch. „Er ist ein sehr eindringlicher, leidenschaftlicher Redner, voll Feuer! In einem Wagen auf diesem Rasenplatz stehend, der seiner Bodengestalt nach von der Natur für eine öffentliche Versammlung geschaffen ist, würde er fast jede denkbare Gelegenheit stundenlang wahrnehmen. Und nun, meine jungen Damen", sagte Mrs. Pardiggle, indem sie zu ihrem Stuhl zurücktrat und wie durch unsichtbare Kraft ein ziemlich entferntes rundes Tischchen umwarf, auf dem mein Arbeitskorb stand, „haben Sie nun einen Begriff von mir erlangt, wenn ich so sagen darf?"

Das war eine so peinliche Frage, daß mich Ada ganz erschrocken ansah. Mein eigenes Schuldbewußtsein über das, was ich gedacht hatte, muß sich in der Farbe meiner Wangen ausgesprochen haben.

„Ich meine, Sie kennen jetzt den hervorstechenden Zug meines Charakters", sagte Mrs. Pardiggle. „Ich weiß, er sticht so hervor, daß er auf der Stelle zu entdecken ist. Ich weiß, ich komme selbst der Entdeckung entgegen. Ich gestehe offen, ich bin eine Frau der Tat. Ich liebe anstrengende Arbeit; ich genieße sie. Die Aufregung tut mir gut. Ich bin anstrengende Arbeit so gewöhnt, daß ich nicht weiß, was Müdigkeit ist."

Wir murmelten vor uns hin, daß das sehr erstaunlich und sehr begrüßenswert sei, oder etwas Ähnliches. Ich glaube nicht, daß wir wußten, warum es erstaunlich oder begrüßenswert sei, aber unsere Höflichkeit sprach sich in diesem Sinn aus.

„Ich weiß nicht, was es heißt, müde zu sein; Sie können mich nicht müde machen, wenn Sie es versuchen wollen!" sagte Mrs. Pardiggle. „Die Fülle von Anstrengung, die für mich keine Anstrengung ist, der Berg unvermeidlicher Geschäfte, der mir als ein Nichts gilt, setzen mich manchmal selbst in Erstaunen. Manchmal sind meine Kinder und Mr. Pardiggle schon vom Zusehen ganz ermüdet, während ich mich noch rühmen kann, frisch wie eine Lerche zu sein!"

Wenn dieser älteste Knabe mit dem finsteren Gesicht noch boshafter dreinschauen konnte, als er schon dreingeschaut hatte, so tat er es jetzt. Ich bemerkte, daß er die rechte Faust ballte und damit dem Deckel seiner Mütze, die er unter dem linken Arm hatte, einen heimlichen Stoß versetzte.

„Diese Eigenschaft ist mir bei meinen Rundgängen von großem Vorteil", sagte Mrs. Pardiggle. „Wenn ein Mensch nicht hören will, was ich ihm zu sagen habe, so erkläre ich ihm auf der Stelle: ‚Erschöpfung kenne ich nicht, guter Freund; ich werde nie müde und fahre fort, bis ich fertig bin.' Dies hilft ganz erstaunlich! Miss Summerson, ich hoffe, Sie werden mich auf meinen Rundgängen begleiten, und Miss Clare wird es sehr bald tun?"

Anfangs versuchte ich mich für den Augenblick mit dem allgemeinen Grund zu entschuldigen, ich hätte Aufgaben zu versehen, die ich nicht vernachlässigen dürfe. Aber da ich damit nicht durchkam, erhob ich den persönlichen Einwand, daß ich an meiner Befähigung dazu zweifle; daß ich unerfahren sei in der Kunst, meinen Charakter ganz andersgearteten Charakteren anzupassen und von geeigneten Gesichtspunkten aus auf sie einzuwirken, daß mir die feine Kenntnis des menschlichen Herzens fehle, die zu diesem Werk unentbehrlich sei, daß ich selbst noch viel zu lernen habe, ehe ich andere lehren könne, und daß ich mich nicht bloß auf meinen guten Willen verlassen könne. All das brachte ich recht unsicher vor, denn Mrs. Pardiggle war viel älter als ich, besaß viel Erfahrung und war sehr herrisch in ihrem Wesen.

„Sie haben unrecht, Miss Summerson", sagte sie; „aber vielleicht können Sie anstrengende Arbeit oder die damit verbundene Aufregung nicht aushalten, und das ist etwas ganz anderes. Wenn Sie sehen wollen, wie ich meine Arbeit anpacke – ich stehe gerade im Begriff, mit meinen Kindern einen Ziegelstreicher hier in der Nähe, einen Taugenichts, zu besuchen, und will Sie gern mitnehmen. Auch Miss Clare, wenn sie mir die Ehre erweisen will."

Ada und ich sahen einander fragend an, und da wir ohnedies ausgehen wollten, nahmen wir das Angebot an. Als wir nur rasch unsere Hüte aufgesetzt hatten und ins Zimmer zurückkehrten, fanden wir die Kinder ermattet in einer Ecke zusammengedrängt, während Mrs. Pardiggle im Zimmer herumfegte und fast alle leichteren Gegenstände darin umwarf. Sie nahm Ada in Beschlag, und ich folgte mit den Kindern.

Ada sagte mir später, daß ihr Mrs. Pardiggle auf dem ganzen Weg zu dem Ziegelstreicher in demselben lauten Tone – das hörte ich allerdings – von einem aufregenden Kampf erzählt habe, den sie vor zwei oder drei Jahren gegen eine andere Dame ausgefochten hatte: jede wollte ihre Kandidatin in einem Stift unterbringen. Es war außerordentlich viel gedruckt, zugesagt, bevollmächtigt und abgestimmt worden, und es schien allen Beteiligten viel Vergnügen bereitet zu haben – außer den Anwärtern, die noch nicht erwählt waren.

Ich habe es sehr gern, wenn Kinder mir vertrauen, und habe darin gewöhnlich Glück, aber bei dieser Gelegenheit hatte ich viel zu dulden. Sobald wir die Haustür hinter uns hatten, forderte Egbert mit der Miene eines kleinen Straßenräubers einen Schilling von mir, weil ihm sein Taschengeld abgeschwindelt worden sei. Als ich ihn auf das Ungehörige dieses Wortes hinwies, namentlich in Verbindung mit seiner Mutter, denn er hatte mürrisch hinzugesetzt: „von ihr!" da kniff er mich und sagte: „O ja, freilich! Wer sind Sie denn? Ihnen gefiele es auch nicht, glaube ich! Warum spielt sie Theater und tut, als gäbe sie mir Geld, und nimmt es mir wieder? Warum heißt es mein Taschengeld, und ich darf es nicht ausgeben?" Diese aufregenden Fragen reizten ihn und Oswald und Francis so sehr, daß sie mich alle zugleich kniffen, und zwar erschreckend raffiniert: sie nahmen so kleine Hautstückchen meiner Arme zwischen die Finger, daß ich mich kaum beherrschen konnte, nicht laut zu schreien. Dabei trat mich noch Felix auf die Zehen, und das Mitglied des Vereins „Freude", das sich, da sein ganzes kleines Einkommen immer schon im voraus verteilt war, tatsächlich nicht nur des Tabaks, sondern auch des Kuchens enthalten mußte, schwoll, als wir an einem Konditorladen vorbeigingen, vor Schmerz und Wut, daß er zu meinem Entsetzen puterrot wurde. Nie habe ich auf einem Spaziergang mit Kindern leiblich und geistig so viel gelitten wie von diesen unnatürlich geknebelten Kindern, als sie mir die Ehre erwiesen, natürlich zu sein.

Ich war froh, als wir die Wohnung des Ziegelstreichers erreichten, obgleich sie zu einer Gruppe jämmerlicher Hütten gehörte, die um eine Lehmgrube standen mit Schweinekoben dicht vor den zerbrochenen Fenstern und elenden Gärtchen vor den Türen, in denen nichts wuchs als stehende Pfützen. Hier und da war ein altes Faß hingesetzt, um das vom Dach

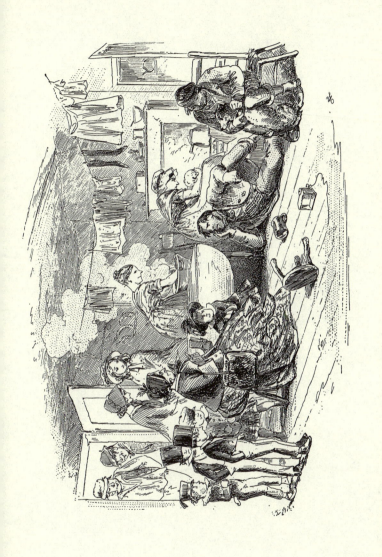

tropfende Regenwasser aufzufangen, oder sie waren in einem kleinen Teich mit Schlamm in die Höhe gemauert wie ein großer Lehmkuchen. An den Türen und Fenstern lungerten oder schlichen Männer und Frauen herum; sie beachteten uns wenig, nur daß sie einander zulachten oder, wenn wir vorbeigingen, etwas von feinen Leuten sprachen, die sich um ihre eigenen Sachen kümmern und sich nicht über anderer Leute Anliegen die Köpfe zerbrechen und die Schuhe schmutzig machen sollten.

Mrs. Pardiggle, die mit sichtlicher sittlicher Entschlossenheit voranging und sehr geläufig über die unreinlichen Gewohnheiten der Leute sprach – obgleich ich zweifle, ob die Beste von uns an einem solchen Ort hätte reinlich sein können –, führte uns an die äußerste Ecke in eine Hütte, deren ebenerdiges Zimmer wir fast ausfüllten. Außer uns befanden sich in dem feuchten, dumpfigen Raum eine Frau mit einem blaugeschlagenen Auge, die auf ihrem Arm ein elendes, ächzendes Kleinkind am Feuer wiegte; ein Mann, schmutzig von Lehm und Schlamm und von liederlichem Aussehen, der in ganzer Länge Pfeife rauchend auf dem Erdboden lag; ein athletischer junger Bursche, der einem Hunde ein Halsband umlegte, und ein freches Mädchen, das in sehr schmutzigem Wasser etwas wusch. Alle blickten auf, als wir eintraten; die Frau schien ihr Gesicht zum Feuer zu kehren, als wolle sie ihr angeschlagenes Auge verbergen; niemand hieß uns willkommen.

„Nun, meine Freunde", begann Mrs. Pardiggle, aber ihre Stimme klang meiner Meinung nach nicht freundlich, sondern viel zu geschäftsmäßig und zielbewußt, „– wie geht es euch allen? Hier bin ich wieder. Ich sagte euch, ihr könnt mich nicht müde machen. Ich liebe harte Arbeit und halte Wort."

„Kommen etwa noch mehr herein?" brummte der Mann auf dem Erdboden, der den Kopf auf die Hand gestützt hielt, während er uns anstierte.

„Nein, mein Freund", sagte Mrs. Pardiggle, indem sie sich auf einen Stuhl setzte und einen anderen umwarf. „Da sind wir alle."

„Ich glaubte, es wären vielleicht noch nicht genug", sagte der Mann mit der Pfeife im Mund und musterte uns der Reihe nach.

Der Bursche und das Mädchen lachten. Zwei Freunde des jungen Kerls, die unser Erscheinen an die Tür gelockt hatte, wo sie, die Hände in die Taschen vergraben, standen, lachten gleichfalls laut auf.

„Ihr könnt mich nicht ermüden, liebe Leute", sagte Mrs. Pardiggle zu diesen. „Ich freue mich an harter Arbeit; und je schwerer ihr sie mir macht, desto besser gefällt sie mir."

„Dann macht sie ihr leicht!" brummte der Mann auf dem Erdboden. „Getan und vorbei! Schluß mit diesen Freiheiten in meinem Haus! Ich will nicht wie ein Spitzbube verhört werden. Jetzt wollt ihr wieder, wie gewöhnlich, schnüffeln und ausfragen – ich weiß, was ihr hier anfangen wollt. Aber ihr sollt keine Gelegenheit haben, hier etwas anzufangen. Ich will euch die Mühe ersparen. Wäscht meine Tochter? Ja, sie wäscht. Seht euch das Wasser an! Riecht daran! Das trinken wir. Wie gefällt es euch, und was haltet ihr vom Schnaps an seiner Stelle? Ist meine Wohnung nicht schmutzig? Ja, sie ist schmutzig – sie ist von Natur aus schmutzig und von Natur aus ungesund; und wir haben fünf schmutzige und ungesunde Kinder gehabt, die alle so gut wie tot sind, und das ist umso besser für sie und auch für uns. Ob ich das kleine Buch gelesen habe, das ihr hier gelassen habt? Nein, ich habe es nicht gelesen. Wir haben hier keinen, der es lesen könnte, und wenn es einer könnte, so paßt es nicht für mich. Es ist ein Buch für ein Wickelkind, und ich bin kein Wickelkind. Wenn ihr mir eine Puppe hierließet, würde ich sie nicht hätscheln. Wie ich mich aufgeführt habe? Oh, ich bin drei Tage besoffen gewesen und hätte mich vier Tage lang besoffen, wenn ich das Geld dazu gehabt hätte. Ob ich nie daran denke, in die Kirche zu gehen? Nein, ich denke nie daran. Wenn ich hinginge, würde man mich dort gar nicht erwarten; der Kirchendiener ist zu vornehm für mich. Und wie kam meine Frau zu dem blauen Auge? Nun, sie hat es von mir, und wenn sie sagt, nein, so ist es gelogen."

Solange er sprach, hatte er die Pfeife aus dem Mund genommen; jetzt legte er sich auf die andere Seite und begann wieder zu rauchen. Mrs. Pardiggle hatte ihn durch ihre Brille mit erzwungener Fassung angesehen, die unverkennbar dazu angetan war, seine Widerspenstigkeit noch zu vermehren; jetzt zog sie ein stattliches Buch hervor, als wäre es ein Polizistenknüppel, und nahm die ganze Gesellschaft in Haft. Ich meine natürlich in geistliche Haft; aber sie tat es wirklich so, als wäre sie ein unerbittlicher moralischer Polizeimann, der sie zur Polizeistation abführen wolle.

Ada und ich fühlten uns sehr unbehaglich. Wir empfanden, daß wir Eindringlinge und nicht am rechten Platz seien, und überlegten, daß Mrs. Pardiggle viel weiter gekommen wäre, wenn sie kein so mechanisches Verfahren angewandt hätte, um von den Leuten Besitz zu ergreifen. Die Kinder starrten uns mürrisch an. Die Familie beachtete uns überhaupt nicht, außer wenn der junge Bursche den Hund bellen ließ, was er meist tat, wenn Mrs. Pardiggle besonders feierlich sprach. Wir empfanden beide schmerzlich, daß zwischen uns und diesen Leuten eine eiserne Schranke war, die unsere neue Freundin nicht entfernen konnte. Durch wen und wie sie entfernt werden könne, wußten wir nicht, daß sie es nicht könne, wußten wir. Auch was sie vorlas und sagte, schien uns für solche Zuhörer schlecht gewählt, auch wenn man es ihnen noch so rücksichts- und taktvoll mitgeteilt hätte. Das kleine Buch, das der Mann auf dem Fußboden erwähnt hatte, lernten wir später kennen, und Mr. Jarndyce sagte, er zweifle, ob Robinson Crusoe es gelesen hätte, auch wenn er kein anderes auf seiner wüsten Insel gehabt hätte.

Unter diesen Umständen fühlten wir uns sehr erleichtert, als Mrs. Pardiggle aufhörte. Der Mann auf dem Erdboden wandte den Kopf und fragte grämlich: „Na, seid Ihr fertig?"

„Für heute ja, mein Freund. Aber ich werde nie müde. Ich komme wieder, wenn ihr an der Reihe seid", entgegnete Mrs. Pardiggle mit betonter Befriedigung.

„Wenn Ihr nur jetzt geht", sagte er, indem er mit einem Fluch die Arme kreuzte und die Augen schloß, „könnt Ihr tun, was Ihr wollt."

Mrs. Pardiggle stand wirklich auf und rief in dem engen Raum einen kleinen Wirbel hervor, dem sogar die Pfeife nur mit Mühe entging. Hierauf nahm sie an jede Hand eines ihrer Kinder, befahl den anderen, ihr auf den Fuß zu folgen, sprach die Hoffnung aus, daß sich der Ziegelstreicher und sein ganzes Haus bei ihrem nächsten Besuch gebessert haben werde, und begab sich dann in eine andere Hütte. Ich hoffe, es ist nicht unrecht von mir, wenn ich sage, daß sie hierbei, wie in jeder anderen Sache, ein aufreizendes Schauspiel geschäftsmäßiger Wohltätigkeit und großspurigen Almosenspendens gab.

Sie glaubte, wir folgten ihr; aber sobald sie draußen war, näherten wir uns der Frau am Feuer, um sie zu fragen, ob das Kind krank sei.

Sie hatte nur Augen für das Kind, das da auf ihrem Schoß lag. Wir hatten schon früher bemerkt, daß sie, wenn sie es ansah, ihr verfärbtes Auge mit der Hand zudeckte, als wünsche sie jede Erinnerung an Lärm, Gewalttätigkeit und schlechte Behandlung von dem armen, kleinen Wesen fernzuhalten.

Ada, deren sanftes Herz von seinem Aussehen gerührt wurde,

beugte sich hinab, um sein Gesichtchen zu streicheln. Während sie das tat, sah ich, was geschah, und zog sie zurück. Das Kind starb.

„Ach, Esther!" rief Ada und sank neben ihm auf die Knie. „Sieh her! Ach, Esther, liebe Esther, das kleine Wesen! Das geduldige, stille, hübsche, kleine Wesen! Es tut mir so leid. Die Mutter tut mir so leid. Ich habe noch nie etwas so Jammervolles gesehen! Ach, das Kind, das Kind!"

Solche Teilnahme und Herzensgüte, wie sie zeigte, als sie sich weinend über das Kind beugte und ihre Hand auf die der Mutter legte, hätten das Herz jeder Mutter rühren müssen. Die Frau sah sie zuerst erstaunt an und brach dann in Tränen aus.

Ich nahm ihr die leichte Last vom Schoß, tat alles, um die kleine Leiche hübscher und friedlicher aussehen zu machen, legte sie auf ein Brett und deckte sie mit meinem Taschentuche zu. Wir versuchten die Mutter zu trösten und flüsterten ihr zu, was unser Heiland von den Kindern sagte. Sie antwortete nicht, sondern blieb sitzen und weinte – weinte bitterlich.

Als ich mich umsah, fand ich, daß der junge Bursche den Hund hinausgenommen hatte und an der Tür stand und uns zusah, mit trockenen Augen, aber still. Auch das Mädchen war still, saß in seiner Ecke und sah zu Boden. Der Mann war aufgestanden. Er rauchte noch fort, mit wegwerfender Miene, sprach aber nicht.

Eine häßliche Alte, sehr ärmlich gekleidet, trat eilig ein, während ich mir die Szene betrachtete, ging geradewegs auf die Mutter zu und sagte: „Jenny! Jenny!" Die Mutter stand bei diesen Worten auf und fiel der Alten um den Hals.

Auch bei der Alten sah man auf Gesicht und Armen Zeichen von Mißhandlung. Sie hatte nichts Anmutiges als die Anmut des Mitleids; aber als sie der Frau teilnehmend zusprach und ihre Tränen rannen, da vermißte man die Schönheit nicht. Ich sage: zusprach, aber sie sagte weiter nichts als: Jenny! Jenny! Alles übrige lag im Ton, in dem sie diese Worte sprach.

Ich fand es ergreifend, diese beiden Frauen, gemein, zerlumpt und geschlagen, so einig zu sehen; zu beobachten, was sie einander sein konnten, wie sie füreinander fühlten, wie ihre Herzen unter den harten Prüfungen ihres Lebens sanfter zueinander geworden waren. Ich glaube, die beste Seite solcher Leute bleibt uns fast immer verborgen. Was der Arme dem Armen ist, wissen nur wenige, bis auf sie selbst und Gott.

Wir hielten es für besser, uns zu entfernen und sie ungestört sich selbst zu überlassen. Wir stahlen uns still hinaus, von keinem beachtet als von dem Mann. Er stand an die Wand gelehnt, nahe an der Tür, und da er bemerkte, daß wir kaum vorbei konnten, ging er vor uns hinaus. Er schien es nicht merken lassen zu wollen, daß er dies unsertwegen tat, aber wir merkten es wohl und dankten ihm. Er antwortete nicht.

Ada war auf dem ganzen Heimweg so bekümmert, und Richard, den wir zu Hause vorfanden, war so betrübt, sie in Tränen zu sehen, obgleich er, als sie einmal hinausgegangen war, zu mir sagte, wie schön auch dies aussehe, daß wir vereinbarten, am Abend einige kleine Gaben mitzunehmen und unseren Besuch in der Hütte des Ziegelstreichers zu wiederholen. Wir sagten Mr. Jarndyce so wenig wie möglich davon, aber der Wind schlug sogleich um.

Richard begleitete uns abends zum Schauplatz unserer Morgenexpedition. Unterwegs mußten wir an einer lärmenden Kneipe vorbei, wo sich ein Haufen Männer um die Tür herumdrängte. Unter ihnen war der Vater des gestorbenen Kindes, und er war der lauteste in einem Streit. Nicht weit davon trafen wir den jungen Burschen und den Hund in gleichgestimmter Gesellschaft. Die Schwester plauderte und lachte mit ein paar andern Mädchen an einer Ecke der Hüttenreihe, aber sie schien sich zu schämen und wandte sich ab, als wir vorbeigingen.

Wir ließen unseren Begleiter in Sehweite der Ziegelstreicherhütte zurück und gingen allein weiter. Als wir die Tür erreichten, fanden wir dort die Alte stehen, die so viel Trost gebracht hatte, und ängstlich Ausschau halten.

„Ach, Sie sind's, junges Fräulein", flüsterte sie. „Ich sehe mich nach meinem Mann um. Das Herz schlägt mir bis in den Hals herauf. Wenn er mich außer Haus trifft, schlägt er mich halb tot."

„Ihr Ehemann?" fragte ich.

„Ja, Miss, mein Mann. Jenny schläft. Sie ist todmüde. Sieben Tage und Nächte lang hat die Arme das Kind kaum vom Schoß gebracht, außer wenn ich es ihr für ein paar Minuten abnehmen konnte."

Da sie Platz machte, traten wir leise ein und legten, was wir mitgebracht hatten, nicht weit von dem elenden Bett nieder, auf dem die Mutter schlief. Man hatte keinen Versuch gemacht, die Stube zu reinigen – ihrer ganzen Art nach schien fast keine Hoffnung zu bestehen, sie könne sauber werden; aber die kleine wächserne Leiche, von der so viel Feierlichkeit ausging, war

frisch aufgebahrt, gewaschen und reinlich in ein paar weiße
Leinenstücke gehüllt, und auf mein Taschentuch, das immer noch
das arme Kind zudeckte, hatten dieselben rauhen schwieligen
Hände ganz leicht und zart ein Sträußchen frische Blumen
gelegt.

„Der Himmel vergelt es Euch", sagten wir zu ihr. „Ihr seid
eine gute Frau."

„Ich, ihr jungen Fräulein?" entgegnete sie erstaunt. „Still!
Jenny! Jenny!"

Die Mutter hatte im Schlaf gestöhnt und bewegte sich. Der
Ton der vertrauten Stimme schien sie zu beruhigen. Sie lag
wieder ganz still.

Als ich mein Taschentuch aufhob, um den kleinen Schläfer
darunter zu betrachten, und als ich das Kind von einem Glorien-
schein umgeben glaubte, weil Adas Haar es umwallte, die sich
bedauernd darüber neigte – wie wenig ahnte ich da, an welch
stürmischer Brust dieses Taschentuch einmal ruhen werde, nachdem es diese unbewegte, friedvolle Brust bedeckt hatte! Ich
dachte nur, daß der Engel des Kindes vielleicht nicht ganz über
die Alte hinwegsehen werde, die es mit so teilnehmender Hand
wieder darüber deckte; daß er nicht übersehen werde, wie sie
jetzt, als wir Abschied genommen hatten und sie an der Tür
zurückließen, bald in Angst um sich selbst hinausschaute und
-horchte, bald wieder in ihrer alten, tröstenden Weise sagte:
„Jenny! Jenny!"

9. KAPITEL

Merkmale und Anzeichen

Ich weiß nicht, wie es zugeht, aber es kommt mir vor, als
erzählte ich immer von mir selbst. Ich will die ganze Zeit von
anderen Leuten erzählen und versuche, so wenig wie möglich
an mich zu denken, und wenn ich mich doch wieder in die
Geschichte hineinkommen sehe, bin ich wirklich ärgerlich und
sage: „Ei, du zudringliches Wesen! Ich wollte, du wärst anders!"
Aber es nützt alles nichts. Ich hoffe, jeder, der meinen Bericht
liest, wird einsehen, daß diese Seiten nur deshalb so viel von
mir sprechen, weil ich wirklich einiges damit zu tun habe und
mich nicht weglassen kann.

Meine liebe Ada und ich lasen und arbeiteten und musizierten zusammen und fanden so viel Verwendung für unsere Zeit, daß die Wintertage wie leichtbeschwingte Vögel an uns vorbeiflogen. Meist nachmittags und stets abends leistete uns Richard Gesellschaft. Obgleich er einer der ruhelosesten Menschen von der Welt war, fühlte er sich doch bei uns sehr wohl.

Er hatte Ada sehr, sehr, sehr gern. Ich weiß es, und es ist besser, ich sage es gleich. Ich hatte noch nie erlebt, wie sich junge Leute verlieben, aber ich merkte es recht bald. Ich konnte natürlich nicht sagen oder zeigen, daß ich etwas davon wußte. Im Gegenteil, ich tat so ernsthaft und stellte mich so blind, daß ich mich, wenn ich bei meiner Arbeit saß, manchmal fragte, ob ich nicht gar zu falsch werde.

Aber es ging nicht anders. Ich hatte weiter nichts zu tun, als still zu sein, und ich war mäuschenstill. Sie waren freilich auch mäuschenstill, was Worte anbelangt; aber die unschuldige Art, wie sie sich immer mehr auf mich verließen, wie sie sich immer mehr liebgewannen, war so reizend, daß es mir sehr schwer wurde, nicht zu verraten, wie nah es mir ging.

„Unser liebes Altchen ist ein so vortreffliches Altchen", pflegte Richard zu sagen, wenn er mir morgens im Garten mit seinem frohen Lachen und vielleicht mit ganz leisem Erröten entgegenkam, „daß ich ohne sie nichts machen kann. Ehe ich meinen Tagestrubel beginne, ehe ich mich mit diesen Büchern und Instrumenten herumschlage und dann wie ein Straßenräuber bergauf und bergab durch die Gegend sprenge, tut mir ein ruhiger Spaziergang mit unserer guten Freundin so wohl, daß ich schon wieder hier bin."

„Du weißt, liebes Mütterchen", sagte wohl Ada des Abends, während sie den Kopf auf meine Schulter legte und der Feuerschein sich in ihren versonnenen Augen spiegelte, „ich mag nicht plaudern, wenn wir hier herauskommen; nur mit deinem lieben Gesicht als Gesellschaft ein wenig dasitzen und träumen, und den Wind hören und an die armen Schiffer auf hoher See denken –."

Ach! Vielleicht sollte Richard Seemann werden. Wir hatten nun schon oft über seine Zukunft gesprochen, und dabei war die Rede davon gewesen, seiner Jugendneigung für die See Rechnung zu tragen. Mr. Jarndyce hatte an einen entfernten Verwandten, einen einflußreichen Sir Leicester Dedlock, geschrieben und ihn ganz allgemein gebeten, sich für Richard zu verwenden; Sir Leicester hatte sehr gnädig geantwortet, er werde sich glück-

lich schätzen, wenn er je imstande sein sollte, dem jungen Herrn
förderlich zu sein, aber das sei durchaus nicht wahrscheinlich;
Mylady lasse den jungen Herrn grüßen – sie erinnerte sich seiner
weitläufigen Verwandtschaft sehr wohl – und hoffe, er werde
in jedem ehrenvollen Stand, dem er sich widme, stets seine
Pflicht tun.

„Es scheint mir demnach ziemlich klar", sagte Richard zu mir,
„daß ich meinen eigenen Weg gehen muß. Das tut nichts; unge-
zählte Menschen haben das vor mir tun müssen und haben es
geschafft. Ich wünschte nur, ich könnte als Kapitän eines schnellen Kaperschiffs anfangen und den Lordkanzler entführen und
auf schmale Kost setzen, bis er ein Urteil in unserem Prozeß
erließe. Er sollte schon mager werden, wenn er sich nicht
sputete."

Neben Frische, Zuversicht und unermüdlicher Munterkeit
hatte Richard in seinem Wesen eine Sorglosigkeit, die mir viel
zu schaffen machte – hauptsächlich weil er sie in so seltsamer
Weise für Klugheit hielt. Sie mischte sich in alle seine Geld-
berechnungen, auf eine merkwürdige Art, die ich nicht besser
erklären zu können glaube, als wenn ich für einen Augenblick
auf unser Darlehen an Mr. Skimpole zurückkomme.

Mr. Jarndyce hatte seine Höhe erfahren, entweder von Mr.
Skimpole selbst oder von Coavinses, und mir das Geld übergeben, mit der Weisung, meinen Anteil zurückzubehalten und
den Rest Richard auszuhändigen. Die vielen gedankenlosen
kleinen Ausgaben, die Richard damit rechtfertigte, daß er ja
seine zehn Pfund wiedererlangt habe, und die vielen Male, da
er von ihnen sprach, als hätte er sie erspart oder hinzugewonnen,
ergäben, einfach addiert, eine ganz hübsche Summe.

„Mein kluges Mütterchen, warum nicht?" sagte er zu mir,
als er ohne die mindeste Überlegung dem Ziegelstreicher fünf
Pfund schenken wollte. „Ich habe bei der Coavinses-Geschichte
glatt zehn Pfund gewonnen."

„Wieso?" fragte ich.

„Nun, ich wurde zehn Pfund los, die ich ganz willig fortgab
und nie wiederzusehen erwartete. Das leugnen Sie doch nicht?"

„Nein", sagte ich.

„Sehr gut! Dann bekam ich zehn Pfund –"

„Dieselben zehn Pfund", erinnerte ich ihn.

„Das hat nichts damit zu tun!" gab Richard zurück. „Ich
habe zehn Pfund mehr bekommen, als ich zu haben hoffte, und
kann sie daher ohne Skrupel vertun."

Ganz in derselben Weise schrieb er sich jetzt fünf Pfund gut und sündigte auf sie, als ich ihm dieses Opfer ausgeredet hatte, indem ich ihn überzeugte, es werde keine gute Wirkung haben.

„Warten Sie einmal!" sagte er. „Ich habe fünf Pfund bei der Geschichte mit dem Ziegelstreicher erspart; wenn ich also mit Extrapost nach London fahre und zurück und das auf vier Pfund veranschlage, so erspare ich eins. Und es ist eine gute Sache, ein Pfund zu sparen, behaupte ich. Ein Penny gespart – ein Penny verdient!"

Ich glaube, Richard war so offen und edel, wie man nur sein kann. Er war feurig und tapfer und bei all seiner Ruhelosigkeit so freundlich, daß ich ihn in wenigen Wochen wie einen Bruder kannte. Seine Freundlichkeit war ihm angeboren und hätte sich auch ohne Adas Einfluß gezeigt; durch ihn aber wurde er einer der einnehmendsten Gesellschafter. Immer aufgeschlossen, immer so glücklich, beschwingt und frohgemut. Wenn ich mit ihnen zusammensaß oder spazierenging oder plauderte und von Tag zu Tag beobachtete, wie sie einander immer lieber gewannen, es sich aber nicht gestanden, und wie jedes schüchtern dachte, seine Liebe sei das größte aller Geheimnisse und werde vielleicht vom andern noch nicht einmal geahnt – ich bin überzeugt, daß ich dann kaum weniger bezaubert war als sie und mich des hübschen Traums kaum weniger freute.

So lebten wir dahin, als eines Morgens beim Frühstück Mr. Jarndyce einen Brief erhielt und mit einem Blick auf die Adresse sagte: „Von Boythorn? Ei, ei!" Er öffnete und las ihn mit offenbarem Vergnügen, und als er zur Hälfte durch war, teilte er uns als Zwischenbemerkung mit, daß uns Boythorn besuchen werde. Wer ist Boythorn? dachten wir alle. Und ich glaube, wir dachten auch alle, ich wenigstens ganz gewiß, ob Boythorn auf das, was jetzt vorging, Einfluß gewinnen werde.

„Ich bin mit dem Burschen, Lawrence Boythorn, in die Schule gegangen", sagte Mr. Jarndyce und schlug auf den Brief, als er ihn auf den Tisch legte, „vor mehr als fünfundvierzig Jahren. Er war damals der lebhafteste Junge von der Welt und ist jetzt der ungestümste Mann. Er war damals der lauteste Junge von der Welt und ist jetzt der lauteste Mann. Er war damals der warmherzigste und wackerste Junge von der Welt und ist jetzt der warmherzigste und wackerste Mann. Er ist ein ganz gewaltiger Kerl."

„Von Wuchs, Sir?" fragte Richard.

„Auch das, Rick", antwortete Mr. Jarndyce; „er ist etwa zehn

Jahre älter als ich und ein paar Zoll länger, er trägt den Kopf zurückgeworfen wie ein alter Soldat, die breite Brust frei heraus. Er hat Hände wie ein Grobschmied und Lungen! – seine Lungen sind unvergleichlich. Mag er sprechen, lachen oder schnarchen, sie bringen die Balken des Hauses zum Zittern."

Als sich Mr. Jarndyce so an dem Bild seines Freundes freute, bemerkten wir als günstiges Omen, daß nicht das leiseste Anzeichen einer Windveränderung vorlag.

„Aber ich spreche vom Innern dieses Mannes, von seinem warmen Herzen, von seiner Leidenschaft, seinem feurigen Blut, Rick – und auch Ada und Spinnwebchen, denn euch alle geht der Besuch an", fuhr er fort. „Seine Worte sind ebenso volltönend wie seine Stimme. Er bewegt sich immer in Extremen und kommt aus dem Superlativ nie heraus. In seinen Verdammungsurteilen ist er der Ingrimm selbst. Nach seinen Worten könnte man ihn für ein Untier halten, und ich glaube, bei einigen Leuten steht er in diesem Ruf. So! Vorderhand sage ich euch nichts weiter von ihm. Ihr dürft euch nur nicht wundern, wenn er mich unter seinen Schutz nimmt; denn er kann nie vergessen, daß ich in der Schule zu den Kleinsten gehörte und daß unsere Freundschaft damit begann, daß er meinem Obertyrannen vor dem Frühstück zwei Zähne – er sagt: sechs – ausschlug. Boythorn und seine Leute", sagte er noch zu mir, „werden heute nachmittag hier sein, Esther."

Ich trug Sorge, daß die nötigen Vorbereitungen für Mr. Boythorns Empfang getroffen wurden, und wir sahen seiner Ankunft mit einiger Neugier entgegen. Der Nachmittag verging jedoch, ohne daß er erschien. Die Tischzeit kam, und er war immer noch nicht da. Das Essen wurde eine Stunde verschoben, und wir saßen um das Feuer ohne ein anderes Licht als seine Glut, als die Vorhaustür plötzlich aufgerissen wurde und die Halle unter folgenden Worten erdröhnte, die mit größter Heftigkeit und mit Stentorstimme ausgestoßen wurden: „Ein gottvergessener Schurke, Jarndyce, hat uns falsch geführt; er hat uns rechts anstatt links gewiesen. Der unerträglichste Schlingel, den die Erde trägt. Sein Vater muß ein vollendeter Schuft gewesen sein, daß er einen solchen Sohn bekam. Ich hätte den Kerl ohne den leisesten Gewissensbiß niedergeknallt."

„Hat er es absichtlich getan?" fragte Mr. Jarndyce.

„Ich zweifle nicht im mindesten, daß der Schurke sein ganzes Leben lang nichts getan hat, als Reisende irrezuführen!" entgegnete jener. „Bei meiner Seele, er kam mir wie der häßlichste

Schelm von der Welt vor, als er mir riet, rechts zu fahren. Und doch stand ich dem Kerl Aug in Aug gegenüber und habe ihm das Gehirn nicht aus dem Kopf geschlagen!"

„Zähne, meinst du?" sagte Mr. Jarndyce.

„Hahaha!" lachte Mr. Lawrence Boythorn, wirklich so, daß das ganze Haus bebte. „Was, du hast das noch nicht vergessen! Hahaha! – Das war auch so ein vollendeter Vagabund! Meiner Seel, das Gesicht dieses Kerls, als er ein Knabe war, bot das schwärzeste Bild der Hinterlist, Feigheit und Grausamkeit, das man je als Vogelscheuche in einem Feld von Schuften hätte aufstellen können. Wenn ich diesem unübertrefflichen Despoten morgen auf der Straße begegnete, ich schlüge ihn nieder wie einen verfaulten Baum."

„Daran zweifle ich nicht", sagte Mr. Jarndyce. „Willst du nicht hinaufgehen?"

„Meiner Seel, Jarndyce", entgegnete sein Gast, der auf seine Uhr zu sehen schien, „wenn du verheiratet wärst, wäre ich lieber an der Gartentür umgekehrt und auf die entlegensten Gipfel des Himalajagebirges ausgerissen, als daß ich mich zu dieser unpassenden Stunde eingefunden hätte."

„Hoffentlich doch nicht ganz so weit", sagte Mr. Jarndyce.

„Bei Leben und Ehre, ja!" rief der Besuch. „Um keinen Preis der Welt würde ich mich der frechen Unverschämtheit schuldig machen, eine Dame des Hauses so lange warten zu lassen. Viel lieber brächte ich mich um – sehr viel lieber!"

Mit diesem Gespräch gingen sie die Treppe hinauf, und gleich darauf hörten wir ihn in seinem Schlafzimmer losdonnern: „Hahaha!" und abermals: „Hahaha!" bis auch das leiseste Echo in der Nachbarschaft davon angesteckt schien und so lustig lachte wie er oder wie wir, als wir ihn lachen hörten.

Wir wurden alle für ihn eingenommen; denn es lag etwas Grundsolides in diesem Lachen, in seiner kräftigen, gesunden Stimme, in der runden Fülle, mit der jedes seiner Worte herauskam, und sogar in der Wut seiner Superlative, die wie blind geladene Kanonen loszugehen und niemanden zu verletzen schienen. Aber wir waren kaum darauf gefaßt, diesen Eindruck durch seine äußere Erscheinung so völlig bestätigt zu sehen, als ihn Mr. Jarndyce vorstellte. Er war nicht nur ein schöner alter Herr, aufrecht und kraftvoll, wie er uns beschrieben worden war, mit großem, grauem Kopf, mit schönem Gleichmaß der Gesichtszüge, wenn er schwieg; mit einer Gestalt, die füllig hätte wirken können, wenn er nicht ständig so in Eifer gewesen wäre, daß er ihr keine Ruhe ließ; und mit einem Kinn, das zum Doppelkinn hätte werden können ohne die heftige Erregung, die es dauernd unterstützen mußte. Dabei war er aber in seinem Benehmen ein echter Gentleman, ritterlich, höflich, sein Gesicht war von so freundlichem und liebenswürdigem Lächeln erhellt und war so offen und klar, daß er sicher nichts zu verbergen hatte, sondern sich ganz so zeigte, wie er war; unfähig, wie Richard sagte, etwas in begrenztem Maß zu tun, feuerte er die blind geladenen Kanonen ab, weil er keine geringeren Waffen führte. So mußte ich ihn bei Tisch stets mit gleicher Freude ansehen, ob er sich nun lächelnd mit Ada und mir unterhielt oder von Mr. Jarndyce zu einer großen Salve von Superlativen verleitet wurde oder den Kopf wie ein Bluthund emporwarf und sein gewaltiges „hahaha!" ausstieß.

„Du hast doch deinen Vogel mitgebracht?" fragte Mr. Jarndyce.

„Bei Gott! Er ist der erstaunlichste Vogel in ganz Europa!" entgegnete jener. „Es ist wirklich ein wundervolles Tier! Ich gäbe ihn nicht für zehntausend Guineen hin. In meinem Testament habe ich zu seinem Unterhalt eine Leibrente ausgesetzt, falls er mich überleben sollte. Er ist ein Wunder an Verstand und Anhänglichkeit. Schon sein Vater war einer der wunderbarsten Vögel, die je gelebt haben!"

Der Gegenstand dieser Lobsprüche war ein sehr kleiner Kanarienvogel, so zahm, daß ihn Mr. Boythorns Diener auf dem Zeigefinger hereinbrachte und daß er sich nach einem gemächlichen Flug durch die Stube auf dem Kopf seines Herrn niederließ. Zuzuhören, wie Mr. Boythorn die unversöhnlichsten und leidenschaftlichsten Gefühle äußerte, während dieses zerbrechliche Zwergengeschöpf ruhig auf seiner Stirn saß, das war, dachte ich, eine gute Erläuterung zu seinem Charakter.

„Meiner Seel, Jarndyce!" sagte er und hielt dem Kanarienvogel zärtlich ein Stückchen Brot hin, um ihn daran picken zu lassen, „ich an deiner Stelle würde jeden Kanzleigerichtsassessor morgen früh bei der Gurgel packen und ihn schütteln, bis ihm das Geld aus der Tasche fiele und die Knochen im Leib klapperten. Ich erzwänge von irgendwem eine Entscheidung, mit guten Mitteln oder mit schlimmen. Wenn du mich dazu ermächtigen wolltest, täte ich's für dich mit dem größten Vergnügen!" Die ganze Zeit über fraß ihm der winzige Kanarienvogel aus der Hand.

„Ich danke dir, Lawrence", sagte Mr. Jarndyce, „aber der

Prozeß ist jetzt schwerlich an einem Punkt angelangt, daß er wesentlich gefördert werden könnte, nicht einmal durch das gesetzliche Verfahren, die Richter- und Anwaltsbank zu sprengen."

„Es hat auf der ganzen Welt noch keinen so höllischen Hexenkessel gegeben wie dieses Kanzleigericht!" sagte Mr. Boythorn. „Eine Mine darunter, an einem geschäftsreichen Tag, und zur Gerichtszeit, wenn alle seine Urkunden, Dekrete und Präzedenzfälle und alle dazugehörigen Beamten darin sind, hohe und niedere, aufwärts und abwärts gezählt, von seinem Sohn, dem Generalrevisor, bis zu seinem Vater, dem Teufel, und dann das Ganze mit zehntausend Zentnern Pulver in die Luft gesprengt, das könnte seinen Mängeln abhelfen!"

Es war unmöglich, über die ernste Energie nicht zu lachen, mit der er diese scharfe Reformmaßregel empfahl. Als wir lachten, warf er den Kopf zurück und schüttelte die breite Brust, und abermals schien die ganze Umgegend sein hahaha! widerzuhallen. Aber den Vogel störte das nicht im mindesten: er fühlte sich jetzt vollkommen sicher, hüpfte auf dem Tisch herum, legte das Köpfchen flink bald auf die eine, bald auf die andere Seite und sah seinen Herrn mit hellem, raschem Blick an, als wäre er auch weiter nichts als ein Vogel.

„Aber wie steht's mit dem Wegerecht, um das du dich mit deinem Nachbarn streitest?" fragte Mr. Jarndyce. „Du bist ja selbst nicht frei von der Last der Prozesse."

„Der Kerl hat mich wegen Eigentumsverletzung verklagt, und ich habe ihn wegen Eigentumsverletzung verklagt", entgegnete Mr. Boythorn. „Beim Himmel, er ist der eingebildetste Kerl auf der Welt. Es ist moralisch unmöglich, daß er Sir Leicester heißt. Er muß Sir Lucifer sein."

„Ein großes Kompliment für unseren entfernten Verwandten", sagte mein Vormund lachend zu Ada und Richard.

„Ich würde Miss Clare und Mr. Carstone um Verzeihung bitten", fuhr unser Besuch fort, „wenn mir nicht das freundliche Gesicht der Dame und das Lächeln des Herrn die Sicherheit gäben, daß es ganz unnötig ist und daß sie ihren entfernten Verwandten in angenehmer Entfernung halten."

„Oder er hält uns", verbesserte Richard.

„Meiner Seel!" rief Mr. Boythorn aus, indem er plötzlich eine neue Ladung abfeuerte. „Dieser Kerl ist und sein Vater war und sein Großvater war der halsstarrigste, arroganteste, einfältigste, dickköpfigste Pinsel, der durch einen unerklärlichen Mißgriff der

Natur zu etwas anderem als zu einem Spazierstock geboren ist. Die ganze Familie besteht aus den eitelsten Strohköpfen! – Aber es tut nichts; er soll mir meinen Weg nicht versperren, und wenn er die Essenz von fünfzig Baronets wäre und in hundert Chesney Wolds wohnte, eins ins andere gesteckt wie geschnitzte chinesische Elfenbeinkugeln. Der Kerl schreibt mir durch seinen Agenten oder Sekretär oder sonstwen: ‚Sir Leicester Dedlock, Baronet, empfiehlt sich Mr. Lawrence Boythorn und macht ihn darauf aufmerksam, daß der Wiesenpfad bei dem alten Pfarrhaus, gegenwärtig in Mr. Lawrence Boythorns Besitz, dem Wegerecht Sir Leicesters untersteht, da er tatsächlich einen Teil des Parks von Chesney Wold bildet, und daß es Sir Leicester für gut findet, ihn zu sperren.‘ Ich schreibe dem Kerl: ‚Mr. Lawrence Boythorn empfiehlt sich Sir Leicester Dedlock, Baronet, und macht ihn darauf aufmerksam, daß er Sir Leicester Dedlocks Behauptungen in ihrem ganzen Umfang nach jeder Richtung bestreitet; hinsichtlich der Sperrung des Fußpfades muß er hinzusetzen, daß er sich freuen wird, den Mann kennenzulernen, der sie durchzuführen wagt.‘ Der Kerl schickt einen gottvergessenen, einäugigen Schurken, um ein Gitter zu bauen. Ich bearbeite den verwünschten Schlingel mit einer Feuerspritze, bis er fast keinen Atem mehr hat. Der Bursche baut während der Nacht ein Gitter. Ich lasse es am anderen Morgen umhacken und verbrennen. Er schickt seine dienstbaren Geister, um über das Gehege zu klettern und hin- und zurückzugehen. Ich fange sie in unschädlichen Fallen, schieße ihnen gespaltene Erbsen an die Beine, bearbeite sie mit der Spritze und bin entschlossen, die Menschheit von der unerträglichen Last dieser lauernden Schurken zu befreien. Er klagt wegen Eigentumsverletzung, ich klage wegen Eigentumsverletzung. Er klagt wegen Realinjurien; ich verteidige mich und setze die Realinjurien fort. Hahaha!"

Wer ihn das mit unvorstellbarer Energie sagen hörte, hätte ihn für den jähzornigsten Menschen halten können. Wer ihn zur selben Zeit beobachtete, wie er den Vogel ansah, der jetzt auf seinem Daumen saß, und wie er ihm mit dem Finger die Federn glattstrich, konnte ihn für den sanftesten halten. Wer ihn lachen hörte und das offene, gutmütige Gesicht sah, konnte glauben, er kenne auf der Welt keine Sorge, keinen Streit, keine Abneigung, sondern sein ganzes Dasein sei ein Sommerscherz.

„Nein, nein", sagte er, „meine Wege lasse ich mir von

keinem Dedlock sperren! Obgleich ich gern gestehe", hier wurde er einen Augenblick mild, „daß Lady Dedlock die gebildetste Dame von der Welt ist, der ich jede Huldigung darbringen würde, die ein einfacher Gentleman, der kein Baronet ist, mit einem siebenhundert Jahre dicken Kopf darbringen kann. Wer mit zwanzig Jahren in sein Regiment eintrat und gleich in der ersten Woche den tyrannischsten und anmaßendsten Lümmel von Offizier forderte, der je durch eine Schnürbrust atmete, und dafür kassiert wurde – der ist nicht der Mann, sich von allen Sir Lucifers, sie mögen tot oder lebendig, angekettet oder frei sein, auf der Nase herumtanzen zu lassen. Hahaha!"

„Auch nicht der Mann, der seinem jüngeren Kameraden auf der Nase herumtanzen läßt", sagte mein Vormund.

„Ganz gewiß nicht!" sagte Mr. Boythorn und schlug ihm mit einer Gönnermiene auf die Schulter, die etwas Ernstes an sich trug, obwohl er lachte. „Er wird stets dem kleinen Jungen beistehen. Jarndyce, du kannst dich auf ihn verlassen. Aber, um von dieser Eigentumsverletzung zu sprechen – ich bitte Miss Clare und Miss Summerson um Verzeihung, daß ich so lange bei einem so trockenen Gegenstand verweile –, ist von deinen Anwälten Kenge und Carboy nichts für mich gekommen?"

„Wohl nicht, Esther?" fragte Mr. Jarndyce.

„Nichts, Vormund."

„Sehr verbunden!" sagte Mr. Boythorn. „Hätte nicht zu fragen brauchen, selbst nach meiner geringen Erfahrung mit Miss Summersons Fürsorglichkeit für jeden, der in ihre Nähe kommt." Sie alle suchten mir Mut zu machen; sie legten es darauf an. „Ich fragte nur, weil ich von Lincolnshire komme und natürlich noch nicht in London gewesen bin; ich glaubte, man habe vielleicht Briefe hierhergeschickt. Nun, morgen früh werden sie gewiß berichten."

Als er im Laufe des Abends, der recht angenehm verging, nahe beim Klavier saß und der Musik lauschte – er brauchte nicht erst zu sagen, daß er sie leidenschaftlich liebe, denn sein Gesicht verriet es –, beobachtete ich öfters, daß er Richard und Ada mit einer Teilnahme und Befriedigung ansah, die sein schönes Gesicht merkwürdig angenehm machten. Ich fragte daher meinen Vormund, als wir am Puffbrett saßen, ob Mr. Boythorn je verheiratet gewesen sei.

„Nein", sagte er, „nein."

„Aber er hätte gern geheiratet?" fragte ich.

„Wie haben Sie das erraten?" versetzte er lächelnd.

„Ach, Vormund", erklärte ich, nicht ohne ein wenig über meinen gewagten Gedankengang zu erröten, „es liegt etwas so Zartes in seinem Benehmen, und er ist so höflich und freundlich zu uns und –"

Mr. Jarndyce wandte die Augen dorthin, wo er saß, wie ich ihn eben beschrieben habe.

Ich sprach nicht weiter.

„Sie haben recht, liebes Altchen", antwortete er. „Er war einmal fast schon verheiratet. Vor langer Zeit. Und nur einmal."

„Starb die Dame?"

„Nein – aber sie starb für ihn. Diese Zeit hat auf sein ganzes Leben eingewirkt. Können Sie sich vorstellen, daß sein Kopf und Herz noch jetzt voll Poesie sind?"

„Ich glaube, Vormund, ich hätte das vermuten können. Aber es ist leicht, das jetzt zu sagen, nachdem Sie es mir erzählt haben."

„Er ist seitdem nie gewesen, was er hätte sein können", sagte Mr. Jarndyce, „und jetzt hat er im Alter keinen um sich als seinen Diener und seinen kleinen, gelben Freund. – Sie sind am Wurf, liebe Esther."

Ich merkte es meinem Vormund an, daß ich den Gegenstand nicht über diesen Punkt hinaus verfolgen dürfe, ohne den Wind zu verändern. Ich verzichtete daher auf weitere Fragen. Meine Teilnahme war rege, nicht meine Neugier. Nachts, als mich Mr. Boythorns lautes Schnarchen weckte, dachte ich ein wenig an diese alte Liebesgeschichte und versuchte etwas sehr Schweres: mir alte Leute jung und mit dem Reiz der Jugend vorzustellen. Aber ich schlief wieder ein, ehe es mir gelang, und träumte von der Zeit, als ich bei meiner Patin lebte. Ich bin mit solchen Sachen nicht vertraut genug, um zu wissen, ob es merkwürdig ist, daß ich fast immer von diesem Abschnitt meines Lebens träumte.

Am Morgen kam ein Brief von Kenge und Carboy an Mr. Boythorn, in dem sie ihn benachrichtigten, daß ihn einer ihrer Schreiber mittags aufsuchen werde. Da es der Tag in der Woche war, an dem ich die Rechnungen bezahlte, meine Bücher abschloß und alle Wirtschaftsangelegenheiten so gut wie möglich ins reine brachte, blieb ich zu Hause, während Mr. Jarndyce, Ada und Richard das schöne Wetter zu einem kleinen Ausflug benutzten. Mr. Boythorn wollte auf Kenges und Carboys Schreiber warten und dann den anderen entgegengehen.

Ich war vollauf beschäftigt, die Lieferbücher der Händler durchzusehen, Zahlenreihen zu addieren, Geld auszuzahlen, Quittungen aufzureihen, und ich darf sagen, daß ich mich tummelte, als Mr. Guppy gemeldet und hereingeführt wurde. Ich hatte etwas wie eine Ahnung gehabt, daß der erwartete Schreiber der junge Herr sein könne, der mich im Reisebüro abgeholt hatte, und freute mich, ihn zu sehen, weil er mit meinem gegenwärtigen Wohlbefinden in Verbindung stand.

Ich erkannte ihn kaum wieder, so sehr hatte er sich herausgeputzt. Er trug einen funkelnagelneuen Anzug, einen glänzenden Hut, lila Glacéhandschuhe, ein regenbogenfarbenes Halstuch, eine große Treibhausblume im Knopfloch und einen dicken Goldring am kleinen Finger. Außerdem durchduftete er das ganze Speisezimmer mit Brillantine und anderen Parfüms. Er betrachtete mich so aufmerksam, daß es mich ordentlich verwirrte, als ich ihn bat, sich zu setzen, bis der Diener wieder herunterkomme; und als er dort in einer Ecke saß, die Beine bald so, bald so übereinandergelegt, und ich ihn fragte, ob er eine angenehme Reise gehabt habe und ob sich Mr. Kenge wohl befinde, bemerkte ich, sooft ich ihn ansah, daß er mich stets in derselben forschenden und neugierigen Weise betrachtete.

Als der Diener meldete, Mr. Boythorn erwarte ihn oben in seinem Zimmer, sagte ich ihm, er werde bei seiner Rückkehr hier ein Frühstück vorfinden, das Mr. Jarndyce für ihn befohlen habe. Als er den Türgriff schon in der Hand hatte, sagte er mit einiger Verlegenheit: „Werde ich die Ehre haben, Sie hier wieder zu finden, Miss?" Ich erwiderte, ja, ich werde da sein, und er ging mit einer Verbeugung und noch einem abermaligen Blick zur Tür hinaus.

Ich hielt ihn bloß für linkisch und schüchtern, denn er war sichtlich sehr verlegen, und ich überlegte mir, das beste, was ich tun könne, sei, zu warten, bis ich sähe, daß er alles habe, was er brauche, und ihn dann sich selbst zu überlassen. Das Frühstück wurde bald aufgetragen, blieb aber einige Zeit auf dem Tisch stehen. Die Unterredung mit Mr. Boythorn dauerte lang – und verlief sehr stürmisch, wie mir vorkam. Denn obgleich sein Zimmer ziemlich entfernt lag, hörte ich dann und wann seine laute Stimme sich wie heftigen Wind erheben und offenbar ganze Salven von Beschuldigungen entsenden.

Endlich kam Mr. Guppy wieder herunter, unverkennbar etwas mitgenommen von der Konferenz. „O mein Auge, Miß", sagte er halblaut, „er ist ja ein Tatar!"

„Bitte, nehmen Sie etwas zu sich, Sir", sagte ich.

Mr. Guppy nahm am Tisch Platz und begann aus lauter Nervosität das Vorschneidemesser an der Vorschneidegabel zu schärfen, wobei er mich immer noch in derselben ungewöhnlichen Weise ansah, wie ich recht wohl fühlte, ohne die Augen zu erheben. Das Schärfen dauerte so lange, daß ich endlich eine Art Verpflichtung fühlte, aufzublicken, um den Zauber zu lösen, dem er anscheinend unterlag, so daß er nicht aufhören konnte.

Er blickte sofort auf die Schüssel und fing an, vorzuschneiden.

„Was darf ich Ihnen anbieten, Miß? Sie werden doch einen Bissen genießen?"

„Nein, danke", sagte ich.

„Darf ich Ihnen gar nichts vorlegen, Miß?" fragte Mr. Guppy und stürzte ein Glas Wein hinunter.

„Nein, danke sehr", antwortete ich. „Ich habe nur gewartet, um zu sehen, ob Sie alles haben, was Sie brauchen. Haben Sie noch einen Wunsch?"

„Nein, ich bin Ihnen sehr verbunden, Miß, gewiß. Ich habe alles, was ich zu meinem Wohlbefinden verlangen kann – wenigstens ich – nicht unbehaglich – das bin ich nie", er trank noch zwei Glas Wein, rasch nacheinander.

Ich hielt es für besser, zu gehen.

„Verzeihung, Miß", sagte Mr. Guppy und stand auf, als er mich aufstehen sah. „Aber wollen Sie mir ein paar Worte unter vier Augen erlauben?"

Da ich nicht wußte, was ich darauf antworten solle, nahm ich wieder Platz.

„Was jetzt kommt, ist ohne Präjudiz, Miß!" sagte Mr. Guppy und schob aufgeregt einen Stuhl an meinen Tisch.

„Ich weiß nicht, was Sie meinen", sagte ich verwundert.

„Es ist eine unserer juristischen Formeln. Sie werden von der Sache keinen Gebrauch zu meinem Schaden machen, weder bei Kenge und Carboy noch anderswo. Wenn unsere Unterredung zu nichts führt, so ist alles wie zuvor, und ich bin in meiner gegenwärtigen oder künftigen Stellung nicht beeinträchtigt. Mit einem Wort, es geschieht im tiefsten Vertrauen."

„Ich kann mir nicht denken, Sir", entgegnete ich, „was Sie mir im tiefsten Vertrauen mitzuteilen haben, da Sie mich nur ein einziges Mal gesehen haben; aber es täte mir leid, wenn ich Ihnen irgendwie schaden sollte."

„Danke, Miss. Ich bin davon überzeugt – das genügt vollkommen." Die ganze Zeit über polierte Mr. Guppy die Stirn mit dem Taschentuch oder rieb die Fläche der linken Hand heftig mit der Fläche der rechten. „Wenn Sie mir erlauben, noch ein Glas Wein zu trinken, so wird es mir helfen, fortzufahren, ohne den ständigen Hustenreiz, der uns beiden lästig sein muß."

Er tat es und setzte sich wieder zu mir. Ich ergriff die Gelegenheit, um mich ganz hinter meinen Tisch zurückzuziehen.

„Dürfte ich Ihnen nicht auch ein Glas anbieten, Miss?" sagte Mr. Guppy, anscheinend etwas gestärkt.

„Danke", sagte ich.

„Auch kein halbes?" sagte er, „auch kein viertel? Nein! Also vorwärts. Mein gegenwärtiges Gehalt bei Kenge und Carboy, Miss Summerson, beträgt zwei Pfund wöchentlich. Als ich zuerst das Glück hatte, Sie zu sehen, betrug es ein Pfund fünfzehn, und zwar schon seit längerer Zeit. Seitdem ist es um fünf Schilling erhöht worden, und eine weitere Erhöhung um fünf Schilling ist mir in spätestens zwölf Monaten von heute an gerechnet zugesichert. Meine Mutter hat etwas Vermögen in Form einer kleinen Leibrente, von der sie unabhängig, wenn auch bescheiden in Old Street Road lebt. Sie eignet sich vortrefflich zur Schwiegermutter. Sie mischt sich nie ein, ist friedlich und gutmütig. Sie hat ihre Fehler – wer hätte keine? –, aber ich wüßte nicht, daß sie ihnen je in Gesellschaft gefrönt hätte; bei solchem Anlaß kann man ihr mit Wein, Likör oder Bier vollstes Vertrauen schenken. Ich selbst wohne in Penton Place, Pentonville. Es ist eine bescheidene, aber luftige Wohnung, hinten mit Aussicht ins Freie, und in gesündester Lage. Miss Summerson! In der gelindesten Ausdrucksweise: ich bete Sie an! Wollen Sie mir gütigst erlauben, um mich juristisch auszudrücken, eine Erklärung zu insinuieren – Ihnen meine Hand anzubieten?"

Mr. Guppy sank auf die Knie. Ich war sicher hinter meinem Tisch und nicht sehr erschrocken. Ich sagte: „Machen Sie augenblicklich dieser lächerlichen Szene ein Ende, Sir, oder Sie zwingen mich, mein stillschweigendes Versprechen zu brechen und zu klingeln."

„Lassen Sie mich ausreden, Miss", bat Mr. Guppy und faltete bittend die Hände.

„Ich kann kein Wort mehr anhören, Sir", gab ich zurück, „wenn Sie nicht sofort aufstehen und sich an den Tisch setzen, was Sie von selbst tun müßten, wenn Sie einen Funken Verstand hätten."

Er sah mich mit jämmerlicher Miene an, stand aber langsam auf und setzte sich an den Tisch.

„Welch ein Hohn ist es, Miss", sagte er, die Hand auf dem Herzen, indem er mir über das Servierbrett hinweg trübselig zunickte, „in einem solchen Augenblick am Eßtisch zu sitzen. Die Seele stößt sich in solchen Augenblicken an leiblicher Nahrung, Miss."

„Bitte, hören Sie auf", sagte ich; „Sie haben mich gebeten, Sie bis zu Ende zu hören, und ich bitte Sie: machen Sie ein Ende."

„Ich will es tun, Miss", sagte Mr. Guppy. „Wie ich liebe und ehre, so gehorche ich auch. Wollte Gott, ich könnte Ihnen das vor dem Altar geloben."

„Das ist ganz unmöglich", sagte ich, „und außer aller Frage."

„Ich weiß allerdings", fuhr er fort, indem er sich über das Tablett vorbeugte und mich mit dem früheren gespannten Blick ansah, wie ich seltsamerweise fühlte, obgleich meine Augen nicht auf ihn gerichtet waren, „ich weiß, daß vom äußerlichen Gesichtspunkt aus mein Anerbieten allem Anscheine nach armselig ist. Aber, Miss Summerson! Mein Engel! – Nein, klingeln Sie nicht! Ich bin durch eine harte Schule gegangen und mit den verschiedensten Seiten der Praxis vertraut. Obgleich noch jung, habe ich doch schon Beweise aufgespürt, Rechtsfälle durchgeführt und viel vom Leben kennengelernt. Mit Ihrer Hand gesegnet, welche Mittel könnte ich nicht finden, um Ihr Wohl zu fördern und Ihr Gut zu mehren. Was könnte ich alles in Erfahrung bringen, das Sie sehr nahe angeht! Freilich weiß ich jetzt nichts; aber was könnte ich wissen, wenn ich Ihr Vertrauen besäße und Sie mich antrieben!"

Ich sagte ihm, daß er sich an meinen Vorteil, oder was er dafür halte, ebenso erfolglos wende wie an meine Neigung, und er müsse verstehen, daß ich ihn jetzt dringend bitte, sich gefälligst sofort zu entfernen.

„Grausames Mädchen", sagte Mr. Guppy, „nur noch ein einziges Wort! Ich glaube, Sie müssen gesehen haben, daß mich diese Reize schon an dem Tag, da ich am Whytorseller wartete,

in Bann schlugen. Ich glaube, Sie müssen bemerkt haben, daß ich diesen Reizen meine Huldigung nicht versagen konnte, als ich den Tritt der Droschke in die Höhe schlug. Es war nur ein schwacher Tribut; aber er war gut gemeint. Seitdem war Ihr Bild in mein Herz gegraben. Ich bin eines Abends vor Jellybys Haus auf und ab gegangen, nur um die Ziegelmauern zu betrachten, die Sie einst umschlossen. Diese heutige Reise, die geschäftlich ganz unnötig war, unternahm ich allein für Sie. Wenn ich von Vorteil spreche, so geschieht es nur, um mich und meine verehrungsvolle Armseligkeit zu empfehlen. Liebe war zuerst da und geht dem Vorteil voraus."

„Es täte mir leid, Mr. Guppy", sagte ich, indem ich aufstand und die Hand an den Klingelzug legte, „gegen Sie oder irgendeinen aufrichtigen Menschen so ungerecht zu sein, daß ich eine ehrliche Empfindung mißachtete, sie mag noch so unwillkommen ausgedrückt werden. Wenn Sie wirklich beabsichtigt haben, mir einen Beweis Ihrer guten Gesinnung zu geben, so fühle ich mich Ihnen zu Dank verpflichtet, auch wenn Zeit und Ort schlecht gewählt waren. Ich habe sehr wenig Grund, stolz zu sein, und bin es nicht. Ich hoffe", setzte ich hinzu, ohne recht zu wissen, was ich sagte, „Sie werden mich jetzt verlassen, als ob Sie nie einen so törichten Streich begangen hätten, und werden sich Ihren Obliegenheiten bei Kenge und Carboy widmen wie bisher."

„Nur eine halbe Minute, Miss!" rief Mr. Guppy mit einer abwehrenden Bewegung, als ich klingeln wollte. „Das war ohne Präjudiz?"

„Ich werde nie davon sprechen", sagte ich, „wenn Sie mir nicht in Zukunft Veranlassung dazu geben."

„Noch eine Viertelminute, Miss! Falls Sie zu irgendeiner, auch noch so fernen Zeit – das hat nichts zu sagen, da sich meine Empfindungen nicht ändern können – über etwas, das ich gesagt habe, günstiger urteilen sollten, hauptsächlich über das, was ich alles tun könnte, so genügt vollkommen: William Guppy, 87 Penton Place, oder, wenn verzogen oder verstorben – an vereitelten Hoffnungen oder dergleichen –, Mrs. Guppy, 302 Old Street Road."

Ich klingelte, der Diener trat ein, und Mr. Guppy verabschiedete sich mit einer bekümmerten Verbeugung, nachdem er seine handgeschriebene Karte auf den Tisch gelegt hatte. Als ich die Augen aufschlug, während er hinausging, sah ich, daß er mich noch immer anblickte, als er schon die Tür hinter sich hatte.

Ich blieb noch etwa eine Stunde sitzen, schloß meine Bücher und Zahlungen ab und erledigte sehr viel. Dann räumte ich mein Schreibpult auf, schloß alles ein und war so gefaßt und heiter, daß ich den unerwarteten Zwischenfall ganz vergessen zu haben glaubte. Aber als ich in mein Zimmer hinaufging, fing ich zu meiner Überraschung an, darüber zu lachen, und dann zu meiner noch größeren Überraschung, darüber zu weinen. Mit einem Wort, ich war eine Zeitlang aus dem Gleichgewicht, und es war mir, als sei eine alte Saite rauher berührt worden als je seit den Tagen der lieben, alten, längst im Garten begrabenen Puppe.

10. KAPITEL

Der Gerichtsschreiber

Am östlichen Ende von Chancery Lane, genauer gesagt: in Cook's Court, Cursitor Street, betreibt Mr. Snagsby sein rechtmäßiges Gewerbe als Schreibwarenhändler. Im Schatten von Cook's Court, fast zu allen Zeiten ein schattiger Platz, hat Mr. Snagsby mit allen Sorten juristischer Formulare Handel getrieben: mit Häuten und Pergamentrollen, mit Papier aller Formate und Farben, mit Stempeln, Gänsekielen, Stahlfedern, Tinte, Radiergummi, Radierpulver, Nadeln, Bleistiften, Siegellack und Oblaten, mit rotem Band und grüner Seide, mit Taschentüchern, Almanachen, Tagebüchern und Abreißkalendern, mit Bindfadenbüchsen, Linealen, Tintenfässern von Glas und von Blei, mit Federmessern, Scheren, Stecknadeln und anderem kleinen Bürobedarf, kurz, mit viel mehr Gegenständen, als man aufzählen kann; das hat er getan, seit er ausgelernt und sich mit Peffer zusammengetan hat. Bei dieser Gelegenheit wurde Cook's Court gewissermaßen revolutioniert durch das frischgemalte Schild der neuen Firma Peffer und Snagsby, das die altehrwürdige, nicht leicht zu entziffernde Aufschrift „Peffer" – ohne Zusatz – verdrängte. Denn der Rauch, Londons Efeu, hatte Peffers Namen so dicht umschlungen und sein Haus so ganz eingehüllt, daß das zärtliche Schmarotzergewächs den Mutterstamm ganz überwältigte.

Peffer sieht man in Cook's Court nicht mehr. Man erwartet ihn dort auch nicht, denn er liegt seit einem Vierteljahrhundert auf dem St. Andreas-Kirchhof in Holborn, wo Wagen und Droschken den ganzen Tag und die halbe Nacht an ihm vorüberbrausen wie ein einziger großer Drache. Wenn er sich je, während der Drache schlummert, wegstiehlt, um in Cook's Court Luft zu schnappen, bis er zur Rückkehr gemahnt wird vom Krähen des sanguinischen Hahns im Keller der kleinen Milchwirtschaft in Cursitor Street, dessen Begriffe von Tageslicht sehr wissenswert wären, da er aus persönlicher Beobachtung soviel wie nichts davon kennen kann – wenn Peffer je die blasse Dämmerung von Cook's Court wieder besucht, was keiner seiner Gewerbsgenossen bestimmt leugnen kann, so kommt er unsichtbar, und niemand zieht daraus Schaden oder Nutzen.

Zu seinen Lebzeiten, und auch während Snagsbys Lehrzeit von sieben langen Jahren, wohnte bei Peffer in dem Haus mit dem Schreibwarenladen eine Nichte, eine kleine, boshafte Nichte, in der Taille etwas zu gewaltsam geschnürt und mit einer Nase, so schneidend scharf wie ein Herbstabend, an dem es kalt werden will. Bei den Bewohnern von Cook's Court ging das Gerücht um, ihre Mutter habe sie in der Kindheit in dem allzu eifrigen Bestreben, ihr einen vollendeten Wuchs zu verschaffen, jeden Morgen, den Fuß gegen den Bettpfosten gestemmt, um festeren Halt zu gewinnen, eingeschnürt und ihr auch ganze Flaschen voll Essig und Zitronensaft eingeflößt, Säuren, meinten sie, die dem Opfer in die Nase und in den Kopf gestiegen seien. Welche der vielen Zungen Frau Famas dieses nichtige Gerede aufgebracht haben mochte, die Ohren des jungen Snagsby erreichte oder beeindruckte es nie; denn als er zum Mann geworden war, warb er um den Gegenstand des Gerüchts, gewann ihn und gründete so zwei Partnerschaften auf einmal. Daher sind jetzt in Cook's Court, Cursitor Street, Mr. Snagsby und die Nichte ein Leib; und die Nichte pflegt immer noch ihre Gestalt, die, wenn auch der Geschmack verschieden ist, jedenfalls insofern Seltenheitswert besitzt, als unglaublich wenig daran ist.

Mr. und Mrs. Snagsby sind nicht nur ein Fleisch und Blut, sondern nach Meinung der Nachbarn auch eine einzige Stimme. Diese Stimme, die nur von Mrs. Snagsby zu kommen scheint, hört man in Cook's Court nicht selten. Mr. Snagsby wird, soweit er nicht in diesen süßen Tönen Ausdruck findet, selten gehört. Er ist ein stiller, kahler, schüchterner Mann mit glänzender Glatze und einem borstigen schwarzen Haarschopf am

Hinterkopf. Er neigt zur Gutmütigkeit und Wohlbeleibtheit. Wie er unter seiner Tür in Cook's Court steht in seinem grauen Ladenrock und schwarzen Schreibärmeln und die Wolken betrachtet oder wie er hinter einem Pult in seinem dunklen Laden mit einem schweren Lineal in Gesellschaft seiner beiden Lehrlinge Pergament zuschneidet, bietet er so recht das Bild eines stillen, anspruchslosen Mannes. Von unten herauf erhebt sich dann manchmal wie von einem Lärmgeist, der im Grab rumort, lautes Klagen und Jammern der bereits erwähnten Stimme, und wenn sie durchdringender werden als gewöhnlich, äußert wohl Mr. Snagsby zu seinen Lehrlingen: „Ich glaube, meine kleine Frau gibt es der Guster!"

Dieser Name, wie ihn Mr. Snagsby ausspricht, hat vordem die witzigen Leute von Cook's Court zu der Bemerkung gereizt, er sei von Gust, das ist Windstoß, abzuleiten und müsse eigentlich Mrs. Snagsbys Name sein, denn sie könne wegen ihres stürmischen Wesens sehr treffend und anschaulich so genannt werden. Der Name ist jedoch das Eigentum, und zwar, abgesehen von 50 Schilling jährlich und einem sehr kleinen, wahllos mit Kleidung gefüllten Koffer, das einzige Eigentum eines hageren Mädchens aus einem Armenhaus, von dem manche vermuten, es sei auf den Namen Augusta getauft; obgleich es in den Entwicklungsjahren bei einem liebenswürdigen Wohltäter in Tooting untergebracht war und sich dort gewiß unter den günstigsten Umständen entwickelt haben muß, leidet sie an Anfällen, die der Kirchspielbehörde unerklärlich sind.

Guster, die in Wirklichkeit drei- oder vierundzwanzig Jahre alt ist, aber gute zehn Jahre älter aussieht, ist mit diesen unerklärlichen, immer wiederkehrenden Anfällen eine billige Arbeitskraft; sie fürchtet sich so sehr, wieder zu ihrem Schutzheiligen zurückgeschickt zu werden, daß sie stets arbeitet, außer wenn man sie mit dem Kopf im Eimer findet oder im Ausguß oder im Kessel oder in der Suppenschüssel oder sonst in einem Gegenstand, der in ihrer Nähe ist, wenn es sie packt. Sie ist eine Beruhigung für die Eltern und Vormünder der Lehrlinge, weil sie fühlen, daß wenig Gefahr besteht, sie könnte in einer jugendlichen Brust zärtliche Empfindungen wecken; sie ist eine Beruhigung für Mrs. Snagsby, die an ihr immer etwas tadeln kann; sie ist eine Beruhigung für Mr. Snagsby, der es für Nächstenliebe hält, sie bei sich zu haben. Das Haus des Schreibwarenhändlers ist in Gusters Augen ein

Tempel des Überflusses und Glanzes, das kleine Wohnzimmer im oberen Stockwerk, das sozusagen stets sein Haar in Papier gewickelt und sein Schmutzschürzchen vorgebunden hat, das schönste Zimmer der Christenheit. Die Aussicht, die man – ungerechnet den Seitenblick in Cursitor Street – einerseits auf Cook's Court, andererseits in den Hof des Gerichtsvollziehers Coavinses hat, gilt ihr als unvergleichlich schön. Die vielen in der Stube aufgehängten Ölbilder, auf denen Mr. Snagsby Mrs. Snagsby und Mrs. Snagsby Mr. Snagsby ansieht, sind in ihren Augen Meisterwerke von Raffael oder Tizian. So fühlt sich Guster für ihre vielen Entbehrungen einigermaßen entschädigt.

Mr. Snagsby überläßt alles, was nicht in die praktischen Mysterien des Geschäftes gehört, Mrs. Snagsby. Sie hat die Kasse, zankt sich mit den Steuereinnehmern herum, bestimmt Zeit und Ort des sonntäglichen Gottesdienstes, bewilligt Mr. Snagsbys Vergnügungen und braucht sich nicht darüber zu verantworten, was sie zu Mittag auf den Tisch zu setzen für gut befindet; dadurch ist sie Chancery Lane weit hinab und hinauf und selbst draußen in Holborn zu einem hohen Vergleichsmaßstab für die anderen Frauen geworden, die bei häuslichen Waffengängen ihre Ehemänner aufzufordern pflegen, sich den Unterschied zwischen ihrer (der Weiber) und Mrs. Snagsbys Stellung und zwischen ihrem (der Männer) und Mr. Snagsbys Benehmen vor Augen zu führen. Das Gerücht, das immer wie eine Fledermaus um Cook's Court herumfliegt und zu jedermanns Fenster hinein- und hinausflattert, behauptet, Mrs. Snagsby sei eifersüchtig und neugierig, und Mr. Snagsby werde manchmal von Heim und Herd fortgeekelt, und wenn er nur so viel Mut hätte wie eine Maus, würde er es nicht dulden. Man hat sogar bemerkt, daß die Frauen, die ihn ihren eigenwilligen Ehemännern als glänzendes Beispiel darstellen, in Wirklichkeit auf ihn herabsehen, und zwar keine geringschätziger als gerade eine Dame, deren Eheherr in dem dringenden Verdacht steht, seinen Regenschirm als Züchtigungswerkzeug bei ihr zu verwenden. Aber diese dunklen Gerüchte rühren vielleicht daher, daß Mr. Snagsby in seiner Art ein etwas beschaulicher und poetischer Mann ist. Er geht gern im Sommer in Staple Inn spazieren und freut sich über das ländliche Aussehen der Sperlinge und der Blätter; Sonntag nachmittags schlendert er über Rolls Yard und äußert, wenn er bei guter Laune ist, daß einmal alte Zeiten waren und daß er wetten wolle, man fände heute noch den einen oder anderen Steinsarg unter der Kapelle, wenn man nachgraben wollte. Auch tröstet er seine Phantasie damit, daß er an die vielen Kanzler und Vizekanzler und Kanzleigerichts-Assessoren denkt, die bereits verstorben sind, und Landluft umweht ihn, wenn er den beiden Lehrlingen erzählt, er habe bestimmt gehört, daß vor Zeiten ein Bach, „so klar wie Kristall", mitten durch Holborn geflossen sei, als Turnstile noch ein wirklicher Steg war, der geradewegs zu den Wiesen führte; so viel Landluft saugt er daraus, daß er sich nie danach sehnt, wirklich aufs Land zu gehen.

Der Tag neigt sich, und das Gas wird angezündet, aber noch nicht ganz aufgedreht, denn es ist noch nicht ganz dunkel. Mr. Snagsby betrachtet von seiner Ladentür aus die Wolken und sieht eine verspätete Krähe westwärts über das bleierne Stück Himmel segeln, das zu Cook's Court gehört. Die Krähe fliegt quer über Chancery Lane und Lincoln's Inn Garden nach Lincoln's Inn Fields.

Hier, in einem großen Haus, einem früheren Palast, wohnt Mr. Tulkinghorn. Die Zimmer werden jetzt als Büros vermietet, und in diesen zusammengeschrumpften Resten seiner früheren Größe nisten jetzt Advokaten wie Maden in Nüssen. Aber seine geräumigen Treppen, Korridore und Vorzimmer sind noch vorhanden, ja sogar seine gemalten Decken, auf denen sich die Allegorie in römischen Helmen und himmlischen Linnen zwischen Balustraden und Pfeilern, Blumen, Wolken und feisten Kindern breitmacht, daß einem der Kopf weh tut, was immer mehr oder weniger der Zweck der Allegorie zu sein scheint. Hier, inmitten seiner vielen, mit unsagbar vornehmen Namen bezettelten Kästen, wohnt Mr. Tulkinghorn, wenn er nicht stummer Gast in Landhäusern ist, wo sich die Großen dieser Erde zu Tode langweilen. Hier sitzt er heute still an seinem Tisch. Eine Auster alter Schule, die niemand öffnen kann.

Wie er selbst sieht auch das Zimmer in der Nachmittagsdämmerung aus. Rostig, veraltet, der Beobachtung entzogen, ohne sie scheuen zu müssen. Schwere, altmodische Mahagonistühle mit breiten Rücken und Roßhaarsitzen, unverrückbare, uralte Tische mit gedrechselten Beinen und verstaubten Überzügen, Porträts in Kupfer gestochen, die Geschenke vornehmer Würdenträger aus der letzten oder vorletzten Generation, umgeben ihn. Ein dicker, dunkler, türkischer Teppich bedeckt den Fußboden dort, wo er sitzt, eingerahmt von zwei Kerzen in altmodischen, silbernen Leuchtern, die den weiten Raum nur unvollkommen erhellen. Die Titel auf den Buchrücken haben sich in den Einband zurückgezogen; alles, was ein Schloß haben kann, hat eines; kein Schlüssel ist zu sehen. Nur wenige Papiere liegen herum. Neben sich hat er ein Manuskript, aber er beschäftigt sich nicht mit ihm. Mit dem Stöpsel eines Tintenfasses und zwei Stückchen Siegellack arbeitet er schweigend und langsam an einem Entschluß, über den er noch nicht im reinen ist. Jetzt liegt der Tintenstöpsel in der Mitte, jetzt das rote Stück Siegellack, jetzt das schwarze. Aber das ist noch nicht das Richtige. Mr. Tulkinghorn muß sie alle wieder zusammenschieben und von neuem anfangen.

Hier unter den gemalten Decken, wo perspektivisch verkürzte Allegorien auf den Besucher herabstarren, als wollten sie auf ihn losstürzen, während er keinen Blick für sie übrig hat, hat Mr. Tulkinghorn Wohnung und Büro zugleich. Er hält keine Leute, nur einen Mann in mittleren Jahren, meist mit durchgewetzten Ärmeln, der hinter einem hohen Gitter in der Vorhalle sitzt und selten mit Arbeit überlastet ist. Mr. Tulkinghorn ist kein gewöhnlicher Anwalt. Er braucht keine Schreiber. Er ist ein großes Sammelbecken anvertrauter Geheimnisse, das sich nicht auf diesem Weg anzapfen läßt. Seine Klienten brauchen ihn selbst; er ist ihnen alles in allem. Schriftsätze, die er entworfen sehen will, werden von Spezialadvokaten im Temple nach geheimnisvollen Instruktionen abgefaßt; Abschriften, die er braucht, läßt er bei den Schreibwarenhändlern machen, wobei es auf die Kosten nicht ankommt. Der Mann in mittleren Jahren hinter dem Gitter weiß von den Angelegenheiten der Pairie kaum mehr als der erste beste Straßenkehrer in Holborn.

Der rote Siegellack, der schwarze Siegellack, der Tintenstöpsel, die kleine Streusandbüchse. So! Du in der Mitte, du rechts, du links. Diese Unentschiedenheit muß um jeden Preis beendet werden – jetzt oder nie. Jetzt! Mr. Tulkinghorn steht auf, rückt die Brille zurecht, setzt den Hut auf, steckt das Manuskript in die Tasche, verläßt das Zimmer und sagt zu dem schäbig gekleideten Mann in mittleren Jahren: „Ich bin gleich wieder da." Selten gibt er ihm ausführlichere Auskunft.

Mr. Tulkinghorn geht dahin, woher die Krähe kam – nicht ganz so gerade, aber doch ziemlich –, nach Cook's Court, zu Snagsby, Schreibwarenhändler, Urkunden in Reinschrift und Abschrift, juristische Schreibarbeiten aller Art und so weiter, und so weiter.

Es ist etwa fünf oder sechs Uhr nachmittags, und ein balsamischer Duft von warmem Tee schwebt über Cook's Court. Er umschwebt Snagsbys Tür. Man speist hier schon früh: um halb zwei Uhr Mittag, um halb zehn zu Abend. Mr. Snagsby ist im Begriff gewesen, in die unterirdischen Regionen hinabzusteigen, um Tee zu trinken, als er vor der Ladentür Ausschau hielt und die verspätete Krähe sah.

„Der Herr zu Hause?"

Guster hat die Aufsicht im Laden, denn die Lehrlinge trinken in der Küche mit Mr. und Mrs. Snagsby Tee; daher machen die zwei Schneiderstöchter, die im Haus gegenüber an den zwei Fenstern des zweiten Stockwerks vor den zwei Spiegeln ihre Locken kämmen, die zwei Lehrlinge nicht wahnsinnig, wie sie sich gern einbilden, sondern erregen nur die nutzlose Bewunderung Gusters, deren Haar nicht wachsen will und nie wachsen wollte und auch nie wachsen wird, wovon man fest überzeugt sein kann.

„Der Herr zu Hause?" sagt Mr. Tulkinghorn.

Der Herr ist zu Hause, und Guster will ihn holen. Guster verschwindet, froh, den Laden verlassen zu können, den sie mit einer Mischung aus Scheu und Verehrung als ein Lager schrecklicher Werkzeuge aus der großen Folterkammer der Jurisprudenz betrachtet, als einen Ort, den man nicht betreten darf, wenn das Gas abgedreht ist.

Mr. Snagsby erscheint: fettig, warm, teeduftend und kauend. Er schlingt einen Bissen Butterbrot hinunter und sagt: „Herrje! Mr. Tulkinghorn!"

„Ich möchte ein Wort mit Ihnen sprechen, Snagsby."

„Gewiß, Sir. Mein Gott, Sir, warum haben Sie Ihren jungen Mann nicht zu mir geschickt? Bitte, treten Sie in das Hinterstübchen, Sir." Snagsbys Gesicht ist in einem einzigen Augenblick strahlender geworden.

Das Hinterstübchen, in dem der Pergamentgeruch vorherrscht, ist Warenlager, Kontor und Kopierbüro zugleich; Mr. Tulkinghorn setzt sich, nachdem er sich umgesehen hat, auf einen Stuhl am Pult.

„Jarndyce gegen Jarndyce, Snagsby."

„Ja, Sir."

Mr. Snagsby dreht das Gas auf und hustet hinter der Hand, indem er bescheidenen Gewinn vorausgenießt. Als schüchterner Mann ist Mr. Snagsby gewohnt, mit mannigfachem Ausdruck zu husten und damit Worte zu sparen.

„Sie kopierten neulich für mich einige Urkunden in dieser Sache."

„Ja, Sir."

„Darunter war eine", sagt Mr. Tulkinghorn und greift gleichgültig – die fest geschlossene, nicht zu öffnende Auster alter Schule! – in die falsche Rocktasche, „deren Handschrift eigentümlich ist und mir gut gefällt. Da ich gerade vorbeiging und dachte, ich hätte sie bei mir, so trat ich ein, um Sie zu fragen – aber ich habe sie nicht bei mir. Tut nichts, die Sache hat keine Eile. – Ah! da ist sie! Ich trat ein, um Sie zu fragen, wer das kopiert hat."

„Wer das kopiert hat, Sir?" fragt Mr. Snagsby, indem er das Schriftstück nimmt, es flach aufs Pult legt und die einzelnen Bogen mit einem den Schreibwarenhändlern eigenen Griff der linken Hand aufblättert. „Wir haben es zum Schreiben außer Haus gegeben, Sir. Wir ließen damals gerade ziemlich viel außer Hause schreiben. Ich brauche aber bloß in meinem Buch nachzusehen, wer es kopiert hat."

Mr. Snagsby nimmt sein Buch aus dem Schrank, schluckt noch einmal an dem Bissen Butterbrot, der unterwegs steckengeblieben zu sein scheint, beäugt das Schriftstück von der Seite und fährt mit dem rechten Zeigefinger eine Seite des Buches hinab. „Jewby – Packer – Jarndyce."

„Jarndyce! Da haben wir's, Sir", sagte Mr. Snagsby. „Richtig! Ich hätte mich darauf besinnen können. Das wurde zu einem Schreiber gegeben, der gleich hier auf der anderen Seite der Straße wohnt."

Mr. Tulkinghorn hat den Eintrag gesehen, hat ihn schon vor dem Schreibwarenhändler gefunden und hat ihn gelesen, während jener mit dem Finger die Seite hinabfuhr.

„Wie heißt er? Nemo?" sagt Mr. Tulkinghorn.

„Nemo, Sir. Hier ist es. Folio 42. Ausgegeben Mittwoch abend um acht Uhr; zurückgebracht Donnerstag früh halb zehn Uhr."

„Nemo!" wiederholt Mr. Tulkinghorn. „Nemo heißt lateinisch ‚niemand'."

„Englisch muß es doch wohl ‚jemand' heißen", bemerkt Mr. Snagsby mit seinem unterwürfigen Husten. „Jemand heißt so. Hier steht es, sehen Sie, Sir: Folio 42. Ausgegeben Mittwoch abend acht Uhr, zurückgebracht Donnerstag früh halb zehn Uhr."

Aus dem Augenwinkel gewahrt Mr. Snagsby, daß Mrs. Snagsbys Kopf zur Ladentür hereinschaut, um zu erforschen, was sein Wegbleiben vom Tee bedeuten soll. Mr. Snagsby richtet ein erklärendes Husten an Mrs. Snagsby, als wollte er sagen: „Liebes Kind, ein Kunde!"

„Halb zehn Uhr, Sir", wiederholt Mr. Snagsby. „Unsere Kanzleischreiber, die nach dem Stück bezahlt werden, sind kuriose Leute. Das ist vielleicht nicht sein Name; aber er ist unter dem Namen bekannt. Ich besinne mich jetzt, Sir, daß er ihn selbst in einem geschriebenen Anschlag bei den verschiedenen Behörden so angibt. Sie kennen diese Art Anschläge, Sir – Bitten um Beschäftigung."

Mr. Tulkinghorn blickt durch das kleine Fenster auf die Rückseite des Hauses Coavinses', des Gerichtsvollziehers, wo Lichter Coavinses' Fenster erhellen. Coavinses' Frühstückszimmer geht nach hinten heraus, und die Schatten mehrerer Herren zeichnen sich undeutlich auf den Fenstervorhängen ab. Mr. Snagsby ergreift die Gelegenheit, um ein wenig den Kopf zu wenden, um sich über die Schulter hinweg nach seiner kleinen Frau umzusehen und erklärende Mundbewegungen zu machen, etwa des Inhalts: „Tul-king-horn – reich – Mann von Einfluß!"

„Haben Sie diesen Menschen schon früher beschäftigt?" fragt Mr. Tulkinghorn.

„O gewiß, Sir! Mit Arbeit für Sie."

„In wichtigeren Gedanken habe ich vergessen, wo seine Wohnung liegen soll."

„Hier gegenüber, Sir. Er wohnt eigentlich –" Mr. Snagsby schluckt noch einmal, als ob der Bissen Butterbrot unüberwindlich wäre, „– bei einem Lumpen- und Flaschenhändler."

„Können Sie mir das Haus zeigen, wenn ich weggehe?"

„Mit dem größten Vergnügen, Sir!"

Mr. Snagsby zieht die Schreibärmel und den grauen Rock aus, zieht den schwarzen Rock an und nimmt den Hut vom Haken. „Ah, da ist meine kleine Frau!" sagt er laut. „Liebe Frau, sei so gut und schicke einen der Burschen in den Laden heraus, während ich mit Mr. Tulkinghorn über die Straße gehe. Mrs. Snagsby, Sir – ich bleibe keine zwei Minuten weg, liebe Frau!"

Mrs. Snagsby verbeugt sich vor dem Advokaten, zieht sich hinter den Ladentisch zurück, beobachtet sie durch den Fenstervorhang, geht leise ins Hinterstübchen und sieht in dem Buch nach, das noch aufgeschlagen daliegt. Sie ist offenbar neugierig.

„Sie werden den Ort nicht erfreulich finden, Sir", sagt Mr. Snagsby, der bescheiden auf dem Fahrweg geht und den schmalen Fußweg dem Advokaten überläßt, „und auch die Person ist recht unerfreulich. Aber es ist im allgemeinen eine wilde Sorte. Der Vorzug dieses Mannes ist, daß er nie schläft. Wenn Sie es wünschen, erledigt er eine Sache in einem Zug, auch wenn sie noch so langwierig ist."

Es ist jetzt ganz dunkel geworden, und die Gaslampen haben ihre volle Leuchtkraft erlangt. Gegen einen Strom von Schreibern, die den Auslauf des Tages zur Post bringen, von Advokaten und Agenten, die zum Essen nach Hause gehen, und von Klägern, Beklagten und Prozessierenden aller Art, durch das ganze Gewühl von Menschen, denen die juristische Weisheit von Jahrhunderten beim Vollzug der gewöhnlichsten Lebensgeschäfte eine Million Hindernisse in den Weg gestellt hat, mitten durch römisches Recht und gemeines Recht und durch das artverwandte Geheimnis, den Straßenkot, von dem niemand weiß, woraus er entsteht und wie und woher er sich um uns ansammelt – wir wissen nur im allgemeinen, daß wir ihn wegschaufeln müssen, wenn er zu viel wird –, durch all diese Widrigkeiten arbeiten sich der Advokat und der Schreibwarenhändler durch zu einem Lumpen- und Flaschenladen, wo mit Abfall aller Art gehandelt wird. Der Laden liegt im Schatten der Mauer von Lincoln's Inn und gehört, wie die Aufschrift allen verkündet, die es angeht, einem gewissen Krook.

„Hier wohnt er, Sir", sagt Mr. Snagsby.

„Hier wohnt er also", sagt der Advokat gleichgültig. „Danke schön."

„Gehen Sie nicht hinein, Sir?"

„O nein, nein; ich gehe sogleich nach Hause. Guten Abend. Danke schön!"

Mr. Snagsby zieht den Hut und kehrt zu seiner kleinen Frau und seinem Tee zurück. Aber Mr. Tulkinghorn geht nicht sogleich nach Hause. Er geht eine kleine Strecke weiter, kehrt um, erreicht wieder den Laden Mr. Krooks und tritt ohne Zögern ein. Er ist finster genug, mit einem flackernden Licht in den Fenstern, einem alten Mann und einer Katze hinten an einem Feuer. Der Alte steht auf und kommt mit einem zweiten trüben Licht in der Hand dem Besucher entgegen.

„Ist Ihr Mieter zu Hause?"

„Mieter oder Mieterin?" fragt Krook.

„Der Mieter. Der Kopist."

Mr. Krook hat seinen Mann aus der Nähe betrachtet. Er kennt ihn vom Sehen und hat eine unklare Empfindung von seinem aristokratischen Ruf.

„Wünschen Sie ihn zu sprechen, Sir?"

„Ja."

„Das Vergnügen habe ich selber nur selten", sagt Mr. Krook grinsend. „Soll ich ihn herunterrufen? 's ist freilich wenig Aussicht, daß er kommt!"

„Dann will ich hinaufgehen", sagt Mr. Tulkinghorn.

„Zweiter Stock, Sir. Nehmen Sie das Licht. Da hinauf!" Mr. Krook steht, die Katze neben sich, am Fuß der Treppe und schaut Mr. Tulkinghorn nach. „Hihi!" macht er, als Mr. Tulkinghorn beinah verschwunden ist. Der Advokat blickt über das Geländer hinab. Die Katze zeigt ihre spitzen Zähne und faucht ihn an.

„Ruhig, Lady Jane! Anstand gegen meine Gäste, Mylady! Sie wissen, was die Leute von meinem Untermieter sagen?" flüstert Krook und geht ein paar Stufen die Treppe hinauf.

„Was sagen sie von ihm?"

„Sie sagen, er habe sich dem Teufel verkauft; aber Sie und ich wissen das besser – der kauft nicht. Ich will Ihnen aber was sagen: mein Mieter ist so übellaunig und gallig, daß ich glaube, er schlösse den Handel so leicht wie jeder andere. Ärgern Sie ihn nicht, Sir. Das ist mein Rat!"

Mr. Tulkinghorn nickt und geht weiter. Er kommt zu der dunklen Tür im zweiten Stock. Er klopft, erhält keine Antwort, öffnet und löscht dabei zufällig sein Licht.

Die Luft im Zimmer ist fast schlecht genug, um das Licht auszulöschen, wenn er's nicht getan hätte. Es ist ein kleiner Raum, fast schwarz von Ruß, Fett und Schmutz. Auf dem verrosteten Gerippe des Kaminherdes, das in der Mitte eingedrückt ist, als hätte es die Armut mit der Faust gepackt, brennt kümmerlich ein rotes Koksfeuer. In der Ecke beim Kamin steht ein hölzerner Tisch und ein zerbrochenes Schreibpult: ein mit einem Regen von Tinte gezeichnetes Labyrinth. In einer anderen Ecke liegt ein zerfetzter, alter Mantelsack auf einem der zwei Stühle: er dient als Schrank oder Kleiderständer; ein größerer ist nicht nötig, denn seine Seiten sind eingefallen wie die Wangen eines Verhungerten. Der Fußboden ist kahl, nur eine einzige, alte Matte, zu einzelnen Lappen von Bindfaden zertreten, liegt armselig vor dem Herd. Kein Vorhang wehrt der Dunkelheit der Nacht, aber die regengebleichten Läden sind geschlossen, und durch die beiden großen Löcher darin könnte der Hunger hereinsehen, der Todesbote für den Mann auf dem Bett.

Denn auf einem niedrigen Bett dem Feuer gegenüber, einem wirren Haufen aus schmutzigem Flickwerk, dünnen Steppdecken und grober Leinwand, sieht der Advokat, der zögernd in der Tür stehenbleibt, einen Mann liegen. Er liegt dort in Hemd und Hosen mit bloßen Füßen. In der spukhaften Dämmerung einer Kerze, die niedergebrannt ist, bis der Docht in seiner ganzen Länge umgeknickt ist und weiterbrennend einen Turm aus Wachs über der Flamme hinterlassen hat, sieht sein Gesicht gelb aus. Das wirre Haar vermischt sich mit dem Bart um Backen und Mund, der gleichfalls wirr und vernachlässigt ist wie die ganze Umgebung. So faulig und schmutzig ist das Zimmer, so faulig und schmutzig ist die Luft, daß man nicht leicht erkennt, welcher Geruch die Sinne am unangenehmsten berührt; aber durch den allgemeinen ekelerregenden Dunst und den Geruch kalten Tabakqualms dringt dem Advokaten der bittere, fade Geschmack von Opium in den Mund.

„Heda, Freund!" ruft er und schlägt mit dem eisernen Leuchter gegen die Tür. Er glaubt ihn geweckt zu haben. Er liegt ein wenig abgewandt, aber mit offenen Augen da.

„Heda, Freund!" ruft er wieder. „Heda! heda!" Während er wieder an die Tür schlägt, geht das Licht, das schon so lange zusammengesunken ist, vollends aus und läßt ihn im Dunkeln, während die hohlen Augen in den Läden auf das Bett starren.

11. KAPITEL

Unser lieber Bruder

Etwas berührt die runzelige Hand des Advokaten, als er unschlüssig im finsteren Zimmer steht, so daß er auffährt und fragt: „Wer ist da?"

„Ich bin's", entgegnet der alte Hausherr, dessen Atem sein Ohr berührt. „Können Sie ihn nicht wecken?"

„Nein."

„Was haben Sie mit Ihrem Licht gemacht?"

„Es ist ausgegangen. Hier ist es."

Krook nimmt es, geht ans Feuer, bückt sich über die roten Kohlen und versucht Licht zu machen. Die verglimmende Asche hat keinen Funken mehr übrig, und seine Bemühungen sind vergeblich. Vergeblich ruft er seinen Mieter an, brummt dann, er wolle hinuntergehen und eine brennende Kerze aus dem Laden holen, und geht fort. Aus irgendeinem Grund, der ihm einfällt, erwartet Mr. Tulkinghorn seine Rückkehr nicht im Zimmer, sondern draußen an der Treppe.

Das willkommene Licht erhellt bald die Wände, als Krook langsam heraufkommt, seine grünäugige Katze dicht hinter sich. „Schläft der Mann gewöhnlich so fest?" fragt der Advokat leise.

„Hihi! Ich weiß es nicht", sagt Krook, indem er den Kopf schüttelt und die Augenbrauen in die Höhe zieht. „Ich weiß fast nichts von seinen Gewohnheiten, außer daß er sehr zurückgezogen lebt."

So flüsternd, treten beide ein. Als das Licht hereinkommt, verdunkeln sich die Augen in den Fensterläden und scheinen sich zu schließen. Nicht so die Augen auf dem Bett.

„Gott steh uns bei!" ruft Mr. Tulkinghorn. „Er ist tot!"

Krook läßt die schwere Hand, die er ergriffen hat, so rasch sinken, daß der Arm über das Bett herunterfällt.

Sie sehen sich einen Augenblick an.

„Schicken Sie nach einem Arzt! Rufen Sie Miss Flite oben, Sir. Hier steht Gift am Bett! Rufen Sie Flite, wollen Sie?" sagt Krook, der seine dürren Hände über die Leiche ausgebreitet hält wie die Flügel eines Vampirs.

Mr. Tulkinghorn eilt hinaus und ruft: „Miss Flite! Flite! Schnell, kommen Sie, schnell! Flite!" Krook folgt ihm mit den Augen und findet, während jener ruft, Gelegenheit, zu dem alten Mantelsack zu schleichen und wieder zurück.

„Schnell, Flite, schnell! Zum nächsten Arzt! Laufen Sie!" So redet Mr. Krook eine hinfällige, kleine Frau an, seine Untermieterin, die im Nu erscheint und verschwindet und bald zurückkehrt, begleitet von einem verdrießlichen Arzt, den sie beim Essen gestört hat – einem Mann mit breiter, mit Schnupftabak beschmierter Oberlippe und breitem, schottischem Akzent.

„Oh, Gott hab ihn selig!" sagt der Arzt, indem er nach flüchtiger Untersuchung zu ihnen aufschaut. „Der ist tot wie Pharao!"

Mr. Tulkinghorn, der neben dem alten Mantelsack steht, fragt, ob er schon lange tot sei.

„Schon lange, Sir?" fragt der Arzt. „Wahrscheinlich seit etwa drei Stunden."

„Ungefähr so lang, sollte ich meinen", bemerkt ein schwarzer junger Mann auf der anderen Seite des Bettes.

„Sind Sie selbst Mediziner, Sir?" fragt der erste.

Der schwarze junge Mann bejaht.

„Nun, so will ich gehen", entgegnet der andere, „denn ich kann hier nichts nützen!" Mit dieser Bemerkung beendet er seine kurze Anwesenheit und kehrt zu seiner Mahlzeit zurück.

Der schwarze junge Arzt hält das Licht wiederholt über das Gesicht und untersucht sorgfältig den Schreiber, der seine Ansprüche auf seinen Namen jetzt dadurch begründet hat, daß er wirklich zum Niemand geworden ist.

„Ich kenne den Mann recht gut vom Sehen", sagt er. „Er hat in den letzten anderthalb Jahren Opium bei mir gekauft. Ist jemand hier mit ihm verwandt?" fragt er und mustert die drei Umstehenden.

„Ich war sein Hauswirt", antwortet Krook mürrisch, indem er dem Arzt das Licht aus der ausgestreckten Hand nimmt. „Er sagte einmal zu mir, ich sei der nächste Verwandte, den er habe."

„Er ist an einer zu starken Dosis Opium gestorben, das steht fest", sagt der Arzt. „Das ganze Zimmer riecht stark danach. Hier ist noch genug" – er nimmt Mr. Krook einen alten Teetopf aus der Hand –, „um ein Dutzend Menschen zu töten."

„Meinen Sie, daß er es absichtlich getan hat?" fragt Krook.

„Die zu starke Dosis genommen?"

„Ja!" Krook schmatzt fast mit den Lippen im Vollgenuß eines schauerlich interessanten Vorfalls.

„Das weiß ich nicht. Ich halte es nicht für wahrscheinlich, da er gewohnt war, starke Dosen zu nehmen. Aber niemand kann es wissen. Er war sehr arm, vermute ich."

„Das vermute ich auch. Sein Zimmer – sieht nicht reich aus", sagt Krook, der die Augen mit denen seiner Katze vertauscht haben könnte, als er scharf rundum schaut. „Aber ich bin nie darin gewesen, seit er es gemietet hat, und er war zu verschlossen, um mir seine Umstände zu schildern."

„Ist er Ihnen Miete schuldig?"

„Sechs Wochen."

„Er wird sie nie bezahlen!" sagt der junge Arzt, indem er die Untersuchung wieder aufnimmt. „Es steht außer Zweifel, daß er wirklich so tot ist wie Pharao; und nach seinem Aussehen und Zustand zu urteilen, möchte ich sagen, es ist ein Glück für ihn. Und doch muß er in seiner Jugend stattlich und, ich wage zu behaupten, hübsch gewesen sein." Er sagt das nicht ohne Gefühl, während er auf dem Rand der Bettstelle sitzt, das Gesicht dem anderen Gesicht zugekehrt und die Hand auf der

Stelle des Herzens. „Ich erinnere mich, daß es mir einmal vorkam, es sei in seiner Art, so rauh sie war, etwas, das eine bessere Herkunft andeutete. War das so?" fährt er fort, indem er sich umsieht.

Krook erwidert: „Sie können ebensogut von mir verlangen, Ihnen die Damen zu beschreiben, deren Haar ich unten im Keller in Säcken habe. Mehr weiß ich nicht, als daß er anderthalb Jahre lang mein Untermieter war und vom Abschreiben für Rechtsanwälte lebte – oder nicht lebte."

Während dieses Zwiegesprächs hat Mr. Tulkinghorn abseits neben dem alten Mantelsack gestanden, die Hände auf dem Rücken und anscheinend gleich weit entfernt von allen drei Arten der Teilnahme, die sich am Bett zeigten: von dem beruflichen Interesse des jungen Arztes am Tod, das von seinen Bemerkungen über den Verstorbenen als Menschen sichtlich ganz unabhängig war, vom wohligen Schauder des alten Mannes und von dem Grauen der verrückten kleinen Alten. Sein unbewegliches Gesicht ist ebenso ausdruckslos gewesen wie die Rostfarbe seiner Kleider. Man könnte nicht einmal sagen, er habe die ganze Zeit über nachgedacht. Er hat weder Geduld noch Ungeduld, weder Aufmerksamkeit noch Zerstreutheit gezeigt. Er hat nichts gezeigt als seine Schale. Ebenso leicht ließe sich aus dem Gehäuse eines kostbaren Musikinstrumentes auf seinen Ton schließen wie aus Mr. Tulkinghorns Gehäuse auf sein Empfinden.

Jetzt mischt er sich ein, indem er den jungen Arzt in seiner kühlen, geschäftsmäßigen Weise anspricht: „Ich kam einen Augenblick vor Ihnen hierher, in der Absicht, den Verstorbenen, den ich nie vorher gesehen habe, als Kopisten zu beschäftigen. Ich hatte seine Adresse von meinem Papierhändler – Snagsby in Cook's Court. Da niemand hier etwas von ihm weiß, so wäre es wohl gut, zu Snagsby zu schicken. Ah!" zu der kleinen, verrückten Alten, die ihn oft im Kanzleigericht gesehen hat, die auch er oft gesehen hat und die sich nun mit ängstlichen, stummen Gebärden anbietet, den Papierhändler zu holen. „Sie können ja gehen!"

Als sie fort ist, gibt der Arzt die hoffnungslose Untersuchung auf und deckt die Leiche mit der zusammengeflickten Bettdecke zu. Mr. Krook und er tauschen ein paar Worte, Mr. Tulkinghorn sagt nichts, sondern steht immer noch neben dem alten Mantelsack.

Mr. Snagsby erscheint hastig in seinem grauen Rock und den

schwarzen Schreibärmeln. „Mein Gott, mein Gott!" sagt er; „so weit ist es also gekommen! Gott steh uns bei!"

„Können Sie dem Hauseigentümer hier Auskunft über diesen Unglücklichen geben, Snagsby?" fragt Mr. Tulkinghorn. „Er war mit seiner Miete im Rückstand, wie es scheint, und er muß begraben werden, wie Sie ja wissen."

„Hm, Sir", sagt Mr. Snagsby und hustet hinter der Hand seinen um Verzeihung bittenden Husten, „ich wüßte wahrhaftig nicht, was ich raten könnte, außer nach dem Kirchspieldiener zu schicken."

„Ich spreche nicht von Rat", entgegnet Mr. Tulkinghorn. „Raten könnte ich selbst –"

„Niemand besser, Sir, davon bin ich überzeugt", sagt Mr. Snagsby mit seinem ehrerbietigen Husten.

„Ich meine, ob man einen Anhaltspunkt gewinnen könnte über seine Verwandten, oder woher er ist, oder über seine sonstigen Verhältnisse."

„Ich versichere Ihnen, Sir", sagt Mr. Snagsby, nachdem er dieser Antwort einen allgemein versöhnlichen Husten vorausgeschickt hat, „daß ich ebensowenig weiß, woher er gekommen ist, wie ich weiß –"

„Wohin er gegangen ist, vielleicht", schaltet der Arzt ein, um ihm weiterzuhelfen.

Eine Pause. Mr. Tulkinghorn sieht den Papierhändler an. Mr. Krook sieht mit offenem Mund alle der Reihe nach an und wartet, wer zunächst sprechen werde.

„Was seine Verwandten betrifft, Sir", sagt Mr. Snagsby, „so muß ich gestehen, wenn jemand zu mir sagte: ,Snagsby, hier liegen zwanzigtausend Pfund für dich auf der Bank von England bereit, wenn du mir einen von ihnen nennen willst', so könnte ich's nicht, Sir! Vor ungefähr anderthalb Jahren, wenn ich mich recht entsinne, um die Zeit, da er hier in diesem Hadern- und Flaschenladen einzog –"

„Das stimmt, das war die Zeit", nickt Krook.

„Vor ungefähr anderthalb Jahren", fährt Mr. Snagsby ermutigt fort, „kam er eines Morgens nach dem Frühstück in meinen Laden, fand dort meine kleine Frau – ich meine Mrs. Snagsby, wenn ich diese Bezeichnung gebrauche –, legte ihr eine Probe seiner Handschrift vor und gab ihr zu verstehen, daß er Abschreibearbeiten zu bekommen wünsche und daß er – um nicht durch die Blume zu sprechen" – Mr. Snagsbys Lieblingsentschuldigung, wenn er unumwunden reden will, die er stets mit einer Art streitbarer Geradheit vorbringt –, „in Not sei! Meine kleine Frau hat gewöhnlich keine Vorliebe für Fremde, besonders – um nicht durch die Blume zu sprechen – wenn sie etwas haben wollen. Aber etwas an diesem Menschen fesselte sie doch, sei es, daß er unrasiert war oder daß sein Haar ungepflegt war oder irgend etwas anderes, was Frauen beeindruckt – das zu entscheiden überlasse ich Ihnen; jedenfalls nahm sie die Probe an und auch die Adresse. Meine kleine Frau versteht Namen schlecht", fährt Mr. Snagsby fort, nachdem er sein besinnliches Husten hinter der Hand zu Rate gezogen hat, „und hielt daher Nemo für dasselbe wie Nimrod. Weshalb sie sich angewöhnte, mich bei Tisch zu fragen: ‚Mr. Snagsby, haben Sie noch keine Arbeit für Nimrod?' oder: ‚Mr. Snagsby, warum haben Sie die achtunddreißig Kanzleifolio in Sachen Jarndyce nicht Nimrod gegeben?' Und auf diese Weise bekam er allmählich regelmäßig Arbeit von uns; und das ist alles, was ich von ihm weiß, außer daß er sehr rasch schrieb und Nachtarbeit nicht scheute und daß, wenn man ihm, ich will sagen, fünfundvierzig Folioblätter am Mittwoch abend gab, er sie schon am Donnerstag morgen ablieferte. All dies –" Mr. Snagsby schließt mit einer höflichen Bewegung seines Hutes auf das Bett zu, als wolle er hinzusetzen: „– würde mein ehrenwerter Freund ohne Zweifel bestätigen, wenn es ihm sein Zustand erlaubte."

„Sollten Sie nicht nachsehen, ob Papiere da sind, die Auskunft geben?" sagt Mr. Tulkinghorn zu Krook. „Man wird Totenschau halten, und Sie werden danach gefragt werden. Können Sie lesen?"

„Nein", entgegnet der Alte mit plötzlichem Grinsen.

„Snagsby, sehen Sie für ihn nach", sagt Mr. Tulkinghorn. „Er könnte sonst Unannehmlichkeiten haben. Da ich einmal hier bin, will ich warten, wenn Sie schnell machen; dann kann ich, wenn es nötig sein sollte, für ihn bezeugen, daß alles mit rechten Dingen zugegangen ist. Wenn Sie Mr. Snagsby das Licht halten, guter Freund, so wird er bald sehen, ob etwas vorhanden ist, das Ihnen weiterhilft."

„Erstlich ist hier ein alter Mantelsack, Sir", sagt Mr. Snagsby.

Ja richtig, ein Mantelsack! Mr. Tulkinghorn scheint ihn vorher nicht gesehen zu haben, obgleich er dicht daneben steht und obgleich, weiß der Himmel, sonst wenig genug vorhanden ist.

Der Lumpenhändler hält das Licht, und der Papierhändler führt die Untersuchung durch. Der Arzt lehnt an einer Ecke des Kaminsimses; Miss Flite späht furchtsam von der Türschwelle aus ins Zimmer. Der gelehrte alte Anhänger der alten Schule mit den glanzlosen schwarzen Hosen, am Knie mit Bändern zugebunden, mit der langen schwarzen Weste, dem langärmeligen schwarzen Frack und dem ungestärkten, zur Schleife gebundenen, weißen Halstuch, das der Pairie so wohlbekannt ist, steht immer genau auf demselben Fleck in derselben Haltung.

In dem alten Mantelsack finden sich ein paar wertlose Kleidungsstücke, ein Pack Pfandhausscheine, diese Chausseebilletts auf der Straße der Armut, ein verknitterter Zettel, der nach Opium riecht und auf den ein paar Notizen gekritzelt sind, z. B. an dem und dem Tag so viel Gramm genommen, an dem und dem Tag so viel Gramm mehr. Die Notizen sind vor längerer Zeit begonnen, offenbar in der Absicht, sie regelmäßig fortzusetzen, hören aber bald auf. Es finden sich noch ein paar schmutzige Zeitungsausschnitte, alle mit Totenschauberichten, sonst nichts. Sie suchen im Wandschrank, in der Schublade des tintenbekleckstesten Tisches. Nicht ein Stückchen eines alten Briefes oder sonst eines Papiers ist zu entdecken. Der junge Arzt durchsucht die Kleider des Schreibers, findet aber nichts als ein Messer und ein paar einzelne Halfpence. Mr. Snagsbys Rat bleibt doch zuletzt der praktischste, und der Kirchspieldiener muß gerufen werden.

Die kleine, verrückte Alte geht ihn also holen, und die übrigen verlassen das Zimmer. „Lassen Sie die Katze nicht drinnen!" sagt der Arzt; „das geht nicht!" Mr. Krook jagt sie daher vor sich hinaus; und sie schleicht die Treppe hinab, krümmt ihren schlanken Schwanz und leckt sich die Lippen.

„Gute Nacht", sagt Mr. Tulkinghorn und geht heim, um sich der Allegorie und dem Nachdenken zu widmen.

Während dieser Zeit hat sich die Nachricht von dem Todesfall im Hof verbreitet. Gruppen seiner Bewohner sammeln sich, um die Sache zu besprechen, und die Vorposten dieses Beobachtungskorps, hauptsächlich Knaben, werden bis zu Mr. Krooks Fenster vorgeschoben, das sie dicht umlagern. Ein Polizist ist bereits in das Zimmer hinauf- und wieder an die Tür heruntergegangen, wo er steht wie ein Turm und sich nur dazu herabläßt, die Knaben zu seinen Füßen gelegentlich anzusehen; aber jedesmal, wenn er sie ansieht, weichen sie scheu zurück. Mrs. Perkins, die seit einigen Wochen kein Wort mit Mrs. Piper gesprochen hat, wegen einer Verstimmung, die davon ausging, daß der kleine Perkins dem kleinen Piper ein Loch in den Kopf geschlagen hat, knüpft bei dieser günstigen Gelegenheit den freundschaftlichen Verkehr wieder an. Der Kellner an der Ecke, der ein privilegierter Dilettant ist, da er von Amts wegen Lebenskenntnisse besitzt und gelegentlich mit Betrunkenen zu tun hat, tauscht mit dem Polizisten vertrauliche Mitteilungen aus und gibt sich das Ansehen eines unbesiegbaren Jünglings, dem Polizeiknüppel nichts anhaben und den Polizeistationen nicht festhalten können. Die Leute reden miteinander aus den Fenstern über die Straße hinweg, und barhäuptige Aufwärter kommen aus Chancery Lane herbeigelaufen, um zu erfahren, was es gibt. Das allgemeine Gefühl scheint zu sein, daß es ein Glück ist, daß die Reihe nicht zuerst an Mr. Krook gekommen ist, gemischt mit einer gewissen natürlichen Enttäuschung darüber, daß er es nicht ist. Mitten in dieser Aufregung erscheint der Kirchspieldiener.

Obgleich er im allgemeinen in der Nachbarschaft als lächerliche Einrichtung gilt, ist er doch für den Augenblick nicht ohne eine gewisse Popularität, wenn auch nur als ein Mann, der die Leiche sehen wird. Der Polizist betrachtet ihn als einfältigen Zivilisten, als Überrest des barbarischen Zeitalters der Nachtwächter, läßt ihn aber ein als etwas, das geduldet werden muß, bis es die Regierung abschafft. Die Aufregung steigt noch, als sich von Mund zu Mund die Nachricht verbreitet, daß der Kirchspieldiener eingetroffen und hineingegangen ist.

Bald darauf kommt er wieder heraus und vergrößert noch einmal die Aufregung, die mittlerweile etwas ermattet war. Man hört, daß er für die morgige Totenschau Zeugen sucht, die dem Totenbeschauer und den Geschworenen Auskunft über den Verstorbenen geben können. Er wird auf der Stelle an unzählige Leute verwiesen, die ihm nicht das mindeste sagen können. Er wird dadurch noch verwirrter gemacht, daß man ihm dauernd wiederholt, daß Mrs. Greens Sohn „selbst Schreiber war und ihn besser kannte als irgend jemand"; doch stellt sich bei näherer Nachfrage heraus, daß sich dieser Sohn der Mrs. Green gegenwärtig an Bord eines Schiffes befindet, das vor drei Monaten nach China ausgelaufen ist, aber mittels einer Eingabe an die Lords der Admiralität durch den Telegraphen erreichbar sein soll. Der Kirchspieldiener tritt in verschiedene Läden und Stuben und befragt die Bewohner, wobei er stets sogleich die Tür zuzieht und durch Ausschluß, Warten und allgemeines Nichtwissen das Publikum erbittert. Der Polizist lächelt den Kellner an. Das Publikum verliert das Interesse, und ein Rückschlag tritt ein. Schrille, jugendliche Stimmen verhöhnen den Kirchspieldiener, er habe einen Knaben gekocht, und singen im Chor diesbezügliche Bruchstücke eines Gassenliedes, die besagen, der Knabe sei in Suppe für das Armenhaus verwandelt worden. Der Polizist findet es zuletzt für nötig, der Behörde beizustehen und einen der Sänger zu ergreifen, der aber, da die übrigen ausreißen, wieder freigelassen wird unter der Bedingung, aufzuhören und sich zu drücken, sonst! – einer Bedingung, der er sofort nachkommt. So erstirbt die Aufregung mit der Zeit, und der unerschütterliche Polizist, dem ein bißchen Opium mehr oder weniger nichts bedeutet, setzt mit seinem glänzenden Hut, der steifen Halsbinde, dem faltenlosen Überrock, dem ledernen Gürtel und Armband und allem Zubehör schweren Schritts seinen Rundgang fort. Er schlägt die Flächen seiner weiß behandschuhten Hände gegeneinander und bleibt dann und wann an einer Straßenecke stehen, um nach irgend etwas Ausschau zu halten, von einem verlaufenen Kinde bis zu einem Mörder.

Unter dem Schutz der Nacht eilt der geistesschwache Kirchspieldiener in Chancery Lane hin und her mit seinen Vorladungen, in denen der Name jedes Geschworenen falsch geschrieben und nichts richtig ist als des Kirchspieldieners eigener Name, den niemand lesen kann oder wissen will. Nachdem die Vorladungen verteilt und die Zeugen benachrichtigt sind, begibt sich der Kirchspieldiener zu Mr. Krook, um hier einige Armenhäusler zu erwarten, die er bestellt hat; als sie gleich darauf erscheinen, führt er sie die Treppe hinauf, wo sie den großen Augen in den Fensterläden etwas Neues zum Anstarren hinterlassen, etwas Neues in jener letzten Gestalt, die irdische Wohnungen für den Niemand – und für den Jedermann annehmen.

Die ganze Nacht hindurch steht der Sarg bereit neben dem alten Mantelsack; auf dem Bett liegt die einsame Gestalt, die fünfundvierzig Jahre lang auf dem Lebenspfad gewandelt ist und nun nicht mehr sichtbare Spuren hinterläßt als ein ausgesetztes Kind.

Am nächsten Tag ist alles lebendig im Hof, es ist wie beim Jahrmarkt, wie Mrs. Perkins, mit Mrs. Piper mehr als ausgesöhnt, im freundschaftlichen Gespräch mit dieser vortrefflichen Frau äußert. Der Totenbeschauer wird in dem Saal im ersten Stock der „Sonne" sitzen, wo zweimal wöchentlich die Sitzungen der „Harmonie" stattfinden, bei denen ein Herr von großem Künstlerruhm den Vorsitz führt, während ihm der kleine Swills gegenübersitzt, der komische Sänger, der, nach dem Zettel im

Fenster, hofft, daß sich seine Freunde um ihn scharen und ein Talent ersten Ranges unterstützen werden. Die „Sonne" macht an diesem Morgen ein schönes Geschäft. Selbst Kinder bedürfen bei der allgemeinen Aufregung so sehr der Stärkung, daß der Pastetenmann, der für diese Gelegenheit an der Ecke des Hofes einen fliegenden Stand aufgemacht hat, erklärt, seine Likörbonbons gingen ab wie Dampf. In der Zwischenzeit zeigt der Kirchspieldiener, der zwischen Mr. Krooks Ladentür und der Tür der „Sonne" hin und her eilt, die seiner Obhut anvertraute Sehenswürdigkeit ein paar verschwiegenen Günstlingen, die ihm dafür mit einem Glase Ale oder dergleichen danken.

Zur bestimmten Stunde erscheint der Totenbeschauer, den die Geschworenen bereits erwarten und den ein Salut fallender Kegel aus der guten, trockenen Kegelbahn der „Sonne" begrüßt. Der Totenbeschauer besucht mehr Wirtshäuser als jeder andere Mensch. Der Geruch von Sägespänen, Bier, Tabakrauch und Branntwein ist in seinem Beruf untrennbar vom Tod in seinen schrecklichsten Gestalten. Kirchspieldiener und Wirt führen ihn in den Saal der „Harmonie", wo er seinen Hut auf das Klavier legt und in einem Lehnstuhl am oberen Ende einer langen Tafel Platz nimmt, die aus mehreren kleinen Tischen zusammengesetzt und mit endlos verschlungenen, klebrigen, von Gläsern und Krügen herrührenden Ringen verziert ist. So viele Geschworene, wie sich um die Tafel zusammendrängen lassen, sitzen dort, die übrigen finden Platz zwischen den Spucknäpfen und Pfeifen oder lehnen am Klavier. Über dem Kopf des Totenbeschauers hängt ein kleiner eiserner Kranz, der Griff eines Klingelzuges, der der Majestät des Gerichtshofes fast den Anschein gibt, als sollte sie auf der Stelle gehenkt werden.

„Man verlese und beeidige die Geschworenen!" Während diese Zeremonie vor sich geht, macht der Eintritt eines rundlichen, kleinen Mannes mit großem Hemdkragen, feuchten Augen und geröteter Nase, der bescheiden an der Tür unter dem großen Publikum Platz nimmt, aber doch im Zimmer ganz zu Hause zu sein scheint, einiges Aufsehen. Ein Flüstern läuft durch den Raum: der kleine Swills! Man hält es nicht für unwahrscheinlich, daß er den Totenbeschauer kopieren und das zur Hauptvorstellung in der „Harmonie"-Versammlung heute abend machen werde.

„Nun, meine Herren!" beginnt der Totenbeschauer.

„Hallo, Ruhe!" sagt der Kirchspieldiener, jedoch nicht zum Totenbeschauer, obgleich es fast so klingt.

„Also, meine Herren!" beginnt der Totenbeschauer von neuem, „Sie sind hier als Jury zusammengetreten, um die Todesart eines gewissen Mannes zu untersuchen. Sie werden Zeugenaussagen über die Begleitumstände dieses Todesfalls hören und Ihren Wahrspruch nach den – Kegeln; Kirchspieldiener, die Leute sollen aufhören! – nach den Zeugenaussagen und nur nach ihnen fällen. Zuerst haben wir die Leiche zu besichtigen."

„Platz da, Platz!" ruft der Kirchspieldiener.

Sie verlassen in weitläufigem Zug, fast wie ein langgestreckter Leichenzug, das Zimmer und begeben sich zur Besichtigung in Mr. Krooks Hinterzimmer im zweiten Stock, das ein paar Geschworene blaß und hastig wieder verlassen. Der Kirchspieldiener ist sehr bemüht, daß zwei an Manschetten und Knöpfen nicht sehr reinliche Herren, für die er im Saal der „Harmonie" neben dem Totenbeschauer ein besonderes Tischchen hingestellt hat, alles sehen, was zu sehen ist. Denn sie sind die Zeitungsberichterstatter für solche Untersuchungen – mit Zeilenhonorar –, und er ist über die allgemein menschliche Schwäche nicht erhaben, sondern hofft, gedruckt zu lesen, was „Mooney, der tätige und umsichtige Kirchspieldiener des Distriktes" gesagt und getan hat, und wünscht sogar den Namen Mooney so vertraulich und herablassend erwähnt zu finden wie nach den neuesten Beispielen den Namen des Henkers.

Der kleine Swills erwartet den Totenbeschauer und die Geschworenen bei ihrer Rückkehr. Auch Mr. Tulkinghorn wartet. Er ist mit Auszeichnung empfangen worden und hat einen Platz in der Nähe des Totenbeschauers erhalten, zwischen diesem hohen Beamten eines Bagatellgerichtes und dem Kohlenkasten. Die Untersuchung geht weiter. Die Geschworenen erfahren, wie der Gegenstand ihrer Untersuchung gestorben ist; weiter erfahren sie nichts über ihn. „Ein sehr angesehener Rechtsanwalt ist hier, meine Herren", sagt der Totenbeschauer, „der, wie ich höre, zufällig anwesend war, als man die Leiche entdeckte; aber er könnte nur wiederholen, was Sie bereits von dem Arzt, dem Hauswirt, der Untermieterin und dem Papierhändler gehört haben, und wir brauchen ihn daher nicht zu belästigen. Ist noch jemand vorhanden, der weitere Auskunft zu geben weiß?"

Mrs. Perkins schiebt Mrs. Piper vor. Mrs. Piper wird vereidigt.

„Anastasia Piper, meine Herren. Verheiratet. Nun, Mrs. Piper, was haben Sie uns über die Sache zu sagen?"

Mrs. Piper hat eine ganze Menge zu sagen, hauptsächlich in

Parenthese und ohne Punkt und Komma, weiß aber nicht viel
zu berichten. Mrs. Piper wohnt im Hof, ihr Mann ist Kunst-
tischler, und es ist seit langem unter den Nachbarn wohlbekannt
gewesen – „ich weiß auch die Zeit, zwei Tage, bevor Alexander
James Piper, der jetzt achtzehn Monate, vier Tage alt ist, die
Nottaufe erhielt, weil wir sein Leben aufgaben, so sehr litt das
arme Kind an Krämpfen, liebe Herren –", daß sich der Kläger –
so nennt Mrs. Piper beharrlich den Verstorbenen – dem Teufel
verschrieben haben solle. Mrs. Piper glaubt, dieses Gerücht sei
durch das Aussehen des Klägers verursacht gewesen. Sie hat ihn
oft gesehen und war der Meinung, daß er wild und grimmig
aussehe und daß man ihn nicht frei herumgehen lassen dürfe,
weil manche Kinder furchtsam sind, und wenn man ihr nicht
glaubt, so hofft sie, man wird Mrs. Perkins fragen, die hier ist
und ihrem Mann und sich und ihrer Familie Ehre machen wird.
Sie hat gesehen, wie die Kinder den Kläger geneckt und gepeinigt
haben, denn Kinder bleiben Kinder, und man kann nicht erwarten, besonders wenn es lebhaft veranlagte Kinder sind, daß
sie sich wie Methusalems aufführen, was sie selbst auch nicht
waren. Deshalb und wegen seines finsteren Aussehens hat sie
oft geträumt, er nehme eine Spitzhacke aus der Tasche und
spalte damit Johnny den Kopf, denn das Kind kennt keine
Furcht und hat ihm oft dicht auf den Fersen nachgerufen. Sie
hat jedoch nie gesehen, daß der Kläger eine Spitzhacke oder
eine andere Waffe aus der Tasche zog, ganz im Gegenteil. Sie
hat gesehen, daß er rasch fortgegangen ist, wenn ihm die Kinder
nachliefen oder nachschrien, als ob er Kinder nicht gern hätte,
und hat ihn nie mit einem Kind oder einem Erwachsenen
sprechen sehen, außer mit dem Jungen, der den Übergang im
Gäßchen über den Weg um die Ecke herum kehrt, der Ihnen,
wenn er hier wäre, sagen könnte, daß man ihn oft hat mit ihm
sprechen sehen.

Fragt der Totenbeschauer: „Ist der Junge hier?" Antwortet
der Kirchspieldiener: „Nein, Sir, er ist nicht hier." Sagt der
Totenbeschauer: „Holen Sie ihn." Bis der tätige und umsichtige
Diener wiederkommt, unterhält sich der Totenbeschauer mit
Mr. Tulkinghorn.

„Ah! da ist der Junge, meine Herren!"

Da ist er, sehr schmutzig, sehr heiser, sehr zerlumpt. „Nun,
mein Junge! – Aber halt, einen Augenblick. Vorsicht! Dieser
Knabe muß erst durch ein paar vorbereitende Formalitäten
geschleust werden."

Name: Jo. Hat keinen anderen, soviel er weiß. Weiß nicht,
daß jeder Mensch zwei Namen hat. Hat nie so etwas gehört.
Weiß nicht, daß Jo die Abkürzung eines längeren Namens
ist. Glaubt, für ihn sei er lang genug. Er findet nichts daran
auszusetzen. Kann er ihn buchstabieren? Nein, er nicht. Hat
keinen Vater, keine Mutter, keine Verwandten. Ist nie zur
Schule gegangen. Was ist elterliches Haus? Weiß, daß ein Besen
ein Besen ist, und weiß, daß es eine Sünde ist, zu lügen.
Erinnert sich nicht, wer ihm das vom Besen oder von der Lüge
gesagt hat, weiß aber beides. Kann nicht genau sagen, was mit
ihm nach dem Tod geschehen wird, wenn er den Herren hier
eine Lüge sagt; glaubt aber, daß es ihm zur Strafe schlecht
gehen wird und daß ihm dann recht geschieht – und deshalb
will er die Wahrheit sagen.

„Damit kommen wir nicht durch, meine Herren!" sagt der
Totenbeschauer und schüttelt bedenklich den Kopf.

„Meinen Sie nicht, daß wir seine Aussage immerhin anhören
können, Sir?" fragt ein aufmerksamer Geschworener.

„Nein", antwortet der Totenbeschauer. „Sie haben den
Knaben ja selbst gehört. ‚Kann nicht genau sagen', das geht
nicht, wissen Sie. Bei einem Gerichtshof können wir das nicht
brauchen, meine Herren. Schreckliche Verworfenheit. Der Knabe
kann abtreten."

Der Knabe tritt ab zur großen Erbauung der Zuhörer, besonders des kleinen Swills, des komischen Sängers.

„Nun, sind noch andere Zeugen da?" Keine anderen Zeugen.

„Gut, meine Herren! Hier ist ein unbekannter Mann, der
nachweislich seit anderthalb Jahren Opium in großen Quantitä-
ten zu nehmen pflegte, tot aufgefunden worden, gestorben an
einer zu großen Dosis Opium. Wenn Sie aus den Zeugenaussagen
schließen zu müssen glauben, daß er Selbstmord begangen hat,
so werden Sie diesen Schluß ziehen. Wenn Sie meinen, daß es ein
zufälliger Tod ist, so werden Sie ein entsprechendes Urteil fällen."

Sie fällen das entsprechende Urteil. Zufälliger Tod. Kein
Zweifel. „Meine Herren, Sie können gehen. Guten Abend."

Während der Totenbeschauer seinen Überrock zuknöpft, geben
Mr. Tulkinghorn und er dem abgewiesenen Zeugen in einer
Ecke privat Gehör.

Dieses verkommene Geschöpf weiß nur, daß der Tote, den es
an seinem gelben Gesicht und seinem schwarzen Haar soeben
wiedererkannt hat, manchmal auf der Straße ausgepfiffen und
verfolgt wurde. An einem kalten Winterabend, als er, der

Junge, vor Kälte zitternd, in einem Torweg nicht weit von seinem Straßenübergang kauerte, hatte sich der Mann nach ihm umgesehen, war zurückgekommen und hatte ihn ausgefragt; und als er fand, daß er keinen Freund auf der Welt habe, sagte er: „Ich auch nicht. Nicht einen!" und gab ihm Geld zu einem Abendbrot und einem Obdach für die Nacht. Seitdem hatte der Mann oft mit ihm gesprochen, hatte ihn gefragt, ob er nachts gut schlafe, wie er Kälte und Hunger vertrage, ob er sich den Tod wünsche und ähnliche seltsame Fragen. Und wenn der Mann kein Geld hatte, sagte er im Vorbeigehen: „Ich bin heute so arm wie du, Jo." Wenn er aber eins hatte, freute er sich immer, wie der Knabe von Herzen glaubt, ihm davon abzugeben.

„Er war sehr gut zu mir", sagt der Knabe und wischt sich mit dem zerlumpten Ärmel die Augen. „Wenn ich ihn so als Leiche daliegen seh, wollt ich, er könnte hören, daß ich es sage. Er war sehr gut zu mir!" Als er die Treppe hinunterstolpert, drückt ihm Mr. Snagsby, der auf ihn gewartet hat, eine halbe Krone in die Hand. „Wenn du mich einmal mit meiner kleinen Frau – ich meine: mit einer Dame – über die Straße kommen siehst", sagt Mr. Snagsby mit dem Finger an der Nase, „so erwähnst du's nicht!"

Die Geschworenen bleiben noch kurze Zeit im Gespräch in der „Sonne". Später findet man ein halbes Dutzend in einer Wolke von Tabaksqualm, der das Gastzimmer der „Sonne" erfüllt, zwei machen einen Spaziergang nach Hampstead, und vier vereinbaren, abends zum halben Preis ins Theater zu gehen und mit Austern zu schließen. Der kleine Swills wird von mehreren Seiten traktiert. Als er gefragt wird, wie er über den Vorfall denke, nennt er ihn – seine Stärke liegt im derben Volkston – einen „Mordsrummel". Da der Wirt der „Sonne" den kleinen Swills so populär findet, empfiehlt er ihn den Geschworenen und dem Publikum dringend mit der Bemerkung, daß er im Charakterlied seinesgleichen nicht habe und daß die Garderobe für seine Rollen einen Wagen fülle.

So versinkt die „Sonne" allmählich in die Schatten der Nacht und strahlt dann gewaltig aus ihr empor im Gaslicht. Die Versammlungsstunde der „Harmonie" kommt, und der Herr mit dem Künstlerruhm nimmt den Präsidentenstuhl ein; das Gesicht – das rote Gesicht – ihm gegenüber ist der kleine Swills; ihre Freunde scharen sich um sie und unterstützen dieses Talent ersten Ranges. Auf dem Höhepunkt des Abends sagt der kleine Swills: „Meine Herren, wenn Sie erlauben, will ich eine kurze

Beschreibung einer Szene aus dem wirklichen Leben versuchen, deren Zeuge ich heute war." Er erntet viel Beifall und Ermunterung, verläßt das Zimmer als Swills, kehrt als Totenbeschauer zurück – ohne ihm freilich im geringsten zu gleichen – und beschreibt die Totenschau mit aufmunternden Einlagen auf dem Klavier, die den Refrain begleiten: Mit seinem (des Totenbeschauers) Viva vallerallera, viva vallerallera, viva vallerallera, Juchhe!

Das klapperige Pianoforte schweigt endlich, und die Freunde aus der „Harmonie" wenden sich einmütig ihren Kopfpolstern zu. Nun herrscht Ruhe um die einsame Gestalt, die jetzt in ihrer letzten irdischen Behausung liegt, ein paar ruhige Nachtstunden lang von den großen Augen der Fensterläden bewacht. Hätte die Mutter, an deren Busen dieser verlassene Mann einst als kleines Kind ruhte, die Augen zu ihrem liebenden Gesicht aufgeschlagen und das weiche Händchen kaum fähig, den Nacken zu umfangen, zu dem er hindrängt, ihn mit prophetischem Blick hier liegen sehen können, wie unmöglich wäre ihr diese Vision vorgekommen! Oh, wenn in lichteren Tagen das jetzt erloschene Feuer in ihm je für ein Weib glühte, das ihn im Herzen trug, wo weilt sie, während diese Asche noch über der Erde ist!

Bei Mr. Snagsby in Cook's Court ist heute alles eher als eine Nacht der Ruhe; denn dort mordet Guster den Schlaf, indem sie, wie Mr. Snagsby selbst zugibt – um nicht durch die Blume zu sprechen –, aus einem Krampf in zwanzig andere fällt. Schuld daran ist Gusters empfindsames Herz und eine leichte Empfänglichkeit für Eindrücke, die unter günstigeren Umständen vielleicht Einbildungskraft geworden wäre. Sei dem, wie ihm wolle, Mr. Snagsbys Bericht über die Totenschau, der er beigewohnt hat, hatte sie zur Teezeit so sehr angegriffen, daß sie um die Abendessenszeit in die Küche stürzte – ein fliegender Holländer-Käse eilte ihr voraus – und einen Anfall von ungewöhnlicher Dauer bekam. Sie überwand ihn nur, um sogleich einen neuen zu erleiden, und dann noch einen und noch einen, und so fort durch eine ganze Kette von Anfällen, mit kurzen Zwischenräumen, die sie dazu benutzte, Mrs. Snagsby rührend zu bitten, ihr nicht zu kündigen, „wenn sie wieder ganz zu sich gekommen sei", und das ganze Haus aufzufordern, sie auf den Steinboden zu legen und zu Bett zu gehen. So sagt denn Mr. Snagsby, als er endlich den Hahn in dem kleinen Milchgeschäft in Cursitor Street in seine uneigennützige Ekstase über das Erscheinen des Tageslichtes ausbrechen hört, mit einem tiefen

Atemzug, obgleich er der geduldigste aller Menschen ist: „Ich glaubte wahrhaftig, du seist tot!"

Welche Frage dieser enthusiastische Vogel zu entscheiden meint, wenn er sich so unerhört anstrengt, oder warum er so kräht über etwas, das für ihn nicht von der mindesten Bedeutung sein kann – freilich krähen auch Menschen bei verschiedenen triumphalen öffentlichen Anlässen auf diese Weise –, das ist seine Sache. Es genügt, daß der Tag anbricht, der Morgen kommt und der Mittag.

Nun erscheint der Tätige und Umsichtige, der als solcher in den Morgenblättern gestanden hat, mit seinem Gefolge von Armenhausbewohnern bei Mr. Krook und schafft die Leiche unseres von uns geschiedenen lieben Bruders auf einen rings von Häusern eingezwängten, verpesteten und mit Leichen überfüllten Kirchhof, von wo aus den Körpern unserer noch nicht von uns geschiedenen geliebten Brüder und Schwestern bösartige Krankheiten mitgeteilt werden, während sich unsere geliebten Brüder und Schwestern, die sich auf Hintertreppen in Ämtern herumtreiben – wollte Gott, sie wären bereits von uns geschieden! –, sehr wohl und gemütlich befinden. Auf ein abscheuliches Stück Boden, den ein Türke als Greuel zurückwiese und ein Kaffer nur mit Schaudern sähe, bringen sie unseren von uns geschiedenen lieben Bruder, damit er ein christliches Begräbnis empfange.

Wo Häuser von allen Seiten herabsehen, außer dort, wo ein dampfender, kleiner Tunnel von einem Hofe aus den Zutritt zu dem eisernen Gitter erlaubt; wo jede Schlechtigkeit des Lebens dicht neben dem Tod und jeder giftige Bestandteil des Todes dicht neben dem Leben wirkt, da senken sie unseren lieben Bruder einen oder zwei Fuß tief in die Erde. Hier säen sie ihn in Fäulnis, damit er in Fäulnis auferstehe: ein rächendes Gespenst an manchem Krankenbett, künftigen Zeiten ein beschämendes Zeugnis, wie Zivilisation und Barbarei auf dieser ruhmreichen Insel Hand in Hand gingen.

Komm, Nacht! Komm, Finsternis! Denn ihr könnt an einem Ort wie diesem nicht bald genug kommen, nicht lange genug bleiben! Kommt, ihr verstreuten Lichter in den Fenstern häßlicher Häuser; und ihr, die ihr dort sündigt, sündigt wenigstens, ohne die schauerliche Szene vor Augen zu haben! Komm, Gasflamme, die so träge über dem Eisengitter brennt, auf das die vergiftete Luft ihre schlüpfrige Hexensalbe niederschlägt! Es ist gut, wenn du jedem Vorübergehenden zurufst: „Sieh her!"

Mit der Nacht kommt eine schlottrige Gestalt durch den Tunnelhof geschlichen außen an das eiserne Gittertor. Sie faßt es mit den Händen, sieht zwischen den Stäben hindurch und bleibt so eine kleine Weile stehen.

Mit einem alten Besen, den sie trägt, fährt sie dann leise über die Stufe und fegt den Torweg rein. Sie tut das sehr geschäftig und geschickt, schaut nochmals eine kleine Weile hinein und geht dann fort.

Jo, bist du's? Gut, gut! Obgleich ein zurückgewiesener Zeuge, der „nicht genau sagen kann", was eine mächtigere Hand als die der Menschen mit ihm tun wird, steckst du doch nicht ganz in irdischer Finsternis. Es ist ein Schimmer fernen Lichtes in deiner hingemurmelten Aussage:

„Er war so gut zu mir!"

12. KAPITEL

Auf der Wacht

Drunten in Lincolnshire hat der Regen endlich aufgehört, und Chesney Wold hat sich wieder ein Herz gefaßt. Mrs. Rouncewell ist voll Wirtschaftssorgen, denn Sir Leicester und Mylady kommen aus Paris nach Hause. Die Modezeitschriften haben es entdeckt und teilen die frohe Kunde dem ganzen geistig umnachteten England mit. Sie haben auch herausgefunden, daß sie einen glänzenden, hochvornehmen Kreis aus der *élite* der *beau monde* – die Modezeitungen sind schwach im Englischen, aber riesig stark im Französischen – auf dem uralten, gastlichen Familiensitz in Lincolnshire bei sich sehen werden.

Zu Ehren des glänzenden, hochvornehmen Kreises und Chesney Wolds obendrein ist der eingestürzte Brückenbogen im Park ausgebessert, und der Fluß, der sich jetzt in sein altes Bett zurückgezogen hat und wieder anmutig überbrückt ist, macht sich, vom Haus aus gesehen, recht hübsch. Der klare, kalte Sonnenschein legt sich auf den raschelnden Wald und sieht beifällig zu, wie der scharfe Wind die Blätter verstreut und das Moos trocknet. Er gleitet hinter den eilenden Wolkenschatten her über den Park, jagt den ganzen Tag nach ihnen und kann sie doch nie haschen. Er sieht zu den Fenstern hinein und ver-

sieht die Ahnenbilder mit Lichtstreifen und -flecken, an die die
Maler nie gedacht haben. Quer über das Bild Myladys über dem
großen Kamin zieht er einen breiten Linksschrägbalken, der
zum Herd hinabführt und ihn zu spalten scheint.

Durch denselben kalten Sonnenschein und denselben scharfen
Wind fahren Mylady und Sir Leicester in ihrem Reisewagen
heimwärts – Myladys Kammerzofe und Sir Leicesters Diener
sitzen gottergeben hinten auf. Mit beträchtlichem Klingeln und
Peitschenknallen, unter häufigem Bäumen der beiden Handpferde und der zwei Zentauren mit lackierten Hüten und
Stulpenstiefeln und mit fliegenden Mähnen und Schweifen
rasseln sie aus dem Hof des Hotels Bristol auf der Place
Vendôme und traben zwischen der bald besonnten, bald beschatteten Kolonnade der Rue de Rivoli und dem Garten des
verhängnisreichen Palastes eines kopflosen Königspaares auf
die Place de la Concorde, die Champs Elysées entlang und
durch den Bogen am Etoile hinaus aus Paris.

Die Wahrheit zu gestehen: sie können nicht schnell genug
fortreisen; denn selbst hier hat sich Mylady Dedlock zu Tod
gelangweilt. Konzert, Gesellschaften, Oper, Theater, Spazier-
fahrten, nichts ist ihr neu unter dieser abgenutzten Sonne. Noch
vorigen Sonntag, als arme Teufel fröhlich waren, indem sie
innerhalb der Stadtmauern zwischen den beschnittenen Bäumen
und den Statuen im Palastgarten mit Kindern spielten oder
indem sie in breiter Reihe auf den Champs Elysées spazieren-
gingen, die durch dressierte Hunde und hölzerne Pferde noch
elysäischer gemacht wurden, oder indem sie zwischendurch die
dämmerige Kathedrale von Notre Dame betraten, um am Fuß
eines Pfeilers beim Flackern windbewegter Kerzen auf rostigem
Ständer ein wenig zu beten, oder indem sie draußen vor den
Toren um Paris einen Kreis tanzender, liebelnder, trinkender,
rauchender, gräberbesuchender, Billard, Karten und Domino
spielender, quacksalbernder Menschen bildeten, ergänzt durch
viel schlimmen Abschaum, beseelten und unbeseelten – noch
vorigen Sonntag hätte Mylady in der ödesten Langeweile und
in den Klauen des Riesen Verzweiflung fast ihre eigene Zofe
gehaßt, weil sie froher Stimmung war.

Daher kann sie Paris nicht schnell genug verlassen. Seelischer
Überdruß liegt vor ihr, wie er hinter ihr liegt – ihr Ariel hat
einen Gürtel um die ganze Erde gelegt, der nicht wieder zu
lösen ist –, aber ein – freilich unvollkommenes – Heilmittel gibt
es doch: immer vom letzten Ort, wo man ihn gefühlt hat, zu

fliehen. Man schleudere daher Paris in die Ferne zurück und vertausche es mit endlosen Alleen und Queralleen winterkahler Bäume! Und wenn man zurückblickt, so sei es einige Meilen weiter, wo der Triumphbogen nur noch ein weißer, in der Sonne glänzender Fleck ist und die Stadt nur eine schwarze Masse in der Ebene: aus ihr erheben sich zwei dunkle, viereckige Türme, und Licht und Schatten senken sich schräg auf sie wie die Engel in Jakobs Traume.

Sir Leicester ist gewöhnlich in ruhiger Gemütsverfassung und selten gelangweilt. Wenn er sonst nichts zu tun hat, kann er immer seine eigene Größe betrachten. Es ist ein beträchtlicher Vorteil für einen Mann, einen so unerschöpflichen Gegenstand zu haben. Wenn er seine Briefe gelesen hat, lehnt er sich in seine Wagenecke zurück und erwägt seine Wichtigkeit für die Gesellschaft.

„Sie haben diesen Morgen ungewöhnlich viele Briefe bekommen", sagt Mylady nach einer Weile. Sie ist müde vom Lesen. Sie hat während der letzten zwanzig Meilen kaum eine Seite gelesen.

„Aber es steht nichts darin. Durchaus nichts."

„Ich denke, ich habe eine von Mr. Tulkinghorns langen Episteln gesehen?"

„Sie sehen alles", sagt Sir Leicester voll Bewunderung.

„Ach!" seufzt Mylady. „Er ist der langweiligste aller Menschen."

„Er sendet – ich muß Sie wirklich um Verzeihung bitten – eine Mitteilung für Sie", sagt Sir Leicester, sucht den Brief hervor und entfaltet ihn. „Wir machten gerade halt, um die Pferde zu wechseln, als ich an sein Postskript kam, und darüber habe ich es vergessen. Entschuldigen Sie bitte! Er schreibt" – Sir Leicester braucht so lang, um das Augenglas herauszunehmen und aufzusetzen, daß ihn Mylady etwas gereizt anschaut –, „er schreibt: ‚Hinsichtlich des Wegerechts –' Verzeihung, das war es nicht. Er schreibt – ja, hier ist's. Er schreibt: ‚Ich bitte, mich Mylady, der die Veränderung hoffentlich wohlgetan hat, respektvoll zu empfehlen. Wollen Sie mir die Gunst erweisen, ihr zu sagen – da es sie vielleicht interessiert –, daß ich ihr bei ihrer Rückkehr etwas über die Person mitzuteilen habe, die die Urkunde in dem Kanzleiprozeß kopiert hat, die ihre Aufmerksamkeit so sehr erregte. Ich habe sie gesehen.'"

Mylady beugt sich vor und schaut zum Fenster hinaus.

„Das ist die Mitteilung", bemerkt Sir Leicester.

„Ich möchte ein wenig gehen", sagt Mylady, die immer noch zum Fenster hinaussieht.

„Gehen?" wiederholt Sir Leicester in erstauntem Ton.

„Ich möchte gern ein wenig gehen", sagt Mylady mit unmißverständlicher Deutlichkeit. „Bitte, lassen Sie den Wagen halten."

Der Wagen hält, der gottergebene Diener springt vom Hintersitz, öffnet die Tür und klappt den Wagentritt herunter, einer ungeduldigen Bewegung der Hand Myladys gehorchend. Mylady steigt so rasch aus und geht so rasch von dannen, daß Sir Leicester bei all seiner peinlich gewissenhaften Höflichkeit außerstande ist, ihr den Arm zu reichen, und zurückbleibt. Ein oder zwei Minuten vergehen, bevor er sie einholt. Sie lächelt, sieht sehr schön aus, nimmt seinen Arm, geht fünf Minuten lang, ist sehr gelangweilt und nimmt ihren Sitz im Wagen wieder ein.

Das Gerassel und Geklapper geht fast drei Tage lang weiter mit mehr oder weniger Schellengeläut und Peitschenknall und mehr oder weniger Aufbäumen der Zentauren und der Handpferde. Die feierliche Höflichkeit der beiden Reisenden gegeneinander ist in den Hotels, wo sie absteigen, Gegenstand allgemeiner Bewunderung. „Obgleich Mylord ein wenig alt für Mylady ist", sagt Madame, die Wirtin „Zum goldenen Affen", „und obgleich er ihr liebenswürdiger Vater sein könnte, sieht man doch auf den ersten Blick, daß sie sich lieben." Man sieht, wie Mylord mit dem weißen Haar, den Hut in der Hand, dasteht, um Mylady aus dem Wagen und in den Wagen zu helfen. Man sieht, wie Mylady Mylords Höflichkeit herablassend anerkennt, indem sie ihr anmutiges Haupt neigt und ihm ihre vornehmen Fingerspitzen überläßt! Es ist entzückend!

Das Meer weiß große Männer nicht zu würdigen, sondern schüttelt sie genauso herum wie die kleinen Gründlinge. Es geht stets hart um mit Sir Leicester, auf dessen Gesicht es grüne Flecken malt wie auf Salbeikäse und in dessen aristokratischer Konstitution es eine erschreckliche Revolution hervorruft. Es ist für ihn der Anarchist in der Natur. Gleichwohl überwindet seine Würde auch das Meer nach einer kurzen Erholungspause, und er reist mit Mylady weiter nach Chesney Wold und bleibt auf dem Weg nach Lincolnshire nur eine Nacht in London.

Durch denselben kalten Sonnenschein – um so kälter, je mehr sich der Tag neigt – und durch denselben scharfen Wind – um so schärfer, je mehr die getrennten Schatten der kahlen Bäume in den Wäldern ineinanderfließen und je mehr sich der Geisterweg, dessen westliches Ende jetzt noch eine Feuergarbe am Himmel trifft, auf die sinkende Nacht einstellt – fahren sie in den Park ein. Die Krähen in ihren luftigen Häusern in der Ulmenallee scheinen die Frage zu erörtern, wer in dem unten vorbeirollenden Wagen sitze; einige sind darüber einig, daß Sir Leicester und Mylady angekommen seien, andere suchen Unzufriedene zu überzeugen, die das nicht zugeben wollen. Bald sind alle bereit, die Frage als abgetan zu betrachten, bald brechen alle wieder in heftigen Streit aus, angeregt durch einen hartnäckigen, schläfrigen Vogel, der durchaus noch ein letztes, widersprechendes Krah dazugeben will. Der Reisewagen läßt sie sich wiegen und zetern und rollt auf das Haus zu, wo durch einige Fenster warme Feuer scheinen, obgleich nicht durch so viele, daß sie der dunklen, massigen Front den Anstrich des Bewohntseins geben. Aber der glänzende, hochvornehme Kreis wird es bald tun.

Mrs. Rouncewell steht bereit und empfängt Sir Leicesters üblichen Händedruck mit einem tiefen Knicks.

„Wie geht's, Mrs. Rouncewell? Es freut mich, Sie zu sehen."

„Ich hoffe, ich habe die Ehre, Sie bei guter Gesundheit zu begrüßen, Sir Leicester?"

„Bei vortrefflicher Gesundheit, Mrs. Rouncewell."

„Mylady sieht entzückend wohl aus", sagt Mrs. Rouncewell mit einem zweiten Knicks.

Mylady gibt, ohne viele Worte zu vergeuden, zu verstehen, daß sie sich so langweilig wohl befinde, wie sie nur hoffen könne.

Aber Rosa steht etwas abseits, hinter der Wirtschafterin, und Mylady, die das schnelle Beobachten nicht verlernt hat, was sie auch sonst abgetan haben mag, fragt: „Wer ist das Mädchen?"

„Eine junge Schülerin von mir, Mylady. Rosa."

„Kommen Sie her, Rosa!" Lady Dedlock winkt ihr, sogar mit einem Schein von Interesse. „Wissen Sie, wie hübsch Sie sind, mein Kind?" sagt sie und berührt ihre Schultern mit zwei Fingern.

Sehr beschämt sagt Rosa: „Nein, wenn Sie erlauben, Mylady!" Sie blickt empor, blickt wieder zu Boden und weiß nicht, wohin sie blicken soll, sieht aber dabei nur um so hübscher aus.

„Wie alt sind Sie?"

„Neunzehn, Mylady."

„Neunzehn", wiederholt Mylady nachdenklich. „Nehmen Sie sich in acht, daß man Ihnen nicht durch Schmeichelei den Kopf verdreht."

„Ja, Mylady."

Mylady berührt Rosas Grübchenwange mit ihren zarten, behandschuhten Fingern und geht weiter bis an den Fuß der eichenen Treppe, wo Sir Leicester als ritterlicher Geleitsmann ihrer harrt. Ein alter Dedlock mit stieren Augen, auf dem Bild so groß wie im Leben und ebenso schläfrig, sieht aus, als wüßte er nichts damit anzufangen, was wahrscheinlich sein gewöhnlicher Geisteszustand in den Tagen der Königin Elizabeth war.

Den ganzen Abend über kann Rosa im Zimmer der Wirtschafterin nur immer wieder Lobreden auf Lady Dedlock murmeln. Sie ist so leutselig, so anmutig, so schön, so elegant; sie hat eine so liebliche Stimme, und ihre Berührung durchzuckt einen so, daß Rosa sie immer noch fühlt. Mrs. Rouncewell bestätigt das alles nicht ohne persönlichen Stolz; nur bei dem einen Punkt Leutseligkeit macht sie Vorbehalte. Mrs. Rouncewell weiß das nicht ganz so gewiß. Der Himmel verhüte, daß sie auch nur eine Silbe zum Nachteil eines Mitglieds dieser vortrefflichen Familie sagen sollte, besonders über Mylady, die alle Welt bewundert. Aber wenn Mylady nur „ein wenig ungezwungener" sein wollte, nicht ganz so kalt und rangbewußt, meint Mrs. Rouncewell, dann wäre sie leutseliger.

„Es ist fast schade", setzt Mrs. Rouncewell hinzu – nur „fast", weil es an Gottlosigkeit grenzt, zu denken, es könnte an einem so unverkennbaren Werk der Vorsehung wie den Lebensverhältnissen der Dedlocks etwas besser eingerichtet sein, als es ist –, „daß Mylady keine Familie hat. Wenn sie jetzt eine Tochter hätte, eine erwachsene, junge Dame, die ihr nahestünde, so besäße sie, glaube ich, die einzige Vortrefflichkeit, die ihr noch fehlt."

„Wäre dann ihr Stolz nicht vielleicht noch größer, Großmutter?" sagt Watt, der zu Hause gewesen und wiedergekommen ist, ein so guter Enkel ist er.

„Größer und am größten, lieber Watt", entgegnet die Wirtschafterin mit Würde, „sind Worte, die ich in Anwendung auf einen Mangel Myladys weder gebrauchen noch anhören darf."

„Verzeih, Großmutter. Aber stolz ist sie, nicht wahr?"

„Wenn sie es ist, hat sie Grund, es zu sein. Die Familie Dedlock hat stets Grund, stolz zu sein."

„Nun", sagt Watt, „so muß man hoffen, daß sie aus ihrem Gebetbuch eine gewisse Stelle für die gemeinen Leute über Stolz und Eitelkeit ausstreichen. – Verzeihung, Großmutter! Es ist nur Spaß!"

„Es schickt sich nicht, lieber Watt, über Sir Leicester und Lady Dedlock zu spaßen."

„Sir Leicester ist jedenfalls kein Spaß", sagt Watt; „und ich bitte ihn demütig um Verzeihung. Ich hoffe, Großmutter, daß auch die Anwesenheit der Familie und ihrer Gäste hier für mich kein Hindernis ist, noch ein paar Tage, wie jeder andere Reisende, im Gasthof zu bleiben?"

„Nicht im mindesten, Kind."

„Das freut mich", sagt Watt, „weil ich – weil ich ein unwiderstehliches Verlangen fühle, meine Bekanntschaft mit dieser schönen Nachbarschaft zu erweitern."

Er sieht dabei zufällig Rosa an, die die Augen senkt; sie ist wirklich sehr schüchtern. Aber nach dem alten Aberglauben sollten Rosas Ohren brennen, nicht ihre frischen Wangen; denn Myladys Kammerzofe predigt in diesem Augenblick über sie mit wunderbarer Energie.

Myladys Kammerzofe ist eine Französin von zweiunddreißig Jahren, irgendwoher aus den südlichen Provinzen um Avignon und Marseille herum, ein braunes Weib mit großen Augen und schwarzem Haar; sie wäre hübsch ohne den etwas katzenhaften Mund und eine gewisse unbehagliche Gespanntheit der Gesichtszüge, die die Kinnpartie zu gierig macht und den Vorderkopf zu sehr hervortreten läßt. Ihr ganzer Körper hat etwas unbeschreiblich Scharfes und Hageres; sie hat eine lauernde Art, aus ihren Augenwinkeln zu schielen, ohne den Kopf zu drehen, die man gern entbehren würde, besonders wenn sie bei übler Laune und in der Nähe von Messern ist. Trotz allem guten Geschmack in Kleidung und Putz machen sich diese Eigenheiten so fühlbar, daß sie wie eine sehr saubere, nicht vollkommen gezähmte Wölfin herumzugehen scheint. Außer daß sie in allen Kenntnissen ihres Postens wohlerfahren ist, spricht sie auch noch Englisch fast wie eine Engländerin, und es fehlt ihr daher nicht an Worten, um Rosa mit ihrem Zorn zu überschütten, weil sie Myladys Aufmerksamkeit erregt hat. Sie stößt sie beim Essen mit so grimmigem Hohn hervor, daß sich der gottergebene Diener, der ihr Gesellschaft leistet, recht erleichtert fühlt, als sie wieder zum Löffel greift.

Hahaha! Sie, Hortense, ist seit fünf Jahren in Myladys Diensten und hat immer den Abstand wahren müssen, aber diese Puppe wird geliebkost! – ja, geliebkost! – kaum daß Mylady dem Wagen entstiegen ist, hahaha! „Wissen Sie, wie hübsch Sie sind, mein Kind?" – „Nein, Mylady!" – Da hat sie recht! „Und wie alt sind Sie, mein Kind? Und nehmen Sie sich in acht, daß man Ihnen nicht durch Schmeicheleien den Kopf verdreht!" O wie drollig! Das ist das allerschönste!

Kurz, es ist so wunderbar, daß Mademoiselle Hortense es gar nicht vergessen kann, sondern sich noch tagelang bei Tisch, selbst unter ihren Landsleuten und anderen Zofen, die mit der Schar der Gäste kommen, wieder dem stillen Genuß des Spaßes überläßt, einem Genuß, der sich in der ihr eigentümlichen, freundlichen Weise durch erhöhte Gespanntheit der Züge, eine schmale Verlängerung der zusammengekniffenen Lippen und einen schiefen Blick ausdrückt; diese innige Hingabe an den Humor spiegelt sich häufig in Myladys Spiegeln, wenn sie selbst nicht da ist.

Sämtliche Spiegel im Haus sind jetzt in Anspruch genommen, viele von ihnen nach langer Ruhe. Es spiegeln sich in ihnen schöne Gesichter, geziert lächelnde Gesichter, jugendliche Gesichter, Gesichter von siebzig Jahren, die durchaus nicht alt sein wollen: die ganze Sammlung von Gesichtern, die ein oder zwei Januarwochen in Chesney Wold zubringen wollen und die die Modepresse, dieser gewaltige Jäger vor dem Herrn, mit scharfer Witterung verfolgt, von ihrem ersten Auftauchen am Hof von Saint James bis zu ihrem Niederbrechen im Tod. Der Edelsitz in Lincolnshire ist voll Leben. Bei Tag hört man Schüsse und Stimmen in den Wäldern schallen, Reiter und Wagen beleben die Parkwege, Bediente mit und ohne Livree füllen das Dorf und das Wirtshaus. Wenn man nachts von entfernten Waldlichtungen aus die Fensterreihe im langen Salon erblickt, wo Myladys Bild über dem großen Kamin hängt, gleicht sie einer Reihe von Juwelen in schwarzer Fassung. Sonntags wird die kleine, kalte Kirche fast erwärmt von so viel hoher Gesellschaft, und der durchdringende Geruch des Dedlockstaubes wird von zartem Parfüm erstickt.

Der glänzende, hochvornehme Kreis umfaßt keine geringe Summe von Erziehung, Verstand, Mut, Ehre, Schönheit und Tugend. Und doch leidet er an einem kleinen Mangel, trotz seiner unermeßlichen Vorzüge. Was kann das sein?

Etwa Dandytum? Da ist – leider! – kein König Georg IV. mehr da, um die Dandymode durchzusetzen; es gibt keine gestärkten Halstücher mehr, keine Röcke mit kurzen Taillen, keine falschen Waden, keine Schnürleiber. Die lebenden Karikaturen weibisch gekleideter Lebemänner, die in der Opernloge im Übermaß des Entzückens in Ohnmacht fallen und von anderen zimperlichen Geschöpfen, die ihnen langhalsige Riechfläschchen an die Nase halten, wieder ins Leben gebracht werden, sind verschwunden. Kein Beau ist mehr da, der vier Männer braucht, die ihn in seine Buckskinhosen schütteln, oder der zu allen Hinrichtungen geht oder den Gewissensbisse quälen, weil er einmal eine Erbse gegessen hat. Aber ist vielleicht doch Dandytum in dem glänzenden, hochvornehmen Kreis, Dandytum einer schädlicheren Art, das unter der Oberfläche haust und weniger harmlose Dinge treibt, als sich mit gerollten Halstüchern zu schmücken und die eigene Verdauung zu hindern, wogegen kein vernünftiger Mensch besondere Einwendungen machen muß?

Jawohl. Es läßt sich nicht verhehlen. In dieser Januarwoche weilen wirklich einige modische Damen und Herren in Chesney Wold, die ein Dandytum eingeführt haben – in der Religion zum Beispiel; die in bloßer zierbengelhafter Sehnsucht nach Gemütsbewegung bei einer kleinen Dandyplauderei dahin übereingekommen sind, daß es dem gemeinen Volk an Glauben im allgemeinen fehle; sie meinen damit den Glauben an die Dinge, die es geprüft und mangelhaft gefunden hat, als ob es unerklärlich wäre, daß ein Mensch der niederen Klasse den Glauben an einen schlechten Schilling verliert, wenn er ihn als falsch erkannt hat! Es sind Leute, die das gemeine Volk sehr malerisch und gläubig machen möchten, indem sie die Zeiger auf der Uhr der Zeit zurückdrehen und ein paar hundert Jahre aus der Geschichte streichen.

Es gibt auch Damen und Herren nach einer anderen Mode, die nicht so neu, aber sehr elegant ist; sie sind übereingekommen, einen glatten Firnis über die Welt zu legen und alle Wirklichkeit dadurch zu vertuschen. Für sie muß alles schmachtend und niedlich sein. Sie haben gefunden, wo es beständig fehlt. Sie dürfen über nichts weinen und über nichts lachen. Sie dürfen sich nicht durch Ideen stören lassen. Ihnen müssen sogar die schönen Künste gepudert und rückwärts schreitend wie der Lordkämmerer nahen, müssen die Putzmacher- und Schneidermodelle früherer Jahrhunderte anziehen und besonders darauf achten, nicht ernst zu sein oder sich vom Geist der Gegenwart anstecken zu lassen.

Dann haben wir da Lord Boodle, der bei seiner Partei großen Ruf hat, der weiß, was es heißt, Minister zu sein, und der Sir Leicester Dedlock nach Tisch mit großem Ernst versichert, daß er wirklich nicht wisse, wo die gegenwärtige Zeit hinaus wolle.

Eine Debatte sei nicht mehr, was sie früher zu sein pflegte; das Unterhaus sei nicht mehr, was es war; selbst ein Kabinett sei jetzt ganz anders als früher. Er sehe mit Erstaunen, daß, wenn das gegenwärtige Ministerium gestürzt werde, die Krone bei der Bildung eines neuen Kabinetts in ihrer Wahl auf Lord Coodle oder Sir Thomas Doodle beschränkt sei – vorausgesetzt, daß es für den Herzog von Foodle ausgeschlossen sei, mit Lord Goodle zusammenzuarbeiten, was man nach dem Bruch, der sich aus der Sache mit Hoodle ergeben habe, annehmen könne. Wenn man nun das Ministerium des Inneren und die Leitung im Unterhaus Joodle überlasse, das Schatzamt Koodle, die Kolonien Loodle und das Auswärtige Amt Moodle, was solle dann mit Noodle geschehen? Den Vorsitz im Staatsrat könne man ihm nicht anbieten, den solle Poodle bekommen. Die Domänen und öffentlichen Bauten könne man ihm nicht zumuten, die seien kaum genug für Quoodle. Was folgt daraus? Daß das Vaterland zugrunde geht, wie es dem Patriotismus Sir Leicester Dedlocks klarwird, weil man keine Stelle für Noodle hat.

Auf der anderen Seite beweist der sehr ehrenwerte William Buffy, Parlamentsmitglied, quer über die Tafel hinweg einem anderen Gast, daß der Untergang des Vaterlandes – über den kein Zweifel besteht, nur die Art und Weise ist fraglich – Cuffy zuzuschreiben sei. Wenn man Cuffy behandelt hätte, wie man ihn hätte behandeln sollen, als er ins Parlament eintrat, und ihn gehindert hätte, zu Duffy überzugehen, so hätte man ihn in Verbindung mit Fuffy gebracht, hätte die gewichtige Unterstützung eines so gewandten Debattenredners wie Guffy erlangt, wäre bei den Wahlen durch den Reichtum Huffys unterstützt worden, hätte für drei Grafschaften Juffy, Kuffy und Luffy ins Parlament gebracht und hätte das Ministerium durch die amtliche Erfahrung und die Geschäftsgewandtheit Muffys gekräftigt. Statt dessen hänge man jetzt von der bloßen Laune Puffys ab.

Über diesen Punkt und über einige untergeordnete Fragen bestehen Meinungsverschiedenheiten; aber es ist dem glänzenden, hochvornehmen Kreis vollkommen klar, daß es sich um niemand handelt als um Boodle und seine Partei und um Buffy und seine Partei. Das sind die großen Akteure, für die allein die Bühne da ist. Allerdings ist auch noch ein Volk vorhanden – eine große Anzahl Überflüssiger, die gelegentlich angeredet werden und die Hochrufe und den Chor liefern müssen wie auf der Theaterbühne. Aber Boodle und Buffy, ihre Anhänger und

Familien, ihre Erben, Testamentsvollstrecker, Administratoren und Kuratoren sind die geborenen Heldendarsteller, Leiter und Chorführer, und in alle Ewigkeit darf kein anderer auf der Bühne erscheinen.

Auch in dieser Hinsicht herrscht in Chesney Wold vielleicht mehr Dandytum, als dem glänzenden, hochvornehmen Kreis auf die Dauer guttun wird. Denn es ist selbst mit den ruhigsten und höflichsten Kreisen so wie mit dem Kreis, den der Zauberer um sich zieht: man sieht außerhalb des Kreises seltsame Erscheinungen in Bewegung, nur mit dem Unterschied, daß die Gefahr, sie könnten in den Kreis einbrechen, größer ist, da sie Wirklichkeiten und keine Phantome sind.

Chesney Wold ist jedenfalls übervoll; so voll, daß bei schlecht untergebrachten Zofen ein brennendes Gefühl der Zurücksetzung entsteht, das sich nicht auslöschen läßt. Nur ein Zimmer steht leer. Es ist ein drittrangiges Turmzimmer, einfach, aber behaglich ausgestattet, von altmodischem, etwas geschäftsmäßigem Aussehen. Es ist Mr. Tulkinghorns Zimmer, das nie einem anderen eingeräumt wird, denn er kann zu jeder Zeit kommen. Er ist jetzt noch nicht da. Es ist seine stille Gewohnheit, bei schönem Wetter vom Dorf her durch den Park zu gehen, in diesem Zimmer zu erscheinen, als wenn er es seit seinem letzten Aufenthalt nie verlassen hätte, einen Diener zu beauftragen, Sir Leicester von seiner Ankunft zu benachrichtigen, falls man seiner bedürfen sollte, und zehn Minuten vor Tisch im Schatten der Bibliothekstür zu erscheinen. Er schläft in seinem Turm mit einem kreischenden Flaggenstock über seinem Haupt, und vor seinem Fenster dehnt sich ein flaches Bleidach, auf dem man an manch schönem Morgen seine schwarze Gestalt vor dem Frühstück herumspazieren sehen kann wie eine Art große Krähe.

Jeden Tag vor dem Essen sieht sich Mylady in der Dämmerung der Bibliothek nach ihm um, aber er ist nicht da. Jeden Tag beim Essen wirft Mylady einen Blick zum unteren Ende der Tafel und sucht den leeren Platz, der ihn erwarten würde, wenn er eben angekommen wäre; aber es ist kein leerer Platz da. Jeden Abend fragt Mylady zufällig ihre Zofe: „Ist Mr. Tulkinghorn da?"

Jeden Abend lautet die Antwort: „Nein, Mylady, noch nicht."

Eines Abends, während Mylady mit offenem Haar dasitzt, verliert sie sich nach dieser Antwort in tiefe Gedanken, bis sie im Spiegel gegenüber ihr sinnendes Gesicht und dahinter ein Paar scharf beobachtende schwarze Augen erblickt.

„Bitte kümmern Sie sich um Ihre Aufgaben", sagt Mylady jetzt zu dem Spiegelbild Hortenses. „Sie können Ihre Schönheit zu einer anderen Zeit bewundern."

„Verzeihung, ich bewundere Myladys Schönheit."

„Die brauchen Sie gar nicht zu bewundern."

Endlich eines Nachmittags, kurz vor Sonnenuntergang, als sich die bunten Gruppen, die in den letzten paar Stunden den Geisterweg belebten, alle zerstreut haben und nur Sir Leicester und Mylady noch auf der Terrasse weilen, erscheint Mr. Tulkinghorn. Er nähert sich ihnen mit seinem gewöhnlichen gemessenen Schritt, der nie schneller und nie langsamer wird. Er trägt seine gewöhnliche ausdruckslose Maske – wenn es eine Maske ist – und verwahrt Familiengeheimnisse in jedem Glied seines Körpers und in jeder Falte seines Anzugs. Ob seine ganze Seele den Großen der Erde gewidmet ist oder ob er ihnen nichts gibt als die bezahlten Dienstleistungen, ist sein persönliches Geheimnis. Er hütet es, wie er die Geheimnisse seiner Klienten hütet; er ist hierin sein eigener Klient und wird sich nie verraten.

„Wie geht es Ihnen, Mr. Tulkinghorn?" sagt Sir Leicester und reicht ihm die Hand.

Mr. Tulkinghorn geht es gut. Auch Sir Leicester geht es gut. Mylady ebenfalls. Alles höchst zufriedenstellend. Der Advokat geht, die Hände auf dem Rücken, neben Sir Leicester auf der Terrasse auf und ab. Mylady geht auf der anderen Seite.

„Wir erwarteten Sie schon früher", sagt Sir Leicester. Eine gnädige Bemerkung, als wollte er sagen: „Mr. Tulkinghorn, wir denken an Sie, selbst wenn Sie nicht hier sind, um uns durch Ihre Anwesenheit an Sie zu erinnern. Sie sehen, wir widmen Ihnen ein Stück unseres Denkens."

Mr. Tulkinghorn fühlt das, neigt das Haupt und sagt: „Danke verbindlichst. Ich wäre eher gekommen, wenn mich nicht die verschiedenen Prozesse zwischen Ihnen und Boythorn so sehr beansprucht hätten."

„Ein Mann von sehr zügellosem Charakter", bemerkt Sir Leicester streng. „Ein außerordentlich gefährlicher Mann für jede menschliche Gemeinschaft. Ein Mann von sehr gemeiner Gemütsart."

„Er ist hartnäckig", sagt Mr. Tulkinghorn.

„Es ist ganz natürlich, daß ein solcher Mann hartnäckig ist", sagt Sir Leicester und macht selbst ein höchst hartnäckiges Gesicht. „Ich wundere mich gar nicht darüber."

„Die einzige Frage ist", fährt der Advokat fort, „ob Sie etwas nachgeben wollen."

„Nein, Sir", entgegnet Sir Leicester. „Nichts. Ich nachgeben?"

„Ich meine keinen Punkt von Wichtigkeit. Natürlich würden Sie darin nicht nachgeben, das weiß ich. Ich meine in einem unbedeutenden Punkt."

„Mr. Tulkinghorn", erwidert Sir Leicester, „es kann zwischen mir und Mr. Boythorn keinen unbedeutenden Punkt geben. Wenn ich weitergehe und bemerke, daß ich schwer begreifen kann, wie irgendeines meiner Rechte ein unbedeutender Punkt sein kann, so spreche ich nicht so sehr von mir als Individuum, sondern von der Stellung der Familie, die aufrechtzuerhalten mir obliegt."

Mr. Tulkinghorn neigt wieder das Haupt. „Ich habe jetzt meine Instruktionen", sagt er. „Mr. Boythorn wird uns viel Ungelegenheiten machen."

„Es ist das Vorrecht eines solchen Charakters, Mr. Tulkinghorn", unterbricht ihn Sir Leicester, „Ungelegenheiten zu machen. Ein ausnehmend übelgesinnter Gleichmacher und Aufrührer. Ein Mensch, den man vor fünfzig Jahren wahrscheinlich in Old Bailey als Demagogen vor Gericht gestellt und streng bestraft – wenn nicht", setzt Sir Leicester nach kurzer Pause hinzu, „gehenkt und geviertteilt hätte."

Sir Leicester befreit sichtlich seine stolze Brust von einer Bürde, indem er dieses Todesurteil ausspricht, als ob dies das Zweitbeste nächst Vollstreckung wäre.

„Aber es wird dunkel", sagt er, „und Mylady wird sich erkälten. Meine Liebe, wir wollen hineingehen."

Als sie sich der Tür der Halle zuwenden, redet Lady Dedlock Mr. Tulkinghorn zum erstenmal an.

„Sie ließen mir etwas über die Person sagen, nach deren Handschrift ich mich beiläufig erkundigte. Es sieht Ihnen ganz ähnlich, diese Kleinigkeit im Gedächtnis zu behalten; ich hatte sie ganz vergessen. Ihr Brief erinnerte mich wieder daran. Ich kann mir nicht vorstellen, welche Gedankenverbindung eine solche Handschrift in mir herstellte, aber jedenfalls ergab sich eine."

„Eine Gedankenverbindung?" wiederholt Mr. Tulkinghorn.

„O ja!" sagt Mylady leichthin. „Ich glaube, so etwas muß es gewesen sein. Und Sie haben sich also wirklich die Mühe gemacht, den Schreiber dieses Dings – was war es gleich! – eine Urkunde? – zu finden?"

„Jawohl."

„Wie seltsam!"

Sie treten in ein dunkles Frühstückszimmer im Erdgeschoß, das tagsüber von zwei tiefen Fenstern erhellt ist. Jetzt herrscht hier Zwielicht. Das Feuer glänzt hell an der getäfelten Wand und blässer an den Fensterscheiben, wo durch das kalte Spiegelbild des Feuers hindurch die noch kältere Landschaft im Winde zittert und ein grauer Nebel dahinkriecht: der einzige Wanderer außer dem Wolkenheer.

Mylady ruht in einem großen Lehnstuhl in der Kaminecke, und Sir Leicester nimmt in einem anderen großen Stuhl ihr gegenüber Platz. Der Advokat steht am Fenster, die Hand auf Armlänge ausgestreckt, um sein Gesicht zu beschatten; über den Arm hinweg schaut er zu Mylady hinüber.

„Ja", sagt er, „ich erkundigte mich nach dem Mann und fand ihn; und was das seltsamste ist, ich fand –"

„Daß er durchaus keine ungewöhnliche Person war, fürchte ich!" unterbricht ihn Lady Dedlock lässig.

„Ich fand ihn tot."

„O Gott!" wehrt Sir Leicester ab, erschüttert nicht so sehr von der Tatsache wie davon, daß sie erwähnt wird.

„Man wies mich zu seiner Wohnung, einem elenden, armseligen Loch, und ich fand ihn tot."

„Entschuldigen Sie, Mr. Tulkinghorn", bemerkt Sir Leicester. „Ich glaube, je weniger davon gesprochen wird –"

„Bitte, Sir Leicester, lassen Sie mich die Geschichte zu Ende hören", widerspricht Mylady. „Sie paßt vortrefflich zur Dämmerstunde. Wie schrecklich! Tot?"

Mr. Tulkinghorn bestätigt es noch einmal durch ein Nicken. „Ob durch eigene Hand –"

„Bei meiner Ehre!" ruft Sir Leicester. „Wahrhaftig –"

„Lassen Sie mich doch die Geschichte hören", sagt Mylady.

„Wie Sie wünschen, meine Liebe. Aber ich muß sagen –"

„Nein, Sie dürfen nichts sagen! – Weiter, Mr. Tulkinghorn."

Sir Leicesters Galanterie gibt nach, obwohl er immer noch das Gefühl hat, solch greuliche Sachen vor vornehme Ohren zu bringen, sei wirklich – wirklich –

„Ich wollte sagen", fängt der Anwalt mit unerschütterlicher Ruhe wieder an, „daß ich außerstande bin, Ihnen zu sagen, ob er von eigener Hand gestorben ist oder nicht. Ich sollte jedoch diesen Ausdruck verbessern und sagen, daß er unzweifelhaft durch eigenes Tun gestorben ist, nur wird es immer fraglich bleiben, ob es in bewußter Absicht oder durch einen Mißgriff geschah. Die Totenschau sprach sich dahin aus, er habe sich durch Zufall vergiftet."

„Und was für ein Mensch war dieses beklagenswerte Geschöpf?" fragt Mylady.

„Das ist schwer zu sagen", entgegnet der Advokat kopfschüttelnd. „Er hat in so jämmerlichen Verhältnissen gelebt und sah mit seiner zigeunerhaften Gesichtsfarbe und seinem verwilderten, schwarzen Haar und Bart so vernachlässigt aus, daß ich ihn für den Niedrigsten der Niederen hätte halten mögen. Der Arzt dagegen war der Meinung, daß er dem Äußeren und dem Stande nach früher etwas Besseres gewesen sei."

„Wie hieß der arme Mensch?"

„Sie nannten ihn, wie er sich selbst nannte, aber niemand wußte seinen wirklichen Namen."

„Auch keiner von denen, die ihn in der Krankheit gepflegt hatten?"

„Es hatte ihn niemand gepflegt. Man fand ihn tot. Oder vielmehr, ich fand ihn tot."

„Ohne jeden Anhaltspunkt, um mehr zu erfahren?"

„Ohne alles; es war", sagt der Advokat nachsinnend, „ein alter Mantelsack vorhanden, aber – nein, es fanden sich keine Papiere vor."

Bei jedem Wort dieses kurzen Zwiegesprächs sehen Lady Dedlock und Mr. Tulkinghorn einander fest an ohne eine andere Veränderung in ihrem gewöhnlichen Benehmen, als sie bei Besprechung eines so ungewöhnlichen Gegenstandes vielleicht natürlich ist. Sir Leicester hat ins Feuer gesehen mit dem gewöhnlichen Ausdruck der Dedlocks im Treppenhaus. Sowie die Geschichte zu Ende ist, erneuert er seinen vornehmen Protest, indem er sagt, da es ganz klar sei, daß der arme Teufel in Myladys Seele unmöglich Erinnerungen erwecken könne, außer er hätte etwa Bettelbriefe geschrieben, so hoffe er, von einem Menschen, der Myladys Stellung so weit entrückt sei, nichts weiter zu hören.

„Allerdings eine Schauergeschichte", sagt Mylady und rafft ihre Mäntel und Pelze zusammen; „aber für einen Augenblick fesselt sie doch. Bitte, Mr. Tulkinghorn, öffnen Sie mir die Tür."

Mr. Tulkinghorn tut das ehrerbietig und hält die Tür offen, während sie hinausgeht. Sie geht mit ihrer gewöhnlichen abgespannten Miene und hochfahrenden Schönheit dicht an ihm vorüber. Sie begegnen sich wieder an der Tafel – auch den nächsten Tag – und viele Tage nacheinander. Lady Dedlock ist immer dieselbe erschöpfte Göttin, umgeben von Anbetern und schrecklich der Gefahr ausgesetzt, sich zu Tode zu langweilen, selbst wenn sie auf ihrem eigenen Altar thront. Mr. Tulkinghorn bleibt immer dieselbe stumme Verwahrungsstätte hochadliger Vertrauenssachen, so seltsam fehl am Platz und doch so vollkommen zu Hause. Sie scheinen so wenig Rücksicht aufeinander zu nehmen, wie zwei Leute innerhalb derselben Mauern nur überhaupt nehmen können. Aber ob jeder den anderen beobachtet und verdächtigt, daß er etwas Wichtiges verberge; ob jeder an allen Ecken und Enden gegen den anderen gerüstet ist, um sich nie überrumpeln zu lassen; was jeder gäbe, um zu wissen, wieviel der andere weiß – all das liegt für jetzt in ihrem tiefsten Herzen verborgen.

13. KAPITEL

Esthers Erzählung

Wir berieten oft darüber, was Richard werden solle; zuerst ohne Mr. Jarndyce, wie er gewünscht hatte, dann mit ihm; aber es dauerte lange, bis wir Fortschritte zu machen schienen. Richard erklärte, er sei zu allem bereit. Wenn Mr. Jarndyce die Befürchtung äußerte, er könne schon zu alt sein, um bei der Flotte Dienst zu nehmen, so sagte Richard, daran habe er auch schon gedacht, und es sei leicht möglich. Wenn Mr. Jarndyce ihn fragte, was er von der Armee halte, so sagte Richard, er habe auch schon daran gedacht, und es sei kein schlechter Einfall. Wenn Mr. Jarndyce ihm riet, sich selbst darüber klarzuwerden, ob seine alte Vorliebe für die See nur eine alltägliche, knabenhafte Neigung oder ein starker innerer Antrieb sei, so antwortete Richard, er habe sich die Frage schon oft vorgelegt, könne es aber nicht feststellen.

„Wieviel von dieser Unentschiedenheit des Charakters", sagte Mr. Jarndyce zu mir, „der unfaßbaren inneren Unsicherheit und Zauderei zuzuschreiben ist, mit der er von Geburt an belastet ist, wage ich nicht zu sagen; aber daß das Kanzleigericht außer seinen anderen Sünden auch für einen Teil davon verantwortlich ist, kann ich deutlich sehen. Es hat in ihm die Gewohnheit erzeugt oder verstärkt, alles hinauszuschieben und sich auf diesen oder jenen Zufall zu verlassen, ohne zu wissen, auf welchen, und alles unerledigt, ungewiß und verwirrt liegen zu lassen. Kann doch selbst der Charakter viel älterer und gesetzterer Personen durch die Verhältnisse, die sie umgeben, verändert werden. Es wäre zuviel verlangt, daß der Charakter eines Jungen, der noch im Werden begriffen ist, solchen Einflüssen ausgesetzt und doch gegen sie gefeit sein solle."

Ich fühlte, daß das wahr sei, wiewohl es mir – wenn ich erwähnen darf, was ich mir nebenher dachte – beklagenswert schien, daß Richards Erziehung dem nicht entgegengewirkt oder seinen Charakter geformt hatte. Er war acht Jahre auf der Schule gewesen und hatte, wie ich hörte, lateinische Verse aller Art mit bewundernswerter Geschicklichkeit anfertigen gelernt; aber nie habe ich gehört, daß sich jemand Mühe gegeben hätte, zu erfahren, wohin seine natürliche Neigung gehe, wo seine Schwächen lägen oder welche Lehrweise zu ihm passe. Er war den Versen angepaßt worden und hatte diese Kunst zu solcher Vollkommenheit entwickelt, daß er, wenn er bis zur Mündigkeit auf der Schule geblieben wäre, nur immer und immer wieder Verse hätte fabrizieren können, falls er nicht seine Bildung dadurch erweitert hätte, daß er vergaß, wie sie herzustellen seien. Aber obwohl ich nicht zweifelte, daß sie sehr schön, sehr nützlich und völlig für manche Lebenszwecke ausreichend seien und das ganze Leben lang im Gedächtnis blieben, wußte ich doch nicht, ob es nicht Richard mehr zum Nutzen gereicht hätte, wenn sich jemand ein wenig mit ihm befaßt hätte, statt daß er sich so ausgiebig mit den Versen befaßte.

Allerdings verstand ich nichts von der Sache und weiß auch jetzt noch nicht, ob die jungen Männer im klassischen Rom oder Griechenland im selben Ausmaß Verse gemacht haben, oder ob es die jungen Männer in irgendeinem anderen Land taten.

„Ich kann mir durchaus nicht vorstellen, was ich werden möchte", sagte Richard nachdenklich. „Gewiß weiß ich nur, daß ich nicht Geistlicher werden mag, aber sonst ist es mir einerlei."

„Hast du keine Neigung zu Mr. Kenges Beruf?" meinte Mr. Jarndyce.

„Ich weiß es nicht, Sir", erwiderte Richard. „Ich rudere sehr gern. Advokatenlehrlinge fahren viel auf dem Wasser. Ein ausgezeichneter Beruf!"

„Chirurg –" meinte Mr. Jarndyce.

„Das ist nicht übel, Sir!" rief Richard.
Ich zweifle, ob er je zuvor daran gedacht hatte.
„Das ist das Wahre, Sir!" wiederholte Richard mit größter Begeisterung. „Endlich haben wir's. M.R.S!*"

Er ließ sich durch kein Gelächter davon abbringen, obgleich er selber herzlich darüber lachte. Er sagte, er habe seinen Beruf nun gewählt, und je mehr er darüber nachdenke, desto mehr fühle er, daß seine Bestimmung klar sei: die Heilkunst sei der wahre Beruf für ihn. Ich wurde den Verdacht nicht los, daß er nur deshalb zu diesem Schluß gekommen sei, weil er nie viel Gelegenheit gehabt hatte, selbständig zu entdecken, wozu er sich eigne, und nie dazu angeleitet worden war und nun einfach am neuesten Einfall Geschmack fand und froh war, der Mühe des Nachdenkens enthoben zu sein; ich fragte mich daher, ob lateinische Verse oft damit enden oder ob Richard ein vereinzelter Fall sei.

Mr. Jarndyce gab sich große Mühe, die Frage ernsthaft mit ihm zu besprechen und ihm ans Herz zu legen, sich in einer so wichtigen Sache nichts vorzumachen. Nach solchen Unterredungen war Richard etwas ernster als gewöhnlich, sagte aber stets zu Ada und mir, alles sei in Ordnung, und begann dann von etwas anderem zu sprechen.

„Himmel!" rief Mr. Boythorn, der sich für die Sache sehr interessierte – was ich eigentlich gar nicht zu sagen brauche, denn er tat nichts halb –, „es freut mich, daß sich ein junger Mann von Geist und Herz diesem edlen Beruf widmet. Mit je mehr Herz er betrieben wird, desto besser für die Menschheit und desto schlimmer für diese feilen Handwerker und gemeinen Taschenspieler, die sich ein Vergnügen daraus machen, diese berühmte Kunst in der Welt in Verruf zu bringen. Bei allem, was niedrig und abscheulich ist", rief er, „die Behandlung durch die Chirurgen auf den Schiffen ist so, daß ich jedem Mitglied der Admiralität einen komplizierten Bruch an den Beinen, an beiden Beinen, beibringen und es jedem tüchtigen Arzt bei Strafe der Deportation verbieten möchte, sie wieder einzurichten, wenn dieses System nicht binnen achtundvierzig Stunden anders würde."

„Würden Sie ihnen nicht eine Woche Frist gewähren?" fragte Mr. Jarndyce.

---

* Member of the Royal College of Surgeous = Mitglied des Kgl. Chirurgischen Kollegiums.

„Nein!" rief Mr. Boythorn schroff. „Unter keiner Bedingung! Achtundvierzig Stunden! Und was Körperschaften, Kirchspielbehörden, Gemeinderäte und ähnliche Zusammenkünfte dickköpfiger Kerle betrifft, die sich versammeln, um einander solche Reden zu halten, daß sie, bei Gott, verurteilt werden sollten, den knappen Rest ihres elenden Lebens in Quecksilberbergwerken zu arbeiten, und wäre es auch nur, um zu verhindern, daß ihr armseliges Englisch eine schöne, unter den Augen der Sonne gesprochene Sprache befleckt – ich sage, was diese Kerle betrifft, die den Eifer anständiger Leute, sich in der Wissenschaft zu vervollkommnen, gemeinerweise ausnutzen, um die unschätzbaren Leistungen der besten Jahre ihres Lebens, ihre langen Studien und ihre kostspielige Ausbildung mit einem Lumpengeld zu bezahlen, das für einen bloßen Schreiber zu gering ist, so möchte ich jedem den Hals umdrehen und ihre Schädel in der Halle der Chirurgengesellschaft zur Erbauung des ganzen Standes aufstellen lassen, damit die jüngeren Mitglieder schon früh im Leben durch eigenhändige Messung lernen, wie dick Schädel werden können."

Nach dieser geharnischten Erklärung sah er sich mit höchst freundlichem Lächeln in unserem Kreis um und fing plötzlich an zu donnern: „Hahaha!" und immer so weiter, bis jeder andere menschlichem Ermessen nach von der Anstrengung zu Tode erschöpft gewesen wäre.

Als wiederholte Bedenkzeiten, die ihm Mr. Jarndyce empfohlen hatte, verstrichen waren und Richard immer noch behauptete, seine Wahl stehe fest, und immer noch gleich entschieden Ada und mir versicherte, es sei alles in Ordnung, wurde es notwendig, Mr. Kenge zu Rate zu ziehen. Mr. Kenge kam deshalb eines Tages zum Mittagessen, lehnte sich im Stuhl zurück, drehte sein Augenglas zwischen den Fingern, redete mit sonorer Stimme und machte alles noch genauso, wie ich es als kleines Mädchen an ihm gesehen hatte.

„Ah", sagte Mr. Kenge. „Ja. Hm. Ein sehr guter Beruf, Mr. Jarndyce, ein sehr guter Beruf!"

„Vorbereitung und Studium verlangen anhaltenden Fleiß", bemerkte mein Vormund mit einem Blick auf Richard.

„O ganz gewiß", sagte Mr. Kenge, „großen Fleiß."

„Aber da das mehr oder weniger bei allen Berufen der Fall ist, die etwas wert sind", sagte Mr. Jarndyce, „so ist das kein besonderes Erfordernis, dem man durch eine andere Wahl leicht entgehen könnte."

„Allerdings", sagte Mr. Kenge. „Und Mr. Richard Carstone, der sich in den – darf ich sagen: klassischen Hallen, in denen er seine Jugend verlebt hat, so auszeichnete, wird ohne Zweifel die Gewohnheiten, wenn nicht die Grundsätze und das Verfahren des Versemachens in einer Sprache, die vom Dichter, wenn ich nicht irre, sagt, er werde geboren, nicht gemacht, auch auf den mehr praktischen Wirkungskreis anwenden, in den er jetzt eintritt."

„Sie können sich darauf verlassen", sagte Richard in seiner frischen Art, „daß ich darangehen und mein Bestes tun werde."

„Sehr gut, Mr. Jarndyce", sagte Mr. Kenge und nickte sanft. „Wahrhaftig, wenn uns Mr. Richard versichert, daß er darangehen und sein Bestes tun will" – er nickte bei diesen Ausdrücken mild und gefühlvoll –, „so möchte ich Ihnen erklären, daß wir uns nur noch nach dem besten Weg umzusehen haben, auf dem das Ziel seines Ehrgeizes erreicht werden kann. Das will heißen: Mr. Richard bei einem genügend ausgezeichneten Chirurgen unterzubringen. Hat man schon einen im Auge?"

„Ich wüßte nicht, Rick?" sagte mein Vormund.

„Nein, Sir", antwortete Richard.

„Gut so!" bemerkte Mr. Kenge. „Was also die Stellung betrifft: ist in dieser Beziehung etwas Besonderes zu bemerken?"

„N – nein!" sagte Richard.

„Gut so!" bemerkte Mr. Kenge abermals.

„Ich würde ein wenig Abwechslung wünschen", fuhr Richard fort, „ich meine, reichliche Gelegenheit, Erfahrungen zu sammeln."

„Allerdings sehr wünschenswert", entgegnete Mr. Kenge. „Ich glaube, dies ließe sich leicht einrichten, Mr. Jarndyce? Wir haben zunächst bloß einen unseren Wünschen entsprechenden Chirurgen ausfindig zu machen, und sobald wir unsere Bereitschaft – und ich darf hinzusetzen, unsere Fähigkeit –, einen Betrag als Lehrgeld zu zahlen, ausgesprochen haben, wird unsere einzige Schwierigkeit sein, einen unter sehr vielen auszuwählen. Wir haben dann zweitens nur die kleinen Formalitäten zu beachten, die notwendig werden, durch unser Alter und durch den Umstand, daß wir unter der Vormundschaft des Kanzleigerichts stehen. Wir werden bald, wenn ich mich Mr. Richards leichtherzigen Ausdrucks bedienen darf, darangehen – zu unseres Herzens Genüge. Es ist ein merkwürdiger Zufall", sagte Mr. Kenge mit einem Schatten von Melancholie in seinem Lächeln, „einer jener Zufälle, die einer Erklärung jenseits unserer gegen-

wärtig beschränkten Fähigkeiten bedürfen oder auch nicht, daß ich einen Vetter habe, der Mediziner ist. Er kommt für Ihre Wahl vielleicht in Frage und wäre vielleicht auch geneigt, auf Ihren Vorschlag einzugehen. Ich kann ihm so wenig vorgreifen wie Ihnen, aber es könnte sein!"

Da sich damit eine Aussicht auftat, kam man überein, daß Mr. Kenge mit seinem Vetter sprechen solle, und da Mr. Jarndyce schon vorher versprochen hatte, mit uns auf ein paar Wochen nach London zu gehen, so wurde am nächsten Tag beschlossen, die Reise sogleich anzutreten und Richards Angelegenheit dabei zu erledigen.

Mr. Boythorn verließ uns vor Ablauf einer Woche, und wir schlugen unsere Zelte in einer hübschen Wohnung nahe der Oxford Street über dem Laden eines Möbelhändlers auf. London war für uns ein wahres Weltwunder, und wir waren jeden Tag viele Stunden unterwegs, um die Sehenswürdigkeiten kennenzulernen, die weniger leicht erschöpft waren als wir selbst. Wir machten auch mit großem Genuß die Runde durch die wesentlichsten Theater und sahen alle Stücke, die es wert waren. Ich erwähne es, weil es im Theater geschah, daß mich Mr. Guppy wieder zu belästigen begann.

Ich saß eines Abends mit Ada vorn in der Loge und Richard hatte seinen Lieblingsplatz hinter Adas Stuhl eingenommen, als ich zufällig ins Parterre hinabblickte und Mr. Guppy sah, das Haar in die Stirn gestrichen und unsagbaren Kummer in dem mir zugewandten Gesicht. Ich fühlte während des ganzen Stückes, daß er niemals die Schauspieler, sondern beständig mich ansah, und zwar mit einem sorgfältig zurechtgelegten Ausdruck abgründigen Jammers und tiefster Niedergeschlagenheit.

Der Vorfall verdarb mir für diesen Abend alle Freude, da er mich in Verlegenheit setzte und so lächerlich war. Aber von diesem Tag an kamen wir nie ins Theater, ohne daß Mr. Guppy im Parterre saß, immer mit glattgestrichenem Haar, umgelegtem Hemdkragen und allgemeiner Hinfälligkeit im Aussehen. Wenn er bei unserer Ankunft nicht da war, wenn ich zu hoffen anfing, er werde nicht kommen, und kurze Zeit meine ganze Aufmerksamkeit der Bühne zuwandte, so konnte ich sicher sein, seinen schmachtenden Augen zu begegnen, wenn ich es am wenigsten erwartete, und wußte im voraus, daß sie von jetzt an den ganzen Abend auf mir ruhen würden.

Ich kann gar nicht sagen, wie unbehaglich mir das war. Wenn er sich nur das Haar hochgebürstet oder den Hemdkragen umgeschlagen hätte, wäre es schon schlimm genug gewesen; aber das Bewußtsein, daß diese lächerliche Figur mich immer anstarrte, und stets mit dieser demonstrativen Verzweiflung, legte mir solchen Zwang auf, daß ich mich nicht getraute, über das Stück zu lachen oder zu weinen, mich zu bewegen oder zu sprechen. Es schien mir unmöglich, natürlich zu bleiben. Ich hätte mich vor Mr. Guppy retten können, wenn ich mich in den Hintergrund der Loge zurückgezogen hätte; aber dazu konnte ich mich nicht entschließen, weil ich wußte, wie sehr sich Richard und Ada auf meine Nähe verließen, und daß sie nicht so ungestört miteinander hätten sprechen können, wenn jemand anders auf meinem Platz gesessen hätte.

So saß ich denn da, ohne zu wissen, wohin ich blicken solle, denn wohin ich auch sah, ich wußte, daß mir Mr. Guppys Augen folgten, und nur darüber grübelnd, in welch schreckliche Ausgaben sich der junge Mann meinetwegen stürzte.

Manchmal dachte ich daran, es Mr. Jarndyce zu sagen. Doch fürchtete ich, der junge Mann könnte seine Stelle verlieren und ich könnte ihn zugrunde richten. Manchmal dachte ich daran, mich Richard anzuvertrauen; aber davon hielt mich die Möglichkeit ab, daß er mit Mr. Guppy Streit anfangen und ihm ein blaues Auge schlagen könnte. Manchmal dachte ich, ich solle die Stirn runzeln oder den Kopf schütteln, wenn er heraufschaute; dann jedoch fühlte ich, daß ich das nicht tun könne. Manchmal überlegte ich, ob ich nicht an seine Mutter schreiben solle, aber ich kam bald zu der Überzeugung, daß die Anknüpfung eines Briefwechsels die Sache nur noch schlimmer mache. Ich kam zuletzt stets wieder zu dem Schluß, daß ich nichts tun könne. Die ganze Zeit über führte ihn seine Ausdauer nicht nur regelmäßig in jedes Theater, das wir besuchten, sondern veranlaßte ihn auch, sich in dem Gedränge zu zeigen, wenn wir hinausgingen, ja sogar sich hinten auf unsere Kutsche zu stellen, wo ich ihn ganz gewiß zwei- oder dreimal mit den großen Stacheln im Kampf sah. Wenn wir zu Hause ankamen, blieb er an einem Prellstein dem Haus gegenüber stehen. Da das Haus des Möbelhändlers, in dem wir wohnten, die Ecke zweier Straßen bildete und mein Schlafzimmerfenster auf jenen Stein hinausging, so fürchtete ich mich, ans Fenster zu treten, wenn ich oben war, damit ich ihn nicht, wie einmal in einer Mondscheinnacht, sähe, wie er dort lehnte und sichtlich fror. Wäre Mr. Guppy nicht zu meinem Glück tagsüber beschäftigt gewesen, so hätte ich keine Ruhe vor ihm gehabt.

Während wir diese Zerstreuungen genossen, an denen Mr. Guppy auf so ungewöhnliche Weise teilnahm, wurde die Angelegenheit, die unseren Stadtbesuch mit veranlaßt hatte, nicht vernachlässigt. Mr. Kenges Vetter war ein Mr. Bayham Badger, der eine gute Praxis in Chelsea hatte und außerdem eine große öffentliche Anstalt betreute. Er war sogleich bereit, Richard in sein Haus aufzunehmen und seine Studien zu beaufsichtigen, und da es schien, daß diese unter Mr. Badgers Dach gewinnreich betrieben werden könnten, da ferner Mr. Badger an Richard Gefallen fand und Richard sagte, Mr. Badger gefalle ihm „recht gut", so entwarf man einen Vertrag, holte des Lordkanzlers Zustimmung ein, und alles war abgemacht.

An dem Tage, an dem der Vertrag zwischen Richard und Mr. Badger abgeschlossen wurde, waren wir alle bei diesem zum Essen eingeladen. Es sollte „nur im Familienkreis" sein, wie Mr. Badgers Brief sagte, und wir fanden daher keine andere Dame vor als Mrs. Badger. In ihrem Wohnzimmer hatte sie verschiedene Gegenstände um sich, die zeigten, daß sie ein wenig male, ein wenig Klavier, ein wenig Laute und Harfe spiele, ein wenig singe, ein wenig sticke, ein wenig lese, ein wenig dichte und ein wenig botanisiere. Sie war nach meiner Schätzung eine Dame von ungefähr fünfzig Jahren, jugendlich gekleidet, und hatte einen sehr schönen Teint. Wenn ich zu dem kleinen Verzeichnis ihrer Kunstfertigkeiten noch hinzusetze, daß sie sich ein wenig schminkte, so will ich ihr damit nichts Böses nachsagen.

Mr. Bayham Badger war ein rosiger, knuspriger Herr mit frischer Gesichtsfarbe, dünner Stimme, weißen Zähnen, hellblondem Haar und verwunderten Augen, meiner Meinung nach ein paar Jahre jünger als Mrs. Badger. Er bewunderte sie über alle Maßen, aber, so schien mir, hauptsächlich und zuallererst aus dem seltsamen Grund, daß sie bereits den dritten Mann hatte. Wir hatten kaum Platz genommen, da sagte er triumphierend zu Mr. Jarndyce: „Sie würden kaum glauben, daß ich Mrs. Bayham Badgers dritter Mann bin!"

„Wirklich?" meinte Mr. Jarndyce.

„Ihr dritter!" sagte Mr. Badger. „Miss Summerson, meine Frau sieht doch nicht wie eine Dame aus, die schon zwei Männer gehabt hat?"

Ich sagte: „Durchaus nicht!"

„Und sehr merkwürdige Männer!" sagte Mr. Badger in vertraulichem Ton. „Kapitän Swosser von der Königlichen Marine,

Mrs. Badgers erster Gatte, war ein ausgezeichneter Offizier. Der Name Professor Dingos, meines unmittelbaren Vorgängers, hat europäischen Ruf."

Mrs. Badger hörte ihm zu und lächelte.

„Ja, meine Liebe!" beantwortete Mr. Badger das Lächeln. „Ich erzählte Mr. Jarndyce und Miss Summerson, daß du bereits zwei Männer gehabt hast, beides ganz ausgezeichnete Männer. Und sie wollten es kaum glauben, wie es den meisten Leuten geht."

„Ich war kaum zwanzig, als ich Kapitän Swosser von der Königlichen Marine heiratete", sagte Mrs. Badger. „Ich war mit ihm im Mittelmeer und bin selbst ein halber Seemann geworden. Am zwölften Jahrestag meines Hochzeitstages wurde ich die Gattin Professor Dingos."

„Von europäischem Ruf", setzte Mr. Badger halblaut hinzu.

„Und als Mr. Badger und ich getraut wurden", fuhr Mrs. Badger fort, „wählten wir denselben Tag des Jahres. Ich hatte ihn liebgewonnen."

„So daß Mrs. Badger drei Männer geheiratet hat, zwei von ihnen ausgezeichnete Männer", faßte Mr. Badger die Tatsachen zusammen, „und jedesmal am 21. März, 11 Uhr morgens."

Wir alle drückten unsere Bewunderung aus.

„Wenn Mr. Badger nicht gar zu bescheiden wäre", sagte Mr. Jarndyce, „so würde ich mir erlauben, ihn zu verbessern, und würde sagen: drei ausgezeichnete Männer!"

„Danke, Mr. Jarndyce, das sage ich ihm stets!" bemerkte Mrs. Badger.

„Und, meine Liebe", fragte Mr. Badger, „was sage ich stets? Daß ich, ohne den Ruf künstlich zu verkleinern, den ich in meinem Fach erlangt habe – was unser Freund, Mr. Carstone, noch bei mancher Gelegenheit erfahren wird –, doch nicht so schwach bin – nein, wahrhaftig", sagte er zu uns allen, „nicht so unverständig bin, meinen Namen auf gleiche Ebene mit so erstrangigen Männern zu setzen wie Kapitän Swosser und Professor Dingo. Vielleicht, Mr. Jarndyce", fuhr Mr. Badger fort und führte uns in das nächste Zimmer, „interessiert Sie dieses Porträt Kapitän Swossers. Es ist nach seiner Rückkehr von seinem Posten in Afrika gemalt, wo er sehr unter dem dortigen Fieber gelitten hatte. Mrs. Badger meint, es sei zu gelb. Aber es ist ein sehr schöner Kopf. Ein sehr schöner Kopf!"

Wir alle bestätigten: „Ein sehr schöner Kopf!"

„Wenn ich ihn ansehe, fühle ich", sagte Mr. Badger, „daß ich

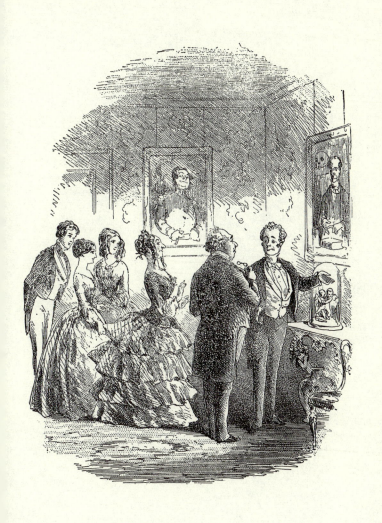

diesen Mann im Leben gekannt haben möchte. Aus dem Gesicht spricht unverkennbar der erstklassige Mann, der Kapitän Swosser in so ausgezeichnetem Grad war. Auf der anderen Seite Professor Dingo. Ich kannte ihn gut, behandelte ihn in seiner letzten Krankheit – ein sprechend ähnliches Bild! Über dem Klavier Mrs. Bayham Badger, als sie noch Mrs. Swosser war. Über dem Sofa Mrs. Bayham Badger als Mrs. Dingo. Von Mrs. Bayham Badger *in esse* besitze ich das Original, aber keine Kopie."

Man meldete jetzt, daß angerichtet sei, und wir gingen hinunter. Es war ein sehr vornehmes Mahl und sehr hübsch serviert. Aber der Kapitän und der Professor gingen Mr. Badger immer noch im Kopf herum, und da Ada und ich die Ehre hatten, neben ihm zu sitzen, so konnten wir sie vollständig genießen.

„Wasser, Miss Summerson? Erlauben Sie! Nicht in diesem Glas, wenn ich bitten darf. James, bringen Sie den Pokal des Professors."

Ada bewunderte einen Strauß künstlicher Blumen unter Glas.

„Wunderbar, wie sie sich halten!" sagte Mr. Badger. „Sie wurden Mrs. Bayham Badger überreicht, als sie im Mittelmeer war."

Er lud Mr. Jarndyce ein, ein Glas Bordeaux mit ihm zu trinken.

„Nicht den gewöhnlichen!" sagte er. „Entschuldigen Sie! Das ist heute ein besonderer Anlaß, und bei solchen Gelegenheiten reiche ich einen ganz besonderen Bordeaux, den ich zufällig besitze. – James, Kapitän Swossers Wein! – Mr. Jarndyce, das ist ein Wein, den der Kapitän selbst importiert hat, ich weiß nicht, vor wieviel Jahren. Sie werden ihn sehr beachtlich finden. Liebe Frau, ich würde mich glücklich schätzen, mit dir ein Glas von diesem Wein zu trinken! Schenken Sie Madam von Kapitän Swossers Wein ein, James! – Meine Liebe, deine Gesundheit!"

Nach Tisch, als wir Damen uns zurückzogen, nahmen wir Mrs. Badgers ersten und zweiten Gatten mit uns. Mrs. Badger gab uns im Salon eine biographische Skizze des Lebens und der Laufbahn Kapitän Swossers vor seiner Verheiratung und einen ins einzelne gehenden Bericht von der Zeit an, da er sich auf einem Ball an Bord des „Crippler", den dessen Offiziere gaben, als er im Hafen von Plymouth lag, in sie verliebte.

„Der gute, alte ‚Crippler'!" sagte Mrs. Badger kopfschüttelnd. „Er war ein schönes Schiff. Schmuck, ordentlich und alles segelfertig, wie Kapitän Swosser zu sagen pflegte. Sie müssen entschuldigen, wenn ich manchmal einen nautischen Ausdruck anwende; ich war früher ein halber Seemann. Kapitän Swosser liebte das Schiff meinetwegen. Als es abgetakelt wurde, sagte er oft, wenn er reich genug wäre, um das alte Schiff zu kaufen, so ließe er in den Fußboden des Achterdecks, wo wir als Tanzpartner standen, eine Inschrift legen, um die Stelle zu bezeichnen, wo er gefallen sei – zu Tode getroffen durch die Feuerwirkung von meinen Mastspitzen aus. So nannte er in seiner Seemannssprache meine Augen."

Mrs. Badger schüttelte den Kopf, seufzte und sah in ihr Glas.

"Es war eine große Veränderung von Kapitän Swosser zu Professor Dingo", begann sie mit trübem Lächeln von neuem. "Ich fühlte es anfangs sehr. Eine so vollkommene Umwälzung in meiner Lebensweise! Aber Gewöhnung im Verein mit Wissenschaft – hauptsächlich Wissenschaft – machte es mir erträglich. Da ich des Professors einzige Begleiterin auf seinen botanischen Exkursionen wurde, vergaß ich fast, daß ich einmal auf dem Meer gewesen war, und wurde fast eine Gelehrte. Es ist merkwürdig, daß der Professor geradezu Kapitän Swossers Antipode war und daß Mr. Badger keinem der beiden auch nur im mindesten ähnlich ist."

Wir kamen dann zu einem Bericht über den Tod Kapitän Swossers und Professor Dingos, die beide sehr gelitten haben mußten. Im Verlauf der Erzählung deutete Mrs. Badger an, daß sie nur einmal wahnsinnig geliebt habe und daß der Gegenstand dieser Leidenschaft, die in ihrer jugendlichen Begeisterung nie wiederkehren könne, Kapitän Swosser gewesen sei. Der Professor starb noch zollweise in der schrecklichsten Art, und Mrs. Badger machte uns gerade vor, wie er sehr mühsam gesagt hatte: "Wo ist Laura? Laura, gib mir mein Brot und Wasser!" als ihn der Eintritt der Herren für diesmal in die Gruft verwies.

Nun bemerkte ich an diesem Abend, wie ich es schon seit einigen Tagen bemerkt hatte, daß Ada und Richard lieber als je beieinander waren, was ganz natürlich war, da sie sich so bald trennen sollten. Es überraschte mich daher nicht allzusehr, daß Ada, als wir nach Hause kamen und uns hinaufbegaben, stiller war als gewöhnlich; doch war ich nicht darauf gefaßt, daß sie sich plötzlich in meine Arme warf, das Gesicht an meiner Brust verbarg und zu sprechen anfing.

"Liebe, liebe Esther!" murmelte sie. "Ich habe dir ein großes Geheimnis mitzuteilen!"

Ein gewaltiges Geheimnis, du gutes Kind, ganz gewiß!

"Was ist es denn, Ada?"

„Ach, Esther, du wirst es nie erraten!"

„Soll ich es nicht versuchen?" fragte ich.

„O nein! nein! Bitte nicht!" rief Ada, sehr erschrocken bei dem Gedanken, ich könnte es tun.

„Nun, ich möchte wohl wissen, wen es betreffen könnte", sagte ich und tat, als ob ich nachdächte.

„Es betrifft" – flüsterte Ada –, „es betrifft meinen Vetter Richard!"

„Nun, Liebes!" sagte ich und küßte ihr goldenes Haar, das einzige, was ich von ihr sehen konnte. „Und was ist mit ihm?"

„O Esther, du wirst es nie erraten!"

Es tat so wohl, zu fühlen, wie sie sich so an mich schmiegte und ihr Gesicht verbarg, und dabei zu wissen, daß sie nicht aus Sorge, sondern aus Freude, Stolz und Hoffnung weinte; ich brachte es nicht fertig, ihr jetzt schon aus der Verlegenheit zu helfen.

„Er sagt – ich weiß, es ist töricht, wir sind beide noch so jung – aber er sagt", mit einem Tränenstrom, „er hat mich von Herzen lieb, Esther."

„Wirklich?" fragte ich. „So etwas habe ich im Leben noch nie gehört! Aber, mein süßes Schäfchen, das hätte ich dir schon seit vielen, vielen Wochen sagen können!"

Zu sehen, wie Ada ihr glühendes Gesicht in freudiger Überraschung emporhob, mich umarmte, lachte und weinte, errötete und lachte, war allerliebst! „Aber Herzenskind", sagte ich, „für welches Gänschen mußt du mich halten! Dein Vetter Richard hat dich so offen wie möglich geliebt, ich weiß nicht, wie lange schon!"

„Und du hast mir noch nie ein Wort davon gesagt?" rief Ada und küßte mich.

„Nein, Liebling", sagte ich, „ich wartete darauf, daß du es mir sagtest."

„Aber jetzt, da ich es dir gesagt habe, glaubst du nicht, daß es unrecht von mir ist, nicht wahr?" entgegnete Ada. Sie hätte mir ein Nein abschmeicheln können, und wenn ich die hartherzigste Duenna von der Welt gewesen wäre; da ich das aber nicht war, so sagte ich bereitwillig nein.

„Und jetzt weiß ich also das Schlimmste an der Geschichte", sagte ich.

„Oh, das ist noch nicht das Schlimmste, liebe Esther!" rief Ada, zog mich fester an sich und barg ihr Antlitz wieder an meiner Brust.

„Nicht?" fragte ich. „Nicht einmal das?"
„Nein, nicht einmal das!" sagte Ada und schüttelte den Kopf.
„Was, du willst doch nicht etwa sagen –" fing ich scherzend an. Aber Ada schaute auf und rief, unter Tränen lächelnd: „Ja, das will ich sagen! Du weißt, du weißt, ich liebe ihn!" und dann schluchzte sie: „Von ganzem Herzen liebe ich ihn! Von ganzem Herzen, Esther!"
Ich sagte ihr lachend, daß ich das ebensogut gewußt habe wie das andere. Wir saßen am Feuer, und eine Zeitlang, aber nicht allzulang, führte ich das Gespräch ganz allein; Ada war bald wieder ruhig und glücklich.
„Meinst du, daß es Vetter John weiß, liebes Mütterchen?" fragte sie.
„Wenn Vetter John nicht blind ist, Kindchen", sagte ich, „sollte ich meinen, er weiß es ziemlich so gut wie wir."
„Wir müssen mit ihm sprechen, ehe Richard abreist", erwiderte Ada schüchtern, „und wir wünschten, daß du uns berätst und ihm das sagst. Vielleicht hast du nichts dagegen, wenn Richard hereinkommt, Mütterchen?"
„Oh! Richard ist draußen, mein Liebes?" fragte ich.
„Ich weiß es nicht ganz gewiß", sagte Ada mit verschämter Naivität, die ihr mein Herz gewonnen hätte, wenn es ihr nicht längst gehört hätte; „aber ich glaube, er wartet vor der Tür."
Er wartete natürlich draußen. Sie stellten auf jede Seite neben mich einen Stuhl, nahmen mich in die Mitte und schienen sich wirklich mehr in mich als ineinander verliebt zu haben: so vertrauensvoll, so aufrichtig und so zärtlich waren sie zu mir. Auf diese stürmische Art trieben sie es eine kleine Weile, und ich ließ dem freien Lauf, denn ich fand selbst zu große Freude daran; dann begannen wir allmählich zu überlegen, daß sie noch so jung waren und daß noch mehrere Jahre vergehen müßten, ehe diese junge Liebe ihr Ziel erreichen könne, und daß sie nur dann zum Glück führen könne, wenn sie echt und dauerhaft sei und ihnen den standhaften Entschluß einflöße, mit Beständigkeit, Seelenstärke und Ausdauer ihre Pflicht gegeneinander zu tun, jedes stets um des anderen willen. Nun, Richard sagte, daß er sich für Ada die Finger bis auf die Knochen abarbeiten wolle, und Ada sagte, daß sie sich für Richard die Finger bis auf die Knochen abarbeiten wolle, und sie gaben mir alle möglichen liebkosenden und gefühlvollen Namen, und wir saßen beratend und plaudernd die halbe Nacht

hindurch. Zuletzt, bevor wir schieden, versprach ich ihnen, morgen deshalb mit Vetter John zu reden.

So begab ich mich denn am nächsten Tag nach dem Frühstück zu meinem Vormund in das Zimmer, das uns in der Stadt das Brummstübchen ersetzte, und sagte ihm, daß ich Auftrag habe, ihm etwas mitzuteilen.

„Nun, Frauchen", meinte er und klappte sein Buch zu, „wenn Sie den Auftrag übernommen haben, so kann es nichts Böses sein."

„Ich hoffe nicht, Vormund", sagte ich. „Ich kann dafür stehen, daß kein Heimlichtun dabei ist. Denn es geschah erst gestern."

„So? Und was ist es, Esther?"

„Vormund", sagte ich, „erinnern Sie sich an den schönen Abend, als wir zuerst in Bleakhaus angekommen waren und Ada im dunklen Zimmer sang?"

Ich wünschte ihm den Blick ins Gedächtnis zurückzurufen, den er mir damals zugeworfen hatte. Wenn ich mich nicht sehr irrte, war mir das auch gelungen.

„Weil –" sagte ich etwas zögernd.

„Ja, meine Liebe?" sagte er. „Lassen Sie sich nur Zeit."

„Weil sich Ada und Richard ineinander verliebt haben", sagte ich. „Und es einander gesagt haben."

„Schon?" rief mein Vormund ganz erstaunt.

„Ja", sagte ich, „und um die Wahrheit zu sagen, Vormund, ich hatte es eigentlich erwartet."

„Den Kuckuck auch!" sagte er.

Er saß ein oder zwei Minuten sinnend da, sein schönes, gütiges Lächeln auf dem beweglichen Gesicht. Dann bat er mich, ihnen zu sagen, daß er sie zu sehen wünsche. Als sie kamen, legte er seinen Arm väterlich um Ada und wandte sich mit heiterem Ernst an Richard.

„Rick", sagte Mr. Jarndyce, „es freut mich, daß ich dein Vertrauen gewonnen habe. Ich hoffe es mir zu erhalten. Als ich die Beziehungen zwischen uns vieren betrachtete, die mein Leben so bereichert und mit neuen Interessen und Freuden erfüllt haben, dachte ich, allerdings für eine spätere Zeit, an die Möglichkeit, daß du und dein hübsches Bäschen hier – nicht so schüchtern, Ada, nicht so schüchtern, liebes Kind – Lust bekommen könntet, gemeinsam durchs Leben zu gehen. Ich sah und sehe auch jetzt noch viele Gründe, die das wünschenswert machen. Aber das galt einer fernen Zukunft, Rick, einer fernen Zukunft!"

„Auch wir denken weit in die Zukunft, Sir", entgegnete Richard.

„Gut!" sagte Mr. Jarndyce. „Das ist vernünftig. Aber jetzt hört mich an, liebe Kinder! Ich könnte euch sagen, daß ihr noch nicht wißt, was ihr wollt; daß tausend Dinge geschehen können, die euch einander entfremden; daß es gut ist, wenn diese Blumenkette, die ihr euch angelegt habt, leicht gelöst werden kann, da sie sonst zu einer Kette aus Blei werden könnte. Aber das will ich nicht tun. Diese Weisheit wird, glaube ich sagen zu dürfen, früh genug kommen, wenn sie überhaupt kommen soll. Ich will annehmen, daß ihr einander in einigen Jahren noch dasselbe bedeuten werdet, was ihr euch jetzt seid. Alles, was ich sagen möchte, bevor ich zu euch im Sinn dieser Annahme spreche, ist dies: Wenn ihr euch wirklich ändert, wenn ihr entdeckt, daß ihr, zu Mann und Frau herangereift, euch nur noch als Vetter und Base im gewöhnlichen Sinn betrachtet, anders als jetzt, da ihr noch Junge und Mädchen seid – ohne deiner Männlichkeit zu nahe zu treten, Rick! –, dann schämt euch nicht, es mir anzuvertrauen, denn dabei wäre nichts Ungeheuerliches oder Ungewöhnliches. Ich bin nur euer Freund und entfernter Verwandter. Ich habe keinerlei Macht über euch auszuüben; aber ich wünsche und hoffe, euer Vertrauen zu behalten, sofern ich nichts tue, um es zu verlieren."

„Ich bin überzeugt, Sir", entgegnete Richard, „daß ich zugleich für Ada spreche, wenn ich sage, daß Sie die größte Macht über uns beide ausüben, eine Macht, die aus Verehrung, Dankbarkeit und Liebe erwächst und jeden Tag stärker wird."

„Lieber Vetter John", sagte Ada, an seine Schulter gelehnt, „meines Vaters Stelle kann nie wieder leer werden. All die Liebe und den Gehorsam, die ich ihm je hätte erweisen können, habe ich auf Sie übertragen."

„Kommt!" sagte Mr. Jarndyce. „Jetzt zu unserer Voraussetzung! Jetzt laßt uns die Augen erheben und hoffnungsvoll in die Ferne blicken! Rick, die Welt liegt vor dir, und es ist höchst wahrscheinlich, daß sie dich so empfängt, wie du in sie eintrittst. Verlaß dich auf nichts als auf die Vorsehung und auf deine eigene Kraft. Trenne diese beiden nie, wie es der heidnische Wagenlenker tut. Beständigkeit in der Liebe ist gut; aber sie bedeutet nichts und ist nichts ohne Beständigkeit in jeder Art Anstrengung. Selbst wenn du die Fähigkeiten aller großen Männer in Vergangenheit und Gegenwart hättest, so könntest du nichts recht vollbringen, wenn du es nicht aufrichtig meinst und beharrlich betreibst. Solltest du die Meinung hegen, daß in großen oder in kleinen Dingen ein wirklicher Erfolg dem Geschick ruck- und stoßweise abgerungen worden ist oder werden kann, so laß diesen Irrglauben fahren, oder laß deine Kusine Ada fahren."

„Ich will lieber den Irrglauben fahrenlassen, Sir", erwiderte Richard lächelnd, „wenn ich ihn mitgebracht haben sollte, was ich aber nicht hoffe, und will mir meinen Weg zu meiner Kusine Ada in der verheißungsvollen Ferne bahnen."

„Recht so!" sagte Mr. Jarndyce. „Wenn du sie nicht glücklich machen kannst, warum solltest du nach ihr streben?"

„Ich möchte sie nicht unglücklich machen – nein, nicht einmal um ihre Liebe", gab Richard stolz zurück.

„Gut gesprochen!" rief Mr. Jarndyce; „das ist gut gesprochen! Sie bleibt hier bei mir wie in ihrem Vaterhaus. Liebe sie, Rick, draußen im tätigen Leben nicht weniger als hier daheim, wenn du sie wiedersiehst, und alles wird gut werden. Andernfalls wird alles schlimm gehen. Nun habe ich gepredigt. Ich glaube, du solltest jetzt mit Ada ein wenig spazierengehen."

Ada umarmte ihn zärtlich, Richard schüttelte ihm herzlich die Hand, und dann gingen sie aus dem Zimmer, sahen sich jedoch dabei gleich wieder um, als wollten sie sagen, daß sie auf mich warteten.

Die Tür stand offen, und wir beide folgten ihnen mit den Augen, als sie durch das anstoßende, von der Sonne beschienene Zimmer schritten und es durch seine andere Tür verließen. Richard hatte ihre Hand durch seinen Arm gezogen, senkte den Kopf und sprach eifrig auf sie ein; sie blickte im Zuhören zu ihm auf und schien nichts anderes zu sehen. So jung, so schön, so hoffnungsvoll und vielversprechend gingen sie leichten Schrittes durch den Sonnenschein, wie ihre glücklichen Gedanken jetzt vielleicht durch die Jahre der Zukunft schweiften und sie zu lauter Jahren des Lichtes machten. So traten sie in den Schatten und waren verschwunden. Es war nur ein kurzer Lichtstrahl gewesen, der das Zimmer erhellt hatte. Der Raum wurde dunkler, während sie hinausgingen, die Sonne war hinter Wolken verschwunden.

„Habe ich recht, Esther?" sagte mein Vormund, als sie draußen waren.

Er, der so gut und weise war, fragte mich, ob er recht habe.

„Rick schöpft daraus vielleicht die Eigenschaft, die ihm fehlt; die ihm fehlt bei all dem vielen, was gut ist!" sagte Mr. Jarndyce kopfschüttelnd. „Ich habe Ada nichts gesagt, Esther; sie hat ihre Freundin und Beraterin stets bei sich." Und er legte die Hand liebevoll auf meinen Kopf.

Ich konnte nicht umhin zu zeigen, daß ich gerührt war, obgleich ich alles tat, um es zu verbergen.

„Still, still!" sagte er. „Aber wir müssen auch darauf bedacht sein, daß unser Frauchen ihr Leben nicht ganz allein in der Sorge um andere verbringt."

„Sorge? Lieber Vormund, ich glaube, ich bin das glücklichste Wesen auf der Welt!"

„Ich glaube das auch", sagte er. „Aber jemand findet vielleicht, was Esther nie finden wird – daß das Frauchen vor allen anderen Leuten bedacht werden muß!"

Ich habe seinerzeit nicht erwähnt, daß noch jemand am Familientisch teilnahm. Es war keine Dame, es war ein Herr. Es war ein Herr von dunkler Gesichts- und Haarfarbe – ein junger Chirurg. Er war ziemlich schweigsam, schien mir aber sehr verständig und angenehm. Wenigstens fragte mich Ada, ob ich das nicht meine, und ich sagte: „Ja!"

14. KAPITEL

Anstand

Richard verließ uns schon am nächsten Abend, um seine neue Laufbahn zu beginnen, und übergab Ada mit viel Liebe für sie und viel Vertrauen in mich meiner Obhut. Es rührte mich damals, zu sehen, und es rührt mich jetzt noch mehr, mich daran zu erinnern, wie sie an mich dachten, selbst in jener für sie drangvollen Zeit. In all ihren Plänen für Gegenwart und Zukunft spielte ich eine Rolle. Ich sollte Richard jede Woche schreiben, um getreulich Bericht über Ada abzustatten, die ihm jeden zweiten Tag zu schreiben versprach. Eigenhändig wollte er mich von all seinen Arbeiten und Erfolgen unterrichten; ich sollte sehen, wie entschlossen und ausdauernd er sei; ich sollte Adas Brautjungfer sein, wenn sie getraut würden; ich sollte später bei ihnen wohnen; ich sollte die Schlüssel in ihrem Haus führen; sie wollten mich für immer und ewig glücklich machen.

„Und wenn uns der Prozeß reich machen sollte, Esther, was

doch sein kann –" sagte Richard, um allem die Krone aufzusetzen.

Ein Schatten flog über Adas Gesicht.

„Liebste Ada", unterbrach sich Richard, „warum nicht?"

„Es wäre besser, wir würden gleich für arm erklärt", sagte Ada.

„Oh! Das weiß ich nun nicht", entgegnete Richard; „aber jedenfalls wird dort nichts gleich erklärt. Es ist dabei, weiß der Himmel, seit wieviel Jahren, nichts erklärt worden."

„Nur zu wahr", sagte Ada.

„Ja, aber", wandte Richard ein, indem er mehr ihren Augen als ihren Worten antwortete, „je länger er dauert, liebe Kusine, desto näher muß er seinem Ende sein, so oder so. Ist das nicht ganz vernünftig?"

„Du weißt es am besten, Richard. Aber ich fürchte, wenn wir uns auf den Prozeß verlassen, macht er uns unglücklich."

„Aber, liebe Ada, wir verlassen uns ja gar nicht auf ihn!" rief Richard munter. „Wir kennen ihn zu gut, um uns auf ihn zu verlassen. Wir sagen nur, wenn er uns reich machen sollte, so haben wir grundsätzlich nichts dagegen, reich zu sein. Das Gericht ist durch feierliche Entscheidung des Gesetzes unser gestrenger, alter Vormund, und wir müssen denken, daß das, was es uns gibt, wenn es uns etwas gibt, unser Recht ist. Wir haben nicht nötig, uns mit unserem Recht zu zanken."

„Nein", sagte Ada, „aber es ist vielleicht besser, wir vergessen es ganz und gar."

„Gut, gut!" rief Richard, „dann wollen wir es ganz und gar vergessen! Wir begraben die ganze Geschichte in Vergessenheit. Mütterchen macht ein billigendes Gesicht dazu, und die Sache ist erledigt."

„Mütterchens billigendes Gesicht", sagte ich und blickte vom Koffer auf, in den ich seine Bücher packte, „war nicht sehr sichtbar, als Sie es so nannten; aber es ist wirklich einverstanden, und sie meint, Sie können nichts Besseres tun."

„Damit ist das erledigt", sagte Richard und begann sofort auf der eben aufgegebenen Grundlage so viele Luftschlösser zu bauen, als sollte daraus die chinesische Mauer entstehen. Er schied von uns in der besten Stimmung. Ada und ich, darauf gefaßt, ihn sehr zu vermissen, fingen nun unser ruhigeres Leben an.

Bei unserer Ankunft in London hatten wir mit Mr. Jarndyce Mrs. Jellyby aufgesucht, waren aber nicht so glücklich gewesen, sie zu Hause anzutreffen. Sie schien irgendwohin zu einer Teegesellschaft gegangen zu sein und hatte Miss Jellyby mitgenommen. Außer dem Tee sollten einige beachtliche Reden gehalten und viele Briefe geschrieben werden über die allgemeinen Vorteile des Kaffeebaus im Verein mit den Eingeborenen auf der Niederlassung von Borriobula-Gha. Dabei wurden jedenfalls Feder und Tinte reichlich genug gebraucht, um den Anteil ihrer Tochter an der Tagung zu allem anderen als zu einem Feiertag zu machen.

Da jetzt der Zeitpunkt verstrichen war, an dem Mrs. Jellyby zurückkehren sollte, so machten wir ihr nochmals einen Besuch. Sie war in der Stadt, aber nicht zu Hause, da sie gleich nach dem Frühstück in Borriobula-Geschäften, wegen einer Gesellschaft, genannt „Ostlondoner Zweighilfsunterkomitee", nach Mile End gegangen war. Da ich bei unserem ersten Besuch Peepy nicht gesehen hatte – er war nirgends zu finden, und die Köchin meinte, er sei wohl mit dem Müllkutscher fortgelaufen –, fragte ich jetzt wieder nach ihm. Die Austernschalen, aus denen er ein Haus gebaut hatte, lagen noch auf dem Hausflur, aber er war nirgends zu entdecken, und die Köchin meinte, er sei wohl den Schafen nachgelaufen. Als wir ziemlich erstaunt wiederholten: „Den Schafen?" sagte sie: „O ja, an Markttagen geht er ihnen manchmal bis vor die Stadt hinaus nach und kommt dann in einem schrecklichen Zustand wieder nach Hause."

Ich saß am nächsten Morgen mit meinem Vormund am Fenster, und Ada schrieb fleißig – natürlich an Richard –, als Miss Jellyby gemeldet wurde und eintrat, an der Hand den leibhaftigen Peepy, den sie nach besten Kräften halbwegs präsentabel gemacht hatte, indem sie den Schmutz in die Ecken seines Gesichts und seiner Hände gewischt, das Haar sehr naß gemacht und dann mit den Fingern heftig durchgekämmt hatte. Alles, was das liebe Kind anhatte, war ihm entweder zu groß oder zu klein. Unter anderen widerspruchsvollen Verzierungen trug Peepy den Hut eines Bischofs und die Handschuhe eines Wickelkindes. Die Stiefel waren in verkleinertem Maßstab die eines Ackerknechtes; die Beinchen, so kreuz und quer zerkratzt, daß sie wie Landkarten aussahen, waren bloß und staken in sehr kurzen Hosen aus kariertem Wollstoff mit Spitzenkanten verschiedenen Musters an jedem Bein. Die an seinem Kittel fehlenden Knöpfe hatte man offenbar von einem der Röcke Mr. Jellybys ersetzt, denn sie waren ganz aus Messing und viel zu groß. Höchst merkwürdige Proben der Nähkunst zeigten sich an verschiedenen Stellen seiner Kleidung, wo sie hastig zusammengeflickt war; ich erkannte dieselbe Hand an Miss Jellybys Kleidung. Doch hatte sich ihre Erscheinung außerordentlich verbessert; sie sah wirklich hübsch aus. Sie fühlte recht gut, daß der arme, kleine Peepy nach all ihrer Mühewaltung doch mißlungen war, und zeigte das durch die Art, wie sie beim Eintritt ins Zimmer erst ihn und dann uns anblickte.

„O Gott!" sagte mein Vormund, „scharfer Ost!"

Ada und ich begrüßten sie herzlich und stellten sie Mr. Jarndyce vor, zu dem sie, als sie Platz genommen hatte, sagte: „Mama läßt sich empfehlen und hofft, Sie werden sie entschuldigen, da sie Korrekturen für den Plan liest. Sie steht im Begriff, fünftausend neue Zirkulare zu versenden, und weiß, daß Sie sich dafür interessieren. Ich habe eins mitgebracht. Mama läßt sich empfehlen." Damit reichte sie ihm das Papier ziemlich mürrisch hin.

„Danke schön", sagte mein Vormund. „Ich bin Mrs. Jellyby sehr verbunden. O Gott! Das ist ein sehr böser Wind!"

Wir machten uns mit Peepy zu schaffen, nahmen ihm seinen Bischofshut ab, fragten ihn, ob er uns noch kenne, und so weiter. Zuerst flüchtete sich Peepy hinter seinen Ellbogen, wurde aber beim Anblick von Torte gnädiger und erlaubte mir, ihn auf den Schoß zu nehmen, wo er ruhig kauend saß. Da sich Mr. Jarndyce in das Ersatz-Brummstübchen zurückgezogen hatte, eröffnete Miss Jellyby die Unterhaltung mit ihrer gewöhnlichen Schroffheit.

„Es geht so schlecht wie immer in Thavies' Inn", sagte sie. „Ich habe keine Ruhe im Leben. Sprecht mir ja nicht von Afrika! Es könnte mir nicht schlechter gehen, wenn ich selber – wie heißt es doch gleich – Mensch und Bruder wäre!"

Ich versuchte etwas Tröstliches zu sagen.

„Oh, das hilft nichts, Miss Summerson", rief Miss Jellyby aus, „obgleich ich Ihnen für Ihre unverändert freundliche Absicht danke. Ich weiß, wie ich behandelt werde, und lasse es mir nicht ausreden. Auch Sie ließen es sich nicht ausreden, wenn Sie so behandelt würden. Peepy, geh und spiele unter dem Klavier ‚wildes Tier'!"

„Ich mag nicht", sagte Peepy.

„So, du undankbares, böses, hartherziges Kind!" erwiderte Miss Jellyby mit Tränen in den Augen. „Ich werde mir nie wieder soviel Mühe geben, dich anzuziehen."

„Ja, ich will gehen, Caddy!" rief Peepy, der wirklich ein

gutes Kind und vom Mißmut seiner Schwester so betroffen war, daß er auf der Stelle gehorchte.

„Es sieht zu geringfügig aus, um darüber zu weinen", sagte die arme Miss Jellyby entschuldigend, „aber ich bin ganz abgearbeitet. Ich habe bis zwei Uhr früh die Adressen für die neuen Zirkulare geschrieben. Ich verabscheue das ganze Zeug so, daß mir davon allein schon der Kopf weh tut und ich nicht mehr aus den Augen sehen kann. Und schauen Sie nur das arme, unglückliche Kind an! Haben Sie je eine solche Vogelscheuche gesehen?"

Peepy, der sich der Mängel seiner äußeren Erscheinung glücklicherweise nicht bewußt war, saß auf dem Teppich hinter einem der Klavierbeine, sah uns ruhig aus seiner Höhle zu und aß seinen Kuchen.

„Ich habe ihn ans andere Ende des Zimmers geschickt", bemerkte Miss Jellyby, indem sie ihren Stuhl näher an uns heranrückte, „weil er nicht hören soll, was wir sprechen. Diese kleinen Schlingel sind so gescheit! Ich wollte vorhin sagen, es geht bei uns wirklich schlimmer denn je. Papa wird baldigst bankrott sein, und dann, hoffe ich, wird Mama zufrieden sein. Und keinem werden wir das zu danken haben als Mama."

Wir sprachen die Hoffnung aus, Mr. Jellybys Angelegenheiten seien doch nicht in so schlechtem Zustand.

„Hoffen nützt nichts, obwohl es von Ihnen sehr freundlich ist", gab Miss Jellyby kopfschüttelnd zurück. „Papa sagte mir erst gestern morgen, denn er ist sehr bekümmert, daß er es diesmal nicht überstehen werde. Es sollte mich auch wundern, wenn er es könnte. Wenn alle, denen wir etwas abkaufen, uns ins Haus schicken, was sie wollen, und das Gesinde damit macht, was es will, und ich keine Zeit habe, mich darum zu kümmern, obwohl ich es verstünde, und Mama sich um gar nichts kümmert, so möchte ich wissen, wie Papa es überstehen soll. Ich gestehe, wenn ich Papa wäre, ich liefe davon."

„Meine Liebe", sagte ich lächelnd, „Ihr Papa denkt sicherlich an seine Familie."

„O ja, schön und gut, seine Familie, Miss Summerson, aber welche Häuslichkeit schafft ihm seine Familie? Seine Familie ist nichts als Rechnungen, Schmutz, Verschwendung, Lärm, Treppenhinunterfallen, Verwirrung und Jammer. Seine schlampige Häuslichkeit ist von einem Sonnabend zum anderen wie ein einziger großer Waschtag – nur daß nichts gewaschen wird."

Miss Jellyby stampfte auf und wischte sich die Augen.

„Papa tut mir so leid", fuhr sie fort, „und auf Mama bin ich so böse, daß ich keine Worte finden kann, mich auszusprechen! Aber ich lasse mir das nicht gefallen, dazu bin ich entschlossen. Ich will nicht mein Leben lang Sklave sein und mir von Mr. Quale seine Hand antragen lassen. Das wäre noch schöner, einen Philanthropen zu heiraten. Als ob ich davon nicht genug gehabt hätte!"

Ich muß gestehen, daß ich unwillkürlich auf Mrs. Jellyby bitterböse wurde, als ich dieses vernachlässigte Mädchen sah und hörte; ich wußte ja, wieviel beißend satirische Wahrheit in allem war, was sie sagte.

„Wenn wir nicht so vertraut geworden wären, als Sie bei uns waren", fuhr Miss Jellyby fort, „so hätte ich mich geschämt, heute hierherzukommen, denn ich weiß, was für eine Figur ich in Ihren Augen machen muß. Aber da das doch der Fall war, habe ich mich dazu entschlossen, besonders da ich Sie wahrscheinlich nicht sehe, wenn Sie das nächstemal in die Stadt kommen."

Sie sagte es so bedeutsam, daß Ada und ich einander anblickten in der Voraussicht, daß noch etwas nachkommen werde.

„Nein!" sagte Miss Jellyby und schüttelte den Kopf. „Durchaus nicht wahrscheinlich! Ich weiß, ich kann mich auf Sie beide verlassen. Ich bin überzeugt, Sie werden mich nicht verraten. Ich bin verlobt."

„Ohne daß die Ihren etwas davon wissen?" fragte ich.

„Aber du grundgütiger Himmel, Miss Summerson", rechtfertigte sie sich in leidenschaftlichem, aber nicht ärgerlichem Ton, „wie kann es anders sein? Sie wissen, wie Mama ist – und ich brauche den armen Papa nicht noch unglücklicher zu machen, indem ich ihn einweihe."

„Aber wird es ihn nicht noch unglücklicher machen, wenn Sie ohne sein Wissen oder seine Einwilligung heiraten, meine Liebe?" sagte ich.

„Nein", entgegnete Miss Jellyby sanfter. „Ich hoffe nicht. Ich würde alles versuchen, es ihm schön und behaglich zu machen, wenn er mich besuchte; und Peepy und die anderen könnten auch der Reihe nach zu mir kommen und bei mir bleiben; dann hätten sie doch ein wenig Aufsicht und Pflege."

Die arme Caddy hatte wirklich ein liebevolles Herz. Sie wurde immer weicher gestimmt, als sie das sagte, und weinte so sehr über das befremdliche kleine Bild ihrer Häuslichkeit, das sie heraufbeschworen hatte, daß Peepy in seiner Höhle unter dem Klavier gerührt wurde und sich mit lauten Klagen auf den Rücken legte. Erst als ich ihn hervorgeholt hatte, damit er seiner Schwester einen Kuß gebe, als ich ihn abermals auf den Schoß nahm und ihm zeigte, daß Caddy lache – sie lachte eigens zu diesem Zweck –, konnten wir ihn wieder beruhigen, und selbst dann zunächst nur unter der Bedingung, daß er uns alle der Reihe nach am Kinn fassen und unsere Gesichter mit der Hand glattstreichen durfte. Zuletzt stellten wir ihn, da er noch nicht genug im Gleichgewicht war, um es unter dem Klavier auszuhalten, auf einen Stuhl, damit er zum Fenster hinaussehen könne, und Miss Jellyby, die ihn an einem Bein festhielt, fuhr in ihren vertraulichen Mitteilungen fort.

„Es fing mit Ihrem Besuch bei uns an", sagte sie.

Wir fragten natürlich, wieso.

„Ich spürte so deutlich, wie linkisch ich war", erwiderte sie, „daß ich mich entschloß, jedenfalls darin mich zu bessern und tanzen zu lernen. Ich erklärte Mama, ich schämte mich über mich selbst und müsse tanzen lernen. Mama sah mich in ihrer aufreizenden Weise an, als ob sie mich gar nicht erblicke; aber ich war fest entschlossen, tanzen zu lernen, und ging in Mr. Turveydrops Tanz-Akademie in der Newman Street."

„Und dort war es, meine Liebe –" fing ich an.

„Ja, dort war es", sagte Caddy, „und ich bin mit Mr. Turveydrop verlobt. Es gibt zwei Mr. Turveydrop, Vater und Sohn. Mein Mr. Turveydrop ist natürlich der Sohn. Ich wünschte nur, ich wäre besser erzogen und könnte eine bessere Frau für ihn abgeben; denn ich habe ihn sehr gern."

„Ich muß gestehen, das zu hören, tut mir sehr leid", sagte ich.

„Ich weiß nicht, warum es Ihnen leid tun sollte", entgegnete sie ein wenig ängstlich; „aber ich bin nun einmal mit Mr. Turveydrop verlobt, und er hat mich sehr gern. Es ist selbst auf seiner Seite noch ein Geheimnis, weil der alte Mr. Turveydrop Anteil am Geschäft hat und es ihm das Herz brechen oder sonst einen Stoß geben könnte, wenn man es ihm unvorbereitet mitteilt. Der alte Mr. Turveydrop ist ein richtiger Gentleman – ein vollkommener Gentleman."

„Weiß es seine Frau?" fragte Ada.

„Des alten Mr. Turveydrop Frau, Miss Clare?" gab Miss Jellyby mit weitgeöffneten Augen zurück. „Die gibt es gar nicht. Er ist Witwer."

Hier unterbrach uns Peepy, dessen Bein, weil seine Schwester unbewußt wie an einem Klingelzug daran riß, wenn sie nachdrücklich wurde, so viel hatte ausstehen müssen, daß das unglückliche Kind jetzt seine Leiden in kläglichem Ton bejammerte. Da er sich an mich um Mitleid wandte und ich ja bloß zuzuhören brauchte, übernahm ich es, ihn zu halten. Miss Jellyby fuhr fort, nachdem sie Peepy mit einem Kuß um Verzeihung gebeten und ihm versichert hatte, daß es unabsichtlich geschehen sei.

„So liegen die Dinge", sagte Caddy. „Wenn ich mir je etwas vorwerfen muß, werde ich doch immer glauben, daß Mama daran schuld ist. Wir wollen heiraten, sobald wir können, und dann gehe ich zu Papa ins Geschäft und schreibe an Mama. Es wird sie nicht schwer erschüttern; für sie bin ich doch nur Feder und Tinte. Ein großer Trost ist", sagte sie dann mit einem Schluchzen, „daß ich nichts mehr von Afrika höre, wenn ich verheiratet bin. Der junge Mr. Turveydrop kann es meinetwegen nicht leiden; und wenn der alte Mr. Turveydrop weiß, daß es so ein Land gibt, so weiß er sehr viel."

„Das ist der, denke ich, der ein so vollendeter Gentleman ist?" sagte ich.

„Ein absoluter Gentleman, gewiß", sagte Caddy. „Er ist allenthalben wegen seines Anstands berühmt."

„Gibt er Unterricht?" fragte Ada.

„Nein, er gibt keinen bestimmten Unterricht", entgegnete Caddy, „aber sein Anstand ist tadellos."

Caddy fuhr sehr zögernd und scheu fort, sie habe uns noch etwas zu sagen; sie fühle, daß wir es wissen müßten, und sie hoffe, wir würden es nicht übel aufnehmen. Sie habe nämlich die Bekanntschaft mit Miss Flite, der kleinen, verrückten alten Dame, fortgesetzt und gehe häufig frühmorgens dorthin, um ihren Geliebten vor dem Frühstück auf ein paar Minuten zu sprechen – nur ein paar Minuten. „Ich besuche sie auch zu anderen Zeiten", sagte Caddy, „aber dann kommt Prince nicht. Der junge Mr. Turveydrop heißt mit Vornamen Prince; ich wollte, er hätte einen anderen, denn er klingt wie ein Hundename, aber natürlich hat er sich nicht selbst getauft. Der alte Mr. Turveydrop hat ihn so taufen lassen zum Andenken an den Prinzregenten. Der alte Mr. Turveydrop betete den Prinzregenten an wegen seines Anstands. Ich hoffe, Sie legen es mir nicht übel aus, daß ich diese kleinen Verabredungen bei Miss Flite habe, zu der ich zuerst mit Ihnen kam; denn ich habe die arme Frau um ihrer selbst willen gern und glaube, sie hat mich auch gern. Wenn Sie den jungen Mr. Turveydrop sehen könnten, so bin ich überzeugt, Sie dächten gut von ihm, wenigstens weiß ich gewiß, Sie könnten nichts Böses von ihm denken. Ich gehe jetzt hin, um meine Stunde zu nehmen. Ich wage nicht, Sie zu bitten, mitzukommen, Miss Summerson; aber wenn Sie es tun wollten", sagte Caddy, die jetzt sehr angelegentlich und zitternd sprach, „so würde es mich sehr, sehr freuen."

Es traf sich gerade, daß wir mit meinem Vormund verabredet hatten, heute Miss Flite zu besuchen. Wir hatten ihm von unserem früheren Besuch erzählt, und unser Bericht hatte ihn interessiert; aber es war immer wieder etwas dazwischengekommen, wenn wir hingehen wollten. Da ich mir genug Einfluß auf Miss Jellyby zutraute, um sie von jedem übereilten Schritt abzuhalten, wenn ich das Vertrauen vollständig annahm, das mir das arme Mädchen so willig schenkte, so schlug ich vor, sie, ich und Peepy sollten zur Tanz-Akademie gehen und dann meinen Vormund und Ada bei Miss Flite treffen, deren Namen ich jetzt zum erstenmal hörte. Das alles aber unter der Bedingung, daß Miss Jellyby und Peepy nachher wieder zu uns zum Essen kommen sollten. Nachdem dieser letzte Punkt des Abkommens von beiden mit Freuden angenommen worden war, putzten wir Peepy mit Hilfe einiger Nadeln, etwas Seife und Wasser und einer Haarbürste ein wenig heraus und lenkten unsere Schritte zur Newman Street, die ganz in der Nähe war.

Die Akademie befand sich in einem rußgeschwärzten Haus an der Ecke einer Durchfahrt; in allen Treppenfenstern standen Büsten. Wie ich aus den Schildern an der Tür sah, wohnten in dem Haus noch ein Zeichenlehrer, ein Kohlenhändler – allerdings war kein Platz für seine Kohlen da – und ein Lithograph. Auf dem Schild, das nach Größe und Anordnung den Vorrang vor allen übrigen hatte, las ich: Mr. Turveydrop.

Die Tür stand offen, und die Vorhalle war verbarrikadiert, mit einem großen Klavier, einer Harfe und verschiedenen anderen, bereits in Kisten verpackten Musikinstrumenten, die alle fortgeschafft werden sollten und bei Tage etwas liederlich aussahen. Miss Jellyby sagte mir, daß die Akademie am vorigen Abend zu einem Konzert vermietet gewesen sei.

Wir gingen die Treppe hinauf – es war früher einmal ein recht schönes Haus gewesen, als sich jemand damit abgab, es reinlich und frisch zu erhalten, und niemand sich darauf verlegte, den ganzen Tag darin zu rauchen – und traten in Mr. Turveydrops großen Saal, der hinten an den Pferdestall grenzte und durch Oberlicht erhellt wurde. Es war ein leerer, hallender

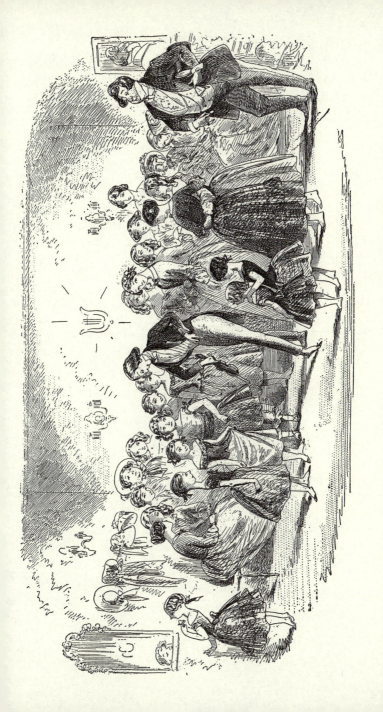

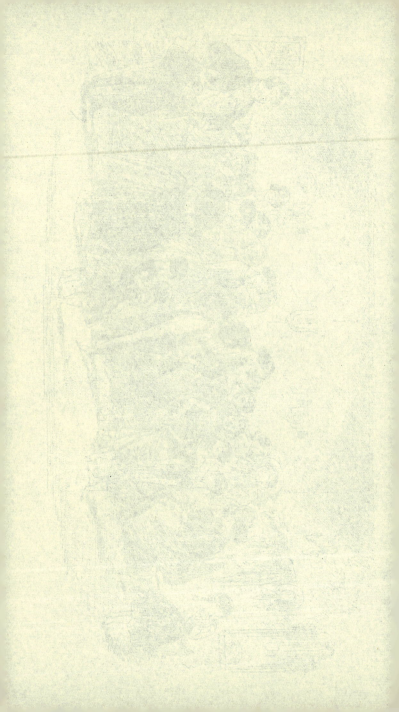

Raum, der nach Stall roch; die Wand entlang standen Rohrbänke, und die Wände waren in regelmäßigen Zwischenräumen mit gemalten Leiern und kleinen, gläsernen Leuchterarmen verziert, die die zurückgebliebenen Wachstropfen abzustoßen schienen wie Zweige im Herbst ihre Blätter. Mehrere junge Damen von dreizehn oder vierzehn bis zu zwei- oder dreiundzwanzig Jahren waren als Schülerinnen versammelt, und ich sah mich eben unter ihnen nach ihrem Lehrer um, als mich Caddy in den Arm kniff und die gewöhnliche Redensart der Einführung hersagte: „Miss Summerson – Mr. Prince Turveydrop!"

Ich verbeugte mich vor einem kleinen, blauäugigen, hübschen Mann von jugendlichem Aussehen, mit Flachshaar, das in der Mitte gescheitelt und am unteren Ende rings um den Kopf gelockt war. Er hielt unter dem linken Arm eine kleine Violine, die wir in der Schule „Kätzchen" zu nennen pflegten, und den Bogen dazu in der linken Hand. Seine Tanzschuhe waren ganz besonders klein, und er hatte ein unschuldiges, weibliches Wesen, das nicht nur auf liebenswürdige Weise mein Herz ansprach, sondern auch die eigentümliche Vorstellung in mir hervorrief, daß er seiner Mutter ähnlich sehe und daß diese nicht sehr hochgeschätzt oder sehr gut behandelt worden sei.

„Ich schätze mich glücklich, Miss Jellybys Freundin kennenzulernen", sagte er und verbeugte sich tief vor mir. „Da ihre übliche Zeit schon vorüber ist", fuhr er mit schüchterner Zärtlichkeit fort, „fing ich schon an zu fürchten, sie werde heute nicht kommen."

„Ich muß Sie bitten, das freundlichst mir anzurechnen, da ich sie abgehalten habe, und meine Entschuldigung anzunehmen, Sir", sagte ich.

„O Gott!" sagte er.

„Und bitte", fuhr ich fort, „lassen Sie mich nicht die Ursache weiteren Verzugs sein."

Mit diesen Worten zog ich mich auf einen Sitz zurück zwischen Peepy, der, ganz daran gewöhnt, bereits auf einen Eckplatz geklettert war, und einer alten Dame mit strengem Gesicht, deren zwei Nichten an der Tanzstunde teilnahmen und die sich sehr über Peepys Stiefel ärgerte. Prince Turveydrop zupfte dann mit den Fingern an den Saiten seiner Geige, und die jungen Damen traten zum Tanz an. In diesem Augenblicke erschien durch eine Seitentür der alte Mr. Turveydrop im vollen Glanz seines Anstandes.

Er war ein fetter, alter Herr mit falschem Teint, falschen Zähnen, falschem Backenbart und einer Perücke. Er trug einen Pelzkragen, und sein Frack, dem nur ein Stern oder ein breites, blaues Band fehlte, um vollständig zu sein, war auswattiert. Er war eingeschnürt, aufgeblasen, zurechtgemacht und enggeschnallt, so sehr er es nur vertragen konnte. Er trug eine Halsbinde, die sogar noch seine Augen aus ihrer natürlichen Lage drängte, und sein Kinn und selbst seine Ohren versanken so tief darin, daß es aussah, als müsse er unvermeidlich zusammenknicken, wenn er sie ablegte. Unter dem Arm hatte er einen großen, schweren Hut, der von der Krone schräg nach innen zur Krempe abfiel, und in der Hand hielt er ein Paar weiße Handschuhe, mit denen er ihn abstäubte, während er auf einem Bein dastand in unübertrefflich hochschultriger, ellbogengerundeter Eleganz. Er hatte einen Stock, ein Augenglas, eine Dose, Ringe, Manschetten, er hatte alles, nur kein Härchen Natur; er war weder Jugend noch Alter, er war nichts in der Welt als ein Modell für anständige Haltung.

„Vater, ein Gast! Miss Jellybys Freundin, Miss Summerson."

„Hochgeehrt durch Miss Summersons Anwesenheit", begrüßte mich Mr. Turveydrop. Als er sich in seinem geschnürten Zustand gegen mich verbeugte, glaubte ich fast, selbst das Weiße in seinen Augen bekomme Falten.

„Mein Vater ist ein berühmter Mann", sagte der Sohn neben mir mit ganz echtem Glauben an ihn. „Mein Vater wird sehr bewundert."

„Fahre fort, Prince, fahre fort!" sagte Mr. Turveydrop, der mit dem Rücken gegen das Feuer stand und herablassend mit den Handschuhen winkte. „Fahre fort, mein Sohn."

Auf diesen Befehl oder auf diese gnädige Erlaubnis hin wurde der Unterricht fortgesetzt. Prince Turveydrop spielte manchmal tanzend die Violine, manchmal stehend das Klavier, manchmal summte er die Melodie mit dem bißchen Atem, das er gerade noch übrig hatte, während er eine Schülerin verbesserte; stets führte er mit der Ungeschicktesten jeden Schritt und jeden Teil einer Figur gewissenhaft durch und ruhte nicht einen Augenblick. Sein ausgezeichneter Vater tat gar nichts, sondern stand am Feuer, ein Modell für anständige Haltung.

„Und er tut nie etwas anderes", bemerkte die alte Dame mit dem strengen Gesicht. „Würden Sie glauben, daß sein Name an der Tür steht?"

„Der Name seines Sohnes ist ja ganz derselbe", sagte ich.

„Er ließe seinem Sohn gar keinen Namen, wenn er ihm den nehmen könnte", gab die alte Dame zurück. „Sehen Sie nur den Rock des Sohnes an!" Der war allerdings unansehnlich, abgetragen, fast schäbig. „Aber der Vater muß geputzt und geschniegelt sein", sagte die alte Dame, „seines Anstands wegen. Den wollte ich schon beanstanden – deportieren wäre noch besser!"

Ich war neugierig, mehr über diesen Mann zu erfahren, und fragte: „Gibt er jetzt Anstandsunterricht?"

„Jetzt!" entgegnete die alte Dame knapp. „Hat es nie getan!" Nach kurzem Nachdenken fragte ich, ob er dann vielleicht fechten könne.

„Ich glaube nicht, daß er das kann", sagte die alte Dame.

Ich machte ein überraschtes und wißbegieriges Gesicht. Die alte Dame, die sich über den Meister des Anstands immer mehr erzürnte, je länger sie bei dem Gegenstand verweilte, erzählte mir einige Einzelheiten aus seiner Laufbahn mit den stärksten Versicherungen, daß sie nicht übertreibe.

Er hatte eine sanfte, kleine Tanzlehrerin mit leidlicher Kundschaft geheiratet – er selbst hatte nie im Leben etwas anderes getrieben als Anstand – und sie zu Tode geplagt oder wenigstens geduldet, daß sie sich zu Tode plagte, um ihm die Ausgaben zu ermöglichen, die für seine Stellung unentbehrlich waren. Um seinen Anstand den besten Fachleuten vorzuführen und ständig die besten Vorbilder vor Augen zu haben, hatte er es für notwendig gefunden, alle Lokale zu besuchen, wo die modische, müßige Welt verkehrte, sich zur üblichen Zeit in Brighton und anderswo sehen zu lassen und ein Leben ohne Beschäftigung in den allerbesten Kleidern zu führen. Damit er das könne, hatte sich die gute, kleine Tanzlehrerin geplagt und geschunden und würde sich heute noch plagen und schinden, wenn ihre Kräfte so weit gereicht hätten. Denn der springende Punkt bei der Geschichte war, daß trotz der grenzenlosen Selbstsucht des Mannes seine Frau, überwältigt von seinem Anstand, bis zuletzt an ihn geglaubt und ihn auf ihrem Sterbebett in den rührendsten Worten ihrem Sohn anvertraut hatte als einen, dem er eine untilgbare Schuld zu bezahlen habe und den er nie mit zuviel Stolz und Ehrerbietung betrachten könne. Der Sohn, der von seiner Mutter diesen Glauben geerbt und den Anstand stets vor Augen hatte, war diesem Vermächtnis treu geblieben, arbeitete jetzt im dreißigsten Lebensjahr für seinen Vater zwölf

Stunden täglich und sah mit Verehrung zu ihm auf, als stünde er auf einem altehrwürdigen Postament.

„Und wie sich der Kerl spreizt!" sagte die Dame, indem sie mit sprachloser Entrüstung den Kopf gegen den alten Mr. Turveydrop schüttelte, der seine engen Handschuhe anzog, natürlich ohne die Huldigung, die sie ihm zollte, wahrzunehmen. „Er glaubt wirklich, er gehöre zur Aristokratie! Und er ist gegen den Sohn, den er so jämmerlich hintergeht, so herablassend, daß man ihn für den tugendhaftesten aller Väter halten sollte. Oh!" redete sie ihn mit wilder Heftigkeit an, „ich könnte dich beißen!"

Ich konnte mich der Heiterkeit nicht erwehren, obwohl ich der alten Dame mit wirklicher Teilnahme zuhörte. Wenn man Vater und Sohn vor sich sah, war es schwer, an dem, was sie sagte, zu zweifeln. Was ich ohne die Erzählung der alten Dame von ihnen gedacht hätte oder was ich ohne ihren Anblick von der Erzählung der alten Dame gedacht hätte, weiß ich nicht. Alles fügte sich so gut ineinander, daß man schon dadurch überzeugt wurde.

Meine Augen schweiften noch von dem jungen Mr. Turveydrop, der sich so viel Mühe gab, zu dem alten Mr. Turveydrop, der so schönen Anstand zeigte, als dieser zu mir trat und ein Gespräch begann.

Er fragte mich zuerst, ob ich der Stadt London das Glück und die Ehre antue, daselbst zu wohnen. Ich hielt es nicht für nötig zu antworten, ich wisse recht wohl, daß in meiner Anwesenheit nicht Glück und Ehre liege, sondern sagte ihm einfach, wo ich wohnte.

„Eine so reizende, hochgebildete Dame", sagte er, indem er seinen rechten Handschuh küßte und dann auf die Schülerinnen deutete, „wird die Mangelhaftigkeit hier nachsichtig beurteilen. Wir tun unser Bestes, um Politur zu geben – Politur – Politur!"

Er setzte sich neben mich und gab sich, wie mir schien, dabei Mühe, auf der Bank so zu sitzen, wie sein erlauchtes Vorbild von jenem Kupferstich auf dem Sofa saß. Und wirklich sah er ihm sehr ähnlich.

„Politur – Politur – Politur!" wiederholte er, indem er eine Prise nahm und sanft die Finger schüttelte. „Aber wir sind nicht, wenn ich so zu einer Dame sprechen darf, die Natur und Kunst zugleich anmutig gemacht haben –" er sagte das mit der hochschultrigen Verbeugung, die er nicht machen zu können schien, ohne die Brauen in die Höhe zu ziehen und die Augen zu schließen, „wir sind nicht mehr, was wir früher im Punkt Anstand zu sein pflegten."

„Wirklich nicht, Sir?" sagte ich.

„Wir sind entartet", entgegnete er und schüttelte den Kopf, was ihm seine Halsbinde nur in sehr begrenztem Maß erlaubte. „Ein gleichmacherisches Zeitalter ist dem Anstand nicht hold. Es fördert die Pöbelhaftigkeit. Vielleicht spreche ich mit einiger Parteilichkeit. Es schickt sich vielleicht nicht für mich zu sagen, daß man mich seit einigen Jahren Gentleman Turveydrop nennt; oder daß Seine Königliche Hoheit der Prinzregent mir die Ehre erwies, zu fragen, als ich den Hut abnahm, während er aus dem Pavillon in Brighton fuhr: ‚Wer ist das? Wer zum Teufel ist das? Warum kenne ich ihn nicht! Warum hat er nicht dreißigtausend Pfund jährlich?' Aber das sind kleine Anekdoten – allgemeines Eigentum, Madam, gelegentlich immer noch in den vornehmen Kreisen zu hören."

„In der Tat?" sagte ich.

Er antwortete mit der hochschultrigen Verbeugung. „Wo das weilt, was an Anstand bei uns noch übrig ist", setzte er hinzu. „England – ach, mein Vaterland! – ist sehr entartet und entartet jeden Tag mehr. Es sind nicht mehr viele Gentlemen übrig. Wir sind nur noch wenige. Nach uns sehe ich nichts kommen als ein Geschlecht von Webern."

„Man sollte hoffen, daß sich das Geschlecht der Gentlemen hier fortpflanzen sollte", sagte ich.

„Sie sind sehr gütig", lächelte er, abermals mit der hochschultrigen Verbeugung. „Sie schmeicheln mir. Aber nein, nein! Ich bin nie imstande gewesen, meinem armen Jungen diesen Teil seiner Kunst einzupflanzen. Der Himmel verhüte, daß ich mein geliebtes Kind herabsetze, aber er hat – keinen Anstand."

„Er scheint ein vortrefflicher Lehrer zu sein", bemerkte ich.

„Verstehen Sie mich recht, mein gnädiges Fräulein, er ist wirklich ein vortrefflicher Lehrer. Alles, was gelernt werden kann, hat er gelernt. Alles, was gelehrt werden kann, kann er lehren. Aber es gibt eben Sachen –" er nahm abermals eine Prise und verbeugte sich wieder, als wolle er hinzusetzen: „zum Beispiel dies!"

Ich warf einen Blick in die Mitte des Saales, wo sich Miss Jellybys Liebhaber, jetzt mit einzelnen Schülerinnen beschäftigt, ärger plagte denn je.

„Mein liebenswertes Kind", murmelte Mr. Turveydrop und zupfte sich die Halsbinde zurecht.

„Ihr Sohn ist unermüdlich", sagte ich.

„Das von Ihnen zu hören, ist Lohn für mich", entgegnete Mr. Turveydrop. „In mancher Beziehung tritt er in die Fußtapfen seiner seligen Mutter. Sie war voll hingebender Aufopferung. Aber die Frauen, die lieben Frauen", sagte er mit sehr abstoßender Galanterie, „was für ein herrliches Geschlecht."

Ich stand auf und ging zu Miss Jellyby, die jetzt ihren Hut aufsetzte. Da die für eine Lehrstunde festgesetzte Zeit reichlich verstrichen war, fand ein allgemeines Hutaufsetzen statt. Wann Miss Jellyby und der unglückliche Prince eine Gelegenheit gefunden hatten, sich zu verloben, weiß ich nicht, jedenfalls fanden sie jetzt keine, auch nur ein Dutzend Worte zu wechseln.

„Lieber Prince", sagte Mr. Turveydrop liebevoll zu seinem Sohn, „weißt du, wieviel Uhr es ist?"

„Nein, Vater." Der Sohn hatte keine Uhr. Der Vater hatte eine schöne, goldene, die er mit einer Miene hervorzog, die der ganzen Menschheit zum Beispiel dienen konnte.

„Mein Sohn", sagte er, „es ist zwei Uhr. Vergiß nicht deine Stunde in Kensington um drei."

„Da habe ich noch Zeit genug, Vater", sagte Prince. „Ich kann im Stehen einen Bissen Mittagbrot essen und dann gehen."

„Mein lieber Sohn", entgegnete der Vater. „Du mußt sehr rasch machen. Das kalte Hammelfleisch steht auf dem Tisch."

„Danke, Vater. Gehen Sie jetzt fort, Vater?"

„Ja, mein Sohn. Ich glaube", sagte er, indem er im bescheidenen Bewußtsein seiner Wichtigkeit die Augen schloß und die Schultern hob, „ich muß mich jetzt, wie gewöhnlich, in der Stadt zeigen."

„Am besten nähmen Sie irgendwo außer Haus ein gutes Mittagessen ein", sagte der Sohn.

„Mein liebes Kind, das beabsichtige ich auch. Ich werde mein bescheidenes Mahl im französischen Kaffeehaus an der Opernkolonnade einnehmen."

„Das ist recht. Leben Sie wohl, Vater!" sagte Prince und reichte ihm die Hand.

„Leb wohl, mein Sohn, Gott behüte dich!"

Mr. Turveydrop sagte das in ordentlich frommem Ton; und es schien seinem Sohn zu gefallen: dieser war beim Abschied so freudig berührt, so ehrerbietig und so stolz auf ihn, daß es mir fast wie eine Unfreundlichkeit gegen den Jüngeren vorkam, nicht unbedingt an den Älteren glauben zu können. Die wenigen Augenblicke, die Prince brauchte, um sich von uns zu verabschieden, und namentlich von einer von uns, was sich, wie ich sah, insgeheim abspielte, verstärkten noch meinen günstigen Eindruck von seinem fast kindlichen Charakter. Als er seine kleine Violine in den Sack steckte und mit ihr seinen Wunsch, noch ein wenig bei Caddy zu bleiben, und dann ganz zufrieden zu seinem kalten Hammelfleisch und seinem Tanzunterricht in Kensington ging, empfand ich für ihn so viel Zuneigung und Mitleid, daß ich über seinen Vater kaum weniger zornig war als die strenge alte Dame.

Der Vater öffnete uns die Zimmertür und verabschiedete sich von uns mit einer Verbeugung, die, wie ich zugeben muß, seines glänzenden Vorbilds würdig war. Im selben Stil ging er gleich danach auf der anderen Seite der Straße an uns vorüber, auf dem Weg in die aristokratischen Teile der Stadt, wo er sich unter den wenigen noch lebenden Gentlemen zeigen wollte. Eine Zeitlang war ich so in Gedanken verloren über das, was ich in Newman Street gehört und gesehen hatte, daß ich gänzlich außerstande war, mit Caddy zu sprechen oder auch nur dem, was sie mir sagte, Aufmerksamkeit zu schenken, besonders als ich mich zu fragen begann, ob es noch andere Gentlemen, nicht im Tanzfach, gebe oder je gegeben habe, die nur vom Anstand lebten und ihren Ruhm darauf gründeten. Das verwirrte mich so sehr und ließ die Möglichkeit so vieler Mr. Turveydrop zu, daß ich mir sagte: Esther, du mußt dich entschließen, nicht weiter an diese Sache zu denken und auf Caddy zu hören. Das tat ich denn auch, und wir plauderten den ganzen restlichen Weg bis Lincoln's Inn.

Caddy erzählte mir, die Erziehung ihres Verlobten sei so vernachlässigt worden, daß es nicht immer leicht sei, seine Briefe zu lesen. Sie sagte, wenn er wegen seiner Orthographie nicht so ängstlich wäre und sich weniger Mühe gäbe, es recht zu machen, ginge es besser, aber er schiebe in kurze Worte so viele unnötige Buchstaben ein, daß sie ihr englisches Aussehen manchmal ganz verlören. „Er tut's in der besten Absicht", bemerkte sie, „aber es hat nicht die Wirkung, die er beabsichtigt, der arme Kerl." Caddy begann dann Betrachtungen darüber anzustellen, wie man denn von ihm Bildung verlangen könne, da er sein ganzes Leben in der Tanzschule zugebracht und nichts getan habe, als Lehren und Lernen, Lernen und Lehren, früh, mittags und abends! Und was schadete es auch? Sie könne Briefe genug für beide schreiben, wie sie auf ihre Kosten erfahren habe, und es sei viel besser für ihn, liebenswert zu sein als gelehrt. „Außerdem bilde ich mir nicht ein, ein gebildetes Mädchen zu sein, das ein Recht hätte, die Nase hochzutragen", sagte sie. „Ich weiß wenig genug, das steht fest, dank meiner Mama!"

„Etwas muß ich Ihnen noch sagen, da wir jetzt allein sind", fuhr Caddy fort, „was ich nicht gern erwähnt hätte, bevor Sie Prince gesehen hatten, Miss Summerson. Sie wissen, was für eine Wirtschaft bei uns zu Hause ist. Es ist sinnlos, zu versuchen, bei uns zu Hause etwas zu lernen, was für Princes Frau nützlich sein könnte. Bei uns herrscht ein solches Durcheinander, daß das unmöglich ist, und es hat mich nur noch mehr entmutigt, wenn ich es versucht habe. So habe ich ein wenig Übung im Haushalt erworben bei – wo meinen Sie wohl? Bei der armen Miss Flite! Früh am Morgen helfe ich ihr Zimmer aufräumen und ihre Vögel besorgen; und dann koche ich ihr Kaffee – sie hat es mich natürlich gelehrt, – und ich habe es so gut gelernt, daß Prince behauptet, es sei der allerbeste Kaffee, den er je gekostet habe, und werde dem alten Mr. Turveydrop, der es mit seinem Kaffee sehr genau nimmt, vortrefflich schmecken. Ich kann auch kleine Puddings machen, und ich weiß, wie man einen Hammelrücken und Tee, Zucker, Butter und viele andere Wirtschaftsdinge einkauft. Mit der Nadel kann ich noch nicht recht umgehen", sagte Caddy mit einem Blick auf die Ausbesserungen an Peepys Röckchen, „aber vielleicht lerne ich es noch. Und seit ich mit Prince verlobt bin und mich mit alldem befasse, bin ich, glaube ich, in besserer Stimmung und versöhnlicher gegen Mama. Anfangs störte es mich heute früh, Sie und Miss Clare so nett und hübsch zu sehen und mich über Peepy und mich selbst schämen zu müssen; aber im ganzen hoffe ich, ich bin in besserer Stimmung als früher und nicht so ärgerlich über Mama."

Das arme Mädchen, das sich so angestrengt bemühte, sagte es von Herzen und rührte mich.

„Liebe Caddy", gab ich zur Antwort, „ich fange an, Sie sehr gern zu haben, und hoffe, wir werden bald Freundinnen werden." – „Oh, wirklich?" rief Caddy; „wie glücklich würde mich das machen!" – „Liebe Caddy", sagte ich, „wir wollen gleich von jetzt an Freundinnen sein und recht oft über diese Dinge plaudern und versuchen, uns darin zurechtzufinden." Caddy war außer sich vor Freude. Ich sagte ihr in meiner altmodischen Weise alles, was ich ihr sagen konnte, um sie zu trösten und zu ermutigen; und ich hatte an diesem Tag keine Einwendungen gegen den alten Mr. Turveydrop – unter der Bedingung, daß er nur seine Schwiegertochter ausstatte.

Über alldem hatten wir Mr. Krooks Haus erreicht, wo der Privateingang offenstand. An den Türpfosten war ein Zettel geklebt mit der Nachricht, daß im zweiten Stock ein Zimmer zu vermieten sei. Das veranlaßte Caddy, mir, während wir die Treppe hinaufgingen, zu erzählen, daß es einen plötzlichen Todesfall und eine Totenschau gegeben habe und daß unsere kleine Freundin vor Schrecken krank geworden sei. Da Tür und Fenster des unbesetzten Zimmers offenstanden, schauten wir hinein. Es war das Zimmer mit der schwarzen Tür, auf das mich Miss Flite bei meiner letzten Anwesenheit im Haus so geheimnisvoll hingewiesen hatte. Es war ein trüber, öder Raum, ein Raum voll Schwermut und Sorge, der in mir ein seltsames Gefühl der Trauer, ja der Furcht erweckte.

„Sie sehen blaß aus", sagte Caddy, als wir heraustraten, „und so, als sei Ihnen kalt." Wirklich hatte mich das Zimmer durchkältet.

Wir waren langsam gegangen, während wir uns unterhielten, und mein Vormund und Ada waren schon da. Wir fanden sie in Miss Flites Dachstübchen. Sie besahen sich die Vögel, während ein Arzt, der so gut war, Miss Flite mit viel Eifer und Teilnahme zu behandeln, mit ihr freundlich am Kamin sprach.

„Mein ärztlicher Besuch ist zu Ende", sagte er und trat vor. „Miss Flite geht es viel besser, sie kann morgen wieder bei Gericht erscheinen, da ihr so viel daran liegt. Wie ich höre, ist sie dort sehr vermißt worden."

Miss Flite nahm das Kompliment mit Wohlgefallen auf und machte uns allen einen gemeinsamen Knicks.

„Sehr geehrt durch den abermaligen Besuch der Mündel in Sachen Jarndyce", sagte sie. „Schätze mich sehr, sehr glücklich, Jarndyce von Bleakhaus unter meinem bescheidenen Dach zu empfangen!" mit einem besonderen Knicks. „Meine liebe Fitz-Jarndyce" – diesen Namen hatte sie offenbar Caddy gegeben und nannte sie stets so, „seien Sie mir doppelt willkommen!"

„War sie sehr krank?" fragte Mr. Jarndyce den Arzt, den wir bei ihr gefunden hatten. Sie antwortete sofort selber, obgleich er ganz leise gefragt hatte.

„Oh, entschieden unwohl, oh, wirklich sehr unwohl!" sagte sie vertraulich. „Nicht Schmerz, wissen Sie – Sorgen. Weniger körperlich als nervös, nervös! Die Sache ist", sagte sie in gedämpftem Ton und zitternd, „wir hatten einen Todesfall hier. Gift war im Haus. Ich bin gegen solch schreckliche Dinge sehr empfindlich. Es entsetzte mich. Nur Mr. Woodcourt weiß, wie sehr. Mein Arzt, Mr. Woodcourt!" setzte sie mit großer Förmlichkeit hinzu. „Die Mündel in Sachen Jarndyce; Jarndyce von Bleakhaus; Fitz-Jarndyce."

„Miss Flite", sagte Mr. Woodcourt mit eindringlicher Stimme, als wende er sich an sie, während er zu uns sprach, und legte dabei seine Hand sanft auf ihren Arm, „Miss Flite beschreibt ihre Krankheit mit gewohnter Genauigkeit. Sie wurde durch einen Vorfall im Hause erschüttert, der eine stärkere Person hätte erschüttern können, und wurde vor Schmerz und Aufregung krank. In der ersten Hast der Entdeckung brachte sie mich hierher, wenn auch zu spät, um dem Unglücklichen noch helfen zu können. Ich habe mich für diese Enttäuschung dadurch entschädigt, daß ich seither hierherkomme und ihr von bescheidenem Nutzen bin."

„Der freundlichste Arzt des ganzen Kollegiums", flüsterte mir Miss Flite zu. „Ich erwarte ein Urteil. Am Tag des Gerichts. Und dann werde ich Güter verschenken."

„Sie wird in ein paar Tagen so gesund sein, wie sie nur sein kann", sagte Mr. Woodcourt, indem er sie lächelnd beobachtete. „Mit anderen Worten: vollkommen wohl. Haben Sie gehört, welch ein Glück sie gehabt hat?"

„Ein ganz außerordentliches Glück", sagte Miss Flite strahlend. „So etwas haben Sie noch nie gehört! Jeden Sonnabend übergibt mir Konversations-Kenge oder Guppy, Kenges Schreiber, ein Papier mit Schillingen. Mit Schillingen! Sie können es mir glauben! Stets ist dieselbe Anzahl im Papier. Immer einer für jeden Tag in der Woche. Jetzt wissen Sie's also! So zur rechten Zeit, nicht wahr? Jawohl! Woher, meinen Sie wohl, mögen diese Papiere kommen? Das ist die große Frage. Natürlich! Soll ich Ihnen sagen, was ich denke? Ich denke", sagte sie, indem sie mit schlauem Blick zurücktrat und vielsagend den rechten Zeigefinger bewegte, „daß sie der Lordkanzler schickt mit Rücksicht auf die Länge der Zeit, die das große Siegel bereits geöffnet ist; denn es ist schon seit langem geöffnet. Bis der Spruch ergeht, den ich erwarte. Sie werden zugeben, daß das sehr anständig ist. Auf diese Weise einzugestehen, daß er, am menschlichen Leben gemessen, wirklich etwas langsam ist. So zartfühlend! Als ich neulich im Gerichtshof war – ich wohne den Sitzungen regelmäßig bei, mit meinen Dokumenten –, stellte ich ihn deshalb zur Rede, und er gab es fast zu. Das heißt, ich lächelte ihn von meiner Bank aus an, und er lächelte mich von seiner Bank aus an. Aber ist es nicht ein großes Glück, ein sehr großes? Und Fitz-Jarndyce weiß das Geld für mich recht vorteilhaft zu verwenden. Oh, ich sage Ihnen, außerordentlich vorteilhaft."

Da sie sich an mich gewandt hatte, wünschte ich ihr Glück zu dieser erfreulichen Erhöhung ihres Einkommens und wünschte ihr deren lange Dauer. Ich grübelte nicht über die Quelle nach, aus der sie kam, und fragte mich nicht, wessen Menschlichkeit so umsichtig sei. Mein Vormund stand vor mir und besah sich die Vögel, und ich brauchte nicht in weiterer Entfernung zu suchen.

„Und wie heißen diese kleinen Burschen, Madam?" fragte er mit seiner angenehmen Stimme. „Haben sie Namen?"

„Ich kann für Miss Flite antworten, daß sie Namen haben", sagte ich, „denn sie versprach, uns ihre Namen zu nennen. Ada weiß es noch."

Ada wußte es noch recht gut.

„Habe ich das versprochen?" sagte Miss Flite. — „Wer ist dort an meiner Tür? Was horchen Sie an meiner Tür, Krook?" Der alte Hauswirt stieß die Tür auf und erschien, die Pelzmütze in der Hand und seine Katze dicht hinter sich.

„Ich habe nicht gehorcht, Miss Flite", sagte er. „Ich wollte eben klopfen, aber Sie hören so flink!"

„Schicken Sie Ihre Katze fort. Jagen Sie sie hinaus!" rief die alte Dame heftig.

„Bah! Bah! Sie ist nicht gefährlich, meine Herrschaften!" sagte Mr. Krook und sah langsam und scharf vom einen zum anderen, bis er uns alle ins Auge gefaßt hatte; „sie wird, solange ich dabei bin, nie an die Vögel gehen, wenn ich es sie nicht heiße."

„Sie müssen meinen Hauswirt entschuldigen", sagte die alte Dame mit würdevoller Miene. „V-, ganz v-! — Was wünschen Sie, Krook, Sie sehen doch, daß ich Gesellschaft habe."

„Hi!" sagte der Alte. „Sie wissen, ich bin der Kanzler."

„Nun", gab Miss Flite zurück, „was weiter?"

„Daß dem Kanzler", sagte der Alte in sich hineinlachend, „ein Jarndyce unbekannt bleiben sollte, wäre seltsam, nicht wahr, Miss Flite? Darf ich mir nicht die Freiheit nehmen? — Ihr Diener, Sir. Ich kenne den Fall Jarndyce gegen Jarndyce fast so genau wie Sie, Sir. Ich kannte den alten Squire Tom, Sir, aber soviel ich weiß, habe ich Sie noch nie gesehen, nicht einmal bei Gericht. Und ich gehe doch so unendlich oft im Lauf des Jahres hin, einen Tag zum anderen gerechnet."

„Ich gehe nie hin", sagte Mr. Jarndyce – er tat es wirklich unter keiner Bedingung. „Ich ginge lieber – sonstwohin."

„Wirklich?" gab Krook feixend zurück. „Sie sind schlimm auf meinen edlen und gelehrten Bruder zu sprechen, Sir; obwohl das vielleicht bei einem Jarndyce nur natürlich ist. Das gebrannte Kind, Sir! Sie sehen sich die Vögel meiner Mieterin an, Mr. Jarndyce?" Der Alte war allmählich weiter ins Zimmer getreten, bis er jetzt meinen Vormund mit dem Ellbogen berührte und ihm mit den bebrillten Augen scharf ins Gesicht sah. „Es ist eine ihrer Wunderlichkeiten, daß sie nie die Namen dieser Vögel nennt, wenn sie es vermeiden kann, obgleich sie ihnen allen Namen gegeben hat." Das sagte er flüsternd. „Soll ich sie hersagen, Flite?" fragte er dann laut, indem er uns zuwinkte und auf sie hinwies, wie sie sich hastig abwandte und so tat, als kehre sie den Herd.

„Wenn Sie wollen", antwortete sie hastig.

Der Alte warf uns noch einen Blick zu, sah dann zu den Käfigen hinauf und ging dann die Liste durch: „Hoffnung, Freude, Jugend, Friede, Ruhe, Leben, Staub, Asche, Verschwendung, Mangel, Ruin, Verzweiflung, Wahnsinn, Tod, List, Torheit, Worte, Perücken, Lumpen, Pergament, Plunder, Präzedenz, Jargon, blauer Dunst und Larifari. Das ist die ganze Reihe", sagte der Alte, „alle von meinem edlen und gelehrten Bruder in Käfigen gesammelt."

„Ein böser Wind!" brummte mein Vormund.

„Wenn mein edler und gelehrter Bruder sein Urteil fällt, sollen sie freigelassen werden", sagte Krook und winkte uns wieder zu. „Und dann", setzte er flüsternd und feixend hinzu, „wenn das je geschieht – es geschieht aber nie –, so beißen die Vögel, die nie im Käfig gewesen sind, diese tot."

„Wenn wir je Ostwind hatten", sagte mein Vormund, indem er tat, als schaue er zum Fenster hinaus nach einer Windfahne, „so haben wir ihn heute!"

Es wurde uns schwer, aus dem Haus fortzukommen. Miss Flite hielt uns nicht auf; sie war ein verständiges kleines Geschöpf, das auf die Wünsche anderer so viel Rücksicht nahm, wie man verlangen konnte. Schuld war Mr. Krook. Er schien ganz unfähig, sich von Mr. Jarndyce loszumachen. Wenn er an ihn angekettet gewesen wäre, hätte er ihm kaum dichter folgen können. Er schlug uns vor, uns seinen Kanzleigerichtshof und das ganze seltsame Allerlei zu zeigen, das er enthielt. Während dieser ganzen Besichtigung, die er in die Länge zog, blieb er immer dicht neben Mr. Jarndyce und hielt ihn manchmal unter dem oder jenem Vorwand zurück, bis wir vorausgegangen waren, als quäle ihn eine Neigung, von einem geheimen Gegenstand zu sprechen, ohne daß er sich entschließen konnte, davon anzufangen. Ich kann mir kein Gesicht und Benehmen vorstellen, das deutlicher Vorsicht und Unentschlossenheit und einen dauernden Drang ausdrückte, etwas zu tun, wozu er sich doch nicht entschließen konnte, als Mr. Krooks Gesicht und Benehmen an diesem Tag. Ununterbrochen beobachtete er meinen Vormund. Selten ließ er die Augen von seinem Gesicht. Wenn er neben ihm ging, betrachtete er ihn mit der Schlauheit eines alten Eisfuchses. Wenn er vor ihm herging, sah er sich nach ihm um. Standen wir still, so stellte er sich ihm gegenüber auf, fuhr mit der Hand immer wieder über den offenen Mund, im Gesicht den seltsamen Ausdruck eines Machtbewußtseins, riß die Augen weit auf und runzelte seine grauen Augenbrauen, bis sie aussahen, als ob sie zusammengewachsen wären; jeden Zug im Gesicht des anderen schien er zu erforschen.

Nachdem wir, stets von der Katze begleitet, überall im Haus herumgegangen waren und seinen ganzen, allerdings wunderlichen Vorrat an Plunder aller Art gesehen hatten, kamen wir endlich in den hinteren Teil des Ladens. Hier fanden wir auf einem aufrechtstehenden leeren Faß eine Tintenflasche, ein paar alte Federstumpen und einige schmutzige Theaterzettel; an die Wand waren mehrere große, gedruckte Alphabete in verschiedenen Schrifttypen geklebt.

„Was machen Sie hier?" fragte mein Vormund.

„Ich versuche lesen und schreiben zu lernen", sagte Krook.

„Und wie kommen Sie vorwärts?"

„Langsam. Schlecht", erwiderte der Alte ungeduldig. „Es ist schwer in meinen Jahren."

„Es fiele Ihnen leichter, wenn Sie es sich von jemandem beibringen ließen", sagte mein Vormund.

„Ja, aber der könnte es mich falsch lehren!" antwortete der Alte mit einem seltsam argwöhnischen Blick. „Ich weiß nicht, was es mir geschadet hat, daß ich es nicht eher gelernt habe. Ich möchte keinen Schaden dadurch erleiden, daß ich es jetzt falsch lerne."

„Falsch?" sagte mein Vormund mit gutgelauntem Lächeln. „Wer sollte es Sie denn falsch lehren?"

„Ich weiß es nicht, Mr. Jarndyce von Bleakhaus", gab der Alte zurück, indem er die Brille auf die Stirn schob und sich die

Hände rieb. „Ich glaube nicht, daß es jemand täte – aber ich vertraue doch lieber mir selbst als einem anderen."

Diese Antworten und sein Wesen waren seltsam genug, um meinen Vormund zu veranlassen, als wir zusammen durch Lincoln's Inn gingen, Mr. Woodcourt zu fragen, ob Mr. Krook wirklich, wie seine Untermieterin behauptete, verrückt sei. Der junge Arzt erwiderte, er habe keinen Grund, das zu glauben. Er sei außerordentlich mißtrauisch, wie es unwissende Leute gewöhnlich seien, und stünde immer mehr oder weniger unter der Einwirkung von Gin. Diesen trinke er in großen Mengen und rieche ebenso wie sein Ladenstübchen heftig danach, wie wir wohl bemerkt hätten; aber für verrückt halte er ihn noch nicht.

Auf dem Heimweg gewann ich durch den Kauf einer Windmühle und zweier Mehlsäcke Peepys Liebe so sehr, daß er sich von keinem anderen Hut und Handschuhe abnehmen lassen und beim Essen nur neben mir sitzen wollte. Caddy saß auf meiner anderen Seite neben Ada, der wir die ganze Geschichte von der Verlobung gleich nach unserer Heimkehr mitteilten. Wir behandelten Caddy und Peepy sehr aufmerksam, und Caddy wurde sehr munter. Mein Vormund war so fröhlich wie wir, und wir waren alle recht glücklich, bis Caddy spät abends in einem Mietwagen nach Hause fuhr, auf dem Schoß Peepy in festem Schlaf, aber die Windmühle fest an sich gedrückt.

Ich habe zu erwähnen vergessen – wenigstens habe ich es nicht erwähnt –, daß Mr. Woodcourt derselbe brünette junge Arzt war, dem wir bereits bei Mr. Badger begegnet waren. Weiter, daß ihn Mr. Jarndyce heute zu Tisch einlud. Ferner, daß er die Einladung annahm. Und schließlich, daß Ada, als alle fort waren und ich zu ihr sagte: „Nun, meine Liebe, wollen wir noch ein wenig von Richard plaudern", lachte und sagte –

Aber ich glaube, es kommt nicht auf das an, was mein Herzenskind sagte. Sie war stets heiter.

15. KAPITEL

Bell Yard

Während unseres Aufenthalts in London war Mr. Jarndyce stets von einer Schar leichterregbarer Damen und Herren belagert, deren Tun uns sehr in Erstaunen setzte. Mr. Quale, der sich bald nach unserer Ankunft einfand, war an allen diesen Aufregungen beteiligt. Er schien die zwei glänzenden Beulen an seinen Schläfen in alles zu drängen, was vorging, und sein Haar weiter und weiter zurückzubürsten, bis sich fast sogar die Wurzeln bereithielten, in unstillbarer Philanthropie aus dem Kopf zu springen. Alle Themen waren ihm gleich; aber besonders eifrig war er stets, wenn es sich um etwas wie ein Ehrengeschenk für irgendwen handelte. Seine Hauptfähigkeit schien unbedingte Bewunderung zu sein. Er konnte beliebig lange mit dem größten Genuß dasitzen und seine Schläfen im Licht eines beliebigen Sterns baden. Da ich ihn zuerst ganz in Bewunderung Mrs. Jellybys versunken sah, hatte ich angenommen, sie sei der Gegenstand seiner Verehrung, der alles andere verdränge. Ich entdeckte aber meinen Irrtum bald und fand, daß er der Schleppenträger und Posaunenbläser für eine ganze Prozession von Menschen war.

Mrs. Pardiggle besuchte uns eines Tages wegen einer Subskription für irgend etwas, und mit ihr kam Mr. Quale. Jedes Wort, das Mrs. Pardiggle sprach, wiederholte er uns, und genauso, wie er uns Mrs. Jellyby vorgeführt hatte, führte er uns auch Mrs. Pardiggle vor. Diese schrieb für ihren beredten Freund Mr. Gusher einen Empfehlungsbrief an meinen Vormund. Mit Mr. Gusher kam abermals Mr. Quale. Mr. Gusher, ein aufgedunsener Herr mit feuchter Haut und mit Augen, die viel zu klein für sein Vollmondgesicht waren, so daß sie ursprünglich für einen anderen gemacht zu sein schienen, war auf den ersten Blick nicht einnehmend; aber kaum hatte er sich gesetzt, so fragte Mr. Quale schon Ada und mich ganz vernehmlich, ob er nicht ein großer Mann sei – an Aufgedunsenheit war er das sicherlich, Mr. Quale meinte jedoch: an geistiger Schönheit – und ob uns nicht die großartige Stirnwölbung auffalle. Kurz, wir hörten unter diesen Leuten von sehr vielerlei Missionen sprechen, aber nichts davon war uns nur halb so klar wie das eine, daß es Mr. Quales Mission war, über die Mission jedes anderen in Verzückung zu geraten, und daß dies die populärste Mission war.

Mr. Jarndyce war unter diese Gesellschaft nur durch die Weichheit seines Herzens geraten und durch den Wunsch, alles Gute zu tun, das in seiner Macht stand. Er gestand uns aber offen, daß er sie oft als unbefriedigende Gesellschaft empfinde, wo die Wohltätigkeit krampfhafte Formen angenommen habe und wo Marktschreier und Spekulanten von billiger Berühmtheit die Barmherzigkeit als Alltagsuniform benutzten, aufdringlich in ihrem Bekenntnis, unrastig und eitel im Handeln, kriecherisch bis zur Selbsterniedrigung vor den Großen, lobhudelnd gegeneinander und unduldsam gegen jene, die lieber im Stillen die Schwachen vor dem Fall schützen, als sie mit großem Lärm und Selbstlob ein wenig emporheben, wenn sie gefallen sind. Als Mr. Gusher, der auf Mr. Quales Vorschlag ein Ehrengeschenk bekommen hatte, nun eines für Mr. Quale vorschlug und über diesen Gegenstand anderthalb Stunden in einer Versammlung sprach, an der zwei Armenschulen für kleine Jungen und Mädchen teilnahmen, die ausdrücklich an das Scherflein der Witwe erinnert und aufgefordert wurden, ihre halben Pence als annehmbare Opfer zu bringen, da wehte, glaube ich, der Wind drei volle Wochen lang aus Ost.

Ich erwähne das, weil ich wieder von Mr. Skimpole sprechen will. Mir schien, seine ungekünstelten Äußerungen kindlicher Unbekümmertheit seien als Gegensatz zu diesen Dingen für meinen Vormund ein großer Trost und er glaube um so bereitwilliger daran, weil es ihm Freude machen mußte, unter so vielen Andersgearteten einen so vollkommen arglosen und aufrichtigen Menschen zu finden. Ich möchte damit nicht andeuten, daß Mr. Skimpole das erriet und sich danach richtete; ich habe ihn nie genug gekannt, um das zu wissen. Wie er sich meinem Vormund zeigte, zeigte er sich gewiß auch der übrigen Welt.

Er war nicht ganz wohl gewesen, und deshalb hatte er sich noch nicht bei uns eingefunden, obgleich er in London wohnte. Eines Morgens erschien er in seiner gewöhnlichen angenehmen Art und so heiter gelaunt wie immer.

Da sei er nun, sagte er. Er habe an der Galle gelitten, aber reiche Leute litten oft an der Galle, und deshalb habe er sich eingeredet, ein wohlhabender Mann zu sein. Das sei er auch in gewisser Hinsicht – nämlich in seinen weitreichenden Absichten. Er habe seinen Arzt geradezu verschwenderisch bereichert. Er habe sein Honorar stets verdoppelt und manchmal vervierfacht. Er habe zu dem Arzt gesagt: „Mein lieber Doktor, es ist eine vollständige Täuschung Ihrerseits, wenn Sie glauben, Sie behandeln mich umsonst. Ich überschütte Sie mit Geld – in meinen ausschweifenden Gedanken –, wenn Sie's nur wüßten!" Und wirklich, sagte er, denke er mit solchem Ernst daran, daß er glaube, es sei so gut wie getan. Hätte er diese Stückchen Metall oder dünnes Papier, auf die das Menschengeschlecht so großen Wert legt, dem Arzt in die Hand drücken können, so hätte er sie ihm in die Hand gedrückt. Da er sie nicht habe, so ersetze er die Tat durch den Willen. Sehr gut! Wenn er es wirklich wolle, wenn sein Wille echt und wahr sei – und das sei er –, so scheine ihm das ebensogut wie Münze, um die Schuld zu tilgen.

„Vielleicht ist das zum Teil deshalb, weil ich den Wert des Geldes nicht kenne", sagte Mr. Skimpole, „aber es kommt mir oft so vor. Es scheint mir so verständig! Mein Fleischer sagt zu mir, er möchte die kleine Rechnung bezahlt haben. Es gehört zu der hübschen, unbewußten Poesie in der Natur dieses Mannes, daß er stets von einer ‚kleinen' Rechnung spricht, um uns beiden die Bezahlung leichter erscheinen zu lassen. Ich antwortete ihm: ‚Guter Freund, wenn Sie es wüßten, sind Sie schon bezahlt – Sie hätten sich nicht erst die Mühe zu machen brauchen, wegen der kleinen Rechnung herzukommen. Sie sind bezahlt. Meine Absicht tut es.'"

„Aber nehmen wir einmal an", sagte mein Vormund lachend, „er hätte das Fleisch auf der Rechnung bloß beabsichtigt, statt es zu bringen."

„Lieber Jarndyce, Sie setzen mich in Verwunderung", entgegnete er, „Sie stellen sich auf den Boden des Fleischers. Ein Fleischer, mit dem ich einmal zu tun hatte, nahm denselben Standpunkt ein. Er sagte: ‚Sir, warum haben Sie junges Lamm zu achtzehn Pence das Pfund gegessen?' – ‚Warum ich junges Lamm zu achtzehn Pence das Pfund gegessen habe, ehrlicher Freund?' sagte ich, natürlich über die Frage erstaunt. ‚Ich esse gern junges Lamm!' Das war soweit überzeugend. ‚Nun denn, Sir', sagte er, ‚ich wollte, ich hätte nur beabsichtigt, Ihnen Lammfleisch zu liefern, wie Sie Geld zu zahlen beabsichtigen!' – ‚Guter Freund', sagte ich, ‚wir wollen die Sache besprechen wie verständige Wesen. Wie konnte das sein? Es war unmöglich. Sie hatten das Lamm, und ich habe das Geld nicht. Sie konnten doch nicht das Lamm beabsichtigen, ohne es zu schicken, während ich wirklich das Geld beabsichtigen kann, ohne es zu zahlen!' Er hatte kein Wort dagegen zu sagen. Damit war die Sache erledigt."

„Verklagte er Sie nicht?" fragte mein Vormund.

„Ja, er verklagte mich", sagte Mr. Skimpole. „Aber darin ließ er sich von der Leidenschaft leiten, nicht von der Vernunft. Leidenschaft erinnert mich an Boythorn. Er schreibt mir, daß Sie und die Damen ihm einen kurzen Besuch in seiner Junggesellenbehausung in Lincolnshire versprochen haben."

„Er steht bei meinen Mädchen sehr in Gunst", sagte Mr. Jarndyce, „und ich habe ihm für sie das Versprechen gegeben."

„Die Natur vergaß bei ihm den dämpfenden Schatten, glaube ich", bemerkte Mr. Skimpole zu Ada und mir. „Ein wenig zu stürmisch – wie das Meer; ein wenig zu wild – wie ein Stier, der sich in den Kopf gesetzt hat, jede Farbe für scharlachrot zu halten. Aber ich gebe zu, daß gleichsam unbehauene gute Eigenschaften in ihm stecken."

Es hätte mich gewundert, wenn diese beiden viel voneinander gehalten hätten, da Mr. Boythorn viele Dinge so wichtig nahm und Mr. Skimpole sich so wenig um sie kümmerte. Außerdem hatte ich bemerkt, daß Mr. Boythorn mehr als einmal auf dem Punkt stand, eine schroffe Meinung zu äußern, wenn Mr. Skimpole erwähnt wurde. Natürlich schloß ich mich einfach Ada an, die erklärte, daß wir großen Gefallen an ihm gefunden hätten.

„Er hat mich eingeladen", sagte Mr. Skimpole, „und wenn sich ein Kind solchen Händen anvertrauen kann, wozu das hier gegenwärtige Kind Mut bekommt, wenn ihm die vereinte Zärtlichkeit zweier Schutzengel zur Seite steht, so werde ich gehen. Er erbietet sich, die Hin- und Herreise zu bezahlen. Ich vermute, es kostet Geld! Schillinge vielleicht, oder Pfunde? Oder etwas derartiges. Übrigens Coavinses. Sie erinnern sich unseres Freundes Coavinses, Miss Summerson?"

Er fragte mich das, da ihm der Gegenstand in den Kopf kam, in seiner anmutigen, unbefangenen Weise und ohne die leiseste Verlegenheit.

„O ja!" sagte ich.

„Coavinses ist von dem großen Häscher festgenommen worden", sagte Mr. Skimpole. „Er wird das Sonnenlicht nicht mehr beleidigen."

Ich war sehr betroffen, das zu hören, denn ich hatte mir,

ohne mir viel dabei zu denken, das Bild des Mannes vergegenwärtigt, wie er an jenem Abend bei uns auf dem Sofa saß und sich die Stirn abwischte. „Sein Nachfolger sagte es mir gestern", fuhr Mr. Skimpole fort. „Er kam gestern am Geburtstag meiner blauäugigen Tochter. Ich hielt ihm vor: ‚Das ist unverständig und unpassend. Wenn Sie eine blauäugige Tochter hätten, gefiele es Ihnen dann, wenn ich uneingeladen an ihrem Geburtstag käme?' Aber er blieb doch."

Mr. Skimpole lachte über diesen liebenswürdigen Unsinn und fingerte auf dem Klavier herum, an dem er saß. „Und er sagte mir", fuhr er fort und griff jedesmal einen Akkord, wo ich einen Punkt hinsetze, „daß Coavinses. Drei Kinder. Hinterlassen habe. Keine Mutter. Und, da Coavinses' Gewerbe. Unpopulär ist. Seien die kleinen Coavinses. Sehr schlimm daran."

Mr. Jarndyce stand auf, kraute sich den Kopf und begann in der Stube auf und ab zu gehen. Mr. Skimpole spielte die Melodie zu einem der Lieblingslieder Adas. Ada und ich blickten Mr. Jarndyce an und glaubten zu wissen, was in seiner Seele vorging.

Nachdem er so herumgegangen war und innegehalten und mehrmals aufgehört und wieder damit angefangen hatte, sich den Kopf zu reiben, legte mein Vormund die Hand auf die Tasten und hinderte Mr. Skimpole, weiterzuspielen. „Das gefällt mir nicht, Skimpole", sagte er nachdenklich.

Mr. Skimpole, der die Sache ganz vergessen hatte, sah überrascht auf.

„Der Mann war unentbehrlich", fuhr mein Vormund fort, indem er auf dem kurzen Weg zwischen Klavier und Wand auf und ab ging und sich das Haar vom Hinterkopf aus in die Höhe strich, als hätte es der Ostwind emporgeblasen. „Wenn wir solche Leute durch unsere Fehler und Torheiten oder durch unseren Mangel an Lebenserfahrung oder durch unser Unglück unentbehrlich machen, dürfen wir uns nicht an ihnen rächen. Es war nichts Schlechtes an seinem Gewerbe. Er ernährte seine Kinder damit. Ich wüßte darüber gern mehr."

„Ah! Coavinses?" rief Mr. Skimpole, der endlich merkte, was er meinte. „Nichts leichter. Ein Gang in Coavinses' Hauptquartier, und Sie können alles erfahren, was Sie wissen wollen."

Mr. Jarndyce nickte uns zu, die wir nur auf das Signal warteten. „Kommt! Wir wollen einmal hingehen, liebe Kinder. Warum nicht dorthin ebenso gut wie woandershin!" Wir waren rasch fertig und gingen aus. Mr. Skimpole begleitete uns und freute sich ordentlich über die Unternehmung. Es sei so neu und erquickend für ihn, sagte er, daß er Coavinses suche, statt Coavinses ihn!

Er brachte uns zunächst nach Cursitor Street, zu einem Haus mit vergitterten Fenstern, das er Coavinses' Burg nannte. Wir betraten den Vorplatz und klingelten; darauf kam ein sehr häßlicher Bursche aus einer Art Pförtnerstube und betrachtete uns über ein mit Stacheln versehenes Pförtchen hinweg.

„Was wünschen Sie?" fragte er, indem er zwei Stacheln in sein Kinn drückte.

„Es gab hier einen Gerichtsvollzieher oder Amtsdiener oder etwas dergleichen, der gestorben ist", sagte Mr. Jarndyce.

„Ja?" sagte der Bursche. „Na und?"

„Ich möchte seinen Namen wissen."

„Hieß Neckett", sagte der Bursche.

„Und seine Anschrift?"

„Bell Yard", sagte der Bursche. „Krämerladen links. Firma Blinder."

„War er – ich weiß nicht, wie ich die Frage formulieren soll", brummte mein Vormund; „war er fleißig?"

„Neckett?" sagte der Bursche. „Na, und wie! Er wurde des Wachens nie müde. Er blieb auf seinem Posten an einer Straßenecke ununterbrochen acht oder zehn Stunden lang stehen, wenn er es einmal übernommen hatte."

„Er hätte es schlechter machen können", hörte ich meinen Vormund vor sich hinreden. „Er hätte es übernehmen und nicht verrichten können. Danke schön. Weiter wünsche ich nichts."

Wir verließen den Burschen, der mit schiefgelegtem Kopf und die Arme, auf das Gitter gestützt dessen Stacheln streichelte und förmlich absaugte, und kehrten nach Lincoln's Inn zurück, wo uns Mr. Skimpole erwartete, der sich Coavinses nicht hatte nahen wollen. Von da gingen wir alle nach Bell Yard, einem schmalen Gäßchen nicht weit davon. Wir fanden bald den kleinen Krämerladen und in ihm eine gutmütig aussehende Alte mit Wassersucht oder Asthma oder mit beidem zugleich.

„Necketts Kinder?" erwiderte sie auf meine Frage. „Jawohl, Miss. Drei Treppen hoch, wenn's beliebt. Die Tür gerade der Treppe gegenüber." Und sie reichte mir einen Schlüssel über den Ladentisch.

Ich sah den Schlüssel an und sah sie an; aber sie hielt es für selbstverständlich, daß ich wisse, was damit zu tun sei. Da er nur für die Tür der Kinder bestimmt sein konnte, verließ ich den Laden, ohne weiter zu fragen, und ging die dunkle Treppe hinauf voran. Wir traten so leise wie möglich auf, aber zu viert machten wir doch einigen Lärm auf den alten Brettern, und als wir den zweiten Stock erreichten, entdeckten wir, daß wir einen Mann aufgescheucht hatten, der dort stand und aus seiner Tür blickte.

„Wollen Sie zu Gridley?" fragte er und starrte mich zornig an.

„Nein, Sir", sagte ich, „wir gehen höher hinauf."

Er sah Ada, Mr. Jarndyce und Mr. Skimpole mit demselben zornigen Blick an, als sie nacheinander vorübergingen und mir folgten. Mr. Jarndyce bot ihm guten Tag. „Guten Tag!" sagte er kurz und barsch. Er war ein langer, blasser Mann mit sorgenschwerem Haupt, auf dem nur noch wenig Haar war, mit tief gefurchtem Gesicht und vortretenden Augen. Er sah kampflustig aus und zeigte ein heftiges, reizbares Wesen, das mich in Verbindung mit seiner Gestalt – er war groß und kräftig, wenn auch sichtlich über die beste Zeit hinaus – ziemlich beunruhigte. Er hielt eine Feder in der Hand, und der Blick, den ich im Vorbeigehen in sein Zimmer warf, zeigte mir, daß es voller Papiere lag.

Wir ließen ihn stehen und gingen in den obersten Stock. Ich klopfte an die Tür, und eine schrille Kinderstimme rief drinnen: „Wir sind eingeschlossen, Mrs. Blinder hat den Schlüssel!"

Auf diese Auskunft hin steckte ich den Schlüssel ins Schloß und öffnete die Tür. In einem ärmlichen Zimmer mit schiefer Decke und sehr spärlichem Hausrat fanden wir einen kleinen Knaben von fünf oder sechs Jahren, der ein schweres Kind von achtzehn Monaten auf den Armen wiegte. Geheizt war nicht, obwohl es kalt war. Zum Ersatz waren beide Kinder in ein paar schlechte Tücher und Kragen gewickelt, aber die Kleider waren doch nicht so warm, daß ihre Nasen nicht rot und kalt und ihre kleinen Gesichter nicht runzlig ausgesehen hätten, wie der Knabe so auf und ab ging und das Kleine wiegte, das den Kopf an seine Schulter schmiegte.

„Wer hat euch hier allein eingeschlossen?" fragten wir.

„Charley", sagte der Knabe, blieb stehen und schaute uns an.

„Ist Charley dein Bruder?"

„Nein. Meine Schwester Charlotte. Vater nannte sie Charley."

„Seid ihr noch mehr außer Charley?"

„Ich", sagte der Knabe, „und Emma", er streichelte dabei das Mützchen der Kleinen. „Und Charley."

„Wo ist Charley jetzt?"

„Waschen gegangen", sagte der Knabe, der wieder anfing, auf und ab zu gehen, und in dem Bemühen, uns dabei anzusehen, die Nankingmütze dem Bettpfosten viel zu nahe brachte.

Wir sahen einander und die beiden Kinder an, als ein sehr kleines Mädchen eintrat, ein Kind der Gestalt nach, aber klug und älter aussehend im Gesicht, und auch hübsch. Sie trug einen viel zu großen, fraulichen Hut und trocknete ihre bloßen Arme mit einer Hausfrauenschürze ab. Ihre Finger waren weiß und runzlig vom Waschen, und der Seifenschaum, den sie von den Armen wischte, dampfte noch. Wäre das nicht gewesen, so hätte sie ein Kind sein können, das Waschen spielte und mit sicherem Blick für die Wirklichkeit eine arme Arbeiterfrau nachahmte.

Sie war irgendwo aus der Nachbarschaft gekommen und hatte sich so sehr wie möglich geeilt. Deshalb war sie, obwohl sie nicht schwerfällig war, außer Atem und konnte anfangs nicht sprechen, sondern stand keuchend da, wischte die Arme ab und sah uns ruhig an. „Oh, da ist Charley!" sagte der Knabe.

Das Kleine streckte der Schwester die Arme entgegen und wollte von ihr auf den Arm genommen sein. Das Mädchen nahm es mit fraulicher Zärtlichkeit auf, die zu der Schürze und dem Hut paßte, und blickte uns über die Bürde hinweg an, die sich liebebedürftig an sie schmiegte.

„Ist's möglich", flüsterte mein Vormund, als wir dem kleinen Geschöpf einen Stuhl hinschoben und sie bewogen, sich mit ihrer Last zu setzen, wobei der Knabe dicht bei ihr blieb und sich an ihrer Schürze festhielt, „ist es möglich, daß dieses Kind für die anderen arbeitet? Seht euch das an! Um Gottes Willen, seht euch das an!"

Es war wirklich sehenswert. Die drei Kinder dicht beisammen, zwei von ihnen ganz auf das dritte angewiesen, und dieses dritte so jung und doch mit einem reifen, gesetzten Gesicht, das im Vergleich zu dem kindlichen Körper seltsam wirkte.

„Charley, Charley", sagte mein Vormund. „Wie alt bist du?"

„Über dreizehn, Sir", entgegnete das Kind.

„Oh, ein schönes Alter", sagte mein Vormund. „Ein schönes Alter, Charley!" Ich kann die Zärtlichkeit, mit der er zu dem

Kind sprach, nicht beschreiben: halb tändelnd, aber dadurch nur noch mitleidiger und trauervoller.

„Und du bist ganz allein hier mit diesen Kleinen, Charley?" fragte mein Vormund.

„Ja, Sir", antwortete das Kind und sah voll Vertrauen in sein Gesicht empor, „seit der Vater tot ist."

„Und wovon lebt ihr, Charley? Oh, Charley", sagte mein Vormund und wandte einen Augenblick das Gesicht ab, „wovon lebt ihr?"

„Seit Vater starb, Sir, bin ich auf Arbeit gegangen. Heute bin ich auf Wäsche."

„Gott helfe dir, Charley!" sagte mein Vormund. „Du bist ja nicht groß genug, um das Faß zu erreichen!"

„In Holzschuhen doch, Sir", sagte sie rasch. „Ich habe ein Paar recht hohe von der Mutter."

„Und wann ist die Mutter gestorben, die arme Mutter?"

„Die Mutter starb gleich nach Emmas Geburt", sagte das Kind und sah das Gesichtchen an ihrem Busen an. „Da sagte Vater, ich solle ihr so gut Mutter sein, wie ich könne, und so versuchte ich es. Ich arbeitete zu Hause und besorgte das Reinemachen und Kinderwarten und Waschen, lange ehe ich außer Haus arbeitete. Und daher kann ich's nun; sehen Sie nicht, Sir?"

„Und arbeitest du oft außer Haus?"

„Sooft ich kann", sagte Charley, öffnete die Augen weit und lächelte, „weil ich Sixpences und Schillinge verdienen muß."

„Und schließt du immer die Kleinen ein, wenn du fortgehst?"

„Damit ihnen nichts zustößt, Sir, sehen Sie nicht? Mrs. Blinder sieht manchmal nach ihnen, und Mr. Gridley kommt manchmal herauf, und ich kann wohl auch bisweilen herüberlaufen, und sie können miteinander spielen, sehen Sie, und Tom fürchtet sich nicht, wenn er eingeschlossen wird, nicht wahr, Tom?"

„Nein!" sagte Tom tapfer.

„Und wenn es finster wird, werden unten im Hof die Laternen angezündet und scheinen ganz hell hier herauf, fast ganz hell, nicht wahr, Tom?"

„Ja, Charley", sagte Tom, „fast ganz hell."

„Er ist ja so gut wie Gold", sagte das kleine Wesen ganz fraulich und mütterlich, „und wenn Emma müde ist, bringt er sie zu Bett, und wenn er müde ist, geht er selbst zu Bett. Und wenn ich heim komme und die Kerze anzünde und einen Bissen zu Abend esse, steht er wieder auf und ißt mit mir. Nicht wahr, Tom?"

„O ja, Charley!" sagte Tom. „Das tu ich." Und in Gedanken an die große Freude seines Lebens oder aus Dankbarkeit und Liebe zu Charley, die ihm alles in allem war, drückte er das Gesicht in die dürftigen Falten ihres Kleides und geriet vom Lachen ins Weinen.

Das erstemal seit unserem Eintreten floß eine Träne bei diesen Kindern. Das kleine Waisenmädchen hatte von Vater und Mutter gesprochen, als hätten die Notwendigkeit, Mut zu fassen, und das kindliche Selbstgefühl, arbeiten zu können, und ihr rühriges, emsiges Wesen allen Schmerz überwunden. Aber jetzt, als Tom weinte, sah ich auch über ihr Gesicht zwei stille Tränen herabrinnen, obgleich sie ganz ruhig dasaß, uns schweigend ansah und mit keiner Bewegung auch nur ein Härchen an ihren beiden kleinen Schützlingen störte.

Ich stand mit Ada am Fenster und tat, als betrachte ich die Dächer und die geschwärzten Schornsteine und die kümmerlichen Blumen und die Vögel in kleinen Käfigen vor den Fenstern der Nachbarn, als ich bemerkte, daß Mrs. Blinder aus dem Laden unten heraufgekommen war – vielleicht hatte sie die ganze Zeit dazu gebraucht – und mit meinem Vormund sprach.

„Es heißt nicht viel, ihnen die Miete zu erlassen", sagte sie. „Wer könnte die von ihnen einfordern?"

„Gut, gut!" sagte mein Vormund zu uns beiden. „Die Zeit wird schon kommen, da diese gute Frau erkennen wird, daß es etwas Großes war, und was sie dem Geringsten von diesen –! Aber das Kind", setzte er nach kurzer Pause hinzu, „wird es das aushalten können?"

„Oh, ich glaube wohl", sagte Mrs. Blinder, die ihren schweren Atem mühsam heraufholte. „Sie ist so anstellig, wie man nur sein kann. Du meine Güte, Sir, wie sie nach dem Tod der Mutter die zwei Kinder da wartete! Der ganze Hof sprach davon. Und Sie hätten sie nur hernach sehen sollen, als er krank wurde! Ein wahres Wunder war das! ‚Mrs. Blinder!' sagte er zu mir ganz zuletzt vor seinem Tod – er lag dort –, ‚Mrs. Blinder, was immer mein Beruf gewesen sein mag, ich sah gestern Nacht in diesem Zimmer einen Engel neben meiner Tochter sitzen, und ich vertraue sie unserem Vater im Himmel an!'"

„Er hatte keinen anderen Beruf?" sagte mein Vormund.

„Nein, Sir", entgegnete Mrs. Blinder. „Er war bloß Gerichtsvollzieher. Als er hierherzog, wußte ich noch nicht, was er war, und ich gestehe, als ich es hörte, kündigte ich ihm. Die Leute im Hof wollten keinen solchen Mann. Die anderen Mieter waren nicht damit einverstanden. Es ist kein sehr anständiges Gewerbe", sagte Mrs. Blinder, „und die meisten Leute ärgern sich darüber. Mr. Gridley war sehr stark dagegen; und er ist ein guter Mieter, obgleich er viel durchgemacht hat."

„Sie kündigten ihm also?" sagte mein Vormund.

„Ich kündigte ihm", sagte Mrs. Blinder. „Aber als die Zeit nun kam und ich sonst nichts Schlimmes von ihm wußte, wurde ich unsicher. Er war pünktlich und fleißig, er tat, was er zu tun hatte", sagte Mrs. Blinder und ließ, ohne sich etwas dabei zu denken, ihr Auge auf Mr. Skimpole ruhen, „und es ist schon etwas in dieser Welt, auch nur das zu tun."

„Und Sie behielten ihn schließlich doch?"

„Nun ja, ich sagte ihm, wenn er es mit Mr. Gridley abmachen könne, so könne ich es mit den anderen Mietern regeln und wolle mich nicht gar so viel darum kümmern, ob es denen im Hof recht sei oder nicht. Mr. Gridley gab seine Einwilligung – etwas barsch, aber er gab sie. Mr. Gridley war immer barsch gegen ihn, aber er ist seitdem gut gegen die Kinder gewesen. Man kennt einen Menschen nie, bevor er auf die Probe gestellt wird."

„Sind viele Leute gut zu den Kindern gewesen?" fragte Mr. Jarndyce.

„Im ganzen ging's leidlich", sagte Mrs. Blinder; „aber freilich waren es doch nicht so viele, wie wenn der Vater einen anderen Beruf gehabt hätte. Mr. Coavinses gab eine Guinee, und die Kameraden legten zusammen. Einige Nachbarn im Hof, die immer Witze gemacht und sich auf die Schulter getippt hatten, wenn er vorbeiging, veranstalteten eine kleine Sammlung, kurz – im allgemeinen ging's ganz leidlich. Ähnlich mit Charlotte. Einige Leute wollen sie nicht beschäftigen, weil ihr Vater Gerichtsvollzieher war; andere, die sie beschäftigen, halten es ihr vor; und noch andere machen sich ein Verdienst daraus, daß sie ihr trotz dieser und aller sonstigen Schattenseiten Arbeit geben, und bezahlen ihr vielleicht deshalb weniger und verlangen mehr von ihr. Aber sie ist geduldiger, als es andere wären, und ist auch geschickt und arbeitet gern, soweit es ihre Kräfte erlauben und noch darüber. Ich möchte sagen, im allgemeinen geht's leidlich, obgleich es besser sein könnte."

Mrs. Blinder setzte sich, um leichter wieder Atem zu finden, der durch das viele Sprechen immer wieder erschöpft wurde, ehe er sich noch so recht eingestellt hatte. Mr. Jarndyce wandte sich ab, um mit uns zu sprechen, als er – unvorbereitet – durch den Eintritt Mr. Gridleys, den wir schon auf der Treppe gesehen hatten und der hier schon erwähnt worden ist, unterbrochen wurde.

„Ich weiß nicht, was Sie hier zu tun haben, meine Damen und Herren", sagte er, als ob er über unsere Anwesenheit grollte, „aber Sie werden entschuldigen, daß ich eintrete. Ich komme nicht aus Neugier. Nun, Charley! Nun, Tom! Nun, Kleine! Wie geht's euch heute?"

Er beugte sich liebevoll über die Gruppe, und offenkundig betrachteten ihn die Kinder als Freund, obwohl sein Gesicht ein finsteres Aussehen behielt und sein Benehmen gegen uns denkbar grob war. Mein Vormund bemerkte es und nahm darauf Rücksicht.

„Gewiß käme niemand aus bloßer Neugier hierher", sagte er mild.

„Wohl möglich, Sir, wohl möglich", gab der andere zurück, indem er Tom aufs Knie nahm und ihn mit der Hand ungeduldig fortwinkte. „Ich mag mich nicht mit Damen und Herren streiten. Ich habe Streit genug gehabt für ein Menschenleben."

„Sie haben gewiß Grund genug", sagte Mr. Jarndyce, „heftig und reizbar –"

„Da hören wir's wieder!" rief der Mann in aufbrausendem Zorn. „Ich bin von zänkischem Charakter. Ich bin jähzornig. Ich bin unhöflich!"

„Nicht sehr, denke ich."

„Sir", sagte Gridley, indem er das Kind hinsetzte und an ihn herantrat, als wollte er ihn schlagen. „Wissen Sie was vom Kanzleigericht?"

„Vielleicht, zu meinem Kummer."

„Zu Ihrem Kummer?" sagte der andere und dämmte seinen Zorn zurück. „Wenn das so ist, bitte ich um Verzeihung. Ich bin nicht höflich, das weiß ich. Ich bitte um Verzeihung, Sir", fuhr er mit erneuter Heftigkeit fort, „seit fünfundzwanzig Jahren schleppt man mich über glühendes Eisen, und ich habe verlernt, auf Samt zu gehen. Gehen Sie in den Kanzleigerichtshof und fragen Sie, was einer der stehenden Witze ist, mit denen sie ihr Geschäft manchmal aufheitern, und man wird Ihnen sagen, daß der beste Witz, den sie haben, der Mann von Shropshire ist. Ich", sagte er und schlug seine Hand leidenschaftlich gegen die andere, „ich bin der Mann von Shropshire."

„Ich glaube, ich und die Meinigen haben ebenfalls die Ehre gehabt, dieser selben ernsten Stelle einige Unterhaltung zu verschaffen", sagte mein Vormund ruhig. „Sie haben vielleicht meinen Namen gehört – Jarndyce."

„Mr. Jarndyce", sagte Gridley mit derber Begrüßung. „Sie tragen Ihr Unrecht gefaßter, als ich es kann. Mehr noch! Ich sage Ihnen – und ich sage es diesem Herrn und diesen jungen Damen, wenn sie zu Ihren Freunden zählen: wenn ich mein Unrecht anders trüge, würde ich verrückt! Nur weil ich mich darüber ärgere und in Gedanken dafür Rache nehme und leidenschaftlich die Gerechtigkeit verlange, die mir nie wird, kann ich meine fünf Sinne beieinanderhalten. Nur dadurch!" sagte er in schlichter, bäuerischer Sprechweise und mit großer Heftigkeit. „Sie können mir sagen, daß ich mich zu sehr aufrege. Ich sage Ihnen, daß es meine Natur ist, wenn mir Unrecht geschieht, und daß ich es tun muß. Es bleibt mir nur die Wahl, es zu tun oder in das ewige Lächeln der armen, kleinen, verrückten Alten zu versinken, die im Gerichtshof spukt. Wenn ich mich ein einziges Mal dabei beruhigte, würde ich blödsinnig."

Seine hitzige Leidenschaft, sein erregtes Mienenspiel und die gewaltsamen Gebärden, mit denen er seine Worte begleitete, waren ein höchst peinlicher Anblick.

„Mr. Jarndyce", sagte er, „bedenken Sie meinen Fall. So wahr ein Himmel über uns ist, so liegt mein Fall. Ich bin der eine von zwei Brüdern. Mein Vater, ein Farmer, machte ein Testament und vermachte das Gut und Inventar und alles meiner Mutter auf Lebenszeit. Nach ihrem Tod sollte alles an mich fallen, bis auf ein Vermächtnis von dreihundert Pfund, das ich dann meinem Bruder auszahlen sollte. Meine Mutter starb. Einige Zeit darauf verlangte mein Bruder sein Erbteil. Ich und einige meiner Verwandten waren der Meinung, daß er einen Teil davon schon in Kost und Wohnung und einigen anderen Dingen erhalten habe. Jetzt geben Sie acht! Das war die Frage, und weiter nichts. Niemand focht das Testament an; nichts war umstritten, nur ob ein Teil dieser dreihundert Pfund bereits gezahlt sei oder nicht. Um das zu entscheiden, reichte mein Bruder eine Klage ein, und ich mußte an das verfluchte Kanzleigericht gehen; ich mußte es tun, weil mich das Gesetz dazu zwang und mich vor kein anderes Gericht gehen ließ. Siebzehn Personen wurden Beklagte in diesem einfachen Prozeß! Erst nach zwei Jahren kam er an die Reihe. Dann trat wieder eine Pause von zwei Jahren ein, während der Beisitzer – möge ihm das Gehirn verfaulen! – Nachforschungen anstellte, ob ich meines Vaters Sohn sei – was kein sterbliches Wesen angezweifelt hatte.

Dann entdeckte er, daß es noch nicht Beklagte genug waren – bedenken Sie, es waren ihrer nur siebzehn! –, sondern daß noch einer dazukommen müsse, den wir weggelassen hatten, und daß wir wieder ganz von vorn anfangen müßten. Schon damals, ehe der Prozeß recht begonnen hatte, betrugen die Kosten dreimal soviel wie das Vermächtnis. Mein Bruder hätte es mit Freuden hingegeben, um weiteren Kosten zu entgehen. Die Kosten haben das ganze mir vom Vater vermachte Grundstück verschlungen. Der immer noch unentschiedene Prozeß ist samt allem anderen in Verfall, Verderb und Verzweiflung geraten – und hier stehe ich heute! In Ihrem Prozeß, Mr. Jarndyce, geht es um Tausende und aber Tausende, wo bei dem meinen nur Hunderte auf dem Spiel stehen. Ist meiner darum leichter oder schwerer zu tragen, wenn doch meine ganze Existenz daran hing und so schmählich dadurch vernichtet worden ist?"

Mr. Jarndyce sagte, daß er von ganzem Herzen mit ihm empfinde und kein Monopol beanspruche, von diesem ungeheuerlichen System ungerecht behandelt worden zu sein.

„Da hören wir's wieder", sagte Mr. Gridley mit unverminderter Wut. „Das System! Von allen Seiten heißt es, es ist das System. Nach den Personen solle ich nicht fragen, es sei das System. Ich darf nicht in den Gerichtshof gehen und sagen: ‚Mylord, ich wünsche von Ihnen zu wissen, ist das recht oder unrecht? Bringen Sie's über sich, mir zu sagen, mir sei mein Recht geworden, und deshalb sei ich entlassen?' Mylord weiß nichts davon. Er sitzt dort, um das System durchzuführen. Ich darf nicht zu Mr. Tulkinghorn gehen, dem Anwalt in Lincoln's Inn Fields, und ihm sagen, wenn er mich durch seine kalte Zufriedenheit wütend macht – wie es alle tun; denn ich weiß ja, sie gewinnen dabei, während ich verliere –, ich darf nicht zu ihm sagen: ‚Ich will von irgendwem eine Entschädigung dafür haben, daß ich zugrunde gerichtet bin, mit erlaubten Mitteln oder mit unerlaubten!' Er ist nicht verantwortlich. Es ist das System. Aber wenn ich keinem von ihnen Gewalt antue – es wäre möglich! Ich weiß nicht, was geschehen könnte, wenn ich endlich außer mir gerate! –, so werde ich die einzelnen Werkzeuge, die dieses System gegen mich anwenden, Auge in Auge vor dem großen, ewigen Richterstuhl anklagen!"

Seine Erregung war fürchterlich. Ich hätte nie an solche Wut geglaubt, wenn ich sie nicht gesehen hätte.

„Ich bin fertig!" sagte er, setzte sich und wischte sich übers Gesicht. „Mr. Jarndyce, ich bin fertig! Ich bin heftig, das weiß ich. Ich sollte es wissen. Ich habe gesessen wegen Beleidigung des Gerichts. Ich habe gesessen, weil ich den Anwalt bedroht habe. Ich bin in dieser und jener Ungelegenheit gewesen und werde wieder hineinkommen. Ich bin der Mann von Shropshire und treibe es ihnen manchmal doch zu bunt, obgleich sie es auch spaßhaft gefunden haben, daß man mich in Haft nahm und aus der Haft vorführte und all das. Es wäre besser für mich, sagen sie mir, wenn ich mich beherrschte. Ich sage ihnen, wenn ich mich beherrschte, würde ich blödsinnig. Ich glaube, ich war früher einmal gutmütig genug. Die Leute in meiner Heimat sagen, sie hätten mich noch so gekannt; aber jetzt muß ich mein Wissen, daß mir Unrecht geschieht, in dieser Weise austoben, sonst geht mein Verstand in die Brüche. ‚Es wäre viel besser für Sie, Mr. Gridley', sagte vorige Woche der Lordkanzler zu mir, ‚wenn Sie Ihre Zeit nicht hier vergeudeten und nützlich beschäftigt drunten in Shropshire blieben.' – ‚Mylord, Mylord, das weiß ich wohl', sagte ich zu ihm, ‚und es wäre viel besser für mich gewesen, nie den Namen Ihres hohen Amtes gehört zu haben, aber zu meinem Unglück kann ich die Vergangenheit nicht auslöschen, und die Vergangenheit zwingt mich hierher!' – Außerdem", setzte er grimmig hinzu, „will ich sie beschämen. Bis zuletzt will ich mich bei diesem Gericht zeigen zu seiner Schmach. Wenn ich wüßte, wann ich sterben muß, und ich könnte mich hierhertragen lassen und hätte noch genug Stimme zum Sprechen, so würde ich dort sterben mit den Worten: ‚Ihr habt mich hierhergezerrt und von hier weggejagt, oft und oft. Jetzt schickt mich fort, mit den Füßen voran!'"

Sein Gesicht hatte sich, vielleicht seit Jahren, so sehr an seinen streitbaren Ausdruck gewöhnt, daß es sich auch jetzt nicht glättete, da er ruhig war.

„Ich kam her, um diese Kleinen eine Stunde mit hinunter auf mein Zimmer zu nehmen und sie dort spielen zu lassen", sagte er, indem er wieder zu ihnen ging. „Ich hatte nicht vor, das alles zu sagen, aber es hat nicht viel zu bedeuten. Du fürchtest dich nicht vor mir, Tom, nicht wahr?"

„Nein!" sagte Tom. „Mit mir bist du nicht böse."

„Da hast du recht, Kind. Du gehst wieder zur Arbeit, Charley, ja? Nun, so komm, Kleines!" Er nahm das Jüngste auf den Arm, wo es sich wohl geborgen fühlte. „Es sollte mich nicht wundern, wenn wir einen Pfefferkuchensoldaten unten fänden. Wir wollen ihn einmal suchen gehen." Er grüßte Mr. Jarndyce in seiner früheren derben Weise, der es aber nicht an einer gewissen Achtung fehlte, verbeugte sich leicht vor uns und stieg die Treppe hinab in sein Zimmer.

Jetzt begann Mr. Skimpole, zum erstenmal, seit wir gekommen waren, in seinem gewöhnlichen lustigen Ton zu sprechen. Er sagte, es sei wirklich hübsch anzusehen, wie sich die Dinge ganz bequem den Zwecken anpaßten. Da sei dieser Mr. Gridley, ein Mann von starkem Willen und erstaunlicher Energie, verstandesmäßig gesprochen: ein ganz unausgeglichener Grobschmied, und er könnte sich leicht vorstellen, wie sich dieser Gridley vor Jahren im Leben nach etwas umgesehen habe, an dem er seine überströmende Kampflust auslassen könne, sozusagen junge Liebe unter Dornen, und da sei ihm der Kanzleigerichtshof in den Weg gekommen und habe ihn genau mit dem versorgt, was er brauchte. Nun seien sie unzertrennlich für immer. Sonst hätte er ein großer General sein können, der Städte aller Art in die Luft sprenge, oder ein großer Politiker, der in jedem Zweig parlamentarischer Redekunst heimisch sei; so aber seien er und der Kanzleigerichtshof auf die angenehmste Weise aufeinander verfallen, und niemand fahre dabei schlechter; Gridley sei sozusagen von dieser Stunde an versorgt gewesen. Dann Coavinses! Wie köstlich erläutere der arme Coavinses, der Vater dieser reizenden Kinder, dasselbe Prinzip! Er, Mr. Skimpole, habe manchmal über das Dasein Coavinses' gemurrt. Dieser sei ihm in den Weg getreten. Er hätte ihn entbehren können. Es habe Zeiten gegeben, wenn er da Sultan gewesen wäre und wenn ihn sein Großwesir eines Morgens gefragt hätte: „Was verlangt der Beherrscher der Gläubigen von der Hand seines Sklaven?", dann wäre er vielleicht so weit gegangen, zu antworten: „Coavinses' Kopf!" Aber was habe sich nun herausgestellt? Daß er die ganze Zeit über einem höchst würdigen Mann Beschäftigung gewährt habe; daß er für Coavinses ein Wohltäter gewesen sei; daß er tatsächlich Coavinses in den Stand gesetzt habe, diese reizenden Kinder, die so viele soziale Tugenden an den Tag legten, auf so gefällige Art zu erziehen! Daher sei ihm eben jetzt die Brust geschwollen, und Tränen seien ihm in die Augen getreten, als er sich im Zimmer umgesehen und gedacht habe: Ich war Coavinses' großer Gönner, und seine kleinen Lebensfreuden waren mein Werk!

Die leichte Weise, in der er so phantasierte, hatte etwas so Gewinnendes, und er war ein so fröhliches Kind neben der ernsten Kinderschar, die wir gesehen hatten, daß selbst mein Vormund lächeln mußte, als er sich nach einem kleinen Privatgespräch mit Mrs. Blinder wieder zu uns wandte. Wir küßten Charley, nahmen sie mit die Treppe hinunter und blieben vor dem Haus stehen, um ihr nachzuschauen, wie sie zur Arbeit lief. Ich weiß nicht, wohin sie ging, aber wir sahen sie, das winzige Wesen mit Hut und Schürze einer Hausfrau, durch einen überwölbten Gang hinten im Hof eilen und im Sturm und Lärm der City verschwinden wie ein Tautropfen im Ozean.

16. KAPITEL

Tom-all-alone's

Mylady Dedlock ist ruhelos, völlig ruhelos. Die erstaunten „Mode-Nachrichten" wissen kaum, wo sie ihrer habhaft werden sollen. Heute ist sie in Chesney Wold, gestern war sie in ihrem Haus in der Stadt; morgen kann sie im Ausland sein, wenn sich überhaupt etwas voraussagen läßt. Selbst Sir Leicesters Höflichkeit paßt sich diesem Zustand nur mit Mühe an. Es wäre noch mühsamer, wenn nicht sein anderer treuer Verbündeter in guten und schlimmen Zeiten – die Gicht – in das alte, eichengetäfelte Schlafzimmer in Chesney Wold stürzte und ihn an beiden Beinen packte.

Sir Leicester begrüßt die Gicht als beschwerlichen Dämon, aber doch Dämon von altem Adel. Sämtliche Dedlocks in gerader männlicher Linie haben während eines Zeitraumes, den Menschengedenken nicht überspannen kann, die Gicht gehabt. Das läßt sich beweisen, Sir. Anderer Leute Väter sind vielleicht an Rheumatismus gestorben oder haben vom unreinen Blut des kranken Pöbels gemeine Ansteckungen davongetragen, das Haus Dedlock aber hat selbst dem gleichmachenden Vorgang des Sterbens etwas Exklusives gegeben, indem alle an der hauseigenen Gicht gestorben sind. Sie hat sich in dem erlauchten Geschlecht fortgeerbt wie das Silberzeug oder die Bilder oder die Besitzung in Lincolnshire. Sie zählt mit zu seinen Würden. Sir Leicester ist vielleicht nicht ganz frei von dem Gedanken, obgleich er ihm nie Worte geliehen hat, daß der Todesengel beim Vollzug seiner notwendigen Pflichten die Schatten der Aristokratie anspricht: Mylords und Gentlemen, ich habe die Ehre, Ihnen noch einen Dedlock vorzustellen, der laut Bescheinigung per Familiengicht gekommen ist.

Daher überläßt Sir Leicester seine Familienbeine der Familienkrankheit, als trüge er Namen und Vermögen von ihr zu Lehen. Er fühlt, daß man sich allerdings eine Freiheit herausnimmt, wenn man einen Dedlock auf den Rücken wirft und ihn in den Gliedern kräftig kneipt und sticht; aber er denkt: Wir alle haben uns das gefallen lassen; es gehört zu uns; es gilt seit einigen hundert Jahren als selbstverständlich, daß wir die Gruft im Park nicht unter unwürdigeren Bedingungen interessant machen sollen. Und dem unterwerfe ich mich.

Sehr stattlich nimmt er sich aus, wie er in einer Flut von Rot und Gold mitten im großen Salon vor seinem Lieblingsbild Myladys liegt, während breite Streifen Sonnenschein die lange Flucht hinunter durch die lange Reihe von Fenstern hereinglänzen, von milderen Schattenstreifen durchbrochen. Draußen stehen die hohen Eichen, seit Jahrhunderten in einem Rasen verwurzelt, der nie die Pflugschar gefühlt hat, sondern Jagdgrund war, als Könige noch mit Schild und Schwert in die Schlacht und mit Bogen und Pfeil auf die Jagd ritten, und legen Zeugnis ab von seiner Größe. Drinnen schauen seine Ahnen von den Wänden herab und sagen: „Jeder von uns war hier eine vorübergehende Wirklichkeit, ließ diesen gemalten Schatten seiner selbst zurück und verdämmerte dann in so traumhafte Erinnerungen wie die fernen Stimmen der Krähen, die dich jetzt in Schlaf lullen"; auch sie legen Zeugnis ab von seiner Größe. Und er ist heute sehr groß. Wehe Boythorn oder sonst einem frechen Wicht, der ihm anmaßend einen Zoll davon streitig machen wollte!

Mylady ist gegenwärtig bei Sir Leicester durch ihr Porträt vertreten. Sie ist in die Stadt gefahren, freilich nicht, um dort lange zu bleiben, und wird bald zurückkehren, sehr zur Verwirrung der „Mode-Nachrichten". Das Haus in der Stadt ist auf ihren Empfang nicht eingerichtet. Es ist eingemottet und öde. Nur ein gepuderter Diener gafft melancholisch aus dem Fenster der Halle; gestern abend noch sagte er zu einem anderen Diener aus seiner Bekanntschaft, der auch an gute Gesellschaft gewöhnt ist, wenn das so fortginge – was aber unmöglich sei, denn ein Mann von seinem Temperament könne das nicht ertragen, und von einem Mann von seiner Gestalt könne man das auch nicht erwarten –, so bleibe ihm auf Ehre nichts übrig, als sich den Hals abzuschneiden.

Was kann den Edelsitz von Lincolnshire, das Haus in der Stadt und den gepuderten Diener mit dem Leben des heimat-

und rechtlosen Jo und seinem Besen verbinden, auf den der Lichtstrahl aus der Ferne fiel, als er die Friedhoftreppe kehrte? Was kann die vielen Leute in den unzähligen Geschichten dieser Welt miteinander verbinden, die von den entgegengesetzten Seiten breiter Klüfte auf seltsame Weise zusammengeführt worden sind?

Jo kehrt den ganzen Tag seinen Straßenübergang, ohne etwas von dieser Verbindung zu wissen, wenn sie überhaupt besteht. Fragt man ihn nach seiner Geistesverfassung, so faßt er sie in die Antwort zusammen: „Ich weiß nix nicht." Er weiß, daß es schwer ist, bei schmutzigem Wetter den Straßenübergang von Schmutz rein zu halten, und noch schwerer, davon zu leben. Aber auch das wenige hat ihn niemand gelehrt, er weiß es aus Erfahrung.

Jo wohnt – er ist nämlich noch nicht gestorben – auf einem Trümmerfeld, das seinesgleichen unter dem Namen Tom-all-alone's bekannt ist. Es ist eine schwarze, baufällige Straße, gemieden von allen anständigen Leuten; einige kecke Landstreicher haben sich der brüchigen Häuser bemächtigt, als ihr Verfall schon weit fortgeschritten war, und nachdem sie davon fest Besitz ergriffen hatten, vermieteten sie sie als Wohnungen. Nachts wimmelt es in diesen wackeligen Spelunken von Elend. Wie sich auf dem verwüsteten Menschenleib schmarotzendes Ungeziefer breitmacht, so haben diese Häuserruinen einen Schwarm unflätigen Lebens geboren, der durch Lücken in Mauern und Brettern aus- und einschlüpft und sich wie ein Heer Maden zum Schlafen verkriecht, wo der Regen hereintropft, der im Kommen und Gehen Fieber einschleppt und verbreitet und der mit jedem Schritt mehr Unheil sät, als Lord Coodle und Sir Thomas Doodle und der Herzog von Foodle und alle die feinen Herren in Amt und Würden bis hinab zu Zoodle in fünfhundert Jahren wiedergutmachen können, obgleich sie ausdrücklich dazu geboren sind.

Zweimal in jüngster Zeit hörte man in Tom-all-alone's einen Krach und sah eine Staubwolke, wie wenn eine Mine aufliegt: jedesmal war ein Haus eingestürzt. Diese Unfälle gaben Stoff zu einer Notiz in den Zeitungen und füllten ein oder zwei Betten im nächsten Spital. Aber die Lücken bleiben, und die Wohnungen im Schutt sind nicht unbeliebt. Da mehrere andere Häuser ebenfalls einzustürzen drohen, wird der nächste Krach in Tom-all-alone's ganz hübsch sein.

Diese schöne Besitzung untersteht natürlich dem Kanzleigericht. Es wäre eine Beleidigung für den Scharfsinn eines Mannes, der nicht ganz blind ist, ihm das erst noch zu sagen. Ob „Tom" vom Volksmund als Ersatzname für den ursprünglichen Kläger oder Beklagten in Sachen Jarndyce gegen Jarndyce gebraucht wird oder ob Tom hier ganz allein wohnte, als der Prozeß die Straße verödete, bis sich andere Ansiedler zu ihm gesellten, oder ob die traditionelle Benennung ein gängiger Name für einen Zufluchtsort ist, der von ehrlicher Gesellschaft gemieden und aus dem Bereich der Hoffnung ausgeschlossen ist, weiß wohl niemand. Jo jedenfalls weiß es nicht.

„Denn nix nicht weiß ich", sagt Jo.

Es muß seltsam sein, zu leben wie Jo. Durch die Straßen zu schlottern, ohne Gestalt und Bedeutung der geheimnisvollen Symbole zu kennen, die über den Läden und an den Straßenecken an den Türen und Fenstern so häufig sind! Leute lesen und schreiben und den Briefträger Briefe übergeben zu sehen und nicht den leisesten Begriff von dieser Sprache zu haben, für jeden Brocken daraus blind und stumm zu sein. Wie merkwürdig muß es ihm vorkommen, wenn er die anständigen Leute Sonntags in die Kirche gehen sieht, die Gebetbücher in der Hand, und dabei denkt – denn vielleicht denkt Jo doch manchmal –, was das alles zu bedeuten habe und, wenn es für andere etwas bedeutet, warum nicht für ihn? Herumgestoßen, verfolgt und verjagt zu werden und deutlich zu fühlen, daß man wirklich und wahrhaftig weder hier noch dort noch irgendwo etwas zu schaffen habe, und doch von dem Bedenken geplagt zu sein, daß man nun einmal vorhanden, aber von allen übersehen worden sei, bis man das wurde, was man jetzt ist. Es muß ein sonderbarer Zustand sein, nicht bloß hören zu müssen, daß man kaum ein Mensch sei – wie in dem Fall, da man sich als Zeugen anbot –, sondern das aus eigener lebenslanger Erfahrung selbst zu fühlen! Die Pferde, Hunde und Rinder vorüberlaufen zu sehen und zu wissen, daß man in der Unwissenheit zu ihnen gehört, nicht zu den höheren Wesen, deren Gestalt man trägt, deren Zartgefühl man aber immer verletzt. Jos Begriffe von einem Kriminalprozeß, einem Richter, einem Bischof, einer Regierung oder von der Verfassung, diesem unschätzbaren Juwel für ihn – wenn er sie nur kennte –, müssen seltsam sein! Sein ganzes körperliches und geistiges Leben ist wunderbar seltsam; das seltsamste von allem sein Tod.

Jo verläßt Tom-all-alone's mit dem säumigen Morgen, der immer erst spät hierherkommt, und kaut unterwegs sein schmutziges Stück Brot. Da sein Weg durch viele Straßen führt und die Häuser noch nicht geöffnet sind, setzt er sich zum Frühstück auf die Türschwelle der „Gesellschaft zur Verbreitung des Evangeliums im Ausland" und kehrt sie, wenn er fertig ist, ab, zum Dank für die gewährte Bequemlichkeit. Er bewundert die Größe des Gebäudes und fragt sich, wozu es da sei. Der arme Bursche hat keinen Begriff von der religiösen Vernachlässigung eines Korallenriffs im Stillen Ozean, oder was es kostet, die frommen Seelen unter Kokospalmen und Brotfruchtbäumen zu hüten.

Er begibt sich an seinen Straßenübergang und fängt an, ihn für den Tag herzurichten. Die Stadt erwacht; das große Rad beginnt wieder sein tägliches Drehen und Wirbeln; all das unerklärliche Lesen und Schreiben, das ein paar Stunden unterbrochen war, hebt von neuem an. Jo und die anderen niederen Geschöpfe schlängeln sich durch den unverständlichen Wirrwarr, so gut sie können. Es ist Markttag. Die Ochsen, unaufhörlich gestachelt, abgehetzt, nie ruhig geleitet, rennen geblendet an falsche Plätze, werden fortgeprügelt, stürzen mit rotglühenden Augen und schäumenden Mäulern gegen Steinwände, verletzen oft schwer den Unschuldigen und oft auch sich selbst. Ganz wie Jo und seinesgleichen; ganz genauso!

Straßenmusikanten kommen und spielen auf. Jo hört ihnen zu. Dasselbe tut ein Hund, eines Viehtreibers Hund, der vor einem Fleischerladen auf seinen Herrn wartet und offenbar an die Schafe denkt, die ihm ein paar Stunden lang soviel Sorge gemacht haben und die er jetzt glücklich los ist. Drei oder vier scheinen ihm viel Kopfzerbrechen zu machen; er kann sich nicht entsinnen, wo er sie zuletzt gesehen hat, und schaut die Straße hinauf und hinab, als hoffe er halb und halb, sie dort als Verirrte zu finden. Plötzlich spitzt er die Ohren und hat sich auf alles besonnen. Ein richtiger Vagabund von Hund, an schlechte Gesellschaft und minderwertige Kneipen gewöhnt, ein schrecklicher Hund für die Schafe, bereit, auf einen Pfiff über ihre Rücken zu springen und ihnen die Wolle auszureißen, eine ganze Schnauze voll; aber ein erzogener, gebildeter, erprobter Hund, der seine Pflichten gelernt hat und sie zu erfüllen weiß. Er und Jo hören der Musik zu, wahrscheinlich mit demselben Grad tierischen Genusses; wahrscheinlich gleichen sie sich auch in den aufsteigenden Einfällen, Wünschen und Erinnerungen, den trüben oder freudigen Gedanken an Dinge, die die Sinne nicht wahrnehmen. Aber sonst – wie hoch steht das Tier über dem menschlichen Zuhörer!

Laßt die Nachkömmlinge dieses Hundes unbehütet herumlaufen gleich Jo, und in wenigen Jahren werden sie so entartet sein, daß sie sogar das Bellen verlernen – aber nicht das Beißen.

Der Tag verändert sich im Zunehmen: er wird trübe und regnerisch. Jo würgt sich durch an seinem Straßenübergang, zwischen Schmutz, Rädern, Pferden, Peitschen und Regenschirmen, und verdient sich dabei nur eben die dürftige Summe, die er für das stinkende Obdach in Tom-all-alone's bezahlen muß. Die Dämmerung fällt ein, Gas flammt auf in den Läden, der Laternenmann läuft mit seiner Leiter den Rinnstein entlang. Ein häßlicher Abend bricht an.

In seinem Büro sitzt Mr. Tulkinghorn und überlegt eine Eingabe an den nächsten Friedensrichter wegen eines Haftbefehls für morgen früh. Gridley, unzufrieden mit seinem Prozeß, ist heute hiergewesen und hat Skandal gemacht. Wir lassen uns nicht bedrohen, und dieser ungezogene Mensch muß wieder gezwungen werden, Bürgschaft zu leisten. Von der Decke weist die verkürzte Allegorie in Gestalt eines unmöglichen, auf den Kopf gestellten Römers mit dem Arm Simsons – er ist ausgerenkt und einer von zwei linken – aufdringlich zum Fenster. Warum sollte Mr. Tulkinghorn aus diesem nichtigen Grund zum Fenster hinausschauen? Weist die Hand nicht immer dorthin? Also schaut er nicht zum Fenster hinaus.

Und wenn er's täte, was sähe er an der Frau, die vorbeigeht? Es gibt Frauen genug auf der Welt, meint Mr. Tulkinghorn – ja, zu viele; sie sind im Grunde an allem schuld, was in ihr schiefgeht, obgleich sie, wenn wir schon davon sprechen, den Anwälten Beschäftigung geben. Was ist dabei, eine Frau vorbeigehen zu sehen, selbst wenn sie es heimlich tut? Sie tun alle heimlich. Mr. Tulkinghorn weiß das recht gut.

Aber sie gleichen nicht alle der Frau, die jetzt ihn und sein Haus hinter sich läßt und deren einfache Kleidung sich sehr schlecht mit ihrem feinen Gehaben verträgt. Nach ihrem Anzug sollte sie ein gehobener Dienstbote sein, Haltung und Gang aber lassen eine Dame erkennen, obgleich sie sich beeilt und verstellt, soweit sie sich in den kotigen Straßen, die ihr Fuß nicht gewohnt ist, verstellen kann. Ihr Gesicht ist verschleiert, und doch verrät sie sich noch genug, um mehr als einen der Vorübergehenden zu veranlassen, sich rasch nach ihr umzusehen.

Sie wendet nie den Kopf. Dame oder Dienstbote, sie hegt

einen Vorsatz und kann ihn ausführen. Sie wendet nie den Kopf, bis sie zu dem Straßenübergang kommt, wo Jo mit dem Besen steht. Er folgt ihr über die Straße und bettelt. Aber sie wendet den Kopf nicht eher, als bis sie die andere Seite erreicht hat. Dann winkt sie ihm kaum merklich und sagt: „Komm her!"

Jo folgt ihr ein paar Schritte in einen stillen Hof.

„Bist du der Junge, von dem ich in den Zeitungen gelesen habe?" fragt sie hinter ihrem Schleier hervor.

„Ich weiß nichts nicht von Zeitungen", sagt Jo und starrt verdrossen den Schleier an. „Ich weiß nichts, von überhaupt nichts."

„Bist du bei einer Totenschau verhört worden?"

„Ich nichts weiß von einer – wo mich der Kirchspieldiener geholt hat, meint Ihr?" sagt Jo. „Heißt der Junge in dem Tintenwisch Jo?"

„Ja."

„Das bin ich!" sagt Jo.

„Komm weiter herein!"

„Ihr meint von wegen dem Mann", sagt Jo und folgt ihr. „Von ihm, als er tot war?"

„St! Sprich nicht so laut! Ja. Sah er wirklich so arm und krank aus, als er noch lebte?"

„Oh, wohl!" sagt Jo.

„Sah er aus wie – nicht wie du?" sagt die Frau mit Abscheu.

„Oh, nicht so schlimm wie ich", sagt Jo. „Ich bin ein Regelrechter! Ihr habt ihn nicht gekannt?"

„Wie kannst du mich fragen, ob ich ihn gekannt habe!"

„Nix für ungut, Mylady!" sagt Jo mit viel Demut, denn selbst in ihm regt sich der Argwohn, sie könnte eine Dame sein.

„Ich bin keine Lady. Ich bin ein Dienstmädchen."

„Ein hübsches Dienstmädchen", sagt Jo, ohne die leiseste Ahnung, etwas Beleidigendes zu sagen, nur als Tribut seiner Bewunderung.

„Sei still und hör zu. Sprich nicht zu mir und stelle dich weiter weg. Kannst du mir alle Orte zeigen, die in dem Bericht erwähnt waren, den ich gelesen habe? Das Schreibbüro, für das er schrieb, den Ort, wo er starb, das Lokal, wohin du geholt wurdest, und die Stelle, wo er begraben ist? Weißt du, wo er begraben ist?"

Jo antwortet mit einem Nicken; auch bei jedem der anderen Orte, die erwähnt wurden, hat er genickt.

„Geh vor mir her und zeige mir all diese greulichen Orte. Bleib vor jedem stehen und sprich nicht zu mir, wenn ich dich nicht frage. Sieh dich nicht um. Tu, was ich verlange, und ich will dich gut bezahlen."

Jo paßt scharf auf, während sie spricht, zählt jedes Wort auf seinem Besenstiel mit, weil sie ihm etwas schwierig vorkommen, schweigt, um sich ihre Bedeutung zu überlegen, findet sie zufriedenstellend und nickt mit dem zottigen Kopf.

„Ich bin flieg. Aber Moorlerchen, wißt Ihr! Stow fängt!"

„Was meint das schreckliche Geschöpf?" ruft das Dienstmädchen aus und tritt erschrocken zurück.

„Stow fort, wißt Ihr!" sagt Jo.

„Ich verstehe dich nicht. Geh voran! Ich will dir mehr Geld geben, als du je im Leben gehabt hast."

Jo spitzt seinen Mund zu einem Pfiff, fährt durch sein struppiges Haar, nimmt den Besen unter den Arm und weist den Weg, indem er mit seinen bloßen Füßen gewandt über die harten Steine und durch Schmutz und Kot geht.

Cook's Court. Jo bleibt stehen. Pause.

„Wer wohnt hier?"

„Der ihm Arbeit gegeben hat und mir einen Halben", flüstert Jo, ohne sich umzusehen.

„Weiter!"

Krooks Haus. Jo bleibt wieder stehen. Eine längere Pause.

„Wer wohnt hier?"

„Er wohnte hier", antwortet Jo wie vorhin.

Nach kurzem Schweigen wird er gefragt: „In welchem Zimmer?" – „Dort oben in dem Zimmer hinten hinaus. Ihr könnt das Fenster von dieser Ecke aus sehen. Dort oben! Dort hab ich ihn liegen sehen auf der Bahre. Das ist das Wirtshaus, wo man mich holte."

„Weiter!"

Zur nächsten Stelle ist ein längerer Weg, aber Jo, dessen anfänglicher Verdacht geschwunden ist, hält sich an die ihm auferlegten Bedingungen und schaut sich nicht um. Durch manche kleine Gasse, die von Unrat aller Art qualmt, erreichen sie den kleinen Durchgang zum Hof und die Gaslampe, die jetzt brennt, und das eiserne Gittertor.

„Da liegt er!" sagt Jo, der sich an die Gitterstäbe hält und hineinsieht.

„Wo? Oh, wie gräßlich!"

„Da!" zeigt Jo. „Dort drüben. Zwischen den Knochenhaufen und dicht bei dem Küchenfenster dort! Sie haben ihn gar nicht tief gelegt. Sie mußten drauftreten, daß sie ihn reinkriegten.

Ich könnte ihn für Euch mit dem Besen aufdecken, wenn das Tor offen wäre. Darum, glaub ich, verschließen sie's", sagt er und rüttelt am Gitter. „Es ist immer verschlossen. Seht die Ratte!" ruft er aufgeregt. „Hi! Seht, da läuft sie! Ho! In die Erde hinein!"

Das Dienstmädchen weicht schaudernd in eine Ecke zurück, in eine Ecke des schrecklichen Torwegs, dessen giftige Flecke ihr Kleid beschmutzen, streckt beide Hände von sich und befiehlt ihm leidenschaftlich, sich von ihr fernzuhalten, denn es ekelt sie vor ihm. So bleibt sie einige Augenblicke. Jo steht und starrt, und starrt noch immer, als sie sich wieder erholt hat.

„Ist dieser grausige Ort geweihter Boden?"

„Weiß nichts von geweichtem Boden", sagt Jo, der sie immer noch anstarrt.

„Ist er eingesegnet?"

„Wer?" fragt Jo in höchstem Staunen.

„Ist er eingesegnet?"

„Ich bin gesegnet, wenn ich's weiß", antwortet Jo und starrt sie noch mehr an; „aber ich meine, nein. Eingesegnet?" wiederholt er etwas verwirrt. „Wenn ja, hat's ihm nicht viel genützt. Eingesegnet? Ich meine, eher das Gegenteil. Aber ich weiß nichts nicht."

Das Dienstmädchen achtet so wenig auf das, was er sagt, wie sie auf das zu achten scheint, was sie selbst gesagt hat. Sie zieht den Handschuh aus, um ein Geldstück aus ihrer Börse zu nehmen. Jo bemerkt stumm, wie weiß und klein ihre Hand ist und was für ein hübsches Dienstmädchen das sein muß, das so funkelnde Ringe trägt.

Sie läßt ein Geldstück in seine Hand fallen, ohne sie zu berühren, und schaudert, wie sich ihre Hände nahe kommen. „Jetzt", setzt sie hinzu, „zeig mir die Stelle noch einmal."

Jo fährt mit dem Besenstiel durch die Gitterstäbe und weist ihr die Stelle möglichst genau. Als er endlich zur Seite blickt, um zu sehen, ob er sich verständlich gemacht hat, merkt er, daß er allein ist.

Sein erstes ist, das Geldstück ans Licht zu halten, und überwältigt ist er, als er sieht, daß es gelb ist – Gold. Sein nächstes ist, daß er in den Rand beißt, um die Echtheit zu prüfen. Das dritte, es sicherheitshalber in den Mund zu stecken und die Stufe und den Gang mit großer Sorgfalt zu kehren. Als er damit fertig ist, macht er sich auf nach Tom-all-alone's, bleibt aber im Licht zahlloser Gaslampen stehen, um das Goldstück hervorzuholen und immer wieder hineinzubeißen, um sich aufs neue zu beweisen, daß es echt ist.

Dem gepuderten Diener fehlt es heute abend nicht an Gesellschaft, denn Mylady geht zu einem großen Diner und drei oder vier Bällen. Sir Leicester ist unruhig drunten in Chesney Wold, weil er keine bessere Gesellschaft hat als die Gicht; er beklagt sich bei Mrs. Rouncewell, weil der Regen so eintönig auf die Terrasse plätschert, daß er nicht einmal am Kamin in seinem eigenen behaglichen Ankleidezimmer die Zeitung lesen kann.

„Sir Leicester hätte besser getan, es mit der anderen Seite des Hauses zu versuchen", sagt Mrs. Rouncewell zu Rosa. „Sein Ankleidezimmer ist auf Myladys Seite. Und in all diesen Jahren habe ich den Tritt auf dem Geisterweg nie so deutlich gehört wie heute abend!"

17. KAPITEL

Esthers Erzählung

Richard besuchte uns sehr oft, während wir in London weilten – das Briefschreiben unterließ er bald –, und dank seiner raschen Auffassungsgabe, Lebendigkeit, Gutherzigkeit, Fröhlichkeit und Frische war er immer willkommen. Aber obgleich er mir immer besser gefiel, fühlte ich doch, je näher ich ihn kennenlernte, wie sehr es zu beklagen war, daß er nicht zu Fleiß und Konzentration erzogen worden war. Das Verfahren, das man auf ihn genauso angewandt hatte wie auf hundert andere Jungen, die in Charakter und Fähigkeiten ganz verschieden waren, hatte ihn befähigt, seine Arbeiten stets befriedigend, ja oft mit Auszeichnung zu erledigen, aber in einer schmissigen, blendenden Art, die sein Vertrauen gerade auf jene Eigenschaften festigte, die am meisten des Leitens und Zügelns bedurften. Es waren schöne Eigenschaften, ohne die kein hohes Ziel erreicht werden kann; aber wie Feuer und Wasser waren sie zwar treffliche Diener, aber schlechte Herren. Wenn Richard sie beherrscht hätte, so wären sie seine Freunde gewesen; da sie aber Richard beherrschten, wurden sie seine Feinde.

Ich schreibe diese Urteile nieder, nicht in der Annahme, daß dies oder jenes wirklich so war, weil ich es mir so vorstellte, sondern einfach weil ich so darüber dachte und in allem, was ich dachte und tat, ganz aufrichtig sein möchte. Solche Gedanken machte ich mir über Richard. Ich glaubte außerdem oft zu bemerken, wie recht mein Vormund mit dem gehabt hatte, was er sagte, und daß ihm die Ungewißheiten und Verzögerungen des Kanzleigerichtsprozesses etwas von der leichtsinnigen Denkweise eines Spielers gegeben habe, der sich nur als Glied eines großen Hasardspielsystems fühlt.

Als uns Mr. und Mrs. Badger eines Nachmittags besuchten, während mein Vormund gerade abwesend war, erkundigte ich mich im Lauf des Gesprächs zwanglos nach Richard.

„Oh, Mr. Carstone befindet sich sehr wohl", sagte Mrs. Badger, „und ist, kann ich Ihnen versichern, für unsere Gesellschaft ein wertvoller Zuwachs. Kapitän Swosser pflegte von mir zu sagen, wenn das Salzfleisch zäh geworden war wie das Vormarssegel, sei ich für die Seekadettenmesse stets besser gewesen als Land vor dem Bug und eine Brise von hinten. Er drückte damit in seiner Seemannsweise aus, daß ich ein Gewinn für jede Gesellschaft sei. Ich kann mit gutem Gewissen dasselbe von Mr. Carstone versichern. Aber ich – Sie halten mich nicht für voreilig, wenn ich es erwähne?"

Ich verneinte das, da Mrs. Badgers fragender Ton eine solche Antwort zu verlangen schien.

„Auch Miss Clare nicht?" sagte Mrs. Bayham Badger mit süßer Stimme.

Ada verneinte ebenfalls, sah aber beunruhigt aus.

„Ja, sehen Sie, meine Lieben", sagte Mrs. Badger, „– Sie entschuldigen, wenn ich Sie meine Lieben nenne."

Wir baten Mrs. Badger, keine Umstände zu machen.

„Weil Sie wirklich so vollkommen liebenswert sind, wenn ich das sagen darf", fuhr Mrs. Badger fort. „Sehen Sie, meine Lieben, obgleich ich noch jung bin – wenigstens ist Mr. Badger höflich genug, das zu behaupten –"

„Nein", rief Mr. Badger aus wie einer, der in einer öffentlichen Versammlung Widerspruch erhebt. „Nein, durchaus nicht!"

„Nun gut", lächelte Mrs. Badger, „wir wollen sagen: noch jung." („Unzweifelhaft", schaltete Mr. Badger ein.)

„Obgleich ich noch jung bin, meine Lieben, habe ich doch viel Gelegenheit gehabt, junge Leute zu beobachten. An Bord des guten, alten ‚Crippler' gab es eine Menge, versichere ich Ihnen. Später, als ich mit Kapitän Swosser im Mittelmeer war, ergriff ich jede Gelegenheit, die Kadetten, die unter seinem Befehl standen, kennenzulernen und mich ihrer anzunehmen. Sie haben wohl nie gehört, meine Lieben, daß man sie die jungen Herren nannte, und Sie verstünden wahrscheinlich Anspielungen auf das ‚Schmieren' ihrer Wochenrechnungen nicht; aber bei mir ist das etwas anderes, denn das blaue Meer war meine zweite Heimat, und ich war ein ganzer Seemann. Dann wieder mit Professor Dingo –" („Einem Mann von europäischem Ruf", murmelte Mr. Badger.)

„Als ich meinen geliebten Ersten verlor und die Gattin meines geliebten Zweiten wurde", fuhr Mrs. Badger fort, indem sie ihre früheren Gatten bezeichnete, als ob sie Teile einer Scharade wären, „hatte ich immer noch Gelegenheit, Jugend zu beobachten. Professor Dingos Vorlesungen waren sehr stark besucht, und es wurde mein Stolz, als Gattin eines ausgezeichneten Gelehrten, die selbst in der Wissenschaft so viel Trost suchte, wie sie bieten kann, den Studenten unser Haus als eine Art wissenschaftlicher Börse zu öffnen. Jeden Dienstagabend gab es Limonade und Biskuit für alle, die diese Erfrischungen genießen wollten. Und Wissenschaft war unbeschränkt vorhanden."

„Beachtliche Gesellschaften waren das, Miss Summerson", sagte Mr. Badger ehrfürchtig. „Unter den Auspizien eines solchen Mannes muß es viel geistige Reibung gegeben haben."

„Und jetzt", fuhr Mrs. Badger fort, „jetzt, da ich die Gattin meines geliebten Dritten, Mr. Badgers, bin, habe ich die Gewohnheit des Beobachtens beibehalten, die ich in meiner Ehe mit Kapitän Swosser angenommen und im Zusammenleben mit Professor Dingo neuen, überraschenden Zielen angepaßt hatte. Ich war daher kein Neuling, als ich Mr. Carstone zu beobachten begann. Und doch bin ich fest überzeugt, meine Lieben, daß er seinen Beruf nicht klug gewählt hat."

Ada sah jetzt so besorgt aus, daß ich Mrs. Badger fragte, worauf sie ihre Annahme stütze.

„Meine liebe Miss Summerson", entgegnete sie, „auf Mr. Carstones Charakter und Benehmen. Er ist so leichtblütig veranlagt, daß er es wahrscheinlich nie für der Mühe wert hielte, zu sagen, was er selbst denkt; aber jedenfalls ist ihm dieses Fach gleichgültig. Er fühlt nicht das positive Interesse dafür, das den Beruf zur Berufung macht. Wenn er überhaupt eine bestimmte Meinung darüber hat, so sollte ich meinen, daß er das Fach für langweilig hält. Nun, das ist nicht sehr vielversprechend. Junge Männer wie Mr. Allan Woodcourt, die sich ihm aus starker

Anteilnahme an allen seinen Zweigen widmen, finden darin einen Lohn bei sehr viel Arbeit für wenig Geld und bei jahrelangen großen Mühsalen und Enttäuschungen. Aber ich bin fest überzeugt, daß dies bei Mr. Carstone nie der Fall wäre."

„Ist Mr. Badger derselben Meinung?" fragte Ada schüchtern.

„Die Wahrheit zu gestehen, Miss Clare", sagte Mr. Badger, „diese Auffassung hat sich bei mir erst ergeben, als Mrs. Badger sie vorbrachte. Aber als es mir Mrs. Badger in diesem Licht darstellte, achtete ich natürlich sehr darauf, denn ich weiß, daß Mrs. Badgers Urteil außer seinen natürlichen wertvollen Eigenschaften den seltenen Vorteil gehabt hat, von zwei so ausgezeichneten, ich möchte sogar sagen berühmten Männern des öffentlichen Lebens wie Kapitän Swosser von der Königlichen Marine und Professor Dingo gebildet zu werden. Das Urteil, zu dem ich gelangt bin, ist – mit einem Wort: ist ganz das Mrs. Badgers."

„Es war", sagte Mrs. Badger, „eine von Kapitän Swossers Maximen, in seiner bildhaften Seemannssprache ausgedrückt, wenn man Pech heiß mache, könne man es gar nicht zu heiß machen, und wenn man eine Planke scheuern müsse, solle man sie scheuern, als ob der Teufel hinter einem stünde. Diese Maxime scheint mir ebenso auf den medizinischen wie auf den nautischen Beruf anwendbar zu sein."

„Auf alle Berufsarten", bemerkte Mr. Badger. „Das war wunderschön von Kapitän Swosser gesagt. Außerordentlich schön gesagt."

„Als wir uns nach unserer Heirat im nördlichen Devon aufhielten", sagte Mrs. Badger, „beschwerten sich die Leute über Professor Dingo, daß er einige Wohnhäuser und andere Gebäude dadurch verunstalte, daß er mit seinem kleinen geologischen Hammer Stücke davon abschlug. Aber der Professor erwiderte, er kenne kein Gebäude außer den Tempel der Wissenschaft. Das ist dasselbe Prinzip, glaube ich."

„Ganz dasselbe", sagte Mr. Badger. „Sehr fein ausgedrückt! Der Professor machte dieselbe Bemerkung in seiner letzten Krankheit, Miss Summerson, als er in Fieberträumen darauf bestand, seinen kleinen Hammer unter dem Kopfkissen zu behalten und an den Gesichtern der Umstehenden zu klopfen. Die dominierende Leidenschaft!"

Obgleich uns Mr. und Mrs. Badger die Länge hätten ersparen können, zu der sie das Gespräch ausspannen, fühlten wir doch beide, daß sie uns ihr Urteil ganz uneigennützig mitteilten und daß es höchstwahrscheinlich richtig war. Wir kamen überein, Mr. Jarndyce nichts zu sagen, ehe wir mit Richard gesprochen hätten; und da er am nächsten Abend kommen sollte, beschlossen wir, sehr ernst mit ihm zu reden.

So ging ich denn hinein, nachdem er eine Weile mit Ada allein gewesen war, und fand mein Herzenskind, wie ich vorausgesehen hatte, ganz bereit, ihm in allem, was er sagte, vollständig recht zu geben.

„Nun, machen Sie Fortschritte, Richard?" fragte ich. Ich setzte mich immer auf seine andere Seite. Er behandelte mich ganz wie eine Schwester.

„Oh, so ziemlich!" sagte Richard.

„Besseres kann er doch nicht sagen, Esther, nicht wahr?" rief Ada triumphierend.

Ich versuchte, sie ganz unbeirrt anzusehen, aber natürlich mißlang das.

„So ziemlich?" wiederholte ich.

„Ja, so ziemlich", sagte Richard. „Es ist ein wenig eintönig und langweilig. Aber es ist so gut wie alles andere."

„Aber, lieber Richard!" wandte ich ein.

„Nun, was denn?" fragte er.

„So gut wie alles andere!"

„Ich glaube nicht, daß daran etwas Schlimmes ist, Mütterchen", sagte Ada und sah mich an ihm vorbei zuversichtlich an. „Denn wenn es so gut wie alles andere ist, ist es doch sehr gut, hoffe ich."

„O ja, das hoffe ich auch", entgegnete Richard und schüttelte sich sorglos das Haar aus der Stirn. „Am Ende ist es wohl nur eine Art Prüfungszeit, bis unser Prozeß – ah, ich vergaß. Ich soll ja nicht von dem Prozeß sprechen. Zutritt verboten! O ja, alles ist so ziemlich in Ordnung. Sprechen wir von etwas anderem."

Ada hätte das gern getan, und mit der vollständigen Überzeugung, daß wir die Frage damit höchst befriedigend erledigt hätten. Aber ich war der Meinung, es sei sinnlos, es dabei bewenden zu lassen, und fing daher wieder an.

„Nein, Richard, und du, liebe Ada", sagte ich; „bedenkt, wie wichtig es für euch beide ist und wie es Ehrensache gegen Ihren Vetter ist, daß Sie, Richard, ohne Vorbehalt mit vollem Ernst schaffen. Ich glaube wirklich, es ist besser, wir sprechen das gründlich durch, Ada. Es wird sehr bald zu spät sein."

„O ja! Wir müssen es durchsprechen", meinte Ada. „Aber ich glaube, Richard hat recht."

Was half es, daß ich versuchte, sehr weise dreinzusehen, da sie so hübsch und gewinnend war und ihn so lieb hatte!

„Mr. und Mrs. Badger waren gestern hier, Richard", sagte ich, „und sie schienen geneigt zu glauben, daß Sie an der Chirurgie wenig Geschmack finden."

„Wirklich?" sagte Richard. „Oh! Das ändert freilich die Sache, weil ich keine Ahnung hatte, daß sie so denken, und weil ich sie nicht gern enttäuschen oder belasten möchte. Tatsache ist: mir liegt nicht viel daran. Aber das tut nichts. Es ist so gut wie alles andere."

„Da hörst du's, Ada", sagte ich.

„Die Wahrheit ist", fuhr Richard halb nachdenklich, halb scherzend fort, „es paßt nicht ganz zu mir. Ich finde keinen Geschmack daran. Und ich muß zu viel von Mrs. Bayham Badgers Erstem und Zweitem hören."

„Das ist gewiß nur natürlich!" rief Ada ganz erfreut aus. „Ganz, was wir gestern auch sagten, Esther!"

„Außerdem ist es so eintönig", fuhr Richard fort, „und das Heute gleicht dem Gestern und das Morgen dem Heute doch gar zu sehr."

„Aber ich fürchte", sagte ich, „das läßt sich gegen jede Beschäftigung einwenden – sogar gegen das Leben selbst, außer unter sehr ungewöhnlichen Umständen."

„Meinen Sie wirklich?" entgegnete Richard immer noch nachdenklich. „Vielleicht. Ah! Ja, sehen Sie", setzte er hinzu und wurde plötzlich wieder heiter, „wir kommen auf Umwegen auf das, was ich eben sagte. Es ist so gut wie alles andere. Oh, es ist schon ganz recht. Sprechen wir von etwas anderem."

Aber selbst Ada mit ihrem liebevollen Gesicht – wenn es unschuldig und vertrauend ausgesehen hatte, als ich es zuerst in jenem denkwürdigen Novembernebel erblickte, wieviel mehr war dies jetzt der Fall, da ich ihr unschuldiges und vertrauendes Herz kannte! –, selbst Ada schüttelte darüber den Kopf und zeigte sich ernst. Deshalb hielt ich es für eine gute Gelegenheit, Richard einen Wink zu geben, daß, wenn er auch manchmal leichtsinnig gegen sich selbst handeln sollte, er doch gewiß nicht beabsichtige, leichtsinnig gegen Ada zu handeln, und daß es für ihn eine Liebespflicht gegen sie sei, einen Schritt nicht zu unterschätzen, der auf ihr ganzes Leben Einfluß haben mußte. Das machte ihn fast ernst.

„Liebes Mütterchen", sagte er, „das ist es eben! Ich habe mehrmals daran gedacht und mir selber schwer gezürnt, daß ich es so gern ernst nehmen wollte und irgendwie doch nie recht ernst nehmen konnte. Ich weiß selbst nicht, wie das zugeht; ich scheine irgend etwas zu brauchen, das mir hilft. Selbst Sie können sich nicht vorstellen, wie ich Ada liebe – mein Herz, ich liebe dich ja so sehr! –, aber in anderen Dingen fällt mir Beständigkeit so schwer. Es ist so anstrengend und zeitraubend!" sagte Richard mit verdrießlicher Miene.

„Das rührt vielleicht daher, daß Ihnen der erwähnte Beruf nicht zusagt", warf ich ein.

„Der arme Bursche!" sagte Ada. „Ich kann mich wahrhaftig nicht darüber wundern!"

Nein. Es nützte gar nichts, daß ich versuchte, verständig dreinzuschauen. Ich versuchte es abermals, aber wie konnte es mir gelingen oder wie hätte ich damit etwas erreichen sollen, solange Ada ihre gefalteten Hände auf seine Schulter legte und er in ihre zärtlichen Blauaugen schaute und diese auf ihn.

„Du siehst, mein Lieb", sagte Richard und ließ ihre goldenen Locken durch seine Hand gleiten, „ich habe mich vielleicht ein wenig übereilt oder meine Neigungen nicht richtig erkannt. Sie scheinen nicht in diese Richtung zu gehen. Ich konnte das nicht aussprechen, bevor ich es versucht hatte. Die Frage ist nur, ob es der Mühe wert ist, alles rückgängig zu machen, was geschehen ist. Das scheint mir viel Lärm um nichts zu sein."

„Lieber Richard", sagte ich, „wie können Sie sagen: um nichts?"

„Ich meine das nicht so unbedingt", sagte er. „Ich meine, es kann ein Nichts sein, weil ich es möglicherweise nie brauche."

Dagegen betonten Ada und ich, daß es nicht nur entschieden der Mühe wert, sondern einfach notwendig sei, das Geschehene rückgängig zu machen. Dann fragte ich Richard, ob er schon an einen passenderen Beruf gedacht habe.

„Da treffen Sie ins Schwarze, Mütterchen", antwortete Richard. „Ja, ich habe daran gedacht. Ich glaube, die Rechtswissenschaft wäre mein Fall."

„Die Rechtswissenschaft", wiederholte Ada, als fürchte sie sich schon vor dem Namen.

„Wenn ich zu Kenge ins Büro käme", sagte Richard, „mit einem festen Vertrag, so könnte ich ein Auge auf den – hm – den verbotenen Gegenstand haben und ihn studieren und ihn gründlich beherrschen lernen und mich vergewissern, daß er nicht vernachlässigt, sondern gehörig geführt wird. Ich könnte Adas Interessen wahrnehmen und meine eigenen, die damit zusammenfallen, und könnte mich mit Blackstone und all diesen Burschen mit der größten Leidenschaft herumschlagen."

Ich war dessen keineswegs so sicher und sah auch, daß sein Trachten nach den unbestimmten Dingen, die aus diesen lang hinausgeschobenen Hoffnungen vielleicht doch erwachsen könnten, einen Schatten über Adas Antlitz warf. Aber ich hielt es für das beste, ihn in jedem Plan einer anhaltenden Beschäftigung zu ermuntern, und riet ihm nur, sich völlig klarzuwerden, ob er nun endgültig entschlossen sei.

„Meine liebe Minerva", sagte Richard, „ich bin so beständig wie Sie selbst. Ich habe mich geirrt; wir alle können uns irren; ich will es nicht wieder tun und will ein Jurist werden, wie man nicht oft einen sieht. Das heißt", sagte er mit einem Rückfall ins Zweifeln, „wenn es wirklich nach allem noch lohnt, soviel Lärm um nichts zu machen!"

Das veranlaßte uns, sehr ernsthaft alles zu wiederholen, was wir bereits gesagt hatten, und zuletzt zu demselben Schluß zu kommen wie vorhin. Aber wir rieten Richard so dringend, unverzüglich ganz offen und ehrlich gegen Mr. Jarndyce zu sein, und er war von Natur aus aller Hinterhältigkeit so abhold, daß er ihn sogleich gemeinsam mit uns aufsuchte und ihm alles gestand. „Rick", sagte mein Vormund, nachdem er ihn aufmerksam angehört hatte, „wir können mit Ehren zurücktreten und wollen es tun. Aber wir müssen uns um unserer Kusine willen hüten – Rick, um unserer Kusine willen! –, noch mehr solche Irrtümer zu begehen. Für die juristische Laufbahn wollen wir daher erst eine gehörige Probezeit einlegen, ehe wir uns entschließen. Wir wollen erst den Graben ansehen, bevor wir springen, und uns viel Zeit dazu nehmen."

Richards Energie war von so ungeduldiger und launischer Art, daß er am liebsten auf der Stelle in Mr. Kenges Büro gegangen und mit ihm sofort in ein Vertragsverhältnis eingetreten wäre. Er fügte sich jedoch mit guter Miene den Vorsichtsmaßregeln, die wir als notwendig dargetan hatten, blieb in der heitersten Laune bei uns sitzen und redete, als ob sein einziger, unwandelbarer Lebenszweck von Kindheit an der gewesen wäre, von dem er jetzt eingenommen war. Mein Vormund war sehr gütig und herzlich zu ihm, aber etwas ernst, so daß Ada, als uns Richard verlassen hatte und wir zum Schlafen hinaufgingen, sagte: „Vetter John, ich hoffe, Sie denken nicht schlimm von Richard?"

„Nein, liebe Ada", sagte er.

„Es ist ja so natürlich, daß sich Richard in einer so schwierigen Sache geirrt hat. Das kommt häufig vor."

„Nein, nein, meine Liebe", sagte er. „Machen Sie kein so betrübtes Gesicht."

„Oh, ich bin nicht betrübt, Vetter John!" sagte Ada mit heiterem Lächeln und mit der Hand auf seiner Schulter, die sie berührt hatte, als sie ihm Gute Nacht sagte. „Aber ich wäre es, wenn Sie von Richard schlimm dächten."

„Liebe Ada", sagte Mr. Jarndyce, „ich dächte nur dann schlimm von ihm, wenn Sie je durch seine Schuld im mindesten unglücklich würden. Selbst dann sollte ich freilich mehr mir selber zürnen als dem armen Rick, denn ich habe euch zusammengebracht. Aber still, das ist ja nichts. Er hat viel Zeit vor sich und freie Bahn. Ich sollte schlechter von ihm denken? Ich gewiß nicht, liebe Kusine! Und Sie auch nicht, darauf will ich schwören!"

„Nein, gewiß nicht, Vetter John!" sagte Ada, „ich weiß, ich könnte und würde nichts Böses von Richard denken, auch wenn es die ganze Welt täte. Ich könnte und würde dann besser von ihm denken als jemals sonst."

So ruhig und ehrlich sagte sie das, die Hände auf seine Schultern gelegt – jetzt beide Hände – und sah dabei zu seinem Gesicht empor wie die verkörperte Wahrheit.

„Ich glaube", sagte mein Vormund und betrachtete sie nachdenklich, „irgendwo muß geschrieben stehen, daß die Tugenden der Mütter gelegentlich an den Kindern heimgesucht werden sollen, so gut wie die Sünden der Väter. Gute Nacht, mein Rosenknöspchen. Gute Nacht, Mütterchen. Schlaft gut! Träumt süß!"

Zum erstenmal sah ich einen Anflug von Schatten über dem wohlwollenden Ausdruck seiner Augen, als er Ada nachblickte. Ich erinnerte mich noch gut des Blickes, mit dem er sie und Richard betrachtet hatte, als sie beim Schein des Kaminfeuers sang; es war noch nicht lange her, seit er sie aus dem sonnendurchleuchteten Zimmer in den Schatten hatte treten sehen; aber sein Augenausdruck war anders geworden, und selbst der stumme Blick des Vertrauens auf mich, der ihm jetzt wiederum folgte, war nicht ganz so hoffnungsvoll und sicher wie früher.

Ada sprach an diesem Abend lobender von Richard als je

zuvor. Sie ging zu Bett mit einem kleinen Armband am Handgelenk, das er ihr geschenkt hatte. Ich glaube, sie träumte von ihm, als ich sie, nachdem sie schon eine Stunde geschlummert hatte, auf die Wange küßte und dabei ihr ruhiges, glückliches Gesicht ansah. Ich selbst hatte diese Nacht so wenig Lust zu schlafen, daß ich aufblieb und arbeitete. An sich wäre das nicht erwähnenswert, aber ich war überwach und ziemlich trüb gestimmt. Ich weiß nicht, warum. Wenigstens glaube ich's nicht zu wissen. Oder vielleicht weiß ich's auch, halte es aber nicht für wichtig.

Jedenfalls nahm ich mir vor, so schrecklich fleißig zu sein, daß ich keine Minute Zeit übrigbehielte, betrübt zu sein. Denn ich sagte mir natürlich: Esther, du und trübe gestimmt sein! Ausgerechnet du! Und es war wirklich hohe Zeit, das zu sagen, denn ich – ja, ich sah mich wirklich im Spiegel fast weinen. Als gäbe es etwas, das dich unglücklich machen könnte, während doch alles da ist, dich glücklich zu machen, du undankbares Herz! sagte ich.

Hätte ich einschlafen können, so hätte ich's auf der Stelle getan; aber da das nicht gehen wollte, nahm ich aus meinem Arbeitskorb eine Stickerei für unser Haus – ich meine Bleakhaus –, die ich damals unter den Händen hatte, und setzte mich mit großer Entschlossenheit darüber. Alle Stiche daran mußten nachgezählt werden, und ich beschloß, darin fortzufahren, bis ich die Augen nicht mehr offenhalten könne, und dann zu Bett zu gehen.

Ich war bald ganz in die Arbeit vertieft. Aber ich hatte in einer Nähtischschublade drunten im zeitweiligen Brummstübchen Seide gelassen, die mir jetzt fehlte, wenn ich weiterarbeiten wollte. Ich nahm daher meine Kerze und ging leise hinunter, um sie zu holen. Als ich eintrat, sah ich zu meinem großen Erstaunen, daß mein Vormund noch dort saß und in das verglimmende Feuer blickte. Er war in Gedanken versunken, sein Buch lag unbeachtet neben ihm, sein graugesprenkeltes Haar häufte sich wirr auf der Stirn, als ob die Hand darin gewühlt hätte, während seine Gedanken abwesend waren, und das Gesicht war sorgenvoll. Fast erschrocken darüber, daß ich so unerwartet auf ihn stieß, blieb ich einen Augenblick stehen und hätte mich wortlos wieder entfernt, wenn er mich nicht, als er wieder mit der Hand zerstreut durchs Haar fuhr, bemerkt hätte.

„Esther!"

Ich sagte ihm, was mich hergeführt habe.

„So spät noch arbeiten, liebes Kind", sagte er.

„Ich arbeite so spät in der Nacht", sagte ich, „weil ich nicht einschlafen konnte und mich müde zu machen wünschte. Aber auch Sie, lieber Vormund, sind noch spät wach und sehen angegriffen aus. Ich hoffe doch nicht, daß Sorge Sie wach hält?"

„Keine, Frauchen, die Sie leicht begreifen könnten", sagte er. Er sprach in einem mir so neuen bekümmerten Ton, daß ich innerlich wiederholte, als ob mir das zum Verständnis hülfe: die ich leicht begreifen könnte.

„Bleiben Sie einen Augenblick, Esther", sagte er. „Ich habe an Sie gedacht."

„Ich hoffe, ich war nicht die Ursache Ihrer Sorge, Vormund?"

Er bewegte leicht die Hand und nahm seine gewöhnliche Art wieder an. Die Veränderung war so auffällig, und er schien sie durch so viel Selbstbeherrschung zu bewirken, daß ich unwillkürlich abermals innerlich wiederholte: keine, die ich begreifen könnte.

„Kleines Frauchen", sagte mein Vormund, „ich dachte – das heißt, ich habe darüber nachgedacht, seit ich hier sitze –, daß Sie alles, was ich von Ihrer Lebensgeschichte weiß, auch erfahren sollten. Es ist sehr wenig, fast nichts."

„Lieber Vormund", erwiderte ich, „als Sie zum erstenmal zu mir davon sprachen –"

„Aber seitdem", unterbrach er mich ernst, denn er erriet, was ich sagen wollte, „seitdem habe ich mir überlegt, daß es doch zweierlei ist, ob Sie mich etwas zu fragen haben oder ob ich Ihnen etwas zu sagen habe. Es ist vielleicht meine Pflicht, Ihnen das wenige, was ich weiß, mitzuteilen."

„Wenn Sie das meinen, Vormund, ist es gut so."

„Ich halte es für richtig", entgegnete er, sehr sanft, gütig und bestimmt. „Liebe Esther, jetzt denke ich so. Wenn Ihre Stellung in den Augen irgendeines Menschen, auf den etwas zu geben ist, einen wirklichen Nachteil erleiden kann, so ziemt es sich, daß unter allen Menschen wenigstens Sie ihn nicht noch für sich selbst vergrößern, dadurch daß Sie nur dunkle Ahnungen von seiner Natur haben."

Ich setzte mich und sagte nach einigem Bemühen, so ruhig zu sein, wie es sich schickte: „Eine meiner frühesten Erinnerungen, Vormund, sind diese Worte: ,Deine Mutter, Esther, ist deine Schande, und du warst die ihre. Die Zeit wird kommen, und früh genug, da du das besser verstehen und auch so fühlen wirst, wie es nur eine Frau fühlen kann.'" Ich hatte mein Gesicht mit den Händen bedeckt, während ich diese Worte wiederholte, aber ich nahm sie jetzt in einer, wie ich hoffe, besseren Art der Beschämung weg und sagte ihm, daß ich ihm das Glück verdanke, von meiner Kindheit bis zu dieser Stunde diese Schande nie, nie gefühlt zu haben. Er hob die Hand, als wolle er mich unterbrechen. Ich wußte wohl, daß man ihm nie danken durfte, und sagte nichts weiter.

„Neun Jahre, liebes Kind", sagte er nach kurzem Besinnen, „sind vergangen, seit ich von einer ganz zurückgezogen lebenden Dame einen Brief erhielt, erfüllt von einer finsteren Leidenschaft und Kraft, die ihn von allen anderen Briefen unterschied, die ich je gelesen habe. Er war, wie er mir wortreich erzählte, an mich gerichtet, vielleicht weil es die Laune der Absenderin war, mir das Vertrauen zu schenken, vielleicht auch, weil es die meine war, es zu rechtfertigen. Der Brief berichtete mir von einem Kind, einem damals zwölf Jahre alten Waisenmädchen, in ähnlich grausamen Worten, wie Sie sie noch in Erinnerung haben. Er besagte, daß die Schreiberin das Kind von seiner Geburt an im geheimen erzogen und alle Spuren seines Vorhandenseins verwischt habe; wenn sie sterbe, bevor es erwachsen sei, bleibe es völlig freundlos, namenlos und unbekannt in der Welt zurück. Ich möge mit mir zu Rate gehen, ob ich in diesem Fall vollenden wolle, was sie begonnen habe."

Ich hörte schweigend zu und sah ihn gespannt an.

„Ihre Kindheitserinnerungen, meine Liebe, werden Ihnen ergänzen, in welch düsterem Licht die Schreiberin all dies sah und darstellte, und daß es verkehrte Religiosität war, die ihre Seele mit der Einbildung umspann, daß das Kind eine Sünde büßen müsse, die es nicht begangen hatte. Ich empfand Mitleid mit dem kleinen Geschöpf in seinem umdüsterten Leben und beantwortete den Brief."

Ich ergriff seine Hand und küßte sie.

„Er schrieb mir vor, ich dürfe nie versuchen, die Schreiberin zu sehen, die seit langer Zeit allen Verkehr mit der Welt abgebrochen habe; sie werde aber einen vertrauten Mittelsmann empfangen, wenn ich einen bestellen wolle. Ich bestimmte dazu Mr. Kenge. Die Dame sagte freiwillig, nicht auf sein Drängen, daß ihr Name nur angenommen sei; daß sie die Tante des Kindes sei, wenn in solchen Fällen Bande des Blutes bestünden; daß sie nie – und er war von der Festigkeit ihres Entschlusses überzeugt – aus irgendeiner menschlichen Rücksicht mehr enthüllen werde als dies. Liebes Kind, damit habe ich Ihnen alles gesagt."

Eine kleine Weile hielt ich seine Hand in der meinen.

„Ich sah mein Mündel öfter, als es mich sah", fuhr er in frohem Ton fort, „und erfuhr immer, daß sie beliebt, nützlich und glücklich war. Sie vergilt mir zwanzigtausendfach und zwanzigmal mehr zu jeder Stunde an jedem Tag."

„Und noch öfter segnet sie den Vormund", sagte ich, „der ihr ein Vater ist!"

Bei dem Wort Vater sah ich den früheren sorgenvollen Ausdruck wieder auf seinen Zügen erscheinen. Wie vorhin wurde er seiner Herr, und einen Augenblick darauf war dieser Ausdruck wieder verschwunden, aber er war doch dagewesen und war auf meine Worte hin so rasch angeflogen, daß es mir vorkam, als hätten sie ihm weh getan. Abermals wiederholte ich bei mir verwundert: keine, die ich leicht begreifen könnte; keine, die ich leicht begreifen könnte! Nein, es war wahr. Ich begriff sie nicht, noch lange, lange Zeit nicht.

„Und nun ein väterliches Gute Nacht, liebes Kind", sagte er und küßte mich auf die Stirn, „und zu Bett! Es ist zu spät zum Arbeiten und zum Nachdenken. Sie tun das den ganzen Tag über für uns, kleine Hausfrau!"

Ich arbeitete und grübelte nicht mehr in dieser Nacht. Ich schüttete mein volles Herz vor Gott aus, dankbar für seine weise Fürsorge, und schlief ein.

Tags darauf hatten wir Besuch. Mr. Allan Woodcourt kam, um Abschied zu nehmen, wie er es angekündigt hatte. Er wollte als Schiffsarzt nach China und Indien gehen und gedachte sehr lang fortzubleiben.

Ich glaube, vielmehr: ich weiß, daß er nicht reich war. Alle Ersparnisse seiner verwitweten Mutter waren auf seine Berufsausbildung verwendet worden. Für einen jungen Arzt ohne Beziehungen in London war dieser Beruf nicht einträglich, und obgleich er sich Tag und Nacht für eine Unmenge armer Leute abmühte und Wunder an Hilfsbereitschaft und Kunst für sie vollbrachte, verdiente er damit doch nicht viel Geld. Er war sieben Jahre älter als ich. Eigentlich brauchte ich das nicht zu erwähnen, denn es gehört wohl kaum dazu.

Ich glaube – ich meine, er sagte uns –, daß er schon drei oder vier Jahre praktiziert habe und daß er die Reise, für die er verpflichtet war, nicht gemacht hätte, wenn er hätte hoffen können, es noch drei oder vier Jahre auszuhalten. Aber er hatte kein

Vermögen oder Nebeneinkünfte und mußte daher ins Ausland gehen. Er hatte uns mehrmals besucht. Es tat uns leid, daß er uns verließ. Denn bei denen, die seine Kunst wirklich kannten, war er sehr angesehen, und einige der ersten Fachleute hatten eine hohe Meinung von ihm.

Als er kam, um uns Lebewohl zu sagen, brachte er zum erstenmal seine Mutter mit. Sie war eine hübsche, alte Dame mit glänzenden, schwarzen Augen, schien aber hochmütig zu sein. Sie stammte aus Wales und hatte in ferner Vergangenheit unter ihren Ahnen einen bedeutenden Mann gehabt namens Morgan ap Kerrig, aus einem Ort, der wie Gimlet klang. Er war der allerberühmteste Mensch gewesen, den die Welt je gekannt hat, und seine Verwandten bildeten eine Art königliche Familie. Er schien sein ganzes Leben damit zugebracht zu haben, ins Gebirge zu ziehen und mit jemandem zu fechten, und ein Barde, dessen Name wie Crumlinwallinwer klang, hatte sein Lob gesungen in einem Lied, das, soweit ich es verstehen konnte, Mewlinnwillinwodd hieß.

Nachdem Mrs. Woodcourt viel vom Ruhm ihres großen Ahnen erzählt hatte, sagte sie: Gewiß, wohin ihr Sohn Allan auch komme, stets werde er sich seiner Abstammung erinnern und werde keinesfalls eine Verbindung eingehen, die ihrer nicht würdig sei. Sie ermahnte ihn, es gebe in Indien viele hübsche englische Damen, die aus Berechnung hinreisten, und auch einige mit Vermögen ließen sich darunter finden; aber weder Schönheit noch Reichtum könnten dem Sproß eines solchen Geschlechts genügen, ohne gute Herkunft, die stets erste Bedingung sein müsse. Sie sprach so viel von Herkunft, daß ich mir für einen Augenblick fast einbildete, und mit Schmerz, sie meine mich – aber welch törichte Einbildung, zu glauben, sie könne sich um meine Herkunft kümmern!

Mr. Woodcourt schien ihre Redseligkeit peinlich zu sein; aber er war zu rücksichtsvoll, um sie das merken zu lassen, und wußte mit viel Takt das Gespräch dahin zu wenden, daß er meinem Vormund für seine Gastfreundschaft dankte und für die beglückenden Stunden – so nannte er sie –, die er bei uns verlebt habe. Die Erinnerung an sie, sagte er, werde ihn überallhin begleiten und werde ihm stets ein kostbarer Schatz bleiben. So gaben wir ihm der Reihe nach die Hand, alle taten es und ich auch; und er küßte Ada die Hand – und mir auch; und so zog er fort auf seine lange, lange Reise.

Ich war den ganzen Tag über sehr beschäftigt, schrieb Anwei-

sungen für die Dienstboten zu Hause und Briefe für meinen
Vormund, staubte seine Bücher und Papiere ab und klapperte
viel mit meinen Wirtschaftsschlüsseln, bald da, bald dort. Als
es dämmerte, war ich immer noch auf den Beinen, sang und
schaffte am Fenster, als jemand eintrat, den ich gar nicht
erwartet hatte: Caddy.

„Ei, liebe Caddy", rief ich, „was für schöne Blumen!"

Sie hielt ein allerliebstes Sträußchen in der Hand.

„Ja, wirklich, Esther", erwiderte Caddy. „Die schönsten, die
ich je sah."

„Von Prince, Liebe?" fragte ich leise.

„Nein", antwortete Caddy kopfschüttelnd und hielt sie mir
zum Riechen hin. „Nicht von Prince."

„Wahrhaftig, Caddy!" meinte ich. „Dann mußt du zwei
Geliebte haben."

„Was? Sehen sie danach aus?" rief sie.

„Sehen sie danach aus?" wiederholte ich und kniff sie in die
Wange. Caddy lachte nur dazu und sagte, sie sei nur für eine
halbe Stunde gekommen; dann erwarte sie Prince an der Ecke.
Sie plauderte mit mir und Ada am Fenster und übergab mir
dabei von Zeit zu Zeit wieder die Blumen oder versuchte, wie
sie sich in meinem Haar ausnähmen. Endlich, als sie fortging,
zog sie mich in meine Stube und steckte mir den Strauß an die
Brust.

„Für mich?" fragte ich überrascht.

„Für dich", sagte Caddy und küßte mich. „Jemand hat sie
zurückgelassen."

„Zurückgelassen?"

„Bei der armen Miss Flite", antwortete Caddy. „Jemand,
der sehr gut zu ihr war, eilte vor einer Stunde fort, um an
Bord zu gehen, und ließ die Blumen zurück. Nein, nein! Leg
sie nicht weg! Laß die hübschen Blümchen hier ruhen!" sagte
sie und steckte sie sorgfältig zurecht. „Ich war nämlich selbst
anwesend und sollte mich nicht wundern, wenn jemand sie
absichtlich zurückgelassen hätte!"

„Sehen sie danach aus?" sagte Ada, die lachend hinter mich
trat und mich fröhlich umschlang. „O ja, sie sehen ganz danach
aus, Mütterchen! Sie sehen ganz, ganz danach aus. O ja, mein
Liebes, ganz und gar!"

18. KAPITEL

Lady Dedlock

Es war nicht so leicht, wie es zunächst schien, für Richard eine Probezeit in Mr. Kenges Büro zu erwirken. Richard selbst war das Haupthindernis. Als es in seiner Macht stand, Mr. Badger jeden Augenblick zu verlassen, begann er zu zweifeln, ob er ihn überhaupt zu verlassen wünsche. Er wisse es wirklich nicht recht, sagte er. Es sei kein schlechter Beruf; er könne nicht behaupten, daß er ihm mißfalle; vielleicht gefalle er ihm so gut wie irgendein anderer — er wolle es doch noch einmal versuchen. Darauf schloß er sich ein paar Wochen lang mit etlichen Büchern und Knochen ein und schien sehr geschwind beträchtliche Kenntnisse zu erwerben. Nachdem sein Feuereifer etwa einen Monat gedauert hatte, begann er nachzulassen; und als er ganz abgekühlt war, erwärmte er sich noch einmal. Sein Hin- und Herschwanken zwischen Jurisprudenz und Medizin dauerte so lange, daß der Juni herankam, ehe er endgültig von Mr. Badger schied und bei Kenge und Carboy eine Probezeit antrat. Bei all dieser Sprunghaftigkeit tat er sich viel darauf zugute, daß er „diesmal" einen ganz ernsten Entschluß gefaßt habe. Doch war er stets so gutmütig, so munter und so zärtlich zu Ada, daß es schwer war, ihm anders als freundlich zu begegnen.

„Was Mr. Jarndyce betrifft", der, wie ich erwähnen will, in dieser ganzen Zeit sehr viel über Ostwind klagte; „was Mr. Jarndyce betrifft", sagte Richard zu mir, „so ist er der anständigste Kerl von der Welt, Esther. Schon um ihn zufriedenzustellen, muß ich besonders darauf bedacht sein, mich diesmal recht ins Zeug zu legen und zu einem ordentlichen Abschluß zu kommen."

Der Vorsatz, sich tüchtig ins Zeug zu legen, in Verbindung mit diesem lachenden Gesicht und unbesorgten Wesen und mit einer Phantasie, die alles erfassen und nichts festhalten konnte, wirkte komisch und abwegig. Doch sagte er uns zuweilen, er führe ihn in solchem Maß aus, daß er sich wundere, warum sein Haar nicht grau werde. Sein „ordentlicher Abschluß" bestand, wie erwähnt, darin, daß er im Juni bei Mr. Kenge eintrat, um zu versuchen, wie es ihm gefalle.

Die ganze Zeit über war er in Geldsachen so, wie ich ihn früher beschrieben habe: freigebig, verschwenderisch, gänzlich unbekümmert, aber völlig überzeugt, daß er sehr berechnend und sparsam sei. Um die Zeit, da er bei Mr. Kenge eintreten sollte, sagte ich einmal in seiner Gegenwart halb im Scherz, halb im Ernst zu Ada, er müßte eigentlich Fortunats Beutel haben, so fahrlässig gehe er mit dem Geld um. Er gab darauf folgende Antwort: „Mein Juwel von Kusine, du hörst dieses alte Frauchen! Warum sagt sie das? Weil ich vor ein paar Tagen acht Pfund und einen Schilling oder so, für eine gewisse hübsche Weste mit Knöpfen ausgegeben habe. Nun, wenn ich bei Badger geblieben wäre, hätte ich auf einem Brett zwölf Pfund für eine gräßliche Vorlesung bezahlen müssen. So gewinne ich im ganzen bei der Geschichte vier Pfund!"

Mein Vormund sprach mit ihm viel über das, was für sein Leben in London geschehen müsse, während er es mit der Jurisprudenz versuchte; denn wir waren schon längst nach Bleakhaus zurückgekehrt, und das war zu weit, um ihm zu gestatten, öfter als jede Woche einmal hinzukommen. Mein Vormund sagte mir, wenn sich Richard entschließe, bei Mr. Kenge zu bleiben, so wolle er ihm eine Wohnung mieten, wo auch wir manchmal ein paar Tage bleiben könnten; „aber, Frauchen", setzte er hinzu und rieb sich bedeutsam den Kopf, „er hat sich noch nicht entschlossen!" Die Beratungen endeten damit, daß wir für ihn monatsweise eine hübsche kleine möblierte Wohnung in einem stillen, alten Hause in der Nähe von Queen Square mieteten. Er fing gleich damit an, sein ganzes Geld zum Ankauf der wunderlichsten kleinen Nippsachen und Zierate für diese Wohnung auszugeben; und sooft ihn Ada und ich von einem geplanten Kauf abbrachten, der besonders unnütz und kostspielig war, schrieb er sich gut, was die Sache gekostet hätte, und zog den Schluß: wenn er für etwas anderes weniger ausgebe, so habe er den Unterschied erspart.

Solange diese Angelegenheiten noch schwebten, blieb unser Besuch bei Mr. Boythorn aufgeschoben. Endlich aber hatte Richard von seiner Wohnung Besitz genommen, und unserer Abreise stand nichts mehr im Weg. Er hätte uns zwar in dieser Jahreszeit recht gut begleiten können, aber er war von der Neuheit seiner Stellung ganz benommen und machte höchst energische Versuche, die Geheimnisse des verhängnisvollen Prozesses zu entschleiern. Daher fuhren wir ohne ihn ab, und mein Liebling fand Freude daran, ihn wegen seines Fleißes zu loben.

Wir machten in der Landkutsche eine angenehme Reise hinunter nach Lincolnshire und hatten in Mr. Skimpole einen unterhaltenden Gefährten. Wie wir erfuhren, war seine ganze Wohnungseinrichtung ausgeräumt worden von der Person, die von ihr am Geburtstage seiner blauäugigen Tochter Besitz ergriffen hatte; aber er schien ganz erleichtert bei dem Gedanken, daß er sie los war. Tische und Stühle, sagte er, seien langweilige Gegenstände, monotone Ideen ohne Abwechslung im Ausdruck, sie brächten uns durch ihren Anblick aus der Fassung, und wir brächten sie durch unsere Blicke aus der Fassung. Wie angenehm sei es nun, an keine bestimmten Tische und Stühle gebunden zu sein, sondern wie ein Schmetterling zwischen den gemieteten Möbeln herumzugaukeln und vom Rosenholz zum Mahagoni, vom Mahagoni zum Nußbaum und von diesem Gegenstand zu jenem zu flattern, wie es die Laune eingebe!

„Das Verrückte an der Sache ist", sagte Mr. Skimpole mit klarem Gefühl für das Lächerliche, „daß meine Tische und Stühle nicht bezahlt waren und daß mein Hauswirt dennoch mit ihnen denkbar ruhig davongeht. Ist das nicht drollig? Es liegt etwas Groteskes darin. Der Möbelhändler hat sich nie verpflichtet, meinem Hauswirt die Miete zu zahlen. Was hat mein Hauswirt mit ihm zu tun? Wenn ich eine Warze auf der Nase habe, die den besonderen Schönheitsbegriffen meines Hauswirts zuwiderläuft, so hat mein Hauswirt kein Recht, die Nase meines Möbelhändlers zu zerkratzen, die keine Warze hat. Seine Logik scheint mangelhaft zu sein."

„Nun", sagte mein Vormund gutgelaunt, „es ist ziemlich klar, daß der die Tische und Stühle bezahlen muß, der sich dafür verbürgt hat."

„Natürlich!" entgegnete Mr. Skimpole. „Das ist der Höhepunkt der Unlogik in dieser Geschichte! Ich sagte zu meinem Hauswirt: ‚Guter Mann, Sie wissen wohl nicht, daß mein vortrefflicher Freund Jarndyce diese Sachen bezahlen muß, die Sie auf so unzarte Weise wegräumen. Nehmen Sie keine Rücksicht auf sein Eigentum?' Er nahm sie nicht im geringsten."

„Und wies alle Vermittlungsvorschläge zurück?" fragte mein Vormund.

„Wies alle Vorschläge zurück", entgegnete Mr. Skimpole. „Ich machte ihm durchaus praktische Vorschläge. Ich nahm ihn mit in mein Zimmer und sagte zu ihm: ‚Sie sind ein Geschäftsmann, glaube ich?' Er antwortete: ‚Ja.' – ‚Sehr gut', sagte ich, ‚so wollen wir's geschäftlich abmachen. Hier ist ein Tintenfaß, hier sind Feder und Papier, hier sind Oblaten. Was wünschen Sie?

Ich habe Ihr Haus ziemlich lange bewohnt, wie ich glaube, zu unserer gegenseitigen Zufriedenheit, bis dieses unangenehme Mißverständnis entstand; wir wollen die Sache zugleich freundschaftlich und geschäftsmäßig erledigen.' Als Antwort darauf gebrauchte er den bildlichen Ausdruck, der etwas Orientalisches an sich hat, er habe nie die Farbe meines Geldes gesehen. ‚Werter Freund', sagte ich, ‚ich habe nie Geld. Ich weiß nichts von Geld.' – ‚Nun, wozu erbieten Sie sich, wenn ich Ihnen Zeit gebe?' fragte er. ‚Guter Freund', sagte ich, ‚ich habe keinen Begriff von Zeit; aber Sie sagen, Sie sind ein Geschäftsmann, und was geschäftlich Ihrer Ansicht nach mit Feder und Tinte und Papier und Oblaten getan werden kann, bin ich bereit zu tun. Machen Sie sich nicht auf Kosten eines Dritten bezahlt – das ist töricht! –, sondern verfahren Sie geschäftsmäßig!' Jedoch er wollte nicht, und damit war die Sache aus."

Wenn Mr. Skimpoles Kindlichkeit hier ihre Nachteile zeigte, so hatte sie doch gewiß auch ihre Vorteile. Auf der Reise hatte er hervorragenden Appetit auf jede Erfrischung, die uns angeboten wurde, einen Korb erlesener Treibhauspfirsiche eingeschlossen, dachte aber nie daran, etwas zu bezahlen. So fragte er den Kutscher, als dieser das Fahrgeld einhob, launig, was er als gutes, als wirklich reichliches Fahrgeld betrachte, und als jener antwortete: eine halbe Krone für jeden Fahrgast, sagte er: wenn man alles bedenke, sei das wenig genug, und überließ das Bezahlen Mr. Jarndyce.

Es war herrliches Wetter. Die grünen Getreidefelder wogten so schön, die Lerchen sangen so freudig, die Hecken waren so bunt von wilden Blumen, das Laub der Bäume war so dicht, die Bohnenfelder, über die ein leichter Wind strich, erfüllten die Luft mit so köstlichem Wohlgeruch! Spät nachmittags erreichten wir den Marktflecken, wo wir die Kutsche verlassen sollten, einen totenstillen, kleinen Ort mit einem Kirchturm, einem Marktplatz und Marktkreuz, einer Straße im Sonnenbrand, einem Teich, in dem sich ein altes Pferd die Beine kühlte, und sehr wenigen Menschen, die faul in kleinen Schattenflecken herumlagen oder -standen. Nach dem Rauschen der Blätter und dem Wogen des Getreides den ganzen Weg entlang wirkte es als das stillste, heißeste, trägste Städtchen ganz Englands.

Vor der Schenke fanden wir Mr. Boythorn zu Pferd mit einem offenen Wagen warten, der uns zu seinem Haus, einige Meilen weiter, bringen sollte. Er war hocherfreut, uns zu sehen, und sprang geschwind ab.

„Beim Himmel", sagte er, nachdem er uns höflich begrüßt hatte, „das ist eine niederträchtige Kutsche. Sie ist das schlagendste Beispiel einer abscheulichen Landkutsche, das je die Oberfläche der Erde entstellt hat. Sie hat sich heute fünfundzwanzig Minuten verspätet. Den Kutscher sollte man hinrichten."

„Hat sie sich wirklich verspätet?" fragte Mr. Skimpole, an den er sich zufällig gewandt hatte. „Sie kennen meine Schwächen."

„Fünfundzwanzig Minuten! Sechsundzwanzig Minuten!" entgegnete Mr. Boythorn und sah nach der Uhr. „Mit zwei Damen in der Kutsche hat dieser Schurke seine Ankunft absichtlich um sechsundzwanzig Minuten verzögert. Absichtlich! Es ist unmöglich Zufall! Aber sein Vater – und sein Onkel – waren die liederlichsten Kutscher, die je auf einem Bock saßen."

Während er das in Tönen äußerster Entrüstung sagte, hob er uns mit größter Höflichkeit und lächelndem, freudestrahlendem Gesicht in den kleinen Phaeton.

„Es tut mir leid, meine Damen", sagte er, barhäuptig am Kutschenschlag stehend, als alles fertig war, „daß ich mit Ihnen einen Umweg von fast zwei Meilen machen muß. Aber unser gerader Weg führt durch Sir Leicester Dedlocks Park, und ich habe geschworen, mein Lebtag weder meinen noch meines Pferdes Fuß auf Grund und Boden dieses Kerls zu setzen, solange die gegenwärtigen Verhältnisse zwischen uns dauern."

Und da er hier dem Blick meines Vormunds begegnete, schlug er eine seiner lauten Lachen auf, die selbst den leblosen Marktflecken zu erschüttern schien.

„Sind die Dedlocks hier, Lawrence?" fragte mein Vormund, als wir die Straße entlangfuhren und Mr. Boythorn auf dem grünen Rasen daneben trabte.

„Sir Arrogant Strohkopf ist hier", entgegnete Mr. Boythorn. „Hahaha! Sir Arrogant ist hier, und es freut mich, sagen zu können, daß ihn die Gicht am Wickel hat. Mylady", wenn er sie nannte, machte er stets eine höfliche Geste, als wolle er sie persönlich von jedem Anteil an dem Zank ausschließen, „wird, glaube ich, täglich erwartet. Es wundert mich gar nicht, daß sie ihr Erscheinen so lang wie möglich hinausschiebt. Was dieses herrliche Weib bewogen haben kann, diese Puppe, diese Schießbudenfigur von Baronet zu heiraten, ist eines der undurchdringlichsten Geheimnisse, die je des menschlichen Forschungstriebs gespottet haben. Hahahaha!"

„Ich hoffe", sagte mein Vormund lachend, „wir dürfen den

Park betreten, solange wir hier sind. Das Verbot erstreckt sich doch nicht auf uns?"

„Ich kann meinen Gästen nichts verbieten", sagte Boythorn und verneigte sich gegen Ada und mich in der freundlichen Höflichkeit, die ihm so anmutig stand, „außer ihrer Abreise. Es tut mir nur leid, daß ich nicht das Glück haben kann, Sie in Chesney Wold herumzuführen, wo es wirklich sehr schön ist. Aber bei der Sonne dieses Sommertages, Jarndyce, wenn ihr den Besitzer besucht, während ihr bei mir wohnt, werdet ihr wahrscheinlich sehr kühl empfangen werden. Er benimmt sich allzeit wie eine Achttageuhr; wie eine jener Achttageuhren in prachtvollen Gehäusen, die nie gehen und nie gegangen sind – hahaha! –, aber er wird sich eine Extrasteifheit für die Freunde seines Freundes und Nachbarn Boythorn zulegen, das kann ich Ihnen versprechen."

„Ich werde die Probe nicht machen", sagte mein Vormund. „Er ist, darf ich wohl sagen, gegen die Ehre, mich zu kennen, so gleichgültig wie ich gegen die Ehre, ihn zu kennen. Die Luft der Parkanlagen und vielleicht ein Blick auf das Haus, wie ihn jeder Neugierige haben kann, genügen mir vollkommen."

„Gut!" sagte Mr. Boythorn, „das freut mich sehr. Es macht sich besser so. Man betrachtet mich hierherum als einen zweiten Ajax, der den Blitz herausfordert. Hahaha! Wenn ich Sonntags unsere kleine Kirche besuche, so erwartet ein beträchtlicher Teil der unbeträchtlichen Gemeinde, mich auf den Fußboden fallen zu sehen, getroffen und verbrannt vom Blitz des Dedlockzornes. Hahaha! Ich zweifle nicht, er wundert sich, daß es nicht geschieht. Denn er ist, bei Gott, der selbstzufriedenste, aufgeblasenste, geckenhafteste und hirnloseste Esel!"

Da wir jetzt den Kamm eines Hügels erreicht hatten, konnte uns unser Freund Chesney Wold zeigen, und das lenkte seine Aufmerksamkeit von dem Besitzer ab.

Es war ein malerisches, altes Haus in einem schönen, baumreichen Park. Zwischen den Bäumen, nicht weit vom Herrenhaus, lugte die Turmspitze der kleinen Kirche hervor, von der er gesprochen hatte. Wie schön sahen sie aus, die feierlich stillen Wälder, über die Licht und Schatten rasch dahinglitten, wie wenn himmlische Geister mit barmherzigen Botschaften durch die Sommerluft schwebten, die samtenen, grünen Abhänge, das glitzernde Wasser, der Garten, wo die Blumen so symmetrisch in farbenprächtigen Gruppen angeordnet waren! Das Haus mit Giebel und Schornstein, Turm und Türmchen, dunklem Torweg und breiter Terrasse, um deren Balustraden sich eine Glut von Rosen schwang und in dichter Fülle aus den Vasen quoll, schien in seiner leichten Solidität und in der heiteren, friedlichen Stille, die ringsum herrschte, kaum Wirklichkeit zu sein. Ada und mir drängte sich dieser Eindruck als der stärkste auf. Über allem, über Haus, Garten, Terrasse, grünen Abhängen, Wasser, alten Eichen, Farnkraut, Moos und Wäldern, und weit hinaus über den Lichtungen in der Ferne, die in einem purpurnen Nebel vor uns ausgebreitet lag, schien diese ungestörte Ruhe zu walten.

Als wir das kleine Dorf erreichten und an einer Schenke vorbeifuhren, die das Zeichen des Dedlockwappens über die Straße ausstreckte, grüßte Mr. Boythorn einen jungen Mann, der auf einer Bank vor der Wirtshaustür saß und Angelzeug neben sich liegen hatte.

„Das ist der Enkel der Wirtschafterin, Mr. Rouncewell", sagte er; „er hat sich in ein hübsches Mädchen droben im Herrschaftshaus verliebt. Lady Dedlock hat Geschmack an dem netten Mädchen gefunden und will sie im Umkreis ihrer eigenen schönen Person behalten – eine Ehre, die mein junger Freund durchaus nicht zu würdigen weiß. Jedenfalls kann er sie jetzt noch nicht heiraten, selbst wenn sein Rosenknöspchen wollte; so muß er sehen, wie er damit zurechtkommt. Unterdessen kommt er ziemlich oft hierher, auf ein oder zwei Tage, um zu fischen. Hahahaha!"

„Ist er mit dem Mädchen verlobt, Mr. Boythorn?" fragte Ada.

„Meine liebe Miss Clare", gab er zurück, „ich nehme an, sie sind sich wohl einig; aber Sie werden gewiß bald sehen, und in solchen Sachen muß ich von Ihnen lernen – nicht Sie von mir."

Ada errötete, und Mr. Boythorn trabte uns auf seinem schmucken Grauschimmel voraus, stieg vor seiner Haustür ab und stand mit dargebotenem Arm und entblößtem Haupt bereit, uns zu empfangen.

Er wohnte in einem hübschen Haus, dem früheren Pfarrhaus, mit einem Rasenplatz nach vorn, einem bunten Blumengarten seitwärts und einem wohlbestellten Obst- und Gemüsegarten hinten, alles umschlossen von einer ehrwürdigen Mauer, die ganz von selbst ein gereiftes, rötliches Aussehen hatte. Aber eigentlich hatte alles um das Haus einen Anstrich von Reife und Überfluß. Die Allee von alten Linden war wie ein grüner Klostergang, selbst die Schatten der Kirsch- und Apfelbäume

zeigten die Last an Früchten, die Stachelbeerbüsche trugen so
reichlich, daß sich die Zweige bogen und die Erde berührten, die
Erdbeeren und Himbeeren gediehen im selben Überfluß, und die
Pfirsiche sonnten sich zu Hunderten an der Mauer. Nieder-
gefallen zwischen die ausgespannten Netze und die in der Sonne
funkelnden Glasrahmen lagen solche Haufen von welken Schoten
und Kürbissen und Gurken, daß jeder Fußbreit Boden als
Schatzkammer für Pflanzen erschien, während der Duft von
Gewürzkräutern und Nutzgewächsen aller Art – ganz zu
schweigen von den benachbarten Wiesen, wo man Heu mähte –
die ganze Luft zu einem großen Blumenstrauß machte. Eine
solche Stille und Ruhe war in dem geordneten Bereich der alten,
roten Mauer, daß sich selbst die zum Verscheuchen der Vögel
aufgehängten Federgirlanden kaum bewegten; und die Mauer
förderte das Reifen so sehr, daß man, wenn sich hier und da
hoch oben ein abgenutzter Nagel oder ein Stück Latte an sie
klammerte, eher auf den Gedanken kam, sie seien im Wechsel
der Jahreszeiten mürbe geworden, als daß sie nach ihrem gewöhnlichen Los verrostet und verrottet seien.

Das Haus, obwohl im Vergleich zum Garten ein wenig
unordentlich, war ein echtes, altes Haus mit Sitzen im Kamin
der ziegelgepflasterten Küche und mit großen Balken quer über
die Decke. Auf der einen Seite des Hauses lag der schreckliche
strittige Fleck Boden, wo Mr. Boythorn Tag und Nacht eine
Schildwache im Arbeitskittel aufgestellt hatte, die offenbar
beauftragt war, bei einem Angriff sofort eine eigens zu diesem
Zweck aufgehängte große Glocke zu läuten, die in einer Hundehütte angekettete riesige Bulldogge als ihren Verbündeten loszulassen und im allgemeinen auf den Feind Vernichtung zu
schleudern. Mit diesen Vorsichtsmaßregeln nicht zufrieden, hatte
Mr. Boythorn auf Schildern, die in großen Buchstaben seinen
Namen trugen, folgende feierliche Warnungen verfaßt und
aufgestellt: „Nehmt euch vor der Bulldogge in acht. Sie ist
wild und grimmig. Lawrence Boythorn." „Die Donnerbüchse
ist mit Kugeln geladen. Lawrence Boythorn." „Fußeisen und
Selbstschüsse liegen hier zu jeder Tages- und Nachtzeit. Lawrence Boythorn." „Warnung: Wer sich erfrecht, dieses Grundstück zu betreten, wird mit härtester persönlicher Züchtigung
bestraft und mit der äußersten Strenge des Gesetzes verfolgt.
Lawrence Boythorn." Diese Tafeln zeigte er uns vom Fenster
seines Wohnzimmers aus, während sein Vogel ihm auf dem
Kopf herumhüpfte; und er lachte dabei sein Hahaha! mit

solcher Stärke, daß ich wirklich glaubte, er werde sich Schaden tun.

„Das heißt sich viel Plage antun", sagte Mr. Skimpole in seiner leichten Weise, „wenn es Ihnen nicht Ernst damit ist."

„Nicht Ernst!" entgegnete Mr. Boythorn unsagbar hitzig. Nicht Ernst! Wenn ich gehofft hätte, ihn abrichten zu können, hätte ich statt dieses Hundes einen Löwen gekauft und ihn auf den ersten unausstehlichen Räuber gehetzt, der einen Einbruch in meine Rechte gewagt hätte. Wenn sich Sir Leicester Dedlock dazu versteht, herauszukommen und diesen Streit durch Zweikampf zu entscheiden, so will ich mich ihm mit jeder Waffe stellen, die der Menschheit in irgendeinem Land und irgendeiner Zeit bekannt gewesen ist. So sehr ist es mir Ernst damit. Nicht mehr!"

Wir kamen Sonnabends in seinem Haus an. Am Sonntag morgen machten wir uns alle zu der kleinen Kirche im Park auf den Weg. Wir betraten den Park fast unmittelbar neben dem strittigen Fleck und verfolgten einen hübschen Fußpfad zwischen dem grünen Rasen und den schönen Bäumen hindurch bis zur Kirchentür.

Die Gemeinde war sehr klein, lauter Landleute bis auf eine ziemliche Anzahl Bediensteter des Edelsitzes. Einige von diesen waren bereits auf ihren Plätzen, während sich andere noch nach und nach einfanden. Es waren einige stattliche Lakaien darunter und ein wahres Bild von einem alten Kutscher, der aussah, als ob er allen Pomp und alle Eitelkeit, die je in seiner Kutsche gesessen, von Amts wegen verkörpere. Auch eine hübsche Auslese junger Mädchen war da, und über ihnen thronte erhaben das schöne alte Gesicht und die behäbige, würdevolle Gestalt der Wirtschafterin. Das hübsche Mädchen, von dem uns Mr. Boythorn erzählt hatte, saß neben ihr. Sie war so reizend, daß ich sie an ihrer Schönheit erkannt hätte, selbst wenn ich nicht gesehen hätte, wie verschämt sie sich der Blicke des jungen Anglers bewußt war, den ich nicht weit davon entdeckte. Ein Gesicht, und kein angenehmes, obgleich es schön war, schien dieses hübsche Mädchen, und übrigens alles und jeden, tückisch zu beobachten. Es war das Gesicht einer Französin.

Da die Glocke noch läutete und die Herrschaften noch nicht da waren, hatte ich Zeit, mich in der Kirche umzusehen, die so modrig roch wie ein Grab, und mir Gedanken zu machen, was für eine ernste, altertümliche, feierliche kleine Kirche es war. Die stark von Bäumen beschatteten Fenster ließen ein gedämpftes Licht ein, das die Gesichter um mich bleich machte, die alten Grabplatten auf dem Fußboden und die von Zeit und Nässe zerfressenen Denkmäler verdunkelte und das Stückchen Sonnenschein in der Eingangspforte, wo der Glöckner gleichförmig die Glocke läutete, unschätzbar hell wirken ließ. Aber eine Bewegung in jener Richtung, ein Auftauchen ehrfürchtiger Scheu auf den Gesichtern der Landleute und ein höflichgrimmiger Ausdruck in Mr. Boythorns Zügen, als ob er entschlossen sei, von jemands Vorhandensein nichts zu wissen, verkündeten mir, daß die Herrschaften erschienen waren und daß der Gottesdienst beginnen konnte.

„Herr, geh nicht ins Gericht mit deinem Diener, denn vor dir –"

Ob ich je das schnelle Klopfen meines Herzens vergesse, als mich beim Aufstehen dieser Blick traf? Ob ich je vergesse, wie diese schönen, stolzen Augen aus ihrer müden Gleichgültigkeit zu erwachen und die meinigen festzuhalten schienen? Es dauerte nur einen Augenblick, bis ich die meinen – wieder freigegeben, wenn ich so sagen soll – auf mein Buch senkte, aber ich erkannte das schöne Gesicht in dieser kurzen Zeit recht gut!

Und merkwürdig: es regte sich in mir etwas, das mit den einsamen Tagen bei meiner Patin in Verbindung stand; ja sogar mit den noch ferneren Tagen, da ich auf den Zehen vor meinem kleinen Spiegel stand, um mich anzukleiden, nachdem ich meine Puppe angezogen hatte. Und das, obwohl ich nie vorher im Leben das Gesicht dieser Dame gesehen hatte – das wußte ich ganz, ganz gewiß.

Es war leicht zu erraten, daß der zeremoniöse, gichtige, grauköpfige Herr, der einzige, der sonst noch im Kirchenstuhl saß, Sir Leicester Dedlock und daß die Dame Lady Dedlock war. Aber warum mir ihr Gesicht auf unklare Weise wie ein zerbrochener Spiegel vorkam, in dem ich Bruchstücke alter Erinnerungen sah, und warum ich so aufgeregt und unruhig wurde, weil mich zufällig ihre Augen getroffen hatten, das konnte ich nicht begreifen.

Ich fühlte, daß es eine sinnlose Schwäche war, und versuchte sie dadurch zu überwinden, daß ich aufmerksam den Worten des Gottesdienstes folgte. Und da kam es mir seltsamerweise vor, als hörte ich sie nicht von der Stimme des Vorlesers, sondern von der unvergessenen Stimme meiner Patin. Das brachte mich auf den Gedanken, ob Lady Dedlock vielleicht zufällig meiner

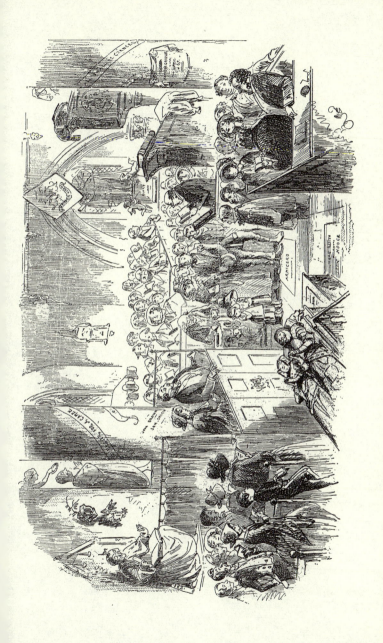

Patin gleiche. Das konnte ein wenig der Fall sein; aber der Ausdruck war so ganz anders, und die finstere Strenge, die sich im Gesicht meiner Patin verfangen hatte wie Unwetter zwischen Felswänden, fehlte in den Zügen vor mir so vollständig, daß mir diese Ähnlichkeit nicht aufgefallen sein konnte. Auch wußte ich die Hoheit und den Stolz in Lady Dedlocks Gesicht in keinem anderen zu finden. Und doch schien ich – ich, die kleine Esther Summerson, das Kind, das ein Leben für sich führte und dessen Geburtstag kein Festtag war – vor meinen eigenen Augen emporzusteigen, aus der Vergangenheit hergezaubert durch eine geheimnisvolle Kraft an dieser vornehmen Dame, an die ich nicht nur keine Erinnerung hatte, sondern die ich – das wußte ich ganz genau – bis zu dieser Stunde nie gesehen hatte.

Diese unerklärliche Aufregung durchbebte mich so, daß ich fühlte, wie mir selbst die beobachtenden Augen der französischen Zofe weh taten, obwohl ich wußte, daß sie vom Betreten der Kirche an hier und dort und überall forschend herumgeschaut hatte. Allmählich, wenn auch sehr langsam, wurde ich meiner seltsamen Bewegung Herr. Nach langer Pause sah ich mich wieder nach Lady Dedlock um, während der Gesang vor der Predigt einsetzte. Sie beachtete mich nicht, und mein Herzklopfen hatte aufgehört. Es kam auch nicht wieder, außer auf ein paar Augenblicke, als sie später ein- oder zweimal Ada oder mich durch ihr Augenglas musterte.

Nach Beendigung des Gottesdienstes gab Sir Leicester mit feierlicher Galanterie Lady Dedlock den Arm, obwohl er sich zum Gehen eines festen Stockes bedienen mußte, und geleitete sie aus der Kirche zu dem Ponywagen, in dem sie gekommen waren. Die Dienerschaft zerstreute sich dann und ebenso die Gemeinde, die Sir Leicester, wie Mr. Skimpole zu Mr. Boythorns unendlichem Entzücken sagte, die ganze Zeit über betrachtet hatte, als wäre er ein reicher Grundbesitzer im Himmel.

„Das glaubt er zu sein!" sagte Mr. Boythorn. „Er ist fest davon überzeugt. Und auch sein Vater und sein Großvater und sein Urgroßvater glaubten es!"

„Wissen Sie", fuhr Mr. Skimpole zu Mr. Boythorns Überraschung fort, „ich sehe gern einen Mann dieser Art."

„Wirklich?" meinte Mr. Boythorn.

„Angenommen, er wünschte mich zu begönnern", fuhr Mr. Skimpole fort. „Gut! Ich hätte nichts dagegen."

„Ich schon", sagte Mr. Boythorn mit Nachdruck.

„Ach!" entgegnete Mr. Skimpole in seinem üblichen leichten Plauderton. „Aber das strengt doch an. Und warum sollten Sie sich anstrengen? Sehen Sie mich an! Ich bin kindlich zufrieden, die Dinge zu nehmen, wie sie kommen, und strenge mich nie an! Ich komme zum Beispiel hierher und finde einen mächtigen Potentaten, der Huldigung fordert. Sehr gut! Ich sage: ‚Großer Potentat, hier meine Huldigung! Es ist leichter, sie zu leisten, als sie zu verweigern. Hier ist sie. Wenn du mir irgend etwas Angenehmes zu zeigen hast, werde ich mich glücklich schätzen, es zu sehen; wenn du mir irgend etwas Angenehmes zu geben hast, werde ich mich glücklich schätzen, es anzunehmen.' Der mächtige Potentat antwortet dann: ‚Das ist ein verständiger Mensch. Ich finde, er paßt zu meiner Verdauung und zu meiner Galle. Er zwingt mich nicht, mich zusammenzurollen wie ein Igel, mit den Stacheln nach außen. Ich rolle mich auseinander und kehre mein silbernes Futter nach außen wie Miltons Wolke, und das ist angenehmer für uns beide.' So sehe ich die Dinge an, kindlich gesprochen."

„Aber nehmen wir an, Sie gingen morgen anderswohin", sagte Mr. Boythorn, „wo Sie gerade das Gegenteil von diesem Kerl fänden – oder von jenem, was dann?"

„Was dann", sagte Mr. Skimpole mit der Miene reinster Herzenseinfalt und Aufrichtigkeit. „Ganz dasselbe! Ich würde sagen: ‚Mein verehrter Boythorn' – um in Ihnen unseren vorgestellten Freund zu personifizieren –, ‚mein verehrter Boythorn, Sie mögen den mächtigen Potentaten nicht? Sehr gut. Ich auch nicht. Ich halte es für meinen Beruf im System der Gesellschaft, mich angenehm zu machen; ich halte es für jedermanns Beruf im System der Gesellschaft, sich angenehm zu machen. Es ist, mit einem Wort, ein System der Harmonie. Deshalb, wenn Sie dagegen sind, bin ich auch dagegen. Nun, vortrefflicher Boythorn, gehen wir zu Tisch!'"

„Aber der vortreffliche Boythorn könnte sagen", entgegnete unser Wirt, und sein Gesicht wurde rot vor Zorn: „‚Ich will ver –'"

„Ich verstehe schon", sagte Mr. Skimpole. „Sehr wahrscheinlich würde er das sagen."

„‚– wenn ich zu Tisch gehe!'" rief Mr. Boythorn heftig und blieb stehen, um seinen Stock auf den Boden zu stoßen. „Und er würde wahrscheinlich hinzusetzen: ‚Gibt es nicht etwas, das Prinzip heißt, Mr. Harold Skimpole?'"

„Worauf Harold Skimpole antworten würde", gab jener in seiner heitersten Art und mit seinem unbefangensten Lächeln zurück: ‚‚So wahr ich lebe, ich habe nicht den leisesten Begriff davon! Ich weiß nicht, was Sie so nennen oder wo es ist oder wer es besitzt. Wenn Sie es besitzen und es angenehm finden, so freut mich das sehr, und ich wünsche Ihnen herzlich Glück. Aber ich weiß nichts davon, das versichere ich Ihnen; denn ich bin nur ein Kind, ich mache keinen Anspruch darauf und brauche es nicht!' Sehen Sie, so gingen der vortreffliche Boythorn und ich dennoch zu Tisch!"

Das war eines von vielen kleinen Zwiegesprächen zwischen den beiden, von denen ich immer fürchtete, sie würden mit einem heftigen Ausbruch auf seiten unseres Wirtes enden, und die unter anderen Umständen sicher auch so geendet hätten. Aber er hatte einen so hohen Begriff von seiner Verantwortung als Gastgeber, und mein Vormund lachte über und mit Mr. Skimpole so aufrichtig wie über ein Kind, das den ganzen Tag Seifenblasen bläst und platzen läßt, daß die Sache nie über diesen Punkt hinausging. Mr. Skimpole, der nie zu wissen schien, daß er ein heikles Thema berührt hatte, begann dann vielleicht im Park eine Skizze zu zeichnen, die nie fertig wurde, oder spielte Bruchstücke von Melodien auf dem Klavier oder sang Ausschnitte aus Liedern oder legte sich unter einen Baum und schaute in den Himmel, was er schlechterdings, wie er sagte, für seinen wirklichen Beruf halten müsse, denn es passe für ihn so ausgezeichnet.

„Unternehmungsgeist und Anstrengung", sagte er zu uns, während er auf dem Rücken lag, „machen mir Freude. Ich glaube, ich bin ein wahrer Kosmopolit. Ich habe die tiefste Sympathie für sie. Ich liege an einem schattigen Platz wie diesem und denke mit Bewunderung an die waghalsigen Geister, die zum Nordpol fahren oder bis ins Herz der heißen Zone vordringen. Händlernaturen fragen: ‚Was bringt es ein, zum Nordpol zu fahren? Was nützt es?' Das kann ich nicht sagen; aber das kann ich sagen, daß er vielleicht, wenn auch ohne es zu wissen, hinfährt, um meine Gedanken zu beschäftigen, während ich hier liege. Nehmen wir einen extremen Fall. Nehmen wir die Sklaven auf den amerikanischen Plantagen. Zugegeben, daß sie hart arbeiten müssen, zugegeben, daß es ihnen nicht besonders gefällt; zugegeben, daß ihr Dasein im ganzen recht unerfreulich ist; aber sie beleben die Landschaft für mich, geben ihr Poesie, und vielleicht ist das einer der angenehmeren Zwecke ihres Daseins. Ich habe viel Sinn dafür, wenn es so ist, und wollte mich nicht wundern, wenn es so wäre."

Ich fragte mich bei solchen Gelegenheiten immer, ob er je an Mrs. Skimpole und an seine Kinder denke, und unter welchem Gesichtspunkt sie sich seinem kosmopolitischen Geist darstellten. Soviel ich weiß, stellten sie sich ihm überhaupt nur sehr selten dar.

Die Woche war bis zu dem Sonnabend nach meinem Herzklopfen in der Kirche gediehen, und jeder Tag war so hell und blau gewesen, daß es herrlich war, im Wald herumzustreifen und das Sonnenlicht zwischen den durchsichtigen Blättern einfallen und in den schönen Überschneidungen der Baumschatten aufleuchten zu sehen, während die Vögel sangen und die Luft mit dem Gesumm der Insekten einschläfernd wirkte. Wir hatten einen Lieblingsplatz tief im Moos und Laub vom letzten Jahr, wo einige gefällte, rindenlose Bäume lagen. Wenn wir dort saßen, blickten wir durch einen grünen Torbogen, von den weißlichen Baumstämmen wie von tausend natürlichen Säulen getragen, in eine Ferne, die durch den Gegensatz zu dem Schatten, in dem wir saßen, so strahlend hell, und durch das überwölbte Blickfeld, in dem wir sie sahen, so erlesen wurde, daß sie einem Blick ins Gelobte Land glich. An diesem Sonnabend saßen Mr. Jarndyce, Ada und ich dort, bis wir in der Ferne Donner rollen hörten und große Regentropfen durch die Blätter fielen.

Die ganze Woche über war es sehr schwül gewesen; aber das Gewitter kam so plötzlich, wenigstens für uns an dieser geschützten Stelle, daß, noch ehe wir den Saum des Waldes erreichten, Blitze und Donner schon rasch aufeinander folgten und der Regen schon schwer durch die Blätter rauschte, als wäre jeder Tropfen eine Bleikugel. Da das kein Wetter war, um unter Bäumen zu bleiben, liefen wir aus dem Wald, sprangen die moosbewachsenen Stufen, die wie zwei breitsprossige, mit den Rücken aneinandergestellte Leitern über die Umzäunung führten, hinauf und wieder hinab und eilten zur Hütte eines Parkhüters ganz in der Nähe. Die düstere Schönheit dieser Hütte tief im Zwielicht der Bäume war uns schon öfter aufgefallen: von Efeu umwuchert, lag sie nahe bei einem steilen Abhang, wo wir einmal den Hund des Parkhüters in das Farnkraut hatten tauchen sehen, als wäre es Wasser.

Es war jetzt bei überzogenem Himmel so dunkel in der Hütte, daß wir nur den Mann erkannten, der an die Tür kam, als wir dort Schutz suchten, und für Ada und mich zwei Stühle hinsetzte.

Die Fensterläden waren alle geöffnet; wir saßen knapp innerhalb des Hausflurs und beobachteten das Gewitter. Es war etwas Erhabenes, zu sehen, wie sich der Wind erhob und die Bäume schüttelte und den Regen vor sich hertrieb wie eine Rauchwolke, den feierlichen Donner zu hören, das Blitzen zu sehen und, während wir schaudernd der gewaltigen Mächte gedachten, von denen unser winziges Leben umgeben ist, zu erleben, wie wohltätig sie wirkten und wie von diesem scheinbaren Wüten der Elemente auf das kleinste Blatt schon eine Frische ausgeschüttet war, die die ganze Schöpfung zu erneuern schien.

„Ist es nicht gefährlich, an einer so offenen Stelle zu sitzen?"

„O nein, liebe Esther!" sagte Ada ruhig.

Ada sagte das zu mir, aber ich hatte gar nicht gesprochen.

Mein Herzklopfen kam wieder. Ich hatte die Stimme nie gehört, wie ich das Gesicht nie gesehen hatte, aber sie berührte mich in derselben seltsamen Art. Wieder stiegen vor mir in einem Augenblick unzählige Bilder meiner selbst auf.

Lady Dedlock hatte vor unserer Ankunft Schutz in der Hütte gesucht und war aus dem Dunkel drinnen hervorgetreten. Sie stand hinter meinem Stuhl, mit der Hand auf seiner Lehne. Ich sah sie mit ihrer Hand dicht an meiner Schulter, als ich mich umdrehte.

„Ich habe Sie erschreckt?" fragte sie.

Nein. Es war nicht Schrecken. Warum sollte ich erschrocken sein!

„Ich glaube", sagte Lady Dedlock zu meinem Vormund, „ich habe das Vergnügen, mit Mr. Jarndyce zu sprechen?"

„Ihre Erinnerung erweist mir mehr Ehre, als ich vermutet hätte, Lady Dedlock", entgegnete er.

„Ich erkannte Sie am Sonntag in der Kirche. Es tut mir leid, daß lokale Streitigkeiten Sir Leicesters – allerdings, wie ich glaube, nicht von ihm veranlaßt – es fast lächerlich schwierig machen, Ihnen hier Aufmerksamkeit zu erweisen."

„Ich kenne diese Verhältnisse", entgegnete mein Vormund lächelnd, „und bin Ihnen deshalb sehr verbunden."

Sie hatte ihm in einer gleichgültigen Weise, die bei ihr Gewohnheit zu sein schien, die Hand gereicht und sprach in dem dazu passenden gleichgültigen Ton, aber mit angenehmer Stimme. Sie war ebenso anmutig wie schön, vollkommen gelassen und, dachte ich mir, von einem Aussehen, als könnte sie jeden anziehen und fesseln, wenn sie es für der Mühe wert hielte. Der Parkhüter hatte ihr einen Stuhl herausgebracht, auf den sie sich in der Mitte des Eingangs zwischen uns setzte.

„Haben Sie den jungen Herrn untergebracht, von dem Sie Sir Leicester schrieben und dessen Wünsche zu fördern leider nicht in seiner Macht lag?" fragte sie über die Schulter hinweg meinen Vormund.

„Ich hoffe, ja", sagte er.

Sie schien ihn zu achten, ja sogar zu wünschen, ihm näherzukommen. Es lag etwas Gewinnendes in ihrem stolzen Gebaren, und es wurde vertraulicher – ich wollte sagen: unbefangener, aber das war kaum noch möglich –, als sie mit ihm über die Schulter weg sprach.

„Ich vermute, dies ist Ihr anderes Mündel, Miss Clare?"

Er stellte ihr Ada vor.

„Sie werden Ihren Don Quixote-Ruf, soweit er sich auf die Uneigennützigkeit bezieht, verlieren", sagte Lady Dedlock zu Mr. Jarndyce, wieder über die Schulter weg, „wenn Sie nur Schönheiten wie diese unter Ihren Schutz nehmen. Aber machen Sie mich auch mit dieser jungen Dame bekannt", sagte sie und wandte sich ganz zu mir.

„Miss Summerson ist wirklich mein Mündel", erklärte Mr. Jarndyce. „Für sie bin ich keinem Lordkanzler verantwortlich."

„Hat Miss Summerson beide Eltern verloren?" fragte Mylady.

„Ja."

„Sie hat es mit ihrem Vormund sehr glücklich getroffen."

Lady Dedlock sah mich an, ich sah sie an und sagte dann, das sei wirklich so. Sie wandte sich jäh von mir ab, mit erregter Miene, die fast Unzufriedenheit oder Mißfallen ausdrückte, und sprach wieder mit ihm über die Schulter weg.

„Jahre sind vergangen, seit wir gewohnt waren, uns zu treffen, Mr. Jarndyce."

„Eine lange Zeit. Wenigstens glaubte ich, es sei eine lange Zeit, bis ich Sie vorigen Sonntag sah", entgegnete er.

„Was! Selbst Sie sind ein Schmeichler oder halten es für nötig, mir gegenüber einer zu werden!" sagte sie etwas geringschätzig. „Diesen Ruf habe ich also erlangt."

„Sie haben so viel erreicht, Lady Dedlock", sagte mein Vormund, „daß Sie wohl eine kleine Strafe bezahlen müssen. Aber nicht mir."

„So viel!" wiederholte sie leise lachend. „Ja!"

In ihrer Überlegenheit, Macht, Anziehungskraft und ich weiß nicht was, schien sie Ada und mich als wenig mehr denn Kinder zu betrachten. Deshalb war sie, als sie jetzt leise lachte und dann in den Regen hinaussah, so sicher und fähig, ihren eigenen Gedanken nachzugehen, als sei sie allein.

„Ich glaube, Sie kannten meine Schwester besser als mich, als wir zusammen im Ausland weilten", sagte sie und sah ihn wieder an.

„Ja, wir trafen uns öfter", antwortete er.

„Wir sind getrennte Wege gegangen", sagte Lady Dedlock, „und hatten wenig miteinander gemein, auch bevor wir uns darauf einigten, uneins zu sein. Das ist wohl zu bedauern, war aber nicht zu ändern."

Lady Dedlock sah wieder dem Regen zu. Das Gewitter begann abzuziehen. Der Regen ließ nach, das Blitzen hörte auf, der Donner rollte noch über den fernen Hügeln, und die Sonne begann auf den nassen Blättern und dem fallenden Regen zu glitzern. Während wir schweigend dasaßen, sahen wir ein kleines Ponyphaeton in munterem Trab auf uns zufahren.

„Der Bote kommt zurück mit dem Wagen, Mylady", sagte der Parkhüter. Als der Wagen vorfuhr, bemerkten wir, daß zwei Personen darin saßen. Mit Mänteln und Tüchern beladen, stieg zuerst die Französin aus, die ich in der Kirche gesehen hatte, und dann das hübsche Mädchen; die Französin mit trotziger Zuversicht, das Mädchen verlegen und zögernd.

„Was ist das?" fragte Lady Dedlock. „Zwei!"

„Gegenwärtig bin ich noch Ihr Kammermädchen, Mylady", sagte die Französin. „Der Bote verlangte nach der Zofe."

„Ich fürchtete, Sie könnten mich meinen, Mylady", sagte das Mädchen.

„Ich meinte dich auch, mein Kind", entgegnete ihre Herrin ruhig. „Leg mir diesen Schal um."

Sie bückte sich ein wenig, um ihn umzunehmen, und das Mädchen ließ ihn leicht über die Schultern fallen. Die Französin stand unbeachtet daneben und sah mit zusammengepreßten Lippen zu.

„Es tut mir leid", sagte Lady Dedlock zu Mr. Jarndyce, „daß wir unsere frühere Bekanntschaft wahrscheinlich nicht erneuern werden. Sie werden mir erlauben, den Wagen für Ihre beiden Mündel wieder herzuschicken. Er wird gleich wieder dasein."

Da er jedoch dieses Anerbieten keinesfalls annehmen wollte, verabschiedete sie sich freundlich von Ada – nicht von mir –, legte ihre Hand auf seinen dargebotenen Arm und stieg in den Wagen, eine kleine, niedrige Parkkutsche mit Halbdach.

„Steig ein, Kind!" sagte sie zu dem Mädchen, „ich werde dich brauchen." Und zum Kutscher: „Los!"

Der Wagen fuhr ab; die Französin, die mitgebrachten Hüllen auf dem Arm, stand noch immer, wo sie ausgestiegen war.

Ich glaube, Stolz kann nichts so schwer ertragen wie Stolz; so war sie denn für ihr herrisches Wesen bestraft. Ihre Rache war die eigentümlichste, die ich mir denken kann. Sie blieb regungslos stehen, bis der Wagen in die Auffahrt eingelenkt hatte, zog dann ohne die leiseste Veränderung im Gesicht die Schuhe aus, ließ sie auf dem Boden stehen und ging absichtlich durch die nassesten Stellen des Grases dem Wagen nach.

„Ist das Mädchen verrückt?" fragte mein Vormund.

„O nein, Sir", sagte der Parkhüter, der ihr mit seiner Frau nachsah. „Hortense ist nicht von der Art, sie ist so gescheit im Kopf, wie man sein kann. Aber sie ist arg hochmütig und empfindlich, schrecklich hochmütig und empfindlich, und daß ihr gekündigt ist und andere ihr vorgezogen werden, nimmt sie sehr ungnädig auf."

„Aber warum geht sie ohne Schuhe durch all die Nässe?" fragte mein Vormund.

„Nun, vielleicht um sich abzukühlen!" sagte der Mann.

„Oder weil sie sich vorstellt, es sei Blut", sagte die Frau. „Sie würde ebensogut durch Blut gehen wie durch alles andere, wenn es ihr einfällt!"

Wenige Minuten später kamen wir nicht weit vom Herrenhaus vorbei. So friedlich es gewirkt hatte, als wir es zuerst sahen, so nahm es sich doch jetzt noch friedlicher aus, da ein Sprühregen von Diamanten darüber funkelte, ein leichter Wind wehte, die Vögel nicht mehr ängstlich schwiegen, sondern laut sangen, alles vom Regen erquickt war, und der kleine Wagen vor der Pforte glänzte wie ein Feenwagen von Silber. Aber immer noch schritt gefaßt und ruhig, ebenfalls eine friedliche Gestalt in der Landschaft, Mademoiselle Hortense ohne Schuhe durch das nasse Gras auf das Haus zu.

19. KAPITEL

Es geht vorwärts

Im Bereich von Chancery Lane haben die großen Ferien begonnen. Die guten Schiffe Gemeines Recht und Billigkeitsrecht, diese aus Teakholz gebauten, kupferbeschlagenen, eisengerahmten, messingverzierten, aber durchaus nicht schnellsegelnden Fahrzeuge, sind außer Dienst gestellt. Den Fliegenden Holländer mit seiner Mannschaft gespenstischer Klienten, die alle, denen sie begegnen, anflehen, ihre Papiere einzusehen, hat es für jetzt, weiß der Himmel wohin, verschlagen. Die Gerichtshöfe sind alle geschlossen, die Amtsstuben liegen in tiefem Schlummer, selbst Westminster Hall ist eine schattige Einsamkeit, wo Nachtigallen singen könnten und wo jetzt meist eine zärtlichere Klasse von Antragstellern spazierengeht als gewöhnlich.

Der Temple, Chancery Lane, Serjeant's Inn, Lincoln's Inn und selbst Lincoln's Inn Fields sind wie Fluthäfen zur Ebbezeit, wo gestrandete Prozesse, verankerte Büros, faulenzende Schreiber auf Stühlen mit Schlagseite, die erst wieder gerade stehen lernen, wenn die Strömung der Gerichtszeit einsetzt, hoch und trocken auf dem Schlamm der großen Ferien liegen. Die Eingangstore der Bürogebäude sind zu Dutzenden geschlossen, und Briefe und Pakete müssen scheffelweise beim Pförtner abgegeben werden. Wagenladungen Gras wüchsen aus den Fugen des Steinpflasters vor Lincoln's Inn Hall, wenn es nicht die Dienstmänner, die nichts zu tun haben, als dort im Schatten zu sitzen, die weißen Mützen zum Schutz vor den Fliegen über den Kopf gezogen, ausrupften und nachdenklich daran herumkauten.

Nur ein einziger Richter ist in der Stadt. Selbst er erscheint nur zweimal wöchentlich in seinem Amtszimmer. Wenn die Leute aus den Provinzstädten, die zu seinem Schwurgerichtsbezirk gehören, ihn jetzt sehen könnten! Keine Allongeperücke, kein roter Talar, kein Hermelin, keine Ehrenwache, keine weißen Stäbe. Nur ein sorgfältig rasierter Herr in weißen Hosen und mit weißem Hut, das richterliche Gesicht seegebräunt und die richterliche Nase vom Sonnenbrand abgeblättert, der, wenn er in die Stadt kommt, ein Austernrestaurant besucht und eisgekühltes Ingwerbier trinkt!

Englands Anwaltschaft ist über die ganze Erde verstreut. Wie England vier lange Sommermonate ohne sie auskommen kann, ohne diese seine anerkannte Zuflucht im Unglück und einzig berechtigte Siegesfahne im Glück, gehört nicht hierher; jedenfalls wird dieser Schutz und Schild Britanniens gegenwärtig nicht getragen. Dem gelehrten Herrn, der über die unerhörte Verletzung der Gefühle seines Klienten durch die Gegenpartei immer so entsetzlich entrüstet ist, daß er außerstande zu sein scheint, sich je wieder davon zu erholen, geht es in der Schweiz viel besser, als man erwarten sollte. Der gelehrte Herr, der sich aufs Umbringen verlegt und alle Gegner mit seinem giftigen Sarkasmus vernichtet, lebt lustig wie eine Lerche in einem französischen Badeort. Der gelehrte Herr, der beim geringsten Anlaß kannenweise weint, hat seit sechs Wochen keine Träne vergossen. Der hochgelehrte Herr, der die natürliche Hitze seines heftigen Temperaments in den Teichen und Brunnen der Rechtswissenschaft abgekühlt hat, bis er groß geworden ist in verzwickten Beweisführungen, bei denen er den schläfrigen Geschworenen mit gesetzlichen Mätzchen aufwartet, die den Uneingeweihten ebenso unverständlich sind wie den meisten Eingeweihten, durchstreift mit der ihm eigenen Vorliebe für Dürre und Staub die Gegend um Konstantinopel. Andere verstreute Bruchstücke dieses großen Palladiums sind zu finden auf den Kanälen Venedigs, am zweiten Nilkatarakt, in den deutschen Bädern und verteilt über den Meeressand der ganzen englischen Küste. Kaum einem begegnet man in der verlassenen Gegend von Chancery Lane. Wenn so ein einsames Mitglied der Anwaltschaft schnell die Einöde durchquert und auf einen herumirrenden Prozeßbeteiligten stößt, der sich vom Schauplatz seiner Sorgen nicht trennen kann, so erschrecken sie voreinander, und jeder weicht in den Schatten seiner Straßenseite zurück.

Es sind die heißesten Ferien seit vielen Jahren. Alle jungen Schreiber sind wahnsinnig verliebt und schmachten nach dem beglückenden Umgang mit dem Gegenstand ihrer Liebe, je nach ihrem Rang in Margate, Ramsgate oder Gravesend. Allen Schreibern in mittleren Jahren dünkt ihre Familie zu zahlreich. Alle herrenlosen Hunde, die sich in die Gerichtsgebäude verlaufen und an den Treppenabsätzen und anderen trockenen Orten keuchend nach Wasser suchen, stoßen ein kurzes, ärgerliches Geheul aus. Alle Blindenhunde auf der Straße zerren ihre Herren gegen Brunnen oder lassen sie über Wassereimer stolpern.

Jeder Laden mit einem Sonnendach, wasserbesprengtem Gehsteig und einer Schüssel mit Gold- und Silberfischen im Schaufenster ist ein geheiligtes Asyl. Temple Bar wird so heiß, daß es auf die Nachbarstraßen wie der Bierwärmer im Krug wirkt und sie die ganze Nacht in Siedehitze erhält.

Es gibt Büros im Gerichtsviertel, wo man es kühl haben könnte, wenn nicht jede Abkühlung mit solcher Langweile zu teuer bezahlt wäre; aber die kleinen Durchgänge vor diesen Zufluchtsstätten scheinen im Feuer zu stehen. In Mr. Krooks Hof ist es so heiß, daß die Leute das Innere ihrer Häuser nach außen kehren und auf Stühlen auf dem Pflaster sitzen, Mr. Krook mit eingeschlossen, der hier mit seiner Katze, der es nie zu heiß wird, seine Studien fortsetzt. Die „Sonne" hat die Gesellschaften der „Harmonie" vorerst unterbrochen, und der kleine Swills ist in den Wirtsgarten drunten am Fluß engagiert, wo er ganz den Unschuldigen spielt und komische Liedchen für die reifere Jugend singt, die, wie der Anschlagzettel besagt, auch die Empfindungen der zartesten Gemüter nicht verletzen.

Über der ganzen juristischen Nachbarschaft hängen wie ein großer Schleier von Rost oder ein riesenhaftes Spinnengewebe das Nichtstun und die Träume der großen Ferien. Auch Mr. Snagsby, der Papierhändler in Cook's Court, spürt das, nicht nur in seiner Seele als mitfühlender, kontemplativer Mann, sondern auch in seinem Geschäft. Er hat während der Ferien mehr Muße, in Staple Inn und Rolls Yard zu träumen, als zu anderen Zeiten, und sagt zu den beiden Lehrlingen, wie schön es sei, bei so heißem Wetter daran zu denken, daß man auf einer Insel lebe, wo das Meer rundherum wogt und tost.

Guster ist an diesem Nachmittag der großen Ferien in dem kleinen Wohnzimmer beschäftigt, denn Mr. und Mrs. Snagsby erwarten Gesellschaft. Die erwarteten Gäste sind eher gewählt als zahlreich, denn es sind nur Mr. und Mrs. Chadband und weiter niemand. Weil sich Mr. Chadband mündlich wie schriftlich gern ein Schiff nennt, wenn er sich kennzeichnen will, halten ihn Fremde zuweilen für einen Mann, der mit der Seefahrt zu tun hat; aber er wirkt, wie er sich ausdrückt, „in der Seelsorge". Mr. Chadband gehört keiner besonderen Sekte an, und seine Feinde behaupten, er habe über den wichtigsten aller Gegenstände nicht so viel Beachtenswertes zu sagen, daß es für ihn Gewissenspflicht sei, auf eigene Rechnung ein Bekenntnis abzulegen; aber er hat seine Anhänger, und Mrs. Snagsby gehört dazu. Mrs. Snagsby hat erst vor kurzem eine Fahrkarte himmelwärts auf dem Schiff Chadband gelöst, und dieses Schiff erster Klasse zog ihre Aufmerksamkeit auf sich, als das heiße Wetter sie etwas erregt hatte.

„Mein Frauchen", sagt Mr. Snagsby zu den Sperlingen in Staple Inn, „hat ihre Religion gern etwas gepfeffert, müßt ihr wissen!"

Deshalb richtet Guster den kleinen Salon zum Tee her, sehr gehoben bei dem Gedanken, zeitweilig die Magd Chadbands zu sein, der, wie sie weiß, die Gabe hat, vier Stunden lang in einem Zug zu predigen. Die Möbel sind aufgeschüttelt und abgestaubt, die Porträts Mr. und Mrs. Snagsbys sind mit einem nassen Tuch aufgefrischt, das beste Teegeschirr steht auf dem Tisch und ein stattlicher Vorrat an schmackhaftem, neuem Brot, kühler, frischer Butter, dünnen Scheiben Schinken, Zunge und Braunschweiger Wurst und köstliche kleine Reihen Anchovis in Petersilie gebettet, ganz zu schweigen von den frischgelegten Eiern, die warm in einer Serviette heraufgebracht werden sollen, und von den warmen Toasts mit Butter. Denn Chadband ist ein Schiff, das viel Material verbraucht – seine Feinde sagen: verschlingt –, und weiß mit so weltlichen Waffen wie Messer und Gabel recht gut umzugehen.

Mr. Snagsby in seinem besten Rock überblickt noch einmal alle Vorbereitungen, als sie fertig sind, und sagt nach einem bescheidenen Husten hinter der Hand zu Mrs. Snagsby: „Um welche Zeit erwartest du Mr. und Mrs. Chadband, meine Liebe?"

„Um sechs", antwortet Mrs. Snagsby.

Mr. Snagsby äußert mild und beiläufig, daß es sechs durch sei.

„Du möchtest wohl ohne sie anfangen", bemerkt Mrs. Snagsby vorwurfsvoll.

Mr. Snagsby sieht aus, als ob er das sehr gern möchte, sagt aber mit sanftmütigem Husten: „Nein, liebe Frau, nein! Ich stellte bloß die Zeit fest."

„Was ist Zeit gegen die Ewigkeit?" fragt Mrs. Snagsby.

„Sehr wahr, liebe Frau", sagt Mr. Snagsby. „Nur, wenn jemand Eßwaren zum Tee zurüstet, tut er es – vielleicht – doch mehr mit einem Blick auf die Zeit. Und wenn eine Zeit zum Tee festgesetzt ist, so ist es besser, zu dieser Zeit anzutreten."

„Anzutreten!" wiederholt Mrs. Snagsby streng. „Anzutreten! Als ob Mr. Chadband ein Preisfechter wäre!"

„Durchaus nicht, liebe Frau", sagt Mr. Snagsby.

Hier kommt Guster, die durchs Schlafzimmerfenster Ausschau gehalten hat, die kleine Treppe heruntergerauscht und -gefegt wie ein Gespenst aus dem Volksmärchen, stürzt mit rotem Gesicht in das Staatszimmer und meldet, daß Mr. und Mrs. Chadband im Hof aufgetaucht sind. Da gleich darauf die Klingel an der inneren Tür im Gang schellt, wird sie von Mrs. Snagsby ermahnt, bei Strafe sofortiger Zurücksendung zu ihrem Schutzheiligen, die Zeremonie des Anmeldens nicht zu unterlassen. Durch diese Drohung schwer in den Nerven zerrüttet, die vorher ganz in Ordnung waren, verstümmelt sie diese Staatsaktion so arg, daß sie anmeldet: „Mr. und Mrs. Cheeseming, wenigstens glaub ich, sie hat so gesagt", und mit schwer belastetem Gewissen verschwindet.

Mr. Chadband ist ein großer, gelber Mann mit fettem Lächeln, der im ganzen den Eindruck macht, sehr viel Tran in den Adern zu haben. Mrs. Chadband ist eine finstere, streng aussehende, schweigsame Frau. Mr. Chadband bewegt sich leise und schwerfällig, fast wie ein Bär, der aufrecht gehen gelernt hat. Er weiß nicht mit seinen Armen umzugehen, als ob sie ihm unbequem wären und er damit zu scharren wünsche. Stets schwitzt er am Kopf und spricht nie, ohne zuvor seine große Hand emporzuhalten, als Zeichen für seine Zuhörer, daß er sie erbauen wolle.

„Freunde und Brüder", sagt Mr. Chadband. „Friede sei mit diesem Haus! Mit seinem Herrn und seiner Herrin und mit den Jungfrauen und den Jünglingen darin! Freunde, warum wünsche ich Frieden? Was ist Friede? Ist es Krieg? Nein! Ist es Kampf? Nein! Ist er lieblich und sanft und schön und angenehm und heiter und freudvoll? O ja! Deshalb, Freunde, wünsche ich, daß Friede über euch und die Eurigen komme."

Da Mrs. Snagsby sehr erbaut aussieht, hält es Mr. Snagsby für passend, zu dem Ganzen Amen zu sagen, was gut aufgenommen wird.

„Nun, Freunde", fährt Mr. Chadband fort, „da ich einmal bei diesem Gegenstand bin –"

Guster erscheint. Mrs. Snagsby sagt mit tiefer Grabesstimme und, ohne den Blick von Chadband abzuwenden, mit schauerlicher Deutlichkeit: „Fort!"

„Nun, meine Freunde", sagt Chadband, „da ich einmal bei diesem Gegenstand bin und ihn auf meine bescheidene Weise nutzbar machen –"

Ganz unerklärlich hört man Guster murmeln: „Siebzehnhundertzweiundachtzig". Die Grabesstimme wiederholt noch feierlicher: „Fort!!"

„Nun, meine Freunde", sagt Mr. Chadband, „wollen wir im Geist christlicher Liebe fragen –"

Immer noch wiederholt Guster: „Siebzehnhundertzweiundachtzig".

Mr. Chadband hält inne mit der Entsagung eines Mannes, der an Verfolgung gewöhnt ist, faltet langsam das Kinn zu einem fetten Lächeln und sagt: „Wir wollen die Jungfrau hören! Sprich, Mädchen!"

„Siebzehnhundertzweiundachtzig, wenn Sie erlauben, Sir. Er wünscht zu wissen, wofür der Schilling sein soll", sagt Guster atemlos.

„Wofür?" entgegnet Mrs. Chadband. „Als Fahrgeld!"

Guster antwortet, daß er auf einem Schilling und acht Pence bestehe oder auf die Polizei gehen wolle. Mrs. Snagsby und Mrs. Chadband geraten vor Entrüstung in schrille Töne, als Mr. Chadband den Sturm beschwichtigt, indem er die Hand hebt.

„Freunde", sagt er, „ich erinnere mich einer gestern unerfüllt gebliebenen Pflicht. Es ist recht, daß ich durch Strafe gezüchtigt werde. Ich darf nicht murren. Rahel, bezahle die acht Pence."

Während Mrs. Snagsby tief aufatmet und Mr. Snagsby streng ansieht, als wollte sie sagen: „Hör diesen Apostel", und während Mr. Chadband vor Demut und Tran glänzt, bezahlt Mrs. Chadband das Geld. Es ist Mr. Chadbands Gewohnheit – es ist recht eigentlich sein Grund- und Hauptanspruch –, diese Art Soll- und Habenkonto in den kleinsten Posten zu führen und es bei den unbedeutendsten Veranlassungen öffentlich auszubreiten.

„Freunde", sagt Chadband, „acht Pence ist nicht viel; es hätte ebensogut ein Schilling und vier Pence sein können! Es hätte ebensogut eine halbe Krone sein können. Oh, laßt uns jauchzen im Herrn! Oh, laßt uns jauchzen!"

Mit dieser Bemerkung, die ihrem Rhythmus nach aus einer Hymne stammt, schreitet Mr. Chadband feierlich an den Tisch und hebt nochmals, bevor er einen Stuhl nimmt, mahnend die Hand.

„Freunde", fragt er, „was sehen wir hier vor uns ausgebreitet? Erfrischungen! Bedürfen wir denn der Erfrischung, Freunde? Ja, wir bedürfen ihrer. Und warum, Freunde? Weil wir bloß sterblich sind, weil wir bloß sündhaft sind, weil wir bloß der Erde angehören, weil wir nicht von Luft sind. Können wir fliegen, Freunde? Nein. Warum können wir es nicht?"

Ermutigt durch seinen letzten Erfolg, wagt Mr. Snagsby in heiterem, fast schlauem Ton zu bemerken: „Keine Flügel", wird aber von Mrs. Snagsby sofort durch Stirnrunzeln zum Schweigen gebracht.

„Ich sage, meine Freunde", fährt Mr. Chadband fort, ohne Mr. Snagsbys Einwurf zu beachten, „warum können wir nicht fliegen? Weil wir zum Gehen geschaffen sind? Ja! Könnten wir gehen, meine Freunde, ohne Kraft? Nein. Was täten wir ohne Kraft, meine Freunde? Unsere Beine trügen uns nicht mehr, unsere Knie würden einknicken, unsere Füße würden wanken, und wir sänken zu Boden. Woher aber, meine Freunde, nehmen wir, menschlich betrachtet, die Kraft, die unseren Gliedern nötig ist? Nehmen wir sie nicht", sagt Chadband mit einem Blick über die Tafel, „vom Brot in seinen verschiedenen Gestalten, von der Butter, gewonnen aus der Milch, die von der Kuh gemolken wird, von den Eiern, die das Huhn legt, von Schinken, Zunge, Wurst und ähnlichen Dingen? So ist es. So lasset uns denn die guten Dinge genießen, die uns beschert sind!"

Mr. Chadbands Widersacher leugnen, daß er eine besondere Gabe besitze, ganze Treppenfluchten von Worten auf diese Weise übereinanderzutürmen. Aber dies kann nur als Beweis ihrer Verfolgungssucht gelten, denn jedermann weiß aus Erfahrung, daß Chadbands Redestil gern gehört und viel bewundert wird.

Mr. Chadband ist jedoch für jetzt fertig, nimmt an Mrs. Snagsbys Tisch Platz und legt sich fürchterlich ins Zeug. Die Verwandlung jeglicher Speise in Öl der erwähnten Qualität scheint von der Konstitution dieses Musterschiffs so untrennbar zu sein, daß man ihn, wenn er zu essen und zu trinken beginnt, eine bedeutende Ölmühle oder eine andere ansehnliche Fabrik zur ergiebigen Herstellung dieses Artikels nennen könnte. Am heutigen Abend der großen Ferien macht er in Cook's Court, Cursitor Street, ein so beträchtliches Geschäft, daß das Vorratshaus ganz voll zu sein scheint, als er zu arbeiten aufhört.

Guster hat sich von ihrem ersten Versehen nie erholt, aber kein mögliches oder unmögliches Mittel unversucht gelassen, das Haus und sich selbst verächtlich zu machen; wir wollen nur kurz erwähnen, daß sie höchst unerwartet mit Tellern lärmende Militärmusik auf Mr. Chadbands Kopf machte und später diesen Herrn mit Eierbrötchen krönte. Jetzt flüsterte sie Mr. Snagsby zu, daß man nach ihm frage.

„Und da man nach mir fragt – um nicht durch die Blume zu sprechen – unten im Laden", sagt Mr. Snagsby und steht auf, „so wird mich wohl diese gütige Gesellschaft auf eine halbe Minute entschuldigen."

Mr. Snagsby geht hinunter und findet die zwei Lehrlinge damit beschäftigt, aufmerksam einen Polizisten zu betrachten, der einen zerlumpten Knaben am Arm hält.

„Mein Gott", sagt Mr. Snagsby, „was gibt's denn?"

„Dieser Knabe", sagt der Polizeidiener, „obgleich ich ihm wiederholt gesagt habe, er solle sich auf die Beine machen –"

„Ich bin immer auf den Beinen, Sir", heult der Knabe und wischt die schmutzigen Tränen mit dem Arm weg. „Ich bin immer auf den Beinen gewesen, seit ich geboren bin. Wohin kann ich mich denn auf die Beine machen, Sir, wenn ich schon auf den Beinen bin?"

„Er gehorcht nicht, obwohl ich ihn mehrmals verwarnt habe!" sagt der Polizist ruhig und bewegt den Hals militärisch hin und her, damit er sich besser in die steife Halsbinde füge, „und deshalb habe ich ihn festnehmen müssen. Er ist ein so widerspenstiger junger Ganove, wie mir je einer vorgekommen ist. Er will nicht vorwärts."

„Ach, mein Auge! Wohin soll ich denn!" heult der Knabe, rauft sich verzweifelt das Haar und trampelt mit seinen bloßen Füßen auf Mr. Snagsbys Vorplatz herum.

„Komm mir damit nicht wieder, oder ich mache kurzen Prozeß mit dir", sagt der Polizist und schüttelt ihn sachlich. „Nach meinen Instruktionen hast du weiterzugehen. Ich habe dir das schon fünfhundertmal gesagt."

„Aber wohin?" schluchzt der Knabe.

„Hm, das scheint mir wirklich eine Frage zu sein, Wachtmeister, dächte ich", sagt Mr. Snagsby nachdenklich und hustet hinter seiner Hand ratlos und unsicher. „Wohin, frage ich?"

„Meine Instruktionen sagen darüber nichts", entgegnet der Polizeimann. „Meine Instruktionen besagen bloß, daß dieser Junge weitergehen muß."

Hörst du, Jo? Es geht dich oder sonstwen nichts an, daß es die großen Sterne am Himmel des Parlaments seit einigen Jahren unterlassen haben, dir in dieser Sache ein Beispiel im

Weitergehen zu geben. Für dich bleibt das eine große Rezept, die tiefgründige philosophische Vorschrift, das A und O deines seltsamen Daseins auf Erden: Marsch, vorwärts! Du sollst dich beileibe nicht davonmachen, Jo, denn die großen Sterne können darüber nicht einig werden. Aber: Marsch, vorwärts!

Mr. Snagsby sagt freilich nichts Derartiges. Er sagt überhaupt nichts, sondern hustet seinen verzweiflungsvollsten Husten zum Zeichen, daß er nirgends einen Ausweg sehe. Mittlerweile sind Mr. und Mrs. Chadband und Mrs. Snagsby, von dem Streit herbeigelockt, auf der Treppe erschienen, und da Guster das Ende des Ganges nie verlassen hat, ist das ganze Haus versammelt.

„Die einfache Frage, Sir, ist, ob Sie den Jungen kennen", meint der Polizist. „Er sagt, Sie kennen ihn."

Mrs. Snagsby ruft von ihrer Höhe herunter: „Nein, er kennt ihn nicht!"

„Mein liebes Frauchen!" sagt Mr. Snagsby mit einem Blick die Treppe hinauf. „Meine Liebe, erlaube mal! Bitte, habe einen Augenblick Geduld, liebe Frau. Ich kenne diesen Knaben ein wenig, und soweit ich ihn kenne, weiß ich nichts Schlimmes von ihm, eher das Gegenteil, Wachtmeister." Worauf der Papierhändler alles erzählt, was er von Jo weiß, ohne jedoch die Geschichte mit der halben Krone zu erwähnen.

„So scheint er also nicht gelogen zu haben", sagt der Polizist. „Als ich ihn droben in Holborn festnahm, sagte er, Sie kennten ihn. Darauf sagte ein junger Mann, der sich unter den Umstehenden befand, daß er Sie kenne und daß Sie ein ehrbarer Hausbesitzer seien, und wenn ich herginge und mich erkundigte, werde er sich einfinden. Der junge Mann scheint nicht geneigt, Wort zu halten, aber – ah! da ist er ja."

Mr. Guppy tritt ein; er nickt Mr. Snagsby zu und greift zur Begrüßung der Damen auf der Treppe mit schreiberlicher Höflichkeit an den Hut.

„Ich verließ gerade das Büro zu einem Spaziergang, als ich Zeuge dieses Auftritts wurde", sagt Mr. Guppy zu dem Papierhändler; „und da Ihr Name fiel, hielt ich es für richtig, daß die Sache näher untersucht werde."

„Das war sehr freundlich von Ihnen, Sir", erwidert Mr. Snagsby, „und ich bin Ihnen sehr verbunden." Und Mr. Snagsby erzählt abermals, was er weiß, schweigt aber wieder von der halben Krone.

„Nun, ich weiß, wo du wohnst", sagt nun der Polizeimann

zu Jo. „Du wohnst unten in Tom-all-alone's. Das ist eine schöne, vertrauenerweckende Gegend zum Wohnen, nicht wahr?"

„Ich kann an keinem besseren Ort wohnen", erwidert Jo. „Sie würden nichts, nichts von mir wissen wollen, wenn ich an einen schönen, vertrauenerweckenden Ort ginge zum Wohnen. Wer ließe einen wie mich in einem ordentlichen Haus wohnen?"

„Du bist sehr arm, nicht wahr?" fragt der Polizist.

„Ja, Sir, durchaus sehr arm."

„Nun, was sagen Sie dazu! Ich schüttelte diese beiden Halbkronen aus ihm heraus, als ich ihn nur anfaßte", sagt der Polizist und zeigt sie den Umstehenden.

„Sie sind der Rest von einem Sovereign, Mr. Snagsby", sagt Jo, „den mir eine verschleierte Dame gab, die sagte, sie sei ein Dienstmädchen, und die einmal abends an meinen Straßenübergang kam und verlangte, daß ich ihr das Haus hier zeigte und das Haus, wo der gestorben ist, dem Sie was zum Abschreiben gegeben haben, und den Kirchhof, wo er begraben ist. Sie sagt zu mir: ‚Bist du der Junge', sagt sie, ‚von der Totenschau?' sagt sie. Ich sage: ‚Ja', sage ich. Sie sagt zu mir: ‚Kannst du mir', sagt sie, ‚all diese Orte zeigen?' Ich sage: ‚Ja', sage ich, ‚das kann ich.' Und sie sagt zu mir: ‚So tu's', und ich tu es, und sie gibt mir einen Sovereign und war fort. Und ich habe gar nicht viel von dem Sovereign gehabt", sagt Jo unter schmutzigen Tränen, „denn ich mußte unten in Tom-all-alone's fünf Schilling fürs Wechseln geben, und ein Junge stahl mir fünf, während ich schlief, und ein anderer stahl mir neun Pence, und der Wirt sagte, ich müßte was zum besten geben, und das kostete viel."

„Du erwartest doch nicht, daß dir ein Mensch die Geschichte von der Dame und dem Sovereign glaubt?" fragt der Polizist und sieht ihn unsagbar verächtlich von der Seite an.

„Ich weiß nicht, Sir", erwidert Jo. „Ich erwarte gar nichts nicht, aber die Geschichte ist wahr."

„Sie sehen, was für ein Bursche er ist!" wendet sich der Polizist an die Umstehenden. „Nun, Mr. Snagsby, wenn ich ihn diesmal nicht einstecke, wollen Sie dann für ihn bürgen, daß er fortgeht?"

„Nein!" ruft Mrs. Snagsby von der Treppe herab.

„Liebes Frauchen!" bittet ihr Gatte. „Wachtmeister, ich zweifle gar nicht, daß er fortgehen wird. Du mußt es wirklich tun", sagt Mr. Snagsby.

„Ich will es ja gern tun, Sir", antwortet der arme Jo.

„Tu's also", bemerkt der Polizist. „Du weißt jetzt, was du zu tun hast. Also los! Und vergiß nicht, daß du das nächstemal nicht so leicht davonkommst. Hier, nimm dein Geld. Und je eher du fünf Meilen weit weg bist, desto besser für alle Beteiligten."

Mit diesem Abschiedswink und mit einem vagen Fingerzeig auf die sinkende Sonne als passenden Ort, wohin er marschieren könne, wünscht der Polizist seinen Zuhörern guten Abend und weckt in Cook's Court den Widerhall zu einer ruhigen Begleitmusik, als er auf der schattigen Seite fortgeht, den eisenbeschlagenen Hut in der Hand, um sich ein wenig Luft zu schaffen.

Jos unwahrscheinliche Erzählung von der Dame und dem Sovereign hat mehr oder weniger die Neugier der ganzen Gesellschaft erregt. Mr. Guppy, der das Forschen nach Beweisen gewohnt ist und unter der Langeweile der großen Ferien schwer gelitten hat, nimmt an dem Fall so viel Anteil, daß er mit dem Zeugen ein regelrechtes Kreuzverhör anstellt, und die Damen finden das so spannend, daß ihn Mrs. Snagsby höflich einlädt, hinaufzukommen und eine Tasse Tee zu trinken, wenn er den unordentlichen Zustand des Teetisches, die Folge ihrer früheren Anstrengungen, entschuldigen wolle. Da Mr. Guppy die Einladung annimmt, wird Jo aufgefordert, mit bis unter die Tür des Staatszimmers zu kommen, wo ihn Mr. Guppy als Zeugen vernimmt, ihn in diese und jene und noch eine andere Form drückt wie der Buttermann ein Stück Butter, und ihn nach den besten Mustern reckt und streckt. Auch ist das Verhör vielen solchen Musterverhören insofern nicht unähnlich, als es nichts zutage bringt und lang dauert, denn Mr. Guppy ist sich seines Talents bewußt, und Mrs. Snagsby fühlt, daß es nicht nur ihre Neugier befriedigt, sondern auch ihres Gatten Geschäft in Rechtssachen höher hebt. Während des scharfen Gefechtes gerät das Schiff Chadband, das nur mit dem Ölhandel zu tun hat, auf Grund und wartet, bis es wieder flottgemacht wird.

„Das muß ich sagen", meint Mr. Guppy, „entweder klebt der Junge an seiner Geschichte wie Schusterpech, oder es ist etwas Außergewöhnliches an der Sache, das alles übertrifft, was mir je bei Kenge und Carboy vorgekommen ist."

Mrs. Chadband flüstert Mrs. Snagsby etwas zu, und diese ruft aus: „Was Sie nicht sagen!"

„Seit Jahren!" entgegnet Mr. Chadband.

„Er kennt Kenge und Carboys Kanzlei seit vielen Jahren",

erläutert Mrs. Snagsby triumphierend Mr. Guppy. „Mrs. Chadband – dieses Herrn Gattin – der ehrwürdige Chadband."

„O wirklich!" sagt Mr. Guppy.

„Ehe ich meinen jetzigen Mann heiratete", setzt Mrs. Chadband hinzu.

„Waren Sie Partei in einem Prozeß, Madam?" fragt Mr. Guppy und verlegt sein Kreuzverhör auf sie.

„Nein."

„Nicht Partei in einem Prozeß, Madam?" sagt Mr. Guppy. Mrs. Chadband schüttelt den Kopf.

„Vielleicht kannten Sie jemanden, der Partei in einem Prozeß war, Madam?" fragt Mr. Guppy, dem nichts besser gefällt, als eine Unterhaltung in juristische Formen zu kleiden.

„Auch das eigentlich nicht", entgegnet Mrs. Chadband, die mit saurem Lächeln auf den Spaß eingeht.

„Auch das eigentlich nicht!" wiederholt Mr. Guppy. „Sehr gut. Bitte, Madam, war es eine Dame Ihrer Bekanntschaft, die Geschäfte – wir wollen vorderhand nicht fragen, was für Geschäfte – mit Kenge und Carboy hatte, oder war es ein Herr Ihrer Bekanntschaft? Nehmen Sie sich Zeit, Madam. Wir werden es gleich heraushaben. Mann oder Weib, Madam?"

„Keins von beiden", antwortet Mrs. Chadband wie vorhin.

„Oh! ein Kind!" sagt Mr. Guppy und wirft der bewundernden Mrs. Snagsby den regelrechten pfiffigen Advokatenblick zu, der englischen Geschworenen zugeworfen wird. „Nun, Madam, werden Sie vielleicht die Güte haben, uns zu sagen, was für ein Kind."

„Sie haben es endlich heraus, Sir", sagt Mrs. Chadband wieder sauer lächelnd. „Ja, Sir, höchstwahrscheinlich war es vor Ihrer Zeit, nach Ihrem Aussehen zu urteilen. Ich hatte unter meiner Obhut ein Kind namens Esther Summerson, das ich später an Kenge und Carboy übergab."

„Miss Summerson, Madam!" ruft Mr. Guppy aufgeregt.

„Ich nenne sie Esther Summerson", sagt Mrs. Chadband herb. „Zu meiner Zeit war es nichts mit Miss bei ihr. Esther hieß sie. ‚Esther, tu das! Esther, tu jenes!' und sie mußte es tun."

„Liebe Madam", entgegnet Mr. Guppy und tritt von der anderen Seite des schmalen Zimmers zu ihr, „das bescheidene Individuum, das jetzt mit Ihnen spricht, empfing die junge Dame, als sie zuerst aus dem Institut, auf das Sie anspielen, nach London kam. Gewähren Sie mir das Vergnügen, Ihnen die Hand zu drücken."

Mr. Chadband, der endlich eine Gelegenheit für sich ersieht, gibt sein gewöhnliches Zeichen und hebt zugleich sein dampfendes Haupt, das er mit seinem Taschentuch betupft. Mrs. Snagsby flüstert: „Still!"

„Freunde", sagt Chadband, „wir haben mit Maß" – was auf ihn gewiß nicht zutrifft – „von den guten Dingen genossen, die uns beschert waren. Möge dieses Haus leben vom Fett des Landes; mögen Korn und Wein im Überfluß darin sein, möge es wachsen, blühen, gedeihen, vorwärtskommen! Aber, Freunde, haben wir sonst nichts genossen? O doch! Freunde, was haben wir sonst noch genossen? Seelenspeise? Jawohl! Wer hat uns diese Seelenspeise verschafft? Mein junger Freund, tritt vor!"

Der so angeredete Jo macht einen linkischen Schritt rückwärts und vorwärts und nach links und nach rechts, bis er vor dem beredten Chadband steht, sichtlich im Zweifel über dessen Absichten.

„Junger Freund", sagt Chadband, „du bist uns eine Perle, du bist für uns ein Demant, ein Edelstein, ein Juwel! Und warum, junger Freund?"

„Ich weiß nicht", sagt Jo, „ich weiß nichts nicht."

„Junger Freund", sagt Chadband, „gerade weil du nichts weißt, bist du für uns ein Edelstein und Juwel. Denn was bist du, mein junger Freund? Bist du ein Tier des Feldes? Nein! Ein Vogel der Luft? Nein! Ein Fisch des Meeres oder des Flusses? Nein! Du bist ein Menschenknabe, mein junger Freund. Ein Menschenknabe. Welch glorreiches Los, ein Menschenknabe zu sein! Und warum glorreich, mein junger Freund? Weil du fähig bist, die Lehren der Weisheit zu empfangen, weil du fähig bist, aus der Rede Gewinn zu ziehen, die ich jetzt zu deinem Besten halte, weil du weder Stecken noch Stab, weder Stock noch Stein, weder Pfosten noch Pfeiler bist.

> O Freudenstrom, so glänzend rein,
> Ein himmelstrebend Kind zu sein!

Und kühlst du dich jetzt in diesem Strom ab, mein junger Freund? Nein! Warum nicht? Weil du in einem Zustand der Finsternis bist, in einem Zustand der Umnachtung, in einem Zustand der Sündhaftigkeit, in einem Zustand der Knechtschaft. Mein junger Freund, was ist Knechtschaft? Wir wollen es im Geist christlicher Liebe untersuchen."

An diesem bedrohlichen Punkt der Predigt fährt sich Jo, der allmählich den Verstand verloren zu haben glaubt, mit dem rechten Arm über das Gesicht und gähnt ganz fürchterlich. Mrs.

Snagsby spricht entrüstet ihren Glauben aus, daß er ein Kind des Erzfeindes sei.

„Freunde", sagt Mr. Chadband, während sich sein verfolgtes Kinn wieder zu einem feisten Lächeln faltet, und blickt rings um sich, „es ist recht, daß ich gedemütigt werde, es ist recht, daß ich geprüft werde, es ist recht, daß ich heimgesucht werde, es ist recht, daß ich gezüchtigt werde. Ich strauchelte vergangenen Sabbat, als ich mit Stolz an meine dreistündige Erbauung dachte. Die Rechnung ist jetzt getilgt: mein Gläubiger hat eine Vergleichszahlung angenommen. Oh, laßt uns jauchzen im Herrn! Oh, laßt uns jauchzen!"

Große Bewunderung bei Mrs. Snagsby.

„Freunde", sagt Chadband und blickt zum Abschluß um sich, „ich will jetzt nicht mit meinem jungen Freund fortfahren. Willst du morgen kommen, mein junger Freund, und diese gute Dame fragen, wo ich zu finden bin, um dir eine Predigt zu halten, und willst tags darauf kommen wie die durstige Schwalbe, und den übernächsten Tag und viele schöne Tage, um predigen zu hören?"

Jo, dem es vor allem darum zu tun scheint, fortzukommen, nickt linkisch. Mr. Guppy wirft ihm dann einen Penny zu, und Mrs. Snagsby ruft Guster, sie solle ihn sicher aus dem Haus bringen. Aber ehe er geht, belädt ihn Mr. Snagsby mit Speiseresten vom Tisch, die er mit den Armen fest an sich drückt.

So zieht sich Mr. Chadband, dessen Verfolger sagen, es sei kein Wunder, daß er beliebig lange so abscheulichen Unsinn von sich gebe, ein Wunder sei vielmehr, daß er je wieder aufhöre, nachdem er einmal die Keckheit gehabt habe, anzufangen, ins Privatleben zurück, bis er ein kleines Kapital an Abendessen im Ölhandel angelegt hat. Jo marschiert durch die Ferienstille zur Blackfriarsbrücke, wo er eine heiße steinerne Ecke findet, um sein Mahl einzunehmen.

Und da sitzt er und kaut und nagt und schaut hinauf zu dem großen Kreuz auf der Kuppel der St. Pauls-Kathedrale, das über einer rot und violett getönten Rauchwolke funkelt. Aus des Knaben Gesicht könnte man schließen, das heilige Symbol sei in seinen Augen die verworrene Krönung der großen, verworrenen Stadt, so golden, so hoch droben, so weit entrückt. Da sitzt er, die Sonne geht unter, der Fluß rinnt schnell, und die Menschen fluten in zwei Strömen an ihm vorüber – alles trachtet vorwärts zu mannigfachen Zwecken und nach einem einzigen Ende –, bis man auch ihn forttreibt mit den Worten: „Marsch, vorwärts!"

20. KAPITEL

Ein neuer Mieter

Die großen Ferien treiben ihrem Ende zu, wie sich ein träger Strom lässig durch flaches Land der See zu wälzt. Mr. Guppy treibt gleichgestimmt mit ihnen dahin. Er hat sein Federmesser stumpf gemacht und die Spitze abgebrochen, weil er es nach jeder Richtung in sein Pult gestoßen hat. Nicht weil er dem Pult grollt, sondern um etwas zu tun, und zwar etwas, das ihn nicht aufregt, etwas, das weder seine physischen noch seine geistigen Kräfte zu sehr in Anspruch nimmt. Er findet, daß ihm nichts besser bekommt, als auf einem Bein seines Sessels zu kreisen, sein Pult zu zerstechen und das Maul aufzusperren.

Kenge und Carboy sind nicht in der Stadt, der rechtskundige Schreiber hat einen Jagdschein gelöst und ist auf seines Vaters Gut, und Mr. Guppys zwei besoldete Kollegen sind auf Urlaub. Mr. Guppy und Mr. Richard Carstone teilen sich in die Würde des Büros. Aber Mr. Carstone ist die Ferien über in Kenges Privatkontor einquartiert, worüber sich Mr. Guppy so maßlos ärgert, daß er zu seiner Mutter in den vertraulichen Augenblicken, wenn er mit ihr in Old Street Road Hummer und Salat zu Abend ißt, mit beißendem Sarkasmus äußert, er fürchte sehr, die Kanzlei sei nicht fein genug für vornehme Leute, und wenn er gewußt hätte, daß ein vornehmer Gehilfe anrücke, so hätte er sie frisch tünchen lassen.

Mr. Guppy hat jeden, der von einem Sessel in Kenge und Carboys Büro Besitz ergreift, im Verdacht, heimtückische Pläne gegen ihn im Schilde zu führen. Es ist für ihn klar, daß jede solche Person ihn stürzen will. Wenn ihn jemand fragt, wie, warum, wann und wozu, so schließt er das eine Auge und schüttelt den Kopf. Kraft dieser tiefen Erkenntnisse gibt er sich scharfsinnig die allergrößte Mühe, eine Verschwörung zu vereiteln, wo keine vorhanden ist, und vollführt die geistreichsten Schachzüge, freilich ohne Gegner.

Es ist daher kein geringer Trost für Mr. Guppy, daß der neue Ankömmling beständig in den Akten Jarndyce gegen Jarndyce wühlt; denn er weiß, daß daraus nur Verwirrung und Täuschung kommen kann. Seine Zufriedenheit teilt sich einem Dritten mit, der die großen Ferien in Kenge und

Carboys Kanzlei vertrödelt, nämlich dem kleinen Smallweed.

Ob der kleine Smallweed – mit Spitznamen Small oder auch Küken genannt, wie um scherzhaft einen unflüggen Zustand auszudrücken – je Kind gewesen ist, wird in Lincoln's Inn sehr bezweifelt. Er ist jetzt nicht ganz fünfzehn Jahre und schon ein alter Jünger der Rechtswissenschaft. Im Spaß beschuldigt man ihn, eine Leidenschaft für eine Dame in einem Zigarrenladen in der Nähe von Chancery Lane zu hegen und um ihretwillen einer anderen Dame, mit der er einige Jahre verlobt gewesen sei, untreu geworden zu sein. Er ist ein Stadtgewächs von kleiner Gestalt und welken Gesichtszügen, aber schon von weitem erkennbar an seinem sehr hohen Hut. Ein Guppy zu werden, ist das Ziel seines Ehrgeizes. Er kleidet sich wie dieser Herr, der ihn begönnert, spricht wie er, geht wie er, ahmt ihn in allem nach. Er wird mit Mr. Guppys besonderem Vertrauen beehrt und berät ihn gelegentlich aus dem tiefen Brunnen seiner Erfahrung in schwierigen Punkten des Privatlebens.

Mr. Guppy hat den ganzen Morgen im Fenster gelegen, nachdem er alle Sessel der Reihe nach ausprobiert und keinen bequem genug gefunden und nachdem er mehrmals den Kopf in den Stahlschrank gesteckt hatte, um sich abzukühlen. Mr. Smallweed ist zweimal abkommandiert worden, um schäumende Getränke zu besorgen, hat sie zweimal in den beiden Bürotrinkgläsern gemischt und mit dem Lineal umgerührt. Mr. Guppy stellt zu Mr. Smallweeds Erbauung den paradoxen Satz auf, daß man desto durstiger werde, je mehr man trinke, und bettet das Haupt in einem Zustand hoffnungsloser Abspannung aufs Fensterbrett.

Während er so auf den Schatten von Old Square, Lincoln's Inn, hinausblickt und die leidigen Ziegelmauern betrachtet, wird er sich eines männlichen Backenbartes bewußt, der aus dem gewölbten Gang unten hervortritt und gerade auf ihn zukommt. Zugleich tönt ein leises Pfeifen durch die Inn, und eine gedämpfte Stimme ruft: „Hip! Gup-py!"

„Was, ist's möglich", ruft Mr. Guppy und springt auf. „Küken, das ist Jobling!" Küken schaut ebenfalls zum Fenster hinaus und nickt Jobling zu.

„Woher kommst du?" fragt Mr. Guppy.

„Aus den Gemüsegärten drunten bei Deptford. Ich halt es nicht länger aus. Ich lasse mich anwerben. Ah! Könntest du mir nicht eine halbe Krone leihen? Meiner Seel, ich hab Hunger."

Jobling sieht aus, als ob er Hunger hätte und als ob er selbst drunten in den Gemüsegärten von Deptford aufgeschossen wäre.

„Ja, wirf mir eine halbe Krone herunter, wenn du eine übrig hast. Ich muß etwas essen."

„Willst du mit mir essen?" fragt Mr. Guppy, indem er das Geldstück hinunterwirft, das Mr. Jobling geschickt auffängt.

„Wie lange muß ich noch warten?" sagt Jobling.

„Keine halbe Stunde. Ich warte hier nur, bis der Feind weicht", entgegnet Guppy, indem er mit dem Kopf nach dem inneren Zimmer deutet.

„Was für ein Feind?"

„Ein neuer. Will hier in die Lehre treten. Willst du warten?"

„Kannst du einem unterdessen was zu lesen geben?" fragt Mr. Jobling.

Smallweed schlägt den Advokatenkalender vor. Aber Mr. Jobling erklärt mit tiefem Ernst, daß er den nicht vertragen könne.

„Du kannst die Zeitung haben", sagt Mr. Guppy. „Er bringt sie dir hinunter. Aber es wäre besser, wenn man dich hier nicht sieht. Setz dich auf unsere Treppe und lies. Es ist dort ganz ruhig."

Jobling nickt verständnisvoll zustimmend. Der kluge Smallweed versorgt ihn mit der Zeitung und wirft gelegentlich vom Treppenabsatz einen Blick auf ihn, damit er nicht etwa des Wartens müde werde und sich vor der Zeit davonmache. Endlich entfernt sich der Feind, und nun holt Smallweed Mr. Jobling herauf.

„Nun, wie geht's?" fragt Mr. Guppy und schüttelt ihm die Hand.

„Soso. Wie geht's dir?"

Da Mr. Guppy erwidert: „Nicht besonders", wagt Jobling die Frage: „Wie geht's ihr?" Das weist Mr. Guppy als zu große Freiheit zurück, indem er erwidert: „Jobling, es gibt Saiten im menschlichen Herzen –" worauf Jobling um Verzeihung bittet.

„Alles, nur das nicht!" sagt Mr. Guppy mit bitterem Genuß an seiner Wunde. „Denn es gibt wirklich Saiten, Jobling –"

Mr. Jobling bittet nochmals um Verzeihung.

Während dieses kurzen Gespräches hat der rührige Smallweed, der beim Essen mithalten will, in Kanzleischrift auf einen Zettel geschrieben: „Kommen gleich wieder." Diese Nachricht für alle, die es angeht, steckt er an den Briefkasten, dann setzt er den großen Hut im selben Neigungswinkel auf, den Mr. Guppys Hut hat, und benachrichtigt seinen Gönner, daß sie sich jetzt drücken können.

Sie begeben sich demnach in ein nahes Speisehaus, dessen Kellnerin, eine stramme Jungfrau von vierzig, Eindruck auf den empfindsamen Smallweed gemacht haben soll. Von ihm ist nämlich zu sagen, daß er ein verhexter Wechselbalg ist, für den Jahre nichts bedeuten. Er besitzt in seiner Frühreife Jahrhunderte eulenhafter Klugheit. Sollte er je in einer Wiege gelegen haben, so muß er dabei wohl einen Frack angehabt haben. Smallweed hat alte, sehr alte Augen; er trinkt und raucht, wie es ein Affe täte; sein Hals steckt steif in seinem Halstuch. Er läßt sich nichts vormachen, immer kennt er schon die ganze Geschichte, was es auch sei. Kurz, während seines Aufwachsens hat er so viel Rechtsbegriffe in sich eingesogen, daß er eine Art versteinerter Kobold geworden ist, über dessen irdisches Dasein in den Kanzleien die Behauptung umläuft, daß sein Vater Cajus und seine Mutter das einzige weibliche Mitglied der Familie Sempronius gewesen und daß sein erstes Röckchen aus einem Aktenbeutel angefertigt worden sei.

Ungerührt von dem verführerischen Anblick im Fenster, wo künstlich gebleichter Blumenkohl und Geflügel, Körbe mit grünen Erbsen, kühle, saftige Gurken und Keulen fertig zum Braten ausgestellt sind, zeigt Mr. Smallweed den Weg in das Speisehaus. Man kennt ihn da und fürchtet sich vor ihm. Er hat seine Lieblingsnische, er bestellt alle Zeitungen und ist grob gegen kahlköpfige Patriarchen, die sie länger als zehn Minuten behalten. Es nützt nichts, zu versuchen, ihn mit einem untergewichtigen Brot zu täuschen oder ihm aufgeschnittenen Braten vorzusetzen, der nicht vom besten Stück ist. Hinsichtlich der Sauce ist er hart wie Demant.

Weil er seine elbische Gewalt kennt und gern seiner gefürchteten Erfahrung folgt, zieht ihn Mr. Guppy heute bei der Wahl der Speisen zu Rate, indem er ihm einen bittenden Blick zuwirft, während die Kellnerin die Speisekarte heruntersagt und fragt: „Was ißt du, Küken?" Das Küken wählt, ohne in die Tiefe seiner Schlauheit hinabzusteigen, Kalbsbraten und Schinken und französische Bohnen – „und das Füllsel nicht zu vergessen, Polly", setzt er mit koboldischem Zucken seines achtunggebietenden Auges hinzu, worauf Mr. Guppy und Mr. Jobling das gleiche bestellen. Dazu kommen noch drei Krüge gemischtes

Bier. Die Kellnerin kommt bald wieder mit einem Ding, das wie ein Modell des babylonischen Turms aussieht, in Wirklichkeit aber eine Schichtung von Tellern und flachen Zinnschüsseln ist. Mr. Smallweed befindet für gut, was ihm vorgesetzt wird, und winkt mit dem Wohlwollen eines Eingeweihten in seinem alten Auge der Kellnerin zu. Dann stillt das juristische Triumvirat seinen Hunger unter beständigem Kommen und Gehen der Gäste, unter Herumrennen und Steingutgeklapper, unter dem geräuschvollen Auf- und Abrollen des Aufzugs, der die Speisen aus der Küche heraufbefördert, und den schrillen Neubestellungen durch das Sprachrohr, unter dem lauten Abrechnen über verzehrte Portionen, im Dampf und Dunst von Braten und Bratenstücken und in ziemlich erhitzter Luft, in der die schmutzigen Messer und Tischtücher von selbst einen Ausschlag von Fett- und Bierflecken zu bekommen scheinen.

Mr. Jobling ist sorgfältiger zugeknöpft, als es die Mode verlangt. Sein Hut ist an den Rändern merkwürdig glänzend, als wären die Schnecken dort gern spazierengegangen. Dasselbe ist an mehreren Stellen seines Rockes zu bemerken, besonders an den Nähten. Er hat das fadenscheinige Aussehen eines Herrn in mißlicher Lage. Selbst sein blonder Backenbart hängt mit einem Anstrich von Schäbigkeit herab.

Sein Appetit ist so stark, daß er karge Kost bis in die jüngste Zeit vermuten läßt. Er räumt mit seiner Portion Kalbsbraten und Schinken so rasch auf, ehe die beiden anderen noch halb fertig sind, daß Mr. Guppy eine zweite vorschlägt. „Ich danke dir, Guppy", sagt Mr. Jobling, „ich weiß wirklich nicht, ob ich nicht noch eine esse."

Sie wird gebracht, und er fällt mit großem Eifer darüber her.

Mr. Guppy betrachtet ihn zuweilen schweigend, bis er mit dem zweiten Gericht halb fertig ist und innehält, um einen beglückten Zug aus seinem Krug Biermischung – gleichfalls den zweiten – zu tun, dann die Beine ausstreckt und sich die Hände reibt. Als ihn Mr. Guppy in so zufriedenem Behagen sieht, sagt er: „Nun bist du wieder ein Mann, Tony!"

„Nun, noch nicht ganz", sagt Mr. Jobling; „sagen wir: eben geboren."

„Willst du noch einmal Gemüse? Spargel? Erbsen? Sommerkohl?"

„Ich danke dir, Guppy", sagt Mr. Jobling. „Ich weiß wirklich nicht, ob ich nicht noch Sommerkohl esse."

Der Auftrag wird erteilt, und Mr. Smallweed setzt sarkastisch hinzu: "Ohne Schnecken, Polly!" Der Sommerkohl kommt.

"Ich wachse in die Höhe, Guppy", sagt Mr. Jobling und handhabt Messer und Gabel mit ausdauerndem Genuß.

"Freut mich sehr."

"Komme schon in die Flegeljahre", sagt Mr. Jobling.

Er sagt weiter nichts, bis sein Werk vollbracht ist, genau gleichzeitig mit dem der Herren Guppy und Smallweed; er hat sonach seine Strecke in bester Form zurückgelegt und die beiden anderen mit Leichtigkeit um eine Portion Braten, Schinken und Kohl geschlagen.

"Nun, Küken", sagt Mr. Guppy, "was empfiehlst du als Nachtisch?"

"Mark-Pudding", sagt Mr. Smallweed sogleich.

"Jawohl, jawohl!" ruft Mr. Jobling mit schlauem Blick. "Das ist das Wahre. Danke, Guppy. Ich weiß nicht, ob ich nicht auch Mark-Pudding esse."

Drei Mark-Puddings erscheinen, und Mr. Jobling äußert humorvoll, daß er nun bald mündig werde. Den Puddings folgen auf Mr. Smallweeds Weisung drei Chester und drei Rums. Als dieser Gipfel des Mahles glücklich erreicht ist, legt Mr. Jobling die Beine auf den teppichbezogenen Sitz – er hat eine Seite der Nische für sich allein –, lehnt sich gegen die Wand und sagt: "Jetzt bin ich erwachsen, Guppy. Jetzt bin ich zur männlichen Reife gelangt."

"Was denkst du nun vom – du genierst dich doch nicht vor Smallweed?" sagt Mr. Guppy.

"Nicht im geringsten! Ich trinke auf seine Gesundheit."

"Sir, auf Ihre!" tut Mr. Smallweed Bescheid.

"Ich wollte sagen, was denkst du jetzt vom Anwerbenlassen?" fährt Mr. Guppy fort.

"Mein lieber Guppy", entgegnet Mr. Jobling, "was ich nach dem Essen denke, ist eine Sache, und was ich vor dem Essen denke, eine andere. Aber selbst nach dem Essen frage ich mich noch: Was soll ich anfangen? Wie soll ich leben, ill fo manger, wißt ihr", sagt Mr. Jobling und spricht die letzten Worte aus, als ob sie ein fester Bestandteil der englischen Sprache wären. "Ill fo manger, sagt der Franzose, und Mangern ist mir so notwendig wie einem Franzosen, oder noch mehr."

Mr. Smallweed ist entschieden der Meinung, noch viel mehr. "Wenn mir jemand gesagt hätte", fährt Jobling fort, "selbst damals noch, als wir beide den Ausflug nach Lincolnshire machten, Guppy, und hinüber nach Castle Wold fuhren –"

Mr. Smallweed berichtigt: Chesney Wold.

„Chesney Wold. Ich danke meinem ehrenwerten Freund für diesen Zuruf. Wenn mir damals jemand gesagt hätte, daß es mir so schlecht gehen werde, wie es mir jetzt tatsächlich geht, so hätte ich – ja, ich hätte ihm eins ausgewischt", sagt Mr. Jobling und trinkt mit der Miene verzweifelter Resignation einen Schluck Grog. „Ich hätte ihm eine Ohrfeige gegeben."

„Aber, Tony, es stand damals schon schlimm mit dir", wendet Mr. Guppy ein. „Du sprachst von nichts anderem im Gig."

„Guppy", sagt Mr. Jobling, „das will ich nicht leugnen. Es stand schon schlecht mit mir. Aber ich dachte, es komme noch alles in Ordnung."

Der beliebte Glaube, es komme alles in Ordnung! Nicht etwa, wir müßten es zurechtbiegen oder zurechthämmern, sondern es komme von selbst zurecht. Wie wenn ein Geistesgestörter darauf wartet, daß die Welt dreieckig werde!

„Ich rechnete fest damit, alles komme ins reine", sagt Mr. Jobling, etwas unsicher im Ausdruck und vielleicht auch in der Überzeugung. „Aber ich täuschte mich. Es gab sich nie. Und als die Gläubiger ihren Spektakel beim Anwalt begannen und Leute, mit denen die Kanzlei zu tun hatte, wegen schmutzigen Verschleuderns geborgten Geldes Klage erhoben, da war es mit meiner Stelle vorbei. Und mit jeder neuen Stelle ebenfalls; denn wenn ich mich morgen auf meine frühere beziehen wollte, würde die Geschichte erwähnt, und es wäre wieder aus. Was soll man nun machen? Ich habe mich drunten in den Gemüsegärten versteckt und dort billig gelebt; aber was hilft das Billigleben, wenn man kein Geld hat? Da könnte man ebensogut teuer leben."

„Besser", meint Mr. Smallweed.

„Gewiß. Das wäre nach der Mode, und Mode und Backenbart sind immer meine Schwächen gewesen, und es ist mir gleich, wer das weiß", sagt Mr. Jobling. „Es sind große Schwächen – es sind verdammt große Schwächen. Gut!" fährt Mr. Jobling fort, nachdem er trotzig einen Schluck Grog genommen hat, „was bleibt einem dann übrig, frage ich, als sich anwerben zu lassen?"

Mr. Guppy greift jetzt lebhafter ins Gespräch ein, um zu zeigen, was seiner Meinung nach einem übrigbleibt. Er spricht

325

mit dem ernsten, eindrucksvollen Ton eines Mannes, der noch keinen dummen Streich gemacht hat, außer daß er das Opfer einer zarten Herzensneigung geworden ist.

„Jobling", sagt Mr. Guppy, „ich und unser gemeinsamer Freund Smallweed –"

Mr. Smallweed bemerkt bescheiden: „Den beiden Herren!" und trinkt.

„– haben mehr als einmal diese Sache besprochen, seit du –"

„Sag ruhig: fortgejagt wurdest!" ruft Mr. Jobling bitter. „Sag es nur, Guppy. Du meinst es ja."

„Nein! Seit Sie uns verlassen haben", bemerkt Mr. Smallweed taktvoll.

„Seit du uns verlassen hast, Jobling", fährt Mr. Guppy fort. „Und ich habe unserem gemeinsamen Freund Smallweed gegenüber einen Plan erwähnt, der mir neulich eingefallen ist. Du kennst Snagsby, den Papierhändler?"

„Ich weiß, daß es einen Papierhändler dieses Namens gibt", entgegnet Jobling. „Er hatte nichts mit uns zu tun, und ich kenne ihn weiter nicht."

„Er hat mit uns zu tun, Jobling, und ich kenne ihn", gibt Mr. Guppy zurück. „Nun höre! Ich bin kürzlich durch zufällige Umstände, die mich in seiner Familie eingeführt haben, besser mit ihm bekannt geworden. Diese Umstände brauche ich hier nicht näher zu behandeln. Sie können – oder können auch nicht – in Beziehung zu einem Wesen stehen, das vielleicht – oder vielleicht auch nicht – einen Schatten auf mein Dasein geworfen hat."

Da es Mr. Guppys befremdliche Art ist, mit prahlerischem Schmerz seine vertrauten Freunde an dieses Thema heranzulocken und sich dann, sobald sie es berühren, mit jenen schneidend harten Worten von den Saiten des menschlichen Herzens gegen sie zu wenden, so meiden Mr. Jobling und Mr. Smallweed die Falle und bleiben stumm.

„Solche Sachen können sein", wiederholt Mr. Guppy, „oder auch nicht. Sie gehören aber nicht hierher. Es genügt, zu erwähnen, daß sowohl Mr. wie Mrs. Snagsby mir gern gefällig sind und daß Snagsby während der Gerichtszeit viel abzuschreiben hat. Er bekommt alle Sachen von Tulkinghorn und hat auch sonst ein gutes Geschäft. Ich glaube, wenn unser gemeinsamer Freund Smallweed auf der Zeugenbank säße, könnte er das beschwören."

Mr. Smallweed nickt und scheint darauf zu brennen, vereidigt zu werden.

„Nun, meine Herren Geschworenen", sagt Mr. Guppy, „ich meine, Jobling, du wirst sagen, daß das eine armselige Aussicht für dein Leben sei. Zugegeben! Aber es ist besser als nichts, und besser, als unter die Soldaten zu gehen. Du brauchst Zeit. Es muß Zeit vergehen, bis diese letzten Geschichten vergessen sind. Du könntest sie unter viel schlechteren Bedingungen durchhalten als mit Abschreiben für Snagsby."

Mr. Jobling will ihn unterbrechen, als ihn der kluge Smallweed durch ein trockenes Husten und die Worte abhält: „Hm! Shakespeare!"

„Die Sache hat zwei Seiten", fährt Mr. Guppy fort; „das war die eine. Ich komme zur zweiten. Du kennst Krook, den Kanzler, jenseits der Straße. Na, Jobling", sagt Mr. Guppy in seinem ermutigenden Kreuzverhörton, „du kennst doch Krook, den Kanzler, jenseits der Straße."

„Ich kenne ihn bloß vom Sehen", antwortet Mr. Jobling.

„Also bloß vom Sehen. Gut. Und du kennst die kleine Flite?"

„Die kennt doch jeder", sagt Mr. Jobling.

„Jeder kennt sie. Sehr gut! Nun gehört es seit einiger Zeit zu meinen Obliegenheiten, Flite wöchentlich eine bestimmte Summe auszuzahlen, nach Abzug ihrer Wochenmiete, die ich, einer empfangenen Weisung gemäß, regelmäßig vor ihren Augen Krook selbst übergebe. Dies hat mich in Verbindung mit Krook gebracht, so daß ich sein Haus und seine Gewohnheiten kennengelernt habe. Ich weiß, daß er ein Zimmer zu vermieten hat. Du kannst dort unter jedem beliebigen Namen sehr billig wohnen, so ungestört, als ob du hundert Meilen weg wärst. Er fragt nach nichts und nähme dich auf ein Wort von mir als Mieter an, ehe die Stunde ausschlägt, wenn du willst. Und ich will dir noch etwas sagen, Jobling", sagt Mr. Guppy, der plötzlich die Stimme dämpft und wieder vertraulich wird, „er ist ein merkwürdiger alter Bursche – wühlt immer in einem Haufen von Papieren herum und plagt sich, um von selber lesen und schreiben zu lernen, ohne damit vorwärtszukommen, wie mir scheint. Ein ganz merkwürdiger alter Bursche. Ich weiß nicht, ob es nicht der Mühe wert wäre, sich ihn etwas näher anzusehen."

„Du willst doch nicht sagen –" fängt Mr. Jobling an.

„Ich will nur sagen", entgegnet Mr. Guppy und zuckt mit angemessener Bescheidenheit die Schultern, „daß ich mir nicht über ihn klarwerden kann. Ich appelliere an unseren gemeinsamen Freund Smallweed, ob er mich hat sagen hören oder nicht, daß ich mir nicht über ihn klarwerden kann."

Mr. Smallweed legt das bestimmte Zeugnis ab: „Mehrmals."

„Ich kenne ein wenig das Geschäft und das Leben, Tony", sagt Mr. Guppy, „und es geschieht mir selten, daß ich mir über eine Person nicht mehr oder weniger klarwerden kann. Aber so ein alter Fuchs wie dieser, so abgründig schlau und heimlich – obgleich ich glaube, daß er nie nüchtern ist –, ist mir noch nie vorgekommen. Er muß unglaublich alt sein, hat keine Seele um sich und soll unermeßlich reich sein, und ob er nun ein Schmuggler oder ein Hehler oder ein unkonzessionierter Pfandleiher oder ein Wucherer ist – das alles habe ich zu verschiedenen Zeiten für möglich gehalten –, jedenfalls wäre es für dich der Mühe wert, ihm etwas auf die Sprünge zu kommen. Ich sehe nicht ein, warum du nicht darauf eingehen solltest, wenn dir alles übrige paßt."

Mr. Jobling, Mr. Guppy und Mr. Smallweed stützen sämtlich die Ellbogen auf den Tisch, legen das Kinn auf die Hände und blicken zur Decke. Nach einer Zeit trinken sie alle einmal, lassen sich langsam zurücksinken, stecken die Hände in die Taschen und sehen einander an.

„Wenn ich die Energie noch hätte, die ich früher besaß, Tony", sagt Mr. Guppy mit einem Seufzer, „aber es gibt Saiten im menschlichen Herzen –"

Indem Mr. Guppy den Rest des schmerzlichen Gedankens in Grog ausdrückt, schließt er damit, daß er Tony Jobling das Unternehmen überläßt und ihm sagt, daß ihm während der Ferien, solange das Geschäft flau gehe, seine Börse zu Diensten stehe „bis zur Höhe von drei, vier oder allenfalls auch fünf Pfund". „Denn man soll nie sagen", setzt Mr. Guppy mit Nachdruck hinzu, „daß William Guppy einen Freund im Stich gelassen habe!" Dieser letzte Teil des Vorschlags ist so zweckentsprechend, daß Mr. Jobling gerührt sagt: „Freund Guppy, deine Hand!" Mr. Guppy reicht sie ihm und sagt: „Jobling, mein Junge, da ist sie!" Mr. Jobling entgegnet: „Guppy, wir sind nun schon seit einigen Jahren Kameraden!" Mr. Guppy antwortet: „Das ist wahr, Jobling!" Sie schütteln sich die Hände, und Mr. Jobling fügt in warmem Ton hinzu: „Ich danke dir, Guppy; ich weiß nicht, ob ich nicht noch ein Glas trinke, alter Bekanntschaft wegen."

„Krooks letzter Mieter ist dort gestorben", bemerkt Guppy beiläufig.

„Ach!" sagt Mr. Jobling.

„Es war Totenschau. Zufälliger Tod. Das ist dir doch gleich?"

„Ja", sagt Mr. Jobling, „mir ist's gleich; aber er hätte ebensogut anderswo sterben können. Es ist gottlos blöd, daß er gerade in meiner Wohnung sterben mußte!" Mr. Jobling nimmt ihm diese Freiheit ordentlich übel und kommt mehrmals darauf zurück mit Bemerkungen wie: „Es gibt doch Wohnungen genug, um darin zu sterben, sollt ich meinen!" oder: „Es hätte ihm gewiß nicht gefallen, wäre ich in seiner Wohnung gestorben, gewiß nicht!"

Da jedoch der Vertrag so gut wie geschlossen ist, schlägt Mr. Guppy vor, den getreuen Smallweed auszusenden, um zu erfahren, ob Mr. Krook zu Hause ist, da sie in diesem Fall das Geschäft ohne Verzug abmachen möchten. Mr. Jobling gibt seine Zustimmung, und Smallweed klemmt sich unter den großen Hut und trägt ihn auf Guppys Manier aus dem Speisehaus. Bald darauf kehrt er zurück mit der Nachricht, Mr. Krook sei zu Hause, er habe ihn durch die Ladentür hinten im Laden schlafen sehen, so fest wie ein Murmeltier.

„Dann will ich zahlen", sagt Mr. Guppy, „und wir wollen hingehen: Small, wieviel macht's?"

Mr. Smallweed befiehlt die Kellnerin durch einen Wink seines Augenlides herbei und antwortet auf der Stelle wie folgt: „Viermal Kalbsbraten und Schinken ist drei, und vier Kartoffeln ist drei und vier, und ein Sommerkohl ist drei und sechs, und dreimal Pudding ist vier und sechs, und sechs Brote sind fünf, und drei Chester sind fünf und drei, und vier Krug gemischtes Bier sind sechs und drei, und vier kleine Rums sind acht und drei, und drei für Polly sind acht und sechs. Acht und sechs ist ein halber Sovereign, Polly, und achtzehn Pence heraus."

Durchaus nicht aufgeregt von dieser fürchterlichen Rechenarbeit, entläßt Smallweed seine Freunde mit kaltblütigem Nicken und bleibt zurück, um Polly ein wenig zu bewundern, wenn sich Gelegenheit bietet, und Zeitungen zu lesen, die im Verhältnis zu ihm – ohne den Hut – so groß sind, daß er zur Nachtruhe gegangen und unter der Bettdecke verschwunden zu sein scheint, wenn er die „Times" vor sich entfaltet hat, um ihre Spalten zu überfliegen.

Mr. Guppy und Mr. Jobling begeben sich zu dem Hadern- und Flaschenladen, wo sie Krook, noch immer wie ein Murmeltier schlafend, vorfinden. Er schnarcht laut, das Kinn auf die Brust gesenkt, und läßt sich weder durch Laute von außen noch durch leises Schütteln wecken. Auf dem Tisch neben ihm stehen zwischen dem gewöhnlichen Allerlei eine leere Ginflasche und ein Glas. Die dumpfe Luft ist von diesem Getränk so durchsetzt, daß selbst die grünen Augen der Katze oben auf dem Sims, als sie sich öffnen und schließen und die Besucher anschielen, betrunken aussehen.

„Heda!" sagt Mr. Guppy und schüttelt die zusammengesunkene Gestalt des Alten von neuem. „Mr. Krook! Heda!"

Aber es scheint ebenso leicht zu sein, ein Bündel alter Kleider zu wecken, das alkoholische Hitze in sich trägt. „Ist dir je eine solche Betäubung zwischen Trunkenheit und Schlaf vorgekommen wie diese?" sagt Mr. Guppy.

„Wenn das sein regelmäßiger Schlaf ist", bemerkt Jobling etwas beunruhigt, „so, glaube ich, wird er eines Tages recht lang dauern."

„Es gleicht bei ihm stets mehr einem Schlaganfall als einem Schlaf", sagt Mr. Guppy und schüttelt ihn abermals. „Heda! Euer Herrlichkeit! Er könnte wahrhaftig fünfzigmal ausgeraubt worden sein! Tut die Augen auf!"

Nach vielem Lärm tut er sie auf, aber allem Anschein nach, ohne seine Besucher oder etwas wahrzunehmen. Obgleich er ein Bein über das andere legt, die Hände faltet und mehrmals die trockenen Lippen öffnet und schließt, scheint er doch für alle Absichten und Geschäfte ebenso gefühllos zu sein wie vorher.

„Jedenfalls lebt er noch", sagt Mr. Guppy. „Wie geht's, Mylord Kanzler? Ich habe einen Freund mitgebracht, Sir, in einer kleinen Geschäftssache."

Der Alte sitzt immer noch da, mit den trockenen Lippen schmatzend, aber ohne das mindeste Bewußtsein. Nach einigen Minuten macht er einen Versuch aufzustehen. Sie helfen ihm auf, und er wankt auf die Wand zu und stiert sie an.

„Wie geht's, Mr. Krook?" sagt Mr. Guppy etwas außer Fassung. „Wie geht's, Sir? Sie sehen vortrefflich aus, Mr. Krook. Ich hoffe, Sie befinden sich wohl."

Indem der Alte sinnlos nach Mr. Guppy oder in die leere Luft schlagen will, dreht er sich unwillkürlich um und kommt mit dem Gesicht zur Wand zu stehen. So bleibt er ein oder zwei Minuten gegen sie gestemmt, dann wankt er durch den Laden zur Straßentür. Die Luft, die Bewegung im Hof, die Zeit oder alles zusammen bringt ihn wieder zu sich. Er kommt ziemlich festen Schrittes zurück, indem er seine Pelzmütze auf dem Kopf zurechtschiebt und seine Besucher lauernd ansieht.

„Ihr Diener, ihr Herren; ich habe geschlafen. Hihi! Ich bin manchmal schwer zu wecken."

„Ziemlich schwer, wahrhaftig", entgegnet Mr. Guppy.

„Was? Sie haben es wohl versucht?" fragt der argwöhnische Krook.

„Nur ein wenig", erläutert Mr. Guppy.

Der Blick des Alten fällt auf die leere Flasche, er untersucht sie und dreht sie langsam um.

„Ha!" ruft er aus wie der Kobold im Märchen. „Da hat einer davon getrunken!"

„Ich versichere Ihnen, wir fanden sie so", sagt Mr. Guppy. „Wollen Sie mir erlauben, sie für Sie füllen zu lassen?"

„Aber natürlich", ruft Krook entzückt. „Gewiß! Machen Sie keine Umstände! Lassen Sie sie hier nebenan füllen – in der ‚Sonne' – von des Lordkanzlers Vierzehnpence. Haha! Sie kennen mich da!" Er drängt Mr. Guppy die leere Flasche so angelegentlich auf, daß dieser, seinem Freund zunickend, den Auftrag annimmt, hinauseilt und alsbald mit der gefüllten Flasche wiederkommt. Der Alte nimmt sie wie ein geliebtes Enkelkind in die Arme und streichelt sie zärtlich.

„Aber!" flüstert er mit halbgeschlossenen Augen, nachdem er gekostet, „das ist ja nicht des Lordkanzlers Vierzehnpence. Das ist Achtzehnpence!"

„Ich dachte, der schmecke Ihnen besser", sagt Mr. Guppy.

„Sie sind ein Lord, Sir", entgegnet Krook und kostet noch einmal, und sein heißer Atem scheint sie wie eine Flamme anzuhauchen. „Sie sind ein Reichsbaron!"

Diesen günstigen Augenblick nutzend, stellt Mr. Guppy seinen Freund unter dem Namen Mr. Weevle vor, den ihm der Augenblick eingibt, und nennt den Zweck seines Besuches. Die Flasche unterm Arm mustert Krook, der über einen gewissen Punkt der Trunkenheit oder Nüchternheit nie hinauskommt, den vorgeschlagenen Mieter gründlich und scheint Gefallen an ihm zu finden.

„Sie wünschen sich das Zimmer anzusehen, junger Herr?" sagt er. „Oh! es ist ein schönes Zimmer. Ist geweißt worden. Und mit Seife und Soda gescheuert. Es ist die doppelte Miete wert, ganz abgesehen von meiner Gesellschaft, wenn Sie danach verlangen, und einer so guten Katze gegen die Mäuse."

Während er so das Zimmer empfiehlt, führt er sie die Treppe hinauf, wo sie es tatsächlich reinlicher finden als früher und wo jetzt auch einige alte Möbelstücke stehen, die er aus seinen unerschöpflichen Schätzen ausgegraben hat. Über die Bedingungen ist man bald einig, denn der Lordkanzler kann nicht ungefällig gegen Mr. Guppy sein, der mit Kenge und Carboy, Jarndyce gegen Jarndyce und anderen Größen auf seinem Fachgebiet auf vertrautem Fuß steht, und man kommt überein, daß Mr. Weevle morgen einziehen soll. Mr. Weevle und Mr. Guppy begeben sich dann nach Cook's Court, Cursitor Street, wo jener bei Mr. Snagsby vorgestellt und, was noch wichtiger ist, die Stimme und Fürsprache der Mrs. Snagsby gewonnen wird. Dann berichten sie dem ausgezeichneten Smallweed, der zu diesem Zweck mit seinem hohen Hut im Büro wartet, von ihren Fortschritten und scheiden voneinander, nachdem Mr. Guppy erklärt hat, er hätte gern das kleine Fest damit gekrönt, daß er sie ins Theater führte, aber es gebe Saiten im menschlichen Herzen, die das zum reinen Hohn machten.

Am nächsten Tag in der Abenddämmerung findet sich Mr. Weevle bescheiden bei Krook ein, ganz unbeschwert von Gepäck, und nimmt von seiner neuen Wohnung Besitz, wo die beiden Augen in den Fensterläden ihn im Schlaf anstarren, als ob sie sich wunderten. Tags darauf borgt sich Mr. Weevle, der ein gewandter, nichtsnutziger Bursche ist, von Miss Flite Nadel und Faden und von seinem Wirt einen Hammer und geht ans Werk, Ersatz für Fenstervorhänge und Fenstersimse zu verfertigen. Dann hängt er seine beiden Teetassen, seinen Milchtopf und verschiedene Steingutsachen an ein paar kleinen Haken auf, wie sich ein Schiffbrüchiger behilft.

Aber was Mr. Weevle von seinen paar Besitzungen am höchsten schätzt – nächst seinem blonden Backenbart, für den er eine Zärtlichkeit fühlt, wie sie nur ein Backenbart in einer männlichen Brust erwecken kann –, ist eine erlesene Sammlung von Kupferstichen jenes echt nationalen Werkes: „Die Göttinnen Albions, oder Prachtgalerie britischer Schönheit", das Damen der Gesellschaft und der Modewelt in jeder Art gezierten Lächelns darstellt, die Kunst und Geld vereint hervorbringen können. Mit diesen prachtvollen Porträts, die während seines Exils unter den Gemüsegärten unwürdig genug in einer Pappschachtel ruhten, verziert er sein Zimmer; und da die Prachtgalerie britischer Schönheit jede mögliche Art Phantasiekleidung trägt, jede mögliche Art Instrument spielt, jede mögliche Art Hund streichelt, jede mögliche Art Landschaft betrachtet und jede mögliche Art Blumentöpfe und Balustraden um sich hat, so ist die Wirkung recht imposant.

Aber die Mode ist Mr. Weevles Schwäche, wie sie Tony Joblings Schwäche war. Sich abends die gestrige Zeitung aus der „Sonne" zu borgen und zu lesen, was für glänzende und ausgezeichnete Meteore in jeder Richtung über den Modehimmel schießen, ist für ihn unsagbar tröstlich. Zu wissen, welches Mitglied welches glänzenden und ausgezeichneten Kreises die glänzende und ausgezeichnete Tat vollbracht hat, sich ihm gestern anzuschließen, oder die nicht minder glänzende und ausgezeichnete Tat plant, ihn morgen zu verlassen, gibt ihm einen freudigen Stich. Unterrichtet zu sein, was die Prachtgalerie britischer Schönheit tut und zu tun beabsichtigt, welche Heiraten dort besprochen werden und welche Gerüchte dort umgehen, das heißt: die glorreichsten Bestimmungen des Menschengeschlechts kennenlernen. Mr. Weevle wendet sein Auge von diesen Nachrichten auf die Galerieporträts, von denen berichtet wird, und es ist ihm, als kenne er die Originale und die Originale kennten ihn.

Übrigens ist er ein ruhiger Mieter, reich an kleinen Kunstgriffen und Hilfsquellen, wie schon erwähnt; er kann für sich kochen, waschen und zimmern und entwickelt gesellige Neigungen, sobald sich die abendlichen Schatten über den Hof senken. Wenn ihn dann nicht Mr. Guppy besucht oder dessen Ebenbild, ein kleines Licht, das sich in einem dunklen Hut verliert, so verläßt er zu dieser Zeit sein düsteres Zimmer, wo er das große, mit einem Tintenregen bespritzte Pult geerbt hat, und spricht mit Krook oder unterhält sich „ungeniert", wie sie es im Hof lobend nennen, mit jedem, der zur Unterhaltung aufgelegt ist. Weshalb sich Mrs. Piper, die im Hof den Ton angibt, veranlaßt sieht, Mrs. Perkins gegenüber zwei Bemerkungen zu machen: erstlich, wenn ihr Jonny soweit sei, einen Backenbart zu bekommen, so wünsche sie, daß er ganz dem des jungen Mannes gleiche; zweitens: „Merken Sie sich meine Rede, Mrs. Perkins, und wundern Sie sich bei Gott nicht, wenn der junge Mann zuletzt des alten Krook ganzes Geld erbt!"

21. KAPITEL

Familie Smallweed

In einer ziemlich häßlichen, übel duftenden Gegend – obgleich eine ihrer Erhebungen Mount Pleasant heißt – verbringt der Kobold Smallweed, getauft Bartholomew, aber am häuslichen Herd Bart genannt, jenen beschränkten Teil seiner Zeit, den ihm das Büro, und was daran hängt, übrigläßt. Er wohnt in einer kleinen, schmalen Straße, die immer einsam, schattig und traurig, von allen Seiten dicht ummauert ist wie ein Grab, in der sich aber immer noch der Stumpf eines alten Waldbaumes hält, dessen Duft fast so frisch und natürlich ist wie Smallweeds Anstrich von Jugend.

Seit mehreren Generationen hat es in der Familie Smallweed nur ein einziges Kind gegeben. Kleine, alte Männer und Frauen sind vorgekommen, aber kein Kind, bis Mr. Smallweeds Großmutter, die jetzt noch lebt, schwachsinnig und dadurch – das erstemal – zum Kind geworden ist. Mit so kindlichen Eigenschaften wie einem gänzlichen Mangel an Beobachtungsgabe, Gedächtnis, Verstand und Teilnahme und einer ewigen Neigung, über dem Feuer einzuschlafen und hineinzufallen, hat Mr. Smallweeds Großmutter unzweifelhaft Heiterkeit in die Familie gebracht.

Mr. Smallweeds Großvater paßt ganz in die Familie. Sein Unterkörper ist ganz, sein Oberkörper fast ganz gelähmt, aber der Geist hat seine alte Kraft behalten. Er kennt so gut wie früher die vier Grundformen der Arithmetik und eine kleine Auswahl der allergreifbarsten Tatsachen. Mit Idealismus, Ehrfurcht, Bewunderung und anderen phrenologischen Zutaten dieser Art steht es bei ihm nicht schlimmer als von jeher. Alles, wozu Mr. Smallweeds Großvater seinen Geist entwickelt hat, war von Haus aus eine Larve und blieb eine Larve. Einen Schmetterling hat er nicht hervorgebracht.

Der Vater dieses angenehmen Großvaters aus der Nachbarschaft von Mount Pleasant war eine hornhäutige, zweibeinige, geldgierige Art Spinne, die ihre Netze wob, um unvorsichtige Fliegen zu fangen, und sich in dunkle Löcher zurückzog, bis sie sich fingen. Der Gott dieses alten Heiden hieß Zinseszins. Er lebte für ihn, heiratete ihn, starb an ihm. Weil ihn in einem ehrlichen, kleinen Unternehmen, bei dem aller Verlust der anderen Seite zugedacht war, ein schwerer Verlust traf, brach etwas in ihm – etwas für ihn Lebensnotwendiges, also kann es nicht sein Herz gewesen sein –, und er starb. Da sein Ruf nicht gut war und er in einer Armenschule einen vollständigen Kursus in Frage und Antwort über die alten Völker der Amoriter und Hethiter durchgemacht hatte, so buchte man ihn häufig als Beispiel der schlimmen Folgen der Erziehung.

Sein Geist pflanzte sich in seinem Sohne fort, dem er stets gepredigt hatte, sich frühzeitig selbständig zu machen, und den er schon mit zwölf Jahren bei einem wucherischen Geldverleiher in die Lehre tat. Hier bildete der junge Mann seinen Geist, der von Natur aus knickerig und engherzig war, und entwickelte die Familienanlagen so gründlich, daß er allmählich ins Wechselgeschäft aufstieg. Da er sich früh selbständig machte und spät heiratete, wie sein Vater vor ihm, so zeugte er ebenfalls einen knickerig und engherzig veranlagten Sohn, der sich auch seinerseits früh selbständig machte und spät heiratete und Vater des Zwillingpaares Bartholomew und Judith Smallweed wurde. Während der ganzen Zeit des langsamen Wachstums dieses Stammbaums hatte das Haus Smallweed, stets früh selbständig und spät verheiratet, seine praktische Art gestärkt, allen Vergnügungen entsagt, alle Geschichtenbücher, Märchen, Romane und Fabeln verachtet und alle Spielereien verdammt. Die Folge war die wohltuende Tatsache, daß dem Haus kein Kind geboren wurde und daß die vollkommenen kleinen Männer und Frauen, die es hervorbrachte, alten Affen glichen mit etwas Niederdrückendem auf ihrem Gemüt.

In der dunklen, kleinen Stube, einige Fuß tiefer als die Straße – einer lieblosen, strengen, unguten Stube, die nur mit dem gröbsten aller Tischtücher und dem härtesten aller blechernen Teebretter ausgestattet ist und in dieser seiner Verfassung kein schlechtes Sinnbild von Großvater Smallweeds Seele ist –, sitzen augenblicklich in zwei schwarzen Roßhaarlehnstühlen zu beiden Seiten des Kamins die steinalten Mr. und Mrs. Smallweed und verbringen hier die rosigen Stunden. Auf der Feuerstelle stehen ein paar Dreifüße für die Töpfe und Kessel, die zu bewachen Großvater Smallweeds gewöhnliche Beschäftigung ist, und zwischen ihnen ragt vom Kaminsims eine Art Messinggalgen herab, an dem gebraten wird, und den der Großvater ebenfalls beaufsichtigt, wenn er benutzt wird. Unter des ehrwürdigen Mr. Smallweed Sessel, bewacht von seinen spindeldürren Beinen, ist eine Schublade angebracht, die der Sage nach ein fabelhaftes

Vermögen enthält. Neben ihm liegt ein dünnes Kissen, das er immer zur Hand haben muß, um es der ehrwürdigen Gefährtin seines ehrwürdigen Alters an den Kopf werfen zu können, wenn sie auf Geld anspielt – ein Thema, bei dem er besonders empfindlich ist.

„Und wo ist Bart?" fragt Großvater Smallweed Judy, Barts Zwillingsschwester.

„Er ist noch nicht da", sagt Judy.

„Es ist seine Teezeit, nicht wahr?"

„Nein!"

„Wieviel fehlt noch daran?"

„Zehn Minuten."

„He?"

„Zehn Minuten", schreit Judy.

„Ho", sagt Großvater Smallweed. „Zehn Minuten!"

Großmutter Smallweed, die sich mümmelnd und kopfwackelnd den Dreifüßen zugeneigt hat, hört Zahlen nennen, bringt sie mit Geld in Verbindung und kreischt wie ein häßlicher, alter Papagei ohne Federn: „Zehn Zehnpfundnoten!"

Großvater Smallweed wirft ihr sofort das Kissen an den Kopf.

„Zum Henker! Sei ruhig!" sagt der gute Alte.

Die Wirkung dieser Wurfübung ist zweifach. Sie drückt nicht nur Mrs. Smallweeds Kopf in die Ecke ihres Lehnstuhls und hinterläßt ihre Mütze in einem höchst ungehörigen Zustand, wenn die Enkelin die Alte wieder befreit hat, sondern die unvermeidliche Anstrengung wirft auch Mr. Smallweed selbst in seinen Lehnstuhl zurück wie eine zerbrochene Puppe. Der treffliche alte Herr ist in solchen Augenblicken ein bloßes Kleiderbündel mit einem schwarzen Käppi obendrauf und sieht nicht sehr lebendig aus, bis ihn die Enkelin schüttelt wie eine große Flasche und dann pufft und klopft wie ein großes Polster. Da sich durch diese Behandlung bei ihm wieder eine Andeutung von Hals entwickelt, so sitzen er und die Gefährtin seines Lebensabends in ihren zwei Lehnstühlen einander gegenüber wie ein paar Schildwachen, die auf ihrem Posten vergessen worden sind vom schwarzen Sergeanten, dem Tod.

Die Zwillingsschwester Judy ist eine würdige Gesellschafterin der beiden. Sie ist so unzweifelhaft des jüngeren Mr. Smallweed Schwester, daß beide zusammengeknetet kaum einen jungen Menschen von Durchschnittsgröße ergäben, dagegen veranschaulicht sie so glücklich die obenerwähnte Familienähnlichkeit mit dem Affengeschlecht, daß sie droben auf der Hochebene, mit einer Tressenjacke und Mütze aufgeputzt, ruhig auf der Drehorgel hätte herumspazieren können, ohne als ungewöhnliches Exemplar besonders aufzufallen. Gegenwärtig jedoch trägt sie einen einfachen, knappen Rock von braunem Stoff.

Judy hat nie eine Puppe besessen, nie von Aschenbrödel gehört, nie ein Spiel gespielt. Als sie ungefähr zehn Jahre alt war, kam sie ein- oder zweimal in Kindergesellschaft, aber die Kinder konnten nicht mit Judy und Judy konnte nicht mit den Kindern auskommen. Sie schien einem Tier von anderer Gattung zu gleichen, und instinktiver Widerwille herrschte auf beiden Seiten. Es ist sehr zweifelhaft, ob Judy lachen kann. Sie hat es so selten gesehen, daß die Wahrscheinlichkeit sehr dagegen spricht. Von etwas wie jugendlichem Lachen kann sie gewiß keine Vorstellung haben. Wenn sie zu lachen versuchte, stünden ihr wahrscheinlich die Zähne im Weg, denn sie ahmt diese Gesichtsbewegung wie all ihre anderen Ausdrucksformen unwillkürlich dem hohen Alter nach. So steht es um Judy.

Ihr Zwillingsbruder aber hätte ums Leben keinen Kreisel in Schwung setzen können. Vom Däumling, der den Riesen totschlug, oder von Sindbad dem Seefahrer weiß er nicht mehr als von den Bewohnern der Sterne. Bockspringen oder Ballspielen kann er sowenig wie sich in einen Bock oder Ball verwandeln. Aber er ist insofern glücklicher als seine Schwester, als er aus seiner engen Tatsachenwelt einen Ausblick auf die weiteren Regionen gefunden hat, die im Gesichtskreis Mr. Guppys liegen. Deshalb bewundert er diesen glänzenden Zauberer und ahmt ihn nach.

Mit einem Lärm wie ein Gongschlag setzt Judy eines der blechernen Teebretter auf den Tisch und verteilt Ober- und Untertassen. Das Brot legt sie in ein eisernes Körbchen und die Butter – wenig genug – auf einen kleinen Zinnteller. Großvater Smallweed sieht argwöhnisch zu, wie der Tee eingeschenkt wird, und fragt Judy, wo das Mädchen sei.

„Charley, meinst du?" fragt Judy.

„He?" fragt Großvater Smallweed.

„Charley, meinst du?"

Bei Großmutter Smallweed, die wie gewöhnlich die Dreifüße angrinst, löst das eine Feder aus, daß sie ausruft: „Überm Wasser! Charley überm Wasser! Charley überm Wasser! Übers Wasser zu Charley!" Dabei wird sie ganz lebhaft. Der Großvater sieht sich nach dem Kissen um, hat sich aber von seiner letzten Anstrengung noch nicht genug erholt.

„Ha!" sagt er, als sie still ist, „wenn sie so heißt. Sie ißt viel. Es wäre besser, ihr Kostgeld zu geben."

Mit dem schlauen Augenzwinkern ihres Bruders schüttelt Judy den Kopf und spitzt ihre Lippen zu einem Nein, ohne es auszusprechen.

„Nein?" wiederholt der Alte. „Warum nicht?"

„Wir müßten ihr sechs Pence täglich geben; das können wir billiger haben", sagt Judy.

„Gewiß?"

Judy antwortet mit einem vielsagenden Nicken und ruft, während sie mit jeglicher Vorbeugung gegen Verschwendung die Butter aufs Brot kratzt und es dann in Scheiben schneidet: „Charley, wo bist du?" Dem Ruf schüchtern gehorsam, erscheint ein kleines Mädchen in grober Schürze und breitem Hut, die Arme mit Seifenschaum bedeckt und in einer Hand eine Scheuerbürste haltend, und macht einen Knicks.

„Was machst du jetzt?" fragt Judy und schnappt nach ihr wie eine recht alte, garstige Hexe.

„Ich scheuere das hintere Zimmer oben, Miss", antwortet Charley.

„Mach es ordentlich und trödle nicht herum. Sich drücken gibt's bei mir nicht. Mach rasch! Fort!" ruft Judy und stampft auf den Boden. „Ihr Mädchen macht doppelt soviel Ungelegenheiten, wie ihr wert seid."

Als sich die strenge Matrone wieder daran macht, die Butter aufs Brot zu kratzen und dieses zu zerschneiden, fällt auf sie der Schatten ihres Bruders, der zum Fenster hereinsieht. Brotlaib und Messer in der Hand, öffnet sie ihm die Haustür.

„Ja, ja, Bart!" sagt Großvater Smallweed. „Da bist du ja!"

„Da bin ich", sagt Bart.

„Wieder mit deinem Freund zusammen gewesen, Bart?"

Bart nickt.

„Auf seine Kosten zu Mittag gegessen, Bart?"

Bart nickt wieder.

„Das ist recht. Lebe auf seine Kosten, soviel du kannst, und laß dich durch sein törichtes Beispiel warnen. Das ist der Nutzen eines solchen Freundes. Der einzige Nutzen, den du aus ihm ziehen kannst", sagt der ehrwürdige Weise.

Ohne diesen guten Rat so unterwürfig aufzunehmen, wie er's könnte, beehrt ihn sein Enkel doch mit soviel Billigung, wie in einem leichten Augenwink und einem Nicken liegt, und nimmt einen Stuhl am Teetisch ein. Die vier alten Gesichter schweben nun über Teetassen wie eine Gesellschaft bleicher Cherubim. Mrs. Smallweed zuckt beständig mit dem Kopf und liebäugelt mit den Dreifüßen, während Mr. Smallweed wiederholt aufgeschüttelt werden will wie eine große Flasche mit schwarzem Gebräu.

„Ja, ja", sagt der alte Herr, indem er seine Vorlesung über Lebensweisheiten wieder aufnimmt, „diesen Rat hätte dir auch dein Vater gegeben. Du hast ihn nie gesehen. Das ist sehr schade. Er war ganz mein Sohn." Ob er damit sagen will, er habe deshalb besonders liebenswürdig ausgesehen, bleibt ungeklärt.

„Er war ganz mein Sohn", wiederholt der alte Herr, indem er die Hände mit dem Butterbrot über dem Knie faltet; „ein guter Rechner; und starb vor fünfzehn Jahren."

Von ihrem gewöhnlichen Instinkt getrieben, ruft Mrs. Smallweed: „Fünfzehnhundert Pfund! Fünfzehnhundert Pfund in einem schwarzen Kasten! Fünfzehnhundert Pfund unter Schloß und Riegel! Fünfzehnhundert Pfund verschlossen und versteckt!" Ihr würdiger Gatte legt sein Butterbrot hin und wirft sofort das Kissen nach ihr, quetscht sie dadurch in die Ecke ihres Stuhls und sinkt selbst überwältigt in seinen Stuhl zurück. Sein Aussehen, wenn er an Mrs. Smallweed eine dieser Zurechtweisungen vollzogen hat, ist besonders eindrucksvoll und nicht sehr gewinnend: erstlich weil die Anstrengung meist sein schwarzes Käppchen über das eine Auge schiebt und ihm eine Miene koboldartiger Flottheit gibt, zweitens, weil er heftige Verwünschungen gegen Mrs. Smallweed ausstößt, und drittens, weil der Gegensatz zwischen diesen kräftigen Ausdrücken und seiner entkräfteten Gestalt an einen giftigen alten Bösewicht erinnert, der recht schlimm wäre, wenn er könnte. Das alles aber ist im Familienkreise der Smallweeds so gewöhnlich, daß es keinen Eindruck hervorbringt. Der alte Herr wird nur geschüttelt und aufgeklopft, das Kissen wird wieder an seinen gewöhnlichen Platz neben ihm gelegt, und die alte Dame, der man die Mütze vielleicht zurechtgesetzt hat, vielleicht auch nicht, wird in ihrem Stuhl wieder aufgerichtet, um bei nächster Gelegenheit wieder umgeworfen zu werden wie ein Kegelspiel.

Diesmal vergeht einige Zeit, bevor sich der alte Herr so weit beruhigt hat, um seine Rede fortzusetzen; und selbst dann durchsetzt er sie mit verschiedenen erbaulichen Zurufen an die

Gefährtin seines Lebens, die das nicht auffaßt, weil sie mit nichts auf Erden verkehrt als mit den Dreifüßen. So ungefähr: „Wenn dein Vater, Bart, länger gelebt hätte, so hätte er sehr reich werden können – du höllisches Plappermaul – aber gerade als er anfing, das Gebäude aufzurichten, zu dem er viele Jahre lang den Grund gelegt hatte – du verwünschte Elster, du Dohle, du Papagei, was meinst du – erkrankte er und starb an einem Zehrfieber, denn er war immer ein sparsamer und spärlicher Mann voller Geschäftssorgen – ich möchte dir eine Katze an den Kopf werfen statt eines Kissens, und ich tu es auch, wenn du ein so verdammter Narr bist –! Und deine Mutter, die eine verständige Frau war, so dürr wie ein Hobelspan, schwand hin wie Zunder, als sie dich und Judy geboren hatte. – Du bist ein altes Schwein. Ein dummes Höllenschwein. Du bist ein Schweinskopf!"

Judy, gleichgültig gegen das, was sie schon so oft gehört hat, gießt vom Boden der Ober- und Untertassen und der Teekanne verschiedene Nebenflüsse Tee in eine Schale zusammen zum Abendbrot der kleinen Scheuerfrau. Ebenso sammelt sie in dem eisernen Brotkorb so viele Rinden und Rändchen Brot, wie die strenge Sparsamkeit des Hauses übriggelassen hat.

„Aber dein Vater und ich waren Geschäftspartner, Bart", sagt der alte Herr; „und nach meinem Tod bekommst du und Judy alles. Es ist ein großes Glück für euch, daß ihr zeitig in die Lehre gegangen seid – Judy beim Blumenfabrikanten und du beim Advokaten. Ihr braucht das Geld nicht anzugreifen. Ihr verdient euren Lebensunterhalt auch so und spart noch mehr dazu. Wenn ich tot bin, geht Judy wieder ins Blumengeschäft, und du bleibst beim Anwalt."

Aus Judys Aussehen könnte man schließen, daß sie sich eher mit den Dornen als mit den Blumen beschäftigt habe; sie ist aber in die Geheimnisse der Herstellung künstlicher Blumen eingeweiht worden. Ein scharfer Beobachter hätte vielleicht, als ihr ehrwürdiger Großvater von seinem Tod sprach, in ihrem wie in ihres Bruders Auge ein wenig ungeduldige Neugier entdeckt, wann er wohl sterbe, und die grollende Überzeugung, daß es hohe Zeit sei.

„Nun, wenn alle fertig sind", sagt Judy, die ihre Vorbereitungen beendet hat, „so will ich das Mädchen zum Tee hereinholen. Sie würde nie fertig, wenn ich ihr den Tee draußen in der Küche gäbe."

Charley wird also hereingerufen und setzt sich unter einem

heftigen Kreuzfeuer von Blicken zu ihrer Schale Tee und einer druidischen Ruine von Brot und Butter hin. In der tätigen Beaufsichtigung dieses kleinen Mädchens scheint Judy Smallweed ein wahrhaft geologisches Alter zu erreichen und aus den entferntesten Perioden herzustammen. Ihre systematische Gewohnheit, mit oder ohne Anlaß über die Kleine herzufallen und sie auszuschelten, ist bewundernswert: sie zeigt eine Fertigkeit in der Dienstbotenmißhandlung, wie sie die ältesten Herrschaften nur selten erreichen.

„Nun, glotze nicht den ganzen Nachmittag in der Stube herum!" ruft Judy, schüttelt den Kopf und stampft mit dem Fuß, als sie zufällig den Blick ertappt, der soeben die Tiefe des Tees zu ergründen versucht hat, „sondern iß dein Abendbrot und geh wieder an die Arbeit."

„Ja, Miss", sagt Charley.

„Sag nicht ja", entgegnet Miss Smallweed, „denn ich weiß, wie ihr Mädchen seid. Tu es, ohne es zu sagen, dann fange ich vielleicht an, dir zu glauben."

Charley nimmt einen großen Schluck Tee, zum Zeichen der Unterwürfigkeit, und zerteilt die druidischen Ruinen so sehr, daß ihr Miss Smallweed verbietet, wählerisch zu sein, was „bei euch Mädchen", wie sie sagt, empörend ist. Es fiele Charley wahrscheinlich noch schwerer, ihren Ansichten über die Mädchen im allgemeinen zu entsprechen, wenn es nicht gerade an die Haustür geklopft hätte.

„Sieh nach, wer es ist, und kaue nicht, während du aufmachst!" ruft Judy.

Während sich der Gegenstand ihrer Aufmerksamkeit zu diesem Zweck entfernt, benutzt Miss Smallweed die Gelegenheit, um den Überrest an Butterbrot zusammenzuschieben und zwei oder drei schmutzige Teetassen in Charleys fast leere Teeschale zu legen, zum Zeichen, daß sie Essen und Trinken als beendet ansehe.

„Nun, wer ist's und was will er?" sagt Judy giftig.

Es ist ein „Mr. George", scheint es. Ohne weitere Anmeldung oder Zeremonie tritt Mr. George ein.

„Hui!" sagt Mr. George, „'s ist heiß hier. Immer ein Feuer, he? Na, vielleicht tut ihr gut, euch daran zu gewöhnen." Diese letzte Bemerkung macht Mr. George für sich, während er Großvater Smallweed zunickt.

„Ho! Sie sind's!" ruft der alte Herr. „Wie geht's, wie steht's?"

„Soso", entgegnet Mr. George und nimmt einen Stuhl. „Ich

habe schon früher die Ehre gehabt, Ihre Enkelin zu sehen; Ihr Diener, Miss."

„Das ist mein Enkel", sagt Großvater Smallweed. „Sie kennen ihn noch nicht. Er ist bei einem Advokaten und nicht viel zu Hause."

„Auch Ihnen meinen ergebenen Diener! Er sieht seiner Schwester ähnlich. Er sieht seiner Schwester sehr ähnlich. Er sicht seiner Schwester verteufelt ähnlich", sagt Mr. George und legt einen starken, nicht ganz höflichen Nachdruck auf das letzte Beiwort.

„Und wie geht die Welt mit Ihnen um, Mr. George?" fragt Großvater Smallweed und reibt sich langsam die Schenkel.

„Ziemlich wie sonst. Wie mit einem Fußball."

Er ist ein sonnverbrannter Mann von etwa fünfzig Jahren, gut gebaut und mit hübschem Gesicht; mit schwarzem Kraushaar, hellen Augen und breiter Brust. Seine sehnigen, kräftigen Fäuste, so sonnverbrannt wie sein Gesicht, sind offenbar an ziemlich rauhe Arbeit gewöhnt. Seltsam an ihm ist, daß er vorn auf der Stuhlkante sitzt, als ob er aus langer Gewohnheit Raum ließe für ein Kleidungs- oder Ausrüstungsstück, das er abgelegt hat. Auch sein Schritt ist gemessen und wuchtig und würde gut zu einem schweren Sporenklirren passen. Er ist jetzt glatt rasiert, aber der Mund verzieht sich, als ob die Oberlippe jahrelang an einen großen Schnurrbart gewöhnt gewesen wäre, und die Art, wie er manchmal mit der breiten, braunen Handfläche darüberstreicht, erweckt ebenfalls diesen Eindruck. Im ganzen würde man vermuten, Mr. George sei einmal Dragoner gewesen.

Zur Smallweedfamilie bildet Mr. George einen ganz besonderen Gegensatz. Noch nie war ein Kavallerist in einem Haushalt einquartiert, in den er weniger gepaßt hätte. Er verhält sich zu seinen Wirten wie ein Schlachtschwert zu einem Austernmesser. Seine entwickelte Gestalt und ihre verkümmerten Formen, sein großartiges Wesen, das jeden noch so großen Raum ausfüllt, und ihre kleinliche, enge, verklemmte Art, seine schallende Stimme und ihre spitzen, scharfen Töne stehen im stärksten, seltsamsten Gegensatz. Als er in der Mitte des grämlichen Zimmers sitzt, ein wenig vorgebeugt, die Hände auf die Schenkel gestützt und die Ellbogen auswärts gekehrt, sieht er aus, als könnte er, wenn er lange hierbliebe, die ganze Familie und das ganze Haus mit seinen vier Zimmern samt der Küche und allem in sich aufsaugen.

„Reibt ihr eure Beine, um Leben hineinzubringen?" fragt er Großvater Smallweed, nachdem er sich im Zimmer umgesehen hat.

„'s ist halb Gewohnheit, Mr. George, und – ja – es unterstützt auch die Zirkulation", entgegnet er.

„Die Zirkulation!" wiederholt Mr. George, kreuzt die Arme über der Brust und wird scheinbar zweimal so groß. „Davon kann nicht viel mehr vorhanden sein, sollte ich meinen."

„Allerdings, ich bin alt, Mr. George", sagt Großvater Smallweed. „Aber ich habe noch Kräfte genug für meine Jahre. Ich bin älter als sie", sagt er mit einer Kopfbewegung auf seine Frau zu, „und sehen Sie, in welchem Zustand sie ist! Du verwünschtes Plappermaul", ruft er in einem plötzlichen Rückfall in seine frühere Feindseligkeit.

„Die arme, alte Seele", sagt Mr. George und wendet den Kopf in ihre Richtung. „Schelten Sie die Alte nicht. Sehen Sie nur, wie sie dasitzt, die Mütze halb von dem armen Kopf gefallen und in den Stuhl fast hineingesunken. Nur munter, Ma'am! So ist's besser. Da wären wir wieder! Denken Sie an Ihre Mutter, Mr. Smallweed", sagt Mr. George, der ihr unterdessen geholfen hat und jetzt wieder auf seinen Platz zurückkehrt, „wenn Ihnen Ihre Frau nicht genügt!"

„Sie sind wahrscheinlich ein vortrefflicher Sohn gewesen, Mr. George", bemerkt der Alte mit höhnischem Lächeln.

Mr. Georges Gesicht rötet sich etwas, als er antwortet: „Nein. Das war ich nicht."

„Das wundert mich aber sehr."

„Mich auch. Ich hätte ein guter Sohn sein sollen, und ich glaube, ich wollte es auch sein. Aber ich war's nie. Ich war ein verteufelt schlechter Sohn, das ist die ganze Geschichte, und habe nie jemandem Ehre gemacht."

„Erstaunlich!" ruft der Alte.

„Je weniger wir jedoch davon sprechen, desto besser ist's", beginnt Mr. George von neuem. „Kommen Sie! Sie wissen, was wir ausgemacht haben. Stets eine Pfeife für die zwei Monate Zinsen! Bah! 's ist alles in Ordnung. Sie brauchen sich nicht zu fürchten, die Pfeife zu bestellen. Hier ist der neue Wechsel und hier die zwei Monate Zinsen, und dabei ist's verteufelt schwer, sie in meinem Geschäft zusammenzubringen."

Mr. George sitzt mit gekreuzten Armen da und zehrt die Familie und die Stube in sich auf, während Judy dem Großvater Smallweed zwei schwarze Lederfutterale aus einem verschlossenen Schreibtisch bringt; in eines legt er das eben erhaltene Dokument, aus dem anderen nimmt er ein ähnliches Dokument und übergibt es Mr. George, der es zu einem Fidibus zusammendreht. Da der Alte durch die Brille jeden Haar- und Grundstrich beider Dokumente besieht, ehe er sie aus ihrem ledernen Kerker erlöst, und da er das Geld dreimal durchzählt und sich von Judy jedes Wort, das sie sagt, mindestens zweimal wiederholen läßt und in seinem Sprechen und Tun so zitterig langsam ist, wie nur möglich, so dauert dieses Geschäft ziemlich lang. Erst als es ganz beendet ist, löst er seine gierigen Augen und Finger davon und beantwortet Mr. Georges letzte Bemerkung mit den Worten: „Fürchten, die Pfeife zu bestellen? So geldgierig sind wir nicht, Sir! Judy, besorg gleich die Pfeife und das Glas Branntwein und Wasser für Mr. George."

Die munteren Zwillinge, die die ganze Zeit über vor sich hingestarrt haben, außer als die schwarzen Lederfutterale ihre Aufmerksamkeit in Anspruch nahmen, entfernen sich miteinander; im allgemeinen verschmähen sie den Gast und überlassen ihn dem Alten, wie zwei junge Bären einen Reisenden dem väterlichen Bären überlassen.

„Ich glaube wirklich, so sitzen Sie den ganzen Tag da?" sagt Mr. George mit verschränkten Armen.

„Jawohl, jawohl", nickt der Alte.

„Und beschäftigen Sie sich gar nicht?"

„Ich sehe dem Feuer zu – und dem Kochen und Braten –"

„Wenn etwas gekocht und gebraten wird", sagt Mr. George mit großem Nachdruck.

„Jawohl, wenn etwas zu braten da ist."

„Lesen Sie nicht, oder lassen Sie sich nicht vorlesen?"

Der Alte schüttelt mit schlauem Frohlocken den Kopf. „Nein, nein! Unsere Familie hat sich nie aufs Lesen verlegt. Es kommt nichts dabei heraus. Unsinn. Faulenzerei. Narrheit. Nein, nein!"

„Zwischen euch beiden ist nicht viel Unterschied", sagt der Gast so leise, daß ihn der Alte nicht hören kann, und blickt zwischen ihm und der alten Frau hin und her. „Hören Sie!" fährt er lauter fort.

„Ich höre."

„Sie lassen mich wahrscheinlich zwangsversteigern, wenn ich einen Tag im Rückstand bleibe."

„Bester Freund!" ruft Großvater Smallweed und streckt beide

Hände aus, um ihn zu umarmen. „Nie, niemals, bester Freund! Aber mein Freund in der City, den ich bewogen habe, Ihnen das Geld zu leihen, der tät's vielleicht!"

„Oh! Sie können nicht für ihn stehen?" fragt Mr. George und beschließt die Frage mit den leiser gesprochenen Worten: „Du verlogener Schuft!"

„Bester Freund, auf den kann man sich nicht verlassen. Ich möchte ihm nicht trauen. Er will seinen Wechsel haben, bester Freund."

„Der Teufel mag daran zweifeln", sagt Mr. George. Da jetzt Charley mit einem Tablett eintritt, auf dem sich die Pfeife, ein kleines Paket Tabak und der Branntwein mit Wasser befinden, fragt er sie: „Wie kommst du hierher? Du hast nicht das Familiengesicht."

„Ich gehe auf Arbeit, Sir", antwortet Charley.

Der Kavallerist – wenn er einer ist oder war – nimmt ihr mit einem für eine so starke Hand leichten Griff den Hut ab und streichelt ihren Kopf. „Du gibst dem Haus fast ein gesundes Aussehen. Es braucht ein bißchen Jugend ebensosehr wie frische Luft." Dann entläßt er sie, zündet sich die Pfeife an und trinkt auf Mr. Smallweeds Freund in der City – diesen einzigen Aufschwung der Phantasie, den sich der geehrte alte Herr je geleistet hat.

„Sie meinen also, er könnte hart gegen mich sein?"

„Ich glaube es – ich fürchte es. Ich weiß, daß er es wohl schon zwanzigmal gewesen ist", sagt Mr. Smallweed unvorsichtigerweise.

Unvorsichtigerweise, weil seine gelähmte bessere Hälfte, die seit einiger Zeit über dem Feuer gedämmert hat, auf der Stelle aufwacht und schnattert: „Zwanzigtausend Pfund, zwanzigtausend Pfundnoten in einem Geldkasten. Zwanzig Guineen. Zwanzig Millionen, zwanzig Prozent. Zwanzig –" aber hier wird sie von dem fliegenden Kissen unterbrochen, das der Gast, dem dieses eigentümliche Verfahren neu zu sein scheint, von ihrem Gesicht wegreißt, als es sie, wie gewöhnlich, zusammendrückt.

„Du blödsinnige Kreatur. Du Skorpion – du Höllenskorpion! Du giftige Kröte. Du plappernde, schnatternde Besenstielhexe, die verbrannt werden sollte!" ächzt der Alte, tief in seinen Stuhl zurückgesunken. „Bester Freund, wollen Sie mich nicht ein wenig aufschütteln?"

Mr. George, der erst die eine, dann die andere Hälfte des

Paares angestarrt hat, als wäre er nicht bei Sinnen, faßt seinen ehrwürdigen Freund auf diese Bitte hin an der Kehle, zerrt ihn im Stuhl in die Höhe, als wäre er eine Puppe, und scheint sich zu besinnen, ob er nicht alle künftigen Möglichkeiten, Kissen zu schleudern, aus ihm heraus und ihn ins Grab schütteln soll. Dieser Versuchung widersteht er zwar, schüttelt ihn aber doch so heftig, daß ihm der Kopf wackelt wie einem Harlekin, setzt ihn derb in seinem Stuhl zurecht und schiebt ihm sein Käppchen mit einer Energie auf den Kopf, daß der Alte eine ganze Minute lang mit beiden Augen zwinkert.

„O Gott!" ächzt Mr. Smallweed. „Schon gut! Danke, bester Freund, 's ist schon gut. O Gott, ich bin ganz außer Atem. O Gott!" und Mr. Smallweed sagt das nicht ohne offenbare Furcht vor seinem besten Freund, der noch über ihn gebeugt steht und größer als je aussieht.

Die beunruhigende Gestalt sinkt jedoch allmählich wieder auf ihren Stuhl und raucht in langen Zügen, wobei sie sich mit dem philosophischen Gedanken tröstet: „Der Name deines Freundes in der City fängt mit T an, und du hast ganz recht mit dem Wechsel."

„Sagten Sie etwas, Mr. George?" fragt der Alte.

Der Kavallerist schüttelt den Kopf und fährt fort zu rauchen, indem er sich vorbeugt, den rechten Ellbogen auf das rechte Knie stützt und mit dieser Hand die Pfeife hält, während er die andere Hand auf dem linken Schenkel ruhen läßt und den linken Ellbogen martialisch auswärts kehrt. Unterdessen betrachtet er Mr. Smallweed mit ernster Aufmerksamkeit und zerteilt dann und wann die Rauchwolke mit der Hand, um ihn deutlicher zu sehen.

„Ich vermute", sagt er und verändert seine Stellung gerade so viel und so wenig, um das Glas mit einer vollen, runden Bewegung an die Lippen bringen zu können, „daß ich der einzige unter den Lebenden – und vielleicht auch unter den Toten – bin, der aus Ihnen den Wert einer Pfeife Tabak herausbringt."

„Freilich sehe ich keine Gesellschaft bei mir, Mr. George, und bewirte niemanden", entgegnet der Alte. „Ich kann es nicht. Aber da Sie mir in Ihrer lustigen Art Ihre Pfeife zur Bedingung machten –"

„Oh, es ist mir nicht um den Wert zu tun; damit hat es nicht viel auf sich. Es war so ein Einfall, aus Ihnen etwas herauszubringen. Ich wollte etwas für mein Geld haben."

„Ha! Sie sind klug, klug, Sir!" ruft Großvater Smallweed und reibt sich die Schenkel.

„Sehr klug. War's immer." Paff. „Ein sicheres Zeichen meiner Klugheit ist es, daß ich überhaupt den Weg hierher gefunden habe." Paff. „Auch, daß ich's zu dem gebracht habe, was ich jetzt bin." Paff. „Ich bin als kluger Mann bekannt", sagt Mr. George, indem er ruhig weiterraucht. „Ich habe es auf diese Weise im Leben zu etwas gebracht."

„Lassen Sie den Mut nicht sinken, Sir. Es kann noch alles gut werden." Mr. George lacht und trinkt.

„Haben Sie keine Verwandten", fragt Großvater Smallweed mit einem Funkeln in den Augen, „die das kleine Kapital abzahlen oder einen oder zwei gute Namen hergäben, so daß ich meinen Freund in der City bewegen könnte, Ihnen einen neuen Vorschuß zu gewähren? Zwei gute Namen genügen meinem Freund in der City. Haben Sie keine solchen Verwandten, Mr. George?"

Mr. George, der immer noch ruhig fortraucht, antwortet: „Wenn ich solche hätte, würde ich sie nicht bemühen. Ich habe seinerzeit den Meinigen Sorge genug gemacht. Es mag eine gute Art Buße für einen Vagabunden sein, der die beste Zeit seines Lebens vergeudet hat, zu anständigen Leuten zurückzukehren, denen er nie Ehre gemacht hat, um sich von ihnen erhalten zu lassen; aber es ist nicht meine Art. Die beste Art Buße fürs Fortlaufen ist meiner Ansicht nach das Fortbleiben."

„Aber natürliche Zuneigung, Mr. George", bemerkt Großvater Smallweed.

„Zu zwei guten Namen, he?" sagt Mr. George, schüttelt den Kopf und raucht immer noch ruhig weiter. „Nein! Auch das ist nicht meine Art."

Seit er das letztemal aufgerichtet wurde, ist Großvater Smallweed allmählich in seinem Stuhl zusammengesunken und ist jetzt ein Bündel Kleider mit einer Stimme darin, die nach Judy ruft. Als diese Houri erscheint, schüttelt sie ihn in der gewöhnlichen Weise und erhält von dem alten Herren den Befehl, bei ihm zu bleiben. Denn er scheint keine Lust zu haben, seinem Gast die Mühe zu machen, seine vorigen Aufmerksamkeiten zu wiederholen.

„Ha!" bemerkt er, als er wieder in Ordnung ist. „Wenn Sie den Kapitän hätten aufspüren können, Mr. George, so hätten Sie Ihr Glück machen können. Als Sie infolge unserer Zeitungsanzeigen zuerst zu uns kamen – wenn ich sage ‚unserer', so denke ich an die Anzeigen meines Freundes in der City und eines oder zwei anderer, die ihr Kapital auf dieselbe Weise anlegen und so freundlich sind, mich zuweilen auch eine Kleinigkeit verdienen zu lassen –, wenn Sie uns damals hätten helfen können, so hätten Sie Ihr Glück gemacht."

„Ich hätte gern mein Glück gemacht, wie Sie das nennen", sagt Mr. George, raucht aber nicht mehr so ruhig wie vorher; denn seit dem Eintritt Judys ist er einigermaßen befangen durch einen Zauber, freilich keinen der Bewunderung, der ihn zwingt, sie anzusehen, wie sie neben ihres Großvaters Stuhl steht; „aber im ganzen bin ich froh, daß es nicht geschehen ist."

„Warum, Mr. George? Beim höllischen Schwefel, warum?" sagt Großvater Smallweed mit offenbarer Gereiztheit. Der höllische Schwefel ist ihm wohl beim Blick auf die schlummernde Mrs. Smallweed eingefallen.

„Aus zwei Gründen, Kamerad."

„Was für zwei Gründen, Mr. George? Im Namen –"

„Unseres Freundes in der City?" meint Mr. George und trinkt ruhig.

„Nun ja, wenn Sie wollen. Aus was für zwei Gründen?"

„Erstens", entgegnet Mr. George, sieht aber immer noch Judy an, als wäre es bei ihrem Alter und ihrer Ähnlichkeit mit dem Großvater gleichgültig, wen er anrede, „weil ihr Herren mich hintergingt. Ihr habt in die Zeitung gesetzt, daß Mr. Hawdon – oder Kapitän Hawdon, wenn ihr wollt, denn einmal Kapitän, immer Kapitän – etwas für ihn Vorteilhaftes hören könne."

„Nun?" wirft der Alte schrill und scharf ein.

„Nun ja!" sagt Mr. George und raucht weiter, „es wäre für ihn wohl nicht sehr vorteilhaft gewesen, sich von sämtlichen Wechseljuden Londons in Haft nehmen zu lassen."

„Warum hätte das geschehen sollen? Einige seiner reichen Verwandten hätten seine Schulden bezahlen oder einen Vergleich schließen können. Außerdem hatte er uns hintergangen. Er schuldet uns allen ungeheure Summen. Ich hätte ihn lieber erwürgt, als daß er nicht zurückkam. Wenn ich hier sitze und an ihn denke", krächzt der Alte und hält seine kraftlosen zehn Finger empor, „so möchte ich ihn jetzt noch erwürgen!" Und in einem plötzlichen Wutanfall wirft er das Kissen nach der ganz friedlichen Mrs. Smallweed, trifft sie aber diesmal nicht.

„Man braucht mir nicht zu sagen", erwidert der Kavallerist, indem er die Pfeife einen Augenblick aus dem Mund nimmt und den Blick wieder von dem fliegenden Kissen auf den fast ausgebrannten Pfeifenkopf senkt, „daß er es arg getrieben hat und ins Verderben rannte. Ich bin manchen Tag an seiner Seite gewesen, wenn er in gestrecktem Galopp aufs Verderben losritt. Ich war bei ihm in Gesundheit und Krankheit, in Reichtum und Armut. Diese Hand hat ihn gehalten, als er alles vertan hatte und alles um ihn zusammenbrach und er sich eine Pistole an die Stirn hielt."

„Ich wollte, er hätte sie abgedrückt!" sagt der wohlwollende Alte, „und den Kopf in so viele Stücke zersprengt, wie er Pfunde schuldig war."

„Das hätte freilich einen Krach gegeben", erwidert der Kavallerist kaltblütig; „jedenfalls war er in früheren Zeiten jung, vielversprechend und schön, und es freut mich, daß ich ihn, als er es nicht mehr war, nicht dazu aufgefunden habe, um ihm einen solchen Vorteil zu verschaffen. Das ist mein Grund Nummer eins!"

„Ich hoffe, Nummer zwei ist ebenso gut?" krächzt der Alte.

„O nein. Der ist selbstsüchtiger. Wenn ich ihn finden wollte, hätte ich ihn in der anderen Welt suchen müssen. Er war dort."

„Woher wissen Sie das?"

„Er war nicht hier."

„Woher wissen Sie, daß er nicht hier war?"

„Verlieren Sie nicht mit Ihrem Geld auch Ihren Gleichmut", sagt Mr. George und klopft ruhig die Pfeife aus. „Er war lange vorher ertrunken. Davon bin ich überzeugt. Er ist über Bord gefallen. Ob absichtlich oder unabsichtlich, weiß ich nicht. Vielleicht weiß es Ihr Freund in der City. – Kennen Sie die Melodie, Mr. Smallweed?" setzt er hinzu, indem er zu pfeifen anfängt und dazu mit der ausgerauchten Pfeife auf dem Tisch den Takt schlägt.

„Melodie!" entgegnet der Alte. „Nein! Melodien kommen nie hierher."

„Das ist der Trauermarsch aus ‚Saul'. Sie spielen ihn bei Soldatenbegräbnissen; daher ist's der natürliche Abschluß der Sache. Nun, wenn Ihre hübsche Enkelin – entschuldigen Sie, Miss – so gütig sein will, diese Pfeife zwei Monate lang aufzubewahren, so brauchen wir das nächste Mal keine zu kaufen. Guten Abend, Mr. Smallweed!"

„Bester Freund!" sagt der Alte und gibt ihm beide Hände.

„Sie meinen also, Ihr Freund in der City wird kein Erbarmen haben, wenn ich nicht zahle?" sagt der Kavallerist und sieht auf ihn herunter wie ein Riese.

„Bester Freund, das fürchte ich sehr", sagt der Alte und sieht wie ein Zwerg zu ihm auf.

Mr. George lacht und schreitet mit einem Blick auf Mr. Smallweed und einem Abschiedsgruß an die gestrenge Judy aus dem Zimmer, wobei er mit nicht vorhandenen Säbeln und anderem Rüstzeug rasselt.

„Verwünschter Schurke", sagt der Alte und zieht der Tür eine häßliche Grimasse, als sie sich schließt. „Aber ich will dich schon noch fangen, du Hund! Ich will dich schon fangen!"

Nach dieser liebenswürdigen Bemerkung schwingt sich sein Geist wieder in die bezaubernden Regionen des Denkens, die ihm Erziehung und Lebensweise eröffnet haben, und abermals verdämmern er und Mrs. Smallweed die rosigen Stunden als zwei unabgelöste Schildwachen, die der schwarze Sergeant vergessen hat.

Während die beiden getreu auf ihrem Posten ausharren, schreitet Mr. George mit gewichtigem Schritt und ernstem Gesicht durch die Straßen. Es ist acht Uhr, der Tag neigt sich rasch dem Ende zu. Er bleibt dicht bei der Waterloo-Brücke stehen, liest einen Theaterzettel und entschließt sich, in Astley's Theater zu gehen. Dort findet er großen Gefallen an den Pferden und den Kraftstücken, betrachtet die Waffen mit kritischem Auge, mißbilligt die Gefechte, weil sie von mangelhafter Fechtkunst zeugen, wird aber tief gerührt von der Poesie. In der letzten Szene, wo der Kaiser der Tatarei in einen Wagen steigt und die vereinten Liebenden zu segnen geruht, indem er den Union-Jack über ihnen schwingt, werden seine Wimpern feucht vor Bewegung.

Als das Stück aus ist, geht Mr. George über die Brücke zurück und wendet seine Schritte in jene merkwürdige Gegend um Haymarket und Leicester Square, die ein Sammelpunkt ist für zweideutige ausländische Hotels und zweideutige Ausländer, Ballhäuser, Boxer, Fechtmeister, Fußgardisten, altes Porzellan, Spielkasinos und Ausstellungen und ein großes Gemisch von Schäbigkeit und lichtscheuem Wesen darstellt. Im Herzen dieser Gegend erreicht er über einen Hof und einen langen, weißgetünchten Gang ein großes Ziegelgebäude, das aus Fußboden, nackten Wänden, Dachbalken und Dachfenstern besteht; an der Vorderseite, wenn man von einer solchen sprechen kann, ist in großen Buchstaben zu lesen: „Georges Schießgalerie und so weiter."

Er geht in „Georges Schießgalerie und so weiter"; da gibt es Gasflammen, jetzt zum Teil abgedreht, zwei weißgestrichene Scheiben zum Büchsenschießen, Einrichtungen zum Bogenschießen, Fechtzeug und allen Bedarf zu der echt englischen Kunst des Boxens. Doch wird keine dieser Übungen in Georges Schießgalerie abends betrieben, da es an Besuchern so sehr fehlt, daß ein kleiner, grotesker Mann mit großem Kopf hier alles betreut und schlafend auf dem Fußboden liegt.

Der kleine Mann ist fast wie ein Büchsenmacher gekleidet, in eine grünwollene Schürze und Mütze, und Gesicht und Hände sind schmutzig von Pulver und rußig vom Laden der Gewehre. Da er vor einer grellweißen Scheibe im Hellen liegt, sieht man die schwarzen Flecken um so deutlicher. Nicht weit davon steht ein starker, grob gezimmerter Tisch mit einem Schraubstock, an dem er gearbeitet hat. Er ist ein kleiner Mann mit ganz zusammengequetschtem Gesicht, der, nach dem blauen, fleckigen Aussehen der einen Wange zu urteilen, bei seinem Geschäft einmal oder mehrmals in die Luft geflogen ist.

„Phil!" sagt der Kavallerist ruhig.

„Alles in Ordnung!" ruft Phil aufspringend.

„Wie ging das Geschäft?"

„Flau wie Spülicht", sagt Phil. „Fünf Dutzend Büchsen- und ein Dutzend Pistolenschüsse. Und wie gezielt!" Phil stößt bei dem Gedanken daran ein Geheul aus.

„Schließ die Bude, Phil!"

Als Phil herumgeht, um diesen Befehl auszuführen, zeigt es sich, daß er lahm ist, obgleich er sich sehr rasch bewegen kann. Auf der fleckigen Seite seines Gesichts hat er keine Augenbraue, auf der anderen dagegen eine sehr buschige, schwarze, welcher Mangel an Gleichförmigkeit ihm ein sehr eigentümliches, beinahe unheimliches Aussehen gibt. Seinen Händen scheint alles zugestoßen zu sein, was ihnen ohne Verlust der Finger zustoßen konnte; denn sie sind über und über gekerbt, narbig und verkrümmt. Er scheint sehr stark zu sein und hebt schwere Bänke herum, als habe er gar keinen Begriff von ihrem Gewicht. Er hat eine seltsame Art, mit der Schulter an der Wand rings um die Galerie zu hinken und sich nach Gegenständen, die er sucht, hinzulavieren, statt gerade auf sie loszugehen; das hat an den vier Wänden entlang einen Streifen hinterlassen, der gewöhnlich „Phils Zeichen" genannt wird.

Dieser Mann, der die Galerie in Georges Abwesenheit beaufsichtigt, beendet jetzt, nachdem er die großen Türen geschlossen und alle Flammen bis auf eine ausgedreht hat, seine Vorbereitungen damit, daß er aus einem hölzernen Verschlag in einer Ecke zwei Matratzen mit Bettzeug hervorzieht. Nachdem sie an entgegengesetzte Enden der Galerie geschleppt sind, macht sich jeder sein Bett selbst.

„Phil", sagt der Herr und geht ohne Rock und Weste, wobei er noch soldatischer aussieht als früher, auf ihn zu. „Man hat dich in einem Torweg gefunden, nicht wahr?"

„In einer Gosse", entgegnet Phil. „Der Nachtwächter stolperte über mich."

„So ist dir von Anfang an das Vagabundieren natürlich gewesen?"

„So natürlich wie möglich", sagt Phil.

„Gute Nacht!"

„Gute Nacht, Gouverneur!"

Phil kann nicht einmal geradewegs zu Bett gehen, sondern muß sich erst mit der Schulter an zwei Wänden der Galerie entlangschieben und dann auf seine Matratze lavieren. Der Kavallerist begibt sich, nachdem er ein- oder zweimal in der Büchsenschießbahn auf und ab gegangen ist und zu dem jetzt durch die Dachfenster scheinenden Mond hinaufgeblickt hat, auf einem kürzeren Weg zu seiner Matratze und geht ebenfalls zu Bett.

22. KAPITEL

Mr. Bucket

Die Allegorie in Lincoln's Inn Field sieht ziemlich kühl aus, obgleich der Abend warm ist, denn beide Fenster Mr. Tulkinghorns stehen weit offen, und das Zimmer ist hoch, luftig und düster. Das sind wohl keine wünschenswerten Eigentümlichkeiten, wenn der November mit Nebel und Schlackerwetter oder der Januar mit Eis und Schnee kommt; aber sie haben ihre Vorteile im schwülen Wetter der großen Ferien. Sie erlauben der Allegorie, obgleich sie Wangen hat wie Pfirsiche und Knie wie Blumensträuße und rosenrote Geschwülste statt der Waden und der Armmuskeln, heute abend ziemlich kühl auszusehen.

Eine Unmenge Staub fliegt durch Mr. Tulkinghorns Fenster herein, und noch mehr ist an den Möbeln und Papieren entstanden. Überall liegt er dick gehäuft. Wenn ein verirrter Windhauch vom Land, von Angst gepackt, in blinder Hast hinausstürzen will, bläst er der Allegorie so viel Staub in die Augen, wie Themis – oder Tulkinghorn, einer ihrer treuesten Vertreter – gelegentlich der Laienwelt in die Augen streut.

In diesem dumpfigen Magazin von Staub, dem Universalstoff, in den sich seine Papiere und er selbst und alle seine Klienten und alle irdischen Dinge, beseelte wie unbeseelte, dereinst auflösen, sitzt Mr. Tulkinghorn an einem der offenen Fenster und genießt eine Flasche alten Portweins. Obgleich ein Mann von hartem Gemüt, verschlossen, trocken und still, kann er doch alten Wein aufs beste genießen. Er hat einen unbezahlbaren Korb Portwein in einem versteckten Keller unter den Fields, der eines seiner vielen Geheimnisse ist. Wenn er in seinem Büro allein speist wie heute und sich seinen Fisch und sein Steak oder Huhn aus dem benachbarten Kaffeehaus bringen läßt, steigt er mit einer Kerze in die widerhallenden Räume unter dem verlassenen Gebäude hinab und kehrt, angemeldet durch den fernen Schall donnernd zufallender Türen, bedächtig zurück, umhaucht von einer erdigen Atmosphäre und in der Hand eine Flasche, aus der er einen fünfzig Jahre alten, funkelnden Nektar gießt, der im Glas über seine Berühmtheit errötet und das ganze Gemach mit dem Duft südlicher Trauben erfüllt.

Mr. Tulkinghorn sitzt in der Dämmerung am offenen Fenster und genießt seinen Wein. Als ob er ihm von seinen fünfzig Jahren des Schweigens und der Absperrung zuflüsterte, macht er ihn nur noch verschlossener. Undurchdringlicher denn je sitzt er und trinkt und lockert sozusagen innerlich seine Verschwiegenheit: er erwägt in dieser Zwielichtstunde alle Geheimnisse, die er kennt und die sich an dunkelnde Wälder auf dem Land und große, leere, verschlossene Häuser in der Stadt knüpfen, und wendet vielleicht auch einen oder zwei Gedanken an sich und seine Familiengeschichte, an sein Geld und sein Testament, was für jeden ein Geheimnis ist, und an den einzigen Freund seines Junggesellenlebens, einen Mann von derselben Art, gleichfalls Anwalt, der dasselbe Leben geführt hat, bis er fünfundsiebzig Jahre alt war und dann plötzlich empfand – so nimmt man wenigstens an –, daß es zu eintönig sei, an einem Sommerabend seine goldene Uhr seinem Friseur schenkte, ruhig nach Hause in den Temple ging und sich erhängte.

Aber Mr. Tulkinghorn ist an diesem Abend nicht allein, so
daß er mit gewohnter Ausführlichkeit nachsinnen könnte. An
demselben Tisch, wenn auch auf einem bescheiden und unbehaglich abgerückten Stuhl, sitzt ein kahlköpfiger, milder, blank-
gescheuerter Mann, der ehrerbietig hinter der Hand hustet,
wenn ihn der Advokat auffordert, sein Glas zu füllen.

„Nun, Snagsby", sagt Mr. Tulkinghorn, „erzählen Sie die
seltsame Geschichte noch einmal."

„Wenn Sie erlauben, Sir."

„Sie sagten mir, als Sie so gütig waren, vorigen Abend zu mir
zu kommen –"

„Weshalb ich Sie um Entschuldigung bitten muß, wenn das
unbescheiden war; aber ich erinnerte mich, daß Sie irgendein
Interesse an dieser Person hatten, und hielt es für möglich, daß
Sie – vielleicht – wünschen könnten –"

Mr. Tulkinghorn ist nicht der Mann, ihm zu einem Schluß
zu verhelfen oder irgendeine ihn betreffende Möglichkeit zuzugeben. So rettet sich Mr. Snagsby mit einem verlegenen Husten
in die Worte: „Ich muß Sie wahrhaftig bitten, die Freiheit zu
entschuldigen, Sir."

„Durchaus nicht", sagt Mr. Tulkinghorn. „Sie sagten mir,
Snagsby, daß Sie Ihren Hut aufgesetzt hätten und zu mir
gegangen seien, ohne Ihrer Frau etwas davon zu sagen; das war
meiner Meinung nach klug, weil die Sache nicht wichtig genug
ist, um viel Aufhebens davon zu machen."

„Sie müssen wissen", entgegnet Mr. Snagsby, „meine kleine
Frau ist – um nicht durch die Blume zu sprechen – neugierig.
Sie ist neugierig. Das arme, kleine Geschöpf leidet an Krämp-
fen, und es tut ihr gut, wenn sie ihren Geist beschäftigen kann.
Deshalb richtet sie ihn, ich möchte fast sagen, auf jeden Gegen-
stand, der in ihren Bereich kommt, mag er sie etwas angehen
oder nicht, besonders wenn er sie nichts angeht. Meine kleine
Frau hat einen sehr regsamen Geist, Sir."

Mr. Snagsby trinkt und murmelt mit einem bewundernden
Husten hinter der Hand: „Wahrhaftig, ein ausgezeichneter
Wein!"

„Deshalb behielten Sie Ihren gestrigen Besuch für sich?" sagt
Mr. Tulkinghorn. „Und Ihren heutigen auch?"

„Ja, Sir, den heutigen auch. Meine kleine Frau ist gegenwärtig – um nicht durch die Blume zu sprechen – in einer frommen Stimmung oder in einer, die sie als fromm betrachtet, und
besucht die abendlichen Buß- und Betstunden – so nennen sie

sich – eines gewissen Geistlichen namens Chadband. Es steht ihm unzweifelhaft viel Beredsamkeit zu Gebote, aber sein Stil sagt mir nicht recht zu. Doch das gehört nicht hierher. Da meine kleine Frau auf diese Weise beschäftigt ist, so wurde es mir leichter, Sie heimlich zu besuchen."

Mr. Tulkinghorn nickt zustimmend. „Schenken Sie sich ein, Snagsby."

„Danke, Sir", entgegnet der Papierhändler mit seinem ergebenen Husten. „Ein wunderbarer Wein, Sir!"

„Es ist jetzt ein seltener Wein", sagt Mr. Tulkinghorn, „er ist fünfzig Jahre alt."

„Wirklich, Sir? Aber es wundert mich gar nicht, das zu hören. Er könnte – fast jedes Alter haben." Nach diesem unbestimmten Lob auf den Portwein hustet Mr. Snagsby in seiner Bescheidenheit hinter der Hand eine Entschuldigung, daß er etwas so Kostbares zu trinken wage.

„Wollen Sie noch einmal erzählen, was der Knabe sagte?" fragt Mr. Tulkinghorn, indem er die Hände in die Taschen seiner rostfarbenen Beinkleider steckt und sich ruhig in seinen Stuhl zurücklehnt.

„Mit Vergnügen, Sir."

Dann wiederholt der Papierhändler getreulich, obgleich etwas weitläufig, was Jo den in seinem Haus versammelten Gästen erzählt hat. Als er das Ende seiner Geschichte erreicht, fährt er plötzlich erschrocken auf und bricht ab mit einem: „Mein Gott, Sir, ich wußte nicht, daß noch ein anderer hier ist."

Mr. Snagsby ist erschrocken, weil er in geringer Entfernung vom Tisch zwischen sich und dem Anwalt eine Person mit aufmerksamem Gesicht, Hut und Stock in der Hand, stehen sieht, die nicht da war, als er selbst eintrat, und seitdem weder durch die Tür noch durch die Fenster hereingekommen ist. Es steht ein Schrank im Zimmer, aber seine Türangeln haben nicht geknarrt, und man hat keinen Tritt auf dem Fußboden gehört. Dennoch steht diese dritte Person da mit aufmerksamem Gesicht, Hut und Stock in den Händen und die Hände hinter dem Rücken, ein gefaßter, stummer Zuhörer. Er ist ein kräftig gebauter, solid aussehender, schwarz gekleideter Mann mit lebendigen Augen und mittleren Alters. Außer daß er Mr. Snagsby betrachtet, als wollte er sein Porträt zeichnen, ist auf den ersten Blick nichts Merkwürdiges an ihm, bis auf sein gespenstisches Kommen.

„Kümmern Sie sich nicht um den Herrn", sagt Mr. Tulkinghorn in seiner ruhigen Art. „Es ist nur Mr. Bucket."

„Ah so, Sir", entgegnet der Papierhändler und deutet durch einen Husten an, daß er ganz und gar nicht wisse, wer Mr. Bucket sei.

„Ich wünschte, daß er die Geschichte höre", sagt der Anwalt, „weil ich – aus einem gewissen Grund – halb und halb Lust habe, mehr davon zu erfahren, und er in solchen Sachen sehr gescheit ist. Was sagen Sie dazu, Bucket?"

„Es ist sehr einfach, Sir. Da unsere Leute diesen Jungen von seinem Stand fortgetrieben haben und er nicht auf seinem alten Strich zu finden ist, so können wir ihn in weniger als ein paar Stunden hier haben, wenn Mr. Snagsby nichts dawider hat, mit mir einen Besuch in Tom-all-alone's zu machen und ihn mir zu zeigen. Ich könnte es natürlich auch ohne Mr. Snagsby tun; aber das ist der kürzeste Weg."

„Mr. Bucket gehört der Geheimpolizei an, Snagsby", erläutert der Anwalt.

„Wirklich, Sir?" sagt Mr. Snagsby, wobei sein Haarbusch starke Neigung zeigt, sich zu sträuben.

„Und wenn Sie nichts dawider haben, Mr. Bucket an den fraglichen Ort zu begleiten", fährt der Anwalt fort, „so würden Sie mich verpflichten, wenn Sie es tun."

Während Mr. Snagsby einen Augenblick zögert, hat Bucket seine Seele schon bis auf den Grund durchschaut.

„Sie brauchen nicht zu fürchten, daß dem Knaben Schaden geschieht", sagt er. „Durchaus nicht. Mit dem Knaben geht alles in Ordnung. Wir wollen ihn nur hier haben, um ihm ein paar Fragen vorzulegen, und er wird für seine Mühe bezahlt und wieder entlassen werden. Es ist ein guter Verdienst für ihn. Ich verspreche Ihnen als Mann, Sie werden sehen, daß er unbehelligt entlassen wird. Fürchten Sie nicht, daß Sie ihm schaden; davon ist keine Rede."

„Gut, Mr. Tulkinghorn!" ruft Mr. Snagsby heiter und beruhigt aus. „Wenn das so ist –"

„Ja, und hören Sie, Mr. Snagsby", beginnt Bucket wieder, indem er ihn am Arm beiseite nimmt, ihm gemütlich auf die Brust tippt und in vertraulichem Ton auf ihn einredet, „Sie sind ein Mann von Welt, wissen Sie, ein Geschäftsmann und ein verständiger Mann. Das sind Sie."

„Ich bin Ihnen sehr für Ihre gute Meinung verbunden", entgegnet der Papierhändler mit seinem bescheidenen Husten, „aber –"

„Das sind Sie gewiß", sagt Bucket. „Nun, einem Mann wie

Ihnen, in Ihrem Geschäftszweig tätig, zu dem Vertrauen gehört und der verlangt, daß einer scharf aufpaßt und seine fünf Sinne beisammen hat und den Kopf gerade hält – ein Onkel von mir hatte so ein Geschäft wie Sie –, einem solchen Mann braucht man nicht zu sagen, daß es das Beste und Klügste ist, über Kleinigkeiten wie diese zu schweigen. Verstehen Sie? Zu schweigen!"

„Gewiß, gewiß", entgegnet der Papierhändler.

„Ihnen will ich's gern sagen", sagt Bucket mit gewinnender Offenheit, „daß, soweit ich die Sache durchschaue, ein Zweifel zu bestehen scheint, ob dieser Verstorbene nicht auf eine kleine Erbschaft Anspruch hatte und ob dieses Frauenzimmer nicht mit dieser Erbschaft einige Streiche gespielt hat, verstehen Sie?"

„Oh!" sagt Mr. Snagsby, macht aber nicht den Eindruck, als ob er ganz klar sähe.

„Sie aber wünschen natürlich", fährt Bucket fort und tippt Mr. Snagsby wieder gemütlich und beruhigend auf die Brust, „daß jedem sein Recht werden soll. Das wünschen Sie doch."

„Natürlich", bekräftigt Mr. Snagsby und nickt.

„Diesem Wunsch gemäß und zugleich einem Kunden oder Klienten zu Gefallen – wie nennen Sie es in Ihrem Geschäft? Ich habe vergessen, wie es mein Onkel nannte."

„Nun, ich sage meist Kunde", entgegnet Mr. Snagsby.

„Sie haben recht!" antwortet Mr. Bucket und schüttelt ihm ganz zärtlich die Hand. „Diesem Wunsch gemäß und zugleich einem wirklich guten Kunden zu Gefallen wollen Sie mit mir einen vertraulichen Besuch in Tom-all-alone's machen und die ganze Geschichte für alle Zeit für sich behalten und sie keinem erzählen. Das ist so etwa Ihre Absicht, wenn ich Sie recht verstehe?"

„Sie haben recht, Sir; Sie haben ganz recht", sagt Mr. Snagsby.

„So, hier ist Ihr Hut", entgegnet sein neuer Freund, der mit diesem Hut so vertraulich umgeht, als ob er ihn gemacht hätte; „und wenn Sie fertig sind, ich bin auch fertig."

Sie verlassen Mr. Tulkinghorn, der ohne eine Falte auf der Oberfläche seiner unergründlichen Tiefen seinen alten Wein weitertrinkt, und treten auf die Straße.

„Kennen Sie zufällig einen wackeren Mann namens Gridley?" fragt Bucket in freundschaftlicher Unterhaltung, während sie die Treppe hinabgehen.

„Nein", sagt Mr. Snagsby nach einigem Überlegen, „ich kenne niemanden dieses Namens. Warum?"

„Ah, nichts Besonderes", sagt Bucket; „er hat sich nur ein bißchen von seiner Hitze überwältigen lassen und hat sich gegen einige angesehene Leute Drohungen erlaubt. Und jetzt hält er sich vor einem Haftbefehl versteckt, den ich gegen ihn habe, was kein vernünftiger Mann tun sollte."

Während sie so dahingehen, beobachtet Mr. Snagsby als Neuigkeit, daß, so schnell sie auch ausschreiten, sein Begleiter doch stets auf unerklärliche Weise zu lauern und zu schleichen scheint; auch daß er stets, bevor er sich rechts oder links wendet, den festen Vorsatz heuchelt, geradeaus zu gehen, und erst im allerletzten Augenblick knapp abschwenkt. Manchmal, wenn sie an einem Polizisten auf seiner Streife vorbeikommen, bemerkt Mr. Snagsby, daß sowohl der Polizeimann wie sein Führer, wenn sie aufeinander zukommen, sehr zerstreut werden, einander ganz zu übersehen und in die Luft zu blicken scheinen. Ein paarmal holt Mr. Bucket einen kleingewachsenen jungen Mann mit glänzendem Hut ein, dessen glattes Haar zu einer großen Locke an jedem Ohr gedreht ist, und berührt ihn mit seinem Stock, ohne ihn anzusehen, worauf sich der junge Mann umsieht und sofort verduftet. Meist nimmt Mr. Bucket die Dinge im allgemeinen mit einem Gesicht zur Kenntnis, das sich so wenig verändert wie der große Trauring an seinem kleinen Finger oder die Brosche aus wenig Diamant und sehr viel Fassung an seinem Hemd.

Als sie endlich Tom-all-alone's erreichen, bleibt Mr. Bucket einen Augenblick an der Ecke stehen und läßt sich von dem dort stationierten Schutzmann eine angezündete Blendlaterne geben; dieser begleitet sie dann mit seiner eigenen Blendlaterne am Gürtel. Zwischen seinen Führern geht Mr. Snagsby mitten auf einer greulichen Straße ohne Abzugskanäle und Lüftung weiter durch tiefen schwarzen Kot und schmutziges Wasser – obgleich sonst alle Straßen trocken sind – und durch so widerliche Gerüche und Szenen, daß er, der sein ganzes Leben in London verbracht hat, kaum seinen Sinnen glauben kann. Von dieser Straße und ihren Trümmerhaufen zweigen so unbeschreibliche andere Straßen und Höfe ab, daß es Mr. Snagsby körperlich und seelisch übel wird und daß es ihm vorkommt, als sänke er jeden Augenblick tiefer in den Höllenschlund.

„Treten Sie ein wenig beiseite, Mr. Snagsby", sagt Bucket, als eine Art schäbiger Sänfte, von einer lärmenden Menge umgeben, auf sie zuschwankt. „Da kommt das Fieber die Straße herauf."

Als der unsichtbare Kranke vorübergetragen wird, verläßt

die Menge diesen anziehenden Gegenstand, drängt sich um die drei Fremden wie ein Traum von grauenhaften Gesichtern, verschwindet in Gäßchen, in Trümmer und hinter Wände und umschwirrt sie von weitem mit gelegentlichen Rufen und gellenden Warnungspfiffen, bis sie die Gegend verlassen.

„Sind das die Fieberhäuser, Darby?" fragt Mr. Bucket kaltblütig und richtet seine Blendlaterne auf eine Reihe stinkender Ruinen.

Darby antwortet, ja, das seien sie, und fügt hinzu, seit vielen Monaten lägen die Leute da zu Dutzenden und seien tot oder sterbend hinausgetragen worden, „wie Schafe mit der Fäule". Als Bucket im Weitergehen zu Mr. Snagsby bemerkt, er sehe etwas angegriffen aus, entgegnet Mr. Snagsby, ihm sei, als könne er die schreckliche Luft nicht einatmen.

In verschiedenen Häusern fragen sie nach einem Knaben namens Jo. Da in Tom-all-alone's wenige Leute unter ihrem Taufnamen bekannt sind, wird Mr. Snagsby oft gefragt, ob er die Möhre meint oder den Oberst oder Mordio oder Klein Zaches oder Terrier Tip oder Latsch oder den Ziegelstein. Mr. Snagsby beschreibt ihn immer wieder. Über das Original seiner Zeichnung gehen die Meinungen auseinander. Die einen glauben, es müsse die Möhre sein, andere sagen, der Ziegelstein. Der Oberst wird vorgeführt, entspricht aber der Schilderung nicht. Wo Mr. Snagsby und seine beiden Begleiter stehenbleiben, umschließt sie der Haufe, und aus seinen schmutzigen Tiefen empfängt Mr. Bucket diensteifrigen Rat. Wenn sie sich bewegen und die Blendlaternen böse aufleuchten, weicht das Gedränge zurück und umschwebt sie in den Gäßchen, in den Ruinen und hinter den Mauern wie vorhin.

Endlich finden sie eine Spelunke, wo Toughy oder der Zähe Kerl die Nacht zubringt; und man kommt auf den Gedanken, daß das Jo sein könnte. Ein Frage- und Antwortspiel zwischen Mr. Snagsby und der Eigentümerin des Hauses – es ist nur ein versoffenes Gesicht, das in ein schwarzes Bündel gehüllt ist und aus einem Haufen Lumpen auf dem Fußboden einer Hundehütte hervorstarrt, die ihr Privatzimmer ist – bringt sie auf diesen Gedanken. Toughy ist zum Arzt gegangen, um für eine Kranke eine Flasche Arznei zu holen, wird aber bald wieder dasein.

„Und wer ist heute nacht hier?" fragt Mr. Bucket, indem er eine andere Tür öffnet und mit der Laterne hineinleuchtet. „Zwei Betrunkene, he? Und zwei Frauenzimmer? Die Männer sind gut aufgehoben", setzt er hinzu, indem er jedem der Schlafenden den Arm vom Gesicht zieht, um sie anzusehen. „Sind das eure Schätze, Mädels?"

„Es sind unsere Männer", antwortet eine der Frauen.

„Ziegelmacher, wie's scheint?"

„Ja, Sir."

„Was macht ihr hier? Ihr seid nicht aus London?"

„Nein, Sir. Wir sind aus Hertfordshire."

„Aus welcher Gegend von Hertfordshire?"

„Saint Albans."

„Und hierhergekommen auf Wanderschaft?"

„Wir sind gestern herübergegangen. Wir haben jetzt bei uns drunten keine Arbeit. Aber wir haben nicht gut daran getan, und es wird auch nicht gut werden, fürchte ich."

„Das ist nicht der Weg dazu", sagt Mr. Bucket und wendet den Kopf den Schläfern auf dem Boden zu.

„Freilich nicht", entgegnet die Frau mit einem Seufzer. „Jenny und ich wissen das recht gut."

Das Zimmer ist zwar zwei oder drei Fuß höher als die Tür, aber doch so niedrig, daß der größte der Gäste aufrecht stehend mit dem Kopf an die geschwärzte Decke gestoßen wäre. Es widert jeden Sinn an; selbst die dicke Kerze brennt blaß und kränklich in der vergifteten Luft. Ein paar Bänke stehen da und als Tisch eine höhere Bank. Die Männer sind eingeschlafen, wo sie hingestolpert sind, aber die Frauen sitzen beim Licht. In den Armen der Frau, die eben gesprochen hat, liegt ein sehr kleines Kind.

„Mein Gott, wie alt soll denn das kleine Wesen sein?" fragt Bucket. „Es sieht ja aus, als wäre es erst gestern geboren." Jetzt hat er keine rauhe Hand; und als er sein Licht vorsichtig auf das Kind fallen läßt, wird Mr. Snagsby seltsam an ein anderes, lichtumglänztes Kind erinnert, das er auf Bildern gesehen hat.

„Es ist noch keine drei Wochen alt, Sir", sagt die Frau.

„Ist's Euer Kind?"

„Ja."

Die andere Frau, die sich darübergebeugt hatte, als sie eintraten, beugt sich jetzt wieder zu dem Kind herab und küßt es im Schlaf.

„Ihr scheint es so lieb zu haben, als ob Ihr selbst die Mutter wäret", sagt Mr. Bucket.

„Ich hatte eines wie dieses, Master, und es starb."

„Ach, Jenny, Jenny!" sagt die andere Frau zu ihr, „'s ist

besser so. Viel besser, es sich tot zu denken als lebendig, Jenny, viel besser!"

„Was, Ihr seid doch kein so unnatürliches Weib, will ich hoffen", entgegnet Mr. Bucket streng, „daß Ihr Euerem Kind den Tod wünscht?"

„Gott weiß, Ihr habt recht, Master", gibt sie zurück. „Gewiß bin ich nicht so. Mit dem eigenen Leben wollte ich mich zwischen das Kind und den Tod werfen, so gut wie jede vornehme Dame."

„Dann sprecht nicht so lästerlich", sagt Mr. Bucket, wieder besänftigt. „Warum redet Ihr so?"

„Es kommt mir so in den Kopf, Master, wenn ich's so in meinen Armen liegen sehe", entgegnet die Frau, und ihre Augen füllen sich mit Tränen. „Wenn es nie wieder erwacht, ich würde mich so gebärden, daß Sie mich für wahnsinnig hielten. Das weiß ich recht wohl. Ich war dabei, wie Jenny ihr Kind verlor – nicht wahr, Jenny –, und ich weiß, wie weh es ihr tat. Aber sehen Sie sich hier um. Sehen Sie die da", sagt sie mit einem Blick auf die Schlafenden. „Betrachten Sie den Jungen, der mir zulieb fortgegangen ist. Denken Sie an die Kinder, mit denen Sie so oft zu tun haben und die Sie aufwachsen sehen!"

„Na, Ihr werdet den Kleinen anständig aufziehen, und er wird Euch ein Trost sein und in Eurem Alter für Euch sorgen", sagt Mr. Bucket.

„Ich will gewiß alles tun", antwortet sie und wischt sich die Augen. „Aber heute abend, da ich recht matt und nicht frei von Fieber war, habe ich an die vielen Dinge denken müssen, die ihm in den Weg treten werden. Mein Mann wird ihm gram sein und wird ihn prügeln, und er muß sehen, wie ich geschlagen werde, und er wird sich zu Hause fürchten und wird vielleicht herumstrolchen. Wenn ich noch so viel und so hart für ihn arbeite, so kann mir doch niemand beistehen; und wenn er trotz all meiner Mühe verführt wird und die Zeit kommen sollte, wo ich ihn im Schlaf bewache, wie er verhärtet und verändert daliegt, ist es dann nicht wahrscheinlich, daß ich an ihn zurückdenke, wie er mir jetzt im Schoß liegt, und wünsche, er wäre gestorben wie Jennys Kind?"

„Still, still!" bittet Jenny. „Lizzy, du bist müd und krank. Laß mich das Kind nehmen."

Sie tut das und verschiebt dabei das Kleid der Mutter, schließt es aber rasch wieder über der wundgeschlagenen Brust, an der das Kind geruht hat.

„Mein totes Kind macht, daß ich dieses Kind so liebhabe", sagt Jenny, indem sie mit ihm auf und nieder geht, „und mein totes Kind macht, daß auch sie es so innig liebt, daß sie sogar wünschen kann, es möge ihr jetzt genommen werden. Während sie so denkt, denke ich, was ich gäbe, um meinen Liebling wieder zu haben. Aber wir meinen dasselbe, wenn wir nur wüßten, wie wir es ausdrücken sollen – wir zwei Mütter meinen in unserem armen Herzen dasselbe."

Während sich Mr. Snagsby die Nase putzt und seinen Husten der Teilnahme hustet, hört man draußen einen Schritt. Mr. Bucket richtet seine Laterne auf den Eingang und sagt zu Mr. Snagsby: „Nun, was sagen Sie zu Toughy? Ist er's?"

„Das ist Jo!" sagt Mr. Snagsby.

Jo steht verwundert in dem Lichtkreis wie eine zerlumpte Figur in einer Zauberlaterne und zittert bei dem Gedanken, gegen das Gesetz verstoßen zu haben, indem er sich nicht weit genug entfernt habe. Da ihm jedoch Mr. Snagsby die tröstliche Versicherung gibt: „'s ist nur ein Gang, der dir bezahlt wird, Jo", so erholt er sich wieder und erzählt draußen, wohin ihn Mr. Bucket zu einer kleinen Privatunterhaltung führt, seine Geschichte hinreichend, wenn auch außer Atem.

„Ich habe mir die Geschichte von dem Jungen erzählen lassen", sagt Mr. Bucket, als er zurückkehrt, „und alles stimmt. Nun, Mr. Snagsby, wir sind bereit!"

Zuerst muß Jo seinen Liebesdienst vollenden, indem er die geholte Arzneiflasche der Frau übergibt mit der lakonischen Weisung, daß alles gleich einzunehmen sei. Zweitens muß Mr. Snagsby eine halbe Krone auf den Tisch legen, sein gewöhnliches Heilmittel für Leiden verschiedenster Art. Drittens muß Mr. Bucket Jo am Arm fassen, etwas über dem Ellbogen, und ihn vor sich herschieben, denn ohne dieses Verfahren könnte weder diese noch eine andere Person in klassischer Form nach Lincoln's Inn Fields gebracht werden. Nachdem alle diese Anordnungen getroffen sind, wünschen sie den Frauen gute Nacht und treten wieder in das schwarze, schmutzige Tom-all-alone's hinaus.

Auf denselben unflätigen Wegen, auf denen sie in diesen Schlund hinabgestiegen sind, gelangen sie allmählich wieder heraus; die Menge wogt und pfeift und schwebt um sie, bis sie den Rand erreichen, wo Darby seine Blendlaterne zurückerhält. Hier weicht die Masse wie eine Schar gefangener Dämonen heulend zurück und wird nicht mehr gesehen. Sie gehen jetzt eilig durch die helleren und luftigeren Straßen, die Mr. Snagsby noch nie so hell und luftig vorgekommen sind wie jetzt, bis sie Mr. Tulkinghorns Haustür erreichen.

Als sie die hellerleuchteten Treppen hinaufsteigen – Mr. Tulkinghorns Zimmer liegen im ersten Stock –, äußert Mr. Bucket, daß er den Schlüssel zur Außentür in der Tasche habe und man nicht zu klingeln brauche. Für einen in den meisten Dingen dieser Art so gewandten Mann braucht Bucket lang zum Öffnen der Tür und macht auch einigen Lärm. Vielleicht gibt er damit jemandem ein Zeichen.

Endlich jedoch treten sie in den Vorsaal, wo eine Lampe brennt, und dann in Mr. Tulkinghorns gewöhnliches Zimmer, das Zimmer, wo er heute abend seinen alten Wein getrunken hat. Er ist nicht da, wohl aber seine beiden altmodischen Leuchter; das Zimmer ist leidlich hell.

Mr. Bucket, der Jo immer noch mit dem echten Polizeigriff festhält und nach Mr. Snagbys Meinung eine unbegrenzte Anzahl von Augen besitzt, hat ein paar Schritte ins Zimmer getan, als Jo zurückfährt und stehenbleibt.

„Was gibt's?" flüstert Bucket.

„Da ist sie!" ruft Jo.

„Wer?"

„Die Dame!"

Eine dichtverschleierte Frauengestalt steht mitten im Zimmer, wo das Licht auf sie fällt. Sie regt sich nicht und ist stumm. Ihr Gesicht ist ihnen zugekehrt, aber sie beachtet ihr Eintreten nicht und bleibt regungslos wie eine Statue.

„Nun sag mir", sagt Mr. Bucket laut, „woher weißt du, daß dies die Dame ist?"

„Ich erkenne den Schleier", entgegnet Jo mit weit aufgerissenen Augen, „und den Hut und das Kleid."

„Bist du deiner Sache ganz sicher, Toughy?" fragt Bucket und beobachtet ihn aufmerksam. „Sieh noch einmal hin."

„Ich sehe so genau hin, wie ich nur kann", antwortet Jo mit offenen Augen, „und es bleibt der Schleier und der Hut und das Kleid."

„Wie war's mit den Ringen, von denen du mir erzähltest?" meint Bucket.

„Glänzte hier alles über und über", antwortet Jo, indem er die Finger seiner linken Hand an den Knöcheln der rechten reibt, ohne seine Augen von der Gestalt abzuwenden.

Die Gestalt zieht den rechten Handschuh aus und zeigt die Hand. „Nun, was sagst du dazu?" fragt Bucket.

Jo schüttelt den Kopf. „Gar keine solchen Ringe. Keine Hand wie die hier."

„Was meinst du?" fragt Bucket, offenbar befriedigt, und zwar sehr befriedigt.

„Die Hand war viel weißer, viel zarter und viel kleiner", entgegnet Jo.

„Na, du wirst mir am Ende noch sagen, ich sei meine eigene Mutter", sagt Mr. Bucket. „Erinnerst du dich noch der Stimme der Dame?"

„Ich glaube wohl", antwortet Jo.

Die Gestalt spricht. „Klang die Stimme wie diese? Ich will so lange sprechen, wie du willst, wenn du deiner Sache nicht sicher bist. War es diese Stimme oder eine ihr ähnliche?"

Jo sieht Bucket verblüfft an. „Ganz und gar nicht!"

„Weshalb sagtest du dann, es sei die Dame?" fragt der Polizist und deutet auf die Gestalt.

„Weil", sagt Jo mit betroffenem Blick, aber ohne sich in seiner Überzeugung erschüttern zu lassen, „weil das der Schleier und der Hut und das Kleid ist. Sie ist es und ist es auch nicht. Es ist nicht ihre Hand, und es sind nicht ihre Ringe, und es ist auch nicht ihre Stimme. Aber das ist der Schleier, der Hut und das Kleid, und die werden genauso getragen, wie sie sie trug; und es ist ihre Größe, und sie gab mir einen Sovereign und war fort."

„Na!" sagt Mr. Bucket leichthin, „viel Besonderes haben wir von dir nicht erfahren. Da hast du aber fünf Schillinge. Wende sie gut an und mach keine dummen Streiche." Bucket zählt verstohlen die Münzen aus einer Hand in die andere wie Spielmarken — es ist das eine seiner Gewohnheiten, da er sie meist in Geschicklichkeitsspielen verwendet — und legt sie dann, zu einer kleinen Säule geschichtet, dem Knaben in die Hand und führt ihn zur Tür hinaus. Unterdessen läßt er Mr. Snagsby, dem bei diesen geheimnisvollen Umständen durchaus nicht wohl ist, mit der verschleierten Gestalt allein. Aber als Mr. Tulkinghorn ins Zimmer tritt, hebt sich der Schleier und enthüllt eine ziemlich hübsche Französin, allerdings von sehr leidenschaftlichem Gesichtsausdruck.

„Ich danke Ihnen, Mademoiselle Hortense", sagt Mr. Tulkinghorn mit seinem gewöhnlichen Gleichmut. „Ich will Sie wegen dieser kleinen Wette nicht weiter bemühen."

„Sie werden die Freundlichkeit haben, daran zu denken, Sir, daß ich gegenwärtig stellungslos bin?" sagt Mademoiselle.

„Gewiß, gewiß!"

„Und mir die Ehre Ihrer gewichtigen Empfehlung erweisen?"

„Unbedingt, Mademoiselle Hortense."

„Ein Wort von Mr. Tulkinghorn ist von so großem Einfluß –"
„Es soll Ihnen nicht fehlen, Mademoiselle." – „Meinen ergebensten Dank, Sir." – „Gute Nacht." Mademoiselle geht mit einer Miene angeborener Vornehmheit hinaus, und Mr. Bucket, der im Notfall ebensogut Zeremonienmeister sein kann wie etwas anderes, begleitet sie nicht ohne Galanterie die Treppe hinunter.

„Nun, Bucket?" fragt Mr. Tulkinghorn, als er zurückkehrt.

„Sie sehen, es ist alles so, wie ich's gleich sagte, Sir. Es ist kein Zweifel, es war die andere in den Kleidern dieser hier. Hinsichtlich der Farben und alles anderen hat der Knabe ganz genau ausgesagt. Mr. Snagsby, ich versprach Ihnen als Mann, daß ihm kein Haar gekrümmt werde. Ist ihm etwas geschehen?"

„Sie haben Wort gehalten", entgegnet der Papierhändler; „und wenn ich nicht weiter von Nutzen sein kann, Mr. Tulkinghorn, so dächte ich, da mein kleines Frauchen etwas in Angst sein wird –"

„Ich danke Ihnen, Snagsby, wir brauchen Sie nicht weiter", sagt Mr. Tulkinghorn. „Ich bin Ihnen sehr verpflichtet für die Mühe, die Sie sich gemacht haben."

„Keine Ursache, Sir. Ich wünsche Ihnen gute Nacht."

„Sehen Sie, Mr. Snagsby", sagt Mr. Bucket, der ihn an die Tür begleitet und ihm immer wieder die Hand schüttelt, „es gefällt mir an Ihnen, daß Sie ein Mann sind, der sich nicht ausholen läßt; ja, das sind Sie. Wenn Sie wissen, Sie haben etwas getan, was recht ist, so legen Sie es beiseite, und die Sache ist abgemacht und vergessen und damit aus. Ja, so machen Sie's."

„Wenigstens bemühe ich mich, das zu tun", entgegnet Mr. Snagsby.

„Nein, da sind Sie nicht gerecht gegen sich. Sie bemühen sich nicht, das zu tun", sagt Mr. Bucket, indem er ihm die Hand schüttelt und ihn wärmstens beglückwünscht, „Sie tun es wirklich. Gerade das achte ich an einem Mann Ihres Geschäftszweigs."

Mr. Snagsby gibt eine passende Antwort und geht heimwärts, so verwirrt von den Ereignissen des Abends, daß er nicht recht weiß, ob er wach ist, und daß er zweifelt, ob die Straßen, durch die er geht, und der Mond, der auf ihn herabscheint, echt sind. Bald aber werden diese Zweifel behoben durch die unleugbare Wirklichkeit der Mrs. Snagsby, die noch wach sitzt, den Kopf in einem regelrechten Bienenkorb aus Haarwickeln und Nachtmütze; sie hat Guster mit der offiziellen Nachricht, daß ihr Gatte verschwunden sei, zur nächsten Polizeistation geschickt und hat in den letzten zwei Stunden jedes Stadium des Ohnmächtigwerdens mit größtem Anstand durchgemacht. Aber, bemerkt die kleine Frau gefühlvoll, einen schönen Dank ernte sie dafür.

23. KAPITEL

Esthers Erzählung

Nach sechs angenehmen Wochen kehrten wir von Mr. Boythorn nach Hause zurück. Wir waren oft im Park und im Wald und gingen selten an der Hütte des Parkhüters, wo wir Schutz gesucht hatten, vorbei, ohne ein paar Worte mit seiner Frau zu sprechen; aber Lady Dedlock sahen wir nicht wieder, außer sonntags in der Kirche. Es waren Gäste in Chesney Wold, und obwohl verschiedene schöne Gesichter um sie herum waren, behielt ihr Antlitz doch denselben Einfluß auf mich wie das erstemal. Selbst jetzt weiß ich nicht recht, ob er peinlich oder angenehm war, ob er mich anzog oder abstieß. Ich glaube, ich bewunderte sie in einer Art Furcht, und ich weiß, daß in ihrer Gegenwart meine Gedanken stets wie das erstemal zu jener entlegenen Zeit meines Lebens zurückschweiften.

An mehr als einem dieser Sonntage kam mir der Gedanke, daß ich für diese Dame dasselbe sei, was sie so seltsam für mich bedeutete – ich meine, daß ich ihre Gedanken ebenso störte wie sie die meinen, wenn auch in anderer Weise. Aber wenn ich einen verstohlenen Blick auf sie warf und sie so ruhig und kalt und unnahbar dasitzen sah, fühlte ich, daß das eine törichte Schwäche von mir sei. Überhaupt fühlte ich, daß mein ganzes Empfinden in Bezug auf sie unbeherrscht und unverständig war, und ich wirkte ihm innerlich entgegen, soviel ich konnte.

Ein Vorfall, der sich ereignete, bevor wir Mr. Boythorns Haus verließen, wird wohl besser hier seine Stelle finden.

Ich ging mit Ada im Garten spazieren, als man mir meldete, daß mich jemand zu sprechen wünsche. Als ich in das Frühstückszimmer trat, wo diese Person wartete, sah ich, daß es die französische Zofe war, die am Tag des Gewitters die Schuhe ausgezogen hatte und durch das nasse Gras gegangen war.

„Mademoiselle", begann sie, während sie mich mit ihren zudringlichen Augen musterte, obgleich sie sonst angenehm aussah und weder frech noch kriechend auftrat, „ich nehme mir viel heraus, indem ich hierherkomme, aber Sie werden es zu entschuldigen wissen, da Sie so liebenswürdig sind, Mademoiselle."

„Es bedarf keiner Entschuldigung, wenn Sie mit mir zu sprechen wünschen", antwortete ich.

„Das wünsche ich allerdings, Mademoiselle. Tausend Dank für die Erlaubnis. Ich darf sprechen, nicht wahr?" sagte sie rasch und natürlich.

„Gewiß", sagte ich.

„Mademoiselle, Sie sind so liebenswürdig. Hören Sie mich also bitte an. Ich habe Mylady verlassen. Wir konnten nicht miteinander auskommen. Mylady ist so stolz, sehr stolz. Verzeihung! Mademoiselle, Sie haben recht!" Ihr lebendiger Geist erriet auf der Stelle, was ich vielleicht im nächsten Augenblick gesagt hätte, bis jetzt aber nur gedacht hatte. „Es ziemt sich nicht für mich, hierher zu kommen und über Mylady zu klagen; aber ich sage, sie ist stolz, sehr stolz. Weiter sag ich kein Wort. Das weiß alle Welt."

„Bitte, fahren Sie fort", sagte ich.

„Gewiß, Mademoiselle, ich danke Ihnen für Ihre Höflichkeit. Mademoiselle, ich sehne mich unsagbar, bei einer jungen Dame in Dienst zu kommen, die gut, gebildet und schön ist. Sie sind gut, gebildet und schön wie ein Engel. Ach, könnte ich doch die Ehre haben, bei Ihnen in Dienst zu treten!"

„Es tut mir leid –" begann ich.

„Weisen Sie mich nicht so rasch ab, Mademoiselle!" fuhr sie fort und zog unwillkürlich ihre schönen schwarzen Augenbrauen zusammen. „Lassen Sie mich noch einen Augenblick hoffen! Mademoiselle, ich weiß, diese Stelle wäre stiller als die, die ich aufgegeben habe. Das wünsche ich eben. Ich weiß, daß diese Stelle weniger angesehen wäre als meine vorige. Nun, auch das wünsche ich. Ich weiß, daß ich hier weniger Lohn bekäme. Gut. Ich bin zufrieden."

„Ich versichere Ihnen", sagte ich, schon bei dem Gedanken verlegen, eine solche Gesellschafterin zu haben, „daß ich keine Kammerzofe halte –"

„Ach, Mademoiselle, warum nicht? Warum nicht, wenn Sie

eine Ihnen so ergebene haben können, die entzückt wäre, Ihnen zu dienen, die treu, eifrig, ehrlich wäre, Tag für Tag! Mademoiselle, ich wünsche von ganzem Herzen, Ihnen zu dienen. Sprechen Sie jetzt nicht von Geld. Nehmen Sie mich, wie ich bin. Für nichts!"

Sie war so sonderbar dringlich, daß ich zurücktrat, weil ich mich fast fürchtete. Anscheinend ohne es in ihrem Eifer zu bemerken, drängte sie sich mir immer noch auf, wobei sie rasch und gedämpft sprach, aber immer mit Anmut und Anstand.

„Mademoiselle, ich bin aus dem Süden, wo man leidenschaftlich ist und sehr entschieden liebt und haßt. Mylady war mir, ich war ihr zu stolz. Es ist geschehen – vorbei – aus. Nehmen Sie mich als Ihre Dienerin an, und ich will Ihnen gut dienen. Ich will mehr für Sie tun, als Sie sich jetzt vorstellen können. Gut! Mademoiselle, verlassen Sie sich drauf, ich werde in jeder Hinsicht mein möglichstes tun. Wenn Sie meine Dienste annehmen, werden Sie es nicht bereuen. Mademoiselle, Sie werden es nicht bereuen, und ich werde Ihnen gut dienen. Sie wissen nicht, wie gut!"

Als sie so vor mir stand und mich ansah, malte sich in ihrem Gesicht eine drohende Energie, die mich an eine Frau aus den Pariser Straßen in der Schreckenszeit erinnerte, während ich ihr auseinandersetzte, daß es mir rein unmöglich sei, sie in Dienst zu nehmen – ich hielt es nicht für nötig, ihr zu sagen, wie wenig Lust ich dazu hatte. Sie hörte mich an, ohne mich zu unterbrechen, und sagte dann mit ihrem hübschen Akzent und ihrer sanftesten Stimme: „Eh bien, Mademoiselle, ich habe meine Antwort! Es tut mir sehr leid. Aber ich muß nun anderswo suchen, was ich hier nicht gefunden habe. Wollen Sie mir gütigst erlauben, Ihnen die Hand zu küssen?"

Sie sah mich noch aufmerksamer an, als sie die Hand ergriff, und schien sich bei dieser flüchtigen Berührung jede Ader zu merken. „Ich fürchte, Sie haben sich über mich gewundert an jenem Gewittertage, Mademoiselle?" sagte sie mit einem Abschiedsknicks.

Ich gestand ihr, daß wir uns alle über sie gewundert hatten.

„Ich tat ein Gelübde, Mademoiselle", sagte sie lächelnd, „und wollte es meinem Gedächtnis einprägen, damit ich es treulich erfülle. Und ich werde es erfüllen! Adieu, Mademoiselle!"

So endete unsere Unterredung – ich muß gestehen, zu meiner Erleichterung. Ich glaube, sie reiste ab, denn ich sah sie nicht mehr; und es störte weiter nichts unsere stillen Sommerfreuden, bis sechs Wochen verstrichen waren und wir nach Hause zurückkehrten, wie ich schon erzählt habe.

Damals und noch viele Wochen lang besuchte uns Richard sehr häufig. Außer daß er jeden Sonnabend oder Sonntag kam und bis zum Montagmorgen bei uns blieb, kam er oft unerwartet herübergeritten, brachte den Abend bei uns zu und ritt am anderen Morgen früh wieder zurück. Er war so lebhaft wie immer und erzählte uns, daß er sehr fleißig sei, aber ich war doch nicht ohne Sorge um ihn. Es schien mir, daß er in einer ganz falschen Richtung fleißig sei. Ich konnte nicht entdecken, daß sein Fleiß zu etwas anderem führte als zu trügerischen Hoffnungen in bezug auf den Prozeß, der schon so viele Schmerzen und Leiden verschuldet hatte. Er sei jetzt bis zum Kern des Geheimnisses vorgedrungen, sagte er uns, und nichts könne klarer sein, als daß das Testament, nach dem er und Ada ich weiß nicht wieviel tausend Pfund erben sollten, endlich anerkannt werden müsse, wenn der Kanzleigerichtshof nur einen Funken Verstand oder Gerechtigkeit besitze – aber ach! wie mächtig klang mir dieses Wenn in den Ohren –, und daß dieser glückliche Abschluß nicht mehr lange hinausgeschoben werden könne. Das bewies er sich selbst durch all die langwierigen Darlegungen, die er darüber gelesen hatte, und bei jeder versank er noch tiefer in seine Verblendung. Er hatte sogar angefangen, die Gerichtssitzungen regelmäßig zu besuchen; er erzählte uns, wie er dort Miss Flite täglich sehe, wie sie miteinander plauderten, wie er ihr kleine Gefälligkeiten erweise und wie er sie, während er über sie lache, von ganzem Herzen bemitleide. Aber er dachte nie daran, mein armer, lieber, sanguinischer Richard, damals so vielen Glückes fähig und mit so vielen Aussichten vor sich, welch verhängnisvolle Kette sich zwischen seiner frischen Jugend und ihrem welken Alter schlang, zwischen seinen kühnen Hoffnungen und ihren gefangenen Vögeln, ihrem ärmlichen Dachstübchen und ihrem verwirrten Geist.

Ada liebte ihn zu sehr, um ihm in irgend etwas, das er sagte oder tat, viel zu mißtrauen, und mein Vormund klagte zwar häufig über den Ostwind und las mehr als gewöhnlich im Brummstübchen, beobachtete aber über diesen Gegenstand ein strenges Schweigen. Daher kam ich auf den Einfall, als ich eines Tages auf Caddy Jellybys Bitte einen Besuch in London machte, mich von Richard in der Posthalterei abholen zu lassen, um mit ihm zu reden. Ich fand ihn bei meiner Ankunft dort schon vor und wir gingen Arm in Arm fort.

„Nun, Richard", sagte ich, sobald ich anfangen konnte, ernsthaft mit ihm zu sprechen, „beginnst du dich jetzt befriedigter zu fühlen?"

„O ja, liebe Esther!" entgegnete Richard. „Ich befinde mich ganz leidlich dabei."

„Aber geht es ordentlich?" fragte ich.

„Wie meinen Sie das, ordentlich?" entgegnete Richard mit seinem heiteren Lachen.

„Ob es ordentlich mit der Jurisprudenz geht", sagte ich.

„O ja", antwortete Richard, „es geht gut genug."

„Das haben Sie schon vorhin gesagt, lieber Richard."

„Und Sie halten es für keine genügende Antwort, nicht wahr? Na! Das ist vielleicht richtig. Ordentlich? Sie meinen, ob ich mit ganzer Seele dabei bin?"

„Ja!"

„Nun, nein, ich kann nicht sagen, daß ich ganz richtig dabei bin", sagte Richard, wobei er das „richtig" stark betonte, als ob es die ganze Schwierigkeit ausdrücke, „weil man nicht ordentlich anfangen kann, solange diese Angelegenheit nicht geordnet ist. Wenn ich ‚diese Angelegenheit' sage, meine ich natürlich den verbotenen Gegenstand."

„Meinen Sie, er werde je geordnet werden?" sagte ich.

„Daran zweifle ich nicht im geringsten", antwortete Richard.

Wir gingen ein Stück weit schweigend, dann wandte sich Richard plötzlich in seiner offensten und herzlichsten Weise an mich: „Liebe Esther, ich verstehe Sie und wünsche bei Gott, ich wäre ein beständigerer Mensch. Ich meine nicht: beständig in bezug auf Ada, denn ich liebe sie innig, jeden Tag mehr, sondern beständiger gegen mich selbst. Ich weiß nicht, ich meine etwas, das ich schlecht ausdrücken kann, aber Sie werden mich schon verstehen. Wenn ich ein beständigerer Mensch wäre, hätte ich bei Badger oder bei Kenge und Carboy ausgehalten wie der grimme Tod und wäre jetzt solid und stetig geworden und hätte keine Schulden und –"

„Haben Sie Schulden, Richard?"

„Ja", sagte er, „ich habe ein paar, liebe Esther. Auch habe ich mir zu sehr das Billardspiel angewöhnt und ähnliches. Nun ist's heraus; Sie verabscheuen mich, Esther, nicht wahr?"

„Sie wissen, daß ich das nicht tue", sagte ich.

„Sie sind nachsichtiger gegen mich, als ich es oft selbst bin", entgegnet er. „Liebe Esther, es ist ein großes Unglück für mich, daß ich so unruhig bin, aber wie kann ich zur Ruhe kommen?

Wenn Sie in einem unvollendeten Haus wohnen, können Sie sich darin nicht einrichten; wenn Sie dazu verurteilt wären, alles, was Sie unternehmen, unvollendet zu lassen, fiele es Ihnen schwer, sich irgendeiner Sache ernstlich zu widmen; und in dieser unglücklichen Lage befinde ich mich. Ich bin in diesen unerledigten Rechtsstreit mit all seinen Möglichkeiten und Wechselfällen hineingeboren, er begann, mich aus dem Gleichgewicht zu bringen, noch ehe ich recht wußte, was ein Prozeß sei, und hat mich seitdem nie wieder ins Gleichgewicht kommen lassen. Und hier stehe ich nun manchmal und bin überzeugt, daß ich es gar nicht wert bin, meine gute, vertrauende Kusine Ada zu lieben."

Wir waren in einer einsamen Gegend, und er legte die Hand vor die Augen und schluchzte, während er das sagte.

„O Richard!" sagte ich, „nehmen Sie es doch nicht so schwer. Sie haben ein edles Herz, und Adas Liebe kann es täglich ihrer würdiger machen."

„Ich weiß das, meine Liebe", entgegnete er und drückte meinen Arm, „ich weiß das alles. Sie dürfen sich nicht wundern, daß ich jetzt ein wenig weich bin, denn die ganze Geschichte hat mir lange auf der Seele gelegen; ich habe oft vorgehabt, mit Ihnen zu sprechen, aber manchmal hat mir die Gelegenheit und manchmal der Mut gefehlt. Ich weiß, was der Gedanke an Ada bei mir bewirken sollte, aber er bewirkt nichts. Selbst dazu bin ich viel zu unruhig. Ich liebe sie so innig, und doch handle ich täglich und stündlich unrecht an ihr, wie an mir selbst. Aber das kann nicht ewig dauern. Wir müssen endlich zu einem Schlußtermin kommen und ein günstiges Urteil erlangen, und dann sollen Sie und Ada sehen, was ich wirklich sein kann!"

Es hatte mir einen Stich gegeben, als ich ihn schluchzen hörte und die Tränen zwischen seinen Fingern durchbrechen sah; aber das war mir unendlich weniger schmerzlich als die hoffnungsvolle Lebendigkeit, mit der er die letzten Worte sprach.

„Ich habe die Akten gründlich studiert, Esther, ich habe mich monatelang in sie vertieft", fuhr er, plötzlich wieder mit der alten Heiterkeit, fort, „und Sie können sich darauf verlassen, daß wir gewinnen werden. An Jahren des Wartens hat es freilich weiß Gott nicht gefehlt, aber um so wahrscheinlicher ist es nur, daß wir die Sache rasch zu Ende bringen; sie steht übrigens heute auf der Tagesordnung. Es kommt zuletzt alles in Ordnung, und dann sollen Sie sehen!"

Da mir einfiel, daß er soeben Kenge und Carboy in eine Reihe mit Mr. Badger gestellt hatte, fragte ich ihn, wann er in Lincoln's Inn einen Lehrvertrag schließen wolle.

„Das ist auch so 'ne Sache! Ich denke, gar nicht, Esther!" erwiderte er einigermaßen verlegen. „Ich glaube, ich habe genug davon gehabt. Ich habe in Sachen Jarndyce gegen Jarndyce wie ein Galeerensklave gearbeitet, habe meinen Durst nach Rechtswissenschaft gelöscht und mich überzeugt, daß ich nicht dafür passe. Außerdem finde ich, daß es mich nur noch unruhiger macht, beständig auf dem Schauplatz der Handlung zu sein. Worauf richten sich nun natürlich meine Gedanken?" fuhr Richard, nun wieder zuversichtlich, fort.

„Ich kann es mir nicht denken", sagte ich.

„Machen Sie kein so ernstes Gesicht", entgegnete Richard; „es ist jedenfalls das beste, was ich tun kann, liebe Esther. Ich brauche ja keine Versorgung fürs Leben. Dieser Prozeß muß endlich zu Ende gehen, und dann ist für mich gesorgt. Nein! Ich betrachte es als einen Beruf, der seinem Wesen nach mehr oder weniger unstet ist und deshalb zu meiner derzeitigen Lage paßt – ich möchte sagen: genau paßt. Worauf haben sich meine Gedanken ganz von selbst gerichtet?"

Ich sah ihn an und schüttelte den Kopf.

„Auf was sonst", sagte Richard im Ton vollkommener Überzeugung, „als auf die Armee!"

„Die Armee?" sagte ich.

„Natürlich, die Armee! Ich habe weiter nichts zu tun, als mir ein Patent zu verschaffen – und bin ein gemachter Mann", sagte Richard.

Und dann bewies er mir durch ausführliche Berechnungen in seinem Taschenbuch, wenn er als Zivilist in sechs Monaten sagen wir zweihundert Pfund Schulden gemacht habe und als Offizier in demselben Zeitraum gar keine Schulden mache, wozu er ganz fest entschlossen sei, so erbringe dieser Schritt eine Ersparnis von vierhundert Pfund im Jahr oder zweitausend in fünf Jahren, was schon eine beträchtliche Summe sei. Und dann sprach er so offen und aufrichtig von dem Opfer, das er bringe, wenn er sich eine Zeitlang von Ada entfernte, und von dem Ernst, mit dem er bestrebt sei – und in seinen Gedanken war er das gewiß stets –, ihre Liebe zu vergelten und sie glücklich zu machen und alle seine Fehler abzulegen und ein Mann von Festigkeit zu werden, daß mir wirklich das Herz recht weh tat. Denn ich dachte mir, wie dies enden werde und könne, wenn all seine mannhaften Eigenschaften so bald und so sicher von dem unseligen Gifthauch getroffen würden, der alles, was er berührt, zugrunde richtet!

Ich sprach zu Richard mit all dem Ernst, den ich empfand, und all der Hoffnung, die ich damals nicht ganz empfinden konnte, und bat ihn um Adas willen, sein Vertrauen nicht auf das Kanzleigericht zu setzen. Allem, was ich sagte, stimmte Richard bereitwillig zu, glitt über den Gerichtshof und alles andere in seiner leichten Art hinweg und entwarf die glänzendste Schilderung von dem Beruf, dem er sich widmen wolle – ach, wenn doch der böse Prozeß seine Macht über ihn verlöre! Wir hatten eine lange Aussprache, aber sie kam im Grund immer wieder darauf zurück.

Endlich erreichten wir Soho Square, wo sich Caddy Jellyby mit mir verabredet hatte, weil es ein stiller Platz in der Nähe von Newman Street ist. Caddy war in dem Garten in der Mitte und eilte uns entgegen, sobald sie uns erblickte. Nach einigen fröhlichen Worten ließ uns Richard allein.

„Prince gibt auf der anderen Seite der Straße Unterricht, Esther", sagte Caddy, „und hat sich den Schlüssel für uns geben lassen. Wenn du daher mit mir hier spazierengehen willst, so können wir uns einschließen, und ich kann dir in aller Ruhe erzählen, weshalb ich dein liebes, gutes Gesicht zu sehen wünschte!"

„Sehr gut, liebe Caddy", sagte ich. „Es könnte nicht besser sein!" So schloß Caddy, nachdem sie das liebe, gute Gesicht, wie sie es nannte, zärtlich gedrückt hatte, das Gitter ab, nahm meinen Arm, und wir gingen nun sehr gemütlich im Garten herum.

„Du mußt wissen, Esther", sagte Caddy voll Genuß an ihrer vertraulichen Mitteilung, „als du mir gesagt hattest, es sei unrecht, ohne Mamas Wissen zu heiraten oder auch, sie lange über unser Verlöbnis im Dunkeln zu lassen – obgleich ich nicht glaube, daß sich Mama viel um mich kümmert, muß ich sagen –, hielt ich es für richtig, deine Ansichten Prince mitzuteilen, erstens, weil ich aus allem, was du mir sagst, Nutzen ziehen möchte, und zweitens, weil ich keine Geheimnisse vor Prince habe."

„Ich hoffe, er hat beigestimmt, Caddy."

„O natürlich! Ich versichere dir, er würde allem beistimmen, was du sagst. Du machst dir keinen Begriff, welch hohe Meinung er von dir hat!"

„Wirklich?"

„Wahrhaftig, Esther, es könnte jedes andere Mädchen als mich eifersüchtig machen", sagte Caddy lachend und schüttelte den Kopf, „aber ich freue mich nur darüber, denn du bist die erste Freundin, die ich habe, und die beste, die ich haben kann, und niemand kann dich mehr achten und lieben, als mir recht ist."

„Auf mein Wort, Caddy", sagte ich, „ihr habt euch alle verschworen, mich bei guter Laune zu erhalten. Und weiter?"

„Ja, ich will dir erzählen", entgegnete Caddy und schloß ihre Hände vertraulich um meinen Arm. „Wir sprachen also ausführlich darüber, und ich sagte zu Prince: ,Prince, da Miss Summerson' –"

„Ich hoffe, daß du nicht ,Miss Summerson' sagtest."

„Allerdings nicht!" rief Caddy vergnügt und mit strahlendem Gesicht. „Ich sagte Esther. Ich sagte zu Prince: ,Da Esther entschieden dieser Meinung ist, Prince, und sie mir mitgeteilt hat und stets darauf hindeutet, wenn sie die freundlichen Briefchen schreibt, die du dir so gern von mir vorlesen läßt, so bin ich bereit, Mama alles zu gestehen, sobald du es für richtig hältst. Und ich glaube, Prince', sagte ich, ,daß Esther der Meinung ist, ich stünde besser und aufrichtiger und ehrenvoller da, wenn du es zugleich deinem Vater sagtest.' "

„Ja, Caddy", sagte ich, „Esther ist ganz gewiß dieser Meinung."

„So hatte ich also recht, siehst du", rief Caddy aus. „Nun also! Das beunruhigte Prince sehr; nicht, weil er im mindesten schwankend gewesen wäre, sondern weil er so viel Rücksicht auf die Gefühle des alten Mr. Turveydrop nimmt. Er befürchtet, dem könnte das Herz brechen, oder er falle in Ohnmacht oder er werde auf die eine oder andere rührende Weise von der Eröffnung ganz überwältigt werden. Er fürchtet, der alte Mr. Turveydrop könnte es als unkindlich betrachten und zu sehr davon erschüttert werden. Denn du weißt ja, Esther, des alten Mr. Turveydrops Haltung ist sehr schön, und seine Gefühle sind außerordentlich fein", setzte Caddy hinzu.

„Wirklich, liebe Caddy?"

„Ach, außerordentlich fein. Prince sagt es immer. Nun, das hat mein liebes Kind veranlaßt – ich wollte den Ausdruck nicht vor dir gebrauchen, Esther", entschuldigte sich Caddy, über und über errötend, „aber ich nenne Prince gewöhnlich mein liebes Kind."

Ich lachte, Caddy lachte, wurde rot und fuhr fort: „Das hat ihn veranlaßt, Esther –"

„Wen veranlaßt, meine Liebe?"

„Oh, du boshaftes Ding!" sagte Caddy lachend, während ihr hübsches Gesicht feuerrot wurde. „Mein liebes Kind, wenn du darauf bestehst! – Das hat ihm wochenlang Sorge gemacht und ihn bewogen, es ängstlich von Tag zu Tag hinauszuschieben. Endlich sagte er zu mir: ‚Caddy, wenn sich Miss Summerson, die bei meinem Vater sehr gut angeschrieben ist, bewegen ließe, mit dabei zu sein, wenn ich mich meinem Vater entdecke, so könnte ich mich wohl dazu entschließen.' So versprach ich ihm denn, dich zu fragen. Und ich entschloß mich außerdem", sagte Caddy und sah mich voller Hoffnung, aber schüchtern an, „wenn du ja sagst, dich dann auch zu bitten, mit mir zu Mama zu gehen. Das meinte ich, als ich in meinem Brief schrieb, daß ich dich um einen großen Gefallen und einen wichtigen Beistand bitten wolle. Und wenn du meinst, du könntest ihn uns gewähren, Esther, so wären wir dir beide sehr dankbar."

„Wir wollen es einmal überlegen, Caddy", sagte ich und tat, als ob ich mich bedächte. „Ich glaube wirklich, ich könnte etwas Schwereres tun, wenn die Not es erforderte. Ich stehe dir und dem ‚lieben Kind' zu Diensten, sobald ihr wollt, liebe Caddy."

Caddy war ganz entzückt von meiner Antwort, denn sie war, glaube ich, für die kleinste Freundlichkeit oder Ermutigung so empfänglich wie nur je ein zärtliches Herz, das auf dieser Welt geschlagen hat, und nachdem wir noch ein paarmal um den Garten gegangen waren, wobei sie ein Paar ganz neue Handschuhe anzog und sich so schön wie möglich machte, um dem Meister des Anstandes keinen vermeidbaren Anstoß zu geben, gingen wir geradewegs nach Newman Street.

Prince gab natürlich Unterricht. Er beschäftigte sich gerade mit einer nicht sehr hoffnungsvollen Schülerin, einem trotzigen kleinen Mädchen mit mürrischer Stirn, tiefer Stimme und einer steifen, unzufriedenen Mama; ihre Sache wurde durch die Verwirrung, in die wir ihren Lehrer versetzten, sicher nicht hoffnungsvoller. Die Unterrichtsstunde ging endlich zu Ende, nachdem sie so unharmonisch wie möglich weiterverlaufen war; und als das kleine Mädchen seine Schuhe gewechselt und das weiße Musselinkleid unter Schals begraben hatte, nahm es die Mama mit sich fort.

Nach einigen vorbereitenden Worten suchten wir dann Mr. Turveydrop auf, den wir mit Hut und Handschuhen in malerischer Pose als Musterbild des Anstandes auf dem Sofa in seinem Zimmer fanden, dem einzigen behaglichen Zimmer im ganzen Haus. Er schien sich in den Pausen einer kleinen Mahlzeit in aller Muße angekleidet zu haben; sein Toilettenkasten, seine Bürsten und so weiter, alles von sehr eleganter Form, lagen noch herum.

„Vater, Miss Summerson und Miss Jellyby."

„Entzückt! Bezaubert!" sagte Mr. Turveydrop und erhob sich mit seiner hochschultrigen Verbeugung. „Erlauben Sie!" indem er Stühle hinsetzte. „Bitte, nehmen Sie Platz!" sagte er und küßte die Fingerspitzen seiner linken Hand. „Überglücklich!" er schloß die Augen halb und verdrehte sie. „Meine kleine Einsiedelei wird zum Paradies!" Darauf setzte er sich wieder auf dem Sofa zurecht wie der zweite Gentleman in Europa.

„Abermals finden Sie uns, Miss Summerson", sagte er, „beschäftigt mit unseren kleinen Künsten, zu polieren, zu polieren! Abermals reizt und belohnt uns das schöne Geschlecht durch seine herablassende, liebliche Gegenwart. Es ist schon viel in diesen Zeiten – sind wir doch seit den Tagen Seiner Königlichen Hoheit des Prinzregenten, meines Gönners, wenn ich so sagen darf, in schreckliche Entartung verfallen –, zu sehen, daß der Anstand nicht ganz von Handarbeitern unter die Füße getreten wird; daß das Lächeln der Schönheit noch auf ihn herabglänzt, verehrte Madam!"

Ich sagte nichts, weil ich das für die passendste Antwort hielt; er nahm eine Prise.

„Lieber Sohn", sagte Mr. Turveydrop, „du hast heute nachmittag vier Stunden zu geben. Ich würde dir ein rasches Frühstück empfehlen."

„Danke, Vater", entgegnete Prince, „ich werde gewiß pünktlich sein. Lieber Vater, darf ich Sie bitten, sich auf etwas gefaßt zu machen, das ich Ihnen zu sagen habe?"

„Gütiger Gott!" rief das Muster aus, blaß und erschrocken, als Prince und Caddy Hand in Hand vor ihm niederknieten. „Was ist das? Ist das Verrücktheit oder was sonst?"

„Vater", entgegnete Prince sehr unterwürfig, „ich liebe diese junge Dame, und wir sind verlobt."

„Verlobt!" rief Mr. Turveydrop, lehnte sich im Sofa zurück und verhüllte das Gesicht mit der Hand. „Ein Pfeil, von meinem eigenen Kinde mir ins Herz geschleudert!"

„Wir sind schon seit einiger Zeit verlobt, Vater", stammelte Prince; „Miss Summerson, die davon hörte, riet uns, Ihnen die Sache mitzuteilen, und war so freundlich, uns herzubegleiten. Miss Jellyby ist eine junge Dame, die vor Ihnen die höchste Achtung hat, Vater."

Mr. Turveydrop stöhnte.

„Oh, bitte, nicht! Bitte nicht, Vater!" rief der Sohn. „Miss Jellyby ist eine junge Dame, die Sie tief verehrt, und unser erster Wunsch ist, Ihr Behagen zu mehren."

Mr. Turveydrop schluchzte.

„Nein, bitte nicht, Vater!" rief sein Sohn.

„Junge", sagte Mr. Turveydrop, „es ist gut, daß deiner verewigten Mutter dieser Stich erspart blieb. Stoß zu und schone mich nicht. Triff mich ins Herz, mein Sohn, triff mich ins Herz!"

„Bitte, Vater, sprechen Sie nicht so", flehte Prince unter Tränen. „Es zerreißt mir das Herz. Ich versichere Ihnen, Vater, unser erster Wunsch und Wille ist, für Ihr Behagen zu sorgen. Caroline und ich vergessen unsere Pflicht nicht – was für mich Pflicht ist, ist es auch für Caroline, das haben wir oft zueinander gesagt; und mit Ihrer Billigung und Zustimmung, Vater, wollen wir alles tun, um Ihnen das Leben angenehm zu machen."

„Triff mich ins Herz", murmelte Mr. Turveydrop. „Triff mich ins Herz!" Aber er schien, wie mich dünkte, auch zuzuhören.

„Lieber Vater", fuhr Prince fort, „wir wissen recht gut, auf welche kleinen Behaglichkeiten Sie Wert legen und Anspruch haben, und es wird stets unsere Sorge und unser Stolz sein, vor allem anderen sie zu beschaffen. Wenn Sie uns mit Ihrer Billigung und Zustimmung beglücken, Vater, so gedenken wir nicht eher zu heiraten, als bis es Ihnen ganz genehm ist, und wenn wir verheiratet sind, werden wir natürlich Sie zum Hauptgegenstand unserer Rücksicht machen. Sie müssen hier immer Oberhaupt und Herr bleiben, Vater; und wir fühlen, wie widernatürlich es von uns wäre, wenn wir das nicht einsähen oder wenn wir uns nicht bemühten, Ihnen in jeder Hinsicht zu gefallen."

Mr. Turveydrop hatte einen harten inneren Kampf zu bestehen; er saß wieder aufrecht auf dem Sofa, die Backen über die steife Halsbinde hervorquellend, ein vollkommenes Muster väterlichen Anstandes.

„Mein Sohn", sagte Mr. Turveydrop. „Meine Kinder! Ich kann euren Bitten nicht widerstehen. Seid glücklich!"

Die Herablassung, mit der er seine künftige Schwiegertochter aufhob und seinem Sohn die Hand reichte, die dieser mit liebevoller Verehrung und Dankbarkeit küßte, war der verwirrendste Anblick, der mir je vorgekommen ist.

„Meine Kinder", sagte Mr. Turveydrop, indem er Caddy, als sie neben ihm saß, väterlich mit dem linken Arm umschlang und die rechte Hand graziös in die Hüfte stemmte. „Mein Sohn und meine Tochter, euer Glück wird meine Sorge sein. Ich werde über euch wachen. Ihr sollt immer bei mir wohnen" – damit meinte er natürlich, er wolle stets bei ihnen wohnen –, „dieses Haus gehört von nun an so gut euch wie mir; betrachtet es als euren eigenen Herd. Mögt ihr lange leben, ihn mit mir zu teilen."

Die Macht seines Anstandes war so groß, daß sie wirklich von Dankbarkeit ebenso überwältigt waren, als ob er ein großartiges Opfer für sie brächte, anstatt sich für den Rest seines Lebens bei ihnen einzuquartieren.

„Was mich betrifft, meine Kinder", fuhr Mr. Turveydrop fort, „so gehöre ich zum dürren, gelben Laub, und es läßt sich unmöglich sagen, wie lange die letzten schwachen Spuren echten Anstandes in diesem Zeitalter der Weber und Spinner erhalten bleiben. Aber solange sie noch vorhanden sind, will ich meine Pflicht gegen die Gesellschaft tun und mich wie gewöhnlich in der Stadt zeigen. Ich habe nur wenige, einfache Bedürfnisse. Mein kleines Zimmer hier, meine paar Toilettengegenstände, mein frugales Frühstück und mein einfaches Mittagessen genügen. Ich überlasse es euerer Kindesliebe, für diese Bedürfnisse zu sorgen, und übernehme die Deckung aller übrigen."

Sie fühlten sich abermals von seiner ungewöhnlichen Großmut überwältigt.

„Mein Sohn", sagte Mr. Turveydrop, „in den kleinen Einzelheiten, in denen du noch mangelhaft bist, Einzelheiten des Anstands, die dem Menschen angeboren sind, die sich durch Übung fortbilden, aber nie schaffen lassen, kannst du immer noch auf mich bauen. Ich habe seit den Tagen Seiner Königlichen Hoheit des Prinzregenten treulich auf meinem Posten ausgeharrt und werde ihn auch jetzt nicht verlassen. Nein, mein Sohn! Wenn du je deines Vaters bescheidene Stellung mit einem Gefühl des Stolzes betrachtet hast, so kannst du dich darauf verlassen, daß er nie etwas tut, das sie befleckt. Du selbst, Prince, dessen Charakter von anderer Art ist – wir können nicht alle gleich sein, und es ist auch gar nicht wünschenswert –, arbeite, sei fleißig, verdiene Geld und erweitere deinen Kundenkreis soviel wie möglich."

„Das werde ich mit allem Eifer tun, lieber Vater, darauf können Sie sich verlassen", entgegnete Prince.

„Ich zweifle nicht daran", meinte Mr. Turveydrop. „Die Eigenschaften, die du besitzest, mein liebes Kind, sind nicht glänzend, aber solid und nützlich. Und euch beiden, liebe Kinder, möchte ich nur im Geist meiner geliebten Seligen, auf deren Pfad ich, wie ich glaube, mehr als einen Lichtstrahl werfen durfte, bemerken: Sorgt für das Institut, sorgt für meine schlichten Bedürfnisse, und Gott segne euch!"

Der alte Mr. Turveydrop wurde dann zur Feier des Tages so galant, daß ich Caddy sagte, wir müßten wirklich sogleich nach Thavies' Inn gehen, wenn wir überhaupt heute noch hinkommen wollten. So entfernten wir uns denn nach einem sehr zärtlichen Abschied Caddys von ihrem Bräutigam, und unterwegs war sie so glücklich und so voll des Lobes über den alten Mr. Turveydrop, daß ich um keinen Preis ein Wort des Tadels über ihn hätte aussprechen mögen.

An den Fenstern des Hauses in Thavies' Inn hingen Zettel mit der Anzeige, daß es zu vermieten sei; es sah schmutziger, düsterer und unheimlicher aus denn je. Der Name des armen Mr. Jellyby hatte erst vor ein oder zwei Tagen im Verzeichnis derer gestanden, die Bankrott anmeldeten; nun hatte er sich mit zwei Herren und einem Haufen von blauen Aktendeckeln, Rechnungsbüchern und Papieren im Speisezimmer eingeschlossen und machte die verzweifeltsten Anstrengungen, Einblick in seine Angelegenheiten zu gewinnen. Mir schien es, als ob sie sich ganz seinem Verständnis entzögen; denn als mich Caddy versehentlich ins Speisezimmer führte und wir dort Mr. Jellyby vorfanden mit der Brille auf der Nase, hinter dem großen Speisetisch von zwei Herren in eine Ecke gezwängt, schien er alles aufgegeben zu haben und sprach- und gefühllos geworden zu sein.

Als wir die Treppe hinauf in Mrs. Jellybys Zimmer gingen – die Kinder kreischten alle in der Küche, und kein Dienstbote ließ sich blicken –, fanden wir diese Dame inmitten einer umfangreichen Korrespondenz: sie öffnete, las und sortierte Briefe, während sich zerrissene Umschläge auf dem Fußboden häuften. Sie war davon so beansprucht, daß sie mich anfangs gar nicht bemerkte, obgleich sie mich mit ihrem seltsamen, hellen, in die Ferne gerichteten Blick ansah.

„Ah! Miss Summerson?" sagte sie endlich. „Ich dachte an etwas ganz anderes! Ich hoffe, es geht Ihnen gut. Es freut mich, Sie zu sehen. Mr. Jarndyce und Miss Clare befinden sich doch wohl?"

Ich gab meinerseits der Hoffnung Ausdruck, daß sich Mr. Jellyby ganz wohl befinde.

„Nun, nicht so ganz, meine Liebe", sagte Mrs. Jellyby im ruhigsten Ton. „Er hat Unglück im Geschäft gehabt und ist etwas niedergeschlagen. Zum Glück bin ich so beschäftigt, daß ich keine Zeit habe, daran zu denken. Wir haben gegenwärtig hundertsiebzig Familien, Miss Summerson, jede im Durchschnitt zu fünf Personen, die abgereist sind oder abreisen wollen."

Ich dachte an die eine Familie in nächster Nähe, die zum linken Nigerufer weder abgereist war noch abreisen wollte, und wunderte mich, daß sie so ruhig sein konnte.

„Sie haben Caddy mitgebracht, wie ich sehe", bemerkte Mrs. Jellyby mit einem Blick auf ihre Tochter. „Es ist eine wahre Seltenheit geworden, sie hier zu sehen. Sie hat ihre alte Beschäftigung fast ganz aufgegeben und mich wirklich genötigt, einen Jungen anzustellen."

„Aber gewiß, Ma –" begann Caddy.

„Du weißt, Caddy", unterbrach ihre Mutter sie sanft, „daß ich einen Jungen beschäftige, der jetzt zu Tisch gegangen ist. Wozu willst du da widersprechen?"

„Ich wollte nicht widersprechen, Ma", entgegnete Caddy. „Ich wollte nur sagen, Sie wollen gewiß nicht, daß ich mein Leben lang ein bloßer Packesel bleibe."

„Ich glaube, meine Liebe", sagte Mrs. Jellyby, die weiter ihre Briefe öffnete, sie mit strahlendem Lächeln überflog und sortierte, „du hättest an deiner Mutter ein Beispiel von Geschäftseifer vor dir. Übrigens: ein bloßer Packesel! Wenn du die geringste Sympathie für die Schicksale des Menschengeschlechts hättest, stündest du hoch über solchen Gedanken. Aber die fehlt dir eben. Ich habe es dir oft gesagt, Caddy, du hegst keine solche Sympathie."

„Nicht, wenn's um Afrika geht, Mama, gewiß nicht!"

„Natürlich nicht. Das würde mich schmerzen und enttäuschen, Miss Summerson, wenn ich nicht glücklicherweise so beschäftigt wäre", sagte Mrs. Jellyby, indem sie mich einen Augenblick sanft ansah und überlegte, wohin sie den eben erbrochenen Brief legen sollte. „Aber ich habe im Zusammenhang mit Borriobula-Gha an so vieles zu denken, und es ist so nötig, daß ich mich darauf konzentriere, daß es mir hilft, wie Sie sehen."

Da mir Caddy einen flehenden Blick zuwarf und Mrs. Jellyby mitten durch meinen Hut und Kopf hindurch weit nach Afrika hinein schaute, hielt ich die Zeit für gekommen, vom Zweck meines Besuches zu reden und Mrs. Jellybys Aufmerksamkeit auf mich zu ziehen.

„Vielleicht wundern Sie sich, was mich hergeführt hat, um Sie zu stören."

„Es freut mich stets, Miss Summerson zu sehen", sagte Mrs. Jellyby und arbeitete mit ruhigem Lächeln weiter. „Obgleich ich wünschte, Sie kümmerten sich mehr um die Borriobula-Sache", setzte sie kopfschüttelnd hinzu.

„Ich bin mit Caddy hergekommen", sagte ich, „weil Caddy der ganz richtigen Meinung ist, daß sie vor ihrer Mutter kein Geheimnis haben solle, und sich einbildet, ich könne ihr Mut machen und ihr helfen, es zu enthüllen − ich weiß freilich nicht, wie."

„Caddy", versetzte Mrs. Jellyby, indem sie auf einen Augenblick ihre Beschäftigung unterbrach und sie dann nach einem Kopfschütteln in heiterer Ruhe fortsetzte, „du willst mir gewiß einen Unsinn mitteilen."

Caddy entknotete ihre Hutbänder, nahm den Hut ab, ließ ihn an den Bändern zum Fußboden hinunterbaumeln und sagte unter echten Tränen: „Mama, ich bin verlobt."

„O du törichtes Kind!" bemerkte Mrs. Jellyby mit zerstreuter Miene, während sie den zuletzt geöffneten Eilbrief überflog. „Was für ein Gänschen du bist!"

„Ich bin verlobt, Mama!" schluchzte Caddy, „mit dem jungen Mr. Turveydrop von der Tanzakademie, und der alte Mr. Turveydrop, der ein wirklicher Gentleman ist, hat seine Einwilligung erteilt, und ich bitte und beschwöre Sie, geben Sie auch die Ihre, Mama, weil ich ohne sie nicht glücklich sein könnte; nie, nie könnte ich das!" schluchzte Caddy, die ihre allgemeinen Beschwerden und alles vergaß, außer ihrer natürlichen Zuneigung.

„Da sehen Sie wieder, Miss Summerson", bemerkte Mrs. Jellyby in heiterer Ruhe, „welches Glück es für mich ist, so beschäftigt zu sein und mich ganz konzentrieren zu müssen. Da verlobt sich Caddy mit dem Sohn eines Tanzmeisters − mischt sich unter Leute, die ebensowenig Sympathie für die Geschicke des Menschengeschlechts haben wie sie selbst! Noch dazu, wo mir Mr. Quale, einer der ersten Philanthropen unserer Zeit, angedeutet hat, daß er ernstlich geneigt sei, sich für sie zu interessieren."

„Mama, ich habe Mr. Quale von jeher gehaßt und verabscheut!" schluchzte Caddy.

„Caddy, Caddy!" entgegnete Mrs. Jellyby und brach mit größter Gemütsruhe einen weiteren Brief auf. „Daran zweifle ich nicht. Wie könnte es auch anders sein, da dir die Sympathien gänzlich abgehen, von denen er überfließt! Ja, Miss Summerson, wenn meine Pflichten gegen die Gesamtheit nicht mein Lieblingskind wären, wenn mich nicht weitreichende Pläne von großartigem Maßstab beschäftigten, würde mich dieser leidige Kleinkram schwer betrüben. Aber kann ich den Nebel eines dummen Streichs Caddys, von der ich nichts anderes erwarte, zwischen mich und den großen afrikanischen Kontinent treten lassen? Nein, nein!" wiederholte Mrs. Jellyby mit ruhiger, klarer Stimme und angenehmem Lächeln, während sie weitere Briefe aufbrach und sortierte. „Nein, wahrhaftig nicht!"

Ich war auf diese vollkommen kühle Aufnahme, obgleich ich sie hätte erwarten können, so wenig gefaßt, daß ich nicht wußte, was ich sagen sollte. Caddy schien es genauso zu gehen. Mrs. Jellyby fuhr fort, Briefe zu öffnen und zu sortieren und gelegentlich in freundlichem Ton und mit ganz friedlichem Lächeln zu wiederholen: „Nein, gewiß nicht!"

„Ich hoffe, Mama", schluchzte endlich Caddy, „Sie sind nicht böse auf mich."

„Ach, Caddy, du bist wirklich ein törichtes Mädchen, daß du noch so fragst, da du doch gehört hast, wie sehr mein Geist anderweitig beschäftigt ist", entgegnete Mrs. Jellyby.

„Und ich hoffe, Mama, Sie geben uns Ihre Zustimmung und wünschen uns alles Gute?" bat Caddy.

„Du bist ein verrücktes Kind, daß du einen solchen Schritt getan hast", sagte Mrs. Jellyby, „und ein aus der Art geschlagenes Kind, da du dich der großen Sache der Menschheit hättest weihen können. Aber der Schritt ist getan, und ich habe einen Jungen angestellt, und es ist kein Wort weiter zu verlieren. Aber ich bitte dich, Caddy", fuhr Mrs. Jellyby fort, denn Caddy überhäufte sie mit Küssen, „störe mich nicht bei meiner Arbeit, sondern laß mich diese schwere Last Briefe bewältigen, ehe die Nachmittagspost kommt."

Ich hielt es für das beste, mich zu verabschieden, blieb aber noch einen Augenblick stehen, da ich Caddy sagen hörte: „Und Sie haben nichts dagegen, wenn ich ihn Ihnen vorstelle, Mama?"

„O Gott, Caddy!" rief Mrs. Jellyby, die wieder in ihre der Ferne zugewandte Beschaulichkeit versunken war, „fängst du schon wieder an? Wen willst du vorstellen?"

„Ihn, Mama."

„Caddy, Caddy!" sagte Mrs. Jellyby, dieser Kleinigkeiten nun gründlich satt. „Dann mußt du ihn an einem Abend mitbringen, an dem weder eine Sitzung des Haupt- noch des Zweig- noch des Nebenzweigvereins stattfindet. Du mußt den Besuch nach den Ansprüchen einrichten, die man an meine Zeit macht. Meine liebe Miss Summerson, es war sehr freundlich von Ihnen, hierherzukommen, um diesem dummen Gänschen herauszuhelfen. Leben Sie wohl! Wenn ich Ihnen sage, daß ich heute morgen achtundfünfzig neue Briefe von Fabrikarbeiterfamilien empfangen habe, die alle die Einzelheiten der Eingeborenen- und Kaffeekultur kennenlernen wollen, so brauche ich mich nicht zu entschuldigen, daß ich so wenig Zeit habe."

Es wunderte mich nicht, daß Caddy betrübt war, als wir die Treppe hinabgingen, daß sie an meiner Brust wieder zu schluchzen anfing, daß sie mir sagte, Scheltworte wären ihr lieber gewesen als diese Gleichgültigkeit, und daß sie mir anvertraute, sie sei so arm an Kleidern, daß sie noch gar nicht wisse, wie sie je anständig getraut werden könne. Ich tröstete sie nach und nach damit, daß ich von den vielen Sachen sprach, die sie für ihren armen Vater und Peepy tun könne, wenn sie einen eigenen Haushalt habe; und endlich gingen wir hinunter in die feuchte, dunkle Küche, wo Peepy und seine kleinen Brüder und Schwestern auf dem Steinboden herumkrabbelten und wo wir so lustig mit ihnen spielten, daß ich, um nicht ganz in Stücke gerissen zu werden, meine Zuflucht zum Märchenerzählen nehmen mußte. Von Zeit zu Zeit hörte ich im Zimmer über uns laute Stimmen und gelegentlich ein heftiges Herumstoßen von Möbeln. Dieses Geräusch, fürchte ich, wurde dadurch verursacht, daß der arme Mr. Jellyby hinter dem Tisch hervorbrach und zum Fenster rannte, um sich hinauszustürzen, sooft er einen neuen Versuch gemacht hatte, seine Angelegenheiten zu überschauen.

Als ich nach dem Wirbel des Tages abends ruhig nach Hause fuhr, dachte ich viel über Caddys Verlobung nach und fühlte mich – trotz dem alten Turveydrop – in der Hoffnung bestärkt, sie werde sie glücklicher und besser machen. Und wenn auch nur geringe Aussicht bestand, daß sie und ihr Gatte je den wahren Wert des Urbilds des Anstands begriffen, so war das kein Schaden für sie, und wer wollte ihnen mehr Weisheit wünschen? Ich jedenfalls wünschte sie ihnen nicht und schämte mich halb und halb, da ich selbst nicht ganz an ihn glaubte. Und ich sah hinauf zu den Sternen und dachte an Reisende in fernen Landen und an die Sterne, die sie sahen, und hoffte, ich werde stets so gesegnet und glücklich sein, mich in meiner bescheidenen Weise irgendwem nützlich machen zu können.

Wie immer freuten sie sich bei meiner Heimkunft so sehr, daß ich mich hätte hinsetzen und vor Freude weinen können, wenn das nicht ein sicheres Mittel gewesen wäre, mich lästig zu machen. Jedermann im Haus, vom Geringsten bis zum Höchsten, zeigte mir ein so freundliches Willkommensgesicht, sprach so heiter und war so froh, etwas für mich zu tun, daß ich glaube, es hat auf Erden nie ein glücklicheres Geschöpf gegeben als mich.

Wir kamen dadurch, daß mich Ada und mein Vormund verführten, ihnen die ganze Geschichte von Caddy zu erzählen, an diesem Abend so ins Plaudern, daß ich die längste Zeit nur erzählte und wieder erzählte. Endlich ging ich auf mein Zimmer, ganz rot bei dem Gedanken, wie ich gepredigt hatte; gleich darauf klopfte es leise an die Tür. Ich sagte: „Herein!" und es erschien ein hübsches, kleines Mädchen in sauberer Trauertracht knicksend im Zimmer.

„Wenn Sie erlauben, Miss", sagte die Kleine mit sanfter Stimme, „ich bin Charley."

„Wirklich, Charley", sagte ich, indem ich mich erstaunt zu ihr niederbeugte und ihr einen Kuß gab. „Wie mich das freut, dich zu sehen, Charley!"

„Wenn Sie erlauben, Miss", fuhr Charley im selben sanften Ton fort, „ich bin Ihre Zofe."

„Charley?"

„Wenn Sie erlauben, Miss, Mr. Jarndyce schickt mich Ihnen mit herzlichem Gruß."

Ich setzte mich hin, legte ihr die Hand auf die Schulter und sah sie an.

„Und, oh, Miss", sagte Charley, wobei sie die Hände zusammenschlug und Tränen über ihre Grübchenwangen herabliefen, „Tom geht in die Schule, wenn Sie erlauben, und lernt so gut! Und die kleine Emma, Miss, ist bei Mrs. Blinder so gut aufgehoben. Und Tom wäre schon viel eher in die Schule gekommen und Emma schon eher bei Mrs. Blinder geblieben und ich schon eher hierhergekommen, Miss, aber Mr. Jarndyce dachte, Tom und Emma und ich sollten uns erst ein wenig an die Trennung gewöhnen, weil wir noch so klein seien. Aber bitte, weinen Sie nicht, Miss!"

„Ich kann nicht anders, Charley –"

„Ach, Miss, ich kann auch nicht anders", sagte Charley, „und wenn Sie erlauben, Miss, Mr. Jarndyce sagte, er glaube, es werde Ihnen Freude machen, mir dann und wann Unterricht zu erteilen. Und wenn Sie erlauben, Tom und Emma und ich sollen einander einmal im Monat besuchen. Und ich bin so glücklich und dankbar, Miss", rief Charley aus übervollem Herzen, „und ich will mich bemühen, eine gute Zofe zu sein!"

„O liebe Charley, vergiß nie, wer das alles getan hat!"

„Nein, Miss, ich vergesse es nie. Und Tom auch nicht. Und Emma auch nicht. Alles danken wir Ihnen, Miss."

„Ich habe nichts davon gewußt. Es war Mr. Jarndyce, Charley!"

„Ja, Miss, aber er hat es Ihnen zuliebe getan und damit Sie meine Herrin seien. Wenn Sie erlauben, Miss, Mr. Jarndyce schickt mich Ihnen als kleine Aufmerksamkeit mit seinem freundlichsten Gruß, und es sei alles Ihnen zuliebe geschehen. Ich und Tom werden's gewiß nicht vergessen."

Charley trocknete sich die Augen und trat ihr Amt an: sie ging in ihrer fraulich stillen Weise im Zimmer herum und ordnete alles, was ihr unter die Hände kam. Gleich darauf kam sie wieder zu mir geschlichen und sagte: „Ach bitte, Miss, weinen Sie nicht."

Ich sagte wieder: „Ich kann nicht anders, Charley."

Und Charley sagte wieder: „Ach, Miss, ich kann auch nicht anders." So weinte ich denn vor Freude und sie auch.

24. KAPITEL

Berufungsverfahren

Nachdem Richard und ich das mitgeteilte Gespräch geführt hatten, machte jener Mr. Jarndyce mit seinem Gemütszustand bekannt. Ich zweifle, ob mein Vormund durch diese Mitteilung durchaus überrascht wurde, obgleich sie ihm viel Kummer und Enttäuschung bereitete. Er und Richard schlossen sich nun oft spät abends oder früh am Morgen zusammen ein, verbrachten ganze Tage in London, hatten zahllose Zusammenkünfte mit Mr. Kenge und erledigten eine Menge unangenehmer Aufgaben. Während sie so beschäftigt waren, war mein Vormund, obgleich ihm die Windrichtung viel zu schaffen machte und er sich den

Kopf so beständig rieb, daß kein einziges Haar je an rechter Stelle verblieb, gegen Ada und mich so freundlich wie immer, beobachtete aber über diese Angelegenheiten ein standhaftes Schweigen. Und da wir mit unseren angestrengtesten Bemühungen aus Richard nur allgemeine Versicherungen herausbrachten, daß alles in gutem Gang und wirklich im rechten Geleise sei, so wurden unsere Besorgnisse durch ihn nicht wesentlich vermindert.

Wir erfuhren jedoch im Lauf der Zeit, daß man im Namen Richards, als eines Kindes und Mündels und ich weiß nicht als was sonst noch, eine neue Eingabe an den Lordkanzler gemacht habe, daß viel hin und her geredet worden sei, daß ihn der Lordkanzler in offener Gerichtssitzung ein launisches und schwieriges Kind genannt habe, daß man die Sache vertagt und wieder vertagt und weiter verwiesen und darüber Bericht erstattet und petitioniert habe, bis Richard zu zweifeln anfing, wie er uns sagte, ob er, wenn er überhaupt in die Armee eintrete, nicht dann ein Veteran von siebzig oder achtzig Jahren sein werde. Endlich lud ihn der Lordkanzler wieder zu einer Besprechung in seinen Privaträumen ein und machte ihm dort sehr ernstliche Vorwürfe, daß er nicht wisse, was er wolle, und die Zeit vergeude – „ein recht guter Witz von dieser Seite, sollte ich meinen!" sagte Richard. Endlich wurde seine Eingabe genehmigt. Sein Name wurde unter die Bewerber um ein Fähnrichspatent bei den Horse Guards aufgenommen, das Kaufgeld bei einem Agenten hinterlegt, und Richard stürzte sich in seiner gewöhnlichen charakteristischen Weise leidenschaftlich auf militärische Studien und stand jeden Morgen um fünf Uhr auf, um sich im Säbelfechten zu üben.

So folgte Ferienzeit auf Gerichtszeit und Gerichtszeit auf Ferienzeit. Wir hörten manchmal vom Prozeß Jarndyce gegen Jarndyce, daß er auf der Tagesordnung stehe oder abgesetzt sei, daß er erwähnt oder besprochen werden solle, und er kam an die Reihe und war wieder vorbei. Richard, der jetzt bei einem Professor in London wohnte, konnte uns weniger häufig besuchen als früher; mein Vormund beobachtete immer noch dieselbe Zurückhaltung, und so verging die Zeit, bis das Patent kam und Richard Order erhielt, sich zu einem Regiment nach Irland zu begeben.

Er traf eines Abends in größter Eile mit dieser Nachricht ein und hatte eine lange Unterredung mit meinem Vormund. Mehr als eine Stunde verging, ehe mein Vormund den Kopf in das

Zimmer steckte, wo Ada und ich saßen, und sagte: „Kommt herein, liebe Kinder!" Wir traten ein und fanden Richard, den wir zuletzt in bester Laune gesehen hatten, mit gekränktem und erzürntem Gesicht am Kamin lehnen.

„Rick und ich, Ada", sagte Mr. Jarndyce, „sind nicht ganz einer Meinung. Na, Rick, sieh die Sache etwas freundlicher an!"

„Sie sind sehr hart gegen mich, Sir", sagte Richard. „Um so härter, weil Sie in jeder anderen Hinsicht so gut gegen mich gewesen sind und mir Freundlichkeiten erwiesen haben, für die ich nie dankbar genug sein kann. Ich wäre ohne Sie nie in Ordnung gekommen, Sir."

„Schon gut, schon gut!" sagte Mr. Jarndyce. „Ich möchte dich noch mehr in Ordnung bringen. Ich möchte dich mit dir selbst ins reine bringen."

„Ich hoffe, Sie entschuldigen, wenn ich sage, Sir, daß ich mir selbst das beste Urteil über mich zutraue", entgegnete Richard lebhaft, aber doch respektvoll.

„Ich hoffe, du entschuldigst, lieber Rick, wenn ich sage", bemerkte Mr. Jarndyce mit größter Freundlichkeit und in bester Laune, „daß ich es ganz natürlich finde, daß du das meinst, daß ich aber darüber anders denke. Ich muß meine Pflicht tun, Rick, sonst könntest du bei kaltem Blut nicht gut von mir denken; und ich hoffe, du wirst stets gut von mir denken, bei kaltem Blut und bei heißem."

Ada war so blaß geworden, daß er sie in seinem Lehnstuhl Platz nehmen ließ und sich neben sie setzte.

„Es ist nichts, liebes Kind", sagte er, „es ist nichts. Rick und ich haben nur einen freundschaftlichen Streit gehabt, den wir dir mitteilen müssen, denn du bist der Streitgegenstand. Und nun ist dir wohl bange vor dem, was kommen soll."

„Gewiß nicht, Vetter John", entgegnete Ada lächelnd, „da es von Ihnen kommt."

„Danke, liebes Kind. Schenk mir eine Minute ruhiger Aufmerksamkeit, ohne Rick anzusehen. Und du, kleines Frauchen, tust das auch. Mein liebes Kind", sagte er und legte seine Hand auf die ihre, die auf der Seitenlehne des Stuhles ruhte, „du erinnerst dich noch unseres Gesprächs zu viert, als mir das kleine Frauchen von einer kleinen Liebesgeschichte erzählte?"

„Es ist nicht wahrscheinlich, daß Richard oder ich je vergessen, wie gut Sie an jenem Tag zu uns waren, Vetter John."

„Ich kann das nie vergessen", sagte Richard.

„Und ich auch nicht", setzte Ada hinzu.

„Um so leichter ist das, was ich zu sagen habe, und um so leichter werden wir uns verständigen", entgegnete mein Vormund, und sein Gesicht strahlte den Edelmut und die Ehrenhaftigkeit seines Herzens aus. „Ada, meine liebe Tochter, du mußt wissen, daß Rick jetzt zum letztenmal seinen Beruf gewechselt hat. Alles, was mit Gewißheit ihm gehört, ist verbraucht, sobald er vollständig ausgestattet ist. Er hat alle seine Hilfsquellen erschöpft und ist von nun an an den Baum gebunden, den er gepflanzt hat."

„Es ist ganz richtig, daß ich meine gegenwärtigen Hilfsquellen erschöpft habe, und ich wehre mich nicht gegen diese Einsicht. Aber was ich gewiß besitze, Sir", sagte Richard, „ist nicht mein alles."

„Rick, Rick!" rief mein Vormund in plötzlichem Schrecken mit ganz veränderter Stimme und hob die Hände, als wolle er sich die Ohren zuhalten. „Um Gottes willen, setz keine Hoffnung oder Erwartung auf diesen Familienfluch! Was immer du diesseits des Grabes tust, schenk nie diesem schrecklichen Phantom, das uns so viele Jahre verfolgt hat, einen einzigen sehnenden Blick! Viel besser ist's, zu borgen oder zu betteln oder zu sterben!"

Die Inbrunst dieser Warnung erschreckte uns alle. Richard biß sich in die Lippen, hielt den Atem an und sah mich an, als ob er fühlte und wüßte, daß auch ich mir klar sei, wie sehr er der Warnung bedürfe.

„Liebe Ada", sagte Mr. Jarndyce, nachdem er seinen heiteren Gleichmut wiedergewonnen hatte, „das sind für einen Rat starke Worte; aber ich wohne in Bleakhaus und habe hier viel gesehen. Genug davon. Alles, worauf Richard seinen Eintritt ins Leben stützen kann, ist jetzt eingesetzt. Ich empfehle ihm und dir, um seinet- und um deinetwillen, daß er von uns scheide im Einverständnis darüber, daß zwischen euch keine Bindung besteht. Ich muß noch weiter gehen. Ich will gegen euch ganz offen sein. Ihr solltet mir rückhaltlos vertrauen und ich will euch rückhaltlos vertrauen. Ich bitte euch, für jetzt jedes andere Band als euere Verwandtschaft zu vergessen."

„Sagen Sie doch lieber gleich, Sir", entgegnete Richard, „daß Sie alles Vertrauen auf mich aufgeben und Ada raten, dasselbe zu tun."

„Ich will lieber nichts Derartiges sagen, Rick, weil ich es nicht meine."

„Sie meinen, ich hätte schlecht angefangen, Sir", gab Richard zurück. „Das habe ich auch, ich weiß es."

„Wie ich hoffte, daß du anfangen und fortfahren würdest, habe ich dir gesagt, als wir zuletzt davon sprachen", sagte Mr. Jarndyce in herzlichem und ermutigendem Ton. „Du hast diesen Anfang noch nicht gemacht; aber alles hat seine Zeit, und die deine ist noch nicht vorbei – vielmehr, sie ist jetzt erst recht da. Aber fang nun auch mit reinem Tisch an. Ihr beiden seid noch sehr jung, meine Lieben, und seid Vetter und Base. Sonst seid ihr euch bis jetzt nichts. Was noch kommen kann, muß sich mit deinem Schaffen einstellen, Rick, und nicht eher."

„Sie sind sehr hart mit mir, Sir", sagte Richard. „Härter als ich's von Ihnen erwartet hätte."

„Mein lieber Junge", sagte Mr. Jarndyce, „ich bin härter gegen mich selbst, wenn ich etwas tue, was dir weh tut. Du hast das Heilmittel selbst in Händen. Ada, es ist besser für ihn, wenn er frei ist und wenn keine frühe Verlobung zwischen euch besteht. Rick, es ist besser für sie, viel besser; du bist es ihr schuldig. Kommt! Jeder von euch will das Beste für den anderen tun, wenn schon nicht für sich selbst."

„Warum ist es so am besten, Sir?" entgegnete Richard hastig. „Es war nicht so, als wir Ihnen unser Herz ausschütteten. Sie sprachen damals anders."

„Seitdem habe ich Erfahrungen gemacht."

„Sie meinen, mit mir, Sir?"

„Ja, mit euch beiden", sagte Mr. Jarndyce gütig. „Es ist noch nicht so weit, daß ihr euch binden solltet. Es ist nicht recht, und ich darf es nicht zulassen. Folgt mir, meine jungen Verwandten, und fangt von neuem an. Laßt das Geschehene geschehen sein und schlagt eine neue Seite auf, um euer Leben darauf zu schreiben."

Richard sah Ada gespannt an, sagte aber nichts.

„Ich hab es bis jetzt vermieden, einem von euch oder Esther ein Wort darüber zu sagen", fuhr Mr. Jarndyce fort, „damit wir offen wie der Tag und auf gleichem Fuß miteinander verkehren können. Ich rate euch nun liebevoll und bitte euch eindringlich, scheidet voneinander, wie ihr hergekommen seid. Überlaßt alles übrige der Zeit, der Treue und der Standhaftigkeit. Wenn ihr anders handelt, tut ihr unrecht und macht, daß ich unrecht daran tat, euch jemals zusammenzubringen."

Ein langes Schweigen folgte.

„Vetter Richard", sagte dann Ada, und hob ihre blauen Augen zärtlich zu den seinen auf, „nach dem, was uns Vetter John gesagt hat, bleibt uns, glaube ich, keine Wahl. Über mich kannst du ganz ruhig sein; denn du läßt mich hier unter seiner Obhut zurück und kannst überzeugt sein, daß mir nichts zu wünschen bleibt; dessen kannst du sicher sein, wenn ich mich nach seinem Rat richte. Ich – ich zweifle nicht, Vetter Richard", sagte Ada etwas verwirrt, „daß du mich sehr liebhast, und ich – ich glaube nicht, daß du dich in eine andere verlieben wirst. Aber ich wünsche doch auch, daß du genau darüber nachdenkst, da ich dich in allen Dingen glücklich sehen möchte. Auf mich kannst du vertrauen, Vetter Richard. Ich bin ganz unveränderlich; aber ich bin nicht unverständig und würde dich niemals tadeln. Auch Vettern kann es schwerfallen, voneinander zu scheiden, und mir tut es wahrhaftig sehr, sehr leid, Richard, obwohl ich weiß, daß es zu deinem Wohl geschieht. Ich werde immer voll Liebe an dich denken und oft von dir mit Esther sprechen, und – und vielleicht denkst du manchmal auch ein wenig an mich, Vetter Richard. Und jetzt also", sagte Ada indem sie auf ihn zutrat und ihm ihre zitternde Hand reichte, „sind wir wieder bloß Vetter und Base, Richard – vielleicht bloß auf Zeit –, und ich bete um Gottes Segen für meinen geliebten Vetter, wohin er auch geht."

Es kam mir seltsam vor, daß Richard es meinem Vormund nie zu verzeihen vermochte, daß dieser ganz dieselbe Meinung über ihn hegte, die er selbst in viel stärkeren Worten über sich zu mir geäußert hatte. Aber das war gewiß der Fall. Mit großem Bedauern merkte ich, daß er von dieser Stunde an nie wieder so frei und offen gegen Mr. Jarndyce war wie früher. Dieser hatte ihm jede Ursache gegeben, es zu sein, aber er war es nicht, und lediglich von ihm aus entstand eine Entfremdung zwischen ihnen.

In dem Treiben der Reisevorbereitung und Ausrüstung vergaß er bald sich selbst und sogar seinen Schmerz über den Abschied von Ada, die in Hertfordshire zurückblieb, während er, Mr. Jarndyce und ich für eine Woche nach London gingen. Dann und wann gedachte er ihrer, sogar mit heißen Tränen, und zu solchen Zeiten vertraute er mir die schwersten Selbstvorwürfe an. Aber ein paar Minuten darauf malte er leichtsinnig die phantastischsten Wege aus, auf denen sie beide für immer reich und glücklich und so fröhlich wie möglich werden könnten.

Es war eine geschäftige Zeit, und ich lief mit ihm den ganzen Tag herum, um eine Menge Sachen zu kaufen, die er brauchte. Von den Dingen, die er gekauft hätte, wenn er sich selbst überlassen geblieben wäre, will ich nicht sprechen. Er war voll Vertrauen zu mir und sprach oft so verständig und feinfühlig von seinen Fehlern und seinen kernigen Entschlüssen und verweilte so lange bei der Ermutigung, die er aus diesen Gesprächen schöpfte, daß ich mich ihnen nie hätte entziehen können, auch wenn ich's versucht hätte.

In jener Woche kam in unsere Wohnung regelmäßig ein Mann, der früher Kavallerist gewesen war und jetzt Richard Unterricht erteilte; es war ein hübscher, kräftig aussehender Mann von offenem, freiem Wesen, bei dem Richard schon seit einigen Monaten gelernt hatte. Ich hörte so viel über ihn, nicht bloß von Richard, sondern auch von meinem Vormund, daß ich eines Morgens nach dem Frühstück absichtlich mit meiner Arbeit im Zimmer blieb, als er erwartet wurde.

„Guten Morgen, Mr. George", sagte mein Vormund, der gerade mit mir allein war. „Mr. Carstone wird gleich hier sein. Unterdessen freut es Miss Summerson sehr, Sie zu sehen, wie ich weiß. Bitte, nehmen Sie Platz."

Er setzte sich, durch meine Anwesenheit ein wenig aus der Fassung gebracht, wie mir schien, und fuhr mit seiner schweren, sonnenverbrannten Hand wiederholt über seine Oberlippe, ohne mich anzusehen.

„Sie sind pünktlich wie die Sonne", sagte Mr. Jarndyce.

„Militärische Pünktlichkeit, Sir", erwiderte er. „Macht der Gewohnheit. Reine Gewohnheit bei mir, Sir. Ich bin sonst gar nicht wie ein Geschäftsmann."

„Aber Sie haben doch ein großes Geschäft, wie ich höre", sagte Mr. Jarndyce.

„Es ist nicht so arg. Ich habe eine Schießgalerie, aber es ist nicht viel damit los."

„Und was für einen Schützen und Fechter machen Sie aus Mr. Carstone?" fragte mein Vormund.

„Es geht ganz gut, Sir", entgegnete er, indem er die Arme über der breiten Brust kreuzte und sehr imposant aussah. „Wenn sich Mr. Carstone der Sache mit ganzer Seele widmen wollte, könnte er etwas Tüchtiges leisten."

„Aber das tut er nicht, nehme ich an", sagte mein Vormund.

„Anfangs tat er es, Sir, aber später nicht. Er ist nicht ganz dabei. Vielleicht hat er etwas anderes auf dem Herzen – eine junge Dame vielleicht." Seine glänzenden, dunklen Augen schauten mich zum erstenmal an.

„Mich hat er nicht auf dem Herzen, das versichere ich Ihnen, Mr. George", sagte ich lachend, „obgleich Sie mich im Verdacht zu haben scheinen."

Sein gebräuntes Gesicht errötete etwas, und er machte eine militärische Verbeugung. „Nichts für ungut, Miss. Ich bin etwas geradean."

„Durchaus nicht. Ich nehme es als Kompliment."

Wenn er mich früher nicht angesehen hatte, so warf er jetzt drei oder vier Blicke rasch nacheinander auf mich. „Ich bitte um Verzeihung, Sir", sagte er mit einer männlichen Art von Schüchternheit zu meinem Vormund, „aber Sie nannten den Namen der jungen Dame –"

„Miss Summerson."

„Miss Summerson", wiederholte er und sah mich wieder an.

„Kennen Sie den Namen?" fragte ich.

„Nein, Miss. Soviel ich weiß, habe ich ihn nie gehört. Ich glaubte, Sie irgendwo gesehen zu haben."

„Ich glaube nicht", entgegnete ich und hob den Kopf von meiner Arbeit, um ihn anzusehen. Es lag etwas so Treuherziges in seinem Sprechen und Benehmen, daß mir die Gelegenheit ganz lieb war. „Ich habe ein gutes Gedächtnis für Gesichter."

„Ich auch, Miss", erwiderte er und begegnete meinem Blick mit dem vollen Blick seiner schwarzen Augen und mit seiner breiten Stirn. „Hm! Was bringt mich nur auf solche Gedanken!"

Da sein braunes Gesicht wieder errötete und er durch seine Bemühungen, die Gedankenverbindung wiederherzustellen, verlegen wurde, kam ihm mein Vormund zu Hilfe.

„Haben Sie viele Schüler, Mr. George?"

„Ihre Zahl wechselt, Sir. Meist sind es zu wenige, um davon leben zu können."

„Und was für Leute besuchen Ihre Galerie, um sich zu üben?"

„Leute aller Art, Sir. Engländer und Fremde. Vom vornehmen Herrn bis zum Lehrling. Sogar Frauen sind gekommen, Französinnen, die sich als geschickte Pistolenschützen zeigen. Zahllose Verrückte natürlich auch, aber die gibt es überall, wo eine Tür offensteht."

„Ich will doch hoffen, daß nicht Leute mit Racheplänen kommen, um ihren Lehrgang an lebenden Zielscheiben zu beenden?" sagte mein Vormund lächelnd.

„Nicht oft, Sir, obgleich auch das schon vorgekommen ist.

Meist kommen sie bloß der Übung wegen – oder aus Langeweile. Sechs von der einen und ein halbes Dutzend von der anderen Sorte. Ich bitte um Verzeihung", sagte Mr. George, indem er sich aufrecht setzte und die Ellbogen rechtwinklig auf die Knie stützte, „aber ich glaube, Sie haben einen Kanzleigerichtsprozeß, wenn ich recht gehört habe."

„Das muß ich leider bejahen."

„Mich hat auch einmal einer Ihrer Leidensgefährten besucht, Sir."

„Ein Prozeßbeteiligter?" entgegnete mein Vormund. „Wie ging das zu?"

„Nun, der Mann wurde so verfolgt, gepeinigt und gemartert", sagte Mr. George, „weil sie ihn von Pontius zu Pilatus schickten – und wieder zurück, daß er verrückt wurde. Ich glaube nicht, daß er nach einer bestimmten Person zielen wollte, aber er war so voller Zorn und Wut, daß er manchmal kam, für fünfzig Schüsse bezahlte und draufloskrallte, bis er vor Aufregung glühte. Eines Tages, als niemand dabei war und er mir zornig von allem Unrecht erzählt hatte, das ihm widerfahren war, sagte ich zu ihm: ‚Wenn diese Schießübung für Euch ein Sicherheitsventil ist, Kamerad, schön und gut; aber es gefällt mir gar nicht, daß Ihr in Euerem gegenwärtigen Gemütszustand zu versessen darauf seid; ich wollte, Ihr gäbt Euch mit etwas anderem ab.' Er war so leidenschaftlich, daß ich auf einen Schlag gefaßt war; aber er nahm es gut auf und ließ es sogleich sein. Wir schüttelten uns die Hände und schlossen eine Art Freundschaft."

„Was für ein Mann war das?" fragte mein Vormund mit erwachender Teilnahme.

„Nun, er war ein kleiner Farmer aus Shropshire, bevor sie einen gehetzten Stier aus ihm machten", sagte Mr. George.

„Hieß er Gridley?"

„Jawohl, Sir."

Mr. George warf abermals eine Reihe rascher, heller Blicke auf mich, während mein Vormund und ich ein paar Worte der Überraschung über dieses Zusammentreffen tauschten; ich erklärte ihm dann, woher wir den Namen kannten. Zum Dank für das, was er meine Herablassung nannte, machte er mir wieder eine seiner soldatischen Verbeugungen.

„Ich weiß nicht", sagte er und sah mich an, „was mich wieder auf diese Gedanken bringt – aber – bah! mein Kopf geht seine eigenen Wege!" Er fuhr mit einer seiner schweren Hände über sein kurzgelocktes, dunkles Haar, als wollte er die Gedankenbruchstücke aus dem Kopf schaffen, beugte sich dann im Sitzen ein wenig vor, den einen Arm in die Seite gestemmt, den anderen auf den Schenkel gestützt, und starrte in Gedanken verloren den Fußboden an.

„Ich habe mit Bedauern gehört, daß dieser selbe Gemütszustand diesen Gridley in neue Ungelegenheiten gebracht hat und daß er sich versteckt hält", bemerkte mein Vormund.

„So wurde mir erzählt, Sir", entgegnete Mr. George, immer noch sinnend mit dem Blick auf den Fußboden. „So hat man mir erzählt."

„Sie wissen nicht, wo?"

„Nein, Sir", entgegnete der Kavallerist, indem er aufblickte und aus seinem Brüten erwachte. „Ich weiß nichts von ihm. Ich fürchte, es wird bald aus sein mit ihm. Sie können gar viele Jahre am Herzen eines starken Mannes herumfeilen, aber zuletzt zerbricht es dann plötzlich."

Die Ankunft Richards machte dem Gespräch ein Ende. Mr. George stand auf, verbeugte sich vor mir wieder militärisch, wünschte meinem Vormund einen guten Tag und schritt schwer aus dem Zimmer.

Das war am Morgen des Tages, an dem Richard abreisen sollte. Wir hatten keine Einkäufe mehr zu machen. Mit dem Einpacken war ich schon früh am Nachmittag fertig, und wir waren daher ganz frei bis zum Abend, an dem er über Liverpool nach Holyhead abreisen sollte. Da Jarndyce gegen Jarndyce an diesem Tag wieder zur Verhandlung kommen sollte, schlug Richard mir vor, das Gericht aufzusuchen und die Verhandlung mit anzuhören. Da es sein letzter Tag war, da ihm viel daran zu liegen schien und da ich nie dort gewesen war, stimmte ich zu, und wir gingen nach Westminster, wo damals der Gerichtshof seine Sitzungen hielt. Unterwegs trafen wir Verabredungen über die Briefe, die Richard mir und die ich ihm schreiben sollte, und schmiedeten viele hoffnungsvolle Pläne. Mein Vormund wußte, wohin wir gingen, und begleitete uns daher nicht.

Als wir den Gerichtssaal betraten, sahen wir den Lordkanzler – denselben, den ich in seinem Privatzimmer in Lincoln's Inn gesprochen hatte – in großer Aufmachung und Würde auf der Bank sitzen, Zepter und Siegel auf einem roten Tisch unter sich nebst einem ungeheueren Blumenstrauß, einem kleinen Garten gleich, der den ganzen Gerichtssaal durchduftete. Wieder eine

Stufe tiefer als der Tisch saß eine lange Reihe Anwälte mit Aktenbündeln auf dem Strohteppich zu ihren Füßen; dann kamen die Herren des Gerichtshofs in Perücke und Talar, einige wach, andere schlafend, während einer sprach, ohne daß jemand seinen Darlegungen Aufmerksamkeit schenkte. Der Lordkanzler lehnte sich in seinen bequemen Sessel zurück, den Ellbogen auf die gepolsterte Armlehne und die Stirn auf die Hand gestützt; einige der Anwesenden schlummerten, einige lasen Zeitungen, einige gingen auf und ab oder standen flüsternd in Gruppen zusammen; alle schienen sich sehr wohl zu fühlen, ohne die mindeste Eile, sehr unberührt und äußerst behaglich.

Zu sehen, wie alles so glatt ablief, und zu denken, wie rauh Leben und Tod der Parteien war; all den Pomp und die Feierlichkeit zu sehen und an die Verschwendung, den Mangel und das bettelnde Elend zu denken, die sich dahinter bargen; zu bedenken, daß der Gram hingehaltener Hoffnung in so vielen Herzen wütete, während dieses glänzende Schauspiel von Tag zu Tag und von Jahr zu Jahr in so guter Ruhe und Ordnung ungestört abrollte; den Lordkanzler und die ganze Schar von Rechtsbeamten um ihn zu sehen, die einander und die Zuschauer anschauten, als hätte keiner je gehört, daß in ganz England der Name, unter dem sie versammelt waren, ein bitterer Hohn sei, ein Gegenstand der allgemeinen Abneigung, Verachtung und Entrüstung, etwas so offenkundig Schlechtes, daß es nur durch ein Wunder jemandem Nutzen bringen konnte – das kam mir bei meiner Unerfahrenheit so merkwürdig und widerspruchsvoll vor, daß es mir anfangs unglaublich und unbegreiflich war. Ich setzte mich auf den Platz, auf den mich Richard schob, versuchte zuzuhören und sah mich um; aber es schien an dem ganzen Schauspiel nichts wirklich zu sein als die arme, kleine Miss Flite, die Verrückte, die auf einer Bank stand und zu jedem Vorgang nickte.

Miss Flite entdeckte uns bald und kam zu uns. Sie begrüßte mich auf ihrem Gebiet höchst gnädig und zeigte mir mit viel Behagen und Stolz seine Hauptreize. Auch Mr. Kenge trat zu uns und übte die Empfangspflichten fast in derselben Weise mit der freundlich bescheidenen Miene eines Hausherrn. Es sei kein sehr guter Tag für einen Besuch, sagte er; er hätte den ersten Tag der Session vorgezogen, aber doch sei es imposant, sehr imposant.

Als wir etwa eine halbe Stunde dagewesen waren, schien die eben in Gang befindliche – wenn ich eine in diesem Zusammenhang so lächerliche Wendung gebrauchen darf – Rechtssache an ihrer eigenen Nichtigkeit zu sterben, ohne daß sie zu einem Ergebnis kam und ohne daß jemand ein Ergebnis erwartete. Der Lordkanzler warf ein Aktenbündel von seinem Pult den Herren unter ihm zu, und eine Stimme rief: „Jarndyce gegen Jarndyce." Darauf gab es ein Summen und Lachen und einen allgemeinen Aufbruch der Zuhörer, und große Haufen, Stöße, Beutel und Säcke voll Akten wurden hereingebracht.

Ich glaube, die Sache kam „wegen weiterer Verfügungen" hinsichtlich einer Kostenrechnung zur Sprache, soviel mir in meinem schon ziemlich verwirrten Verstand klarwurde. Aber ich zählte dreiundzwanzig Herren in Perücken, die sagten, sie seien damit befaßt, und keiner schien mehr davon zu verstehen als ich. Sie plauderten darüber mit dem Lordkanzler, stritten untereinander und gaben einander Erläuterungen; einige sagten, es sei so, andere, es sei anders; einige schlugen scherzhaft vor, dicke Bände Zeugenaussagen zu verlesen, es wurde noch mehr gesummt und gelacht, jeder, den es anging, war in müßiger Unterhaltung begriffen, und niemand konnte etwas daraus machen. Nach ungefähr einer Stunde und sehr vielen angefangenen und wieder abgebrochenen Reden wurde die Sache „vorläufig zurückgestellt", wie Mr. Kenge sagte – und die Papiere wurden wieder hinausgeschafft, ehe noch die Schreiber mit dem Hereinbringen ganz fertig waren.

Ich sah beim Schluß dieser hoffnungslosen Verhandlung Richard an und erschrak über das müde Aussehen seines hübschen, jungen Gesichts. „Das kann nicht ewig dauern, Mütterchen. Das nächste Mal wird's besser gehen!" war alles, was er sagte.

Ich hatte Mr. Guppy gesehen, wie er Papiere hereinbrachte und sie vor Mr. Kenge ordnete, und er hatte mich gesehen und mir eine melancholische Verbeugung gemacht, die in mir den Wunsch weckte, den Saal zu verlassen. Richard hatte mir den Arm gereicht und wollte mich hinausbringen, als Mr. Guppy zu uns trat.

„Ich bitte Sie um Verzeihung, Mr. Carstone", flüsterte er, „und auch Miss Summerson; aber es ist eine Dame hier aus meinem Bekanntenkreis, die Miss Summerson kennt und ihr die Hand drücken möchte." Während er sprach, sah ich, als ob sie aus meiner Erinnerung körperliche Gestalt angenommen hätte, Mrs. Rachael aus dem Haus meiner Patin vor mir stehen.

„Wie geht's Ihnen, Esther?" fragte sie. „Erinnern Sie sich meiner noch?"

Ich reichte ihr die Hand, sagte ja und fügte hinzu, sie habe sich sehr wenig verändert.

„Ich wundere mich, daß Sie sich an jene Zeiten erinnern, Esther", sagte sie mit ihrer alten Schroffheit. „Die Zeiten haben sich sehr geändert. Nun, es freut mich, Sie zu sehen, und es freut mich, daß Sie nicht zu stolz geworden sind, um mich noch zu kennen." Aber eigentlich schien sie enttäuscht, daß ich es nicht war.

„Stolz, Mrs. Rachael!" protestierte ich.

„Ich bin verheiratet, Esther", berichtigte sie mich kalt, „und heiße jetzt Mrs. Chadband. Nun, ich wünsche Ihnen gute Zeit und hoffe, daß es mit Ihnen gut weitergeht."

Mr. Guppy, der diesem kurzen Zwiegespräch aufmerksam gefolgt war, seufzte, daß ich's hören konnte, und drängte sich mit Mrs. Rachael durch das Gewühl kommender und gehender Leute, in das wir eingekeilt waren und das der Wechsel des Verhandlungsgegenstands herbeigeführt hatte. Richard und ich bahnten uns ebenfalls einen Weg, und das erste Frösteln von dem unerwarteten Wiedersehen überlief mich noch, als ich keinen anderen als Mr. George auf uns zukommen sah, ohne daß er uns wahrnahm. Er kümmerte sich nicht um die Umstehenden, während er wuchtig voranschritt und über ihre Köpfe hinweg den Gerichtshof anstarrte.

„George!" sagte Richard, den ich auf ihn aufmerksam machte.

„Ein Glück, daß ich Sie treffe, Sir", gab jener zurück. „Und auch Sie, Miss. Könnten Sie mir nicht eine Person zeigen, mit der ich sprechen möchte? Ich kenne mich hier nicht aus."

Er drehte sich noch im Sprechen um, machte ohne Mühe für uns Platz und blieb, als wir aus dem Gedränge waren, in einer Ecke hinter einem großen roten Vorhang stehen.

„Es ist hier eine kleine verrückte Alte", fing er an, „die –"

Ich hielt meinen Finger warnend empor, denn Miss Flite stand dicht neben mir; sie war die ganze Zeit über in meiner Nähe geblieben und hatte die Aufmerksamkeit verschiedener ihr bekannter Rechtsanwälte auf mich gelenkt, wie ich zu meiner Verwirrung erlauscht hatte, indem sie ihnen zuflüsterte: „Still! Fitz Jarndyce zu meiner Linken!"

„Hm!" sagte Mr. George. „Sie erinnern sich, Miss, daß wir heute morgen von einem Mann sprachen? – Gridley", flüsterte er hinter der Hand.

„Ja", sagte ich.

„Er hält sich bei mir versteckt. Ich durfte es heute früh nicht sagen. Hatte von ihm keine Erlaubnis dazu. Er ist auf seinem letzten Marsch, Miss, und hat sich in den Kopf gesetzt, sie zu sehen. Er sagt, sie hätten Mitgefühl füreinander und sie sei ihm hier fast so gut wie ein Freund gewesen. Ich ging hierher, um sie zu suchen; denn als ich heute nachmittag bei Gridley saß, war es mir, als hörte ich den Schall gedämpfter Trommeln."

„Soll ich's ihr sagen?" sagte ich.

„Wollten Sie so gut sein?" entgegnete er mit einem fast furchtsamen Blick auf Miss Flite. „Es ist ein Werk der Vorsehung, daß ich Sie getroffen habe, Miss; ich zweifle, ob ich verstanden hätte, mit dieser Dame umzugehen." Und er steckte eine Hand in die Brust und stand in kriegerischer Haltung stramm aufgerichtet da, während ich Miss Flite den Zweck seiner freundlichen Sendung ins Ohr flüsterte.

„Mein aufgeregter Freund aus Shropshire! Fast so berühmt wie ich!" rief sie aus. „Mein Gott! Gewiß werde ich ihn mit größtem Vergnügen besuchen."

„Er hält sich bei Mr. George versteckt", sagte ich. „Still! Dies ist Mr. George."

„Ah!" entgegnete Miss Flite. „Sehr stolz, die Ehre zu haben! Soldat, wie ich sehe. Ein vollkommener General, wissen Sie!" wisperte sie mir zu.

Die arme Miss Flite hielt es für nötig, zum Zeichen ihrer Achtung vor der Armee, so höflich zu sein und so viele Knickse zu machen, daß es nicht leicht war, sie aus dem Gerichtssaal zu bringen. Als das endlich gelungen war und sie Mr. George, den sie General nannte, zum großen Spaß verschiedener Maulaffen ihren Arm gab, kam er so aus der Fassung und bat mich so ehrerbietig, ihn „nicht zu verlassen", daß ich das nicht übers Herz bringen konnte, besonders, da sich Miss Flite von mir immer leicht behandeln ließ und überdies zu mir sagte: „Meine liebe Fitz Jarndyce, Sie werden uns natürlich begleiten." Da sich Richard ganz damit einverstanden, ja emsig darauf bedacht zeigte, sie sicher an ihren Bestimmungsort zu bringen, so erklärten wir uns bereit. Und da uns Mr. George sagte, daß Gridley den ganzen Nachmittag von Mr. Jarndyce gesprochen habe, nachdem er von ihrer Zusammenkunft heute früh gehört hatte, schrieb ich schnell ein paar Zeilen an meinen Vormund, um ihm mitzuteilen, wohin wir gegangen seien und weshalb. Mr. George versiegelte das Briefchen in einem Kaffeehaus, damit es zu keiner

Entdeckung führe, und wir schickten es durch einen Dienstmann fort.

Dann nahmen wir eine Droschke und fuhren bis in die Nähe von Leicester Square. Wir gingen durch einige enge Höfe, weshalb Mr. George um Verzeihung bat, und erreichten bald den Schießsaal, dessen Tür verschlossen war. Als er an dem Klingelgriff zog, der mit einer Kette am Türpfosten befestigt war, redete ihn ein sehr achtbarer, alter Herr mit grauem Haar und einer Brille an, der einen schwarzen Spenzer, Gamaschen und einen breitkrempigen Hut trug und einen großen Stock mit goldenem Knopf in der Hand hielt. „Verzeihung, guter Freund", sagte er, „ist das Georges Schießsaal?"

„Jawohl, Sir", entgegnete Mr. George und sah hinauf zu den großen Buchstaben, mit denen die Firma auf die weiße Mauer gemalt war.

„Ah ja!" meinte der alte Herr, der seinen Augen gefolgt war. „Danke. Haben Sie geklingelt?"

„Ich bin George, Sir, und habe geklingelt."

„O wirklich?" fragte der alte Herr. „Sie sind George? Dann bin ich ebenso rasch hier wie Sie, wie Sie sehen. Sie haben mich doch bestellt?"

„Nein, Sir. Ich kenne Sie nicht."

„O wirklich?" fragte der alte Herr. „Dann hat mich Ihr junger Mann bestellt. Ich bin Arzt und wurde vor fünf Minuten aufgefordert, zu einem kranken Mann in Georges Schießsaal zu kommen."

„Die gedämpften Trommeln", sagte Mr. George zu Richard und mir und schüttelte ernst den Kopf. „Es ist ganz richtig, Sir. Bitte, treten Sie ein."

Die Tür wurde jetzt von einem seltsam aussehenden kleinen Mann in grünwollener Mütze und Schürze geöffnet, dessen Gesicht, Hände und Kleider über und über geschwärzt waren, und wir gingen durch einen öden Gang in ein großes Gebäude mit kahlen Ziegelwänden, wo Scheiben und Flinten, Rapiere und andere Dinge dieser Art herumstanden. Als wir dort angekommen waren, blieb der Arzt stehen, nahm seinen Hut ab und schien wie durch Zauberei auf einmal verschwunden und durch einen anderen, ihm ganz unähnlichen Mann ersetzt zu sein.

„Nun, sehen Sie mich an, George", sagte der Mann, der sich rasch zu ihm umdrehte und ihm mit seinem großen Zeigefinger auf die Brust tippte. „Sie kennen mich, und ich kenne Sie. Sie sind ein Mann von Welt, und ich bin ein Mann von Welt. Ich heiße Bucket, wie Sie wissen, und habe einen Haftbefehl gegen Gridley. Sie haben ihn lange versteckt gehalten und haben es sehr schlau gemacht, und es macht Ihnen Ehre."

Mr. George sah ihn starr an, biß sich auf die Lippe und schüttelte den Kopf.

„Nun, George", sagte der andere, der sich dicht an ihn hielt; „Sie sind ein verständiger Mann von guter Führung; das sind Sie ohne Zweifel. Und wohlgemerkt, ich spreche zu Ihnen nicht wie zu einem gewöhnlichen Mann, weil Sie Ihrem Vaterland gedient haben und wissen, daß wir gehorchen müssen, wenn die Pflicht ruft. Daher wird es Ihnen gar nicht einfallen, Ungelegenheiten zu machen. Wenn ich Beistand brauchte, stünden Sie mir bei; ja, das täten Sie. Phil Squod, schleicht mir nicht so um die Galerie herum", der geschwärzte kleine Mann schob sich nämlich mit der Schulter an der Wand entlang und sah den Eindringling drohend an. „Ich kenne Euch nämlich und mag das nicht."

„Phil!" mahnte Mr. George.

„Jawohl, Chef!"

„Sei ruhig!"

Mit mißvergnügtem Brummen blieb der kleine Mann stehen.

„Meine Damen und Herren", sagte Mr. Bucket, „Sie werden entschuldigen, wenn Ihnen hierbei etwas unangenehm scheint. Ich bin Inspektor Bucket von der Geheimpolizei und habe eine Pflicht zu erfüllen. George, ich weiß, wo mein Mann ist, weil ich vorige Nacht auf dem Dach war und ihn durchs Deckenfenster gesehen habe, und Sie bei ihm. Er ist dort drinnen, wissen Sie", sagte er und zeigte hin, „dort auf einem Sofa. Nun muß ich meinen Mann sehen und ihm sagen, daß er sich als verhaftet zu betrachten hat; aber Sie kennen mich und wissen, daß ich keine quälerischen Maßregeln ergreifen mag. Sie geben mir Ihr Wort, von Mann zu Mann, und natürlich auch als alter Soldat, so daß es eine Ehrensache zwischen uns beiden ist, und ich will Ihnen bis an die äußerste Grenze meiner Macht entgegenkommen."

„Sie haben mein Wort", lautete die Entgegnung. „Aber es war nicht schön von Ihnen, Mr. Bucket."

„Dummes Zeug, George! Nicht schön?" sagte Mr. Bucket, indem er ihm wieder auf die breite Brust tippte und ihm die Hand schüttelte. „Sage ich etwa, es sei nicht schön gewesen, daß Sie meinen Mann so versteckt gehalten haben? Seien Sie ebenso gutmütig gegen mich, alter Bursche! Alter Wilhelm Tell! Alter Shaw, der Leibgardist! Wahrhaftig, er ist ein Muster der ganzen britischen Armee, meine Damen und Herren. Ich gäbe eine Fünfzigpfundnote, wenn ich ein solcher Kerl wäre."

Da die Sache so weit gediehen war, schlug Mr. George nach kurzer Überlegung vor, zuerst zu seinem Kameraden, wie er ihn nannte, hineinzugehen und Miss Flite mitzunehmen. Mr. Bucket stimmte zu, und sie gingen zum anderen Ende der Galerie, während wir um den mit Gewehren bedeckten Tisch herumsaßen und -standen. Mr. Bucket ergriff die Gelegenheit, eine leichte Unterhaltung zu beginnen, fragte mich, ob ich mich vor Feuerwaffen fürchte wie die meisten jungen Damen, fragte Richard, ob er ein guter Schütze sei, fragte Phil Squod, welche der Büchsen er für die beste halte und was sie neu kosten möge, und sagte ihm darauf, es sei schade, daß er sich manchmal von seinem Temperament fortreißen lasse, denn er sei von Natur aus so liebenswürdig wie ein junges Mädchen und mache sich überall angenehm.

Nach einiger Zeit ging er mit uns zum hinteren Ende der Galerie, und Richard und ich wollten uns leise entfernen, als Mr. George uns nachkam. Er sagte, wenn wir nichts dagegen hätten, seinen Kameraden zu sehen, nähme dieser einen Besuch von uns gewiß als große Freundlichkeit auf. Die Worte waren kaum über seine Lippen gekommen, so schellte es, und mein Vormund erschien, auf die Aussicht hin, bemerkte er leichthin, einem armen Mann, der an demselben Unglück leide wie er selbst, einen kleinen Dienst zu erweisen. Wir kehrten nun alle vier um und traten in den Verschlag, wo Gridley lag.

Es war ein kahler Raum, von der Galerie durch eine ungestrichene Bretterwand getrennt. Da die Scheidewand nicht höher als acht bis zehn Fuß war und nicht bis zur Decke reichte, nahm man oben die Dachbalken und das Deckenfenster wahr, durch das Mr. Bucket hereingeschaut hatte. Die Sonne stand schon tief – sie ging fast unter –, und ihr Licht schien rot durchs Fenster, ohne den Boden zu treffen. Auf einem einfachen, mit Leinwand überzogenen Sofa lag der Mann aus Shropshire, ziemlich so gekleidet, wie wir ihn zuletzt gesehen hatten, aber so verändert, daß ich in seinem farblosen Gesicht anfangs nicht die mindeste Ähnlichkeit mit meiner Erinnerung entdeckte.

Er hatte in seinem Versteck immer noch geschrieben und Stunde um Stunde über seinen Beschwerden gebrütet. Ein Tisch und einige Simse waren mit Manuskripten, abgeschriebenen Federn und einem Haufen ähnlicher Dinge bedeckt. Rührend und grauenerregend vereint saßen er und die kleine Verrückte nebeneinander, sozusagen allein. Sie saß auf einem Stuhl und hielt seine Hand, und keiner von uns trat nahe an sie heran.

Seine Stimme war altersschwach geworden wie der Ausdruck seines Gesichts, wie seine Kraft, wie sein Zorn und sein Widerstand gegen das Unrecht, das ihn zuletzt zu Boden gedrückt hatte. Der schwächste Abglanz eines wohlgestalteten, farbigen Gegenstands: das war das jetzige Bild des Mannes aus Shropshire, den wir früher gesprochen hatten.

Er neigte den Kopf vor mir und Richard und sagte zu meinem Vormund: „Mr. Jarndyce, es ist sehr freundlich von Ihnen, mich zu besuchen. Ich werde nicht mehr lange hierbleiben, glaube ich. Es macht mir Freude, Ihnen die Hand zu drücken, Sir. Sie sind ein braver Mann, über Ungerechtigkeit erhaben, und Gott weiß, daß ich Sie ehre."

Sie schüttelten sich herzlich die Hand, und mein Vormund sagte ihm einige tröstende Worte.

„Es mag Ihnen seltsam scheinen, Sir", entgegnete Gridley; „ich hätte Sie nicht gern hier gesehen, wenn wir uns das erstemal träfen. Aber Sie wissen, ich habe mich gewehrt; Sie wissen, ich habe meine Hand ganz allein gegen sie alle erhoben; Sie wissen, ich habe ihnen bis zuletzt die Wahrheit gesagt, was sie sind und was sie mir angetan haben – da ist es mir auch gleich, daß Sie mich jetzt als Ruine sehen."

„Sie haben ihnen viele, viele Male mutig widerstanden", entgegnete mein Vormund.

„Ja, Sir, das hab ich getan", sagte er mit schwachem Lächeln. „Ich sagte Ihnen, wie es kommen werde, wenn ich damit aufhörte; und schauen Sie her! Sehen Sie uns beide, schauen Sie uns an!" Er schob die Hand, die Miss Flite hielt, durch ihren Arm und brachte sie sich dadurch etwas näher.

„Das ist das Ende. Von all meinen alten Bekannten, von all meinen alten Plänen und Hoffnungen, von der ganzen lebendigen und toten Welt ist diese eine arme Seele die einzige natürliche Gefährtin, zu der ich passe. Zwischen uns besteht ein Band, das viele Jahre des Leidens geknüpft haben. Es ist das einzige Band auf Erden, das das Kanzleigericht nicht zerrissen hat."

„Nehmen Sie meinen Segen, Gridley", sagte Miss Flite weinend. „Nehmen Sie meinen Segen."

„Prahlerisch dachte ich, mir könnten sie nie das Herz brechen, Mr. Jarndyce. Ich war entschlossen, es sollte ihnen nicht gelingen. Ich glaubte, ich könne und werde ihnen vorwerfen, welch leeres Gaukelspiel sie seien, bis ich an einer körperlichen Krankheit stürbe. Aber ich bin abgenutzt. Wie lange das Abnutzen gedauert hat, weiß ich nicht; es war mir, als ob ich in einer Stunde zusammenbräche. Ich hoffe, sie werden es nie erfahren. Ich hoffe, jeder hier wird ihnen vormachen, daß ich ihnen noch auf dem Totenbett getrotzt habe, standhaft und ausdauernd wie so viele Jahre hindurch."

Hier kam ihm Mr. Bucket, der in einer Ecke an der Tür saß, gutmütig mit Trost zu Hilfe, wie er ihn bieten konnte.

"Ach, lassen Sie doch!" sagte er. "Sprechen Sie doch nicht so, Mr. Gridley. Sie sind nur ein wenig bedrückt. Das sind wir manchmal alle ein wenig. Ich auch. Nur Mut! Sie werden sich noch oft genug mit der ganzen Schar zanken; und ich werde noch ein Dutzend Haftbefehle gegen Sie bekommen, wenn ich Glück habe."

Gridley schüttelte nur den Kopf.

"Schütteln Sie nicht den Kopf", sagte Mr. Bucket. "Nicken Sie; das möchte ich von Ihnen sehen. Du lieber Gott, was für Sachen haben wir miteinander erlebt! Habe ich Sie nicht immer und immer wieder in der Fleet gesehen wegen Amtsbeleidigung? Bin ich nicht zwanzig Nachmittage im Gerichtshof gewesen, bloß um zu sehen, wie Sie gleich einer Bulldogge den Kanzler zausten? Wissen Sie nicht mehr, wie Sie anfingen, die Advokaten zu bedrohen, und wie zwei- oder dreimal die Woche wegen Friedensbruchs gegen Sie eingeschritten wurde? Fragen Sie die kleine alte Dame da; sie war immer dabei. Nur Mut, Mr. Gridley, nur Mut, Sir."

"Was wollen Sie mit ihm machen?" fragte George leise.

"Ich weiß es noch nicht", antwortete Bucket ebenso. Dann fuhr er laut in seiner Ermutigung fort: "Abgenutzt, Mr. Gridley? Nachdem Sie mich wochenlang an der Nase herumgeführt und mich genötigt haben, wie eine Katze hier aufs Dach zu klettern und mich als Arzt bei Ihnen einzuschleichen? Das sieht nicht nach Abgenutztsein aus. Mir kommt das ganz anders vor! Ich will Ihnen sagen, was Sie brauchen. Sie brauchen Aufregung, wissen Sie, um auf Touren zu kommen; die brauchen Sie. Sie sind daran gewöhnt und können ohne sie nicht mehr auskommen. Ich könnt's auch nicht. Nun, sehen Sie, hier ist das Mandat, erwirkt von Mr. Tulkinghorn in Lincoln's Inn Fields und seitdem von einem halben Dutzend Grafschaften zur Kenntnis genommen. Was meinen Sie nun dazu, wenn Sie auf Grund dieses Mandats mit mir kämen und sich vor dem Friedensrichter tüchtig herumzankten? Ich steh Ihnen dafür, das frischt Sie auf und gibt Ihnen Kraft zu einem neuen Gang mit dem

Kanzler. Abgekämpft? Wahrhaftig, ich muß mich wundern, daß sich ein Mann von Ihrer Energie abgekämpft nennt. Das dürfen Sie nicht tun. Sie sind der halbe Spaß bei der Komödie im Kanzleigerichtshof. George, reichen Sie Mr. Gridley die Hand und versuchen Sie, ob es ihm nicht besser geht, wenn er aufsteht."

„Er ist zu schwach", sagte der Kavallerist mit gedämpfter Stimme.

„Wirklich?" entgegnete Bucket besorgt. „Ich wollte ihn nur ein wenig hochkriegen. Ich sehe nicht gern einen alten Bekannten so zusammenbrechen. Es würde ihn mehr als alles andere aufpulvern, wenn ich ihn ein bißchen ärgerlich gegen mich machen könnte. Er mag über mich herfallen, soviel er Lust hat. Ich werde es ihm nie anrechnen."

Das Zimmer hallte wider von einem Schrei der Miss Flite, der mir immer noch in den Ohren klingt.

„Ach nein, Gridley!" rief sie, als er schwer und still von ihr wegsank. „Nicht ohne meinen Segen! Nach so vielen Jahren!"

Die Sonne war untergegangen, das Licht war allmählich vom Dach verschwunden, und der Schatten war hochgekrochen. Aber für mich fiel der Schatten dieses Paars, einer Lebenden und eines Toten, schwerer auf Richards Abreise als die Finsternis der finstersten Nacht. Und durch Richards Abschiedsworte hörte ich es nachklingen: „Von all meinen alten Bekannten, von all meinen alten Plänen und Hoffnungen, von der ganzen lebendigen und toten Welt ist diese eine arme Seele die einzige natürliche Gefährtin, zu der ich passe. Zwischen uns besteht ein Band, das viele Jahre des Leidens geknüpft haben. Es ist das einzige Band auf Erden, das das Kanzleigericht nicht zerrissen hat."

25. KAPITEL

Mrs. Snagsby sieht alles

In Cook's Court, Cursitor Street, herrscht Aufregung. Schwarzer Verdacht wohnt in dieser friedlichen Gegend. Die Masse der Leute von Cook's Court ist in der gewöhnlichen Gemütsverfassung, weder schlimmer noch besser; aber Mr. Snagsby ist anders geworden, und sein kleines Frauchen weiß es.

Denn Tom-all-alone's und Lincoln's Inn Fields bleiben, ein Paar unlenksame Renner, hartnäckig an den Wagen von Mr.

Snagsbys Phantasie geschirrt. Mr. Bucket fährt, Jo und Mr. Tulkinghorn sind die Fahrgäste, und das ganze Gefährt saust in wilder Jagd um die Wanduhr herum durch das Papiergeschäft. Selbst in der kleinen Küche nach vorn heraus, wo die Familie speist, rasselt es in dampfendem Trab vom Eßtisch weg, wenn Mr. Snagsby im Anschneiden der Hammelkeule mit Kartoffeln innehält und an die Küchenwand starrt.

Mr. Snagsby kann nicht feststellen, womit er eigentlich zu tun gehabt hat. Etwas ist irgendwo nicht in Ordnung; aber was es ist, was daraus werden soll, wen, wann und aus welch ungeahntem Winkel es treffen wird, das ist das verwirrende Rätsel seines Lebens. Seine verschwommenen Eindrücke von den Talaren und Krönchen, den Sternen und Ordensbändern, die durch die Staubschicht von Mr. Tulkinghorns Büro schimmern, seine Ehrfurcht vor den Geheimnissen, über denen dieser beste und verschlossenste seiner Kunden waltet, den alle Inns, ganz Chancery Lane und die ganze juristische Nachbarschaft einmütig mit Scheu betrachten – seine Erinnerung an den Detektiv Mr. Bucket mit seinem Zeigefinger und seinem vertraulichen Wesen, dem man nicht ausweichen und nichts abschlagen kann, überzeugen ihn, daß er an einem gefährlichen Geheimnis teilhat, ohne zu wissen, was es ist. Und es ist die schreckliche Eigentümlichkeit dieser Lage, daß dieses Geheimnis zu jeder Stunde seines Tageslaufs, bei jedem Öffnen der Ladentür, bei jedem Läuten der Ladenklingel, bei jeder Ankunft eines Boten, bei jeder Abgabe eines Briefes Feuer fangen, auffliegen und jemanden in die Luft sprengen kann – wen, weiß Mr. Bucket allein.

Wenn daher, wie es oft geschieht, ein unbekannter Mann in den Laden tritt und fragt: „Ist Mr. Snagsby da?" oder ähnlich harmlose Worte, so klopft Mr. Snagsbys Herz laut in seiner schuldbewußten Brust. So sehr leidet er unter solchen Nachfragen, daß er sich, wenn Knaben sie anstellen, an ihnen rächt, indem er über den Ladentisch hinweg nach ihnen schlägt und die jungen Schlingel fragt, was sie damit wollten und warum sie nicht gleich mit der Sprache herausrückten. Männer und Knaben, die man noch weniger fassen kann, treiben sich beständig in Mr. Snagsbys Schlummer herum und erschrecken ihn mit unerklärlichen Fragen, so daß er oft, wenn sich der Hahn in der kleinen Milchwirtschaft in Cursitor Street in seiner gewöhnlichen albernen Weise über den Morgen äußert, auf dem Höhepunkt eines Albtraumes erwacht, weil ihn seine kleine Frau schüttelt und sagt: „Was hat der Mann nur?"

Das kleine Frauchen selbst vermehrt seine Verlegenheiten nicht wenig. Zu wissen, daß er stets ein Geheimnis vor ihr hat, daß er unter allen Umständen einen hohlen Backenzahn zu verheimlichen hat, den sie unerbittlich stets zu ziehen bereit ist, verleiht ihm unter ihren zahnärztlichen Augen leicht das Aussehen eines Hundes, der gegen seinen Herrn ein schlechtes Gewissen hat und nichts eifriger meidet als sein Auge.

Diese verschiedenen, von dem kleinen Frauchen bemerkten Anzeichen sind an ihr nicht verloren. Sie veranlassen sie, zu sagen: „Snagsby hat etwas auf dem Herzen!" Und so hält der Argwohn in Cook's Court, Cursitor Street, seinen Einzug. Vom Argwohn zur Eifersucht findet Mrs. Snagsby den Weg so leicht wie von Cook's Court zur Chancery Lane. Und so zieht Eifersucht in Cook's Court, Cursitor Street, ein. Einmal dort – und sie hat da herum immer gelauert –, ist sie in Mrs. Snagsbys Brust sehr behend und rührig: sie treibt sie an, bei Nacht Mr. Snagsbys Taschen zu untersuchen – insgeheim seine Briefe zu lesen, im stillen Journal und Hauptbuch, kleine und große Ladenkasse und den Stahlschrank zu durchstöbern, am Fenster zu lauern, hinter Türen zu lauschen und beständig dies und das am falschen Ende zusammenzufügen.

Mrs. Snagsby ist so unentwegt auf der Hut, daß das Haus von knarrenden Dielen und raschelnden Kleidern ganz gespensterhaft wird. Die Lehrlinge glauben, es müsse jemand vor Zeiten hier ermordet worden sein. Guster hegt in ihrer Brust gewisse lose Splitter einer Idee, aufgelesen in Tooting, wo sie unter den Waisenkindern herumschwirrten, daß unter dem Keller Gold begraben sei, bewacht von einem weißbärtigen Alten, der siebentausend Jahre lang nicht erlöst werden kann, weil er das Vaterunser rückwärts hergesagt hat.

„Wer ist Nimrod?" fragt sich Mrs. Snagsby immer wieder. „Wer ist die Dame – dieses Geschöpf? Und wer ist dieser Junge?" Da nun Nimrod so tot ist wie der gewaltige Jäger, dessen Namen sich Mrs. Snagsby angeeignet hat, und da die Dame nicht herbeizuschaffen ist, so lenkt sie ihr geistiges Auge vor der Hand mit verdoppelter Wachsamkeit auf den Jungen: „Und wer ist dieser Junge?" fragt sie sich zum tausendundeintenmal, „wer ist dieser –!" Und da kommt ihr eine Erleuchtung.

Er hat keinen Respekt vor Mr. Chadband. Nein, gewiß nicht, und er kann auch keinen haben. Natürlich nicht, unter diesen vergifteten Verhältnissen. Mr. Chadband hat ihn eingeladen – Mrs. Snagsby hat das mit eigenen Ohren gehört! – wiederzukommen, um zu erfahren, wo ihm Mr. Chadband eine Predigt halten wolle; und er ist nicht gekommen! Warum nicht? Weil man ihm Weisung gegeben hat, nicht zu kommen. Wer hat das getan? Wer? Haha, Mrs. Snagsby durchschaut alles.

Aber zum Glück – Mrs. Snagsby schüttelt grimmig den Kopf und lächelt grimmig dazu – hat Mr. Chadband gestern den Knaben auf der Straße getroffen, hat ihn als ein Subjekt, das er zur Erbauung einer auserlesenen Gemeinde erziehen will, ergriffen und ihm gedroht, ihn der Polizei zu übergeben, wenn er dem ehrwürdigen Herrn nicht zeige, wo er wohne, und wenn er nicht das Versprechen gebe und erfülle, morgen abend in Cook's Court zu erscheinen – „mor-gen-a-bend", wiederholt Mrs. Snagsby des größeren Nachdrucks wegen mit nochmaligem grimmigen Lächeln und Kopfschütteln; und morgen abend wird der Junge kommen, und morgen abend wird Mrs. Snagsby ein Auge auf ihn und noch auf eine andere Person haben; und: „Du magst schon lange deine Schleichwege gehen", sagt Mrs. Snagsby mit stolzer Verachtung, „aber mich betrügst du nicht!"

Mrs. Snagsby schlägt nicht die große Trommel für jedermann, sondern schweigt über ihr Vorhaben und verfolgt ihren Plan. Der nächste Tag kommt, die schmackhaften Vorbereitungen für den Ölhandel kommen, und der Abend kommt. Es kommt Mr. Snagsby im schwarzen Rock; es kommen die Chadbands; es kommen, als das aufnahmebereite Schiff gefüllt ist, die Lehrlinge und Guster, um erbaut zu werden; es kommt endlich – mit hängendem Kopf, mit seinem schlottrigen Gang vorwärts und rückwärts und rechts und links und mit dem bißchen Pelzmütze in der schmutzigen Hand, an der er zupft, als wäre sie ein Vogel in der Mauser, den er gefangen hat und rupfe, ehe er ihn roh verzehrt – Jo, das sehr, sehr zähe Subjekt, das Mr. Chadband bessern will.

Mrs. Snagsby wirft verstohlen einen wachsamen Blick auf Jo, als ihn Guster in das kleine Staatszimmer bringt. Er sieht im Augenblick des Eintretens auf Mr. Snagsby. Aha! Warum auf Mr. Snagsby? Mr. Snagsby sieht auf ihn. Wozu sollte er das tun, als damit Mrs. Snagsby alles durchschaut? Warum sonst wechseln die beiden diesen Blick, warum sonst ist Mr. Snagsby verlegen und hustet einen Signalhusten hinter seiner Hand? Es ist klar wie Kristall, daß Mr. Snagsby der Vater dieses Jungen ist.

„Friede sei mit euch, meine Freunde", sagt Chadband, indem er aufsteht und sich den öligen Schweiß von seinem Ehrwürdengesicht wischt. „Friede sei mit uns, meine Freunde! Warum mit uns?" fragt er mit seinem fetten Lächeln. „Weil er nicht gegen uns sein kann, weil er für uns sein muß; weil er nicht verhärtet, weil er erweicht; weil er nicht Kriege führt wie der Habicht, sondern zu uns kommt wie die Taube. Deshalb, meine Freunde, sei Friede mit uns! Mein Menschenknabe, tritt vor!"

Mr. Chadband streckt die gedunsene Hand aus, legt sie auf Jos Arm und überlegt, wohin er ihn stellen soll; Jo, sehr argwöhnisch gegen des Ehrwürdigen Absichten und gar nicht sicher, ob nicht etwa eine schmerzhafte Operation an ihm vorgenommen werden solle, brummt: „Laßt mich doch gehen. Ich habe euch nichts getan! Laßt mich doch gehen!"

„Nein, mein junger Freund", sagt Chadband salbungsvoll, „ich lasse dich nicht gehen. Und warum? Weil ich ein Sammler der Ernte bin, weil ich mich mühe und plage, weil du mir überliefert und als kostbares Werkzeug in meine Hand gelegt bist. Meine Freunde, möge ich dieses Werkzeug verwenden zu euerem Vorteil, euerem Nutzen, euerem Gewinn, euerer Bereicherung, euerer Beglückung! Mein junger Freund, setz dich auf diesen Stuhl!"

Offenbar von dem Gedanken beherrscht, Ehrwürden wolle ihm die Haare schneiden, schützt Jo den Kopf mit beiden Armen und läßt sich nur mit großer Mühe und nach allem möglichen Sträuben in die gewünschte Lage bringen.

Als man ihn endlich wie eine Modellpuppe zurechtgerückt hat, zieht sich Mr. Chadband hinter den Tisch zurück, hält seine Bärentatze empor und spricht: „Meine Freunde!" Das ist für die Zuhörerschaft das Zeichen, sich bereit zu machen. Die Lehrlinge kichern innerlich und stoßen einander mit den Ellbogen. Guster verfällt in einen Zustand des leeren Starrens, zusammengesetzt aus übermächtiger Bewunderung Mr. Chadbands und Mitleid mit dem armen Verlassenen, dessen Los ihr nahegeht. Mrs. Snagsby legt schweigend die Zündschnüre ihrer Minen aus. Mrs. Chadband setzt sich mit strengem Gesicht am Feuer zurecht und wärmt sich die Knie, denn sie hält dieses Gefühl für besonders günstig, den Strom der Beredsamkeit aufzunehmen.

Mr. Chadband hat die Gewohnheit des Kanzelredners, ein Mitglied seiner Gemeinde ins Auge zu fassen und seine Rede behäbig an diese Person zu richten, von der er selbstverständlich erwartet, daß sie sich zu einem gelegentlichen Seufzen, Stöhnen, Ächzen oder einer anderen hörbaren Äußerung ihres inneren Anteils bewegen läßt; diese Äußerung innerer Aufgewühltheit

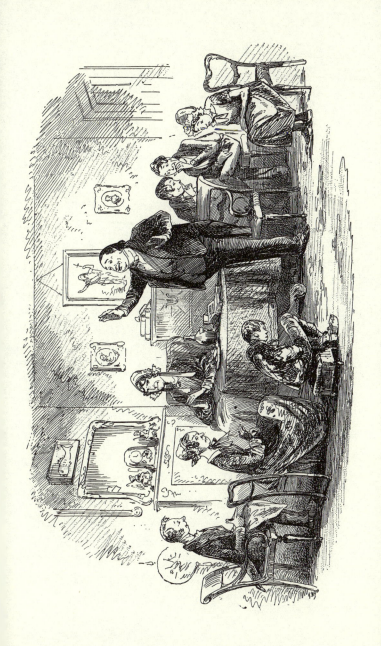

findet Widerhall bei irgendeiner ältlichen Dame im nächsten Kirchenstuhl, pflanzt sich so wie beim Pfänderspiel im Kreis der erregbareren unter den anwesenden Sündern fort, erfüllt den Zweck parlamentarischen Beifalls und erhält Mr. Chadband im Zug.

Aus bloßer Macht der Gewohnheit hat Mr. Chadband bei den Worten: „Meine Freunde!" sein Auge auf Mr. Snagsby geheftet und macht nun weiter den unglücklichen Papierhändler, der schon verlegen genug ist, zum unmittelbaren Empfänger seiner Ansprache.

„Meine Freunde", sagt Chadband, „wir haben hier unter uns einen Ungläubigen und Heiden, einen Bewohner der Zelte von Tom-all-alone's, einen Wanderer auf der Oberfläche der Erde. Meine Freunde, wir haben hier unter uns", und Mr. Chadband entknotet seinen Gedankengang mit seinem schmutzigen Daumennagel und wirft auf Mr. Snagsby ein öliges Lächeln, das anzeigt, daß er ihn sofort logisch zu Fall bringen werde, wenn er nicht schon am Boden liege, „einen Bruder und einen Knaben. Ohne Eltern, ohne Verwandte, ohne Vieh und Herden, ohne Gold und Silber und Edelsteine. Aber, meine Freunde, warum sage ich, sei er dieser Besitztümer beraubt? Warum? Warum ist er es?" Mr. Chadband stellt die Frage, als lege er Mr. Snagsby ein ganz neues, sehr geist- und gehaltreiches Rätsel vor und bäte ihn, an der Lösung nicht zu verzweifeln.

Sehr verwirrt von dem geheimnisvollen Blick, den ihm sein kleines Frauchen eben jetzt zuwirft – ungefähr da, als Mr. Chadband die Eltern erwähnt hat –, läßt sich Mr. Snagsby zu der bescheidenen Bemerkung verleiten: „Ich weiß es wahrhaftig nicht, Sir." Diese Unterbrechung veranlaßt Mrs. Chadband zu einem bösen Blick, und Mrs. Snagsby sagt: „Pfui, schäme dich."

„Ich höre eine Stimme", sagt Chadband; „ist es eine schwache Stimme, meine Freunde? Ich fürchte, nein, obgleich ich es gern hoffen möchte –"

„Ah-h!" macht Mrs. Snagsby.

„– eine Stimme, die sagt, ich weiß es nicht. Und nun will ich euch sagen, warum. Ich sage, dieser Bruder, der hier vor uns steht, hat keine Eltern, keine Verwandten, kein Vieh und keine Herden, kein Gold, kein Silber und keine Edelsteine, weil es ihm an dem Licht fehlt, das auf einige von uns herniederscheint. Was für ein Licht ist das? Was ist es? Ich frage euch, was für ein Licht ist das?"

Mr. Chadband legt den Kopf zurück und hält inne, aber Mr.

Snagsby läßt sich nicht noch einmal ins Verderben locken. Mr. Chadband lehnt sich über den Tisch herüber und bohrt das, was er noch zu sagen hat, mit dem bereits erwähnten Daumennagel gerade in Mr. Snagsby hinein.

„Es ist", sagt Chadband, „der Strahl der Strahlen, die Sonne der Sonnen, der Mond der Monde, der Stern der Sterne. Es ist das Licht der Wa-hrheit!"

Mr. Chadband richtet sich wieder auf und sieht Mr. Snagsby triumphierend an, als wüßte er gern, wie ihm jetzt zumute sei.

„Der Wa-hrheit", wiederholt Mr. Chadband mit einem neuen Stoß auf ihn. „Sagt mir nicht, daß es nicht die Leuchte der Leuchten sei. Ich sage euch, sie ist es. Ich sage es euch millionenmal. Sie ist es! Ich sage euch, ich will es euch verkünden, ob ihr wollt oder nicht; ja, je weniger ihr es wollt, desto lauter will ich es euch verkünden. Verkünden wie mit Posaunen! Ich sage euch, wenn ihr dagegenlöckt, so werdet ihr fallen, werdet ihr stürzen, werdet ihr zerschlagen, zerbrochen, zermalmt werden!"

Da dieser kühne Redeflug – von Mr. Chadbands Anhängern wegen seiner allgemeinen Kraft sehr bewundert – nicht nur Mr. Chadband unangenehm erhitzt, sondern auch den unschuldigen Mr. Snagsby als entschiedenen Feind der Tugend mit eherner Stirn und demanthartem Herzen hinstellt, so gerät der arme Ladenbesitzer außer Fassung; er fühlt sich tief gedemütigt und in einer falschen Stellung, als ihm Mr. Chadband ganz zufällig den Gnadenstoß gibt.

„Meine Freunde", beginnt er wieder, nachdem er seine feiste Stirn eine Zeitlang betupft hat – sie dampft so sehr, daß er sein Taschentuch, das nach jeder Berührung gleichfalls dampft, daran anzuzünden scheint –, „um den Gegenstand, an dem wir uns mit unseren bescheidenen Gaben erbauen wollen, weiterzuverfolgen, wollen wir im Geist der Liebe fragen: Was ist diese Wa-hrheit, auf die ich hingedeutet habe? Denn, meine jungen Freunde", plötzlich wendet er sich an die Lehrlinge und Guster, zu deren Bestürzung, „wenn mir der Arzt sagt, daß Kalomel oder Kastoröl gut für mich sei, so werde ich natürlich fragen: Was ist Kalomel und Kastoröl? Ich wünsche es zu wissen, ehe ich eines der Mittel oder beide einnehme. Nun, meine jungen Freunde, was ist also diese Wa-hrheit? Erstens – im Geiste der Liebe – was ist die gewöhnliche Sorte Wa-hrheit – die Werktagskleidung – die Alltagswahrheit, meine jungen Freunde? Ist sie Täuschung?"

„Ah-h!" macht Mrs. Snagsby.

„Ist sie Verschweigen?"

Verneinendes Schaudern bei Mrs. Snagsby.

„Ist sie innerer Vorbehalt?"

Kopfschütteln bei Mrs. Snagsby, sehr anhaltend und entschieden.

„Nein, meine Freunde, nichts von alldem. Keiner dieser Namen ist ihr echter. Als dieser junge Heide hier unter uns, der jetzt schläft, meine Freunde –, mit dem Siegel der Gleichgültigkeit und der Verworfenheit auf seinen Augenlidern schläft, meine Freunde; aber weckt ihn nicht, denn es geziemt sich, daß ich um ihn kämpfen, ringen und obsiegen muß –, als dieser junge, verstockte Heide uns eine Geschichte von einem Hahn und einem Stier und einer Dame und einem Sovereign erzählte, war das die Wahrheit? Nein! Oder wenn es zum Teil Wahrheit war, war es die ganze, die vollständige? Nein, meine Freunde, nein!"

Wenn Mr. Snagsby den Blick seines kleinen Frauchens aushalten könnte, der durch seine Augen, die Fenster seiner Seele, eindringt und sein ganzes Inneres durchsucht, so müßte er ein anderer Mensch sein, als er ist. Er kriecht demütig in sich zusammen.

„Oder, meine jugendlichen Freunde!" sagt Chadband und läßt sich auf die Ebene ihrer Begriffsfähigkeit herab, wobei er mit seinem fetten, demütigen Lächeln sehr aufdringlich dartut, daß er zu diesem Zweck viele Stufen herniedersteige, „wenn der Herr dieses Hauses in die Stadt ginge und dort einen Aal sähe und zurückkehrte und die Hausfrau riefe und sagte: ‚Sarah, freue dich mit mir, denn ich habe einen Elefanten gesehen!' – wäre das die Wahrheit?"

Mrs. Snagsby vergießt Tränen.

„Oder nehmen wir an, meine jugendlichen Freunde, daß er einen Elefanten gesehen hätte und bei der Heimkehr sagte: ‚Siehe, die Stadt ist öde, ich habe nur einen Aal gesehen!' – wäre das Wahrheit?"

Mrs. Snagsby schluchzt laut.

„Oder gesetzt, meine jugendlichen Freunde", sagt Chadband, von diesen Lauten angeregt, „die unnatürlichen Eltern dieses schlummernden Heiden – denn Eltern hat er ja ohne Zweifel gehabt, meine jugendlichen Freunde – seien, nachdem sie ihn den Wölfen und Geiern, den wilden Hunden, den jungen Gazellen und den Schlangen hingeworfen hatten, in ihre Wohnung zurückgekehrt und freuten sich ihrer Pfeifen und Töpfe, ihres

Flötenspiels und ihrer Tänze, ihres Gerstensafts, Fleisches und Geflügels, wäre das Wahrheit?"

Mrs. Snagsby antwortet damit, daß sie sich Krämpfen überläßt, nicht als widerstandslose Beute, sondern als eine schreiende und tobende, so daß Cook's Court von ihrem Jammergeheul widerhallt. Endlich verliert sie das Bewußtsein und muß wie ein großes Klavier die schmale Treppe hinaufgetragen werden. Nach unsagbaren Leiden, die äußerste Bestürzung hervorrufen, verkünden Eilboten aus dem Schlafzimmer, daß sie ohne Schmerzen, wenn auch noch sehr angegriffen sei; bei diesem Stand der Dinge wagt sich Mr. Snagsby, den man bei dem Klaviertransport weggeschoben und mit Füßen getreten hat und der sehr schüchtern und demütig geworden ist, wieder hinter der Tür des Staatszimmers hervor.

Die ganze Zeit über ist Jo an der Stelle, wo er aufgewacht ist, stehengeblieben, hat ununterbrochen an seiner Mütze gerupft und Pelzstückchen in den Mund gesteckt. Er spuckt sie mit reuevoller Miene wieder aus, denn er fühlt, daß er von Natur ein unverbesserliches, verworfenes Geschöpf ist und daß ihm der Versuch, wach zu bleiben, gar nichts nützt, denn er würde nie nichts wissen. Und doch, Jo, gibt es eine Geschichte, die von dem berichtet, was auf dieser Erde für gewöhnliche Menschen getan worden ist, und die selbst für so vertierte Gemüter wie das deine so anziehend und ergreifend ist, daß sie dich wach hielte und belehren könnte, wenn nur die Chadbands mit ihrer eigenen Person aus dem Lichte träten, wenn sie sie dir in schlichter Ehrfurcht darböten, sie unausgeschmückt ließen und sie ohne ihre bescheidene Nachhilfe für beredt genug hielten.

Jo hat nie von einem solchen Buch gehört. Seine Verfasser und Ehrwürden Chadband sind für ihn eins – nur daß er Ehrwürden Chadband kennt und lieber eine Stunde weit von ihm wegliefe als ihn fünf Minuten anhörte. Es nützt nichts, hier noch länger zu warten, denkt Jo. Mr. Snagsby hat mir heute abend nichts zu sagen. Und er schlottert die Treppe hinunter.

Aber unten steht die mitleidige Guster, die sich an dem Geländer der Küchentreppe festhält und einen aufsteigenden eigenen Krämpfeanfall abwehrt, den Mrs. Snagsbys Gekreisch veranlaßt hat. Sie reicht ihr eigenes Abendessen, Brot und Käse, Jo hin und wagt, das erstemal in ihrem Leben, mit ihm ein paar Worte zu wechseln.

„Hier hast du was zu essen, armer Junge", sagt Guster.
„Danke, Mum!" sagt Jo.

„Bist du hungrig?"

„Und ob!" sagt Jo.

„Was ist aus deinem Vater und deiner Mutter geworden, he?"

Jo hält mitten im Abbeißen inne und sieht ganz versteinert aus. Denn dieser Waisenschützling des christlichen Heiligen, dessen Altar in Tooting stand, hat ihm auf die Schulter geklopft — und es ist das erstemal in seinem Leben, daß eine ehrbare Hand ihn so berührt hat.

„Ich habe nie nichts von ihnen gewußt", sagt Jo.

„Ich von den meinen auch nicht", ruft Guster. Sie unterdrückt einige Symptome, die dem Krampfanfall vorangehen, da wird sie plötzlich von etwas aufgeschreckt und verschwindet ins Untergeschoß.

„Jo", flüstert der Papierhändler leise, da der Knabe noch auf der Treppe zögert.

„Hier bin ich, Mr. Snagsby."

„Ich wußte nicht, daß du schon fortgegangen warst — hier ist noch eine halbe Krone, Jo. Du hast es ganz recht gemacht, daß du nichts von der Dame von neulich abend sagtest, als wir zusammen waren. Es könnte Ungelegenheiten machen. Du kannst gar nicht verschwiegen genug sein, Jo."

„Bin schlau, Master!"

Und somit: gute Nacht.

Ein geisterhafter Schatten in Faltenrock und Nachtmütze folgt dem Papierhändler bis zu dem Zimmer, aus dem er gekommen ist, und gleitet höher hinauf. Und von nun an begleitet ihn, wohin er auch geht, noch ein anderer Schatten als sein eigener, kaum minder beständig, kaum weniger stumm als sein eigener; und in welchen geheimnisvollen Kreis sein eigener Schatten treten mag, stets mögen alle an dem Geheimnis Beteiligten auf der Hut sein, denn die wachsame Mrs. Snagsby ist auch da — Bein von seinem Bein, Fleisch von seinem Fleisch, Schatten von seinem Schatten.

26. KAPITEL

Scharfschützen

Der Wintermorgen, der mit trüben Augen und fahlem Gesicht auf die Umgebung von Leicester Square herabsieht, findet ihre Bewohner wenig geneigt, das Bett zu verlassen. Viele von ihnen sind in der hellsten Jahreszeit keine Frühaufsteher, denn sie sind Nachtvögel, die schlafen, wenn die Sonne hoch am Himmel steht, und wach und beutegierig sind, wenn die Sterne scheinen. Hinter schmutziggrauen Läden und Vorhängen liegt im Obergeschoß und im Dachstübchen, mehr oder weniger unter falschem Namen, falschem Haar, falschen Titeln, falschen Juwelen und falschen Lebensgeschichten versteckt, eine Kolonie Räuber in ihrem ersten Schlaf. Herren von der Grüntuch-Straße, die aus persönlicher Erfahrung von fremden Galeeren und heimischen Tretmühlen erzählen könnten, Spione harter Regierungen, die aus Schwäche und elender Furcht ewig zittern, verkommene Verräter, Feiglinge, Hochstapler, Spieler, Schwindler und falsche Zeugen, einige unter der schmutzigen Umhüllung mit dem Brandmal versehen, alle mit mehr Grausamkeit im Herzen als Nero und mit mehr Verbrechen beladen, als in Newgate zu finden sind. Denn so schlecht der Teufel in Barchent oder Kittel sein kann – und er kann in beiden sehr schlecht sein –, schlauer, hinterlistiger und unleidlicher als in jeder anderen Gestalt ist er, wenn er eine Busennadel ins Vorhemd steckt, sich Gentleman nennt, auf eine Karte oder Farbe setzt, ein paar Partien Billard spielt und etwas von Wechseln und Schuldverschreibungen versteht. Und in dieser Gestalt kann ihn Mr. Bucket, wenn er will, in den Nebengassen von Leicester finden.

Aber der Wintermorgen braucht ihn nicht und weckt ihn nicht. Er weckt Mr. George von der Schießgalerie und seinen Vertrauten. Sie stehen auf, rollen ihre Matratzen zusammen und räumen sie weg. Nachdem sich Mr. George vor einem winzigen Spiegel rasiert hat, geht er barhäuptig und mit bloßer Brust an die Pumpe im kleinen Hof und kehrt bald zurück, glänzend von gelber Seife, Reibung, Regen und ausnehmend kaltem Wasser. Wie er sich mit einem großen Handtuch abreibt und dabei pustet wie ein eben aufgestiegener Marinetaucher, lockt sich sein krauses Haar, je mehr er es reibt, immer dichter an seinen sonnverbrannten Schläfen, so daß es aussieht, als ließe es sich durch kein gelinderes Instrument ordnen als durch einen eisernen Rechen oder einen Striegel. Wie er sich so reibt und schrubbt und scheuert und pustet und den Kopf von einer Seite auf die andere wendet, um desto besser die Kehle zu säubern, und mit weit vorgebeugtem Körper dasteht, um die Nässe von seinen Soldatenbeinen fernzuhalten, kniet Phil vor dem Kamin, um Feuer anzumachen, und sieht sich nach ihm um, als wäre es für ihn Wäsche genug, wenn er dem allem zusieht, und Stärkung genug für einen Tag, wenn er die von seinem Herrn weggeworfene überschüssige Gesundheit aufnimmt.

Wenn Mr. George trocken ist, beginnt er seinen Kopf mit zwei harten Bürsten gleichzeitig so unbarmherzig zu bearbeiten, daß Phil, der sich mit der Schulter an der Wand entlangschiebt, um die Galerie zu kehren, vor Mitgefühl mit den Augen zwinkert. Ist dieses Bürsten vorbei, so ist der verschönernde Teil der Morgentoilette Mr. Georges bald vollbracht. Er stopft sich die Pfeife, zündet sie an und marschiert nach seiner Gewohnheit rauchend auf und ab, während Phil bei dem starken Duft warmen Weißbrots und Kaffees das Frühstück zurechtmacht. Er raucht ernst und marschiert langsam. Vielleicht ist diese Morgenpfeife dem Andenken Gridleys in seinem Grab gewidmet.

„Also du hast diese Nacht vom Land geträumt, Phil?" fragt George, nachdem er mehrere Gänge schweigend getan hat. Phil hat dies nämlich so nebenher im Ton der Überraschung geäußert, als er aus dem Bett stieg.

„Ja, Chef."

„Wie sah's aus?"

„Ich weiß kaum, wie es aussah, Chef", sagt Phil nachdenklich.

„Woher wußtest du denn, daß es auf dem Land war?"

„Wegen des Grases, glaube ich. Und der Schwäne darin", sagt Phil nach weiterem Überlegen.

„Was machten die Schwäne im Gras?"

„Sie fraßen es, vermute ich", sagt Phil.

Der Herr nimmt seinen Marsch wieder auf und der Diener seine Frühstücksvorbereitungen. Sie brauchten nicht lang zu dauern, denn sie bestehen bloß darin, sehr einfache Frühstücksrequisiten für zwei Personen aufzutragen und eine Scheibe Speck am Feuer des rostigen Kamins zu braten. Aber da sich Phil bei jedem Gegenstand, den er braucht, um einen beträchtlichen Teil der Galerie herumschieben muß und nie zwei Gegenstände auf einmal bringt, so kosten sie dennoch Zeit. Endlich ist es soweit. Phil meldet das, Mr. George klopft die Pfeife auf dem Kamin aus, stellt sie in die Kaminecke und setzt sich zum Mahl. Als er zugelangt hat, folgt Phil seinem Beispiel. Er sitzt am äußersten Ende des kleinen, länglichen Tisches und hält den Teller auf den Knien; entweder aus Bescheidenheit oder um seine geschwärzten Hände zu verbergen oder weil es seine natürliche Art zu essen ist.

„Auf dem Land", sagt Mr. George, während er Messer und Gabel handhabt; „ich glaube, du bist nie auf dem Land gewesen, Phil?"

„Ich habe einmal die Marschen gesehen", sagt Phil und verzehrt zufrieden sein Frühstück.

„Was für Marschen?"

„*Die* Marschen, Kommandant", entgegnet Phil.

„Wo liegen sie?"

„Ich weiß nicht, wo sie liegen", sagt Phil; „aber ich habe sie gesehen, Chef. Sie waren ganz flach. Und neblig."

Chef und Kommandant sind bei Phil vertauschbare Worte, die beide dieselbe Achtung und Ergebenheit ausdrücken und nur auf Mr. George anwendbar sind.

„Ich bin auf dem Land geboren, Phil."

„Wirklich, Kommandant?"

„Ja. Und dort aufgewachsen."

Phil zieht die eine Augenbraue in die Höhe und nimmt, nachdem er seinen Herrn ehrerbietig angestarrt hat, um sein Interesse zu zeigen, einen großen Schluck Kaffee, wobei er ihn immer noch anstarrt.

„Keine Vogelstimme ist mir unbekannt", sagt Mr. George. „Es gibt wenig Blätter oder Beeren in England, die ich nicht nennen könnte. Nicht viel Bäume, auf die ich nicht heute noch klettern könnte, wenn man es von mir verlangte. Ich war zu meiner Zeit ein echtes Landkind. Meine gute Mutter wohnte auf dem Land."

„Sie muß eine prächtige alte Dame gewesen sein, Chef", bemerkt Phil.

„Ja! Und auch noch gar nicht so alt vor fünfunddreißig Jahren", sagt Mr. George. „Aber ich wette, daß sie mit neunzig noch fast so aufrecht und fast so breitschultrig wäre wie ich."

„Starb sie mit neunzig, Chef?" fragt Phil.

„Nein! Bah! Sie ruhe in Frieden, Gott segne sie!" sagt der Kavallerist. „Möchte wissen, was mich auf Bauernjungen und Durchgebrannte und Taugenichtse bringt! Du, natürlich! Also

du hast nie das Land gesehen – Marschen und Träume ausgenommen. He?"
Phil schüttelt den Kopf.
„Möchtest du's sehen?"
„N-nein. Ich wüßte gerade nicht", sagt Phil.
„Die Stadt genügt dir, he?"
„Ja, sehen Sie, Kommandant", sagt Phil, „ich kenne weiter nichts, und ich weiß nicht, ob ich nicht zu alt bin, um mich noch an Neues zu gewöhnen."
„Wie alt bist du denn, Phil?" fragt der Kavallerist und hält inne, während er die dampfende Tasse zum Mund hebt.
„Ich bin sowas mit 'ner Acht drin", sagt Phil. „Achtzig kann's nicht sein. Und achtzehn auch nicht. Es muß irgendwo zwischen den beiden sein."
Mr. George setzt langsam die Tasse hin, ohne getrunken zu haben, und beginnt lachend: „Aber was zum Kuckuck, Phil –" als er sieht, daß Phil an seinen schmutzigen Fingern zählt.
„Ich war gerade acht", sagt Phil, „nach der Kirchspielrechnung, als ich mit dem Kesselflicker fortlief. Ich sollte was holen und sah ihn unter einem alten Haus recht behaglich an einem Feuer ganz für sich allein sitzen, und er sagte: ‚Gingst wohl gern mit mir, mein Junge?' Ich sagt: ‚Ja', und er und ich und das Feuer gingen zusammen nach Hause nach Clerkenwell. Das war am ersten April. Ich konnte bis zehn zählen; und als wieder der erste April kam, sagte ich zu mir: Na, alter Knabe, nun bist du eins und eine Acht drin. Am ersten April darauf sagte ich: Nun, alter Knabe, bist du zwei und eine Acht drin. Mit der Zeit kam ich zu zehn und einer Acht drin und zu zwei Zehnern und einer Acht drin. Als ich so hoch hinaufkam, ging's über meine Kraft, aber ich weiß immer, daß eine Acht drin ist."
„Ah!" sagt Mr. George und wendet sich wieder seinem Frühstück zu. „Und wo ist der Kesselflicker?"
„Das Trinken brachte ihn ins Spital, Chef, und das Spital brachte ihn – in einen Glaskasten, hörte ich", antwortet Phil geheimnisvoll.
„Auf diese Weise kamst du vorwärts, übernahmst das Geschäft, Phil?"
„Ja, Kommandant, ich übernahm das Geschäft. So wie es war. Es gab nicht viel Kundschaft – rund um Saffron Hill, Hatton Garden, Clerkenwell, Sniffeld und so weiter – eine arme Nachbarschaft, wo sie die Kessel abnutzen, bis nichts mehr daran zu flicken ist. Die meisten der herumziehenden Kesselflicker

kamen zu uns und wohnten bei uns, das war der beste Teil vom Verdienst meines Herrn. Aber zu mir kamen sie nicht. Ich konnte es ihm nicht recht gleichtun. Er konnte ihnen ein hübsches Lied vorsingen. Das konnte ich nicht. Er konnte ihnen eine Melodie auf jedem Topf spielen, mochte er von Eisen oder Zinn sein. Ich konnte nie weiter was mit einem Topf machen als ihn flicken oder in ihm kochen – hatte nie einen Ton Musik in mir. Außerdem war ich zu häßlich, und ihre Weiber beschwerten sich über mich."

„Da taten sie schrecklich wählerisch. Unter einer Herde kämst du schon mit durch, Phil", sagt der Kavallerist mit freundlichem Lächeln.

„Nein, Chef", entgegnet Phil kopfschüttelnd. „Nein, gewiß nicht! Ich war noch leidlich, als ich zum Kesselflicker kam, wenn auch nicht viel zu rühmen war; aber ich mußte immer, als ich noch klein war, das Feuer anblasen und verdarb mir die Haut und versengte mir das Haar und schluckte den Rauch; und ich war von Natur ungeschickt und stieß mich immer an glühendem Eisen und zeichnete mich auf diese Weise. Und als ich älter wurde, mußte ich mich mit dem Kesselflicker fast immer prügeln, sooft er betrunken war, und das war er fast immer, und daher stand es wunderlich um meine Schönheit, sehr wunderlich, sogar damals schon. Aber seitdem hab ich ein Dutzend Jahre in einer dunklen Schmiede verbracht, wo die Leute schlechte Späße trieben, bin bei einem Unglücksfall in einer Gasanstalt verbrannt worden und bei einem Feuerwerker, bei dem ich arbeitete, zum Fenster hinausgeflogen, und dabei bin ich so häßlich geworden, daß man mich für Geld zeigen könnte."

Mit ganz zufriedener Miene in diesen Zustand ergeben, bittet sich Phil noch eine Tasse Kaffee aus, und während er sie trinkt, sagt er: „Als ich bei dem Feuerwerker zum Fenster hinausgeflogen war, bin ich Ihnen begegnet, Kommandant. Erinnern Sie sich noch?"

„Jawohl, Phil. Du gingst in der Sonne spazieren."

„Kroch an einer Mauer hin, Chef –"

„Ganz recht, Phil, schobst dich entlang –"

„In einer Nachtmütze!" ruft Phil ganz aufgeregt.

„In einer Nachtmütze –"

„Und humpelte an ein paar Krücken!" ruft Phil noch aufgeregter.

„An ein paar Krücken. Als –"

„Als Sie stehenblieben, wissen Sie", ruft Phil, der jetzt Tasse und Untertasse hinsetzt und hastig den Teller vom Knie nimmt, „und zu mir sagten: ‚Was, Kamerad! Im Krieg gewesen?' da sagte ich nicht viel zu Ihnen, Kommandant, denn ich war überrascht, daß ein so starker, frischer und fescher Mann wie Sie stehenblieb, um mit so einem hinkenden Knochenhaufen wie mir zu sprechen. Aber Sie sagten zu mir, und es kam so herzlich wie möglich aus Ihrer Brust, daß es war wie ein Glas mit was Warmem: ‚Was für ein Unfall ist Euch zugestoßen? Ihr seid schlimm weggekommen. Was fehlt Euch, alter Knabe? Kopf hoch, und erzählt alles!' Kopf hoch! Da war ich schon getröstet. Das sagte ich Ihnen, Sie sagten mir mehr, ich sagte Ihnen mehr, Sie sagten mir noch mehr, und hier bin ich, Kommandant! Hier bin ich, Kommandant!" ruft Phil, der von seinem Stuhl aufgesprungen ist und ganz ohne Grund begonnen hat, sich davonzumachen. „Wenn einer ein Ziel braucht oder wenn es dem Geschäft nützt, so mögen die Kunden mich zur Scheibe nehmen. Meiner Schönheit können sie nicht schaden. Mir ist alles recht. Kommt nur! Wenn sie einen Mann brauchen, um auf ihn loszuboxen, so mögen sie auf mich losboxen. Sie mögen mir nur tüchtig Kinnhaken geben. Mir ist's gleich! Wenn sie einen leichten Kerl brauchen, um ihn zur Übung im Ringen niederzuwerfen im Cornwall-, Devonshire- oder Lancashire-Stil, so mögen sie mich niederwerfen. Mir schadet's nichts. Ich bin mein ganzes Leben lang in allen Stilarten niedergeworfen worden."

Während dieser unerwarteten Rede, die er energisch vorträgt und mit Gebärden begleitet, wie sie zu den verschiedenen erwähnten Leibesübungen passen, schiebt sich Phil Squod an drei Seiten der Galerie entlang, wendet sich dann plötzlich zu seinem Kommandanten und stößt mit dem Kopf nach ihm, um die Hingabe an seinen Dienst anzudeuten. Dann beginnt er das Frühstück abzuräumen.

Mr. George, der heiter gelacht und ihm auf die Schulter geklopft hat, hilft ihm beim Wegräumen und hilft auch die Galerie für den Betrieb in Ordnung bringen. Dann übt er mit den Hanteln, wiegt sich, findet, daß er zuviel Fleisch ansetze, und geht mit großem Ernst zu einer Einzelübung im Säbelfechten über. Unterdessen hat sich Phil an seinem gewöhnlichen Tisch an die Arbeit gemacht, wo er an- und abschraubt, reinigt, feilt und durch kleine Löcher bläst. Dabei wird er schwärzer und schwärzer und scheint alles los- und festzumachen, was sich an einem Gewehr los- und festmachen läßt.

Herr und Diener werden endlich durch Schritte auf dem Gang

gestört, die ungewöhnliches Geräusch machen und die Ankunft ungewöhnlicher Gäste verraten. Die Schritte kommen der Galerie immer näher und bringen endlich eine Gruppe zur Tür herein, die sich auf den ersten Blick mit keinem anderen Tage im Jahr als mit dem fünften November zu vertragen scheint.

Sie besteht aus einer hinfälligen, häßlichen Gestalt, von zwei Männern auf einem Stuhl getragen, und einem daneben hergehenden hageren Frauenzimmer mit einem dürren, maskenhaften Gesicht, aus dessen Mund man alsbald die bekannten Mahnverse an die Zeit, da sie Altengland lebendig in die Luft sprengen wollten, erwarten würde, wenn nicht die Lippen fest und trotzig geschlossen blieben, als der Stuhl hingesetzt wird. Die Gestalt im Stuhl, die bis jetzt nur gekeucht hat: „O Gott! O Gott! Wie mich das erschüttert!" fügt in diesem Augenblick hinzu: „Wie geht's, mein werter Freund, wie geht's?" Da erkennt Mr. George in der Prozession den auf einer Ausfahrt begriffenen ehrwürdigen Mr. Smallweed, begleitet von seiner Enkelin Judy als Leibwache.

„Mr. George, mein werter Freund", sagt Großvater Smallweed und löst seinen rechten Arm vom Hals des einen Trägers, den er unterwegs fast erwürgt hat, „wie geht's? Sie sind überrascht, mich zu sehen, wertester Freund."

„Ich wäre kaum überrascht gewesen, wenn mir Ihr Freund in der City begegnet wäre", erwidert Mr. George.

„Ich gehe sehr selten aus", keucht Mr. Smallweed. „Ich bin seit vielen Monaten nicht aus dem Haus gekommen. Es ist unbequem – und teuer. Aber ich sehnte mich so sehr danach, Sie zu sehen, mein werter Mr. George. Wie geht's Ihnen, Sir?"

„Gut genug", sagt Mr. George. „Ich hoffe, Ihnen auch."

„Es kann Ihnen nie gut genug gehen, mein werter Freund." Mr. Smallweed ergreift seine beiden Hände. „Ich habe meine Enkelin Judy mitgebracht. Sie wollte durchaus mitgehen. Sie sehnte sich so, Sie zu sehen."

„Hm! Sie trägt's mit Fassung!" brummt Mr. George.

„So nahmen wir einen Mietwagen und setzten einen Stuhl hinein, und da unten an der Straßenecke hoben sie mich aus dem Wagen und in den Stuhl und trugen mich her, daß ich meinen werten Freund in seinem eigenen Geschäft sehen könne! Das ist der Kutscher", sagt Großvater Smallweed und deutet auf den Träger, der der Gefahr des Erwürgtwerdens ausgesetzt gewesen ist und sich, seine Luftröhre befühlend, entfernt. „Er bekommt nichts extra. Es ist kontraktlich im Fahrgeld mit eingeschlossen.

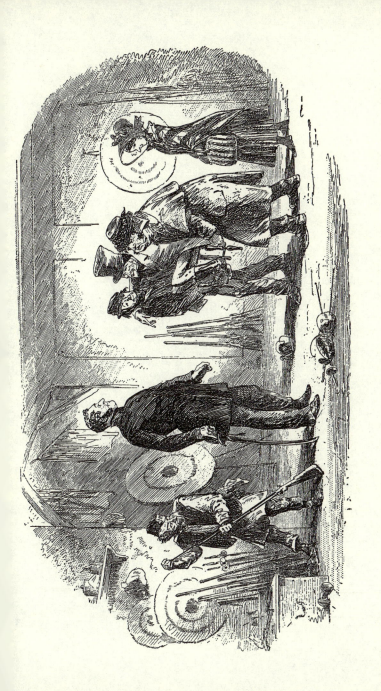

Diesen Mann" – er meint den anderen Träger – „nahmen wir draußen auf der Straße für ein Glas Bier in Dienst. Das kostet zwei Pence. Judy, gib ihm zwei Pence. Ich wußte nicht, daß Sie selbst einen Mann hier haben, werter Freund, sonst hätten wir diesen nicht gebraucht."

Großvater Smallweed sieht dabei Phil an, erschrickt ziemlich und läßt ein halb unterdrücktes: „O Gott! O lieber Gott!" hören. Auch ist seine Besorgnis, oberflächlich betrachtet, nicht ohne Grund; denn Phil, der die Erscheinung in dem schwarzen Samtkäppi noch nie gesehen hat, hat seine Arbeit unterbrochen, als er gerade eine Flinte in der Hand hält, und steht nun da wie ein Scharfschütze, der Mr. Smallweed wie einen häßlichen alten Vogel vom Geschlecht der Krähen herunterschießen möchte.

„Judy, mein Kind!" sagt Großvater Smallweed, „gib dem Mann seine zwei Pence. Es ist viel Geld für seine Mühe."

Der Mann, eines jener wunderlichen Exemplare menschlicher Pilze, die in den westlichen Straßen Londons von selbst emporsprießen, in eine alte rote Jacke gekleidet und mit einem Erlaubnisschein versehen, Pferde zu halten und Kutscher zu spielen, nimmt seine zwei Pence durchaus nicht mit Entzücken in Empfang, wirft das Geld in die Luft, fängt es von oben her mit der Hand wieder auf und entfernt sich.

„Mein werter Mr. George", sagt Großvater Smallweed, „wollen Sie so gut sein und helfen, mich ans Feuer zu tragen? Ich bin an ein Feuer gewöhnt, bin ein alter Mann und werde leicht kalt. O mein Gott!"

Dieser Ausruf entfährt dem ehrwürdigen Herrn infolge der Plötzlichkeit, mit der Mr. Squod wie ein Zauberer ihn samt dem Stuhl in die Höhe hebt und dicht am Kamin niedersetzt.

„O Gott!" sagt Mr. Smallweed außer Atem. „O mein Gott! Lieber Himmel! Mein werter Freund, Ihr Arbeiter ist sehr stark – und sehr rasch. O Gott, sehr rasch! Judy, rücke den Stuhl ein bißchen zurück. Ich verbrenne mir die Beine", was sich allerdings den Nasen aller Anwesenden durch den Geruch seiner versengten Wollstrümpfe verrät.

Nachdem die sanfte Judy ihren Großvater ein wenig vom Feuer entfernt, ihn wie gewöhnlich aufgeschüttelt und das halbverdeckte Auge von seinem schwarzsamtenen Lichtauslöscher befreit hat, sagt Mr. Smallweed abermals: „O Gott! O mein Gott!" sieht sich um und streckt wieder beide Hände aus, als er Mr. Georges Blick begegnet.

„Mein werter Freund! Wie glücklich macht es mich, Sie zu sehen! Und das ist Ihr Geschäftslokal? Ein reizender Ort. Ein wahres Gemälde! Es kommt doch nicht vor, daß zufällig hier etwas losgeht, wertester Freund?" setzt Großvater Smallweed sehr unbehaglich hinzu.

„Nein, nein! Das ist nicht zu befürchten."

„Und Ihr Arbeiter. Er – o mein Gott! Er läßt auch nichts losgehen, ohne es zu wollen; nicht wahr, mein werter Freund?"

„Er hat noch niemanden verletzt als sich selbst", sagt Mr. George lächelnd.

„Aber er könnte es tun, wissen Sie. Er scheint sich sehr oft verletzt zu haben und könnte auch jemand anderen verletzen", gibt der alte Herr zurück. „Er könnte es vielleicht nicht mit Absicht tun – oder er könnte es sogar mit Absicht tun. Mr. George, wollen Sie ihm befehlen, diese höllischen Feuerwaffen liegenzulassen und wegzugehen?"

Einem Wink des Kavalleristen gehorsam, begibt sich Phil mit leeren Händen ans andere Ende der Galerie. Wieder beruhigt, fängt Mr. Smallweed an, sich die Schenkel zu reiben.

„Und Sie befinden sich wohl, Mr. George?" fragt er den Kavalleristen, der breitbeinig, sein Rapier in der Hand, Front vor ihm macht. „Das Geschäft geht gut, will's Gott."

Mr. George antwortet mit einem kühlen Nicken und setzt hinzu: „Nur weiter. Um das zu sagen, sind Sie nicht hergekommen."

„Sie sind so spaßig, Mr. George", entgegnet der ehrwürdige Großvater. „Sie sind ein so guter Gesellschafter."

„Haha! Weiter!" sagt Mr. George.

„Mein werter Freund! – Aber das Schwert funkelt schrecklich und sieht scharf aus. Es könnte jemanden aus Zufall schneiden. Es fröstelt mich dabei, Mr. George. – Verdammt soll er sein!" sagt der vortreffliche alte Herr heimlich zu Judy, als der Kavallerist ein paar Schritte beiseite geht, um die Waffe wegzulegen. „Er ist mir Geld schuldig und könnte auf den Einfall kommen, seine Rechnung in diesem Mörderloch abzumachen. Ich wollte, deine Höllengroßmutter wäre hier und er rasierte ihr den Kopf weg!"

Mr. George kehrt zurück, kreuzt die Arme, sieht auf den Alten herab, der mit jedem Augenblick tiefer in seinem Stuhl zurücksinkt, und sagt ruhig: „Also?"

„Ha!" ruft Mr. Smallweed und reibt sich mit schlauem Kichern die Hände. „Ja. Also. Nun also, mein werter Freund?"

„Eine Pfeife", sagt Mr. George, der mit großer Fassung seinen

Stuhl in die Kaminecke setzt, seine Pfeife vom Rost nimmt, sie stopft und anzündet und still zu rauchen beginnt.

Das bringt Mr. Smallweed aus der Fassung, der es so schwierig findet, auf seinen Gegenstand – was es auch sein mag – zurückzukommen, daß er in große Aufregung gerät und heimlich in die Luft greift mit ohnmächtiger Rachsucht, die sein lebhaftes Verlangen verrät, Mr. George das Gesicht zu zerkratzen. Da die Nägel des vortrefflichen alten Herrn lang und bleifarben, seine Hände mager und dickadrig, seine Augen grün und wässrig sind, und da er außerdem, während er in die Luft greift, noch immer tiefer in den Stuhl sinkt und zu einem formlosen Bündel wird, bietet er selbst den daran gewöhnten Augen Judys ein so spukhaftes Schauspiel dar, daß dieses junge Mädchen mit etwas mehr als Liebesglut auf ihn zustürzt, ihn aufschüttelt und ihn an verschiedenen Teilen seines Körpers so klopft und pufft, daß er in seinem argen Leid Töne herauspreßt wie der Stampfer eines Pflasterers.

Als ihn Judy durch diese Mittel in seinem Stuhl wieder aufgerichtet hat, mit weißem Gesicht und blauer Nase, aber immer noch in die Luft greifend, streckt sie ihren dünnen Zeigefinger aus und gibt damit Mr. George einen Stoß in den Rücken. Als der Kavallerist aufblickt, stößt sie ebenso nach ihrem geehrten Großvater; und nachdem sie so die beiden zusammengeführt hat, starrt sie streng ins Feuer.

„Ah, ah! ho, ho! hu-u-u-u!" schnattert Großvater Smallweed, seine Wut in sich hineinschlingend. „Mein werter Freund!" Immer noch greift er in der Luft herum.

„Ich will Ihnen was sagen", bemerkt Mr. George. „Wenn Sie mit mir reden wollen, dann heraus mit der Sprache. Ich bin geradezu und kann nicht um den Brei herumgehen. Das ist mir zu künstlich. Ich bin nicht gescheit genug dazu. Es paßt mir nicht. Wenn Sie so um mich herumschleichen", sagt der Kavallerist und steckt die Pfeife wieder in den Mund, „verdammt, das kommt mir vor, als ob ich ersticken müßte."

Und er dehnt seine breite Brust, so weit er kann, als wolle er sich versichern, daß er noch nicht erstickt ist.

„Wenn Sie gekommen sind, um mir einen freundschaftlichen Besuch zu machen", fährt Mr. George fort, „so danke ich Ihnen dafür und frage, wie's Ihnen geht. Wenn Sie gekommen sind, um nachzusehen, ob Sachen hier sind, so sehen Sie sich um; Sie sind willkommen. Wenn Sie mir etwas zu sagen haben, so sagen Sie es!"

Die blühende Judy gibt, ohne ihren Blick vom Feuer abzuwenden, ihrem Großvater einen Stoß von hinten.

„Sie sehen, es ist auch ihre Meinung. Aber warum, zum Teufel, setzt sich das Mädchen nicht wie ein Christenmensch hin?" fragt Mr. George und sieht Judy prüfend an. „Ich kann's nicht begreifen."

„Sie bleibt neben mir, um auf mich zu achten, Sir", sagt Großvater Smallweed. „Ich bin ein alter Mann, mein werter Mr. George, und ich brauche Beistand. Ich kann meine Jahre noch tragen; ich bin kein höllischer Schwatzpapagei" – er knurrt und sieht sich unbewußt nach dem Kissen um –, „aber ich brauche Beistand, mein werter Freund."

„Gut!" entgegnet der Kavallerist und dreht seinen Stuhl so, daß er dem Alten das Gesicht zuwendet. „Nun also?"

„Mein Freund in der City, Mr. George, hat ein kleines Geschäft mit einem Ihrer Schüler gemacht."

„So?" sagt Mr. George. „Tut mir leid."

„Ja, Sir." Großvater Smallweed reibt sich die Schenkel. „Er ist jetzt ein junger, hübscher Soldat, Mr. George, und heißt Carstone. Freunde traten für ihn ein und bezahlten alles ganz ehrlich."

„Wirklich?" entgegnet Mr. George. „Meinen Sie, Ihr Freund in der City nähme einen guten Rat an?"

„Ich glaube wohl, mein werter Freund. Von Ihnen."

„Dann rate ich ihm, keine weiteren Geschäfte mit dieser Person zu machen. Es ist nichts mehr dabei zu verdienen. Mit dem jungen Herrn ist's, soviel ich weiß, rein aus."

„Nein, nein, mein werter Freund. Nein, nein, Mr. George. Nein, nein, nein, Sir", widerspricht Großvater Smallweed und reibt sich schlau den dürren Schenkel. „Es ist noch nicht ganz aus, glaube ich. Er hat gute Freunde, und er ist gut für seine Gage, und er ist gut für den Verkaufspreis seines Patents, und er ist gut für seine Aussichten in einem Prozeß, und er ist gut für seine Aussichten auf eine Heirat; und – wissen Sie, Mr. George, ich glaube, mein Freund würde den jungen Herrn noch für etwas gut halten!" sagt Großvater Smallweed, schiebt das Samtkäppchen in die Höhe und kratzt sich hinter dem Ohr wie ein Affe.

Mr. George, der die Pfeife weggelegt hat und einen Arm über die Stuhllehne hängen läßt, trommelt mit dem rechten Fuß auf dem Boden, als fände er keinen besonderen Gefallen an der Wendung, die das Gespräch genommen hat.

„Aber um von einem Gegenstand auf den anderen überzugehen", fährt Smallweed fort. „Um die Unterhaltung zu beleben, wie ein Spaßvogel sagen würde. Um vom Fähnrich auf den Kapitän zu kommen, Mr. George."

„Was meinen Sie damit?" fragt Mr. George, hält mit gerunzelter Stirn inne und streicht seine Andeutung von Schnurrbart. „Welchen Kapitän?"

„Unseren Kapitän. Den Kapitän, den wir kennen. Kapitän Hawdon!"

„Oh! das ist's, so!" sagt Mr. George mit leisem Pfeifen, als er bemerkt, daß ihn Großvater und Enkelin scharf ansehen; „darum geht's also! Nun, was ist damit? Heraus damit, ich mag mich nicht länger ersticken lassen. Sprechen Sie!"

„Mein werter Freund", entgegnet der Alte, „man hat sich gestern an mich gewandt — Judy, schüttle mich ein bißchen! — Man hat sich gestern an mich gewandt wegen des Kapitäns, und meine Meinung ist immer noch, daß er nicht tot ist."

„Unsinn!" bemerkt Mr. George.

„Was bemerkten Sie, mein werter Freund?" fragt der Alte, die Hand am Ohr.

„Unsinn!"

„Ho!" sagt Großvater Smallweed. „Mr. George, Sie können über meine Meinung selbst urteilen nach den mir gestellten Fragen und nach den Gründen, die mir für diese Fragen angegeben worden sind. Nun, was beabsichtigt Ihrer Meinung nach der Advokat, der bei mir anfragt?"

„Ein Geschäft zu machen", sagt Mr. George.

„Nichts von der Art!"

„Dann kann er kein Advokat sein", bemerkt Mr. George und kreuzt die Arme mit der Miene eines gefestigten Entschlusses.

„Mein werter Freund, er ist ein Advokat, und ein berühmter. Er wünscht irgendein Schriftstück von Kapitän Hawdons Hand zu sehen. Er will es nicht behalten. Er wünscht es bloß zu sehen und mit einer in seinem Besitz befindlichen Handschrift zu vergleichen."

„Nun?"

„Ja, Mr. George. Da ihm zufällig die Anzeige einfiel wegen Kapitän Hawdon und etwaiger Nachrichten, die über ihn beigebracht werden könnten, sah er in dieser Anzeige nach und kam zu mir — gerade wie Sie, mein werter Freund. Wollen Sie mir Ihre Hand geben? Ich freute mich so an jenem Tag, daß

Sie kamen! Ich hätte keinen solchen Freund gewonnen, wenn Sie mich nicht besucht hätten."

„Nun, Mr. Smallweed?" sagt Mr. George abermals, nachdem er die Zeremonie des Händeschüttelns etwas steif abgemacht hat.

„Ich besitze kein Schreiben von ihm. Ich habe nichts als eine Unterschrift. Pest, Hunger und Krieg, Mord und jäher Tod mögen ihn treffen!" sagt der Alte, der eine seiner wenigen Erinnerungen an ein Gebet zu einem Fluch umformt und dabei das Samtkäppchen zwischen seinen zornigen Händen zusammenquetscht. „Ich glaube, ich habe eine halbe Million Unterschriften von ihm! Aber Sie", fährt er fort, indem er aus Atemmangel seinen milden Ton zurückgewinnt, wie ihm Judy das Käppchen wieder auf dem kahlen Kopf zurechtsetzt, „Sie, mein werter Mr. George, besitzen wahrscheinlich einen Brief oder sonst ein Papier, das unseren Zwecken entspricht. Alles würde passen, wenn es nur von seiner Hand geschrieben ist."

„Etwas von seiner Hand Geschriebenes", antwortet der Kavallerist überlegend, „kann sein, ich habe etwas."

„Mein werter Freund!"

„Kann sein, auch nicht."

„Ho!" sagt Großvater Smallweed entmutigt.

„Aber wenn ich auch ganze Scheffel davon hätte, würde ich nicht so viel zeigen, wie zu einer Patrone reicht, ohne zu wissen, wozu."

„Sir, ich habe Ihnen gesagt, wozu. Mein werter Mr. George, ich habe Ihnen gesagt, wozu."

„Nicht genug", sagt der Kavallerist und schüttelt den Kopf. „Ich muß mehr wissen und damit einverstanden sein."

„Wollen Sie also mit zu dem Advokaten kommen? Mein werter Freund, wollen Sie mich zu dem Herrn begleiten?" drängt Großvater Smallweed und zieht eine magere, alte silberne Uhr heraus mit Zeigern wie die Beine eines Skeletts. „Ich sagte ihm, wahrscheinlich würde ich ihn zwischen zehn und elf Uhr heute vormittag aufsuchen, und jetzt ist es halb elf. Wollen Sie mich zu dem Herrn begleiten, Mr. George?"

„Hm", sagt dieser ernst. „Mir ist es gleich. Obgleich ich nicht einsehe, warum Sie sich so sehr um die Sache kümmern."

„Alles kümmert mich, was eine Aussicht verspricht, etwas über ihn zu erfahren. Hat er uns nicht alle hinters Licht geführt? Schuldet er uns nicht allen ungeheure Summen? Mich kümmern! Wen kann etwas von ihm mehr kümmern als mich? Nicht etwa, mein werter Freund", sagt Großvater Smallweed in ruhigerem Ton, „daß ich Ihnen zumute, etwas zu verraten. Weit entfernt davon. Sind Sie bereit, mich zu begleiten, mein werter Freund?"

„Ja! Ich komme sofort. Ich verspreche nichts, verstehen Sie!"

„Nein, mein werter Mr. George, nein!"

„Und Sie wollen sagen, Sie lassen mich in Ihrem Wagen mitfahren, wohin es auch sei, ohne etwas dafür zu berechnen?" fragt Mr. George, indem er seinen Hut und dicke, waschlederne Handschuhe holt.

Dieser Spaß gefällt Mr. Smallweed so sehr, daß er lange und leise vor dem Feuer lacht. Aber selbst während er lacht, blickt er über seine gelähmte Schulter auf Mr. George und bewacht ihn gierig, während jener das Vorlegeschloß an einem einfachen Schrank am entgegengesetzten Ende der Galerie öffnet, da und dort in den höheren Fächern sucht, endlich etwas herausnimmt, das wie Papier raschelt, es zusammenfaltet und in die Brusttasche steckt. Dann stößt Judy Mr. Smallweed und Mr. Smallweed stößt Judy an.

„Ich bin bereit", sagt der Kavallerist, während er zurückkommt. „Phil, du kannst diesen alten Herrn zu seinem Wagen tragen – das macht dir nichts aus."

„O Gott! O lieber Gott! Einen Augenblick noch!" sagt Mr. Smallweed. „Er ist so schrecklich rasch! Wissen Sie auch gewiß, daß Sie es vorsichtig tun können, mein würdiger Herr?"

Phil gibt keine Antwort, sondern packt den Stuhl und dessen Last, drückt sich seitwärts, von dem jetzt sprachlosen Mr. Smallweed krampfhaft umfaßt, und läuft durch den Gang, als hätte er den annehmbaren Auftrag, den alten Herrn zum nächsten Vulkan zu tragen. Da sein Amt jedoch schon viel früher am Wagen endet, setzt er ihn dort ab, die schöne Judy nimmt neben ihm Platz, der Stuhl schmückt das Dach, und Mr. George setzt sich auf den Bock.

Mr. George ist von dem Schauspiel, das er erblickt, wenn er von Zeit zu Zeit durch das Fenster hinter ihm in den Wagen späht, völlig verblüfft; die grimme Judy sitzt immer regungslos, und der alte Herr mit dem Käppchen über dem einen Auge rutscht dauernd vom Sitz in das Stroh hinunter und schaut aus dem anderen Auge zu ihm empor mit hilfloser Klage, daß es ihn in den Rücken steche.

27. KAPITEL

Mehr als ein Veteran

Mr. George braucht nicht lang mit gekreuzten Armen auf dem Bock zu fahren, denn ihr Ziel ist Lincoln's Inn Fields. Als der Kutscher hält, steigt Mr. George ab, sieht zum Fenster hinein und sagt: „Was, Mr. Tulkinghorn ist Ihr Mann?"

„Ja, mein werter Freund. Kennen Sie ihn, Mr. George?"

„Ich habe von ihm gehört – ihn auch gesehen, glaube ich. Aber ich kenne ihn nicht, und er kennt mich nicht."

Erst muß Mr. Smallweed die Treppe hinaufgetragen werden, was mit Hilfe des Kavalleristen vortrefflich bewerkstelligt wird. Man bringt ihn in Mr. Tulkinghorns Zimmer und setzt ihn auf den türkischen Teppich vor dem Feuer nieder. Mr. Tulkinghorn ist augenblicklich nicht da, wird aber gleich zurück sein. Der Schreiber am Pult in der Halle gibt ihnen diese Auskunft, schürt das Feuer und läßt das Triumvirat sich wärmen.

Mr. George betrachtet höchst neugierig das Zimmer. Er schaut zur gemalten Decke hinauf, besieht sich die alten juristischen Bücher, betrachtet die Porträts der vornehmen Klienten, liest laut die Namen auf den Kästen.

„Sir Leicester Dedlock, Baronet", liest Mr. George nachdenklich. „Ha! Rittergut Chesney Wold. Hm!" Mr. George steht eine Weile vor diesen Kästen, als wären sie Gemälde, und tritt dann an den Kamin zurück, indem er die Worte wiederholt: „Sir Leicester Dedlock, Baronet" und „Rittergut Chesney Wold. Ha!"

„Hat schrecklich viel Geld, Mr. George!" flüstert Großvater Smallweed und reibt sich die Schenkel. „Fürchterlich reich!"

„Wen meinen Sie! Diesen alten Herrn oder den Baronet?"

„Diesen Herrn, diesen Herrn!"

„Das habe ich gehört; und er weiß so dies und das, will ich wetten. Es ist auch kein schlechtes Quartier!" sagt Mr. George und sieht sich abermals um. „Man sehe nur die Geldkasse dort."

Mr. Tulkinghorns Ankunft schneidet die Antwort ab. Er hat sich natürlich nicht verändert. Der Anzug ist rostbraun, die Brille hält er in der Hand, und ihr Gehäuse ist sogar abgeschabt. Sein Benehmen ist verschlossen und trocken, seine Stimme belegt und gedämpft, sein Gesicht wachsam, als stecke er hinter einem Vorhang, für gewöhnlich tadelsüchtig und vielleicht anmaßend. Der Adel könnte alles in allem wohl wärmere Verehrer und treuere Gläubige haben als Mr. Tulkinghorn, wenn man alles wüßte.

„Guten Morgen, Mr. Smallweed, guten Morgen!" sagt er beim Eintreten. „Sie haben den Sergeanten mitgebracht, wie ich sehe. Setzen Sie sich, Sergeant."

Während Mr. Tulkinghorn die Handschuhe auszieht und in den Hut legt, blickt er mit halbgeschlossenen Augen auf die andere Seite des Zimmers, wo der Kavallerist steht, und sagt, vielleicht zu sich selbst: „Ihr seid der Rechte, Freund."

„Setzen Sie sich, Sergeant", wiederholt er, als er an den Tisch kommt, der mit der einen Seite ans Feuer gerückt ist, und in seinem Lehnstuhl Platz nimmt. „Kalt und rauh ist's heute morgen!" Mr. Tulkinghorn wärmt vor dem Kamingitter abwechselnd Handflächen und Handrücken und sieht – hinter jenem Vorhang hervor, der immer heruntergelassen ist – das in einem kleinen Halbkreis vor ihm sitzende Trio an.

„Nun, Mr. Smallweed, jetzt kann ich mir denken, was ich zu tun habe" – vielleicht kann er das in doppeltem Sinn. Der alte Herr wird von Judy neu aufgeschüttelt, um an der Unterhaltung teilzunehmen. „Sie haben unseren guten Freund, den Sergeanten, mitgebracht, wie ich sehe!"

„Ja, Sir", entgegnet Mr. Smallweed, sehr unterwürfig gegen Reichtum und Einfluß des Advokaten.

„Und was meint der Sergeant zu der Sache?"

„Mr. George", sagt Großvater Smallweed mit einer zitternden Bewegung seiner runzligen Hand, „das ist der Herr, Sir."

Mr. George begrüßt den Herrn, sitzt aber im übrigen kerzengerade und in tiefem Schweigen sehr weit vorn auf seinem Stuhl, als ob er die ganze vorschriftsmäßige Ausrüstung für einen Manövertag an sich trüge.

Mr. Tulkinghorn fährt fort: „Nun, George? – ich glaube, Ihr Name ist George."

„Ja, Sir."

„Was sagen Sie dazu, George?"

„Verzeihung, Sir", entgegnet der Kavallerist, „aber ich möchte gern wissen, was Sie dazu sagen."

„Meinen Sie, in Hinsicht auf Belohnung?"

„Ich meine, überhaupt."

Das ist eine so starke Prüfung für Mr. Smallweeds Geduld, daß er plötzlich herausfährt: „Höllenbestie!" dann aber ebenso schnell Mr. Tulkinghorn um Verzeihung bittet und die Entgleisung entschuldigt, indem er zu Judy sagt: „Ich dachte an deine Großmutter, meine Liebe."

„Ich glaubte, Mr. Smallweed hätte Ihnen die Sache bereits hinreichend auseinandergesetzt", beginnt Mr. Tulkinghorn von neuem, indem er sich auf eine Seite seines Stuhles lehnt und die Beine übereinanderschlägt. „Sie ist jedoch sehr bald geklärt. Sie haben früher unter Kapitän Hawdon gedient, haben ihn in seiner Krankheit gepflegt, ihm viele kleine Dienste geleistet und genossen bei ihm viel Vertrauen, wie ich mir habe sagen lassen. Stimmt das?"

„Ja, Sir, das stimmt", antwortet Mr. George mit militärischer Kürze.

„Deshalb könnten Sie zufällig etwas besitzen – irgend etwas, ganz gleich, was – Rechnungen, Instruktionen, Befehle, einen Brief oder sonst etwas – von Kapitän Hawdons Hand. Ich wünsche seine Handschrift mit einer zu vergleichen, die ich habe. Wenn Sie mir dazu Gelegenheit geben können, so soll Ihnen Ihre Mühe vergolten werden. Drei, vier, fünf Guineen würden Sie anständig nennen, hoffe ich."

„Nobel, mein werter Freund!" ruft Großvater Smallweed mit halb geschlossenen Augen.

„Genügt es Ihnen nicht, so sagen Sie auf Ihr Gewissen als Soldat, wieviel mehr Sie verlangen können. Sie brauchen die Handschrift nicht herzugeben, wenn Sie nicht wollen, obgleich es mir lieber wäre, sie zu besitzen."

Mr. George bleibt genau in derselben strammen Haltung sitzen, blickt zu Boden, blickt an die gemalte Decke und spricht kein Wort. Der jähzornige Mr. Smallweed zerkratzt die Luft.

„Die Frage ist", sagt Mr. Tulkinghorn in seiner sachlichen, gedämpften, teilnahmslosen Weise, „erstens, ob Sie etwas von Kapitän Hawdons Hand besitzen."

„Erstens, ob ich etwas von Kapitän Hawdons Hand besitze, Sir", wiederholt Mr. George.

„Zweitens, was Sie für Ihre Mühe, es vorzulegen, haben wollen."

„Zweitens, was ich für meine Mühe, es vorzulegen, haben will, Sir", wiederholt Mr. George.

„Drittens, Sie können selbst urteilen, ob es dieser irgendwie ähnlich sieht", sagt Mr. Tulkinghorn und legt ihm unerwartet einige zusammengeheftete Bogen beschriebenen Papiers vor.

„Ob es dieser irgendwie ähnlich sieht, Sir. Ganz richtig!" wiederholt Mr. George.

Alle drei Wiederholungen spricht Mr. George ganz mechanisch aus und sieht Mr. Tulkinghorn fest an; er wirft keinen Blick auf die Urkunde in Sachen Jarndyce gegen Jarndyce, die ihm zur Ansicht übergeben worden ist, obgleich er sie noch in der Hand hält, sondern sieht den Anwalt mit einer Miene unruhigen Nachdenkens an.

„Nun", fragt Mr. Tulkinghorn, „was sagen Sie dazu?"

„Sir", entgegnet Mr. George, indem er sich straff aufrichtet, so daß er riesig aussieht, „wenn Sie erlauben, will ich lieber nichts mit der Sache zu tun haben."

Äußerlich nicht im mindesten erregt, fragt Mr. Tulkinghorn: „Warum nicht?"

„Warum, Sir?" entgegnet der Kavallerist. „Außer im Militärdienst bin ich allen Geschäften fremd. Unter Zivilisten bin ich zu nichts nütze. Ich habe keinen Kopf für Papiere. Ich kann jedem Feuer besser standhalten als einem Feuer von Kreuzfragen. Ich erwähnte erst vor einer Stunde gegen Mr. Smallweed, wenn man mich mit solchen Sachen befasse, sei es mir, als wollte man mich ersticken. Und so geht es mir in diesem Augenblick", sagt Mr. George und sieht die Versammelten der Reihe nach an. Dann tritt er drei Schritte vor, um die Papiere wieder auf den Tisch des Advokaten zu legen, macht drei Schritte zurück, um seinen früheren Platz wieder einzunehmen, und steht dort hochaufgerichtet, blickt bald zu Boden, bald an die gemalte Decke und hält die Hände auf dem Rücken, als wollte er sich davon abhalten, irgendein anderes Dokument anzunehmen.

Angesichts dieser Herausforderung sitzt Mr. Smallweed sein Lieblingsschimpfwort so weit vorn auf der Zunge, daß er seine Anrede: „Mein werter Freund" mit der Silbe „Höl" beginnt, das Possessivpronomen also in Höl-mein verwandelt und so den Anschein erweckt, als hätte er eine Sprachhemmung. Als aber diese Schwierigkeit überwunden ist, ermahnt er seinen werten Freund auf die verbindlichste Art, nicht vorschnell zu sein, sondern zu tun, was ein so ausgezeichneter Herr wünscht, und es willig zu tun in dem Vertrauen, daß es ebenso untadelig wie gewinnbringend sein müsse. Mr. Tulkinghorn wirft nur gelegentlich eine Sentenz dazwischen wie: „Sie kennen Ihren Vorteil selbst am besten, Sergeant." „Daß Sie damit nur keinen Schaden anrichten." „Wie es Ihnen beliebt, wie es Ihnen beliebt."

„Wenn Sie wissen, was Sie wollen, so genügt das vollkommen."
Diese Sätze bringt er anscheinend völlig gleichgültig vor, kramt
dabei in den Papieren auf seinem Tisch und schickt sich an,
einen Brief zu schreiben.

Mr. George blickt mißtrauisch von der gemalten Decke auf
den Boden, vom Boden auf Mr. Smallweed, von Mr. Smallweed
auf Mr. Tulkinghorn und von Mr. Tulkinghorn wieder an die
gemalte Decke; dabei läßt er in seiner Verlegenheit den Körper
bald auf dem einen, bald auf dem anderen Bein ruhen.

„Ich versichere Ihnen, Sir", sagt Mr. George, „ohne Sie beleidigen
zu wollen, daß ich mich zwischen Leuten wie Ihnen und
Mr. Smallweed wirklich fünfzigmal erstickt fühle. Ganz bestimmt,
Sir. Ich kann es mit euch Herren nicht aufnehmen. Darf
ich fragen, wozu Sie die Handschrift des Kapitäns zu sehen
wünschen, falls ich eine Probe davon finden sollte?"

Mr. Tulkinghorn schüttelt ruhig den Kopf. „Nein. Wenn Sie
Geschäftsmann wären, Sergeant, so brauchte ich Ihnen nicht zu
sagen, daß es in meinem Beruf geheime, aber an sich ganz harmlose
Gründe für viele derartige Bedürfnisse gibt. Aber wenn
Sie fürchten, dem Kapitän Hawdon irgendwie zu schaden, so
können Sie darüber beruhigt sein."

„Ach, er ist tot, Sir."

„So?" Mr. Tulkinghorn setzt sich ruhig zum Schreiben hin.

„Es tut mir leid, Sir", sagt der Kavallerist, indem er nach
einer neuen Verlegenheitspause in seinen Hut sieht, „daß ich
Ihnen nicht besser helfen kann. Wenn es jemandem erwünscht
sein sollte, daß ich in meinem Entschluß, lieber nichts mit der
Sache zu tun zu haben, durch einen Freund bestätigt werde, der
einen besseren Kopf für Geschäftssachen hat als ich und ein alter
Veteran ist, so will ich ihn gern zu Rate ziehen. Ich – ich selbst
bin wirklich für den Augenblick so vollkommen erstickt", sagt
Mr. George, indem er mit der Hand hoffnungslos über die Stirn
fährt, „daß ich nicht weiß, ob es nicht für mich eine Erleichterung
wäre."

Als Mr. Smallweed hört, daß diese Autorität ein alter Soldat
ist, schärft er ihm so dringlich ein, sich mit ihm zu besprechen
und ihm namentlich zu sagen, daß es sich um fünf Guineen oder
mehr handle, daß Mr. George verspricht, zu ihm zu gehen. Mr.
Tulkinghorn sagt nichts dafür oder dagegen.

„Wenn Sie erlauben, Sir, werde ich also meinen Freund zu
Rate ziehen", sagt der Kavallerist, „und mir die Freiheit
nehmen, im Lauf des Tages mit einer endgültigen Antwort

wieder vorzusprechen. Mr. Smallweed, wenn Sie die Treppe hinuntergetragen zu werden wünschen −"

„Einen Augenblick, werter Freund, einen Augenblick. Wollen Sie mich mit diesem Herrn erst ein halbes Wort unter vier Augen sprechen lassen?"

„Gewiß, Sir. Übereilen Sie sich meinetwegen nicht." Der Kavallerist zieht sich in einen entfernten Teil des Zimmers zurück und nimmt seine neugierige Besichtigung der Geld- und anderen Kästen wieder auf.

„Wenn ich nicht so schwach wäre wie ein kleines Höllenkind, Sir", flüstert Großvater Smallweed, indem er den Advokaten an der Rockklappe zu sich herunterzieht und aus seinen zornigen Augen ein halberloschenes, grünes Feuer entsendet, „so entrisse ich ihm die Schrift. Er hat sie in seiner Brusttasche eingeknöpft. Ich habe gesehen, wie er sie einsteckte. Judy hat's auch gesehen. Sprich, du ausgetrocknetes Bild, das als Schild eines Spazierstockladens taugt, und sage, daß du es ihn hast einstecken sehen!"

Diese heftige Beschwörung begleitet der alte Herr mit einem solchen Stoß nach seiner Enkelin, daß es für seine Kräfte zuviel wird und er aus seinem Stuhl herausrutscht. Er zieht dabei Mr. Tulkinghorn mit sich, bis Judy ihn aufhält und tüchtig aufschüttelt.

„Mit Gewalt kann ich nichts machen, mein Freund", bemerkt Mr. Tulkinghorn dann ruhig.

„Nein, nein, ich weiß, ich weiß, Sir. Aber es ist ärgerlich und empörend − es ist − es ist schlimmer als deine schnatternde, plappernde Elster von Großmutter" − dies zu der unerschütterlichen Judy, die nur ins Feuer schaut − „zu wissen, daß er hat, was gebraucht wird, und es nicht herausgeben will. Er will es nicht herausgeben! Er! Ein Vagabund! Aber tut nichts, Sir, tut nichts. Höchstens auf eine kleine Weile hat er seinen Willen. Ich habe ihn von Zeit zu Zeit im Schraubstock. Ich will ihn kneipen, Sir, ich will ihn schrauben, Sir. Wenn er es nicht freiwillig tut, so will ich ihn zwingen, Sir! − Nun, mein werter Mr. George", sagt Großvater Smallweed, indem er den Anwalt losläßt und ihm häßlich zuzwinkert, „ich bin bereit, Ihre gütige Hilfe zu benutzen, mein vortrefflicher Freund!"

Mr. Tulkinghorn, durch dessen Selbstbeherrschung eine flüchtige Spur der Erheiterung dringt, steht mit dem Rücken gegen das Feuer auf dem Kaminteppich, schaut dem Verschwinden Mr. Smallweeds zu und erwidert den Abschiedsgruß des Kavalleristen mit einem einzigen Nicken.

Mr. George findet, daß es schwerer ist, den alten Herrn loszuwerden, als ihn die Treppe hinunterzutragen; denn als er wieder im Wagen untergebracht ist, schwatzt er so viel über die Guineen und hält ihn so zutraulich an einem Knopf fest – in Wahrheit hat er ein geheimes Verlangen, ihm den Rock aufzureißen und ihm das Papier zu rauben –, daß der Kavallerist einige Gewalt anwenden muß, um sich von ihm zu trennen. Endlich ist es gelungen, und er macht sich allein auf den Weg zu seinem Ratgeber.

Durch den klösterlichen Temple, durch Whitefriars – nicht ohne einen Blick auf Hanging-Sword Alley, die eigentlich auf seinem Weg zu liegen scheint –, über die Blackfriarsbrücke und durch Blackfriars Road schreitet Mr. George gelassen in eine Straße voll kleiner Läden, irgendwo in jenem Knoten von Landstraßen aus Kent und aus Surrey und von Straßen von den Londoner Brücken her, die in dem berühmten Elefanten zusammenlaufen, der sein Kastell aus tausend vierspännigen Kutschen an ein stärkeres eisernes Ungeheuer verloren hat, das jeden Tag bereit ist, ihn zu Wurstfleisch zu zerhacken. In einen der kleinen Läden dieser Straße, einen Musikladen, in dessen Fenster einige Geigen, ein paar Papageienpfeifen, ein Tamburin, ein Triangel und einige Notenblätter hängen, lenkt Mr. George seine wuchtigen Schritte. Nicht mehr weit davon entfernt bleibt er stehen, da er sieht, wie eine soldatisch aussehende Frau mit aufgeschürztem Kleid und einem kleinen Holzfaß heraustritt und am Rand des Gehsteigs in diesem Faß zu waschen und zu planschen beginnt, und spricht zu sich selbst: Sie wäscht Gemüse, wie gewöhnlich. Ich hab sie nie anders gesehen außer auf dem Bagagewagen.

Der Gegenstand dieser Betrachtung ist jedenfalls augenblicklich mit dem Gemüsewaschen so beschäftigt, daß sie von Mr. Georges Annäherung nichts wahrnimmt, bis sie das Wasser in die Gosse geschüttet hat, sich und ihr Faß gleichzeitig aufrichtet und ihn vor sich stehen sieht. Die Art, wie sie ihn empfängt, ist nicht schmeichelhaft.

„George, ich sehe Sie nie, ohne Sie hundert Meilen weit weg zu wünschen."

Ohne etwas über diese Begrüßung zu bemerken, folgt ihr der Kavallerist in den Musikladen, wo die Dame ihr Gemüsefaß auf den Ladentisch stellt, ihm die Hand schüttelt und ihre Arme auf den Tisch stützt.

„Ich kann Matthew Bagnet keine Minute für sicher halten,

wenn Sie in seine Nähe kommen", sagt sie. „Sie sind so unruhig und zigeunerisch –"

„Ja! Das bin ich, Mrs. **Bagnet**. Ich weiß es."

„Sie wissen es!" sagt Mrs. **Bagnet**. „Was nützt das? Warum sind Sie so?"

„Wahrscheinlich die tierische Natur", entgegnet der Kavallerist gutmütig.

„Ah!" ruft Mrs. **Bagnet** etwas schrill, „aber was nützt mich das Eingeständnis der tierischen Natur, wenn das Tier meinen Matthew vom Musikgeschäft nach Neuseeland oder Australien gelockt hat?"

Mrs. **Bagnet** ist durchaus nicht häßlich. Ziemlich grobknochig, etwas plump gebaut und gebräunt von Sonne und Wind, welche ihr das Haar auf der Stirn gebleicht haben, aber gesund, frisch und helläugig. Eine kräftige, rührige, tätige Frau mit ehrlichem Gesicht, zwischen fünfundvierzig und fünfzig Jahren. Reinlich, abgehärtet und so praktisch, obgleich nicht ärmlich gekleidet, daß der einzige Schmuck, den sie besitzt, ihr Trauring zu sein scheint, um den ihr Finger, seit er ihr angesteckt wurde, so breit gewachsen ist, daß er sich nie wieder abstreifen läßt, bis er sich mit Mrs. Bagnets Staub vermischt.

„Mrs. **Bagnet**", sagt der Kavallerist, „Sie haben mein Ehrenwort. Matthew soll von mir nicht Schaden leiden. So weit können Sie mir trauen."

„Nun, ich will's glauben. Aber schon Ihr Aussehen macht einen unruhig", entgegnet Mrs. **Bagnet**. „Ach, George! George! Wären Sie nur solid geworden und hätten Joe Pouchs Witwe geheiratet, als er in Nordamerika starb; die hätte richtig für Sie gesorgt."

„Das war gewiß eine Gelegenheit für mich", entgegnet der Kavallerist halb im Ernst, halb im Scherz; „aber jetzt werde ich wohl nie ein solider Ehemann werden. Joe Pouchs Witwe hätte mir helfen können – es war etwas an ihr – und gab etwas bei ihr – aber ich konnte mich nicht dazu entschließen. Wenn ich das Glück gehabt hätte, so eine Frau zu finden wie Matthew!"

Mrs. **Bagnet**, die – in allen Ehren – gegen einen guten Kerl wenig Zurückhaltung zu kennen, sondern in dieser Hinsicht selbst ein guter Kerl zu sein scheint, bedankt sich für dieses Kompliment damit, daß sie Mr. George mit einem Bund Gemüse ins Gesicht spritzt. Dann trägt sie ihr Faß in das kleine Zimmer hinter dem Laden.

„Ah, Quebec, mein Püppchen!" sagt Mr. George, der ihr auf ihre Einladung in das Zimmer folgt. „Und die kleine Malta auch. Kommt und küßt eueren Bluffy."

Diese jungen Damen, die nicht wirklich auf die ihnen beigelegten Namen getauft sind, obgleich sie in der Familie nach der Garnisonsstadt, in der sie geboren sind, stets so genannt werden, sind auf dreibeinigen Stühlen sehr ehrbar beschäftigt. Die jüngere, fünf oder sechs Jahre alt, lernt aus einer Penny-Fibel buchstabieren, die ältere, acht oder neun Jahre alt, macht ihre Lehrerin und näht dabei fleißig. Beide begrüßen Mr. George mit freudigen Zurufen als alten Freund und setzen nach einigem Küssen und Balgen ihre Stühle neben ihn.

„Und was macht der kleine Woolwich?" fragt Mr. George.

„Ah, ja! Hören Sie nur!" ruft Mrs. Bagnet aus und sieht mit lebhaft gerötetem Gesicht von ihrer Pfanne auf, denn sie kocht eben das Mittagessen; „würden Sie's wohl glauben? Hat eine Anstellung beim Theater, mit dem Vater, die Querpfeife in einem militärischen Stück zu spielen."

„Bravo, mein Patchen!" ruft Mr. George und schlägt sich auf den Schenkel.

„Ich glaub's Ihnen!" sagt Mrs. Bagnet. „Er ist ein echter Brite. Das ist Woolwich. Ein echter Brite."

„Und Matthew bläst sein Fagott, und ihr seid samt und sonders ehrbare Zivilisten", sagt Mr. George. „Brave Eltern. Heranwachsende Kinder. Und Matthews alte Mutter in Schottland und Ihr alter Vater irgendwo anders erhalten Briefe und ein bißchen Unterstützung; und – gut, gut! Freilich weiß ich nicht, warum man mich nicht hundert Meilen weit weg wünschen soll; denn auf solche Sachen versteh ich mich nicht."

Mr. George wird nachdenklich, als er vor dem Feuer in der weißgetünchten Stube sitzt, deren Fußboden mit Sand bestreut ist, in der ein Kasernengeruch herrscht, die nichts Überflüssiges enthält und die von den Gesichtern Quebecs und Maltas bis zu den glänzenden, weißblechernen Töpfen und Pfännchen auf den Simsen kein Fleckchen Staub oder Schmutz zeigt; Mr. George wird nachdenklich, als er hier so sitzt, während Mrs. Bagnet geschäftig arbeitet – da kommen zur rechten Zeit Mr. Bagnet und der kleine Woolwich nach Hause. Mr. Bagnet ist alter Artillerist, lang und aufrecht, mit zottigen Augenbrauen und einem Backenbart gleich den Fasern einer Kokosnuß, mit völlig kahlem Kopf und glühender Gesichtsfarbe. Seine knappe, tiefe und nachhallende Stimme ist den Tönen des Instruments, das er spielt, nicht unähnlich. Überhaupt ist an ihm ein straffes, unnachgiebiges, gewissermaßen messingbeschlagenes Wesen zu bemerken, als ob er selbst das Fagott des Menschenorchesters wäre. Der kleine Woolwich ist Typ und Muster eines Tambourknaben.

Vater und Sohn begrüßen den Kavalleristen herzlich. Als er dann berichtet, daß er gekommen sei, um Mr. Bagnet zu Rate zu ziehen, erklärt Mr. Bagnet gastfreundlich, daß er von Geschäften erst nach dem Essen hören wolle und daß sein Freund an seinem Rat nicht teilhaben solle, wenn er nicht vorher an Schweinefleisch und Gemüse teilgehabt habe. Da der Kavallerist diese Einladung annimmt, gehen er und Mr. Bagnet, um die häuslichen Vorbereitungen nicht zu stören, hinaus zu einem kleinen Spaziergang auf der Straße. In ihr gehen sie gemessenen Schrittes und mit gekreuzten Armen hin und her, als wäre sie ein Festungswall.

„George", sagt Mr. Bagnet, „Ihr kennt mich. Meine Alte erteilt den Rat. Sie hat den Kopf dazu. Aber ich gestehe es vor ihr nie ein. Disziplin muß erhalten bleiben. Wartet, bis sie das Gemüse aus dem Sinn hat. Dann wollen wir beraten. Was die Alte sagt, das tut – tut das ja!"

„Das ist auch meine Absicht, Matthew", entgegnet der andere. „Ich wollte lieber sie um Rat fragen als eine ganze Fakultät."

„Fakultät", entgegnet Mr. Bagnet in kurzen Absätzen wie ein Fagott. „Welche Fakultät könnte man wohl aus einem anderen Weltteil mit nichts als einem grauen Mantel und einem Regenschirm die Heimreise nach Europa antreten lassen? Die Alte täte das morgen. Hat es schon getan!"

„Ihr habt recht", sagt Mr. George.

„Welche Fakultät", fährt Mr. Bagnet fort, „könnte man beginnen lassen mit Kalk für zwei Pence, Walkerde für einen Penny, Sand für einen halben Penny und dem Rest von Sixpence in Geld? Damit hat die Alte die Wirtschaft angefangen. In diesem Geschäft hier."

„Es freut mich zu hören, daß es gedeiht, Matthew."

„Die Alte spart", sagt Mr. Bagnet zustimmend. „Hat irgendwo einen Strumpf. Mit Geld darin. Habe ihn nie gesehen. Aber ich weiß, sie hat einen. Wartet nur, bis sie die Sorge mit dem Gemüse los ist. Dann wird sie Euch das Rechte sagen."

„Sie ist ein wahrer Schatz!" ruft Mr. George aus.

„Sie ist mehr! Aber ich sage das nie, wenn sie's hören kann.

Disziplin muß erhalten bleiben. Meine Alte war's, die meine musikalischen Fähigkeiten entdeckt hat. Ich wäre heute noch bei der Artillerie, wenn sie nicht wäre. Sechs Jahre lang stümperte ich auf der Geige. Zehn auf der Flöte. Die Alte sagte, das ginge nicht; guter Wille, aber keine Geschmeidigkeit; versuch's mit dem Fagott! Die Alte borgte ein Fagott von dem Musikmeister des Rifle Regiments. Ich übte in den Laufgräben. Machte Fortschritte, bekam selbst ein Fagott, ernähre mich damit."

George bemerkt, daß sie so frisch aussehe wie eine Rose und so gesund wie ein Apfel.

„Die Alte ist eine durch und durch schöne Frau", erwidert Bagnet. „Daher gleicht sie einem durch und durch schönen Tag. Wird schöner, je älter sie wird. Habe nie ihresgleichen gesehen. Sage es aber nie, wo sie's hören kann. Disziplin muß erhalten bleiben!"

Sie wenden sich jetzt gleichgültigen Dingen zu und gehen im Gleichschritt die kleine Straße auf und ab, bis Quebec und Malta sie auffordern, Schweinefleisch und Gemüse ihr Recht angedeihen zu lassen; Mrs. Bagnet spricht wie ein Regimentskaplan über die Gerichte ein kurzes Tischgebet. Bei der Verteilung hält Mrs. Bagnet wie bei jeder anderen Haushaltspflicht ein genaues System inne: sie baut alle Gerichte vor sich auf, mißt jeder Portion Fleisch ihre Portion Brühe, Grünzeug, Kartoffeln und selbst Senf zu und gibt sie fix und fertig aus. Nachdem sie auch das Bier aus einer Kanne verteilt und so die Menge mit allem Notwendigen versehen hat, stillt Mrs. Bagnet ihren eigenen Hunger, der in gesundem Zustand ist. Die Kasino-Ausstattung, wenn wir das Tischgerät so nennen dürfen, besteht hauptsächlich aus Horn und Zinn und hat schon in verschiedenen Erdteilen ihre Dienste geleistet. Namentlich des kleinen Woolwichs Messer, das eigentlich ein Austernmesser ist und außerdem dazu neigt, heftig zuzuklappen und so den Appetit des jungen Musikers zu enttäuschen, hat, wie bei Tisch erzählt wird, in verschiedenen Händen alle Stationen des Auslandsdienstes mitgemacht.

Nach beendigtem Mahl macht Mrs. Bagnet mit Hilfe der jüngeren Familienmitglieder, die ihre Becher und Teller, Messer und Gabeln selbst reinigen, das ganze Tischgerät wieder so blitzblank wie zuvor und räumt alles weg, kehrt aber vorher den Herd, damit Mr. Bagnet und der Besuch nicht behindert sind, ihre Pfeife zu rauchen. Diese Haushaltsbesorgungen sind mit vielem Hin- und Zurückklappern der Holzschuhe in den

Hinterhof verbunden und mit reichlicher Verwendung eines Wassereimers, der endlich so glücklich ist, bei der Säuberung von Mrs. Bagnet selbst mitzuwirken. Unversehens erscheint sie ganz frisch wieder und setzt sich zu ihrer Näherei, und jetzt, erst jetzt – denn erst jetzt kann die Sorge mit dem Gemüse als ganz und gar erledigt gelten – fordert Mr. Bagnet den Kavalleristen auf, seine Sache vorzubringen.

Das tut Mr. George mit großem Takt, indem er zu Mr. Bagnet zu sprechen scheint, aber dauernd ein Auge ganz allein auf die Alte hat, wie Bagnet selbst. Sie beschäftigt sich ebenso taktvoll mit ihrer Näherei. Als die Sachlage vollständig dargelegt ist, nimmt Mr. Bagnet seine Zuflucht zu seinem gewöhnlichen Kunstgriff, die Disziplin zu wahren.

„Das ist die ganze Geschichte, nicht wahr, George?" fragt er. „Die ganze Geschichte."

„Und Ihr wollt meinem Rat folgen?"

„Ich werde mich ganz nach ihm richten", entgegnet George.

„Alte", sagt Mr. Bagnet, „sag ihm meine Meinung. Du kennst sie. Teil sie ihm mit."

Sie lautet, er könne nicht wenig genug mit Leuten zu tun haben, die zu schlau für ihn seien, und könne sich nicht sorgfältig genug hüten, sich in Sachen zu mischen, die er nicht verstehe; die einfache Regel sei, nichts heimlich zu tun, an nichts Unterirdischem oder Undurchsichtigem teilzunehmen und den Fuß nirgends hinzusetzen, wo man den Weg nicht sehe. Das ist im wesentlichen Mr. Bagnets Meinung, wie seine Frau sie ausspricht, und sie erleichtert Mr. George, da sie seine eigene Meinung bestätigt und seine Zweifel verbannt, so sehr, daß er sich ausnahmsweise dazu herbeiläßt, noch eine Pfeife zu rauchen und mit der ganzen Familie Bagnet, nach ihren verschiedenen Graden der Lebenserfahrung, von alten Zeiten zu plaudern.

Auf diese Weise geschieht es, daß sich Mr. George in dieser Stube nicht eher wieder zu seiner vollen Höhe erhebt, als bis die Zeit naht, da das Bassonett und die Querpfeife von einem englischen Theaterpublikum erwartet werden; und da Mr. George selbst dann noch Zeit braucht, um in seiner häuslichen Eigenschaft als Bluffy von Quebec und Malta Abschied zu nehmen, einen Patenschilling in die Tasche seines Patchens gleiten zu lassen und ihm für seine weitere Laufbahn Glück zu wünschen, so ist es bereits finster, als Mr. George seine Schritte wieder gen Lincoln's Inn Fields lenkt.

Eine Häuslichkeit, überlegt er auf dem Heimweg, sie sei noch so klein, macht, daß sich ein Mann wie ich einsam fühlt. Aber es ist gut, daß ich das Manöver des Heiratens nie ausgeführt habe. Ich hätte dazu nicht gepaßt. Ich bin auch in meinem heutigen Lebensalter noch ein solcher Vagabund, daß ich meine Schießgalerie keinen Monat lang behalten könnte, wenn's ein regelmäßiges Gewerbe wäre oder wenn ich dort nicht nach Zigeunerart biwakierte. Na, ich mache keinem Schande und falle keinem zur Last. Das ist schon etwas. Das habe ich schon seit vielen Jahren nicht getan!

So pfeift er sich's aus dem Sinn und marschiert weiter.

In Lincoln's Inn Fields angekommen, findet er, als er Mr. Tulkinghorns Treppe emporgestiegen ist, die Außentür und das Büro geschlossen; aber da der Kavallerist wenig von Außentüren weiß und das Treppenhaus außerdem dunkel ist, tastet er in der Hoffnung, einen Klingelzug zu finden oder die Tür öffnen zu können, noch herum, als Mr. Tulkinghorn die Treppe heraufkommt und zornig fragt: „Wer ist da? Was machen Sie da?"

„Verzeihung, Sir. Ich bin George, der Sergeant."

„Und konnte George, der Sergeant, nicht sehen, daß meine Tür verschlossen ist?"

„Nein, Sir, ich konnte es nicht sehen. Jedenfalls habe ich es nicht gesehen", sagt der Kavallerist etwas gereizt.

„Haben Sie sich anders besonnen, oder sind Sie noch derselben Ansicht?" fragt Mr. Tulkinghorn. Aber er weiß es recht gut auf den ersten Blick.

„Ich bin noch derselben Ansicht, Sir."

„Ich dachte mir's. Das genügt. Sie können gehen. Also Sie sind der Mann", bemerkt Mr. Tulkinghorn, während er seine Tür aufschließt, „in dessen Versteck Mr. Gridley gefunden wurde?"

„Ja, der bin ich", sagt der Kavallerist und bleibt zwei oder drei Stufen tiefer stehen. „Was ist damit, Sir?"

„Was damit ist? Ihr Umgang gefällt mir nicht. Sie hätten heute morgen nicht in mein Zimmer kommen dürfen, wenn ich gewußt hätte, daß Sie der Mann sind. Gridley? Ein leutebedrohender, mörderischer, gefährlicher Kerl."

Mit diesen Worten, die er in einem für ihn ungewöhnlich lauten Ton spricht, geht der Advokat in seine Wohnung und schlägt die Tür donnernd hinter sich zu.

Mr. George ärgert sich sehr über diese Verabschiedung, um so

mehr, als ein die Treppe heraufkommender Schreiber die letzten
Worte gehört hat und sie offensichtlich auf ihn bezieht. „Einen
schönen Charakter bekommt man da aufgedrückt", brummt der
Kavallerist mit einem hastigen Fluch, als er die Treppe hinab-
steigt. „Ein leutebedrohender, mörderischer, gefährlicher Kerl!"
Und als er hinaufblickt, sieht er, daß der Schreiber auf ihn
herabschaut und ihn, als er an einer Laterne vorbeigeht, genau
betrachtet. Das verschlimmert seinen Ärger so sehr, daß er fünf
Minuten lang übler Laune ist. Aber er pfeift sich auch das wie
alles übrige aus dem Sinn und marschiert heim zur Schießgalerie.

28. KAPITEL

Der Eisenwerkbesitzer

Sir Leicester Dedlock hat für diesmal die Familiengicht überstanden und ist noch einmal, im wörtlichen wie im übertragenen
Sinn, auf den Beinen. Er weilt auf seinem Sitz in Lincolnshire;
aber das Wasser steht wieder in den Niederungen, und Kälte
und Feuchtigkeit dringen auch in das wohlverteidigte Chesney
Wold ein und in Sir Leicesters Knochen. Die hellen Feuer von
Holz und Steinkohlen – Dedlockholz und vorsintflutlicher
Wald –, die auf den breiten, geräumigen Kaminherden lodern
und im Zwielicht den finsterblickenden Wäldern zuwinken, die
grollend zusehen, wie Bäume geopfert werden, können den
Feind nicht vertreiben. Die Röhren mit heißem Wasser, die sich
durch das ganze Haus schlängeln, die gepolsterten Türen und
Fenster und die großen und kleinen Vorhänge können das Ver-
sagen des Feuers nicht ausgleichen und genügen Sir Leicesters
Bedürfnissen nicht. Daher verkünden die Modenachrichten eines
Morgens der lauschenden Welt, daß Lady Dedlock binnen
kurzem auf einige Wochen in die Stadt zurückkehren wird.

Es ist eine traurige Wahrheit, daß selbst große Männer ihre
armen Verwandten haben. Ja, große Männer haben oft mehr
als ihren gebührenden Anteil an armen Verwandten, da sehr
rotes Blut feinster Qualität ebenso wie ungerecht vergossenes
geringes zum Himmel schreit und gehört sein will. Sir Leicesters Vettern bis zum fernsten Grad sind gleich ebenso vielen
Mordtaten, insofern als sie an den Tag kommen wollen. Unter

ihnen sind solche, die so arm sind, daß man fast zu denken wagt, es wäre für sie besser gewesen, wenn sie nie plattierte Glieder der Dedlockgoldkette, sondern von Anfang an gemeines Eisen gewesen wären und niedere Dienste geleistet hätten.

Dienen dürfen sie jedoch – mit einigen sehr beschränkten Ausnahmen, vornehmen, aber nicht nutzbringenden – nicht, wegen ihres Dedlockrangs. Daher besuchen sie ihre reicheren Vettern, machen Schulden, wenn sie können, und leben ziemlich schäbig, wenn sie es nicht können; als Frauen finden sie keine Männer und als Männer keine Frauen; sie fahren in geborgten Wagen, sitzen bei Festen, die sie nie selbst geben, und kommen so durchs Leben. In die große Familiensumme haben sich viele Zahlen geteilt, und sie sind der Rest, mit dem niemand etwas anzufangen weiß.

Jeder von Sir Leicester Dedlocks Überzeugung und Denkungsart scheint mehr oder weniger sein Vetter zu sein. Von Mylord Boodle über den Herzog von Foodle bis hinab zu Noodle spinnt Sir Leicester wie eine erprobte Spinne seine Verwandtschaftsfäden. Aber während er sich als Vetter der Jemands großartig gibt, ist er als Vetter der Niemands in seiner würdevollen Art gütig und großmütig; und gegenwärtig erträgt er trotz der Feuchtigkeit den Besuch mehrerer solcher Verwandten in Chesney Wold mit der Standhaftigkeit eines Märtyrers.

Unter diesen steht weitaus in erster Reihe Volumnia Dedlock, eine junge Dame – von sechzig –, die doppelt vornehm verwandt ist, da sie die Ehre hat, von Mutterseite her eine arme Verwandte einer anderen großen Familie zu sein. Da Miss Volumnia in ihrer Jugend ein hübsches Talent besaß, Figuren aus buntem Papier auszuschneiden, zur Gitarre spanische Lieder zu singen und in Landhäusern französische Worträtsel aufzugeben, so verbrachte sie die Jahre zwischen ihrem zwanzigsten und vierzigsten Lebensjahr ganz angenehm. Als sie dann aus der Mode kam und mit ihren spanischen Liedern die Leute langweilte, zog sie sich nach Bath zurück, wo sie bescheiden von einem jährlichen Geschenk Sir Leicesters lebt und von wo aus sie gelegentlich in den Landhäusern ihrer Vettern Auferstehung feiert. In Bath besitzt sie eine ausgedehnte Bekanntschaft unter entsetzlich alten Herren mit dürren Beinen und Nankingbeinkleidern und nimmt in dieser öden Stadt eine hohe Stellung ein. Anderwärts aber fürchtet man sie ein wenig wegen auffälliger Freigebigkeit mit Rouge und wegen beharrlichen Tragens eines altmodischen Perlenhalsbandes, das einem Rosenkranz aus kleinen Vogeleiern gleicht.

In jedem Land mit gesunden Zuständen hätte Volumnia einwandfrei ihren Platz auf der Pensionsliste. Man hat auch Versuche gemacht, sie darauf zu bringen, und als William Buffy Minister wurde, rechnete man sicher darauf, daß ihr Name mit ein paar hundert Pfund jährlich dort eingetragen werde. Aber wider alles Erwarten entdeckte William Buffy irgendwie, daß die Zeiten dazu nicht angetan seien, und das war für Sir Leicester Dedlock das erste deutliche Zeichen, daß England dem Abgrund zutreibe.

Ferner ist da der ehrenwerte Bob Stables, der mit der Geschicklichkeit eines Roßarztes warme Umschläge machen kann und ein besserer Schütze ist als die meisten Wildhüter. Er hat lange Zeit eifrig gewünscht, seinem Vaterland in einem einträglichen Amt ohne alle Mühe und Verantwortlichkeit zu dienen. In einem gutgeordneten Staatswesen wäre dieser natürliche Wunsch eines strebsamen jungen Mannes von so guter Familie rasch befriedigt worden; aber irgendwie entdeckte William Buffy, als er Minister wurde, daß die Zeiten auch zur Regelung dieser kleinen Sache nicht angetan seien, und das war für Sir Leicester Dedlock das zweite deutliche Zeichen, daß England dem Abgrund zutreibe.

Die übrigen Verwandten sind Damen und Herren verschiedener Lebensalter und Fähigkeiten; die meisten sind liebe, verständige Leute, die wahrscheinlich ganz gut durchs Leben gekommen wären, wenn sie nur ihre Verwandtschaftsbeziehung hätten vergessen können; so aber sind sie fast alle durch sie etwas schlechter daran, schlendern auf zweck- und ziellosen Pfaden dahin und scheinen ebensowenig zu wissen, was sie mit sich anfangen sollen, wie andere wissen, wohin mit ihnen.

In dieser Gesellschaft – und wo nicht? – herrscht Mylady Dedlock unumschränkt. Schön, elegant, gebildet und mächtig in ihrer kleinen Welt – denn die Welt der Mode reicht nicht ganz von Pol zu Pol –, trägt sie, so stolz und gleichgültig auch ihre Art ist, in Sir Leicesters Haus nicht wenig dazu bei, den Ton zu heben und zu verfeinern. Die Vettern und Basen, selbst die älteren, die ganz erstarrt waren, als Sir Leicester sie heiratete, sind ihre Vasallen; und der ehrenwerte Bob Stables wiederholt täglich zwischen erstem und zweitem Frühstück irgendeinem Auserwählten gegenüber seine Lieblingsoriginalbemerkung, daß sie die bestzugerittene Frau im ganzen Gestüte sei.

Das sind die Gäste, die im großen Salon von Chesney Wold an diesem unfreundlichen Abend versammelt sind, an dem der Schritt auf dem Geisterweg, hier jedoch nicht vernehmbar, der Schritt eines in die Kälte ausgeschlossenen verstorbenen Vetters sein könnte. Es ist fast Schlafenszeit. Schlafzimmerfeuer schimmern hell über das ganze Haus und beschwören Gespenster grotesker Möbel an Wand und Decke. Schlafzimmerleuchter stehen auf dem Tisch fern an der Tür, und Vettern und Basen gähnen auf Ottomanen. Vettern und Basen am Klavier, Vettern und Basen am Sodawasserbrett, Vettern und Basen vom Spieltische aufstehend, Vettern und Basen ums Feuer versammelt. Auf der einen Seite seines eigenen Feuers – denn es gibt hier zwei – steht Sir Leicester. Auf der entgegengesetzten Seite des breiten Kamins sitzt Mylady an ihrem Tisch. Volumnia sitzt als eine der begünstigteren Verwandten in einem üppigen Lehnstuhl zwischen ihnen. Sir Leicester blickt mit überlegenem Mißfallen auf ihr Rouge und ihr Perlenhalsband.

„Zuweilen treffe ich hier auf meiner Treppe eines der hübschesten Mädchen, glaube ich, die ich je im Leben gesehen habe", sagt gedehnt Volumnia, deren Gedanken nach einem langen Abend sehr zerfahrener Unterhaltung vielleicht schon bettreif sind.

„Eine Protegée Myladys", bemerkt Sir Leicester.

„Das dachte ich mir. Ich war überzeugt, daß ein geübter Blick das Mädchen ausgewählt haben muß. Die Kleine ist wirklich ein Wunder. Vielleicht von etwas puppenhafter Schönheit", sagt Miss Volumnia, um sie von ihrer eigenen Schönheit abzuheben, „aber in ihrer Art vollkommen; solche Frische ist mir noch nie vorgekommen."

Sir Leicester scheint mit seinem überlegenen Blick des Mißfallens auf ihr Rouge dasselbe zu sagen.

„Oh", bemerkt Mylady müde, „wenn jemand einen geübten Blick in dieser Sache gezeigt hat, so ist es Mrs. Rouncewell gewesen, nicht ich. Sie hat Rosa entdeckt."

„Ihre Zofe, vermute ich?"

„Nein. Mein alles: Liebling – Sekretär – Bote – ich weiß nicht, was alles."

„Sie haben sie gern um sich, wie Sie gern eine Blume oder einen Vogel oder ein Bild oder einen Pudel – aber nein, einen Pudel nicht – oder sonst etwas Hübsches um sich sehen", sagt Volumnia voll Teilnahme. „Ja, wie reizend! Und wie gut diese liebe, alte Seele Mrs. Rouncewell aussieht. Sie muß unermeßlich alt sein, und doch ist sie so rührig und stattlich! Sie ist unbedingt die allerbeste Freundin, die ich habe."

Sir Leicester findet es recht und schicklich, daß die Haushälterin von Chesney Wold eine beachtliche Person ist. Abgesehen davon hat er wirklich Achtung vor Mrs. Rouncewell und hört sie gern loben. Deshalb sagt er: „Sie haben recht, Volumnia", was Volumnia hocherfreut vernimmt.

„Sie hat selbst keine Tochter?"

„Mrs. Rouncewell? Nein, Volumnia. Sie hat einen Sohn. Eigentlich zwei."

Mylady, deren chronische Krankheit der Langeweile an diesem Abend durch Volumnia sehr verschlimmert worden ist, blickt müde nach den Leuchtern und stößt einen stummen Seufzer aus.

„Und es ist ein merkwürdiges Beispiel der Verwirrung, in die das gegenwärtige Zeitalter verfallen ist, des Verwischens der Grenzen, des Öffnens der Schleusen und des Ausrottens aller Unterschiede", sagt Sir Leicester mit großartiger Melancholie, „daß ich von Mr. Tulkinghorn höre, man habe Mrs. Rouncewells Sohn eingeladen, sich ins Parlament wählen zu lassen."

Miss Volumnia kreischt halblaut auf.

„Ja wirklich!" wiederholt Sir Leicester. „Ins Parlament."

„Das ist unerhört! Gütiger Himmel, was ist der Mann?" ruft Volumnia aus.

„Man nennt ihn, glaube ich – einen – Eisenwerkbesitzer."

Sir Leicester sagt das langsam, gewichtig und zweifelnd, als ob man ihn ebensogut eine Bleiwerkbesitzerin nennen könnte oder als ob das richtige Wort ein anderes sein könnte, das eine andere Beziehung zu einem Metall umschriebe.

Volumnia kreischt wieder leise.

„Er hat den Vorschlag nicht angenommen, wenn ich von Mr. Tulkinghorn recht unterrichtet bin, was ich nicht bezweifle, da Mr. Tulkinghorn stets korrekt und exakt ist; doch vermindert das nicht die Anomalie", sagt Sir Leicester, „an die sich seltsame Betrachtungen knüpfen ließen – erschreckende Betrachtungen, wie mir scheint."

Da Miss Volumnia mit einem Blick auf die Leuchter aufsteht, macht Sir Leicester höflich die große Reise durch den Salon, holt einen und zündet das Licht an Myladys Lampe an.

„Ich muß Sie bitten, noch ein paar Augenblicke zu bleiben, Mylady", sagt er, während er dies tut; „denn das Individuum, von dem ich spreche, ist heute abend kurz vor dem Essen angekommen und hat in einem sehr schicklichen Brief" – Sir Leicester betont das mit seiner gewohnten Wahrheitsliebe –, „ich muß sagen, in einem sehr schicklichen und gutgefaßten Brief um die Gunst einer kurzen Unterredung mit Ihnen und mir wegen dieses jungen Mädchens gebeten. Da es scheint, daß er diesen Abend noch abzureisen wünscht, so gab ich ihm Bescheid, daß wir ihn vor dem Schlafengehen noch sprechen wollten."

Miss Volumnia entflieht mit einem dritten leisen Aufkreischen, indem sie ihren Wirten – o Gott! – glückliche Befreiung von diesem – was ist er? – Eisenwerkbesitzer wünscht.

Die anderen Vettern und Basen verlieren sich auch bald ohne Ausnahme. Sir Leicester klingelt. „Empfehlen Sie mich Mr. Rouncewell unten bei der Haushälterin und sagen Sie ihm, daß ich ihn jetzt empfangen kann."

Mylady, die alldem äußerlich mit geringer Aufmerksamkeit zugehört hat, wirft einen Blick auf Mr. Rouncewell, als er eintritt. Er ist wohl etwas über fünfzig, von ansehnlicher Gestalt wie seine Mutter, hat eine klare Stimme, eine breite Stirn, von der das dunkle Haar schon zurückgewichen ist, und ein gescheites, offenes Gesicht. Er ist ein Mann von verantwortungsbewußtem Aussehen, in schwarzem Rock, behäbig genug, aber kräftig und rührig. Er zeigt ein ganz natürliches, unbefangenes Wesen und ist vor der vornehmen Gesellschaft, in die er tritt, nicht in der leisesten Verlegenheit.

„Sir Leicester und Lady Dedlock, da ich mich wegen meiner Zudringlichkeit bereits entschuldigt habe, so kann ich nichts Besseres tun als mich kurz fassen. Ich danke Ihnen, Sir Leicester."

Das Haupt der Dedlocks hat auf ein Sofa zwischen sich und Mylady gewiesen. Mr. Rouncewell nimmt ruhig dort Platz.

„In diesen geschäftigen Zeiten, in denen so viele große Unternehmungen im Voranschreiten sind, haben Leute wie ich so viele Arbeiter an so vielen Orten, daß wir beständig in Bewegung sind."

Sir Leicester ist recht zufrieden darüber, daß der Eisenwerkbesitzer fühlt, daß hier keine Eile herrscht, hier in diesem uralten Haus, festgewurzelt in dem stillen Park, wo Efeu und Moos Zeit gefunden haben, heranzuwachsen, wo die zackigen, warzenbedeckten Ulmen und die schattigen Eichen tief in hundertjährigem Farnkraut und Laub stehen und wo die Sonnenuhr auf der Terrasse seit Jahrhunderten stumm die Zeit gezeigt hat, die ebensosehr Eigentum jedes Dedlock war, solange er lebte, wie Haus und Land. Sir Leicester nimmt in einem Lehnstuhl Platz und setzt seine und Chesney Wolds Ruhe den ruhelosen Bewegungen des Eisenwerkbesitzers entgegen.

„Lady Dedlock ist so gütig gewesen", fährt Mr. Rouncewell mit einem ehrerbietigen Blick und einer Verbeugung in ihrer Richtung fort, „eine junge Schönheit namens Rosa in ihre nächste Umgebung zu nehmen. Nun hat sich mein Sohn in Rosa verliebt und meine Einwilligung erbeten, daß er ihr seine Hand antragen und sich mit ihr verloben dürfe, wenn sie ihn haben will – was ich voraussetze. Ich habe Rosa heute zum erstenmal gesehen, aber ich vertraue einigermaßen auf meines Sohnes gesunden Sinn, selbst in der Liebe. Soweit ich urteilen kann, finde ich sie so, wie er sie darstellt, und meine Mutter spricht mit großem Lobe von ihr."

„Sie verdient es in jeder Hinsicht", sagt Mylady.

„Es freut mich, daß Sie das sagen, Lady Dedlock; und ich brauche nicht erst auseinanderzusetzen, wie wertvoll Ihre gütige Meinung über sie für mich ist."

„Das ist wirklich ganz unnötig", bemerkt Sir Leicester unsagbar würdevoll; denn der Eisenwerkbesitzer kommt ihm ein wenig zu zungenfertig vor.

„Ganz unnötig, Sir Leicester. Nun ist mein Sohn ein sehr junger Mann und Rosa ein sehr junges Mädchen. Wie ich mich emporarbeiten mußte, so muß es auch mein Sohn, und jetzt schon zu heiraten kommt für ihn gar nicht in Frage. Aber vorausgesetzt, ich willige in seine Verlobung mit diesem hübschen Mädchen ein, wenn es sich mit ihm verloben will, so halte ich es für eine Pflicht der Aufrichtigkeit, hinzuzusetzen – ich bin überzeugt, Sir Leicester und Lady Dedlock, daß Sie mich verstehen und entschuldigen –, ich müsse es zur Bedingung machen, daß Rosa nicht in Chesney Wold bleibt. Bevor ich die Sache weiter mit meinem Sohn bespreche, nehme ich mir deshalb die Freiheit, zu sagen: Wenn Ihnen ihr Weggang irgendwie unwillkommen oder unzulässig erscheint, so will ich die Sache auf jeden vertretbaren Termin hinausschieben und sie genauso lassen, wie sie jetzt steht."

Nicht in Chesney Wold bleiben! Das zur Bedingung machen! Alle alte Abneigung Sir Leicesters gegen Wat Tyler und die Leute in den Eisendistrikten, die nichts tun, als bei Fackelschein ausziehen, überschauert seinen Kopf, dessen schönes, graues Haar sich jetzt ebenso wie sein Backenbart vor Entrüstung sträubt.

„Soll ich das so verstehen, Sir", sagt Sir Leicester, „und soll Mylady das so verstehen", er erwähnt sie besonders, erstens

aus Galanterie und zweitens aus Klugheit, da er sehr viel auf
ihren Verstand hält, "daß Sie dieses junge Mädchen für zu gut
halten für Chesney Wold oder daß ihm das Hierbleiben leicht
schaden könnte?"

"Gewiß nicht, Sir Leicester."

"Es freut mich, das zu hören." Sir Leicester ist wirklich sehr
stolz.

"Bitte, Mr. Rouncewell", sagt Mylady und scheucht Sir Leicester mit dem leisesten Wink ihrer hübschen Hand hinweg, als
wäre er eine Fliege, "erklären Sie mir, was Sie meinen."

"Recht gern, Mylady. Ich könnte nichts mehr wünschen."

Indem Mylady ihr ruhiges Gesicht, dessen Geist jedoch zu
rasch und zu tätig ist, um sich hinter einer einstudierten, wenn
auch noch so gewohnten Unempfindlichkeit verbergen zu lassen,
dem kräftigen Sachsengesicht des Gastes, einem Bild von Entschlossenheit und Ausdauer, zukehrt, hört sie aufmerksam zu
und neigt zuweilen ein wenig ihr Haupt.

"Ich bin der Sohn Ihrer Wirtschafterin, Lady Dedlock, und
habe meine Kindheit in diesem Haus verlebt. Meine Mutter hat
hier ein halbes Jahrhundert verbracht und wird, wie ich überzeugt bin, auch hier sterben. Sie ist eines der Beispiele – vielleicht eines, wie es im Buch steht – von Liebe und Anhänglichkeit
und Treue in einer solchen Stellung, auf die England stolz sein
darf, deren Ehre oder Verdienst sich aber kein Stand allein
zuschreiben darf, weil ein solches Beispiel hohen Wert auf beiden
Seiten voraussetzt, auf der hochgestellten gewiß, auf der bescheidenen nicht minder gewiß."

Sir Leicester schnaubt ein wenig, da er das Prinzip so aufgestellt hört, aber in seiner Ehrenhaftigkeit und Wahrheitsliebe
gibt er willig, wenn auch stumm, die Richtigkeit der Behauptung des Eisenwerkbesitzers zu.

"Verzeihen Sie, daß ich ausspreche, was so auf der Hand
liegt, aber ich wollte nicht die voreilige Vermutung aufkommen
lassen" – mit einer ganz leisen Augenwendung auf Sir Leicester –, "daß ich mich der Stellung meiner Mutter hier schäme
oder es an schuldiger Ehrerbietung vor Chesney Wold und der
Familie fehlen lasse. Gewiß hätte ich wünschen können – gewiß
habe ich gewünscht, Lady Dedlock, meine Mutter möchte sich
nach so vielen Jahren zurückziehen und ihr Leben bei mir
beschließen. Aber da ich fand, daß ihr die Trennung dieses festen
Bandes das Herz bräche, habe ich den Gedanken längst aufgegeben."

Sir Leicester sieht wieder sehr überlegen drein bei der Idee, Mrs. Rouncewell könnte ihrer natürlichen Heimat entfremdet werden, um ihre Tage bei einem Eisenwerkbesitzer zu beschließen.

„Ich bin Lehrling und Arbeiter gewesen", fährt der Besucher bescheiden und klar fort. „Ich habe viele Jahre lang von meinem Arbeitslohn gelebt und habe mich bis zu einem gewissen Punkt selbst unterrichten müssen. Meine Frau war die Tochter eines Werkführers und einfach erzogen. Wir haben außer diesem Sohn, von dem ich gesprochen habe, drei Töchter, und da wir glücklicherweise imstande waren, ihnen größere Vorteile zu gewähren, als wir selbst hatten, so haben sie eine gute Erziehung genossen, eine sehr gute. Es ist eine unserer Hauptsorgen und -freuden gewesen, sie jeder Stellung im Leben würdig zu machen."

Ein wenig Stolz klingt hier durch seinen väterlichen Ton, als ob er innerlich hinzusetze: selbst für Chesney Wold. Deshalb zeigt Sir Leicester noch mehr Gönnerhaftigkeit.

„All das ist in meiner Gegend und unter der Klasse, zu der ich gehöre, so häufig, Lady Dedlock, daß das, was man gemeinhin ungleiche Heiraten nennt, bei uns nicht so selten vorkommt wie anderswo. Ein Sohn teilt seinem Vater manchmal mit, daß er sich beispielsweise in ein Fabrikmädchen verliebt hat. Der Vater, der früher selbst in einer Fabrik gearbeitet hat, wird möglicherweise anfangs ein wenig unzufrieden sein; vielleicht hat er mit seinem Sohn andere Absichten gehabt. Aber wahrscheinlich ist, daß er, nachdem er sich vergewissert hat, daß das Mädchen von tadellosem Ruf ist, zu seinem Sohn sagt: ,Ich muß ganz sicher sein, daß es dir Ernst ist. Das ist eine hochwichtige Sache für euch beide. Deshalb will ich dieses Mädchen zwei Jahre lang unterrichten lassen', oder vielleicht auch: ,Deshalb will ich dieses Mädchen soundsolange in ein und dieselbe Schule mit deinen Schwestern schicken, und du gibst mir dein Ehrenwort, daß du es in dieser Zeit nur soundsooft siehst. Wenn das Mädchen nach Verlauf dieser Zeit die ihr gebotenen Möglichkeiten so weit genutzt hat, daß ihr einigermaßen auf gleicher Stufe steht, und wenn ihr dann noch desselben Sinnes seid, so will ich das Meinige tun, um euch glücklich zu machen.' Ich kenne mehrere Fälle dieser Art, Mylady, und ich glaube, sie zeigen mir, welchen Weg ich jetzt zu gehen habe."

Sir Leicesters Herrengefühl bricht jetzt hervor. Ruhig, aber schrecklich. „Mr. Rouncewell", sagt er, die rechte Hand auf der

Brust seines blauen Fracks – die Staatspose, in der er in der Galerie gemalt ist – „setzen Sie Chesney Wold gleich mit einer –" hier widersteht er einem Drang, zu ersticken – „einer Fabrik?"

„Ich brauche nicht zu erwidern, Sir Leicester, daß diese zwei Orte sehr verschieden sind; aber für die im vorliegenden Fall nötige Entscheidung darf man, glaube ich, schon eine Parallele zwischen ihnen ziehen."

Sir Leicester läßt seinen großartigen Blick auf der einen Seite des langen Salons hinab- und auf der anderen heraufschweifen, ehe er glauben kann, daß er nicht träumt.

„Ist Ihnen bekannt, Sir, daß dieses junge Mädchen, das Mylady – Mylady in ihren persönlichen Dienst genommen hat, in der Dorfschule vor dem Schloß erzogen worden ist?"

„Sir Leicester, ich weiß das recht gut. Es ist eine sehr gute Schule und wird von diesem Haus ansehnlich unterstützt."

„Dann, Mr. Rouncewell", entgegnet Sir Leicester, „ist mir die Anwendbarkeit Ihrer Äußerungen unerklärlich."

„Wird sie Ihnen begreiflicher sein, Sir Leicester, wenn ich Ihnen sage" – das Gesicht des Eisenwerkbesitzers rötet sich etwas –, „daß ich nicht glaube, man könne in der Dorfschule alles lernen, was für die Gattin meines Sohnes zu wissen wünschenswert ist?"

Dedlocks Geist schlägt rasch die Brücken von der – heute noch unveränderten – Dorfschule von Chesney Wold zum ganzen Gefüge der Gesellschaft und von diesem Gesellschaftsbau zu dem Umstand, daß er gefährlich dadurch erschüttert wird, daß gewisse Leute – Eisenwerkbesitzer und ähnliche – ihren Katechismus vergessen und aus der ihnen zugewiesenen Stellung heraustreten – nach Sir Leicesters schnell fertiger Logik ist das notwendig und für immer die erste Stellung, in die sie zufällig geraten sind; und von da denkt er weiter zu der Tatsache, daß sie andere Leute über ihren Stand hinaus erziehen und so die Grenzen verwischen und die Schleusen öffnen und dergleichen mehr.

„Verzeihung, Mylady. Nur einen einzigen Augenblick!" Sie hat ein leises Zeichen gegeben, daß sie sprechen wolle. „Mr. Rouncewell, unsere Ansichten von Pflicht und von Rang und von Erziehung und von – kurz, alle unsere Ansichten stehen in so krassem Gegensatz, daß eine Verlängerung dieser Unterhaltung Ihre Gefühle ebenso verletzen muß wie die meinen. Dieses junge Mädchen wird mit Myladys Beachtung und Gunst beehrt.

Wenn sie sich dieser Beachtung und Gunst zu entziehen wünscht oder wenn sie sich von jemandem beeinflussen läßt, der sie infolge seiner eigentümlichen Meinungen – Sie werden mir den Ausdruck erlauben, obgleich ich gern zugebe, daß er mir über sie keine Rechenschaft schuldig ist – dieser Beachtung und Gunst zu entziehen wünscht, so steht ihr das zu jeder Zeit frei. Wir sind Ihnen verbunden für die Offenheit, mit der Sie gesprochen haben. Es wird an sich in keiner Weise die Stellung des jungen Mädchens hier beeinflussen. Darüber hinaus können wir uns zu nichts verstehen; und damit bitten wir – wenn Sie so gut sein wollen – den Gegenstand zu verlassen."

Der Besucher schweigt einen Augenblick, um Mylady Gelegenheit zu geben, zu sprechen, aber sie sagt nichts. So steht er auf und entgegnet: „Sir Leicester und Lady Dedlock, erlauben Sie mir, Ihnen zu danken, daß Sie mich angehört haben, und nur zu bemerken, daß ich meinem Sohn angelegentlich empfehlen werde, seine Herzensneigung zu bezwingen. Gute Nacht."

„Mr. Rouncewell", sagt Sir Leicester, und das ganze Wesen eines Gentleman strahlt aus ihm, „es ist spät, und die Wege sind finster. Ich hoffe, Ihre Zeit ist nicht so knapp, daß Sie nicht Mylady und mir erlauben, Ihnen wenigstens für heute nacht ein Obdach in Chesney Wold anzubieten."

„Das hoffe ich auch", setzt Mylady hinzu.

„Ich bin Ihnen sehr verbunden, aber ich muß die ganze Nacht reisen, um pünktlich zu einer verabredeten Zeit morgen früh einen ziemlich entlegenen Ort zu erreichen."

Damit verabschiedet sich der Eisenwerkbesitzer; Sir Leicester klingelt, und Mylady erhebt sich, als er den Salon verläßt.

Als Mylady in ihr Boudoir kommt, setzt sie sich nachdenklich ans Feuer und schaut, ohne auf den Geisterweg zu achten, auf Rosa, die in einem Nebenzimmer schreibt. Gleich darauf ruft sie das Mädchen: „Komm zu mir, Kind. Sag mir die Wahrheit. Bist du verliebt?"

„Oh! Mylady!"

Mylady betrachtet das gesenkte, errötende Gesicht und sagt lächelnd: „Wer ist es? Ist es Mrs. Rouncewells Enkel?"

„Ja, wenn Sie erlauben, Mylady. Aber ich weiß nicht, ob ich ihn liebe – schon jetzt."

„Schon jetzt, kleines Närrchen? Weißt du, daß er dich schon jetzt liebt?"

„Ich glaube, ich gefalle ihm ein wenig, Mylady." Und Rosa bricht in Tränen aus.

Ist das Lady Dedlock, die neben der ländlichen Schönheit steht, ihr mit so mütterlicher Hand das dunkle Haar glattstreicht und sie mit Augen voll versonnener Teilnahme betrachtet? Ja, wahrhaftig, sie ist es!

„Hör mich an, Kind. Du bist jung und ohne Falsch, und ich glaube, du hängst an mir."

„Gewiß, Mylady. Gewiß täte ich alles in der Welt, um das zu beweisen."

„Und ich glaube nicht, daß du wünschen würdest, mich schon jetzt zu verlassen, Rosa, selbst um eines Liebhabers willen."

„Nein, Mylady! O nein!" Rosa blickt zum erstenmal auf, ganz erschrocken über diesen Gedanken.

„Vertrau auf mich, mein Kind. Fürchte dich nicht vor mir. Ich wünsche dich glücklich zu sehen und will dich glücklich machen – sofern ich jemanden auf dieser Erde glücklich machen kann!" Unter neuen Tränen kniet Rosa vor ihr nieder und küßt ihr die Hand. Mylady nimmt die Hand, mit der das Mädchen die ihre gefaßt hat, legt sie, während sie die Augen aufs Feuer heftet, bald in die eine, bald in die andere ihrer Hände und läßt sie allmählich sinken. Da Rosa sie so vertieft sieht, entfernt sie sich leise; aber Myladys Augen haften immer noch am Feuer.

Was sucht sie dort? Eine Hand, die nicht mehr ist; eine Hand, die nie war; eine Berührung, die mit Zauberkraft ihr Leben umgestalten könnte? Oder lauscht sie auf den Schall vom Geisterweg und grübelt, welchem Schritt er am meisten gleicht? Dem eines Mannes? Dem einer Frau? Dem Getrippel eines Kinderfüßchens, das immer näher und näher kommt? Eine melancholische Stimmung liegt auf ihr; oder warum sonst sollte eine so stolze Dame die Türen schließen und allein am öden Herd sitzen?

Volumnia reist am nächsten Tag ab, und alle Vettern und Basen verflüchtigen sich noch vor Tisch. Alle ohne Ausnahme sind erstaunt, beim Frühstück Sir Leicester vom Verwischen der Grenzen, vom Öffnen der Schleusen und vom Wanken der Grundfesten der Gesellschaft sprechen zu hören, was alles sich an Mrs. Rouncewells Sohn kundtue. Alle ohne Ausnahme sind ehrlich entrüstet und schreiben es der Schwäche William Buffys als Minister zu und fühlen sich wirklich durch Trug und Unrecht eines Anteils am Vaterland – an der Pensionsliste – oder an irgend etwas beraubt. Volumnia wird von Sir Leicester die große Treppe hinuntergeleitet und spricht dabei so beredt über den Gegenstand, als wäre im Norden Englands ein allgemeiner Aufstand ausgebrochen, um sich ihres Schminktopfs und ihres Perlenhalsbands zu bemächtigen. Und so zerstreuen sich die Vettern und Basen in alle vier Himmelsrichtungen mit einem großen Schwarm von Zofen und Kammerdienern, denn es gehört zu dieser Vetternschaft, daß sie, so schwer ihr der eigene Unterhalt fällt, doch einfach Zofen und Kammerdiener halten muß; und der Winterwind, der heute weht, fegt einen Blätterschauer von den Bäumen um das verlassene Haus, als ob sich alle Vettern und Basen in welkes Laub verwandelt hätten.

29. KAPITEL

Der junge Mann

Chesney Wold ist verschlossen. Teppiche sind in den Ecken unwohnlicher Zimmer zu großen Schläuchen zusammengerollt, bunter Damast tut Buße unter ungebleichter Leinwand, Holzschnitzerei und Vergoldung ergeben sich der Abtötung, und die Ahnen der Dedlocks ziehen sich wieder aus dem Tageslicht zurück. Rund um das Haus fallen dicht die Blätter, aber nie schnell, denn sie schweben mit lebloser Leichtigkeit in melancholischen, langsamen Kreisen hernieder. Der Gärtner mag die Rasenplätze noch so oft fegen und die Blätter in Schubkarren pressen und fortfahren, immer noch liegt das Laub knöcheltief. Schriller Wind heult um Chesney Wold, der Regen schlägt scharf dagegen, die Fenster rasseln, und die Schornsteine sausen. Nebel verhüllen die Alleen, verschleiern die Aussichten und bewegen sich wie Leichenzüge über die Anhöhen. Im ganzen Haus herrscht ein kalter, leerer Geruch wie in der kleinen Kirche, nur etwas trockener; er erinnert daran, daß die toten und begrabenen Dedlocks in den langen Nächten hier wandeln und den Modergeruch ihrer Gräber zurücklassen.

Aber das Haus in der Stadt, das selten gleichzeitig gleichen Sinnes ist mit Chesney Wold, das sich selten freut, wenn jenes sich freut, oder trauert, wenn jenes trauert, außer wenn ein Dedlock stirbt – das Haus in der Stadt ist zum Leben erwacht. So warm und hell, wie solcher Prunk sein kann, so süß durchzogen von Wohlgerüchen, die so wenig an den Winter erinnern, wie Treibhausblumen es nur können – still und ruhig, so daß nur das Ticken der Uhren und das Prasseln des Feuers das Schweigen stören, scheint es die durchkälteten Knochen Sir Leicesters in regenbogenfarbene Wolken zu hüllen. Und Sir Leicester ist froh, in würdevoller Zufriedenheit vor dem großen Feuer in der Bibliothek zu ruhen, herablassend die Rücken seiner Bücher zu lesen oder die schönen Künste mit einem billigenden Blick zu beehren. Denn er besitzt Gemälde, alte und neue. Einige aus der Kostümball-Schule, in der sich Kunst gelegentlich zur Meisterschaft herabläßt, sollte man am besten katalogisieren wie das Allerlei auf einer Auktion. Etwa so: Drei Stühle mit hohen Lehnen, ein Tisch mit Decke, eine langhalsige Weinflasche, ein Krug, ein spanisches Frauenkleid, Porträt des Modells Miss Jogg, dreiviertel en face, eine Rüstung, Don Quichote enthaltend. Oder: eine Steinterrasse (zersprungen), eine Gondel in der Ferne, der vollständige Anzug eines venezianischen Senators, ein reichgesticktes weißes Atlaskostüm mit dem Porträt des Modells Miss Jogg im Profil, ein Türkensäbel, goldbeschlagen und mit Juwelen am Griff, ein feinausgeführter Mohrenanzug (sehr selten) und Othello.

Mr. Tulkinghorn kommt und geht ziemlich oft. Denn es sind Gutsgeschäfte zu bereinigen, Pachtkontrakte zu erneuern und anderes mehr. Er sieht auch Mylady ziemlich oft; und er und sie sind so ruhig und so gleichgültig und nehmen sich voreinander so wenig in acht wie nur je. Aber es könnte doch sein, daß Mylady diesen Mr. Tulkinghorn fürchtet und daß er es weiß. Es könnte sein, daß er sie zäh und verbissen verfolgt, ohne einen Funken von Mitleid, Reue oder Erbarmen. Es könnte sein, daß ihm ihre Schönheit und aller Prunk und Glanz um sie nur ein größerer Anreiz ist zu dem, was er plant, und ihn nur noch unbeugsamer darin macht. Ob er nun kalt und grausam ist, ob er unerschütterlich in dem verharrt, was er sich zur Pflicht gemacht hat, ob er sich verzehrt in Liebe zur Macht, ob er entschlossen ist, nichts unentdeckt zu lassen in einem Boden, in dem er sein Leben lang unter Geheimnissen gewühlt hat, ob er im Herzen den Glanz verachtet, dessen ferner Abglanz er ist, ob er aus der Leutseligkeit seiner hochgestellten Klienten ständig Vernachlässigung und Beleidigungen herausliest – ob dies oder jenes oder alles gleichzeitig zutrifft, es könnte sein, daß es für Mylady angenehmer wäre, fünftausend Paar modekundige Augen argwöhnisch und wachsam auf sich gerichtet zu wissen als die beiden Augen dieses rostigen Advokaten mit dem dürftigen Halstuch und den mit Bändern zugebundenen, mattschwarzen Kniehosen.

Sir Leicester sitzt in Myladys Zimmer, demselben Zimmer, wo Mr. Tulkinghorn die Urkunde in Sachen Jarndyce gegen Jarndyce gelesen hat, in besonders selbstzufriedener Stimmung. Mylady sitzt – wie an jenem Tag – am Feuer mit ihrem Fächer in der Hand. Sir Leicester ist besonders selbstzufrieden, weil er in seiner Zeitung einige Bemerkungen eines Gleichgesinnten über die Dämme und Grundsäulen der Gesellschaft gefunden hat. Sie passen so vortrefflich auf den Fall von neulich, daß Sir Leicester aus der Bibliothek in Myladys Zimmer gekommen ist, nur um sie ihr vorzulesen. „Der Verfasser dieses Artikels", bemerkt er als Vorrede, indem er dem Feuer zunickt, als nicke er dem Mann von einem Berg herab zu, „hat einen sehr gesunden Verstand."

Der Verstand des Verfassers ist nicht so gesund, daß er Mylady nicht langweilte, die nach einem matten Versuch, zuzuhören, oder vielmehr nach einer matten Ergebung in den Anschein des Zuhörens, ihren Geist wandern läßt und in eine Betrachtung des Feuers versinkt, als wäre es ihr Feuer in Chesney Wold und sie hätte es nie verlassen. Ohne das zu merken, liest Sir Leicester weiter durch seine Brille und hält nur gelegentlich inne, um das Glas wegzuschieben und seine Zustimmung auszudrücken in Wendungen wie: „Sehr wahr", „sehr gut ausgedrückt", „das habe ich schon oft gesagt"; nach jeder solchen Bemerkung verliert er unfehlbar die Zeile und sucht die Spalte auf und ab, um sie wiederzufinden.

Sir Leicester liest unendlich ernst und würdevoll, als die Tür aufgeht und der gepuderte Diener die seltsame Anmeldung vorbringt: „Mylady, der junge Mann namens Guppy."

Sir Leicester hält inne, reißt die Augen weit auf und wiederholt in vernichtendem Ton: „Der junge Mann namens Guppy?"

Als er sich umdreht, erblickt er den jungen Mann namens Guppy, der sehr fassungslos dasteht und dessen Benehmen und Erscheinung keinen sehr einnehmenden Empfehlungsbrief darstellen.

„Bitte", sagt Sir Leicester zum Diener, „was soll das heißen, daß Sie ohne Umstände einen jungen Mann namens Guppy anmelden?"

„Ich bitte um Verzeihung, Sir Leicester, aber Mylady sagte, sie wolle den jungen Mann sehen, wann immer er komme. Ich wußte nicht, daß Sie hier sind, Sir Leicester."

Bei dieser Entschuldigung wirft der Diener auf den jungen Mann namens Guppy einen verächtlichen und entrüsteten Blick, der deutlich besagt: Wozu kommst du hierher und bringst mich in Ungelegenheiten?

„Ganz richtig. Ich habe es ihn geheißen", sagt Mylady. „Der junge Mann mag warten."

„Durchaus nicht, Mylady. Da Sie ihn hierherbefohlen haben, so will ich Sie nicht stören." Der galante Sir Leicester entfernt sich und weigert sich nur, beim Hinausgehen eine Verbeugung des jungen Mannes anzunehmen, den er von seiner Höhe herab für einen Schuhmacher von zudringlichem Aussehen hält.

Lady Dedlock blickt gebieterisch auf ihren Besuch, als der Bediente das Zimmer verlassen hat, und mustert ihn von Kopf bis Fuß. Sie läßt ihn an der Tür stehen und fragt, was er wünsche.

„Daß die gnädige Frau die Güte habe, mir eine kurze Unterredung zu gewähren", entgegnet Guppy verlegen.

„Sie sind natürlich die Person, die mir so viele Briefe geschrieben hat?"

„Mehrere, gnädige Frau. Mehrere, bis sich die gnädige Frau herabließ, mich mit einer Antwort zu beehren."

„Und konnten Sie nicht dasselbe Mittel ergreifen, um eine Unterredung unnötig zu machen? Geht es nicht jetzt noch?"

Mr. Guppy spitzt seinen Mund zu einem stummen Nein! und schüttelt den Kopf.

„Sie sind merkwürdig zudringlich gewesen. Wenn es sich nach allem herausstellen sollte, daß das, was Sie zu sagen haben, mich nichts angeht – und ich wüßte nicht, wie es mich etwas angehen sollte, und erwarte es auch gar nicht –, so werden Sie mir erlauben, die Unterredung ohne Umstände kurz abzubrechen. Bitte, sagen Sie, was Sie zu sagen haben."

Mylady bewegt gleichgültig ihren Fächer, kehrt sich wieder dem Feuer zu und wendet dem jungen Mann namens Guppy fast den Rücken.

„So will ich denn mit Erlaubnis der gnädigen Frau gleich mit meiner Angelegenheit beginnen", sagt der junge Mann. „Hm! Ich bin, wie ich der gnädigen Frau in meinem ersten Brief mitteilte, vom juristischen Fach. Als Jurist habe ich die Gewohnheit angenommen, mich nicht schriftlich bloßzustellen; ich nannte daher der gnädigen Frau den Namen der Kanzlei nicht, bei der ich angestellt bin und bei der meine Stellung – und ich darf hinzusetzen, mein Einkommen – ziemlich gut ist. Ich kann jetzt

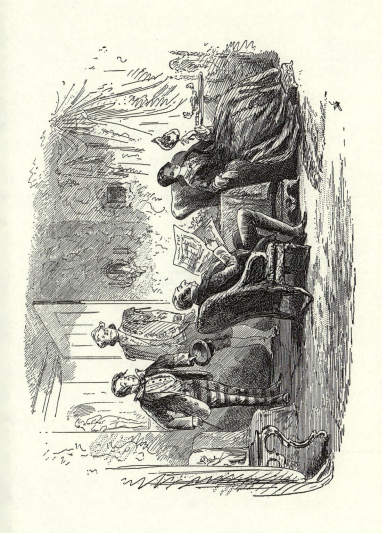

der gnädigen Frau im Vertrauen mitteilen, daß es Kenge und Carboy in Lincoln's Inn ist – eine Firma, die der gnädigen Frau in Verbindung mit dem Kanzleigerichtsfall Jarndyce gegen Jarndyce nicht ganz unbekannt sein kann."

In Myladys Gesicht beginnt sich einige Aufmerksamkeit zu zeigen. Sie bewegt den Fächer nicht mehr und hält ihn, als höre sie zu.

„Nun kann ich wohl der gnädigen Frau offen heraus sagen", fährt Mr. Guppy etwas mutiger fort, „daß es keine mit dem Fall Jarndyce gegen Jarndyce zusammenhängende Angelegenheit ist, die mich so sehr wünschen ließ, mit der gnädigen Frau zu sprechen, was zweifellos als zudringlich erschien und noch erscheint – ja in der Tat beinahe flegelhaft." Nachdem er einen Augenblick auf eine Versicherung des Gegenteils gewartet hat, ohne eine zu erhalten, fährt Mr. Guppy fort: „Wenn es sich um Jarndyce gegen Jarndyce gehandelt hätte, so wäre ich gleich zum Rechtsberater der gnädigen Frau, Mr. Tulkinghorn in Lincoln's Inn Fields, gegangen. Ich habe das Vergnügen, mit ihm bekannt zu sein – wenigstens grüßen wir uns, wenn wir uns begegnen –, und wäre es eine Angelegenheit dieser Art gewesen, so wäre ich gleich zu ihm gegangen."

Mylady wendet sich ein wenig zu ihm um und sagt: „Nehmen Sie doch einen Stuhl!"

„Danke, gnädige Frau." Mr. Guppy nimmt einen Stuhl. „Nun, gnädige Frau", Mr. Guppy wirft einen Blick auf einen kleinen Zettel, auf dem er sich den Gang seines Vortrags knapp notiert hat und der ihn in tiefste Verwirrung zu stürzen scheint, sooft er ihn ansieht; „ich – o ja! – ich gebe mich ganz in die Hand der gnädigen Frau. Wenn sich die gnädige Frau bei Kenge und Carboy oder bei Mr. Tulkinghorn über meinen heutigen Besuch beschweren sollte, geriete ich in eine sehr peinliche Lage. Das gebe ich aufrichtig zu. Daher baue ich ganz auf die Ehrenhaftigkeit der gnädigen Frau."

Mylady versichert ihm mit einer geringschätzigen Bewegung der Hand, die den Fächer hält, daß er keine Beschwerde von ihr wert sei.

„Danke, gnädige Frau", sagt Mr. Guppy, „es genügt vollkommen. Nun – ich – verwünscht! Es ist so, daß ich die Punkte, wie ich sie nacheinander berühren wollte, hier vermerkt habe und daß sie in Abkürzungen geschrieben sind und ich nicht recht herauskriegen kann, was sie bedeuten. Wenn die gnädige Frau mir erlaubt, den Zettel einen Augenblick mit ans Fenster zu nehmen, so –"

Mr. Guppy geht ans Fenster und stört dabei ein Paar Wellensittiche auf, zu denen er in seiner Verlegenheit sagt: „Ich bitte recht sehr um Verzeihung." Das vergrößert die Lesbarkeit seiner Notizen nicht. Er murmelt vor sich hin, läuft heiß und rot an, hält den Zettel bald dicht vor die Augen, bald weit entfernt. „C. S. Was bedeutet C. S.? Oh! E. S.! Ah, ich weiß! Ja gewiß!" Mit einer Erleuchtung kommt er zurück.

„Ich weiß nicht", sagt Mr. Guppy, der jetzt auf halbem Weg zwischen Mylady und seinem Stuhl steht, „ob die gnädige Frau vielleicht zufällig von einer jungen Dame namens Miss Esther Summerson etwas gehört oder gesehen hat."

Myladys Augen sehen ihn voll an. „Ich sah eine junge Dame dieses Namens vor nicht langer Zeit. Diesen letzten Herbst."

„Nun, ist der gnädigen Frau aufgefallen, daß sie jemandem ähnlich sieht?" fragt Mr. Guppy, indem er die Arme kreuzt, den Kopf seitwärts legt und sich mit seinem Notizzettel den Mundwinkel kratzt.

Mylady wendet die Augen nicht mehr von ihm ab.

„Nein."

„Nicht der Familie der gnädigen Frau ähnlich?"

„Nein."

„Ich glaube", sagt Mr. Guppy, „die gnädige Frau kann sich schwerlich an Miss Summersons Gesicht erinnern?"

„Ich erinnere mich der jungen Dame recht gut. Was hat das mit mir zu tun?"

„Gnädige Frau, ich versichere Ihnen, da sich Miss Summersons Bild meinem Herzen eingeprägt hat – dies ganz im Vertrauen gesagt –, fand ich, als ich bei einem kurzen Ausflug nach Lincolnshire mit einem Freund die Ehre hatte, den Landsitz der gnädigen Frau in Chesney Wold zu besichtigen, eine solche Ähnlichkeit zwischen Miss Esther Summerson und dem Porträt der gnädigen Frau, daß es mich ganz und gar über den Haufen warf; so sehr, daß ich im Augenblick nicht einmal wußte, was mich über den Haufen warf. Und jetzt, da ich die Ehre habe, die gnädige Frau in der Nähe zu sehen – ich habe mir seit jener Zeit oft die Freiheit genommen, die gnädige Frau in Ihrem Wagen im Park anzusehen, wo Sie mich wahrscheinlich nicht bemerkt haben, aber ich sah die gnädige Frau nie so nah –, ist die Ähnlichkeit wirklich überraschender, als ich dachte."

Junger Mann namens Guppy. Es hat Zeiten gegeben, als

Damen in festen Burgen lebten und in Rufweite unbarmherzige Diener hatten – da wäre dein armseliges Leben keine Minute sicher gewesen, wenn dich diese schönen Augen so angesehen hätten, wie sie dich jetzt ansehen.

Mylady, die ihren kleinen Fächer langsam bewegt, fragt ihn abermals, was sein Spürsinn für Ähnlichkeiten seiner Meinung nach mit ihr zu tun habe.

„Gnädige Frau", entgegnet Mr. Guppy, indem er wieder auf seinen Zettel sieht, „ich komme gleich darauf. Diese verdammten Notizen! Oh! Mrs. Chadband. Ja." Mr. Guppy zieht seinen Stuhl ein wenig weiter vor und setzt sich wieder. Mylady lehnt sich ruhig in ihren Sessel zurück, wenn auch vielleicht nicht ganz so graziös und unbefangen wie gewöhnlich, und ihr fester Blick wird nicht unsicher. „Ah – nur noch eine Minute!" Mr. Guppy blickt wieder auf den Zettel. „E. S. zweimal? O ja! Ja, jetzt ist mir die Sache klar."

Er rollt den Zettel ein, um mit diesem Instrument seiner Rede Nachdruck zu verleihen, und fährt fort: „Gnädige Frau, Miss Esther Summersons Geburt und Erziehung sind in geheimnisvolles Dunkel gehüllt. Ich bin darüber unterrichtet, weil sie mir – was ich im Vertrauen erwähne – beruflich bei Kenge und Carboy bekannt geworden ist. Nun ist, wie ich der gnädigen Frau bereits mitgeteilt habe, Miss Summersons Bild meinem Herzen eingeprägt. Wenn ich dieses Geheimnis für sie aufklären oder nachweisen könnte, daß sie von guter Familie stammt, oder wenn ich fände, daß sie als entfernter Zweig der Familie der gnädigen Frau ein Recht hätte, mit in den Prozeß Jarndyce gegen Jarndyce einzutreten, so könnte ich eine Art Anspruch bei Miss Summerson erheben, meine Anträge mit günstigeren Augen zu betrachten, als sie bis jetzt eigentlich getan hat. Im Grunde hat sie sie bis jetzt überhaupt nicht begünstigt."

Eine Art zürnendes Lächeln dämmert eben über Myladys Gesicht auf.

„Nun ist es ein merkwürdiger Umstand, gnädige Frau", sagt Mr. Guppy, „obgleich einer jener Umstände, wie sie uns Juristen aufstoßen – so darf ich mich nennen, denn obgleich ich nicht als Anwalt zugelassen bin, haben mir doch Kenge und Carboy meinen Lehrbrief als Geschenk ausgestellt, nachdem meine Mutter vom Grundstock ihres kleinen Einkommens die beträchtlichen Kosten für den Stempel erlegt hat –, daß ich der Person begegnet bin, die als Dienerin bei der Dame war, die Miss Summerson erzog, ehe Mr. Jarndyce sie unter seine Obhut nahm. Diese Dame war eine Miss Barbary, gnädige Frau."

Ist die Totenfarbe auf Myladys Gesicht nur der Widerschein des Fächers, der einen grünseidenen Grund hat und den sie in der erhobenen Hand hält, als ob sie ihn vergessen hätte, oder ist es eine schreckliche Blässe, die sie überfallen hat?

„Hat die gnädige Frau je etwas von Miss Barbary gehört?" fragt Mr. Guppy.

„Ich weiß nicht. Ich glaube. Ja."

„Stand Miss Barbary irgendwie in Verbindung mit der Familie der gnädigen Frau?"

Myladys Lippen bewegen sich, sprechen aber nicht. Sie schüttelt den Kopf.

„Nicht in Verbindung?" sagt Mr. Guppy. „Oh! Vielleicht nicht mit Wissen der gnädigen Frau? Ah! Aber es könnte der Fall sein? Ja." Nach jeder dieser Fragen hat sie das Haupt geneigt. „Sehr gut! Nun, diese Miss Barbary war äußerst zugeknöpft – scheint für ein Frauenzimmer ungewöhnlich verschwiegen gewesen zu sein, während sie doch im allgemeinen, wenigstens im gewöhnlichen Leben, gern sprechen –, und meine Zeugin hatte nie eine Ahnung, daß sie überhaupt Verwandte besitze. Bei einer Gelegenheit, aber nur bei einer, scheint sie sich zu meiner Zeugin über einen einzigen Punkt vertraulich geäußert zu haben; sie erzählte ihr damals, daß des kleinen Mädchens wahrer Name nicht Esther Summerson war, sondern Esther Hawdon."

„Mein Gott!"

Mr. Guppy reißt die Augen weit auf. Lady Dedlock sitzt vor ihm, sieht ihn durchbohrend an, mit demselben dunklen Schatten auf ihrem Gesicht, in derselben Stellung, selbst beim Halten des Fächers, die Lippen ein wenig geöffnet, die Brauen ein wenig zusammengezogen, aber für den Augenblick tot. Er sieht ihr Bewußtsein zurückkehren, sieht ein Zittern über ihre Gestalt laufen wie ein Kräuseln über Wasser, sieht ihre Lippen zucken, sieht, wie sie sie mit großer Kraftanstrengung wieder schließt, und sieht, wie sie sich zum Bewußtsein seiner Gegenwart und dessen, was er gesagt hat, zurückzwingt. All das geschieht so rasch, daß ihr Ausruf und ihr totenähnlicher Zustand vergangen zu sein scheinen wie die Formen jener lang erhaltenen Leichen, die man zuweilen aus Gräbern hervorzieht und die, von der Luft wie vom Blitz getroffen, im Nu zerfallen.

„Die gnädige Frau kennt den Namen Hawdon?"

„Ich habe ihn früher gehört."

„Der Name einer Seitenlinie oder eines entfernten Zweiges der Familie der gnädigen Frau?"

„Nein."

„Nun, gnädige Frau", sagt Mr. Guppy, „komme ich zum letzten Punkt dieser Angelegenheit, soweit ich sie bis jetzt kenne. Sie ist noch in der Entwicklung, und ich werde mehr und mehr von ihr kennenlernen, je weiter sie sich entwickelt. Die gnädige Frau muß wissen – wenn es die gnädige Frau nicht durch irgendeinen Zufall schon weiß –, daß man vor einiger Zeit im Haus eines gewissen Krook, nicht weit von Chancery Lane, einen Kanzleischreiber in den ärmlichsten Verhältnissen tot aufgefunden hat. Wegen dieses Kanzleischreibers fand eine Totenschau statt; er war ein Anonymus, da niemand seinen Namen kannte. Ich habe jedoch, gnädige Frau, vor kurzer Zeit entdeckt, daß der Name dieses Kanzleischreibers Hawdon war."

„Und was geht mich das an?"

„Ja, gnädige Frau, das ist die Frage! Sie müssen wissen, daß sich nach dem Tod dieses Mannes etwas Sonderbares ereignete. Eine Dame erschien; eine verkleidete Dame, gnädige Frau, die sich die Stätten ansehen wollte, wo er gelebt hatte und wo er begraben war. Sie mietete als Führer einen Jungen, der einen Straßenübergang kehrt. Wenn ihn die gnädige Frau zur Bestätigung dieser Behauptung zu sehen wünscht, so kann ich ihn jederzeit holen."

Der arme Junge ist Mylady gleichgültig, sie wünscht ihn nicht vorgeführt zu sehen.

„Oh, ich versichere der gnädigen Frau, das ist wirklich eine sehr seltsame Geschichte", sagt Mr. Guppy. „Wenn Sie ihn erzählen hörten von den Ringen, die an ihren Fingern funkelten, als sie den Handschuh auszog, fänden Sie es ganz romantisch."

Diamanten funkeln an der Hand, die den Fächer hält. Mylady tändelt mit ihm und läßt sie noch mehr funkeln, wieder mit jenem Ausdruck, der in früheren Jahrhunderten dem jungen Mann namens Guppy so gefährlich hätte werden können.

„Man glaubte, gnädige Frau, er habe keinen Fetzen oder Zettel hinterlassen, durch den man ihn identifizieren könnte. Aber das war doch der Fall. Er hinterließ einen Packen alter Briefe."

Der Fächer bewegt sich noch immer wie vorhin. Die ganze Zeit über lassen ihn die Augen kein einziges Mal los.

„Jemand hat sie an sich genommen und versteckt. Und morgen abend, gnädige Frau, kommen sie in meinen Besitz."

„Ich frage Sie nochmals, was mich das angeht."

„Gnädige Frau, ich habe weiter nichts zu sagen." Mr. Guppy steht auf. „Wenn Sie glauben, daß in dieser Kette zusammengefügter Umstände – in der unzweifelhaft großen Ähnlichkeit jener jungen Dame mit der gnädigen Frau, die eine greifbare Tatsache für Geschworene ist, in ihrer Betreuung durch Miss Barbary, in Miss Barbarys Aussage, daß Miss Summerson in Wirklichkeit Hawdon heißt, in der Tatsache, daß die gnädige Frau diese beiden Namen sehr gut kennt und daß Hawdon so gestorben ist, wie er starb – genug Anlaß für die gnädige Frau liegt, aus Familieninteresse die Sache weiterzuverfolgen, so will ich diese Papiere hierherbringen. Ich weiß weiter nichts von ihnen, als daß es alte Briefe sind; ich habe sie noch nie in Händen gehabt. Ich will sie herbringen, sobald sie in meinen Besitz kommen, und sie mit der gnädigen Frau zum erstenmal durchgehen. Ich habe der gnädigen Frau meinen Zweck mitgeteilt. Ich habe gesagt, daß ich in eine sehr unangenehme Lage käme, wenn Beschwerde geführt würde; und alles ist in strengstem Vertrauen gesagt."

Ist dies der ganze Zweck des jungen Mannes namens Guppy, oder hat er noch einen anderen? Enthüllen seine Worte Länge, Breite und Tiefe des Zwecks und des Verdachts, die ihn hergeführt haben, oder wenn nicht, was verbergen sie? Hier kann er es mit Mylady aufnehmen. Sie mag ihn ansehen, aber er kann den Tisch anblicken und seinem Gesicht auf der Zeugenbank verwehren, etwas auszusagen.

„Sie können die Briefe bringen", sagt Mylady, „wenn Sie wollen."

„Die gnädige Frau drückt sich nicht sehr ermutigend aus, auf mein Ehrenwort", sagt Mr. Guppy ein wenig verletzt.

„Sie können die Briefe bringen", wiederholt sie in demselben Ton, „wenn Sie – bitte."

„Es soll geschehen. Ich wünsche der gnädigen Frau einen guten Abend."

Auf einem Tisch in ihrer Nähe steht ein wahres Schmuckstück von Kästchen, beschlagen und verriegelt wie ein alter Geldkasten. Ohne den Blick von dem jungen Mann zu wenden, nimmt sie es und schließt es auf.

„Oh! Ich versichere der gnädigen Frau, solche Beweggründe haben mich nicht bestimmt", sagt Mr. Guppy, „und ich kann nichts Derartiges annehmen. Ich empfehle mich Ihnen, gnädige Frau, und bin Ihnen trotzdem sehr verpflichtet."

So macht der junge Mann seine Verbeugung und geht die Treppe hinab, wo sich der Diener in seinem Hochmut nicht berufen fühlt, seinen Olymp am Kaminfeuer in der Vorhalle zu verlassen, um dem jungen Mann die Tür zu öffnen.

Geht, während sich Sir Leicester in seiner Bibliothek wärmt und über seiner Zeitung dämmert, nicht etwas durch das Haus, das ihn aufschreckt, um nicht zu sagen, das selbst die Bäume in Chesney Wold veranlaßt, ihre knorrigen Arme gen Himmel zu strecken, das selbst die Ahnenbilder zürnen und die Rüstungen rasseln macht?

Nein. Worte, Seufzer und Wehgeschrei sind nur Luft; und Luft ist im ganzen Stadthaus so eingekapselt und ausgesperrt, daß Mylady in ihrem Zimmer mit Posaunenzungen rufen müßte, ehe ein schwacher Widerhall davon in Sir Leicesters Ohr dränge; und doch ist dieser Ruf im Haus, von einer verzweifelten Gestalt auf ihren Knien gen Himmel gesendet.

„Oh, mein Kind! Mein Kind! Nicht gestorben in den ersten Stunden seines Lebens, wie meine grausame Schwester mir sagte, sondern in finsterer Strenge von ihr erzogen, nachdem sie mich und meinen Namen von sich gestoßen! Oh, mein Kind! Oh, mein Kind!"

30. KAPITEL

Esthers Erzählung

Richard hatte uns seit einiger Zeit verlassen, als wir auf ein paar Tage Besuch bekamen. Es war eine ältliche Dame. Es war Mrs. Woodcourt, die aus Wales zu Mrs. Bayham Badger auf Besuch gekommen war und „auf Wunsch ihres Sohnes Allan" an meinen Vormund geschrieben hatte, um zu melden, daß sie Nachricht von ihm habe und daß er sich wohl befinde „und uns allen seine freundlichen Grüße sende"; daraufhin hatte sie mein Vormund nach Bleakhaus eingeladen. Sie blieb fast drei Wochen bei uns. Sie schloß sich sehr an mich an und zog mich in ihr Vertrauen, so sehr, daß es mir manchmal fast Unbehagen verursachte. Ich wußte recht gut, daß ich kein Recht hatte, mich zu beklagen, daß sie mir Vertrauen schenkte, und ich fühlte, daß es unvernünftig von mir war, und doch konnte ich es trotz aller Mühe nicht ändern.

Sie war eine so lebhafte, kleine Dame und pflegte mit gefalteten Händen so aufmerksam beobachtend dazusitzen, während sie mit mir sprach, daß mir das vielleicht etwas lästig wurde. Oder vielleicht war ihre steife, knappe Art daran schuld, obgleich ich das nicht glaube, weil es mir drollig und erheiternd vorkam. Auch kann es nicht der Ausdruck ihres Gesichts im allgemeinen gewesen sein, der für eine alte Dame recht lebendig und hübsch war. Ich weiß nicht, was es war. Oder wenn ich es jetzt weiß, so glaubte ich es wenigstens damals nicht zu wissen. Oder ich – aber das tut nichts zur Sache.

Abends, wenn ich hinauf zu Bett ging, lud sie mich in ihr Zimmer ein, wo sie in einem großen Lehnstuhl am Feuer saß; und dann, ach Gott, erzählte sie mir von Morgan ap Kerrig, bis ich ganz melancholisch wurde. Manchmal sagte sie Verse aus Crumlinwallinwer und dem Mewlinwillinwodd her – wenn das die richtigen Namen sind, was wahrscheinlich nicht der Fall ist – und wurde bei den Empfindungen, die sie vortrug, ganz leidenschaftlich. Ich wußte freilich nie, was sie bedeuteten, denn sie waren in welscher Sprache, außer daß sie das Geschlecht des Morgan ap Kerrig rühmten.

„Sie sehen also, Miss Summerson, wie groß das Erbe meines Sohnes ist", pflegte sie mit stolzer Freude zu sagen. „Wohin er auch kommt, er kann sich auf seine Abstammung von ap Kerrig berufen. Er wird vielleicht kein Vermögen haben, aber er besitzt stets, was viel besser ist: Familie, meine Liebe."

Ich hatte meine Zweifel, ob man sich in Ostindien und China so viel um Morgan ap Kerrig kümmere, sprach sie aber natürlich nie aus. Ich sagte meist nur, es sei etwas Großes, von so hoher Abkunft zu sein.

„Das ist auch etwas Großes, liebes Kind", pflegte Mrs. Woodcourt zu erwidern. „Es hat seine Nachteile; so ist zum Beispiel mein Sohn in der Wahl einer Gattin dadurch sehr beschränkt, aber die Heiratsmöglichkeiten der königlichen Familie sind ja in derselben Weise eingeengt."

Dann klopfte sie mir wohl auf den Arm und strich mir das Kleid glatt, als wollte sie mir die Versicherung geben, daß sie, ungeachtet des Abstands zwischen uns, eine gute Meinung von mir habe.

„Mein armer Mann, Mr. Woodcourt, liebes Kind", sagte sie

dann wohl, stets mit einiger Rührung, denn neben ihrem vornehmen Stammbaum besaß sie ein sehr gefühlvolles Herz, „entstammte einer großen Familie des Hochlands, den Mac Coorts von Mac Coort. Er diente seinem König und Land als Offizier in den Royal Highlanders und fiel auf dem Schlachtfeld. Mein Sohn ist einer der letzten Repräsentanten zweier alter Familien. Mit Gottes Segen wird er sie wieder zu Ansehen bringen und sie mit einer anderen alten Familie vereinigen."

Vergebens versuchte ich dem Gespräch eine andere Richtung zu geben, nur der Abwechslung wegen – oder vielleicht weil –, aber ich brauche nicht so ins einzelne zu gehen. Mrs. Woodcourt ließ jedenfalls keinen Wechsel des Gegenstands zu.

„Liebes Kind", sagte sie eines Abends, „Sie sind so verständig und sehen die Welt soviel besonnener an, als Ihren Jahren entspricht, daß es für mich eine wahre Erleichterung ist, mit Ihnen diese Familienverhältnisse zu besprechen. Sie wissen nicht viel von meinem Sohne, liebes Kind; aber Sie kennen ihn genug, glaube ich, um sich seiner erinnern zu können."

„Ja, Madam. Ich erinnere mich seiner."

„Ja, liebes Kind. Nun, ich traue Ihnen viel Menschenkenntnis zu und wüßte gern, wie Sie über ihn urteilen."

„Oh, Mrs. Woodcourt!" sagte ich, „das ist so schwer."

„Warum soll es so schwer sein, liebes Kind?" gab sie zurück. „Mir kommt es nicht so vor."

„Ein Urteil abzugeben –"

„Nach so oberflächlicher Bekanntschaft, liebes Kind. Das ist allerdings wahr."

Das meinte ich nicht; denn Mr. Woodcourt war insgesamt doch ziemlich viel in unserem Haus gewesen und mit meinem Vormund ganz vertraut geworden. Ich äußerte das und setzte hinzu, daß er in seinem Beruf sehr begabt zu sein scheine und daß seine Güte und Freundlichkeit gegen Miss Flite über alles Lob erhaben seien.

„Sie sind nur gerecht gegen ihn", sagte Mrs. Woodcourt und drückte mir die Hand. „Sie schildern ihn ganz richtig. Allan ist ein vortrefflicher Mensch und in seinem Beruf tadellos. Ich sage es, obgleich ich seine Mutter bin. Dennoch muß ich gestehen, daß er nicht frei von Fehlern ist, meine Liebe."

„Das ist keiner von uns", meinte ich.

„Gewiß! Aber seine Fehler sind wirklich so, daß er sie ablegen könnte und sollte", entgegnete die lebhafte alte Dame und schüttelte eifrig den Kopf. „Ich habe Sie so gern, daß ich Ihnen, liebes Kind, als einer dritten, ganz unbeteiligten Partei im Vertrauen sagen kann, daß er die Unbeständigkeit in Person ist."

Ich sagte, bei dem Ruf, den er genieße, könne ich es kaum für möglich halten, daß er in seinem Beruf nicht beständig und eifrig sei.

„Da haben Sie wieder recht, liebes Kind", antwortete die alte Dame; „aber ich spreche nicht von seinem Beruf, müssen Sie wissen."

„Oh!" machte ich.

„Nein", sagte sie. „Ich spreche von seinem gesellschaftlichen Benehmen, liebes Kind. Er macht immer jungen Damen harmlos den Hof und hat es stets getan, seit er achtzehn Jahre alt wurde. Aber, liebes Kind, er hat nie an eine von ihnen ernstlich gedacht, hat nie etwas Böses damit gemeint und nie etwas anderes damit ausdrücken wollen als freundliche Höflichkeit. Dennoch ist es nicht recht, nicht wahr?"

„Nein", erwiderte ich, da sie eine Antwort zu erwarten schien.

„Und das könnte leicht zu falschen Vorstellungen führen, oder nicht?"

Ich gab das zu.

„Deshalb habe ich ihm schon oft gesagt, er solle sich aus Rücksicht gegen sich selbst wie gegen andere mehr in acht nehmen. Und stets hat er gesagt: ‚Mutter, das will ich, aber Sie kennen mich besser als sonstwer und wissen, daß ich mir nichts Schlimmes dabei denke – oder vielmehr: daß ich mir überhaupt nichts dabei denke.' Das alles ist zwar ganz richtig, liebes Kind, kann ihn aber nicht rechtfertigen. Indes, da er jetzt auf unbestimmte Zeit so weit weggegangen ist und gute Aussichten und offene Türen vorfindet, können wir das als vorbei und abgetan ansehen. Und nun, liebes Kind", sagte die alte Dame, die jetzt nur noch Nicken und Lächeln war, „wie steht es um Sie selbst?"

„Um mich, Mrs. Woodcourt?"

„Um nicht immer selbstsüchtig von meinem Sohn zu sprechen, der ausgezogen ist, um sein Glück zu suchen und eine Gattin zu finden – wann denken denn Sie Ihr Glück zu suchen und einen Gatten zu finden, Miss Summerson? Ah, sehen Sie, jetzt werden Sie rot."

Ich glaube nicht, daß ich rot wurde – jedenfalls hatte es nichts zu bedeuten, wenn es geschah; ich sagte, ich sei mit meinem gegenwärtigen Los vollauf zufrieden und wünschte mir kein anderes.

„Soll ich Ihnen sagen, was ich stets von Ihnen und dem Glück, das Ihrer noch harrt, denken muß, liebes Kind?" fragte Mrs. Woodcourt.

„Wenn Sie glauben, eine gute Prophetin zu sein", sagte ich.

„Nun, ich glaube, daß Sie einen sehr reichen und würdigen Mann heiraten werden, der viel älter ist als Sie – vielleicht fünfundzwanzig Jahre. Und Sie werden eine vortreffliche Gattin sein und sehr geliebt und sehr glücklich."

„Das ist ein glückliches Los", meinte ich. „Aber warum soll es mir zufallen?"

„Liebes Kind", entgegnete sie, „weil es ganz für Sie paßt. Sie sind so rührig und sauber und überhaupt in einer so eigentümlichen Lage, daß es für Sie paßt und daß es so kommen wird. Und niemand, liebes Kind, wird Ihnen aufrichtiger zu einer solchen Heirat Glück wünschen als ich."

Merkwürdig, daß mich diese Rede unbehaglich stimmte, aber ich glaube, sie tat es. Ich weiß es sogar. Sie machte mich für einen Teil jener Nacht ganz unruhig. Ich schämte mich über meine Torheit so sehr, daß ich sie nicht einmal Ada bekennen mochte; und das quälte mich noch mehr. Ich hätte viel drum gegeben, von der lebhaften alten Dame nicht so tief ins Vertrauen gezogen zu werden, wenn ich es hätte verhindern können. Es verleitete mich zu den widersprechendsten Urteilen über sie. Manchmal erschien sie mir als Märchentante und manchmal als Muster der Wahrheitsliebe. Jetzt hatte ich sie im Verdacht, voll Arglist zu sein, und im nächsten Augenblick hielt ich ihr ehrliches, waliser Herz für ganz unschuldig und einfach. Und im Grunde: was kümmerte es mich, und warum kümmerte es mich? Warum sollte ich nicht, wenn ich mit meinem Schlüsselkorb schlafen ging, bei ihr vorsprechen, um mich mit ihr ans Feuer zu setzen, und mich für kurze Zeit auf sie einstellen, wenigstens so, wie auf jeden anderen, ohne mich über ihr harmloses Gerede zu beunruhigen? Da es mich zu ihr hinzog, was wirklich der Fall war, denn ich wünschte dringend, daß sie an mir Gefallen finde, und war sehr froh, daß ich ihr gefiel, warum sollte ich nachträglich mit Kummer und Schmerz über jedem ihrer Worte grübeln und es immer wieder auf zwanzig Waagschalen legen? Warum war es mir so peinlich, sie in unserem Haus zu haben und jeden Abend mit ihrem Vertrauen beschenkt zu werden, während ich doch fühlte, es sei irgendwie besser und sicherer, sie bei uns zu wissen als anderswo? Das waren Verwicklungen und Widersprüche, die ich mir nicht erklären konnte. Und wenn ich es gekonnt hätte – aber auf all das werde ich nach und nach kommen, und es ist verlorene Mühe, jetzt damit anzufangen.

Daher tat es mir leid, als Mrs. Woodcourt abreiste, aber ich fühlte mich zugleich erleichtert. Und dann besuchte uns Caddy Jellyby, und Caddy brachte einen solchen Pack häuslicher Neuigkeiten mit, daß wir reichlich beschäftigt waren.

Erstens erklärte Caddy – und wollte anfangs durchaus nichts anderes erklären –, daß ich die beste Ratgeberin auf der Welt sei. Das, erwiderte mein Herzenskind, sei nichts Neues; dies, meinte ich natürlich, sei Unsinn. Dann teilte uns Caddy mit, daß sie in vier Wochen heirate und daß sie das glücklichste Mädchen von der Welt sein werde, wenn Ada und ich ihre Brautjungfern sein wollten. Das war nun allerdings wirklich eine Neuigkeit – und ich glaubte, wir kämen nie damit zu Ende, so viel hatte Caddy uns und wir Caddy zu erzählen.

Wie es schien, war Caddys unglücklicher Vater dank der Nachsicht und Barmherzigkeit all seiner Gläubiger über seinen Bankrott hinweggekommen – er war „durchs Amtsblatt gegangen", drückte sich Caddy aus, als ob das ein Tunnel wäre –, und war auf irgendeine gesegnete Art seine Sorgen losgeworden, ohne je Einsicht in sie gewonnen zu haben; er hatte alles, was er besaß, hingegeben – nach dem Zustand der Möbel zu urteilen, vermute ich, daß es nicht viel war – und hatte jedem Beteiligten nachgewiesen, daß er als armer Mann nicht mehr tun könne. So hatte man ihn ehrenvoll „ins Kontor" entlassen, um das Leben neu anzufangen. Was er in diesem Kontor tat, habe ich nie erfahren; Caddy sagte, er sei „Zoll- und Handelsagent", und das einzige, was ich je von der Sache begriff, war, daß er, wenn er Geld nötiger brauchte als gewöhnlich, in die Docks ging, um sich danach umzusehen, aber kaum je eines fand.

Sobald ihr Papa durch diese erlittene Schafschur seine Seele beruhigt hatte und die Familie in eine möblierte Wohnung in Hatton Garden gezogen war, wo ich bei einem späteren Besuch die Kinder damit beschäftigt fand, das Roßhaar aus den Stuhlsitzen zu ziehen und sich damit zu ersticken, hatte Caddy eine Zusammenkunft zwischen ihm und dem alten Mr. Turveydrop zustande gebracht, und der arme Mr. Jellyby hatte sich in seiner Demut und Bescheidenheit vor Mr. Turveydrops Anstand so ehrerbietig gebeugt, daß sie vortreffliche Freunde geworden waren. Der alte Mr. Turveydrop, auf diese Weise mit dem Gedanken der Verheiratung seines Sohnes vertraut geworden, hatte allmählich seine väterlichen Gefühle so weit gesteigert, daß er sich das Ereignis als nahe bevorstehend denken konnte, und hatte dem jungen Paar seine gnädige Erlaubnis erteilt, in der Akademie in Newman Street ihren Haushalt anzufangen, sobald sie wollten.

„Und dein Papa, Caddy? Was sagte er dazu?"

„Ach!" antwortete Caddy, „der arme Papa weinte nur und sagte, er hoffe, wir würden es besser schaffen als er und Mama. Er sagte das nicht in Princes Anwesenheit, er sagte es bloß zu mir. Und er setzte hinzu: ‚Meine arme Tochter, du hast keinen sehr guten Unterricht empfangen, wie du deinem Gatten eine Häuslichkeit einrichten sollst; aber wenn du nicht mit ganzem Herzen bemüht sein willst, es zu tun, so solltest du ihn lieber umbringen als heiraten, wenn du ihn wirklich liebhast.'"

„Und wie hast du ihn beruhigt, Caddy?"

„Ach, es war natürlich sehr schmerzlich, den armen Papa so niedergeschlagen zu sehen und von ihm so schreckliche Worte zu hören, und ich konnte selbst nicht anders als weinen. Aber ich sagte ihm, daß ich wirklich von ganzem Herzen bemüht sein wolle und daß ich hoffe, unser Haus werde für ihn ein Ort werden, wo er abends Gemütlichkeit finden könne, und daß ich hoffe und glaube, ich könne ihm dort eine bessere Tochter sein als zu Hause. Dann erwähnte ich, daß Peepy bei mir wohnen solle, und da begann Papa abermals zu weinen und sagte, die Kinder seien Indianer."

„Indianer, Caddy?"

„Ja", wiederholte Caddy, „wilde Indianer. Und Papa sagte", hier begann die Arme zu schluchzen, gar nicht wie das glücklichste Mädchen von der Welt, „er sehe ein, das Beste, was ihnen geschehen könne, sei, wenn alle zusammen mit dem Tomahawk erschlagen würden."

Ada meinte, es sei ein Trost, zu wissen, daß es Mr. Jellyby mit dieser Zerstörungswut nicht ernst sei.

„Nein, natürlich will Papa nicht erleben, daß sich seine Familie in ihrem Blut wälzt", sagte Caddy; „aber er meint, daß es ein Unglück für sie ist, Mamas Kinder zu sein, und daß es ein Unglück für ihn ist, Mamas Mann zu sein; und das ist gewiß wahr, obgleich es unnatürlich klingt, daß ich es sage."

Ich fragte Caddy, ob Mrs. Jellyby wisse, daß ihr Hochzeitstag festgesetzt sei.

„Ach, du weißt ja, Esther, wie Mama ist", gab sie zurück. „Es läßt sich unmöglich sagen, ob sie es weiß oder nicht. Gesagt worden ist es ihr oft genug, aber wenn es ihr gesagt wird, wirft sie nur einen ruhigen Blick auf mich, als wäre ich weiß Gott was – ein Kirchturm in der Ferne", sagte Caddy mit einem plötzlichen Einfall; „und dann schüttelt sie den Kopf und sagt: ,O Caddy, Caddy, wie du mich quälst!' und arbeitet an ihren Borriobula-Briefen weiter."

„Und wie steht's mit deiner Garderobe, Caddy?" fragte ich. Denn sie kannte gegen uns keine Zurückhaltung.

„Ach, liebe Esther", entgegnete sie und trocknete sich die Augen, „ich muß es machen, so gut ich kann, und muß meinem lieben Prince vertrauen, er werde nie unfreundlich daran denken, daß ich so schäbig zu ihm gekommen bin. Ginge es um eine Ausstattung für Borriobula, so wüßte Mama alles ganz genau und wäre ganz aufgeregt. So aber weiß sie nichts und kümmert sich um nichts."

Es fehlte Caddy nicht an angeborener Liebe zu ihrer Mutter, sondern sie erwähnte dies unter Tränen als unleugbare Tatsache, und ich fürchte, daß das zutraf. Das arme, gute Mädchen tat uns so leid, und wir mußten den guten Kern, der so entmutigende Verhältnisse überdauert hatte, so sehr bewundern, daß Ada und ich gleichzeitig einen kleinen Plan vorschlugen, der sie vollkommen froh machte. Er bestand darin, daß sie uns auf drei Wochen und ich sie auf eine besuchen solle und daß wir alle drei durch Entwerfen und Zuschneiden, durch Ausbessern, Nähen und Flicken unser Bestes tun wollten, um ihr einen Grundbestand zu verschaffen. Da meinem Vormund der Vorschlag ebenso gefiel wie Caddy, so begleiteten wir sie am nächsten Tag nach Hause, um alles vorzubereiten, und brachten sie mit ihren Schachteln und allen Einkäufen, die sich aus einer Zehnpfundnote, die Mr. Jellyby vermutlich in den Docks gefunden, jedenfalls aber ihr geschenkt hatte, herausquetschen ließen, im Triumph zu uns zurück. Was ihr mein Vormund alles gegeben hätte, wenn wir ihn dazu aufgemuntert hätten, ist schwer zu sagen; aber wir hielten es für richtig, ihm nicht mehr zu gestatten als Hochzeitskleid und Hut. Er fügte sich in den Vergleich; und wenn Caddy je im Leben glücklich gewesen war, so war sie es, als wir uns zur Arbeit hinsetzten.

Anfangs war das arme Mädchen ungeschickt genug mit der Nadel und stach sich so gründlich in die Finger, wie sie diese früher mit Tinte bekleckst hatte. Ab und zu konnte sie nicht anders als ein wenig erröten, teils vor Schmerz, teils aus Verdruß über ihre Ungeschicklichkeit; aber sie gewöhnte sich das bald ab und machte rasche Fortschritte. So saßen Caddy, mein

Herzenskind, meine kleine Zofe Charley, eine Putzmacherin aus der Stadt und ich Tag für Tag eifrig bei der Arbeit, und es war denkbar gemütlich.

Daneben war Caddy sehr darauf bedacht, „wirtschaften zu lernen", wie sie sagte. Aber gütiger Himmel! der Gedanke, sie könne von einer Person mit meiner unermeßlichen Erfahrung wirtschaften lernen, war so drollig, daß ich lachte und rot wurde und über den Vorschlag in komische Verlegenheit geriet. Ich sagte jedoch: „Caddy, gewiß will ich dich alles lehren, was du von mir lernen kannst, liebes Kind", und zeigte ihr alle meine Bücher und Methoden und all meinen Kleinkram. Nach der Art, wie sie zuhörte und zusah, hätte man meinen können, ich zeigte ihr die wundersamsten Erfindungen; und wer sie aufstehen und zu mir laufen sah, sooft ich mit meinen Wirtschaftsschlüsseln klingelte, hätte gewiß gedacht, es habe nie einen größeren Schaumschläger gegeben als mich mit einem blinderen Anhänger als Caddy Jellyby.

So vergingen mit Schneiderei und Wirtschaft, mit Unterrichtsstunden für Charley, dem abendlichen Brettspiel mit meinem Vormund und Duettsingen mit Ada die drei Wochen schnell genug. Dann begleitete ich Caddy nach Hause, um zu sehen, was dort geschehen könne, und Ada und Charley blieben bei meinem Vormund zurück.

Wenn ich sage, daß ich Caddy nach Hause begleitete, so meine ich die möblierte Wohnung in Hatton Garden. Wir gingen zwei- oder dreimal nach Newman Street, wo ebenfalls Vorbereitungen im Gang waren: ziemlich viele, wie ich bemerkte, um die Bequemlichkeiten des alten Mr. Turveydrop zu vermehren, und einige wenige, um das junge Paar billig im obersten Stock des Hauses unterzubringen; aber unser Hauptziel war, die möblierte Wohnung für das Hochzeitsfrühstück anständig herzurichten und Mrs. Jellyby vorher ein schwaches Bewußtsein der Feier einzuprägen.

Dies war von beiden Aufgaben die schwerere, weil Mrs. Jellyby und ein kränklich blasser Knabe das vordere Wohnzimmer innehatten – das hintere war ein bloßer Alkoven – und dieser Raum mit Papierfetzen und Borriobula-Schriften eingedeckt war wie ein liederlich gehaltener Stall mit Stroh. Mrs. Jellyby saß hier den ganzen Tag, trank starken Kaffee, diktierte und gab nach Verabredung Borriobula-Interviews. Der kränkliche Knabe, der mir der Schwindsucht verfallen schien, aß außer Haus. Wenn Mr. Jellyby heimkam, stöhnte er gewöhnlich und ging hinab in die Küche. Dort bekam er etwas zu essen, wenn ihm die Köchin etwas gab, und weil er fühlte, daß er im Wege war, ging er dann fort und lief draußen in Hatton Garden in der Nässe herum. Die armen Kinder kletterten und purzelten im Haus durcheinander, wie sie es immer gewohnt gewesen waren.

Da es undenkbar war, diese armen kleinen Opfer binnen einer Woche in einen halbwegs präsentablen Zustand zu versetzen, schlug ich Caddy vor, sie am Hochzeitsmorgen in der Dachkammer, wo sie alle schliefen, so glücklich wie möglich zu machen und unsere Hauptanstrengungen auf ihre Mama und deren Zimmer und auf ein hübsches Frühstück zu beschränken. Tatsächlich verlangte Mrs. Jellyby ein gut Teil Aufmerksamkeit, denn das Gitterwerk auf ihrem Rücken hatte sich seit unserer ersten Bekanntschaft bedeutend verbreitert, und ihr Haar sah aus wie die Mähne eines Kehrichtkarrenpferdes.

Da mir eine Besichtigung der Garderobe Caddys das beste Mittel schien, um dem Gegenstand näherzukommen, lud ich abends, als der blasse Knabe fort war, Mrs. Jellyby ein, sich die Sachen, die auf Caddys Bett ausgebreitet waren, anzusehen.

„Meine liebe Miss Summerson", sagte sie, indem sie mit ihrem gewöhnlichen freundlichen Gleichmut vom Pult aufstand, „das sind wahrhaft lächerliche Vorbereitungen, obgleich Ihre Mitwirkung ein Beweis Ihrer Güte ist. Für mich liegt etwas unsagbar Absurdes in dem Gedanken, daß Caddy heiratet! O Caddy, du dummes, törichtes Närrchen!"

Gleichwohl ging sie mit uns hinauf und besah sich die Kleider mit ihrem gewöhnlichen Fernblick. Sie gaben ihr einen bestimmten Gedanken ein; denn sie sagte mit ihrem ruhigen Lächeln kopfschüttelnd: „Meine gute Miss Summerson, mit dem halben Geld hätte man das schwache Kind für Afrika ausstatten können!"

Als wir wieder hinabgingen, fragte mich Mrs. Jellyby, ob dieses störende Unternehmen wirklich nächsten Mittwoch stattfinden solle, und als ich das bejahte, sagte sie: „Wird mein Zimmer benötigt, liebe Miss Summerson? Denn es ist mir rein unmöglich, meine Papiere fortzuschaffen."

Ich nahm mir die Freiheit zu bemerken, daß das Zimmer zweifellos benötigt werde und daß ich glaubte, wir müßten die Papiere irgendwohin schaffen. „Na, Sie müssen es am besten wissen, meine liebe Miss Summerson", sagte Mrs. Jellyby. „Aber dadurch, daß sie mich genötigt hat, einen Knaben anzustellen, hat mich Caddy bei meiner Überhäufung mit öffentlichen Anliegen so ins Gedränge gebracht, daß ich nicht ein und aus weiß. Wir haben auch am Mittwoch nachmittags eine Zweigvereinsversammlung, und die Unannehmlichkeit ist sehr groß."

„Sie dürfte nicht so leicht wiederkehren", sagte ich lächelnd. „Caddy heiratet wahrscheinlich nur einmal."

„Das ist richtig", entgegnete Mrs. Jellyby, „das ist richtig, meine Liebe. Ich glaube, wir müssen uns dareinschicken, so gut es geht."

Die nächste Frage war, was Mrs. Jellyby bei diesem Anlaß anziehen solle. Es kam mir recht seltsam vor, wie sie uns von ihrem Schreibtisch aus heiter ansah, während Caddy und ich darüber berieten, und gelegentlich mit halb vorwurfsvollem Lächeln den Kopf schüttelte wie ein überlegener Geist, der unser Getändel gerade noch ertragen konnte.

Der Zustand, in dem sich ihre Kleider befanden, und die unwahrscheinliche Unordnung, in der sie sie aufbewahrte, erschwerten die Sache nicht wenig; aber endlich brachten wir etwas zustande, das dem, was eine Durchschnittsmutter bei solcher Gelegenheit trüge, nicht ganz unähnlich war. Die zerstreute Art, in der sich Mrs. Jellyby die Anprobe dieses Anzugs durch die Putzmacherin gefallen ließ, und die Freundlichkeit, mit der sie dann zu mir äußerte, wie leid es ihr tue, daß meine Gedanken nicht auf Afrika gerichtet seien, paßten ganz zu ihrem sonstigen Benehmen.

Die Wohnung war räumlich recht beschränkt, aber ich dachte mir, wenn Mrs. Jellybys Familie die St. Pauls- oder die St. Peterskirche ganz allein bewohnt hätte, sie hätte aus der Größe des Gebäudes keinen anderen Vorteil gezogen, als daß sie viel Platz gehabt hätte, um darin schmutzig zu sein. Ich glaube, daß nichts Zerbrechliches, was der Familie gehörte, zur Zeit dieser Vorbereitungen zu Caddys Hochzeit unzerbrochen war, daß nichts, was auf irgendeine Weise verdorben werden konnte, unverdorben war und daß kein häuslicher Gegenstand, der schmutzig werden konnte, vom Kinderknie bis zum Türschild, weniger Schmutz an sich trug, als sich im günstigsten Fall daran festsetzen konnte.

Der arme Mr. Jellyby, der sehr selten sprach und zu Hause fast immer mit dem Kopf an die Wand gelehnt dasaß, erwachte zur Teilnahme, als er sah, daß Caddy und ich etwas Ordnung inmitten dieser Wirrnis und Wüste herzustellen suchten, und zog seinen Rock aus, um zu helfen. Aber aus den Schränken kamen, als man sie öffnete, so wunderliche Dinge herausgepurzelt – verschimmelte Kuchenstücke, Flaschen mit gärender Flüssigkeit, Mrs. Jellybys Mützen, Briefe, Tee, Gabeln, einzelne Stiefel und Kinderschuhe, Brennholz, Oblaten, Pfannendeckel, feuchter Zucker in Papiertütenresten, Fußschemel, Rußbesen, Brot, Mrs. Jellybys Hüte, Bücher mit Butter am Einband, ausgelaufene Lichtstümpfchen, die man zum Auslöschen verkehrt in zerbrochene Leuchter gesteckt hatte, Nußschalen, Krebsköpfe und -schwänze, Handschuhe, Tischdeckchen, Kaffeemühlen, Regenschirme –, daß er ein erschrockenes Gesicht machte und wieder aufhörte. Aber er kam regelmäßig jeden Abend herein und setzte sich in Hemdärmeln hin, den Kopf gegen die Wand gelehnt, als ob er uns helfen möchte, wenn er nur wüßte wie.

„Armer Papa!" sagte Caddy am Abend vor dem großen Tag zu mir, als wir wirklich ein wenig Ordnung gestiftet hatten. „Es scheint lieblos, ihn zu verlassen, Esther; aber was könnte ich tun, wenn ich bliebe? Seit ich dich kennenlernte, habe ich immer und immer wieder aufgeräumt und geputzt, aber es nützt nichts. Mama und Afrika zusammen bringen gleich das ganze Haus in Unordnung. Wir haben nie einen Dienstboten, der nicht trinkt. Mama verdirbt alles."

Mr. Jellyby konnte nicht hören, was sie sagte, aber er war sichtlich gedrückt und weinte, wie mir schien.

„Er tut mir herzlich leid, das ist gewiß wahr!" schluchzte Caddy. „Ich muß heute abend immer denken, Esther, wie innig ich hoffe, mit Prince glücklich zu sein, und wie sehr gewiß auch Papa hoffte, mit Mama glücklich zu werden. Was für ein Leben voll Enttäuschungen!"

„Meine liebe Caddy", sagte Mr. Jellyby, indem er sich langsam von der Wand uns zukehrte; ich glaube, es war das erstemal, daß ich ihn drei zusammenhängende Worte sagen hörte.

„Ja, Papa!" rief Caddy, lief zu ihm hin und umarmte ihn liebreich.

„Meine liebe Caddy", sagte Mr. Jellyby. „Hab nie –"

„Nie Prince, Papa?" stotterte Caddy. „Prince nicht haben?"

„Doch, liebes Kind", sagte Mr. Jellyby. „Nimm ihn nur. Aber hab nie –"

Bei meinem Bericht über unseren ersten Besuch in Thavies' Inn habe ich erwähnt, daß Richard Mr. Jellyby beschrieb, wie er nach dem Essen häufig den Mund aufmachte, ohne etwas zu sagen. Das war so seine Gewohnheit. Er machte auch jetzt mehrmals den Mund auf und schüttelte ganz betrübt den Kopf.

„Was soll ich nicht haben? Was nicht haben, lieber Papa?" fragte Caddy schmeichelnd, die Arme um seinen Hals geschlungen.

„Hab nie eine Mission, mein liebes Kind."

Mr. Jellyby stöhnte und legte den Kopf wieder an die Wand, und das war das einzigemal, daß ich von ihm eine Andeutung hörte, wie er über die Borriobula-Frage dachte. Ich glaube, er war früher gesprächiger und lebhafter gewesen, aber er schien völlig ausgeschöpft worden zu sein, lange bevor ich ihn kennenlernte.

Ich glaubte, Mrs. Jellyby wollte diese Nacht gar nicht aufhören, heiteren Blicks ihre Papiere durchzusehen und Kaffee zu trinken. Es war zwölf Uhr, ehe wir das Zimmer in Besitz nehmen konnten, und die Aufräumungsarbeiten, die es dann erforderte, waren so entmutigend, daß sich Caddy, die fast ganz durchgedreht war, mitten in den Staub setzte und weinte. Aber sie wurde bald wieder munterer, und wir vollbrachten in dem Zimmer wahre Wunder, ehe wir zu Bett gingen.

Am Morgen sah es dank einer großen Menge Seife und Wasser, einigen Blumen und ein bißchen Ordnung ganz freundlich aus. Das einfache Frühstück bot einen hübschen Anblick, und Caddy war wahrhaft reizend. Aber als mein Herzenskind kam, glaubte ich, und glaube es jetzt noch, nie so ein liebes Gesicht gesehen zu haben wie das ihre.

Für die Kinder droben machten wir ein kleines Festmahl zurecht und setzten Peepy oben an die Tafel. Wir zeigten ihnen Caddy in ihrem Brautkleide, und sie klatschten in die Hände und riefen Hurra. Caddy aber weinte bei dem Gedanken, daß sie von ihnen schied, und drückte sie immer und immer wieder ans Herz, bis wir Prince heraufkommen ließen, um sie zu holen, wobei ihn Peepy, das muß leider gesagt sein, biß. Unten war der alte Mr. Turveydrop, der mit unbeschreiblichem Anstand Caddy huldreich segnete und meinem Vormund zu verstehen gab, daß seines Sohnes Glück sein väterliches Werk sei und daß er persönliche Rücksichten opfere, um es zu sichern. „Mein bester Herr", sagte Mr. Turveydrop, „diese jungen Leute werden bei mir wohnen; mein Haus ist groß genug für sie, und sie sollen unter meinem Dach geborgen sein. Ich hätte wünschen können – Sie werden die Andeutung verstehen, Mr. Jarndyce, denn Sie erinnern sich meines hohen Gönners, des Prinzregenten –, ich hätte wünschen können, daß mein Sohn in eine Familie mit mehr Anstand geheiratet hätte, aber der Wille des Himmels geschehe!"

Mr. und Mrs. Pardiggle waren eingeladen – er war ein eigensinnig aussehender Mann mit langer Weste und struppigem Haar, der mit lauter Baßstimme beständig von seinem Scherflein oder Mrs. Pardiggles Scherflein oder dem Scherflein seiner fünf Kinder sprach. Mr. Quale, wie gewöhnlich mit zurückgebürstetem Haar und sehr glänzenden Schläfenwölbungen, war ebenfalls da – nicht als enttäuschter Liebhaber, sondern als der Erwählte einer jungen – oder doch unverheirateten – Dame, einer Miss Wisk, die ebenfalls gekommen war. Miss Wisks Mission, sagte mein Vormund, sei es, der Welt zu zeigen, daß die Mission des Weibes auch die des Mannes sei und daß die einzig echte Mission beider darin bestehe, beständig in öffentlichen Versammlungen über allgemeine Prinzipien feierliche Erklärungen zu erlassen. Es waren nur wenige Gäste, aber lauter solche, die sich, wie man bei Mrs. Jellyby erwarten konnte, nur öffentlichen Anliegen widmeten. Außer den erwähnten war da eine außerordentlich unsaubere Dame mit ganz schiefem Hut und einem Kleid, an dem noch der Preiszettel hing; ihr vernachlässigtes Haus, sagte mir Caddy, gleiche einer schmutzigen Wildnis, ihre Kirche aber einer Jahrmarktsbude. Ein sehr streitsüchtiger Herr, der behauptete, es sei seine Mission, jedermanns Bruder zu sein, der aber mit seiner ganzen großen Familie auf gespanntem Fuß zu stehen schien, vervollständigte die Gesellschaft.

Ein Kreis, der weniger zu einer solchen Festlichkeit paßte, hätte mit aller Kunst schwerlich zusammengebracht werden können. Eine so minderwertige Mission wie die häusliche war das Allerletzte, was diese Leute ertragen konnten; ja, Miss Wisk teilte uns, ehe wir uns zum Frühstück setzten, tiefentrüstet mit, der Gedanke, die Mission des Weibes liege hauptsächlich in der engen Sphäre der Häuslichkeit, sei eine giftige Verleumdung durch seinen Tyrannen, den Mann. Eine andere Eigentümlichkeit war, daß sich außer Mr. Quale, dessen Mission, wie ich wohl schon früher erwähnt habe, darin bestand, von jedermanns Mission begeistert zu sein, kein Träger einer Mission im mindesten um die Mission eines anderen kümmerte. Mrs. Pardiggle war ebenso überzeugt, daß ihre Art, sich auf die Armen zu stürzen und ihnen Wohltaten anzutun wie eine Zwangsjacke, die einzige unfehlbare Art sei, wie Miss Wisk überzeugt war, daß die einzige nützliche Sache für die Welt die Emanzipation des Weibes von der Sklaverei ihres Tyrannen Mann sei. Mrs. Jellyby lächelte die ganze Zeit über den beschränkten Blick, der etwas anderes sehen konnte als Borriobula-Gha.

Aber ich spreche schon von unserer Unterhaltung auf der Heimfahrt, statt erst Caddy zu verheiraten. Wir gingen alle zur Kirche, und Mr. Jellyby übergab Caddy dem Bräutigam. Von der Haltung, in der der alte Mr. Turveydrop, den Hut so unter den linken Arm geklemmt, daß das Innere den Geistlichen angähnte wie ein Kanonenrohr, die Augen bis unter die Perücke hochgezogen, steif und hochschultrig während der Feierlichkeit hinter uns Brautjungfern stand und uns nachher küßte, werde ich nie genug sagen können, um ihr gerecht zu werden. Miss Wisk, die ich nicht als einnehmend in ihrem Äußeren und nur als abweisend in ihrem Benehmen darstellen kann, hörte der Trauung als einem Stück Unrecht an der Frau mit verächtlichem Gesicht zu. Mrs. Jellyby mit ihrem ruhigen Lächeln und ihren hellen Augen schien von der ganzen Gesellschaft am wenigsten an der Sache beteiligt.

Wir kamen zum Frühstück in die Wohnung zurück; Mrs. Jellyby setzte sich oben an die Tafel und Mr. Jellyby unten. Caddy hatte sich vorher hinaufgeschlichen, um die Kinder wieder zu umarmen und ihnen zu sagen, daß sie jetzt Turveydrop heiße. Aber diese Nachricht warf Peepy, statt eine angenehme Überraschung für ihn zu sein, in einem solchen Ausbruch strampelnden Schmerzes auf den Rücken, daß ich, als man mich holte, nichts tun konnte als dem Vorschlage beistimmen, ihn zur Frühstückstafel zuzulassen. So kam er denn herunter und setzte sich auf meinen Schoß, und Mrs. Jellyby geriet nicht weiter außer Fassung, nachdem sie im Hinblick auf den Zustand seines Lätzchens gesagt hatte: „O du garstiger Peepy, was für ein häßliches Schweinchen du bist!" Er benahm sich recht gut, außer daß er Noah mit herunterbrachte, aus einer Arche, die ich ihm geschenkt hatte, bevor wir zur Kirche gingen, und ihn durchaus kopfüber in die Weingläser tauchen und dann in den Mund stecken mußte.

Mein Vormund wußte mit seiner guten Laune, seiner raschen Auffassung und seinem liebenswürdigen Gesicht selbst aus der ungemütlichen Gesellschaft etwas Angenehmes zu machen. Kein Mensch schien imstande, von etwas anderem als von seiner höchsteigenen Angelegenheit zu sprechen, und selbst von dieser sprach keiner wie vom Teil einer Welt, in der es auch noch etwas anderes gab; aber mein Vormund wußte alles zur frohen Aufmunterung Caddys und zu Ehren der Feier zu benutzen und brachte uns prächtig über das Frühstück weg. Was wir ohne ihn gemacht hätten, wage ich mich nicht zu fragen; denn da alle auf die Braut, den Bräutigam und den alten Mr. Turveydrop herabblickten, und dieser sich kraft seines Anstandes der ganzen Gesellschaft unendlich überlegen fühlte, lag der Fall recht verzweifelt.

Endlich kam die Zeit, da die arme Caddy Abschied nehmen mußte und ihr ganzes Besitztum auf den gemieteten Zweispänner gepackt wurde, der sie und ihren Gatten nach Gravesend bringen sollte. Es war rührend zu sehen, wie sich jetzt Caddy von ihrem kläglichen Vaterhaus gar nicht trennen konnte und mit größter Zärtlichkeit am Hals der Mutter hing.

„Es tut mir leid, daß ich nicht länger für Sie schreiben konnte, Mama", schluchzte sie. „Ich hoffe, Sie verzeihen mir jetzt?"

„Oh, Caddy, Caddy", sagte Mrs. Jellyby, „ich habe dir nun schon oft genug gesagt, daß ich einen Knaben angestellt habe, und damit ist's doch erledigt."

„Sie sind mir auch ganz gewiß nicht ein bißchen mehr böse, Mama? Sagen Sie, daß Sie es gewiß nicht mehr sind, ehe ich weggehe, Mama."

„Du närrische Caddy", entgegnete Mrs. Jellyby, „sehe ich denn böse aus, oder habe ich dazu Neigung und Zeit? Wie kannst du nur so sprechen!"

„Sorgen Sie ein wenig für Papa, wenn ich fort bin, Mama!"

Mrs. Jellyby lachte geradezu über diesen Einfall. „Du romantisches Kind", sagte sie und klopfte Caddy leicht auf den Rücken. „Geh nur, ich bin ganz zufrieden mit dir. Jetzt leb wohl, Caddy, und sei recht glücklich!"

Dann umarmte Caddy ihren Vater und zog seine Wange an die ihre, als wäre er ein armes, krankes Kind. All das spielte sich in der Vorhalle ab. Der Vater ließ sie los, zog sein Taschentuch heraus, setzte sich auf die Treppe und lehnte den Kopf an die Wand. Ich hoffe, er fand Trost bei den Wänden, und glaube es beinahe.

Dann nahm Prince ihren Arm und wandte sich tiefbewegt und voll Ehrfurcht an seinen Vater, dessen Anstand in diesem Augenblick einfach erhaben war. „Ich danke Ihnen aber- und abermals, Vater", sagte Prince, indem er ihm die Hand küßte. „Ich bin Ihnen sehr dankbar für all Ihre Güte und Ihr Entgegenkommen hinsichtlich unserer Heirat, und ebenso, kann ich Ihnen versichern, fühlt auch Caddy."

„Ganz und gar", schluchzte Caddy, „ganz und gar."

„Mein lieber Sohn", antwortete Mr. Turveydrop, „und meine

liebe Tochter, ich habe meine Pflicht getan. Wenn der Geist einer lichten Seligen über uns schwebt und jetzt herabblickt, so ist das und eure beständige Liebe mein Lohn. Ihr werdet auch eure Pflicht nicht vergessen, mein Sohn und meine Tochter, hoffe ich."

„Lieber Vater, nie!" rief Prince.

„Nie, nie, lieber Mr. Turveydrop!" sagte Caddy.

„Das ist, wie es sein soll", entgegnete Mr. Turveydrop. „Meine Kinder, mein Haus gehört euch, mein Herz gehört euch, mein alles gehört euch. Ich werde euch nie verlassen, nur der Tod soll uns scheiden. Mein lieber Sohn, du gedenkst eine Woche lang wegzubleiben, glaube ich?"

„Eine Woche lang, lieber Vater. Heute über acht Tage kommen wir wieder nach Hause."

„Mein liebes Kind", sagte Mr. Turveydrop. „Ich muß dir selbst unter den gegenwärtigen Ausnahmeverhältnissen strengste Pünktlichkeit empfehlen. Es ist höchst wichtig, sich die Kundschaft zu erhalten, und wenn man Schulen vernachlässigt, erregt es leicht Ärgernis."

„Heute über acht Tage, Vater, sind wir gewiß zum Mittagessen wieder zu Hause."

„Gut!" sagte Mr. Turveydrop. „Sie werden ein Feuer in Ihrem eigenen Zimmer finden, liebe Caroline, und das Essen wird in meinem Zimmer bereitstehen. Ja, ja, Prince", sagte er, indem er einem selbstlosen Einwand seines Sohnes mit großartiger Miene zuvorkam. „Du und unsere Caroline werden im oberen Teil des Hauses noch nicht eingewöhnt sein, und ihr werdet daher für diesen Tag bei mir essen. Und nun behüte euch Gott!"

Sie fuhren ab, und ob ich mich über Mrs. Jellyby oder über Mr. Turveydrop am meisten gewundert habe, weiß ich nicht. Ada und meinem Vormund ging es ebenso, als wir über die Sache sprachen. Aber ehe wir gleichfalls wegfuhren, machte mir Mr. Jellyby ein höchst unerwartetes und beredtes Kompliment. Er kam in der Vorhalle auf mich zu, ergriff meine beiden Hände, drückte sie herzlich und öffnete zweimal den Mund. Ich erriet so gut, was er meinte, daß ich ganz verlegen sagte: „Sie sind sehr freundlich, Sir. Bitte, sprechen Sie nicht davon."

„Ich hoffe, diese Heirat schlägt zum Guten aus, Vormund", sagte ich, als wir drei auf dem Heimweg waren.

„Ich hoffe, kleines Frauchen. Geduld, wir werden sehen."

„Weht heute der Wind aus Osten?" erlaubte ich mir zu fragen.

Er lachte herzlich und antwortete: „Nein."

„Aber er muß diesen Morgen aus Osten geweht haben, glaube ich", sagte ich.

Er verneinte abermals, und diesmal antwortete auch mein liebes Mädchen ganz zuversichtlich: „Nein" und schüttelte das hübsche Köpfchen, das mit den frischen Blumen im goldenen Haar wie der Lenz selber aussah. „Was weißt du von Ostwinden, mein garstiges Goldkind", sagte ich und küßte sie in meiner Bewunderung, ich konnte nicht anders.

Ach, ich weiß wohl, aus ihnen sprach nur ihre Liebe zu mir, und es ist lange her. Ich muß es aber hinschreiben, selbst wenn ich es wieder ausstreichen sollte, weil es mir so viel Freude macht. Sie sagten, es könne kein Ostwind wehen, wo ein gewisser Jemand sei; sie sagten, wo Frauchen sei, da folge ihr Sonnenschein und Sommerluft.

31. KAPITEL

Wärterin und Kranke

Ich war noch nicht viele Tage wieder zu Hause, als ich eines Abends in mein Zimmer hinaufging, um Charley über die Schulter zu gucken, wie sie mit ihrem Schreibheft zurechtkomme. Schreiben war eine schwere Sache für Charley, die keine natürliche Macht über die Feder zu haben schien, sondern in deren Hand jede Feder tückisch lebendig wurde, ausglitt, krumm ging, stockte, spritzte und sich in die Ecken drängte wie ein Reitesel. Es war sehr seltsam anzusehen, was für alte Buchstaben Charleys junge Hand malte, die Buchstaben so runzlig, eingeschrumpft und schlotterig, die Hand so voll und rund. Dabei war Charley in anderen Dingen ungewöhnlich geschickt und hatte so gewandte kleine Finger, wie ich sie nur je gesehen habe.

„Nun, Charley, wir machen Fortschritte", meinte ich, indem ich eine Seite voll O überflog, die sich viereckig, dreieckig, birnenförmig und schief nach allen Himmelsrichtungen vorstellten. „Wenn es uns nur gelingt, es rund zu machen, sind wir vollkommen, Charley."

Dann malte ich ein O, und Charley malte eins, aber bei Charley wollte die Feder es nicht hübsch schließen, sondern rollte es zu einem Knoten zusammen.

„Tut nichts, Charley. Wir werden es mit der Zeit schon lernen."

Charley legte die Feder hin, da sie ihr Pensum erledigt hatte, öffnete und schloß das verkrampfte Händchen, besah ernsthaft, halb stolz und halb zweifelnd, die Seite, stand auf und machte mir einen Knicks.

„Ich danke Ihnen, Miss. Bitte, Miss, haben Sie nicht eine arme Frau namens Jenny gekannt?"

„Die Frau eines Ziegelmachers, Charley? Ja."

„Sie sprach mich vor kurzem an, als ich ausging, und sagte, sie kenne Sie, Miss. Sie fragte mich, ob ich nicht die Zofe der jungen Dame sei – sie meinte Sie mit der jungen Dame, Miss –, und ich sagte ja, Miss."

„Ich dachte, sie sei aus der Nachbarschaft ganz weggezogen, Charley."

„Sie war auch weg, Miss, aber sie ist wieder in ihre alte Wohnung zurückgekehrt – sie und Liz. Haben Sie eine andere arme Frau namens Liz gekannt, Miss?"

„Ich glaube wohl, wenn auch nicht dem Namen nach."

„Das sagte sie auch!" entgegnete Charley. „Sie sind beide zurückgekehrt, Miss; sie haben sich an vielen Orten herumgetrieben."

„An vielen Orten herumgetrieben haben sie sich, Charley?"

„Ja, Miss." Hätte Charley die Buchstaben in ihrem Schreibheft nur ebenso rund machen können wie die Augen, mit denen sie mich ansah, so wären sie ausgezeichnet gewesen. „Und diese arme Frau kam vor drei oder vier Tagen hier ans Haus in der Hoffnung, Sie zu sehen, Miss, weiter habe sie nichts gewollt, sagte sie, aber Sie waren nicht da. Dabei sah sie mich. Sie sah mich herumgehen, Miss", sagte Charley mit einem kurzen Lachen größten Vergnügens und Stolzes, „und sie meinte, ich sehe aus wie Ihre Zofe."

„Meinte sie das wirklich, Charley?"

„Ja, Miss!" beteuerte Charley, „wirklich und wahrhaftig." Und Charley machte mit einem neuen kurzen Lachen reinster Freude ihre Augen wieder ganz rund und sah so ernsthaft aus, wie es sich für meine Zofe schickte. Ich bekam es nie satt, Charley im Vollgenuß dieser hohen Würde zu sehen, wie sie mit ihrem jugendlichen Gesicht und Umriß und ihrem gesetzten Gebaren vor mir stand und wie ihre kindliche Freude dann und wann aufs reizendste diese Hülle durchbrach.

„Und wo hast du sie gesehen, Charley?" fragte ich.

Das Gesicht meiner kleinen Zofe trübte sich, als sie antwortete: „An der Apotheke, Miss", denn Charley trug noch ihren schwarzen Trauerrock.

Ich fragte, ob die Frau des Ziegelmachers krank sei, aber Charley verneinte. Es war eine andere Person. Jemand in ihrer Hütte, der bis St. Albans gewandert war und ohne Ziel herumzog. Ein armer Junge, sagte Charley. Ohne Vater, ohne Mutter, ohne irgendwen sonst. „Wie Tom hätte sein können, Miss, wenn Emma und ich nach dem Vater gestorben wären", sagte sie, und ihre runden Augen füllten sich mit Tränen.

„Und sie holte Arznei für ihn, Charley?"

„Sie sagte, Miss", entgegnete Charley, „das habe er auch einmal für sie getan."

Das Gesicht meiner kleinen Zofe war so voll Eifer und ihre ruhigen Hände hatten sich so fest ineinandergeschlungen, als sie vor mir stand und mich ansah, daß ich unschwer ihre Gedanken erriet. „Ja, Charley", sagte ich, „mir scheint, daß wir beide nichts Besseres tun können, als hinüberzugehen und zu sehen, was los ist."

Die Schnelligkeit, mit der mir Charley Hut und Schleier brachte und sich, als sie mich angekleidet hatte, auf altmodische Art in ihren warmen Schal hüllte und sich wie eine kleine alte Frau zurechtmachte, drückte ihre Bereitschaft deutlich genug aus. Und so gingen Charley und ich aus, ohne jemandem ein Wort zu sagen.

Es war ein kalter, stürmischer Abend, und die Bäume schauerten im Wind. Es hatte den ganzen Tag über schwer geregnet und mit kleinen Pausen seit vielen Tagen. Jetzt gerade regnete es jedoch nicht. Der Himmel hatte sich zum Teil aufgehellt, war aber sehr schwarz – selbst über uns, wo ein paar Sterne schimmerten. Im Norden und Nordwesten, wo die Sonne vor drei Stunden untergegangen war, stand ein bleiches, totes Licht, schön und grausig zugleich, und in dieses Licht hinein wogten lange, schwere Wolkenstreifen wie ein Meer, das mitten in der Bewegung erstarrt ist. Nach London zu verbreitete sich ein fahlroter Schimmer über die ganze dunkle Wolkenwüste, und der Gegensatz zwischen diesen beiden Lichterscheinungen und der Gedanke, daß der rötere Schein von einem unirdischen Feuer herrühre und auf all die unsichtbaren Gebäude der Stadt und auf alle Gesichter ihrer vielen tausend staunenden Einwohner herabglänze, war sehr feierlich.

Ich hatte an diesem Abend keine Ahnung – gar keine, das weiß ich ganz gewiß – von dem, was mir bald zustoßen sollte.

Aber ich habe mich seither stets erinnert, daß mich, als wir an der Gartentür stehenblieben, um den Himmel anzusehen, und als wir unseren Weg verfolgten, für einen Augenblick der unbeschreibliche Eindruck beherrschte, ich sei etwas anderes, als ich damals war. Ich weiß, daß mich dieser Gedanke dort und damals befiel. Seitdem hat sich dieses Gefühl in mir stets mit jenem Ort und jenem Zeitpunkt verknüpft und mit allem, was mit ihnen in Verbindung stand, bis zu den fernen Stimmen in der Stadt, dem Bellen eines Hundes und dem Rollen von Rädern, die von dem kotigen Hügel herabkamen.

Es war Sonnabend abend, und die meisten Leute aus dem Ort, wohin wir gingen, saßen in den Schenken. Wir fanden ihn ruhiger, als ich ihn früher gesehen hatte, wenn auch ebenso ärmlich. Die Ziegelöfen brannten, und ein erstickender Rauch wälzte sich mit bleichem, blauem Schimmer auf uns zu.

Wir erreichten die Hütte, wo eine armselige Kerze hinter dem geflickten Fenster brannte. Wir klopften an die Tür und traten ein. Die Mutter, der das kleine Kind gestorben war, saß auf einem Stuhl an der einen Seite des kärglichen Feuers neben dem Bett, und ihr gegenüber hockte ein zerlumpter Junge auf dem Fußboden und lehnte sich an den Kamin. Unter dem Arm hielt er wie ein kleines Bündel den Rest einer Pelzmütze, und während er sich zu wärmen versuchte, klapperte er, bis Tür und Fenster in ihrer Brüchigkeit mitklapperten. Die Stube war dumpfiger als früher und von einem ungesunden, sehr eigentümlichen Geruch erfüllt.

Ich hatte den Schleier noch nicht zurückgeschlagen, als ich, gleich bei unserem Eintreten, die Frau anredete. Der Junge stolperte sogleich in die Höhe und starrte mich mit einem merkwürdigen Ausdruck der Überraschung und des Schreckens an.

Seine Bewegung war so rasch, und ich war so offensichtlich der Anlaß dazu, daß ich stehenblieb, statt näher zu treten.

„Ich mag nicht noch einmal auf den Kirchhof gehen", murmelte der Junge; „ich geh nicht hin, sag ich Euch!"

Ich schlug den Schleier zurück und sprach mit der Frau. Sie sagte zu mir halblaut: „Kümmern Sie sich nicht um ihn, Madam, er wird bald wieder bei Sinnen sein", und zu dem Knaben sagte sie: „Jo, Jo, was gibt's?"

„Ich weiß, weshalb sie gekommen ist!" rief der Junge.

„Wer?"

„Die Dame dort. Ich soll mit ihr auf den Kirchhof gehen. Ich mag aber nicht hingehen. Es gefällt mir dort nicht. Sie könnte mich dort begraben." Das Frösteln überkam ihn wieder, und als er sich gegen die Wand lehnte, erschütterte er die ganze Hütte.

„So ähnlich hat er den ganzen Tag über gesprochen, Madam!" sagte Jenny leise. „Huh, was für Augen du machst! Das ist doch *meine* Dame, Jo!"

„Wirklich?" entgegnete der Junge zweifelnd und musterte mich, wobei er den Arm über seine brennenden Augen hielt. „Sie sieht mir aus wie die andere. Der Hut ist's nicht und das Kleid auch nicht, aber sie sieht aus wie die andere."

Meine kleine Charley hatte aus ihrer frühreifen Erfahrung mit Krankheit und Sorge heraus Hut und Schal abgelegt, ging jetzt still mit einem Stuhl auf ihn zu und setzte ihn darauf wie eine alte Krankenwärterin. Nur hätte ihm eine solche Pflegerin nicht Charleys kindliches Gesicht zeigen können, das in ihm Vertrauen zu erwecken schien.

„He!" sagte der Junge. „Sag du mir's. Ist die Dame nicht die andere Dame?"

Charley schüttelte den Kopf, während sie sorgfältig seine Lumpen um ihn wickelte und es ihm so warm wie nur möglich machte.

„Oh!" brummte der Junge, „dann ist sie's wohl nicht."

„Ich wollte sehen, ob ich etwas für dich tun kann", sagte ich. „Was fehlt dir?"

„Ich friere", entgegnete der Junge heiser, während sein hohler Blick um mich kreiste, „und dann brenne ich, und dann friere ich wieder und brenne wieder, viele Male in einer Stunde. Und im Kopf ist mir's schläfrig und so, als sollte ich verrückt werden – und mir ist so trocken, und meine Knochen sind nicht halb soviel Knochen wie Schmerzen."

„Seit wann ist er hier?" fragte ich die Frau.

„Seit heute morgen, Ma'am; da fand ich ihn an der Ecke der Stadt. Ich hatte ihn in London unten kennengelernt. Nicht wahr, Jo?"

„Tom-all-alone's", entgegnete der Knabe.

Sooft er seine Aufmerksamkeit oder seine Augen auf etwas richtete, geschah es nur auf ganz kurze Zeit. Er ließ bald wieder den Kopf sinken, wiegte ihn schwer und redete, als wäre er nur halb wach.

„Wann ist er von London gekommen?" fragte ich.

„Gestern", antwortete der Junge selbst, jetzt ganz rot und heiß. „Ich gehe irgendwohin."

„Wohin geht er?" fragte ich.

„Irgendwohin", wiederholte der Knabe lauter. „Sie haben zu mir gesagt: Marsch, fort! öfter als je zuvor, seit mir die andere den Sovereign gegeben hat. Mrs. Snagsby ist immer auf der Lauer und hetzt auf mich – was habe ich ihr getan? – und sie belauern und hetzen mich alle. Alle tun's, von der Stunde an, wo ich nicht aufstehe, bis zur Stunde, wo ich nicht zu Bett gehe. Und ich geh irgendwohin. Dahin gehe ich. Unten in Tom-all-alone's sagte sie mir, sie komme von St. Albans, und so ging ich auf der Straße nach St. Albans. Sie ist so gut wie jede andere."

Er wandte sich am Schluß immer wieder an Charley.

„Was ist mit ihm anzufangen?" fragte ich, indem ich die Frau beiseite nahm. „In diesem Zustand kann er seine Reise nicht fortsetzen, selbst wenn er ein Ziel hätte und wüßte, wohin er geht."

„Ich weiß nicht mehr als die Toten, Madam", entgegnete sie und sah ihn mitleidig an. „Vielleicht wissen's die Toten besser, wenn sie's uns nur sagen könnten. Ich habe ihn aus Barmherzigkeit den ganzen Tag hierbehalten und habe ihm Suppe und Arznei gegeben, und Liz ist fort, um zu versuchen, ob ihn jemand bei sich aufnehmen will – hier im Bett liegt mein Engelchen: ihr Kind, aber ich nenne es meines –, aber ich kann ihn nicht lange behalten, denn wenn mein Mann heimkommt und ihn hier findet, wird er grob und wirft ihn hinaus und könnte ihm etwas antun. Hören Sie, da kommt Liz wieder!"

Die andere Frau trat bei diesen Worten eilig ein, und der Junge stand auf in dem dunklen Bewußtsein, daß er gehen solle. Wann das kleine Kind aufwachte und wann und wie Charley zu ihm hinging, es aus dem Bett nahm und es in ihren Armen auf und ab zu tragen begann, weiß ich nicht. Sie tat das alles so ruhig und mütterlich, als ob sie wieder mit Tom und Emma in Mrs. Blinders Dachstübchen wohnte.

Die Freundin war da und dort gewesen, war vom einen zum anderen gewiesen worden und kam wieder, wie sie gegangen war. Anfangs war es zu früh gewesen, um den Jungen ins Spital aufzunehmen, und schließlich zu spät. Ein Beamter schickte sie zum anderen und der andere wieder zurück zum ersten und so immer hin und her, so daß es mir vorkam, als seien beide angestellt wegen ihrer Geschicklichkeit, ihren Amtspflichten auszuweichen, statt sie zu erfüllen. Und jetzt zum Schluß sagte sie keuchend, denn sie war gelaufen und war auch in Angst: „Jenny, dein Mann ist auf dem Heimweg, und meiner ist nicht weit hinter ihm, und Gott steh dem Jungen bei, denn wir können nicht mehr für ihn tun!" Sie rafften ein paar Halfpence-Stücke zusammen und drückten sie ihm eilig in die Hand, und so wankte er benommen, halb dankbar, halb gefühllos, aus dem Haus.

„Gib mir das Kind, Liebe!" sagte die Mutter zu Charley, „und ich danke dir auch. Liebe Jenny, gute Nacht! Fräulein, wenn mein Mann mich nicht auszankt, will ich nachher einmal unten am Ziegelofen nachsehen, wo der Junge wahrscheinlich sein wird, und auch morgen früh wieder!" Sie eilte fort, und gleich darauf sahen wir im Vorbeigehen, wie sie an ihrer eigenen Tür stand, ihr Kind wiegte und in Schlaf sang und dabei gespannt die Straße hinabsah, auf der ihr betrunkener Mann kommen mußte.

Ich wagte nicht, noch länger zu bleiben und mit einer der Frauen zu sprechen, damit ich sie nicht in Unannehmlichkeiten brächte. Aber ich sagte zu Charley, wir könnten den Jungen nicht hier sterben lassen. Charley, die viel besser als ich wußte, was zu tun sei, und ebenso flink wie geistesgegenwärtig war, eilte vor mir her, und gleich darauf holten wir ganz nah am Ziegelofen Jo ein.

Er muß wohl seine Wanderung mit einem kleinen Bündel unterm Arm begonnen haben, das man ihm gestohlen oder das er verloren hatte, denn er trug immer noch den zerfetzten Rest Pelzmütze wie ein Bündel unter dem Arm und ging barhäuptig durch den Regen, der jetzt stark war. Als wir ihn riefen, blieb er stehen und zeigte wieder Furcht vor mir, als ich ihn erreichte; er starrte mich mit seinen glänzenden Augen an, und sogar sein Schüttelfrost hörte auf.

Ich forderte ihn auf, mit uns zu kommen: wir würden ihm für die Nacht ein Obdach besorgen.

„Ich brauche kein Obdach", sagte er, „ich kann mich auf die warmen Ziegel legen."

„Aber weißt du denn nicht, daß dort die Leute sterben?" wandte Charley ein.

„Sie sterben überall", sagte der Junge. „Sie sterben in ihrer Stube – sie weiß wo; ich hab's ihr gezeigt –, sie sterben unten in Tom-all-alone's haufenweise. Sie sterben mehr, als sie leben, soviel ich sehe." Dann flüsterte er Charley heiser zu: „Wenn sie nicht die andere ist, so ist sie auch nicht die Ausländerin. Sind es denn ihrer drei?"

Charley sah mich etwas erschrocken an. Ich fürchtete mich halb vor mir selbst, als mich der Junge so anstarrte.

Aber er machte kehrt und folgte mir, als ich ihm winkte, und als ich sah, daß mein Einfluß auf ihn so weit reichte, führte ich ihn geradewegs nach Hause. Es war nicht weit, nur den Hügel hinauf. Wir begegneten unterwegs nur einem einzigen Mann. Ich zweifelte, ob wir ohne Beistand nach Hause kommen würden, der Gang des Jungen war so unsicher und schwankend. Er klagte jedoch nicht und tat, als ginge er sich selber nichts an, wenn ich einen so sonderbaren Ausdruck gebrauchen darf.

Ich ließ ihn einen Augenblick in der Halle zurück, wo er sich in eine Ecke des Fenstersitzes drückte und ganz unbeteiligt – verwundert wäre schon zu viel gesagt – die behagliche, helle Umgebung anstarrte, und ging ins Wohnzimmer, um mit meinem Vormund zu sprechen. Dort fand ich Mr. Skimpole, der mit der Landkutsche angekommen war, wie er es häufig tat, ohne sich anzusagen und ohne Kleider mitzubringen: er borgte stets alles, was er brauchte.

Sie kamen sogleich mit mir heraus, um sich den Jungen anzusehen. Auch die Dienerschaft hatte sich in der Vorhalle versammelt. Er saß vom Fieber geschüttelt in der Fensternische, wie ein verwundetes Tier, das man in einem Graben gefunden hat, und Charley stand neben ihm.

„Das ist ein trauriger Fall", sagte mein Vormund, nachdem er ihm einige Fragen gestellt, ihn befühlt und seine Augen besehen hatte. „Was meinen Sie dazu, Harold?"

„Das beste ist, Sie schicken ihn fort", antwortete Mr. Skimpole.

„*Wie* meinen Sie?" fragte mein Vormund fast zornig.

„Mein lieber Jarndyce", sagte Mr. Skimpole, „Sie wissen, was ich bin: ich bin ein Kind. Schelten Sie mich aus, wenn ich es verdiene. Aber ich habe eine angeborene Abneigung gegen solche Sachen. Ich hatte sie stets, als ich noch Arzt war. Es ist gefährlich, müssen Sie wissen. Er hat eine sehr schlimme Gattung von Fieber."

Mr. Skimpole hatte sich wieder aus der Halle ins Wohnzimmer zurückgezogen und äußerte dies in seiner leichten Art, während er auf dem Musikstuhl saß und wir um ihn herumstanden.

„Sie werden sagen, das sei kindisch", bemerkte Mr. Skimpole und sah uns fröhlich an. „Nun ja, ich gebe das zu; aber ich bin ein Kind und beanspruche nie etwas anderes zu sein. Wenn Sie ihn auf die Straße hinausschicken, stellen Sie ihn nur dahin, wo er früher war. Es wird ihm da nicht schlechter gehen als zuvor, wissen Sie. Sogar besser, wenn Sie wollen. Geben Sie ihm sechs Pence oder fünf Schilling oder fünf Pfund zehn Schilling. Sie können rechnen, ich nicht – und schicken Sie ihn fort."

„Und was soll er dann machen?" fragte mein Vormund.

„So wahr ich lebe", sagte Mr. Skimpole und zuckte mit seinem gewinnenden Lächeln die Achseln, „ich habe nicht die leiseste Ahnung, was er dann machen soll. Aber ich zweifle nicht, daß er etwas tun wird."

„Ist es nicht ein schrecklicher Gedanke", meinte mein Vormund, dem ich in Kürze die vergeblichen Bemühungen der beiden Frauen berichtet hatte, „ist es nicht ein schrecklicher Gedanke" – er schritt auf und ab und fuhr sich in den Haaren herum –, „daß diesem unglücklichen Geschöpf, wenn es ein verhafteter Verbrecher wäre, ein Spital weit offenstünde und er versorgt wäre wie jeder kranke Knabe im Königreich?"

„Mein lieber Jarndyce", entgegnete Mr. Skimpole, „Sie werden die Einfalt der Frage verzeihen, da sie von einem Geschöpf kommt, das in allen Dingen dieser Welt völlig einfältig ist – aber warum ist er denn kein Verbrecher?"

Mein Vormund blieb stehen und sah ihn mit einer komischen Mischung von Belustigung und Entrüstung an.

„Ich sollte meinen, viel Zartgefühl darf man unserem jungen Freund nicht zuschreiben", sagte Mr. Skimpole rückhaltlos offen. „Mir scheint, es wäre klüger und in einem gewissen Sinn auch anständiger, wenn er fehlgeleitete Energie zeigte, die ihn ins Gefängnis brächte. Es wäre mehr Abenteuergeist und folglich eine gewisse Art Poesie in ihm."

„Ich glaube", entgegnete mein Vormund, der jetzt wieder unruhig auf und ab ging, „daß es auf Erden kein zweites Kind gibt wie Sie."

„Meinen Sie wirklich?" sagte Mr. Skimpole; „das lasse ich mir gefallen! Aber ich gestehe, ich sehe nicht ein, warum unser junger Freund auf seiner Ebene nicht versuchen sollte, sich mit soviel Poesie zu umgeben, wie ihm erreichbar ist. Gewiß ist er mit Appetit geboren – wahrscheinlich ist sein Appetit vorzüglich, wenn sein Gesundheitszustand besser ist als jetzt. Gut, wenn die natürliche Essenszeit unseres jungen Freundes kommt, wahrscheinlich gegen Mittag, sagt er dem Sinn nach zur Gesellschaft: ,Ich habe Hunger; werden Sie die Güte haben, mir Ihren Löffel zu geben und mich zu füttern?' Die Gesellschaft, die das ganze Löffelsystem auf sich zugeschnitten hat und keinen Löffel für unseren jungen Freund zu haben behauptet, gibt diesen Löffel nicht heraus, und unser junger Freund erklärt daher: ‚Dann müssen Sie mich wirklich entschuldigen, wenn ich ihn mir nehme.' Nun, das betrachte ich als einen Fall fehlgeleiteter Energie, in der aber eine gewisse Vernunft und eine gewisse Romantik steckt, und ich weiß nicht, ob mich nicht unser junger Freund als Beispiel eines solchen Falles mehr interessieren würde denn als bloßer Landstreicher – was jeder sein kann."

„Unterdessen wird es aber immer schlimmer mit ihm", erlaubte ich mir zu bemerken.

„Unterdessen", wiederholte Mr. Skimpole heiter, „wie Miss Summerson mit ihrem praktischen Hausverstand bemerkt, wird es immer schlimmer mit ihm. Deshalb empfehle ich Ihnen, schicken Sie ihn fort, ehe es ihm ganz schlecht geht."

Das liebenswürdige Gesicht, mit dem er das sagte, werde ich wohl nie vergessen.

„Natürlich, Frauchen", sagte mein Vormund, zu mir gewandt, „kann ich seine Aufnahme an dem Ort, wo er hingehört, einfach dadurch erzwingen, daß ich hingehe und darauf dringe, obgleich es schlimme Zustände sind, wenn sich das in seiner Lage als notwendig erweist. Aber es ist schon spät, das Wetter ist sehr schlecht, und der Junge ist schon ganz erschöpft. In der luftigen Dachkammer über dem Schuppen steht ein Bett; es ist das beste, ihn dort bis morgen früh unterzubringen, dann kann man ihn warm einwickeln und fortschaffen. Das wollen wir tun."

„Oh!" sagte Mr. Skimpole mit den Händen auf den Klaviertasten, während wir uns zum Gehen wandten. „Wollen Sie wieder zu unserem jungen Freunde gehen?"

„Ja", sagte mein Vormund.

„Wie ich Sie um Ihre Naturbeschaffenheit beneide!" entgegnete Mr. Skimpole mit scherzender Bewunderung. „Ihnen wird dabei nicht bang und Miss Summerson auch nicht. Sie sind zu allen Zeiten bereit, irgendwohin zu gehen und irgend etwas zu tun. Das ist Wille! Ich habe gar kein Wollen – und kein Nichtwollen, nur ein Nichtkönnen."

„Sie können dem Knaben nichts verschreiben, vermute ich", fragte mein Vormund und sah sich halb ärgerlich nach ihm um, nur halb ärgerlich, denn er schien Mr. Skimpole nie als voll zurechnungsfähiges Wesen zu betrachten.

„Lieber Jarndyce, ich bemerkte eine Flasche kühlender Medizin in seiner Tasche, und er kann nichts Besseres tun als sie einnehmen. Sie können auch in seiner Schlafstube etwas Essig sprengen lassen und die Stube mäßig kühl und ihn mäßig warm halten. Aber es wäre einfach anmaßend von mir, etwas anzuraten. Miss Summerson besitzt eine solche Kenntnis aller Einzelheiten und eine solche Fähigkeit, sie zu meistern, daß sie alles weiß, was dazugehört."

Wir kehrten in die Vorhalle zurück und setzten Jo auseinander, was wir mit ihm vorhatten. Charley erklärte es ihm dann nochmals, er nahm es aber nur mit der schlaffen Teilnahmslosigkeit auf, die ich schon beobachtet hatte, und sah allem, was geschah, müde zu, als geschähe es für jemand ganz anderen. Da die Dienerschaft mit seinem elenden Zustand Mitleid hatte und voller Eifer war, ihm zu helfen, so war die Stube über dem Schuppen bald fertig, und ein paar Männer trugen ihn, gut eingehüllt, über den nassen Hof. Es war hübsch anzusehen, wie freundlich sie gegen ihn waren und wie sie alle zu glauben schienen, daß es ihn aufmuntern müsse, wenn sie ihn recht oft „alter Knabe" nannten. Charley leitete den Transport und lief zwischen Krankenstube und Haus mit den Arzneien und Stärkungsmitteln hin und her, die wir ihm einzugeben wagten. Mein Vormund sah selbst nach ihm, ehe man ihn für die Nacht allein ließ, und berichtete mir, als er ins Brummstübchen zurückkehrte, um wegen des Jungen einen Brief zu schreiben, den ein Bote morgen bei Tagesanbruch besorgen sollte, daß er ruhiger und zum Schlafen geneigt scheine. Sie hätten die Tür von außen verschlossen, sagte er, falls er in Fieberträume falle; aber alles sei so eingerichtet, daß er keinen Lärm machen könne, ohne gehört zu werden.

Da Ada wegen einer Erkältung das Zimmer hütete, war Mr. Skimpole die ganze Zeit über allein und unterhielt sich damit, Bruchstücke rührender Lieder zu spielen und dazu bisweilen, wie wir aus der Ferne hörten, mit viel Ausdruck und Gefühl zu singen. Als wir zu ihm in den Salon zurückkehrten, sagte er, er wolle uns eine kleine Ballade vorsingen, die ihm „bei Gelegenheit unseres jungen Freundes" eingefallen sei; und er sang ganz vortrefflich von einem Bauernjungen, der

„Verwaist und heimatlos auf Erden
Des Ziels kann nie teilhaftig werden".

Es sei ein Lied, das ihn stets zum Weinen bringe, bemerkte er.

Den ganzen übrigen Abend war er außerordentlich heiter; er zirpe geradezu, meinte er vergnügt, wenn er bedenke, von welch glücklicher Geschäftsbegabung er umringt sei. Er trank mit seinem Glas Punsch „auf die Genesung unseres jungen Freundes!" und malte mit heiteren Farben die Möglichkeit aus, es sei ihm wie Whittington bestimmt, Lord Mayor von London zu werden. In diesem Fall werde er zweifellos die Jarndyce-Stiftung und das Summerson-Armenhaus und eine kleine alljährliche Wallfahrt des Gemeinderats nach St. Albans einrichten. Er zweifle nicht, sagte er, daß unser junger Freund in seiner Art ein vortrefflicher Junge sei, aber seine Art sei nicht Harold Skimpoles Art; was Harold Skimpole sei, habe dieser selbst zu seiner größten Überraschung entdeckt, als er zum erstenmal seine eigene Bekanntschaft gemacht habe; er habe sich mit allen seinen Fehlern hingenommen und es für die beste Philosophie gehalten, sich in den Handel zu schicken, und er hoffe, wir würden dasselbe tun.

Charleys letzter Bericht lautete, Jo sei ruhig. Ich konnte aus meinem Fenster die Laterne, die sie bei ihm zurückgelassen hatten, ruhig brennen sehen und legte mich zu Bett, ganz glücklich in dem Gedanken, daß er ein Obdach habe.

Kurz vor Tagesanbruch war mehr Bewegung und Gerede im Haus als gewöhnlich, und ich wachte davon auf. Während ich mich anzog, schaute ich aus dem Fenster und fragte einen unserer Leute, der gestern abend zu den mitleidigen Helfern gehört hatte, ob etwas Schlimmes vorgefallen sei. Die Laterne brannte immer noch im Fenster über dem Schuppen.

„'s ist um den Jungen, Miss", sagte er.

„Steht es schlimmer mit ihm?" fragte ich.

„Fort, Miss."

„Tot?"

„Tot, Miss? Nein. Fort – verschwunden."

Je zu erraten, wann in der Nacht er sich davongemacht hatte oder wie oder warum, schien hoffnungslos zu sein. Da die Tür noch ganz so war, wie man sie gelassen hatte, und die Laterne immer noch im Fenster stand, konnte man nur vermuten, er sei durch eine Falltür im Fußboden, die sich in den leeren Schuppen darunter öffnete, entflohen. Aber er hatte sie wieder geschlossen, wenn dies der Fall war, und sie sah aus, als sei sie nie geöffnet worden. Vermißt wurde nicht das mindeste. Als wir dessen vollständig gewiß waren, überließen wir uns alle dem peinlichen Glauben, in der Nacht sei das Delirium über ihn gekommen und er sei, von irgendeinem Wunschbild verlockt oder von einem Schreckbild gejagt, in diesem mehr als hilflosen Zustand entwichen; alle dachten wir das – das heißt, mit Ausnahme Mr. Skimpoles, der in seiner gewöhnlichen leichten Tonart wiederholt bemerkte, es sei unserem jungen Freund eingefallen, daß er mit seinem schlimmen Fieber kein empfehlenswerter Hausgenosse sei, und so habe er sich mit großer natürlicher Höflichkeit entfernt.

Man stellte jede mögliche Nachfrage an, durchforschte jeden möglichen Ort. Wir untersuchten die Ziegelöfen, gingen durchs Hüttenviertel, verhörten besonders die beiden Frauen, aber sie wußten nichts von ihm, und niemand konnte zweifeln, daß ihre Verwunderung echt war. Die Witterung war seit einiger Zeit zu naß gewesen, und es hatte auch während der Nacht selbst zu sehr geregnet, als daß sich Fußstapfen hätten verfolgen lassen. Hecken und Gräben, Mauern, Mieten und Schober wurden von unseren Leuten in weitem Umkreise abgesucht, ob nicht der Junge an einem dieser Orte bewußtlos oder tot liege, aber nichts ließ sich entdecken, das darauf hindeutete, daß er dagewesen sei. Von der Zeit an, da wir ihn in der Kammer über dem Schuppen verlassen hatten, war er verschwunden.

Fünf Tage lang dauerten die Nachforschungen fort. Auch dann hörten sie nicht auf, das will ich nicht sagen, aber meine Aufmerksamkeit wurde dann in eine für mich denkwürdige Bahn gelenkt.

Als Charley abends wieder in meinem Zimmer am Schreiben war und ich mit meiner Arbeit ihr gegenüber saß, fühlte ich, daß der Tisch zitterte. Als ich aufblickte, sah ich meine kleine Zofe von Kopf bis Fuß schaudern.

„Charley", sagte ich, „frierst du so?"

„Ich glaube, Miss", antwortete sie. „Ich weiß nicht, was es ist. Ich kann mich nicht stillhalten. Es war mir schon gestern so zumute, ziemlich um dieselbe Zeit, Miss. Erschrecken Sie nicht, ich fürchte, ich bin krank."

Ich hörte Adas Stimme draußen, eilte zur Verbindungstür zwischen meinem Zimmer und unserem gemeinschaftlichen Salon und verschloß sie, gerade noch rechtzeitig, denn sie klopfte, als meine Hand noch auf dem Schlüssel lag.

Ada rief mir zu, ich solle sie einlassen, aber ich sagte: „Jetzt nicht, Liebste. Gehen Sie nur. Es ist nichts; ich komme gleich hinüber." Ach! Es dauerte lange, lange Zeit, ehe mein liebes Mädchen und ich wieder zusammenkamen.

Charley wurde krank. Binnen zwölf Stunden war sie sehr krank. Ich ließ sie in mein Zimmer bringen, legte sie auf mein

Bett und setzte mich ruhig daneben, um sie zu pflegen. Ich unterrichtete meinen Vormund von allem, und warum ich es für nötig halte, mich abzusperren, und warum ich mein Herzenskind gar nicht sehen wolle. Anfangs kam sie sehr oft an die Tür und rief mich und machte mir sogar unter Schluchzen und Tränen Vorwürfe; aber ich schrieb ihr einen langen Brief, sagte ihr, sie mache mich besorgt und traurig, und bat sie, wenn sie mich liebhabe und mir keinen Kummer machen wolle, nicht näher zu kommen als bis in den Garten. Darauf kam sie unters Fenster, sogar noch öfter, als sie an die Tür gekommen war, und wenn ich vorher, als wir uns kaum je trennten, ihre liebe, süße Stimme lieben gelernt hatte, wie sehr lernte ich sie jetzt lieben, da ich lauschend und antwortend, aber nicht einmal hinausspähend, hinter dem Fenstervorhang stand! Wie sehr lernte ich sie später lieben, als die noch schlimmere Zeit kam!

Man schlug in unserem Salon ein Bett für mich auf, und indem ich die Tür weit offen ließ, machte ich, seit Ada diesen Teil des Hauses ganz geräumt hatte, aus den beiden Zimmern eines und hielt es stets frisch und luftig. Ausnahmslos jeder Dienstbote im Innen- wie im Außendienst wäre freudig ohne Furcht oder Widerwillen zu jeder Stunde des Tages oder der Nacht zu mir gekommen; aber ich hielt es für besser, eine einzige, gesetzte Frau auszuwählen, die Ada nie sehen sollte und auf die ich mich verlassen konnte, daß sie mit aller Vorsicht kam und ging. Dank ihrer Hilfe konnte ich mein Zimmer verlassen, um mit meinem Vormund frische Luft zu schöpfen, wenn wir nicht Gefahr liefen, Ada zu begegnen, und weiter brauchte ich nichts an Bedienung oder dergleichen.

So also erkrankte die arme Charley; es ging ihr immer schlimmer und sie geriet in schwere Lebensgefahr; eine lange Reihe von Tagen und Nächten lag sie schwerkrank danieder. So geduldig war sie, so klaglos und so beseelt von sanfter Tapferkeit, daß ich oft, wenn ich bei ihr saß und ihren Kopf in meinen Armen hielt – sie schlummerte auf diese Weise ein, wenn es sonst nicht gelingen wollte –, den Vater im Himmel im stillen bat, mich nie die Lehre vergessen zu lassen, die mir diese kleine Schwester gab.

Sehr traurig machte mich der Gedanke, daß sich Charleys hübsches Gesicht verändern und entstellt sein werde, selbst wenn sie genas – war sie doch mit ihrem Grübchenkinn noch ein solches Kind –, aber meist vergaß ich diesen Gedanken über der größeren Gefahr. Als es am schlechtesten ging und ihre Fieberphantasien zu ihren Sorgen um das Krankenlager des Vaters und um die kleinen Geschwister zurückschweiften, kannte sie mich immer noch so weit, daß sie in meinen Armen ruhig wurde, wenn sie nirgend anders ruhig werden konnte, und ihre Fieberträume weniger unrastig vor sich hinmurmelte. In solchen Augenblicken pflegte ich zu denken, wie ich den zwei zurückbleibenden Kindern je sagen sollte, daß das Kind, das aus seinem treuen Herzen heraus gelernt hatte, ihnen in ihrer Not Mutter zu sein, tot sei.

Manchmal aber kannte mich Charley wieder recht gut und sprach mit mir; dann sagte sie, daß sie Tom und Emma grüßen lasse und daß sie überzeugt sei, Tom werde zu einem tüchtigen Menschen heranwachsen. Dann erzählte sie mir, was sie ihrem Vater, so gut sie konnte, vorgelesen habe, um ihn zu trösten: von dem Jüngling, den sie hinaus zum Begräbnis trugen und der der einzige Sohn seiner Mutter, einer Witwe, war; von der Tochter des Beamten, die die barmherzige Hand auf dem Totenbett wieder erweckte. Und Charley erzählte mir, daß sie, als ihr Vater starb, niedergekniet sei und in ihrem ersten Schmerz gebetet habe, daß auch er erweckt und seinen armen Kindern zurückgegeben werde, und daß sie glaube, wenn sie nie wieder genesen und auch sterben sollte, werde es Tom einfallen, dasselbe Gebet für sie zum Himmel zu schicken. Dann würde ich Tom erklären, daß diese Menschen in alten Zeiten nur deshalb ins irdische Leben zurückversetzt worden seien, damit wir ein Pfand der Auferstehung im Himmel hätten.

Aber in allen Wandlungen ihrer Krankheit verlor sie kein einziges Mal die sanften Eigenschaften, von denen ich eben gesprochen habe. Und solcher Wandlungen gab es viele, viele, bei denen ich nachts des letzten hohen Glaubens an den schützenden Engel und des letzten gesteigerten Gottvertrauens in der Seele ihres armen, verachteten Vaters gedachte.

Und Charley starb nicht. Schwankend und langsam überwand sie die Krisis, nachdem sie lange darin geschwebt hatte, und dann ging es mit ihr aufwärts. Die Hoffnung, die anfangs nie bestanden hatte, daß Charley in ihrem äußeren Aussehen wieder Charley sein werde, begann sich bald zu verstärken; selbst darin ging es vorwärts, und ich sah sie wieder zum Abbild ihrer früheren Kindlichkeit werden.

Es war ein großer Morgen, als ich Ada all das erzählen konnte, während sie unten im Garten stand; und es war ein großer Abend, als Charley und ich endlich zusammen im näch-

sten Zimmer Tee tranken. Aber am selben Abend fühlte ich den Fieberschauer in mir.

Zum Glück für uns beide kam ich erst, als Charley wieder sicher im Bett lag und ruhig schlief, auf den Gedanken, daß sie mich mit ihrer Krankheit angesteckt habe. Beim Tee hatte ich meinen Zustand leicht verbergen können, aber damit war es jetzt schon vorbei, und ich wußte, daß ich Charleys Beispiel rasch folgte.

Ich war jedoch wohl genug, am Morgen früh aufzustehen, meines Lieblings heiteren Gruß aus dem Garten zu erwidern und mit ihr so lange wie gewöhnlich zu sprechen. Aber ich war nicht ganz frei von dem Eindruck, ich sei während der Nacht ein wenig mir selbst entglitten und, allerdings mit dem Bewußtsein, wo ich war, in den beiden Zimmern herumgegangen; und zeitweilig war es mir wirr im Kopf – mit einem seltsamen Gefühl der Vollheit, als würde ich allenthalben zu groß.

Abends ging es mir so viel schlechter, daß ich beschloß, Charley vorzubereiten. Ich fragte sie also: „Du wirst jetzt wieder ganz kräftig, Charley, nicht wahr?"

„O gewiß!" antwortete sie.

„Kräftig genug, um ein Geheimnis zu hören, glaube ich, Charley?"

„Kräftig genug, Miss!" rief Charley; aber ihr Gesicht trübte sich mitten in ihrer Freude, denn sie las das Geheimnis auf meinem Gesicht. Sie stand aus dem Lehnstuhl auf, fiel mir um den Hals und sagte: „Oh, Miss, daran bin ich schuld!" und noch vieles mehr aus der Fülle ihres dankbaren Herzens.

„Nun, Charley", fuhr ich fort, nachdem ich sie kurze Zeit hatte gewähren lassen, „wenn ich krank werde, so setze ich mein größtes Vertrauen, was Menschen betrifft, auf dich. Aber wenn du nicht ebenso ruhig und gefaßt für mich bist, wie du es stets für dich warst, kannst du ihm nicht entsprechen, Charley."

„Wenn Sie mich nur noch ein wenig weinen lassen wollen, Miss", sagte Charley. „O Gott, mein Gott! Wenn Sie mich nur noch ein wenig weinen lassen wollen, o Gott!" – wie innig und hingebend sie das hervorstieß, während sie an meinem Hals hing, dessen kann ich mich nie ohne Tränen erinnern –, „dann will ich stark sein."

So ließ ich denn Charley noch ein wenig weinen, und es tat uns beiden gut.

„Verlassen Sie sich jetzt bitte auf mich, Miss", sagte Charley ruhig. „Ich höre auf alles, was Sie sagen."

„Vorderhand ist es sehr wenig, Charley. Ich werde deinem Arzt heute abend sagen, daß ich mich nicht wohl fühle und daß du meine Wärterin sein sollst."

Dafür dankte mir das arme Kind von ganzem Herzen.

„Und am Morgen, wenn du Miss Ada im Garten hörst und ich nicht imstande bin, wie gewöhnlich an den Fenstervorhang zu kommen, so gehst du hin, Charley, und sagst, ich schliefe noch – ich sei etwas erschöpft und schliefe noch. Die ganze Zeit über bleibst du im Zimmer, wie ich darin geblieben bin, Charley, und läßt niemanden herein."

Charley versprach es, und ich legte mich nieder, denn der Kopf war mir sehr schwer. Ich sprach an diesem Abend den Arzt und erbat mir von ihm den Gefallen, den ich mir erbitten wollte, daß er im Haus noch nichts von meinem Unwohlsein sagen solle. Ich habe eine sehr undeutliche Erinnerung an das Hinüberschwimmen dieser Nacht in den Tag und an das Verschwimmen des Tags wieder in die Nacht; aber am ersten Morgen war ich gerade noch imstande, an das Fenster zu gehen und mit meinem Herzenskind zu plaudern.

Am zweiten Morgen hörte ich draußen ihre liebe Stimme – o wie besonders lieb jetzt! – und bat Charley ziemlich mühsam – denn das Sprechen fiel mir schwer –, ihr zu sagen, ich schliefe. Ich hörte sie leise antworten: „Stör sie nicht, Charley, nicht um alles in der Welt!"

„Wie sieht mein Herzenskind aus, Charley?" fragte ich.

„Enttäuscht, Miss", sagte Charley, durch den Vorhang lugend.

„Aber ich weiß, sie ist heute morgen sehr schön."

„Das ist sie, Miss", antwortete Charley, immer noch hinauslugend. „Sie schaut immer noch zum Fenster herauf."

Mit ihren klaren blauen Augen – Gott segne sie! –, die immer am lieblichsten aussehen, wenn sie sie aufschlägt.

Ich rief Charley zu mir und gab ihr ihren letzten Auftrag.

„Höre, Charley! Wenn sie erfährt, daß ich krank bin, wird sie versuchen, in die Stube zu dringen. Laß sie nicht herein, Charley, wenn du mich wahrhaft liebst, um keinen Preis! Charley, wenn du sie auch nur einmal hereinläßt, nur, um mich einen Augenblick anzusehen, während ich hier liege, so ist es mein Tod!"

„Ich werde es nicht tun! Niemals!" versprach sie mir.

„Ich glaube dir, meine gute Charley. Und jetzt komm her und setz dich ein Weilchen neben mich und berühre mich mit der Hand. Denn ich kann dich nicht sehen, Charley, ich bin blind."

32. KAPITEL

Die bestimmte Stunde

Es ist Nacht in Lincoln's Inn, Nacht in dem labyrinthischen, unruhigen Schattental der Justiz, wo die Prozeßführenden überhaupt nur wenig Tag finden. In den Büros werden dicke Kerzen geputzt, die Schreiber sind bereits die wackligen Holztreppen hinabgepoltert und haben sich zerstreut. Die Glocke, die um neun Uhr ertönt, hat ihr klägliches Geläute um nichts eingestellt. Die Türen sind verschlossen, und der Nachtpförtner, ein würdevoller Wächter von gewaltiger Schlafkraft, hütet seine Loge. Aus Reihen von Treppenfenstern schimmern trübe Lampen zu den Sternen empor gleich den Augen des römischen Rechts, ein halbblinder Argus mit einer unergründlichen Tasche für jedes Auge und einem Auge oben darauf. In den schmutzigen Fenstern der oberen Stockwerke verraten hier und da nebelhafte kleine Lichtflecken, wo ein schlauer Prozeßtaktiker und Drahtzieher noch an der Verstrickung von Grundbesitz in die Maschen alter Schaflederbände arbeitet: im Durchschnitt trifft etwa ein Dutzend Schafe auf einen Morgen Land; dabei verweilen diese Wohltäter ihrer Gattung, obgleich die Geschäftsstunden vorüber sind, noch mit Bienenfleiß, damit sie von jedem Tag zuletzt gute Rechenschaft ablegen können.

Im Nachbarhof, wo der Lordkanzler des Lumpen- und Flaschenladens wohnt, herrscht allgemeine Neigung zu Bier und Abendbrot. Mrs. Piper und Mrs. Perkins, deren Söhne, mit ihrem Bekanntenkreis im Versteckspielen tätig, einige Stunden lang in den Nebenstraßen von Chancery Lane im Hinterhalt gelegen und zur Verwirrung der Vorübergehenden das Blachfeld dieser Hauptstraße durchstreift haben – Mrs. Piper und Mrs. Perkins haben sich eben erst dazu beglückwünscht, daß die Kinder zu Bett sind, und wechseln nun noch auf einer Türstufe ein paar Abschiedsworte. Mr. Krook, sein Untermieter, der Umstand, daß Mr. Krook dauernd unter Alkohol steht, und die Aussichten des jungen Mannes auf sein Testament bilden wie gewöhnlich den Kern ihrer Unterhaltung. Aber sie haben auch etwas über die „Harmonie"-Versammlung in der „Sonne" zu sagen, wo das Klavier durch die halbgeöffneten Fenster auf den Hof hinaus klingt und der kleine Swills, nachdem er wie ein wahrer Yorick die Harmonieliebhaber in pausenlosem Brüllen erhalten hat, jetzt den Baß in einem Konzertstück übernimmt und seine Freunde gefühlvoll beschwört: „Lauschet, lauschet, lauschet dem Wa-a-asserfall!" Mrs. Perkins und Mrs. Piper tauschen ihre Meinungen aus über die junge Dame und berühmte Sängerin, die den „Harmonie"-Abenden beiwohnt und auf dem geschriebenen Zettel im Fenster eine volle Zeile ganz allein einnimmt. Mrs. Perkins weiß, daß sie seit anderthalb Jahren verheiratet ist, obgleich sie als Miss M. Melvilleson, die berühmte Sirene, angekündigt ist, und daß ihr Kleines jeden Abend heimlich in die „Sonne" gebracht wird, um während der Vorstellung seine natürliche Nahrung zu empfangen. „Ich für meine Person", sagt Mrs. Perkins, „würde mein Brot lieber mit Zündhölzchenverkaufen verdienen." Pflichtschuldigst ist Mrs. Piper derselben Meinung: sie findet, eine Privatstellung sei besser als öffentlicher Beifall, und dankt dem Himmel für ihre und – stillschweigend mit inbegriffen – für Mrs. Perkins Hochachtbarkeit. Da jetzt der Kellner aus der „Sonne" mit ihrem schäumenden Abendtrunk erscheint, nimmt Mrs. Piper den Krug in Empfang und zieht sich in ihr Haus zurück, nachdem sie Mrs. Perkins gehörig Gute Nacht gewünscht hat, die ihren Krug in der Hand hält, seit ihn der junge Perkins vor dem Zubettgehen aus demselben Gasthaus geholt hat. Nun hört man im Hof Fensterläden schließen und riecht Pfeifenrauch, und in den oberen Fenstern blitzen Sternschnuppen auf als Zeichen, daß die Leute zu Bett gehen. Jetzt beginnt auch der Schutzmann an den Türen die Klinken zu drücken, Riegel nachzuprüfen, Bündel argwöhnisch zu betrachten und seinen Bezirk so zu verwalten, als ob jedermann stehle oder bestohlen werde.

Die Luft ist schwer heute nacht, obwohl gleichzeitig die feuchte Kälte hereindringt, und ein träger Nebel schwebt nicht allzu hoch über dem Boden. Es ist eine schöne Nacht, um die Schlachthäuser, die ungesunden Gewerbe, die Kloaken, das schlechte Wasser und die Begräbnisplätze nutzbar zu machen und dem Standesbeamten mit seiner Totenliste einige Extrabeschäftigung zu geben. Es mag etwas in der Luft liegen – es liegt viel in der Luft –, oder es mag etwas in ihm selbst nicht in Ordnung sein, jedenfalls fühlt sich Mr. Weevle, alias Jobling, gar nicht behaglich. Er läuft zwanzigmal in der Stunde zwischen seinem Zimmer und der offenen Haustür hin und her. Seit es dunkel geworden ist, hat er das unentwegt getan. Seit der Kanzler seinen Laden zugemacht hat, was heute abend sehr zeitig geschehen ist, ist Mr. Weevle öfter denn je hinab- und hinaufgerannt, auf dem Kopf ein billiges Samtkäppchen, das seinen Backenbart unverhältnismäßig groß wirken läßt.

Kein Wunder, daß sich Mr. Snagsby ebenfalls unbehaglich fühlt; denn er steht immer mehr oder weniger unter dem drückenden Einfluß des Geheimnisses, das auf ihm lastet. Getrieben von dem Geheimnis, an dem er teilhat, ohne eingeweiht zu sein, umkreist Mr. Snagsby seine vermeintliche Quelle, den Flaschen- und Lumpenladen im Hof. Er hat eine unwiderstehliche Anziehungskraft für ihn. Eben jetzt kommt Mr. Snagsby um die Ecke der „Sonne" in der Absicht, den Hof hinab und nach Chancery Lane hinauszugehen und so seinen nicht geplanten zehn Minuten langen Abendspaziergang von seiner Haustür und zurück zu beschließen.

„Wie, Mr. Weevle", fragt der Papierhändler und bleibt stehen. „Sie sind da?"

„Ja!" sagt Weevle. „Hier bin ich, Mr. Snagsby."

„Wollen Luft schnappen, wie ich, vor dem Schlafengehen?" forscht der Papierhändler.

„Na, viel Luft ist hier nicht zu schnappen, und sie ist auch nicht sehr erquickend", entgegnet Mr. Weevle, während er den Hof hinauf- und hinabspäht.

„Sehr richtig, Sir. Merken Sie nicht", sagt Mr. Snagsby und hält inne, um die Luft ein wenig mit Nase und Mund zu kosten, „merken Sie nicht, Mr. Weevle, daß es hier etwas – um nicht durch die Blume zu sprechen –, etwas brenzlig riecht, Sir?"

„Hm, ich habe selbst schon wahrgenommen, daß heute abend ein seltsamer Geruch im Hof herrscht", entgegnet Mr. Weevle; „ich vermute, es gibt Rippenstückchen in der ‚Sonne'."

„Rippenstückchen, meinen Sie? Oh! Rippenstückchen, he?" Mr. Snagsby schnuppert und schmeckt wieder. „Nun, wohl möglich, Sir. Aber ich möchte raten, der Köchin in der ‚Sonne' ein wenig auf die Finger zu sehen. Sie hat sie verbrannt, Sir! Und ich glaube nicht" – Mr. Snagsby riecht und schmeckt wieder, spuckt dann aus und wischt sich den Mund –, „ich glaube nicht – um nicht durch die Blume zu sprechen –, daß sie ganz frisch waren, als sie den Rost sahen."

„Das ist leicht möglich; bei solchem Wetter verderben die Sachen leicht."

„Solches Wetter verdirbt sie leicht", sagt Mr. Snagsby, „und ich finde, es verdirbt einem die gute Laune."

„Bei St. George! Ich finde, es macht mir bange", entgegnet Mr. Weevle.

„Ja, sehen Sie, Sie leben ganz einsam und in einer einsamen Stube, über der ein düsteres Geschehen hängt", sagt Mr. Snagsby, schaut über des anderen Schulter in den dunklen Gang hinein und tritt einen Schritt zurück, um das Haus anzusehen. „Ich könnte in dieser Stube nicht allein wohnen wie Sie, Sir. Ich würde abends manchmal so unruhig und bange, daß es mich an die Tür triebe, um lieber hier zu stehen als dort in der Stube zu sitzen. Aber dann ist es auch wieder wahr, daß Sie in Ihrem Zimmer nicht gesehen haben, was ich dort gesehen habe. Das macht einen Unterschied."

„Ich weiß gerade genug davon", entgegnet Tony.

„Es ist nicht angenehm, nicht wahr?" fährt Mr. Snagsby fort, indem er seinen Husten milder Überredung hinter der Hand hustet. „Mr. Krook sollte bei der Miete darauf Rücksicht nehmen. Ich hoffe, er tut es – gewiß."

„Ich hoffe, er tut es", sagt Tony. „Aber ich bezweifle es!"

„Sie finden die Miete hoch, nicht wahr, Sir?" fragt der Papierhändler. „Mieten sind hier überall hoch. Ich weiß nicht, wie das zugeht, aber die Justiz scheint die Preise zu steigern. Nicht etwa", setzt Mr. Snagsby mit seinem Verzeihung heischenden Husten hinzu, „daß ich ein Wort gegen den Beruf sagen wollte, durch den ich mein Brot verdiene."

Mr. Weevle schaut wieder den Hof hinauf und hinab und sieht dann den Papierhändler an. Mr. Snagsby, der seinem Auge begegnet, schaut hinauf nach einem Stern oder sonst etwas und läßt einen Husten hören, der ausdrückt, daß er aus dieser Unterhaltung keinen rechten Ausweg sieht.

„Es ist seltsam, Sir", bemerkt er und reibt sich langsam die Hände, „daß er –"

„Daß wer?" unterbricht ihn Mr. Weevle.

„Der Verstorbene, wissen Sie, Sir", sagt Mr. Snagsby, indem er mit dem Kopf und der rechten Augenbraue auf die Treppe weist und seinem Bekannten auf den Knopf tippt.

„Ah gewiß!" entgegnet der andere, als spräche er von der Sache nicht allzu gern. „Ich dachte, wir seien mit ihm fertig."

„Ich wollte nur sagen, es ist seltsam, Sir, daß er hier gewohnt hat und einer meiner Schreiber war und daß dann Sie hier wohnen und auch bei mir Schreiber sind. In dieser Benennung liegt nichts Geringschätziges, durchaus nicht", unterbricht sich Mr. Snagsby aus Furcht, er habe unhöflicherweise eine Art Eigentümerschaft an Mr. Weevle geltend gemacht, „weil ich Schreiber gekannt habe, die in Brauereigeschäfte gekommen und hochachtbar geworden sind. Über die Maßen achtbar, Sir", setzt Mr. Snagsby hinzu in der peinlichen Ahnung, daß er die Sache nicht besser gemacht habe.

„Es ist ein seltsames Zusammentreffen, wie Sie sagen", entgegnet Weevle und blickt noch einmal den Hof hinauf und hinab.

„Es scheint Schicksal darin zu walten", meint der Papierhändler.

„Allerdings."

„Gewiß", stellt der Papierhändler mit seinem bestätigenden Husten fest. „Ein wahres Schicksal. Wirklich ein Schicksal. Ich fürchte, Mr. Weevle, ich muß Ihnen nun Gute Nacht sagen." Mr. Snagsby spricht, als mache es ihn unglücklich, gehen zu müssen, obwohl er sich, seit er das Gespräch begann, überall nach Mitteln umgesehen hat, loszukommen. „Mein kleines Frauchen hält sonst nach mir Ausschau. Gute Nacht, Sir."

Wenn Mr. Snagsby nach Hause eilt, um seinem kleinen Frauchen die Mühe zu ersparen, nach ihm auszuschauen, so könnte er sich darüber beruhigen. Sein kleines Frauchen hat ihm die ganze Zeit über hinter der Ecke der „Sonne" hervor zugesehen, huscht ihm jetzt nach, ein Taschentuch über den Kopf gebunden, und beehrt Mr. Weevle und seinen Torweg im Vorbeigehen mit einem argwöhnischen Blick.

„Jedenfalls werden Sie mich wiedererkennen, Madam", sagt Mr. Weevle vor sich hin; „ich kann Ihnen aber kein Kompliment über Ihr Aussehen machen mit Ihrem eingepackten Kopf, wer Sie auch sein mögen. Will denn der Kerl gar nicht kommen!"

Der Kerl kommt heran, während er noch spricht. Mr. Weevle hält warnend den Finger empor, zieht ihn in den Gang und schließt die Haustür. Dann gehen sie die Treppe hinauf – Mr. Weevle mit schweren, Mr. Guppy – denn er ist es – mit sehr leichten Schritten. Als sie sich im Hinterzimmer eingeschlossen haben, sprechen sie leise.

„Ich dachte, du seist mindestens nach Jericho gegangen, statt zu mir", sagt Tony.

„Nun, ich sagte ja, gegen zehn."

„Du sagtest gegen zehn", wiederholt Tony. „Ja, gegen zehn, sagtest du. Aber nach meiner Rechnung ist es schon zehnmal zehn, ist es schon hundert Uhr. Ich habe in meinem ganzen Leben keine solche Nacht gehabt."

„Was hat's denn gegeben?"

„Das ist's eben!" sagt Tony. „Nichts hat's gegeben. Aber hier in diesem gemütlichen alten Stall habe ich geschmort und gedampft, bis die Ängste hageldicht auf mich niederfielen. Da, sieh dir einmal das Licht an!" sagt Tony und deutet auf die mühsam brennende Kerze auf seinem Tisch, die wie ein großer Kohlkopf auf einem langen Leichenhemd aussieht.

„Dem läßt sich leicht abhelfen", bemerkt Guppy und nimmt die Lichtschere zur Hand.

„Wirklich?" widerspricht sein Freund. „Nicht so leicht, wie du meinst. Es hat so gebrannt, seit es angezündet ist."

„Was fehlt dir eigentlich, Tony?" fragt Mr. Guppy und schaut, die Lichtschere in der Hand, auf ihn hinab, als er sich hinsetzt und die Ellbogen auf den Tisch legt.

„William Guppy", entgegnet der andere, „ich bin melancholisch. Es ist diese unausstehlich langweilige, selbstmörderische Stube – und das alte Gespenst unten, glaube ich." Mr. Weevle schiebt mürrisch mit dem Ellbogen den Untersatz der Lichtschere fort, stützt den Kopf auf die Hand, stemmt den Fuß aufs Kamingitter und sieht ins Feuer. Als ihn Mr. Guppy so sieht, wirft er kaum merklich den Kopf zurück und setzt sich an der anderen Seite des Tisches in ungezwungener Haltung nieder.

„War das nicht Snagsby, der mit dir sprach, Tony?"

„Ja, und ver – ja, es war Snagsby", sagt Mr. Weevle, indem er seinen Satz plötzlich umbaut.

„In Geschäften?"

„Nein! Nicht in Geschäften. Er kam nur vorbei und blieb stehen, um zu klatschen."

„Ich dachte mir, es sei Snagsby", sagt Mr. Guppy, „und glaubte, es sei besser, wenn er mich nicht sähe; deshalb wartete ich, bis er fort war."

„Da haben wir's wieder, William Guppy!" ruft Tony und schaut einen Augenblick auf. „So geheimnisvoll und versteckt! Bei St. George! Wenn wir einen Mord planten, könnten wir's nicht geheimnisvoller betreiben."

Mr. Guppy zwingt sich ein Lächeln ab und betrachtet, um dem Gespräch eine andere Richtung zu geben, mit echter oder geheuchelter Bewunderung die Galerie britischer Schönheiten an den Wänden des Zimmers; seine Umschau endet beim Porträt der Lady Dedlock über dem Kaminsims, das sie auf einer Terrasse darstellt mit einem Piedestal auf der Terrasse, einer Vase auf dem Piedestal, ihrem Schal auf der Vase, einem riesigen Stück Pelz auf dem Schal, ihrem Arm auf dem riesigen Stück Pelz und einem Armband an ihrem Arm.

„Es sieht Lady Dedlock sehr ähnlich", sagt Mr. Guppy. „Es ist ein sprechendes Bild."

„Ich wollte, das wäre es", brummt Tony, ohne seine Stellung zu verändern. „Dann hätte ich doch etwas elegante Unterhaltung."

Da sich Mr. Guppy jetzt überzeugt hat, daß sich sein Freund in keine geselligere Stimmung hineinschmeicheln läßt, gibt er den sinnlosen Versuch auf und macht ihm Vorstellungen.

„Tony", sagt er, „ich kann Melancholie wohl entschuldigen, denn niemand weiß besser als ich, was es heißt, wenn sie uns überkommt; und vielleicht hat niemand ein besseres Recht, es zu wissen, als ein Mann, dessen Herzen ohne Gegenseitigkeit ein Bild eingeprägt ist. Aber es gibt Grenzen für diese Schwäche, wenn ein unschuldiger Dritter in Frage kommt, und ich muß dir gestehen, Tony, daß ich dein Benehmen bei gegenwärtiger Gelegenheit weder für gastfreundlich noch für gentlemanwürdig halte."

„Das sind starke Worte, William Guppy", entgegnet Mr. Weevle.

„Wohl möglich, Sir", gibt Mr. William Guppy zurück, „aber ich fühle auch stark, wenn ich sie gebrauche."

Mr. Weevle gibt zu, daß er unrecht gehabt habe, und bittet William Guppy, es zu vergessen. Da jedoch Mr. William Guppy im Vorteil ist, kann er nicht aufhören, ohne noch etwas mehr Gekränktheit zu zeigen.

„Nein! Wahrhaftig, Tony", sagt dieser Herr, „du solltest dich wirklich in acht nehmen, die Gefühle eines Mannes zu verletzen, dessen Herzen ohne Gegenseitigkeit ein Bild eingeprägt ist und der keineswegs glücklich ist im Besitz der Saiten, die bei den zartesten Berührungen erbeben. Du, Tony, besitzt in deiner Person alles, was dazu angetan ist, das Auge zu erfreuen und den Geschmack zu erquicken. Deinem Charakter ist es nicht eigen – vielleicht zu deinem Glück, und ich wünschte, ich könnte von mir dasselbe sagen –, um eine einzige Blume zu schweben. Dir steht der ganze Garten offen, und deine luftigen Schwingen tragen dich durch ihn hin. Dennoch, Tony, wird mir sicher stets fern liegen, selbst deine Gefühle ohne Ursache zu verletzen!"

Tony bittet abermals, die Sache fallenzulassen, indem er feierlich sagt: „William Guppy, laß es ruhen!" Mr. Guppy gibt nach mit den Worten: „Ich hätte nie von selbst davon angefangen, Tony."

„Und nun zu diesem Pack Briefe", sagt Tony und schürt das

Feuer. „Ist es nicht seltsam, daß Krook gerade heute zwölf Uhr Mitternacht bestimmt hat, um sie mir zu übergeben?"
„Gewiß. Wozu tat er das?"
„Wozu tut er irgend etwas? Er weiß es nicht. Sagte, heute sei sein Geburtstag, und er wolle sie mir heute nacht um zwölf Uhr übergeben. Er wird um diese Zeit total betrunken sein. Den ganzen Tag über hat er getrunken."
„Er hat die Verabredung doch hoffentlich nicht vergessen?"
„Vergessen? Da kennst du ihn schlecht. Er vergißt nie etwas. Ich sah ihn heute abend gegen acht Uhr, half ihm den Laden schließen, und da hatte er die Briefe in seiner Pelzmütze. Er nahm sie ab und zeigte mir die Briefe. Als der Laden geschlossen war, nahm er sie aus der Mütze, hängte die Mütze an die Stuhllehne und sah die Briefe durch, während er vor dem Feuer stand. Bald darauf hörte ich ihn durch den Fußboden hier, dem Wind gleich, das einzige Lied summen, das er kann, von Bibo und dem alten Charon, und daß Bibo betrunken war, als er starb, oder so etwas Ähnliches. Er ist seitdem so ruhig gewesen wie eine alte Ratte, die in ihrem Loch schläft."
„Und du sollst um zwölf Uhr hinunterkommen?"
„Um zwölf. Und wie gesagt, als du kamst, schien es mir schon hundert Uhr zu sein."
„Tony", fragt Mr. Guppy, nachdem er eine Weile mit übereinandergeschlagenen Beinen nachdenklich dagesessen hat, „er kann noch nicht lesen, nicht wahr?"
„Lesen! Er wird nie lesen können. Er kann alle Buchstaben einzeln malen, und er kennt die meisten einzeln, wenn er sie sieht; so weit hat er's durch mich gebracht; aber er kann sie nicht zusammensetzen. Er ist zu alt, um den Dreh zu kriegen – und er säuft zu sehr."
„Tony", sagt Mr. Guppy, indem er die Beine auseinandernimmt und wieder kreuzt, „wie mag er wohl den Namen Hawdon herausbuchstabiert haben?"
„Er hat ihn nie herausbuchstabiert. Du weißt, welch sonderbare Fähigkeit sein Auge hat und wie er gewohnt war, sich mit dem Kopieren von Formen bloß nach dem Auge abzugeben. Er malte den Namen nach, offenbar nach einer Briefanschrift, und fragte mich, was es bedeute."
„Tony", sagt Mr. Guppy und verändert abermals die Lage seiner Beine, „was meinst du, ist das Original eine Frauen- oder Männerhand?"
„Eine Frauenhand. Fünfzig gegen eins, eine Frauenhand –

sehr schräg und die Schwänze des Buchstabens n lang und hastig."

Mr. Guppy hat während dieses Zwiegesprächs am Nagel seines Daumens gekaut und gewöhnlich den Daumen gewechselt, sooft er die Beinhaltung wechselte. Als er es wieder tun will, fällt sein Blick zufällig auf seinen Rockärmel. Seine Aufmerksamkeit wird rege. Er starrt ihn erschrocken an.

„Aber Tony, was in aller Welt passiert denn heute nacht in diesem Haus? Brennt ein Kamin?"

„Ein Kamin brennen?"

„Ah!" entgegnet Mr. Guppy. „Sieh doch, wie der Ruß fällt! Hier auf meinem Arm! Hier auf dem Tisch! Verdammtes Zeug! Es läßt sich nicht wegblasen – es haftet wie schwarzes Fett!"

Sie sehen einander an; dann geht Tony horchend an die Tür, steigt ein paar Stufen die Treppe hinauf und ein paar Stufen die Treppe hinab, kommt zurück und berichtet, alles sei in Ordnung, und alles sei still; und er führt seine Äußerung an, die er vor kurzem gegenüber Mr. Snagsby getan hat, daß sie in der „Sonne" Rippenstückchen bereiten.

„Und bei dieser Gelegenheit", nimmt Mr. Guppy den Faden wieder auf, besieht sich aber immer noch mit sichtlicher Abneigung seinen Rockärmel, während sie ihre Unterhaltung am Feuer weiterspinnen, jeder über eine Seite des Tisches gebeugt und die Köpfe nahe zusammengerückt, „bei dieser Gelegenheit erzählte er dir, daß er das Bündel Briefe aus dem Mantelsack seines Mieters genommen habe?"

„Bei dieser Gelegenheit, Sir", antwortet Tony mit einem schwachen Versuch, den Backenbart aufzuputzen; „worauf ich meinem lieben Jungen, dem ehrenwerten William Guppy, ein paar Zeilen schrieb mit der Nachricht vom heutigen Stelldichein und dem Rat, sich nicht vorher einzufinden, weil das Gespenst ein schlauer Bursche ist."

Der leichte, lebhafte Ton modischen Lebens, den Mr. Weevle gewöhnlich annimmt, steht ihm in dieser Nacht so schlecht, daß er ihn und seinen Backenbart ganz und gar aufgibt und, nachdem er sich über die Schulter umgesehen hat, wieder ganz eine Beute der Bangnis wird.

„Und du sollst die Briefe mit auf deine Stube nehmen, um sie zu lesen und zu vergleichen und dich in den Stand zu setzen, ihm darüber Aufschluß zu geben. So lautet die Verabredung, nicht wahr, Tony?" fragt Mr. Guppy und zerkaut nervös seinen Daumennagel.

„Du kannst gar nicht leise genug sprechen. Ja! Das haben wir miteinander abgemacht."

„Ich will dir was sagen, Tony –"

„Du kannst nicht leise genug sprechen", wiederholt Tony. Mr. Guppy nickt mit seinem weisen Haupt, bringt es dem anderen noch näher und verfällt in Flüstern: „Ich will dir was sagen. Das erste, was wir zu tun haben, ist, ein zweites Paket ganz wie das erste zu machen, so daß du ihm, wenn er verlangen sollte, das echte zu sehen, während es in meinem Besitz ist, das unechte zeigen kannst."

„Und angenommen, er erkennt das nachgemachte auf den ersten Blick – was bei seinem verwünscht scharfen Blick fünfhundertmal wahrscheinlicher ist als das Gegenteil –" wirft Tony ein.

„Dann müssen wir es darauf ankommen lassen. Sie gehören ihm nicht und haben ihm nie gehört. Du hast das entdeckt und hast sie der Sicherheit wegen in meine, eines juristischen Freundes, Hände gelegt. Wenn er uns dann zwingt, können wir sie vor Gericht vorlegen, nicht wahr?"

„Ja-a", gibt Mr. Weevle widerwillig zu.

„Aber Tony, was für ein Gesicht machst du denn!" stellt ihn sein Freund zur Rede. „Du zweifelst doch nicht an William Guppy? Du argwöhnst nichts Böses?"

„Ich argwöhne weiter nichts als das, was ich weiß, William", entgegnet der andere ernst.

„Und was weißt du?" dringt Mr. Guppy mit etwas lauterer Stimme in ihn; aber da ihn sein Freund abermals warnt: „Ich sage dir, du kannst nicht leise genug sprechen", so wiederholt er seine Frage ganz tonlos, indem er nur mit den Lippen die Worte formt: „Was weißt du?"

„Ich weiß dreierlei. Erstens weiß ich, daß wir hier im geheimen flüstern wie ein Verschwörerpaar."

„Gut!" antwortet Mr. Guppy. „Besser dies als ein Paar Dummköpfe, was wir wären, wenn wir etwas anderes täten, denn es ist der einzige Weg, das zu erreichen, was wir erreichen wollen. Zweitens?"

„Zweitens ist mir nicht klar, wie es uns nach allem von Nutzen sein soll."

Mr. Guppy hebt die Augen zum Porträt der Lady Dedlock über dem Kaminsims und erwidert: „Tony, ich muß dich bitten, das der Ehrenhaftigkeit deines Freundes zu überlassen. Außer daß es diesem Freund dient, hinsichtlich der Saiten des menschlichen Gemüts, die – die beim gegenwärtigen Anlaß nicht in quälende Schwingung versetzt zu werden brauchen, ist dein Freund kein Dummkopf. Was ist das?"

„Es schlägt elf Uhr an der Paulskirche; gib acht, du hörst alle Glocken in der City läuten."

Beide sitzen schweigend da und lauschen den metallenen Stimmen, die nah und fern von Türmen verschiedener Höhe erklingen in Tönen, die noch verschiedenartiger sind als ihre Lage. Als sie endlich aufhören, scheint alles nur noch geheimnisvoller und stiller zu sein als vorher. Eine unangenehme Folge des Flüsterns ist, daß es eine Atmosphäre des Schweigens zu erzeugen scheint, in dem die Gespenster des Schalls hausen – seltsames Knarren und Klopfen, das Rauschen inhaltloser Kleider und der Tritt schrecklicher Füße, die auf Ufersand oder Winterschnee keine Spur zurückließen. So überempfindlich sind die beiden Freunde, daß die Luft voll von diesen Phantomen ist, und beide sehen sich wie auf Verabredung um, ob die Tür geschlossen ist.

„Ja, Tony?" sagt Mr. Guppy, rückt dem Feuer näher und kaut bald am einen, bald am anderen Daumennagel. „Du wolltest sagen, drittens."

„Drittens ist es nichts weniger als angenehm, gegen einen Toten Ränke zu schmieden in dem Zimmer, wo er gestorben ist, besonders, wenn man zufällig darin wohnt."

„Aber wir zetteln ja nichts gegen ihn an, Tony!"

„Wohl möglich, und doch gefällt es mir nicht. Wohne du hier und sieh, wie es dir gefällt."

„Was Tote betrifft, Tony", fährt Mr. Guppy fort, diesem Vorschlag ausweichend, „so hat es in den meisten Zimmern Tote gegeben."

„Das weiß ich, aber in den meisten Zimmern läßt man sie in Ruhe, und – sie lassen einen in Ruhe", antwortet Tony.

Die beiden sehen einander wieder an. Mr. Guppy läßt eine Bemerkung fallen, daß sie vielleicht dem Verstorbenen einen Dienst erwiesen und daß er das hoffe. Darauf entsteht eine drückende Pause, bis Mr. Weevle, der plötzlich das Feuer schürt, Mr. Guppy auffahren macht, als hätte er statt dessen in seinem Herzen gewühlt.

„Pfui! Da hängt noch mehr von diesem abscheulichen Ruß", sagt er. „Wir wollen das Fenster ein wenig öffnen und einen Mund voll Luft schöpfen. Es ist zu dumpf hier."

Er schiebt das Fenster in die Höhe, und beide lehnen sich

aufs Fensterbrett, halb inner-, halb außerhalb des Zimmers. Die Nachbarhäuser sind zu nahe, als daß sie ein Stück Himmel erblicken könnten, ohne sich den Hals zu verdrehen; aber Lichter hier und dort in den trüben Fenstern und das Rollen ferner Wagen und der neugewonnene Eindruck, daß sich Menschen regen, machen ihnen das Herz leichter. Mr. Guppy klopft geräuschlos auf das Fensterbrett und beginnt sein Flüstern in leicht scherzhaftem Ton von neuem.

„Übrigens, Tony, vergiß den alten Smallweed nicht." Er meint den Jüngeren dieses Namens. „Du weißt, ich habe ihn nicht in diese Sache eingeweiht. Sein Großvater ist mir gar zu schlau. Es liegt in der Familie."

„Ich werde es nicht vergessen", sagt Tony. „Das weiß ich alles schon."

„Und was Krook betrifft", fährt Mr. Guppy fort, „meinst du wirklich, daß er noch andere Papiere von Wichtigkeit besitzt, wie er sich gegen dich gerühmt, seitdem ihr soviel beisammen seid?"

Tony schüttelt den Kopf. „Ich weiß es nicht. Kann mir's nicht denken. Wenn uns diese Sache gelingt, ohne seinen Verdacht zu wecken, so werde ich zweifellos mehr erfahren. Wie kann ich's wissen, ohne sie zu sehen, da er es selbst nicht weiß? Er buchstabiert beständig Worte aus ihnen und malt sie mit Kreide auf den Tisch und an die Wand und fragt, was dies und was das heißt; aber sein ganzer Vorrat kann recht gut von Anfang bis Ende Makulatur sein, als die er ihn gekauft hat. Es ist eine Monomanie von ihm, zu glauben, er besitze Dokumente. Nach dem, was er mir sagt, möchte ich annehmen, er hat dieses ganze letzte Vierteljahrhundert lang versucht, sie lesen zu lernen."

„Wie ist er aber nur zuerst auf den Gedanken gekommen? Das ist die Frage", meint, das eine Auge zukneifend, Mr. Guppy nach einigem advokatischen Nachdenken. „Vielleicht hat er in einem gekauften Gegenstand, wo man keine Papiere vermutete, solche gefunden und hat sich nach Art und Ort des Erwerbs in seinen schlauen Kopf gesetzt, daß sie etwas wert seien."

„Oder man hat ihn bei einem angeblich guten Geschäft hintergangen. Oder er ist vom langen Anstarren dessen, was er gekauft hat, und vom Trinken und vom Herumstreichen um den Gerichtshof des Lordkanzlers und vom beständigen Redenhören von Dokumenten verrückt geworden", entgegnet Mr. Weevle.

Mr. Guppy sitzt auf dem Fensterbrett, nickt, wägt alle diese Möglichkeiten in seinem Geist ab und fährt dabei fort, es gedankenvoll zu beklopfen, zu umspannen und mit der Hand auszumessen, bis er diese hastig zurückzieht.

„In drei Teufels Namen, was ist das?" ruft er. „Sieh meine Finger!"

Ein dicker, gelber Saft befleckt sie, der widerlich anzurühren und anzusehen und noch widerlicher zu riechen ist. Ein klebriges, ekelhaftes Öl von einer natürlichen Widerlichkeit, die beide schaudern läßt.

„Was hast du da gemacht? Hast du etwas aus dem Fenster geschüttet?"

„Ich aus dem Fenster geschüttet? Nichts, schwöre ich dir! Nie, seit ich hier bin!" ruft der Mieter.

„Und doch, sieh hier – und sieh da!" Als er das Licht bringt, träufelt und kriecht es langsam von der Ecke des Fensterbretts aus die Ziegeln hinunter; und da liegt es in einer kleinen, dicken, ekelhaften Pfütze.

„Das ist ja ein gräßliches Haus", sagt Mr. Guppy und schließt das Fenster. „Gib Wasser her, oder ich schneide mir die Hand ab." Er wäscht und reibt und schabt und riecht und wäscht wieder, so daß er sich noch nicht lange mit einem Glas Branntwein gestärkt und schweigend am Feuer gestanden hat, als die St. Pauls-Glocke zwölf schlägt und all die anderen Glocken von ihren Türmen, die verschieden hoch in die dunkle Luft ragen, in ihren verschiedenen Tönen zwölf schlagen. Als alles wieder ruhig ist, fragt der Mieter: „Es ist endlich die bestimmte Stunde. Soll ich gehen?"

Mr. Guppy nickt und gibt ihm einen „Glücksstoß" in den Rücken, aber nicht mit der gewaschenen Hand, obgleich es die rechte ist.

Er geht die Treppe hinab, und Mr. Guppy versucht, sich vor dem Feuer auf ein langes Warten gefaßt zu machen. Aber kaum sind ein paar Minuten verflossen, so knarren die Treppenstufen, und Tony kehrt rasch zurück.

„Hast du sie?"

„Ob ich sie habe? Nein! Der Alte ist nicht da."

Er ist in der kurzen Zwischenzeit so fürchterlich erschrocken, daß sein Entsetzen auch den anderen packt, der auf ihn losstürzt und laut fragt: „Was gibt's?"

„Ich bekam keine Antwort, als ich rief, öffnete leise die Tür und sah hinein. Und der brandige Geruch ist da – und der Ruß und das Öl – und er ist nicht da!" – Tony schließt mit einem Stöhnen.

Mr. Guppy nimmt das Licht. Mehr tot als lebendig gehen sie hinunter und stoßen, sich aneinander festhaltend, die Tür zum Hinterraum des Ladens auf. Die Katze hat sich bis dicht an die Tür zurückgezogen und faucht etwas an – aber nicht sie; etwas auf dem Boden vor dem Feuer. Auf dem Rost flackert nur noch ein sehr kleines Feuer, aber das ganze Zimmer erfüllt ein schwerer, erstickender Rauch, und ein dunkler, schmieriger Überzug bedeckt Wände und Decke. Stühle und Tisch und die Flasche, die auf dem Tisch so selten fehlt, stehen alle da wie gewöhnlich. Auf einer Stuhllehne hängen Pelzmütze und Rock des Alten.

„Sieh!" flüstert der Mieter und lenkt mit zitterndem Finger seines Freundes Aufmerksamkeit auf diese Gegenstände. „So habe ich's dir beschrieben. Als ich ihn zuletzt sah, nahm er seine Mütze ab, holte das Paket alter Briefe heraus und hängte die Mütze auf die Stuhllehne – sein Rock hing schon dort, denn er hatte ihn ausgezogen, ehe er die Läden schloß – und ich verließ ihn, wie er die Briefe durchblätterte und gerade da stand, wo dieses verkohlte schwarze Ding auf dem Boden liegt."

Hängt er irgendwo? Sie sehen sich um. Nein!

„Sieh!" flüstert Tony. „Vor dem Stuhl da liegt ein schmutziges Stückchen dünner, roter Bindfaden, mit dem man Federn zusammenbindet. Damit waren die Briefe zusammengehalten. Er wickelte ihn langsam ab und schielte und lachte mich an, ehe er sie durchzublättern begann, und warf ihn dorthin. Ich sah ihn fallen."

„Was ist mit der Katze?" fragt Mr. Guppy. „Sieh doch nur!"

„Wahrscheinlich verrückt. Kein Wunder an diesem unheimlichen Ort."

Sie gehen langsam weiter vor und besehen alles. Die Katze bleibt, wo sie sie gefunden haben, und faucht immer noch das Etwas auf dem Boden vor dem Feuer zwischen den zwei Stühlen an. Was ist es? Hebe das Licht hoch!

Hier ist ein schmaler, verbrannter Fleck auf der Diele; hier sind die verkohlten Reste eines kleinen Bündels Papier, aber nicht so leicht wie gewöhnlich, denn sie scheinen von etwas befeuchtet zu sein; und hier – ist es die Schlacke eines kleinen verkohlten und zerbrochenen Holzscheits, mit weißer Asche überstreut, oder ist es Steinkohle? O Entsetzen, es ist er! Und das, wovor wir ausreißen, so daß das Licht auslöscht und einer

über den anderen weg auf die Straße stürzt, ist alles, was von ihm übriggeblieben ist.

Hilfe, Hilfe, Hilfe! Kommt um Himmels willen in das Haus hier!

Eine Menge Leute kommen, aber niemand kann helfen. Der Lordkanzler dieses Hofes, noch in seiner letzten Tat seinem Titel treu, ist den Tod aller Lordkanzler in allen Gerichtshöfen gestorben, den Tod aller Gewalten, wie sie sich auch nennen, an allen Orten, wo falsche Ansprüche erhoben werden und wo Ungerechtigkeit geschieht. Nennt den Tod, wie Eure Hoheit wollen, schreibt ihn zu, wem ihr wollt, oder sagt, er hätte so oder so verhütet werden können, es bleibt ewig derselbe Tod – eingeboren, eingepflanzt, erzeugt in den verdorbenen Säften des lasterhaften Körpers selbst und nur in ihnen – Selbstverbrennung und keine andere all der Todesarten, die erlitten werden können.

33. KAPITEL

Eindringlinge

Nun erscheinen erstaunlich schnell die beiden an Manschetten und Knopflöchern nicht sehr reinlichen Herren wieder, die der letzten Totenschau in der „Sonne" beiwohnten – um die Wahrheit zu gestehen, der tätige und geschickte Kirchspieldiener hat sie atemlos geholt –, stellen Nachforschungen im ganzen Hof an, verschwinden ins Gastzimmer der „Sonne" und schreiben mit gefräßigen, kleinen Federn auf feines Kopierpapier. Dann berichten sie in durchwachter Nacht, daß die Nachbarschaft von Chancery Lane gestern gegen Mitternacht durch folgende beunruhigende und schreckliche Entdeckung in die fürchterlichste Aufregung geriet. Sie erwähnen, daß man sich zweifellos noch erinnere, wie vor einiger Zeit ein geheimnisvoller Todesfall infolge Opiumgenusses beim Publikum peinliches Aufsehen gemacht habe, im ersten Stockwerk eines Hauses, in dem ein exzentrisches, trunksüchtiges Individuum von hohem Alter namens Krook einen Lumpen-, Flaschen- und Trödelladen betrieb; durch ein merkwürdiges Zusammentreffen sei Krook bei der Totenschau verhört worden, die, wie man sich vielleicht erinnere, damals in der „Sonne" stattfand, einem guten Wirtshaus dicht neben dem fraglichen Haus auf der Westseite und im konzessionierten Besitz eines sehr achtbaren Wirtes, Mr. James George Bogsby. Weiter erzählen sie möglichst wortreich, daß während einiger Stunden des gestrigen Abends die Bewohner des Hofes, in dem sich der tragische Vorfall ereignete, der den Gegenstand des gegenwärtigen Berichts bilde, einen eigentümlichen Geruch wahrnahmen, so stark, daß Mr. Swills, ein komischer Sänger in Mr. J. G. Bogsbys Engagement, unserem Berichterstatter selbst erzählte, er habe zu Miss Melvilleson bemerkt – einer Dame von einigen Ansprüchen auf musikalisches Talent, die ebenfalls von Mr. J. G. Bogsby engagiert sei für eine Reihe von Konzerten, genannt „Harmonie"-Versammlungen, die unter Bogsbys Leitung in der „Sonne" stattfinden sollen –, daß seine, Mr. Swills, Stimme von dem unreinen Zustand der Atmosphäre stark angegriffen sei, wobei er sich des scherzhaften Ausdrucks bedient habe: „er sei wie ein leeres Bankbüro, denn er habe keine einzige Note im Leibe." Diesen Bericht Mr. Swills' hätten zwei einsichtsvolle, verheiratete Frauen aus demselben Hof namens Mrs. Piper und Mrs. Perkins vollständig bestätigt; beide hätten den süßlichen Geruch gleichfalls bemerkt und seien der Meinung gewesen, er komme aus dem von dem verunglückten Krook bewohnten Haus. All das und noch viel mehr schreiben die beiden Herren, die infolge der traurigen Katastrophe eine freundschaftliche Arbeitsgemeinschaft geschlossen haben, auf der Stelle nieder; und die jugendliche Bevölkerung des Hofes, die im Handumdrehen aus dem Bett ist, klettert an den Fensterläden des Gastzimmers der „Sonne" hinauf, um den Scheitel ihrer Köpfe zu sehen, während sie mit Schreiben beschäftigt sind.

Der ganze Hof, groß und klein, schläft in dieser Nacht nicht und kann weiter nichts tun, als seine vielen Köpfe in Tücher hüllen, vom Unglückshaus sprechen und es ansehen. Miss Flite hat man tapfer aus ihrem Zimmer gerettet, als stünde es in Flammen, und ihr ein Bett in der „Sonne" angewiesen. Die „Sonne" dreht für diese Nacht weder das Gas ab noch schließt sie ihre Tür; denn jede Art öffentliche Aufregung gibt ihr zu verdienen und macht den Hof der Stärkung bedürftig. Seit der Totenschau hat das Haus nie so gute Geschäfte in magenstärkenden Getränken mit Nelken oder in Grog gemacht. Als daher der Kellner von dem Vorfall hörte, krempelte er seine Hemdsärmel bis an die Schultern in die Höhe und sagte: „Jetzt gibt's bei uns zu tun!" Beim ersten Lärm stürzte der junge Piper zur

Feuerspritze und kehrte triumphierend in polterndem Galopp zurück: er saß hoch oben auf dem Phönix, hielt sich mit äußerster Kraft an dem Fabeltier fest und war rings von Helmen und Fackeln umgeben. Nach sorgfältiger Prüfung aller Ritzen und Spalten bleibt ein Helm zurück und geht langsam mit einem der zwei Polizisten, die ebenfalls hergeschickt worden sind, vor dem Haus auf und ab. Jedermann im Hof, der Sixpencestücke besitzt, hegt ein unersättliches Verlangen, diesem Trio Gastfreundschaft in flüssiger Form anzubieten.

Mr. Weevle und sein Freund Mr. Guppy stehen am Schanktisch der „Sonne" und sind ihr alles wert, was dieser Schanktisch enthält, wenn sie nur hierbleiben wollen. „Das ist nicht die Zeit", sagt Mr. Bogsby, „um Geld zu feilschen", obgleich er über den Tisch hinweg ziemlich scharf danach ausschaut; „bestellen Sie nur, meine Herren, Sie sollen haben, was Sie mit Namen nennen können."

So gebeten, nennen die beiden Herren, besonders Mr. Weevle, so viele Dinge mit Namen, daß es ihnen im Lauf der Zeit schwer wird, überhaupt etwas deutlich beim Namen zu nennen, und dabei erzählen sie doch immer noch jedem neuen Ankömmling in irgendeiner Variante, was ihnen in der Nacht zugestoßen ist, was sie gesagt und gedacht und gesehen haben. Unterdessen zeigt sich der eine oder andere Polizist öfters an der Tür, stößt sie eine Armlänge weit auf und schaut aus der Dunkelheit draußen herein, nicht weil er Verdacht hätte, sondern weil er doch auch wissen möchte, was die da drinnen machen.

So geht die Nacht ihren bleiernen Gang und findet den Hof zu ungewohnten Stunden immer noch außer Bett, immer noch bewirtend und bewirtet, immer noch in einer Verfassung, als ob er unerwartet eine kleine Erbschaft gemacht hätte. Endlich scheidet die Nacht langsamen Schrittes; der Laternenmann macht seinen Rundgang und schlägt wie der Scharfrichter eines Despoten den kleinen Flammen den Kopf ab, die sich angemaßt haben, die Finsternis zu vermindern. So kommt der Tag, ob er will oder nicht.

Und der Tag kann selbst mit seinem trüben Londoner Auge erkennen, daß der Hof die ganze Nacht durchwacht hat. Über den Gesichtern, die schläfrig auf Tische gesunken sind, und den Beinen, die matt auf harten Dielen liegen, statt in Betten, sehen auch Ziegel und Mörtel des Hofes selbst müde und erschöpft aus. Und als jetzt die Nachbarschaft aufwacht und allmählich von dem Geschehen hört, kommt sie halbbekleidet herbeigeströmt, um sich zu erkundigen; und die beiden Polizisten und der Feuerwehrhelm, die äußerlich viel weniger beeindruckt sind als der Hof, haben genug zu tun, um die Tür freizuhalten.

„Du meine Güte, ihr Herren!" sagt Mr. Snagsby, der jetzt herankommt. „Was höre ich?"

„Nun ja, 's ist wahr", entgegnet einer der Polizisten. „So ist's. Marsch, weiter bitte!"

„Aber du lieber Himmel, ihr Herren", sagt Mr. Snagsby, der etwas rasch weggedrängt wird, „ich war gestern abend zwischen zehn und elf Uhr an dieser Tür und sprach mit dem jungen Mann, der hier wohnt."

„Wirklich?" entgegnet der Polizist. „Den jungen Mann finden Sie im nächsten Haus. Nur fort hier, ihr Leute."

„Hoffentlich nicht verletzt?" sagt Mr. Snagsby.

„Verletzt? Nein! Wieso sollte er verletzt sein?"

Mr. Snagsby, ganz unfähig, diese oder irgendeine andere Frage in seinem verstörten Geist zu beantworten, begibt sich in die „Sonne" und findet Mr. Weevle ermattet über Tee und Toast sitzend. Er ist sichtlich erschöpft von der Aufregung und vom Rauchen.

„Und auch Mr. Guppy!" sagt Mr. Snagsby. „O Gott, o Gott! Welch ein Verhängnis in alldem zu liegen scheint! Und mein klei –"

Mr. Snagsbys Redefähigkeit verläßt ihn mitten im Wort: „mein kleines Frauchen." Denn diese schwergekränkte Dame zu dieser Morgenstunde in die „Sonne" treten und vor der Biermaschine stehen zu sehen, während sie ihn mit Augen wie ein Engel der Anklage ansieht, macht ihn stumm.

„Meine Liebe", sagt Mr. Snagsby, als sich seine Zunge wieder löst, „willst du etwas genießen? Ein Gläschen – um nicht durch die Blume zu sprechen –, ein Gläschen Punsch?"

„Nein!" sagt Mrs. Snagsby.

„Mein Liebes, du kennst diese beiden Herren?"

„Ja", sagt Mrs. Snagsby und anerkennt mit steifer Kälte ihre Anwesenheit, während sie Mr. Snagsby immer noch fixiert.

Der getreue Mr. Snagsby kann diese Behandlung nicht ertragen. Er nimmt Mrs. Snagsby bei der Hand und führt sie an ein Faß in der Nähe.

„Mein kleines Frauchen, warum siehst du mich so an? Bitte, tu's nicht."

„Ich kann nichts für meine Augen", sagt Mrs. Snagsby, „und wenn ich sie ändern könnte, täte ich's nicht."

Mr. Snagsby entgegnet mit seinem Husten der Sanftmut: „Wirklich nicht, meine Liebe?" und denkt nach. Dann hustet er seinen Husten der Unruhe und sagt: „Ein schreckliches Geheimnis, meine Liebe!" immer noch fürchterlich außer Fassung unter Mrs. Snagsbys Blick.

„Es ist ein wahrhaft schreckliches Geheimnis", entgegnet Mrs. Snagsby und schüttelt den Kopf.

„Mein kleines Frauchen", bittet Mr. Snagsby kläglich, „um Himmels willen, sprich nicht mit diesem bitteren Ausdruck mit mir und sieh mich nicht so durchbohrend an. Ich bitte und beschwöre dich, es nicht zu tun. Du lieber Gott, du traust mir doch nicht zu, daß ich mit Willen jemanden verbrennen würde, liebes Frauchen?"

„Das weiß ich nun nicht", entgegnet Mrs. Snagsby.

Bei einem hastigen Überblick über seine unglückliche Lage weiß es Mr. Snagsby auch nicht. Er ist nicht mehr imstande, entschieden zu leugnen, daß er etwas damit zu tun haben könne. Er hat mit so vielem Geheimnisvollen in diesem Zusammenhang etwas – er weiß nur nicht was – zu tun gehabt, daß seine Mitschuld an dem gegenwärtigen Vorfall möglich ist, ohne daß er selbst davon weiß. Er wischt sich zaghaft die Stirn mit seinem Taschentuch und schnappt nach Luft.

„Mein Leben", sagt der unglückliche Papierhändler, „hättest du etwas dagegen, mir zu sagen, warum du, sonst so umsichtig und taktvoll in deinem Benehmen, vor dem Frühstück in ein Weinhaus kommst?"

„Warum bist du hier?" forscht Mrs. Snagsby.

„Liebe Frau, bloß um die näheren Umstände des Unglücksfalls zu erfahren, der der ehrwürdigen Person widerfuhr, die – verbrannt ist." Mr. Snagsby hat eine Pause gemacht, um ein Stöhnen zu unterdrücken. „Ich hätte sie dir dann beim Frühstück berichtet, liebe Frau."

„Darauf wollte ich wetten! Du erzählst mir ja alles, Snagsby."

„Alles – mein klei – ?"

„Es sollte mich freuen", sagt Mrs. Snagsby, nachdem sie seine wachsende Verwirrung mit strengem, mißgünstigem Lächeln betrachtet hat, „wenn du mit mir nach Hause kommen wolltest! Ich glaube, Snagsby, du bist dort sicherer als anderswo."

„Meine Liebe, ich weiß wirklich nicht, was im Weg stünde. Ich bin bereit, mitzukommen."

Mr. Snagsby sieht sich mit verlorenen Blicken am Büfett um, wünscht den Herren Weevle und Guppy guten Morgen, beteuert ihnen seine Freude, daß er sie unverletzt sehe, und begleitet Mrs. Snagsby aus der „Sonne". Bis zum Abend ist sein Zweifel, ob er nicht für einen unbegreiflichen Teil der Katastrophe, von der die ganze Nachbarschaft spricht, verantwortlich sei, durch Mrs. Snagsbys hartnäckig starren Blick fast zur Gewißheit geworden. Seine Seelenleiden sind so groß, daß er verwirrte Pläne faßt, sich der Justiz auszuliefern mit der Bitte, wenn er unschuldig sei, freigesprochen, wenn er aber schuldig sei, mit der äußersten Härte des Gesetzes bestraft zu werden.

Mr. Weevle und Mr. Guppy gehen, nachdem sie ihr Frühstück eingenommen haben, nach Lincoln's Inn, um durch einen kleinen Spaziergang um das Viereck möglichst viel dunkle Spinnweben aus ihren Köpfen zu kehren.

„Es gibt keine günstigere Zeit als die jetzige, Tony", sagt Mr. Guppy, nachdem sie schweigend die vier Seiten des Platzes umschritten haben, „um über einen Punkt, über den wir uns ohne Verzug verständigen müssen, ein paar Worte zu wechseln."

„Ich will dir etwas sagen, William Guppy!" entgegnet der andere und sieht seinen Gefährten mit blutunterlaufenen Augen an. „Wenn es etwas von Verschwörung ist, so brauchst du gar nicht davon zu sprechen. Ich habe davon genug und mag nichts weiter davon wissen. Am Ende fängst du nächstens Feuer und fliegst mit einem Knall in die Luft."

Diese Annahme macht auf Mr. Guppy einen so unangenehmen Eindruck, daß seine Stimme zittert, als er in moralisierendem Ton spricht: „Tony, ich hätte gedacht, was wir vorige Nacht erlebt haben, sei für dich eine Lehre, dein Leben lang nie wieder persönlich zu werden." Worauf Mr. Weevle entgegnet: „William, ich hätte gedacht, es sei für dich eine Lehre, dein Leben lang nie wieder zu konspirieren." Darauf Mr. Guppy: „Wer konspiriert?" Darauf Mr. Jobling: „Mein Gott, du!" Mr. Guppy: „Nein, ich nicht." Mr. Jobling abermals: „Jawohl, du." Mr. Guppy: „Wer sagt das?" Mr. Jobling: „Ich!" Mr. Guppy: „O wirklich!" Mr. Jobling: „Ja, wirklich!" Und da beide jetzt sehr in Hitze geraten sind, gehen sie eine Weile schweigend weiter, um sich abzukühlen.

„Tony", sagt dann Mr. Guppy, „wenn du deinen Freund zu Ende sprechen ließest, statt ihn anzufahren, so wären Mißverständnisse nicht möglich. Aber du bist jähzornig und nimmst keine Rücksicht. Selbst im Besitz alles dessen, Tony, was das Auge reizt –"

„Ach papperlapapp!" unterbricht ihn Mr. Weevle heftig. „Sag, was du zu sagen hast!"

Da Mr. Guppy seinen Freund in so mürrischer, hausbackener Stimmung sieht, drückt er die feineren Gefühle seines Herzens nur durch den verletzten Ton aus, mit dem er wieder anfängt: „Tony, wenn ich sage, es gibt einen Punkt, über den wir uns ohne Verzug verständigen müssen, so sage ich es weit entfernt von jedem noch so unschuldigen Konspirieren. Du weißt, daß wir Juristen bei allen Fällen, die verhandelt werden, vorweg abmachen, welche Tatsachen die Zeugen zu beweisen haben. Ist es wünschenswert oder nicht, daß wir wissen, welche Tatsachen wir bei der Untersuchung über den Tod dieses unglücklichen alten Mo – Herrn zu beweisen haben?" Mr. Guppy wollte eigentlich sagen: „Moguls", findet aber „Herrn" den Verhältnissen angemessener.

„Welche Tatsachen? *Die* Tatsachen."

„Die zur Untersuchung gehörigen Tatsachen. Diese sind –" Mr. Guppy zählt sie an den Fingern auf: „was wir von seiner Lebensweise wußten, wann du ihn zuletzt sahst, in welchem Zustand er damals war, was wir entdeckten und wie wir es entdeckten."

„Ja", sagt Mr. Weevle. „Das sind so die Tatsachen."

„Wir entdeckten die Sache, weil er sich in seiner exzentrischen Art mit uns auf Mitternacht verabredet hatte, damit du ihm Geschriebenes erklärtest, wie du schon oft getan hattest, da er nicht lesen konnte. Ich verbrachte den Abend bei dir, wurde herabgerufen – und so weiter. Da sich die Untersuchung bloß auf die näheren Umstände des Todes des Verstorbenen erstreckt, ist es nicht nötig, über diese Tatsachen hinauszugehen, das wirst du wohl zugeben?"

„Ja", entgegnet Mr. Weevle. „Ich glaube, es ist nicht nötig."

„Und das heißt doch wohl nicht konspirieren", sagt der gekränkte Guppy.

„Nein", entgegnet sein Freund; „wenn es nichts Schlimmeres ist als das, nehme ich das Wort zurück."

„Nun, Tony", sagt Mr. Guppy, nimmt wieder seinen Arm und geht langsam mit ihm weiter, „möchte ich gern ganz freundschaftlich wissen, ob du je darüber nachgedacht hast, wie viele Vorteile du davon hast, dort wohnen zu bleiben."

„Was meinst du damit?" fragt Tony und bleibt stehen.

„Ob du schon über die vielen Vorteile deines Dortbleibens nachgedacht hast", wiederholt Mr. Guppy und zieht ihn weiter.

„Wo dort! *Dort?*" sagt Mr. Weevle und weist in die Richtung des Lumpen- und Flaschenladens.

Mr. Guppy nickt.

„Ha! Ich möchte nicht um alles, was du mir bieten könntest, noch eine Nacht dort zubringen", sagt Mr. Weevle und starrt ihn mit hohlem Blick an.

„Ist das wirklich dein Ernst, Tony?"

„Ob es mein Ernst ist! Sehe ich nicht aus, als ob es mein Ernst sei? Mir kommt es vor, als sähe ich so aus, ich weiß es", sagt Mr. Weevle mit echtem Schaudern.

„Wenn ich dich recht verstehe, Tony, würde also in deinen Augen die letzte Nacht nicht aufgewogen durch die Möglichkeit oder Wahrscheinlichkeit – denn als solche muß man es betrachten –, auf immer im ungestörten Besitz der Sachen zu bleiben, die zuletzt einem alleinstehenden, alten Mann gehörten, der wahrscheinlich auf der ganzen Welt keinen Verwandten hat, und durch die Gewißheit, herauszufinden, was er eigentlich dort aufgespeichert hat?" sagt Mr. Guppy und beißt sich ärgerlich den Daumen.

„Gewiß nicht. Wie kann man so kaltblütig davon sprechen, daß jemand dort wohnen soll!" ruft Mr. Weevle entrüstet. „Wohne doch einmal selbst dort."

„Oh! Ich, Tony", sagt Mr. Guppy besänftigend. „Ich habe nie dort gewohnt und könnte jetzt keine Wohnung dort bekommen; du aber bist doch bereits dort eingemietet."

„Du sollst dort willkommen sein", entgegnet sein Freund, „und – hu! – magst dich da häuslich einrichten."

„Also willst du wirklich und wahrhaftig die ganze Sache an diesem Punkt aufgeben, wenn ich dich recht verstehe, Tony?" sagt Mr. Guppy.

„Du hast in deinem ganzen Leben kein wahreres Wort gesprochen", sagt Tony im Brustton der Überzeugung. „Ich gebe es auf!"

Während dieses Gesprächs kommt eine Mietkutsche in das Viereck gefahren, auf deren Bock ein sehr hoher Hut dem Publikum sichtbar wird. In der Kutsche und daher der Menge nicht so sichtbar, wenn auch den beiden Freunden erkennbar genug, da der Wagen fast vor ihren Füßen anhält, sitzt das ehrwürdige Paar Mr. und Mrs. Smallweed, begleitet von ihrer Enkelin Judy. Die ganze Gesellschaft verrät in ihren Mienen Eile und Aufregung, und als der hohe Hut heruntersteigt, der Mr. Smallweed den Jüngeren überragt, steckt Mr. Smallweed der Ältere den Kopf aus dem Fenster und schreit Mr. Guppy zu: "Wie geht's, Sir, wie geht's!"

"Was Hühnchen und seine Familie zu so früher Morgenstunde hier wollen, möchte ich wissen!" sagt Mr. Guppy und nickt seinem Vertrauten zu.

"Verehrtester!" ruft Großvater Smallweed, "wollen Sie mir einen Gefallen erweisen? Wollen Sie und Ihr Freund so außerordentlich gütig sein, mich in das Wirtshaus im Hof zu tragen, während Bart und seine Schwester die Großmutter hinbringen? Wollten Sie wohl einem alten Mann diesen Dienst leisten, Sir?"

Mr. Guppy sieht seinen Freund an und wiederholt fragend: "Das Wirtshaus im Hof?" Darauf machen sie sich bereit, die ehrwürdige Bürde in die "Sonne" zu tragen.

"Hier das Fahrgeld!" sagt der Patriarch mit grimmigem Zähnefletschen zum Kutscher und droht ihm mit der ohnmächtigen Faust. "Verlangt einen Penny mehr, und ich komme Euch mit dem Gesetz! Meine lieben jungen Herren, gehen Sie bitte vorsichtig mit mir um. Erlauben Sie mir, Sie um den Hals zu fassen. Ich drücke Sie so wenig wie möglich. O Gott! O Himmel! Ach, meine Knochen!"

Gut, daß die "Sonne" nicht weit entfernt ist, denn Mr. Weevle sieht aus, als könnte ihn der Schlag treffen, bevor der halbe Weg zurückgelegt ist. Doch bewältigt er seinen Anteil an dem Transport, ohne daß sich diese Symptome verschlimmern, abgesehen von verschiedenen krächzenden Tönen, die auf erschwertes Atmen schließen lassen, und der gute alte Herr wird seinem Wunsch gemäß in der Gaststube der "Sonne" abgesetzt.

"O Gott!" ächzt Mr. Smallweed und sieht sich atemlos von einem Lehnstuhl aus um. "O mein Gott! Ach, meine Knochen, mein Rücken! Ach, wie das weh tut! Setz dich, du tanzender, springender, humpelnder Papagei! Setz dich!" Diese kleine Anrede an Mrs. Smallweed ist veranlaßt durch eine Neigung der armen alten Dame, herumzuhumpeln und auf leblose Gegenstände loszufahren, wenn sie einmal auf den Beinen ist, wobei sie sich mit einem Schnattern begleitet wie bei einem Hexentanz. Ein Nervenleiden trägt zu diesen Bewegungen wahrscheinlich ebensoviel bei wie eine blödsinnige Absicht der armen Alten; augenblicklich wendet sie sich so lebhaft gegen einen Windsorlehnstuhl, das Gegenstück dessen, in dem Mr. Smallweed sitzt, daß sie erst ganz damit aufhört, als sie ihre Enkel darin festhalten. Unterdessen bedenkt sie ihr Herr und Gatte mit großer

Zungengeläufigkeit mit dem liebkosenden Beiwort „schweineköpfige Plapperelster", das er erstaunlich oft wiederholt.

„Mein bester Herr", wendet sich Großvater Smallweed dann wieder an Mr. Guppy, „es hat sich hier ein Unglück ereignet. Haben Sie oder Ihr Freund davon gehört?"

„Davon gehört, Sir! Mein Gott, wir haben es entdeckt."

„Sie haben es entdeckt. Sie beide haben es entdeckt! Bart, sie haben es entdeckt!"

Die beiden Entdecker starren die Smallweeds an, die diese Aufmerksamkeit erwidern.

„Meine werten Freunde", winselt Großvater Smallweed und streckt beide Arme aus, „ich bin Ihnen tausendmal Dank schuldig, daß Sie das traurige Amt übernommen haben, die Asche von Mrs. Smallweeds Bruder zu entdecken."

„He?" sagt Mr. Guppy.

„Mrs. Smallweeds Bruder, teuerster Freund – ihr einziger Verwandter. Wir standen nicht auf gutem Fuß mit ihm, was uns jetzt leid tut, aber er wollte nie auf gutem Fuß mit uns stehen. Er liebte uns nicht. Er war exzentrisch – sehr exzentrisch. Wenn er kein Testament hinterlassen hat, was durchaus nicht wahrscheinlich ist, lasse ich mir einen Erbschein ausstellen. Ich bin hergefahren, um mich um die Hinterlassenschaft zu kümmern, sie muß versiegelt, muß sichergestellt werden. Ich bin hergefahren", wiederholt Großvater Smallweed und zerkratzt mit allen zehn Fingern gleichzeitig die Luft, „um die Hinterlassenschaft unter meine Obhut zu nehmen."

„Ich dächte, Small", sagt der enttäuschte Mr. Guppy, „du hättest uns auch sagen können, daß der Alte dein Onkel war."

„Ihr beide tatet so geheim mit ihm, daß ich glaubte, es sei euch am liebsten, wenn ich's ebenso machte", entgegnet der schlaue Vogel mit heimlich glitzerndem Auge. „Außerdem war ich nicht stolz auf ihn."

„Und übrigens ging es Sie nichts an, wissen Sie, ob er unser Onkel war oder nicht", sagt Judy, gleichfalls mit heimlich glitzerndem Auge.

„Er hat mich nie im Leben gesehen und kennengelernt", bemerkt Small; „ich weiß wahrhaftig nicht, warum ich von ihm hätte sprechen sollen."

„Nein, er verkehrte nie mit uns – was zu beklagen ist", fällt der alte Herr ein, „aber ich bin hergekommen, um mich der Hinterlassenschaft anzunehmen – um die Papiere durchzusehen und die Hinterlassenschaft in Obhut zu nehmen. Wir werden unsere Ansprüche beweisen. Mein Anwalt nimmt sie wahr. Mr. Tulkinghorn, Lincoln's Inn Fields, dort drüben jenseits der Straße, ist so gütig, mir als Anwalt zu dienen, und unter seinen Füßen wächst kein Gras, das kann ich Ihnen sagen. Krook war Mrs. Smallweeds einziger Bruder, sie hatte keinen Verwandten als ihn und Krook keinen als sie. Ich spreche von deinem Bruder, du Höllenkellerschabe, der sechsundsiebzig Jahre alt war."

Mrs. Smallweed fängt sogleich an, mit dem Kopf zu wackeln, und schnattert: "Sechsundsiebzig Pfund siebenundsiebzig Pence! Sechsundsiebzigtausend Geldsäcke! Sechsundsiebzighunderttausend Millionen Pakete Banknoten!"

"Will mir niemand einen Viertelkrug geben?" ruft wütend ihr Gatte, der sich hilflos umsieht und kein Wurfgeschoß in Reichweite findet. "Mag mir niemand einen Spucknapf reichen? Ist nichts Hartes und Scharfes da, um nach ihr zu werfen? Du Hexe, du Katze, du Hündin, du Höllenkeiferin!" Hier wirft Mr. Smallweed, durch seine eigene Beredsamkeit zur höchsten Wut erhitzt, mangels eines anderen Gegenstandes tatsächlich Judy nach ihrer Großmutter, indem er diese Jungfrau mit aller Kraft, die er aufbringen kann, auf die alte Dame hinstößt und dann in seinem Stuhl in sich zusammensinkt.

"Schüttelt mich auf, wenn einer so gut sein wollte", sagt die Stimme aus dem schwach zappelnden Kleiderbündel heraus, zu dem er zusammengesunken ist. "Ich bin gekommen, um nach der Hinterlassenschaft zu sehen. Schüttelt mich auf und ruft die Polizei, die im Nachbarhaus Dienst tut, damit ich ihr das mit der Hinterlassenschaft auseinandersetze. Mein Anwalt wird gleich hiersein, um sie sicherzustellen. Deportation oder Galgen jedem, der sie anrührt!" Als seine pflichttreuen Enkel ihn keuchend aufrichten und mit ihm das gewöhnliche Wiederbelebungsverfahren des Schüttelns und Puffens vornehmen, wiederholt er immer noch wie ein Echo: "Die Hinterlassenschaft – Hinterlassenschaft – Hinterlassenschaft!"

Mr. Weevle und Mr. Guppy sehen einander an, jener wie einer, der die ganze Geschichte aufgegeben hat, dieser mit enttäuschtem Gesicht, als hätte er doch noch leise Hoffnungen gehegt. Aber gegen die Smallweedansprüche läßt sich nichts tun. Mr. Tulkinghorns Schreiber kommt von seinem feierlichen Pult im Büro, um der Polizei zu melden, daß Mr. Tulkinghorn dafür einsteht, daß es mit der nahen Verwandtschaft seine Richtigkeit hat und daß Papiere und Effekten frist- und formgerecht aufgenommen werden. Mr. Smallweed erhält sofort Erlaubnis, sein

Vorrecht so weit auszuüben, daß er sich zu einem teilnahmsvollen Besuch ins Nachbarhaus und hinauf in Miss Flites verlassenes Zimmer tragen läßt, wo er sich wie ein zu ihrer Vogelsammlung neu hinzugekommener, häßlicher Raubvogel ausnimmt.

Die Ankunft dieses unerwarteten Erben, die sich rasch im Hof herumspricht, ist abermals gut für die „Sonne" und erhält den Hof in seiner Aufregung. Mrs. Piper und Mrs. Perkins meinen, es sei ungerecht gegen den jungen Mann, wenn sich wirklich kein Testament vorfinde, und finden, man sollte ihm aus der Erbschaft ein anständiges Geschenk machen. Als Mitglieder des ruhelosen jugendlichen Kreises, der der Schrecken der Fußgänger in Chancery Lane ist, verbrennen der junge Piper und der junge Perkins den ganzen Tag über hinter dem Brunnen und unter dem Torweg zu Asche, und wildes Geheul und Gebrüll ertönt über ihren Leichen. Der kleine Swills und Miss M. Melvilleson lassen sich in leutselige Gespräche mit ihren Gönnern ein, denn sie fühlen, daß diese ungewöhnlichen Vorfälle die Schranken zwischen Künstlern und Laien aufheben. Mr. Bogsby macht „das beliebte Lied vom König Tod, Chorgesang der ganzen Gesellschaft" zum großen „Harmonie"-Programm der Woche und zeigt auf dem Zettel an, daß „J. G. B. sich veranlaßt sieht, das unter beträchtlichen Mehrkosten zu tun, auf Grund eines von zahlreichen hochachtbaren Persönlichkeiten am Büfett allgemein ausgesprochenen Wunsches und aus Rücksicht auf ein trauriges Ereignis der letzten Tage, das so viel Aufsehen gemacht hat." Ein auf den Verstorbenen bezüglicher Punkt beschäftigt den Hof besonders angelegentlich, nämlich, daß man die Fiktion eines Sargs für einen Erwachsenen aufrechterhalte, obgleich so wenig hineinzulegen ist. Als der Leichenbestatter im Lauf des Tags am Büfett der „Sonne" versichert, daß bei ihm ein „sechsfüßiger" bestellt sei, erleichtert das die allgemeine Sorge sehr, und die Meinung wird laut, daß Mr. Smallweeds Benehmen ihm Ehre mache.

Außerhalb des Hofs, und zwar in weitem Umkreis, herrscht gleichfalls große Aufregung; denn Naturforscher und Philosophen kommen zur Besichtigung, und Wagen setzen an der Ecke Ärzte ab, die in derselben Absicht kommen, und man hört mehr von entzündlichen Gasen und phosphorsaurem Wasserstoff sprechen, als sich der Hof je vorgestellt hat. Einige dieser Autoritäten, natürlich die klügsten, behaupten mit Entrüstung, daß es dem Verstorbenen nicht zustand, auf die angegebene Art zu sterben; und obgleich andere Autoritäten sie an eine Untersuchung erinnern, die solche Todesfälle erwiesen habe und im sechsten Band der „Philosophischen Verhandlungen" abgedruckt sei, sodann an ein nicht ganz unbekanntes Buch über englische Gerichtsmedizin; ferner an den Fall der italienischen Gräfin Cornelia Bandi, ausführlich erzählt von einem gewissen Bianchini, Stiftsgeistlichen in Verona, der ein oder mehrere gelehrte Werke schrieb und zu seiner Zeit gelegentlich als ein Mann mit klugen Einfällen genannt wurde; weiterhin an das Zeugnis der Herren Foderé und Mere, zweier verwegener Franzosen, die den Gegenstand durchaus untersuchen wollten; und endlich an die bestätigende Aussage des Monsieur Le Cat, der früher einmal ein ziemlich berühmter französischer Chirurg und unhöflich genug war, in einem Haus zu wohnen, wo ein solcher Fall vorkam, und sogar einen Bericht darüber abzufassen, so finden sie doch des seligen Mr. Krooks Eigensinn, die Welt auf einem solchen Nebenpfad zu verlassen, ganz ungerechtfertigt und persönlich beleidigend. Je weniger der Hof von alldem versteht, desto mehr gefällt es ihm, und desto mehr genießt er den Anteil, den die „Sonne" an dem Vorgang hat. Dann erscheint der Künstler einer Bildzeitung mit einem fertig gezeichneten Vordergrund nebst Figuren, der für alles paßt, von einem Schiffbruch an der Küste von Cornwall bis zu einer Parade im Hyde Park oder einer Volksversammlung in Manchester, und in Mrs. Perkins' Zimmer, das dadurch für ewig denkwürdig wird, zeichnet er Mr. Krooks Haus hinein, so groß es ist, ja beträchtlich größer, denn er macht einen wahren Tempel daraus. Ebenso schildert er das verhängnisvolle Zimmer, in das er von der Tür aus einen Blick werfen darf, als dreiviertel Meilen lang und hundert Ellen hoch, worüber der Hof besonders entzückt ist. Die ganze Zeit über gehen die beiden oben erwähnten Herren in jedem Haus aus und ein, wohnen den gelehrten Disputationen bei – gehen überallhin und hören jedermann zu – und verschwinden doch beständig ins Gastzimmer der „Sonne", wo sie mit den gierigen kleinen Federn auf das Kopierpapier schreiben.

Endlich kommen der Totenbeschauer und seine Geschworenen wie früher, nur daß der Totenbeschauer diesen Fall als etwas Ungewöhnliches hervorhebt und als Privatmann zu den Herren der Jury äußert: „Das Haus nebenan, meine Herren, scheint ein Unglückshaus zu sein, ein Haus des Verhängnisses; aber so etwas kommt manchmal vor, und es gibt da Geheimnisse, die wir nicht erklären können!" Worauf der sechsfüßige Sarg seine Rolle spielt und sehr bewundert wird.

Bei all diesen Vorgängen spielt Mr. Guppy eine so unbedeutende Rolle, außer als er sein Zeugnis ablegt, daß er wie jeder andere fortgeschickt wird und sich nur vor dem geheimnisvollen Haus herumtreiben kann, wo er tiefgekränkt zusehen muß, wie Mr. Smallweed die Tür mit einem Vorlegschloß versieht, und sich bitter bewußt wird, daß er selbst ausgesperrt ist. Aber noch ehe alles vorüber ist, das heißt am Abend nach der Katastrophe, hat Mr. Guppy Lady Dedlock etwas zu sagen, das ihr gesagt werden muß.

Aus diesem Grund erscheint der junge Mann namens Guppy bangen Herzens und mit dem Schuldgefühl eines Galgenvogels, das Furcht und langes Wachen in der „Sonne" erzeugt haben, gegen sieben Uhr abends im Stadthaus und bittet um eine Unterredung mit der gnädigen Frau. Merkur erwidert, sie wolle zu einem Diner ausfahren; ob er den Wagen vor der Tür nicht sehe. Ja, er sieht den Wagen vor der Tür, aber er wünscht dennoch Mylady zu sprechen.

Merkur ist geneigt, wie er sogleich einem Kameraden erklären wird, „dem jungen Mann eins zu langen", aber er hat die bestimmtesten Weisungen. Deshalb meint er mürrisch, der junge Mann müsse wohl mit ihm in die Bibliothek hinaufkommen. Dort läßt er ihn in einem großen, nicht übermäßig hellen Zimmer zurück, während er ihn meldet.

Mr. Guppy schaut nach allen Richtungen in die Dämmerung und entdeckt überall ein gewisses verkohltes, mit weißer Asche überzogenes Häuflein Kohle oder Holz. Gleich darauf hört er ein Rauschen. Ist es –? Nein, es ist kein Gespenst, sondern Fleisch und Blut, blendend schön und prachtvoll gekleidet.

„Ich habe die gnädige Frau um Verzeihung zu bitten", stottert Mr. Guppy sehr niedergeschlagen. „Es ist eine unpassende Zeit –"

„Ich sagte Ihnen, Sie könnten zu jeder Zeit kommen." Sie nimmt einen Stuhl und sieht ihm gerade ins Gesicht wie das letzte Mal.

„Ich danke der gnädigen Frau. Die gnädige Frau ist sehr freundlich."

„Sie können Platz nehmen." In ihrem Ton liegt nicht viel Freundlichkeit.

„Ich weiß nicht, gnädige Frau, ob es der Mühe wert ist, mich zu setzen und Ihre Zeit in Anspruch zu nehmen; denn ich – ich habe die Briefe nicht bekommen, von denen ich neulich sprach, als ich die Ehre hatte, der gnädigen Frau meine Aufwartung zu machen."

„Sind Sie bloß gekommen, um mir das zu sagen?"

„Bloß um Ihnen das zu sagen, gnädige Frau." Außer daß Mr. Guppy niedergedrückt, enttäuscht und befangen ist, bringen ihn Glanz und Schönheit ihrer Erscheinung noch weiter ins Hintertreffen. Sie kennt die Wirkung ihrer Vorzüge vollkommen; sie hat sie zu gut studiert, um das kleinste Teilchen ihres Eindrucks auf andere zu übersehen. Wie sie ihn so fest und kalt anblickt, fühlt er nicht bloß, daß er nicht die leiseste Ahnung von dem hat, was sie wirklich denkt, sondern auch, daß er ihr sozusagen jeden Augenblick weiter und weiter entrückt wird.

Sie will nicht sprechen, das ist klar. So muß er es tun.

„Mit einem Wort, gnädige Frau", sagt Mr. Guppy zerknirscht wie ein ertappter Dieb, „die Person, von der ich die Briefe bekommen sollte, ist eines plötzlichen Todes gestorben und –" Er hält inne. Lady Dedlock vollendet ruhig den Satz: „Und die Briefe sind mit ihr vernichtet?"

Mr. Guppy möchte nein sagen, wenn er könnte, aber er ist außerstande, es zu verbergen.

„Ich glaube, ja, gnädige Frau."

Ob er jetzt in ihrem Gesicht die leiseste Spur von Erleichterung sehen könnte? Nein, er könnte nicht, selbst wenn ihn diese glänzende Hülle nicht gänzlich aus der Fassung brächte und er nicht darüber weg und daran vorbei sähe.

Er stammelt ein paar ungeschickte Worte der Entschuldigung wegen des Fehlschlags.

„Ist das alles, was Sie zu sagen haben?" fragt Lady Dedlock, nachdem sie ihn zu Ende gehört hat – oder doch so weit, wie er stottern kann.

Mr. Guppy glaubt, das sei alles.

„Vergewissern Sie sich ja, daß Sie mir nichts weiter zu sagen haben; denn es ist das letztemal, daß Sie Gelegenheit dazu haben."

Mr. Guppy ist fest davon überzeugt. Und in der Tat hat er gegenwärtig durchaus keinen solchen Wunsch.

„Das genügt. Ich erspare Ihnen gern die Entschuldigungen. Guten Abend!" Und sie klingelt Merkur, daß er den jungen Mann namens Guppy hinausführe.

Aber in diesem Haus befindet sich zufällig im selben Augenblick ein alter Mann namens Tulkinghorn. Und dieser alte Mann geht mit seinem lautlosen Schritt zur Bibliothek, legt in diesem Augenblick die Hand an den Türgriff – tritt ein – und steht dem jungen Mann Aug in Aug gegenüber, als dieser das Zimmer verläßt.

Ein Blick fliegt zwischen dem alten Mann und der Dame hin und her; und für einen Augenblick geht der Vorhang, der immer heruntergelassen ist, empor. Scharfer, heftiger Verdacht blickt heraus. Im nächsten Augenblick fällt der Vorhang wieder.

»Ich bitte um Verzeihung, Lady Dedlock. Ich bitte tausendmal um Verzeihung. Es ist sehr ungewöhnlich, Sie zu dieser Stunde hier zu finden. Ich glaubte, das Zimmer sei leer. Ich bitte um Verzeihung.«

»Bleiben Sie!« Sie ruft ihn nachlässig zurück. »Bleiben Sie bitte. Ich will zum Diner ausfahren. Ich habe dem jungen Mann weiter nichts zu sagen.«

Fassungslos verbeugt sich der junge Mann beim Hinausgehen und hofft untertänig, daß sich Mr. Tulkinghorn wohl befinde.

»Hm, hm!« sagt der Advokat und sieht ihn unter den zusammengezogenen Augenbrauen hervor an, obgleich er nicht nötig hat, noch einmal hinzusehen – er gewiß nicht. »Bei Kenge und Carboy, nicht wahr?«

»Bei Kenge und Carboy, Mr. Tulkinghorn. Meine Name ist Guppy, Sir.«

»Richtig. O danke, Mr. Guppy, mir geht es gut.«

»Freut mich, das zu hören, Sir. Sie können sich gar nicht wohl genug befinden, Sir, zur Ehre des ganzen Standes.«

»Danke, Mr. Guppy!«

Mr. Guppy schleicht hinaus. Mr. Tulkinghorn, in seinem altmodischen rostigen Schwarz eine gute Folie für Lady Dedlocks Glanz, geleitet sie die Treppe hinunter zum Wagen. Er kommt wieder und reibt sich das Kinn und reibt es im Lauf des Abends sehr oft.

34. KAPITEL

Die Schraube wird angezogen

„Was mag das nun sein?" sagt Mr. George, „Platzpatrone oder Kugel? Brennt's nur von der Pfanne, oder ist's ein Schuß?"
Ein geöffneter Brief beschäftigt die Gedanken des Kavalleristen und scheint ihm gewaltiges Kopfzerbrechen zu machen Er hält ihn auf Armlänge entfernt, hält ihn dicht vor die Augen, nimmt ihn in die rechte, nimmt ihn in die linke Hand, legt den Kopf beim Lesen auf die eine, legt ihn auf die andere Seite, zieht die Augenbrauen zusammen, zieht sie in die Höhe und kann doch nicht mit sich ins klare kommen. Er streicht ihn mit seiner schweren Hand auf dem Tisch glatt, geht sinnend in der Galerie auf und ab und macht dann und wann vor dem Brief halt, um ihn von neuem anzusehen. Selbst das nützt nichts. „Ist's eine Platzpatrone oder eine Kugel!" überlegt Mr. George immer noch.

Phil Squod ist mit Hilfe eines Pinsels und eines Farbtopfes im Hintergrund beschäftigt, die Schießscheiben weiß anzustreichen; er pfeift dabei leise im Geschwindschrittempo die Weise: „Kehrt heim aus dem Feld, kehrt heim aus dem Feld, zu dem Mädchen, das er verlassen."

„Phil!" Der Kavallerist winkt, während er ihn ruft.

Phil kommt in seiner gewöhnlichen Art näher, indem er sich zuerst seitwärts fortschiebt, als ob er anderswohin gehen wollte, und dann wie zu einem Bajonettangriff auf seinen Kommandanten losstürzt. Einzelne weiße Farbspritzer stechen grell von seinem schmutzigen Gesicht ab, und er schabt sich seine eine Augenbraue mit dem Pinselstiel.

„Achtung, Phil, hör zu!"

„Zu Befehl, Kommandant, zu Befehl."

„,Sir. Darf ich Sie daran erinnern, obgleich ich, wie Sie wissen, gesetzlich nicht dazu verpflichtet bin, daß der Wechsel über siebenundneunzig Pfund vier Schilling und neun Pence, auf zwei Monate Ziel, von Mr. Matthew Bagnet auf Sie gezogen und von Ihnen akzeptiert, morgen fällig ist; ich bitte Sie, Vorsorge zu treffen, ihn bei Vorzeigung einzulösen.

Josua Smallweed.'

Was soll das bedeuten, Phil?"

„Unheil, Gouverneur."

„Warum?"

„Ich glaube", entgegnet Phil, nachdem er mit dem Pinselstiel nachdenklich einer Querfalte auf seiner Stirn gefolgt ist, „daß allemal Unheil droht, wenn Geld verlangt wird."

„Sieh mal, Phil", sagt der Kavallerist und setzt sich auf den Tisch. „Letzten Endes habe ich, darf ich wohl sagen, die Hälfte dessen, was das Kapital ausmacht, an Zinsen und auf diese und jene Weise bezahlt."

Phil verzieht sein saueres Gesicht auf unbegreifliche Art, schiebt sich ein paar Schritte seitwärts zurück und gibt dadurch zu verstehen, daß ihm dieser Umstand das Geschäft nicht hoffnungsvoller zu machen scheint.

„Und zweitens, siehst du, Phil", sagt der Kavallerist und weist seine voreiligen Schlüsse mit einer Handbewegung zurück, „es bestand immer stillschweigendes Einverständnis, daß der Wechsel prolongiert werde, wie sie's nennen. Und er ist prolongiert worden, unendlich oft. Was sagst du nun?"

„Ich sage, daß ich glaube, das Oft ist schließlich am Ende angelangt."

„Das meinst du? Hm! Ich bin ziemlich derselben Meinung."

„Josua Smallweed ist der, den sie in einem Stuhl hergebracht haben?"

„Derselbe."

„Gouverneur", sagt Phil außerordentlich ernst, „er ist ein Blutegel seinem Charakter nach, eine Schraube und ein Schraubstock in seinem Gebaren, eine Schlange in seinen Windungen und ein Hummer nach seinem Zangengriff."

Nachdem Mr. Squod so ausdrucksvoll seine Empfindungen geäußert und ein wenig gezögert hat, um zu sehen, ob noch eine weitere Bemerkung von ihm erwartet werde, zieht er sich mit der gewöhnlichen Reihe von Manövern zu der Scheibe zurück, die er eben vor hat, und deutet durch sein früheres musikalisches Ausdrucksmittel kraftvoll an, er wolle heim aus dem Feld, heim aus dem Feld zu dem Mädchen, das er verlassen. George faltet den Brief zusammen und folgt dem anderen.

„'s gibt einen Weg, die Sache abzumachen, Kommandant", sagt Phil und sieht ihn schlau an.

„Du meinst wohl: bezahlen? Ich wollte, ich könnt's."

Phil schüttelt den Kopf. „Nein, Gouverneur, nein; so schlimm nicht. 's gibt tatsächlich einen Weg", sagt Phil mit einer hochkünstlerischen Schwenkung seines Pinsels – „was ich jetzt mache."

leute zu erregen. Ohne ihren Marktkorb, der eine Art geflochtener Brunnen mit zwei lose klappernden Deckeln ist, geht sie nie aus. Von diesen ihren treuen Gefährten begleitet und das ehrliche, sonnverbrannte Gesicht unter einem großen Strohhut heiter hervorblickend, erscheint sie daher auch jetzt frisch und munter in Georges Schießgalerie.

„Nun, George, alter Bursche", fragt sie, „wie geht's Euch an diesem schönen Morgen?" Mrs. Bagnet schüttelt ihm freundlich die Hand, holt nach ihrem Marsch tief Atem und setzt sich hin, um sich zu erholen. Da sie die auf Bagagewagen und in ähnlichen Lagen gereifte Fähigkeit besitzt, überall bequem auszuruhen, hockt sie auf einer groben Holzbank, löst ihre Hutbänder, schiebt den Hut zurück, kreuzt die Arme und fühlt sich offenbar ganz behaglich.

Unterdessen hat Mr. Bagnet seinem alten Kameraden die Hand geschüttelt und auch Phil, den Mrs. Bagnet gleichfalls mit freundlichem Nicken und Lächeln bedenkt.

„Na, George", sagt Mrs. Bagnet munter, „hier sind wir, Lignum und ich." Sie gibt ihrem Mann oft diesen Namen, wahrscheinlich weil *lignum vitae*, als sie sich kennenlernten, im Regiment sein Spitzname war wegen der ausnehmenden Härte und Zähigkeit seiner Gesichtszüge. „Wir kommen bloß, um wie üblich alles wegen dieser Bürgschaft in Ordnung zu bringen. Gebt ihm den neuen Wechsel zum Unterschreiben, George, und er wird ihn unterschreiben wie ein Mann."

„Ich wollte diesen Morgen zu euch kommen", bemerkt der Kavallerist zögernd.

„Ja, das dachten wir, aber wir sind früh ausgegangen, haben Woolwich, den besten aller Jungen, zum Schutz seiner Schwestern zurückgelassen und sind lieber zu Euch gekommen, wie Ihr seht! Denn Lignum ist jetzt so fest gebunden und hat so wenig Bewegung, daß ihm ein Spaziergang nur guttut. Aber was fehlt Euch, George?" fragt Mrs. Bagnet und unterbricht ihre fröhliche Rede. „Ihr seht gar nicht aus wie Ihr selbst."

„Ich bin auch nicht ganz ich selbst", entgegnet der Kavallerist; „ich habe Verdruß gehabt, Mrs. Bagnet."

Ihr rascher, klarer Blick erfaßt sogleich die Wahrheit. „George", sagt sie und hält den Zeigefinger in die Höhe. „Sagt nicht, daß etwas wegen der Bürgschaft Lignums nicht in Ordnung ist! Sagt's nicht, George, wegen der Kinder!"

Der Kavallerist sieht sie mit unruhigem Gesicht an.

„George", fährt Mrs. Bagnet fort, indem sie beide Arme des

„Einen Strich hindurch machen?"

Phil nickt.

„Das wäre ein schöner Weg! Weißt du, was dann aus den Bagnets würde? Weißt du, daß sie durch das Bezahlen meiner alten Schulden zugrunde gerichtet wären? Du bist mir ein schöner Kerl", sagt der Kavallerist und sieht ihn mit nicht geringer Entrüstung an, „so wahr ich lebe, ein schöner Kerl, Phil."

Phil, mit einem Knie auf der Scheibe, will eben ernstlich beteuern, nicht ohne viele allegorische Schwenkungen seines Pinsels und unter Abglätten des weißen Randes mit dem Daumen, daß er die Haftung der Bagnets ganz vergessen habe und keinem Mitglied dieser würdigen Familie auch nur ein Haar krümmen wolle, als man draußen auf dem langen Gang Schritte hört und eine muntere Stimme, die fragt, ob George zu Hause sei. Mit einem Blick auf seinen Herrn stolpert Phil in die Höhe und sagt: „Hier ist der Gouverneur, Mrs. Bagnet, hier ist er!" Und schon tritt die gute Frau selber auf, von Mr. Bagnet begleitet.

Mrs. Bagnet erscheint, zum Marsch gerüstet, zu keiner Jahreszeit ohne einen grauen Tuchmantel, grob und sehr abgetragen, aber sehr reinlich; es ist unzweifelhaft dasselbe Kleidungsstück, das für Mr. Bagnet so interessant geworden ist, weil es in Gemeinschaft mit Mrs. Bagnet und einem Schirm die Reise aus einem anderen Weltteil heim nach Europa gemacht hat. Das letztgenannte getreue Stück ist gleichfalls ein unzertrennlicher Begleiter der guten Frau auf der Straße. Es ist von einer im Diesseits unbekannten Farbe und hat als Griff einen runzligen, hölzernen Haken mit einem an der Spitze eingefügten Metallstück, das wie ein verkleinertes Abbild des Oberlichts in einer Haustür oder wie ein ovales Brillenglas aussieht, ein Zierat, der durchaus nicht jene beharrliche Neigung hat, an seinem Posten zu haften, wie man sie von einem seit langem mit der britischen Armee verbundenen Gegenstand erwarten sollte. Der Schirm hat eine schlaffe Taille und scheint sehr eines Korsetts zu bedürfen – eine Eigentümlichkeit, die wahrscheinlich daher kommt, daß er eine Reihe von Jahren hindurch zu Hause als Vorratskammer und auf Reisen als Reisetasche gedient hat. Sie spannt ihn nie auf, da sie sich ganz auf ihren wohlerprobten Mantel mit seiner geräumigen Kapuze verläßt, sondern gebraucht das Instrument gewöhnlich als Stock, um damit beim Einkaufen auf Fleischstücke oder Gemüsebündel hinzuweisen oder um durch einen freundschaftlichen Stoß die Aufmerksamkeit der Handels-

Nachdrucks halber bewegt und gelegentlich mit den flachen Händen auf die Knie schlägt. „Wenn Ihr mit dieser Bürgschaft irgendwas Unrechtes habt geschehen lassen und wenn Ihr ihn deswegen habt stecken lassen und uns der Gefahr aussetzt, gepfändet zu werden – und ich lese Pfänden auf Eurem Gesicht, George, als stünde es dort gedruckt –, so habt Ihr eine Schändlichkeit getan und habt uns grausam hintergangen; grausam, sage ich Euch, George. So ist's."

Mr. Bagnet, sonst so unbeweglich wie eine Pumpe oder ein Laternenpfahl, legt seine breite Rechte auf den Scheitel seines kahlen Hauptes, als wolle er es vor einem Regenbad schützen, und sieht Mrs. Bagnet tief beunruhigt an.

„George!" sagt die gute Frau. „Ich muß mich über Euch wundern! George! Ich schäme mich für Euch! George! Ich hätte nie geglaubt, Ihr könntet das tun! Ich wußte immer, daß Ihr ein rollender Stein seid, auf dem kein Moos wächst; aber ich hätte nie gedacht, daß Ihr das bißchen Moos wegnehmen würdet, von dem Bagnet und die Kinder leben sollen. Ihr wißt, was für ein fleißiger, solider Bursche er ist. Ihr wißt, was Quebec und Malta und Woolwich sind – und ich hätte nie gedacht, daß Ihr das Herz haben könntet oder würdet, uns einen solchen Streich zu spielen. O George!" Mrs. Bagnet nimmt ihren Mantel zusammen, um sich sehr nachdrücklich die Augen zu wischen. „Wie konntet Ihr das tun?"

Da Mrs. Bagnet aufhört, nimmt Mr. Bagnet die Hand vom Kopf, als wäre das Regenbad vorüber, und sieht untröstlich Mr. George an, der kreideweiß geworden ist und wehmütig den grauen Mantel und den Strohhut betrachtet.

„Mat", sagt der Kavallerist mit gedämpfter Stimme zu seinem Kameraden, sieht aber immer noch dessen Frau an, „es tut mir leid, daß ihr es euch so zu Herzen nehmt, weil ich hoffe, daß es nicht so schlimm wird, wie es aussieht. Allerdings habe ich heute früh diesen Brief bekommen" – er liest ihn vor –, „aber ich hoffe, die Sache läßt sich noch in Ordnung bringen. Was ihr vom rollenden Stein sagt, ist freilich wahr. Ich bin ein rollender Stein; und ich glaube wahrhaftig, ich bin nie in jemands Weg so gerollt, daß ich ihm im mindesten nützte. Aber es ist einem alten Vagabunden von Kameraden unmöglich, mehr als ich auf deine Frau und deine Familie zu halten, Mat, und ich hoffe, ihr werdet mich so nachsichtig betrachten, wie ihr könnt. Glaubt nicht, daß ich euch etwas verheimlicht habe. Ich habe den Brief vor kaum einer Viertelstunde bekommen."

„Alte!" brummt Mr. Bagnet nach einer kurzen Pause, „willst du ihm meine Meinung sagen?"

„Oh! Warum hat er nicht Joe Pouchs Witwe in Nordamerika geheiratet?" antwortet Mrs. Bagnet halb lachend, halb weinend. „Dann wäre er nicht in all diese Ungelegenheiten gekommen."

„Die Alte hat ganz recht", sagt Mr. Bagnet, „warum hast du's nicht getan?"

„Nun, hoffentlich hat sie jetzt einen besseren Mann", entgegnet der Kavallerist, „jedenfalls stehe ich jetzt hier und bin nicht mit Joe Pouchs Witwe verheiratet. Was soll ich tun? Ihr seht hier alles, was ich habe. Es gehört nicht mir, es gehört euch. Sagt nur ein Wort, und ich verkaufe jedes Stück. Hätte ich hoffen können, es bringe nur annähernd die benötigte Summe, so hätte ich längst alles verkauft. Glaub nicht, daß ich dich oder die Deinen sitzen lasse, Mat. Eher würde ich mich verkaufen. Ich wünschte nur", sagt der Kavallerist und schlägt sich geringschätzig auf die Brust, „ich kennte wen, der einen so alten, abgenutzten Ladenhüter kaufte."

„Alte", brummt Mr. Bagnet, „sag ihm weiter meine Meinung."

„George", sagt die Frau, „Ihr seid bei reiflicher Überlegung nicht so sehr zu tadeln, außer daß Ihr überhaupt das Geschäft ohne die erforderlichen Mittel angefangen habt."

„Und das sah mir ähnlich", bemerkt der bußfertige Kavallerist kopfschüttelnd. „Ganz ähnlich, ich weiß."

„Ruhe da!" sagt Mr. Bagnet, „die Alte hat recht, wie sie meine Meinung sagt – hör mich vollends an!"

„Damals hättet Ihr nie die Bürgschaft verlangen und nie bekommen sollen, George, wenn man alles recht bedenkt. Aber was geschehen ist, ist geschehen. Ihr seid immer ein ehrenhafter, aufrichtiger Kerl gewesen, soweit es in Eurer Macht liegt, wenn auch ein wenig leichtsinnig. Auf der anderen Seite müßt Ihr zugeben, daß es ganz natürlich von uns ist, wenn wir mit einer solchen Sorge auf dem Hals ängstlich sind. Deshalb auf beiden Seiten: Vergessen und vergeben, George. Kommt! Vergessen und vergeben, auf beiden Seiten!"

Mrs. Bagnet reicht ihm die eine ihrer ehrlichen Hände und ihrem Gatten die andere, Mr. George reicht jedem eine Hand und hält ihre Hände fest, während er spricht: „Ich versichere euch beiden, ich täte alles, um diese Verpflichtung loszuwerden. Aber was ich zusammenkratzen konnte, habe ich gebraucht, um alle zwei Monate den Wechsel zu erneuern. Phil und ich haben hier einfach genug gelebt. Aber die Galerie bringt nicht ganz das ein, was wir erwartet hatten, und ist – kurz gesagt, sie ist keine Goldgrube. War es unrecht von mir, sie zu übernehmen? Allerdings! Aber ich wurde gewissermaßen zu diesem Schritt verleitet und glaubte, es würde mich solider machen und mir weiterhelfen, und ihr werdet versuchen, zu vergessen, daß ich solche Erwartungen hegte, und meiner Seel, ich bin euch sehr verpflichtet und schäme mich meiner sehr." Mit diesen Schlußworten schüttelt Mr. George den beiden die Hände, läßt diese dann los und tritt in strammer Haltung ein oder zwei Schritte zurück, als hätte er sein letztes Bekenntnis gemacht und sollte sofort mit allen militärischen Ehren erschossen werden.

„George, hör mich vollends an!" sagt Mr. Bagnet mit einem Blick auf seine Frau. „Alte, sprich weiter!" Mr. Bagnet, der auf diese eigentümliche Weise bis zu Ende angehört wird, hat nur zu bemerken, daß der Brief unverzüglich beantwortet werden müsse, daß es ratsam sei, daß George und er selbst auf der Stelle zu Mr. Smallweed gingen, und daß es vor allem darauf ankomme, allen Schaden von Mr. Bagnet, der das Geld nicht habe, fernzuhalten. Mr. George stimmt dem vollständig bei, setzt seinen Hut auf und ist bereit, sich mit Mr. Bagnet ins feindliche Lager zu begeben.

„Ihr müßt das hastige Wort einer Frau nicht so hoch anschlagen", sagt Mrs. Bagnet und klopft ihm auf die Schulter. „Ich vertraue Euch meinen alten Lignum an und bin überzeugt, daß Ihr ihn durchbringt."

Der Kavallerist entgegnet, das sei freundlich von ihr gesprochen, und irgendwie werde er Lignum schon durchbringen. Darauf geht Mrs. Bagnet mit Mantel, Korb und Regenschirm und wieder aufgehellter Miene zu der übrigen Familie nach Hause, und die Kameraden treten die hoffnungsvolle Sendung an, Mr. Smallweed zu erweichen.

Ob es in ganz England zwei Leute gibt, die weniger Aussicht haben, eine Verhandlung mit Mr. Smallweed glücklich zu beenden, als Mr. George und Mr. Matthew Bagnet, kann füglich bezweifelt werden. Auch ob es, ungeachtet ihres kriegerischen Aussehens, ihrer breiten Schultern und ihres schweren Schrittes, innerhalb desselben Reiches zwei in Smallweedschen Geschäften ungeübtere und einfältigere Kinder gibt. Während sie mit großem Ernst durch die Straßen in Richtung Mount Pleasant schreiten, glaubt Mr. Bagnet, da er seinen Begleiter nachdenklich sieht, als Freund auf Mrs. Bagnets letzte Äußerung zurückkommen zu müssen.

„George, du kennst die Alte – sie ist lieblich und sanft wie Milch. Aber rührt ihre Kinder an oder mich – und sie geht los wie Schießpulver."

„Das macht ihr Ehre, Mat."

„George", sagt Mr. Bagnet und blickt gerade vor sich hin, „die Alte – kann nichts tun – was ihr nicht Ehre macht. Mehr oder weniger. Ich lasse es mir nie merken. Disziplin muß erhalten bleiben."

„Sie ist ihr Gewicht in Gold wert", entgegnet der Kavallerist.

„In Gold?" sagt Mr. Bagnet. „Ich will dir was sagen. Die Alte wiegt – zwölf Stein sechs Pfund. Ob ich dieses Gewicht – in irgendeinem Metall – für die Alte nähme? Nie! Warum nicht? Weil die Alte von einem viel kostbareren Metall ist als das allerkostbarste. Und sie ist's durch und durch!"

„Du hast recht, Mat."

„Als sie mich nahm – und den Ring annahm – nahm sie Dienste bei mir und den Kindern – mit Herz und mit Kopf, fürs ganze Leben. Und so treu hält sie zu ihrer Fahne", sagt Mr. Bagnet, „daß du uns nur mit einem Finger anzurühren brauchst – und sie ist da – und tritt ins Gewehr. Wenn die Alte einmal übers Ziel hinausschießt – wo sie's für ihre Schuldigkeit hält – sieh drüber weg, George, denn sie meint's gut."

„Gott mit ihr, Mat!" entgegnet der Kavallerist. „Ich denke nur um so besser von ihr!"

„Du hast recht!" fährt Mr. Bagnet in der wärmsten Begeisterung fort, doch ohne einen Muskel seines Gesichts zu entspannen. „Denk von der Alten so hoch, wie der Felsen von Gibraltar ist – und immer wirst du noch zu niedrig denken – von ihren Verdiensten. Aber ich lasse es mir nie merken. Die Disziplin muß bleiben."

Dieses Gespräch bringt sie nach Mount Pleasant und zu Großvater Smallweeds Haus. Die Tür öffnet die ewig gleiche Judy, die sie, nachdem sie sie nicht besonders freundlich, sondern mit boshaftem Lächeln von Kopf bis Fuß gemustert hat, stehenläßt, während sie das Orakel wegen ihres Einlasses befragt. Das Orakel muß seine Einwilligung gegeben haben, denn sie kehrt zurück mit den Worten auf ihren Honiglippen, sie könnten hereinkommen, wenn sie wollten. Also ermächtigt treten sie ein und finden Mr. Smallweed mit den Füßen in der Schublade seines Lehnstuhls wie in einem Papierfußbad und Mrs. Smallweed vom Kissen verfinstert wie ein Vogel, der nicht singen soll.

„Werter Freund", sagt Großvater Smallweed und streckt seine

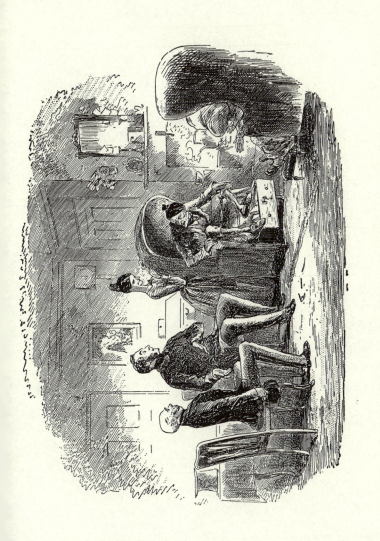

beiden mageren Arme liebreich aus. „Wie geht's, wie steht's? Wer ist unser Freund, mein werter Freund?"

„Nun, das hier", entgegnet George, zunächst unfähig, sehr persönlich zu sein, „ist Matthew Bagnet, der mir in unserer Angelegenheit den Gefallen getan hat, wie Sie wissen."

„Oh! Mr. Bagnet! Ganz recht!" Der Alte sieht ihn unter der Hand hervor an. „Hoffe, Sie befinden sich wohl, Mr. Bagnet? Schöner Mann, Mr. George! Militärisches Aussehen, Sir!"

Da man ihnen keine Stühle anbietet, holt Mr. George einen für Bagnet und einen für sich. Sie setzen sich, Mr. Bagnet, als ob er zu diesem Zweck kein Gelenk hätte außer in den Hüften.

„Judy", sagt Mr. Smallweed, „bring die Pfeife."

„Nun, ich weiß nicht", unterbricht ihn Mr. George, „ob sich die junge Dame die Mühe zu machen braucht; denn, um die Wahrheit zu sagen, ich habe heute keine Lust zum Rauchen."

„Nicht?" entgegnet der Alte. „Judy, bring die Pfeife."

„Die Sache ist die, Mr. Smallweed", fährt George fort, „daß ich mich in einer etwas unangenehmen Gemütsstimmung befinde. Es scheint mir, Sir, als ob mir Ihr Freund in der City einen Streich gespielt hätte."

„O Gott, nein!" sagt Großvater Smallweed, „das tut er nie!"

„Wirklich nicht? Nun, es freut mich, das zu hören, weil ich glaubte, es rühre von ihm her. Das nämlich, wovon ich spreche, wissen Sie. Dieser Brief hier."

Großvater Smallweed lächelt sehr häßlich, als er den Brief wiedersieht.

„Was hat das zu bedeuten?" fragt Mr. George.

„Judy", sagt der Alte, „hast du die Pfeife? Gib sie her. Sie fragten, was der Brief zu bedeuten hätte, mein guter Freund?"

„Ja! Lassen Sie einmal mit sich reden, Mr. Smallweed!" drängt der Kavallerist und zwingt sich, möglichst ruhig und vertraulich zu sprechen, wobei er den offenen Brief in der einen Hand hält und die andere als Faust auf dem Schenkel ruhen läßt. „Es ist viel Geld zwischen uns hin und her gegangen, und wir sitzen uns jetzt Aug in Aug gegenüber und wissen beide recht gut, wie wir die Sache immer verstanden haben. Ich bin bereit zu tun, was ich gewöhnlich getan habe, um die Sache in Gang zu halten. Ich habe vorher nie einen Brief wie diesen von Ihnen bekommen und er hat mich diesen Morgen etwas aus der Fassung gebracht, weil mein Freund hier, Matthew Bagnet, der, wie Sie wissen, das Geld nicht hat –"

„Ich weiß das nicht", sagt der Alte ruhig.

„Was? Der Kuckuck hol Sie – hol es, meine ich – ich sag es Ihnen doch, oder nicht?"

„O ja, Sie sagen es mir", entgegnet Großvater Smallweed. „Aber ich weiß es nicht."

„Na!" sagt der Kavallerist, indem er seinen Ärger hinunterschluckt. „Ich weiß es."

Mr. Smallweed entgegnet in bester Laune: „Ah! Das ist etwas ganz anderes! Aber es ist einerlei. Mr. Bagnets Lage bleibt dieselbe, so oder so."

Der unglückliche George strengt sich an, die Sache gütlich abzumachen und Mr. Smallweed gnädig zu stimmen, indem er all seine Bedingungen hinnimmt.

„Das meine ich eben. Wie Sie sagen, Mr. Smallweed. Hier ist Matthew Bagnet, den Sie in Anspruch nehmen können, ob er Geld hat oder nicht. Das nimmt sich nun seine gute Frau sehr zu Herzen und ich auch, sehen Sie, denn während ich ein leichtsinniger Taugenichts bin, der mehr Schläge als Halbpence verdient, ist er ein solider Familienvater. Nun weiß ich recht gut, Mr. Smallweed", sagt der Kavallerist, der zuversichtlicher wird, während er die Sache auf diese soldatische Weise anpackt, „daß ich von Ihnen nicht verlangen kann, obgleich wir in gewissem Sinn freundschaftlich genug miteinander stehen, meinen Freund Bagnet ganz ungeschoren zu lassen."

„Mein Gott, Sie sind zu bescheiden. Verlangen können Sie alles, Mr. George." Großvater Smallweed zeigt heute eine werwolfartige Spaßhaftigkeit.

„Und Sie können es abschlagen, meinen Sie? Oder vielleicht nicht so sehr Sie wie Ihr Freund in der City? Hahaha!"

„Hahaha!" spielt Großvater Smallweed das Echo, so hart und mit so ganz besonders grünen Augen, daß sich Mr. Bagnets natürliche Ernsthaftigkeit bei der Betrachtung dieses ehrwürdigen Mannes noch steigert.

„Na", sagt der sanguinische George, „es freut mich, zu finden, daß wir umgänglich sein können, weil ich alles im Guten abzumachen wünsche. Hier ist mein Freund Bagnet und hier bin ich. Wir wollen die Sache auf der Stelle in der gewöhnlichen Weise abmachen, wenn es Ihnen recht ist, Mr. Smallweed. Und Sie werden meinem Freund Bagnet und seiner Familie das Herz sehr erleichtern, wenn Sie ihm nur sagen, wie wir uns geeinigt haben."

Hier ruft ein Gespenst mit schriller Stimme höhnisch dazwischen: „O du Allmächtiger! Oh! –" wenn es nicht etwa die spaßhafte Judy ist, die ganz stumm dasteht, als die Gäste erschrocken aufschauen, deren Kinn aber soeben vor Hohn und Verachtung gezuckt hat. Mr. Bagnets Ernst wird noch größer.

„Aber ich glaube, Sie fragten mich, Mr. George", sagt jetzt Mr. Smallweed, der die ganze Zeit über die Pfeife in der Hand gehalten hat, „was der Brief zu bedeuten habe?"

„Nun ja, das wollte ich wissen", entgegnet der Kavallerist leichthin, „aber es liegt mir nicht so besonders daran, wenn nur alles in Ordnung ist."

Mr. Smallweed zielt vorsätzlich am Kopf des Kavalleristen vorbei, wirft die Pfeife zu Boden und zerbricht sie in Stücke.

„Das hat er zu bedeuten, mein werter Freund. Ich will Sie zugrunde richten. Ich will Sie vernichten. Ich will Sie zermalmen. Gehen Sie zum Teufel!"

Die beiden Freunde stehen auf und sehen einander an. Mr. Bagnets Ernst hat jetzt seinen Höhepunkt erreicht.

„Gehen Sie zum Teufel!" wiederholt der Alte. „Ich mag nichts mehr wissen von Ihrem Pfeiferauchen und Ihrer Großsprecherei. Was? Sie wollen ein unabhängiger Dragoner sein, Sie? Gehen Sie zu meinem Anwalt, Sie wissen ja, wo er wohnt, Sie sind schon einmal dort gewesen, und zeigen Sie jetzt Ihre Unabhängigkeit. Nun? Sehen Sie, mein verehrter Freund, da ist noch ein Ausweg für Sie. Mach die Haustür auf, Judy, wirf diese Großsprecher hinaus! Ruf die Polizei, wenn sie nicht freiwillig gehen. Wirf sie hinaus!"

Er schreit das so laut, daß Mr. Bagnet seinem Kameraden die Hände auf die Schultern legt und ihn, ehe er sich von seinem Staunen erholen kann, zur Haustür hinausschiebt, die sofort von der triumphierenden Judy zugeworfen wird. Völlig verstört bleibt Mr. George eine Weile davor stehen und starrt den Klopfer an. Mr. Bagnet geht in einem wahren Abgrund von Ernst vor dem kleinen Wohnstubenfenster auf und ab wie eine Schildwache und blickt bei jedem Vorübergehen hinein, sichtlich etwas überlegend.

„Komm, Mat!" sagt Mr. George, als er sich erholt hat, „wir müssen's bei dem Anwalt versuchen. Nun, was meinst du zu diesem Schurken?"

Mr. Bagnet bleibt stehen, wirft noch einen Abschiedsblick in die Wohnstube und antwortet mit einem Kopfschütteln, das ihrem Innern gilt: „Wenn meine Alte hiergewesen wäre, hätte ich ihm meine Meinung gesagt!" Nachdem er so den Gegenstand seines Nachdenkens losgeworden ist, fällt er in Schritt und marschiert in Tuchfühlung mit dem Kavalleristen ab.

Als sie sich in Lincoln's Inn Fields melden, ist Mr. Tulkinghorn beschäftigt und nicht zu sprechen. Er ist gar nicht geneigt, sie vorzulassen; denn als sie eine volle Stunde gewartet haben und der Schreiber, den die Klingel hineinruft, die Gelegenheit benutzt, das zu erwähnen, bringt er keine ermutigendere Botschaft zurück, als daß ihnen Mr. Tulkinghorn nichts zu sagen habe und sie lieber nicht warten sollten. Sie warten jedoch mit der Ausdauer militärischer Taktik, und endlich schellt die Klingel wieder, und ein Klient tritt aus Mr. Tulkinghorns Zimmer.

Es ist eine würdige alte Dame, niemand anderes als Mrs. Rouncewell, Haushälterin in Chesney Wold. Sie verläßt das Heiligtum mit einem höflichen, altmodischen Knicks und zieht die Tür leise zu. Sie wird hier mit einiger Auszeichnung behandelt; denn der Schreiber tritt hinter seinem Pult hervor, um sie durch das Vorzimmer zu geleiten und ihr die Tür zu öffnen. Die alte Dame dankt ihm für diese Aufmerksamkeit, als sie die wartenden Kameraden bemerkt.

„Verzeihung, Sir, aber ich glaube, die Herren sind vom Militär?"

Da der Schreiber die beiden fragend ansieht und Mr. George sich von dem Kalender über dem Kamin nicht abwendet, nimmt Mr. Bagnet die Antwort auf sich und sagt: „Ja, Madam, gewesen."

„Ich dachte mir's gleich. Ich war überzeugt davon. Das Herz, meine Herren, wird mir warm bei Ihrem Anblick. Es geht mir immer so, wenn ich so etwas sehe. Gott behüte Sie, meine Herren! Sie werden es einer alten Frau nicht übelnehmen, aber ich hatte einmal einen Sohn, der unter die Soldaten ging. Es war ein schöner, prächtiger Junge und gut in seiner kecken Weise, obgleich ihn manche Leute bei seiner armen Mutter schlechtmachten. Ich bitte um Verzeihung, Sir, daß ich Sie gestört habe. Gott behüte Sie, meine Herren!"

„Gott behüte auch Sie, Ma'am!" entgegnet Mr. Bagnet von ganzem Herzen.

Die Innigkeit in der Stimme der alten Dame und das Zittern, das die altmodische Gestalt überläuft, hat etwas Rührendes. Aber Mr. George ist so vertieft in den Kalender über dem Kamin – vielleicht rechnet er die kommenden Monate daran aus –, daß er sich erst umsieht, als sie fortgegangen ist und die Tür sich hinter ihr geschlossen hat.

„George", flüstert ihm Mr. Bagnet mit seiner Baßstimme zu, als er sich endlich vom Kalender abwendet. „Nur nicht niedergeschlagen! Soldatenblut ist fröhlich Blut! Kopf hoch, Kamerad!"

Der Schreiber ist jetzt noch einmal hineingegangen, um zu melden, daß sie noch da sind, und man hört, wie Mr. Tulkinghorn etwas gereizt antwortet: „Nun, so sollen sie hereinkommen!" Darauf treten sie in das große Zimmer und finden ihn am Feuer stehen.

„Nun, Leute, was wollt ihr hier? Sergeant, ich sagte Ihnen schon das letztemal, als Sie hier waren, daß ich Sie nicht bei mir zu sehen wünsche."

Der Sergeant – er ist in den letzten paar Minuten in seiner Sprechweise und sogar in seiner Haltung schüchterner geworden als gewöhnlich – antwortet, er habe diesen Brief empfangen, sei deswegen bei Mr. Smallweed gewesen, und dieser habe ihn hierhergewiesen.

„Ich habe Ihnen nichts zu sagen", entgegnet Mr. Tulkinghorn. „Wenn Sie Schulden machen, müssen Sie sie bezahlen oder die Folgen auf sich nehmen. Sie brauchen wohl nicht hierher zu kommen, um das zu erfahren, nehme ich an."

Der Sergeant muß leider gestehen, daß er das Geld nicht hat.

„Gut! Dann muß es der andere – dieser Mann da, wenn er es ist – für Sie bezahlen."

Der Sergeant muß leider hinzufügen, daß auch der andere das Geld nicht hat.

„Gut! Dann müssen Sie es gemeinsam bezahlen, oder Sie werden beide wegen des Geldes verklagt und müssen dafür herhalten. Sie haben das Geld bekommen und müssen es zurückzahlen. Sie können nicht anderer Leute Pfunde, Schillinge und Pence in die Tasche stecken und frei ausgehen."

Der Anwalt setzt sich in seinen Lehnstuhl und schürt das Feuer. Mr. George hofft, er werde die Güte haben, zu –

„Ich sage Ihnen, Sergeant, ich habe Ihnen nichts zu sagen. Mir gefällt Ihr Umgang nicht, und ich sehe Sie nicht gern hier. Die Sache gehört gar nicht in mein Fach und läuft nicht durch meine Kanzlei. Mr. Smallweed ist so freundlich, sie an mich zu verweisen, aber sie schlägt nicht in mein Fach. Sie müssen zu Melchisedech in Clifford's Inn gehen."

„Ich muß mich bei Ihnen entschuldigen, Sir", sagt Mr. George, „daß ich mich Ihnen aufdränge, obwohl Sie mich so wenig dazu ermutigen – es ist mir fast so unangenehm, wie es Ihnen nur sein kann; aber wollen Sie mir ein Wort unter vier Augen gestatten?"

Mr. Tulkinghorn steht, die Hände in den Taschen, auf und tritt in eine der Fensternischen. „Nun, sprechen Sie! Ich habe keine Zeit übrig." Trotz seiner Maske vollkommener Gleichgültigkeit läßt er den Kavalleristen nicht aus den Augen, trägt Sorge, daß er mit dem Rücken gegen das Licht steht und daß es auf das Gesicht des anderen fällt.

„Sehen Sie, Sir", sagt Mr. George, „dieser mein Begleiter ist der andere, der in diese unglückliche Angelegenheit mit verwickelt ist – nominell, nur nominell –, und ich habe nur die eine Absicht, zu verhindern, daß er meinetwegen in Ungelegenheiten kommt. Er ist ein hochachtbarer Mann mit Frau und Kindern, früher in der königlichen Artillerie –"

„Mein Freund, ich gebe keine Prise Tabak für die ganze königliche Artillerie – Offiziere, Mannschaften, Protzen, Wagen, Pferde, Kanonen und Munition."

„Wohl möglich, Sir. Aber ich gäbe viel darum, daß Bagnet und seine Frau und Familie nicht meinetwegen zu Schaden kommen. Und wenn ich sie ungefährdet aus dieser Klemme bringen könnte, so könnte ich nicht anders, als ohne jede andere Rücksicht das herausgeben, was Sie neulich von mir haben wollten."

„Haben Sie es mitgebracht?"

„Ich habe es mitgebracht, Sir."

„Sergeant", fährt der Advokat in seiner trockenen, leidenschaftslosen Art fort, die weit mehr als die größte Heftigkeit alle Hoffnung totschlägt, „fassen Sie Ihren Entschluß, während ich mit Ihnen rede, denn es ist mein letztes Wort. Sobald ich aufgehört habe zu sprechen, ist die Sache abgetan, und ich mag nichts mehr davon wissen. Merken Sie sich das. Wenn Sie wollen, können Sie das, was Sie mitgebracht haben, wie Sie sagen, auf einige Tage hierlassen; wenn Sie wollen, können Sie es gleich wieder mitnehmen. Falls Sie sich entschließen, es hierzulassen, kann ich so viel für Sie tun – kann ich diese Angelegenheit auf ihren alten Stand zurückbringen und kann außerdem noch so weit gehen, Ihnen eine schriftliche Zusicherung zu geben, daß diesem Mann, Bagnet, nichts geschehen soll, ehe man gegen Sie die äußersten Mittel angewandt hat – daß erst alle Ihre Zahlungsmittel erschöpft sein sollen, ehe der Gläubiger ihn in Anspruch nimmt. Damit ist er tatsächlich so gut wie befreit. Haben Sie Ihren Entschluß gefaßt?"

Der Kavallerist schiebt die Hand in den Rock und antwortet mit einem tiefen Atemzug: „Ich muß es tun, Sir."

Darauf setzt Mr. Tulkinghorn die Brille auf, setzt sich hin, schreibt das Dokument, liest es langsam vor und erklärt es Bagnet, der die ganze Zeit über zur Decke gestarrt hat, bei diesem neuen Regenbad von Worten die Hand wieder auf seinen kahlen Schädel legt und der Alten sehr zu bedürfen scheint, um durch sie seiner Meinung Ausdruck zu geben. Der Kavallerist nimmt dann aus der Brusttasche ein zusammengefaltetes Papier und legt es mit zögernder Hand neben den Ellbogen des Anwalts. „Es ist nur ein Brief mit Instruktionen, Sir. Der letzte, den ich von ihm bekam."

Erwarte von einem Mühlstein eine Veränderung seines Ausdrucks, Mr. George, und du wirst sie ebenso bald erblicken wie in dem Gesicht Mr. Tulkinghorns, während er den Brief öffnet und liest! Mit einem Gesicht, so unerschütterlich wie der Tod, faltet er ihn wieder zusammen und legt ihn in sein Pult. Auch hat er weiter nichts zu sagen oder zu tun, sondern nickt nur ebenso kalt und unhöflich wie vorher und sagt kurz: „Sie können gehen. Heda, bringen Sie diese Leute hinaus!" Der Schreiber bringt sie hinaus, und sie begeben sich in Mr. Bagnets Wohnung zum Essen.

Rindfleisch und grünes Gemüse vertreten heute die Stelle des früheren Gerichts: Schweinefleisch und grünes Gemüse. Mrs. Bagnet verteilt das Mahl ganz wie damals und würzt es mit der besten Laune, denn sie gehört zu der seltenen Art Frauen, die das Gute empfangen, ohne anzudeuten, daß es besser sein könnte, und die aus jedem dunklen Fleckchen in ihrer Nähe Licht zu machen wissen. Die dunkle Stelle ist diesmal die verfinsterte Stirn Mr. Georges, er ist ungewöhnlich nachdenklich und bedrückt. Anfangs überläßt es Mrs. Bagnet den vereinten Liebkosungen Quebecs und Maltas, ihn aufzuheitern; aber da sie merkt, daß diese jungen Damen im heutigen Bluffy nicht den Bluffy ihrer gewöhnlichen lustigen Bekanntschaft finden, gibt sie der leichten Infanterie das Zeichen zum Rückzug und läßt ihn auf dem offenen Gelände des häuslichen Herdes sich in aller Muße frei entfalten.

Aber er tut's nicht. Er bleibt in geschlossener Ordnung, umwölkt und bedrückt. Während des langen Säuberns und Hin- und Herlaufens, da er und Mr. Bagnet sich mit ihren Pfeifen abgeben, zeigt er sich nicht besser als beim Essen. Er vergißt zu rauchen, sieht grübelnd ins Feuer, läßt die Pfeife ausgehen und erfüllt dadurch, daß er zeigt, wie ihm der Tabak keine Freude macht, Mr. Bagnets Brust mit Unruhe und Schrecken.

Als endlich Mrs. Bagnet erscheint, vom erfrischenden Wassereimer gerötet, und sich zu ihrer Arbeit niedersetzt, brummt Mr. Bagnet: „Alte!" und mahnt sie durch Zeichen, der Sache auf den Grund zu gehen.

„Aber George!" sagt Mrs. Bagnet, indem sie ruhig ihre Nadel einfädelt. „Wie verstimmt Ihr seid!"

„Wirklich? Keine gute Gesellschaft? Na, ich fürchte, ich bin's nicht."

„Er ist gar nicht wie Bluffy, Mutter!" ruft die kleine Malta.

„Weil ihm nicht wohl ist, glaub ich!" setzt Quebec hinzu.

„Das ist auch gewiß ein schlechtes Zeichen, nicht wie Bluffy zu sein!" entgegnet der Kavallerist und küßt die Mädchen. „Aber es ist wahr", – mit einem Seufzer – „ganz wahr, fürchte ich. Die Kleinen haben immer recht!"

„George", sagt Mrs. Bagnet, fleißig arbeitend, „wenn ich dächte, Ihr könntet etwas übelgenommen haben, was eine räsonierende alte Soldatenfrau heute morgen gesagt hat – die sich hernach die Zunge hätte abbeißen mögen und fast abbeißen sollte –, so weiß ich nicht, was ich Euch jetzt sagen soll."

„Meine gute, liebe Seele", entgegnet der Kavallerist. „Auch nicht ein bißchen."

„Weil ich wirklich und wahrhaftig bloß sagte und meinte, George, daß ich Euch Lignum anvertraue und überzeugt sei, Ihr würdet ihn durchbringen. Und Ihr habt ihn durchgebracht, und nobel dazu!"

„Ich danke Euch, meine Gute", sagt George. „Es freut mich, daß Ihr eine so gute Meinung von mir habt."

Während er Mrs. Bagnets Hand, die die Arbeit hält, freundlich schüttelt – denn sie hat sich neben ihn gesetzt –, zieht ihr Gesicht seine Aufmerksamkeit auf sich. Nachdem er es kurze Zeit angesehen hat, während sie fleißig näht, blickt er den jungen Woolwich an, der auf seinem Stuhl in der Ecke sitzt, und winkt dem Pfeifer, heranzukommen.

„Sieh, mein Junge!" sagt George und streicht der Mutter sehr sanft mit der Hand übers Haar, „da ist eine gute, liebreiche Stirn für dich, strahlend von Liebe zu dir, mein Junge. Ein wenig gebräunt von der Sonne und dem Wetter, weil sie deinem Vater überallhin gefolgt ist und für dich gesorgt hat; aber so frisch und gesund wie ein reifer Apfel am Baum."

Mr. Bagnets Gesicht drückt, soweit es seine hölzerne Beschaffenheit erlaubt, höchste Billigung und Zustimmung aus.

„Die Zeit wird kommen, mein Junge", fährt der Kavallerist

fort, „da das Haar deiner Mutter ergraut ist und die Stirn voller Runzeln und Falten, und sie wird dann eine würdige Matrone sein. Trag Sorge, solang du jung bist, daß du in jenen Tagen sagen kannst: Ich bin nicht schuld, daß ein Haar ihres geliebten Hauptes ergraut ist, daß sich eine Schmerzensfalte in ihr Gesicht gegraben hat. Denn von all den vielen Dingen, an die du als Mann denken kannst, Woolwich, ist dies das beste für dich."

Mr. George erhebt sich vom Stuhl, setzt den Knaben neben seine Mutter und sagt etwas hastig, er wolle ein wenig seine Pfeife auf der Straße draußen rauchen.

35. KAPITEL

Esthers Erzählung

Ich lag mehrere Wochen lang krank, und mein gewöhnlicher Lebenslauf wurde mir gleichsam zu einer alten Erinnerung. Aber das war weniger die Wirkung der Zeit als das Ergebnis der Veränderung all meiner Gewohnheiten infolge der Hilflosigkeit und Untätigkeit im Krankenzimmer. Noch ehe ich viele Tage darein gebannt war, schien alles andere in weite Ferne entrückt, wo die verschiedenen Abschnitte meines Lebens, die in Wirklichkeit Jahre auseinanderlagen, wenig oder gar nicht voneinander geschieden waren. Durch meine Erkrankung schien ich einen dunklen See überschifft und alle meine Erfahrungen, durch die große Entfernung ineinandergemischt, an der Küste der Gesundheit zurückgelassen zu haben.

Meine Haushaltpflichten waren, obgleich mir der Gedanke, daß sie unverrichtet blieben, anfangs große Sorgen machte, bald so weit zurückgetreten wie die ältesten der alten Pflichten in Greenleaf oder die Sommernachmittage, an denen ich als Kind mit der Mappe unterm Arm und begleitet von meinem Schatten aus der Schule zu meiner Patin nach Hause ging. Ich hatte vorher nie gewußt, wie kurz in Wirklichkeit das Leben ist und in welch kleinen Raum man es zusammendrängen kann.

Während ich sehr krank war, quälte die Art, wie diese Zeitabschnitte ineinander verschwammen, mein Gemüt ausnehmend. Ich war zu gleicher Zeit ein Kind, ein reifendes Mädchen und die kleine Hausfrau, als die ich so glücklich gewesen war, und es bedrückten mich nicht nur die Sorgen und Nöte, die zu jeder dieser Stellungen gehörten, sondern auch der peinliche Zwang, unaufhörlich zu versuchen, sie miteinander auszusöhnen. Ich glaube, daß nur wenige, die nicht in solcher Lage gewesen sind, ganz verstehen können, was ich sagen will oder welch quälende Unruhe mir dieser Zustand verursachte.

Aus demselben Grund fürchte ich mich fast, von jener Zeit meiner Krankheit zu sprechen – sie erschien mir wie eine lange Nacht, aber ich glaube, sie dauerte Nächte und Tage –, in der ich endlose Treppen hinaufkletterte, stets bemüht, das Ende zu erreichen, stets von einem Hindernis aufgehalten wie ein Wurm auf einem Gartenpfad und stets von vorn beginnend. Zuweilen wußte ich ganz klar und meist, glaube ich, wußte ich dunkel, daß ich im Bett lag – sprach mit Charley, fühlte ihre Hand und erkannte sie recht gut; und doch hörte ich mich klagen: „Ach, noch mehr von diesen endlosen Treppen, Charley – immer noch mehr – bis zum Himmel, glaube ich, aufgetürmt!" und fing wieder an zu klettern.

Darf ich wagen, von jener schlimmsten Zeit zu sprechen, als sich irgendwo im großen, schwarzen Raum ein feuriges Halsband oder ein Flammenring oder ein Sternenkreis bewegte, von denen ich ein Teil war; als es mein einziges Gebet war, von den übrigen Teilen getrennt zu werden, und als es für mich eine unerklärliche Qual und Not bedeutete, zu einem so grauenhaften Ding zu gehören?

Vielleicht bin ich um so weniger langweilig und unverständlich, je weniger ich von diesen Krankheitserfahrungen spreche. Ich rufe sie nicht zurück, um andere zu betrüben, oder weil es mich jetzt im mindesten traurig macht, daran zurückzudenken. Es ist aber leicht möglich, daß wir, wenn wir mehr von diesen seltsamen Heimsuchungen wüßten, besser imstande wären, sie zu lindern.

Die nun folgende Ruhe, der lange, köstliche Schlaf, der selige Friede, als ich in meiner Schwäche zu abgespannt war, um mir meinetwegen Sorgen zu machen, und die Nachricht von meinem nahen Tod – so glaube ich jetzt wenigstens – mit keinem anderen Gefühl aufgenommen hätte als mit liebevollem Bedauern für die Zurückbleibenden – dieser Zustand ist vielleicht mehr Menschen verständlich. Damals wich ich zum erstenmal wieder vor dem Licht zurück, als es mir in die Augen schimmerte, und fühlte mit grenzenloser Freude, für die kein Wort hinreißend genug ist, daß ich wieder sehen werde.

Ich hatte meine Ada Tag und Nacht an der Tür weinen hören; ich hatte gehört, wie sie mir zurief, daß ich hartherzig sei und sie nicht lieb habe; ich hatte sie bitten und flehen hören, sie einzulassen, um mich zu pflegen und zu trösten und nicht mehr von meinem Bett zu weichen; aber ich hatte, wenn ich sprechen konnte, nur gesagt: „Nie, mein liebes Herz, nie!" Und hatte Charley immer wieder daran erinnert, daß sie meinen Liebling vom Zimmer fernhalten müsse, mochte ich nun leben oder sterben. Charley hatte in dieser Zeit der Not treu bei mir ausgeharrt und mit ihrer kleinen Hand und ihrem tapferen Herzen die Tür verschlossen gehalten.

Jetzt aber, da meine Augen besser wurden und mir das herrliche Licht jeden Tag voller und glänzender leuchtete, konnte ich die Briefe lesen, die mir mein liebes Herz jeden Morgen und Abend schrieb, und konnte sie an die Lippen drücken und an meine Wangen legen, ohne fürchten zu müssen, ihr zu schaden. Ich konnte meine liebreiche, fürsorgliche kleine Zofe im Zimmer herumgehen sehen, um alles aufzuräumen, und konnte sie wieder durch das offene Fenster heiter mit Ada sprechen hören. Ich konnte jetzt die Stille im Haus verstehen und die zarte Rücksicht, die dadurch alle bewiesen, die stets so gut zu mir gewesen waren. Ich konnte in der Überseligkeit meines Herzens weinen und mich in meiner Schwäche so glücklich fühlen wie nur je in meiner Stärke.

Allmählich kam ich wieder zu Kräften. Anstatt mit befremdlicher Ruhe dazuliegen und bei allem, was für mich geschah, zuzusehen, als geschähe es für jemand anderen, den ich still bedauerte, half ich ein wenig mit und nach und nach immer ein wenig mehr, bis ich mich selbst bedienen konnte und für das Leben wieder aufgeschlossen war.

Wie deutlich erinnere ich mich noch des herrlichen Nachmittags, als ich zum erstenmal, mit Kissen gestützt, im Bett aufrecht saß, um mit Charley feierlich Tee zu trinken! Die Kleine, sicherlich in die Welt geschickt, um den Schwachen und Kranken zu helfen, war so glücklich und so geschäftig und unterbrach sich so oft in ihren Vorbereitungen, um ihren Kopf an meine Brust zu schmiegen, mich zu liebkosen und unter Freudentränen auszurufen, sie sei ja so froh, so froh! daß ich endlich sagen mußte: „Charley, wenn du so weitermachst, muß ich mich wieder hinlegen, liebes Kind, denn ich bin schwächer, als ich glaubte." Da wurde denn Charley mäuschenstill und bewegte sich mit heiterem Gesicht in den beiden Zimmern hin und her,

aus dem Schatten in den göttlichen Sonnenschein und aus dem
Sonnenschein in den Schatten, während ich ihr geruhig zusah.
Als alle ihre Vorbereitungen beendet waren und der hübsche
Teetisch mit seinen kleinen Delikatessen, die mich reizen sollten,
mit dem weißen Tischtuch und den Blumen und allem, was
Ada unten für mich so liebreich und schön geordnet hatte, neben
meinem Bett stand, da fühlte ich mich standfest genug, um
Charley etwas zu sagen, was mich schon lange beschäftigt hatte.

Erst lobte ich sie wegen des Zimmers, und es war auch wirklich so frisch und luftig, so fleckenlos und sauber, daß ich kaum
glauben konnte, ich hätte darin so lange krank gelegen. Das
machte Charley Freude, und ihr Gesicht strahlte noch mehr als
vorher.

„Und doch, Charley", sagte ich und sah mich um, „vermisse
ich etwas, an das ich gewöhnt bin."

Die arme kleine Charley sah sich ebenfalls um und tat, als
ob sie den Kopf schüttle, da nichts fehle.

„Hängen die Bilder alle wie früher?" fragte ich sie.

„Alle, Miss", sagte Charley.

„Und wie ist's mit den Möbeln, Charley?"

„Außer wo ich sie weggerückt habe, um Platz zu gewinnen,
stehen sie noch wie früher, Miss."

„Und doch vermisse ich einen vertrauten Gegenstand", sagte
ich. „Ach, jetzt weiß ich, was es ist, Charley! Es ist der Spiegel."

Charley stand vom Tisch auf, als ob sie etwas vergessen hätte,
und ging ins nächste Zimmer, und ich hörte sie dort schluchzen.

Ich hatte sehr oft daran gedacht. Jetzt war ich meiner Sache
sicher. Ich konnte Gott danken, daß es mich jetzt nicht erschütterte. Ich rief Charley zurück, und als sie kam – anfangs mit
gezwungenem Lächeln, aber als sie näher kam, mit traurigem
Gesicht, schloß ich sie in die Arme und sagte: „Es liegt nicht viel
daran, Charley. Ich hoffe, ich kann ohne mein altes Gesicht
ganz gut auskommen."

Ich erholte mich bald so weit, daß ich in einem Lehnstuhl
bleiben und sogar, auf Charley gestützt, mit schwindelndem
Kopf ins nächste Zimmer gehen konnte. Auch in diesem fehlte
der Spiegel an seiner gewohnten Stelle; aber was ich zu tragen
hatte, war deshalb nicht schwerer zu tragen.

Mein Vormund hatte beständig gedrängt, mich besuchen zu
dürfen, und jetzt war kein Grund mehr vorhanden, warum ich
mir dieses Glück versagen sollte. Er kam eines Morgens, und
als er herzutrat, konnte er mich zunächst nur in seinen Armen

halten und sagen: „Mein liebes, liebes Mädchen!" Ich hatte längst gewußt – wer konnte es besser wissen? –, welch tiefer Quell von Liebe und Edelmut sein Herz war; und war es nicht mein Leiden und meine belanglose Entstellung wert, einen solchen Platz darin auszufüllen? O ja! dachte ich. Er hat mich gesehen und liebt mich noch mehr als früher; er hat mich gesehen und ist sogar noch zärtlicher mit mir als zuvor. Worüber habe ich da zu trauern?

Er setzte sich neben mich aufs Sofa und stützte mich mit seinem Arm. Eine kleine Weile saß er da, die Hand vor dem Gesicht, aber als er sie sinken ließ, nahm er wieder ganz seine sonstige Miene an. Nie kann es ein liebenswerteres Gesicht geben oder gegeben haben.

„Mein liebes Frauchen", sagte er, „was für eine traurige Zeit! Und dabei in aller Not ein so unbeugsames kleines Frauchen!"

„Nur zum besten, Vormund", sagte ich.

„Zum besten?" wiederholte er liebreich. „Natürlich zum besten Aber da waren Ada und ich ganz und gar verlassen und verloren; da kam und ging Ihre Freundin Caddy früh und spät; da war jeder im Haus todtraurig und elend, und sogar der arme Rick hat geschrieben – noch dazu an mich –, aus lauter Sorge um Sie."

Ich hatte in Adas Briefen von Caddy gelesen, aber nichts von Richard, und sagte es ihm.

„Nun ja, liebes Kind", gab er zur Antwort. „Ich hielt es für besser, ihr nichts davon zu sagen."

„Und Sie betonen, daß er an Sie geschrieben hat", sagte ich. „Als ob das nicht ganz natürlich bei ihm wäre, Vormund, als ob er einem besseren Freund schreiben könnte!"

„Er glaubt, das zu können", entgegnete mein Vormund, „und zwar vielen besseren Freunden. Die Wahrheit ist, er schrieb mir mit einer Art Protest, da er keine Hoffnung hatte, von Ihnen Antwort zu bekommen, schrieb kalt, hochmütig, fremd und gereizt. Da müssen wir nun Nachsicht üben, mein liebes, kleines Frauchen. Man darf ihn nicht tadeln. Jarndyce gegen Jarndyce hat seine eigentliche Natur verkehrt und mich in seinen Augen herabgesetzt. Ich weiß recht gut, daß der Prozeß oft solche und noch schlimmere Wirkungen hervorbringt. Wenn zwei Engel an ihm beteiligt sein könnten, würde er, glaube ich, selbst ihr Wesen ändern."

„Er hat Sie nicht verändert, Vormund."

„O doch, liebes Kind", sagte er lachend. „Er hat den Südwind in Ostwind verwandelt, ich weiß nicht, wie oft. Rick hegt

Mißtrauen und Argwohn gegen mich – geht zu Advokaten, die ihm das beibringen, hört, daß ich entgegengesetzte Interessen habe, Ansprüche, die den seinigen widerstreiten, und wer weiß, was sonst noch. Ich dagegen, der Himmel weiß es, wenn ich aus dieser Perückenwirtschaft, die seit so langer Zeit meinen unglücklichen Namen trägt, herauskommen oder sie durch Verzicht auf mein ureigenes Recht dem Erdboden gleichmachen könnte – was ich nicht kann noch, wie ich glaube, irgendeine menschliche Macht überhaupt, da wir so tief in eine Sackgasse geraten sind – ich täte es noch in dieser Stunde. Lieber wollte ich dem armen Rick seinen ursprünglichen Charakter wiedergeben als all das Geld besitzen, das tote Prozeßführer, auf dem Rad des Kanzleigerichts an Herz und Seele gebrochen, widerstandslos dem Generalrechnungsführer überlassen haben – und das ist Geld genug, liebes Kind, um daraus eine Pyramide zum Gedenken der unübertrefflichen Verworfenheit des Kanzleigerichts zu bauen."

„Ist es möglich, Vormund", fragte ich erstaunt, „daß Richard argwöhnisch gegen Sie sein kann?"

„Ach, meine Liebe", sagte er, „das feine Gift dieser Mißstände hat leider die Eigenheit, solche Krankheiten zu zeitigen. Sein Blut ist infiziert, und die Dinge verlieren in seinen Augen ihr natürliches Aussehen. Es ist nicht seine Schuld."

„Aber es ist ein schreckliches Unglück, Vormund!"

„Es ist ein schreckliches Unglück, kleines Frauchen, je in den Einflußbereich von Jarndyce gegen Jarndyce zu geraten. Ich kenne kein größeres. Allmählich hat er sich verleiten lassen, sich auf dieses angefaulte Rohr zu verlassen, und es teilt etwas von seiner Fäulnis seiner ganzen Umgebung mit. Dennoch sage ich abermals von ganzem Herzen: wir müssen mit dem armen Rick Geduld haben und dürfen ihn nicht tadeln. Welche Unzahl herrlich frischer Herzen, gleich dem seinen, habe ich zu meiner Zeit durch dieselben Mittel umgewandelt gesehen!"

Ich konnte nicht anders, ich mußte mein Erstaunen und Bedauern andeuten, daß seine wohlmeinenden, selbstlosen Absichten so wenig Erfolg gehabt hätten.

„Das dürfen wir nicht sagen, mein gutes Frauchen", entgegnete er heiter. „Ada ist, hoffe ich, glücklicher jetzt, und das ist schon viel. Ich glaubte, ich und diese beiden jungen Leute könnten Freunde sein, statt mißtrauische Feinde, und insoweit den Folgen des Prozesses widerstehen und uns als stärker erweisen als er. Aber das war zuviel erwartet. Jarndyce gegen Jarndyce war der Vorhang vor Ricks Wiege."

„Aber, Vormund, dürfen wir nicht hoffen, daß ein wenig Erfahrung ihm zeigt, was für eine trügerische, elende Angelegenheit das ist?"

„Wir wollen das hoffen, meine Esther", sagte Mr. Jarndyce, „und daß diese Lehre für ihn nicht zu spät kommt. In keinem Fall wollen wir zu hart über ihn urteilen. Es gibt gegenwärtig nicht viele erwachsene und gereifte Männer auf Erden, noch dazu gute Männer, die, wenn sie als Parteien vor diesen Gerichtshof kämen, nicht binnen drei Jahren gründlich verändert und verdorben würden – nein, in zwei – in einem Jahr. Wie können wir uns über den armen Rick wundern? Ein so unglücklicher Jüngling", hier sprach er gedämpfter, als denke er nur laut, „kann anfangs nicht glauben – wer könnte das? –, daß das Kanzleigericht wirklich ist, was es ist. Aufgeregt und ungeduldig erwartet er von ihm, daß es etwas für seine Sache tue und sie zum Abschluß bringe. Es hält ihn hin, enttäuscht, zermürbt und quält ihn, zerreibt Stück um Stück seine hochfliegenden Hoffnungen und seine Geduld; aber er hofft immer noch darauf und klammert sich daran und findet dann seine ganze Welt trügerisch und hohl. Jawohl, jawohl! Aber genug davon, liebes Kind!"

Er hatte mich die ganze Zeit über, wie zu Anfang, gestützt, und seine Zärtlichkeit tat mir so wohl, daß ich meinen Kopf auf seine Schulter legte und ihn liebte, als wäre er mein Vater. Während dieser Pause faßte ich innerlich den Entschluß, sobald ich wieder kräftig genug sei, Richard irgendwie aufzusuchen und ihn womöglich eines Besseren zu belehren.

„Es gibt hübschere Gesprächsgegenstände als diesen", sagte mein Vormund, „für ein so frohes Fest wie die Genesung unseres lieben Mädchens. Und ich hatte Auftrag, gleich mit dem ersten Wort einen davon zu erwähnen. Wann darf Sie Ada besuchen, liebes Kind?"

Auch daran hatte ich gedacht. Ein wenig im Zusammenhang mit den fehlenden Spiegeln, aber nicht viel; denn ich wußte, daß keine Veränderung meines Aussehens bei meinem Liebling etwas ändern werde.

„Lieber Vormund", sagte ich, „da ich sie so lange ausgesperrt habe, obgleich sie wahrhaftig wie das Licht für mich ist –"

„Das weiß ich wohl, liebes Frauchen."

Er war so gut, seine Berührung drückte so viel zartes Mitgefühl und Zuneigung aus, und seine Stimme goß so viel Trost in mein Herz, daß ich kurz innehielt, gänzlich außerstande, fortzufahren. „Ja, ja, Sie sind müde", sagte er. „Ruhen Sie ein wenig aus."

„Da ich Ada so lange entbehrt habe", fing ich nach kurzer Zeit von neuem an, „so glaube ich, ich bliebe gern noch ein Weilchen dabei, lieber Vormund. Es wäre am besten, das Haus hier zu verlassen, ehe ich sie sehe. Wenn Charley und ich eine Wohnung auf dem Land bezögen, sobald ich beweglich genug bin, und ich eine Woche dort zubrächte, um in der guten Luft kräftiger und munterer zu werden und dem Glück, Ada wieder um mich zu haben, entgegenzusehen, glaube ich, wäre es besser für uns."

Ich hoffe, es war kein kleinlicher Wunsch, mich erst etwas mehr an mein verändertes Aussehen zu gewöhnen, bevor ich dem lieben Mädchen, das ich so brennend wiederzusehen begehrte, vor die Augen trat; aber ich wünschte es wirklich. Ich war überzeugt, daß er mich durchschaute; aber ich fürchtete mich nicht davor. Wenn es engherzig war, würde er darüber hinweggehen, das wußte ich.

„Unser schwergeprüftes kleines Frauchen", sagte mein Vormund, „soll selbst in ihrem Eigensinn recht behalten, wenn es auch, wie ich weiß, unten Tränen kostet. Und sehen Sie nur! Da ist Boythorn, das ritterliche Herz, das mit so leidenschaftlichen Gelübden, wie sie noch nie zu Papier gebracht wurden, bei Himmel und Erde schwört: wenn Sie nicht kommen und sein ganzes Haus beziehen, das er schon zu diesem Zweck ganz allein geräumt hat, so will er es niederreißen und keinen Stein auf dem anderen lassen."

Und mein Vormund drückte mir einen Brief in die Hand, der gar keinen ordentlichen Anfang hatte wie etwa: „Mein lieber Jarndyce", sondern gleich loslegte: „Ich schwöre, wenn Miss Summerson nicht zu mir kommt und mein Haus in Besitz nimmt, das ich heute um ein Uhr mittag ihretwegen räume", und dann mit tiefstem Ernst in den nachdrücklichsten Wendungen die obenerwähnte außerordentliche Erklärung enthielt. Unserer Wertschätzung für den Schreiber tat es keinen Eintrag, daß wir herzlich über den Brief lachten, und wir kamen überein, daß ich ihm morgen früh einen Dankbrief schreiben und sein Angebot annehmen solle. Es war mir höchst angenehm; denn von allen Orten, die ich mir ausdenken konnte, hätte ich keinen so gern besucht wie gerade Chesney Wold.

„Nun, meine kleine Hausfrau", sagte mein Vormund und sah nach der Uhr, „ich bekam eine genaue Frist zugemessen, ehe ich heraufging, denn Sie dürfen nicht zu früh angestrengt werden; und meine Zeit ist bis zur letzten Minute verstrichen. Ich habe noch eine andere Bitte. Die kleine Miss Flite ließ es sich auf das Gerücht hin, daß Sie krank seien, nicht nehmen, hierherzumarschieren – zwanzig Meilen in Tanzschuhen, die arme Seele –, um sich zu erkundigen. Es war ein wahres Glück, daß wir zu Hause waren, sonst wäre sie wieder zurückgewandert."

Die alte Verschwörung, mich glücklich zu machen! Jedermann schien daran beteiligt zu sein.

„Wenn es Ihnen nicht unangenehm ist, die harmlose kleine Alte eines Nachmittags vorzulassen, ehe Sie Boythorns sonst dem Untergang geweihtes Haus vor der Zerstörung bewahren", sagte mein Vormund, „so glaube ich, würden Sie sie stolzer und selbstzufriedener machen, als ich es in meinem ganzen Leben könnte – obgleich ich den großartigen Namen Jarndyce trage."

Ich zweifle nicht, daß er wußte, es sei etwas an dem einfachen Bild des armen, unglücklichen Geschöpfs, das gerade jetzt wie eine sanfte Lehre auf mein Gemüt wirken werde. Ich fühlte es, als er mit mir sprach. Ich konnte ihm nicht herzlich genug sagen, wie gern ich sie empfangen wolle. Ich hatte sie immer bemitleidet – aber nie so sehr wie jetzt. Ich war stets froh gewesen, daß ich ein wenig imstande war, sie in ihrem Jammer zu trösten – aber nie, nie halb so froh wie jetzt.

Wir verabredeten einen Tag, an dem Miss Flite mit der Landkutsche zu uns kommen und mein frühes Mittagsmahl teilen sollte. Als mich mein Vormund verließ, wandte ich mich auf meinem Lager um und bat um Verzeihung, wenn ich, von solchen Segnungen umgeben, die kleine Prüfung, die ich zu bestehen hatte, vor mir selbst vergrößert hatte. Das kindliche Gebet an jenem längst vergangenen Geburtstag, als ich gelobt hatte, fleißig, zufrieden und treuen Herzens zu sein und Gutes zu erweisen, wem ich könnte, um mir Liebe zu erwerben, wenn ich's vermöchte, kam mir wieder in den Sinn mit einer vorwurfsvollen Erinnerung an alles seither genossene Glück und an alle liebevollen Herzen, die sich mir zugewandt hatten. Wenn ich jetzt schwach war, was hatte ich durch diese gnädigen Schickungen gewonnen? Ich wiederholte das alte, kindliche Gebet in seinen alten, kindlichen Worten und fand, daß sein alter Friede nicht von ihm gewichen war.

Mein Vormund besuchte mich jetzt jeden Tag. Nach ungefähr einer Woche konnte ich in den Zimmern herumgehen und hinter dem Fenstervorhang hervor lange Gespräche mit Ada führen. Aber ich sah sie nie; denn ich hatte noch nicht den Mut, das liebe Gesicht zu schauen, obgleich ich es leicht hätte tun können, ohne daß sie mich sah.

Am festgesetzten Tag kam Miss Flite. Die arme kleine Alte stürzte, ihre gewohnte Würde völlig vergessend, in mein Zimmer und rief aus tiefstem Herzen: „Meine liebe Fitz Jarndyce!" fiel mir um den Hals und küßte mich zwanzigmal.

„Mein Gott!" sagte sie und fuhr mit der Hand in ihren Strickbeutel, „ich habe hier nichts als Dokumente, meine liebe Fitz Jarndyce; Sie müssen mir ein Taschentuch leihen."

Charley gab ihr eines, und das gute Geschöpf machte gewiß reichlich Gebrauch davon, denn sie hielt es mit beiden Händen vor die Augen und weinte so die nächsten zehn Minuten lang.

„Vor Freude, meine liebe Fitz Jarndyce", erklärte sie eifrig, „durchaus nicht vor Schmerz. Vor Freude, Sie wieder gesund zu sehen. Vor Freude, die Ehre zu haben, Sie besuchen zu dürfen. Ich habe Sie viel lieber als den Kanzler, meine Gute. Obgleich ich regelmäßig den Gerichtssitzungen beiwohne. Übrigens, meine Liebe, da wir gerade von Taschentüchern sprechen –"

Miss Flite sah hier Charley an, die sie an der Haltestelle der Kutsche abgeholt hatte. Charley sah mich an, als ob sie nicht gern auf die Äußerung eingehen wollte.

„Sehr richtig!" sagte Miss Flite, „sehr richtig. Wahrhaftig! Höchst taktlos von mir, es zu erwähnen; aber, meine liebe Miss Fitz Jarndyce, ich fürchte, ich bin manchmal – unter uns gesagt, Sie würden es nicht glauben – ein wenig – zerstreut, wissen Sie", sagte Miss Flite und deutete auf ihre Stirn. „Weiter nichts."

„Was wollten Sie mir sagen?" fragte ich lächelnd, denn ich sah, daß sie gern fortfahren wollte. „Sie haben meine Neugier geweckt, und jetzt müssen Sie sie befriedigen."

Miss Flite sah in dieser wichtigen Krisis Charley ratsuchend an; diese sagte: „Wenn Sie glauben, Ma'am, Sie erzählen es besser selbst", und erfreute damit Miss Flite über die Maßen.

„So klug ist unsere junge Freundin", sagte sie zu mir in ihrer geheimnisvollen Weise. „Klein. Aber sehr klug! Also, meine Liebe, eine hübsche Anekdote. Weiter nichts. Aber ich halte sie für reizend. Wer kommt hinter uns her auf dem Weg von der Landkutsche, meine Liebe? Eine arme Person in einem sehr altmodischen Hut –"

„Jenny, wenn Sie erlauben, Miss", sagte Charley.

„Ganz richtig!" Miss Flite stimmte mit größter Freundlichkeit bei. „Jenny! Jawohl. Und was erzählt sie unserer jungen Freundin? Daß sich in ihrer Hütte eine verschleierte Dame nach dem

Befinden meiner lieben Fitz Jarndyce erkundigt und als kleines Andenken ein Taschentuch mitgenommen habe, bloß weil es meiner lieben Fitz Jarndyce gehörte! Und Sie wissen ja, das erweckt für die verschleierte Dame ein günstiges Vorurteil!"

„Wenn Sie erlauben, Miss", sagte Charley, die ich einigermaßen verwundert anblickte, „Jenny sagt, als ihr Kleines starb, ließen Sie ein Taschentuch zurück, und das habe sie weggelegt und mit den kleinen Sachen des Kindes aufbewahrt. Ich glaube, wenn Sie erlauben, Miss, teils weil es Ihnen gehörte, teils weil es das Kind zugedeckt hatte."

„Klein", flüsterte Miss Flite und wies mit verschiedenen Gebärden auf ihre Stirn, um zu zeigen, daß Charley sehr gescheit sei, „aber ausnehmend klug! Und so klar! Meine Liebe, sie ist klarer als alle Advokaten, die ich je gehört habe!"

„Ja, Charley", entgegnete ich, „ich erinnere mich. Nun?"

„Ja, Miss", sagte Charley, „und dieses Taschentuch hat die Dame mitgenommen. Und Jenny wünscht, Sie sollen wissen, daß sie es nicht für einen Haufen Geld weggegeben hätte, aber die Dame hat es genommen und Geld dafür hingelegt. Jenny kennt sie gar nicht, wenn Sie erlauben, Miss."

„Wer mag das nur sein?" sagte ich.

„Meine Liebe", meinte Miss Flite, indem sie mit der geheimnisvollsten Miene ihre Lippen an mein Ohr brachte, „meiner Meinung nach – äußern Sie das nicht gegen unsere kleine Freundin – ist sie des Lordkanzlers Gemahlin! Er ist verheiratet, wie Sie wissen. Und ich höre, er hat ein Höllenleben bei ihr. Sie wirft Seiner Herrlichkeit Papiere ins Feuer, meine Liebe, wenn er den Juwelier nicht bezahlen will!"

Ich machte mir damals nicht viel Gedanken über diese Dame, denn ich glaubte, es sei vielleicht Caddy gewesen. Außerdem wurde meine Aufmerksamkeit durch meine Besucherin abgelenkt, die von der Fahrt fror und hungrig aussah und die, als das Mittagessen aufgetragen war, ein wenig des Beistands bedurfte, um sich hochbefriedigt mit einer jämmerlichen alten Schärpe und einem abgenutzten, oft geflickten Paar Handschuhen, die, in Papier eingeschlagen, die Reise mitgemacht hatten, herauszuputzen. Auch hatte ich bei dem Mahl, das aus einem Fischgericht, einem gebratenen Huhn, Rinderbrust, Gemüse, Pudding und Madeira bestand, den Vorsitz zu führen, und es war so hübsch anzusehen, wie es ihr schmeckte und mit wieviel Anstand und Feierlichkeit sie ihm Ehre antat, daß ich bald an nichts anderes dachte.

Als wir fertig waren und unseren kleinen Nachtisch genossen, verziert von der Hand meines Goldkinds, das die Aufsicht über alles, was für mich bereitet wurde, keinem anderen abtrat, war Miss Flite so heiter und gesprächig, daß ich auf den Einfall kam, sie auf ihre eigene Lebensgeschichte zu bringen, da sie immer gern von sich sprach. Ich fragte zur Einleitung: „Sie haben den Lordkanzler viele Jahre lang besucht, Miss Flite?"

„O viele, viele, viele Jahre, meine Liebe. Aber ich erwarte ein Urteil. Binnen kurzem."

Selbst in ihrer Hoffnungsfreudigkeit lag eine ängstliche Spannung, die mich zweifeln ließ, ob ich recht getan hätte, die Sache zur Sprache zu bringen. Ich gedachte nicht weiter davon zu sprechen.

„Mein Vater erwartete ein Urteil", sagte Miss Flite. „Mein Bruder. Meine Schwester. Sie alle erwarteten ein Urteil. Dasselbe, das ich erwarte."

„Sie sind alle –"

„Ja-a. Natürlich tot, meine Liebe", sagte sie.

Da ich sah, daß sie fortfahren wollte, hielt ich es für das beste, ihr weiterzuhelfen, indem ich auf den Gegenstand einging, statt ihn zu meiden.

„Wäre es nicht klüger", sagte ich, „nicht mehr auf dieses Urteil zu warten?"

„Natürlich, meine Liebe", antwortete sie auf der Stelle.

„Und den Gerichtshof nicht länger zu besuchen?"

„Ebenso natürlich", sagte sie. „Es ist sehr aufreibend, immer auf etwas zu warten, das nie kommt, meine liebe Fitz Jarndyce! Aufreibend bis auf die Knochen, versichere ich Ihnen!"

Sie zeigte mir flüchtig ihren Arm, der in der Tat schrecklich abgezehrt war.

„Aber, meine Liebe", fuhr sie in ihrer geheimnisvollen Art fort, „der Ort übt eine schreckliche Anziehungskraft aus. Still! Sagen Sie's unserer kleinen Freundin nicht, wenn sie hereinkommt, sie könnte sich davor fürchten. Mit gutem Grund. Der Ort übt eine grausame Anziehungskraft aus, man kann ihn nicht verlassen. Und man muß etwas erwarten."

Ich versuchte sie zu überzeugen, daß dem nicht so sei. Sie hörte mich geduldig und lächelnd an, hatte aber ihre Antwort gleich zur Hand.

„Ja, ja, ja! Sie meinen das, weil ich etwas zerstreut bin. Sehr absurd, etwas zerstreut zu sein, nicht wahr? Auch sehr verwirrend für den Kopf, finde ich. Aber, meine Liebe, ich bin seit vielen Jahren dort, und ich habe es beobachtet. Es liegt in dem Zepter und dem Siegel auf dem Tisch."

Was diese ihrer Meinung nach bewirken könnten, fragte ich sie ruhig.

„Sie ziehen", entgegnete Miss Flite. „Sie ziehen die Leute an, meine Liebe. Ziehen ihnen den Frieden aus der Seele. Den Verstand. Das gute Aussehen. Die guten Eigenschaften. Ich habe gefühlt, wie sie mir sogar nachts die Ruhe entzogen. Kalte und glitzernde Teufel!"

Sie tippte mir mehrmals auf den Arm und nickte mir gutmütig zu, als liege ihr daran, mich zu überzeugen, daß ich sie nicht zu fürchten brauche, obgleich sie so düster sprach und mir so schauerliche Geheimnisse anvertraute.

„Lassen Sie mich einmal sehen", sagte sie. „Ich will Ihnen meine eigene Geschichte erzählen. Ehe sie mich anzogen – ehe ich sie je gesehen hatte, was pflegte ich da zu treiben? Spielte ich Tambourin! Nein! Ich arbeitete am Tambourin. Ich und meine Schwester arbeiteten am Stickrahmen. Unser Vater und unser Bruder waren Architekten. Wir wohnten alle zusammen. Sehr respektabel, meine Liebe! Zuerst zog es unseren Vater weg – langsam. Die Häuslichkeit schwand mit ihm. In wenigen Jahren war er ein mürrischer, verbitterter, bankrotter Mann, der für keinen ein freundliches Wort oder einen freundlichen Blick hatte, und er war doch früher so ganz anders gewesen, Fitz Jarndyce. Es zog ihn ins Schuldgefängnis. Dort starb er. Dann zog es unseren Bruder – rasch zu Trunksucht – Verkommenheit – Tod. Dann zog es meine Schwester. Still! Fragen Sie nicht wohin! Dann wurde ich krank und darbte und hörte, wie vorher schon oft, daß an allem das Kanzleigericht schuld sei. Als ich mich erholt hatte, ging ich mir das Ungeheuer ansehen. Und dann entdeckte ich, wie es war, und es zog mich, dort zu bleiben."

Als sie mit ihrer kurzen Lebensgeschichte fertig war, die sie mit gedämpfter, gepreßter Stimme erzählte, als ob die Erschütterung noch frisch auf ihr laste, nahm sie allmählich ihre gewöhnliche Miene liebenswürdigen Wichtigtuns wieder an.

„Sie glauben mir nicht ganz, meine Liebe! Gut, gut! Mit der Zeit werden Sie's tun. Ich bin ein wenig zerstreut. Aber ich habe beobachtet. Ich habe in diesen vielen Jahren viele neue Gesichter arglos unter den Einfluß von Zepter und Siegel geraten sehen. Wie meinen Vater. Wie meinen Bruder. Wie meine Schwester. Wie mich selbst. Ich höre Konversations-Kenge und die übrigen zu den neuen Gesichtern sagen: ‚Da ist die kleine Miss Flite. Oh, Sie sind zum erstenmal hier und müssen der kleinen Miss Flite vorgestellt werden!' Sehr gut! Ich bin gewiß stolz, die Ehre zu haben! Und wir alle lachen. Aber, Fitz Jarndyce, ich weiß, was geschehen wird. Ich weiß, viel besser als sie, wann der Sog zu wirken anfängt. Ich kenne die Zeichen, meine Liebe. Ich sah den Anfang bei Gridley. Und ich sah das Ende. Meine liebe Fitz Jarndyce", sagte sie wieder leise, „ich habe den Anfang bei unserem Freund, dem Mündel von Jarndyce, gesehen. Es muß ihn jemand zurückhalten, sonst zieht es ihn ins Verderben."

Eine Weile sah sie mich schweigend an, während sich ihr Gesicht allmählich wieder zum Lächeln erhellte. Sie schien zu fürchten, daß sie zu düster gewesen sei, und schien gleichzeitig den Zusammenhang ihrer Gedanken zu verlieren, denn sie sagte höflich, während sie an ihrem Glas Wein nippte: „Ja, meine Liebe, wie gesagt, ich erwarte ein Urteil. Binnen kurzem. Dann gebe ich meine Vögel frei, wie Sie wissen, und verschenke Güter."

Ihre Anspielung auf Richard und ihre trübe Schilderung, traurig verkörpert in ihrer kümmerlichen Gestalt, die durch all das Unzusammenhängende ihrer Rede geisterte, machten tiefen Eindruck auf mich. Aber zum Glück für sie war sie jetzt wieder seelenvergnügt und strahlte nickend und lächelnd.

„Aber, meine Liebe", sagte sie heiter und legte ihre Hand auf die meine. „Sie haben mir noch nicht zu meinem Arzt Glück gewünscht. Auch kein einziges Mal!" Ich mußte gestehen, daß ich nicht recht wußte, was sie meinte.

„Meinen Arzt, Mr. Woodcourt, meine Liebe, der so außerordentlich aufmerksam gegen mich war. Obgleich er seine Hilfe ganz gratis gab, bis zum Tag des Gerichts. Ich meine den Tag des Urteils, das den Zauber, den Zepter und Siegel auf mich ausüben, löst."

„Aber Mr. Woodcourt ist jetzt so weit weg", sagte ich, „daß ich glaubte, die Zeit zu einem solchen Glückwunsch sei vorüber, Miss Flite."

„Aber, mein Kind", entgegnete sie, „ist's möglich, daß Sie nicht wissen, was geschehen ist?"

„Nein", sagte ich.

„Nichts von dem, worüber jedermann gesprochen hat, meine liebe Fitz Jarndyce?"

„Nein", sagte ich. „Sie vergessen, wie lange ich hier gelegen habe."

„Wahr! Meine Liebe, für den Augenblick – wahr. Ich muß mich selbst tadeln. Aber mein Gedächtnis ist mit allem anderen aus mir herausgezogen worden, Sie wissen, wodurch. Eine sehr starke Kraft, nicht wahr? Ja, meine Liebe, dort in den ostindischen Gewässern ist ein schrecklicher Schiffbruch gewesen."

„Mr. Woodcourt hat Schiffbruch erlitten!"

„Erschrecken Sie nicht, meine Liebe. Er ist gerettet. Eine grausige Szene. Der Tod in allen Gestalten. Hunderte von Toten und Sterbenden. Feuer, Sturm und Finsternis. Eine Menge Ertrinkender wurden auf einen Felsen geworfen. Dort und überall war mein lieber Arzt ein Held. Ruhig und mutig in jeder Gefahr. Er rettete vielen das Leben, klagte nie über Hunger oder Durst, hüllte Nackte in seine spärlichen Kleider, übernahm die Führung, zeigte ihnen, was sie tun sollten, leitete sie, pflegte die Kranken, begrub die Toten und brachte die armen Überlebenden endlich in Sicherheit. Meine Liebe, die armen, ausgehungerten Kreaturen beteten ihn fast an. Als sie ans Land kamen, fielen sie ihm zu Füßen und segneten ihn. Das ganze Land spricht davon. Warten Sie! Wo habe ich meinen Dokumentenbeutel? Darin steckt es, und Sie sollen es lesen!"

Und ich las die ganze herrliche Erzählung, wenn auch damals sehr langsam und unvollkommen, denn meine Augen waren so trübe, daß ich die Worte nicht unterscheiden konnte, und ich weinte so sehr, daß ich den langen Bericht, den sie aus der Zeitung ausgeschnitten hatte, oft weglegen mußte. Ich fühlte mich so glücklich, den Mann zu kennen, der so edle, tapfere Taten getan hatte; sein Ruhm erfüllte mich mit so froher Begeisterung, ich bewunderte und liebte seine Taten so sehr, daß ich die sturmgepeitschten Unglücklichen beneidete, die ihm zu Füßen gefallen waren und ihn als ihren Retter gesegnet hatten. Ich selbst hätte damals in weiter Ferne vor ihm niederknien und ihn segnen mögen, in meinem Entzücken, daß er so wahrhaft edel und tapfer war. Ich fühlte, daß ihn weder Mutter noch Schwester noch Gattin mehr ehren könnten als ich. Ja, wahrhaftig, das fühlte ich.

Die arme, kleine Miss Flite schenkte mir den Bericht, und als sie gegen Abend aufstand, um sich zu verabschieden, damit sie die Landkutsche nicht versäume, in der sie zurückfahren sollte, war sie noch ganz erfüllt von dem Schiffbruch, den ich noch nicht in all seinen Einzelheiten zu fassen vermochte, da ich dazu nicht ruhig genug war.

„Meine Liebe", sagte sie, als sie die Schärpe und die Handschuhe sorgfältig eingewickelt hatte, „mein wackerer Arzt sollte einen Titel bekommen. Und zweifellos wird man ihm einen verleihen. Meinen Sie das nicht auch?"

„Daß er einen verdient – ja! Daß er einen bekommt – nein!"

„Warum nicht, Fitz Jarndyce?" fragte sie etwas gereizt.

Ich sagte, es sei in England nicht Sitte, für verdienstliche Taten im Frieden, so gut und groß sie auch seien, Titel zu verleihen – außer etwa, wenn sie im Anhäufen einer sehr großen Geldsumme beständen.

„Aber mein Gott, wie können Sie so etwas sagen?" sagte Miss Flite. „Sie wissen doch sicherlich, meine Liebe, daß alle Hauptzierden Englands in Wissenschaft, Kunst, tätiger Nächstenliebe und Fortschritt jeder Art seinem Adel zugesellt werden! Sehen Sie sich um, meine Liebe, und überlegen Sie! Jetzt müssen wohl Sie ein wenig zerstreut sein, glaube ich, wenn Sie nicht wissen, daß das der Hauptgrund ist, weshalb in England der Adel stets bleiben wird!"

Ich fürchte, sie glaubte, was sie sagte; denn es gab Augenblicke, in denen sie wirklich ganz verrückt war.

Und jetzt muß ich das kleine Geheimnis verraten, das ich bis jetzt zu verbergen versucht habe. Ich hatte manchmal gedacht, daß Mr. Woodcourt mich liebe und daß er es mir vielleicht vor seiner Abreise gesagt hätte, wenn er reicher gewesen wäre. Ich hatte manchmal gedacht, wenn er es mir gesagt hätte, hätte ich mich darüber gefreut. Aber wieviel besser war es jetzt, daß es nie geschehen war! Was hätte ich gelitten, wenn ich ihm hätte schreiben und sagen müssen, daß das arme Gesicht, das er als das meine gekannt hatte, verschwunden sei und daß ich ihn freiwillig von seiner Verpflichtung gegen eine, die er nie gesehen hatte, entbinde!

Oh, es war viel besser so, wie es war! Mit einem großen, aber gnädig bemessenen Schmerz konnte ich mein kindisches Gebet, so zu werden, wie er sich so glänzend gezeigt hatte, wieder in mein Herz verschließen, und nichts war ungeschehen zu machen: ich brauchte keine Kette zu lösen, er keine zu schleppen; ich konnte, wenn es Gott gefiel, meinen bescheidenen Gang auf dem Weg der Pflicht gehen, er seinen erhabeneren auf der breiten Straße, und obgleich wir auf der Reise getrennt waren, konnte ich doch rein und selbstlos bemüht sein, ihm am Ende der Pilgerfahrt viel besser zu begegnen, als er es sich geträumt hatte, da ich vor seinen Augen Gnade fand.

36. KAPITEL

Chesney Wold

Charley und ich traten die Reise nach Lincolnshire nicht allein an. Mein Vormund hatte sich vorgenommen, mich nicht aus den Augen zu lassen, bis ich in Mr. Boythorns Haus wohlgeborgen sei; deshalb begleitete er uns, und wir waren zwei Tage unterwegs. Mir schien jeder Lufthauch, jeder Duft, jede Blume und jedes Blatt, jeder Grashalm, jede vorüberziehende Wolke und überhaupt alles in der Natur schöner und wunderbarer denn je. Das war mein erster Gewinn aus meiner Krankheit. Wie wenig hatte ich verloren, wenn die weite Welt so voller Wonne für mich war!

Da mein Vormund gleich wieder zurückreisen wollte, verabredeten wir auf unserer Hinfahrt einen Tag, an dem mein Herzenskind nachkommen sollte. Ich schrieb ihr einen Brief, den er ihr überbringen wollte, und er schied von uns in der ersten halben Stunde nach unserer Ankunft an unserem Reiseziel, an einem schönen Abend im Frühsommer.

Hätte eine gute Fee das Haus mit einem Wink ihres Zauberstabes für mich erbaut und wäre ich eine Prinzessin und ihr Lieblingspatenkind gewesen, man hätte dort nicht mehr Rücksicht auf mich nehmen können. Man hatte so viele Vorbereitungen für mich getroffen und bewies so viel liebevolle Erinnerung an alle Kleinigkeiten, die ich gern hatte, daß ich mich wohl ein dutzendmal von Rührung überwältigt hätte hinsetzen können, ehe ich die Hälfte der Zimmer besucht hatte. Ich tat jedoch etwas Vernünftigeres: ich zeigte sie statt dessen alle Charley. Ihre Freude beschwichtigte die meine. Und nachdem wir einen Spaziergang in den Garten gemacht und Charley ihren ganzen Vorrat an Ausdrücken der Bewunderung erschöpft hatte, fühlte ich mich so ausgeglichen glücklich, wie es sich für mich gehörte. Es war mir ein großer Trost, mir nach dem Tee sagen zu können: Liebe Esther, ich glaube, du bist jetzt verständig genug, um dich hinzusetzen und einen Dankbrief an deinen Wirt zu schreiben! Er hatte einen Willkommensbrief für mich hinterlassen, der so sonnig war wie sein Gesicht, und hatte seinen Vogel meiner Obhut anvertraut, was ich als höchstes Zeichen seines Vertrauens kannte. Daher schrieb ich ihm ein Briefchen nach London, das ihm berichtete, wie alle seine Lieblingspflanzen und -bäume aussähen und wie der wunderbarste aller Vögel mir mit seinem Gezwitscher die Honneurs des Hauses aufs gastfreundlichste gemacht habe und wie er, nachdem er zum hellen Entzücken meiner Zofe auf meiner Schulter gesungen, in der gewohnten Ecke seines Käfigs zur Ruhe gegangen sei – ob er dabei träume oder nicht, könne ich nicht berichten. Als ich meinen Brief beendigt und auf die Post geschickt hatte, befaßte ich mich mit dem Auspacken und Ordnen meiner Sachen, schickte Charley zeitig zu Bett und sagte ihr, daß ich sie diesen Abend nicht mehr brauche.

Ich hatte nämlich noch nie in den Spiegel geschaut und hatte meinen früheren nie zurückverlangt. Ich wußte, das war eine Schwäche, die überwunden werden mußte; aber ich hatte mir immer gesagt, ich wolle neu anfangen, wenn ich da angelangt sei, wo ich jetzt war. Deshalb wollte ich allein sein, und deshalb sagte ich, als ich jetzt in meinem Zimmer allein war: „Esther, wenn du glücklich sein willst, wenn du ein Recht haben willst, zu beten, daß du treuen Herzens sein mögest, mußt du Wort halten." Ich war fest entschlossen, es zu halten, aber ich setzte mich doch erst ein Weilchen hin, um alles Gute zu überdenken, das mir zuteil geworden war. Dann sprach ich mein Gebet und dachte noch ein wenig nach.

Das Haar hatte man mir nicht abgeschnitten, obgleich es mehr als einmal in Gefahr gewesen war. Es war lang und stark. Ich löste es und ließ es hinabfallen und trat vor den Spiegel auf dem Toilettentisch. Man hatte ihn mit einem Musselinvorhang verhüllt. Den zog ich zurück, hielt eine Weile still und betrachtete mich durch einen so dichten Schleier meines Haares, daß ich nichts anderes erkennen konnte. Dann strich ich mein Haar zurück und prüfte das Bild im Spiegel, etwas ermutigt durch die Ruhe, mit der es mich ansah. Ich hatte mich sehr verändert – ach ja, sehr, sehr; anfangs war mir mein Antlitz so fremd, daß ich glaube, ich hätte es ohne die erwähnte Ermutigung mit den Händen bedeckt und wäre zurückgewichen. Doch bald gewöhnte ich mich daran, und dann erkannte ich das Maß der Veränderung besser als anfangs. Sie war nicht von der Art, wie ich erwartet hatte; aber ich hatte nichts Bestimmtes erwartet, und ich glaube, jedes Bestimmte hätte mich überrascht.

Ich war nie schön gewesen und hatte mich nie dafür gehalten, aber ich war ganz anders gewesen als jetzt. Nun war alles dahin. Der Himmel war so gütig gegen mich, daß ich mit ein paar

Tränen ohne Bitterkeit davon scheiden und mit dankerfülltem Herzen mein Haar für die Nacht aufbinden konnte.

Eine Sache beunruhigte mich, und ich überlegte sie mir lange, ehe ich einschlief. Ich hatte Mr. Woodcourts Blumenstrauß aufgehoben. Als die Blumen welk geworden waren, hatte ich sie getrocknet und in ein Buch gelegt, das ich gern hatte. Niemand wußte das, nicht einmal Ada. Ich zweifelte, ob ich ein Recht habe, ein Geschenk aufzubewahren, das er einer ganz anderen geschickt hatte – ob es edel gegen ihn sei. Ich wünschte gegen ihn edel zu sein, selbst in den geheimsten Tiefen meines Herzens, die er nie ergründen würde, ich wünschte es, weil ich ihn hätte lieben, weil ich ihm mein Herz hätte ganz weihen können. Endlich kam ich zu dem Schluß, daß ich sie behalten könne, wenn ich sie nur als Erinnerung an etwas bewahrte, das unwiderruflich vorüber war und nie wieder in einem anderen Licht betrachtet werden durfte. Ich hoffe, daß das nicht als trivial erscheint. Es war mir sehr ernst damit.

Ich trug Sorge, am anderen Morgen beizeiten aufzusein und vor dem Spiegel zu stehen, als Charley auf den Zehen hereinkam.

„Gott, Gott, Miss!" rief Charley und fuhr zurück. „Sind Sie das?"

„Ja, Charley", sagte ich und band ruhig mein Haar in die Höhe. „Und ich fühle mich dabei recht wohl und glücklich."

Ich sah, daß eine Last von Charleys Seele fiel, aber eine weit größere wich von mir. Ich kannte jetzt das Schlimmste und war darauf eingestellt. Ich will in meiner Geschichte die Schwächen nicht verheimlichen, die ich nicht ganz überwinden konnte, aber sie verließen mich stets bald, und eine glücklichere Gemütsverfassung blieb mir treu.

Von dem Wunsch beseelt, vor Adas Ankunft wieder ganz bei Kräften und guter Stimmung zu sein, entwarf ich mit Charley jetzt eine kleine Reihe von Plänen, um den ganzen Tag im Freien zu sein. Wir wollten vor dem Frühstück spazierengehen und zeitig essen, vor und nach dem Mittagessen wieder spazierengehen, uns nach dem Tee im Garten aufhalten und uns zeitig schlafen legen; jeden Hügel der Nachbarschaft wollten wir besteigen und jeden Weg durch Gebüsch und Feld erforschen. Was kräftige Leckerbissen und Aufbaumittel betrifft, so war Mr. Boythorns gute Haushälterin beständig mit etwas zum Essen oder zum Trinken unterwegs; wenn sie nur vernahm, daß ich im Park ausruhe, so kam sie schon mit einem Korb hinter mir hergetrabt, und von ihrem freundlichen Gesicht strahlte eine Vorlesung aus über die Wichtigkeit häufigen Essens. Dann war ein ausdrücklich für mich bestimmtes Pony da, wohlbeleibt, mit kurzem Hals und einer ganz über die Augen fallenden Mähne, das – wenn es wollte – so leicht und ruhig galoppieren konnte, daß es ein wahres Kleinod war. Schon nach wenigen Tagen kam es zu mir, wenn ich es rief, fraß mir aus der Hand und lief mir nach. Wir lernten uns ganz trefflich verstehen: wenn es träge und etwas trotzköpfig mit mir einen schattigen Heckengang entlangtrabte und ich ihm auf den Hals klopfte und sagte: „Stubbs, es wundert mich, daß du nicht galoppierst, da du doch weißt, wie gern ich es habe, und ich dächte, du könntest mir den Gefallen tun, denn du wirst nur dumm und bist im Begriff einzuschlafen", dann schüttelte es ein paarmal den Kopf auf eine ganz komische Weise und begann sogleich zu laufen, wobei dann Charley stehenblieb und so vergnügt lachte, daß ihr Lachen wie Musik war. Ich weiß nicht, wer dem Pony den Namen Stubbs gegeben hatte, aber er schien so natürlich zu ihm zu gehören wie sein zottiges Haar. Einmal spannten wir es vor einen kleinen Wagen und fuhren mit ihm im Triumph fünf Meilen weit durch die grünen Heckengänge; aber während wir es noch bis in den Himmel lobten, schien es ganz plötzlich übelzunehmen, daß es ein Schwarm lästiger, kleiner Mücken, die auf dem ganzen Weg seine Ohren umschwebt hatten, ohne dem Anschein nach einen Zoll weiterzukommen, so weit begleitet hatte, und blieb stehen, um darüber nachzudenken. Ich vermute, es kam zu dem Entschluß, daß es nicht zu ertragen sei, denn es weigerte sich standhaft, sich von der Stelle zu rühren, bis ich Charley die Zügel übergab, ausstieg und zu Fuß weiterging; da folgte es mir mit einer Art trotzigen Humors, steckte mir seinen Kopf unter den Arm und rieb sich das Ohr an meinem Ärmel. Vergeblich sagte ich zu ihm: „Na, Stubbs, soweit ich dich kenne, wirst du weitergehen, wenn ich mich ein wenig in den Wagen setze"; denn kaum hatte ich mich von ihm abgewandt, als es wieder wie angewurzelt stehenblieb. So mußte ich wieder wie zuerst vor ihm hergehen, und in diesem Aufzug kehrten wir zur großen Freude des Dorfes nach Hause zurück.

Charley und ich hatten Grund, es das freundlichste aller Dörfer zu nennen; denn kaum war eine Woche vergangen, so freuten sich die Leute so sehr, uns vorbeigehen zu sehen, und wenn es auch noch so häufig im Lauf des Tages geschah, daß uns aus jeder Hütte freundliche Gesichter grüßten. Ich hatte schon früher viele der erwachsenen Leute gekannt und fast alle Kinder; aber jetzt nahm sogar der Kirchturm ein vertrautes, liebevolles Aussehen an. Unter meinen neuen Freunden befand sich eine uralte Frau, die in einer so kleinen, weißgetünchten Strohdachhütte wohnte, daß der Fensterladen, wenn er zurückgeschlagen war, die ganze Vorderseite des Hauses verdeckte. Diese Alte hatte einen Enkel, der auf See war; und ich schrieb für sie einen Brief an ihn und zeichnete oben darüber die Kaminecke, in der er aufgewachsen war und wo sein alter Stuhl noch auf dem alten Fleck stand. Das ganze Dorf betrachtete das als die wunderbarste Leistung von der Welt; aber als eine Antwort von dem weit entfernten Plymouth her eintraf, in der er äußerte, daß er das Bild mit nach Amerika nehmen und von dort aus wieder schreiben wolle, da rechnete man mir alles an, was eigentlich dem Postamt zukam, und schrieb die Verdienste des ganzen Systems mir zu.

Das viele Wandern im Freien, das Spielen mit so vielen Kindern, das Plaudern mit so vielen Leuten, die Besuche in so vielen Hütten, Charleys wieder aufgenommener Unterricht und die täglichen langen Briefe an Ada ließen mir kaum Zeit, an den kleinen Verlust zu denken, den ich erlitten hatte, und ich war daher fast immer heiter. Wenn ich zuweilen in leeren Augenblicken daran dachte, so brauchte ich mich bloß zu beschäftigen und vergaß es gleich. Es traf mich härter, als ich gehofft hatte, als einmal ein Kind sagte: „Mutter, warum ist die Dame jetzt nicht mehr so hübsch wie früher?" Aber als ich merkte, daß mich das Kind nicht weniger gern hatte und mit einer Art mitleidiger Zärtlichkeit mit seiner weichen Hand über mein Gesicht strich, fühlte ich mich bald wieder beruhigt. Viele kleine Vorfälle zeigten mir zu meinem großen Trost, wie natürlich es sanften Herzen ist, rücksichtsvoll und zartfühlend gegen alles Mangelhafte zu sein. Ein solcher Vorfall rührte mich ganz besonders. Ich trat zufällig in die kleine Kirche, als eine Trauung eben vorüber war und das junge Paar sich ins Kirchenbuch einschrieb. Der Bräutigam, dem die Feder zuerst übergeben wurde, machte ein plumpes Kreuz als Namenszeichen, die Braut, die ihm folgte, tat dasselbe. Nun hatte ich die Braut bei meinem letzten Hiersein nicht nur als das hübscheste Mädchen im Dorf, sondern auch als ausgezeichnete Schülerin kennengelernt und konnte nicht umhin, sie mit einigem Staunen zu betrachten. Sie trat zu mir heran und flüsterte mir zu, während Tränen ehrlicher Liebe und Bewunderung in ihren hellen Augen standen: „Er ist ein lieber, guter Mensch, Miss, aber er kann noch nicht schreiben – er will es von mir lernen – und ich möchte ihn um alles in der Welt nicht beschämen!" Ach, dachte ich, was hatte ich zu fürchten, wenn solcher Adel in der Seele einer Taglöhnerstochter wohnte!

Die Luft wehte mich so frisch und erquickend an wie nur je, und die Farbe der Gesundheit stellte sich in meinem neuen Gesicht ein wie früher in meinem alten. Charley war wunderbar anzusehen, so strahlend und rosig, und wir freuten uns beide den ganzen Tag und schliefen gesund die ganze Nacht.

Ich hatte einen Lieblingsplatz im Park von Chesney Wold, wo man von einer Bank aus eine reizende Aussicht hatte. Die Waldung war gelichtet und ausgehauen worden, um den Ausblick zu verschönern, und die helle, sonnige Landschaft darunter war so schön, daß ich wenigstens einmal am Tag dort rastete. Ein malerischer Teil des Landsitzes, der Geisterweg genannt, nahm sich von dieser Höhe herab sehr gut aus, und der schaurige Name und die dazugehörige alte Familiensage der Dedlocks, die mir Mr. Boythorn erzählt hatte, vermischten sich mit der Aussicht und fügten ihren wirklichen Reizen etwas Geheimnisvolles hinzu. Nicht weit davon war auch ein Abhang, auf dem die herrlichsten Veilchen wuchsen, und da es ein tägliches Vergnügen Charleys war, wilde Blumen zu pflücken, gewann sie die Stelle so lieb wie ich selbst.

Es wäre überflüssig, zu fragen, warum ich nie näher ans Haus oder auch hinein kam. Die Familie war nicht da, wie ich bei meiner Ankunft gehört hatte, und man erwartete sie auch nicht. Ich war durchaus nicht ohne Neugier oder Interesse für das Gebäude; im Gegenteil, ich saß oft auf der Bank und überlegte mir, wie das Haus wohl eingerichtet sei, und ob manchmal wirklich, wie die Sage erzählte, etwas wie ein Schritt auf dem einsamen Geisterweg widerhallte. Das unbeschreibliche Gefühl, das Lady Dedlock in mir erweckt hatte, mag dazu beigetragen haben, daß ich dem Haus fernblieb, selbst in ihrer Abwesenheit. Ich weiß es nicht ganz gewiß. Ihr Gesicht und ihre Gestalt standen natürlich in Beziehung dazu; aber ich kann nicht sagen, daß sie mich von ihm abhielten, obgleich ein Etwas das tat. Denn mit oder ohne Grund – ich war nie dem Haus genaht bis zu dem Tag, bei dem jetzt meine Geschichte angekommen ist.

Ich ruhte nach einem langen Spaziergang auf meinem Lieblingsplatz aus, und Charley suchte Veilchen nicht weit von mir. Ich hatte zum Geisterweg hinübergesehen, der in der Ferne im tiefen Schatten des Mauerwerks lag, und malte mir die weib-

liche Gestalt aus, die dort spuken sollte, als ich gewahrte, daß sich durch das Holz eine Gestalt mir näherte. Der Durchblick war so tief und so vom Laub behindert, und die Schatten der Zweige auf dem Boden störten das Auge so sehr, daß ich sie anfangs nicht erkennen konnte. Aber allmählich zeigte es sich, daß es eine Frau war – eine Dame – Lady Dedlock. Sie war allein und näherte sich, wie ich zu meinem Erstaunen bemerkte, meiner Bank mit viel rascherem Schritt, als man an ihr gewohnt war.

Ihre unerwartete Annäherung – sie war, ehe ich sie erkannte, schon fast in Sprechweite – versetzte mich in große Aufregung, und ich wäre gern aufgestanden, um meinen Spaziergang fortzusetzen. Aber ich konnte nicht. Ich war wie gelähmt. Nicht sowohl durch ihre aufgeregt flehende Gebärde, nicht sowohl durch ihr rasches Nahen und ihre ausgestreckten Hände, nicht sowohl durch die große Veränderung in ihrem Wesen und das Fehlen ihrer stolzen Selbstbeherrschung als vielmehr durch ein Etwas in ihrem Gesicht, wonach ich geschmachtet und wovon ich geträumt hatte, als ich noch ein kleines Kind war; ein Etwas, das ich noch in keinem Gesicht bemerkt, noch nie in dem ihren gesehen hatte.

Mir wurde bang und schwach, und ich rief Charley. Lady Dedlock blieb sogleich stehen und wurde fast ganz wieder, was sie sonst war.

„Miss Summerson, ich fürchte, ich habe Sie erschreckt", sagte sie, indem sie jetzt langsam auf mich zukam. „Sie können kaum schon bei Kräften sein. Ich weiß, daß Sie sehr krank gewesen sind. Es ist mir sehr zu Herzen gegangen, es zu hören."

Ich hätte ebensowenig meine Augen von ihrem bleichen Gesicht abwenden wie von der Bank aufstehen können, auf der ich saß. Sie reichte mir die Hand, und deren Leichenkälte, die der beherrschten Fassung ihrer Züge so sehr widersprach, vermehrte noch den Zauber, der mich überwältigte. Ich kann nicht sagen, was in meinem Kopf wirbelte.

„Sie erholen sich wieder?" fragte sie liebevoll.

„Mir war vor einem Augenblick noch ganz wohl, Lady Dedlock."

„Ist das Ihre junge Zofe?"

„Ja."

„Möchten Sie sie vorausschicken und mit mir den Heimweg zurücklegen?"

„Charley", sagte ich, „bring deine Blumen nach Hause, ich folge dir sogleich."

Mit ihrem besten Knicks setzte Charley errötend ihren Hut auf und entfernte sich. Als sie fort war, setzte sich Lady Dedlock auf die Bank neben mich.

Ich finde keine Worte, meinen Gemütszustand zu beschreiben, als ich in ihrer Hand mein Taschentuch sah, mit dem ich die Leiche des Kindes zugedeckt hatte.

Ich blickte auf sie, aber ich konnte sie nicht sehen, konnte sie nicht hören, konnte nicht Atem holen. So wild und ungestüm klopfte mein Herz, daß es mir war, als wollte sich mein Leben von mir losreißen. Aber als sie mich an ihre Brust riß, mich unter Tränen küßte, mich bedauerte und mich zu mir selbst zurückrief, als sie vor mir auf die Knie fiel und mir zurief: „O mein Kind, mein Kind, ich bin deine verworfene, unselige Mutter! O, versuch mir zu verzeihen!" – als ich sie zu meinen Füßen auf der bloßen Erde in ihrer Seelenqual liegen sah, da fühlte ich mitten im Sturm der Gefühle eine Welle der Dankbarkeit gegen die göttliche Vorsehung, daß ich so verändert war, daß ich sie nie durch eine Spur von Ähnlichkeit bloßstellen konnte, daß nie jemand mich und sie ansehen und nur von weitem an eine nahe Verwandtschaft zwischen uns denken konnte.

Ich hob meine Mutter vom Boden auf und bat sie flehentlich, sich nicht in solcher Betrübnis und Demütigung vor mir zu beugen. Ich tat es in gebrochenen, unzusammenhängenden Worten; denn abgesehen von aller Aufregung erschreckte es mich, sie so vor mir knien zu sehen. Ich sagte ihr, oder versuchte ihr zu sagen, wenn ich mir als ihr Kind unter irgendwelchen Umständen anmaßen könne, ihr zu vergeben, so tue ich es und habe es seit vielen Jahren getan. Ich sagte ihr, daß mein Herz von Liebe zu ihr überströme; daß es natürliche Liebe sei, an der nichts Vergangenes etwas geändert habe oder ändern könne; daß es mir nicht zukomme, jetzt, da ich zum erstenmal an der Brust meiner Mutter liege, sie dafür zur Rechenschaft zu ziehen, daß sie mir das Leben gegeben habe, sondern daß es meine Pflicht sei, sie zu segnen und sie aufzunehmen, ob auch die ganze Welt sich von ihr wende, und daß ich sie nur bitte, das tun zu dürfen. Ich umfing meine Mutter und sie mich, und in den stillen Wäldern im Schweigen des Sommertags schien es außer unseren stürmischen Gemütern nichts zu geben, worauf nicht Friede lag.

„Um mich zu segnen und aufzunehmen", stöhnte meine Mutter, „ist es viel zu spät. Ich muß meine finstere Straße allein gehen, und sie wird mich führen, wohin sie will. Von einem Tag zum andern, manchmal von einer Stunde zur andern sehe ich

den Weg nicht vor meinen schuldigen Füßen. Das ist die irdische
Strafe, die ich auf mich herabgerufen habe. Ich trage sie und
verberge sie."

Selbst als sie so ihres Duldens gedachte, hüllte sie sich in ihre
gewöhnliche stolze Gleichgültigkeit wie in einen Schleier, wenn
sie ihn auch bald wieder ablegte.

„Ich muß dieses Geheimnis, wenn es irgendwie bewahrt
werden kann, für mich behalten, nicht bloß um meinetwillen.
Ich habe einen Gatten, ich elendes, Unehre bringendes Geschöpf!"

Diese Worte sprach sie mit einem unterdrückten Schrei der
Verzweiflung, der schrecklicher klang als ein lautes Heraus-
schreien. Sie bedeckte ihr Gesicht mit den Händen und duckte
sich in meiner Umarmung zusammen, als wollte sie verhüten,
daß ich sie berühre; weder durch Zureden noch durch Liebkosungen konnte ich sie bewegen, aufzustehen. Sie sagte: Nein,
nein, nein, sie könne nur so mit mir sprechen; überall sonst
müsse sie stolz und hochfahrend sein; hier in den einzigen
ungezwungenen Augenblicken ihres Lebens wolle sie sich demütigen und schämen.

Meine unglückliche Mutter sagte mir, daß sie während meiner
Krankheit fast wahnsinnig gewesen sei. Erst in jener Zeit habe
sie erfahren, daß ihr Kind noch am Leben sei; vorher habe sie
nicht ahnen können, daß ich dieses Kind sei. Sie war mir hier-
hergefolgt, um nur einmal im Leben mit mir zu sprechen. Wir
könnten nie zusammenkommen, nie miteinander verkehren,
vielleicht von jetzt an auf Erden nie wieder ein Wort miteinander sprechen. Sie übergab mir einen Brief, den sie nur für
mich geschrieben hatte, und sagte mir, wenn ich ihn gelesen und
vernichtet hätte – nicht so sehr ihretwegen, denn sie verlange
nichts, wie um ihres Gatten und um meinetwillen –, so müsse
ich sie für immer als tot betrachten. Wenn ich glauben könne,
daß sie mich in der Seelenqual, in der ich sie jetzt sähe, mit der
Liebe einer Mutter lieben könne, so bitte sie mich, es zu tun;
denn dann könne ich im Gedenken an das, was sie erduldet habe,
mitleidiger an sie denken. Sie habe sich außerhalb aller Hoffnung und Hilfe gestellt. Ob sie ihr Geheimnis bis zum Tod bewahre oder ob es entdeckt werde und sie Schmach und Schande
auf den Namen bringe, den sie jetzt trage, das sei ihr beständiger
einsamer Kampf, und keine Neigung könne ihrem Herzen nahen,
und kein menschliches Geschöpf könne ihr Hilfe leisten.

„Aber ist das Geheimnis soweit sicher?" fragte ich. „Ist es
jetzt sicher, liebste Mutter?"

„Nein", entgegnete sie. „Es war dem Entdecktwerden sehr nahe. Ein Zufall hat es gerettet. Ein anderer Zufall kann es verraten – morgen, jeden Tag."

„Fürchtest du eine bestimmte Person?"

„Still! Zittere und weine nicht so meinetwegen. Ich bin dieser Tränen nicht wert", sagte meine Mutter und küßte mir die Hände. „Eine Person fürchte ich sehr."

„Ein Feind?"

„Jedenfalls kein Freund. Einer, der zu leidenschaftslos ist, um das eine oder das andere zu sein. Es ist Sir Leicester Dedlocks Anwalt, mechanisch treu ohne Anhänglichkeit und sehr erpicht auf den Vorteil, das Privileg und den Ruf, Herr über die Geheimnisse großer Häuser zu sein."

„Hat er Verdacht geschöpft?"

„Sehr ernstlich."

„Aber nicht gegen dich?" sagte ich erschrocken.

„Ja! Er ist immer wachsam und immer in meiner Nähe. Ich kann ihn aufhalten, aber nie loswerden."

„Hat er so wenig Erbarmen oder Gewissen?"

„Keines von beiden und keinen Zorn. Ihm ist alles gleichgültig bis auf seinen Beruf. Sein Beruf ist die Entdeckung von Geheimnissen und der Besitz der Macht, die sie ihm verleihen, ohne Teilhaber und Widersacher."

„Kannst du ihm vertrauen?"

„Ich werde es nie versuchen. Der dunkle Weg, den ich seit so vielen Jahren gegangen bin, wird enden, wo er will. Ich gehe ihn bis ans Ende, wo es auch sein mag. Es sei nahe oder fern, solange der Weg dauert, macht mich nichts abwendig."

„Liebe Mutter, bist du so entschlossen?"

„Ich bin entschlossen. Ich habe lange Torheit mit Torheit, Stolz mit Stolz, Verachtung mit Verachtung, Trotz mit Trotz überboten und viele Eitelkeiten mit noch größeren überdauert. Ich will auch diese Gefahr überleben, wenn ich kann, oder darüber wegsterben. Sie hat mich fast so grauenhaft umklammert, als ob diese Wälder von Chesney Wold das Haus umschlungen hielten, aber mein Weg durch sie bleibt derselbe. Ich habe bloß einen, kann bloß einen haben."

„Mr. Jarndyce –" fing ich an, aber meine Mutter unterbrach mich hastig: „Hegt er Verdacht?"

„Nein", sagte ich. „Nein, gewiß nicht! Verlassen Sie sich darauf, er ahnt nichts!" Und ich teilte ihr mit, was er mir als sein Wissen von meiner Jugendgeschichte berichtet hatte. „Aber er ist so gut und verständig", setzte ich hinzu, „daß er vielleicht, wenn er wüßte –"

Meine Mutter, die bis dahin ihre Stellung nicht verändert hatte, unterbrach mich, indem sie mir die Hand auf den Mund legte. „Vertraue ihm ganz", sagte sie nach kurzem Schweigen. „Du hast meine freie Zustimmung – armselige Gabe einer solchen Mutter an ihr schwer benachteiligtes Kind! –, aber sage mir nichts davon. Selbst jetzt besitze ich noch einigen Stolz."

Soweit ich es damals konnte oder soweit ich mich dessen jetzt erinnern kann – denn Aufregung und Schmerz waren immer noch so groß, daß ich mich kaum selbst verstand, obgleich jedes Wort, von der Mutterstimme gesprochen, die mir so fremd und schmerzlich war, die ich in meiner Kindheit nie lieben und erkennen gelernt hatte, die mich nie in den Schlaf gesungen, nie gesegnet, nie mit einer Hoffnung erfüllt hatte, auf mein Gedächtnis bleibenden Eindruck machte –, setzte ich ihr auseinander oder versuchte es wenigstens, wie ich nur gehofft habe, Mr. Jarndyce, der wie der beste Vater an mir gehandelt habe, sei vielleicht imstande, ihr Rat und Hilfe zu gewähren. Aber meine Mutter sagte, nein, es sei unmöglich, keiner könne ihr helfen; durch die Wüste, die vor ihr liege, müsse sie allein wandern.

„Mein Kind! Mein Kind!" sagte sie. „Zum letztenmal! Diese Küsse zum letztenmal. Diese deine Umarmung zum letztenmal! Wir werden uns nie wieder sehen. Um hoffen zu können, daß ich erreiche, wonach ich strebe, muß ich bleiben, was ich schon so lange gewesen bin. Das ist mein Lohn und Fluch. Wenn du von Lady Dedlock hörst, der glänzenden, glücklichen, umschmeichelten, so denke an deine unglückliche, schuldbewußte Mutter, die sich unter dieser Maske versteckt! Denke daran, daß die Wirklichkeit für sie Leiden heißt, nutzlose Reue, Hinunterwürgen der einzigen Liebe und Treue, deren sie fähig ist! Und dann vergib ihr, wenn du kannst, und flehe den Himmel an, ihr zu vergeben, was er nie kann!"

Wir hielten uns noch eine kleine Weile umschlungen, aber sie war so willensstark, daß sie meine Hände wegnahm und sie an meine Brust zurücklegte; dabei küßte sie sie ein letztes Mal, ließ sie los und ging von mir fort in den Wald. Ich war allein; und ruhig und still unter mir lag in Sonne und Schatten das alte Haus mit seinen Terrassen und Türmchen, das ein so vollkommener Friede zu umschweben schien, als ich es zuerst erblickte, und das jetzt wie der hartnäckige, mitleidlose Bewacher des Elends meiner Mutter aussah.

In meiner anfänglichen Betäubung, Schwäche und Hilflosigkeit, wie ich sie kaum in meiner Krankheit gefühlt hatte, half mir die Notwendigkeit, mich gegen die Gefahr der Entdeckung oder auch nur des leisesten Verdachts zu sichern. Ich tat mein möglichstes, um Charley zu verhehlen, daß ich geweint hatte, und zwang mich, an die mir auferlegte heilige Pflicht zu denken, vorsichtig und besonnen zu sein. Es bedurfte längerer Zeit, ehe es mir gelang und ehe ich laute Schmerzausbrüche zurückhalten konnte; aber nach etwa einer Stunde ging es mir besser, und ich fühlte, daß ich zurückkehren konnte. Ich ging sehr langsam heimwärts und sagte Charley, die an der Gartenpforte nach mir ausschaute, daß ich mich habe verleiten lassen, nachdem Lady Dedlock von mir gegangen, meinen Spaziergang fortzusetzen, und daß ich sehr müde sei und mich hinlegen wolle. In der Abgeschlossenheit meines Zimmers las ich den Brief. Ich ersah daraus deutlich – und das war für damals viel –, daß mich meine Mutter nicht verlassen hatte. Ihre ältere einzige Schwester, die Patin meiner Kindheit, hatte, als man mich als tot beiseite gelegt hatte, Lebenszeichen an mir entdeckt, hatte mich in ihrem strengen Pflichtgefühl, ohne zu wünschen oder zu wollen, daß ich am Leben blieb, im tiefsten Geheimnis großgezogen und seit dem Tag meiner Geburt das Gesicht meiner Mutter nie wiedergesehen. So seltsam behauptete ich meinen Platz in dieser Welt, daß ich bis vor kurzem nach Ansicht meiner Mutter nie geatmet hatte, begraben war, nie zu den Lebenden gezählt wurde, nie einen Namen getragen hatte. Als sie mich zuerst in der Kirche sah, war ich ihr aufgefallen, und sie hatte an das Wesen gedacht, das mir ähnlich gewesen wäre, wenn ich je gelebt und fortgelebt hätte; aber das war damals alles.

Was mir der Brief sonst noch sagte, braucht hier nicht wiederholt zu werden. Es hat seine Zeit und seinen Platz in meiner Geschichte.

Meine erste Sorge war, den Brief meiner Mutter zu verbrennen und selbst seine Asche zu vernichten. Ich hoffe, man wird es nicht für unnatürlich oder schlecht ansehen, daß mir damals der Gedanke, daß ich überhaupt aufgewachsen war, schweren Kummer verursachte; daß es mir vorkam, als wüßte ich, es wäre für viele Leute besser gewesen, wenn ich nie geatmet hätte; daß ich mir selbst zum Schrecken war, weil ich meiner Mutter und einem stolzen Familiennamen Gefahr und möglicherweise Schande bringen konnte; daß ich verwirrt und erschüttert genug war, um fest zu glauben, es sei recht und vom Schicksal bestimmt, daß ich bei meiner Geburt hätte sterben sollen, und es sei unrecht und nicht vom Schicksal bestimmt, daß ich noch am Leben sei.

Das waren die echten Gefühle, die mich beherrschten. Ganz erschöpft schlief ich ein, und als ich aufwachte, weinte ich von neuem bei dem Gedanken, daß ich wieder in der Welt sei, damit belastet, anderen Sorge zu verursachen. Mir graute mehr denn je vor mir selbst, wenn ich wieder an sie dachte, gegen die ich zeugte, an den Besitzer von Chesney Wold, an die neue und schreckliche Bedeutung der alten Worte, die jetzt wie die Brandung am Ufer an mein Ohr schlugen: „Deine Mutter, Esther, ist deine Schande und du die ihre. Die Zeit wird kommen – und früh genug –, da du dies besser verstehen und es zugleich so empfinden wirst, wie es nur ein Weib empfinden kann." Mit diesen Worten frischten sich jene anderen wieder auf: „Bete täglich, daß die Sünden anderer nicht an deinem Haupt heimgesucht werden." Ich konnte nicht entwirren, was alles um mich war, und mir war, als liege alle Schmach und Schande in mir, und die Heimsuchung sei über mich gekommen.

Der Tag versank in einem düsteren, trüben Abend, und immer noch kämpfte ich mit demselben Leid. Ich ging allein aus, und nachdem ich ein wenig im Park spazierengegangen war und die dunklen, auf die Bäume fallenden Schatten und das Flattern der Fledermäuse beobachtet hatte, fühlte ich mich zum erstenmal zu dem Hause hingezogen. Vielleicht wäre ich ihm nicht nahe gekommen, wenn ich gefaßter gewesen wäre. So aber schlug ich den Pfad ein, der dicht daran vorbeiführte.

Ich wagte nicht stehenzubleiben oder aufzublicken, aber ich ging vorn an dem Terrassengarten vorüber mit seinen reichen Düften, seinen breiten Gängen, seinen wohlgehaltenen Beeten und seinem glatten Rasen und sah, wie schön und ernst er war, wie an den alten, steinernen Balustraden, Brustwehren und breiten, flachstufigen Treppen Zeit und Wetter genagt hatten und wie Moos und Efeu sie und das alte Steinpiedestal der Sonnenuhr umwucherten; und ich hörte den Springbrunnen rauschen. Dann führte der Weg an langen, dunklen Fensterreihen vorüber, unterbrochen von Türmen mit Zinnen und von Pforten mit ausgefallenen Formen, wo sich alte steinerne Löwen und groteske Ungeheuer vor umschatteten Höhlen bäumten und über die von ihren Klauen gehaltenen Schilde hinweg das Abendgrauen anfletschten. Von da ging der Pfad unter einem Torweg durch, über einen Hof, wo der Haupteingang war –

ich eilte rasch vorüber –, und an den Stallungen vorbei, wo nur tiefe Stimmen zu weilen schienen, im Rauschen des Windes, der durch die dicke, eine hohe Ziegelmauer überziehende Efeudecke strich, oder im leisen Ächzen des Wetterhahns oder im Bellen der Hunde oder im langsamen Schlag einer Uhr. Nun traf mich ein süßer Geruch von Linden, deren Säuseln ich hören konnte, und ich wandte mich mit einer Biegung des Pfades der Südfront zu; und da waren über mir die Balustraden des Geisterwegs und ein helles Fenster, vielleicht das meiner Mutter.

Der Weg war hier gepflastert wie die Terrasse über mir, und meine Schritte, die man vorher nicht gehört hatte, hallten jetzt auf den Platten wider. Ich blieb nirgends stehen, um etwas zu betrachten, sah aber alles, während ich vorüberging, eilte rasch weiter und wäre in wenigen Augenblicken an dem erhellten Fenster vorbeigekommen, als mich meine widerhallenden Schritte plötzlich auf den Gedanken brachten, daß an der Sage vom Geisterweg etwas schrecklich Wahres sei; daß ich bestimmt sei, Unheil über das stolze Haus zu bringen, und daß meine warnenden Schritte selbst jetzt darin spukten. Von noch größerem Grauen vor mir selbst erfaßt, das mein Blut gerinnen machte, entfloh ich vor mir und vor all und jedem, eilte den Weg zurück, auf dem ich gekommen war, und schöpfte erst wieder Atem, als ich das Pförtnerhäuschen erreicht hatte und der Park schwarz und massig hinter mir lag.

Erst als ich in meinem Zimmer für die Nacht allein war und mich dort wieder bekümmert und unglücklich fühlte, wurde mir klar, wie unrecht und undankbar diese Stimmung war. Aber ich fand von meinem Liebling, der morgen kommen wollte, einen heiteren Brief vor von so liebreicher Vorfreude, daß ich von Stein hätte sein müssen, wenn er mich nicht gerührt hätte; auch einen Brief meines Vormunds fand ich, der mich bat, dem kleinen Altchen, wenn ich es irgendwo sehen sollte, zu bestellen, daß sie sich ohne sie höchst jämmerlich befunden hätten, daß die Wirtschaft aus allen Fugen gehe, daß niemand sonst die Schlüssel führen könne und daß jeder zum Haus Gehörende erkläre, es sei nicht dasselbe Haus, und mit Rebellion drohe, wenn sie nicht zurückkehre. Zwei solche Briefe zusammen erinnerten mich, wie weit über mein Verdienst man mich liebe und wie glücklich ich mich fühlen müsse. Das veranlaßte mich, über meine ganze Vergangenheit nachzudenken, und brachte mich in bessere Stimmung, wie es längst hätte sein sollen.

Denn ich sah recht gut ein, daß es nicht meine Bestimmung

sein konnte, zu sterben, sonst hätte ich nie gelebt, um nicht zu sagen: sonst wäre ich nie für ein so glückliches Leben aufgespart worden. Ich sah recht wohl ein, wie viele Dinge zu meinem Wohlergehen zusammengewirkt hatten, und daß, wenn die Sünden der Väter manchmal an den Kindern heimgesucht würden, dieses Wort nicht die Bedeutung habe, die ich ihm heute morgen zugeschrieben hatte. Ich wußte, daß ich an meiner Geburt ebenso unschuldig war wie eine Königin an der ihren und daß ich vor meinem himmlischen Vater ebensowenig Strafe für meine Geburt verdiente wie eine Königin Lohn für die ihre. Ich hatte bei der Erschütterung des heutigen Tages erprobt, daß ich sogar schon sehr bald eine tröstliche Aussöhnung mit der Veränderung finden konnte, die mich betroffen hatte. Ich erneuerte meine Entschlüsse und erflehte Beharrlichkeit darin, ich schüttete mein Herz aus für mich und meine unglückliche Mutter und fühlte, daß der finstere Schatten von heute morgen dahinschwand. Er lastete nicht auf meinem Schlaf, und als mich das Licht des nächsten Tages weckte, war er gewichen.

Mein Herzenskind sollte um fünf Uhr nachmittags ankommen. Wie ich mir über die Zwischenzeit besser hinweghelfen könnte als durch einen weiten Spaziergang die Straße entlang, auf der sie kommen sollte, wußte ich nicht; so machten denn Charley und ich und Stubbs – dieser gesattelt, denn nach dem einen großen Tag spannten wir ihn nie wieder ein – einen langen Ausflug auf diesem Weg und wieder zurück. Nach der Rückkehr hielten wir große Umschau in Haus und Garten, sahen, daß alles in bestem Zustand war, und hielten den Vogel als wichtigen Teil des Hauses bereit.

Es mußten noch mehr als zwei Stunden vergehen, ehe sie kommen konnte, und ich muß gestehen, in dieser Zwischenzeit, die mir sehr lang schien, war ich wegen meines veränderten Aussehens voll banger Unruhe. Ich liebte mein Herzenskind so sehr, daß mir an dem Eindruck auf sie mehr lag als an sonst einem Eindruck. Dieser flüchtige Kummer bedrückte mich nicht, weil ich überhaupt wehleidig war – ich bin ganz sicher, daß ich das an diesem Tag nicht war –, sondern weil ich überlegte, ob sie wohl ganz vorbereitet sei. Würde sie nicht ein wenig erschrocken und enttäuscht sein, wenn sie mich zum erstenmal sah? Würde ich nicht schlimmer aussehen, als sie erwartet hätte? Würde sie nicht ihre alte Esther suchen, ohne sie zu finden? Müßte sie sich nicht erst wieder an mich gewöhnen und ganz von vorn anfangen?

Ich kannte die Ausdrucksformen im Gesicht meines lieben Mädchens so gut, und es war in seiner Lieblichkeit ein so ehrliches Gesicht, daß ich schon im voraus gewiß war, sie könne die erste Wirkung nicht vor mir verbergen, und ich überlegte mir, ob ich ganz für mich einstehen könne, wenn es eine dieser Empfindungen verriete, was doch so wahrscheinlich war.

Ja, ich traute es mir zu. Nach der letzten Nacht tat ich das. Aber immer weiter warten und hoffen und denken war eine so schlechte Vorbereitung, daß ich beschloß, ihr wieder auf der Straße entgegenzugehen. Deshalb sagte ich zu Charley: „Charley, ich gehe allein, immer die Straße entlang, bis sie kommt." Da Charley alles, was mir Freude machte, im höchsten Grad billigte, ging ich und ließ sie zu Hause.

Aber ehe ich an den zweiten Meilenstein kam, war ich durch Staub, der in der Ferne aufstieg, so oft in Aufregung geraten, obgleich ich wußte, daß es die Kutsche noch nicht war und nicht sein konnte, daß ich mich entschloß, umzukehren und wieder nach Hause zu gehen, und als ich umgekehrt war, war mir so bange, die Kutsche komme hinter mir her, obgleich ich ebenso gut wußte, dies könne und werde sie niemals tun, daß ich den größten Teil des Weges lief, um nicht überholt zu werden. Als ich wieder sicher zu Hause war, überlegte ich mir, was für feine Sachen ich da gemacht hatte: jetzt war ich erhitzt und hatte es schlimmer gemacht anstatt besser.

Endlich, als ich glaubte, es sei mindestens noch eine Viertelstunde Zeit, rief mir Charley, während ich zitternd im Garten stand, auf einmal zu: „Da kommt sie, Miss! Da ist sie!"

Ich wollte es nicht, aber ich lief die Treppe hinauf in mein Zimmer und versteckte mich hinter der Tür. Dort stand ich zitternd, selbst noch als ich mein Herzenskind die Treppe heraufkommen und rufen hörte: „Esther, meine liebe, gute Esther, wo bist du? Liebes Altchen, gutes Frauchen!"

Sie kam hereingerannt und wollte schon wieder fortlaufen, aber da sah sie mich. Ach, mein lieber Engel! Der alte liebe Blick. Nichts als Liebe, Zärtlichkeit, Zuneigung! Sonst nichts – nein, gar nichts!

Ach, wie glücklich war ich, als ich auf dem Fußboden saß und neben mir mein süßes, schönes Mädchen, das mein entstelltes Gesicht an seine zarte Wange hielt, es mit Tränen und Küssen bedeckte, mich hin und her schaukelte wie ein kleines Kind, mich bei jedem erdenklichen Kosenamen rief und mich an ihr treues Herz drückte.

37. KAPITEL

Jarndyce gegen Jarndyce

Wäre das Geheimnis, das ich zu hüten hatte, das meine gewesen, ich hätte es Ada anvertrauen müssen, bevor wir noch lange beisammen waren. Aber es war nicht das meine, und ich fühlte mich nicht einmal berechtigt, es meinem Vormund mitzuteilen, außer im äußersten Notfalle. Es war eine schwere Bürde für mich allein, aber meine gegenwärtige Verpflichtung war mir klar, und beglückt durch die Liebe meines Herzenskindes bedurfte ich keines Ansporns und keiner Ermutigung, sie zu erfüllen. Obgleich mich oft, wenn sie schlief und alles ruhig war, die Erinnerung an meine Mutter wach hielt und die Nacht kummervoll machte, fühlte ich mich doch sonst nicht schwach, und Ada fand mich, wie ich immer gewesen war, außer natürlich in dem einen Punkt, von dem ich genug gesagt habe und den ich für jetzt nicht weiter zu erwähnen gedenke, wenn ich es vermeiden kann.

Sehr schwer fiel es mir, an diesem ersten Abend ganz gefaßt zu bleiben, als mich Ada über unserer Arbeit fragte, ob die Familie auf ihrem Landsitz sei, und als ich antworten mußte: ja, ich glaubte es, denn Lady Dedlock habe vorgestern mit mir im Park gesprochen; noch schwerer wurde es, als mich Ada fragte, was sie gesagt habe, als ich antwortete, sie sei sehr gütig und teilnehmend gewesen, und als Ada zwar ihre Schönheit und Eleganz zugab, aber Bemerkungen über ihr stolzes Wesen und ihre gebieterische, abweisende Miene machte. Aber ohne es zu wissen, kam mir Charley zu Hilfe, indem sie uns erzählte, daß Lady Dedlock nur zwei Nächte im Haus geblieben sei, auf der Reise von London zu einem anderen großen Landsitz in der nächsten Grafschaft, und daß sie früh am Morgen nach der Begegnung bei unserer Aussicht, wie wir es nannten, abgereist sei. Charley machte sicherlich das Sprichwort von den kleinen Krügen wahr, denn sie hörte von dem, was gesagt und getan wurde, an einem Tag mehr als ich in einem Monat.

Wir wollten einen Monat in Mr. Boythorns Haus bleiben. Mein Liebling war, soweit ich mich erinnere, kaum eine volle Woche dagewesen, als eines Abends, nachdem wir dem Gärtner beim Blumengießen geholfen hatten, gerade als die Lichter angezündet waren, Charley mit wichtiger Miene hinter

Adas Stuhl trat und mich geheimnisvoll aus dem Zimmer winkte.

„Oh! Wenn Sie erlauben, Miss", flüsterte sie mit ganz runden, großen Augen, „jemand im Wirtshaus möchte Sie sprechen."

„Wer kann mich denn im Wirtshaus sprechen wollen, Charley?" fragte ich.

„Ich weiß nicht, Miss", entgegnete Charley, indem sie ihren Kopf vorstreckte und die Hände dicht über dem Band ihrer kleinen Schürze faltete, was sie stets im Auskosten einer vertraulichen oder geheimnisvollen Sache tat. „Aber es ist ein Herr, Miss, und er läßt sich Ihnen empfehlen und Sie bitten, zu kommen, ohne etwas davon zu sagen."

„Wer läßt sich empfehlen, Charley?"

„Er, Miss", entgegnete Charley.

„Und wie kommst du dazu, der Bote zu sein, Charley?"

„Ich bin nicht der Bote, wenn Sie erlauben, Miss", entgegnete meine kleine Zofe. „Es war W. Grubble, Miss."

„Und wer ist W. Grubble, Charley?"

„Mr. Grubble, Miss?" entgegnete Charley. „Wissen Sie nicht, Miss? ‚Gasthaus zum Dedlockwappen' von W. Grubble", sagte Charley her, als ob sie die Firma langsam herbuchstabierte.

„So? Der Wirt, Charley?"

„Ja, Miss. Wenn Sie erlauben, Miss, seine Frau ist eine schöne Frau, aber sie hat das Fußgelenk gebrochen, und es ließ sich nie wieder einrenken. Und ihr Bruder ist der Sägemüller, den sie ins Kittchen gesteckt haben, Miss, und sie glauben, er wird sich am Bier ganz zu Tode trinken", sagte Charley.

Da ich nicht wußte, worum es sich handle, und jetzt sehr ängstlich war, so hielt ich es für das beste, selbst hinzugehen. Ich bat Charley, mir rasch Hut und Schleier und meinen Schal zu holen, und ging, nachdem ich mich damit bekleidet hatte, die kleine, holprige Straße hinab, auf der ich ebenso heimisch war wie in Mr. Boythorns Garten.

Mr. Grubble stand in Hemdsärmeln an der Tür seines sauberen kleinen Gasthauses und wartete auf mich. Er nahm mit beiden Händen den Hut ab, als er mich kommen sah, und hielt ihn so, als wäre er ein eisernes Gefäß, ein schweres, wie es schien, während er mir über den sandbestreuten Gang zu seinem besten Zimmer vorausging. Das war eine hübsche, mit Teppichen belegte Stube, mit mehr Blumenstöcken darin, als bequem war, mit einem kolorierten Kupferstich der Königin Karoline, verschiedenen Muscheln, einer ganzen Anzahl Teebrettern, zwei ausgestopften, getrockneten Fischen in Glaskästen und einem seltsamen Ei oder Kürbis – ich weiß nicht, was es war, und zweifle, ob viele Leute es wußten –, der von der Decke niederhing. Ich kannte Mr. Grubble vom Sehen recht gut, denn er stand sehr oft an seiner Haustür: ein freundlich aussehender, untersetzter Mann mittleren Alters, der zu glauben schien, ohne Hut und Stulpenstiefel sei er für sein eigenes Zuhause nicht behäbig genug angezogen, der aber nie einen Rock trug außer in der Kirche.

Er putzte das Licht, trat ein paar Schritte zurück, um zu sehen, wie es sich ausnahm, und verschwand dabei aus dem Zimmer, mir ganz unerwartet, denn ich wollte ihn eben fragen, wer nach mir geschickt habe. Die Tür des gegenüberliegenden Zimmers ging jetzt auf, und ich hörte Stimmen, die mir bekannt vorkamen, aber sogleich schwiegen. Ein rascher, leichter Schritt näherte sich dem Zimmer, in dem ich mich befand, und vor mir stand niemand anders als Richard!

„Meine liebe Esther!" sagte er, „meine beste Freundin!" Und er war wirklich so warm und innig, daß ich in der ersten Überraschung und Freude über seine brüderliche Begrüßung kaum Atem genug finden konnte, um ihm zu sagen, daß es Ada gut gehe.

„Sie sprechen genau meine Gedanken aus – sind immer dasselbe liebe Mädchen!" sagte Richard, führte mich zu einem Stuhl und setzte sich neben mich.

Ich schlug meinen Schleier zurück, aber nicht ganz.

„Immer dasselbe liebe Mädchen!" sagte Richard, ebenso herzlich wie vorhin.

Ich schlug den Schleier ganz zurück, legte meine Hand auf Richards Arm, sah ihm ins Gesicht und sagte ihm, wie dankbar ich ihm für seinen freundlichen Willkommensgruß sei und wie sehr ich mich freue, ihn zu sehen, besonders wegen des Entschlusses, den ich in meiner Krankheit gefaßt hatte und den ich ihm jetzt mitteilte.

„Meine Liebe", sagte Richard, „es gibt keinen Menschen, mit dem ich mehr zu sprechen wünschte als mit Ihnen, denn ich möchte, daß Sie mich verstehen."

„Und ich möchte, Richard", sagte ich und schüttelte den Kopf, „daß Sie jemand anders verstehen."

„Da Sie so unmittelbar auf John Jarndyce hindeuten", sagte Richard, „– ich vermute wenigstens, daß Sie ihn meinen?"

„Natürlich meine ich ihn."

„Dann kann ich gleich sagen, daß mich das freut, weil es mir am meisten am Herzen liegt, in dieser Hinsicht verstanden zu sein. Von Ihnen, wohlgemerkt, von Ihnen, meine Liebe! Ich bin Mr. Jarndyce oder Mr. Sonstwem keine Rechenschaft schuldig."

Es schmerzte mich, daß er diesen Ton anschlug, und er bemerkte es.

„Na, wir wollen jetzt davon nicht weiter sprechen, meine Liebe", sagte Richard. „Ich wünsche, mit Ihnen am Arm ruhig in Ihrem Landhaus hier zu erscheinen und mein reizendes Bäschen zu überraschen. Ich hoffe, Ihre Treue gegen John Jarndyce steht dem nicht im Weg."

„Lieber Richard", entgegnete ich, „Sie wissen, Sie wären in seinem Haus herzlich willkommen, – es wäre Ihr Vaterhaus, wenn Sie es nur so betrachten wollten; und ebenso herzlich willkommen sind Sie hier."

„Sie sprechen wie das beste aller Frauchen", rief Richard heiter.

Ich fragte ihn, wie ihm sein Beruf gefalle.

„Oh, ganz leidlich!" sagte er. „Es geht alles glatt. Er ist so gut wie jeder andere, vorderhand. Ich weiß nicht, ob ich mich sehr um ihn kümmern werde, wenn ich erst in Ordnung bin; aber dann kann ich meine Charge verkaufen und – wir wollen aber von dem ganzen Trödel vorläufig nicht sprechen."

So jung und hübsch und in jeder Hinsicht so völlig das Gegenteil von Miss Flite! Und doch in dem umwölkten, gierigen, suchenden Ausdruck, der über sein Gesicht flog, ihr so schrecklich ähnlich!

„Ich bin jetzt eben in London auf Urlaub", sagte Richard.

„Wirklich?"

„Ja! Ich bin herübergereist, um nach meiner – meiner Kanzleigerichtssache zu sehen, ehe die Ferien beginnen", sagte Richard und zwang sich zu einem unbefangenen Lachen. „Ich sage Ihnen, wir fangen jetzt wirklich an, mit dem alten Prozeß vorwärtszukommen."

Kein Wunder, daß ich den Kopf schüttelte!

„Wie Sie sagen, es ist kein erfreulicher Gegenstand." Wieder flog jener Schatten über Richards Gesicht. „Wir wollen ihn für heute Abend in alle vier Winde verjagen. – Puff! Fort! – Wen, denken Sie wohl, habe ich mitgebracht?"

„War das nicht Mr. Skimpoles Stimme, die ich hörte?"

„Das ist der rechte Mann! Er nützt mir mehr als jeder andere. Was für ein bezauberndes Kind er ist!"

Ich fragte Richard, ob jemand wisse, daß sie zusammen hierhergereist seien. Er antwortete: Nein, niemand! Er habe dem lieben, alten Knaben einen Besuch gemacht – so nannte er Mr. Skimpole –, und der habe ihm gesagt, wo wir seien, und er habe dem lieben alten Knaben gesagt, er habe es sich in den Kopf gesetzt, uns zu besuchen, und jener habe sofort Lust bekommen, ihn zu begleiten; und so habe er ihn mitgebracht. „Und er ist – von den unbedeutenden Reisekosten nicht zu sprechen – dreimal sein Gewicht in Gold wert", sagte Richard. „Er ist ein so fideler Kerl. Kein Funken Eigennutz ist in ihm. Ein frisches, junges Herz!"

Ich konnte keinen Beweis für Mr. Skimpoles Uneigennützigkeit in dem Umstand erkennen, daß er sich die Reisekosten von Richard bezahlen ließ, aber ich machte keine Bemerkung darüber. Er kam jetzt selbst und gab unserem Gespräch eine andere Wendung. Er war entzückt, mich zu sehen, sagte, er habe meinetwegen sechs Wochen lang immer wieder Tränen der Freude und Teilnahme vergossen und sei nie so glücklich gewesen wie damals, als er von meiner Genesung gehört; er fange jetzt an, die Mischung von Gutem und Bösem in der Welt einzusehen, und fühle, daß er die Gesundheit um so höher schätze, wenn ein anderer krank sei; er wisse nicht, ob es nicht im Weltplan liege, daß A schielen müsse, um B glücklicher über seinen geraden Blick zu machen, oder daß C ein Holzbein habe, um D mit seinem Bein aus Fleisch und Blut in einem seidenen Strumpf zufriedener zu machen.

„Meine liebe Miss Summerson, hier ist unser Freund Richard", sagte Mr. Skimpole, „erfüllt von den herrlichsten Zukunftsträumen, die er aus der Nacht des Kanzleigerichts heraufbeschwört. Das ist gewiß herrlich, begeisternd, voll Poesie! In alten Zeiten wurden die Wälder und Einöden für den Schäfer erfreulich gemacht durch das eingebildete Pfeifen und Tanzen Pans und der Nymphen. Dieser gegenwärtige Schäfer, unser idyllischer Richard, bringt in die verschlafenen Gerichtshöfe dadurch Heiterkeit, daß er die Dame Glück und ihr Gefolge nach den melodischen Noten einer richterlichen Entscheidung tanzen läßt. Das ist sehr amüsant, wissen Sie! Ein ungebildeter, brummiger Kerl könnte mir einwenden: Wozu nützen diese Mißbräuche aller Rechtsarten? Wie kannst du sie verteidigen? Ich antworte darauf: Mein brummiger Freund, ich verteidige sie nicht, aber sie sind mir sehr angenehm. Ich habe einen Freund, einen jungen Schäfer, der sie in etwas verwandelt, das meine Einfalt höchlich entzückt. Ich behaupte nicht, daß sie dazu auf der Welt sind – denn ich bin unter euch weltläufigen Brummbären ein Kind und schulde weder euch noch mir Rechenschaft über irgend etwas –, aber es ist doch möglich."

Ich begann ernstlich zu glauben, daß Richard kaum einen schlimmeren Freund hätte finden können als diesen. Es machte mir Sorge, daß er zu einer Zeit, da er eines rechten Grundsatzes und Zieles am meisten bedurft hätte, diesen gewinnenden Leichtsinn und dieses Talent des Aufschiebens, dieses flüchtige Hinwegsehen über jeden Grundsatz und jedes Ziel so dicht bei sich hatte. Ich glaubte zu verstehen, wie ein Charakter von der Art meines Vormunds, der welterfahren und gezwungen war, die elenden Ausflüchte und Streitigkeiten des Familienunglücks mit anzusehen, in Mr. Skimpoles Eingeständnis seiner Schwächen und Entfalten harmloser Aufrichtigkeit große Erholung fand; aber ich konnte mich nicht überzeugen, daß sein Wesen ganz so ungekünstelt war, wie es schien, oder daß es Mr. Skimpoles Leerlauf nicht ebenso förderte wie jede andere Rolle, und mit weniger Mühe.

Sie gingen beide mit mir nach Hause, und nachdem uns Mr. Skimpole an der Gartenpforte verlassen hatte, trat ich leise mit Richard ein und sagte: „Liebe Ada, ich habe einen Herrn mitgebracht, der dich besuchen will." Es war nicht schwer, in dem errötenden, erschrockenen Gesicht zu lesen. Sie liebte ihn innig, und er wußte es, und ich wußte es. Dieses „sich nur als Verwandte betrachten" war ein recht durchsichtiges Verfahren.

Ich war fast mißtrauisch gegen mich, ob ich in meinem Argwohn nicht bösartig sei, aber ich war doch nicht ganz sicher, ob Richard sie ebenso innig liebe. Er bewunderte sie sehr – das tat jeder – und hätte, glaube ich, ihr jugendliches Verlöbnis mit großem Stolz und Eifer erneuert, wenn er nicht gewußt hätte, wie fest sie das meinem Vormund gegebene Versprechen halten werde. Dennoch quälte mich der Gedanke, daß sich der Einfluß, dem er unterlag, auch hierauf erstrecke: daß er in diesem wie in allem anderen seine beste Wahrhaftigkeit und Hingabe aufschiebe, bis ihm Jarndyce gegen Jarndyce nicht mehr auf der Seele liege. Ach, was Richard ohne diesen geistigen Meltau gewesen wäre, werde ich nun nie erfahren!

Er sagte Ada in seiner offenen Weise, daß er nicht gekommen sei, um heimlich die Bedingungen zu verletzen, die sie – nach seiner Meinung zu blind und vertrauensvoll – von Mr. Jarndyce angenommen habe; er sei ganz öffentlich gekommen, um sie zu sehen und mich und um sich wegen seiner gegenwärtigen Stellung zu Mr. Jarndyce zu rechtfertigen. Da sich der liebe alte Knabe gleich bei uns einstellen werde, bat er mich, für morgen zu bestimmen, wann er durch eine offene Aussprache mit mir seine Haltung erklären könne. Ich schlug ihm einen Spaziergang im Park um sieben Uhr vor, und er ging darauf ein. Bald darauf erschien Mr. Skimpole und erheiterte uns eine Stunde lang. Er verlangte ausdrücklich, die kleine Coavinses zu sehen – er meinte Charley –, und sagte ihr mit Gönnermiene, er habe ihrem seligen Vater so viel Beschäftigung gegeben, wie in seiner Macht gestanden habe, und wenn sich einer ihrer kleinen Brüder beizeiten in demselben Geschäft etabliere, so hoffe er, er könne ihm immer noch ziemlich viel zu tun geben. „Denn ich verwickle mich stets in diese Netze", sagte Mr. Skimpole und sah uns über ein Glas Wein und Wasser hinweg strahlend an, „und brauche beständig Nachhilfe – wie ein leckes Boot. Oder Auszahlung – wie eine Schiffsmannschaft. Irgendwer zahlt immer für mich. Ich kann es nicht, wie Sie wissen, denn ich habe nie Geld. Aber irgendwer bezahlt. Durch irgend jemands Hilfe komme ich heraus; ich bin nicht wie der Vogel in der Schlinge, ich komme heraus. Wenn Sie mich aber fragen, wer der Jemand ist, ich kann's Ihnen nicht sagen, auf mein Wort! Wir wollen auf diesen Jemand anstoßen. Gott segne ihn!"

Richard verspätete sich am Morgen zwar etwas, aber ich brauchte nicht lange auf ihn zu warten, und wir gingen in den Park. Die Luft war klar und taufrisch und kein Wölkchen am Himmel. Die Vögel sangen herrlich; die funkelnden Tropfen im Farnkraut, im Gras und an den Bäumen waren reizend anzusehen; die Laubfülle des Waldes schien seit gestern aufs Zwanzigfache gewachsen, als ob die Natur in der stillen Nacht, als alles so schwer vom Schlaf umfangen schien, an all den kleinen Einzelheiten jedes wunderbaren Blattes eifriger als gewöhnlich auf die Herrlichkeit dieses Tages hingewirkt hätte.

„Das ist ein lieblicher Ort", sagte Richard und sah sich um. „Hier ist nichts von Unfrieden und Prozeßzank!"

Aber es gab andere Sorgen hier.

„Ich will Ihnen was sagen, mein liebes Mädchen", sagte Richard; „wenn ich meine Sachen im allgemeinen in Ordnung habe, so, glaube ich, ziehe ich hierher, um Ruhe zu finden."

„Wäre es nicht besser, jetzt Ruhe zu finden?"

„Oh, jetzt Ruhe zu finden", sagte Richard, „oder jetzt etwas

Endgültiges zu tun, ist nicht leicht. Mit einem Wort, es geht nicht; ich wenigstens kann's nicht."

„Warum nicht?" fragte ich.

„Sie wissen, warum, Esther. Wenn Sie in einem unfertigen Haus wohnen, das jeden Tag sein Dach bekommen oder verlieren, das vom Giebel bis zum Grund eingerissen oder aufgebaut werden kann, morgen, übermorgen, nächste Woche, nächsten Monat, nächstes Jahr, so fiele es Ihnen schwer, Ruhe zu finden oder sich endgültig einzurichten. So geht es mir. Jetzt? Es gibt kein Jetzt für uns Prozeßparteien."

Ich hätte fast an die Anziehungskraft glauben können, von der meine arme kranke Freundin gesprochen hatte, als ich wieder den düsteren Blick von gestern Abend sah. Schrecklicher Gedanke, es war auch etwas darin vom Schatten des unglücklichen Mannes, der gestorben war.

„Mein lieber Richard", sagte ich, „das ist ein schlechter Anfang für unsere Unterredung."

„Ich wußte, daß Sie das sagen würden, Frauchen."

„Und nicht ich allein, lieber Richard. Nicht ich war es, die Sie einmal gewarnt hat, nie eine Hoffnung oder Erwartung auf diesen Familienfluch zu gründen."

„Da kommen Sie wieder auf John Jarndyce zurück!" sagte Richard ungeduldig. „Nun gut! Wir müssen früher oder später darauf kommen, denn er steht im Mittelpunkt dessen, was ich zu sagen habe; und es ist ebenso gut, es geschieht sogleich. Esther, wie können Sie so blind sein. Sehen Sie nicht, daß er Partei ist und daß es in seinem Interesse liegt, zu wünschen, daß ich nichts von dem Prozeß weiß und mich nicht darum kümmere, daß das aber für mich nicht ebenso nützlich ist?"

„O Richard", widersprach ich, „ist es möglich, daß Sie ihn je gesehen und gehört, in seinem Haus gewohnt und ihn gekannt haben und doch einen so unwürdigen Verdacht aussprechen, wenn auch nur zu mir an diesem einsamen Ort, wo uns niemand hört?"

Er errötete tief, als ob aus seinem natürlichen Edelmut eine Regung der Reue aufstiege. Er schwieg eine kleine Weile, ehe er mit gedämpfter Stimme erwiderte: „Esther, ich bin überzeugt, Sie wissen, daß ich kein niedrigdenkender Mensch bin und daß ich Argwohn und Mißtrauen als armselige Eigenschaften an einem Mann meines Alters empfinde."

„Ich weiß das recht gut", sagte ich. „Nichts weiß ich sicherer als das."

„Sie sprechen wie ein liebes Mädchen!" entgegnete Richard,

„und ganz wie man es von Ihnen erwartet, weil es mich tröstet. Ich hätte wohl in dieser ganzen Angelegenheit ein bißchen Trost nötig; denn sie ist im besten Fall eine schlimme Sache, wie ich Ihnen nicht erst zu sagen brauche."

„Das weiß ich vollkommen", sagte ich; „ich weiß so gut wie – was soll ich sagen, Richard? so gut wie Sie –, daß solche Verirrungen Ihrem Charakter fremd sind. Und ich weiß so gut wie Sie, was ihn so verändert."

„Kommen Sie, Schwester", sagte Richard etwas heiterer, „Sie werden jedenfalls unparteiisch gegen mich sein. Wenn ich das Unglück habe, unter diesem Einfluß zu stehen, so hat er es auch. Wenn mich dieser Einfluß ein wenig verdreht hat, so ihn ebenfalls. Ich sage nicht, daß er außerhalb dieser Verwirrung und Ungewißheit kein Ehrenmann sei; ich bin überzeugt, daß er es ist. Aber es steckt jedermann an. Sie wissen, daß es jedermann ansteckt. Sie haben ihn das fünfzigmal sagen hören. Warum sollte gerade er davon frei sein?"

„Weil er ein ungewöhnlicher Charakter ist", sagte ich, „und sich entschlossen außerhalb des Bannkreises gehalten hat, Richard."

„Ach, weil und weil!" entgegnete Richard in seiner lebhaften Art. „Ich weiß wirklich nicht, mein liebes Mädchen, ob es nicht klug und vorteilhaft ist, äußerlich diese Gleichgültigkeit vorzuschützen. Es kann andere Beteiligte veranlassen, ihre Interessen laxer zu verfechten; und Leute können wegsterben, und Einzelheiten können in Vergessenheit geraten, und viele Dinge können unauffällig geschehen, die recht gelegen kommen."

Richard tat mir so leid, daß ich ihm keinen Vorwurf mehr machen konnte, nicht einmal mit einem Blick. Ich gedachte der Nachsicht meines Vormunds gegen seine Irrtümer, und wie frei von jeder Bitterkeit er von ihnen gesprochen hatte.

„Esther", fing Richard wieder an, „Sie sollen nicht glauben, daß ich hergekommen sei, um heimlich Anklagen gegen John Jarndyce zu erheben. Ich bin nur gekommen, um mich zu rechtfertigen. Ich will nur sagen, daß alles recht schön war und wir gut miteinander auskamen, solange ich noch ein Junge war, ganz ohne Ahnung von diesem Prozeß; aber sobald ich anfing, mich darum zu kümmern und Einblick zu gewinnen, wurde alles ganz anders. Da entdeckte John Jarndyce, daß Ada und ich unsere Verbindung lösen müßten und daß ich, wenn ich diesen höchst tadelnswerten Weg nicht verließe, nicht zu ihr passe. Nun, Esther, gedenke ich diesen tadelnswerten Weg nicht zu verlassen:

ich will John Jarndyces Gunst nicht unter diesen unbilligen Bedingungen genießen, die vorzuschreiben er kein Recht hat. Ob es ihm nun gefällt oder nicht, ich muß meine und Adas Rechte aufrechterhalten. Ich habe viel darüber nachgedacht, und zu diesem Schluß bin ich nun gekommen."

Armer, guter Richard! Er hatte allerdings darüber viel nachgedacht. Sein Gesicht, seine Stimme, sein Benehmen, alles zeigte das nur zu deutlich.

„So sage ich ihm offen und ehrlich – Sie müssen wissen, daß ich ihm über all dies geschrieben habe –, daß wir uneins sind und daß wir lieber offen uneins sein sollten als heimlich. Ich danke ihm für sein Wohlwollen und seinen Schutz, und er geht seinen Weg und ich den meinen. Tatsache ist, unsere Wege sind nicht dieselben. Nach einem der strittigen Testamente sollte ich viel mehr bekommen als er. Ich will nicht sagen, daß gerade dieses zuletzt bestätigt wird, aber es ist vorhanden und hat seine Aussichten."

„Lieber Richard, Sie brauchen mir nicht von Ihrem Brief zu erzählen", sagte ich. „Ich hatte schon davon gehört, ohne ein kränkendes oder erzürntes Wort."

„Wirklich?" entgegnete Richard weicher. „Ich bin froh, daß ich gesagt habe, er sei ein Ehrenmann außerhalb dieser ganzen unglücklichen Geschichte. Aber ich sage das immer und habe nie daran gezweifelt. Nun, liebe Esther, weiß ich wohl, daß Ihnen diese meine Ansichten sehr ungerecht vorkommen und Ada ebenso, wenn Sie ihr erzählen, was zwischen uns vorgegangen ist. Aber wenn Sie den Prozeß so durchgemacht hätten wie ich, wenn Sie sich so in die Papiere vertieft hätten wie ich während meiner Lehrzeit bei Kenge, wenn Sie nur wüßten, was für eine Unmasse von Klagen und Gegenklagen und Verdächtigungen und Gegenverdächtigungen in ihnen steckt, so würden Sie mich im Vergleich damit für maßvoll halten."

„Vielleicht", sagte ich. „Aber glauben Sie, daß in diesen vielen Papieren viel Wahrheit und Gerechtigkeit ist, Richard?"

„Wahrheit und Gerechtigkeit ist irgendwo in dem Prozeß, Esther –"

„Oder war einmal darin vor langer Zeit", sagte ich.

„*Ist* – ist darin, muß irgendwo sein", fuhr Richard ungeduldig fort, „und muß zutage gebracht werden. Ada als Bestechung und Schweigegeld gebrauchen zu lassen, ist nicht der Weg, sie herauszubringen. Sie sagen, der Prozeß habe mich verändert; John Jarndyce sagt, er verändere, habe verändert und werde verändern jeden, der daran Anteil hat. Um so mehr bin ich im Recht, wenn ich entschlossen bin, alles zu tun, was ich kann, um ihn zu Ende zu bringen."

„Alles, was Sie können, Richard! Glauben Sie, daß in diesen vielen Jahren andere nicht auch getan haben, was sie konnten? Ist die Schwierigkeit geringer geworden, weil es so vielen mißglückt ist?"

„Er kann nicht ewig dauern", entgegnete Richard mit aufflammender Wildheit, die abermals jene traurige Erinnerung in mir wachrief. „Ich bin jung, und es ist mir ernst; und Tatkraft und fester Wille haben schon oft Wunder getan. Andere haben sich nur mit halber Kraft eingesetzt. Ich widme mich der Sache ganz. Ich mache sie zu meinem Lebenszweck."

„Ach, lieber Richard, um so schlimmer, um so schlimmer!"

„Nein, nein, nein, fürchten Sie nichts für mich", antwortete er mit Innigkeit. „Sie sind ein liebes, gutes, kluges, besonnenes Mädchen, ein wahrer Segen, aber Sie haben Ihre Vorurteile. So komme ich wieder auf John Jarndyce. Ich sage Ihnen, meine gute Esther: als wir zueinander in dem Verhältnis standen, das er so angemessen fand, standen wir nicht in dem natürlichen Verhältnis."

„Sind Ihnen Zwist und Gereiztheit natürliche Verhältnisse, Richard?"

„Nein, das sage ich nicht. Ich meine, daß uns diese ganze Angelegenheit in ein unnatürliches Verhältnis versetzt, mit dem natürliche Beziehungen unvereinbar sind. Das ist ein weiterer Grund, die Sache zu betreiben! Wenn alles vorbei ist, entdecke ich vielleicht, daß ich mich in John Jarndyce geirrt habe. Mein Kopf ist möglicherweise klarer, wenn ich den Prozeß los bin, und dann stimme ich vielleicht dem bei, was Sie mir heute sagen. Gut, dann werde ich es anerkennen und ihm Abbitte leisten."

Alles auf diesen eingebildeten Zeitpunkt hinausgeschoben! Alles bis dahin in Verwirrung und Unsicherheit!

„Nun, meine beste Vertraute", sagte Richard, „wünsche ich, daß meine Kusine Ada einsieht, daß ich hinsichtlich John Jarndyces nicht voreingenommen, wankelmütig und launenhaft bin, sondern diesen Zweck und diesen Grund für mich habe. Ich wünsche mich ihr durch Ihre Vermittlung zu erklären, weil sie hohe Achtung und Verehrung für ihren Vetter John hat, und ich weiß, Sie werden den von mir gewählten Weg in milderem Licht darstellen, selbst wenn Sie ihn nicht billigen; und – und mit einem Wort", sagte Richard, der all dies stockend vorgebracht hatte, „ich – ich möchte mich einem so vertrauenden Wesen wie Ada nicht in dieser streitbaren, argwöhnischen Gemütsverfassung darstellen."

Ich sagte ihm, in diesen letzten Äußerungen sei er mehr er selbst gewesen als in allem, was er sonst gesagt habe.

„Nun ja", gab er zu, „das mag schon wahr sein, meine Liebe. Es kommt mir fast selbst so vor. Aber ich werde mit der Zeit imstande sein, ungehemmt aufzutreten. Dann kommt alles wieder in Ordnung, haben Sie nur keine Angst."

Ich fragte ihn, ob das alles sei, was ich Ada sagen solle.

„Nicht ganz", sagte Richard. „Es ist meine Pflicht, ihr nicht zu verschweigen, daß John Jarndyce meinen Brief in seiner gewohnten Weise beantwortet hat, mich ‚Mein lieber Rick' anredet, mir meine Meinungen auszureden versucht und mir sagt, daß sie seine Gesinnung gegen mich nicht berührten, was natürlich alles recht gut ist, aber die Sache nicht ändert. Ada soll auch wissen, daß ich, wenn ich sie auch gerade jetzt selten sehe, doch für ihre Interessen ebenso gut sorge wie für die meinen – denn wir beide sitzen ja im selben Boot – und daß ich hoffe, sie werde mich nicht nach unbestimmten Gerüchten, die ihr vielleicht zu Ohren kommen, für leichtsinnig oder unbesonnen halten; im Gegenteil, ich halte stets nach der Beendigung des Prozesses Ausschau und arbeite beständig darauf hin. Da ich jetzt mündig bin und diesen Schritt nun einmal getan habe, so glaube ich John Jarndyce keine Rechenschaft mehr schuldig zu sein, aber da Ada immer noch Kanzleigerichtsmündel ist, so bitte ich sie noch nicht, unser Verlöbnis zu erneuern. Wenn sie frei und selbständig handeln kann, werde ich wieder ganz ich selbst sein, und wir werden uns dann, glaube ich, in ganz anderen materiellen Verhältnissen befinden. Wenn Sie ihr das alles in Ihrer rücksichtsvollen Art sagen wollen, so erweisen Sie mir einen sehr großen Liebesdienst, meine gute Esther, und ich werde mich mit Jarndyce gegen Jarndyce weit energischer herumschlagen. Natürlich verlange ich nicht, daß in Bleakhaus etwas geheimgehalten wird."

„Richard", sagte ich, „Sie schenken mir großes Vertrauen, aber ich fürchte, Sie werden keinen Rat von mir annehmen?"

„Unmöglich in dieser Sache, mein liebes Mädchen. In allen anderen gern."

Als ob sein Leben eine andere Sache enthielte! Als ob Entwicklung und Charakter bei ihm nicht in diese eine Farbe getaucht wären!

„Aber darf ich Ihnen eine Frage stellen, Richard?"

„Ich glaube wohl", sagte er lachend. „Ich wüßte nicht, wer es dürfte, wenn nicht Sie."

„Sie sagen selbst, daß Sie kein sehr wohlgeordnetes Leben führen."

„Wie kann ich das, liebe Esther, wenn nichts in Ordnung ist."

„Haben Sie wieder Schulden?"

„Natürlich", sagte Richard, erstaunt über meine Einfalt.

„Ist das natürlich?"

„Gewiß, liebes Kind. Ich kann mich einer Sache nicht so vollkommen widmen ohne Kosten. Sie vergessen oder wissen vielleicht nicht, daß nach jedem der Testamente Ada und ich etwas bekommen. Es geht nur um die größere oder die kleinere Summe. Jedenfalls ist mir ein Betrag sicher. Beruhigen Sie sich, mein vortreffliches Mädchen", sagte Richard, offenbar über mich belustigt, „ich werde alles ordentlich zu Ende bringen! Ich werde schon durchkommen, meine Liebe!"

Ich fühlte die Gefahr, der er sich aussetzte, so tief, daß ich ihn in Adas, in meines Vormunds und in meinem eigenen Namen durch jede heiße Beschwörung, die mir einfiel, davor zu warnen und ihm einige seiner Irrtümer zu zeigen versuchte. Alles, was ich ihm sagte, hörte er geduldig und höflich an, aber es prallte von ihm ab, ohne den geringsten Eindruck zu machen. Nachdem er den Brief meines Vormunds so vorurteilsvoll aufgenommen hatte, konnte ich mich nicht darüber wundern, beschloß aber, es auch noch mit Adas Einfluß auf ihn zu versuchen.

Als wir daher auf unserem Spaziergang das Dorf wieder erreichten und ich zum Frühstück nach Hause kam, bereitete ich Ada auf das vor, was ich ihr mitzuteilen hatte, und sagte ihr genau, welchen Grund wir zu der Befürchtung hatten, daß Richard sich selbst verliere und sein ganzes Leben in die Luft verpuffe. Natürlich machte sie das sehr bekümmert, obgleich sie viel zuversichtlicher als ich darauf baute, daß er seine Irrtümer einsehen werde – was von meinem Herzenskind ganz natürlich und liebevoll war –, und sie schrieb ihm auf der Stelle folgenden Brief:

Mein liebster Vetter!
Esther hat mir alles erzählt, was Sie ihr heute Morgen gesagt haben. Ich schreibe Ihnen, um Ihnen alles, was sie Ihnen gesagt hat, eindringlich als meine eigene Meinung zu wiederholen und Sie wissen zu lassen, wie fest ich überzeugt bin, daß Sie früher

oder später unseren Vetter John als ein Muster von Redlichkeit, Aufrichtigkeit und Herzensgüte erkennen werden und daß es Ihnen dann bitter leid tun wird, ihm, ohne es zu beabsichtigen, so sehr Unrecht getan zu haben.

Ich weiß nicht recht, wie ich das, was ich nun sagen möchte, niederschreiben soll; aber ich hoffe, Sie werden es so verstehen, wie ich es meine. Teuerster Vetter, ich fürchte fast, daß Sie sich zum Teil meinetwegen soviel Unglück bereiten – und mit Ihnen mir. Sollte das so sein oder sollten Sie bei dem, was Sie tun, viel an mich denken, so bitte und beschwöre ich Sie aufs ernstlichste, davon abzulassen. Sie können für mich nichts tun, was mich halb so glücklich machen würde, wie wenn Sie dem Schatten, unter dem wir beide geboren sind, auf ewig den Rücken kehren. Zürnen Sie mir nicht, daß ich das sage. Bitte, bitte, lieber Richard, um meinet- und um Ihretwillen, und in natürlicher Abneigung gegen diese Sorgenquelle, die mit schuld war, daß wir schon in frühester Jugend Waisen wurden, bitte, bitte, sagen Sie sich auf ewig davon los. Wir haben jetzt Grund zu wissen, daß nichts Gutes darin ist und keine Hoffnung, daß nichts davon zu erlangen ist als bitteres Herzeleid.

Mein teuerster Vetter! Ich brauche nicht erst zu sagen, daß Sie ganz frei sind und daß Sie aller Wahrscheinlichkeit nach jemanden finden werden, den Sie weit mehr lieben als den Gegenstand Ihrer ersten flüchtigen Neigung. Ich bin fest überzeugt, wenn ich das sagen darf, daß die Erwählte viel lieber Ihren Schicksalsbahnen, und seien sie auch bescheiden oder arm, selbst in weite Fernen folgt und Sie in der Erfüllung Ihrer Pflicht und auf dem von Ihnen eingeschlagenen Weg glücklich sieht, als daß sie die Hoffnung hegt oder erfüllt sieht, mit Ihnen um den Preis langweiliger Jahre der Verschleppung und der Sorge und um den Preis Ihrer Gleichgültigkeit gegen andere Lebensziele sehr reich zu sein, wenn das überhaupt möglich wäre. Sie wundern sich vielleicht, daß ich das bei so wenig Lebenskenntnis oder Erfahrung so zuversichtlich ausspreche, aber ich bin dessen gewiß bei meinem eigenen Herzen.

                Immer, mein teuerster Vetter,
                  Ihre Sie zärtlich liebende
                         Ada.

Dieser Brief führte Richard sehr bald zu uns, aber er rief, wenn überhaupt, nur eine sehr geringe Veränderung in ihm hervor. Wir würden unparteiisch versuchen, sagte er, wer recht und wer unrecht habe – er wolle es uns zeigen – wir sollten sehen! Er war lebendig und voll Glut, als ob ihm Adas Zärtlichkeit schmeichelte; aber ich konnte nur mit einem Seufzer hoffen, daß ihm der Brief bei nochmaligem Lesen tieferen Eindruck mache, als er offenbar jetzt gemacht hatte.

Da sie den Tag über bei uns bleiben wollten und sich für den nächsten Morgen Plätze in der Landkutsche bestellt hatten, suchte ich Gelegenheit, mit Mr. Skimpole zu sprechen. Da wir uns viel im Freien aufhielten, machte sich das leicht, und ich deutete vorsichtig an, daß es schwer zu verantworten sei, Richard zu ermutigen.

„Verantworten, meine liebe Miss Summerson?" wiederholte er, indem er das Wort mit dem freundlichsten Lächeln aufgriff. „Dazu bin ich der letzte Mensch auf der Welt. Ich war nie im Leben verantwortlich – ich kann es nicht sein."

„Ich fürchte, jedermann ist dazu verpflichtet", sagte ich ziemlich schüchtern, da er so viel älter und gescheiter war als ich.

„Wirklich?" sagte Mr. Skimpole, der diese neue Erleuchtung mit reizend drolligem Erstaunen aufnahm. „Aber nicht jedermann ist verpflichtet, zahlungsfähig zu sein! Ich bin es nicht. Ich war es nie. Sehen Sie, meine liebe Miss Summerson", er zog eine Handvoll einzelner Silber- und Kupfermünzen aus der Tasche, „hier ist so viel Geld. Ich habe keine Idee davon, wieviel es ist. Ich kenne die Kunst des Zählens nicht. Sagen Sie: vier Schilling und neun Pence, sagen Sie: vier Pfund und neun Schilling. Man sagt mir, ich schulde mehr als das. Das glaube ich wohl. Ich glaube, ich schulde so viel, wie mir gutmütige Leute borgen wollen. Wenn sie damit nicht aufhören, warum sollte ich's tun? Da haben Sie Harold Skimpole in der Nußschale. Wenn das Verantwortlichkeit ist, bin ich verantwortlich."

Die vollkommene Unbefangenheit, mit der er das Geld wieder einsteckte und mich mit einem Lächeln auf seinem geistvollen Gesicht ansah, als ob er mir eine seltsame kleine Tatsache über irgendeinen anderen erzählt hätte, machte auf mich fast den Eindruck, als ob er wirklich nichts damit zu tun hätte.

„Wenn Sie aber von Verantwortlichkeit sprechen", fing er wieder an, „so bin ich geneigt, zu sagen, daß ich nie das Glück gehabt habe, jemanden zu kennen, den ich für so erquickend verantwortlich halte wie Sie. Sie erscheinen mir als der wahre Prüfstein der Verantwortlichkeit. Wenn ich Sie, meine liebe Miss Summerson, beschäftigt sehe, das ganze kleine, wohldurchdachte System, dessen Mittelpunkt Sie sind, vollkommen in

Gang zu halten, so bin ich geneigt, mir zu sagen – in der Tat sage ich es mir sehr oft –: das ist Verantwortlichkeit."

Nach solchen Äußerungen war es schwer, ihm deutlich zu machen, was ich meinte; aber ich ging doch so weit, zu sagen, wir alle hofften, er werde Richard in seinen dermaligen überschwenglichen Erwartungen nicht bestärken, sondern zurückschrauben.

„Sehr gern, wenn ich könnte", gab er zurück. „Aber, meine liebe Miss Summerson, mir liegt alle Kunst und Verkleidung fern. Wenn er mich bei der Hand nimmt und mich in einer beschwingten Jagd nach dem Glück durch Westminster Hall führt, so muß ich ihm folgen. Wenn er sagt: ‚Skimpole, schließen Sie sich dem Tanz an!' so muß ich mich anschließen. Gesunder Menschenverstand täte das nicht, das weiß ich, aber ich habe keinen gesunden Menschenverstand."

„Es wäre ein großes Unglück für Richard", sagte ich.

„Meinen Sie?" entgegnete Mr. Skimpole. „Sagen Sie das nicht, sagen Sie das nicht! Nehmen wir an, er verkehrt mit dem gesunden Menschenverstand – mit einem vortrefflichen Mann – sehr runzlig – schrecklich praktisch – Wechselgeld für eine Zehnpfundnote in jeder Tasche – ein liniertes Rechnungsbuch in der Hand – sagen wir: insgesamt einem Steuereinnehmer gleich. Unser lieber Richard, sanguinisch, leicht entflammt, Hindernisse überspringend, von Poesie geschwellt wie eine junge Knospe, sagt zu diesem höchst achtbaren Gefährten: ‚Ich sehe eine goldene Aussicht vor mir, sehr heiter, sehr schön, sehr freudig; hier gehe ich und springe über die Landschaft hinweg, um sie zu erreichen!' Der achtbare Gefährte schlägt ihn sofort mit dem linierten Rechnungsbuch zu Boden, sagt ihm auf pedantische, prosaische Art, er sähe nichts davon, zeigt ihm, daß es nichts ist als Sporteln, Betrug, Roßhaarperücken und schwarze Talare. Nun, Sie wissen, das ist eine peinliche Veränderung – verständig letzten Endes, das bezweifle ich nicht, aber unangenehm. Ich kann das nicht. Ich habe das linierte Rechnungsbuch nicht mitbekommen, ich habe in meiner Anlage keines der Elemente eines Steuereinnehmers, ich bin durchaus nicht hochachtbar und verlange nicht, es zu sein. Sonderbar vielleicht, aber es ist so!"

Es war unnütz, mehr zu sagen; so schlug ich denn vor, uns Ada und Richard, die ein wenig voraus waren, anzuschließen, und gab verzweifelt Mr. Skimpole auf. Er hatte im Lauf des Morgens den Edelsitz besichtigt und beschrieb während unseres Spaziergangs sehr launig die Familienbilder. Unter den seligen

Ladies Dedlock seien so ungeheuerliche Schäferinnen, erzählte er uns, daß friedliche Hirtenstäbe in ihren Händen zu Angriffswaffen würden. Sie hüteten ihre Herden streng in Steifleinen und Puder und legten ihre Schönheitspflästerchen auf, um das Bürgervolk zu erschrecken, wie die Häuptlinge anderer Stämme ihre Kriegsbemalung vollzögen. Unter den Bildern befinde sich ein Sir Soundso Dedlock mit einer Schlacht, einer auffliegenden Mine, Rauchwolken, flammenden Blitzen, einer brennenden Stadt und einem erstürmten Fort als Hintergrund, all das in voller Tätigkeit zwischen den Hinterbeinen seines Pferdes, wahrscheinlich um zu zeigen, wie wenig sich ein Dedlock aus solchen Kleinigkeiten mache. Das ganze Geschlecht sei offenbar bei Lebzeiten das gewesen, was er „ausgestopfte Leute" nannte, eine umfangreiche Sammlung, glasäugig, allerliebst auf ihren verschiedenen Zweigen und Ästen sitzend, sehr korrekt, ganz ohne Leben und immer in Glaskästen.

Jede Beziehung auf diese Namen machte mir jetzt so zu schaffen, daß ich erleichtert war, als Richard mit einem Ausruf des Erstaunens einem Fremden entgegeneilte, den er erst erblickte, als er langsam auf uns zukam.

„Mein Gott!" sagte Mr. Skimpole, „Vholes!"

Wir fragten, ob das ein Freund Richards sei.

„Freund und juristischer Berater", sagte Mr. Skimpole. „Ich sage Ihnen, meine liebe Miss Summerson, wenn Sie gesunden Menschenverstand, Verantwortlichkeit und Achtbarkeit vereinigt verlangen, wenn Sie einen Mustermenschen verlangen – Vholes ist dieser Mann."

Wir sagten, wir hätten nicht gewußt, daß Richard den Beistand eines Herrn dieses Namens genieße.

„Als er seine juristischen Kinderschuhe auszog", entgegnete Mr. Skimpole, „schied er von unserem Freund Konversations-Kenge und schloß sich, glaube ich, Vholes an. Ich weiß, daß es so war, weil ich ihn bei Vholes einführte."

„Kannten Sie ihn schon lange?" fragte Ada.

„Vholes? Meine liebe Miss Clare, ich hatte jene Art Bekanntschaft mit ihm, die ich mit mehreren Herrn seines Fachs hatte. Er hatte allerhand auf sehr angenehme höfliche Weise unternommen – Vollstreckung einleiten nennt man es ja wohl –, was damit endete, daß er sich meiner annahm. Jemand war so gut, zu vermitteln und das Geld zu bezahlen – etwas und vier Pence war der Betrag; ich vergesse Pfunde und Schillinge, weiß aber, die Summe endigte auf vier Pence, weil es mir damals so seltsam vorkam, daß ich einem vier Pence schulden sollte –, und nach diesem Vorfall machte ich sie miteinander bekannt. Vholes bat mich, ihn einzuführen, und ich tat es. Jetzt, da ich darüber nachdenke", er sah uns mit seinem offensten Lächeln fragend an, als er die Entdeckung machte, „frage ich mich, ob mich Vholes vielleicht bestach. Er gab mir etwas und nannte es Kommission. War es eine Fünfpfundnote? Wissen Sie, ich glaube, es muß eine Fünfpfundnote gewesen sein!"

Seine weiteren Betrachtungen über diesen Punkt wurden dadurch abgeschnitten, daß Richard aufgeregt wieder zu uns trat und hastig Mr. Vholes vorstellte – einen blassen Mann mit schmalen Lippen, die aussahen, als ob sie kalt wären, einer roten Blatter hier und da auf dem Gesicht, lang und dürr, ungefähr fünfzig Jahre alt, hochschultrig und von gebückter Haltung. Er war ganz schwarz gekleidet, schwarz behandschuht und bis ans Kinn zugeknöpft, aber nichts an ihm war so merkwürdig wie sein lebloses Wesen und die stille, starre Art, mit der er Richard ansah.

„Ich hoffe, ich störe nicht, meine Damen", sagte Mr. Vholes, und jetzt bemerkte ich, daß auch noch seine Art, in sich hineinzusprechen, auffällig an ihm war. „Ich habe mit Mr. Carstone verabredet, ihn stets wissen zu lassen, wenn der Lordkanzler seine Sache auf die Tagesordnung setzt, und da mich einer meiner Schreiber gestern abend nach Postschluß benachrichtigte, daß der Fall etwas unerwartet morgen aufgerufen wird, setzte ich mich heute früh in die Landkutsche und kam hierher, um mit ihm zu konferieren."

„Ja!" sagte Richard mit gerötetem Gesicht und einem triumphierenden Blick auf Ada und mich, „wir betreiben diese Sachen jetzt nicht mehr in der alten, langsamen Weise. Wir kommen jetzt vorwärts! Mr. Vholes, wir müssen ein Fuhrwerk mieten, um zur Poststation hinüberzufahren, damit wir heute abend noch die Post erreichen und in die Stadt kommen!"

„Alles, wie Sie wünschen, Sir", entgegnete Mr. Vholes. „Ich stehe ganz zu Ihren Diensten."

„Warten Sie einmal", sagte Richard und sah auf seine Uhr. „Wenn ich jetzt zum Wirtshaus hinunterlaufe und meinen Mantelsack packen lasse und ein Gig oder einen Wagen bestelle, oder was wir sonst bekommen können, so haben wir noch eine Stunde bis zur Abfahrt. Ich bin zum Tee wieder da, Kusine Ada; wollen Sie und Esther Mr. Vholes während meiner Abwesenheit unter Ihre Obhut nehmen?"

In seiner Hitze und Hast war er schon fort, und wir verloren ihn in der Abenddämmerung bald aus den Augen. Wir Zurückgebliebenen gingen dem Hause zu.

„Ist Mr. Carstones Anwesenheit morgen notwendig, Sir?" fragte ich. „Kann sie von Nutzen sein?"

„Nein, Miss", entgegnete Mr. Vholes. „Ich wüßte nicht wie."

Ada und ich sprachen unser Bedauern aus, daß er uns also nur verlasse, um enttäuscht zu werden.

„Mr. Carstone hat den Grundsatz aufgestellt, selbst über seine Interessen wachen zu wollen", sagte Mr. Vholes, „und wenn ein Klient selbst seinen Grundsatz aufstellt und dieser nicht unmoralisch ist, so obliegt es mir, ihm nachzukommen. Ich wünsche im Geschäft exakt und offen zu sein. Ich bin Witwer mit drei Töchtern – Emma, Jane und Caroline – und habe nur den Wunsch, meine Lebenspflichten so zu erfüllen, daß ich ihnen einen guten Namen hinterlasse. Dies ist ein sehr hübscher Ort, Miss."

Da die Bemerkung mir galt, denn er ging neben mir, stimmte ich bei und zählte die Hauptreize der Landschaft auf.

„Wirklich?" sagte Mr. Vholes. „Ich habe das Vorrecht, einen greisen Vater im Tal von Taunton, seiner Heimat, zu unterstützen, und bewundere jene Gegend sehr. Ich hatte keine Ahnung, daß diese hier so anziehend sei."

Um das Gespräch in Gang zu halten, fragte ich Mr. Vholes, ob er wohl gern ganz auf dem Land leben würde.

„Da berühren Sie eine zarte Saite in meinem Herzen, Miss", sagte er. „Meine Gesundheit ist nicht gut infolge unregelmäßiger Verdauung, und wenn ich nur auf mich zu achten hätte, nähme ich meine Zuflucht zu ländlichen Gepflogenheiten, zumal da mich die Geschäftssorgen stets abgehalten haben, mich viel in Gesellschaft zu begeben, vor allem in Damengesellschaft, woran mir immer am meisten gelegen hätte. Aber mit meinen drei Töchtern Emma, Jane und Caroline – und meinem greisen Vater – darf ich nicht an mich selbst denken. Allerdings habe ich eine geliebte Großmutter nicht mehr zu erhalten, die in ihrem hundertundzweiten Jahr starb; aber es bleibt noch genug übrig, was es unumgänglich macht, die Mühle stets in Gang zu halten."

Wegen seiner Art, in sich hineinzusprechen, und seiner eintönigen Redeweise bedurfte es einiger Aufmerksamkeit, um ihn zu verstehen.

„Sie wollen entschuldigen, daß ich meine Töchter erwähnt habe", sagte er. „Sie sind meine schwache Seite. Ich wünsche den armen Mädchen ein bescheidenes, aber unabhängiges Auskommen sowie einen guten Namen zu hinterlassen."

Wir erreichten jetzt Boythorns Haus, wo der gedeckte Teetisch unser wartete. Kurz darauf kam auch Richard, nervös und eilig, bog sich über Mr. Vholes' Stuhl und flüsterte ihm etwas ins Ohr. Mr. Vholes antwortete laut, oder doch so laut, wie man es von ihm überhaupt erwarten konnte: „Sie wollen mich fahren, Sir? Mir einerlei, Sir. Ganz wie Sie befehlen. Ich stehe ganz zu Ihren Diensten."

Aus dem, was folgte, entnahmen wir, daß Mr. Skimpole bis zum Morgen dableiben sollte, um die beiden bereits bezahlten Plätze einzunehmen. Da Ada und ich Richards wegen bekümmert waren und es bedauerten, so von ihm zu scheiden, gaben wir so deutlich, wie es die Höflichkeit erlaubte, zu verstehen, daß wir Mr. Skimpole dem Wirtshaus überlassen und uns zurückziehen würden, sobald die beiden Nachtreisenden aufgebrochen seien. Da Richards Lebhaftigkeit alles mit sich fortriß, zogen wir alle zusammen auf den Hügel über dem Dorf, wohin er das Gig bestellt hatte; dort fanden wir einen Mann mit einer Laterne zu Häupten eines dürren, fahlen Pferdes stehen, das vor den Wagen gespannt war.

Ich werde nie diese beiden vergessen, wie sie im Laternenschimmer nebeneinander saßen: Richard ganz in Aufregung, Feuer und Fröhlichkeit, die Zügel in der Hand, Mr. Vholes ganz still in schwarzen Handschuhen und zugeknöpft, den Blick auf ihn gerichtet wie auf seine Beute, die er verzaubere. Vor mir steht das ganze Bild der warmen, dunklen Nacht, das Wetterleuchten, die staubige Landstraße, von Hecken und hohen Bäumen umsäumt, das dürre, fahle Pferd mit den gespitzten Ohren und die eilige Abfahrt zu Jarndyce gegen Jarndyce.

Mein liebes Mädchen sagte mir an diesem Abend, ob Richard in Zukunft reich oder arm, umschwärmt oder verlassen sei, mache für sie nur den einen Unterschied: je mehr er der Liebe eines treuen Herzens bedürftig sei, desto mehr Liebe werde dieses treue Herz für ihn haben; mitten in seiner augenblicklichen Verwirrung denke er doch an sie, und sie werde zu allen Zeiten an ihn denken, nie an sich selbst, wenn sie sich ihm widmen, nie an ihr eigenes Wohl, wenn sie das seine fördern könne.

Und hielt sie ihr Wort?

Ich blicke die Straße vor mir entlang, wo die Entfernung bereits kürzer und das Ende der Reise sichtbar wird. Und über dem toten Meer des Kanzleiprozesses und allen zu Asche verbrannten Früchten, die es ans Ufer wirft, glaube ich treu und gut mein Herzenskind zu sehen.

38. KAPITEL

Ein Kampf

Als die Zeit unserer Rückkehr nach Bleakhaus kam, waren wir auf den Tag pünktlich und wurden mit einem überwältigenden Willkommen empfangen. Ich hatte meine Gesundheit und Kraft ganz wiedererlangt, und da ich meine Wirtschaftsschlüssel in meinem Zimmer bereitliegen fand, läutete ich mich mit einem lustigen kleinen Glockenspiel ein, als wäre ich ein neues Jahr. „Jetzt wieder Pflicht, Pflicht, Esther", sagte ich; „und wenn du nicht schon überfroh bist, sie in allem und jedem mehr als heiter und zufrieden zu erfüllen, so mußt du es werden. Weiter habe ich dir nichts zu sagen, meine Liebe!"

Die ersten paar Vormittage waren so betriebsam und geschäftig, so ausgefüllt von Abrechnungen, von wiederholten Hin- und Herreisen zwischen dem Brummstübchen und allen anderen Teilen des Hauses, von Umpacken in Schränken und Kästen und einem allgemeinen Neubeginn, daß ich keinen Augenblick frei hatte. Aber als ich damit fertig und alles in Ordnung war, stattete ich London einen Besuch von einigen Stunden ab, wozu mich eine Äußerung in dem Brief bestimmte, den ich in Chesney Wold vernichtet hatte.

Ich benutzte Caddy Jellyby – ihr Mädchenname war mir so natürlich, daß ich sie stets so nannte – als Vorwand für diesen Besuch und schrieb ihr vorher ein Briefchen mit der Bitte, mich bei einem kleinen Geschäftsgang zu begleiten. Ich brach sehr früh am Morgen auf und kam mit der Landkutsche so zeitig nach London, daß ich den ganzen Tag vor mir hatte, als ich nach Newman Street ging.

Caddy, die mich seit ihrem Hochzeitstag nicht gesehen hatte, war so froh und so zärtlich, daß ich halb und halb fürchtete, ihren Mann eifersüchtig zu machen. Aber er war in seiner Art ebenso schlimm – ich meine, ebenso gut; kurz, es war die alte Geschichte, und niemand wollte mir eine Möglichkeit lassen, etwas Verdienstliches zu tun.

Der ältere Mr. Turveydrop lag noch im Bett, wie ich hörte, und Caddy bereitete seine Schokolade, die ein melancholischer kleiner Junge, ein Lehrling – sonderbar, Lehrling im Tanzschulgewerbe zu sein –, hinauftragen sollte. Ihr Schwiegervater sei ausnehmend gütig und rücksichtsvoll, sagte mir Caddy, und sie lebten sehr glücklich zusammen! Wenn sie von ihrem Zusammenleben sprach, meinte sie, daß der alte Herr alle guten Dinge und alle guten Stuben hatte, während sie und ihr Gatte das hatten, was sie gerade bekommen konnten, und in zwei Eckstuben über den Stallungen eingepfercht waren.

„Und was macht deine Mutter, Caddy?" fragte ich.

„Ich höre nur durch den Vater von ihr, Esther", entgegnete Caddy, „sehe aber sehr wenig von ihr. Es freut mich zu sagen, daß wir gut Freund sind; aber Mama hält es für eine Albernheit, daß ich einen Tanzmeister geheiratet habe, und sie fürchtet fast, es möchte sie anstecken."

Es fiel mir ein, daß sich Mrs. Jellyby gegen Ansteckung mit Albernheit am besten geschützt hätte, wenn sie ihre natürlichen Pflichten und Obliegenheiten erfüllt hätte, ehe sie den Horizont mit dem Fernrohr nach anderen absuchte; aber ich brauche kaum zu bemerken, daß ich das für mich behielt.

„Und dein Papa, Caddy?"

„Er kommt jeden Abend hierher", sagte sie, „und sitzt so gern in der Ecke dort, daß es eine wahre Freude ist, ihn anzusehen."

Ein Blick in die Ecke zeigte mir deutlich die Spur von Mr. Jellybys Kopf an der Wand. Es war tröstlich, zu wissen, daß er eine solche Ruhestelle für ihn gefunden hatte.

„Und du, Caddy", sagte ich, „bist immer beschäftigt, möchte ich wetten."

„Allerdings, meine Liebe", entgegnete Caddy, „denn um dir ein großes Geheimnis zu verraten, ich bereite mich vor, Unterricht zu erteilen. Prince hat keine sehr kräftige Gesundheit, und ich möchte ihm beistehen können. Mit Schulen und Kursen hier, mit Privatschülern und außerdem noch mit Lehrlingen hat der arme Kerl wirklich zu viel zu tun."

Es wurde mir immer noch so schwer, mir Lehrlinge in diesem Beruf vorzustellen, daß ich Caddy fragte, ob sie viele hätten.

„Vier", sagte Caddy. „Einen im Haus und drei außer Haus. Es sind sehr gute Kinder; nur wenn sie zusammenkommen, wollen sie spielen wie alle Kinder, statt sich um ihre Arbeit zu kümmern. Deshalb walzt der kleine Junge, den du eben sahst, jetzt in der leeren Küche ganz für sich, und wir verteilen die anderen im ganzen Haus, so gut es geht."

„Natürlich nur, um die Tanzschritte zu lernen", sagte ich.

„Nur um sie zu lernen", sagte Caddy; „auf diese Weise üben sie viele Stunden hintereinander die Schritte, die sie gerade zu lernen haben. Sie tanzen in der Akademie. Und in dieser Jahreszeit studieren wir täglich um fünf Uhr früh Figuren ein."

„Was für ein mühseliges Leben!" rief ich aus.

„Ich versichere dir, meine Liebe", entgegnete Caddy lächelnd, „wenn uns die außer Haus wohnenden Lehrlinge am Morgen herausklingeln – die Klingel geht in unser Zimmer, um den alten Mr. Turveydrop nicht zu stören – und wenn ich das Fenster hochschiebe und sie mit ihren kleinen Tanzschuhen unterm Arm auf der Türstufe stehen sehe, muß ich wirklich an die Schornsteinfeger denken."

Das alles stellte mir freilich diese Kunst in eigentümlichem Licht dar. Caddy genoß die Wirkung ihrer Mitteilung und erzählte mir heiter die Einzelheiten ihrer Studien.

„Sieh, meine Liebe, um Geld zu sparen, muß ich ein wenig Klavier spielen können und auch ein wenig Geige, und daher muß ich mich auf diesen beiden Instrumenten ebenso üben wie in den Besonderheiten unseres Fachs. Wenn Mama nur halbwegs verständig gewesen wäre, hätte ich doch ein wenig musikalische Kenntnisse zum Anfang gehabt. Aber ich hatte keine, und dieses Stück Arbeit ist zunächst, wie ich zugeben muß, etwas entmutigend. Aber ich habe ein gutes Gehör und bin an Plackerei gewöhnt – dafür muß ich Mama jedenfalls dankbar sein –, und wo ein Wille ist, ist auch ein Weg in der ganzen Welt, das weißt du ja, Esther." Mit diesen Worten setzte sich Caddy lachend an ein kleines, klimpriges Klavier und rasselte wirklich mit großer Lebendigkeit eine Quadrille herunter. Dann stand sie gutgelaunt und errötend auf und sagte, während sie immer noch lachte: „Lach mich nicht aus, bitte; sei ein liebes Mädchen!"

Ich hätte lieber weinen mögen, tat aber keins von beidem. Ich sprach ihr Mut zu und lobte sie von ganzem Herzen. Denn ich war zutiefst überzeugt, daß sie, obgleich sie nur eines Tanzmeisters Frau war und in ihrem begrenzten Ehrgeiz nur eine Tanzmeisterin zu sein strebte, doch eine natürliche, gesunde und liebevolle Richtung für ihren Fleiß und ihre Ausdauer gefunden hatte, die ebenso gut war wie eine Mission.

„Meine Liebe", sagte Caddy hocherfreut, „du kannst dir nicht vorstellen, wie du mich aufmunterst. Ich habe dir, du weißt nicht wieviel, zu verdanken. Was für Veränderungen, Esther, sogar in meiner kleinen Welt! Du erinnerst dich noch jenes ersten Abends, als ich unhöflich und tintenbeschmiert war? Wer hätte damals daran gedacht, daß ich je Tanzunterricht erteilen könnte, und an alle anderen Möglichkeiten und Unmöglichkeiten!"

Ihr Mann, der uns bei diesem Plausch allein gelassen hatte, kehrte jetzt zurück und machte sich bereit, die Stunde für die Lehrlinge im Ballzimmer abzuhalten, und Caddy erklärte mir, daß sie mir jetzt ganz zur Verfügung stehe. Aber für mich war es noch nicht Zeit, konnte ich ihr zu meiner Freude sagen; denn es hätte mir leid getan, sie jetzt zu entführen. Deshalb gingen wir alle drei zu den Lehrlingen, und ich nahm am Tanz teil.

Die Lehrlinge waren die wunderlichsten Leutchen. Außer dem melancholischen Jungen, den hoffentlich nicht das Alleinwalzen in der Küche so trübe gestimmt hatte, waren da noch zwei andere Jungen und ein schmutziges, schlampiges kleines Mädchen in einem Gazekleid: ein frühreifes, kleines Mädchen mit einem altmodischen Hut, ebenfalls von Gazestoff, das seine Tanzschuhe in einem alten, abgenutzten Samtstrickbeutel mitbrachte; schmutzige kleine Jungen, die, wenn sie nicht gerade tanzten, Bindfaden und Klicker und Hühnerknochen in den Taschen trugen und die unsaubersten Beine und Füße – und vor allem Fersen vorführten. Ich fragte Caddy, was ihre Eltern veranlaßt habe, sie zu diesem Gewerbe zu bestimmen. Caddy sagte, sie wisse es nicht, vielleicht sollten sie später selbst Unterricht geben, vielleicht im Theater auftreten. Ihre Eltern waren sämtlich unbemittelt, und die Mutter des melancholischen Jungen verkaufte Ingwerbier.

Wir tanzten eine Stunde lang mit großem Ernst, und das melancholische Kind verrichtete dabei Wunder mit seinen unteren Gliedmaßen, die anscheinend Freude daran fanden, obgleich sie nie bis über die Hüften hinaufstieg. Da Caddy ihren Gatten beobachtet hatte und sichtlich bei ihm in die Schule gegangen war, hatte sie eine Anmut und Unbefangenheit erlangt, die sie, verbunden mit ihrem hübschen Gesicht und Wuchs, ungewöhnlich reizvoll machten. Sie half ihm bereits sehr beim Unterrichten dieser jungen Leute, und er mischte sich selten ein, außer um seinen Teil in der Tour zu tanzen, wenn er dabei etwas zu tun hatte. Er spielte stets die Melodie. Die Geziertheit des Mädchens im Gazekleid und ihre Herablassung gegen die Knaben war ein unbezahlbarer Anblick. Und so tanzten wir eine geschlagene Stunde lang.

Als die Übungsstunde vorüber war, rüstete sich Caddys Gatte, um außerhalb der Stadt eine Lektion in einer Schule zu geben, und Caddy lief fort und zog sich an, um mit mir auszugehen.

Ich blieb unterdessen im Ballzimmer sitzen und betrachtete mir die Lehrlinge. Die beiden außer Haus wohnenden Knaben gingen die Treppe hinauf, um ihre Halbstiefel anzuziehen und den im Haus wohnenden Knaben an den Haaren zu zausen, wie ich aus der Art seiner Einwendungen schloß. Als sie mit zugeknöpften Jacken und daruntergesteckten Tanzschuhen zurückkamen, brachten sie Pakete mit Brot und Fleisch zum Vorschein und biwakierten an der Wand unter einer gemalten Lyra. Das kleine Mädchen in Gaze preßte, nachdem sie ihre Sandalen in den Strickbeutel geschoben und ein Paar niedergetretene Schuhe angezogen hatte, ihren Kopf mit einem Ruck in den altertümlichen Hut; auf meine Frage, ob sie gern tanze, antwortete sie: „Nicht mit Knaben", band den Hut unterm Kinn fest und ging voll Verachtung nach Hause.

„Es tut dem alten Mr. Turveydrop sehr leid", sagte Caddy, „daß er noch nicht mit dem Anziehen fertig ist und nicht das Vergnügen haben kann, dich zu sehen, ehe wir gehen. Du stehst sehr in Gunst bei ihm, Esther."

Ich sagte, ich sei ihm sehr verbunden, hielt es aber nicht für notwendig, hinzuzusetzen, daß ich seiner Aufmerksamkeit gern entsagte.

„Das Ankleiden kostet ihn viel Zeit", sagte Caddy, „weil er in solchen Dingen eine Autorität ist, wie du weißt, und einen Ruf zu behaupten hat. Du kannst dir gar nicht denken, wie gütig er gegen Papa ist. Er erzählt ihm abends vom Prinzregenten, und ich habe Papa nie so aufmerksam gesehen."

Mr. Turveydrop, wie er seinen Anstand an Mr. Jellyby weitergab, war ein Bild, das meine Phantasie reizte. Ich fragte Caddy, ob er ihren Vater sehr gesprächig mache.

„Nein", sagte Caddy, „nicht daß ich wüßte; aber er spricht zu Papa, und Papa bewundert ihn sehr, hört zu und findet Gefallen daran. Natürlich weiß ich, daß Papa kaum Anspruch auf Anstand hat, aber sie kommen vortrefflich miteinander aus. Du kannst dir gar nicht denken, wie gut sie einander Gesellschaft leisten. Nie zuvor im Leben habe ich Papa schnupfen sehen; aber er nimmt regelmäßig eine Prise aus Mr. Turveydrops Dose, führt sie den ganzen Abend hindurch immer wieder an die Nase und zieht sie wieder zurück."

Daß der alte Mr. Turveydrop in den Wendungen und Wechselfällen des Lebens je die Bestimmung erhalten sollte, Mr. Jellyby von Borriobula-Gha zu erlösen, erschien mir als eine der hübschesten Seltsamkeiten.

„Was Peepy betrifft", sagte Caddy etwas zögernd, „von dem ich am meisten fürchtete – nächst meinen etwaigen eigenen Kindern, Esther –, daß er Mr. Turveydrop beschwerlich falle, so übersteigt die Freundlichkeit des alten Herrn gegen dieses Kind alle Grenzen. Er verlangt ihn zu sehen, meine Liebe! Er läßt sich von ihm die Zeitung ans Bett hinaufbringen; er gibt ihm die Rinde von seinem Toast zu essen; er schickt ihn mit kleinen Botschaften im Haus herum; er trägt ihm auf, sich von mir Sixpences geben zu lassen. Kurz", sagte Caddy heiter, „um nicht langweilig zu werden, ich bin sehr glücklich und habe sehr dankbar zu sein. Wohin gehen wir, Esther?"

„Nach Old Street Road", sagte ich, „wo ich ein paar Worte mit einem Advokatenschreiber zu sprechen habe, der beauftragt war, mich am Postamt abzuholen an dem Tag, als ich in London ankam und dich zuerst sah, meine Liebe. Jetzt fällt es mir ein, der Herr, der uns in euere Wohnung brachte."

„Dann bin ich ja gerade die rechte Begleiterin", entgegnete Caddy.

Wir gingen nach Old Street Road und fragten in Mrs. Guppys Wohnung nach ihr. Mrs. Guppy, die im Erdgeschoß wohnte und sichtlich eben in Gefahr geschwebt hatte, sich in der Tür des vorderen Wohnzimmers wie eine Nuß zu knacken, weil sie verstohlen herausguckte, ehe man nach ihr fragte, erschien auf der Stelle und lud uns ein, näher zu treten. Sie war eine alte Dame mit einer großen Mütze, mit ziemlich roter Nase und etwas unsicherem Blick, aber lächelnd übers ganze Gesicht. Ihr enges Wohnstübchen war auf Besuch eingerichtet; es hing darin ein Porträt ihres Sohnes, das, hätte ich beinah gesagt, echter war als die Wirklichkeit, so stur brachte es ihn zur Geltung und ließ nichts an ihm unbeachtet.

Nicht nur das Porträt war da, sondern auch das Original. Es war sehr farbenfroh gekleidet, saß an einem Tisch und las Akten, wobei es den Zeigefinger an die Stirn legte.

„Miss Summerson", sagte Mr. Guppy und stand auf, „das ist in der Tat eine Oase. Mutter, willst du so gut sein, der anderen Dame einen Stuhl anzubieten und dann das Deck zu räumen?"

Mrs. Guppy, der ihr unentwegtes Lächeln einen ordentlich schelmischen Ausdruck verlieh, tat, wie ihr Sohn geheißen, und setzte sich dann in eine Ecke, wobei sie ihr Taschentuch wie einen warmen Umschlag mit beiden Händen an ihre Brust drückte.

Ich stellte Caddy vor, und Mr. Guppy sagte, eine Freundin

von mir sei stets mehr als willkommen. Dann fing ich vom Zweck meines Besuches an.

„Ich nahm mir die Freiheit, Ihnen einen Brief zu schreiben, Sir", sagte ich.

Mr. Guppy bekannte sich zu seinem Empfang, indem er ihn aus der Brusttasche zog, an seine Lippen drückte und mit einer Verbeugung wieder in die Tasche steckte. Mr. Guppys Mutter war so entzückt, daß sie mit dem Kopf wackelte, während sie lächelte, und mit ihrem Ellbogen Caddy ein stummes Zeichen gab.

„Könnte ich mit Ihnen einen Augenblick allein sprechen?" sagte ich.

Etwas gleich der Lustigkeit von Mr. Guppys Mutter in diesem Augenblick habe ich, glaube ich, nie gesehen. Man hörte nichts von ihrem Lachen; aber sie wackelte mit dem Kopf und schüttelte ihn und hielt das Taschentuch vor den Mund, stieß Caddy mit dem Ellbogen, der Hand und der Schulter und war im ganzen so unsagbar angeregt, daß sie nur mit einiger Schwierigkeit Caddy durch die kleine Flügeltür in ihr anstoßendes Schlafzimmer geleiten konnte.

„Miss Summerson", sagte Mr. Guppy, „Sie werden die Launen einer immer mit dem Glück ihres Sohnes beschäftigten Mutter entschuldigen. Wenn sie einen auch aufbringen kann, handelt sie doch aus mütterlichen Beweggründen."

Ich hätte kaum geglaubt, daß jemand in einer Sekunde so rot werden oder sich so verändern könnte wie Mr. Guppy, als ich jetzt den Schleier zurückschlug.

„Ich bat, Sie auf ein paar Augenblicke lieber hier sprechen zu dürfen als bei Mr. Kenge", sagte ich, „weil ich mich dessen erinnerte, was Sie einmal sagten, als Sie mit mir im Vertrauen sprachen, und daher fürchtete, ich könnte Sie sonst in Verlegenheit bringen, Mr. Guppy."

Ich machte ihn sicherlich so schon verlegen genug. Ich hatte noch nie solches Gestammel, solche Verwirrung, solches Staunen und solche Angst gesehen.

„Miss Summerson", stotterte Mr. Guppy, „ich – ich – bitte um Verzeihung, aber in unserem Beruf finden – finden – wir es notwendig, uns deutlich auszusprechen. Sie spielen auf eine Gelegenheit an, Miss, da ich – da ich mir die Ehre erwies, eine Erklärung abzugeben, die –"

Es schien etwas in seiner Kehle zu stecken, das er durchaus nicht hinunterschlingen konnte. Er legte die Hand auf die Stelle, hustete, schnitt Gesichter, versuchte abermals, es hinunterzuschlingen, hustete wieder, schnitt wieder Gesichter, sah sich rund im Zimmer um und kramte in seinen Papieren.

„Es ist eine Art Schwindel über mich gekommen, Miss, der mich etwas umwirft", erklärte er. „Ich – äh – bin solchen Anfällen zuweilen unterworfen – äh – bei George!"

Ich ließ ihm etwas Zeit, sich zu erholen. Er legte währenddessen die Hand an die Stirn und nahm sie wieder weg und rutschte mit seinem Stuhl in die Ecke hinter ihm.

„Ich wollte nur bemerken, Miss", sagte Mr. Guppy, „mein Gott – die Bronchien, glaube ich –, wollte nur bemerken, daß Sie bei dieser Gelegenheit so gütig waren, die Erklärung nicht anzunehmen und zurückzuweisen. Sie – Sie sind vielleicht bereit, das zuzugeben? Obgleich keine Zeugen anwesend sind, so wäre es vielleicht eine Beruhigung für – für Ihr Gewissen –, das offen zuzugeben."

„Es kann gar kein Zweifel sein", sagte ich, „daß ich Ihren Antrag ohne Vorbehalt und Einschränkung abwies, Mr. Guppy."

„Ich danke Ihnen, Miss", entgegnete er und maß den Tisch mit seinen unruhigen Händen; „soweit ist das zufriedenstellend und macht Ihnen Ehre. Äh – gewiß die Bronchien – muß in der Luftröhre sitzen – Sie nehmen es wohl nicht übel, wenn ich bemerke – nicht daß es nötig wäre, denn Ihr eigener oder jedermanns gesunder Sinn muß das sagen –, wenn ich bemerke, daß diese Erklärung von meiner Seite abschließend und die Sache damit abgetan war?"

„Das sehe ich vollkommen ein", sagte ich.

„Vielleicht – es ist vielleicht die Form nicht wert, aber es könnte doch eine Beruhigung für Ihr Gewissen sein – vielleicht hätten Sie nichts dawider, das zuzugestehen, Miss?"

„Ich gestehe das vollkommen und freiwillig zu", sagte ich.

„Ich danke Ihnen", gab Mr. Guppy zurück. „Sehr ehrenwert, muß ich sagen. Ich bedaure, daß meine Lebenspläne sowie Umstände, über die ich keine Macht habe, mich unfähig machen, auf dieses Angebot je zurückzukommen oder es in irgendeiner Form und Fassung zu erneuern; aber es wird stets eine Erinnerung sein, die – mit der Palme der Freundschaft verflochten ist."

Hier kam die Bronchitis Mr. Guppy zu Hilfe und unterbrach ihn im Ausmessen des Tisches.

„Ich darf jetzt vielleicht auf das kommen, was ich Ihnen zu sagen wünsche?" fing ich an.

„Es wird mir gewiß eine Ehre sein", sagte Mr. Guppy. „Ich

bin überzeugt, Ihr gesunder Sinn und richtiges Gefühl, Miss, sieht alles in einem so richtigen Licht wie möglich, so daß ich jedenfalls nur mit Vergnügen alle Bemerkungen anhören kann, die Sie zu machen haben."

„Sie waren so gütig, bei jener Gelegenheit anzudeuten –"

„Entschuldigen Sie, Miss", sagte Mr. Guppy, „aber es wäre besser, nicht von den Akten zu Andeutungen abzuschweifen. Ich kann nicht zugestehen, daß ich etwas angedeutet habe."

„Sie sagten bei jener Gelegenheit", begann ich von neuem, „Sie hätten möglicherweise die Mittel, durch Entdeckungen, die mich beträfen, meine Interessen zu fördern und mein Schicksal zu verbessern. Ich vermute, daß Sie diesen Glauben darauf gründeten, daß Sie im allgemeinen wußten, ich sei eine Waise, die alles dem Wohlwollen Mr. Jarndyces verdankt. Der einzige Zweck meines Hierseins ist, Sie zu bitten, Mr. Guppy, jeden Gedanken, mir auf diese Weise zu dienen, freundlichst aufzugeben. Ich habe manchmal darüber nachgedacht, am meisten in der letzten Zeit – seit ich krank gewesen bin. Endlich bin ich zu dem Entschluß gekommen, falls Sie irgendwann diesen Plan wieder aufnehmen und an seiner Ausführung arbeiten sollten, zu Ihnen zu kommen und Ihnen zu versichern, daß Sie ganz und gar im Irrtum sind. Sie könnten keine Entdeckungen über mich machen, die mir den geringsten Dienst leisten oder das leiseste Vergnügen machen würden. Ich kenne meine Lebensgeschichte und kann Ihnen versichern, daß Sie durch solche Mittel mein Glück keinesfalls fördern können. Vielleicht haben Sie den Plan längst aufgegeben. Wenn das der Fall ist, so entschuldigen Sie, daß ich Sie unnötig belästigt habe. Wenn nicht, so ersuche ich Sie, ihn auf Grund der Versicherung, die ich Ihnen eben gegeben habe, fallenzulassen. Ich bitte Sie, das um meines Friedens willen zu tun."

„Ich muß gestehen, Miss", sagte Mr. Guppy, „daß Sie sich mit dem gesunden Sinn und dem richtigen Gefühl ausdrücken, die ich Ihnen zutraute. Nichts kann befriedigender sein als dieses richtige Gefühl, und wenn ich mich soeben über irgendwelche Absichten Ihrerseits getäuscht habe, so bin ich bereit, um Verzeihung zu bitten. Wollen Sie es so ansehen, Miss, als ob ich das hiermit getan hätte, begrenzt jedoch, wie Ihnen das Ihr gesunder Sinn und richtiges Gefühl sagen wird, auf das heute Gesprochene."

Ich muß Mr. Guppy zugestehen, daß sich das ausweichende Wesen, das ihm anfangs eigen war, sehr gebessert hatte. Er schien aufrichtig erfreut, etwas tun zu können, worum ich ihn bat, und sah beschämt aus.

„Wenn Sie mir erlauben wollen, das, was ich zu sagen habe, ohne Unterbrechung zu beendigen, so daß ich nicht darauf zurückzukommen brauche", fuhr ich fort, da ich sah, daß er sprechen wollte, „so täten Sie mir damit einen Gefallen, Sir. Ich komme so privat wie möglich zu Ihnen, weil Sie mir Ihre erste Mitteilung als vertraulich bezeichneten, was ich wirklich stets zu berücksichtigen wünschte – und auch berücksichtigt habe, wie Sie wissen. Ich habe meine Krankheit erwähnt; es besteht wirklich kein Grund, warum ich nicht sagen sollte, daß ich recht gut weiß, daß jede kleine Hemmung, die ich hätte haben können, Sie um etwas zu bitten, jetzt weggefallen ist. Deshalb spreche ich die Bitte, die ich vorgebracht habe, ganz offen aus und hoffe, Sie werden rücksichtsvoll genug gegen mich sein, sie zu gewähren."

Ich muß Mr. Guppy die Gerechtigkeit widerfahren lassen, zu sagen, daß er nach und nach immer beschämter ausgesehen hatte und am beschämtesten und ernstesten jetzt, als er mit brennendem Gesicht antwortete: „Auf mein Ehrenwort, bei meinem Leben und bei meiner Seele, Miss Summerson, so wahr ich lebendig vor Ihnen stehe, will ich Ihrem Wunsch nachkommen! Ich will nie wieder einen Schritt dagegen tun. Ich will einen Eid darauf leisten, wenn Ihnen das eine Beruhigung sein kann. In dem, was ich jetzt in dieser Sache verspreche", fuhr er rasch fort, als wiederhole er eine gewohnte Formel, „spreche ich die Wahrheit, die ganze Wahrheit und nichts als die Wahrheit, so –"

„Ich bin vollkommen befriedigt", unterbrach ich ihn und stand auf, „und danke Ihnen recht sehr. Liebe Caddy, ich bin bereit."

Mr. Guppys Mutter kam mit Caddy wieder herein – sie richtete ihr stilles Lachen und ihre Stöße jetzt an mich –, und wir verabschiedeten uns. Mr. Guppy begleitete uns zur Tür mit der Miene eines Mannes, der entweder nicht ganz wach ist oder schlafwandelt, und wir ließen ihn stehen, wie er uns nachstarrte.

Aber eine Minute später kam er uns ohne Hut und mit fliegendem Haar nachgelaufen, hielt uns an und sagte mit Wärme: „Miss Summerson, bei Ehre und Seligkeit, Sie können sich auf mich verlassen!"

„Das tue ich auch mit der größten Zuversicht", sagte ich.

„Verzeihung, Miss", sagte Mr. Guppy, der mit einem Bein

ging und mit dem anderen stehenblieb, „aber da diese Dame dabei ist – Ihre eigene Zeugin –, so könnte es Ihr Gemüt erleichtern, das ich ganz beruhigt sehen möchte, wenn Sie jene Zugeständnisse wiederholen wollten."

„Caddy", sagte ich und wandte mich an sie, „vielleicht wunderst du dich nicht, wenn ich dir sage, daß nie eine Verlobung –"

„Kein Eheantrag oder Eheversprechen irgendwelcher Art", verbesserte Mr. Guppy.

„Kein Eheantrag oder Eheversprechen irgendwelcher Art", sagte ich, „zwischen diesem Herrn –"

„William Guppy von Penton Place, Pentonville, in der Grafschaft Middlesex", sagte er halblaut.

„Zwischen diesem Herrn, Mr. William Guppy von Penton Place, Pentonville, in der Grafschaft Middlesex, und mir stattgefunden hat."

„Danke, Miss", sagte Mr. Guppy. „Sehr vollständig – äh – entschuldigen Sie, den Namen der Dame, Vor- und Zunamen?"

Ich nannte sie ihm.

„Verheiratet, glaube ich?" sagte Mr. Guppy.

„Verheiratet."

„Danke. Ehedem Jungfrau Caroline Jellyby, damals Thavies' Inn, innerhalb der City von London, aber keinem Kirchspiel zugehörig, jetzt wohnhaft in Newman Street, Oxford Street. – Sehr verbunden."

Er lief nach Hause und kam noch einmal zurückgeeilt.

„Was diese Sache betrifft, wissen Sie, tut es mir wirklich und wahrhaftig sehr leid, daß meine Lebenspläne sowie Umstände, über die ich keine Macht habe, die Erneuerung eines Verhältnisses verhindern, das schon vor einiger Zeit gänzlich gelöst wurde", sagte Mr. Guppy traurig und niedergeschlagen zu mir, „aber es war nicht möglich. Wäre es jetzt möglich? frage ich. Ich überlasse es Ihrem Urteil!"

Ich antwortete, es sei sicher nicht möglich. Das unterliege keinem Zweifel. Er dankte mir, eilte wieder zu seiner Mutter – und kehrte noch einmal um.

„Es ist gewiß sehr ehrenhaft von Ihnen, Miss", sagte er. „Ließe sich ein Altar unter den Palmen der Freundschaft errichten – aber bei meiner Seele, Sie können sich auf mich in jeder Hinsicht verlassen, nur die zarte Leidenschaft ausgenommen!"

Der Kampf in Mr. Guppys Brust und das dadurch bewirkte mehrfache Hin- und Herpendeln zwischen seiner Mutter Haustür

und uns waren in der zugigen Straße, zumal da sein Haar des
Schneidens bedurfte, auffällig genug, um uns zum schleunigsten
Verschwinden zu veranlassen. Ich ging mit erleichtertem Herzen,
aber als wir uns zuletzt umsahen, schwankte Mr. Guppy immer
noch in demselben unausgeglichenen Gemütszustand hin und her.

39. KAPITEL

Advokat und Klient

Der Name Mr. Vholes' ist unter dem Schild „Erdgeschoß" an
einen Türpfeiler von Symond's Inn in Chancery Lane angeschrieben; das ist ein kleines, blasses, halbblindes, kummervolles
Wirtshaus, vergleichbar einem großen Aschenkasten mit zwei
Fächern und einem Sieb. Es sieht aus, als sei Symond seinerzeit
ein sparsamer Mann gewesen und habe sein Gasthaus aus altem
Baumaterial errichtet, das zu Schwamm und Schmutz und aller
Verwesung und Fäulnis neigte und das Andenken Symonds mit
seelenverwandter Schäbigkeit fortpflanzte. In diese rauchschwarze Gedächtnistafel für Symond ist Mr. Vholes' Juristenwappen eingefügt.

Mr. Vholes' Büro hat sich, zurückhaltend in seiner Art und
zurückgezogen in seiner Lage, in eine Ecke gedrückt und schielt
eine kahle Mauer an. Über einen drei Fuß langen, dunklen Gang
mit holprigen Dielen gelangt der Klient zu Mr. Vholes' pechschwarzer Tür in einem selbst am hellsten Sommermorgen stockfinsteren Winkel, eingeengt vom schwarzen Vorbau einer Kellertreppe, gegen den verspätete Besucher meist mit dem Kopf
rennen. Mr. Vholes' Büroräume sind nach so kleinem Maßstab
eingerichtet, daß ein Schreiber die Tür öffnen kann, ohne vom
Stuhl aufzustehen, während sein Nachbar, der neben ihm am
selben Pult sitzt, ebenso bequem das Feuer schüren kann. Ein
Geruch wie von kranken Schafen, vermischt mit dem von Moder
und Staub, rührt von dem allabendlichen – und oft auch täglichen
– Verbrauch von Hammeltalg zur Beleuchtung und vom Scheuern
von Pergamenten und Aktendeckeln in schmierigen Schubkästen
her. Im übrigen ist die Luft dumpfig und flau. Die Zimmer sind
vor Menschengedenken zum letztenmal gemalt oder getüncht
worden, die zwei Kamine rauchen, alles ist mit einer lockeren

Decke von Ruß überzogen, und die trüben, zersprungenen
Fensterscheiben in ihren schweren Rahmen haben nur einen
einzigen hervorstechenden Charakterzug an sich, nämlich den
Hang, immer schmutzig und immer geschlossen zu sein, wenn
sie nicht zu etwas anderem gezwungen werden. Daraus erklärt
es sich, daß dem schwächeren der beiden Fenster gewöhnlich bei
warmem Wetter ein Bündel Holz zwischen die Zähne gesteckt ist.

Mr. Vholes ist ein sehr achtbarer Mann. Er hat kein ausgedehntes
Geschäft, aber er ist ein sehr achtbarer Mann. Die
größeren Anwälte, die sich ein bedeutendes Vermögen erworben
haben oder noch erwerben, geben zu, daß er ein sehr achtbarer
Mann sei. Er läßt in seinem Beruf keine Gelegenheit unbenutzt,
und das ist ein Zeichen von Achtbarkeit. Er erlaubt sich nie ein
Vergnügen, und das ist wieder ein Zeichen von Achtbarkeit. Er
ist schweigsam und ernst, ein weiteres Zeichen von Achtbarkeit.
Seine Verdauung hat gelitten, und das ist höchst achtbar. Er
macht für seine drei Töchter Heu aus dem Gras, das Fleisch ist.
Und sein Vater lebt, von ihm unterstützt, im Tal von Taunton.

Das eine große Prinzip der englischen Justiz ist, für sich
selbst Geschäfte zu machen. Kein anderes Prinzip wird durch all
seine engen Windungen hindurch so bestimmt, sicher und folgerichtig
aufrechterhalten. Sieht man die Justiz in diesem Licht, so
wird sie ein zusammenhängendes Ganzes, nicht der unförmige
Knäuel, als den die Laien sie so gern betrachten. Wenn sie nur
ein einziges Mal klar erkennen, daß ihr großes Prinzip darin
besteht, für sich selbst auf Kosten anderer Geschäfte zu machen,
so werden sie gewiß aufhören zu murren.

Aber da sie das nicht ganz klar erkennen, sondern es nur
halb und verworren sehen, erleiden die Laien zuweilen Schaden
an Gemütsruhe und Geldbeutel, nehmen es ungnädig auf und
murren sehr. Dann wird Mr. Vholes' Achtbarkeit aufs kräftigste
gegen sie ins Feld geführt. „Dieses Gesetz abschaffen, bester
Herr?" sagt Mr. Kenge zu einem unzufriedenen Klienten, „es
abschaffen, lieber Herr? Nie, solange ich etwas zu sagen habe.
Ändern Sie dieses Gesetz, Sir, und was wird die Wirkung Ihres
leichtsinnigen Verfahrens sein für eine Klasse von Advokaten,
die würdig vertreten ist, erlauben Sie mir das zu sagen, durch
den Anwalt unseres Gegners, Mr. Vholes? Sir, diese Klasse von
Advokaten würde von der Erde verschwinden. Nun können wir
aber nicht – ich möchte sagen, die Gesellschaftsordnung kann
nicht eine Klasse von Männern verlieren wie Mr. Vholes, fleißig,
ausdauernd, solid, mit geschäftlichem Scharfblick. Bester Herr,

ich verstehe Ihre augenblicklichen Gefühle gegen die herrschenden Zustände recht gut, die sich, das gebe ich zu, in Ihrem Fall etwas hart auswirken; aber für die Ausrottung einer Klasse von Männern wie Mr. Vholes werde ich nie meine Stimme erheben können." Die Achtbarkeit Mr. Vholes' hat man mit durchschlagender Wirkung sogar vor Parlamentsausschüssen angeführt, wie aus folgenden Aussagen eines ausgezeichneten Advokaten in einem Blaubuch hervorgeht: Frage (Nr. 517869): Wenn ich Sie recht verstehe, wirken diese Formen des Verfahrens unzweifelhaft verzögernd? Antwort: Ja, einigermaßen. Frage: Und ziehen große Kosten nach sich? Antwort: Natürlich können sie nicht kostenlos sein. Frage: Und unsägliche Verdrießlichkeiten? Antwort: Das möchte ich nicht sagen. Mir sind sie nie verdrießlich geworden. Ganz im Gegenteil. Frage: Aber Sie glauben, daß ihre Abschaffung einer Klasse von Advokaten schaden würde? Antwort: Zweifellos. Frage: Können Sie einen Typus dieser Klasse anführen? Antwort: Ja. Ich würde ohne Besinnen Mr. Vholes nennen. Er ginge zugrunde. Frage: Mr. Vholes gilt bei seinen Kollegen als ein achtbarer Mann? Antwort – die weitere Fragen für zehn Jahre abschnitt –: Mr. Vholes gilt bei seinen Kollegen als ein höchst achtbarer Mann.

Ebenso äußern in vertrauter Unterhaltung Privatautoritäten, die nicht weniger uneigennützig sind, daß sie nicht wissen, wo diese Zeit hinauswill, daß wir kopfüber in den Abgrund stürzen; daß hier wieder etwas vernichtet ist; daß diese Veränderungen der Tod sind für Leute wie Vholes, einen Mann von unzweifelhafter Achtbarkeit mit einem Vater im Tal von Taunton und drei Töchtern zu Hause. Noch ein paar Schritte weiter in dieser Richtung, sagen sie, und was soll aus Mr. Vholes' Vater werden? Soll er verhungern? Und aus Mr. Vholes' Töchtern? Sollen sie Weißnäherinnen oder Gouvernanten werden? Gerade als ob Mr. Vholes und seine Verwandten kleine Menschenfresserhäuptlinge wären und auf den Vorschlag, das Menschenfressen abzuschaffen, entrüstete Fürsprecher sagen wollten: Erklärt nur das Menschenfressen für strafbar, und die Vholes müssen durch eure Schuld verhungern!

Mit einem Wort, Mr. Vholes mit seinen drei Töchtern und seinem Vater im Tal von Taunton tut dauernd seine Schuldigkeit wie ein Stück Zimmerholz, das ein morsches Gebäude stützen muß, obwohl es eine Fallgrube und ein Stein des Anstoßes geworden ist. Und vielen Leuten geht es in vielen Fällen nicht darum, ob Unrecht zu Recht wird – was gar nichts zur Sache tut –, sondern ob der hochachtbaren Legion der Vholes Vorteil oder Schaden erwächst.

Der Kanzler ist vor zehn Minuten aufgestanden, und die langen Ferien haben begonnen. Mr. Vholes und sein junger Klient und verschiedene hastig vollgestopfte blaue Beutel, die dadurch alle regelmäßige Form verloren haben wie die großen Schlangen, wenn sie soeben eine Beute verschlungen haben, sind in die Bürohöhle zurückgekehrt: Mr. Vholes, ruhig und unbewegt, wie es einem Mann von solcher Achtbarkeit geziemt, zieht seine engen schwarzen Handschuhe aus, als häute er die Hände, zieht seinen engen Hut vom Kopf, als skalpiere er sich, und setzt sich an sein Pult. Der Klient wirft Hut und Handschuhe auf den Boden, schiebt sie fort, ohne ihnen nachzusehen oder sich zu kümmern, wohin sie fallen, wirft sich halb seufzend, halb stöhnend in einen Stuhl, läßt den glühenden Kopf auf die Hand sinken und ist ein Abbild jugendlicher Verzweiflung.

„Abermals nichts geschafft!" sagt Richard. „Nichts, nichts geschafft!"

„Sagen Sie nicht, es sei nichts geschafft", entgegnet der gleichmütige Vholes. „Das ist kaum gerecht, Sir, kaum gerecht!"

„Nun, was ist denn geschehen?" sagt Richard und wendet sich ihm düster zu.

„Das ist vielleicht nicht die ganze Frage", entgegnet Vholes. „Die Frage läßt sich vielleicht auch so stellen: Was geschieht, was geschieht?"

„Und was geschieht?" fragt der mürrische Klient.

Vholes, der die Ellbogen auf das Pult stützt, paßt ruhig die fünf Fingerspitzen seiner rechten Hand mit denen der linken zusammen, trennt sie ebenso ruhig wieder, sieht seinen Klienten fest und lange an und entgegnet: „Sehr viel geschieht, Sir. Wir haben uns mit den Schultern gegen das Rad gestemmt, Mr. Carstone, und das Rad dreht sich."

„Ja, und Ixion ist darauf gefesselt. Wie soll ich durch die verwünschten nächsten vier oder fünf Monate kommen?" ruft der junge Mann aus, steht auf und schreitet im Zimmer auf und ab.

„Mr. Carstone", erwidert Mr. Vholes, der ihm gespannt mit dem Blick folgt, wohin er auch geht, „Sie sind von aufbrausendem Wesen, und das tut mir um Ihretwillen leid. Verzeihen Sie, wenn ich Ihnen empfehle, sich nicht so zu ärgern, nicht so heftig zu sein, sich nicht so aufzureiben. Sie sollten mehr Geduld haben. Sie sollten sich stärker zeigen."

„Mit einem Wort, ich sollte Ihnen nacheifern, Mr. Vholes", sagt Richard, der mit einem ungeduldigen Lachen wieder Platz nimmt und mit dem Absatz auf dem ungemusterten Teppich des Teufels Zapfenstreich trommelt.

„Sir", entgegnet Mr. Vholes, der seinen Klienten beständig ansieht, als ob er ihn mit den Augen wie mit seinem Advokatenappetit langsam verzehrte, „Sir", entgegnet Vholes in seinem Ton des Selbstgesprächs und mit seiner blutlosen Ruhe, „ich hätte mir nicht angemaßt, mich Ihnen oder einem anderen Menschen als Muster hinzustellen. Ich verlange weiter nichts, als meinen drei Töchtern einen guten Namen zu hinterlassen; ich bin nicht selbstsüchtig. Aber da Sie mit solcher Bestimmtheit auf mich hindeuten, will ich anerkennen, daß ich Ihnen gern etwas mitteilte von meiner – nun ja, Sir, Sie sind geneigt, es Gefühllosigkeit zu nennen, und ich habe gewiß nichts dagegen – wir wollen sagen Gefühllosigkeit –, von meiner Gefühllosigkeit."

„Mr. Vholes", versichert der Klient etwas beschämt, „ich wollte Sie nicht der Gefühllosigkeit beschuldigen."

„Ich glaube, Sie taten es, Sir, ohne es zu wissen", entgegnet der gleichmütige Vholes. „Sehr natürlich. Es ist meine Pflicht, Ihre Interessen mit kühlem Kopf zu wahren, und ich kann wohl begreifen, daß ich in Zeiten wie der jetzigen Ihrem aufgeregtem Gemüt als gefühllos erscheine. Meine Töchter kennen mich vielleicht besser; mein alter Vater auch. Aber sie kennen mich viel länger als Sie, und das vertrauensvolle Auge der Liebe ist nicht das mißtrauische des geschäftlichen Umgangs. Nicht als ob ich es beklagte, Sir, daß das Auge des Geschäftslebens mißtrauisch ist; ganz im Gegenteil. Indem ich Ihre Interessen wahre, wünsche ich allen möglichen Kontrollen unterworfen zu sein; das ist ganz in Ordnung; ich wünsche mir Wachsamkeit. Aber Ihre Interessen verlangen, daß ich kalt und methodisch bin, Mr. Carstone; und ich kann nicht anders sein – nein, Sir, nicht einmal Ihnen zu Gefallen."

Nachdem Mr. Vholes einen Blick auf die Bürokatze geworfen hat, die geduldig ein Mausloch beobachtet, heftet er sein zauberkräftiges Auge wieder auf seinen jungen Klienten und fährt mit seiner zugeknöpften, nur halb vernehmbaren Stimme fort, als wäre ein unreiner Geist in ihm, der weder entfliehen noch reden wollte: „Sie fragen, was Sie während der Ferien tun sollen. Ich sollte meinen, Sie vom Militär können mancherlei Mittel finden, sich zu zerstreuen, wenn Sie wollen. Wenn Sie mich gefragt hätten, was ich während der Ferien tun wolle,

hätte ich Ihnen kürzer antworten können. Ich werde Ihre Interessen wahrnehmen. Ich werde Tag für Tag hier dabei zu finden sein, wie ich Ihre Interessen wahrnehme. Das ist meine Pflicht, Mr. Carstone, und Tagungszeit oder Ferien macht darin keinen Unterschied bei mir. Wenn Sie mich wegen Ihrer Interessen zu Rate zu ziehen wünschen, werden Sie mich jederzeit hier finden. Andere Advokaten gehen aufs Land. Ich nicht. Nicht daß ich sie deshalb tadelte; ich sage bloß, ich gehe nicht. Dieses Pult ist Ihr Fels, Sir!"

Mr. Vholes schlägt darauf, und es klingt so hohl wie ein Sarg. Für Richard allerdings nicht. Für ihn hat der Schall etwas Ermutigendes. Vielleicht weiß das Mr. Vholes.

„Ich weiß recht gut, Mr. Vholes", sagt Richard zutraulicher und versöhnlich, „daß Sie der zuverlässigste Mann von der Welt sind und daß, wer mit Ihnen zu tun hat, einen Geschäftsmann vor sich hat, der sich nicht hintergehen läßt. Aber versetzen Sie sich in meine Lage, wie ich dieses aus den Fugen geratene Leben hinschleppe, wie ich jeden Tag tiefer und tiefer in Verlegenheit gerate, beständig hoffe und beständig enttäuscht werde, wie ich mir jeder Wendung zum Schlechteren in mir selbst bewußt bin und nirgendwo eine zum Besseren sehe – dann werden Sie manchmal wie ich finden, daß es eine schlimme Sache ist."

„Sie wissen, Sir, daß ich nie Hoffnungen erwecke", sagt Mr. Vholes. „Ich sagte Ihnen gleich anfangs, Mr. Carstone, daß ich nie Hoffnungen erwecke. Namentlich in einer Sache wie dieser, wo der größere Teil der Kosten durch das umstrittene Kapital gedeckt wird, ließe ich meinen guten Namen außer acht, wenn ich Hoffnungen erweckte. Es sähe aus, als ob es mir um die Kosten wäre. Aber wenn Sie sagen, daß keine Wendung zum Besseren zu bemerken sei, so muß ich das, als durch die nackten Tatsachen widerlegt, leugnen."

„Wirklich?" entgegnet Richard getröstet. „Aber worin erkennen Sie die?"

„Mr. Carstone, Sie werden vertreten von –"

„Sie sagten es eben – von einem Felsen."

„Ja, Sir", sagt Mr. Vholes, wiegt den Kopf und schlägt auf das hohle Pult mit einem Schall, als fiele Asche auf Asche und Staub auf Staub, „von einem Felsen. Das ist etwas! Sie sind selbständig vertreten und nicht länger in den Interessen anderer verborgen und verloren. Das ist etwas! Der Prozeß schläft nicht; wir wecken ihn auf, setzen ihn der frischen Luft aus, führen ihn spazieren. Das ist etwas! Er ist nicht einfach bloß Jarndyce, der Sache und dem Namen nach. Das ist etwas! Niemand kann jetzt ganz nach seiner Willkür verfahren, Sir. Und das ist gewiß etwas!"

Richard läßt mit plötzlich gerötetem Gesicht die geballte Faust aufs Pult fallen.

„Mr. Vholes! Wenn mir jemand, als ich zuerst in John Jarndyces Haus trat, gesagt hätte, daß er etwas anderes sei als der uneigennützige Freund, der er zu sein schien, daß er das sei, als was er sich allmählich entpuppt hat, so hätte ich nicht Worte gefunden, stark genug, um diese Verleumdung zurückzuweisen; ich hätte ihn nicht warm genug verteidigen können. So wenig kannte ich die Welt! Jetzt aber, sage ich Ihnen, kommt er mir vor wie die Verkörperung des Prozesses: dieser ist nichts Unpersönliches mehr, sondern ist John Jarndyce. Je mehr ich leide, desto mehr zürne ich ihm; jeder neue Verzug, jede neue Enttäuschung ist nur eine neue Beleidigung von seiten John Jarndyces."

„Nein, nein", sagt Mr. Vholes. „Sagen Sie das nicht. Wir alle müssen Geduld haben. Außerdem setze ich keinen Menschen herab. Ich setze keinen herab."

„Mr. Vholes", entgegnet der zornige Klient, „Sie wissen so gut wie ich, daß er den Prozeß abgebrochen hätte, wenn er gekonnt hätte."

„Er hat ihn nicht vorangetrieben", gibt Mr. Vholes anscheinend widerwillig zu. „Er hat ihn gewiß nicht vorangetrieben. Aber dennoch – aber dennoch – er kann freundschaftliche Absichten dabei gehabt haben. Wer kann in einem Herzen lesen, Mr. Carstone?"

„Sie", erwidert Richard.

„Ich, Mr. Carstone?"

„Gut genug, um zu wissen, was seine Absichten waren. Widerstreiten sich unsere Interessen oder widerstreiten sie sich nicht? Sagen – Sie – mir – das?" sagt Richard und begleitet die vier letzten Worte mit vier Schlägen auf den Fels des Vertrauens.

„Mr. Carstone", entgegnet Vholes in unbeweglicher Haltung und ohne mit seinen hungrigen Augen zu zwinkern, „ich würde meine Pflicht als Ihr Rechtsbeistand versäumen, ich würde Ihren Interessen untreu, wenn ich diese Interessen als identisch mit denen Mr. Jarndyces darstellte. Sie sind es nicht, Sir. Ich schiebe nie Motive unter, ich habe einen Vater, und ich bin ein Vater, und ich schiebe nie Motive unter. Aber ich darf vor einer

Berufspflicht nicht zurückschrecken, selbst wenn sie Zwietracht in Familien sät. Ich bin der Meinung, Sie ziehen mich jetzt beruflich über Ihre Interessen zu Rate? Ja? Dann antworte ich, sie sind nicht identisch mit denen Mr. John Jarndyces."

„Natürlich sind sie's nicht!" ruft Richard. „Sie haben das schon längst entdeckt."

„Mr. Carstone", entgegnet Vholes, „von Dritten möchte ich nicht mehr sagen, als notwendig ist. Ich will meinen guten Namen unbefleckt zusammen mit dem kleinen Vermögen, das ich mir vielleicht durch Fleiß und Ausdauer erwerbe, meinen Töchtern Emma, Jane und Caroline hinterlassen. Ich will auch mit meinen Kollegen in Freundschaft leben. Als mir Mr. Skimpole die Ehre erwies, Sir, ich will nicht sagen, die hohe Ehre, denn ich lasse mich nie zur Schmeichelei herab, uns in diesem Zimmer zusammenzubringen, äußerte ich, daß ich über Ihre Interessen weder eine Meinung aussprechen noch einen Rat erteilen könne, solange sie einem Fachgenossen anvertraut seien. Und ich sprach mich über die vorzügliche Firma Kenge und Carboy so aus, wie ich es für meine Pflicht hielt. Sie, Sir, fanden es gleichwohl für gut, Ihre Interessen der Obhut dieser Herren zu entziehen und sie mir anzuvertrauen. Sie brachten sie mit reinen Händen, Sir, und ich nahm sie mit reinen Händen an. Diese Interessen gehen jetzt in dieser Kanzlei allen anderen vor. Meine Verdauung ist, wie Sie mich vielleicht haben äußern hören, in keinem guten Zustand, und Ruhe könnte sie verbessern; aber ich werde mir keine Ruhe gönnen, Sir, solange ich Sie vertrete. Sooft Sie mich brauchen, werden Sie mich hier finden. Rufen Sie mich, wohin Sie wollen, und ich werde kommen. Während der langen Ferien, Sir, werde ich meine Mußestunden dazu benutzen, Ihre Interessen immer gründlicher zu studieren und Anordnungen zu treffen, um nach Michaeli Himmel und Erde – den Kanzler natürlich inbegriffen – in Bewegung zu setzen; und wenn ich Ihnen dann endlich Glück wünschen kann, Sir", sagt Mr. Vholes mit der Strenge eines fest entschlossenen Mannes, „wenn ich Ihnen dann endlich von ganzem Herzen Glück wünschen kann, daß Sie zu Vermögen gekommen sind – worüber ich mehr sagen könnte, wenn ich je Hoffnungen erwecken wollte –, so werden Sie mir nichts schulden bis auf den kleinen Rest, der dann von den zwischen Anwalt und Klienten erwachsenen Kosten vielleicht noch aussteht, die in der Kostenberechnung nach der Streitsumme nicht inbegriffen sind. Ich stelle keinen Anspruch an Sie, Mr. Carstone, außer für die eifrige und tatkräftige Erledigung – die keine säumige und routinemäßige ist, Sir; so viel Anerkennung bedinge ich mir aus – für meine berufliche Pflicht. Sobald ich sie glücklich erfüllt habe, ist zwischen uns alles zu Ende."

Vholes fügt als Zusatz zu dieser Erklärung seiner Prinzipien noch hinzu, da Mr. Carstone wieder zu seinem Regiment gehe, werde er vielleicht die Güte haben, ihm eine Anweisung auf zwanzig Pfund bei seinem Agenten auszustellen.

„Denn wir haben neuerdings viele kleine Konsultationen und Termine gehabt, Sir", bemerkt Vholes und blättert in seinem Journal, „und diese Sachen summieren sich, und ich gebe mir nicht den Anschein, Kapitalist zu sein. Als wir unsere gegenwärtigen Beziehungen anknüpften, sagte ich Ihnen offen – es ist bei mir Grundsatz, daß Anwalt und Klient nie zu offen gegeneinander sein können –, ich sei kein Kapitalist, und wenn Sie auf Kapital sähen, sollten Sie Ihre Akten lieber bei Kenge und Carboy lassen. Nein, Mr. Carstone, Sie werden hier keinen der Vor- oder Nachteile des Kapitals finden. Dies hier", Vholes gibt dem Pult wieder einen hohlen Schlag, „ist Ihr Fels, es gibt nicht vor, mehr zu sein."

Der Klient, dessen Niedergeschlagenheit unmerklich abgenommen hat und dessen unbestimmte Hoffnungen wiedererwacht sind, nimmt Feder und Tinte und schreibt die Anweisung, nicht ohne nervös zu überlegen und auszurechnen, auf welches Datum er sie ausstellen könne, ein Zeichen, daß der Agent knappe Deckung in Händen hat. Die ganze Zeit über sieht ihm Vholes, körperlich und geistig zugeknöpft, aufmerksam zu. Die ganze Zeit über lauert Vholes' Bürokatze vor dem Mauseloch.

Zuletzt ersucht der Klient mit einem Händedruck Mr. Vholes, um Himmels und der Erde willen sein Äußerstes zu tun, um ihn durch den Kanzleigerichtshof zu schleusen. Mr. Vholes, der nie Hoffnung erweckt, legt dem Klienten die Hand auf die Schulter und antwortet mit einem Lächeln: „Stets hier, Sir. Persönlich oder brieflich werden Sie mich stets hier finden, Sir, die Schulter gegen das Rad gestemmt." So scheiden sie; und nun er allein ist, beschäftigt sich Vholes damit, verschiedene Kleinigkeiten aus seinem Journal in seinen Terminkalender für Wechsel zu übertragen, zum Besten seiner drei Töchter. So mag ein fleißiger Fuchs oder Bär mit einem Blick auf seine Jungen seine Rechnung über Hühner oder verirrte Reisende abschließen, womit wir jedoch den drei roten, dürren und zugeknöpften Jungfrauen, die mit dem Vater Vholes in einer dumpfigen Kate in einem feuchten

Garten in Kennington wohnen, nichts Schlechtes nachgesagt haben wollen.

Als Richard aus dem lastenden Schatten von Symond's Inn in den Sonnenschein von Chancery Lane tritt – denn zufällig gibt es dort heute Sonnenschein –, geht er gedankenvoll weiter, wendet sich nach Lincoln's Inn und tritt dort unter den Schatten der Bäume. Auf viele solche Spaziergänger sind die zitternden Schatten dieser Bäume schon gefallen, auf ebenso gebeugte Häupter, zerbissene Nägel, verdüsterte Augen, zögernde Schritte, ziellose und träumerische Mienen, auftauchendes und geschwundenes Gut, verfehltes und verbittertes Leben. Dieser Spaziergänger ist noch nicht schäbig, aber das kann kommen. Das Kanzleigericht, das keine Weisheit kennt als Präzedenzfälle, ist reich an solchen, und warum sollte sich einer unterscheiden von zehntausend?

Aber noch ist es so kurze Zeit her, seit sein Niedergang begonnen hat, daß Richard selbst, als er nun für mehrere lange Monate von diesem Ort scheidet, widerwillig, obgleich er ihn haßt, seinen Fall empfindet, als ob er neu wäre. Während sein Herz schwer ist von verzehrender Sorge, Spannung, Mißtrauen und Zweifel, hat es vielleicht noch Raum für ein schmerzliches Staunen, wenn er sich erinnert, wie anders sein erster Besuch hier war, wie anders er, wie anders alle Farben seines Gemüts waren. Aber Ungerechtigkeit erzeugt Ungerechtigkeit; wer mit Schatten kämpft und von ihnen geschlagen wird, sieht sich gezwungen, sich wirkliche Gegner zum Kampf zu schaffen. Von dem unfaßbaren Prozeß, den kein Lebender verstehen kann, weil die Zeit dazu längst vorbei ist, wendet er sich mit trüber Erleichterung der greifbaren Gestalt des Freundes zu, der ihn aus diesem Untergang hat retten wollen, und macht ihn zu seinem Feind. Richard hat Vholes die Wahrheit gesagt. Mag er in harter oder in weicher Stimmung sein, stets schiebt er die Schuld vor jene Tür. Dort ist man ihm in einer bestimmten Absicht in den Weg getreten, und diese Absicht kann nur in dem einen Gegenstand wurzeln, der sein Dasein in sich auflöst; außerdem ist es in seinen eigenen Augen eine Rechtfertigung für ihn, einen Widersacher und Bedrücker von Fleisch und Blut zu haben.

Ist Richard deshalb ein Ungeheuer – oder würde das Kanzleigericht auch an solchen Präzedenzfällen reich befunden, wenn man den Engel mit dem großen Buch als Zeugen vorladen könnte?

Zwei Augenpaare, die an solche Leute gewöhnt sind, schauen ihm nach, wie er, an den Nägeln kauend und grübelnd, über den Platz geht und vom Schatten des südlichen Torwegs verschlungen wird. Diese Augen gehören Mr. Guppy und Mr. Weevle, die im Gespräch an der niedrigen steinernen Balustrade unter den Bäumen lehnen. Er ist dicht an ihnen vorübergegangen und hat nichts gesehen als den Boden.

„William", sagt Mr. Weevle und dreht seinen Backenbart, „da findet eine Verbrennung statt! Kein Fall von Selbstverbrennung, aber langsame Verbrennung ist es."

„Ah!" sagt Mr. Guppy, „er wollte sich nicht aus der Sache Jarndyce heraushalten, und ich glaube, er steckt bis über die Ohren in Schulden. Ich habe nie viel von ihm gewußt. Als er bei uns auf Probe war, war er hoch droben wie das Monument. Bin froh, daß ich ihn los bin, als Angestellten wie als Klienten! Ja also, Tony, damit beschäftigen sie sich jetzt, wie ich erzählt habe."

Mr. Guppy kreuzt wieder die Arme, lehnt sich wieder an die Balustrade und nimmt ein interessantes Gespräch wieder auf.

„Damit beschäftigen sie sich immer noch, Sir", sagt Mr. Guppy. „Sie nehmen immer noch Inventar auf, prüfen immer noch Papiere und wühlen immer noch in den Lumpenhaufen herum. Wenn sie so fortfahren, brauchen sie sieben Jahre dazu."

„Und Small hilft dabei?"

„Small verließ uns mit achttägiger Kündigung; er sagte Kenge, daß seines Großvaters Geschäft den alten Herrn zu sehr in Anspruch nehme und daß er sich verbessern könne, wenn er es übernehme. Zwischen mir und Small war eine kleine Spannung entstanden, weil er gar so heimlich tat. Aber er sagte, du und ich hätten damit angefangen, und da er darin recht hatte – denn das taten wir wirklich –, stellte ich unsere Bekanntschaft wieder auf den alten Fuß. Auf diese Weise habe ich erfahren, was sie treiben."

„Hineingekommen bist du nicht?"

„Tony", sagt Mr. Guppy etwas außer Fassung, „um dir nichts zu verschweigen: mich zieht das Haus nicht sehr an, außer in deiner Gesellschaft, und deshalb bin ich nicht hineingekommen; und deshalb habe ich diese kleine Zusammenkunft vorgeschlagen, um deine Sachen abzuholen. Da schlägt die Stunde! Tony", Mr. Guppy wird geheimnisvoll und zärtlich beredt, „ich muß dir durchaus noch einmal einprägen, daß Umstände, über die ich keine Macht habe, in meinen teuersten

Plänen und in meiner unerwiderten Liebe, von der ich dir früher als einem Freund erzählte, eine traurige Veränderung hervorgebracht haben. Das Bild ist zerschmettert, und die Gottheit ist gestürzt. Mein einziger Wunsch bezüglich der Ziele, die ich mit deiner Freundeshilfe in jenem Hof zu verfolgen gedachte, ist, sie liegenzulassen und in Vergessenheit zu begraben. Hältst du es für möglich, hältst du es gar für wahrscheinlich – ich frage dich als Freund, Tony –, hältst du es nach deiner Kenntnis dieses schlauen, launenhaften Alten, der ein Opfer der Selbstverbrennung geworden ist, bei genauer Überlegung für wahrscheinlich, Tony, daß er jene Briefe nach deinem Fortgehen irgendwohin weggeräumt hat und daß sie in jener Nacht nicht vernichtet worden sind?"

Mr. Weevle denkt eine Zeitlang nach – schüttelt den Kopf – denkt bestimmt, daß sie nicht weggeräumt wurden.

„Tony", sagt Mr. Guppy, als sie zum Hof gehen, „noch einmal verstehe mich als Freund. Ohne mich auf weitere Erklärungen einzulassen, wiederhole ich nur, daß die Göttin gestürzt ist. Ich verfolge keinen anderen Zweck mehr, als sie in Vergessenheit zu begraben. Dazu habe ich mich verpflichtet. Ich schulde es mir selbst und dem zerschmetterten Bild sowie den Umständen, über die ich keine Macht habe. Wenn du mir durch einen Wink oder eine Gebärde anzeigst, daß du in deiner früheren Wohnung irgendwo Papiere hast liegen sehen, die den fraglichen Papieren von weitem ähnlich waren, so würfe ich sie auf meine eigene Verantwortung hin ins Feuer."

Mr. Weevle nickt. In seinen eigenen Augen dadurch sehr gehoben, daß er diese Bemerkung mit halb gerichtlicher, halb romantischer Miene gemacht hat – hat er doch eine Leidenschaft, alles in Form eines Verhörs zu bringen oder in Form eines Resümees oder einer Rede von sich zu geben –, begleitet Mr. Guppy seinen Freund würdevoll zu dem Hof.

Nie, seit er im Hof gewesen ist, hat dieser einen solchen Fortunatsäckel voll Geklatsch gehabt wie durch die Vorfälle im Flaschen- und Lumpenladen. Regelmäßig jeden Morgen um acht Uhr bringt man den älteren Smallweed in die Ecke und trägt ihn hinein, begleitet von Mrs. Smallweed, Judy und Bart; und regelmäßig jeden Tag bleiben sie alle da bis neun Uhr abends, stärken sich durch flüchtige, nicht allzu reichliche Mahlzeiten aus der nächsten Garküche und wühlen und suchen und graben und scharwerken unter den Schätzen des bedauernswerten Verstorbenen. Welcher Art diese Schätze sind, halten sie so geheim, daß es den Hof rasend macht. In seinem Wahnwitz träumt er von Guineen, die aus Teekannen strömen, von Punschbowlen, die von Kronenstücken überfließen, von alten Stühlen und Matratzen, die mit Banknoten vollgestopft sind. Er kauft für sechs Pence die mit farbigem Umschlagbild versehene Geschichte von Mr. Daniel Dancer und seiner Schwester oder auch von Mr. Elwes oder von Suffolk und überträgt alle Tatsachen aus diesen wahrhaftigen Erzählungen auf Mr. Krook. Zweimal, als der Kehrichtmann hereingerufen wird, um eine Wagenladung von altem Papier, Asche und zerbrochenen Flaschen fortzuschaffen, versammelt sich der ganze Hof und späht neugierig in die Körbe, als sie herauskommen. Oft sieht man die beiden Herren, die mit den gierigen kleinen Federn auf das Kopierpapier schreiben, in der Nachbarschaft herumschleichen: sie meiden einander jetzt, da ihre frühere Gemeinschaft aufgelöst ist. Das „Gasthaus zur Sonne" zieht geschickt einen Faden des vorherrschenden Interesses durch die Abendgesellschaften der „Harmonie". Der kleine Swills wird bei seinen Anspielungen auf die Sache mit lautem Beifall empfangen und improvisiert in seinen alltäglichen Darbietungen wie unter Erleuchtung. Selbst Miss M. Melvilleson begleitet in der wieder aufgefrischten schottischen Melodie: „Wir schlummern all" die Zeile: „Die Hunde lieben stark Gebräu" – an welches Getränk mag dabei gedacht sein? – mit solcher Schalkerei und einer solchen Kopfwendung zum Nachbarhaus, daß man sogleich ihre Meinung errät, Smallweed finde gern Geld, und daß sie allabendlich mit einem doppelten Da capo! beehrt wird. Trotz alledem entdeckt der Hof nichts und ist in beständigem Fieber, alles und noch etwas mehr zu entdecken. Dies teilen jetzt Mrs. Piper und Mrs. Perkins dem früheren Mieter mit, dessen Erscheinen das Zeichen zu einem allgemeinen Zusammenlauf ist.

Während jedes Auge auf dem Hof auf Mr. Weevle und Mr. Guppy ruht, klopfen die beiden an die verschlossene Tür des Hauses des Verstorbenen und sind in diesem Augenblick sehr populär. Da sie aber wider Erwarten des Hofes Einlaß finden, werden sie auf der Stelle unpopulär und geraten in den Verdacht, nichts Gutes vorzuhaben.

Die Fensterläden sind im ganzen Haus mehr oder weniger geschlossen, und das Erdgeschoß ist so dunkel, daß man Licht brennen muß. Durch Mr. Smallweed den Jüngeren in die hintere Hälfte des Ladens geführt, können sie, eben aus dem Sonnenschein gekommen, anfangs nichts sehen als Finsternis und

Schatten; aber allmählich unterscheiden sie den älteren Mr. Smallweed, der in seinem Lehnstuhl am Rand eines Brunnens oder eines Grabes voll alten Papiers sitzt; die tugendhafte Judy wühlt darin herum wie eine Totengräberin, und Mrs. Smallweed sitzt in der Nähe auf der Diele, eingeschneit in einem Haufen von Papierfetzen, bedruckten und beschriebenen, dem Anschein nach die gesammelten Komplimente, die ihr im Lauf des Tages an den Kopf geflogen sind. Die ganze Gesellschaft, Small nicht ausgenommen, ist schwarz von Schmutz und Staub und trägt einen dämonischen Charakter, den das allgemeine Aussehen des Raums nicht mindert. Es ist mehr Krimskram darin als früher, und womöglich ist es noch schmutziger; außerdem geben ihm die Spuren seines verstorbenen Bewohners und sogar dessen Kreidebuchstaben an der Wand etwas Gespenstisches.

Als die Besucher eintreten, kreuzen Mr. Smallweed und Judy gleichzeitig die Arme und hören auf zu suchen.

„Aha!" krächzt der alte Herr. „Wie geht's, meine Herren, wie geht's! Wollen Sie Ihre Sachen abholen, Mr. Weevle? Schön, schön! Hoho! Wir hätten sie verkaufen müssen, Sir, um die Lagermiete zu bezahlen, wenn Sie sie noch länger hiergelassen hätten. Sie fühlen sich hier wieder ganz zu Hause, hoffe ich? Freut mich, Sie zu sehen, freut mich, Sie zu sehen!"

Mr. Weevle dankt ihm und läßt seinen Blick in der Stube herumschweifen. Mr. Guppys Blick folgt dem seinen. Mr. Weevles Blick kehrt zurück, ohne mehr zu wissen als vorher. Mr. Guppys Blick kehrt zurück und begegnet dem Mr. Smallweeds. Dieser einnehmende alte Herr murmelt immer noch wie ein aufgezogenes Instrument, das abläuft: „Wie geht's, Sir – wie geht's – wie –", und da er jetzt abgelaufen ist, versinkt er in zähnefletschendes Schweigen, als Mr. Guppy über den Anblick Mr. Tulkinghorns erschrickt, der, die Hände auf dem Rücken, in der Finsternis ihm gegenübersteht.

„Der Herr ist so gütig, als mein Anwalt aufzutreten", sagt Großvater Smallweed. „Ich bin eigentlich kein richtiger Klient für einen solchen Herrn; aber er *ist* so gütig!"

Mr. Guppy gibt seinem Freund einen leisen Stoß, damit er sich noch einmal umsehe, und macht Mr. Tulkinghorn eine verlegene Verbeugung, die dieser mit einem leichten Nicken erwidert. Mr. Tulkinghorn sieht zu, als ob er weiter nichts zu tun hätte und sich über das neue Schauspiel amüsierte.

„Sehr bedeutende Hinterlassenschaft, Sir, sollte ich meinen", bemerkt Mr. Guppy zu Mr. Smallweed.

„Hauptsächlich Lumpen und Kram, werter Freund, Lumpen und Kram! Ich und Bart und meine Enkelin Judy geben uns Mühe, ein Inventar dessen aufzunehmen, was des Verkaufens wert ist. Aber wir haben noch nicht viel gefunden, wir – haben – noch – nicht – ha!"

Mr. Smallweed ist abermals abgelaufen, während Mr. Weevles Blick, begleitet von dem Mr. Guppys, wieder um das Zimmer gewandert und zurückgekehrt ist.

„Nun, Sir", sagt Mr. Weevle, „wir wollen Sie nicht länger stören, wenn Sie uns erlauben, hinaufzugehen."

„Überallhin, mein werter Herr, überallhin! Sie sind hier zu Hause. Tun Sie ganz danach!"

Als sie die Treppe hinaufgehen, zieht Mr. Guppy fragend die Augenbrauen hoch und sieht Tony an. Tony schüttelt den Kopf. Sie finden das alte Zimmer sehr ungemütlich und öde; auf dem Herd liegt noch die Asche des Feuers, das in jener denkwürdigen Nacht brannte. Nur widerwillig rühren sie etwas an und blasen erst sorgfältig den Staub davon weg. Auch wünschen sie durchaus nicht, ihren Aufenthalt zu verlängern, sondern packen die wenigen Sachen so schnell wie möglich zusammen und flüstern dabei nur.

„Sieh", sagt Tony und fährt zurück. „Da ist die abscheuliche Katze!"

Mr. Guppy flüchtet sich hinter einen Stuhl. „Small hat mir von ihr erzählt. Sie ist in jener Nacht wie ein Drache herumgesprungen und herumgefahren und dann schreiend aufs Dach hinausgelaufen, hat sich dort vierzehn Tage herumgetrieben und ist dann ganz abgemagert durch den Kamin heruntergepurzelt. Hast du je ein solches Vieh gesehen? Sieht aus, als ob sie in alles eingeweiht wäre, nicht wahr? Sieht fast aus, als wäre sie Krook. Schuhu! Hinaus, du Kobold!"

Lady Jane in der Tür mit ihrem Tigerfletschen von Ohr zu Ohr und ihrem keulenförmigen Schwanze verrät keine Lust zu gehorchen; aber Mr. Tulkinghorn stolpert über sie, sie spuckt seine rostfarbenen Beine an, faucht zornig und schleicht mit krummem Rücken die Treppe hinauf, wahrscheinlich, um wieder auf den Dächern herumzustreunen und durch den Schornstein zurückzukehren.

„Mr. Guppy", sagt Mr. Tulkinghorn, „kann ich ein Wort mit Ihnen sprechen?"

Mr. Guppy nimmt eben die Prachtgalerie englischer Schönheiten von den Wänden und legt die Kunstwerke in ihre alte, unwürdige Hutschachtel. „Sir", entgegnet er errötend, „ich wünsche gegen jedes Mitglied der Anwaltschaft höflich zu sein, und sicherlich ganz besonders gegen ein so bekanntes und, wie ich wohl sagen darf, so ausgezeichnetes Mitglied wie Sie, Sir. Dennoch, Mr. Tulkinghorn, muß ich es zur Bedingung machen, daß, wenn Sie mit mir sprechen wollen, es in Gegenwart meines Freundes geschieht."

„Oh, wirklich?" sagt Mr. Tulkinghorn.

„Ja, Sir. Meine Gründe sind durchaus nicht persönlicher Art, aber sie wiegen für mich schwer genug."

„Gewiß, gewiß!" Mr. Tulkinghorn bleibt so unbewegt wie der Herdstein, dem er sich geräuschlos genähert hat. „Die Sache ist nicht so wichtig, daß ich Ihnen die Mühe zu machen brauche, Bedingungen zu stellen, Mr. Guppy." Er hält hier inne, um zu lächeln, und sein Lächeln ist so trübe und rostig wie seine Beinkleider. „Man muß Ihnen gratulieren, Mr. Guppy; Sie sind ein glücklicher junger Mann, Sir."

„Es geht so, Mr. Tulkinghorn; ich kann nicht klagen."

„Klagen? Vornehme Freunde, freier Zutritt in großen Häusern und bei eleganten Damen! Mein Gott, Mr. Guppy, es gibt Leute in London, die ihre Ohren hergäben, um in Ihrer Lage zu sein."

Mr. Guppy sieht aus, als ob er gern seine immer noch röter werdenden Ohren hergäbe, um jetzt einer dieser anderen Leute zu sein und nicht er selbst. „Sir", antwortet er, „wenn ich meinen Beruf versehe und bei Kenge und Carboy tue, was sich gehört, so können meine Freunde und Bekannten diesen Herren und jedem anderen Mitglied des Anwaltstandes gleichgültig sein, Mr. Tulkinghorn von Lincoln's Inn Fields nicht ausgenommen. Ich bin nicht verpflichtet, mich weiter zu erklären; und bei aller Achtung vor Ihnen, Sir, und ohne beleidigen zu wollen – ich wiederhole, ohne beleidigen zu wollen –"

„Oh, gewiß!"

„– ich beabsichtige nicht, es zu tun."

„Ganz recht", sagt Mr. Tulkinghorn mit ruhigem Kopfnicken. „Sehr gut. Ich sehe an diesen Porträts, daß Sie viel Anteil an der vornehmen Welt nehmen, Sir?"

Er richtet diese Worte an den erstaunten Tony, der diese angenehme Schuld zugibt.

„Eine Tugend, die wenigen Engländern mangelt", bemerkt Mr. Tulkinghorn. Er hat, mit dem Rücken zu dem verräucherten Kamin, auf der Steinplatte vor dem Herd gestanden und dreht sich jetzt um, mit den Gläsern vor den Augen. „Wer ist das? Lady Dedlock? Ah! Sehr ähnlich in seiner Art, aber es fehlt dem Bild an Charakter. Guten Tag, meine Herren, guten Tag!"

Als er zur Tür hinaus ist, beeilt sich Mr. Guppy schweißgebadet, vollends die Galerie der Schönheiten herunterzunehmen, die mit Lady Dedlock schließt.

„Tony", sagt er hastig zu seinem erstaunten Freund, „wir wollen uns beeilen, die Sachen zusammenzupacken und den Ort zu verlassen. Es wäre vergeblich, dir länger zu verheimlichen, Tony, daß zwischen mir und einem der Mitglieder der ältesten Aristokratie, das ich jetzt in der Hand halte, geheime Mitteilungen und Verbindungen stattgefunden haben. Es hätte eine Zeit kommen können, da ich dir alles enthüllt hätte. Sie kommt nun nie mehr. Ich schulde es meinem geleisteten Eid, der zerschmetterten Göttin sowie Umständen, über die ich keine Macht habe, daß das Ganze in Vergessenheit begraben werde. Ich beschwöre dich als Freund bei dem Interesse, das du immer an Nachrichten aus vornehmen Kreisen genommen hast, und bei den kleinen Vorschüssen, mit denen ich dir habe aushelfen können, es ohne ein einziges Wort der Frage zu begraben."

Diese Beschwörung gibt Mr. Guppy in einem nahe an juristischen Wahnwitz grenzenden Zustand von sich, während sich bei seinem Freund die geistige Verwirrung an seinem Haupthaar und sogar an seinem sonst so gepflegten Backenbart verrät.

40. KAPITEL

Staats- und Hausangelegenheiten

England war seit einigen Wochen in einer schrecklichen Lage. Lord Coodle wollte aus der Regierung ausscheiden, Sir Thomas Doodle wollte nicht eintreten, und da außer Coodle und Doodle in ganz Großbritannien niemand nennenswerter war, so gab es keine Regierung. Es ist eine Gnade des Himmels, daß aus dem Duell zwischen diesen beiden großen Männern, das eine Zeitlang unvermeidlich schien, nichts wurde; denn wenn beide Pistolen getroffen und Coodle und Doodle einander totgeschossen hätten, so hätte vermutlich England auf eine Regierung warten müssen, bis der junge Coodle und der junge Doodle, die noch in Kittelchen und langen Strümpfen herumlaufen, groß werden. Dieses unermeßliche Nationalunglück wurde jedoch dadurch vermieden, daß Lord Coodle rechtzeitig die Entdeckung machte, wenn er in der Hitze der Debatte behauptet habe, er verachte und verabscheue die ganze ehrlose Laufbahn Sir Thomas Doodles, so habe er damit nur sagen wollen, daß ihn Parteistreitigkeiten nie verleiten würden, ihm den Tribut seiner wärmsten Bewunderung vorzuenthalten, während man auf der anderen Seite ebenso rechtzeitig entdeckte, daß Sir Thomas Doodle in seinem Herzen Lord Coodle als einen Mann betrachte, der als Spiegel der Tugend und Ehrenhaftigkeit auf die Nachwelt kommen werde. Dennoch blieb England einige Wochen lang von dem schrecklichen Verhängnis betroffen, keinen Lotsen zu haben, der dem Sturm trotzte, wie Sir Leicester Dedlock sehr schön bemerkte; und das Wunderbare an der Sache ist, daß sich England darum nicht sehr zu bekümmern schien, sondern aß und trank und heiratete und verheiratete wie die alte Welt vor der Sintflut. Aber Coodle kannte die Gefahr, und Doodle kannte sie, und alle ihre Parteifreunde und Anhänger hatten von ihr die allerdeutlichste Vorstellung. Endlich ließ sich Sir Thomas Doodle nicht nur herab, in das Ministerium einzutreten, sondern tat es glanzvoll, indem er alle seine Neffen, Vettern und Schwäger mitbrachte. So ist noch Hoffnung für das alte Schiff.

Doodle fand, daß er an das Land appellieren müsse, besonders in Gestalt von Sovereigns und Bier. In dieser Metamorphose kann er an vielen Orten gleichzeitig auftreten und an einen beträchtlichen Teil des Landes zugleich appellieren. Da Britannien angelegentlich damit beschäftigt ist, Doodle in Gestalt von Sovereigns einzustecken und in Gestalt von Bier hinunterzuspülen und dabei falsch zu schwören, daß es keines von beiden tue, offensichtlich zum Vorteil seines Ruhms und seiner Moral, so nimmt die Londoner Saison ein plötzliches Ende, weil sich alle Coodleaner und Doodleaner zerstreuen, um Britannien bei diesen religiösen Übungen zu unterstützen.

Daher sieht Mrs. Rouncewell, die Haushälterin von Chesney Wold, obgleich sie noch keine Weisungen empfangen hat, voraus, daß die Familie in Bälde zu erwarten ist, zusammen mit einem ziemlichen Zuwachs an Vettern und andern Leuten, die auf irgendeine Weise bei dem großen politischen Werk mithelfen können. Und daher faßt die stattliche Dame die Zeit an der Stirnlocke, führt sie die Treppen auf und ab, die Galerien und Gänge entlang und durch die Zimmer, damit sie, ehe sie älter wird, sieht, daß alles fertig ist: daß Fußböden poliert,

Teppiche gelegt, Vorhänge ausgeschüttelt, Betten aufgeschlagen und glattgestrichen, Vorratskammer und Küche klar zum Gefecht sind und jegliches Ding so ist, wie es der Würde der Dedlocks gebührt.

An diesem Sommerabend heute, als die Sonne untergeht, sind die Vorbereitungen abgeschlossen. Öde und feierlich sieht das alte Haus aus mit so vielen Vorrichtungen zum Wohnen und ohne Bewohner außer den gemalten Gestalten an den Wänden. So sind die da gekommen und gegangen, könnte sich ein lebender Dedlock sagen, wenn er durch die Zimmer schreitet; so sahen sie diese Galerie, trübe und still, wie ich sie jetzt sehe; so wie ich jetzt dachten sie an die Lücke, die bei ihrem Scheiden in diesem Reich hinterlassen würde; so wie mir jetzt wurde es ihnen schwer, zu glauben, daß es ohne sie bestehen könne; so verließen sie meine Welt, wie ich jetzt die ihre verlasse, indem ich die widerhallende Tür schließe; so wenig ließen sie eine Lücke zurück, daß man sie nicht vermißt hat, und so starben sie.

Durch einige der feurigen Fenster, die von außen schön sind und in dieser Stunde des Sonnenuntergangs nicht in stumpfen grauen Stein, sondern in ein prächtiges Goldhaus eingesetzt zu sein scheinen, strömt das von andern Fenstern ausgeschlossene Licht herein, verschwenderisch reich und unerschöpflich wie der Sommerüberfluß im Land. Jetzt tauen die gefrorenen Dedlocks auf. Seltsame Bewegung kommt in ihre Züge, wie die Blätterschatten darauf spielen. Ein ernster Richter in einer Ecke läßt sich zu einem Augenzwinkern verleiten. Ein glotzäugiger Baronet mit einem Feldherrnstab bekommt ein Grübchen im Kinn. In den Busen einer versteinerten Schäferin stiehlt sich ein Strahl Licht und Wärme, der ihm vor hundert Jahren gutgetan hätte. Eine Ahnfrau Volumnias in Schuhen mit hohen Absätzen, ihr sehr ähnlich – sie wirft den Schatten dieses jungfräulichen Ereignisses volle zwei Jahrhunderte voraus – verschmilzt in eine Glorie und wird zur Heiligen. Eine Ehrendame vom Hof Karls II. mit großen runden Augen und anderen dementsprechenden Reizen scheint sich in leuchtendem Wasser zu baden, und es kräuselt sich, wie es leuchtet.

Aber die Flammenpracht der Sonne erstirbt. Schon ist der Fußboden dunkel, und das Dunkel steigt langsam die Wände hinauf und bringt die Dedlocks um ihre Schönheit wie Alter und Tod. Jetzt fällt auf Myladys Bild über dem großen Kamin der unheimliche Schatten eines alten Baumes, der es bleich und aufgeregt macht, so daß es aussieht, als ob ein großer Arm einen

Schleier oder eine Kapuze hielte und auf eine Gelegenheit wartete, sie über ihr Haupt zu werfen. Höher und dunkler kriecht der Schatten die Wand hinauf – jetzt ist nur noch an der Decke rote Glut – jetzt ist die Flamme erloschen.

Die ganze Landschaft, die von der Terrasse so nah aussah, hat sich feierlich zurückgezogen und in ein weitentrücktes Gebilde verwandelt – weder das erste noch das letzte der schönen Dinge, die so nahe scheinen und sich so verändern. Leichte Nebel erheben sich, der Tau fällt, und alle süßen Düfte des Gartens schwängern die Luft. Jetzt werden die Wälder zu großen Massen, als wäre jeder ein riesiger Baum. Und jetzt steigt der Mond empor, um sie zu trennen, hier und da in waagrechten Streifen hinter ihren Stämmen zu schimmern und die Alleen zu einem Lichtpfad unter hohen, phantastisch gebrochenen Domwölbungen zu machen.

Jetzt steht der Mond hoch am Himmel, und das große Haus, das mehr denn je der Bewohner bedarf, gleicht einem Körper ohne Leben. Wenn man jetzt durch die Gänge huscht, kann man nur mit Bangen an die lebendigen Leute denken, die in den einsamen Schlafzimmern gelegen haben, von den toten ganz zu schweigen. Jetzt ist die Stunde des Dunkels, da jeder Winkel zur Höhle wird und jede abwärtsführende Stufe zur Fallgrube, da die gemalten Glasscheiben blasse und fahle Farben auf den Fußboden werfen, da man aus den schweren Deckenbalken der Treppe alles herauslesen kann außer ihrer eigenen Form, da auf den Rüstungen trübe Lichter blinken, die sich nicht leicht von heimlichen Bewegungen unterscheiden lassen, und da man bei den Helmen mit geschlossenem Visier voll Grauen an die Köpfe darin denken muß. Aber von allen Schatten in Chesney Wold erscheint der Schatten auf Myladys Bild in dem großen Salon zuerst und verschwindet zuletzt. Zu dieser Stunde und bei diesem Licht wird er zu dräuend erhobenen Händen, die dem schönen Antlitz mit jedem Lufthauch, der sich regt, Unheil künden.

„Ihr ist nicht wohl, Ma'am", sagt ein Groom in Mrs. Rouncewells Empfangszimmer.

„Mylady nicht wohl? Was fehlt ihr?"

„Nun, Mylady hat sich kaum leidlich befunden, seit sie zuletzt hier war – ich meine nicht, mit der Familie, Ma'am, sondern als sie wie ein Zugvogel hier war. Mylady ist, für ihre Gewohnheiten, nicht viel aus gewesen und hat oft das Zimmer gehütet."

„Chesney Wold, Thomas", entgegnet die Haushälterin mit

stolzer Genugtuung, „wird Mylady wieder zu Kräften bringen! Es gibt keine bessere Luft und keinen gesünderen Ort auf der Welt!"

Thomas mag darüber seine besondere Meinung haben; er deutet sie wahrscheinlich an durch die Art, wie er sich den runden Kopf vom Nacken bis zu den Schläfen streicht, verzichtet aber darauf, sie deutlicher auszudrücken, und zieht sich ins Bedientenzimmer zurück, um sich an kalter Fleischpastete und Ale gütlich zu tun.

Dieser Groom ist der Lotsenfisch vor dem edleren Hai. Am nächsten Abend kommen Sir Leicester und Mylady mit ihrem größten Gefolge, und es kommen die Vettern und Basen aus allen Himmelsrichtungen. Und von nun an eilen einige Wochen lang geheimnisvolle Männer ohne Namen hin und her, die in all jenen Landstrichen herumfliegen, wo Doodle gerade mit einem Gold- und Bierregen an das Volk appelliert, die aber nur unrastig veranlagt sind und nirgends etwas tun.

Für dieses nationale Werk findet Sir Leicester die Vettern nützlich. Einen besseren Mann als den ehrenwerten Bob Stables kann es nicht geben, um sich mit der Jagdgesellschaft zu Tisch zu setzen. Besser aufgeputzte Herren als die anderen Vettern ließen sich schwer finden, um dahin und dorthin zu Rednertribünen und Wahllokalen zu reisen und sich auf Englands Seite zu zeigen. Volumnia ist ein wenig verblichen, aber sie ist vom wahren Stamm; und es gibt viele, die ihre pikante Unterhaltung, ihre französischen Wortspiele, so alt, daß sie im Kreislauf der Zeiten fast wieder neu geworden sind, dann die Ehre, die schöne Dedlock zur Tafel zu führen, und sogar das Vorrecht, mit ihr zu tanzen, zu würdigen wissen. Bei diesen nationalen Anlässen kann das Tanzen zur patriotischen Pflicht werden, und Volumnia hüpft beständig herum zum Besten eines undankbaren und pensionskargen Vaterlandes.

Mylady gibt sich nicht viel Mühe, die zahlreichen Gäste zu unterhalten, und erscheint, da sie immer noch nicht wohl ist, selten sehr früh. Aber bei all den melancholischen Diners, bleiernen Frühstücken, steifen Bällen und anderen trübsinnigen Festlichkeiten ist schon ihr bloßes Erscheinen ein Trost. Was Sir Leicester betrifft, so hält er es für völlig unmöglich, daß jemand, der das Glück hat, in diesem Haus empfangen zu werden, irgend etwas vermissen könnte, und bewegt sich in der Gesellschaft in einem Zustand erhabener Selbstzufriedenheit wie eine großartige Eismaschine.

Täglich traben die Vettern durch den Staub und galoppieren über den Rasen an der Landstraße zu den Rednertribünen und Wahllokalen, mit Lederhandschuhen und Jagdpeitschen für die Grafschaften und Glacéhandschuhen und Reitgerten für die Burgflecken, und täglich bringen sie Berichte zurück, über die Sir Leicester nach dem Essen Reden hält. Täglich geben die unruhigen Menschen, die nichts im Leben zu tun haben, das Schauspiel, schwer beschäftigt zu sein. Täglich plaudert Kusine Volumnia mit Sir Leicester vertraulich über den Zustand der Nation, woraus er zu schließen geneigt ist, daß Volumnia ein denkenderes Weib ist, als er geglaubt hat.

„Wie geht es vorwärts?" fragt Miss Volumnia und schlägt die Hände zusammen. „Stehen wir sicher?"

Das gewaltige Unternehmen ist jetzt bald vorbei, und Doodle wird in wenigen Tagen aufhören, an das Land zu appellieren. Sir Leicester ist nach dem Diner soeben in den großen Salon getreten, ein heller, besonderer Stern, umgeben von Wolken von Vettern.

„Volumnia", entgegnet Sir Leicester, der ein Verzeichnis in der Hand hat, „es geht leidlich mit uns."

„Nur leidlich!"

Obgleich es warmes Sommerwetter ist, hat Sir Leicester doch abends stets sein besonderes Feuer. Er nimmt seinen gewöhnlichen, abgeschirmten Platz nicht weit davon ein und wiederholt mit viel Festigkeit und ein wenig unmutig, als ob er sagen wollte: Ich bin kein gewöhnlicher Mann, und wenn ich sage leidlich, so darf das nicht wie ein gewöhnlicher Ausdruck verstanden werden: „Volumnia, es geht leidlich mit uns."

„Wenigstens haben *Sie* keinen Gegner", behauptet Volumnia mit Zuversicht.

„Nein, Volumnia. Dieses unglückliche Land hat in vieler Hinsicht den Verstand verloren, muß ich leider sagen, aber –"

„– so von Sinnen ist es doch nicht. Es freut mich, das zu hören!"

Daß Volumnia den Satz so vollendet, bringt sie wieder in Gunst bei Sir Leicester. Mit einer gnädigen Kopfneigung scheint er sich zu sagen: Im ganzen ein verständiges Weib, wenn auch mitunter vorschnell. In der Tat ist die Bemerkung der schönen Dedlock über die Frage der Gegnerschaft überflüssig, denn Sir Leicester behandelt bei solchen Gelegenheiten seine eigene Kandidatur wie eine Art staatlichen Großauftrag, der prompt auszuführen ist; zwei andere Parlamentssitze, über die er verfügt, handhabt er als Detailbestellungen von geringerer Wichtigkeit, indem er bloß die Leute hinschickt und den Gewährsleuten zu verstehen gibt: Seid so gut und macht aus diesem Zeug zwei Parlamentsmitglieder und sendet sie mir zu, wenn sie fertig sind.

„Ich bedauere, sagen zu müssen, Volumnia, daß an vielen Orten das Volk einen schlechten Geist gezeigt hat und daß diese Opposition gegen die Regierung ganz entschieden und unversöhnlich aufgetreten ist."

„Die Elenden!" sagt Volumnia.

Sir Leicester fährt mit einem Blick auf die ringsum auf Sofas und Ottomanen ruhenden Vettern fort: „Selbst in vielen – nein, in den meisten der Orte, wo das Ministerium gegen eine Clique durchgedrungen ist –"

(Beiläufig die Bemerkung, daß die Coodleaner in den Augen der Doodleaner stets eine Clique sind und daß die Doodleaner in den Augen der Coodleaner ganz dieselbe Stellung einnehmen.)

„– selbst an solchen Orten – es tut mir um der Ehre der Engländer willen leid, das sagen zu müssen – hat die Partei nicht ohne enorme Unkosten obsiegt. Hunderte", sagt Sir Leicester und sieht die Vettern mit erhöhter Würde und vermehrter Entrüstung an, „Hunderttausende von Pfunden."

Wenn Volumnia einen Fehler hat, so ist es der, ein wenig zu unschuldig zu sein, indem die Unschuld, die recht gut zu Schärpe und Schürzchen paßt, mit Schminke und Perlenhalsband nicht ganz in Einklang steht. Jedenfalls fragt sie in ihrer Unschuld: „Wozu?"

„Volumnia!" mahnt Sir Leicester mit äußerster Strenge. „Volumnia!"

„Nein, nein, ich meine nicht, wozu", sagt Volumnia mit ihrem kleinen Lieblingsschrei. „Wie einfältig ich bin! Ich meine, wie schade!"

„Es freut mich, daß Sie meinen, wie schade", entgegnet Sir Leicester.

Volumnia beeilt sich, die Meinung auszusprechen, daß die schrecklichen Leute als Staatsverräter angeklagt und gezwungen werden sollten, die Partei zu unterstützen.

„Es freut mich, Volumnia", wiederholt Sir Leicester, ohne auf diese Beschwichtigungen einzugehen, „daß Sie meinen, wie schade. Es ist eine Schande für die Wähler. Aber da Sie mich, wenn auch versehentlich und ohne eine so unverständige Frage zu beabsichtigen, fragen: Wozu? so lassen Sie mich antworten. Für notwendige Ausgaben. Und ich traue Ihrem gesunden Gefühl zu, Volumnia, daß Sie diesen Gegenstand weder hier noch sonstwo weiterverfolgen."

Sir Leicester hält es für seine Pflicht, Volumnia einen zermalmenden Blick zuzuwerfen, weil das Gerücht geht, man werde diese notwendigen Ausgaben in etwa zweihundert Wahlpetitionen sehr unfreundlich mit dem Wort Bestechung bezeichnen, und weil ein paar freche Witzbolde deshalb den Rat gegeben haben, aus der Liturgie das gewöhnliche Gebet für das Hohe Parlament wegzulassen und statt dessen ein Gebet der Gemeinde für sechshundertachtundfünfzig Herren in ungesundem Zustand zu verlangen.

„Ich vermute", bemerkt Volumnia, nachdem sie ein Weilchen gebraucht hat, um sich von der letzten Zurechtweisung zu erholen, „ich vermute, daß sich Mr. Tulkinghorn zu Tode gearbeitet hat."

„Ich wüßte nicht", sagt Sir Leicester mit großen Augen, „warum sich Mr. Tulkinghorn zu Tode gearbeitet haben soll. Ich weiß nicht, was Mr. Tulkinghorn dabei zu tun hat. Er ist nicht Kandidat."

Volumnia hat geglaubt, er sei vielleicht verwendet worden. Sir Leicester möchte gern wissen, von wem und wozu. Abermals beschämt, meint Volumnia, von irgendwem – um Rat zu erteilen und Anordnungen zu treffen. Sir Leicester ist nicht bekannt, daß ein Klient Mr. Tulkinghorns seines Beistandes bedurft habe.

Lady Dedlock, die an einem offenen Fenster sitzt, den Arm auf die gepolsterte Fensterbank gelegt und auf die Abendschatten hinaussehend, die sich auf den Park senken, scheint aufmerksam geworden zu sein, seit der Name des Anwalts gefallen ist.

Ein schmachtender Vetter mit Schnurrbart, in äußerst hinfälligem Zustand, bemerkt jetzt von seinem Ruhebett aus, daß jemand gestern gesagt habe, Tulkinghorn sei nach den Eisenhütten gereist, um ein Rechtsgutachten zu erstatten, und daß es, da heute die Wahl vorüber sei, recht hübsch wäre, wenn Tulkinghorn mit der Nachricht käme, daß der Kandidat Coodles unterlegen sei.

Hierauf teilt der Diener, der den Kaffee serviert, Sir Leicester mit, Mr. Tulkinghorn sei angekommen und nehme sein Mittagessen ein. Mylady wendet das Haupt für einen Augenblick dem Zimmer zu und sieht dann wieder hinaus wie vorher.

Volumnia ist entzückt zu hören, daß ihr Juwel gekommen sei.

Er sei so originell, ein so unerschütterliches Geschöpf, ein so unergründliches Wesen, das alles wisse und nichts davon verrate! Volumnia ist überzeugt, daß er ein Freimaurer sein müsse. Sie ist sicher, daß er Meister vom Stuhl sei, kurze Schürzen trage und mit Kerzen und Kellen zu einem wahren Götzenbild gemacht werde. Diese geistreichen Bemerkungen äußert die schöne Dedlock in ihrer jugendlichen Manier, während sie an einer Börse arbeitet.

„Er ist seit meiner Ankunft nicht ein einziges Mal hiergewesen", setzt sie hinzu. „Ich dachte wirklich schon, mir breche wegen dieser unbeständigen Kreatur das Herz. Ich hatte mich schon beinah darauf gefaßt gemacht, er sei tot."

Es kann die wachsende Abenddämmerung sein oder die dunklere Nacht in ihrem Innern, aber ein Schatten liegt auf Myladys Gesicht, als ob sie dächte: Ich wollte, er wäre tot!

„Mr. Tulkinghorn", sagt Sir Leicester, „ist hier immer willkommen und ist überall, wo er sich befindet, diskret. Eine Person von großem Wert und verdientermaßen geachtet."

Der hinfällige Vetter vermutet, er sei ein ungeheuer reicher Bursche.

„Ich zweifle nicht, daß er dem Land durch Besitztum verbunden ist. Er wird natürlich vortrefflich bezahlt und verkehrt mit der vornehmsten Gesellschaft fast auf dem Fuße der Gleichheit."

Alle fahren auf, denn dicht vor den Fenstern fällt ein Flintenschuß.

„O Gott, was ist das!" kreischt Volumnia mit ihrem dünnen, blutleeren Kreischen.

„Eine Ratte", sagt Mylady. „Sie haben sie totgeschossen."

Mr. Tulkinghorn tritt ein, hinter ihm Diener mit Lampen und Lichtern.

„Nein, nein", sagt Sir Leicester, „ich glaube nicht. Mylady, ist Ihnen die Dämmerung unangenehm?"

Im Gegenteil, Mylady hat sie gern.

„Volumnia?"

Oh! Nichts erscheint Volumnia so köstlich wie im Dunkeln zu sitzen und zu plaudern.

„Dann tragt sie wieder hinaus", sagt Sir Leicester. „Tulkinghorn, ich bitte Sie um Verzeihung. Wie geht es Ihnen?"

Mr. Tulkinghorn tritt mit seiner gewöhnlichen, gemessenen Ruhe heran, bringt im Vorübergehen Mylady seine Huldigung dar, schüttelt Sir Leicester die Hand und setzt sich in den Stuhl, der ihm zugewiesen ist, wenn er etwas mitzuteilen hat, auf der anderen Seite des kleinen Zeitungstisches des Baronets. Sir Leicester fürchtet, daß sich Mylady, da sie nicht ganz wohl ist, am offenen Fenster erkälten könnte! Mylady ist ihm für diese Fürsorge dankbar, möchte aber der frischen Luft wegen lieber dort sitzen bleiben. Sir Leicester steht auf, zieht den Umhang fester um sie und kehrt auf seinen Platz zurück. Mr. Tulkinghorn nimmt unterdessen eine Prise.

„Nun", sagt Sir Leicester. „Wie ist die Wahl gegangen?"

„Oh, faul von Anfang an, gar keine Aussichten. Die haben ihre beiden Leute durchgebracht. Sie sind vollständig geschlagen. Drei zu eins."

Es gehört zu Mr. Tulkinghorns Politik und überlegener Kunst, keine politische Meinung zu haben, im Grunde gar keine Meinungen. Deshalb sagt er: „Sie" sind geschlagen, nicht „wir".

Sir Leicester ist voll erhabenen Zornes. Volumnia hat so etwas nie gehört. Der hinfällige Vetter ist der Meinung, daß so etwas unvermeidlich sei, solange der Pöbel Stimmrecht besitze.

„Sie wissen, es ist der Ort, wo sie Mrs. Rouncewells Sohn als Kandidaten aufstellen wollten", fährt Mr. Tulkinghorn in der rasch zunehmenden Dunkelheit fort, als wieder Ruhe eintritt.

„Ein Vorschlag, den abzulehnen er Takt und Schicklichkeitsgefühl genug hatte, wie Sie mir damals ganz richtig sagten", bemerkt Sir Leicester. „Ich kann nicht sagen, daß ich die Meinungen irgendwie billige, die Mr. Rouncewell einmal während einer halbstündigen Anwesenheit in diesem Zimmer aussprach, aber in seinem Entschluß zeigte sich ein Schicklichkeitsgefühl, das ich gern anerkenne."

„Na!" sagt Mr. Tulkinghorn. „Es hielt ihn aber nicht ab, bei der Wahl sehr tätig zu sein."

Man hört Sir Leicester ganz deutlich nach Luft schnappen, ehe er spricht. „Verstand ich Sie recht? Sagten Sie, Mr. Rouncewell sei bei dieser Wahl sehr tätig gewesen?"

„Ungewöhnlich tätig."

„Gegen –"

„Oh, natürlich gegen Sie! Er spricht sehr gut. Einfach und mit Nachdruck. Seine Rede wirkte vernichtend, und er hatte großen Einfluß. In dem geschäftlichen Teil der Sache schlug er alle aus dem Feld." Die ganze Gesellschaft weiß, obwohl sie es nicht sehen kann, daß Sir Leicester die Augen majestätisch weit öffnet.

„Und sein Sohn leistete ihm viel Beistand", setzt Mr. Tulkinghorn als Schlußeffekt hinzu.

„Sein Sohn, Sir?" wiederholt Sir Leicester mit bangenerregender Höflichkeit.

„Sein Sohn."

„Der Sohn, der das Mädchen in Myladys Diensten heiraten wollte?"

„Derselbe. Er hat nur einen."

„Dann, auf Ehre", sagt Sir Leicester nach einer schrecklichen Pause, in der man hört, wie er schnaubt, und fühlt, wie er vor sich hin starrt, „dann, auf Ehre, bei meinem Leben und Rufe und bei meinen Grundsätzen, sind die Dämme der Gesellschaft gebrochen, und die Wogen haben – äh – die Grundstützen des Gerüsts, das die Welt zusammenhält, vernichtet."

Allgemeiner Ausbruch bei den Vettern. Volumnia findet, es sei wirklich hohe Zeit, wissen Sie, daß jemand von der Regierung einschreitet und etwas Entscheidendes tut. Der hinfällige Vetter denkt, das Vaterland geht mit Siebenmeilenstiefeln zum Teufel.

„Ich bitte, über diesen Vorfall keine weiteren Bemerkungen zu machen", sagt Sir Leicester, noch ganz atemlos. „Bemerkungen sind überflüssig. Mylady, erlauben Sie mir in Bezug auf das Mädchen zu sagen –"

„Ich beabsichtige nicht, mich von ihr zu trennen", bemerkt Mylady von ihrem Fenster her leise, aber entschieden.

„Das wollte ich nicht sagen", erwidert Sir Leicester. „Es freut mich, Sie so sprechen zu hören. Ich wollte nur sagen, da Sie das Mädchen Ihrer Gunst für wert halten, sollten Sie Ihren Einfluß aufbieten, sie diesen gefährlichen Händen zu entwinden. Sie können ihr zeigen, wie man in solcher Umgebung ihren Pflichten und Grundsätzen Gewalt antäte, und könnten sie bewahren für ein besseres Schicksal. Sie könnten ihr bemerklich machen, daß sie wahrscheinlich zur rechten Zeit in Chesney Wold einen Gatten fände, der sie nicht –" fügt Sir Leicester nach einem Augenblick des Besinnens hinzu, „von den Altären ihrer Ahnen hinwegrisse."

Diese Bemerkungen macht er mit der unveränderlichen Höflichkeit und Ehrerbietung, die er stets zeigt, wenn er mit seiner Gemahlin spricht. Sie neigt als Antwort nur das Haupt. Der Mond geht auf, und wo sie sitzt, fällt ein schmaler Streif kalten, bleichen Lichts herein, in dem man ihr Haupt erblickt.

„Es ist jedoch bemerkenswert", sagt Mr. Tulkinghorn, „daß diese Leute in ihrer Art sehr stolz sind."

„Stolz?" Sir Leicester glaubt nicht recht zu hören.

„Es sollte mich nicht wundern, wenn sie alle – ja, der Bräutigam und alle übrigen – freiwillig das Mädchen aufgäben, statt daß das Mädchen sie aufgäbe, vorausgesetzt, daß sie unter solchen Umständen in Chesney Wold bliebe."

„Nun!" sagt Sir Leicester mit zitternder Stimme, „nun! Sie müssen es wissen, Mr. Tulkinghorn. Sie haben sich unter ihnen bewegt."

„Wirklich, Sir Leicester, ich spreche nur von Tatsachen", entgegnet der Advokat. „Ja, ich könnte Ihnen eine Geschichte erzählen – wenn es Lady Dedlock erlaubt."

Sie nickt Gewährung, und Volumnia ist entzückt. Eine Geschichte! Oh, er will endlich etwas erzählen! Mit einem Gespenst darin, hofft Volumnia.

„Nein! Bloß Fleisch und Bein." Mr. Tulkinghorn hält einen Augenblick inne und wiederholt mit etwas mehr Nachdruck statt seiner gewöhnlichen Eintönigkeit: „Bloß Fleisch und Bein, Miss Dedlock. Sir Leicester, ich habe erst kürzlich die Einzelheiten erfahren. Sie lassen sich knapp berichten und erläutern das, was ich eben sagte. Ich verschweige für jetzt die Namen. Lady Dedlock wird mich nicht der Unhöflichkeit zeihen, hoffe ich."

Beim Schimmer des Feuers, das nur schwach brennt, kann man ihn ins Mondlicht blicken sehen. Im Mondschein sieht man Lady Dedlock ganz ruhig sitzen.

„Ein Mitbürger dieses Mr. Rouncewell, ein Mann in ganz denselben Verhältnissen, wie ich hörte, hatte das Glück, eine Tochter zu besitzen, die die Aufmerksamkeit einer vornehmen Dame auf sich zog. Ich spreche von einer wirklich vornehmen Dame, nicht bloß vornehm im Vergleich zu ihm, sondern vermählt mit einem Mann Ihres Standes, Sir Leicester."

Sir Leicester sagt herablassend: „Ja, Mr. Tulkinghorn", und deutet damit an, daß sie dann in den Augen eines Eisenwerkbesitzers ganz außerordentlich groß erschienen sein müsse.

„Die Dame war reich und schön, hatte das Mädchen gern, behandelte es mit großer Güte und hatte es stets um sich. Nun bewahrte diese Dame bei all ihrer Vornehmheit ein Geheimnis, das sie seit vielen Jahren gehütet hatte. Sie war nämlich in früher Jugend mit einem jungen Lebemann verlobt gewesen – er war Kapitän bei den Landtruppen – dem alles schiefging. Sie heiratete ihn nie, gebar aber ein Kind, dessen Vater er war."

Beim Schimmer des Feuers kann man ihn ins Mondlicht blicken sehen. Im Mondschein sieht man Lady Dedlock im Profil, ganz ruhig.

„Als der Kapitän gestorben war, hielt sie sich für sicher; aber eine Verkettung von Umständen, mit denen ich Sie nicht zu behelligen brauche, führte zur Entdeckung. Wie mir die Geschichte überliefert ist, war der erste dieser Umstände eine Unvorsichtigkeit der Dame selbst, als sie einmal überrascht wurde; das zeigt, wie schwer es auch für den Festesten von uns ist – sie war sehr willensstark –, stets auf der Hut zu sein. Es gab im Haus viel Aufruhr und Entsetzen, wie Sie sich denken können; den Schmerz ihres Gatten mögen Sie sich selbst ausmalen, Sir Leicester. Aber darum geht es jetzt nicht. Als Mr. Rouncewells Mitbürger von der Entdeckung hörte, duldete er ebensowenig, daß sie das Mädchen begünstigte und förderte, wie er es geduldet hätte, daß sie es vor seinen Augen mit Füßen träte. Sein Stolz war so groß, daß er sie entrüstet wegnahm wie vor Befleckung und Schande. Er hatte keinen Sinn für die Ehre, die ihm und seiner Tochter durch die Herablassung der Dame widerfuhr, nicht im mindesten. Er grollte über des Mädchens Stellung, als ob die Dame zum niedersten Bürgerstand gehört hätte. Das ist die Geschichte. Ich hoffe, Lady Dedlock wird ihren peinlichen Einschlag entschuldigen."

Es werden verschiedene Meinungen über die Geschichte laut, alle mehr oder weniger von der Volumnias abweichend. Dieses liebliche junge Wesen kann nicht glauben, daß es je eine solche Dame gegeben habe, und verwirft die ganze Geschichte von vornehrein. Die Majorität neigt sich dem Urteil des hinfälligen Vetters zu, das in wenigen Worten lautet: „Was geht mich Rouncewells verwünschter Mitbürger an." Sir Leicester denkt allgemein an Wat Tyler zurück und legt sich eine Reihenfolge von Ereignissen nach eigenem Plan zurecht.

Die Unterhaltung ist nicht sehr lebhaft, denn seit die notwendigen Ausgaben anderswo begannen, ist man in Chesney Wold lang aufgeblieben, und dies ist seit langem der erste Abend, an dem die Familie allein geblieben ist. Es ist zehn vorüber, als Sir Leicester Mr. Tulkinghorn bittet, nach Licht zu klingeln. Der Streifen Mondlicht hat sich jetzt zu einem See erweitert, und jetzt regt sich Lady Dedlock zum erstenmal, steht auf und tritt vor an einen Tisch, um ein Glas Wasser zu trinken. Blinzelnde Vettern, im Kerzenschein wie Fledermäuse anzusehen, drängen sich um sie, um es ihr zu reichen; Volumnia, stets bereit, zuzugreifen, wenn etwas zu haben ist, nimmt ebenfalls ein Glas, von dem ihr ein kleiner Schluck genügt. Lady Dedlock, anmutig, selbstbewußt, von bewundernden Augen verfolgt, geht langsam den langen Gang hinab an der Seite dieser Nymphe, ohne sie durch den Gegensatz schöner zu machen.

41. KAPITEL

In Mr. Tulkinghorns Zimmer

Mr. Tulkinghorn tritt in sein Turmzimmer, etwas außer Atem vom Steigen, obgleich er langsam gegangen ist. Auf seinem Gesicht liegt ein Ausdruck, als habe er sich einer wichtigen Sache entledigt und sei, in seiner verschlossenen Art, zufrieden. Von einem Mann, der sich so streng und entschieden bezwingt, zu sagen, er triumphiere, wäre ebenso ungerecht gegen ihn, wie wenn man ihm zutraute, er lasse sich von Liebe oder Mitgefühl oder einer anderen romantischen Schwäche stören. Er ist in gesetzter Weise zufrieden. Vielleicht hat er ein etwas erhöhtes Machtgefühl, als er eines seiner dickädrigen Handgelenke mit der anderen Hand lose faßt und, die Hände auf dem Rücken, geräuschlos auf und ab geht.

Im Zimmer steht ein großer Schreibtisch, auf dem sich ziemlich viele Papiere angesammelt haben. Die grüne Lampe ist angezündet, seine Lesebrille liegt auf dem Tisch, der Lehnstuhl ist herangerollt, und es könnte scheinen, als habe er beabsichtigt, diesen Dingen, die seine Aufmerksamkeit erheischen, vor dem Zubettgehen ein oder zwei Stunden zu schenken. Aber er ist zufällig nicht in Arbeitslaune. Nach einem Blick auf die Dokumente, die von ihm besichtigt sein wollen – er beugt sich dabei tief über den Tisch, da der alte Mann abends Gedrucktes oder Geschriebenes nur schlecht lesen kann –, öffnet er die Glastür und tritt hinaus auf das flache Dach. Hier geht er wieder in derselben Haltung langsam auf und ab und erholt sich, wenn ein so kalter Mann das nötig hat, von der unten erzählten Geschichte.

Es gab einmal eine Zeit, da ebenso gescheite Leute wie Mr. Tulkinghorn bei Sternenlicht auf den Turm stiegen und zum Himmel hinaufsahen, um dort ihr Schicksal zu lesen. Legionen von Sternen sind heute sichtbar, obgleich ihr Schimmer vom Glanz des Mondes verdunkelt wird. Wenn er seinen eigenen Stern sucht, während er methodisch auf dem Blechdach auf und ab schreitet, so müßte es ein blasser sein, da er hier unten so rostig vertreten ist. Wenn er sein Schicksal lesen will, so ist das vielleicht in anderen Schriftzeichen näher und greifbarer niedergeschrieben.

Während er auf dem platten Dach auf und ab geht, die

Augen wahrscheinlich so hoch über seinen Gedanken wie über der Erde, halten ihn plötzlich, als er am Fenster vorbeikommt, zwei Augen fest, die den seinen begegnen. Die Decke seines Zimmers ist ziemlich niedrig, und der obere Teil der Tür, die dem Fenster gegenüberliegt, ist aus Glas. Es ist auch noch eine innere, mit grünem Tuch beschlagene Tür vorhanden, aber da die Nacht warm ist, hat er sie nicht geschlossen, als er heraufkam. Diese Augen, die den seinigen begegnen, schauen vom Korridor aus durch die Glasscheibe herein. Er kennt sie gut. Das Blut ist ihm seit Jahren nicht so plötzlich und so rot ins Gesicht geschossen wie jetzt, da er Lady Dedlock erkennt. Er tritt ins Zimmer, und sie tritt gleichfalls ein und schließt hinter sich beide Türen. Wilde Verstörung – ist es Furcht oder Zorn? – spricht aus ihren Augen. In ihrer Haltung aber und in allem sonst sieht sie genauso aus wie vor zwei Stunden im Salon.

Ist es jetzt Furcht oder Zorn? Er kann es nicht sicher wissen. Beide können so blaß, beide so gespannt sein.

„Lady Dedlock?"

Sie spricht zunächst nicht, auch nicht, als sie langsam in den Lehnstuhl am Tisch gesunken ist. Sie sehen einander an wie zwei Bilder.

„Warum haben Sie meine Geschichte vor so vielen Personen erzählt?"

„Lady Dedlock, ich mußte Sie benachrichtigen, daß ich sie kenne."

„Wie lange kennen Sie sie?"

„Geargwöhnt habe ich sie seit langem – vollkommen kennengelernt erst seit kurzem."

„Seit Monaten?"

„Seit Tagen."

Er steht vor ihr, die eine Hand auf einer Stuhllehne, die andere in seiner altmodischen Weste und dem Jabot, genauso wie er seit ihrer Verheiratung jederzeit vor ihr gestanden hat. Dieselbe förmliche Höflichkeit, dieselbe gemessene Ehrerbietung, die auch Mißtrauen sein könnte; der ganze Mann dasselbe dunkle, kalte Wesen im selben Abstand, den nichts hat vermindern können. „Stimmt das, was Sie von dem armen Mädchen erzählt haben?"

Er neigt ein wenig den Kopf und streckt ihn vor, als verstünde er die Frage nicht ganz.

„Sie wissen, was Sie erzählten. Ist es wahr? Kennen die Freunde des Mädchens meine Geschichte ebenfalls? Ist sie schon

Stadtgespräch? Steht sie an den Wänden geschrieben, und schreit man sie auf den Straßen aus?"

So! Zorn und Furcht und Scham, alle drei miteinander im Kampf. Welche Kraft dieses Weib besitzt, diese wütenden Leidenschaften in der Gewalt zu behalten! Mr. Tulkinghorn denkt das, als er sie anblickt, seine zottigen, grauen Augenbrauen unter ihrem Blick um Haaresbreite mehr zusammengezogen als gewöhnlich.

„Nein, Lady Dedlock. Es war ein hypothetischer Fall, den ich bloß anführte, weil Sir Leicester unbewußt einen so hochfahrenden Ton annahm. Aber es wäre ein wirklicher Fall, wenn jene Leute wüßten – was wir wissen."

„Also wissen sie es noch nicht?"

„Nein."

„Kann ich das arme Mädchen vor Schaden bewahren, ehe sie es erfahren?"

„Darüber, Lady Dedlock", entgegnet Mr. Tulkinghorn, „kann ich keine genügende Auskunft geben." Und er denkt mit der Anteilnahme wacher Neugier, während er den Kampf in ihrer Brust beobachtet: Macht und Kraft dieser Frau sind erstaunlich!

„Sir", sagt sie, für den Augenblick gezwungen, ihre Lippen mit aller Energie so zu formen, daß sie deutlich sprechen kann, „ich will es einfacher machen. Ich bestreite Ihren hypothetischen Fall nicht. Ich sah ihn voraus und fühlte seine Wahrheit so stark wie Sie, als ich Mr. Rouncewell hier sah. Ich wußte recht gut, hätte er mich sehen können, wie ich bin, so hielte er es für eine Schmach für das arme Mädchen, daß sie eine Zeitlang, wenn auch ganz ohne ihre Schuld, der Gegenstand meiner großen, besonderen Gunst gewesen ist. Aber mir liegt an ihr, oder ich sollte lieber sagen, da sie nicht mehr hierher gehört, mir lag an ihr; und wenn Sie für das Weib, das unter Ihren Füßen liegt, so viel Rücksicht aufbringen können, daß Sie sich dessen erinnern, so wäre es für Ihr Erbarmen sehr dankbar."

Mr. Tulkinghorn, der ganz Aufmerksamkeit ist, weist dies mit einem Achselzucken der Bescheidenheit zurück und zieht seine Augenbrauen noch etwas mehr zusammen.

„Sie haben mich auf meine Bloßstellung vorbereitet, und ich danke Ihnen auch dafür. Verlangen Sie etwas von mir? Besteht ein Anspruch, den ich tilgen kann, eine Belastung oder Unannehmlichkeit, die ich meinem Gatten ersparen kann, indem ich die Richtigkeit Ihrer Entdeckung bestätige und ihn dadurch frei mache? Ich will hier und jetzt alles schreiben, was Sie diktieren. Ich bin bereit dazu."

Und sie täte es wirklich, denkt der Advokat, als er die feste Hand betrachtet, die jetzt zur Feder greift.

„Ich will Sie nicht bemühen, Lady Dedlock. Bitte, schonen Sie sich."

„Ich habe das lange erwartet, wie Sie wissen. Ich wünsche weder mich zu schonen noch geschont zu werden. Sie können mir nichts Schlimmeres zufügen, als Sie schon getan haben. Tun Sie jetzt, was noch übrigbleibt."

„Lady Dedlock, es bleibt nichts zu tun. Ich werde mir erlauben, ein paar Worte zu sagen, wenn Sie fertig sind."

Sie sollten eigentlich nicht mehr nötig haben, einander zu beobachten, tun es aber die ganze Zeit, und die Sterne beobachten sie beide durch das offene Fenster. Draußen im Mondschein liegen in Frieden die Wälder, und das weite Haus ist so still wie das enge. Das enge! Wo sind in dieser stillen Nacht der Totengräber und der Spaten, die den vielen Geheimnissen des Tulkinghornschen Daseins das letzte große Geheimnis hinzufügen sollen? Ist der Mann schon geboren, der Spaten schon geschmiedet? Seltsame Fragen, wenn man darüber nachdenkt, noch seltsamer vielleicht, wenn man nicht darüber nachdenkt unter den beobachtenden Sternen einer Sommernacht.

„Von Reue oder Gewissensbissen oder sonstigen Gefühlen meines Herzens sage ich kein Wort", fährt Lady Dedlock ohne Pause fort. „Wenn ich nicht stumm wäre, wären Sie taub dafür. Lassen wir das. Das ist nichts für Ihre Ohren."

Er macht eine Gebärde des Protestes, aber die wischt sie verächtlich mit der Hand weg.

„Ich komme, um von anderen, sehr andersartigen Dingen mit Ihnen zu sprechen. Meine Juwelen befinden sich alle an ihrem gewöhnlichen Aufbewahrungsort. Man wird sie dort finden. Meine Kleider ebenfalls. Ebenso alle meine Wertsachen. Etwas bares Geld habe ich bei mir, bitte ich zu sagen, aber nicht viel. Ich trage nicht meine eigenen Kleider, um nicht erkannt zu werden. Ich bin gegangen, um von heute an verloren zu sein. Machen Sie das bekannt. Ich lasse Ihnen keinen anderen Auftrag zurück."

„Entschuldigen Sie, Lady Dedlock", erwidert Mr. Tulkinghorn ganz unbewegt. „Ich weiß nicht, ob ich Sie recht verstehe. Sie sind gegangen –?"

„Um für alle hier verloren zu sein. Ich verlasse heute nacht Chesney Wold. Ich gehe noch diese Stunde."

Mr. Tulkinghorn schüttelt den Kopf. Sie steht auf – er aber schüttelt den Kopf, ohne die Hand von der Stuhllehne oder aus der altmodischen Weste und dem Jabot zu ziehen.

„Wie? Ich soll nicht gehen?"

„Nein, Lady Dedlock", entgegnet er sehr ruhig.

„Wissen Sie, welche Erleichterung mein Verschwinden bedeutet? Haben Sie den Schandfleck vergessen, der an diesem Schloß haftet; und wo er ist und wer es ist?"

„Nein, Lady Dedlock, durchaus nicht."

Ohne ihn einer Antwort zu würdigen, geht sie zur inneren Tür und hat sie schon in der Hand, als er, ohne Hand und Fuß zu regen oder auch nur die Stimme zu heben, beginnt: „Lady Dedlock, haben Sie die Güte, zu bleiben und mich anzuhören, oder ich ziehe, ehe Sie die Treppe erreichen, die Klingel und rufe das ganze Haus. Und dann muß ich offen reden, vor jedem Gast und jedem Bedienten, jedem Mann und jeder Frau, die im Haus sind."

Er hat sie bezwungen. Sie wankt, zittert und legt die Hand verwirrt an die Stirn. Leichte Zeichen der Schwäche bei jedem anderen, aber wenn ein so geübtes Auge wie das Mr. Tulkinghorns einen Augenblick Unentschiedenheit an einem solchen Menschen wahrnimmt, so ermißt er ihren Wert vollständig.

Er wiederholt rasch: „Haben Sie die Güte, mich anzuhören, Lady Dedlock", und deutet auf den Stuhl, von dem sie aufgestanden ist. Sie zaudert, aber er wiederholt den Wink, und sie setzt sich.

„Die Beziehungen zwischen uns sind von unglücklicher Art, Lady Dedlock, aber weil nicht ich sie so gestaltet habe, bitte ich deshalb nicht um Verzeihung. Die Stellung, die ich zu Sir Leicester einnehme, ist Ihnen so gut bekannt, daß ich nur annehmen kann, ich müsse Ihnen längst als die Person erschienen sein, der diese Entdeckung von Natur aus zufiel."

„Sir", entgegnet sie, ohne vom Boden aufzublicken, an dem ihre Augen jetzt haften, „ich hätte gehen sollen. Es wäre viel besser gewesen, mich nicht zurückzuhalten. Ich habe weiter nichts zu sagen."

„Entschuldigen Sie, Lady Dedlock, wenn ich noch etwas hinzufüge."

„Dann will ich es am Fenster hören. Ich kann hier nicht atmen."

Als sie ans Fenster geht, verrät sein argwöhnischer Blick einen flüchtigen Verdacht, sie habe im Sinn, sich hinauszustürzen, um gegen Gesimse und Mauervorsprünge zu stoßen und sich unten auf der Terrasse totzufallen. Aber ein kurzer Blick auf ihre Gestalt, wie sie aufrecht am Fenster steht und düster auf die Sterne schaut, nicht hinauf zu ihnen, sondern auf jene, die tief am Horizont stehen, beruhigt ihn wieder. Indem er sich ihr zukehrt, als sie sich bewegt, steht er ein paar Schritte hinter ihr.

„Lady Dedlock, ich bin noch nicht imstande gewesen, über das, was ich zu tun habe, einen Entschluß zu fassen, der mir recht scheint. Ich bin mir noch nicht darüber klar, was ich tun oder wie ich zunächst handeln soll. Ich muß Sie bitten, unterdessen das Geheimnis zu wahren, wie Sie es so lange bewahrt haben, und sich nicht darüber zu wundern, daß ich es gleichfalls bewahre."

Er macht eine Pause, aber sie antwortet nicht.

„Verzeihen Sie, Lady Dedlock. Dies ist ein wichtiger Gegenstand. Würdigen Sie mich Ihrer Aufmerksamkeit?"

„Ich höre."

„Danke. Ich hätte es wissen können nach dem, was ich von Ihrer Charakterstärke gesehen habe. Ich hätte die Frage nicht zu stellen brauchen, aber ich bin gewohnt, mich meines Geländes schrittweise zu versichern. Die einzige Person, auf die ich in dieser unglücklichen Sache Rücksicht nehme, ist Sir Leicester."

„Warum halten Sie mich dann in seinem Haus zurück?" fragt sie leise, ohne den düsteren Blick von jenen fernen Sternen abzuwenden.

„Weil ihm meine Rücksicht gilt. Lady Dedlock, ich habe nicht nötig, Ihnen zu sagen, daß Sir Leicester ein sehr stolzer Mann ist; daß er sich auf Sie unbedingt verläßt; daß ihn der Fall dieses Mondes vom Himmel herab nicht mehr überraschte als Ihr Fall von Ihrer hohen Stellung als seine Gattin."

Sie atmet rasch und schwer, steht aber so unbeugsam da, wie er sie stets inmitten ihrer großartigsten Gesellschaft gesehen hat.

„Ich erkläre Ihnen, Lady Dedlock, daß ich mit etwas Geringfügigerem als diesem Fall hier ebensogut hätte hoffen können, mit eigener Kraft und eigenen Händen den ältesten Baum auf diesem Grundstück zu entwurzeln, wie den starken Halt, den Sie an Sir Leicester haben, und sein festes Vertrauen zu Ihnen zu erschüttern. Und selbst jetzt, da ich diese Sache in der Hand habe, zögere ich noch. Nicht weil er zweifeln könnte

– das ist selbst bei ihm unmöglich –, sondern weil ihn nichts auf den Schlag vorbereiten kann."

„Auch nicht meine Flucht?" fragt sie. „Bedenken Sie es doch einmal."

„Ihre Flucht, Lady Dedlock, würde die ganze Wahrheit und hundertmal die ganze Wahrheit weit und breit ruchbar machen. Es wäre unmöglich, den Ruf der Familie einen Tag lang zu retten. Daran ist nicht zu denken."

In seiner Antwort liegt eine ruhige Entschiedenheit, die keinen Einwand zuläßt.

„Wenn ich sage, daß meine Rücksicht einzig Sir Leicester gilt, so betrachte ich ihn und das Ansehen der Familie als eins. Sir Leicester und die Baronetswürde, Sir Leicester und Chesney Wold, Sir Leicester, seine Ahnen und sein Erbgut sind", Mr. Tulkinghorn wird hier sehr trocken, „unzertrennlich, wie ich Ihnen, Lady Dedlock, nicht erst zu sagen brauche."

„Fahren Sie fort!"

„Deshalb habe ich viel zu bedenken", fährt Mr. Tulkinghorn in seinem Alltagsstil fort. „Die Sache muß vertuscht werden, wenn es möglich ist. Aber wie ist es möglich, wenn Sir Leicester zum Wahnsinn getrieben oder aufs Sterbebett gestreckt würde? Wenn ich ihm morgen früh diesen Schlag versetzte, wie ließe sich seine sofortige Veränderung erklären? Was könnte seine Verwandlung verursacht, was könnte Sie beide getrennt haben? Lady Dedlock, das Anschreiben an der Wand und das Ausrufen in den Gassen träten auf der Stelle ein, und Sie dürfen nicht vergessen, daß es nicht bloß Sie berühren würde, auf die ich in dieser Sache durchaus keine Rücksicht nehmen kann, sondern Ihren Gatten, Lady Dedlock, Ihren Gatten."

Er wird offener, als er fortfährt, aber um kein Haar nachdrücklicher oder bewegter.

„Die Sache stellt sich noch unter einem anderen Gesichtspunkt dar", erklärt er weiter. „Sir Leicester liebt Sie, fast bis zur Verblendung. Er könnte diese Verblendung nicht überwinden, selbst wenn er wüßte, was wir wissen. Ich setze einen extremen Fall, aber es könnte so sein. Wenn es so ist, ist es besser, daß er nichts weiß. Besser für die öffentliche Meinung, besser für ihn, besser für mich. Ich muß dies alles mit in Rechnung ziehen, und es trägt dazu bei, eine Entscheidung sehr schwer zu machen."

Sie steht immer noch da und betrachtet wortlos dieselben Sterne. Sie fangen an, zu verblassen, und sie sieht aus, als ob ihre Kälte auf sie überginge.

„Meine Erfahrung lehrt mich", sagt Mr. Tulkinghorn, der unterdessen die Hände in die Taschen gesteckt hat und wie eine Maschine in seiner geschäftsmäßigen Betrachtung des Falles fortfährt, „meine Erfahrung lehrt mich, Lady Dedlock, daß die meisten Leute, die ich kenne, besser daran täten, nicht zu heiraten. Das Heiraten ist der Grund für drei Viertel ihrer Sorgen. So dachte ich, als Sir Leicester heiratete, und so habe ich seitdem immer gedacht. Schweigen wir davon. Ich muß mich jetzt nach den Umständen richten. Unterdessen muß ich Sie bitten, zu schweigen, und ich werde es auch tun."

„Soll ich mein gegenwärtiges Leben hinschleppen und seine Qualen Tag für Tag nach Ihrem Belieben tragen?" fragt sie, den Blick immer noch nach dem fernen Himmel gerichtet.

„Ich fürchte, ja, Lady Dedlock."

„Sie meinen, es ist notwendig, daß ich so an den Marterpfahl gefesselt bleibe?"

„Ich bin überzeugt, daß das, was ich empfehle, notwendig ist."

„Ich soll auf dieser bunten Bühne bleiben, auf der ich diese falsche Rolle so lange gespielt habe, und sie soll unter mir zusammenbrechen, wenn Sie das Signal geben?" sagt sie langsam.

„Nicht ohne Ankündigung, Lady Dedlock. Ich werde keinen Schritt tun, ohne Sie zu warnen."

Sie legt alle ihre Fragen vor, als ob sie sie aus dem Gedächtnis wiederholte oder im Schlaf hersagte.

„Wir sehen uns wie gewöhnlich?"

„Ganz wie gewöhnlich, wenn Sie erlauben."

„Und ich muß meine Schuld verbergen, wie ich es so viele Jahre lang getan habe?"

„Wie Sie so viele Jahre lang getan haben. Ich hätte nicht von selbst davon gesprochen, Lady Dedlock, aber ich kann Sie jetzt daran erinnern, daß Ihr Geheimnis Sie jetzt nicht schwerer bedrücken kann als früher und weder schlimmer noch besser ist als zuvor. Ich kann es allerdings, aber ich glaube, wir haben einander nie ganz getraut."

So starr wie früher steht sie noch eine kleine Weile in sich versunken da, ehe sie fragt: „Ist heute nacht noch etwas zu sagen?"

„Nun ja", entgegnet Mr. Tulkinghorn methodisch, indem er sich sacht die Hände reibt, „ich würde gern von Ihnen hören, ob Sie meinen Vorschlägen beistimmen, Lady Dedlock."

„Sie können dessen versichert sein."

„Gut. Und ich möchte Sie als vorsichtiger Geschäftsmann zum

Schluß noch daran erinnern, falls ich auf die Sache in einer Mitteilung an Sir Leicester zurückkommen müßte, daß ich während unserer ganzen Unterredung ausdrücklich hervorgehoben habe, daß ich einzig und allein auf Sir Leicesters Gefühle und Ehre und den Ruf der Familie Rücksicht nehme. Ich wäre glücklich gewesen, auch auf Lady Dedlock wesentlich Rücksicht zu nehmen, wenn es der Fall erlaubt hätte; aber leider erlaubt er es nicht."

„Ich kann Ihre Pflichttreue bezeugen, Sir."

Vor wie nach diesen Worten bleibt sie in Gedanken versunken; endlich aber bewegt sie sich und wendet sich, unerschüttert in ihrer natürlichen und erworbenen Fassung, der Tür zu. Mr. Tulkinghorn öffnet beide Türen genau so, wie er es gestern oder vor zehn Jahren getan hätte, und macht, als sie hinausgeht, seine altmodische Verbeugung. Das schöne Gesicht sendet ihm einen nicht alltäglichen Blick zu, als es in der Nacht verschwindet, und eine nicht alltägliche, wenn auch fast unmerkliche Bewegung anerkennt diese Höflichkeit. Aber, so sagt er sich, als er allein ist, die Frau hat sich keinen gewöhnlichen Zwang auferlegt.

Er wüßte das noch besser, wenn er sähe, wie sie in ihren Gemächern herumgeht, das Haar heftig aus dem zurückgeworfenen Gesicht gezerrt, die Hände hinter dem Kopf verschränkt, die Gestalt wie von Schmerz geschüttelt. Er dächte es noch mehr, wenn er sie sähe, wie sie stundenlang unermüdlich, pausenlos durch die Zimmer eilt, verfolgt von den getreuen Schritten auf dem Geisterweg. Aber er schließt das Fenster vor der nun kühl gewordenen Luft, zieht die Vorhänge zu, geht zu Bett und schläft ein. Und wahrhaftig, wenn die Sterne erlöschen und der bleiche Tag in das Turmzimmer lugt, sieht er aus, als hätten der Totengräber und der Spaten schon ihren Auftrag und würden bald graben.

Derselbe blasse Tag sieht zu, wie Sir Leicester dem reuigen Vaterland in einem majestätisch herablassenden Traum verzeiht, wie die Vettern verschiedene öffentliche Ämter annehmen, deren Hauptpflicht der Gehaltsempfang ist, und wie die keusche Volumnia einem häßlichen alten General mit einem Mund voll falscher Zähne, gleich einem Klavier mit zu vielen Tasten, der seit langem die Bewunderung von Bath und der Schrecken aller anderen Orte ist, eine Mitgift von fünfzigtausend Pfund zubringt. Er sieht auch in Zimmer hoch oben unterm Dach und in Kammern, die an Höfen und über Ställen liegen, wo bescheidenerer Ehrgeiz von Seligkeiten in Pförtnerhäuschen und im heiligen Ehestand mit Will oder Sally träumt. Nun steigt die glänzende Sonne auf, die alles mit sich emporzieht, die Wills und die Sallys, den in der Erde verborgenen Dunst, die schlummernden Blätter und Blumen, die Vögel, die Vierfüßler und die Kriechtiere, die Gärtner, um den tauigen Rasen zu kehren und Smaragdsamt auszubreiten, wo die Walze geht, den Rauch des großen Küchenfensters, der sich gerade und hoch in die heitere Luft hinaufkräuselt. Endlich steigt auch über Mr. Tulkinghorns nichtsahnendem Haupt die Flagge empor, die freudig verkündigt, daß Sir Leicester und Lady Dedlock in ihrem glücklichen Heim hausen und daß Gastfreundschaft herrscht auf dem Schloß in Lincolnshire.

42. KAPITEL

In Mr. Tulkinghorns Amtsräumen

Von den grünen Abhängen und den breitästigen Eichen des Dedlockschen Gutes verfügt sich Mr. Tulkinghorn weiter in die abgestandene Hitze und den Staub Londons. Die Art, wie er den Aufenthalt zwischen beiden Orten wechselt, ist eines seiner undurchdringlichen Geheimnisse. Er betritt Chesney Wold, als läge es dicht neben seinem Büro, und kehrt in sein Büro zurück, als hätte er Lincoln's Inn Fields nie verlassen. Er zieht sich weder vor der Reise um, noch spricht er nachher von ihr. Er ist diesen Morgen aus seinem Turmzimmer weggeschmolzen, genauso, wie er jetzt in der späten Abenddämmerung in seine Stadtwohnung einschmilzt.

Wie einer der rauchgeschwärzten Londoner Vögel, die in jenen lieblichen Gefilden hausen, wo die Schafe alle zu Pergament, die Ziegen zu Perücken, die Wiesen zu Häcksel verarbeitet sind, kommt der ausgetrocknete, welke Advokat nach Hause geschlendert, der unter Menschen wohnt, aber nicht mit ihnen verkehrt, der gealtert ist, ohne die beschwingte Jugend zu kennen, und der so lange gewohnt ist, sein ödes Nest in den Löchern und Winkeln des Menschengemüts zu bauen, daß er dessen weitere und bessere Regionen ganz vergessen hat. In dem Ofen, den das heiße Pflaster und die heißen Mauern bilden, ist er trockener gedörrt worden als gewöhnlich und denkt in seiner durstigen Seele an seinen milden Portwein, der ein halbes Jahrhundert alt ist.

Der Laternenmann steigt eben auf Mr. Tulkinghorns Seite der Fields die Leiter auf und ab, als dieser Oberpriester adeliger Geheimnisse in seinen düsteren Hof tritt. Er geht die Türstufen hinauf und will in die dämmerige Halle schlüpfen, als er auf der obersten Stufe einen kleinen Mann antrifft, der sich lächelnd verbeugt.

„Ist das Snagsby?"

„Ja, Sir. Ich hoffe, Sie befinden sich wohl, Sir. Ich hatte Sie eben aufgegeben, Sir, und wollte nach Hause gehen."

„So? Was gibt's? Was wollen Sie von mir?"

„Ach, Sir", sagt Mr. Snagsby und hält vor lauter Ehrerbietung gegen seinen besten Kunden den Hut neben seinen Kopf. „Ich hätte gern ein Wort mit Ihnen gesprochen, Sir."

„Kann es hier geschehen?"

„Jawohl, Sir."

„So sprechen Sie." Der Advokat dreht sich um, legt die Arme auf das Eisengeländer der obersten Stufe und sieht dem Laternenmann zu, der die Laternen im Hof anzündet.

„Es handelt sich", sagt Mr. Snagsby leise und geheimnisvoll, „es handelt sich – um nicht durch die Blume zu sprechen – um die Fremde, Sir."

Mr. Tulkinghorn sieht ihn erstaunt an. „Was für eine Fremde?"

„Die fremde Frauensperson, Sir. Französin, wenn ich nicht irre. Ich kenne ja diese Sprache nicht, aber nach ihrem Wesen und ihrem Aussehen möchte ich meinen, sie sei Französin; jedenfalls etwas Ausländisches. Jene, die oben in der Stube war, Sir, als Mr. Bucket und ich an jenem Abend die Ehre hatten, Ihnen mit dem Kehrjungen unsere Aufwartung zu machen."

„Oh! Ja, ja. Mademoiselle Hortense."

„Wirklich, Sir!" Mr. Snagsby hustet seinen unterwürfigen Husten hinter dem Hute. „Ich bin im allgemeinen nicht mit Namen von Ausländern vertraut, aber ich zweifle nicht, daß dies der Name ist." Mr. Snagsby scheint diese Antwort mit der verzweifelten Absicht begonnen zu haben, den Namen zu wiederholen, bei näherer Überlegung aber hustet er wieder, um sich zu entschuldigen.

„Und was haben Sie mir über sie zu sagen, Snagsby?" fragt Mr. Tulkinghorn.

„Ja, Sir", entgegnet der Papierhändler, indem er seine Mitteilungen mit seinem Hut abschirmt, „es trifft mich etwas schwer. Mein häusliches Glück ist sehr groß – wenigstens ist es gewiß so groß, wie sich erwarten läßt –, aber mein kleines Frauchen neigt etwas zur Eifersucht. Um nicht zu sehr durch die Blume zu sprechen, sie neigt sehr stark zur Eifersucht. Und Sie sehen ein, ein ausländisches Frauenzimmer von diesem noblen Aussehen, das in den Laden kommt und sich im Hof herumtreibt – ich wäre der letzte, einen scharfen Ausdruck zu gebrauchen, wenn ich es vermeiden könnte –, aber sie treibt sich herum, Sie wissen, das ist – ist es nicht? Ich überlasse es ganz Ihrem Urteil, Sir."

Nachdem Mr. Snagsby das sehr kläglich gesagt hat, fügt er einen Husten hinzu, der für alles paßt, um alle Lücken auszufüllen.

„Nun, was meinen Sie denn?" fragt Mr. Tulkinghorn.

„Das ist es eben, Sir", entgegnet Mr. Snagsby; „ich war überzeugt, Sie würden es selbst fühlen und würden meine Gefühle als vernünftig entschuldigen, wenn man die bekannte Reizbarkeit meines kleinen Frauchens bedenkt. Sehen Sie, die ausländische Frauensperson, die Sie gewiß mit dem echten Klang ihrer Heimat soeben beim Namen nannten, schnappte an jenem Abend das Wort Snagsby auf – denn sie ist ungewöhnlich fix – und forschte nach, bekam die Adresse und kam zur Essenszeit. Nun, Guster, unser Mädchen, ist furchtsam und hat Anfälle. Und sie, erschrocken über die Blicke der ausländischen Person – die wild sind – und über die scharfe Sprechweise, die einen schwachen Geist schon aufregen kann, gab nach, statt sich dagegenzustemmen, und fiel die Küchentreppe hinab, von einem Krampf in den anderen, Krämpfe, von denen ich manchmal denke, daß man solche in keinem Haus als dem unseren bekommt oder übersteht. Daher war mein kleines Frauchen glücklicherweise ausreichend beschäftigt und nur ich im Laden. Sie sagte dann, da sich Mr. Tulkinghorn beständig durch seinen Dienstherrn verleugnen lasse – ich hatte damals keinen Zweifel, daß das eine ausländische Art sei, einen Diener zu bezeichnen –, so wolle sie sich das Vergnügen machen, regelmäßig in meinem Laden nachzufragen, bis sie hier Zulaß finde. Seitdem hat sie sich dauernd, wie ich anfangs sagte, im Hof herumgetrieben. Herumgetrieben, Sir", wiederholt Mr. Snagsby mit pathetischem Nachdruck. „Die Folgen dieses Benehmens sind unmöglich zu berechnen. Es sollte mich nicht wundern, wenn es selbst in den Köpfen der Nachbarn schon die peinlichsten Mißverständnisse hervorgerufen hätte, gar nicht zu sprechen, wenn das möglich wäre, von meinem kleinen Frauchen. Wo ich doch, der Himmel weiß es", sagt Mr. Snagsby mit Kopfschütteln, „nie eine Idee von einer ausländischen Frauensperson gehabt habe, außer früher in Verbindung mit einem Bündel Besen und einem Wickelkind oder jetzt mit einem Tambourin und Ohrringen. Ich habe nie eine andere Idee gehabt, kann ich Ihnen versichern, Sir."

Mr. Tulkinghorn hat diese Beschwerde mit ernstem Gesicht angehört und fragt, als der Papierhändler fertig ist: „Und das ist alles, Snagsby?"

„Nun ja, Sir, das ist alles", antwortet Mr. Snagsby und schließt mit einem Husten, der deutlich hinzufügt: „und es ist auch genug – für mich."

„Ich weiß nicht, was Mademoiselle Hortense verlangen oder wollen mag, wenn sie nicht verrückt ist", sagt der Advokat.

„Wissen Sie, Sir, selbst wenn sie das wäre", fällt Mr. Snagsby ein, „so wäre es kein Trost, eine Waffe in der Form eines ausländischen Dolches in seine Familie gepflanzt zu sehen."

„Nein", sagt der andere. „Gut, gut! Dem soll ein Ende gemacht werden. Es tut mir leid, daß Sie belästigt worden sind. Wenn sie wiederkommt, so schicken Sie sie zu mir."

Mit vielen Bücklingen und kurzem, Verzeihung erbittendem Hüsteln nimmt Mr. Snagsby erleichtert Abschied. Mr. Tulkinghorn geht die Treppe hinauf und spricht vor sich hin: „Diese Weiber sind geschaffen, um auf der ganzen Welt den Frieden zu stören. Als ob ich mit der Herrin noch nicht genug zu tun hätte, kommt jetzt auch noch die Dienerin! Aber wenigstens mit diesem Weibsbild will ich kurzen Prozeß machen."

Mit diesen Worten schließt er seine Tür auf, tastet sich in sein dunkles Zimmer, zündet seine Kerzen an und schaut sich um. Es ist zu dunkel, um viel von der Allegorie an der Decke zu sehen, aber der aufdringliche Römer, der beständig aus den Wolken fällt und mit dem Finger weist, ist ziemlich deutlich an seiner alten Arbeit. Mr. Tulkinghorn würdigt ihn keiner großen Aufmerksamkeit, sondern zieht einen kleinen Schlüssel aus der Tasche, schließt eine Schublade auf, in der ein zweiter Schlüssel liegt, der ein Kästchen aufsperrt, in dem sich ein dritter Schlüssel befindet, und kommt so zu dem Kellerschlüssel, mit dem er in die Regionen des alten Weins hinabzusteigen beabsichtigt. Er geht mit einem Licht in der Hand zur Tür, als er klopfen hört.

„Wer ist da? Aha, Miss, Sie sind es? Sie kommen zur rechten Zeit. Ich habe eben von Ihnen gehört. Nun! Was wollen Sie?"

Er stellt das Licht auf den Kaminsims im Vorzimmer, wo der Schreiber sitzt, und klopft, während er an Mademoiselle Hortense diesen Willkommensgruß richtet, mit dem Schlüssel an seine trockene Wange. Die katzenartige Zofe mit festgeschlossenen Lippen und mit Augen, die ihn von der Seite anschauen, schließt geräuschlos die Tür, ehe sie antwortet: „Ich habe große Mühe gehabt, Sie zu finden, Sir."

„So?"

„Ich bin sehr oft hiergewesen, Sir. Immer hieß es, er ist nicht zu Haus, er ist beschäftigt, er ist dies und das, er ist nicht da für Sie."

„Ganz recht und ganz wahr."

„Nicht wahr. Lügen!"

Manchmal ist in Mademoiselle Hortenses Wesen eine Plötzlichkeit, die einem Anspringen ihres Gegenübers so ähnlich ist, daß dieses Gegenüber unwillkürlich erschrickt und zurückweicht. Das ist jetzt bei Mr. Tulkinghorn der Fall, obgleich Mademoiselle Hortense mit fast geschlossenen, aus den Winkeln lauernden Augen nur verächtlich lächelt und den Kopf schüttelt.

„Nun, Miss", sagt der Advokat und klopft mit dem Schlüssel ungeduldig auf den Kaminsims, „wenn Sie etwas zu sagen haben, sagen Sie es."

„Sir, Sie haben mich nicht gut behandelt, Sie sind gemein und schäbig gewesen."

„Gemein und schäbig, he?" entgegnet der Anwalt und reibt sich mit dem Schlüssel die Nase.

„Ja. Was soll ich Ihnen sagen? Sie wissen es ja. Sie haben mich *attrapé* – eingefangen – um Ihnen Aufschluß zu geben. Sie haben verlangt, ich soll das Kleid von mir anziehen, das Mylady getragen haben muß, Sie haben mich gebeten, in ihm hierherzukommen, um den Knaben zu treffen – oder nicht?" Mademoiselle Hortense macht wieder einen Sprung.

Du bist ein Drache, ein rechter Drache! scheint Mr. Tulkinghorn zu denken, während er sie mißtrauisch ansieht; dann entgegnet er: „Gut, gut, Sie Frauenzimmer, ich habe Sie bezahlt."

„Sie mich bezahlt!" wiederholt sie mit wilder Verachtung. „Zwei Sovereign! Ich hab sie nicht gewechselt, ich will sie nicht, ich verachte sie, ich werf sie von mir", sie tut das buchstäblich, indem sie sie im Sprechen aus dem Busen zieht und sie mit solcher Gewalt zu Boden schleudert, daß sie aufblitzend wieder in die Höhe springen, ehe sie in die Ecken kollern und dort langsam zur Ruhe kommen, nachdem sie sich heftig gedreht haben.

„Nun!" sagt Mademoiselle Hortense und senkt die Lider wieder über ihre großen Augen, „Sie haben mich bezahlt? Ach, mein Gott, o ja!"

Mr. Tulkinghorn reibt sich mit dem Schlüssel den Kopf, während sie sarkastisch lacht.

„Sie müssen reich sein, meine schöne Freundin", bemerkt er gleichmütig, „daß Sie Geld auf diese Weise wegwerfen!"

„Ich bin reich", gibt sie zurück, „ich bin sehr reich an Haß. Ich hasse Mylady aus Herzensgrund. Sie wissen das."

„Wissen? Woher soll ich das wissen?"

„Weil Sie es recht gut gewußt haben, ehe Sie mich baten, Ihnen diese Aufschlüsse zu geben. Weil Sie recht gut gewußt haben, daß ich war en-r-r-r-ragée!" Mademoiselle scheint außerstande, das r in diesem Wort genug rollen zu lassen, obgleich sie ihre scharfe Aussprache dadurch unterstützt, daß sie die Hände ballt und mit den Zähnen knirscht.

„Oh! ich wußte es, wirklich?" sagt Mr. Tulkinghorn und betrachtet prüfend den Schlüsselbart.

„Ja, gewiß. Ich bin nicht blind, Sie haben mich gewählt, weil Sie das wußten. Sie hatten recht! Ich hasse sie." Mademoiselle Hortense kreuzt die Arme und wirft ihm diese letzte Bemerkung über die Schulter zu.

„Haben Sie sonst noch etwas zu sagen, Mademoiselle?"

„Ich habe noch keine Stelle. Verschaffen Sie mir eine! Eine gute! Wenn Sie das nicht können oder wollen, so stellen Sie mich an, sie zu verfolgen, sie zu hetzen, sie in Schmach und Schande zu bringen. Ich will Ihnen gut helfen und eifrig. Sie tun das! Weiß ich das nicht?"

„Sie scheinen sehr viel zu wissen", entgegnet Mr. Tulkinghorn.

„Weiß ich nicht viel? Bin ich etwa so dumm, um wie ein Kind zu glauben, daß ich hierhergekommen bin in dem Kleid, um den Knaben zu erwarten, nur einer kleinen Wette wegen? – Eh mon Dieu, o ja!" Bis zu dem Wort „Wette" einschließlich hat Mademoiselle ironisch, höflich, sanft gesprochen; dann ist sie plötzlich in den bittersten, trotzigsten Hohn verfallen, während ihre schwarzen Augen in ein und demselben Augenblick fast ganz geschlossen und wieder weit offen sind.

„Nun wollen wir einmal sehen, wie die Sache steht", sagt Mr. Tulkinghorn, indem er mit dem Schlüssel an sein Kinn klopft und sie gleichmütig ansieht.

„Ah! Wir werden sehen", stimmt Mademoiselle mit mehrfachem, zornigem und knappem Kopfnicken zu.

„Sie kommen zu mir mit einem auffallend bescheidenen Verlangen, dem Sie eben Worte verliehen haben, und wollen, wenn es nicht erfüllt wird, wiederkommen."

„Und wieder", sagt Mademoiselle und nickt abermals wiederholt knapp und zornig. „Und noch wieder. Und immer wieder, viele Male, ja, ewig!"

„Und nicht nur hierher wollen Sie kommen, sondern vielleicht auch zu Mr. Snagsby, und wenn auch dieser Besuch nichts nützt, vielleicht noch einmal?"

„Und wieder", wiederholt Mademoiselle mit krampfhafter Entschiedenheit. „Immer, immer wieder, viele Male, ja ewig!"

„Sehr gut. Nun, Mademoiselle Hortense, möchte ich Ihnen empfehlen, das Licht zu nehmen und Ihr Geld aufzulesen. Ich glaube, es liegt hinter dem Pult des Schreibers in der Ecke dort."

Sie wirft ihm nur über die Schulter ein Lachen zu und bleibt mit verschränkten Armen auf ihrem Fleck.

„Sie wollen nicht?"

„Nein, ich will nicht!"

„So sind Sie um soviel ärmer und ich um soviel reicher! Sehen Sie, Miss, das ist der Schlüssel zu meinem Weinkeller. Es ist ein großer Schlüssel, aber die Gefängnisschlüssel sind noch größer. In dieser Stadt gibt es Arbeitshäuser – mit Tretmühlen für Frauen –, deren Pforten sehr stark und schwer sind und die Schlüssel jedenfalls auch. Ich fürchte, einer Dame von Ihrer Lebhaftigkeit und Tatenlust wäre es nicht angenehm, wenn einer dieser Schlüssel für eine gewisse Zeit hinter ihr umgedreht würde. Was meinen Sie dazu?"

„Ich meine", entgegnet Mademoiselle, ohne sich zu regen, mit klarer, verbindlicher Stimme, „Sie sind ein elender Schurke."

„Wahrscheinlich!" entgegnet Mr. Tulkinghorn und schneuzt sich ruhig die Nase. „Aber ich frage nicht, was Sie von mir denken; ich frage, was Sie vom Gefängnis denken."

„Nichts. Was geht es mich an?"

„Nun, es geht Sie immerhin an, Miss", sagt der Advokat, indem er bedachtsam das Taschentuch einsteckt und sich das Jabot zurechtzupft; „das Gesetz ist hier so despotisch, daß es eingreift, um jeden unserer braven englischen Bürger vor

Störung zu schützen, sogar vor dem Besuch einer Dame, wenn er gegen seinen Willen stattfindet. Und wenn er sich beschwert, daß ihn ein solcher Besuch belästigt, so faßt das Gesetz die lästige Dame und steckt sie unter strenger Zucht ins Gefängnis. Dreht den Schlüssel hinter ihr um, Miss", und er veranschaulicht das mit dem Kellerschlüssel.

„Wirklich?" entgegnet Mademoiselle im selben verbindlichen Ton. „Das ist komisch! Aber, ma foi! was geht das mich an?"

„Meine schöne Freundin", sagt Mr. Tulkinghorn, „kommen Sie noch einmal hierher oder zu Mr. Snagsby, und Sie werden es erfahren."

„In diesem Fall wollen Sie vielleicht mich ins Gefängnis schicken?"

„Vielleicht."

Zu Mademoiselles freundlicher Scherzhaftigkeit hätte es schlecht gepaßt, mit dem Mund zu schäumen, sonst hätte tigerhaftes Zucken in jener Gegend aussehen können, als fehlte nur wenig dazu.

„Mit einem Wort, Miss", sagt Mr. Tulkinghorn, „es tut mir leid, unhöflich zu sein, aber wenn Sie sich noch einmal uneingeladen hier einfinden – oder dort –, so übergebe ich Sie der Polizei. Sie ist sehr galant gegen Damen, aber zudringliche Leute schafft sie auf schimpfliche Art durch die Straßen, auf ein Brett geschnallt, mein gutes Mädchen!"

„Ich werde Sie auf die Probe stellen", flüstert Mademoiselle und streckt ihre Hand aus, „ich will versuchen, ob Sie das wagen!"

„Und wenn ich Sie erst einmal in diese gute Lage bringe, im Gefängnis eingeschlossen zu werden", fährt der Advokat fort, ohne sie zu beachten, „so wird es einige Zeit dauern, ehe Sie sich wieder in Freiheit befinden."

„Ich werde Sie auf die Probe stellen", wiederholt Mademoiselle, flüsternd wie zuvor.

„Und jetzt", fährt der Advokat fort, immer noch ohne sie zu beachten, „täten Sie besser, zu gehen. Überlegen Sie es sich zweimal, ehe Sie wieder hierherkommen."

„Überlegen Sie es sich zweihundertmal zweimal!" antwortet sie.

„Sie wissen, Ihre Herrschaft hat Sie entlassen, weil Sie die unversöhnlichste und unlenksamste Person waren", bemerkt Mr. Tulkinghorn und begleitet sie bis zur Treppe. „Fangen Sie jetzt ein neues Blatt an und lassen Sie sich durch das warnen, was ich Ihnen sagte. Denn was ich sage, meine ich, und was ich androhe, werde ich tun, Miss!"

Sie geht hinunter, ohne ein Wort zu erwidern oder sich umzusehen. Als sie fort ist, geht auch er hinunter, kehrt mit einer spinnwebbedeckten Flasche zurück und überläßt sich in aller Muße dem Genuß ihres Inhalts. Dann und wann, wenn er den Kopf im Stuhl zurücklegt, streift sein Blick den Römer, der hartnäckig von der Decke herunterweist.

43. KAPITEL

Esthers Erzählung

Es hat jetzt wenig zu sagen, wie oft ich meiner lebenden Mutter gedachte, die mir befohlen hatte, sie auf immer als tot zu betrachten. Ich konnte nicht wagen, mich ihr zu nähern oder ihr zu schreiben, denn mein Gefühl für die Gefahr, in der sie ihr Leben verbrachte, wurde nur von der Furcht übertroffen, diese Gefahr zu vermehren. Da ich wußte, daß mein bloßes Dasein als lebendiges Geschöpf eine unermeßliche Gefahr auf ihrer Lebensbahn war, konnte ich nicht immer das Entsetzen vor mir selbst bezwingen, das mich ergriffen hatte, als ich zuerst das Geheimnis erfuhr. Nie wagte ich ihren Namen auszusprechen. Mir war, als dürfte ich nicht einmal wagen, ihn zu hören. Wenn das Gespräch irgendwann in meiner Gegenwart diese Richtung nahm, wie das natürlich manchmal geschah, dann versuchte ich, nicht zuzuhören, ich rechnete im Kopf oder sagte innerlich etwas her oder verließ das Zimmer. Ich bin mir jetzt bewußt, daß ich das oft getan habe, wo gar keine Gefahr darin lag, wenn von ihr gesprochen wurde, aber ich tat es aus Furcht, etwas zu hören, das zu ihrer Entdeckung führen könnte, und zwar durch mich.

Es hat jetzt wenig zu sagen, wie oft ich mir den Ton der Stimme meiner Mutter ins Gedächtnis zurückrief, wie oft ich grübelte, ob ich sie je wieder hören werde, was ich so heiß ersehnte, und wie oft ich dachte, wie seltsam und traurig es war, daß sie mir so neu vorkam. Es hat jetzt wenig zu sagen, daß ich auf jede öffentliche Erwähnung des Namens meiner Mutter achtete; daß ich wieder und wieder an der Tür ihres Hauses in der Stadt vorüberging und diese Tür gern hatte, mich aber fürchtete, sie anzusehen; daß ich einmal im Theater war, als sich meine Mutter auch dort befand und mich sah und wir in der großen Gesellschaft aller Stände so weit voneinander getrennt waren, daß jedes Band oder Vertrauensverhältnis zwischen uns ein Traum schien. Es ist jetzt alles, alles vorüber. Mein Lebenslos ist so gesegnet gewesen, daß ich wenig von mir erzählen kann, was nicht von Güte und Edelmut anderer berichtet. Ich kann dieses wenige gut übergehen und fortfahren.

Als wir zu Hause wieder eingerichtet waren, hatten Ada und ich viele Unterredungen mit meinem Vormund, deren Gegenstand Richard war. Mein geliebtes Mädchen war tief traurig, daß er ihrem guten Vetter so unrecht tat; aber sie hielt so treu zu Richard, daß sie selbst in diesem Punkt keinen Tadel an ihm ertragen konnte. Mein Vormund wußte das und verband seinen Namen nie mit einem Wort des Vorwurfs. „Rick ist im Irrtum, liebes Kind", sagte er zu ihr. „Nun, nun! Wir sind alle oft genug im Irrtum gewesen. Wir müssen es Ihnen und der Zeit überlassen, ihn zu belehren."

Wir erfuhren später, was wir damals argwöhnten: daß er sich auf die Zeit erst verließ, nachdem er oft versucht hatte, Richard die Augen zu öffnen; daß er ihm geschrieben, ihn besucht, ihm zugeredet und jede sanft überredende Kunst angewandt hatte, auf die sein gutes Herz verfallen konnte. Unser armer Richard war für alles taub und blind. Wenn er unrecht habe, wolle er es gutmachen, sobald der Kanzleigerichtsprozeß vorüber sei. Wenn er im Dunkeln tappe, so könne er nur sein möglichstes tun, um die Wolken zu zerstreuen, die so viel verwirrten und verfinsterten. Argwohn und Mißverstehen seien durch den Prozeß verursacht? Dann solle man ihn den Prozeß zu Ende führen lassen, damit er so wieder der alte werde. So lautete stets seine Antwort. Jarndyce gegen Jarndyce hatte sein ganzes Wesen so in Besitz genommen, daß es unmöglich war, einen Einwand zu erheben, aus dem er nicht mit einer verdrehten Art von Vernunft einen neuen Grund für sein Verhalten zurechtmachte. „So daß es sogar mehr schadet", sagte einmal mein Vormund zu mir, „dem armen guten Jungen Vorstellungen zu machen, als ihn sich selbst zu überlassen."

Ich ergriff eine der Gelegenheiten, um meine Zweifel zu äußern, ob Mr. Skimpole ein guter Ratgeber für Richard sei.

„Ratgeber?" entgegnete mein Vormund lachend. „Meine Liebe, wer sollte sich von Mr. Skimpole beraten lassen?"

„Ermutigen wäre vielleicht treffender", sagte ich.

„Ermutigen!" entgegnete mein Vormund abermals. „Wer könnte sich von Mr. Skimpole ermutigen lassen?"

„Richard nicht?" fragte ich.

„Nein", antwortete er. „Ein so weltunkundiges, unberechnendes, flatterhaftes Geschöpf ist für ihn eine Erholung, ein Spaß. Aber bei einem solchen Kind wie Skimpole ist gar nicht daran zu denken, daß er Rat erteilt oder ermutigt oder zu irgendwem oder irgend etwas ernsthaft Stellung nimmt."

„Bitte, Vetter John", sagte Ada, die eben eingetreten war und jetzt über meine Schulter blickte, „was hat ihn zu einem solchen Kind gemacht?"

„Was ihn zu einem solchen Kind gemacht hat?" fragte mein Vormund und rieb sich ein wenig ratlos den Kopf.

„Ja, Vetter John."

„Nun", antwortete er langsam, indem er sich den Kopf immer eifriger rieb, „er ist ganz Gefühl und – Empfänglichkeit und – Phantasie. Und diese Eigenschaften sind, ich weiß nicht wie, bei ihm nicht in Zucht gehalten. Ich vermute, die Leute, die ihn deshalb in seiner Jugend bewunderten, haben zu viel Gewicht auf sie gelegt und zu wenig auf jede Erziehung, die sie ins Gleichgewicht gebracht und begrenzt hätte, und so ist er geworden, was er ist. He?" sagte mein Vormund, indem er kurz abbrach und uns hoffnungsvoll ansah. „Was haltet ihr beide davon?"

Ada sah mich an und sagte, sie glaube, es sei schade, daß er Richard so viel Geld koste.

„Richtig, richtig", entgegnete mein Vormund hastig. „Das darf nicht sein. Wir müssen das ändern. Das kann ich nicht dulden. Das geht durchaus nicht."

Ich sagte, mir scheine beklagenswert, daß er gegen ein Geschenk von fünf Pfund Richard bei Mr. Vholes eingeführt habe.

„Tat er das?" fragte mein Vormund, während ein Schatten des Verdrusses über sein Gesicht flog. „Aber da habt ihr den Mann! Da habt ihr den Mann! Darin liegt bei ihm nichts von Geldsucht. Er hat keinen Begriff vom Wert des Geldes. Er führt Rick ein, und dann wird er gut Freund mit Mr. Vholes und borgt sich von ihm fünf Pfund. Er meint nichts dabei und denkt sich nichts dabei. Ich will wetten, er hat es Ihnen selbst erzählt, liebes Kind."

„O ja!" sagte ich.

„Ganz richtig!" rief mein Vormund frohlockend. „Da habt ihr den Mann! Wenn er etwas Unrechtes damit beabsichtigt oder darin gefunden hätte, so würde er es nicht erzählen. Er erzählt es, wie er es tut: in reiner Einfalt. Aber ihr sollt ihn in seiner Wohnung sehen, dann versteht ihr ihn besser. Wir müssen Harold Skimpole einen Besuch abstatten und ihn hierin verwarnen. Mein Gott, meine Lieben, ein Kind, ein Kind!"

Im Verfolg dieses Planes fuhren wir eines Tages am Morgen nach London und standen vor Mr. Skimpoles Tür.

Seine Wohnung lag im Polygon in Somers Town, wo sich damals eine Anzahl armer spanischer Flüchtlinge aufhielt, die Zigaretten rauchend in Mänteln herumgingen. Ob er ein besserer Mieter war, als man hätte meinen sollen, weil sein Freund Jemand stets zuletzt die Miete bezahlte, oder ob es sein Mangel an Geschäftssinn besonders schwer machte, ihn aus dem Haus zu schaffen, weiß ich nicht; aber er bewohnte dieses Haus schon seit mehreren Jahren. Es war ganz so verfallen, wie es unseren Erwartungen entsprach. Zwei oder drei Gitter im Vorgarten waren verschwunden, das Wasserfaß war gesprungen, der Klopfer locker, der Klingelgriff, nach dem verrosteten Draht zu urteilen, längst abgerissen, und schmutzige Fußstapfen auf der Treppe waren das einzige Zeichen, daß das Haus bewohnt war.

Ein schlampiges, üppiges Mädchen, das aus den Rissen in ihrem Kleid und den Sprüngen in ihren Schuhen wie eine überreife Beere herauszuplatzen schien, öffnete auf unser Klopfen die Tür ein wenig und versperrte die Öffnung mit ihrem Körper. Da sie Mr. Jarndyce kannte – Ada und ich fanden, daß sie ihn sichtlich mit dem Empfang ihres Lohns in Verbindung brachte –, schwand sofort ihre Besorgnis, und sie erlaubte uns, einzutreten. Weil das Türschloß verdorben war, mühte sie sich ab, die Tür mit der Kette zu verschließen, die ebenfalls in keinem guten Zustand war, und fragte uns, ob wir hinaufgehen wollten.

Wir stiegen die Treppe hinauf in den ersten Stock, sahen aber noch immer keine andere Ausstattung als die schmutzigen Fußstapfen. Ohne weitere Zeremonie trat hier Mr. Jarndyce in ein Zimmer, und wir folgten. Es war schwarz genug und durchaus nicht reinlich gehalten, aber in einer wunderlichen Art von schäbigem Luxus möbliert: mit einem großen Fußschemel, einem Sofa voller Kissen, einem Lehnstuhl voller Polster, einem Klavier, Büchern, Zeichengerät, Noten, Zeitungen und einigen Skizzen und Gemälden. Eine zerbrochene Glasscheibe in einem der schmutzigen Fenster war mit Papier und Oblaten zugeklebt; aber auf dem Tisch stand ein kleiner Teller mit Treibhauspfirsichen und einer mit Trauben und ein dritter mit Kuchen und eine Flasche leichter Wein. Mr. Skimpole selbst ruhte auf dem Sofa in einem Schlafrock, schlürfte duftenden Kaffee aus einer alten Porzellantasse – es war ungefähr Mittag – und betrachtete eine Sammlung Levkojen auf dem Balkon.

Unser Kommen brachte ihn nicht im mindesten außer Fassung, sondern er stand auf und empfing uns mit seiner gewöhnlichen Unbefangenheit.

„Hier bin ich, wie Sie sehen", sagte er, als wir uns gesetzt hatten, nicht ohne einige Schwierigkeit, denn der größte Teil der Stühle war zerbrochen. „Hier bin ich; dies ist mein frugales Frühstück. Manche Leute verlangen Rinds- und Hammelkeule zum Frühstück, ich nicht. Wenn ich meinen Pfirsich, meine Tasse Kaffee und meinen Rotwein habe, bin ich zufrieden. Ich brauche sie nicht als solche, aber sie erinnern mich an die Sonne. An Rinds- und Hammelkeulen ist nichts Sonniges. Bloß tierischer Genuß!"

„Das ist das Sprechzimmer unseres Freundes – oder wäre es, wenn er praktizierte –, sein Allerheiligstes, sein Studio", sagte mein Vormund zu uns.

„Ja", erwiderte Mr. Skimpole und sah sich strahlend um, „das ist der Käfig des Vogels. Hier wohnt und singt er. Dann und wann rupfen sie ihm die Federn aus und verschneiden ihm die Flügel, aber er singt, er singt!"

Er reichte uns die Trauben und wiederholte in seiner strahlenden Weise: „Er singt! Kein anspruchsvolles Lied, aber er singt doch."

„Die Trauben sind sehr schön", sagte mein Vormund. „Ein Geschenk?"

„Nein", war die Antwort. „Nein! Irgendein liebenswürdiger Gärtner hält sie feil. Als sie sein Gehilfe gestern abend brachte, fragte er, ob er aufs Geld warten solle. ,Wahrhaftig, mein Freund', sagte ich, ,ich dächte nicht, wenn dir deine Zeit irgend etwas wert ist.' Das war wohl der Fall, denn er ging fort."

Mein Vormund sah uns lächelnd an, als wollte er uns fragen: Kann man mit diesem Kind von praktischen Dingen sprechen?

„Das ist ein Tag, dessen man sich hier ewig erinnern wird", sagte Mr. Skimpole, indem er aus seinem großen Glas heiter einen Schluck Rotwein trank. „Wir werden ihn den St. Clare und St. Summerson-Tag nennen. Sie müssen meine Töchter sehen. Ich habe eine blauäugige Tochter, die meine Schönheitstochter ist, ich habe eine Gemütstochter, und ich habe eine

Komödientochter. Sie müssen sie alle sehen. Sie werden entzückt sein."

Er wollte sie holen, als ihn mein Vormund zurückhielt und ihn bat, noch einen Augenblick zu warten, da er erst noch ein Wort mit ihm zu sprechen wünsche. „Mein lieber Jarndyce", erwiderte er heiter, indem er sich wieder auf sein Sofa setzte, „so viele Augenblicke, wie Sie wollen. Auf Zeit kommt es hier nicht an. Wir wissen nie, wieviel Uhr es ist, und kümmern uns nicht darum. Das sei nicht der Weg, im Leben vorwärtszukommen, sagen Sie? Gewiß! Aber wir kommen auch nicht vorwärts im Leben. Wir beanspruchen es gar nicht."

Mein Vormund sah uns wieder an und drückte damit deutlich aus: Hört ihr ihn?

„Nun, Harold", fing er an, „was ich zu sagen habe, betrifft Rick."

„Mein teuerster Freund auf der Welt!" gab Mr. Skimpole herzlich zurück. „Ich vermute, er sollte nicht mein teuerster Freund sein, da er mit Ihnen nicht gut steht. Aber er ist es, und ich kann nichts dafür; er steckt voll jugendlicher Poesie, und ich liebe ihn. Wenn Sie es nicht gern sehen, kann ich's nicht ändern. Ich liebe ihn."

Die gewinnende Offenheit, mit der er diese Erklärung abgab, machte wirklich einen uneigennützigen Eindruck und entzückte meinen Vormund, ja, für den Augenblick sogar Ada.

„Sie können ihn so sehr lieben, wie Sie wollen", entgegnete Mr. Jarndyce, „aber sein Geld müssen wir schonen, Harold."

„Oh!" sagte Mr. Skimpole. „Sein Geld? Nun fangen Sie von Sachen an, die ich nicht verstehe." Er schenkte sich noch etwas Rotwein ein, tauchte ein Stück Kuchen hinein, schüttelte den Kopf und lächelte Ada und mich an wie in einer naiven Vorahnung, daß er uns nie begreifen werde.

„Wenn Sie ihn dahin oder dorthin begleiten", sagte mein Vormund geradezu, „dürfen Sie ihn nicht für Sie beide bezahlen lassen."

„Mein lieber Jarndyce", entgegnete Mr. Skimpole, und sein gemütliches Gesicht strahlte bei der Komik dieses Gedankens, „was soll ich tun? Wenn er mich mitnimmt, muß ich gehen. Und wie kann ich bezahlen? Ich habe nie Geld. Wenn ich Geld hätte, verstünde ich doch nichts davon. Angenommen, ich sage zu jemandem: Wieviel kostet das? und der Mensch sagt zu mir: Sieben Schilling und sechs Pence. Ich weiß nichts über sieben Schilling und sechs Pence. Es ist mir unmöglich, den Gegenstand aus irgendeiner Rücksicht auf den Mann weiterzuverfolgen. Ich laufe nicht bei geschäftigen Leuten herum, um sie zu fragen, was sieben Schilling und sechs Pence auf maurisch heißt – was ich nicht verstehe. Warum soll ich herumlaufen und sie fragen, was sieben Schilling und sechs Pence in Geld heißt, was ich auch nicht verstehe?"

„Nun", sagte mein Vormund, dem diese naive Antwort durchaus nicht mißfiel, „wenn Sie einmal wieder mit Rick reisen, so müssen Sie das Geld von mir borgen, aber nicht die leiseste Andeutung davon machen und ihm die Abrechnung überlassen."

„Mein lieber Jarndyce", entgegnete Mr. Skimpole, „ich will alles tun, was Ihnen Vergnügen macht, aber es scheint mir eine leere Form – ein Aberglaube. Außerdem gebe ich Ihnen mein Wort, Miss Clare und meine liebe Miss Summerson, ich glaubte, Mr. Carstone sei maßlos reich. Ich glaubte, er brauche nur etwas zu übertragen oder ein Papier zu unterschreiben oder einen Scheck oder Wechsel auszustellen oder irgendwo einen Antrag zu stellen, um unermeßlich viel Geld zu erlangen."

„Das ist keineswegs der Fall, Sir", sagte Ada. „Er ist arm."

„Nein, wirklich?" entgegnete Mr. Skimpole mit seinem heiteren Lachen. „Sie setzen mich in Erstaunen."

„Und da er dadurch nicht reicher wird, daß er sich auf ein geknicktes Rohr verläßt", sagte mein Vormund und legte die Hand ernst auf den Ärmel von Mr. Skimpoles Schlafrock, „so nehmen Sie sich sehr in acht, Harold, daß Sie ihn nicht in diesem Vertrauen bestärken."

„Mein lieber, guter Freund", entgegnete Mr. Skimpole, „und meine liebe Miss Summerson und meine liebe Miss Clare, wie soll ich das anfangen? Es ist Geschäft, und ich verstehe nichts von Geschäften. Er ist's, der mich bestärkt. Er taucht aus großen Geschäftstaten bei mir auf, zeigt mir die glänzendsten Aussichten als ihr Ergebnis und fordert mich auf, sie zu bewundern. Ich bewundere sie – als glänzende Aussichten. Aber mehr weiß ich nicht von ihnen, und ich sage ihm das."

Die hilflose Aufrichtigkeit, mit der er uns das vorstellte, die Leichtherzigkeit, in der er sich über seine Unschuld ergötzte, die phantastische Art, mit der er sich selbst in Schutz nahm und von dieser wunderlichen Person sprach, verbanden sich mit der erfrischenden Unbefangenheit, mit der er alles sagte, um das Urteil meines Vormunds zu bestätigen. Je mehr ich ihn kennenlernte, desto unglaubhafter schien es mir, solange er anwesend war, daß er etwas aushecken, verheimlichen oder beeinflussen könne, und wenn er nicht anwesend war, wurde dies alles noch desto unwahrscheinlicher, je unangenehmer der Gedanke war, er könnte mit irgendwem zu tun haben, um den ich mich kümmerte.

Da er vernahm, daß sein Verhör, wie er es nannte, nun vorüber sei, verließ er mit strahlendem Gesicht das Zimmer, um seine Töchter zu holen – seine Söhne waren zu verschiedenen Zeiten davongelaufen –, und ließ meinen Vormund zurück, ganz entzückt von der Art, wie er sein kindliches Wesen gerechtfertigt hatte. Er kam bald wieder und brachte die drei jungen Damen mit sich und Mrs. Skimpole, die früher eine Schönheit gewesen, jetzt aber eine empfindliche, hochnäsige Dame war, die an einer Unzahl von Krankheiten litt.

„Dies", sagte Mr. Skimpole, „ist meine Schönheitstochter Arethusa, spielt und singt tausenderlei wie ihr Vater. Das ist meine Gemütstochter Laura, musiziert ein wenig, singt aber nicht. Das ist meine Komödientochter Kitty, singt ein wenig, musiziert aber nicht. Wir zeichnen alle ein wenig und komponieren ein wenig, und keines von uns hat einen Begriff von Zeit oder Geld."

Mrs. Skimpole seufzte, wie mir schien, als hätte sie gern diesen Teil der Fertigkeiten der Familie gestrichen. Mir schien auch, daß sie ihren Seufzer etwas meinem Vormund aufdrängen wollte, und daß sie jede Gelegenheit ergriff, einen zweiten hören zu lassen.

„Es ist angenehm", sagte Mr. Skimpole und ließ seine munteren Augen von einem zum anderen wandern, „und es ist erheiternd und fesselnd, Eigentümlichkeiten in Familien zu verfolgen. In dieser Familie sind wir alle Kinder, und ich bin das jüngste."

Den Töchtern, die ihn sehr lieb zu haben schienen, machte diese wunderliche Tatsache Spaß, besonders der Komödientochter.

„Meine Lieben, es ist wahr", sagte Mr. Skimpole, „nicht? So ist es, und so muß es sein, weil es, wie bei den Hunden im Lied, unsere Natur ist. Hier haben wir Miss Summerson mit einem schönen Verwaltungstalent und einer wahrhaft erstaunlichen Kenntnis der Details. Es wird in Miss Summersons Ohr seltsam klingen, wage ich zu behaupten, daß wir in diesem Haus nichts von Koteletts wissen. Aber wir wissen nichts davon, nicht das mindeste. Wir können nicht das geringste kochen. Nadel und Faden verstehen wir nicht zu gebrauchen. Wir bewundern die Leute, die das praktische Wissen besitzen, das uns fehlt, aber wir zanken uns deshalb nicht mit ihnen. Warum sollen sie sich dann mit uns zanken? Leben und leben lassen, sagen wir zu ihnen. Lebt ihr von eurer praktischen Wissenschaft und laßt uns von euch leben!"

Er lachte, schien aber wie immer ganz aufrichtig zu sein und wirklich zu meinen, was er sagte.

»Wir haben Sympathie, meine Rosen«, sagte Mr. Skimpole, »Sympathie für alles. Nicht wahr?«

»O ja, Papa!« riefen die drei Töchter.

»Das ist unser Familienfach in diesem Lebensstrubel«, sagte Mr. Skimpole. »Wir sind imstande, zuzusehen und uns zu interessieren, und wir sehen zu und interessieren uns. Was können wir mehr tun? Hier ist meine Schönheitstochter, seit drei Jahren verheiratet. Nun muß ich gestehen, daß sie ein anderes Kind heiratete und zwei weitere bekam, war nationalökonomisch ein Unrecht, war aber sehr angenehm. Wir hatten bei diesen Gelegenheiten unsere kleinen Festlichkeiten und tauschten soziale Ideen aus. Sie brachte eines Tages ihren jungen Gatten nach Hause, und sie und ihre junge Brut haben ihr Nest oben. Früher oder später werden wohl auch Gemüt und Komödie ihre Gatten nach Hause bringen und gleichfalls droben ihr Nest bauen. So leben wir, wir wissen nicht wie, aber wir leben.«

Sie sah für eine Mutter zweier Kinder sehr jung aus, und ich konnte nicht umhin, sowohl sie wie ihre Kinder zu bemitleiden. Es war klar, daß die drei Töchter aufgewachsen waren, wie sie eben konnten, und gerade so viel zufällige Bildung besaßen, um ihrem Vater in seinen verträumtesten Stunden als Spielzeug zu dienen. Nach seinem malerischen Geschmack richtete sich, wie ich bemerkte, ihre verschiedene Art, das Haar zu tragen: die Schönheitstochter trug es klassisch, die Gemütstochter üppig und wallend und die Komödientochter in kokettem Stil über einer recht munteren Stirn und in lebhaften kleinen Löckchen, die sich an ihren Augenwinkeln kräuselten. Dementsprechend waren sie gekleidet, allerdings höchst unsauber und nachlässig.

Ada und ich unterhielten uns mit den jungen Damen und fanden sie ihrem Vater wunderbar ähnlich. Unterdessen sprach Mr. Jarndyce, der sich sehr nachhaltig den Kopf gerieben und von einer Veränderung des Windes gesprochen hatte, mit Mrs. Skimpole in einer Ecke, wo wir wohl oder übel auch Geld klimpern hörten. Mr. Skimpole hatte sich vorher erboten, uns nach Hause zu begleiten, und hatte sich entfernt, um sich dafür umzuziehen.

„Meine Rosen", sagte er, als er zurückkam, „pflegt mir die Mama, sie ist heute recht angegriffen. Wenn ich auf ein paar Tage zu Mr. Jarndyce auf Besuch gehe, so werde ich die Lerchen singen hören und meine Liebenswürdigkeit bewahren. Ihr wißt, sie ist auf die Probe gestellt worden und würde es wieder, wenn ich zu Hause bliebe."

„Dieser schlechte Mann!" sagte die Komödientochter.

„Und gerade zu der Zeit, als er wußte, daß sich Papa neben seine Levkojen legen und den blauen Himmel betrachten wollte", klagte Laura.

„Und als der Duft von Heu in der Luft schwebte!" sagte Arethusa.

„Es zeigte einen Mangel an Poesie an dem Mann", stimmte Mr. Skimpole bei, aber vollkommen gutgelaunt. „Er war gemein. Es fehlten ihm die feineren Züge der Menschlichkeit! Meine Töchter haben sich sehr geärgert", erklärte er uns, „über einen achtbaren Mann –"

„Nicht achtbar, Papa. Unmöglich!" protestierten alle drei.

„Über einen rauhen Burschen – eine Art zusammengerollten Igel in Menschengestalt", sagte Mr. Skimpole, „einen Bäcker hier in der Nähe, von dem wir uns ein paar Lehnstühle borgten. Wir brauchten ein paar Lehnstühle und hatten sie nicht und sahen uns daher nach einem Mann um, der sie hatte, um sie zu entleihen. Nun, dieser mürrische Patron lieh sie uns, und wir nutzten sie ab. Als sie abgenutzt waren, verlangte er sie zurück. Wir gaben sie ihm zurück. Er war befriedigt, werden Sie sagen. Durchaus nicht! Er klagte darüber, daß sie abgenutzt waren. Ich machte ihm Vorstellungen und zeigte ihm seinen Irrtum. Ich sagte: ‚Können Sie in Ihrem Alter so eigensinnig sein, mein Freund, zu behaupten, ein Lehnstuhl sei ein Ding, das man auf den Schrank setzt und ansieht, ein Gegenstand, den man betrachtet, aus der Entfernung beobachtet, aus einem Gesichtspunkt ins Auge faßt? Wissen Sie nicht, daß wir diese Armstühle borgten, um darauf zu sitzen?' Er war unverständig und nicht zu überzeugen und wurde heftig. Ich blieb so ruhig wie jetzt und machte ihm noch einmal Vorstellungen. ‚Mein guter Mann, so ungleich auch unser Talent für Geschäfte sein mag, so sind wir doch alle Kinder einer großen Mutter, der Natur. An diesem herrlichen Sommermorgen sehen Sie mich hier' – ich lag auf dem

Sofa – ‚mit Blumen vor mir, Früchten auf dem Tisch, den wolkenlosen Himmel über mir, die Luft voller Wohlgerüche um mich, versunken in die Betrachtung der Natur. Ich beschwöre Sie bei unserer gemeinsamen Herkunft, nicht zwischen mich und einen so erhabenen Gegenstand die absurde Gestalt eines zornigen Bäckers zu drängen!' Aber er tat es", sagte Mr. Skimpole und zog seine lachenden Augenbrauen in mutwilligem Staunen in die Höhe. „Er drängte diese lächerliche Gestalt dazwischen, und er tut es noch und wird es wieder tun. Und deshalb freut es mich sehr, ihm aus dem Weg zu gehen und meinen Freund Jarndyce nach Hause zu begleiten."

Es schien seiner Beachtung ganz zu entgehen, daß Mrs. Skimpole und die Töchter zurückblieben und es mit dem Bäcker aufnehmen mußten; aber das war für sie alle eine so alte Geschichte, daß es als ganz selbstverständlich betrachtet wurde. Er nahm mit so leichter und anmutiger Zärtlichkeit von seiner Familie Abschied, wie er sich in jeder Beziehung gab, und fuhr in vollkommener Seelenruhe mit uns ab. Als wir die Treppe hinabgingen, konnten wir durch einige offene Türen sehen, daß sein Zimmer im Vergleich mit den übrigen Räumen des Hauses ein wahrer Palast war.

Ich konnte nicht ahnen, daß etwas, das mich für den Augenblick sehr erschütterte und mir in seinen Folgen auf immer denkwürdig blieb, vorfallen sollte, ehe dieser Tag endete. Unser Gast war auf dem Heimweg in so heiterer Laune, daß ich ihm nur zuhören und mich über ihn wundern konnte, und dies ging nicht bloß mir so, denn Ada gab demselben Zauber nach. Was meinen Vormund betrifft, so war der Wind, der sich bei unserer Abfahrt aus Somers Town auf Osten festzusetzen gedroht hatte, völlig umgesprungen, ehe ein paar Meilen hinter uns lagen.

Mochte Mr. Skimpole in anderen Dingen von anfechtbarer Kindlichkeit sein oder nicht, jedenfalls freute er sich wie ein Kind über Veränderung und schönes Wetter. Durchaus nicht ermüdet durch die lustige Unterhaltung unterwegs, war er vor uns allen im Salon, und ich hörte ihn, während ich noch nach meinem Haushalt sah, am Klavier Dutzende von Refrains aus Barkarolen und Trinkliedern singen, italienisch und deutsch.

Wir waren kurz vor dem Essen alle im Salon versammelt, und er saß immer noch am Klavier, griff tändelnd in seiner verschwenderischen Weise kurze Melodien auf und sprach dazwischen davon, morgen einige Skizzen der verfallenen alten Mauer von Verulam zu beendigen, die er vor ein oder zwei

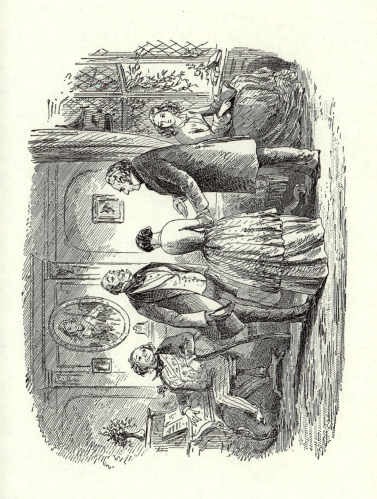

Jahren angefangen und liegengelassen hatte, als man eine Karte hereinbrachte und mein Vormund in erstauntem Ton laut las: „Sir Leicester Dedlock!"

Der Besuch stand im Zimmer, während sich noch alles um mich drehte und ehe ich die Kraft fand, mich zu rühren. Hätte ich sie gehabt, so wäre ich fortgelaufen. Ich besaß in meinem schwindelnden Kopf nicht einmal die Geistesgegenwart, mich zu Ada ans Fenster zurückzuziehen oder das Fenster zu sehen oder zu erkennen, wo es war. Ich hörte meinen Namen und entdeckte, daß mich mein Vormund vorstellte, ehe ich mich zu einem Sessel begeben konnte.

„Bitte, nehmen Sie Platz, Sir Leicester."

„Mr. Jarndyce", entgegnete Sir Leicester, während er sich mit einer Verbeugung niederließ, „ich erweise mir die Ehre, Sie zu besuchen –"

„Sie erweisen mir die Ehre, Sir Leicester."

„Danke – auf meiner Reise von Lincolnshire her Sie zu besuchen, um Ihnen mein Bedauern auszudrücken, daß eine – allerdings heftige – Beschwerde, die ich gegen einen Herrn habe, der – der Ihnen bekannt ist, der Ihr Gastgeber war und auf den ich daher nicht weiter anspielen möchte – nicht nur Sie, sondern auch die unter Ihrer Obhut stehenden Damen verhindert hat, das wenige zu sehen, was in meinem Haus in Chesney Wold einem feinen und gebildeten Geschmack gefallen kann."

„Sie sind außerordentlich freundlich, Sir Leicester, und im Namen dieser Damen, die Sie hier sehen, und für mich selbst sage ich Ihnen meinen besten Dank."

„Es ist möglich, Mr. Jarndyce, daß jener Herr, auf den ich aus bereits angedeuteten Gründen nicht weiter anspielen will, mir die Ehre erwiesen hat, meinen Charakter so falsch aufzufassen, daß er Sie zu dem Glauben verleitete, man würde Sie auf meinem Landsitz in Lincolnshire nicht mit der höflichen Aufmerksamkeit empfangen, die meinen Leuten gegen alle Damen und Herren, die sich dort einfinden, befohlen ist. Ich bitte nur bemerken zu dürfen, Sir, daß ganz das Gegenteil der Fall ist."

Mein Vormund hörte diese Bemerkungen taktvoll an, ohne darauf zu antworten.

„Es hat mich geschmerzt, Mr. Jarndyce", fuhr Sir Leicester wichtig fort, „ich versichere Ihnen, Sir, es hat – mich – geschmerzt – von der Haushälterin in Chesney Wold zu erfahren, daß sich ein Herr, der damals dort unten in Ihrer Gesellschaft war und feinen Kunstsinn zu besitzen scheint, gleichfalls durch irgendeine solche Ursache abhalten ließ, die Familienbilder mit der Muße, Aufmerksamkeit und Sorgfalt zu besichtigen, die er ihnen vielleicht gern gewidmet hätte und die einige von ihnen möglicherweise gelohnt hätten." Er zog eine Karte hervor und las mit großem Ernst und einiger Anstrengung durch sein Augenglas: „Mr. Hirrold – Herald – Harold – Skampling – Skumpling – ich bitte um Verzeihung – Skimpolc."

„Das hier ist Mr. Harold Skimpole", sagte mein Vormund sichtlich überrascht.

„Oh!" rief Sir Leicester aus, „ich schätze mich glücklich, mit Mr. Skimpole zusammenzutreffen und Gelegenheit zu haben, mein persönliches Bedauern auszusprechen. Ich hoffe, Sir, wenn Sie wieder in meinen Teil der Grafschaft kommen, so werden Sie sich nicht durch ähnliche Beweggründe abhalten lassen."

„Ich bin Ihnen sehr verpflichtet, Sir Leicester Dedlock. So ermutigt, werde ich mir gewiß das Vergnügen und den Vorteil eines abermaligen Besuches Ihres schönen Hauses bereiten. Die Besitzer solcher Orte wie Chesney Wold", sagte Mr. Skimpole in seiner gewöhnlichen glücklichen und leichten Weise, „sind Wohltäter des Publikums. Sie sind so gütig, eine Anzahl herrlicher Gegenstände für die Bewunderung und Freude von uns armen Leuten bereitzuhalten, und all die Bewunderung und Freude, die sie verursachen, nicht zu genießen wäre Undankbarkeit gegen unsere Wohltäter."

Sir Leicester schien diese Bemerkung sehr zu billigen. „Sie sind Künstler, Sir?"

„Nein", entgegnete Mr. Skimpole. „Ein vollkommen untätiger Mann. Ein bloßer Liebhaber."

Sir Leicester schien das sogar noch mehr gutzuheißen. Er hoffte, so glücklich zu sein, sich in Chesney Wold aufzuhalten, wenn Mr. Skimpole das nächstemal nach Lincolnshire komme. Mr. Skimpole fühlte sich dadurch sehr geschmeichelt und geehrt.

„Mr. Skimpole", fuhr Sir Leicester fort, wieder zu meinem Vormund gewandt, „erwähnte gegen die Haushälterin, die, wie er vielleicht bemerkt hat, eine alte, treue Dienerin der Familie ist –"

„Das war, während ich neulich durchs Haus ging, als ich Miss Clare und Miss Summerson besuchte", erläuterte Mr. Skimpole in seiner unbefangenen Weise.

„– daß der Freund, mit dem er früher dort gewesen war, Mr. Jarndyce sei." Sir Leicester machte dem Träger dieses

Namens eine Verbeugung. „Und dadurch erfuhr ich den Umstand, dessentwegen ich mein Bedauern ausgesprochen habe. Daß dies überhaupt einem Gentleman begegnet ist, Mr. Jarndyce, und noch dazu einem, der mit Lady Dedlock von früher her bekannt und sogar entfernt verwandt ist und für den sie, wie ich von Mylady selbst weiß, hohe Achtung hegt, das, versichere ich Ihnen, schmerzt – mich – sehr."

„Bitte, sprechen Sie nicht weiter davon", erwiderte mein Vormund. „Ich und wir alle hier, wie ich überzeugt bin, sind Ihnen sehr dankbar für Ihre Güte. Die Wahrheit zu gestehen, war der Irrtum auf meiner Seite, und ich muß um Entschuldigung bitten."

Ich hatte nicht ein einziges Mal aufgeblickt. Ich hatte den Besuch nicht gesehen, und es war mir sogar, als hätte ich das Gespräch nicht gehört. Es wundert mich, daß ich mich seiner erinnern kann, denn es schien mir keinen Eindruck zu machen, als es sich abspielte. Ich hörte sie sprechen, aber mir war so wirr im Kopf und meine instinktive Scheu vor diesem Mann machte mir seine Anwesenheit so peinlich, daß ich vor lauter Brausen im Kopf und vor Herzklopfen nichts zu verstehen glaubte.

„Ich erwähnte den Vorfall Lady Dedlock gegenüber", sagte Sir Leicester aufstehend, „und Mylady sagte mir, daß sie das Vergnügen gehabt habe, mit Mr. Jarndyce und seinen Mündeln bei einem zufälligen Zusammentreffen während ihres dortigen Aufenthaltes ein paar Worte zu wechseln. Erlauben Sie mir, Mr. Jarndyce, Ihnen und diesen Damen die Versicherung zu wiederholen, die ich bereits Mr. Skimpole gegeben habe. Besondere Umstände hindern mich, zu sagen, daß es mich freuen würde, zu hören, Mr. Boythorn habe mein Haus mit seinem Besuch beehrt; aber diese Umstände beziehen sich ausschließlich auf diesen Herrn und auf keine andere Person."

„Sie wissen, wie ich von jeher über ihn denke", sagte Mr. Skimpole leichthin zu uns. „Ein liebenswürdiger Stier, der entschlossen ist, jede Farbe scharlachrot zu sehen!"

Sir Leicester hustete, als könne er um keinen Preis noch ein Wort über ein solches Individuum hören, und verabschiedete sich sehr zeremoniös und höflich. Ich zog mich so schnell wie möglich auf mein Zimmer zurück und blieb dort, bis ich meine Selbstbeherrschung wiedererlangt hatte. Sie war schwer erschüttert worden – aber ich dankte Gott, daß sie mich, als ich wieder hinunterkam, nur wegen meines schüchternen Verstummens vor dem großen Lincolnshire-Baronet neckten.

Es war mir jetzt klargeworden, daß die Zeit gekommen war, da ich meinem Vormund mein Geheimnis mitteilen mußte. Die Möglichkeit, daß ich mit meiner Mutter in Berührung gebracht, in ihr Haus mitgenommen wurde, oder auch daß Mr. Skimpole, so entfernt er mit ihr verknüpft war, von ihrem Gatten Gefälligkeiten und Freundlichkeiten annahm, war so peinlich, daß ich fühlte, ich könne seinen Beistand nicht länger entbehren.

Als wir uns für die Nacht zurückgezogen und Ada und ich wie gewöhnlich in unserem hübschen Zimmer geplaudert hatten, ging ich durch meine Tür wieder hinaus und suchte meinen Vormund bei seinen Büchern auf. Ich wußte, daß er stets um diese Stunde las; und als ich näher kam, sah ich das Licht seiner Leselampe auf den Flur herausscheinen.

„Darf ich hereinkommen, Vormund?"

„Gewiß, kleines Frauchen. Was gibt's?"

„Nichts. Ich dachte, ich wollte diese stille Stunde gern benutzen, um mit Ihnen ein Wort über mich persönlich zu sprechen."

Er schob mir einen Stuhl hin, schloß sein Buch, legte es weg und wandte mir sein gütiges, aufmerksames Gesicht zu. Ich konnte nicht übersehen, daß es denselben seltsamen Ausdruck verriet, den ich schon einmal darauf bemerkt hatte – an jenem Abend, als er sagte, er fühle einen Kummer, den ich nicht leicht verstehen könne.

„Was Sie angeht, meine liebe Esther, geht uns alle an", sagte er. „Ihre Bereitschaft, zu sprechen, kann nicht größer sein als die meine, zuzuhören."

„Das weiß ich, Vormund. Aber ich brauche Ihren Rat und Beistand so sehr. Oh! Sie wissen gar nicht, wie sehr ich Sie heute brauche." Mein Ernst schien ihn zu überraschen und sogar etwas zu beunruhigen. „Oder wie sehr ich mich gesehnt habe, mit Ihnen zu sprechen, seit dem heutigen Besuch!"

„Dem Besuch, meine Liebe! Sir Leicester Dedlock?"

„Ja."

Er verschränkte die Arme und sah mich tief erstaunt an in Erwartung dessen, was ich als nächstes sagen würde. Ich wußte nicht, wie ich ihn vorbereiten sollte.

„Aber Esther", sagte er und fing an zu lächeln, „unser Besucher und Sie sind die beiden letzten Personen auf der Welt, zwischen denen ich mir eine Verbindung hätte denken können!"

„O ja, Vormund, das weiß ich. Und bis vor kurzer Zeit dachte ich ebenso."

Das Lächeln verschwand von seinem Gesicht, und er wurde ernster als vorher. Er ging zur Tür, um zu sehen, ob sie geschlossen sei – aber ich hatte darauf geachtet –, und nahm dann seinen Platz vor mir wieder ein.

„Vormund", sagte ich, „erinnern Sie sich noch, als uns das Gewitter überraschte, daß Lady Dedlock mit Ihnen von ihrer Schwester sprach?"

„Natürlich, natürlich!"

„Und Sie daran erinnerte, daß sie und ihre Schwester sich entfremdet hätten und getrennte Wege gegangen seien?"

„Natürlich."

„Warum haben sie sich getrennt, Vormund?"

Sein Gesicht veränderte sich völlig, während er mich ansah. „Mein Kind, was für Fragen! Ich habe es nie erfahren. Ich glaube, niemand als sie selbst hat es je erfahren. Wer könnte sagen, was die Geheimnisse dieser beiden schönen und stolzen Frauen waren! Sie haben Lady Dedlock gesehen. Hätten Sie je ihre Schwester gesehen, so wüßten Sie, daß sie ebenso halsstarrig und stolz war wie jene."

„O Vormund, ich habe sie viele, viele Male gesehen!"

„Sie gesehen?"

Er schwieg eine Weile und biß sich auf die Lippen. „Dann sagen Sie mir, Esther: als Sie mit mir vor langer Zeit von Boythorn sprachen und ich Ihnen erzählte, daß er einmal schon so gut wie verheiratet gewesen und daß die Dame nicht gestorben, aber für ihn gestorben sei, und daß diese Zeit sein späteres Leben tief beeinflußt habe – wußten Sie damals alles, und wußten Sie, wer diese Dame war?"

„Nein, Vormund", gab ich zurück, voll Angst vor dem Licht, das in mir aufdämmerte. „Und jetzt noch weiß ich es nicht."

„Lady Dedlocks Schwester."

„Und warum" – ich brachte die Frage kaum über mich –, „warum, Vormund, trennten sie sich?"

„Sie tat es, und sie begrub ihre Gründe in ihrem unbeugsamen Herzen. Er vermutete später, aber es war reine Vermutung, daß ein Schimpf, den ihre stolze Seele bei dem Streit mit ihrer Schwester erlitten, sie über alles vernünftige Maß hinaus verletzt habe; sie schrieb ihm jedoch nur, daß sie vom Tag dieses Briefes an für ihn tot sei – und sie hielt buchstäblich Wort – und daß sie diesen Entschluß gefaßt habe, weil sie seinen stolzen Charakter und sein hochgespanntes Ehrgefühl kenne, die bei ihr ganz dieselben seien. Mit Rücksicht auf diese beherrschenden Züge seines und auch ihres eigenen Wesens bringe sie das Opfer und wolle dafür leben und sterben. Ich fürchte, sie tat beides; jedenfalls sah er sie nie wieder und hörte seit jener Stunde nie wieder von ihr. Und auch kein anderer Mensch."

„O Vormund, was habe ich getan!" rief ich aus und ließ meinem Schmerz freien Lauf. „Welchen Kummer habe ich ohne meine Schuld verursacht!"

„Sie verursacht, Esther?"

„Ja, Vormund. Ohne meine Schuld, aber ganz gewiß verursacht. Jene verschwundene Schwester ist meine erste Erinnerung!"

„Nein, nein!" rief er erschrocken.

„Ja, Vormund, ja! Und ihre Schwester ist meine Mutter."

Ich hätte ihm den ganzen Inhalt des Briefes meiner Mutter erzählt, aber er wollte ihn jetzt nicht hören. Er sprach so liebevolle und weise Worte zu mir und breitete vor mir so deutlich alles aus, was ich selbst in meinem besseren Gemütszustand unvollkommen gedacht und gehofft hatte, daß ich, obgleich schon seit vielen Jahren von heißer Dankbarkeit gegen ihn durchdrungen, glaubte, ich habe ihn nie so innig geliebt und ihm in meinem Herzen so echt gedankt wie in dieser Nacht. Und als er mich zu meinem Zimmer gebracht und mich an der Tür geküßt hatte und ich endlich im Bett lag, dachte ich, ob ich denn je tätig genug, je gut genug sein könne, ob ich in meiner armseligen Art je hoffen dürfe, mich selbst genug zu vergessen, mich ihm genug zu widmen und anderen genug zu dienen, um ihm zu zeigen, wie sehr ich ihn liebte und ehrte.

44. KAPITEL

Der Brief und die Antwort

Mein Vormund rief mich am nächsten Morgen in sein Zimmer, und ich erzählte ihm alles, was ich am Abend vorher nicht hatte sagen können.

Es sei hier nichts zu tun, sagte er, als das Geheimnis zu wahren und ein zweites Zusammentreffen wie das gestrige zu vermeiden. Er verstand mein Gefühl und teilte es ganz. Er übernahm es sogar, Mr. Skimpole davon abzuhalten, die Bekanntschaft fortzusetzen. Einer Person, die er mir nicht zu nennen brauchte, könne er jetzt weder raten noch helfen. Er wünsche, das wäre möglich, aber es könne nicht sein. Wenn ihr Argwohn gegen den Anwalt, von dem sie gesprochen habe, begründet sei, woran er kaum zweifle, so fürchte er Entdeckung. Er kenne ihn etwas von Ansehen und Ruf und sei überzeugt, daß er gefährlich sei. Wiederholt prägte er mir mit sorglicher Liebe und Güte ein, daß ich an allem, was immer geschehe, so unschuldig sei wie er selbst und ebenso unfähig, es zu beeinflussen.

„Auch sehe ich nicht ein, warum sich Verdacht gegen Sie richten sollte, meine Liebe", sagte er. „Der Verdacht kann bestehen ohne diese Gedankenverbindung."

„Bei dem Anwalt", entgegnete ich. „Aber zwei andere Personen sind mir eingefallen, seit mich die Sache quält." Dann erzählte ich ihm die ganze Geschichte von Mr. Guppy, der, wie ich fürchtete, unbestimmte Vermutungen gehabt haben mochte, als ich noch kaum begriff, worauf er hinauswollte, auf dessen Schweigen ich aber seit unserer letzten Begegnung fest vertraute.

„Gut", sagte mein Vormund. „Dann können wir ihn vorderhand beiseite lassen. Wer ist die andere Person?"

Ich erinnerte ihn an die französische Zofe und ihr eifriges Angebot, bei mir in Dienst zu treten.

„Ha!" entgegnete er nachdenklich, „von ihr ist mehr zu fürchten als von dem Schreiber. Aber schließlich suchte sie doch nur einen neuen Dienst, liebes Kind. Sie hatte Sie und Ada vor kurzem gesehen, und es war natürlich, daß Sie ihr einfielen. Sie bot sich Ihnen nur als Zofe an. Weiter war es nichts."

„Ihr Benehmen war sonderbar", sagte ich.

„Ja, und ihr Benehmen war sonderbar, als sie die Schuhe auszog und Genuß an einem kühlen Spaziergang zeigte, der auf dem Sterbebett hätte enden können", meinte mein Vormund. „Es wäre unnütze Selbstquälerei, solche Zufälligkeiten und Möglichkeiten in Rechnung zu stellen. Der harmloseste Umstand kann, so betrachtet, voll gefährlicher Bedeutung scheinen. Hoffen Sie, kleines Frauchen. Sie können nichts Besseres sein als Sie selbst; bleiben Sie mit Ihrem jetzigen Wissen das, was Sie vor dieser Kenntnis waren. Es ist das Beste, was Sie für alle tun können. Da ich das Geheimnis mit Ihnen teile –"

„Und seine Last so sehr erleichtern, Vormund", sagte ich.

„– so werde ich darauf achten, was in jener Familie vorgeht, soweit ich es von meinem entfernten Standpunkt aus beobachten kann. Und sollte die Zeit kommen, da ich eine Hand ausstrecken kann, um der einen, die ich selbst hier besser nicht nenne, den geringsten Dienst zu leisten, so werde ich es schon um ihrer lieben Tochter willen nicht versäumen."

Ich dankte ihm von ganzem Herzen. Was konnte ich tun als ihm danken! Ich ging schon zur Tür, als er mich bat, noch einen Augenblick zu bleiben. Da ich mich rasch umdrehte, sah ich wieder jenen Ausdruck auf seinem Gesicht, und auf einmal, ich weiß nicht wie, leuchtete es wie eine neue, weit entlegene Möglichkeit in mir auf, daß ich ihn verstand.

„Meine liebe Esther", sagte mein Vormund, „ich habe lange etwas auf dem Herzen gehabt, das ich Ihnen zu sagen wünschte."

„Wirklich?"

„Es ist mir etwas schwer geworden, davon anzufangen, und es fällt mir immer noch schwer. Ich möchte wünschen, daß es mit Überlegung gesagt und mit Überlegung aufgenommen wird. Haben Sie etwas dagegen, daß ich es Ihnen schreibe?"

„Lieber Vormund, wie könnte ich etwas dagegen haben, daß Sie *mir* schreiben, was ich lesen soll?"

„Dann sagen Sie mir, meine Liebe", sagte er mit seinem gemütlichen Lächeln, „bin ich in diesem Augenblick ebenso einfach und unbefangen – scheine ich Ihnen ebenso offen, ehrlich und altmodisch wie sonst immer?"

Ich antwortete in vollem Ernst: „Ganz und gar." Ich konnte das streng der Wahrheit nach sagen, denn sein augenblickliches Zaudern war verschwunden – es hatte keine Minute gedauert –, und sein schönes, gütiges, herzliches Wesen war wieder da.

„Sehe ich aus, als ob ich etwas verhehlte, etwas anderes meinte, als ich sage, einen geheimen Vorbehalt machte, von welcher Art immer?"

Ich antwortete: „Ganz gewiß nicht."

„Können Sie mir ganz vertrauen und sich durch und durch auf das verlassen, was ich beteure, Esther?"

„Vollkommen", erwiderte ich von ganzem Herzen.

„Mein liebes Kind", sagte mein Vormund, „geben Sie mir die Hand." Er nahm sie in die seine, hielt mich leicht im Arm, sah mit derselben echten Frische und Treuherzigkeit auf mein Gesicht herab – in der alten väterlichen Weise, die dieses Haus in einem Augenblick zu meinem Heim gemacht hatte, und sagte: „Sie haben Veränderungen in mir bewirkt, kleines Frauchen, seit jenem Wintertag in der Landkutsche. Zuerst und zuletzt haben Sie mir seit jener Zeit unendlich viel Gutes getan."

„Ach, Vormund, was haben Sie seit jener Zeit alles für mich getan!"

„Aber", sagte er, „daran soll jetzt nicht gedacht werden."

„Es läßt sich nie vergessen."

„Ja, Esther", sagte er mit sanftem Ernst, „es muß jetzt vergessen werden, vergessen für eine Weile. Sie sollen sich jetzt nur daran erinnern, daß mich nichts anders machen kann, als Sie mich kennen. Können Sie sich dessen ganz sicher fühlen, liebes Kind?"

„Ich kann es und ich tue es", sagte ich.

„Das ist viel", gab er zur Antwort. „Das ist alles. Aber ich darf das nicht auf ein Wort hinnehmen. Ich will das, was mir im Sinn liegt, nicht eher schreiben, als bis Sie sich ganz klargeworden sind, daß nichts mich anders machen kann, als Sie mich kennen. Wenn Sie im mindesten daran zweifeln, schreibe ich's nie. Wenn Sie nach reiflicher Überlegung davon überzeugt sind, so schicken Sie Charley heute über acht Tage zu mir – ,nach dem Brief'. Wenn Sie aber Ihrer Sache nicht ganz gewiß sind, so schicken Sie sie nie. Bedenken Sie, ich verlasse mich auf Ihre Aufrichtigkeit, in dieser Angelegenheit wie in allem. Wenn Sie sich in diesem einen Punkt nicht ganz sicher fühlen, so schicken Sie sie nicht!"

„Vormund", sagte ich, „ich bin meiner Sache schon jetzt gewiß. Ich kann diese meine Überzeugung so wenig ändern wie Sie Ihre Haltung gegen mich. Ich werde Charley nach dem Brief schicken."

Er schüttelte mir die Hand und sagte weiter nichts. Auch erwähnte weder er noch ich während der ganzen Woche das Gespräch mit einem Wort. Als der bestimmte Abend kam, sagte ich zu Charley, sobald ich allein war: „Geh, Charley, klopfe an Mr. Jarndyces Tür und sage, du kämst von mir wegen des Briefes." Charley ging die Treppen hinauf und hinab und die Gänge entlang – der Zickzackweg durch das altmodische Haus schien meinen lauschenden Ohren an diesem Abend sehr lang zu sein – und kam zurück die Gänge entlang und die Treppen herunter und herauf und brachte den Brief.

„Leg ihn auf den Tisch, Charley", sagte ich.

Also legte ihn Charley auf den Tisch und ging zu Bett, und ich saß und sah ihn an, ohne ihn zu nehmen, und dachte an mancherlei.

Ich begann mit meiner verdüsterten Kindheit und ging diese verängstigten Tage durch bis zu der schweren Zeit, da meine

Tante, das entschlossene Gesicht so kalt und starr, als Leiche
dalag und ich mit Mrs. Rachael einsamer war, als wenn ich
niemanden auf der Welt gehabt hätte, um ein Wort oder einen
Blick mit ihm zu wechseln. Ich ging zu den anders gewordenen
Tagen über, als ich so glücklich war, in allen, die mich umgaben,
Freunde zu finden und von ihnen geliebt zu werden. Ich kam
zu der Zeit, da ich zuerst mein liebes Mädchen sah und sie mich
mit der Schwesterliebe umfing, die Schmuck und Schönheit
meines Lebens war. Ich erinnerte mich des ersten freundlichen
Schimmers des Willkommens, der in jener kalten, hellen Nacht
aus diesen selben Fenstern auf unsere erwartungsvollen Gesichter gefallen und seitdem nie verblaßt war. Ich durchlebte
mein glückliches Leben hier noch einmal, ging meine Krankheit
und Genesung durch, bedachte, wie ich so verändert und alle um
mich so unverändert waren, und all dieses Glück erstrahlte wie
ein Licht von einem Mittelpunkt aus, verkörpert durch den
Brief hier vor mir auf dem Tisch.

Ich öffnete ihn und las ihn. Er war so eindringlich in seiner
Liebe zu mir, in den uneigennützigen Warnungen, die er mir
erteilte, und in der zarten Rücksicht, die aus jedem Wort
sprach, daß meine Augen sich zu oft verschleierten, um viel auf
einmal lesen zu können. Aber ich las den Brief dreimal durch,
ehe ich ihn hinlegte. Ich hatte im voraus angenommen, daß ich
seinen Inhalt kennte, und ich hatte recht. Er fragte mich, ob ich
die Herrin von Bleakhaus sein wolle.

Es war kein Liebesbrief, obwohl er so viel Liebe ausdrückte,
sondern ganz so geschrieben, wie er zu jeder Zeit zu mir gesprochen hätte. Ich sah sein Gesicht und hörte seine Stimme
und fühlte die Wirkung seiner wohlwollenden Art in jeder
Zeile. Er sprach zu mir, als ob unsere Rollen vertauscht wären:
als ob alle guten Taten von mir herrührten und alle Empfindungen, die aus ihnen entsprangen, in ihm lebten. Er verweilte
dabei, daß ich jung sei und er die Blüte des Lebens hinter sich
habe; daß er im reifen Alter stehe, während ich noch ein Kind
sei; daß er an mich mit grauem Kopf schreibe und all dies so
gut wisse, daß er es vor mir zu reiflicher Erwägung aufrolle.
Er sagte mir, daß ich durch die Heirat nichts gewinnen und
durch die Ablehnung nichts verlieren werde, denn kein neues
Band könne seine Zuneigung zu mir vermehren, und er wisse
genau, wie immer mein Entschluß ausfalle, daß er richtig sei.
Aber er habe sich seit unserer letzten Unterredung den Schritt
von neuem überlegt und habe sich entschlossen, ihn zu tun,

wenn auch nur, um mir an einem kleinen Beispiel zu zeigen, daß die ganze Welt gern zusammenhelfe, um die düstere Prophezeiung meiner Kindheit zunichte zu machen. Ich sei am wenigsten imstande, zu wissen, wie glücklich ich ihn machen könne, aber davon wolle er weiter nicht sprechen; denn ich solle mich stets erinnern, daß ich ihm nichts schulde, sondern daß er mein Schuldner sei, und zwar für sehr, sehr vieles. Er habe oft an unsere Zukunft gedacht, und in der Voraussicht, daß die Zeit kommen werde, und in der Furcht, daß sie bald komme, da uns Ada, die jetzt bald mündig sei, verlasse und da unsere gegenwärtige Lebensweise aufhören müsse, habe er sich gewöhnt, über diesen Antrag nachzudenken. Deshalb mache er ihn nun. Wenn ich fühlte, daß ich ihm je das beste Recht geben könne, mein Beschützer zu sein, und wenn ich glaubte, daß ich in Glück und Frieden die geliebte Gefährtin seines restlichen Lebens werden könne, erhaben über alle kleinen Zufälle und Veränderungen bis auf den Tod, selbst dann wolle er mich nicht unwiderruflich binden, solange mir der Brief noch so neu sei, sondern selbst dann müsse ich reichlich Zeit zur Überlegung haben. In beiden Fällen wünsche er sein altes Verhältnis, sein altes Benehmen und den Namen, bei dem ich ihn nenne, beizubehalten. Sein munteres Frauchen und kleines Hausmütterchen werde, wie er wisse, immer dieselbe bleiben.

Das war der Inhalt des Briefes, durchdrungen von einer Rechtlichkeit und Würde, als wäre er in der Tat mein verantwortlicher Vormund, der mir unparteiisch den Vorschlag eines Freundes mitteilte, gegen den er in seiner Unbestechlichkeit sämtliche Einwände zusammenstelle.

Aber er verriet nicht, daß er dieselbe Absicht schon gehabt habe, als ich noch hübscher ausgesehen hatte, und davon abgestanden sei; daß er mich jetzt, da ich mein früheres Gesicht verloren hatte und keine Reize mehr besaß, noch ebenso lieben könne wie in den Tagen meiner Schönheit; daß ihn die Entdeckung meiner Herkunft nicht abschrecke; daß sich seine Großmut über meine Entstellung und über meine Erbschaft an Schande erhebe; daß ich auf ihn desto fester bis aufs letzte vertrauen könne, je mehr ich solcher Treue bedurfte.

Aber ich wußte es, ich wußte es jetzt sehr gut. Es kam über mich als Schluß der gnadenvollen Lebensgeschichte, die ich überdacht hatte, und ich fühlte, daß ich nur eines tun konnte. Mein Leben seinem Glück zu widmen, war ein armseliger Dank, und was sonst hatte ich mir neulich in der Nacht gewünscht als neue Mittel des Dankes?

Dennoch weinte ich sehr, nicht bloß aus übervollem Herzen, nachdem ich den Brief gelesen hatte, nicht bloß wegen der unwahrscheinlichen Zukunftsaussicht – denn sie war unwahrscheinlich, obgleich ich den Inhalt erwartet hatte –, sondern als ob etwas, für das ich weder einen Namen noch einen klaren Begriff hatte, für mich nun irgendwie verloren sei. Ich war sehr glücklich, sehr dankbar, sehr hoffnungsvoll; aber ich mußte sehr weinen.

Dann trat ich vor meinen alten Spiegel. Meine Augen waren rot und geschwollen, und ich sprach: „Esther, Esther! Kannst du das sein!" Ich fürchte, das Gesicht im Spiegel wollte bei diesem Vorwurf wieder zu weinen anfangen, aber ich hob warnend meinen Finger, und es hielt an sich.

„Dies ist dem gefaßten Aussehen, mit dem du mich getröstet hast, als du mir die Veränderung zeigtest, schon ähnlicher!" sagte ich, indem ich mein Haar zu lösen begann. „Wenn du erst Herrin von Bleakhaus bist, mußt du so fröhlich sein wie ein Vogel. Im Grunde mußt du stets fröhlich sein; so wollen wir jetzt ein für allemal anfangen!"

Ich machte mir jetzt ganz ruhig das Haar fertig. Ein wenig schluchzte ich noch, aber nur, weil ich geweint hatte, nicht weil ich noch weinte.

Und somit, liebe Esther, bist du für dein ganzes Leben glücklich. Glücklich mit deinen besten Freunden, glücklich in deinem gewohnten Heim, glücklich in dem Vermögen, viel Gutes zu tun, und glücklich in der unverdienten Liebe des besten aller Menschen.

Auf einmal dachte ich, was ich gefühlt und getan hätte, wenn mein Vormund eine andere geheiratet hätte! Das wäre wahrhaftig eine Veränderung gewesen. Mein Leben stellte sich bei diesem Gedanken in so neuer und leerer Form dar, daß ich mit meinen Wirtschaftsschlüsseln klapperte und sie küßte, bevor ich sie wieder ins Körbchen legte.

Weiter dachte ich dann, als ich mir so vor dem Spiegel das Haar ordnete, wie oft ich bei mir selbst überlegt hatte, daß die tiefen Spuren meiner Krankheit und die Umstände meiner Geburt für mich nur neue Gründe seien, unentwegt tätig zu sein – nützlich, liebenswürdig und dienstfertig auf jede ehrenhafte, anspruchslose Art. Da war dies wahrhaftig die rechte Zeit, sich betrübt hinzusetzen und zu weinen! Wenn es mir anfangs sonderbar vorgekommen war – sofern das als Entschuldigung für das Weinen gelten könnte, was es aber nicht war –, daß ich eines Tages Herrin von Bleakhaus würde, warum sollte es sonderbar sein? Andere Leute hatten daran gedacht, wenn auch nicht ich. Erinnerst du dich nicht, meine Liebe, fragte ich, während ich in den Spiegel sah, was Mrs. Woodcourt über deine Verheiratung sagte, ehe diese Narben hier waren?

Vielleicht erinnerte mich der Name an sie: an die vertrockneten Reste der Blumen. Besser, sie jetzt nicht mehr aufzubewahren! Ich hatte sie nur zur Erinnerung an etwas aufgehoben, das ganz und gar vorüber war, aber es war besser, sie jetzt nicht mehr zu behalten.

Sie lagen in einem Buch, und dieses Buch befand sich zufällig im nächsten Zimmer, unserem Wohnzimmer, das Adas Schlafgemach vom meinen trennte. Ich nahm ein Licht und trat leise ein, um es zu holen. Als ich es in der Hand hielt, sah ich mein schönes Goldkind durch die offene Tür schlafend daliegen und gab ihr verstohlen einen Kuß.

Ich weiß, es war eine Schwäche, und ich konnte keinen Grund haben, zu weinen; aber ich ließ eine Träne auf ihr liebes Gesicht fallen und noch eine und noch eine. Ich war noch schwächer: ich nahm die verwelkten Blumen und hielt sie ihr einen Augenblick an die Lippen. Ich dachte an ihre Liebe zu Richard, obgleich die Blumen damit wirklich nichts zu tun hatten. Dann nahm ich sie mit in mein Zimmer und verbrannte sie an der Kerze, und sie wurden augenblicklich zu Staub.

Als ich am nächsten Morgen ins Frühstückszimmer trat, fand ich meinen Vormund ganz wie gewöhnlich: ganz so offen, frei und ungezwungen; nicht die mindeste Befangenheit war an ihm zu bemerken und – hoffentlich – auch an mir nicht. Ich war im Laufe des Morgens mehrmals mit ihm allein, innerhalb und außerhalb des Hauses, und hielt es nicht für unwahrscheinlich, daß er von dem Brief sprechen werde; aber er sagte kein Wort.

Ebenso war es am nächsten Morgen und am übernächsten und mindestens eine Woche lang, die Zeit, über die Mr. Skimpole seinen Besuch bei uns ausdehnte. Ich erwartete jeden Tag, daß mein Vormund mit mir über den Brief sprechen werde, aber er tat es nicht.

Ich wurde unruhig und dachte, ich müsse ihm schriftlich antworten. Ich versuchte es nachts in meinem Zimmer immer und immer wieder, aber ich brachte keine Antwort zustande, die wie eine gute Antwort anfing; deshalb dachte ich jeden Abend, ich wolle noch einen Tag warten. Und ich wartete sieben Tage, aber er sagte kein Wort.

Endlich war Mr. Skimpole abgereist, und wir drei wollten eines Nachmittags eine Spazierfahrt machen. Ich war mit dem Ankleiden eher fertig als Ada, ging hinunter und fand hier meinen Vormund, der mit dem Rücken zu mir zum Salonfenster hinaussah. Er drehte sich um, als ich eintrat, und sagte lächelnd: „Ach, Sie sind es, kleines Frauchen", und sah wieder hinaus.

Ich hatte mir vorgenommen, jetzt mit ihm zu sprechen. Mit einem Wort, ich war mit Absicht heruntergekommen. „Vormund", sagte ich etwas zögernd und zitternd, „wann wünschen Sie die Antwort auf den Brief zu haben, den Charley geholt hat?"

„Wenn sie fertig ist, meine Liebe", antwortete er.

„Ich glaube, sie ist fertig", sagte ich.

„Wird Charley sie überbringen?" fragte er freundlich.

„Nein, ich bringe sie selbst, Vormund", sagte ich.

Ich schlang meine Arme um seinen Hals und küßte ihn. Er fragte, ob das die Herrin von Bleakhaus sei, und ich sagte: ja, und es mache jetzt keinen Unterschied mehr. Dann gingen wir alle zusammen aus, und ich sagte meinem lieben Goldkind kein Wort davon.

45. KAPITEL

Anvertrautes Pfand

Eines Morgens, als ich mit meinem Schlüsselkorb herumgeklingelt hatte und mit meinem Goldkind im Garten spazierenging, wandte ich zufällig meine Augen dem Haus zu und sah dort einen langen, dünnen Schatten gehen, der Mr. Vholes ähnlich war. Ada hatte erst diesen Morgen zu mir geäußert, sie hoffe, Richard werde dadurch, daß er den Kanzleigerichtsprozeß so ernstlich betreibe, seinen Eifer erschöpfen; um dem lieben Kind nicht den heiteren Mut zu verderben, sagte ich daher nichts von Mr. Vholes' Schatten.

Gleich darauf kam Charley, leicht zwischen den Gebüschen auf den Pfaden dahineilend, so rosig und hübsch nicht wie meine Zofe, sondern wie eine von Floras Dienerinnen, und sagte:

„Bitte, Miss, möchten Sie hereinkommen und mit Mr. Jarndyce sprechen?"

Es war eine von Charleys Eigenheiten, wenn sie eine Botschaft ausrichten sollte, daß sie diese herzusagen anfing, sobald sie in der Ferne die Person erblickte, für die sie bestimmt war. Deshalb sah ich Charley, die mich in ihrer gewöhnlichen Weise bat, zu Mr. Jarndyce zu kommen, lange bevor ich sie hörte. Und als ich sie hörte, hatte sie es so oft gesagt, daß sie ganz außer Atem war.

Ich sagte Ada, ich sei gleich wieder da, und fragte Charley unterwegs, ob nicht ein Herr bei Mr. Jarndyce sei, worauf Charley, deren Grammatik, wie ich zu meiner Schande gestehen muß, meiner Erziehungskunst nicht viel Ehre machte, zur Antwort gab: „Ja, Miss. Der mit Mr. Richard uns besucht hat, der Herr."

Einen vollständigeren Gegensatz als meinen Vormund und Mr. Vholes kann es, glaube ich, nicht geben. Als ich eintrat, sahen sie über einen Tisch hinweg einander an: der eine offen, der andere ganz verschlossen; der eine breit und aufrecht, der andere schmal und zusammengekrochen; der eine brachte, was er zu sagen hatte, mit volltönender Stimme vor, der andere hielt in kalter, schnappender, fischblütiger Art zurück; nie glaubte ich zwei so ungleiche Menschen gesehen zu haben.

„Sie kennen Mr. Vholes, meine Liebe", sagte mein Vormund, nicht eben mit größter Höflichkeit, wie ich gestehen muß.

Mr. Vholes stand auf, wie gewöhnlich behandschuht und zugeknöpft, und setzte sich wieder, gerade wie er sich neben Richard ins Gig gesetzt hatte. Da er aber Richard nicht ansehen konnte, sah er gerade vor sich hin.

„Mr. Vholes", begann mein Vormund und sah die schwarze Gestalt an, als wäre sie ein unglückverkündender Vogel, „hat uns schlimme Nachrichten von unserem sehr unglücklichen Rick gebracht." Er legte besonderen Nachdruck auf die Worte „sehr unglücklich", als ob sie sich besonders auf seine Verbindung mit Mr. Vholes bezögen. Ich nahm zwischen den beiden Platz; Mr. Vholes blieb unbeweglich, außer daß er heimlich mit seinem schwarzen Handschuh an einer der roten Pusteln in seinem gelben Gesicht zupfte.

„Und da Rick und Sie glücklicherweise gute Freunde sind, so möchte ich gern wissen, was Sie von der Sache denken, meine Liebe", sagte mein Vormund. „Wollen Sie so gut sein, offen zu sprechen, Mr. Vholes?"

Dieser Mahnung ganz entgegen bemerkte Mr. Vholes: „Ich sagte bereits, Miss Summerson, als Mr. Carstones Rechtsbeistand habe ich Grund zu wissen, daß seine Angelegenheiten gegenwärtig in einem fatalen Zustand sind. Nicht sowohl wegen der Höhe, sondern wegen der besonderen, drückenden Beschaffenheit der Verpflichtungen, die er eingegangen ist, und wegen der Mittel, die er hat, um sie zu liquidieren oder zu begleichen. Ich habe viele kleine Dinge für Mr. Carstone hinausgeschoben; aber es gibt für das Hinausschieben eine Grenze, und wir haben sie erreicht. Um diese Unannehmlichkeiten zu vermeiden, habe ich einige Vorschüsse aus meiner Tasche gegeben, aber ich muß natürlich darauf sehen, daß sie zurückgezahlt werden, denn ich bin kein Kapitalist und habe im Tale von Taunton einen Vater zu unterstützen, ganz abgesehen davon, daß ich für drei liebe Töchter zu Hause ein kleines Sümmchen zu ersparen suche. Ich fürchte, Mr. Carstones Umstände sind von der Art, daß er um Erlaubnis nachsuchen muß, sein Patent zu verkaufen; und es ist jedenfalls wünschenswert, seine Verwandten dies wissen zu lassen."

Mr. Vholes, der mich während dieser Rede angesehen hatte, versank jetzt wieder in das Schweigen, das er eigentlich kaum gebrochen hatte, so gedämpft war der Ton seiner Stimme, und sah wieder vor sich hin.

„Man denke sich den armen Burschen, wenn ihm selbst diese letzte Hilfe entschwindet", sagte mein Vormund zu mir. „Aber was kann ich tun? Sie kennen ihn, Esther. Er nähme jetzt keinesfalls Hilfe von mir. Sie ihm anbieten oder auch nur andeuten, hieße ihn zu extremen Schritten treiben, wenn er sonst nichts täte."

Mr. Vholes redete mich hierauf wieder an.

„Was Mr. Jarndyce bemerkt, Miss, trifft ohne Zweifel zu, und das ist die Schwierigkeit. Ich sehe nicht, daß etwas geschehen kann. Ich sage nicht, daß etwas geschehen kann. Weit entfernt davon. Ich komme bloß hierher unter dem Siegel des Vertrauens und berichte es, damit alles offen betrieben werde und damit man später nicht sagen kann, es sei etwas nicht offen betrieben worden. Mein Wunsch ist, daß alles offen betrieben wird. Ich wünsche einen guten Namen zu hinterlassen. Wenn ich bloß an meine eigenen Interessen in dieser Sache dächte, so wäre ich nicht hier. So unüberwindlich wären, wie Sie ja wissen, seine Einwendungen. Dies ist kein Geschäftsbesuch. Er kann keinem angerechnet werden. Ich habe kein Interesse dabei, außer als Mitglied der menschlichen Gesellschaft und als Vater – und Sohn", sagte Mr. Vholes, der diesen Punkt fast vergessen hatte.

Es schien uns, daß Mr. Vholes nicht mehr und nicht weniger als die Wahrheit sagte, wenn er andeutete, daß er die Verantwortung, die darin lag, Richards Lage zu kennen, zu teilen suche. Ich konnte nur vorschlagen, ich wolle nach Deal, wo Richard damals in Garnison stand, reisen, um ihn zu sprechen und zu versuchen, ob das Schlimmste noch abzuwenden sei. Ohne Mr. Vholes in diesem Punkt zu Rate zu ziehen, nahm ich meinen Vormund beiseite, um ihm das vorzuschlagen, während Mr. Vholes ans Feuer trat und sich die Leichenbitterhandschuhe wärmte.

Die Mühsal der Reise war der Einwand, den mein Vormund auf der Stelle erhob; da ich aber sah, daß er keinen anderen hatte und ich nur zu gern ging, so erlangte ich seine Zustimmung. Wir hatten uns also nur noch mit Mr. Vholes zu beschäftigen. „Ja, Sir", sagte Mr. Jarndyce, „Miss Summerson wird sich mit Mr. Carstone in Verbindung setzen, und wir können nur hoffen, daß sich seine Stellung noch halten läßt. Sie werden mir erlauben, Ihnen nach Ihrer Reise ein Frühstück vorzusetzen."

„Ich danke Ihnen, Mr. Jarndyce", sagte Mr. Vholes und streckte seine langen schwarzen Ärmel aus, um meinen Vormund am Klingeln zu hindern; „durchaus nicht. Ich danke Ihnen, nein, nicht einen Bissen. Ich bin sehr empfindlich am Magen und bin mit Messer und Gabel nie leistungsfähig. Wenn ich zu dieser Tageszeit handfeste Speisen genösse, wüßte ich nicht, was die Folgen wären. Da alles offen betrieben worden ist, Sir, so will ich mich jetzt mit Ihrer Erlaubnis verabschieden."

„Und ich wollte, daß Sie und daß wir alle uns von einem Prozeß verabschieden könnten, den Sie kennen, Mr. Vholes", sagte mein Vormund bitter.

Mr. Vholes, dessen schwarze Farbe von Kopf bis Fuß so tief war, daß sie am Feuer förmlich gedämpft worden war und einen sehr unangenehmen Geruch verbreitete, neigte den Kopf kurz nach einer Seite und schüttelte ihn langsam.

„Wir, deren Ehrgeiz es ist, als achtbare Anwälte betrachtet zu werden, können nur unsere Schultern gegen das Rad stemmen. Wir tun es, Sir. Wenigstens ich tue es; und ich wünsche von meinen Kollegen ohne Ausnahme gut zu denken. Sie werden der Verpflichtung, sich im Gespräch mit Mr. Carstone nicht auf mich zu beziehen, eingedenk sein, Miss?"

Ich sagte, ich wolle es sorgsam vermeiden.

„Sehr wohl, Miss. Guten Morgen, Mr. Jarndyce, guten Morgen, Sir." Mr. Vholes legte seinen toten Handschuh, in dem sich kaum eine Hand zu befinden schien, auf meine Finger und dann auf die meines Vormunds, und sein langer, dünner Schatten verschwand. Ich dachte ihn mir an der Außenseite der Landkutsche, wie er über die sonnige Landschaft zwischen uns und London hinglitt und das Samenkorn im Erdboden frösteln machte.

Natürlich mußte ich Ada sagen, wohin ich ging und weshalb; und natürlich war sie besorgt und betrübt. Aber sie hielt zu treu zu Richard, um etwas anderes zu äußern als Worte des Mitleids und der Entschuldigung; und in noch liebevollerer Gesinnung schrieb sie, mein liebes, treues Mädchen, einen langen Brief an ihn, dessen Besorgung ich übernahm.

Charley sollte meine Reisegefährtin sein, obgleich ich eigentlich keine brauchte und sie gern zu Hause gelassen hätte. Wir alle fuhren an diesem Nachmittag nach London und sicherten uns zwei Plätze in der Post. Zu unserer gewöhnlichen Schlafenszeit fuhren Charley und ich mit dem Brief nach Kent seewärts.

Es war eine Nachtfahrt, wie sie zu den Zeiten der Postkutsche gehörte, aber wir hatten den ganzen Wagen für uns und fanden die Nacht nicht langweilig. Sie verging mir, wie sie, glaube ich, den meisten Leuten unter solchen Umständen vergeht. Manchmal kam mir meine Reise hoffnungsvoll, dann wieder hoffnungslos vor. Jetzt glaubte ich, einiges nützen zu können, und dann wieder wunderte ich mich, wie ich dies habe annehmen können. Jetzt erschien mir mein Besuch bei ihm als eines der verständigsten Dinge der Welt und dann wieder als eines der unverständigsten. In welchem Zustand ich Richard finden, was ich ihm und was er mir sagen werde, beschäftigte meinen Geist abwechselnd mit diesen beiden Stimmungen, und die Räder schienen die ganze Nacht immerzu eine Melodie zu spielen, für die der Brief meines Vormunds den Kehrreim abgab.

Endlich kamen wir in die schmalen Straßen von Deal, und sie waren an diesem rauhen, nebligen Morgen doppelt düster. Der lange, flache Strand mit den kleinen, unregelmäßigen Holz- und Ziegelhäusern, mit dem Gewirr von Ankerwinden, großen Booten, Schuppen und kahl aufragenden Stangen mit Flaschenzügen, mit öden Sandstrecken, von Gras und Unkraut bewachsen, bot einen so trüben Anblick, wie ich je einen gesehen hatte. Die See wogte unter dickem, weißem Nebel, und nichts bewegte sich als ein paar früh aufgestandene Seiler, die mit dem um den Leib gewickelten Werg aussahen, als ob sie sich, ihres Erdenlebens müde, zu Seilen verspännen.

Aber als wir in einem vortrefflichen Gasthof in eine warme Stube kamen und uns, gewaschen und umgekleidet, zu einem zeitigen Frühstück hinsetzten – denn es war zu spät, um noch ans Schlafengehen zu denken –, fing Deal an, heiterer auszusehen. Unser kleines Zimmer glich einer Schiffskajüte, und das machte Charley große Freude. Dann begann sich der Nebel wie ein Vorhang zu heben, und eine Menge Schiffe, von deren Nähe wir keine Ahnung gehabt hatten, trat zutage. Ich weiß nicht, wie viele Segel, nach Angabe des Kellners, damals in den Dünen lagen. Einige dieser Schiffe waren sehr ansehnlich, eines war ein großer eben heimgekehrter Ostindienfahrer, und als die Sonne durch die Wolken brach und silberne Flecke auf die schwarze See zeichnete, war es wunderschön, wie diese Schiffe aufleuchteten und in Schatten tauchten und sich veränderten, während viele Boote vom Ufer zu ihnen und von ihnen ans Ufer fuhren und in ihnen und um sie alles in Leben und Bewegung geriet.

Der große Ostindienfahrer zog uns am meisten an, weil er diese Nacht erst in den Dünen angekommen war. Er war ganz von Booten umringt, und wir stellten uns vor, wie froh die Menschen an Bord sein mußten, nun an Land zu kommen. Charley war auch neugierig, etwas über die Reise und die Hitze in Ostindien und die Schlangen und Tiger zu erfahren, und da sie so etwas viel rascher lernte als Grammatik, so sagte ich ihr, was ich von diesen Dingen wußte. Ich erzählte ihr auch, wie auf solchen Reisen die Menschen manchmal Schiffbruch erlitten und auf Felsen geschleudert und von dort durch die Unerschrockenheit und Menschenliebe eines einzelnen gerettet würden. Und da mich Charley fragte, wie das geschehen könne, erzählte ich ihr, daß wir selbst zu Hause von einem solchen Fall wüßten.

Ich hatte zuerst Richard ein paar Zeilen mit der Anzeige meiner Ankunft schicken wollen, aber es schien mir besser, ohne Vorbereitung zu ihm zu gehen. Da er in der Kaserne wohnte, zweifelte ich ein wenig, ob das ausführbar sei, aber wir gingen, um das auszukundschaften. Als wir durch das Tor in den Kasernenhof spähten, fanden wir zu dieser frühen Morgenstunde alles noch sehr still; ich fragte daher einen Sergeanten, der auf den Stufen des Wachhauses stand, wo Richard wohne. Er schickte einen Soldaten mit, um es mir zu zeigen. Dieser ging ein paar kahle Treppen hinauf, klopfte an eine Tür und verließ uns.

„Was gibt's?" rief Richard von drinnen. So ließ ich Charley auf dem schmalen Gang stehen, trat in die halboffene Tür und sagte: „Kann ich eintreten, Richard? Es ist nur das Frauchen."

Er schrieb an einem Tisch, während auf dem Fußboden in großem Durcheinander Kleider, Blechkästen, Bücher, Stiefel, Bürsten und Mantelsäcke verstreut lagen. Er war nur halb angekleidet, in Zivil, fiel mir auf, nicht in Uniform, sein Haar war ungebürstet, und er sah so unordentlich aus wie sein Zimmer. Das alles sah ich, nachdem er mich herzlich bewillkommnet hatte und ich neben ihm saß, denn er sprang auf, als er meine Stimme hörte, und hielt mich im nächsten Augenblick in seinen Armen. Der gute Richard! Er war gegen mich noch immer der alte. Bis ans Ende – ach, der arme, arme Junge! – empfing er mich stets mit einem Rest seiner alten, knabenhaft fröhlichen Art.

„Mein Gott, mein liebes kleines Mütterchen", sagte er, „wie kommen Sie hierher? Wer hätte gedacht, Sie hier zu sehen! Doch nichts vorgefallen? Ada geht es doch gut?"

„Sehr gut. Liebenswerter denn je, Richard!"

„Ach!" sagte er und lehnte sich in seinen Stuhl zurück. „Meine arme Kusine! Ich schrieb eben an Sie, Esther."

Wie angegriffen und hohläugig sah er aus, obgleich er doch in der schönsten Jugendblüte stand, als er sich im Stuhl zurücklehnte und den eng beschriebenen Bogen Papier in der Hand zerknitterte.

„Sie haben sich die Mühe gegeben, all das zu schreiben, und nun soll ich ihn nicht einmal lesen?" fragte ich.

„Ach, meine Liebe", entgegnete er mit einer Gebärde der Hoffnungslosigkeit. „Was darin steht, können Sie hier im ganzen Zimmer lesen. Es ist hier alles vorbei."

Ich bat ihn sanft, nicht so verzagt zu sein. Ich sagte ihm, ich habe durch Zufall gehört, daß er in Verlegenheit stecke, und sei gekommen, um mit ihm zu beraten, was am besten zu tun sei.

„Das sieht Ihnen ähnlich, Esther, aber es ist sinnlos, und darum sieht es Ihnen doch nicht ähnlich!" sagte er mit trübem Lächeln. „Ich habe mir für heute Urlaub geben lassen – wollte in einer Stunde abreisen – und zwar, gelinde gesagt, um aus der Armee auszuscheiden. Nun, geschehen ist geschehen. So folgt dieser Beruf den übrigen. Ich brauche mich nur noch der Kirche zu widmen, um die Runde durch alle Berufsarten gemacht zu haben."

„Richard", drang ich in ihn, „es ist doch nicht so hoffnungslos?"

„Esther, es ist so", gab er zurück. „Man ist so unzufrieden mit mir, daß jene, die über mich gesetzt sind, wie es im Katechismus heißt, mich weit lieber gehen als bleiben sehen. Und sie haben recht. Abgesehen von Schulden und Gläubigern und anderen Unannehmlichkeiten tauge ich nicht einmal zu diesem Beruf. Ich habe Eifer, Sinn, Herz und Seele nur für eine einzige Sache. Mein Gott, wenn diese Blase jetzt nicht geplatzt wäre", sagte er, indem er den Brief zerriß und die Stücke verdrossen einzeln wegwarf, „wie hätte ich England verlassen können? Ich wäre sicherlich in die Kolonien versetzt worden, aber wie hätte ich fortgehen können? Wie könnte ich bei meiner Kenntnis der Sache sogar Vholes trauen, wenn ich nicht immer hinter ihm stünde?"

Ich glaube, er sah an meinem Gesicht, was ich sagen wollte, denn er nahm meine Hand, die ich ihm auf den Arm gelegt hatte, und berührte mit ihr meine Lippen, um mich zu hindern, es auszusprechen.

„Nein, Frauchen! Zwei Gegenstände verbitte ich mir – muß ich mir verbitten. Der erste ist John Jarndyce. Den zweiten kennen Sie. Nennen Sie es meinetwegen Wahnsinn, aber ich sage Ihnen, ich kann jetzt nicht anders und kann nicht bei Verstande sein. Aber es ist kein Wahnsinn. Es ist der einzige Zweck, den ich im Leben habe. Es ist schade, daß ich mich je habe bewegen lassen, meine Bahn mit einer anderen zu vertauschen. Es wäre weise, sie jetzt, nach so viel Aufwand an Zeit, Sorge und Mühen, aufzugeben! O ja, sehr weise. Es wäre auch einigen Leuten sehr angenehm, aber ich werde es niemals tun."

Er war in einer Stimmung, in der ich es für das beste hielt, seine Entschlossenheit nicht durch Widerspruch zu versteifen, wenn sie sich überhaupt noch versteifen ließ. Ich zog Adas Brief heraus und legte ihn in seine Hand.

„Soll ich ihn jetzt lesen?" fragte er.

Da ich das bejahte, breitete er ihn auf dem Tisch aus, stützte den Kopf in die Hand und begann zu lesen. Er war noch nicht weit gekommen, als er den Kopf in beide Hände stützte, um mir sein Gesicht zu verbergen. Nach einer kleinen Weile stand er auf, als sei das Licht schlecht, und ging zum Fenster. Dort las er, mit dem Rücken zu mir, den Brief zu Ende und blieb, als er fertig war und ihn wieder zusammengelegt hatte, dort mit dem Blatt in der Hand ein paar Minuten stehen. Als er zum Stuhl zurückkehrte, sah ich Tränen in seinen Augen.

„Natürlich, Esther, wissen Sie, was sie schreibt?" Er sprach das mit weicher Stimme und küßte den Brief, als er mich fragte.

„Ja, Richard."

Er fuhr fort, indem er mit dem Fuß auf den Boden klopfte: „Sie bietet mir die kleine Erbschaft an, die ihr binnen kurzem ganz gewiß zufällt, gerade soviel oder sowenig, wie ich durchgebracht habe, und bittet und beschwört mich, sie anzunehmen, meine Angelegenheiten damit in Ordnung zu bringen und im Dienst zu bleiben."

„Ich weiß, daß Ihr Glück der heißeste Wunsch ihres Herzens ist", sagte ich. „Und ach, lieber Richard, Ada hat ein edles Herz!"

„Das weiß ich. Ich – ich wollte, ich wäre tot!"

Er ging wieder ans Fenster, legte seinen Arm quer darüber und ließ seinen Kopf daraufsinken. Es tat mir sehr leid, ihn so zu sehen; aber ich hoffte, er werde nachgiebiger, und verharrte daher in Schweigen. Meine Menschenkenntnis war sehr gering, ich war durchaus nicht darauf gefaßt, daß er sich aus dieser Bewegung in ein neues Gefühl des Gekränktseins hineinsteigern werde.

„Und das ist das Herz, das mir dieser selbe John Jarndyce, den wir sonst nicht nennen wollen, zu entfremden versucht hat" sagte er entrüstet. „Und das gute Mädchen macht mir dieses edle Angebot vom Haus ebendieses John Jarndyce aus und mit ebendieses John Jarndyce Genehmigung – ich wage zu behaupten: als ein neues Mittel, mich abzufinden."

„Richard!" rief ich aus und stand hastig auf, „ich mag solch schändliche Worte von Ihnen nicht hören!" Ich war zum erstenmal im Leben recht böse auf ihn, aber es dauerte nur einen Augenblick. Als ich sein abgespanntes, jugendliches Gesicht mir zugewandt sah, als täte es ihm leid, legte ich ihm die Hand auf die Schulter und sprach: „Bitte, lieber Richard, sprechen Sie nicht in solchem Ton zu mir. Bedenken Sie wohl!"

Er tadelte sich scharf und sagte mir in der hochherzigsten Art, daß er sehr unrecht gehandelt habe und mich tausendmal um Verzeihung bitte. Daraufhin lachte ich, zitterte aber auch ein wenig dabei, denn ich war nach meiner zornigen Aufwallung noch sehr erregt.

„Dieses Angebot anzunehmen, meine liebe Esther", sagte er, indem er sich neben mich setzte und unser früheres Gespräch wieder anknüpfte, „– noch einmal, bitte, bitte, verzeihen Sie mir; es tut mir aufrichtig leid –, das Angebot meiner lieben

Kusine anzunehmen, ist, das brauche ich nicht erst zu sagen, unmöglich. Außerdem könnte ich Ihnen Briefe und Papiere vorlegen, die Sie überzeugen würden, daß hier alles vorbei ist. Mit dem roten Rock ist es aus, glauben Sie mir. Aber es gewährt mir einige Genugtuung, mitten in meinen Sorgen und Verlegenheiten zu wissen, daß ich mit meinen eigenen Interessen zugleich die Adas fördere. Vholes hat die Schulter an das Rad gestemmt und muß es wohl oder übel für sie ebenso schieben wie für mich, Gott sei Dank!"

Seine hochfliegenden Hoffnungen regten sich in ihm und erhellten seine Züge, aber sie ließen mir sein Gesicht trauriger erscheinen als vorher.

„Nein, nein!" rief Richard frohlockend. „Und wenn jeder Pfennig von Adas Vermögen mir gehörte, so sollte doch kein Bruchteil darauf verwendet werden, mich in einem Beruf festzuhalten, für den ich nicht passe, dem ich nichts abgewinnen kann und dessen ich müde bin. Es sollte auf etwas verwendet werden, das bessere Zinsen verspricht und woran sie ein stärkeres Interesse hat. Machen Sie sich keine Sorgen um mich, ich werde jetzt nur noch eine Sache auf der Seele haben, und Vholes und ich werden sie betreiben. Ich werde nicht mittellos sein. Nach Verkauf meines Patents werde ich mich mit einigen kleinen Wucherern, die jetzt von nichts hören wollen als von ihrem Wechsel, verständigen können – so sagt Vholes. Ich muß irgendwie einen Überschuß haben, aber das wird ihn vergrößern. Kommen Sie! Sie sollen einen Brief an Ada mitnehmen, Esther, und Sie beide müssen mehr auf meine Zukunft bauen und nicht denken, daß ich schon ganz verloren bin, meine Liebe."

Ich will nicht wiederholen, was ich zu Richard sagte. Ich weiß, es war langweilig, und niemand soll auch nur einen Augenblick glauben, daß Weisheit darin lag. Aber es kam mir aus dem Herzen. Er hörte es geduldig und freundlich an; aber ich sah, daß es gegenwärtig aussichtslos war, ihm über die beiden Gegenstände, die er vom Gespräch ausgeschlossen hatte, Vorstellungen zu machen. Ich sah jetzt auch und hatte es in dieser Besprechung erfahren, was mein Vormund mit seiner Äußerung gemeint hatte, es sei sogar noch schädlicher, ihn überreden zu wollen, als ihm seinen Willen zu lassen.

Daher sah ich mich zuletzt veranlaßt, Richard zu fragen, ob er mir beweisen könne, daß alles hier vorbei sei, wie er gesagt hatte, und daß er sich das nicht bloß einbilde. Ohne Zaudern legte er mir einen Briefwechsel vor, der mir deutlich zeigte, daß sein Austritt aus der Armee schon in die Wege geleitet war. Ich entnahm seinen Äußerungen, daß Mr. Vholes Abschriften von diesen Papieren habe und von ihm in allem zu Rate gezogen worden sei. Außer daß ich das erfuhr und Adas Brief überbracht hatte und jetzt Richard nach London zurückbegleiten sollte, hatte ich mit meiner Reise hierher nichts ausgerichtet. Indem ich mir das traurigen Herzens eingestand, sagte ich, ich wolle in den Gasthof zurückkehren und ihn dort erwarten; so warf er denn einen Mantel um und brachte mich ans Kasernentor, und Charley und ich gingen den Strand entlang nach Hause.

An einer Stelle war ein Menschenauflauf. Die Leute umringten einige Seeoffiziere, die eben in einem Boot gelandet waren, und zeigten ungewöhnliche Teilnahme für sie. Ich sagte zu Charley, das sei wohl eines der Boote des großen Ostindienfahrers, und wir blieben stehen, um zuzusehen.

Die Herren kamen langsam den Strand herauf, sprachen heiter miteinander und mit den Leuten ringsum und schauten um sich, als wären sie froh, wieder in England zu sein. „Charley, Charley!" rief ich, „komm!" und eilte so rasch fort, daß meine kleine Zofe ganz erstaunt war.

Erst als wir wieder in unserem Zimmer waren und ich Zeit gehabt hatte, Atem zu holen, begann ich zu überlegen, warum ich mich so beeilt hatte. In einem der Herren mit den sonnverbrannten Gesichtern hatte ich Mr. Allan Woodcourt erkannt und hatte gefürchtet, er werde auch mich erkennen. Ich hatte nicht gewünscht, daß er mein verändertes Gesicht sehe. Ich hatte mich von der Überraschung überwältigen lassen und all meinen Mut vergessen.

Aber ich wußte, das ging nicht an, und sprach nun zu mir: Meine Liebe, es ist kein Grund vorhanden – es gibt keinen und kann keinen geben –, weshalb es für dich jetzt schlimmer sein sollte als früher. Was du vorigen Monat warst, bist du auch heute; du bist nicht schlimmer und nicht besser. Das ist nicht deine alte Entschlossenheit. Ruf sie zurück, Esther, ruf sie zurück! Ich zitterte sehr – vom Laufen – und konnte mich anfangs gar nicht beruhigen; aber es wurde mir besser, und ich freute mich sehr, als ich das bemerkte.

Die Gesellschaft, die gelandet war, kam in unseren Gasthof. Ich hörte sie auf der Treppe reden; ich wußte, daß es dieselben Herren waren, weil ich ihre Stimmen wiedererkannte – das heißt, ich erkannte Mr. Woodcourts Stimme. Es wäre für mich eine große Erleichterung gewesen, fortzugehen, ohne mich ihm zu erkennen zu geben; aber ich war entschlossen, es nicht zu tun. „Nein, meine Liebe; nein, nein, nein!"

Ich löste die Bänder meines Huts, schlug meinen Schleier halb zurück – ich meine, halb herunter, aber es kommt nicht viel darauf an –, schrieb auf meine Karte, daß ich zufällig mit Mr. Richard Carstone hier sei, und schickte sie zu Mr. Woodcourt. Er kam auf der Stelle. Ich sagte ihm, daß ich mich freute, durch Zufall unter den ersten zu sein, die ihn in der Heimat begrüßten. Und ich sah, daß ich ihm sehr leid tat.

„Sie haben Schiffbruch erlitten und sind in Lebensgefahr gewesen, seit Sie von uns geschieden sind, Mr. Woodcourt", sagte ich, „aber wir können das kaum ein Mißgeschick nennen, was Sie befähigt hat, so nützlich und so tapfer zu sein. Wir haben es mit der aufrichtigsten Teilnahme gelesen. Ich erfuhr es zuerst durch Ihre alte Patientin, die arme Miss Flite, als ich von meiner schweren Krankheit genas."

„Ach, die kleine Miss Flite!" sagte er. „Sie führt noch immer dasselbe Leben?"

„Ganz dasselbe."

Ich war jetzt so gefaßt, daß ich mir gar nichts mehr aus dem Schleier machte und imstande war, ihn ganz zurückzuschlagen.

„Ihre Dankbarkeit gegen Sie, Mr. Woodcourt, ist rührend. Sie hat ein sehr gutes Herz, wie ich allen Grund habe, zu sagen."

„Sie – Sie haben sie so kennengelernt?" entgegnete er. „Das – das freut mich sehr." Ich tat ihm so sehr leid, daß er kaum sprechen konnte.

„Ich versichere Ihnen", sagte ich, „daß mir ihre Teilnahme und ihre Freude in jener erwähnten Zeit sehr nahe gegangen ist."

„Es hat mich sehr geschmerzt, zu hören, daß Sie sehr krank gewesen sind."

„Ich war sehr krank."

„Aber Sie haben sich wieder ganz erholt?"

„Meine Gesundheit und meinen heiteren Mut habe ich ganz wieder", sagte ich. „Sie wissen, wie gut mein Vormund ist und welch glückliches Leben wir führen; und ich besitze alles, wofür ich dankbar sein kann, und habe auf der Welt nichts weiter zu wünschen."

Mir war, als fühlte er größeres Mitleid mit mir, als ich selbst je gehabt hatte. Die Feststellung, daß es an mir war, ihn zu beruhigen, flößte mir neue Kraft und Ruhe ein. Ich unterhielt mich mit ihm über seine Reise hin und zurück und über seine

Zukunftspläne und seine wahrscheinliche Rückkehr nach Ostindien. Er sagte, diese sei noch sehr zweifelhaft; er habe sich dort vom Glück nicht mehr begünstigt gefunden als in der Heimat. Er sei als armer Schiffsarzt hingereist und sei als nichts Besseres zurückgekehrt. Während wir noch sprachen und ich mich noch des Glaubens freute, die Erschütterung gelindert zu haben – wenn ich einen solchen Ausdruck gebrauchen darf –, die er bei meinem Anblick erlebt hatte, kam Richard. Er hatte unten gehört, wer bei mir sei, und sie begrüßten sich mit herzlicher Freude.

Ich sah, als ihre erste Begrüßung vorüber war und sie von Richards Aussichten sprachen, daß Mr. Woodcourt eine Ahnung davon bekam, daß nicht alles gut mit ihm ging. Er sah ihm öfters ins Gesicht, als ob dort etwas sei, das ihm Kummer mache, und mehr als einmal warf er mir einen Blick zu, als suche er zu erforschen, ob ich die Wahrheit wisse. Aber Richard war in einer seiner zuversichtlichen Anwandlungen und freute sich sehr, Mr. Woodcourt wiederzusehen, den er immer gern gehabt hatte.

Richard schlug vor, wir sollten alle zusammen nach London reisen; aber da Mr. Woodcourt noch einige Zeit auf seinem Schiff bleiben mußte, konnte er uns nicht begleiten. Er aß jedoch mit uns früh zu Mittag und ward dem Bild, das er ehedem dargeboten hatte, so viel ähnlicher, daß ich mich noch mehr beruhigte in dem Gedanken, imstande gewesen zu sein, seinen Schmerz zu lindern. Richard jedoch ging ihm nicht aus dem Sinn. Als die Postkutsche fast bereitstand und Richard hinuntereilte, um nach seinem Gepäck zu sehen, sprach er mit mir über ihn.

Ich wußte nicht, ob ich ein Recht hatte, seine ganze Geschichte aufzudecken, aber ich deutete in wenigen Worten auf die Entfremdung zwischen ihm und Mr. Jarndyce und auf seine Verstrickung in den unseligen Kanzleigerichtsprozeß hin. Mr. Woodcourt hörte aufmerksam zu und sprach sein Bedauern aus.

„Ich sah, daß Sie ihn ziemlich genau beobachteten", sagte ich. „Halten Sie ihn für so verändert?"

„Er hat sich verändert", antwortete er mit Kopfschütteln.

Ich fühlte zum erstenmal, wie mir das Blut ins Gesicht stieg, aber es war nur eine flüchtige Regung; ich wandte mein Gesicht ab, und es war vorüber.

„Nicht etwa, daß er viel jünger oder älter, hagerer oder dicker, bleicher oder röter aussieht", sagte Mr. Woodcourt,

„sondern sein Gesicht hat einen so eigentümlichen Ausdruck. Bei einem jungen Menschen ist mir nie ein so merkwürdiges Aussehen vorgekommen. Man kann nicht sagen, daß es einfach Sorge oder Abspannung sei, und doch ist es beides und einer aufkeimenden Verzweiflung sehr ähnlich."

„Sie glauben nicht, daß er krank ist?"

„Nein. Sein Körper scheint kräftig."

„Daß er innerlich nicht Frieden finden kann, das anzunehmen haben wir nur zu viel Grund", fuhr ich fort. „Mr. Woodcourt, Sie gehen nach London?"

„Morgen oder übermorgen."

„Nichts mangelt Richard so sehr wie ein Freund. Er hat Sie immer gern gehabt. Bitte, besuchen Sie ihn, wenn Sie nach London kommen. Bitte, leisten Sie ihm manchmal Gesellschaft, wenn Sie Zeit haben. Sie wissen nicht, wie nützlich das sein könnte. Sie können sich nicht denken, wie Ada und Mr. Jarndyce und ich – wie dankbar wir Ihnen wären, Mr. Woodcourt."

„Miss Summerson", antwortete er bewegter als je bisher, „beim Himmel, ich will ihm ein wahrer Freund sein; ich will ihn als ein mir anvertrautes Pfand betrachten, das mir heilig sein soll!"

„Gott segne Sie", sagte ich, während sich meine Augen mit Tränen füllten; aber ich glaubte, das dürften sie, wenn es nicht meinetwegen geschehe. „Ada liebt ihn – wir alle lieben ihn – aber Ada liebt ihn, wie wir ihn nicht lieben können. Ich will ihr mitteilen, was Sie sagten. Ich danke Ihnen, und Gott segne Sie in ihrem Namen."

Richard kehrte zurück, als wir diese hastigen Worte gerade ausgetauscht hatten, und reichte mir seinen Arm, um mich zur Postkutsche zu bringen.

„Woodcourt", fragte er, ohne zu ahnen, wie gut es paßte, „wir sehen uns doch in London?"

„Sehen?" entgegnete der andere. „Ich habe jetzt dort kaum einen Bekannten als Sie. Wo finde ich Sie?"

„Ich muß mir natürlich eine Wohnung verschaffen", sagte Richard überlegend. „Sagen wir vorderhand bei Vholes, Symond's Inn."

„Gut! Ohne Aufschub."

Sie schüttelten sich herzlich die Hände. Als ich in der Kutsche saß und Richard noch auf der Straße stand, legte Mr. Woodcourt seine Hand freundschaftlich auf Richards Schulter und sah mich an. Ich verstand ihn und winkte ihm Dank zu.

Und in seinem letzten Blick, als wir abfuhren, sah ich, daß es
ihm um mich sehr leid tat. Ich freute mich darüber. Ich fühlte
für mein ehemaliges Ich, wie die Toten fühlen mögen, wenn sie
je diese Erde wieder besuchen. Es freute mich, daß ich so zart
im Gedächtnis behalten, so sanft bemitleidet wurde, daß ich
nicht ganz vergessen war.

46. KAPITEL

Haltet ihn!

Finsternis liegt auf Tom-all-alone's. Weiter und weiter hat
sich die Dunkelheit ausgebreitet, seit am vergangenen Abend die
Sonne unterging, und allmählich ist sie so angeschwollen, daß
sie jetzt jeden Fleck im Ort ausfüllt. Eine Zeitlang noch brannten
einige eingekerkerte Lichter, wie die Lebenslampe in Tom-all-
alone's brennt, schwer, schwer in der stickigen Luft, und wie
diese Lampe in Tom-all-alone's schienen sie auf manches Scheuß-
liche nieder. Aber sie sind erloschen. Der Mond hat Tom-all-
alone's so trüb und kalt angestarrt, als wollte er ein jämmer-
liches Abbild seiner selbst in dieser wüsten Gegend zurücklassen, in der nichts leben kann und die wie von vulkanischem
Feuer verzehrt ist; aber er ist weitergewandert und ist fort. Der
schwärzeste Alb aus höllischen Regionen schwebt über Tom-all-
alone's, und der Ort liegt in festem Schlaf.

Ein gewaltiges Gerede ist im Parlament wie auch außerhalb
über Tom-all-alone's gewesen, und es hat viel zornigen Streit
gegeben, wie ihm geholfen werden könne. Ob ihm Polizisten
und Büttel oder Glockengeläute oder die Kraft des guten Beispiels oder richtige ästhetische Grundsätze, ob die Hochkirche
oder die Niederkirche oder überhaupt keine Kirche es auf den
rechten Weg bringen könne; ob man es ganze Bündel polemische
Strohhalme mit dem stumpfen Messer seines Geistes spalten
oder lieber Steine klopfen lassen solle. Bei all diesem vielen
Staub und Lärm ist nur das eine vollkommen klar, daß
Tom allein nach jemandes Theorie, aber nach niemandes Praxis
gebessert werden kann, soll und wird. Und in der hoffnungsvollen Zwischenzeit geht Tom in seiner alten entschlossenen
Weise kopfvoran zum Teufel.

Aber es hat seine Rache. Selbst die Winde sind seine Boten, und sie dienen ihm in diesen Stunden der Finsternis. Es gibt keinen Tropfen von Toms verderbtem Blut, der nicht irgendwohin Ansteckung und Krankheit verbreitete. Noch heute nacht wird es das erlauchte Blut – in dem ein Chemiker bei der Analyse den wirklich echten Adel entdeckte – eines normannischen Adelsgeschlechtes vergiften, und Sr. Erlaucht soll es nie gestattet sein, zu dieser schändlichen Verbindung nein zu sagen. Kein Stäubchen von Toms Schmutz, kein Kubikzoll jener verpesteten Luft, die es atmet, keine Unflätigkeit und Gemeinheit, die es umgeben, keine Unwissenheit, Bosheit oder Roheit seines Tuns gehen verloren, ohne an jeder Klasse der Gesellschaft bis zu den Stolzesten der Stolzen und den Höchsten der Hohen hinauf Wiedervergeltung zu üben. Wahrhaftig, wenn man Ansteckung, Raub und Verderben zusammenrechnet, so hat Tom seine Rache.

Man streitet sich darüber, ob Tom-all-alone's bei Tage garstiger aussieht als bei Nacht; aber mit dem Beweis, daß es, je mehr man von ihm sieht, desto häßlicher wird und daß die Phantasie nicht das kleinste Stück davon so schlecht machen kann, wie es in Wirklichkeit ist, trägt der Tag den Sieg davon. Der Tag steigt jetzt eben herauf; sicherlich wäre es besser für den nationalen Ruhm, wenn die Sonne manchmal in britischen Reichen für immer unterginge, als daß sie über einem so häßlichen Weltwunder wie Tom-all-alone's aufgeht.

Ein brauner, sonnverbrannter Herr, der lieber herumzuwandern scheint, als daß er, außerstande zu schlafen, die Stunden auf seinem ruhelosen Lager zählte, streift in dieser stillen Zeit bis hierher. Von Neugier gelockt, bleibt er oft stehen und blickt die elenden Seitengassen hinauf und hinunter. Er ist aber nicht nur neugierig, denn in seinem lebhaften dunklen Auge glänzt es wie mitleidiges Interesse; und wie er hierhin und dorthin blickt, scheint er solches Elend zu verstehen und es früher studiert zu haben.

Am Rand des unbewegten Schlammkanals, der die Hauptstraße von Tom-all-alone's bildet, ist nichts zu sehen als die hinfälligen Häuser, die verschlossen und stumm dastehen. Kein waches Geschöpf außer ihm selbst läßt sich blicken; lediglich in einer einzigen Richtung sieht er die einsame Gestalt einer Frau auf einer Türstufe sitzen. Er lenkt seine Schritte zu ihr. Beim Näherkommen bemerkt er, daß sie einen langen Weg hinter sich haben muß; denn sie hat wunde Füße und ist voll Staub.

Sie sitzt auf der Treppe, als ob sie jemanden erwartete, den Ellbogen auf das Knie gestützt und den Kopf in die Hand geschmiegt. Neben ihr liegt ein leinener Sack oder ein Bündel, das sie getragen hat. Sie sitzt wahrscheinlich im Halbschlummer da, denn sie achtet nicht auf seine Schritte, als er näher kommt.

Der unebene Fußweg ist so schmal, daß Allan Woodcourt, als er die Frau erreicht, auf die Fahrbahn treten muß, um an ihr vorbeizukommen. Als er ihr ins Gesicht schaut, gibt sie seinen Blick zurück, und er bleibt stehen.

„Was gibt's?"

„Nichts, Sir."

„Wollen sie Euch nicht hören? Ihr wollt sicher hinein?"

„Ich warte hier nur, bis sie ein anderes Haus aufschließen – ein Logierhaus", gibt die Frau geduldig zur Antwort. „Ich warte auf die Sonne, die gleich kommen wird, um mich zu wärmen."

„Ich fürchte, Ihr seid müde. Es tut mir leid, wenn ich Euch so auf der Straße sitzen sehe."

„Ich danke Ihnen, Sir. Es hat nichts zu bedeuten."

Er ist es gewohnt, mit den Armen zu sprechen und dabei ein gönnerhaftes und herablassendes oder gar ein kindisches Wesen zu vermeiden – was am beliebtesten ist, da es viele Menschen für sehr klug halten, zu den Armen im Ton kleiner Lesefibeln zu sprechen –, und hat dadurch rasch das Vertrauen der Frau gewonnen.

„Laßt mich Eure Stirn besehen", sagt er und beugt sich über sie. „Ich bin Arzt, fürchtet Euch nicht. Ich möchte Euch um nichts in der Welt weh tun."

Er weiß, daß er ihren Schmerz lindern kann, wenn er sie mit seiner geschickten und geübten Hand berührt. Sie wehrt sich ein wenig und sagt: „Es ist nichts." Aber kaum hat er seinen Finger auf die wunde Stelle gelegt, als sie sie auch schon gegen das Licht wendet.

„Oh, eine böse Wunde, die Haut ist ganz aufgeschürft; es muß sehr weh tun."

„Ein bißchen tut es weh, Sir", entgegnet die Frau, während eine Träne über ihre Wange rollt.

„Laßt mich versuchen, Euch den Schmerz zu erleichtern. Mein Taschentuch wird Euch nicht weh tun."

„Oh, das glaube ich, Sir!"

Er reinigt die wunde Stelle und trocknet sie, und nachdem er sie sorgfältig untersucht und mit seiner Hand sanft gedrückt hat, nimmt er ein Etui aus der Tasche und verbindet ihre Stirn.

Während er damit beschäftigt ist, lacht er selbst über seinen Versuch, auf der Straße einen Operationssaal einzurichten. Dann fragt er: „Euer Mann ist Ziegeleiarbeiter?"

„Woher wissen Sie das, Sir?" fragt die Frau verwundert.

„Nun, ich schließe das aus der Farbe, die die Flecke auf Eurem Packen und an Eurem Kleid zeigen. Und ich weiß, daß Ziegeleiarbeiter, die im Stücklohn arbeiten, von Ort zu Ort ziehen. Es tut mir leid, sagen zu müssen, daß sie oft ihre Frauen mißhandeln."

Die Frau blickt hastig hoch, als wollte sie leugnen, daß ihre Verletzung einen solchen Ursprung habe. Aber da sie seine Hand auf ihrer Stirn fühlt und sein geschäftiges, ruhiges Gesicht sieht, läßt sie den Blick still wieder sinken.

„Wo ist er jetzt?" fragt der Arzt.

„Er kam gestern nacht in Ungelegenheiten, Sir; aber er will mich im Gasthaus aufsuchen."

„Er wird in noch schlimmere Ungelegenheiten kommen, wenn er seine schwere Hand oft so mißbraucht wie hier. Aber Ihr verzeiht ihm, so brutal er ist, und ich rede nicht weiter von ihm und wünsche nur, daß er Eure Verzeihung verdiente. Ihr habt kein Kind?"

Die Frau schüttelt den Kopf. „Ich habe eins, das ich mein Kind nenne, Sir, aber es gehört Lizzy."

„Eures ist tot. Ich verstehe. Das arme Kleine!"

Inzwischen ist er fertig geworden und packt sein Etui wieder zusammen. „Ich vermute, Ihr habt ein festes Zuhause; ist es weit von hier?" fragt er und stellt, als sie aufsteht und ihm danken will, gutmütig als eine Kleinigkeit hin, was er getan hat.

„Es sind dreiundzwanzig Meilen von hier, Sir. Saint Albans. Sie kennen Saint Albans, Sir? Mir kam es vor, als stutzten Sie?"

„Ja, ich kenne es oberflächlich. Und jetzt will ich Euch auch eine Gegenfrage stellen: Habt Ihr Geld, um ein Obdach zu bezahlen?"

„Ja, Sir", erwidert sie, „wirklich und wahrhaftig." Und sie zeigt es ihm. Er sagt, um ihr auf ihr vielfaches halblautes Danken zu antworten, daß es schon gut sei, wünscht ihr einen guten Tag und geht. Tom-all-alone's schläft immer noch, und nichts regt sich.

Doch, etwas regt sich! Als er wieder zu der Stelle zurückgeht, von wo aus er in der Ferne die Frau hat auf der Treppe sitzen sehen, erblickt er eine zerlumpte Gestalt, die sich sehr vorsichtig dicht an den feuchten Wänden entlangschleicht – an den Wänden, vor denen sich die elendste Gestalt hüten möchte! – und die verstohlen eine Hand vor sich ausstreckt. Der Gestalt nach ist es ein junger Mann, dessen Gesicht eingefallen ist und dessen Augen krankhaft glänzen. Er ist so sehr darauf bedacht, ungesehen weiterzukommen, daß sogar die Erscheinung eines Fremden in unzerrissenen Kleidern ihn nicht in Versuchung bringt, sich umzusehen. Als er auf der anderen Straßenseite vorbeigeht, schützt er das Gesicht mit seinem zerlumpten Ellbogen vor dem Licht und hastet geduckt, fast kriechend weiter. Noch immer hält er die Hand besorgt vor sich ausgestreckt, und seine formlosen Kleider hängen in Lumpen an ihm herunter. Es wäre unmöglich zu sagen, zu welchem Zweck und aus welchem Stoff diese Kleider gemacht sind. Sie sehen ihrer Farbe und Beschaffenheit nach aus wie ein Bündel stinkiger Sumpfblätter, die längst verfault sind.

Allan Woodcourt bleibt stehen und blickt ihm nach; und während er all diese Einzelheiten bemerkt, hat er das dunkle Gefühl, daß er den Knaben schon einmal gesehen habe. Er kann sich nicht besinnen, wie oder wo das der Fall gewesen sein sollte; aber diese Gestalt ruft in ihm eine bestimmte Vorstellung wach. Er denkt zuletzt, er habe ihn wohl in einem Hospital oder einem Asyl gesehen, kann aber doch nicht herausfinden, warum er sich so besonders seiner Erinnerung aufdrängt.

Er läßt allmählich mit dem jungen Morgen Tom-all-alone's hinter sich und denkt noch hierüber nach, als er hastige Schritte hinter sich hört. Als er sich umsieht, kommt der Knabe in großer Eile auf ihn zugerannt, verfolgt von der Frau.

„Haltet ihn! haltet ihn!" ruft die Frau atemlos. „Haltet ihn!"

Er springt auf die Fahrbahn, um den Knaben den Weg abzuschneiden, aber der ist rascher als er, schlägt einen Bogen, duckt sich unter seinen Händen, richtet sich ein halb Dutzend Schritte weiter wieder auf und stürmt davon.

Immer noch verfolgt ihn die Frau mit dem Ruf: „Haltet ihn! bitte, haltet ihn!" Allan, in der Meinung, daß er vielleicht ihr Geld gestohlen habe, jagt hinter ihm her und läuft so rasch, daß er den Knaben wohl ein dutzendmal überholt; aber jedesmal schlägt dieser wieder einen Bogen, duckt sich und ist entwischt. Wenn der Verfolger ihm bei einer solchen Gelegenheit einen Schlag versetzen wollte, so könnte er ihn zu Boden werfen und außer Gefecht setzen; aber dazu kann er sich nicht entschließen, und die grotesk lächerliche Jagd dauert fort. Endlich verläuft sich der hartbedrängte Flüchtling in eine schmale Gasse und in einen Hof ohne zweiten Ausgang. Hier, an einem Zaun aus morschen Planken, muß er einhalten und hockt sich auf die Erde, seinen Verfolger ankeuchend, der vor ihm steht und ihn ebenfalls ankeucht, bis die Frau herankommt.

»O du, Jo«, ruft sie. »Wie? Habe ich dich endlich gefunden?«

»Jo«, wiederholt Allan und betrachtet ihn aufmerksam. »Jo! Warte! Richtig, ich besinne mich, ich habe diesen Knaben vor längerer Zeit vor dem Leichenbeschauer gesehen.«

»Ja, ich habe Sie schon einmal bei der Totenschau gesehen«, greint Jo. »Was ist dabei? Können Sie nicht einen so armen Jungen wie mich ungeschoren lassen? Bin ich nicht auch ohnedies schon unglücklich genug? Wie unglücklich soll ich denn noch werden? Ich bin geschurigelt und gepiesackt worden, erst von dem einen, dann von dem anderen, bis ich nur noch Haut und Knochen war. An der Totenschau war ich nicht schuld. Ich habe nichts dazu getan. Er war sehr gut gegen mich, immer; er war der einzige von den Leuten, die ich kannte und die bei mir über die Straße gingen, mit dem ich sprechen konnte. Es ist nicht sehr wahrscheinlich, daß ich wünschte, er käme ins Leichenhaus. Ich wollte, ich wäre selbst erst so weit. Ich weiß nicht, warum ich nicht hingehe und ein Loch ins Wasser mache, wahrhaftig nicht.«

Er sagt das mit einer so erbärmlichen Miene, und seine schmutzigen Tränen scheinen so echt zu sein, und wie er in der Ecke an der Planke liegt, sieht er einem Schwamm oder einem anderen krankhaften Gewächs, das aus Vernachlässigung und Unreinlichkeit entstanden ist, so ähnlich, daß Allan Woodcourt milder gegen ihn gestimmt wird. Er fragt die Frau: »Was hat denn der arme Bursche getan?«

Darauf antwortet sie nur, indem sie gegen den Gefallenen mehr in Verwunderung als im Zorn den Kopf schüttelt: »O du, Jo! du, Jo! Endlich habe ich dich gefunden!«

»Was hat er denn getan?« wiederholt Allan. »Hat er Euch bestohlen?«

»Nein, Sir, nein. Mich bestohlen? Er ist immer gut zu mir gewesen, und das ist eben das Wunder.«

Allan sieht erst Jo und dann die Frau an und wartet, daß einer von beiden das Rätsel lösen werde.

»Aber er war lange bei mir, Sir, dort unten in Saint Albans. Er war krank, Sir, und eine junge Dame – Gott segne ihr gutes Herz! – hatte Erbarmen mit ihm, als ich es nicht durfte, und nahm ihn mit nach Hause –«

Allan tritt mit plötzlichem Grauen vor ihm zurück.

„Ja, Sir, ja. Nahm ihn mit nach Hause und pflegte ihn, und wie ein undankbarer Bösewicht lief er während der Nacht fort und hat nirgends etwas von sich sehen oder hören lassen, bis ich ihn jetzt eben finde. Und die junge Dame, die so hübsch war, steckte sich bei ihm an und verlor ihr hübsches Gesicht, und man würde sie gar nicht mehr wiedererkennen, wenn nicht ihr gutes Herz, ihre hübsche Gestalt und ihre liebe Stimme wären. Weißt du es, du undankbares Geschöpf, weißt du, daß alles deinetwegen und wegen ihres Erbarmens, das sie mit dir gehabt hat, so gekommen ist?" fragt die Frau, die bei der Erinnerung in Zorn gerät und in leidenschaftliche Tränen ausbricht.

Der Knabe, aufs tiefste bestürzt von dem, was er hört, fängt an, seine unsaubere Stirn mit seiner schmutzigen Hand zu beschmieren und die Erde anzustarren, und er zittert von Kopf bis Fuß, bis die baufällige Planke, an die er sich lehnt, klappert.

Allan hält die Frau bloß mit einer ruhigen, aber wirksamen Gebärde zurück.

„Richard hat mir das schon erzählt", sagt er stockend; „ich meine, ich habe davon gehört. Laßt mich einen Augenblick ungestört, ich werde gleich weitersehen."

Er wendet sich ab und blickt eine Weile hinaus auf den bedeckten Gang. Als er sich wieder umdreht, hat er seine Fassung zurückerlangt; nur hat er noch eine Scheu vor dem Knaben zu überwinden, die so merkwürdig ist, daß sie der Frau auffällt.

„Du hörst, was sie sagt. Aber steh auf, steh auf!"

Zitternd und zähneklappernd erhebt sich Jo langsam und steht, wie es Menschen seines Schlags zu tun pflegen, wenn sie in einer Klemme sind, seitwärts gegen die Planke gekehrt, an die er sich mit der einen Schulter lehnt, während er heimlich mit der rechten Hand die linke und mit dem rechten Fuß den linken reibt.

„Du hörst, was sie sagt, und ich weiß, daß es wahr ist. Bist du seitdem hier gewesen?"

„Ich will des Todes sein, wenn ich vor heute morgen Tom-all-alone's gesehen habe", entgegnet Jo mit heiserer Stimme.

„Weshalb bist du jetzt hierhergekommen?"

Jo schaut sich in dem engen Hof um, sieht dann den Fragenden an, jedoch nicht höher als bis zu den Knien, und antwortet dann: „Ich verstehe nichts nicht zu machen und kann nichts nicht zu tun kriegen. Ich bin sehr arm und krank, und ich dachte, ich wollte mich hierher zurückschleichen, wenn niemand auf den Beinen sei, und mich irgendwo verstecken, bis es dunkel würde. Und dann wollte ich zu Mr. Snagsby gehen und mir etwas von ihm erbetteln. Er hat mir immer gern etwas gegeben, obgleich Mrs. Snagsby mich immer geschurigelt hat – wie alle Leute überall.«

»Wo kommst du her?«

Jo sieht sich wieder im Hof um, blickt wieder das Knie des Fragenden an und legt zuletzt in einer Art Resignation sein Gesicht gegen die Planke.

»Hast du meine Frage gehört? Wo kommst du jetzt her?«

»Bin herumgestreunt«, antwortet Jo.

»Nun sage mir«, fährt Allan fort – er zwingt sich, seine Scheu zu überwinden, tritt ganz nahe an ihn heran und bückt sich in vertraulicher Weise über ihn –, »sage mir jetzt, wie es gekommen ist, daß du aus jenem Hause geflohen bist, als die gute junge Dame so unglücklich gewesen war, mit dir Mitleid zu haben und dich mit nach Hause zu nehmen.«

Jo erwacht plötzlich aus seiner Resignation und erklärt in großer Aufregung der Frau, daß er das von der jungen Dame nie gewußt und nie gehört habe, daß er ihr nie ein Leid habe antun wollen, daß er sich lieber selbst ein Leid zufügen, daß er sich lieber den Kopf abhacken lassen möchte, als ihr zu schaden, und daß sie sehr gut zu ihm gewesen sei, sehr gut. Er benimmt sich dabei in seiner unbeholfenen Weise, als ob es ihm wirklich ernst wäre, und schließt mit einem kläglichen Schluchzen.

Allan Woodcourt sieht, daß das keine Heuchelei ist. Er zwingt sich, ihn anzurühren. »Komm, Jo, sag es mir.«

»Nein, ich darf nicht«, sagt Jo und lehnt sich wieder seitlich gegen die Planke. »Ich darf nicht, sonst sagte ich es.«

»Aber ich muß es doch wissen«, entgegnet Allan. »Komm, Jo.« Nach wiederholtem Drängen hebt Jo abermals den Kopf, schaut sich erneut im Hof um und sagt halblaut: »Na, ich will Euch etwas sagen. Man hat mich fortgebracht. Das ist's.«

»Fortgebracht? Nachts?«

»Ja!« Sehr besorgt, belauscht zu werden, schaut Jo sich um und blickt sogar etwa zehn Fuß nach dem Rand der Umzäunung hinauf und durch die Spalten zwischen den Brettern, ob nicht etwa der Gegenstand seines Argwohns herübersehe oder hinter dem Zaun versteckt sei.

»Wer hat dich fortgebracht?«

»Ich darf ihn nicht nennen«, sagt Jo. »Ich darf nicht, Sir.«

„Aber ich muß es wissen, im Namen der jungen Dame. Du kannst mir vertrauen. Niemand soll es hören."

„Ach, aber ich weiß nicht, ob nicht er's doch hört", entgegnet Jo und schüttelt voll banger Besorgnis den Kopf.

„Er ist ja nicht hier."

„Oh, wirklich nicht?" fragt Jo. „Er ist überall zur gleichen Zeit."

Allan sieht ihn betroffen an, merkt aber, daß dieser verwirrten Antwort etwas Wahres und Aufrichtiges zugrunde liegt. Er wartet geduldig auf eine deutlichere Auskunft, und Jo, auf den seine Geduld einen stärkeren Zwang ausübt als alles andere, flüstert ihm in seiner Verzweiflung zuletzt einen Namen ins Ohr.

„Ha!" ruft Allan. „Was hast du denn gemacht?"

„Nichts, Sir. Ich habe nie nichts Unrechtes getan, außer nicht Fortgehen und der Totenschau. Aber ich gehe jetzt fort. Ich gehe jetzt fort nach dem Gottesacker, das ist jetzt mein Weg."

„Nein, nein, wir wollen versuchen, das zu verhindern. Aber was hat er mit dir gemacht?"

„Er hat mich in ein Spital gebracht, bis ich wieder gesund war", erzählt Jo flüsternd; „dann hat er mir Geld gegeben – vier halbe Kronen – und gesagt: ,Nimm! hier bist nichts nütze', sagte er. ,Nimm! Mach, daß du fortkommst', sagte er. ,Daß ich dich nicht wieder im Umkreis von vierzig Meilen um London sehe, oder du sollst es bereuen.' Und bereuen werde ich's, wenn er mich sieht, und er wird mich sehen, solange ich über der Erde bin", schließt Jo, und unruhig blickt er wie früher angstvoll suchend um sich.

Allan denkt ein wenig nach; dann bemerkt er, zu der Frau gewandt, indem er aber immer noch Jo ermutigend ansieht: „Er ist nicht so undankbar, wie Ihr glaubtet. Er hatte einen Grund fortzugehen, obgleich keinen genügenden."

„Danke, Sir, danke!" ruft Jo. „Da seht Ihr, wie hart Ihr gegen mich gewesen seid. Aber richtet nur der jungen Dame aus, was der Herr sagt, und es ist alles in Ordnung. Denn Ihr wart sehr gut zu mir, und ich weiß es."

„Jetzt komm mit mir, Jo", sagt Allan, der ihn beständig im Auge behält; „ich will einen besseren Platz für dich finden, wo du dich ausruhen und dich verstecken kannst. Wenn ich auf der einen Straßenseite gehe und du auf der anderen, damit wir keine Aufmerksamkeit erregen, so wirst du nicht fortlaufen, das weiß ich recht gut, wenn du es mir versprichst."

„Nein, nicht, wenn ich *ihn* nicht kommen sehe, Sir."

„Gut! Ich verlasse mich auf dein Wort. Die halbe Stadt ist jetzt dabei, aufzustehen, und in der nächsten Stunde wird die ganze Stadt auf den Beinen sein. Noch einmal guten Tag, liebe Frau."

„Noch einmal guten Tag, Sir, und ich danke Ihnen vielmals von ganzem Herzen."

Sie ist in tiefer Aufmerksamkeit auf ihrem Bündel sitzen geblieben, steht jetzt auf und nimmt es unter den Arm. Jo wiederholt noch einmal: „Sagt nur der jungen Dame, daß ich ihr nie ein Leid habe antun wollen, und richtet aus, was der Herr gesagt hat." Er nickt und schlenkert und zittert und schmiert und blinzelt, und halb lachend, halb weinend ruft er ihr ein Lebewohl zu, dann setzt er kriechend seinen Weg hinter Allan Woodcourt fort, dicht an den Häusern auf der anderen Seite der Straße entlang. So treten sie beide aus Tom-all-alone's hinaus in die hellen Strahlen des Sonnenscheins und in reinere Luft.

47. KAPITEL

Jos Testament

Während Allan Woodcourt und Jo durch die Straßen gehen, wo die hohen Kirchtürme und die Fernen im Morgenlicht so nahe und so frisch aussehen, als ob auch die Stadt sich durch den Schlaf erquickt hätte, überlegt Allan, wie und wo er seinen Begleiter unterbringen solle. Es ist doch seltsam, sagt er sich, daß im Herzen einer zivilisierten Welt dieses Geschöpf von menschlicher Gestalt schwerer unterzubringen ist als ein herrenloser Hund. Aber trotz aller Seltsamkeit bleibt es eine Tatsache, und die Schwierigkeit verschwindet dadurch nicht.

Anfangs blickt er oft zurück, um zu sehen, ob Jo ihm wirklich noch folge. Aber stets sieht er ihn, dicht an die gegenüberstehenden Häuser gepreßt, wie er seinen Weg behutsam mit der Hand von einem Ziegel zum anderen und von einer Tür zur andern tastet und dabei oft achtsam zu ihm herüberschaut. Bald überzeugt, daß Jo am allerwenigsten daran denkt, davonzulaufen, geht Allan weiter und überlegt mit weniger geteilter Aufmerksamkeit, was er machen soll.

Ein Frühstücksstand an einer Straßenecke erinnert ihn an das, was zuerst zu tun ist. Er bleibt dort stehen, blickt zurück und winkt Jo. Jo überquert hinkend und schlotternd die Straße und reibt die Knöchel seiner rechten Hand in der hohlen Linken – als ob er Schmutz mit einem natürlichen Stößel in einem natürlichen Mörser knetete. Was für Jo ein leckeres Mahl ist, wird ihm nun vorgesetzt, und er fängt an, Kaffee hinunterzustürzen und Brot und Butter zu kauen; aber während er ißt und trinkt, sieht er sich wie ein scheues Tier ängstlich nach allen Richtungen um.

Er ist jedoch so krank und elend, daß selbst der Hunger ihn verlassen hat. „Ich dachte, ich verhungere fast, Sir", sagt Jo und legt das Essen wieder hin, „aber ich weiß nichts nicht – nicht einmal das. Es ist mir ganz einerlei, ob ich etwas esse oder trinke." Und Jo steht fieberzitternd da und starrt das Frühstück verwundert an.

Allan Woodcourt fühlt ihm den Puls und betastet seine Brust. „Hole Atem, Jo!" – „Er geht so schwer wie ein Lastwagen", sagt Jo. Er könnte hinzufügen: und rasselt auch so; aber er murmelt nur vor sich hin: „Ich marschiere, Sir."

Allan sieht sich nach einer Apotheke um. Es ist keine in der Nähe, aber eine Schenke ist ebenso gut oder noch besser. Er holt ein wenig Wein und gibt dem Knaben einen Teil davon mit großer Vorsicht ein. Fast im selben Augenblick, da ein Tropfen davon über seine Lippen geronnen ist, fängt er an, wieder aufzuleben. „Wir können diese Dosis wiederholen, Jo", bemerkt Allan, nachdem er ihn aufmerksam beobachtet hat. „So! Und nun wollen wir fünf Minuten ausruhen und dann weitergehen."

Allan Woodcourt läßt den Knaben sich auf die Bank des Frühstücksstandes setzen, den Rücken gegen ein eisernes Gitter gelehnt, und schreitet in der Morgensonne auf und ab, wobei er zuweilen einen Blick auf seinen Schützling wirft, ohne ihn jedoch merken zu lassen, daß er ihn beobachtet. Es bedarf keines Scharfblickes, um festzustellen, daß er warm geworden und erquickt ist. Wenn sich ein so umdüstertes Gesicht überhaupt aufhellen kann, so ist das seine etwas fröhlicher geworden, und in kleinen Bissen ißt er auch wieder die Schnitte Brot, die er verzweifelt aus der Hand gelegt hatte. Als Allan diese Zeichen einer Besserung seines Zustandes bemerkt, knüpft er ein Gespräch mit dem Knaben an und lockt zu seiner nicht geringen Verwunderung das Abenteuer mit der verschleierten Dame mit allen seinen Folgen aus ihm heraus. Jo kaut langsam, wie er langsam erzählt. Als er mit seiner Geschichte und seinem Brot fertig ist, setzen sie ihren Weg fort.

Mit der Absicht, sich in der Verlegenheit, für den Knaben einen vorläufigen Zufluchtsort zu finden, bei seiner ehemaligen Patientin, der diensteifrigen Miss Flite, Rat zu holen, sucht Allan zuerst den Hof auf, wo er und Jo sich das erstemal getroffen haben. Aber in dem Trödelladen ist alles anders geworden; Miss Flite wohnt nicht mehr dort. Das Geschäft ist geschlossen, und ein Frauenzimmer mit harten, vom Staub tiefschwarzen Zügen, dessen Alter ein Problem ist – in der Tat ist es aber die interessante Judy –, gibt spitze und einsilbige Antworten. Aus diesen Antworten erfährt der junge Arzt jedoch, daß Miss Flite und ihre Vögel gegenwärtig bei Mrs. Blinder in Bell Yard wohnen, und er begibt sich nach diesem Ort, der ganz in der Nähe liegt. Miss Flite – sie steht stets früh auf, um pünktlich in dem Gerichtsdiwan zu erscheinen, den ihr Freund, der Lordkanzler, abhält – kommt mit Tränen des Willkommens und mit ausgebreiteten Armen die Treppe heruntergelaufen.

„Mein lieber Doktor!" ruft sie. „Mein verdienstvoller, ausgezeichneter, ehrenwerter Beamter." Sie gebraucht einige sonderbare Ausdrücke, aber sie ist so freundlich und herzlich, wie man es nur von gesundem Menschenverstand verlangen könnte – und oft findet man bei diesem viel weniger Herzlichkeit. Allan, der sehr viel Geduld mit ihr hat, wartet, bis sie ihre Freude nicht länger mit Worten auszudrücken weiß. Dann deutet er auf Jo, der zitternd im Torweg steht, und sagt ihr, wie er zu ihm gekommen ist.

„Wo kann ich ihn hier in der Nähe für den Augenblick unterbringen? Sie wissen soviel und sind so verständig und können mir sicher einen Rat geben."

Miss Flite ist auf dieses Kompliment gewaltig stolz und fängt an nachzudenken; aber es dauert lange, ehe ihr etwas einfällt. Mrs. Blinder hat alles vermietet, und sie selbst wohnt im Zimmer des armen Gridley. „Gridley!" ruft Miss Flite und klatscht in die Hände, nachdem sie den Namen zwanzigmal wiederholt hat. „Gridley! Gewiß! Natürlich! Mein bester Doktor! General George wird uns aushelfen!"

Es ist ein unnützer Versuch, Näheres über General George zu erfahren, selbst wenn Miss Flite noch nicht die Treppe hinaufgelaufen wäre, um ihren zerbeulten Hut aufzusetzen, das abgeschabte Tuch umzutun und sich mit ihrem Strickbeutel voll Urkunden zu bewaffnen. Aber da sie ihrem Arzt, als sie in vollem Staat herunterkommt, in ihrer zerstreuten Art mitteilt, daß General George, den sie oft besucht, ihre liebe Fitz Jarndyce kennt und sich für alles, was sie angeht, sehr interessiert, glaubt Allan, sie könnte doch auf dem rechten Wege sein. Deshalb sagt er Jo, um ihm frischen Mut zu machen, daß das Herumlaufen nun bald vorüber sein werde, und sie begeben sich zu dem General. Glücklicherweise ist es nicht weit.

Das Äußere von Georges Schießsaal und der langgestreckte Eingang und die kahle Perspektive dahinter läßt Allan Zuversicht schöpfen. Auch Mr. George selbst flößt ihm Hoffnung ein. Er ist mit seinem Morgenspaziergang beschäftigt und kommt, die Pfeife im Munde, ohne Halsbinde und mit den von Schläger und Hanteln gekräftigten Armen, deren straffe Muskeln man durch die Hemdsärmel bemerkt, auf ihn zu.

„Ihr Diener, Sir!" sagt Mr. George mit militärischem Gruß. Mit einem freundlichen Lächeln, das auf seiner Stirn bis in das krause Haar hinaufspielt, wendet er sich dann gegen Miss Flite, die mit großer Würde und einiger Umständlichkeit die höfische Zeremonie der Vorstellung zelebriert. Er schließt mit einem neuen: „Ihr Diener, Sir!" und einem zweiten militärischen Gruß.

„Entschuldigen Sie, Sir – ein Seemann vermutlich?" fragt Mr. George.

„Ich bin stolz zu hören, daß ich wie ein Seemann aussehe, aber ich bin nur Schiffsarzt."

„Wirklich, Sir? Ich hätte Sie für eine echte Blaujacke gehalten."

Allan gibt seiner Hoffnung Ausdruck, Mr. George werde ihm die Störung deshalb um so bereitwilliger verzeihen und vor allem seine Pfeife nicht weglegen, wozu er in seiner Höflichkeit Anstalten gemacht hat. „Sie sind sehr gütig, Sir", entgegnet der Kavallerist. „Da ich aus Erfahrung weiß, daß es Miss Flite nicht unangenehm ist, und da Sie ebenfalls nichts dagegen haben..." Und er schließt den Satz damit, daß er die Pfeife wieder in den Mund steckt. Allan erzählt ihm darauf alles, was er von Jo weiß, und der Kavallerist hört ihm mit ernster Miene zu.

„Und das ist der Knabe, Sir?" fragt er und wirft einen Blick in den Gang, wo Jo steht und die großen Buchstaben an der weißen Wand, die für ihn keine Bedeutung haben, anstarrt.

„Das ist er", entgegnet Allan. „Und, Mr. George, ich bin in folgender Verlegenheit mit ihm: ich mag ihn nicht in ein Spital bringen, selbst wenn ich ihm sofort Zutritt verschaffen könnte, weil ich voraussehe, er würde dort nur wenige Stunden bleiben, sofern er überhaupt hinginge. Ebenso stünde es mit dem Armenhaus – vorausgesetzt, ich brächte überhaupt die Geduld auf, mich an der Nase herumführen zu lassen und von Pontius zu Pilatus zu laufen bei dem Versuch, ihn in einer solchen Anstalt unterzubringen; ein System, dem ich keinerlei Geschmack abgewinnen kann."

„Das vermag niemand, Sir", entgegnet Mr. George.

„Ich bin überzeugt, daß er weder im Armenhaus noch im Spital bliebe, weil er eine ganz außerordentliche Furcht vor dem Mann hat, der ihm befahl, sich zu entfernen; in seiner Unwissenheit glaubt er, dieser Mensch sei überall und wisse alles."

„Ich bitte um Verzeihung, Sir", wirft Mr. George ein, „aber Sie haben den Namen dieses Mannes nicht genannt. Ist es ein Geheimnis, Sir?"

„Der Knabe macht ein Geheimnis draus. Der Mann heißt Bucket."

„Bucket von der Kriminalpolizei, Sir?"

„Derselbe."

„Ich kenne den Mann, Sir", entgegnet der Kavallerist, nachdem er eine ganze Rauchwolke aus seiner Pfeife geblasen und seine Brust militärisch gestrafft hat, „und der Knabe hat insofern recht, als er jedenfalls ein... ein kurioser Bursche ist." Mr. George raucht mit bedeutungsvoller Miene weiter und sieht schweigend Miss Flite an.

„Nun wünsche ich mir, daß Mr. Jarndyce und Miss Summerson wenigstens erfahren, daß Jo, der eine so seltsame Geschichte erzählt, wiedergefunden ist und daß sie mit ihm sprechen können, falls ihnen daran liegt. Deshalb wünschte ich ihn vorderhand in einer ganz bescheidenen Wohnung bei anständigen Leuten unterzubringen. Anständige Leute und Jo, Mr. George", fährt Allan fort, indem er den Augen des Kavalleristen folgt, die nach dem Eingang blicken, „haben bisher nicht viel Bekanntschaft miteinander gehabt, wie Sie sehen. Darin liegt die Schwierigkeit. Kennen Sie vielleicht zufällig jemanden in der Nähe, der ihn gegen Vorauszahlung für eine Weile bei sich aufnimmt?"

Während er noch diese Frage stellt, bemerkt er einen kleinen Mann mit schmutzigem Gesicht, der neben dem Kavalleristen steht und mit merkwürdig verzerrter Miene zu dem Kavalleristen aufsieht. Nachdem er noch ein paar Züge geraucht hat, blickt der Kavallerist seitlich auf den kleinen Mann herunter, und der kleine Mann gibt ihm einen Wink mit den Augen.

„Ich versichere Ihnen", erwidert Mr. George, „daß ich mir zu jeder Zeit bereitwillig eins über den Kopf geben ließe, wenn ich damit Miss Summerson einen Dienst leisten könnte, und daher schätze ich es als ein ganz besonderes Vorrecht, dieser Dame auch nur den kleinsten Gefallen zu erweisen. Wir leben hier freilich wie zwei Vagabunden, ich und Phil. Sie sehen, was für ein Ort es ist. Ein stiller Winkel für den Knaben steht Ihnen zur Verfügung, wenn es Ihnen paßt. Bezahlt wird nichts, außer für die Rationen. Unsere Verhältnisse sind nicht gerade die besten, Sir. Ohne eine Minute Kündigung können wir mit Sack und Pack hinausgeworfen werden. Jedoch so, wie das Lokal ist, Sir, und solange wir darüber verfügen, steht es Ihnen zu Diensten."

Mit einem großartigen Schwung seiner Pfeife stellt Mr. George das ganze Gebäude seinem Gast zur Verfügung.

„Ich nehme es für ausgemacht, Sir", setzt er hinzu, „daß diesmal bei dem armen Jungen vorderhand nichts von Ansteckung zu fürchten ist. Sie sind ja Arzt."

Allan ist fest davon überzeugt.

„Wir haben davon nämlich schon genug gehabt, Sir", fährt George mit betrübtem Kopfschütteln fort.

Sein neuer Bekannter pflichtet ihm nicht weniger bekümmert bei.

„Dennoch darf ich Ihnen nicht verhehlen", bemerkt Allan, nachdem er seine frühere Zusicherung wiederholt hat, „daß der Knabe sehr schwach und angegriffen ist und daß er vielleicht – ich sage nur: vielleicht – zu schwach ist, um sich wieder zu erholen."

„Glauben Sie, daß er gegenwärtig in Gefahr ist?" fragt der Kavallerist.

„Ja, ich fürchte es."

„Dann, Sir", gibt der Kavallerist mit großer Entschiedenheit zur Antwort, „dann scheint mir – da ich selbst etwas Vagabundenblut in mir habe –, je eher er von der Straße fortkommt, desto besser ist es. Phil, bring ihn herein!"

Mr. Squod segelt seitwärts hinaus, um den Befehl auszuführen, und der Kavallerist, der mit seiner Pfeife fertig ist, legt sie beiseite. Jo wird hereingebracht. Er ist nicht einer von Mrs. Pardiggles Tockahupo-Indianern; er gehört nicht zu Mrs. Jellybys Lämmern und hat mit Borriobula-Gha nicht das mindeste zu tun; Ferne und Fremdartigkeit lassen ihn nicht in einem milden Licht erscheinen; er ist kein echter, in der Fremde aufgewachsener Wilder. Er ist der gewöhnliche, im Inland fabrizierte Artikel: schmutzig, häßlich, allen Sinnen unangenehm, dem Körper nach ein gemeines Geschöpf der gemeinen Straße und der Seele nach ein Heide. Heimischer Schmutz bedeckt ihn, heimisches Ungeziefer verzehrt ihn, heimische Krankheiten stecken in ihm, heimische Lumpen umhüllen ihn; eingeborene Unwissenheit, auf Englands Boden und Klima gewachsen, drückt seine unsterbliche Natur tiefer herunter als das Vieh, das stirbt. Tritt hervor, Jo, in deiner ganzen Häßlichkeit! Von deiner Fußsohle bis zu deinem Scheitel ist nichts Interessantes an dir.

Er kommt langsam in Mr. Georges Galerie gehumpelt, steht, ein trauriges Bündel, zusammengesunken da und stiert den Fußboden an. Er scheint zu wissen, daß alle die Neigung verspüren, sich von ihm fernzuhalten, teils dessentwegen, was er ist, und teils wegen dessen, was er verschuldet hat. Auch er scheut sich vor ihnen. Er gehört nicht derselben Ordnung von Dingen an und steht nicht an demselben Platz in der Schöpfung wie sie. Er gehört zu keiner Ordnung und an keinen Platz, nicht zu den Tieren und auch nicht zu den Menschen.

„Sieh her, Jo", sagt Allan, „das ist Mr. George."

Jo sucht noch eine Zeitlang mit den Augen auf dem Fußboden herum, sieht einen Augenblick in die Höhe und starrt dann wieder zu Boden.

„Er will dir ein guter Freund sein und dir hier eine Wohnung geben."

Jo macht mit der Hand einen Löffel, was wohl eine Verbeugung ausdrücken soll. Nach einigem Besinnen, und nachdem er sich zurückgeschoben und mehr als einmal den Fuß, auf dem er ruht, gewechselt hat, brummt er, er sei sehr dankbar.

„Du bist hier ganz sicher. Alles, was du vorderhand zu tun hast, ist, gehorsam zu sein und wieder zu Kräften zu kommen. Und nimm dich in acht, daß du hier stets die Wahrheit sagst, Jo, was du auch anstellen magst."

„Ich will des Todes sein, wenn ich mich nicht danach richte, Sir", erwidert Jo mit seiner Lieblingsbeteuerung. „Ich habe nie nichts getan, was Sie nicht wissen, und bin doch in Ungelegenheiten gekommen. Ich war sonst nie nicht in Ungelegenheiten, Sir, außer daß ich nichts nicht wußte und hungerte."

„Ich glaube es. Und jetzt gib auf Mr. George acht. Ich sehe, er will dir etwas sagen."

„Meine Absicht war nur, Sir", bemerkt Mr. George, erstaunlich offen und aufrichtig, „ihm zu zeigen, wo er sich hinlegen und einmal tüchtig ausschlafen kann. Sieh hier!" Mit diesen Worten führt ihn der Kavallerist ans andere Ende der Galerie und öffnet einen der kleinen Verschläge. „Das ist für dich, siehst du! Da ist eine Matratze, und hier kannst du, wenn du dich gut aufführst, so lange bleiben, wie es Mr.... ich bitte um Verzeihung, Sir" – er sieht mit einer um Entschuldigung bittenden Miene auf die Karte, die ihm Allan gegeben hat: „... solange es Mr. Woodcourt beliebt. Erschrick nicht, wenn du schießen hörst; es wird nach einer Scheibe geschossen, nicht nach dir. – Nun hätte ich aber doch noch etwas zu empfehlen", wendet sich der Kavallerist an den Arzt. „Phil, komm her."

Phil steuert in seiner gewöhnlichen Art auf seinen Herrn los.

„Hier ist ein Mann, Sir, der als kleines Kind in der Gosse gefunden wurde. Daher steht zu erwarten, daß er ein natürliches Interesse an dem armen Jungen nimmt. Nicht wahr, Phil?"

„Ganz gewiß und sicherlich, Kommandeur", antwortet Phil.

„Nun denke ich, Sir", fährt Mr. George mit soldatischer Vertraulichkeit fort, als ob er in einem Kriegsrat vor versammeltem Offizierskorps seine Meinung abgäbe, „wenn dieser Mann ihn in ein Bad brächte und für ein paar Schillinge ein paar einfache Sachen kaufte..."

„Sie denken an alles, Mr. George", entgegnet Allan, indem er seine Börse zieht. „Ich wollte Sie eben um dasselbe bitten, lieber Freund."

Phil Squod und Jo werden auf der Stelle fortgeschickt, um die Reinigungsprozedur vorzunehmen. Miss Flite, ganz entzückt, daß ihr alles so gut gelungen ist, eilt möglichst schnell zum Gerichtshof; denn sie fürchtet sehr, ihr Freund, der Lordkanzler, möchte ihretwegen in Sorge sein oder könnte das langerwartete Urteil in ihrer Abwesenheit erlassen; „und das", bemerkt sie, „wäre nach so vielen Jahren ein gar zu lächerliches Unglück, mein lieber Arzt und lieber General!" Allan benutzt die Gelegenheit, um einige Stärkungsmittel zu besorgen, und da er sie gleich in nächster Nähe bekommt, kehrt er rechtzeitig genug zurück, um den Kavalleristen zu finden, wie er noch immer in der Galerie auf und ab geht. Er fällt mit ihm in gleichen Schritt und begleitet ihn auf seiner Wanderung.

„Ich vermute, daß Sie Miss Summerson ziemlich gut kennen?" fragt Mr. George.

„Ja, allerdings."

„Nicht mit ihr verwandt, Sir?"

„Nein, das nicht."

„Entschuldigen Sie meine Neugier", fährt Mr. George fort, „es scheint mir wahrscheinlich, daß Sie eine mehr als gewöhnliche Teilnahme für den armen Jungen fühlen, weil Miss Summerson sich zu ihrem Schaden so sehr für ihn interessiert hat. Wenigstens trifft das für mich zu, Sir, das darf ich Ihnen versichern."

„Auch für mich, Mr. George."

Der Kavallerist mustert von der Seite Allans gebräunte Wange und sein glänzendes, dunkles Auge, mißt mit raschem Blick seine Länge und seinen Wuchs und scheint Gefallen an ihm zu finden.

„Während Sie fort waren, Sir, habe ich gedacht, daß ich die Zimmer in Lincoln's Inn Fields, wo Mr. Bucket den Knaben nach dessen Aussage hinbrachte, zweifellos kenne. Obgleich ihm der Name nicht bekannt ist, vermag ich ihn Ihnen doch zu nennen. Es ist Tulkinghorn. Der ist's!"

Allan sieht ihn fragend an und wiederholt den Namen.

„Tulkinghorn. So heißt er, Sir. Ich kenne den Mann und weiß, daß er früher mit Bucket zu tun gehabt hat, und zwar eines Verstorbenen halber, der ihn beleidigt hatte. Ich kenne ihn, Sir, zu meinem Leidwesen kenne ich ihn."

Allan fragt ihn natürlich, was für ein Mann er ist.

„Was für ein Mann? Meinen Sie von Aussehen?"

„Ich glaube, so weit kenne ich ihn. Mich interessiert sein Charakter. Ganz allgemein: was für ein Mann ist er?"

„Na, dann will ich's Ihnen sagen, Sir", entgegnet der Kavallerist. Er bleibt kurz stehen und schlägt die Arme über der breiten Brust so zornig zusammen, daß sein Gesicht über und über erglüht. „Er ist ein verdammt schlechter Mensch. Er ist ein Mann, der die Leute langsam quält. Er ist so wenig von Fleisch und Blut wie ein verrosteter alter Karabiner. Er ist ein Mann – beim heiligen Georg! –, der mir mehr Unruhe und Sorge und Unzufriedenheit mit mir selbst verursacht hat als alle anderen Menschen zusammengenommen. Ein solcher Mann ist Mr. Tulkinghorn!"

„Es tut mir leid, eine so wunde Stelle berührt zu haben", wirft Allan ein.

„Eine wunde Stelle?" Der Kavallerist stellt sich breitbeinig hin, befeuchtet die breite Fläche seiner Rechten und legt sie auf seinen imaginären Schnauzbart. „Es ist nicht Ihre Schuld, Sir;

aber urteilen Sie selbst: er hat mich ganz in seiner Hand. Er ist jener Mann, von dem ich vorhin sagte, er könnte mich auf der Stelle hinauswerfen. Er hält mich in beständiger Unruhe. Er will mich nicht fassen und will mich nicht loslassen. Wenn ich ihm eine Zahlung zu machen oder ihn um Stundung zu bitten oder sonst etwas mit ihm zu tun habe, so ist er nicht für mich zu sprechen, schickt mich zu Melchisedech in Clifford's Inn, und Melchisedech in Clifford's Inn schickt mich wieder zurück – und so habe ich ohne Ende hin und her zu laufen, als wäre ich aus demselben Holz geschnitzt wie er. Bei Gott, mein halbes Leben vergeht jetzt damit, daß ich in einem fort vor seiner Tür herumlungere und Winkelzüge vor ihm mache. Was kümmert es ihn? Nichts. Geradesoviel wie den verrosteten Karabiner, mit dem ich ihn verglichen habe. Er ärgert und erbittert mich bis... bah! Unsinn – ich vergesse mich, Mr. Woodcourt..." Der Kavallerist nimmt seinen Marsch von neuem auf. „Ich sage weiter nichts, als daß er ein alter Mann ist; aber ich bin froh, daß ich nie Gelegenheit haben kann, meinem Pferd die Sporen zu geben und auf freiem Felde auf ihn loszureiten. Denn wenn ich in einer Stimmung, wie er sie mir erregt, eine solche Gelegenheit hätte, er müßte zu Boden, Sir."

Mr. George hat sich so aufgeregt, daß er es notwendig findet, sich die Stirn mit dem Hemdsärmel abzuwischen. Selbst während er seinen Zorn mit der Nationalhymne wegpfeift, bleiben noch einige Spuren seines Ärgers in unwillkürlichem Kopfschütteln und in einigen tiefen Atemzügen seiner breiten Brust zurück; nicht zu erwähnen, daß er gelegentlich mit beiden Händen nach dem offenen Hemdkragen greift, als wäre er nicht offen genug, um ihn von dem unangenehmen Gefühl zu befreien, zu ersticken. Kurz, Allan Woodcourt zweifelt nicht im mindesten, daß Mr. Tulkinghorn auf dem erwähnten Schlachtfeld den kürzeren ziehen würde.

Jo und sein Führer kehren bald darauf zurück, und der besorgte Phil geleitet Jo zu seiner Matratze; nachdem Allan dem Kranken eigenhändig seine Medizin eingegeben hat, erteilt er dem Diener alle nötigen Anweisungen und übergibt ihm die Mittel zu ihrer Ausführung. Der Morgen ist inzwischen bereits bedeutend vorgeschritten. Allan sucht seine Wohnung auf, um sich anzuziehen und zu frühstücken, und dann begibt er sich, ohne auszuruhen, zu Mr. Jarndyce, um ihm seine Entdeckung mitzuteilen.

In Begleitung des letztgenannten Herrn, der ihm unter dem

Siegel der Verschwiegenheit anvertraut, daß es Gründe gibt, die Sache so geheim wie möglich zu halten, und der eine ernstliche Teilnahme daran bezeigt, kehrt er zurück. Vor Mr. Jarndyce wiederholt Jo im wesentlichen alles, was er heute morgen erzählt hat, ohne etwas Wichtiges zu verändern – nur daß der Karren noch schwerer zu ziehen ist und noch hohler rasselt.

„Laßt mich ruhig hier liegen und nicht mehr geschurigelt werden", erklärt Jo mit matter Stimme; „und seid so gut, wenn jemand in die Nähe kommt, wo ich früher die Straße kehrte, Mr. Snagsby auszurichten, daß Jo, den er früher gekannt hat, jetzt ordentlich vorwärtsmarschiert, und ich wäre sehr dankbar dafür. Ich wäre noch dankbarer, als ich es schon bin, wenn ein solches Geschöpf wie ich das nur zuwege bringen könnte."

Im Laufe dieses und des nächsten Tages erwähnt er so oft den Papierhändler, daß sich Allan, nachdem er sich mit Mr. Jarndyce beraten hat, in seiner Gutmütigkeit entschließt, selbst nach Cook's Court zu gehen, um so mehr, als der Karren bald am Ende seiner Fahrt angelangt zu sein scheint.

Er begibt sich also nach Cook's Court. Mr. Snagsby steht in seinem grauen Rock und in Schreibärmeln hinter dem Ladentisch und besieht sich einen Vertrag, der mehrere Pergamentbogen umfaßt und eben vom Kopisten gekommen ist, eine unermeßliche Wüste aus Kanzleihandschrift und Pergament, in der nur hier und da ein paar große Buchstaben als Rastorte dienen, um Abwechslung in die grauenhafte Einöde zu bringen und den Reisenden vor Verzweiflung zu retten. Mr. Snagsby macht bei einem dieser Tintenbrunnen halt und grüßt den Fremden mit seinem Husten, der als allgemeine Einleitung zum Geschäft gilt.

„Sie kennen mich nicht mehr, Mr. Snagsby?"

Des Papierhändlers Herz fängt lästig zu klopfen an, denn er hat seine alten Befürchtungen nie vergessen. Kaum kann er noch antworten: „Nein, Sir, ich könnte nicht behaupten, daß ich Sie kenne. Ich sollte meinen – um nicht durch die Blume zu sprechen –, daß ich Sie noch nie gesehen habe, Sir."

„Schon zweimal", entgegnet Allan Woodcourt. „Einmal am Totenbett eines Unglücklichen, und einmal..."

Endlich ist es so weit! denkt der betrübte Papierhändler, als er sich allmählich erinnert. Jetzt ist's so weit, und die Geschichte kommt zum Platzen. Aber er hat noch Geistesgegenwart genug, seinen Besuch in das kleine Kontor zu führen und die Tür zuzumachen.

„Sind Sie verheiratet, Sir?"

„Nein!"

„Wollen Sie wohl versuchen, obgleich Sie Junggeselle sind", flüstert ihm Mr. Snagsby bekümmert zu, „so leise wie möglich zu sprechen? Denn mein kleines Frauchen horcht irgendwo, oder ich will das Geschäft und fünfhundert Pfund dazu verwetten!"

Tief betrübt sitzt Mr. Snagsby auf seinem Stuhl, den Rücken gegen das Pult gekehrt, und beteuert: „Ich habe nie ein Geheimnis für mich gehabt, Sir. Ich kann mich nicht entsinnen, mein kleines Frauchen seit dem Tag, da wir einander versprochen wurden, ein einziges Mal auf eigene Rechnung hintergangen zu haben. Ich hätte es nicht getan, Sir. Um es nicht durch die Blume zu sagen, ich hätte es nicht gekonnt, ich hätte es nicht wagen dürfen. Und doch finde ich mich von Geheimnissen und Rätseln umgeben, bis mir mein Leben zur Last wird."

Der Arzt gibt sein Bedauern zu erkennen, das hören zu müssen, und fragt ihn, ob er sich Jos erinnert. Mr. Snagsby antwortet mit einem Seufzer: „Ja, leider! Sie könnten kein menschliches Wesen nennen – mich ausgenommen –, gegen das mein kleines Frauchen mit größerer Entschiedenheit auftritt als gegen Jo", erklärt Mr. Snagsby.

Allan fragt weshalb.

„Weshalb?" wiederholt Mr. Snagsby und packt in seiner Verzweiflung das Büschel Haare am Hinterteil seines sonst kahlen Hauptes; „wie kann ich wissen weshalb? Aber Sie sind ein lediger Mann, Sir, und hoffentlich haben Sie es lange Zeit nicht nötig, einer verheirateten Person eine solche Frage vorzulegen!"

Bei diesem wohlwollenden Wunsche hustet Mr. Snagsby einen Husten bekümmerter Ergebung und hört geduldig an, was der Besuch mitzuteilen hat.

„Da haben wir's wieder!" meint Mr. Snagsby, dem der Ernst seiner Empfindungen, während er immer noch mit gedämpfter Stimme spricht, alles Blut aus dem Gesicht getrieben hat, „da haben wir's wieder; und diesmal in einer ganz neuen Richtung! Eine gewisse Person beschwört mich auf die feierlichste Weise, niemandem, selbst meinem kleinen Frauchen nicht, etwas von Jo zu sagen. Dann kommt eine zweite gewisse Person, Sie selbst, und beschwört mich in gleich feierlicher Weise, der anderen gewissen Person vor allen anderen Personen nichts von Jo zu sagen. Mein Gott, das ist ja wie in einem Privatirrenhaus! Um nicht durch die Blume zu sprechen, das ist ja wie im Tollhaus, Sir!" sagt Mr. Snagsby.

Aber es ist trotzdem besser, als er erwartet hatte; denn es explodiert keine Mine unter ihm, und keine Fallgrube öffnet sich, in die er gestürzt wäre. Und da er ein weiches Herz hat und von dem, was er über Jos Befinden hört, sehr gerührt ist, verspricht er gern, heute abend hinüberzukommen, so zeitig er es heimlich bewerkstelligen kann. Als der Abend anbricht, begibt er sich ganz im stillen hinüber; aber möglicherweise kann sich herausstellen, daß sich Mrs. Snagsby ebensogut wie er im stillen einzurichten versteht.

Jo freut sich sehr, seinen alten Freund wiederzusehen, und sagt, als sie allein sind, er sei Mr. Snagsby sehr dankbar, daß er sich seinethalben solche Mühe gemacht habe.

Gerührt von dem Anblick, der sich ihm bietet, legt Mr. Snagsby auf der Stelle eine halbe Krone auf den Tisch – seinen Zauberbalsam für alle Art Wunden.

„Und wie geht es dir, mein armer Junge?" fragt der Papierhändler und hustet teilnahmsvoll.

„Ich habe Glück, Mr. Snagsby", entgegnet Jo, „und brauche gar nichts nicht. Es geht mir besser, als Sie sich vorstellen können, Mr. Snagsby! Es tut mir leid, daß ich's getan habe, aber ich habe es gar nicht tun wollen."

Der Papierhändler legt leise noch eine halbe Krone auf den Tisch und fragt ihn, was ihm so leid tue.

„Mr. Snagsby", erwidert Jo, „ich bin schuld daran, daß die Dame krank geworden ist, die die andere Dame war und doch auch nicht war; und keiner von ihnen sagt mir niemals etwas deshalb, weil sie alle so gut sind und ich so unglücklich bin. Die Dame kam gestern selber her und sagte: ,Ach, Jo!' sagte sie, ,wir dachten, wir hätten dich verloren, Jo!' sagte sie. Und sie setzt sich mit einem so ruhigen Lächeln hin und hat kein böses Wort und keinen bösen Blick für mich, weil ich das getan habe, ganz und gar nicht, und ich drehe mich gegen die Wand, Mr. Snagsby. Und Mr. Jarndyce, sehe ich, muß sich auch abwenden. Und Mr. Woodcourt, der mir etwas zur Beruhigung reichen wollte, was er in einem fort bei Tag und Nacht tut, beugt sich über mich und spricht munter zu mir; aber dabei treten ihm die Tränen in die Augen, Mr. Snagsby."

Der gerührte Papierhändler legt noch eine halbe Krone auf den Tisch. Nur eine Wiederholung dieses unfehlbaren Mittels kann sein Herz erleichtern.

„Was ich dachte, Mr. Snagsby", fährt Jo fort, „war, ob Sie wohl recht groß schreiben können?"

„Ja, Jo, Gott sei Dank!" entgegnet der Papierhändler.

„Recht sehr groß vielleicht?" fragt Jo dringlich.

„Ja, mein armer Junge."

Jo lacht vor Freude. „Was ich also dachte, Mr. Snagsby, ist, wenn ich so weit marschiert wäre, wie ich marschieren könnte, und keinen Schritt mehr weiter könnte, ob Sie da nicht vielleicht so gut sein wollten, es so sehr groß, daß es jedermann überall sehen könnte, zu schreiben, daß es mir sehr herzlich leid tut, es getan zu haben, und daß ich's nie wieder hätte tun wollen und daß ich, obgleich ich gar nichts nicht wüßte, doch wüßte, daß Mr.Woodcourt einmal darüber geweint hat und daß es ihn immer sehr bekümmert, und daß ich hoffe, er würde mir's von ganzem Herzen vergeben können. Wenn die Schrift so gemacht werden könnte, daß sie es recht groß sagt, tut er's vielleicht."

„Ich werde es schreiben, Jo. Ganz groß."

Jo lacht abermals. „Danke, Mr. Snagsby. Es ist sehr gut von Ihnen, Sir, und es geht mir nun besser als jemals früher."

Der gutmütige kleine Papierhändler legt mit einem auf halbem Wege steckenbleibenden Husten leise seine vierte halbe Krone auf den Tisch – er hat einen Fall, wo er so viele Kronen gebraucht hätte, nie so aus unmittelbarer Nähe erlebt – und geht fort. Jo und er aber sollen sich auf dieser kleinen Erde nicht wiedersehen. Nie mehr.

Denn der Karren, der so schwer zu ziehen ist, ist dem Ziel seiner Reise nahe und wird über steinigen Boden geschleppt. Solange der Zeiger um die Uhr kreist, strengt er sich an, die steile und unebene Straße hinanzukommen, und ist nahe am Auseinanderbrechen. Nicht mehr oft kann die Sonne aufgehen und ihn immer noch auf dem mühseligen Wege sehen.

Phil Squod mit seinem rauch- und pulvergeschwärzten Gesicht ist gleichzeitig Krankenwärter, während er als Waffenschmied an seinem kleinen Tischchen in der Ecke arbeitet; er sieht sich oft um und sagt mit einem Nicken seiner Mütze aus grünem Fries und mit einem ermutigenden Emporziehen seiner einen Augenbraue: „Nur Mut, mein Junge, nur Mut!" Auch Mr. Jarndyce ist häufig da und Allan Woodcourt fast immer. Beide denken oft, wie seltsam das Schicksal diesen armen Verstoßenen mit den verschiedensten Lebensinteressen verknüpft hat. Auch der Kavallerist kommt regelmäßig zu Besuch; er füllt die Tür mit seiner athletischen Gestalt aus und scheint mit seinem Überfluß an Leben und Kraft Jo, der stets lauter spricht, um seiner heiteren Stimme zu antworten, vorübergehende Kräftigung zu leihen.

Jo schläft heute oder dämmert vor sich hin, und Allan Woodcourt ist eben angekommen, steht vor ihm und blickt auf seine abgezehrte Gestalt herab. Nach einer Weile nimmt er vorsichtig neben dem Bett Platz, das Gesicht dem Kranken zugekehrt – geradeso wie er bei dem Advokatenschreiber gesessen hat –, und befühlt Jos Brust und Herz. Der Karren kann fast nicht mehr weiter, aber er schleppt sich noch ein Stück fort.

Der Kavallerist steht stumm und unbewegt in der Tür. Phil läßt seinen kleinen Hammer ruhen und hält ihn in der Hand. Mr. Woodcourt sieht sich mit der ernsten Teilnahme des Arztes um, wirft dem Kavalleristen einen bedeutsamen Blick zu und gibt Phil einen Wink, sein Tischchen hinauszutragen. Wenn der kleine Hammer das nächstemal gebraucht werden wird, wird ein Rostfleck darauf sein.

„Nun, Jo, was gibt's? Warum erschrickst du so?"

„Ich dachte", sagt Jo, der in die Höhe gefahren ist und sich umsieht, „ich dachte, ich wäre wieder in Tom-all-alone's. Es ist außer Ihnen niemand da, Mr. Woodcourt?"

„Niemand!"

„Und ich soll nicht wieder nach Tom-all-alone's gebracht werden, nicht wahr, Sir?"

„Nein!"

Jo schließt die Augen und murmelt vor sich hin: „Ich bin sehr dankbar."

Nachdem Allan ihn eine kurze Weile lang aufmerksam beobachtet hat, legt er den Mund an sein Ohr und fragt ihn mit gedämpfter, deutlicher Stimme: „Jo! kannst du beten?"

„Hab's nie nicht gekonnt, Sir."

„Auch nicht ein einziges kurzes Gebet?"

„Nein, Sir. Mr. Chadband betete einmal bei Mr. Snagsby, und ich hörte ihm zu, aber es klang, als wenn er zu sich selbst spräche und nicht zu mir. Er betete viel, aber ich konnte nichts davon verstehen. Manchmal kamen auch andere Herren nach Tom-all-alone's und beteten; aber sie behaupteten fast alle, die anderen beteten falsch, und es klang bei den meisten, als ob sie zu sich selbst sprächen oder einander beschimpften, aber nicht, als ob sie mit uns redeten. Wir haben nie nichts gewußt. Ich habe nie herauskriegen können, was es damit auf sich hatte."

Er braucht lange, um das hervorzubringen, und nur ein erfahrener und aufmerksamer Zuhörer vermag ihn zu hören oder, falls er ihn hört, zu verstehen. Nach einem kurzen Rückfall in seinen Schlummer oder seinen Dämmerzustand macht er plötzlich einen angestrengten Versuch, das Bett zu verlassen.

„Bleib, Jo! Was gibt's?"

„Ich muß jetzt zu dem Kirchhof, Sir", gibt er mit verstörtem Blick zurück.

„Leg dich wieder hin und sag es mir. Was für einen Kirchhof meinst du, Jo?"

„Wo sie ihn hingelegt haben, der so gut zu mir war, wirklich, so sehr gut. Es wird Zeit, daß ich auch zu dem Kirchhof gehe, Sir, und mir einen Platz neben ihm bestelle. Ich will auch dort begraben sein. Er sagte immer zu mir: ‚Ich bin heute so arm wie du, Jo', sagte er. Ich muß ihm sagen, daß ich jetzt so arm bin wie er und gekommen bin, um mich neben ihn legen zu lassen."

„Später einmal, Jo, später!"

„Ach, vielleicht täten sie's nicht, wenn ich nicht selber hingehe. Aber wollen Sie mir versprechen, Sir, mich hinzubringen und neben ihn zu legen?"

„Das will ich."

„Danke, Sir. Danke, Sir! Sie werden erst den Gittertorschlüssel holen müssen, ehe ich hinein kann, denn es ist fast immer zugeschlossen. Und es ist eine Stufe da, die ich immer mit meinem Besen abkehrte. – Es wird so dunkel, Sir. Kommt kein Licht?"

„Bald kommt es, Jo."

Bald. Der Karren zerfällt in Stücke, und der mühsame Weg ist fast zu Ende.

„Ja, mein armer Junge!"

„Ich höre Sie, Sir, im Dunkeln, aber ich taste – ich taste – geben Sie mir Ihre Hand."

„Jo, kannst du nachsprechen, was ich sage?"

„Ich will alles sagen, was Sie sagen, Sir; denn ich weiß, daß es gut ist."

„Vater unser –"

„Vater unser? – ja, das ist sehr gut, Sir."

„– der du bist im Himmel –"

„... bist im Himmel – kommt das Licht, Sir?"

„Es kommt gleich. – Geheiligt werde dein Name!"

„Geheiligt werde – dein –"

Das Licht ist endlich auf den dunklen umnachteten Weg gefallen. Tot!

Tot! Ew. Majestät! Tot, hoher Adel und verehrungswürdiges Publikum! Tot, recht Ehrwürdige und unrecht Ehrwürdige jeder Konfession. Tot, ihr Männer und Frauen, die ihr mit himmlischem Erbarmen in euren Herzen geboren seid. Und so sterben sie rings um uns jeden Tag!

48. KAPITEL

Das Verhängnis naht

Das Schloß in Lincolnshire hat seine vielen Augen wieder zugemacht, und das Haus in der Stadt ist wach. In Lincolnshire träumen die Dedlocks der Vergangenheit in ihren Bilderrahmen, und der schwache Wind murmelt leise durch den langen Salon, wie wenn sie beinahe regelmäßig atmeten. In der Stadt rasseln die Dedlocks der Gegenwart in ihren Karossen mit den feurigen Augen durch die nächtliche Finsternis, und die Diener der Dedlocks, Asche oder Puder auf dem Haupt zum Zeichen ihrer großen Demut, verdämmern die schläfrigen Morgenstunden in den kleinen Fenstern der Vorhalle. Die elegante Welt – ein gewaltiger Ball, fast fünf englische Meilen im Umkreis – ist in voller Bewegung, und das Sonnensystem kreist ehrfurchtsvoll in der ihm zugewiesenen Entfernung.

Wo das Gewühl am dichtesten ist, wo die Lichter am hellsten brennen, wo die Sinne mit der größten Raffinesse bedient werden, da ist Lady Dedlock zu finden. Sie fehlt nie auf der glänzenden Höhe, die sie erstürmt und eingenommen hat; obgleich ihr alter Glaube dahingeschwunden ist, daß sie unter dem Mantel ihres Stolzes alles, was sie will, verbergen könne, obgleich sie nicht weiß, ob sie das, als was sie den andern gilt, morgen noch sein wird, so liegt es doch nicht in ihrem Wesen, nachzugeben und den Kopf hängen zu lassen, wenn neidische Augen zusehen. Man behauptet von ihr, sie sei in der letzten Zeit noch schöner und noch stolzer geworden. Der schmachtende Vetter sagt, sie sei schön genug, um einem ganzen Hundert Frauen aufzuhelfen – aber ihre Schönheit sei von beunruhigender Art und erinnere einen an das garstige Weib, das bei

Shakespeare im Schlaf ihr Bett verläßt und im Haus herumwandelt.

Mr. Tulkinghorn sagt nichts, weder mit dem Mund noch mit den Augen. Jetzt wie ehedem sieht man ihn in den Zimmertüren stehen, das locker umgebundene weiße Tuch mit der altmodischen Schleife um den Hals; er wird von den Pairs protegiert und gibt kein Zeichen von sich. Unter allen Menschen möchte man ihn noch immer für den letzten halten, der Einfluß auf Mylady haben könnte; und von allen Frauen ist sie gewiß die letzte, der man zutrauen könnte, sie fürchte ihn.

Seit ihrem letzten Gespräch im Turmzimmer in Chesney Wold liegt eine Last auf ihrer Seele. Sie hat sich jetzt entschlossen und ist bereit, sie von sich zu werfen.

Es ist Morgen in der großen Welt – Nachmittag nach der kleinen Sonne am Himmel. Die Diener, erschöpft vom Zum-Fenster-Hinaussehen, ruhen in der Vorhalle und lassen, prunkende Geschöpfe, ihre schweren Köpfe hängen gleich großen Sonnenblumen. Und wie diese scheinen sie mit ihren Fangschnüren und dem anderen glitzernden Behang geile Zweige zu treiben. Sir Leicester ist in der Bibliothek über dem Bericht eines Parlamentskomitees zum Besten des Vaterlandes eingeschlafen. Mylady sitzt in dem Zimmer, wo sie dem jungen Mann namens Guppy einmal Audienz gegeben hat. Rosa ist bei ihr und hat für sie geschrieben und ihr vorgelesen. Jetzt ist Rosa mit einer Stickerei oder einer ähnlich niedlichen Arbeit beschäftigt; und während sie sich darüberbeugt, beobachtet Mylady sie schweigend. Nicht zum erstenmal heute.

„Rosa."

Die kleine ländliche Schönheit blickt mit hellen Augen auf. Aber als sie bemerkt, wie ernst Mylady aussieht, nimmt ihr Gesicht einen verlegenen und überraschten Ausdruck an.

„Sieh nach der Tür. Ist sie zu?"

„Ja." Sie geht zur Tür, kommt zurück und sieht noch verwunderter aus.

„Ich will dir etwas im Vertrauen mitteilen, mein Kind; denn ich weiß, daß ich mich auf deine Zuneigung verlassen kann, wenn auch nicht auf dein Urteil. In dem, was ich jetzt vorhabe, will ich wenigstens dir gegenüber ohne alle Verkleidung erscheinen. Aber ich vertraue auf dich. Sag niemandem ein Wort von dem, was zwischen uns vorgeht."

Die schüchterne kleine Schönheit verspricht mit großem Ernst, sich des Vertrauens würdig zu erweisen.

„Weißt du" – Lady Dedlock bedeutet ihr, mit dem Stuhl näherzurücken –, „weißt du, Rosa, daß ich zu dir anders bin als zu allen übrigen Menschen?"

„Ja, Mylady, viel gütiger. Und ich denke dann oft, ich allein kenne Sie so, wie Sie wirklich sind."

„Du denkst oft, du kennst mich, wie ich wirklich bin? Armes Kind, armes Kind!"

Sie sagt es mit einer Art Hohn, der jedoch nicht Rosa gilt, und sitzt brütend da und sieht träumerisch auf sie herab.

„Glaubst du, Rosa, daß du mir ein Trost oder eine Erquikkung bist? Ahnst du, daß es mir, weil du jung und natürlich bist, weil du mich liebhast und dankbar gegen mich bist – daß es mir Freude macht, dich in meiner Nähe zu haben?"

„Ich weiß es nicht, Mylady; ich wage es kaum zu hoffen. Aber ich wünsche von ganzem Herzen, es wäre so."

„Es ist so, Kleine."

Das freudige Erröten des hübschen Gesichts wird gestört durch den düsteren Ausdruck des schönen Antlitzes ihm gegenüber. Die Kleine blickt schüchtern fragend auf.

„Und wenn ich heute sagte: Geh! Verlaß mich! so würde ich etwas sagen, das mir sehr schmerzlich wäre und mich sehr einsam machte."

„Mylady, habe ich Sie erzürnt?"

„Durchaus nicht. Komm her."

Rosa beugt sich über das Taburett zu Füßen Myladys. Mit derselben mütterlichen Bewegung wie in jener berühmten Nacht, als sie mit dem Eisenwerkbesitzer gesprochen hatte, legt Mylady die Hand auf das dunkle Haar der Kleinen und läßt sie dort sanft ruhen.

„Ich sagte dir, Rosa, daß ich dich glücklich zu machen wünschte, daß ich es täte, wenn ich noch jemanden auf Erden glücklich machen könnte. Ich kann es nicht. Ich kenne jetzt Gründe, Gründe, an denen du keine Schuld trägst und die es für dich viel ratsamer erscheinen lassen, nicht hierzubleiben. Du darfst nicht hierbleiben. Ich habe mich entschlossen, nicht zu dulden, daß du hierbleibst. Ich habe an den Vater deines Liebhabers geschrieben, und er wird heute hierherkommen. All das habe ich deinetwegen getan."

Das weinende Mädchen bedeckt Myladys Hand mit Küssen und fragt, was sie nur tun, was sie nur anfangen solle, wenn sie voneinander getrennt seien. Ihre Herrin küßt sie auf die Wange und gibt keine andere Antwort.

747

„Mögest du unter besseren Umständen glücklich sein, Kind. Mögest du geliebt werden und glücklich sein."

„Ach, Mylady, ich habe manchmal geglaubt – verzeihen Sie, daß ich mir eine solche Freiheit herausnehme –, daß Sie nicht glücklich seien."

„Ich!"

„Werden Sie glücklicher sein, wenn Sie mich fortgeschickt haben? Bitte, bitte, überlegen Sie es sich noch einmal. Lassen Sie mich noch ein Weilchen bleiben."

„Ich habe gesagt: Was ich tue, tue ich um deinetwillen, mein Kind, nicht um meinetwillen. Es ist geschehen. Was ich dir bin, Rosa, bin ich nur jetzt, aber binnen kurzem nicht mehr. Vergiß das nicht und halte mein Vertrauen heilig. Tu es um meinetwillen, und damit ist zwischen uns alles zu Ende!"

Sie macht sich von dem gutherzigen Mädchen los und verläßt das Zimmer. Als sie spät nachmittags wieder auf der Treppe erscheint, hat sie ihre stolzeste und kälteste Maske aufgesetzt. Sie wirkt so teilnahmslos, als ob sich Gefühl und Interesse jeder Art in den vorsintflutlichen Epochen der Welt erschöpft hätten und mit den anderen ausgestorbenen Ungeheuern von der Erde verschwunden wären.

Ein Diener hat Mr. Rouncewell angemeldet, und deshalb erscheint sie jetzt auf der Treppe. Mr. Rouncewell ist nicht im Bibliothekszimmer, aber sie begibt sich dorthin. Sir Leicester hält sich dort auf, und sie wünscht zuerst mit ihm zu sprechen.

„Sir Leicester, ich wünschte – aber Sie sind beschäftigt . . ."

„O Gott! Nein, durchaus nicht. Nur Mr. Tulkinghorn."

Er ist immer bei der Hand, lauert überall, und vor ihm ist man keinen Augenblick sicher.

„Ich bitte um Verzeihung, Lady Dedlock, wollen Sie mir erlauben, mich zu entfernen?"

Mit einem Blick, der deutlich sagt: Sie wissen, daß Sie die Macht haben zu bleiben, wenn Sie wollen, erwidert sie ihm, das sei nicht notwendig, und geht auf einen Stuhl zu. Mr. Tulkinghorn bringt ihn ihr mit seiner ungeschickten Verbeugung ein paar Schritte entgegen und zieht sich an ein gegenüberliegendes Fenster zurück. Indem er so zwischen ihr und dem scheidenden Tageslicht steht, das auf der jetzt ruhigen Straße herrscht, fällt sein Schatten auf sie und verdunkelt alles vor ihr. Genauso verdüstert er auch ihr Leben.

Es ist im besten Falle eine langweilige Straße. Die beiden

langen Häuserzeilen starren sich mit solcher Strenge an, daß ein halbes Dutzend ihrer größten Paläste unter diesen Blicken langsam zu Stein geworden zu sein scheinen, anstatt ursprünglich aus diesem Material gebaut zu sein. Es ist eine Straße von so schauerlicher Größe, so fest entschlossen, sich nicht zu einiger Lebhaftigkeit herabzulassen, daß die Türen und Fenster, schwarz bemalt und staubbedeckt, wie eine düstere Hofhaltung wirken, während die widerhallenden Marställe dahinter ein so trockenes und massives Aussehen besitzen, als wären sie bestimmt, die steinernen Schlachtrosse hochadliger Statuen aufzunehmen. Labyrinthische Eisengitter schlingen sich um die Vortreppen in dieser ehrfurchterregenden Straße, und aus den versteinerten Lauben gähnen Auslöscher für längst aus der Mode gekommene Fackeln entrüstet den Parvenu Gas an. Hier und da hat ein schwacher eiserner Ring, durch den sich kecke Knaben die Mützen ihrer Freunde zu werfen bemühen – der einzige Daseinszweck, den sie sich bewahrt haben –, seinen Platz unter dem verrosteten Laubwerk behauptet und bleibt dem Andenken an das selig verschiedene Öl geheiligt. Ja, sogar das Öl, das noch da und dort in einem kleinen Glastöpfchen mit einer Blase auf dem Boden, gleich einer Auster, übriggeblieben ist, blinzelt mürrisch jeden Abend neue Lichter an, wie sein Herr, der trocken im Oberhaus sitzt.

Aus diesem Grunde kann es Lady Dedlock gar nicht wünschen, von ihrem Stuhl aus durch das Fenster, vor dem Mr. Tulkinghorn steht, viel zu sehen. Und doch – doch wirft sie einen Blick in diese Richtung, als wäre es ihr innigster Herzenswunsch, diese Gestalt aus dem Wege zu wissen.

Sir Leicester bittet Mylady um Verzeihung. Sie wollte sagen...?

„Bloß, daß Mr. Rouncewell da ist. Ich habe ihn herbestellt. Wir sollten doch lieber der Sache mit dem Mädchen ein Ende machen. Ich bin ihrer zu Tode satt."

„Was kann ich denn dabei tun?" fragt Sir Leicester in nicht unbeträchtlicher Ungewißheit.

„Wir wollen ihn hier empfangen und die Geschichte zu Ende bringen. Wollen Sie befehlen, ihn heraufzuschicken?"

„Mr. Tulkinghorn, haben Sie die Güte zu klingeln. Ich danke Ihnen. – Fordern Sie den Eisenherrn auf", wendet sich Sir Leicester an den Diener, da er sich nicht gleich auf das richtige Wort besinnen kann, „fordern Sie den Eisenherrn auf hierherzukommen."

Der Diener entfernt sich, um den Eisenherrn zu suchen, findet ihn und schafft ihn herbei. Sir Leicester empfängt ihn sehr gnädig.

„Ich hoffe, es geht Ihnen gut, Mr. Rouncewell. Nehmen Sie Platz. – Mein Anwalt, Mr. Tulkinghorn. – Mylady wünschte mit Ihnen zu sprechen, Mr. Rouncewell." Sir Leicester reicht ihn geschickt mit einem feierlichen Schwenken der Hand weiter. „Hm!"

„Ich werde mich glücklich schätzen", entgegnet der Eisenhüttenbesitzer, „allem, was zu sagen Lady Dedlock mir die Ehre antut, mit der größten Aufmerksamkeit zu lauschen."

Als er sich ihr zuwendet, findet er, daß sie auf ihn einen weniger angenehmen Eindruck macht als anläßlich einer früheren Gelegenheit. Eine zurückweisende, geringschätzige Miene verbreitet eine kalte Atmosphäre um sie, und in ihrer ganzen Haltung ist nichts zu entdecken, was wie damals zur Offenheit aufmunterte.

„Darf ich mir wohl erlauben", sagt Lady Dedlock gleichgültig, „zu fragen, ob sich zwischen Ihnen und Ihrem Sohn in bezug auf die Grille Ihres Sohnes etwas ereignet hat?"

Es macht ihren matten Augen fast zuviel Mühe, ihm einen Blick zu schenken, während sie diese Frage stellt.

„Wenn ich mich recht erinnere, Lady Dedlock, so sagte ich, als ich zuletzt das Vergnügen hatte, Sie zu sehen, daß ich meinem Sohn ernstlich raten wollte, dieser ... dieser Grille Herr zu werden." Der Eisenwerkbesitzer wiederholt Myladys eigenen Ausdruck mit einiger Betonung.

„Und haben Sie das getan?"

„Ja, natürlich!"

Sir Leicester nickt billigend und bestätigend. In Ordnung. Da der Eisenwerkbesitzer gesagt hatte, er werde es tun, war er verpflichtet, es zu tun. In dieser Hinsicht besteht zwischen edlen und unedlen Metallen kein Unterschied. In Ordnung.

„Und er hat es getan?"

„Darauf kann ich Ihnen wirklich keine genaue Auskunft geben, Lady Dedlock. Ich fürchte, es ist nicht der Fall. Wahrscheinlich noch nicht. In unserem Stand verbinden wir mit unseren – unseren Grillen manchmal eine bestimmte Absicht, die es uns nicht ganz leicht macht, diese Grillen zu vergessen. Ich glaube, es ist eher unsere Art, eine solche Sache ernst zu nehmen."

Sir Leicester hat das dunkle Gefühl, es könnte sich unter

diesen Worten eine revolutionäre Bedeutung verbergen, und wird ein wenig ärgerlich. Mr. Rouncewell ist nicht im geringsten verstimmt und benimmt sich äußerst höflich; aber innerhalb dieser Grenzen paßt er offenbar seinen Ton dem Empfang an, den er gefunden hat.

„Weil ich über die Sache nachgedacht habe", fährt Mylady fort, „... und sie mich langweilt ..."

„Das tut mir sehr leid."

„Und auch über das, was Sir Leicester darüber sagte, womit ich vollkommen übereinstimme" – Sir Leicester fühlt sich geschmeichelt –; „und wenn Sie uns nicht die Versicherung geben können, daß diese Grille vergessen ist, so halte ich es für richtiger, wenn das Mädchen geht."

„Ich kann Ihnen diese Versicherung nicht geben, Lady Dedlock, keinesfalls."

„Dann ist es besser, sie geht."

„Entschuldigen Sie, Mylady", bemerkt Sir Leicester rücksichtsvoll, „vielleicht fügen wir auf diese Weise dem Mädchen ein Unrecht zu, das es nicht verdient hat. Wir haben hier ein junges Mädchen", fährt Sir Leicester fort und präsentiert die Sache großartig mit seiner rechten Hand wie ein silbernes Tablett, „ein junges Mädchen, das das Glück gehabt hat, die Beachtung und die Gunst einer vornehmen Dame zu gewinnen; ein Mädchen, das unter dem Schutze dieser vornehmen Dame lebt und die verschiedenen Vorteile genießt, welche eine solche Stellung mit sich bringt und die unzweifelhaft sehr groß sind – ich halte sie wirklich für außerordentlich groß, Sir, wenn man bedenkt, in welcher Lebensstellung sich dieses Mädchen befindet. Es fragt sich nun, soll dieses junge Mädchen dieser vielen Vorteile und dieses großen Glückes beraubt werden, bloß weil es" – Sir Leicester schließt seine Rede mit einer entschuldigenden, aber würdevollen Neigung seines Kopfes gegen den Eisenwerkbesitzer –, „bloß weil es die Aufmerksamkeit von Mr. Rouncewells Sohn auf sich gezogen hat? Ich frage Sie: hat sie diese Strafe verdient? Ist das gerecht gegen sie gehandelt? Haben wir uns früher dahingehend verständigt?"

„Ich bitte um Verzeihung, Sir Leicester", unterbricht ihn der Vater von Mr. Rouncewells Sohn, „erlauben Sie gütigst. Ich glaube, ich kann dazu beitragen, die Verhandlung abzukürzen. Bitte lassen Sie das alles außer Betracht. Wenn Sie etwas so Unbedeutendes haben im Gedächtnis behalten können – was nicht zu erwarten war –, so werden Sie sich entsinnen, daß mein erster Gedanke in dieser Angelegenheit war, sie nicht hierzulassen."

Die Gunst der Dedlocks außer Betracht lassen? Oh! Sir Leicester muß einem Paar Ohren glauben, die er von einer solchen Reihe von Ahnen geerbt hat, sonst hätte er wirklich nicht geglaubt, was sie ihm von den Worten des Eisenwerkbesitzers mitteilen.

„Es ist nicht notwendig", wirft Mylady kalt ein, bevor er etwas anderes tun kann, als erstaunt Atem zu holen, „es ist nicht notwendig, ausführlich auf diese Sache einzugehen. Das Mädchen ist sehr ordentlich; ich habe ihr durchaus nichts vorzuwerfen; aber sie ist insofern blind gegen die vielen Vorteile und das Glück, das sie genießt, als sie verliebt ist – oder es zu sein glaubt, das arme Närrchen – und dieses Glück gar nicht würdigen kann."

Sir Leicester erlaubt sich zu bemerken, daß das die Sache vollständig ändere. Er sei überzeugt, daß Mylady die besten Gründe für ihre Ansicht habe. Er stimme vollständig mit Mylady überein. Es sei besser, daß das junge Mädchen ginge.

„Wie Sir Leicester bereits das letztemal, da uns diese Angelegenheit langweilte, bemerkte, Mr. Rouncewell", fährt Lady Dedlock mit matter Gleichgültigkeit fort, „können wir keine Bedingungen mit Ihnen ausmachen. Ohne Bedingungen aber und unter den gegenwärtigen Verhältnissen ist das Mädchen hier fehl am Platze, und es ist besser, sie geht. Ziehen Sie es vor, daß wir sie auf ihr Dorf zurückschicken, oder wollen Sie sie selbst mitnehmen?"

„Lady Dedlock, wenn ich offen sprechen darf..."

„Gewiß."

„... so würde ich den Weg vorziehen, der Ihnen die Last am ehesten abnimmt und der das Mädchen am frühesten aus seiner gegenwärtigen Stellung erlöst."

„Und um ebenso offen zu sprechen", erwidert sie mit der gleichen gespielten Gleichgültigkeit, „ich würde dasselbe tun. Verstehe ich Sie recht, wenn ich glaube, Sie wünschen sie gleich mitzunehmen?"

Der Eisenwerkbesitzer antwortet mit einer steifen Verbeugung.

„Sir Leicester, würden Sie wohl klingeln?" Mr. Tulkinghorn tritt aus der Fensternische und zieht die Klingel. „Ich hatte Sie vergessen. Ich danke Ihnen." Mr. Tulkinghorn macht seine gewöhnliche Verbeugung und zieht sich wieder in die Fensternische zurück. Der Diener erscheint im Nu, nimmt seine Befehle entgegen, wen er holen soll, entschwebt, bringt die Verlangte und verschwindet wieder.

Rosa hat geweint und ist noch sehr betrübt. Als sie den Raum betritt, steht der Eisenwerkbesitzer von seinem Stuhl auf, faßt sie unter dem Arm und bleibt mit ihr an der Tür stehen, bereit zu gehen.

„Du hast einen Beschützer, wie du siehst", erklärt Mylady mit ihrer matten Stimme, „und du verläßt uns unter guter Obhut. Ich habe dir das Zeugnis ausgestellt, daß du ein sehr gutes Mädchen bist, und du hast keinen Anlaß zu weinen."

„Trotz alledem", bemerkt Mr. Tulkinghorn, indem er ein wenig aus der Fensternische hervortritt, „scheint es, als ob es ihr leid täte fortzugehen."

„Allerdings ist sie nicht so wohlerzogen", entgegnet Mr. Rouncewell mit einiger Wärme, als wäre er froh, wenigstens über den Advokaten herfallen zu können; „sie ist ein unerfahrenes kleines Ding und versteht es nicht besser. Wenn sie hiergeblieben wäre, Sir, hätte sie sich gewiß mehr Bildung angeeignet, Sir!"

„Bestimmt!" gibt Mr. Tulkinghorn zurück.

Rosa schluchzt, es tue ihr sehr leid, Mylady zu verlassen, und sie sei in Chesney Wold sehr glücklich gewesen und sehr glücklich bei Mylady, und sie sei Mylady ewig dankbar.

„Hör auf, du kleines Närrchen!" sagt der Eisenwerkbesitzer, indem er ihr leise, aber nicht ärgerlich zuspricht; „du mußt Mut haben, wenn du Watt liebst." Mylady bedeutet ihr bloß gleichgültig, sich zu entfernen, und sagt: „Schon gut, Kind! Du bist ein gutes Mädchen. Geh nur!" Sir Leicester hat sich großartig von der ganzen Geschichte distanziert und sich in das Heiligtum seines blauen Fracks zurückgezogen. Mr. Tulkinghorn, der gegen die dunkle Straße – die Laternen sind bereits angezündet – nur in unbestimmten Umrissen zu erkennen ist, droht Myladys Auge größer und schwärzer als je.

„Sir Leicester und Lady Dedlock", sagt Mr. Rouncewell nach einigen Augenblicken Schweigen, „ich bitte um Erlaubnis, mich verabschieden zu dürfen, und um Vergebung, daß ich Sie, obgleich nicht auf meine Veranlassung, noch einmal in dieser Angelegenheit behelligt habe. Ich kann mir recht gut vorstellen, seien Sie dessen sicher, wie lästig eine so unbedeutende Sache Lady Dedlock geworden sein muß. Wenn ich im ungewissen bin, ob ich mich dabei richtig benommen habe, so kommt das nur daher, daß ich nicht gleich im Anfang insgeheim meinen Einfluß aufbot, meine junge Freundin hier wieder mit mir mitzunehmen, ohne Sie alle im mindesten zu beunruhigen. Aber ich glaubte – möglicherweise übertrieb ich die Wichtigkeit der Sache –, ich sei es Ihnen schuldig, Ihnen die Lage der Dinge auseinanderzusetzen und Ihre Wünsche und Ihre Bequemlichkeit zu berücksichtigen. Ich hoffe, Sie werden meine mangelnde Bekanntschaft mit den Gebräuchen der vornehmen Welt entschuldigen."

Sir Leicester glaubt, durch diese Bemerkung aus seinem Heiligtum hervorgerufen zu werden. „Mr. Rouncewell", entgegnet er, „reden Sie nicht weiter davon. Eine Rechtfertigung ist, hoffe ich, auf keiner Seite nötig."

„Es freut mich, das zu hören, Sir Leicester; und wenn ich zum Schluß noch einmal auf das zurückkommen darf, was ich schon früher über die langwährende Verbindung meiner Mutter mit der Familie gesagt habe und über den Wert, der dieser Verbindung auf beiden Seiten zugesprochen wurde, so möchte ich auf dieses kleine Beispiel hier neben mir weisen, das sich beim Abschied so gefühlvoll und treu zeigt. Gewiß hat meine Mutter das Ihre getan, solche Empfindungen zu erwecken – wenngleich natürlich Lady Dedlock bei ihrer aus dem Herzen kommenden Teilnahme und bei ihrer gemütvollen Herablassung noch viel mehr getan hat." Sollte er diese Worte ironisch meinen, so könnten sie wahrer sein, als er vermutet. Er legt jedoch nicht den geringsten Nachdruck in seine Äußerung und weicht in keiner Weise von seiner gewöhnlichen, einfachen Redeweise ab, obgleich er sich gegen jenen Teil des halbdunklen Zimmers wendet, wo Mylady sitzt. Sir Leicester steht auf, um seinen Abschiedsgruß zu erwidern. Mr. Tulkinghorn klingelt abermals, der Diener schwebt wiederum herein und hinaus, und Mr. Rouncewell und Rosa verlassen das Haus.

Jetzt werden Lichter gebracht, und man entdeckt, daß Mr. Tulkinghorn noch immer im Fenster steht, die Hände auf dem Rücken verschränkt, und daß Mylady noch immer dasitzt und seine Gestalt vor sich hat, die ihr die Aussicht auf die Nacht und auf den Tag nimmt. Sie ist sehr blaß. Mr. Tulkinghorn bemerkt es, als sie sich erhebt, um zu gehen, und denkt: Sie hat wohl Grund dazu! Die Seelenstärke dieser Frau ist bewunderungswürdig. Sie hat während der ganzen Zeit eine sorgfältig einstudierte Rolle gespielt. Aber auch er beherrscht seine Rolle – seine eine, unveränderliche Rolle –, und wie er dieser Frau die

Tür öffnet, könnten fünfzig Augen, jedes fünfzigmal schärfer als die Sir Leicesters, keinen Fehl an ihm entdecken.

Lady Dedlock speist heute allein auf ihrem Zimmer. Sir Leicester muß zum Entsatz der Doodleaner, und um den Coodleanern eine Niederlage beizubringen, ins Parlament. Als sich Lady Dedlock zu Tisch setzt, immer noch totenblaß – eine gute Illustration zu dem Text des schmachtenden Vetters –, fragt sie, ob er schon fort sei. Ja. Ob Mr. Tulkinghorn schon fort sei? Nein. Womit er sich beschäftige? Der Diener meint, er schreibe Briefe in der Bibliothek. Ob Mylady ihn zu sprechen wünsche? Auf keinen Fall.

Aber er wünscht Mylady zu sprechen. Nach wenigen Minuten läßt er sich durch den Diener anmelden und bittet Mylady, ihm nach dem Essen ein paar Worte zu gestatten. Mylady will ihn jetzt gleich sprechen. Er kommt sofort und bittet trotz ihrer Erlaubnis um Verzeihung, daß er störe, während sie noch bei Tisch sitze. Als sie allein sind, fordert Mylady ihn mit einem Wink auf, solche Possen zu unterlassen.

„Was wünschen Sie, Sir?"

„In der Tat, Lady Dedlock", erwidert der Advokat, indem er auf einem Stuhl in einiger Entfernung von ihr Platz nimmt und langsam die mit den rostroten Beinkleidern bedeckten Schenkel aneinander reibt, unaufhörlich auf und nieder, „ich bin einigermaßen über Ihr Benehmen verwundert."

„Wirklich?"

„Ja, sehr verwundert. Ich war nicht darauf vorbereitet. Ich betrachte es als eine Verletzung unseres Übereinkommens und Ihres Versprechens. Es bringt uns in eine neue Lage, Lady Dedlock. Ich fühle mich in die Notwendigkeit versetzt, sagen zu müssen, daß ich das nicht billige."

Er hält seine Schenkel plötzlich ruhig und sieht sie an, die Hände auf die Knie gestützt. So unerschütterlich und unwandelbar er ist, gibt sich doch in seinem Benehmen eine nicht näher zu beschreibende Freiheit kund, die neu ist und die der Beachtung Lady Dedlocks nicht entgeht.

„Ich verstehe Sie nicht ganz."

„Doch, bestimmt. Ich glaube, Sie verstehen mich recht gut. Ich bitte Sie, Lady Dedlock, wir wollen nicht um leere Worte streiten. Sie wissen, Sie haben das Mädchen gern."

„Und, Sir?"

„Und Sie wissen so gut wie ich, daß Sie das Mädchen nicht aus den Gründen, die Sie angegeben haben, fortschickten, sondern um sie, soweit es in Ihren Kräften steht – entschuldigen Sie, daß ich das so geschäftsmäßig vorbringe –, vor jedem Vorwurf, vor jeder Bloßstellung, die Ihnen droht, zu bewahren."

„Und, Sir?"

„Und, Lady Dedlock", entgegnet der Anwalt, der die Beine übereinanderschlägt und sein Knie streichelt, „dagegen habe ich viel einzuwenden. Ich halte diesen Schritt für gefährlich. Ich weiß, daß er überflüssig ist und dazu dienen kann, Nachfragen, Zweifel, Gerüchte und ich weiß nicht was im Hause zu veranlassen. Außerdem verletzt er unser Übereinkommen. Sie sollten genauso bleiben, wie Sie bisher waren; aber es muß Ihnen ebenso klar sein wie mir, daß Sie heute abend ganz anders waren als sonst. Beim Himmel, Lady Dedlock, ganz unverkennbar anders!"

„Wenn ich im Besitz meines Geheimnisses..." will sie erwidern; aber er unterbricht sie.

„Ich bitte Sie, Lady Dedlock, das ist eine rein geschäftliche Angelegenheit, und in Geschäftsdingen kann man sich nicht klar genug ausdrücken. Es ist nicht länger Ihr Geheimnis. Das ist eben Ihr Irrtum. Es ist mein Geheimnis, mir für Sir Leicester und die Familie anvertraut. Wenn es Ihr Geheimnis wäre, Lady Dedlock, so wären wir nicht hier und hätten nicht diese Unterredung miteinander."

„Das ist sehr wahr. Wenn ich, weil ich das Geheimnis kenne, alles tue, damit auf ein unschuldiges Mädchen – vorzüglich, wenn ich an Ihre eigene Äußerung denke, als Sie meine Geschichte den versammelten Gästen in Chesney Wold erzählten – nicht ein Schatten der mir drohenden Schande fällt, dann handle ich nach einem unverrückbaren Entschluß, den ich gefaßt habe. Nichts in der Welt und kein Mensch auf Erden kann diesen Entschluß wankend machen oder mich bestimmen, anders zu handeln." Sie sagt das völlig überlegt und ganz deutlich und gibt so wenig Leidenschaft zu erkennen wie er selbst. Er aber handelt sein Geschäft ganz methodisch ab, als wäre sie irgendein fühlloses Stück Werkzeug, das man dazu braucht.

„Wirklich? Dann, Lady Dedlock", entgegnet er, „müssen Sie einsehen, daß Ihnen nicht zu trauen ist. Sie haben die Sache völlig offenkundig gemacht und den nackten Tatbestand ans Licht gebracht; und da das der Fall ist, ist Ihnen nicht zu trauen."

„Vielleicht werden Sie sich erinnern, daß ich hinsichtlich dieses Punktes einiges Interesse an den Tag legte, als wir nachts in Chesney Wold miteinander sprachen?"

„Ja", antwortet Mr. Tulkinghorn, indem er gleichgültig aufsteht und sich vor den Kamin stellt. „Ja. Ich entsinne mich, Lady Dedlock, daß Sie allerdings von dem Mädchen sprachen; aber das geschah, ehe wir unsere Übereinkunft trafen, und sowohl der Buchstabe wie der Geist unserer Übereinkunft schließen jeden Schritt von Ihrer Seite aus, sofern er sich auf meine Entdeckung gründet. Darüber kann es gar keinen Zweifel geben. Sie sprechen davon, das Mädchen zu schonen; aber ich frage Sie: welche Wichtigkeit oder welchen Wert hat dieses Kind? Schonen! Lady Dedlock, hier steht die Ehre einer Familie auf dem Spiel! Man hätte meinen sollen, der Weg hätte jetzt geradeaus gehen müssen – über alles hinweg, ohne nach rechts oder links auszuweichen, ohne Rücksicht auf irgend etwas zu nehmen, ohne Schonung, indem man alles zu Boden tritt."

Sie hat den Tisch angestarrt. Jetzt hebt sie die Augen und sieht ihn an. Ein finsterer Ausdruck liegt auf ihrem Gesicht, und sie beißt sich auf die Unterlippe. Diese Frau versteht mich, denkt Mr. Tulkinghorn, als sie die Augen wieder niederschlägt. Sie hat keine Schonung zu erwarten – warum sollte sie andere schonen?

Eine kleine Weile schweigen beide. Lady Dedlock hat nichts gegessen, aber sich ein- oder zweimal mit fester Hand Wasser eingegossen und getrunken. Sie steht vom Tisch auf, holt sich einen Lehnstuhl und lehnt sich darin zurück, indem sie die Hand über die Augen hält. Nichts in ihrem Wesen drückt Schwäche aus oder erregt Mitleid. Sie ist voll düsterer Gedanken in sich versunken. Diese Frau, überlegt Mr. Tulkinghorn, der vor dem Kamin steht und ihr wieder als schwarzer Hintergrund die Aussicht versperrt, ist es wert, daß man sich mit ihr befaßt.

Er richtet seine ganze Aufmerksamkeit auf sie und spricht eine Zeitlang kein Wort. Auch ihre Aufmerksamkeit ist von irgendeiner Sache gefesselt. Sie wird nicht als erste sprechen, und wenn er auch bis Mitternacht dastünde; das ist so offensichtlich, daß sogar er sich genötigt sieht, ihr Schweigen zu brechen.

„Lady Dedlock, der unangenehmste Teil dieser geschäftlichen Unterredung steht uns noch bevor, aber es ist etwas Geschäftliches. Unsere Übereinkunft ist gebrochen. Eine Dame von Ihrer Einsicht und Charakterstärke wird nicht überrascht sein, wenn ich erkläre, daß diese Übereinkunft jetzt für mich nicht mehr besteht und daß ich nunmehr meine eigenen Wege gehen werde."

„Ich bin auf alles gefaßt."

Mr. Tulkinghorn verneigt sich. „Ich habe Sie mit nichts mehr zu belästigen, Lady Dedlock."

Als er das Zimmer verlassen will, hält sie ihn noch einmal mit der Frage zurück: „Ist das die zugesagte Nachricht? Ich wünsche Sie nicht mißzuverstehen."

„Nicht genau die Benachrichtigung, die Sie erhalten sollten, Lady Dedlock, weil die in Aussicht gestellte Nachricht voraussetzte, daß die Übereinkunft unverletzt blieb. Aber faktisch dieselbe. Ein Unterschied besteht nur in den Augen eines Juristen."

„Sie beabsichtigen, mir keine andere Nachricht zu geben?"

„In der Tat, nein."

„Beabsichtigen Sie, Sir Leicester heute abend das Geheimnis zu enthüllen?"

„Eine Frage, die auf den Kern lossteuert!" sagt Mr. Tulkinghorn mit einem schwachen Lächeln, und indem er vorsichtig den Kopf schüttelt. „Nein, heute nicht."

„Morgen?"

„Wenn ich mir alles recht überlege, so muß ich eine Antwort auf diese Frage verweigern, Lady Dedlock. Wenn ich sagte, ich wüßte nicht genau wann, so würden Sie mir nicht glauben, und es wäre damit gar nichts erreicht. Es könnte sein, daß es morgen geschieht. Ich will lieber nichts weiter sagen. Sie sind vorbereitet, und ich erwecke keine Hoffnung, die die Umstände vielleicht nicht rechtfertigen könnten. Ich wünsche Ihnen einen guten Abend."

Sie nimmt die Hand von ihrem Gesicht, wendet ihm ihr bleiches Antlitz zu, als er still zur Tür geht, und ruft ihn noch einmal zurück, da er sie eben öffnen will. „Gedenken Sie noch einige Zeit im Hause zu bleiben? Ich hörte, Sie schrieben in der Bibliothek Briefe. Gehen Sie nochmals dorthin?"

„Ich hole mir meinen Hut. Ich gehe nach Hause."

Sie senkt mehr die Augen, als daß sie ihren Kopf neigt, so leise und merkwürdig ist die Bewegung, und er entfernt sich. Sowie er das Zimmer verlassen hat, sieht er auf seine Uhr, als glaubte er, sie könne etwa eine Minute falsch gehen. Auf der Treppe steht eine prachtvolle Uhr, die, was bei prachtvollen Uhren selten ist, wegen ihres richtigen Ganges berühmt ist. „Und was sagst du?" fragt Mr. Tulkinghorn diese Uhr. „Was sagst du?"

Wenn sie jetzt sagte: Geh nicht nach Hause! Wie berühmt würde sie werden, wenn sie in dieser einen Nacht von allen Nächten, die sie abgemessen hat, zu diesem einen alten Mann von all den alten und jungen Leuten, die vor ihr gestanden haben, sagte: Geh nicht nach Hause! Mit ihrer lauten, hellen

Glocke schlägt sie drei Viertel nach sieben und tickt weiter. „Was, bist ja schlimmer, als ich dachte!" sagt Mr. Tulkinghorn tadelnd zu seiner eigenen Uhr. „Zwei Minuten falsch? Wenn das so weitergeht, behalte ich dich nicht bis zu meinem Ende." Wie schön hätte die Uhr Böses mit Gutem vergolten, wenn sie zur Antwort geschlagen hätte: Geh nicht nach Hause!

Er betritt die Straße und geht, die Hände auf dem Rücken, im Schatten der hohen Häuser dahin, deren Geheimnisse, Verlegenheiten, Verpfändungen und heikle Angelegenheiten jeder Art in großer Zahl hinter seiner schwarzen Atlasweste aufgespeichert sind. Er steht sogar mit den nackten Mauern in vertrautem Verständnis, und die hohen Schornsteine telegraphieren ihm Familiengeheimnisse zu. Aber nichts von allem hat eine Stimme, um ihm zuzuflüstern: Geh nicht nach Hause!

Durch das Leben und die Bewegung in den weniger vornehmen Straßen, durch den Lärm und das Kreischen vieler Fuhrwerke, vieler Füße und vieler Stimmen wird er erbarmungslos von dannen getragen, während die grelle Beleuchtung der Ladenfenster auf ihn fällt, der Westwind ihn anweht und das Gedränge ihn weiterstößt, und nichts tritt ihm entgegen und flüstert ihm zu: Geh nicht nach Hause! Als er endlich sein stilles Zimmer erreicht hat, das Licht anzündet, um sich schaut und den Römer von der Decke herabweisen sieht, da liegt in der Hand des Römers oder in der aufgeregten Bewegung der Nebengruppen keine neue Bedeutung, die ihm die späte Warnung erteilt: Bleib nicht hier!

Es ist eine mondklare Nacht, aber der Mond, der eben ins letzte Viertel getreten ist, geht erst jetzt über der großen Wildnis von London auf. Die Sterne glänzen, wie sie über dem bleiernen Turmdach von Chesney Wold geglänzt haben. Diese Frau, wie er sie neuerdings zu nennen pflegt, blickt zu ihnen empor, in ihrer Seele stürmt es wild, und ihr Herz ist krank und ruhelos. Die großen Zimmer sind ihr zu dumpf und eng. Sie kann es nicht länger in ihnen aushalten und will in einem benachbarten Garten allein spazierengehen.

Zu launisch und herrisch in ihrem ganzen Tun, als daß sich irgend jemand über irgend etwas, das sie tut, verwundern sollte, tritt sie in einem weiten Mantel in den Mondschein hinaus.

Der Diener begleitet sie mit dem Schlüssel. Nachdem er die Gartenpforte geöffnet hat, übergibt er Mylady auf ihr Verlangen den Schlüssel und erhält den Befehl, wieder nach

Hause zu gehen. Sie will hier eine Zeitlang spazierengehen, um Linderung für ihren Kopfschmerz zu finden. Vielleicht eine Stunde, vielleicht länger. Sie braucht keine Begleitung weiter. Die Gartenpforte fällt rasselnd ins Schloß, und er verläßt sie, als sie unter dem dunklen Schatten einiger Bäume dahinschreitet.

Eine schöne Nacht und ein heller, großer Mond und Millionen Sterne. Auf dem Weg zu seinem Keller, wo er die widerhallenden Türen öffnet und zumacht, hat Mr. Tulkinghorn über einen gefängnisartigen Hof zu gehen. Er blickt zufällig zum Himmel auf und denkt, was für eine schöne Nacht es sei und ein wie heller, großer Mond und wie viele Millionen Sterne scheinen.

Es ist auch eine stille Nacht. Eine sehr stille Nacht. Wenn der Mond sehr hell leuchtet, scheint er über die Erde eine Einsamkeit und eine Stille zu verbreiten, die selbst menschenwimmelnde, belebte Orte in ihren Bann zieht. Dann ist die Nacht nicht nur still auf staubigen Landstraßen und auf Bergesgipfeln, von wo aus man eine weite Strecke Land ringsum überschauen kann, wie es in Ruhe daliegt und stiller und stiller in einem Waldsaum in den Himmel verläuft, über dem grau das Gespenst eines Silbernebels schwebt; die Nacht ist nicht nur still in Gärten und in Wäldern und auf dem Fluß, wo die Wiesen am Wasser so frisch und grün sind und das Wasser zwischen lieblichen Inseln, murmelnden Wehren und flüsterndem Schilf dahintanzt; die Nacht ist nicht nur dort still, wo der Strom an sich dicht aneinanderdrängenden Häusern vorüberfließt, wo sich viele Brücken in seiner Fläche spiegeln, wo Werften und ankernde Schiffe ihm ein schwarzes und schauerliches Aussehen geben; wo er dann diese Entstellungen verläßt, um sich durch das Marschland, dessen Signalstangen wie ans Ufer geschwemmte Gerippe aussehen, und dann wieder durch sanfthügeliges Land, reich an Kornfeldern, Windmühlen und Kirchtürmen, in das ewig wogende Meer zu ergießen; die Nacht ist nicht nur still auf dem tiefen Meer und an der Küste, wo der Wächter steht, um das Schiff mit ausgebreiteten Schwingen über den lichten Pfad segeln zu sehen, der sich nur ihm darzubieten scheint – nein, selbst über diese Wildnis Londons verbreitet sich einige Ruhe. Seine Kirchtürme und die eine große Kuppel werden zarter; die verräucherten Giebel der Häuser verlieren ihre grobe Körperlichkeit in dem bleichen Glanz; das Lärmen auf der Straße verebbt und klingt gedämpfter, und die Schritte auf dem Pflaster gehen ruhiger vorüber. In diesen Gefilden, wo

Mr. Tulkinghorn wohnt, wo die Schäfer auf Kanzleigerichtspfeifen spielen, die keine Pausen kennen, und ihre Schafe mit List und Gewalt eingesperrt halten, bis sie ganz kahl geschoren sind, verschwimmt jedes Geräusch an diesem Mondscheinabend in ein ferntönendes Summen, als wäre die Stadt ein großes, vibrierendes Glas.

Was ist das? Wer feuert eine Flinte oder eine Pistole ab? Wo war es?

Die wenigen Fußgänger schrecken zusammen, bleiben stehen und sehen sich erstaunt an. Einige Fenster und Türen gehen auf, und Leute treten heraus, um sich umzuschauen. Es war ein lauter Knall, und er hallte schwer und langanhaltend nach. Ein Haus wurde davon erschüttert, oder wenigstens behauptet das ein Mann, der vorüberging. Der Schuß hat alle Hunde in der Nachbarschaft aufgeweckt, und sie schlagen lauten Lärm. Erschrockene Katzen springen über die Straße. Während die Hunde noch bellen und heulen – ein Hund jault wie ein Dämon –, beginnen die Turmuhren, als wären auch sie erschrocken, zu schlagen. Das Summen auf den Straßen scheint zu einem Toben anzuschwellen. Aber das alles ist bald vorbei. Ehe die letzte Uhr zu schlagen anfängt, wird das Geräusch schon wieder leiser. Als sie aufgehört hat, genießen die schöne Nacht, der helle Mond und die Millionen Sterne wieder den alten Frieden.

Ist Mr. Tulkinghorn gestört worden? Seine Fenster sind dunkel und still, und seine Tür ist verschlossen. Es muß in der Tat etwas ganz Ungewöhnliches sein, was ihn aus seinem Schneckenhaus herauszulocken vermöchte. Man hört und sieht nichts von ihm. Welcher Kanonenlärm mag wohl dazu gehören, diesen verrosteten Alten aus seiner unerschütterlichen Fassung zu bringen?

Seit vielen Jahren hat der ausdauernde Römer, ohne etwas Besonderes zu meinen, von der Decke auf den Boden gedeutet. Es ist nicht zu erwarten, daß er heute nacht etwas Besonderes meint. Wer einmal deutet, deutet immer – wie jeder Römer oder selbst Brite, der nur einen einzigen Gedanken hat. Und wahrhaftig, die ganze Nacht verharrt er in seiner unmöglichen Stellung und deutet nutzlos zu Boden. Mondschein, Nacht, Morgengrauen, Sonnenaufgang, Tag – immer noch deutet er eifrig hinunter, und niemand achtet auf ihn.

Aber kurz nach Tagesanbruch kommen Leute, um die Zimmer zu reinigen. Und entweder meint der Römer wirklich etwas

Neues, das er vorher nicht ausgedrückt hat, oder der erste dieser Leute wird verrückt; denn als er hinaufblickt nach der ausgestreckten Hand und nachher nach dem, was darunter ist, schreit er auf und entflieht. Die andern blicken in den Raum, wie der erste hineinblickte; sie schreien auch auf und entfliehen, und die Straße ist von Lärm erfüllt.

Was hat das zu bedeuten? Man läßt kein Licht in das verdunkelte Zimmer, und Leute, die es sonst nicht betreten, kommen herein. Leisen, aber schweren Schrittes tragen sie etwas ins Schlafzimmer und legen es nieder. Den ganzen Tag über flüstert man verwundert miteinander, durchsucht aufs strengste jede Ecke, verfolgt aufmerksam jeden Fußtapfen und betrachtet sorgfältig die Stellung jedes Stücks Hausrat. Aller Augen blicken hinauf zu dem Römer, und alle Stimmen murmeln: „Wenn der nur erzählen könnte, was er gesehen hat!"

Er deutet nieder auf einen Tisch, auf dem eine Flasche Wein – sie ist fast noch voll –, ein Glas und zwei Kerzen stehen, die plötzlich kurz nach dem Anzünden ausgeblasen worden sind. Er deutet auf einen leeren Stuhl und auf einen Fleck auf dem Fußboden davor, den man fast mit einer Hand bedecken kann. Diese Dinge liegen unmittelbar in seinem Bereich. Eine aufgeregte Phantasie könnte meinen, es läge in ihnen etwas so Schreckliches, daß das ganze Deckengemälde – nicht nur die Amoretten mit den dicken Beinen, sondern auch die Wolken und Blumen und Pfeiler –, kurz, daß Leib und Seele der Allegorie und ihr ganzes Gehirn verrückt werden müßten. Jeder, der in dieses verdunkelte Zimmer tritt und sich diese Sachen ansieht, blickt allerdings hinauf zu dem Römer, und er hat für alle Augen etwas Geheimnisvolles und Schauerliches an sich, als wäre er ein stummer Zeuge, den der Schlag getroffen hat.

So werden auch gewiß noch viele Jahre lang Schauergeschichten von jenem Fleck auf dem Fußboden erzählt werden, von dem Fleck, der so leicht zu bedecken und so schwer zu tilgen ist, und der Römer wird, solange Staub und Feuchtigkeit und Spinnen ihn verschonen, mit viel größerer Bedeutung zu Boden weisen.

Denn Mr. Tulkinghorns Zeit ist für immer abgelaufen, und der Römer deutet herunter auf die Mörderhand, die sich gegen sein Leben erhob, und deutet ratlos auf ihn, wie er die Nacht hindurch bis zum frühen Morgen mit dem Gesicht auf dem Fußboden liegt, mitten durchs Herz geschossen.

49. KAPITEL

Pflicht und Freundschaft

Ein großer Jahrestag ist in der Familie Matthew Bagnets, sonst genannt Lignum Vitae, Exartilleristen und gegenwärtigen Baßhornbläsers, angebrochen. Ein Tag der Köstlichkeit und der Freude: die Feier eines Geburtstages in der Familie.

Es ist nicht Mr. Bagnets Geburtstag. Mr. Bagnet zeichnet diesen Anbruch einer neuen Epoche im Musikaliengeschäft nur dadurch aus, daß er den Kindern vor dem Frühstück einen Extraschmatz gibt, eine Pfeife mehr nach dem Mittagessen raucht und sich gegen Abend wundert, was wohl seine arme, alte Mutter davon denken möchte – ein Gegenstand unendlichen Nachgrübelns, der dadurch nicht einfacher wird, daß seine Mutter schon vor zwanzig Jahren gestorben ist. Manche Menschen erinnern sich selten an ihren Vater und scheinen in den Bankbüchern ihres Gedächtnisses ihr ganzes Kapital an kindlicher Liebe auf den Namen ihrer Mutter überschrieben zu haben. Mr. Bagnet ist einer von ihnen. Vielleicht veranlaßt ihn der hohe Wert, den er den Verdiensten seiner Frau zumißt, das Substantivum Verdienst stets als Femininum zu gebrauchen.

Es ist auch nicht der Geburtstag eines der drei Kinder. Wohl erhalten diese Tage ebenfalls ihre Auszeichnungen, aber selten gehen diese Auszeichnungen über die Grenzen freundlicher Glückwünsche und eines Puddings hinaus. Bei Woolwichs letztem Geburtstag allerdings begann Mr. Bagnet, nachdem er sich über sein Wachstum und seine Fortschritte im allgemeinen geäußert hatte und einen Augenblick lang in tiefes Nachdenken über die von der Zeit hervorgebrachten Veränderungen versunken war, ihn im Katechismus zu examinieren. Er wurde auch sehr gut mit den Fragen Nummer eins und zwei fertig: Wie lautet dein Name? und: Wer hat dir diesen Namen gegeben? Aber dann ließ ihn sein Gedächtnis ein bißchen im Stich, und er ersetzte Frage Nummer drei durch die Frage: „Und wie gefällt dir dieser Name?" – eine Frage, die er mit einem so erbaulichen und wohltuenden Gefühl der Wichtigkeit vorlegte, daß sie dadurch einen ordentlich orthodoxen Anstrich erhielt. Das war jedoch eine Besonderheit gerade dieses Geburtstages und kein regelmäßig wiederkehrendes Ereignis. –

Nein, es ist der Geburtstag der Dame des Hauses, und das

ist der größte Festtag, der mit dem dicksten roten Strich versehene Tag in Mr. Bagnets ganzem Kalender. Das glückliche Ereignis wird stets in ganz bestimmten Formen begangen, die Mr. Bagnet schon vor einigen Jahren festgelegt und vorgeschrieben hat. Mr. Bagnet hegt die tiefe Überzeugung, daß einige Hühner auf dem Mittagstisch den höchsten Gipfel kaiserlichen Luxus darstellen, und geht daher regelmäßig sehr frühzeitig am Morgen dieses Tages selbst aus, um ein Paar zu kaufen; ebenso regelmäßig wird er von dem Geflügelhändler betrogen und in Besitz der ältesten Bewohner sämtlicher Hühnerkörbe Europas gesetzt. Er bindet diese Triumphe der Zähigkeit in ein reines, blau- und weißgewürfeltes baumwollenes Taschentuch ein – auch das gehört zu dem unabdingbaren Zeremoniell dieses Festes –, kehrt nach Hause zurück und fordert Mrs. Bagnet beim Frühstück ganz beiläufig auf zu sagen, was sie am liebsten zu Mittag essen möchte. Durch einen merkwürdigen Zufall erwidert Mrs. Bagnet regelmäßig: ein Huhn, worauf Mr. Bagnet unter allgemeinem Staunen und Frohlocken das Bündel aus seinem Versteck hervorzieht. Er verlangt ferner, daß seine Frau den ganzen Tag lang nichts weiter tun soll, als in ihrem besten Kleide dazusitzen und sich von ihm und den Kindern bedienen zu lassen. Da er wegen seiner Kochkunst nicht gerade berühmt ist, möchte man das mehr für eine reine Formsache denn für eine genußvolle Angelegenheit von seiten Mrs. Bagnet halten; aber sie bewahrt durchaus die denkbar größte Heiterkeit.

An diesem Geburtstag nun hat Mr. Bagnet die gewöhnlichen Präliminarien bereits vollzogen. Er hat zwei Hühner gekauft, die ganz gewiß schon – in figürlichem Sinne – trocken hinter den Ohren waren, als sie für den Bratspieß gefangen wurden; er hat durch ihre unerwartete Erscheinung die Familie in Staunen und Freude versetzt und führt nun selbst die Aufsicht über das Braten des Geflügels; Mrs. Bagnet jedoch, deren gesunde braune Finger jucken vor Verlangen, einzugreifen, wo etwas falsch gemacht wird, sitzt in ihrem Staatskleide als geehrter Gast da.

Quebec und Malta decken den Tisch, während Woolwich, wie es sich gebührt, unter seinem Vater dient und den Spieß mit den Hühnern in Gang hält. Diesen jugendlichen Küchenhilfen gibt Mrs. Bagnet gelegentlich mit einem Wink oder einem Kopfschütteln oder einem Verziehen des Gesichtes zu erkennen, wenn sie etwas falsch machen.

„Um halb zwei!" verkündet Mr. Bagnet; „auf die Minute. Sie werden fertig sein."

Angstvoll sieht Mrs. Bagnet, wie eines der Hühner aufhört, sich vor dem Feuer zu drehen, und zu brennen anfängt.

„Du sollst dein Festessen haben, Alte", ruft Mr. Bagnet; „wie eine Königin."

Mrs. Bagnet zeigt heiter ihre weißen Zähne, aber ihr Sohn entdeckt eine so große Unruhe an ihr, daß ihn die Vorschriften kindlicher Liebe zwingen, sie mit den Augen zu fragen, was ihr fehle; und nun steht er mit weit offenen Augen da und achtet noch viel weniger auf die Hühner als zuvor, so daß auch nicht die mindeste Hoffnung besteht, ihm möge das Bewußtsein wieder zurückkehren. Zum Glück bemerkt seine älteste Schwester, weshalb Mrs. Bagnets Busen von Unruhe verzehrt ist, und erinnert ihn mit einem warnenden Rippenstoß an seine Pflicht. Die Hühner beginnen sich wieder zu drehen, und Mrs. Bagnet schließt in der Wonne ihres erleichterten Herzens die Augen.

„George wird uns besuchen", sagt Mr. Bagnet. „Um halb fünf. Auf den Glockenschlag. Wie viele Jahre, Alte, hat George uns diesen Nachmittag so besucht?"

„Ach, Lignum, Lignum, so viele Jahre, als genügen, um aus einer jungen Frau eine alte zu machen, möchte ich meinen. So oft wird's gewesen sein und keinmal weniger", entgegnet Mrs. Bagnet und schüttelt den Kopf.

„Alte", sagt Mr. Bagnet, „gräme dich nicht. Du bist so jung, wie du immer gewesen bist – wenn nicht jünger. Das weiß jedermann."

Quebec und Malta schreien, wobei sie in die Hände klatschen, daß Bluffy der Mutter gewiß etwas mitbringen werde, und fangen an zu raten, was es wohl sein werde.

„Weißt du, Lignum", fährt Mrs. Bagnet fort, indem sie einen Blick auf das Tischtuch wirft und mit ihrem rechten Auge Malta: „Salz!" zuwinkt, während ein Kopfschütteln Quebec veranlaßt, den Pfeffer wegzutun, „es kommt mir so vor, als ob George wieder einmal seine unruhige Laune hätte."

„George", entgegnet Mr. Bagnet, „wird nie desertieren und seinen alten Kameraden in der Klemme lassen. Das befürchte nicht."

„Nein, Lignum, nein – das sage ich nicht, das wird er nicht tun; aber wenn er die Geldgeschichte loswerden könnte, glaube ich, würde er wieder weitermachen."

Mr. Bagnet fragt warum.

„Nun", entgegnet seine Frau nachdenklich, „George scheint mir recht ungeduldig und unruhig zu werden. Ich sage nicht, daß er weniger frei und offen wäre als früher, natürlich muß er so sein, sonst wäre er nicht George; aber es bedrückt ihn etwas, und das macht ihn übler Laune."

„Er wird extra gedrillt", sagt Mr. Bagnet. „Von einem Advokaten, der dem Teufel üble Laune machen könnte."

„Daran ist etwas Wahres", stimmt ihm seine Frau zu. „Ja, so wird's sein, Lignum."

Eine Fortsetzung dieses Gesprächs wird vorderhand dadurch verhindert, daß sich Mr. Bagnet in die Notwendigkeit versetzt sieht, die ganze Kraft seines Geistes auf das Mittagsmahl zu richten. Es ist nämlich einigermaßen in Gefahr durch das trockene Temperament der Hühner, die keine Brühe hergeben wollen, sowie dadurch, daß die Soße keinen Geschmack bekommt und eine flachsgelbe Farbe hat. Von ähnlicher Verkehrtheit erfüllt, fallen die Kartoffeln während des Schälens von den Gabeln und platzen nach allen Richtungen auseinander, als bewegte sie von innen heraus ein Erdbeben. Auch die Beine der Hühner sind länger, als eigentlich zu wünschen wäre, und haben große Schuppen. Mr. Bagnet überwindet diese Schwierigkeiten nach besten Kräften, trägt endlich das Mahl auf, und sie setzen sich alle zu Tisch, wobei Mrs. Bagnet den für Gäste bestimmten Platz an seiner rechten Seite einnimmt.

Es ist gut für die alte Dame, daß sie bloß einmal Geburtstag im Jahr hat; denn zwei derartige Schwelgereien in Geflügel könnten sich nachteilig auswirken. Jede feinere Sehne und Flechse, die Geflügel nun einmal besitzt, hat sich bei diesen beiden Hühnern zu der eigentümlichen Form von Gitarrensaiten entwickelt. Ihre Flügel und Keulen scheinen in der Brust und im Rumpf Wurzeln geschlagen zu haben, wie alte Bäume Wurzeln in der Erde schlagen. Ihre Keulen sind so hart, daß man auf den Gedanken kommen möchte, sie hätten den größten Teil ihres langen und mühseligen Lebens mit angestrengten Märschen oder Wettläufen zugebracht. Aber für Mr. Bagnet, der von diesen kleinen Mängeln nichts ahnt, ist es eine Herzenssache, daß Mrs. Bagnet eine bedeutende Quantität von den ihr vorgesetzten Leckerbissen vertilgt; und da die gute Frau ihm um keinen Preis an irgendeinem Tage – und am allerwenigsten an einem solchen Tag – den geringsten Verdruß bereiten möchte, setzt sie ihre Verdauung den größten Gefahren aus. Wie der junge Woolwich, ohne von Straußen abzustammen, die Trommelstöcke hinunterschlingt, ist seiner besorgten Mutter ein unlösbares Rätsel.

Mrs. Bagnet hat nach Beendigung des Mahles noch eine Prüfung zu bestehen: sie muß in Paradestellung sitzenbleiben, während das Zimmer saubergemacht, der Herd gekehrt und das Tischgeschirr im Hof gewaschen und poliert wird. Die große Freude und Energie, mit der die beiden jungen Damen diese Pflichten verrichten, wobei sie nach dem Beispiel der Mutter das Kleid aufschürzen und auf kleinen Gerüsten von Holzschuhen herein und hinaus Schlittschuh fahren, erwecken die kühnsten Hoffnungen für die Zukunft, jedoch auch einige Bangigkeit für die Gegenwart. Dieselben Ursachen führen zu einer Verwirrung der Zungen, einem Geklapper von irdenem Geschirr, einem Rasseln von zinnernen Krügen, einem Schwingen von Besen und einer Verschwendung von Wasser, alles im größten Übermaße, während der durchnäßte Zustand der jungen Damen selbst ein so rührendes Schauspiel ist, daß es Mrs. Bagnet kaum mit der ihrer Stellung angemessenen Ruhe ansehen kann. Endlich sind die verschiedenen Reinigungsprozesse siegreich beendet; Quebec und Malta erscheinen lächelnd und trocken in frischen Kleidern; Pfeifen und Tabak werden gebracht, etwas zu trinken kommt auf den Tisch, und die alte Dame erfreut sich der ersten Ruhe, die sie an diesem Tage des genußreichen Festes überhaupt kennenlernt.

Als Mr. Bagnet seinen gewöhnlichen Platz wieder einnimmt, stehen die Zeiger der Uhr fast auf halb fünf; als sie diese Zeit genau anzeigen, ruft Mr. Bagnet: „George! soldatische Pünktlichkeit!"

Es ist George; und er erscheint mit herzlichen Glückwünschen für die Frau des Hauses, die er bei dieser feierlichen Gelegenheit küßt, sowie für die Kinder und Mr. Bagnet. „Allen wünsche ich, daß dieser Tag noch oft wiederkehren möge!" sagt Mr. George.

„Aber George, Alter!" ruft Mrs. Bagnet und sieht ihn neugierig an, „was fehlt Euch?"

„Was mir fehlt?"

„Ach! Ihr seid so blaß, George, und seht so angegriffen aus, nicht wahr, Lignum?"

„George", stimmt Mr. Bagnet bei, „sag's der Alten. Was fehlt dir?"

„Ich wußte nicht, daß ich so blaß bin", antwortet der Kavallerist und fährt sich mit der Hand über die Stirn, „und ich wußte auch nicht, daß ich angegriffen aussehe. Es tut mir leid, daß es der Fall ist. Aber die Sache ist die, daß der Junge, den ich zu mir in die Wohnung genommen habe, gestern nachmittag gestorben ist, und das ist mir sehr nahegegangen."

„Das arme Kind!" ruft Mrs. Bagnet mit mütterlichem Mitleid, „es ist tot? Das arme Kind!"

„Ich wollte gar nichts davon erwähnen, denn es ist kein Unterhaltungsstoff für einen Geburtstag. Aber Ihr habt es aus mir herausgekriegt, seht Ihr, ehe ich mich hinsetzte. Ich wäre im Nu munter geworden", sagt der Kavallerist und gibt sich Mühe, seiner Stimme einen heiteren Klang zu geben, „aber Ihr habt ein so scharfes Auge, Mrs. Bagnet."

„Du hast recht!" entgegnet Mr. Bagnet, „die Alte ist so scharf wie ein Bohrer."

„Und was noch mehr ist: heute ist ihr Tag, und wir wollen ihn feiern", ruft Mr. George. „Seht, ich habe eine kleine Brosche mitgebracht. 's ist nicht viel dran, aber es ist ein Andenken. Das ist das einzig Gute daran, Mrs. Bagnet."

Mr. George holt sein Geschenk aus der Tasche, das mit bewundernden Sprüngen und Händeklatschen von den jungen Damen der Familie und mit einer Art ehrfürchtiger Bewunderung von Mr. Bagnet begrüßt wird. „Alte", sagt er, „sag ihm meine Meinung darüber."

„Ach, es ist wunderschön, George!" ruft Mrs. Bagnet aus. „Es ist das Allerschönste, was ich jemals gesehen habe."

„Gut!" sagt Mr. Bagnet. „Meine Meinung."

„Es ist so schön", fährt Mrs. Bagnet fort, während sie das Schmuckstück nach allen Seiten dreht und es auf Armeslänge vor sich hinhält, „daß es fast zu gut für mich aussieht."

„Schlecht!" wirft Mr. Bagnet ein. „Nicht meine Meinung!"

„Aber wie dem auch sei: hunderttausendmal Dank, Alter", schließt Mrs. Bagnet mit freudestrahlenden Augen und reicht ihm die Hand, „und obgleich ich manchmal eine widerborstige Soldatenfrau gegen Euch gewesen bin, George, so sind wir doch gewiß so gute Freunde, wie es nur möglich ist. Und jetzt sollt Ihr mir die Brosche als gutes Omen selbst anstecken, wenn Ihr so gut sein wollt, George."

Die Kinder drängen sich heran, um zuzusehen, und Mr. Bagnet sieht über des jungen Woolwichs Kopf hinweg ebenfalls mit einem so gereift hölzernen und zugleich so angenehm kindlichen Interesse zu, daß Mrs. Bagnet nicht umhin kann, in ihrer freundlichsten Weise zu lachen und zu sagen: „Ach, Lignum, was bist du doch für ein köstlicher alter Kerl!" Aber es gelingt dem

Kavalleristen nicht, die Brosche festzustecken. Seine Hand zittert, seine Nerven sind angegriffen, und der Schmuck fällt zu Boden. „Würde es jemand glauben?" sagt er, indem er die Brosche auffängt und sich umsieht. „Ich bin so durcheinander, daß mir nicht einmal etwas so Leichtes gelingt."

Mrs. Bagnet ist der Meinung, daß es für einen solchen Fall kein anderes Mittel gibt als eine Pfeife, läßt den Kavalleristen, nachdem sie die Brosche im Nu selbst festgesteckt hat, auf seinem gewöhnlichen, gemütlichen Platz niedersitzen und holt die Pfeifen herbei. „Wenn Euch das nicht wieder in Stimmung bringt, George", sagt sie, „dann braucht Ihr nur manchmal einen Blick auf Euer Geschenk hier zu werfen, und das beides zusammen muß Euch doch Eure gute Laune wiedergeben."

„Ihr allein solltet das schon fertigbringen", gibt George zur Antwort, „ich weiß, Mrs. Bagnet. Ich muß Euch aber gestehen, die Sache ist mir zuletzt doch etwas zuviel geworden. Da war erstlich dieser arme Bursche. Es war traurig, ihn so sterben zu sehen und ihm nicht helfen zu können."

„Was meint Ihr, George? Ihr habt ihm nicht geholfen? Ihr habt ihn doch bei Euch aufgenommen."

„So weit habe ich ihm freilich geholfen, aber das will wenig besagen. Ich meine, Mrs. Bagnet, ich sah ihn sterben, ohne daß man ihm jemals viel mehr beigebracht hätte, als seine rechte Hand von seiner linken zu unterscheiden. Und es stand schon zu schlimm mit ihm, um da noch etwas gutmachen zu können."

„Ach, das arme Wurm!" sagt Mrs. Bagnet.

„Und dann", fährt der Kavallerist fort, der sich noch immer seine Pfeife nicht anzündet, sondern sich nur mit seiner schweren Hand über die Stirn fährt, „dann mußte man dabei an Gridley denken. Auch das war ein böser Fall, wenn auch in einer anderen Weise. Schließlich verbanden sich diese zwei Gedanken mit einem harten alten Schuft, der mit beiden zu tun gehabt hatte. Und an diesen verrosteten Karabiner zu denken, wie er in seiner Ecke steht, hart und teilnahmslos, und alles so gleichgültig hinnimmt – da jucken einem die Finger, sag ich Euch!"

„Mein Rat wäre", entgegnet Mrs. Bagnet, „daß Ihr Eure Pfeife anzündet und es Euch da jucken laßt. Es ist hübscher und angenehmer und auch viel zuträglicher für die Gesundheit."

„Ihr habt recht", pflichtet ihr der Kavallerist bei, „und ich werde danach handeln."

Er tut es zwar, aber noch immer legt er einen entrüsteten Ernst an den Tag, der auf die jungen Bagnets großen Eindruck macht und sogar Mr. Bagnet veranlaßt, die feierliche Handlung, auf Mrs. Bagnets Gesundheit zu trinken, zu verschieben; er bringt ihr Wohl bei diesen Gelegenheiten stets selbst in einer Rede von musterhafter Kürze aus. Aber nachdem die jungen Damen das, was Mr. Bagnet gewöhnlich „die Mischung" nennt, bereitet haben und Georges Pfeife nunmehr in heller Glut brennt, erachtet es Mr. Bagnet für seine Pflicht, den Toast des Abends auszubringen. Er richtet an die versammelte Gesellschaft folgende Worte: „George, Woolwich, Quebec, Malta: das ist ihr Geburtstag. Marschiert einen ganzen Tag, ihr findet trotzdem keine zweite solche Frau. Auf ihre Gesundheit!"

Nachdem alle auf diesen Toast mit Begeisterung getrunken haben, dankt Mrs. Bagnet mit einer hübschen Rede von entsprechender Kürze. Die Musterstilübung beschränkt sich auf die paar Worte: „Eure Gesundheit!" worauf die alte Dame jedem der Reihe nach zunickt und einen guten Schluck von dem „Gemisch" nimmt. Dann läßt sie den bei dieser Gelegenheit ganz unerwarteten Ausruf folgen: „Da ist ein Mann!"

Wirklich sieht, sehr zum Erstaunen der kleinen Gesellschaft, ein Mann zur Stubentür herein. Es ist ein Mann mit scharfem Auge, ein lebhafter und gewandter Mann, und er zieht jedermanns Blick auf sich, jeden für sich und alle insgesamt, auf eine Weise, die ihn zu einem merkwürdigen Menschen stempelt.

„George!" sagt der Mann und nickt, „was macht Ihr?"

„Ah, Bucket!" ruft Mr. George.

„Ja", erwidert der andere, der nun hereinkommt und die Tür zumacht. „Ich ging eben durch diese Straße, als ich zufällig stehenblieb und mir die musikalischen Instrumente im Ladenfenster ansah – ein Freund von mir möchte ein gebrauchtes Violoncello von gutem Klang kaufen. Da sah ich eine Gesellschaft, die sich amüsierte, und glaubte Euch in der Ecke zu erkennen – ich nahm nicht an, daß ich mich irren könnte. Wie geht es Euch jetzt, George? Ziemlich gut? Und Ihnen, Madam, und Ihnen, Papa? O Gott!" setzt Mr. Bucket hinzu und breitet die Arme aus, „da sind Kinder! Ihr könnt alles mit mir anfangen, wenn ihr mir nur Kinder zeigt. Gebt mir einen Kuß, ihr Schätzchen. Kein Grund zu fragen, wer euer Vater und wer eure Mutter ist. Hab eine solche Ähnlichkeit in meinem Leben noch nicht gesehen!"

Nicht unwillkommen geheißen, hat sich Mr. Bucket neben Mr. George gesetzt und Quebec und Malta auf seine Knie genommen. „Ihr hübschen Kinder", fährt Mr. Bucket fort, „gebt mir einen Kuß; es ist das einzige, worin ich unersättlich bin. Gott segne euch, wie gesund ihr ausseht! Und wie alt mögen die Kinder wohl sein, Madam? Ich würde sie auf etwa acht und zehn Jahre schätzen."

„Sie haben es ziemlich gut getroffen, Sir", erwidert Mrs. Bagnet.

„Ich treffe es immer ziemlich gut", entgegnet Mr. Bucket, „denn ich habe Kinder gern. Ein Freund von mir hat neunzehn, Madam, alle von einer Mutter, und sie sieht noch so frisch und rosig aus wie der junge Morgen. Nicht so wie Sie, aber meiner Seel, sie kommt Ihnen recht nahe! Und was ist das da, mein Schätzchen?" sagt Mr. Bucket weiter und kneift Malta in die Wange, „das sind ja wahre Pfirsiche. Meiner Seel! Und was meinst du zu Papa? Meinst du wohl, daß Papa ein gebrauchtes Violoncello von gutem Klang für Mr. Buckets Freund empfehlen könnte, liebes Kind? Ich heiße Bucket, ist das nicht ein drolliger Name?"

Diese Schmeicheleien haben die Herzen der Familie ganz und gar gewonnen. Mrs. Bagnet vergißt den Tag so weit, daß sie Mr. Bucket eine Pfeife stopft, ihm ein Glas einschenkt und ihn gastfreundlich bedient. Sie würde sich unter allen Umständen freuen, einen so angenehmen Mann begrüßen zu dürfen, aber sie versichert ihm, daß sie ihn als Georges Freund heute abend besonders gern sieht; denn George sei heute irgendwie verstimmt.

„Irgendwie verstimmt?" ruft Mr. Bucket aus. „Wie? So etwas habe ich doch überhaupt noch nie gehört! Was soll das heißen, George? Ihr wollt doch nicht etwa behaupten, Ihr wäret schlechter Laune? Was sollte Euch denn in üble Laune versetzen? Es bedrückt Euch doch nichts!"

„Nichts Besonderes", entgegnet der Kavallerist.

„Das sollte ich meinen", gibt Mr. Bucket zurück. „Was könnte Euch schon bedrücken, möchte ich wissen! Und bedrückt etwa diese kleinen Schätzchen da etwas, he? Gewiß nicht. Aber sie werden manchen jungen Kerl mit der Zeit bedrückt machen, und er wird schrecklich traurig davon werden. Ich verstehe mich nicht aufs Wahrsagen, aber das kann ich Ihnen versichern, Madam."

Mrs. Bagnet, ganz entzückt, hofft, daß Mr. Bucket auch Familie habe.

„Das ist's eben, Madam!" erwidert Mr. Bucket. „Würden Sie's glauben? Nein, ich habe keine Familie. Meine Frau und

mein Mieter sind meine ganze Familie. Mrs. Bucket hat Kinder
ebenso lieb wie ich selber und wünscht ebensosehr, welche zu
haben, aber es hat nicht sollen sein. So geht es eben. Die Güter
dieser Erde sind ungleich verteilt, und der Mensch soll nicht
murren. Was für einen hübschen Hof Sie haben, Madam. Hat
er einen Ausgang?"

Der Hof hat keinen Ausgang.

„Wirklich nicht?" fährt Mr. Bucket fort; „ich hätte gedacht,
er müßte einen Ausgang haben. Wahrhaftig, ich wüßte nicht,
daß ich jemals einen Hof gesehen habe, der mir besser gefallen
hätte. Sie erlauben wohl, ihn mir näher anzusehen? Danke.
Nein, er hat keinen Ausgang, ich seh's. Aber was für hübsche
Maße der Hof hat!"

Nachdem sich Mr. Bucket draußen mit scharfem Blick überall
umgesehen hat, kehrt er auf seinen Stuhl neben seinen Freund
George zurück und klopft ihm freundschaftlich auf die Schulter.

„Wie seid Ihr jetzt gelaunt, George?"

„Alles in Ordnung", entgegnet der Kavallerist.

„Das laß ich mir gefallen!" sagt Mr. Bucket. „Warum solltet
Ihr jemals anders aufgelegt sein? Ein Mann von Eurer Gestalt
und Konstitution hat kein Recht, übler Laune zu sein. Nicht
wahr, Madam? Und Euch bedrückt ja nichts, George; was
könnte Euch auch auf der Seele liegen?"

Mr. Bucket verweilt ungewöhnlich lange bei dieser Äußerung,
wenn man die Größe und Mannigfaltigkeit seines Unterhaltungs-
talents in Betracht zieht, und wiederholt sie zwei- oder dreimal
zu der Pfeife, die er nun anzündet; dazu macht er sein auf-
horchendes Gesicht, das ihm eigentümlich ist. Aber die Sonne
seiner Gemütlichkeit erholt sich bald von dieser kurzen Ver-
finsterung und scheint wieder.

„Und das ist das Brüderchen, nicht wahr, Kinder?" fragt
Mr. Bucket, indem er sich an Quebec und Malta wendet, um
nähere Auskunft über den jungen Woolwich einzuholen. „Und
er ist ein hübscher Bruder – Stiefbruder, wollte ich sagen; denn
er ist zu alt, um von Ihnen zu sein, Madam."

„Ich kann nur bescheinigen, daß er keine andere Mutter hat",
entgegnet Mrs. Bagnet lachend.

„Wie? Sie setzen mich in Erstaunen! Ähnlich ist er Ihnen ja!
Aber um die Stirn herum, wissen Sie, da erkennt man den
Vater." Mr. Bucket vergleicht die Geschwister untereinander,
wobei er das eine Auge schließt, während Mr. Bagnet mit
ruhiger Zufriedenheit seine Pfeife raucht.

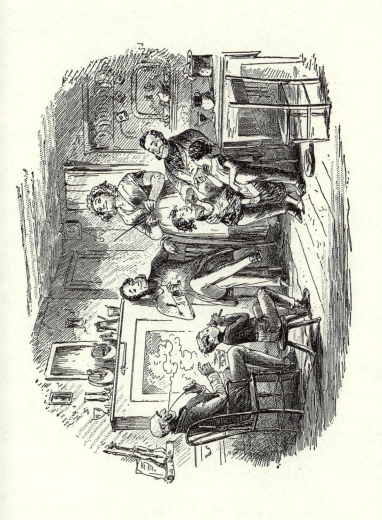

Das gibt Mrs. Bagnet Gelegenheit, ihm mitzuteilen, daß der Knabe Georges Patenkind sei.

„Georges Patenkind, so?" entgegnet Mr. Bucket mit ausnehmender Herzlichkeit. „Ich muß Georges Patenkind noch einmal die Hand schütteln. Pate und Patenkind machen einander Ehre. Und was wollen Sie ihn werden lassen, Madam? Zeigt er Lust zu irgendeinem Musikinstrument?"

An dieser Stelle mischt sich Mr. Bagnet plötzlich ins Gespräch. „Spielt die Querpfeife. Ausgezeichnet."

„Würden Sie's wohl glauben, Papa", sagt Mr. Bucket, über den Zufall selber verwundert, „daß ich als Knabe selber die Querpfeife spielte? Nicht beruflich wie der da, nein, sondern nach dem Gehör. Bei meiner Seele! *Englands Grenadiere* – das ist eine Melodie, bei der einem Engländer warm ums Herz werden kann! Könntest du uns *Englands Grenadiere* vorspielen, mein Lieber?"

Nichts kann der kleinen Gesellschaft angenehmer sein als diese Aufforderung; Woolwich holt sofort seine Querpfeife und spielt die begeisternde Melodie, während welcher Kunstaufführung Mr. Bucket mit großer Lebhaftigkeit den Takt schlägt und niemals versäumt, in den Refrain einzustimmen. *Englands Grenadie-ie-re.* Kurz, er zeigt so viel musikalischen Geschmack, daß Mr. Bagnet wirklich die Pfeife aus dem Mund nimmt, um ihm seine Überzeugung zu erkennen zu geben, daß er Sänger sein müsse. Mr. Bucket nimmt diese Bemerkung äußerst bescheiden auf. Er bekennt, daß er einmal ein wenig gesungen habe, aber nur um den Empfindungen seines Herzens Ausdruck zu geben, nicht mit der anspruchsvollen Absicht, seine Freunde zu unterhalten. Trotzdem fordert man ihn auf zu singen. Um hinter der übrigen Gesellschaft nicht zurückzustehen, gibt er nach und singt ihnen *Glaubt mir, wenn all die zauberischen Reize*... Diese Ballade, gibt er Mrs. Bagnet zu verstehen, betrachtet er als einen der mächtigsten Hebel, mit dem er Mrs. Buckets jungfräuliches Herz bewegt und sie vermocht hat, vor den Altar zu treten oder, wie sich Mr. Bucket ausdrückt, endlich mal dran zu glauben.

Der lebhafte Gast gibt dem Abend ein so neues und schätzbares Gesicht, daß Mr. George, der anfangs keine sehr große Freude bei seinem Eintritt an den Tag gelegt hat, wider seinen Willen anfängt, eher stolz auf ihn zu werden. Er ist ein Mann von so vielen gesellschaftlichen Talenten und darüber hinaus so umgänglich, daß es etwas wert ist, ihn hier eingeführt zu haben. Mr. Bagnet empfindet nach einer zweiten Pfeife den Wert einer Bekanntschaft mit ihm so deutlich, daß er ihn um die Ehre seines Besuches beim nächsten Geburtstag der Hausfrau bittet. Wenn etwas die Achtung, mit der Mr. Bucket die Familie zu betrachten gelernt hat, noch mehr festigen kann, so ist es die Entdeckung, welcher Anlaß der heutigen Festlichkeit zugrunde liegt. Er trinkt Mrs. Bagnet mit einer Wärme zu, die der Begeisterung sehr nahekommt, verpflichtet sich mit überschwenglicher Dankbarkeit, heute übers Jahr wieder zu erscheinen, merkt sich den Tag in einer großen schwarzen Brieftasche, die mit einem Band zugebunden ist, vor und spricht die Hoffnung aus, daß Mrs. Bucket und Mrs. Bagnet bis zu diesem Tag gewissermaßen Schwestern geworden sein möchten. Wie er selbst sagt: was bedeutet das öffentliche Leben ohne die Bande der Familie? Er ist in seiner bescheidenen Weise selbst ein Mann der Öffentlichkeit, aber er findet sein Glück nicht in dieser Sphäre. Nein, es ist nur in der engen Häuslichkeit zu finden.

Es ist unter diesen Umständen nur natürlich, daß er nun auch des Freundes gedenkt, dem er eine so vielversprechende Bekanntschaft verdankt. Und er tut es. Er schließt sich sehr an ihn an. Was auch immer der Gegenstand der allgemeinen Unterhaltung sein mag, er behält ihn stets im Auge. Er wartet, um mit ihm nach Hause zu gehen. Sogar seine Stiefel interessieren ihn, und er betrachtet sie aufmerksam, während Mr. George mit übereinandergeschlagenen Beinen in der Kaminecke sitzt und raucht. Endlich steht Mr. George auf, um zu gehen. Im selben Augenblick erhebt sich Mr. Bucket vermöge der geheimen Sympathie, die die Freundschaft verleiht, ebenfalls. Er kann sich von den Kindern gar nicht trennen und erinnert sich an den Auftrag, den er für einen abwesenden Freund übernommen hat.

„Was das gebrauchte Violoncello betrifft, Papa, können Sie mir etwas Derartiges empfehlen?"

„Dutzende", sagt Mr. Bagnet.

„Ich bin Ihnen sehr verbunden", entgegnet Mr. Bucket und drückt ihm die Hand. „Sie sind ein Freund in der Not. Von gutem Klang, vergessen Sie das nicht! Mein Freund ist kein Stümper. Wahrhaftig, er geigt seinen Mozart und seinen Händel und die anderen Hauptkerle wie ein wahrer Meister. Und", setzt Mr. Bucket rücksichtsvoll und vertraulich hinzu, „und Sie brauchen nicht etwa einen zu billigen Preis anzusetzen, Papa. Ich will nicht etwa zuviel für meinen Freund bezahlen; aber ich will, daß Sie Ihre gehörigen Prozente haben und für Ihren Zeitverlust entschädigt werden. Das ist bloß billig. Jeder Mensch muß leben und verdienen."

Mr. Bagnet bemerkt zu seiner Alten mit einem Kopfschütteln, daß sie in dem Mann ein kostbares Juwel gefunden haben.

„Wenn ich nun etwa, wir wollen sagen: halb elf Uhr morgen vormittag wieder hier anfragte? Vielleicht könnten Sie mir den Preis einiger klangschöner Violoncellos nennen?" fragt Mr. Bucket.

Nichts leichter als das. Mr. und Mrs. Bagnet verpflichten sich beide, die erforderliche Auskunft bereitzuhalten, und verständigen sich sogar mit einem Wink, ob es nicht möglich sei, einen kleinen Vorrat zur Besichtigung herbeizuschaffen.

„Danke Ihnen", sagt Mr. Bucket. „Danke Ihnen. Gute Nacht, Madam; gute Nacht, Papa. Gute Nacht, meine Schätzchen. Ich bin Ihnen sehr dankbar für einen der angenehmsten Abende, die ich je in meinem Leben verbracht habe."

Sie dagegen sind ihm sehr verpflichtet durch das Vergnügen, das ihnen seine Gesellschaft gemacht hat, und so scheiden sie voneinander, indem sie sich wieder und wieder ihrer gegenseitigen Zufriedenheit versichern. „Nun, George, alter Junge", sagt Mr. Bucket und nimmt an der Ladentür seinen Arm, „nun kommt!" Als sie die kleine Straße hinuntergehen und die Bagnets einen Augenblick stehenbleiben, um ihnen nachzuschauen, bemerkt Mrs. Bagnet gegen den würdigen Lignum, „daß Mr. Bucket ordentlich an George zu hängen und ihn wirklich gern zu haben scheint."

Da die Straßen in dieser Gegend eng und schlecht gepflastert sind, ist es ein wenig unbequem für ein Paar, nebeneinander Arm in Arm zu laufen. Daher schlägt Mr. George vor, lieber einzeln zu gehen. Aber Mr. Bucket, der sich nicht entschließen kann, den Freund loszulassen, erwidert: „Nur noch eine Minute, George, ich möchte erst mit Euch sprechen." Gleich darauf schiebt er ihn in ein Mietshaus hinein und in ein Stübchen, wo er sich ihm gegenüber aufstellt und sich mit dem Rücken gegen die Tür lehnt.

„So, George", sagt Mr. Bucket; „Pflicht ist Pflicht, und Freundschaft ist Freundschaft. Ich will nie, daß die beiden einander in die Haare geraten, wenn ich's verhindern kann. Ich habe mich bemüht, dem heutigen Abend einen angenehmen Verlauf zu geben, und ich frage Euch, ob mir's gelungen ist oder nicht. Ihr müßt Euch als verhaftet betrachten, George."

„Verhaftet? Weshalb?" entgegnet der Kavallerist, wie vom Donner gerührt.

„George", fährt Mr. Bucket fort, indem er ihm mit seinem Zeigefinger eine verständige Ansicht von der Sache einprägt, „Pflicht, wie Ihr recht gut wißt, ist eine Sache, und Unterhaltung ist etwas anderes. Es ist meine Pflicht, Euch zu sagen, daß jede Eurer Äußerungen gegen Euch gebraucht werden kann. Deshalb, George, achtet darauf, was Ihr sagt. Ihr habt nicht zufällig von einem Mord gehört?"

„Von einem Mord?"

„George", sagt Mr. Bucket und macht mit seinem Zeigefinger eine ausdrucksvolle Bewegung, „vergeßt nicht, was ich Euch gesagt habe. Ich frage Euch nach nichts. Ihr seid heute vormittag aufgeregt gewesen. Ich sage, Ihr habt zufällig nichts von einem Mord gehört?"

„Nein. Wer ist ermordet worden?"

„George", sagt Mr. Bucket, „belastet Euch nicht. Ich will Euch sagen, weshalb ich Euch verhafte. Es ist jemand in Lincoln's Inn Fields ermordet worden – ein Herr namens Tulkinghorn. Er ist gestern abend erschossen worden. Deshalb verhafte ich Euch."

Der Kavallerist sinkt auf eine Bank, die hinter ihm steht, während große Schweißtropfen auf seine Stirne treten und Totenblässe sein Gesicht überzieht.

„Bucket! Es ist nicht möglich, daß Mr. Tulkinghorn ermordet worden ist und daß Ihr mich des Mordes verdächtigt!"

„George", entgegnet Mr. Bucket, der immer noch seinen Zeigefinger bewegt, „es ist allerdings möglich, denn es ist eine Tatsache. Der Mord geschah gestern abend um zehn Uhr. Wißt Ihr wenigstens, wo Ihr gestern abend um zehn Uhr wart, und könnt Ihr es befriedigend ausweisen?"

„Gestern abend? gestern abend?" wiederholt der Kavallerist gedankenvoll. Dann geht ihm plötzlich ein Licht auf. „Gütiger Himmel, ich war gestern abend dort!"

„Das hörte ich, George", entgegnet Mr. Bucket mit großer Vorsicht. „Das hörte ich bereits. Und Ihr seid sehr oft dort gewesen. Man hat Euch oft dort gesehen und hat mehr als einmal gehört, daß Ihr Euch gezankt habt, und es ist möglich – ich sage nicht, daß es gewiß sei, merkt das wohl, aber es ist möglich –, daß man gehört hat, wie er Euch einen drohenden, mordlustigen, gefährlichen Kerl nannte."

Der Kavallerist schnappt nach Luft, als wollte er alles zugeben, wenn er nur sprechen könnte.

„Seht, George", fährt Mr. Bucket fort und legt seinen Hut mit der Miene eines Geschäftsmannes auf den Tisch, als ob er eher ein Tapezierer als etwas anderes wäre, „mein Wunsch ist – wie den ganzen Abend über –, der Sache einen glatten und angenehmen Verlauf zu geben. Ich sage Euch offen, daß Sir Leicester Dedlock, Baronet, für diesen Fall eine Belohnung von hundert Guineen ausgesetzt hat. Wir beide sind immer gute Freunde gewesen; aber ich habe eine Pflicht zu erfüllen, und wenn diese hundert Guineen verdient werden sollen, so kann ich sie so gut verdienen wie jeder andere. Aus all diesen Gründen wird Euch hoffentlich klar sein, daß ich Euch haben muß und daß ich verdammt bin, wenn ich Euch nicht habe. Soll ich Beistand herbeirufen, oder ist die Sache abgemacht?"

Mr. George hat sich erholt und richtet sich auf wie ein Soldat. „Kommt", sagt er, „ich bin bereit."

„George", fährt Mr. Bucket fort, „wartet einen Augenblick!" Mit seiner Tapezierermiene, als wäre der Kavallerist ein herzurichtendes Möbel, zieht er ein Paar Handschellen aus der Tasche. „Es handelt sich um eine schwere Anklage, George, und meine Pflicht schreibt mir das vor."

Die Röte des Zornes überzieht das Antlitz des Kavalleristen, und er zögert einen Augenblick; aber dann hält er seine beiden Hände zusammengelegt hin und sagt: „Da, legt sie an."

Mr. Bucket hat die Handschellen im Nu angelegt. „Wie passen sie Euch? Sitzen sie bequem? Wenn nicht, so sagt's; denn ich wünsche alles so angenehm zu erledigen, wie es sich mit meiner Pflicht verträgt, und habe noch ein zweites Paar in der Tasche." Diese Bemerkung macht er wie ein höchst achtbarer Geschäftsmann, dem es am Herzen liegt, einen Auftrag aufs genaueste und zur besten Zufriedenheit zu erledigen. „Sie passen? Sehr gut! Nun, seht Ihr, George" – er nimmt einen Mantel aus einer Ecke und hängt ihn dem Kavalleristen um –, „ich war auf Eure Gefühle bedacht und habe aus Vorsicht den Mantel mitgebracht. So! Wer sieht nun etwas?"

„Bloß ich", entgegnet der Kavallerist; „aber da ich es weiß, so tut mir noch einen Gefallen und zieht mir den Hut über die Augen."

„Wirklich? Ist es Euer Ernst? Ist es nicht schade? Es sieht so häßlich aus."

„Ich kann niemandem mit diesen Dingern an den Händen

ins Gesicht sehen", gibt Mr. George hastig zur Antwort. „Um Gottes willen zieht mir den Hut ins Gesicht."

Einer so eindringlichen Bitte gibt Mr. Bucket nach, setzt selbst seinen Hut auf und führt seine Beute auf die Straße hinaus. Der Kavallerist tritt so fest auf wie gewöhnlich, obgleich er den Kopf weniger aufrecht trägt, und Mr. Bucket steuert ihn mit dem Ellbogen über die Straßenübergänge und um die Ecken.

50. KAPITEL

Esthers Erzählung

Als ich von Deal nach Hause kam, fand ich ein Briefchen von Caddy Jellyby – wie wir sie immer noch nannten – mit der Nachricht, daß sich ihr Gesundheitszustand, der seit einiger Zeit nicht der beste gewesen war, verschlimmert habe und daß es sie unsäglich freuen würde, wenn ich sie besuchte. Es war ein Briefchen von wenigen Zeilen, geschrieben in dem Bett, in dem sie lag, und in einen zweiten von ihrem Gatten eingeschlossen, in dem er ihre Bitte sehr angelegentlich unterstützte. Caddy war jetzt die Mutter und ich die Patin eines so armen kleinen Wesens – eines so niedlichen, altklug aussehenden Würmchens mit einem Gesicht, das kaum etwas anderes als Mützenbesatz zu sein schien, und kleinen, mageren, langfingerigen Händchen, die es beständig unter dem Kinn zusammenballte. So lag es den ganzen Tag da, die hellen Äugelchen weit offen, und wunderte sich, wie ich mir immer einbildete, warum es so klein und schwach sei. Sowie man es bewegte, schrie es; aber zu allen anderen Zeiten war es so geduldig, daß der einzige Wunsch seines Lebens zu sein schien, still dazuliegen und zu denken. Es hatte seltsame dunkle Äderchen im Gesicht und seltsame dunkle Fleckchen unter den Augen, wie zarte Erinnerungen an die tintenbefleckten Tage der armen Caddy; alles in allem aber war es für diejenigen, die nicht an das Kind gewöhnt waren, ein richtig kläglicher Anblick.

Aber es genügte Caddy, daß sie daran gewöhnt war. Die Pläne, die sie schmiedete, wie die kleine Esther erzogen und wie die kleine Esther verheiratet werden sollte, Pläne sogar über ihr eigenes Alter, da sie selbst die Großmutter von kleinen

Esthers der kleinen Esther sein würde, womit sie sich in ihrer Krankheit die Zeit vertrieb, sprachen so hübsch ihre Hingebung an diesen Stolz ihres Lebens aus, daß ich in Versuchung geriete, einige von diesen Wunschträumen zu erzählen, wenn ich mich nicht noch zur rechten Zeit daran erinnerte, daß ich ohnedies schon nicht recht ordentlich vorwärtskomme.

Aber wieder zurück zu dem Brief. Caddy wurde, was mich anging, von einem Aberglauben verfolgt, der seit jenem längst vergangenen Abend, da sie mit ihrem Kopf auf meinem Schoße geschlummert hatte, allmählich stärker geworden war. Sie war fast überzeugt – ich glaube, ich darf nicht sagen: ganz –, daß ihr meine Nähe guttäte. Obgleich das nur eine bloße Grille des guten Mädchens war, die zu erwähnen ich mich fast schäme, konnte sie doch alle Kraft einer Tatsache besitzen, wenn sie wirklich krank war. Deshalb eilte ich mit Einwilligung meines Vormunds mit der Post zu Caddy, und sie und Prince empfingen mich auf eine Weise, wie es sie noch nie gegeben hat.

Den Tag darauf besuchte ich sie abermals und den nächsten Tag wieder. Die Reise war keineswegs beschwerlich, denn ich brauchte nur früh etwas zeitiger aufzustehen, meine Rechnungen in Ordnung zu bringen und die Wirtschaftsangelegenheiten zu besorgen, ehe ich mich auf den Weg machte. Aber nachdem ich diese drei Besuche gemacht hatte, sagte mein Vormund zu mir, als ich am Abend zurückkehrte: „Aber kleines Frauchen, kleines Frauchen, das geht nicht. Wenn ein Regentropfen immerfort auf einen Stein fällt, wird er durchlöchert, und wenn Madam Durden beständig hin und her fährt, greift sie das zuletzt zu sehr an. Wir wollen für einige Zeit nach London umsiedeln und unsere alte Wohnung wieder beziehen."

„Nicht meinetwegen, lieber Vormund", sagte ich; „denn ich fühle mich nie müde" – was die strengste Wahrheit war. Ich schätzte mich nur zu glücklich, daß man mich soviel begehrte.

„Dann meinetwegen", entgegnete mein Vormund, „und Adas wegen oder unser beider wegen. Ich glaube, morgen hat jemand Geburtstag."

„Ich glaube es wahrhaftig auch", sagte ich und küßte mein Herzenskind, das morgen einundzwanzig Jahre alt wurde.

„Nun", bemerkte mein Vormund, halb scherzend und halb ernst, „das ist ein wichtiger Tag, und meine hübsche Kusine wird einige Geschäfte erledigen müssen, um sich ihrer Selbständigkeit zu versichern. London wird deshalb für uns alle ein angemessener Aufenthaltsort sein. Also wollen wir nach London ziehen. Da das abgemacht ist, ist noch etwas anderes abzumachen – wie haben Sie Caddy verlassen?"

„In einem sehr schlechten Zustand, Vormund. Ich fürchte, es wird einige Zeit dauern, ehe sie ihre Gesundheit und ihre Kräfte wiedergewinnt."

„Was nennen Sie einige Zeit?" fragte mein Vormund nachdenklich.

„Einige Wochen, fürchte ich."

„Ah!" Er fing an, die Hände in die Tasche gesteckt, in der Stube herumzugehen, als ob er selbst schon an eine so lange Zeit gedacht hätte. „Was meinen Sie wohl zu ihrem Arzt? Ist er ein guter Arzt, liebes Kind?"

Ich fühlte mich verpflichtet zu bekennen, daß ich nichts gegen ihn zu sagen wüßte, daß aber Prince und ich erst heute abend übereingekommen wären, sein Urteil gern von jemandem bestätigt hören zu wollen.

„Nun, da haben wir ja Woodcourt", entgegnete mein Vormund rasch.

Ich hatte gar nicht an ihn gedacht und war ein wenig überrascht. Einen Augenblick lang schienen mir alle Gedanken, die ich mir über Mr. Woodcourt gemacht hatte, in die Erinnerung zurückzukehren und mich zu verwirren.

„Sie haben nichts gegen ihn einzuwenden, mein kleines Frauchen?"

„Etwas gegen ihn einzuwenden, Vormund? O nein!"

„Und Sie glauben nicht, daß die Kranke etwas gegen ihn einzuwenden hätte?"

Weit entfernt, bezweifelte ich nicht im geringsten, daß sie sehr großes Vertrauen in ihn setzen und ihn sehr gern haben würde. Ich sagte, sie kenne ihn schon persönlich; denn sie habe ihn oft als Pfleger bei Miss Flite gesehen.

„Sehr gut", sagte mein Vormund. „Er war heute hier, und ich werde ihn wegen dieser Sache aufsuchen."

Ich fühlte während dieses kurzen Gesprächs – obgleich ich nicht weiß wieso; denn sie sagte kein Wort und wir tauschten keinen Blick miteinander –, daß mein Herzenskind sich daran erinnerte, wie sie mich scherzend umarmt hatte, als Caddy mir das kleine Erinnerungszeichen übergab. Das brachte mich auf den Gedanken, daß ich ihr und auch Caddy sagen müsse, es sei mir beschieden, Herrin von Bleakhaus zu werden; und mir schien, wenn ich diese Enthüllung noch weiter hinausschöbe, käme ich mir in meinen eigenen Augen der Liebe seines Herrn weniger würdig vor. Als wir daher hinaufgingen und ich gewartet hatte, bis es zwölf schlug, damit ich nur die erste sei, um meinem Herzenskind zu ihrem Geburtstag alles Glück zu wünschen und sie an mein Herz zu schließen, stellte ich ihr, so wie ich es mir früher selbst ausgemalt hatte, das gute Herz und die hohe Ehrenhaftigkeit ihres Vetters John und das glückliche Leben vor, das mir bestimmt sei. Wenn mein Herzenskind zu irgendeinem Zeitpunkt während unseres ganzen Zusammenlebens zärtlicher zu mir gewesen ist als irgend sonst, so war sie gewiß an diesem Abend am zärtlichsten. Und ich freute mich sehr darüber, und das Gefühl, recht getan zu haben, indem ich diesen letzten nichtigen Vorbehalt fallen ließ, war für mich ein solcher Trost, daß ich mich zehnmal glücklicher fühlte. Vor wenigen Stunden hatte ich es kaum für einen Vorbehalt angesehen; aber jetzt, da ich ihn aufgab, kam es mir vor, als verstünde ich seine wahre Bedeutung besser.

Den Tag darauf fuhren wir nach London. Unsere alte Wohnung stand leer, und in einer halben Stunde hatten wir uns daselbst so ruhig eingerichtet, als hätten wir sie nie verlassen. Mr. Woodcourt speiste mit uns, um den Geburtstag meines Herzenskindes mitzufeiern, und wir waren so vergnügt, wie es bei der großen Lücke, die Richards Abwesenheit bei einem solchen Fest natürlich in unserer Gesellschaft hinterlassen mußte, nur möglich war. Nach diesem Tage war ich einige Wochen lang – acht oder neun, soviel ich mich erinnern kann – sehr häufig bei Caddy, und dadurch kam es, daß ich zu jener Zeit Ada viel seltener sah, als es seit unserer ersten Begegnung der Fall gewesen war, ausgenommen die Zeit, da ich krank gewesen war. Sie besuchte Caddy oft; aber unsere Aufgabe dort war, sie zu zerstreuen und zu erheitern, und wir plauderten nicht so vertraut miteinander, wie es sonst unsere Art war. Sooft ich nachts nach Hause ging, waren wir beisammen; aber Caddys Ruhe wurde von Schmerzanfällen unterbrochen, und ich blieb oft nachts bei ihr, um sie zu pflegen.

Was für ein gutes Geschöpf Caddy war, da sie ihren Mann und ihr armes kleines Würmchen von einem Kind zu lieben und sich für ihre Häuslichkeit abzumühen hatte! So voller Selbstverleugnung, so ohne alle Klage, so bestrebt, ihretwegen rasch gesund zu werden; so besorgt, niemandem zur Last zu fallen! Sie dachte so oft an die Arbeiten ihres Mannes, bei denen sie ihm jetzt nicht helfen konnte, und an die Bequemlichkeit des alten Mr. Turveydrop, daß ich mir gestehen mußte, ich lernte sie erst jetzt von ihrer besten Seite kennen. Und es erschien mir so seltsam, daß sie bleich und hilflos Tag für Tag daliegen sollte, da doch Tanzen ihre Lebensaufgabe war, da die Taschenvioline und die Schüler frühzeitig jeden Morgen in dem Ballsaal zu arbeiten begannen und da der unsaubere kleine Junge den ganzen Nachmittag allein in der Küche walzte.

Auf Caddys Wunsch übernahm ich die Oberaufsicht über ihr Zimmer. Ich räumte es auf und schob sie mitsamt ihrem Bett in eine hellere, luftigere und freundlichere Ecke, als sie bis jetzt eingenommen hatte; und jeden Tag, wenn alles ganz sauber gemacht worden war, legte ich ihr mein kleines Namensschwesterchen in die Arme und setzte mich neben sie, um mit ihr zu plaudern oder zu arbeiten oder ihr vorzulesen. Während einer der ersten dieser stillen Stunden erzählte ich Caddy von Bleakhaus.

Außer Ada hatten wir auch noch anderen Besuch. In erster Linie Prince, der in den ihm kärglich zugemessenen Augenblicken zwischen den Lehrstunden oft leise hereinkam und sich still hinsetzte, mit einem Gesicht, das von zärtlicher Bekümmernis um Caddy und das winzige Kind erfüllt war. Mochte Caddys Befinden sein, wie es wollte, niemals verfehlte sie, Prince Mitteilung zu machen, daß sie fast so gut wie gesund sei, was zu bestätigen – der Himmel möge es mir verzeihen! – ich nie versäumte. Dadurch geriet Prince in eine so fröhliche Stimmung, daß er manchmal die Violine aus der Tasche zog und ein paar Takte spielte, um das Kindchen in Erstaunen zu setzen, was ihm aber niemals im mindesten gelang; denn mein Namensschwesterchen gab in keiner Weise auf sein Spiel acht.

Dann kam gelegentlich Mrs. Jellyby. Sie erschien wie gewöhnlich ganz zerstreut, saß ruhig da und blickte meilenweit über ihre Enkelin hinaus, als würde ihre Aufmerksamkeit von einem jungen Borriobulaner auf seinem heimischen Strand völlig in Anspruch genommen. Mit so strahlenden Augen und so heiter und so unsauber wie immer, pflegte sie zu sagen: „Nun, Caddy, mein Kind, wie geht es heute?" Und dann saß sie liebenswürdig lächelnd da und hörte gar nicht auf die Antwort oder fing gemütlich die Zahl der Briefe zu berechnen an, die sie neuerdings empfangen und beantwortet hatte, oder sie sann über die Ertragsfähigkeit der Kaffeebäume in Borriobula-Gha nach. Das tat sie stets mit einer heiteren Verachtung unseres beschränkten Wirkungskreises, die sie niemals verhehlte.

Ferner besuchte uns der alte Mr. Turveydrop, der vom Morgen bis zum Abend und vom Abend bis zum Morgen der Gegenstand zahlreicher Vorsichtsmaßregeln war. Wenn der Säugling schrie, erstickte man ihn fast, damit der Lärm ihm nicht unbequem sei; wenn das Feuer während der Nacht geschürt werden mußte, tat man es heimlich, damit seine Ruhe nicht gestört werde; wenn Caddy eine kleine Stärkung brauchte, die im Hause war, so überlegte sie erst sorgfältig, ob er ihrer vielleicht auch bedürfen könnte. Zum Dank für diese Rücksicht kam er einmal am Tag in das Zimmer und war fast dessen Segen. Er zeigte dabei eine Herablassung, eine Gönnermiene und ein huldvolles Wesen, indem er das Licht seiner hochschultrigen Anwesenheit leuchten ließ, daß ich hätte meinen sollen, wenn ich ihn nicht besser gekannt hätte, er wäre Caddys Wohltäter.

„Meine Caroline", pflegte er zu sagen, indem er sich möglichst weit über sie hinwegzubeugen versuchte, „sagen Sie mir, daß es Ihnen heute besser geht."

„Oh, viel besser, ich danke Ihnen, Mr. Turveydrop", gab Caddy dann zur Antwort.

„Entzückt! Bezaubert! Und unsere liebste Miss Summerson – sie ist nicht ganz erschöpft von ihren Anstrengungen?" Dabei pflegte er mich anzublinzeln und mir mit den Fingerspitzen einen Kuß zuzuwerfen, obgleich ich so glücklich bin, sagen zu können, daß er in seinen Aufmerksamkeiten bei weitem nicht mehr so eifrig war, seitdem ich mich so sehr verändert hatte.

„Durchaus nicht", versicherte ich ihm.

„Reizend! Wir müssen unsere liebe Caroline sorgfältig behandeln, Miss Summerson. Wir dürfen es ihr an nichts fehlen lassen, was zu ihrer Genesung beitragen kann. Wir müssen sie stärken. Meine liebe Caroline", wandte er sich dabei mit unendlicher Großmut und Herablassung an seine Schwiegertochter, „lassen Sie es sich an nichts fehlen, meine Liebe. Wünschen Sie sich irgend etwas und befriedigen Sie ihn, Ihren Wunsch, meine Tochter. Alles, was sich in diesem Hause befindet, alles, was mein Zimmer aufzuweisen hat, steht Ihnen zu Diensten, meine Gute. Nehmen Sie nicht die mindeste Rücksicht auf meine einfachen Bedürfnisse", setzte er manchmal mit edelmütigem Anstand hinzu, „wenn sie zufällig einmal mit dem, was Ihnen nottut, in Widerstreit geraten sollten, meine Caroline. Ihre Bedürfnisse sind wichtiger als die meinigen."

Er besaß ein so lang verjährtes Recht auf diese Rücksicht – sein Sohn hatte sie von seiner Mutter geerbt –, daß ich mehrere

Male gesehen habe, wie Caddy und ihr Mann durch diese liebreiche Selbstaufopferung bis zu Tränen gerührt waren.

„O nein, meine Lieben", bat er dann, und als ich sah, wie sich Caddys abgemagerter Arm um seinen fetten Hals schlang, während er dies sagte, hätte ich gleichfalls weinen können, obgleich nicht aus demselben Grund; „nein, nein! ich habe versprochen, euch nie zu verlassen. Seid nur gehorsame und liebreiche Kinder, ich verlange nichts weiter. Gott segne euch, ich gehe in den Park."

Er schöpfte dort frische Luft, um Appetit zu seinem Mittagessen im Hotel zu bekommen. Ich hoffe, ich tue dem alten Mr. Turveydrop kein Unrecht; aber ich habe keine besseren Züge an ihm bemerkt, als ich getreulich berichte, außer daß er allerdings eine Neigung zu dem kleinen Peepy zu fassen anfing und das Kind manchmal in großem Staat spazierenführte; bei solchen Gelegenheiten schickte er es aber stets nach Hause, bevor er selbst zu Tisch ging, und gelegentlich steckte er ihm dann einen halben Penny in die Tasche. Aber selbst diese Uneigennützigkeit verursachte, soviel ich weiß, keine geringen Kosten; denn ehe Peepy hübsch genug angekleidet war, um Hand in Hand mit dem Anstandsprofessor gehen zu können, mußte er auf Kosten Caddys und ihres Mannes vom Kopf bis zu den Füßen neu angezogen werden.

Als letzter Besuch kam Mr. Jellyby. Wahrhaftig, wenn er des Abends kam und Caddy mit seiner bescheidenen Stimme fragte, wie es ihr gehe, wenn er sich dann hinsetzte, den Kopf gegen die Wand lehnte und keinen Versuch machte, noch mehr zu sagen, gefiel er mir sehr. Wenn er mich herumlaufen sah oder mit irgendeiner Kleinigkeit beschäftigt fand, zog er manchmal halb seinen Rock aus, als habe er vor, sich gewaltig anzustrengen und mir zu helfen, aber weiter kam er nicht. Seine einzige Beschäftigung bestand darin, dazusitzen, den Kopf gegen die Wand zu lehnen und den gedankenvollen Säugling anzusehen, und ich konnte mich nicht ganz von der Einbildung freimachen, daß sie einander verstünden.

Ich habe unter unseren Besuchern nicht Mr. Woodcourt mit aufgezählt, da er jetzt als Arzt regelmäßig zu Caddy kam. In seiner Pflege besserte sich ihr Zustand allmählich; und er war so sanft, so geschickt, so unermüdlich in seinen Anstrengungen, daß man sich darüber gewiß nicht wundern darf. Ich sah Mr. Woodcourt damals sehr oft, allerdings nicht so oft, wie man hätte annehmen sollen; denn da ich Caddy in seinen Händen gut aufgehoben wußte, lief ich häufig in den Stunden, da er erwartet wurde, einmal nach Hause. Dennoch kamen wir häufig zusammen. Ich war jetzt ganz mit mir ausgesöhnt; aber es war immer noch ein wohltuendes Gefühl zu denken, daß ich ihm wirklich leid tue. Er unterstützte Mr. Badger bei seinen Patienten, die sehr zahlreich waren, und hatte bis jetzt noch keine festen Pläne für die Zukunft.

Um die Zeit, als Caddy zu genesen begann, bemerkte ich allmählich eine Veränderung an meiner geliebten Ada. Ich kann nicht sagen, woran mir das zuerst auffiel. Diese Veränderung wurde mir in vielen kleinen Einzelheiten augenfällig, die an und für sich nichts zu bedeuten hatten und erst Gewicht bekamen, wenn man sie in ihrer Gesamtheit sah. Aber als ich eins zum andern fügte, kam es mir vor, als ob Ada nicht mehr so heiter und offen wie früher gegen mich wäre. Ihre Liebe zu mir war ebenso zärtlich und treu wie immer, daran zweifelte ich keinen Augenblick; aber es bedrückte sie ein stiller Kummer, den sie mir nicht anvertraute und der von einer heimlichen Wunde herrührte.

Das konnte ich nun nicht verstehen; und das Glück meines Herzenskindes lag mir so auf der Seele, daß es mir sehr oft Sorgen machte und mich recht nachdenklich stimmte. Endlich brachte mich die Überzeugung, Ada verberge mir etwas, um mich nicht ebenfalls unglücklich zu machen, auf den Gedanken, es tue ihr meinetwegen leid, was ich ihr über Bleakhaus gesagt hatte.

Wie ich mich überredete, diesen Gedanken als unmöglich von mir zu weisen, weiß ich nicht. Ich hatte keine Ahnung, daß ich dabei einen selbstischen Nebengedanken hätte haben können. Ich war nicht um meiner selbst willen traurig: ich war ganz zufrieden und sehr glücklich. Dennoch war die Vorstellung, Ada möchte – für mich; denn ich selbst hatte alle solchen Gedanken aufgegeben – an das denken, was früher war, obgleich sich jetzt alles verändert hatte, so einleuchtend, daß ich ihr glaubte.

Was könnte ich tun, um mein Herzenskind über diesen Punkt zu beruhigen? überlegte ich dann; wie könnte ich ihr zeigen, daß ich nichts Derartiges empfinde? Gewiß nicht besser als dadurch, daß ich so munter und geschäftig war wie möglich, und darum bemühte ich mich beständig. Da mich jedoch Caddys Krankheit mehr oder weniger an der Erfüllung meiner Haushaltspflichten hinderte – obwohl ich des Morgens stets dagewesen war, um meinem Vormund das Frühstück zu bereiten, und obwohl er hundertmal gelacht und gesagt hatte, es müsse zwei kleine Frauchen geben; denn sein kleines Frauchen sei immer an seinem Platze –, beschloß ich, doppelt geschäftig und fröhlich zu sein. Ich lief also treppauf, treppab durchs ganze Haus und summte alle Melodien vor mich hin, die ich kannte, und arbeitete auf verzweifelte Weise und redete und redete, früh, mittags und abends.

Und trotzdem blieb der Schatten zwischen mir und Ada.

„Also, mein Frauchen", bemerkte mein Vormund, als er eines Abends, da wir alle drei beisammen waren, sein Buch zuklappte, „also Woodcourt hat Caddy Jellyby ihre volle Gesundheit wiedergeschenkt?"

„Ja", erwiderte ich, „und mit solcher Dankbarkeit belohnt werden, wie sie sie empfindet, heißt reich gemacht werden, Vormund."

„Ich wünschte, das wäre der Fall", gab er zurück; „von ganzem Herzen."

Was den Reichtum betrifft, so gönnte ich ihm den auch, und ich sprach es aus.

„Jawohl! Wir möchten ihn so reich machen wie einen Krösus, wenn wir nur wüßten wie. Nicht wahr, kleines Frauchen?"

Ich lachte, während ich weiterarbeitete, und meinte, daß ich das doch nicht so sicher wüßte; vielleicht wäre er dann auch nicht mehr so nützlich, und viele Leute würden ihn doch nur schlecht entbehren können. Miss Flite, zum Beispiel, Caddy selbst und viele andere.

„Richtig", sagte mein Vormund. „Das hatte ich vergessen. Aber darin wären wir einig, ihn so reich zu machen, daß er davon leben könnte, glaube ich? Reich genug, um mit leidlicher Seelenruhe zu arbeiten; reich genug, daß er sein eigenes glückliches Zuhause und seine eigenen Hausgötter haben könnte – und vielleicht auch seine Hausgöttin."

Das sei eine ganz andere Sache, antwortete ich. Darin müßten wir alle übereinstimmen.

„Ganz gewiß", fuhr mein Vormund fort. „Wir alle. Ich achte Woodcourt sehr, schätze ihn sehr hoch und habe ihn auf behutsame Weise über seine Pläne ausgehorcht. Es ist schwer, einem unabhängigen Mann, der einen so berechtigten Stolz besitzt, Hilfe anzubieten. Und dennoch täte ich es gern, wenn er sie haben wollte oder wenn ich wenigstens wüßte wie. Er scheint halb zu einer neuen Seereise entschlossen zu sein. Aber das hieße beinahe, einen solchen Mann von sich entfernen."

„Die Reise könnte ihm eine neue Welt auftun", meinte ich.
„Das wäre wohl möglich, kleines Frauchen", stimmte mein Vormund zu. „Ich zweifle, ob er von der alten Welt sehr viel erwartet hat. Wissen Sie, ich habe gedacht, es müsse ihn hier eine besondere Enttäuschung oder ein Unglück betroffen haben. Haben Sie nie von etwas Ähnlichem gehört?"

Ich schüttelte den Kopf.

„Hm", sagte mein Vormund. „Dann muß ich mich wohl irren."

Da an dieser Stelle eine kleine Pause eintrat, die auf irgendeine Weise auszufüllen ich zu meines Herzenskinds Beruhigung für besser hielt, so summte ich, während ich weiterarbeitete, eine Melodie, die mein Vormund gern hatte.

„Und glauben Sie, daß Mr. Woodcourt abermals auf Reisen gehen wird?" fragte ich ihn, als ich das Lied ruhig von Anfang bis zu Ende gesummt hatte.

„Ich weiß nicht recht, was ich denken soll, meine Liebe; aber ich möchte es vorderhand für wahrscheinlich halten, daß er es auf längere Zeit in einem anderen Land versuchen wird."

„Gewiß nimmt er unsere allerbesten und herzlichsten Wünsche mit auf den Weg, wohin er immer gehen mag; und obgleich das keine Reichtümer sind, wird er doch deshalb wenigstens nicht ärmer sein, Vormund."

„Gewiß nicht, kleines Frauchen", gab er zurück.

Ich saß auf meinem gewöhnlichen Platz, der jetzt neben dem Stuhl meines Vormunds war. Vor jenem Brief war das nicht mein Platz gewesen, aber jetzt war er es. Ich sah Ada an, die mir gegenübersaß, und ich sah, als sie mich anblickte, daß ihre Augen mit Tränen gefüllt waren und daß Tränen ihre Wangen herabliefen. Ich fühlte, daß ich bloß gefaßt und heiter zu sein brauchte, um ein für allemal meine liebe Schwester zu täuschen und ihr lebendiges Herz zu beruhigen. Ich war das auch und hatte weiter nichts zu tun, als zu sein, wie mir wirklich zumute war.

Ich erlaubte also meinem Herzenskind, sich gegen meine Schulter zu lehnen – wie wenig ahnte ich, was ihr schwer auf der Seele lag! –, und sagte, sie fühle sich nicht ganz wohl, legte meinen Arm um sie und führte sie hinauf. Als wir in unserem eigenen Zimmer waren und sie mir vielleicht das gesagt hätte, was ich gar nicht zu hören erwartete, munterte ich sie nicht auf, mir ihr Vertrauen zu schenken; ich ahnte gar nicht, daß sie dessen bedurfte.

„Oh, meine liebe, gute Esther", sagte Ada, „wenn ich mich nur entschließen könnte, mit dir und meinem Vetter John zu sprechen, wenn ihr beisammen seid!"

„Warum nicht, Liebe?" wandte ich ein. „Ada, warum solltest du nicht mit uns sprechen können?"

Ada ließ nur den Kopf sinken und drückte mich fester ans Herz.

„Du wirst doch nicht vergessen haben, liebes Kind", sagte ich lächelnd, „was für ruhige, altmodische Leute wir sind, und daß ich zur diskretesten aller Matronen geworden bin? Du wirst doch nicht vergessen haben, welch ein glückliches und ruhiges Leben meiner wartet und wer es mir bereiten wird? Ich bin sicher, du kannst nicht vergessen, durch welch edlen Mann, Ada! Das kann ich nicht glauben."

„Nein, niemals, Esther."

„Aber dann ist ja alles in Ordnung, meine Liebe – und warum solltest du nicht mit uns sprechen können?"

„Alles in Ordnung, Esther?" entgegnete Ada. „Ach, wenn ich an all diese Jahre denke, an seine väterliche Sorgfalt und Güte und an all die alten Verhältnisse unter uns, und wenn ich an dich denke, was soll ich da tun, was soll ich da tun?"

Ich sah mein Herzenskind einigermaßen verwundert an, aber ich hielt es für besser, ihr nur zu antworten, indem ich sie zu beruhigen versuchte, und so lenkte ich das Gespräch auf viele kleine Erinnerungen aus der Zeit, die wir gemeinsam verbracht hatten, und hinderte sie, mehr zu sagen. Als sie sich endlich schlafen legte, nicht eher, kehrte ich zu meinem Vormund zurück, um ihm gute Nacht zu sagen, und dann ging ich wieder zu Ada und setzte mich eine kleine Weile neben ihr Bett.

Sie schlief schon, und als ich sie ansah, kam es mir vor, als ob sie sich ein wenig verändert hätte. Mehr als einmal war mir das in der letzten Zeit so vorgekommen. Selbst jetzt, da ich sie so ansah, ohne daß sie es wußte, konnte ich nicht entscheiden, inwiefern sie sich verändert habe; aber etwas in der mir vertrauten Schönheit ihres Gesichts war anders geworden. Traurig dachte ich an die Hoffnungen, die ehemals mein Vormund auf sie und Richard gesetzt hatte, und ich sagte mir: Sie hat sich um ihn gegrämt. Und verwundert fragte ich mich, welches Ende diese Liebe wohl nehmen werde.

Wenn ich während Caddys Krankheit nach Hause kam, hatte ich Ada oft mit irgendeiner Arbeit beschäftigt gefunden; sie hatte sie aber stets weggelegt, und ich hatte nie erfahren, was es war. Etwas davon lag jetzt in einem halboffenen Schubkasten neben ihrem Bett. Ich öffnete den Kasten nicht, aber immerhin grübelte ich nach, was für eine Arbeit das wohl sein mochte; denn offenbar war sie nicht für sie selbst bestimmt.

Als ich mein Herzenskind küßte, bemerkte ich, daß sie während des Schlafs eine Hand unter das Kissen gesteckt hatte, so daß ich sie nicht sehen konnte.

Wieviel weniger liebenswürdig muß ich gewesen sein, als sie glaubten, wieviel weniger liebenswürdig auch, als ich selbst glaubte, um mit meiner Heiterkeit und Zufriedenheit so beschäftigt zu sein, daß ich der Meinung war, es käme nur auf mich an, mein Herzenskind zu trösten und ihrem Gemüt den Frieden wiederzuschenken!

Aber in Selbsttäuschung befangen, legte ich mich, von diesem Glauben erfüllt, nieder. Und als ich am nächsten Tag erwachte, fand ich, daß der alte Schatten immer noch zwischen mir und meinem Herzenskind schwebte.

51. KAPITEL

Eine Entdeckung

Als Mr. Woodcourt in London ankam, ging er noch am selben Tag zu Mr. Vholes in Symond's Inn. Denn von dem Augenblick an, da ich ihn gebeten hatte, Richards Freund zu sein, vergaß er niemals sein Versprechen. Er hatte mir gesagt, daß er den Auftrag als ein ihm heiliges Vertrauensamt übernehme, und in diesem Sinne hatte er immer daran festgehalten.

Er fand Mr. Vholes auf seinem Büro und benachrichtigte ihn von seiner Übereinkunft mit Richard, daß er hier vorsprechen solle, um dessen Adresse zu erfahren.

„Richtig, Sir", erwiderte Mr. Vholes, „Mr. Carstone wohnt nicht hundert Meilen von hier, Sir; Mr. Carstone wohnt nicht hundert Meilen von hier. Wollen Sie Platz nehmen, Sir?"

Mr. Woodcourt dankte; aber er habe außer dem eben erwähnten Geschäft nichts mit ihm abzumachen.

„Richtig, Sir. Ich glaube, Sir", antwortete Mr. Vholes, der dadurch, daß er ihm nicht Mr. Carstones Adresse nannte, immer noch stillschweigend darauf bestand, er solle Platz nehmen, „Sie haben einigen Einfluß auf Mr. Carstone. Ja, ich weiß sogar, daß Sie Einfluß auf ihn haben."

„Ich habe das selbst nicht gewußt", entgegnete Mr. Woodcourt; „aber ich vermute, daß Sie es am besten wissen."

„Sir", antwortete Mr. Vholes, wie gewöhnlich mit großer Zurückhaltung in Stimme und Haltung, „es gehört zu meiner Pflicht als Advokat, das am besten zu wissen. Es gehört zu meiner Pflicht als Advokat, einen Herrn, der mir seine Interessen anvertraut, zu studieren und zu verstehen. Meine Pflicht als Advokat werde ich nie versäumen, Sir, wenn ich sie kenne. Ich kann sie freilich trotz besten Absichten versäumen, wenn ich sie nicht kenne, Sir."

Mr. Woodcourt erinnerte ihn abermals daran, daß er wegen der Adresse gekommen sei.

„Erlauben Sie, Sir", erwiderte Mr. Vholes, „gestatten Sie noch einen Augenblick. Sir, Mr. Carstone spielt um einen beträchtlichen Einsatz, und er kann nicht spielen ohne – brauche ich zu sagen, ohne was?"

„Geld, vermute ich?"

„Sir", fuhr Mr. Vholes fort, „um ehrlich mit Ihnen zu sein – Ehrlichkeit ist meine goldene Regel, mag ich nun dabei gewinnen oder verlieren; und ich finde, daß ich dabei gewöhnlich verliere –: Geld ist die Losung. Über die Aussichten von Mr. Carstones Spiel will ich nichts sagen, nichts. Es könnte sehr unklug von Mr. Carstone sein aufzuhören, nachdem er so lange und so hoch gespielt hat; es könnte auch gerade das Gegenteil sein. Ich sage nichts. Nein, Sir", wiederholte Mr. Vholes, indem er mit großer Bestimmtheit die Hand flach auf seinen Schreibtisch legte, „nichts."

„Sie scheinen zu vergessen", entgegnete Mr. Woodcourt, „daß ich Sie nach nichts fragte und daß ich an dem, was Sie sagen, nicht das mindeste Interesse habe."

„Verzeihen Sie, Sir", sagte Mr. Vholes darauf, „Sie sind ungerecht gegen sich selbst. Nein, Sir! Verzeihen Sie mir! Sie sollen nicht – wenigstens in meinem Büro nicht, sofern ich davon weiß – ungerecht gegen sich selbst sein. Sie haben ein Interesse an all und jedem, was sich auf Ihren Freund bezieht. Ich kenne das Menschenherz viel zu gut, um nur augenblickslang zuzugeben, daß ein Herr wie Sie für das, was seinen Freund betrifft, kein Interesse fühlte."

„Nun, das mag sein", entgegnete Mr. Woodcourt. „Ich nehme ein besonderes Interesse an seiner Adresse."

„Die Nummer, Sir", sagte Mr. Vholes gleichsam in Parenthese, „glaube ich schon erwähnt zu haben. Wenn Mr. Carstone fortfahren will, um diesen beträchtlichen Einsatz zu spielen, muß er Kapital haben. Verstehen Sie mich wohl! Es sind gegenwärtig Kapitalien da. Es sind Kapitalien da. Aber um weiterspielen zu können, muß noch mehr Geld herbeigeschafft werden, falls Mr. Carstone nicht wegwerfen will, was er schon eingesetzt hat – was freilich ganz allein seinem Ermessen überlassen ist. Dies Ihnen als dem Freund Mr. Carstones offen zu sagen, ergreife ich die Gelegenheit, Sir. Ohne Kapital werde ich mich immer glücklich schätzen, Mr. Carstones Recht in dem Maße zu vertreten, als die dazu erforderlichen Kosten von dem Gericht aus dem streitigen Vermögen bewilligt werden, weiter kann ich jedoch nicht gehen. Ich kann darüber nicht hinausgehen, Sir, ohne jemandem Unrecht zu tun. Ich muß entweder meinen drei geliebten Mädchen Unrecht tun oder meinem verehrten Vater, der ganz auf meine Kosten im Tale Taunton lebt, oder einer anderen Person. Ich bin aber entschlossen, Sir – Sie können das nach Belieben Schwäche oder Torheit nennen –, niemandem Unrecht zu tun."

Mr. Woodcourt erwiderte etwas scharf, daß es ihn sehr freue, das zu hören.

„Ich wünsche einen guten Namen zu hinterlassen", fuhr Mr. Vholes fort. „Deshalb benutze ich jede Gelegenheit, meinem Freund Mr. Carstone offen darzulegen, wie seine Angelegenheiten stehen. Was mich betrifft, Sir, so ist der Arbeiter seines Lohnes wert. Wenn ich verspreche, mich mit der Schulter gegen das Rad zu stemmen, so tue ich es und verdiene, was ich bekomme. Ich befinde mich zu diesem Zweck hier. Aus diesem Grunde steht mein Name draußen an der Tür."

„Und Mr. Carstones Adresse, Mr. Vholes?"

„Sir", entgegnete Mr. Vholes, „wie ich schon erwähnt zu haben glaube, ist seine Adresse die Tür nebenan. Im zweiten Stock werden Sie Mr. Carstones Wohnung finden. Mr. Carstone wünscht in der Nähe seines juristischen Ratgebers zu wohnen, und ich habe durchaus nichts dagegen einzuwenden; denn ich habe es gern, wenn man auf meinen Rat hört."

Darauf wünschte Mr. Woodcourt Mr. Vholes einen guten Tag und suchte Richard auf, dessen verändertes Aussehen er jetzt nur zu gut zu begreifen begann.

Er fand ihn in einem ungemütlichen Zimmer, das mit fadenscheinigen und verschossenen Möbeln ausgestattet war, fast so, wie ich ihn vor gar nicht langer Zeit in seiner Stube in der Kaserne gefunden hatte, nur daß er nicht schrieb, sondern in einem Buche las, von dem sein Auge und seine Gedanken weit abschweiften. Da die Tür zufällig offenstand, konnte Mr. Woodcourt ihn eine Weile betrachten, ohne von ihm bemerkt zu werden, und er sagte mir, er werde dieses eingefallene Gesicht und sein niedergeschlagenes Wesen, ehe er aus seinen Träumereien erwachte, nie vergessen können.

„Mein lieber Woodcourt!" rief Richard aus, indem er aufsprang und dem jungen Arzt die Hände entgegenstreckte, „Sie erscheinen mir wie ein Geist."

„Wie ein guter Geist", gab Mr. Woodcourt zur Antwort, „der wartet, wie es Geister lieben sollen, bis man ihn anredet. Wie geht es auf dieser Erdenwelt?"

Sie nahmen nebeneinander Platz.

„Schlimm genug und langsam genug", gab Richard zurück, „wenigstens was meinen Teil betrifft."

„Was ist das für ein Teil?"

„Der Kanzleigerichtsteil."

„Von dem habe ich noch nie gehört, daß er gut gegangen wäre", entgegnete Mr. Woodcourt mit Kopfschütteln.

„Ich auch nicht", sagte Richard trübe. „Wer hätte das jemals gehört?"

Er wurde für einen Augenblick wieder heiterer und sagte mit seiner gewohnten Offenheit: „Woodcourt, es sollte mir leid tun, von Ihnen mißverstanden zu werden, selbst wenn ich dadurch in Ihrer Achtung gewänne. Sie müssen wissen, daß ich während dieser langen Zeit nicht viel Gutes getan habe. Ich wollte keinen Schaden stiften, das nicht, aber ich scheine zu nichts anderem fähig gewesen zu sein. Es mag sein, daß ich vielleicht besser daran getan hätte, mich von dem Netz fernzuhalten, in das mich mein Schicksal verstrickt hat; aber ich glaube es nicht – obgleich ich wetten will, daß Sie darüber bald ganz andere Meinungen hören werden, wenn es nicht schon der Fall gewesen ist. Um eine lange Geschichte kurz abzutun, will ich gleich sagen, daß ich fürchte, es hat mir an einem Ziel gefehlt; aber ich habe jetzt ein Ziel – oder es hat mich –, und es ist jetzt zu spät, darüber zu streiten. Nehmen Sie mich, wie ich bin, und machen Sie das Beste aus mir."

„Abgemacht", sagte Mr. Woodcourt. „Tun Sie dasselbe mit mir."

„Oh, Sir", entgegnete Richard, „Sie können Ihren Beruf um

seiner selbst willen ausüben; Sie können Hand ans Werk legen und brauchen sich nie umzuwenden; und Sie können in jeder Sache auf ein festes Ziel lossteuern. Wir beide, Sie und ich, sind zwei ganz verschiedene Geschöpfe."

Er sprach bekümmert und versank für einen Augenblick wieder in seine alte Niedergeschlagenheit.

„Nun, alles muß ein Ende haben", rief er mit erneuter Lebhaftigkeit aus. „Wir werden sehen! Nehmen Sie mich also, wie ich bin, und machen Sie das Beste aus mir."

„Ja! das will ich!" Sie schüttelten sich lachend, aber doch mit tiefem Ernst die Hände. Für einen von ihnen zumindest kann ich das, so wahr ich lebe, verbürgen.

„Sie kommen wie von Gott gesandt", nahm Richard das Gespräch wieder auf. „Ich habe nämlich niemanden hier gesehen außer Vholes. Woodcourt, eine Sache möchte ich ein für allemal gleich zu Beginn unserer Verhandlungen andeuten: Sie können kaum das Beste aus mir machen, wenn ich es selbst nicht tue. Sie wissen wahrscheinlich, daß ich mit meiner Kusine Ada verlobt bin?"

Mr. Woodcourt antwortete, daß ich ihn davon unterrichtet hätte.

„Nun bitte ich Sie", fuhr Richard fort, „halten Sie mich nicht für einen reinen Egoisten. Glauben Sie nicht, daß ich mir bloß um meiner eigenen Rechte und Interessen willen den Kopf über diesem elenden Kanzleigerichtsprozeß zerbreche und fast auch das Herz. Adas Interessen sind mit den meinen verflochten; sie können nicht voneinander getrennt werden; Vholes arbeitet für uns beide."

Dieser Punkt schien ihm sehr am Herzen zu liegen, so daß Mr. Woodcourt aufs bestimmteste beteuerte, er sei nicht ungerecht gegen ihn.

„Sie sehen", beharrte Richard ein bißchen pathetisch bei diesem Thema, obgleich seine Art ungeniert und ungekünstelt war, „ich kann den Gedanken nicht ertragen, vor einem redlichen Kerl, wie Sie es sind, der mit einem so freundschaftlichen Gesicht hierherkommt, in einem selbstsüchtigen und niedrigen Licht zu erscheinen. Ich verlange, daß Ada ihr Recht bekommt, Woodcourt, so gut wie ich; ich wünsche mein Äußerstes zu tun, um ihr zu ihrem Recht zu verhelfen – so gut wie mir zu dem meinen. Ich setze alles, was ich nur zusammenraffen kann, aufs Spiel, um sie und mich aus diesem Netz zu befreien. Ich bitte Sie, bedenken Sie das!"

Später, als Mr. Woodcourt über all das nachdachte, war der Eindruck der Leidenschaft, mit der Richard hierauf bestanden hatte, so stark, daß er besonders bei diesem Punkt verweilte, als er mir einen allgemeinen Bericht von seinem ersten Versuch in Symond's Inn gab. Er machte eine schon früher gehegte Besorgnis in mir wieder lebendig, daß nämlich Mr. Vholes das kleine Vermögen meines lieben Mädchens verbrauchen werde und daß es Richard mit dieser Rechtfertigung seiner selbst ganz aufrichtig meinte. Diese Zusammenkunft fand übrigens zu jener Zeit statt, da ich angefangen hatte, Caddy zu pflegen, und ich kehre jetzt wieder zu dem Zeitpunkt zurück, als Caddy genesen war und immer noch der Schatten zwischen mir und meinem Herzenskind schwebte.

Ich schlug Ada an diesem Morgen vor, Richard zu besuchen. Ich wunderte mich ein wenig, daß sie zögerte und nicht so freudig erregt war, wie ich erwartet hatte.

„Meine Liebe", sagte ich, „du hast dich doch in der langen Zeit, da ich weggewesen bin, nicht mit Richard gezankt?"

„Nein, Esther."

„Vielleicht hast du keine Nachricht von ihm bekommen?" fragte ich.

„Ja, ich habe Nachricht von ihm", sagte Ada.

Solche Tränen in ihren Augen und solche Liebe in ihren Zügen! Ich konnte mir über mein Herzenskind nicht klarwerden. Ob ich allein zu Richard gehen solle, fragte ich. Nein, Ada hielt es für besser, mich zu begleiten. Ob wir jetzt gehen wollten? Ja, wir wollten gleich gehen. Wahrhaftig, ich konnte mir über mein Herzenskind nicht klarwerden – mit solchen Tränen in ihren Augen und solcher Liebe in ihren Zügen!

Wir waren bald angezogen und gingen fort. Es war trübes Wetter, und von Zeit zu Zeit fielen kalte Regentropfen nieder. Es war einer jener farblosen Tage, da alles schwer und finster aussieht. Die Häuser starrten uns zürnend an, der Nebel zog uns entgegen, der Rauch fiel auf uns nieder, nichts machte besondere Umstände oder zeigte ein sanftes Gesicht. Es kam mir vor, als ob mein schönes Mädchen in den düsteren Straßen gar nicht an seinem Platze sei; und es schien mir, als ob mehr Leichenbegängnisse über das unheimliche, feuchte Pflaster gingen, als ich je zuvor gesehen hatte.

Wir mußten erst Symond's Inn suchen. Wir standen schon im Begriff, uns in einem Laden danach zu erkundigen, als Ada sagte, sie glaube, es sei in der Nähe von Chancery Lane. „Wir können uns nicht verlaufen, meine Liebe, wenn wir diese Richtung einschlagen", sagte ich. So gingen wir denn nach Chancery Lane, und wahrhaftig, dort stand geschrieben: Symond's Inn. Nun mußten wir erst die Nummer suchen. „Oder Mr. Vholes' Büro", besann ich mich; „denn Mr. Vholes' Büro befindet sich gleich nebenan." Darauf sagte Ada, vielleicht sei Mr. Vholes' Büro dort an der Ecke. Und so war es in der Tat.

Nun erhob sich die Frage, welche von den beiden Türen daneben die Richards sei. Ich war für die eine und mein Herzenskind für die andere; und mein Herzenskind hatte abermals recht. So gingen wir denn in den zweiten Stock hinauf, wo wir Richards Namen in großen weißen Buchstaben auf einem Schild wie an einem Leichenwagen lasen.

Ich hätte geklopft, aber Ada meinte, es sei vielleicht besser, den Türgriff umzudrehen und hineinzugehen. So überraschten wir Richard, wie er über einem Tisch, bedeckt mit bestaubten Papierbündeln, brütete, die mir wie verstaubte Spiegel vorkamen, in denen sich seine Seele spiegelte. Wo ich hinsah, erblickte ich eine Wiederholung der unseligen Worte: Jarndyce gegen Jarndyce.

Er empfing uns sehr liebenswürdig, und wir setzten uns.

„Wären Sie ein wenig früher gekommen", sagte er, „so hätten Sie Woodcourt hier getroffen. Woodcourt ist der beste Kerl von der Welt. Er findet Zeit, mich manchmal zu besuchen, obwohl jeder andere, der nur die Hälfte von dem zu tun hat, was er leistet, sich außerstande sähe, zu kommen. Und er ist so munter, so frisch, so verständig und ernst in seinem Wollen, so – alles, was ich nicht bin, daß die Wohnung freundlicher wird, wenn er kommt, und düsterer, wenn er wieder geht."

Gott segne ihn, dachte ich, daß er mir so Wort hält.

„Er ist nicht so temperamentvoll, Ada", fuhr Richard fort und warf einen niedergeschlagenen Blick auf die Papiere, „wie Vholes und ich im allgemeinen; aber er ist nur ein Profaner und nicht eingeweiht in die Geheimnisse. Wir sind in sie eingedrungen und er nicht. Man kann von ihm nicht erwarten, daß er viel von einem solchen Labyrinth versteht."

Als sein Blick wieder über die Papiere glitt und er sich mit beiden Händen über die Stirn strich, bemerkte ich, wie eingesunken und groß seine Augen aussahen, wie trocken seine Lippen waren, und daß er sich alle Fingernägel abgebissen hatte.

„Meinen Sie wohl, daß man hier gesund wohnt, Richard?" fragte ich.

„Freilich, meine liebe Minerva", gab Richard mit seinem alten, fröhlichen Lachen zur Antwort, „die Umgebung ist weder ländlich noch heiter, und wenn die Sonne hier überhaupt scheint, so können Sie eine ziemlich ansehnliche Summe wetten, daß sie im Freien sehr hell scheint. Aber für jetzt ist diese Wohnung gut genug. Sie liegt in der Nähe des Gerichts, und es ist nicht weit zu Vholes."

„Vielleicht würde eine Trennung von beiden..." deutete ich an.

„... mir guttun?" ergänzte Richard und zwang sich zu einem Lachen. „Es sollte mich nicht wundern! Aber das kann nur auf eine Art geschehen – auf eine von zwei Arten sollte ich vielmehr sagen. Entweder muß es mit dem Prozeß aus sein oder mit dem Prozeßführenden. Aber wir machen dem Prozeß den Garaus, dem Prozeß, meine Liebe!"

Diese letzten Worte richtete er an Ada, die ihm zunächst saß. Da sie ihr Gesicht von mir weg und ihm zugewandt hatte, konnte ich es nicht sehen.

„Es steht recht gut mit uns", fuhr Richard fort. „Vholes wird Ihnen das bestätigen. Es geht wirklich vorwärts. Fragen Sie Vholes! Wir lassen ihnen keine Ruhe. Vholes kennt alle ihre Schliche und Kniffe, und wir fangen sie überall. Wir haben sie schon in Erstaunen gesetzt. Wir werden dieses Nest von Siebenschläfern aufwecken. Denken Sie an meine Worte!"

Wenn er sich hoffnungsvoll gab, war mir das seit eh und je schon peinlicher gewesen, als wenn er niedergeschlagen war; er machte einen so wenig hoffnungsfreudigen Eindruck, hatte etwas so Wildes in seinem Entschluß, es zu sein, war so gierig und leidenschaftlich und doch zugleich so von dem Bewußtsein erfüllt, seine Hoffnung sei erzwungen und unhaltbar, daß es mir seit langem ans Herz griff. Aber der Kommentar, der jetzt so unauslöschlich auf sein hübsches Gesicht dazu geschrieben war, machte den Eindruck noch viel peinlicher; ich sage: unauslöschlich, denn ich fühlte mich überzeugt, selbst wenn der unselige Prozeß in dieser Stunde entsprechend seinen kühnsten Erwartungen entschieden worden wäre, würden die Spuren der verfrühten Sorgen, der Selbstvorwürfe und Täuschungen, die er ihm verursacht hatte, bis zur Stunde seines Todes auf seinem Gesicht bleiben.

„Die Erscheinung unserer lieben kleinen Frau", sagte Richard, während Ada immer noch still dasaß, „ist mir so natürlich, und ihr mitleidiges Gesicht ist dem Gesicht entschwundener Tage so ähnlich –"

„Ach! Nein, nein!" Ich lächelte und schüttelte den Kopf.

„– dem Gesicht entschwundener Tage so ähnlich", fuhr Richard in seinem alten, herzlichen Ton fort, indem er meine Hand mit der brüderlichen Achtung ergriff, die nichts hätte ändern können, „daß ich mich vor ihr nicht verstellen kann. Ich schwanke ein wenig, das ist wahr. Manchmal hoffe ich, meine Liebe, und manchmal – verzweifle ich nicht ganz, aber doch fast. Ich bin so müde", sagte er, indem er meine Hand sanft fallen ließ und im Zimmer auf und ab ging.

Nachdem er dies einige Male getan hatte, warf er sich auf das Sofa. „Ich bin so müde", wiederholte er düster. „Es ist eine so langweilige Arbeit!"

Er stützte sich auf seinen Arm und sprach diese Worte in nachdenklichem Ton, während seine Augen den Boden suchten. Da stand mein Herzenskind auf, band den Hut ab, kniete neben ihm nieder, so daß ihr goldenes Haar wie Sonnenlicht auf sein Haupt fiel, umschlang ihn mit ihren beiden Armen und wandte ihr Gesicht mir zu. Oh, welche Liebe und Hingebung erkannte ich in diesem Gesicht!

„Liebe Esther", sagte sie sehr ruhig, „ich gehe nicht wieder nach Hause."

Jetzt ging mir plötzlich ein Licht auf.

„Niemals wieder. Ich bleibe bei meinem lieben Mann. Wir sind seit über zwei Monaten verheiratet. Geh ohne mich nach Hause, meine gute Esther; ich werde nie wieder nach Hause gehen!" Mit diesen Worten zog sie Richards Kopf an ihre Brust und ließ ihn dort ruhen. Und wenn ich jemals in meinem Leben eine Liebe gesehen habe, die nur der Tod beenden kann, so sah ich sie in diesem Gesicht.

„Sprich mit Esther, meine Teuerste", sagte Richard, der jetzt das Schweigen brach. „Erzähle ihr, wie alles gekommen ist."

Ich ging ihr entgegen, ehe sie zu mir kommen konnte, und schloß sie in meine Arme. Keiner von uns sprach; aber ihre Wange ruhte an der meinen, und ich wollte nichts hören. „Mein Herz", sagte ich, „meine Liebe! Mein armes, armes Mädchen!" Ich bedauerte sie so tief. Ich hatte Richard sehr gern, aber es drängte mich innerlich, sie tief zu bedauern.

„Esther, wirst du mir vergeben? Wird mir Vetter John vergeben?"

„Liebes Kind", sagte ich, „daran nur einen Augenblick zu

zweifeln heißt, ihm großes Unrecht tun. Und was mich betrifft, was hätte ich zu verzeihen?"

Ich trocknete meinem schluchzenden Herzenskind die Augen und setzte mich neben sie auf das Sofa. Richard saß zu meiner anderen Seite, und während ich mich an den so völlig anderen Abend erinnerte, da sie mir das erstemal ihr Vertrauen geschenkt und in der glücklichsten Begeisterung der ersten Liebe geschwärmt hatten, erzählten sie mir, wie alles so gekommen war.

„Alles, was ich besaß, gehört Richard", sagte Ada, „und Richard wollte es nicht annehmen, Esther. Was konnte ich da anderes tun, als seine Frau zu werden, da ich ihn so innig liebte?"

„Und Sie waren so gänzlich von guten Werken in Anspruch genommen, liebes Hausmütterchen", ergänzte Richard, „daß wir uns nicht entschließen konnten, Ihnen damals etwas davon zu sagen! Und außerdem war es kein lange überlegter Schritt. Wir gingen eines Morgens aus und ließen uns trauen."

„Und als das geschehen war, Esther", fuhr Ada fort, „sann ich beständig darüber nach, wie ich es dir sagen und wie ich es dir am besten beibringen sollte. Manchmal glaubte ich, du müßtest es gleich erfahren, und manchmal glaubte ich, du dürftest nie davon wissen und es vor meinem Vetter John verheimlichen; ich konnte mich nicht entschließen, was ich tun sollte, und das quälte mich sehr."

Wie selbstsüchtig mußte ich gewesen sein, daß ich nicht vorher daran gedacht hatte! Ich wußte nicht, was ich jetzt dazu sagen sollte. Ich war so traurig, und doch hatte ich sie so lieb und freute mich so sehr, daß sie mich liebhatten; ich bedauerte sie so tief und sah doch mit einer Art Stolz, daß sie sich liebten. Ich hatte noch nie zu gleicher Zeit so qualvolle und andererseits so angenehme Empfindungen gehabt; und ich weiß nicht, welche in meinem Herzen vorherrschten. Aber es war nicht an mir, ihren Lebensweg zu verdunkeln. Das tat ich nicht.

Als ich mich wieder ein wenig gefaßt hatte, nahm mein Herzenskind seinen Trauring aus dem Busen, küßte ihn und steckte ihn an. Da erinnerte ich mich an den gestrigen Abend und sagte Richard, daß sie ihn seit ihrer Verheiratung beständig während der Nacht, da ihn niemand sehen konnte, getragen habe. Ada fragte mich errötend, woher ich das wisse, und ich erzählte ihr, wie ich gesehen habe, daß sie ihre Hand unter dem Kissen versteckt hätte, und wie wenig ich geahnt

habe, warum. Dann fingen sie abermals an, mir zu erzählen, wie es so gekommen sei; und ich wurde wiederum betrübt und erfreut und kindisch und mußte mein garstiges altes Gesicht, so gut es ging, verstecken, damit ich ihnen nicht den Mut nahm.

So verflog die Zeit, bis ich endlich ans Nachhausegehen denken mußte. Als es so weit war, wurde es am allerschlimmsten; denn nun verlor mein Herzenskind alle Fassung. Sie warf sich mir an die Brust, gab mir jeden zärtlichen Namen, den sie ersinnen konnte, und fragte, was sie ohne mich anfangen solle. Richard benahm sich nicht viel besser; und ich selbst wäre die Schlimmste von uns dreien gewesen, wenn ich mir nicht streng zugerufen hätte: Esther, wenn du dich nicht besser benimmst, spreche ich nie wieder ein Wort mit dir!

„Wahrhaftig", sagte ich, „so eine junge Frau ist mir noch nie unter die Augen gekommen. Ich glaube gar nicht, daß sie ihren Mann liebhat. Hier, Richard, nehmen Sie um Himmels willen mein Kind", setzte ich hinzu; aber ich hielt Ada die ganze Zeit über fest an mein Herz gedrückt und hätte, ich weiß nicht wie lange, über ihr weinen können.

„Und ich gebe hiermit diesem lieben jungen Ehepaar kund", fuhr ich fort, „daß ich nur gehe, um morgen wiederzukommen, und daß ich immer kommen und gehen werde, bis Symond's Inn meiner müde geworden ist. Also werde ich nicht Abschied nehmen, Richard; denn was sollte das auch nützen, da ich so bald wiederkomme!"

Ich hatte ihm mein Herzenskind jetzt übergeben und wollte gehen, aber ich vermochte mich nicht loszureißen, ohne noch einen letzten Blick auf das liebe Gesicht zu werfen, von dem ich mich nicht trennen konnte, ohne daß es mir das Herz zerschnitt.

So sagte ich denn lustig und rasch, wenn sie mich nicht aufmunterten wiederzukommen, so wüßte ich nicht, ob ich mir die Freiheit nehmen dürfte, worauf mein liebes Mädchen aufblickte und zaghaft unter Tränen lächelte. Ich nahm ihr liebes Gesicht zwischen meine beiden Hände, gab ihr einen letzten Kuß, lachte und lief davon.

Aber als ich die Treppe hinuntergeeilt war, wie weinte ich da! Es war mir fast, als ob ich Ada auf immer verloren hätte. Ich fühlte mich so einsam und so leer ohne sie, und es war so traurig, ohne die Hoffnung nach Hause zu gehen, sie dort zu finden, daß ich mich eine kleine Weile lang gar nicht trösten konnte und in einer dunklen Ecke schluchzend und weinend hin und her ging.

Ich faßte mich allmählich, nachdem ich mich ein wenig ausgescholten hatte, und nahm eine Kutsche, um nach Hause zu fahren. Der arme Junge, den ich in St. Albans gefunden hatte, war vor kurzem wiederentdeckt worden und lag jetzt im Sterben; ja, er war damals schon tot, obgleich ich es nicht wußte. Mein Vormund war ausgegangen, um sich nach ihm zu erkundigen, und kam nicht zum Mittagessen heim. Da ich also ganz allein war, weinte ich wieder ein wenig – obgleich ich glaube, mich im ganzen nicht so furchtbar schlecht benommen zu haben.

Es war nur natürlich, daß ich mich nicht sofort an den Verlust meines Herzenskindes gewöhnen konnte. Drei oder vier Stunden waren im Vergleich zu so vielen Jahren keine lange Zeit. Aber ich dachte so viel an die ungemütliche Unterkunft, in der ich sie verlassen hatte, und malte mir ihre Wohnung als einen so düsteren und steinernen Ort aus und sehnte mich so sehr, in ihrer Nähe zu sein und sie einigermaßen unter meine Obhut zu nehmen, daß ich mich entschloß, am Abend nochmals zu ihnen zu gehen, wenn auch nur, um zum offenen Fenster hinaufzusehen.

Es war kindisch, ich gebe es zu, aber es kam mir damals gar nicht so vor – und selbst jetzt noch nicht ganz. Ich zog Charley ins Vertrauen, und wir gingen in der Abenddämmerung miteinander aus. Es war finster, als wir die neue, fremde Wohnung meines lieben Mädchens erreichten, und es brannte Licht hinter den gelben Vorhängen. Wir gingen vorsichtig drei- oder viermal an ihrem Haus vorbei und sahen hinauf; um ein Haar wären wir Mr. Vholes begegnet, der aus seinem Büro kam und den Kopf wandte, um ebenfalls vor dem Nachhausegehen hinaufzusehen. Der Anblick seiner hageren, schwarzen Gestalt und das gottverlassene Aussehen dieses Winkels bei Nacht paßten gut zu meinem Gemütszustand. Ich dachte an die Jugend, die Liebe und die Schönheit meines guten Mädchens, die in einem so schlecht dazu passenden Ort eingeschlossen waren, daß es mir fast wie eine Grausamkeit vorkam.

Es war sehr einsam und still, und ich zweifelte nicht, daß ich mich sicher die Treppe werde hinaufschleichen können. Ich ließ Charley unten warten und ging leichten Schritts hinauf, durch kein grelles Licht von der düster brennenden Öllaterne gestört. Ich lauschte einige Augenblicke; ich glaubte in der verrotteten, staubigen Einsamkeit des alten stillen Hauses das

Gemurmel ihrer jungen Stimmen hören zu können. Ich drückte meine Lippen an das weiße Schild, als einen Kuß für mein Herzenskind, und ging still wieder hinunter mit dem Vorsatz, gelegentlich meinen Besuch einzugestehen.

Mein Spaziergang tat mir wirklich gut; denn obgleich außer Charley und mir niemand davon wußte, hatte ich doch den Eindruck, als wäre die Trennung zwischen Ada und mir dadurch kleiner geworden, als wären wir uns während dieser Augenblicke noch einmal nahegekommen. Ich ging wieder heim, noch nicht ganz gewöhnt an die Veränderung, aber doch in besserer Stimmung infolge dieses heimlichen Besuchs.

Mein Vormund war nach Hause gekommen und stand gedankenvoll an dem dunklen Fenster. Als ich eintrat, erhellte sich sein Antlitz, und er ging zu seinem Stuhl; aber als ich mich setzte, fiel das Licht auf mein Gesicht.

„Kleines Frauchen", sagte er, „Sie haben geweint?"

„Allerdings, Vormund; ich fürchte, ich habe ein wenig geweint", erwiderte ich. „Ada war so betrübt, und es tut ihr so leid, Vormund."

Ich legte meinen Arm auf die Lehne seines Stuhls, und ich sah an seinem Gesicht, daß meine Worte und der Blick, den ich auf ihren leeren Stuhl warf, ihn vorbereitet hatten.

„Ist sie verheiratet, meine Liebe?"

Ich erzählte ihm alles, und daß ihr erstes Wort die Bitte gewesen sei, er möge ihr verzeihen.

„Sie braucht nicht zu bitten", sagte er. „Gott segne sie und ihren Mann!" Aber wie es meine erste Regung gewesen war, sie zu bemitleiden, so war es auch bei ihm. „Armes Mädchen, armes Mädchen! Armer Rick! Arme Ada!"

Wir beide sprachen darauf kein Wort weiter, bis er mit einem Seufzer sagte: „Jawohl, meine Liebe! Es wird sehr leer in Bleakhaus."

„Aber seine Herrin bleibt, Vormund."

Obgleich ich mich etwas scheute, das zu sagen, wagte ich es doch wegen des bekümmerten Tones, mit dem er sprach.

„Sie wird alles tun, was in ihren Kräften steht, um es glücklich zu machen", sagte ich.

„Es wird ihr gelingen, meine Liebe!"

Der Brief hatte nichts geändert zwischen uns, außer daß der Platz neben ihm mein Platz geworden war; und auch jetzt blieb alles beim alten. Er sah mich mit seinem erfahrenen hellen, väterlichen Blick an, legte in seiner gewohnten Weise seine Hand auf die meine und wiederholte: „Es wird ihr gelingen, meine Liebe. Und dennoch wird es in Bleakhaus sehr leer, kleines Frauchen."

Es tat mir gleich darauf leid, daß wir nichts weiter darüber sprachen; ich fühlte mich etwas enttäuscht. Ich fürchtete, ich war seit dem Brief und der Antwort nicht immer so gewesen, wie ich es mir vorgenommen hatte.

52. KAPITEL

Halsstarrigkeit

Nur ein Tag war inzwischen vergangen, als früh am Morgen – wir wollten uns gerade an den Frühstückstisch setzen – Mr. Woodcourt in aller Eile mit der überraschenden Nachricht erschien, es sei ein schrecklicher Mord begangen worden, und man habe Mr. George wegen Mordverdacht verhaftet. Als er uns erzählte, Sir Leicester Dedlock habe eine große Belohnung auf die Entdeckung des Mörders ausgesetzt, konnte ich mir in meiner ersten Bestürzung nicht erklären warum; aber ein paar Worte genügten, um mich zu unterrichten, daß der Ermordete Sir Leicesters Advokat gewesen war, und jetzt fiel mir plötzlich die Furcht meiner Mutter vor ihm ein.

Dieser unerwartete und gewaltsame Tod eines Mannes, den sie lange mit Argwohn beobachtet hatte; eines Mannes, dessen sie nur sehr selten freundlich gedacht haben konnte und den sie stets als einen gefährlichen und geheimen Feind gefürchtet hatte, erschütterte mich so sehr, daß ich zunächst nur an sie dachte. Wie schrecklich, die Nachricht von einem solchen Tod zu hören und nicht fähig zu sein, Mitleid zu fühlen! Wie grauenhaft, sich vielleicht zu erinnern, daß sie manchmal dem alten Mann, der so rasch dem Leben entrissen worden war, den Tod gewünscht hatte!

Diese Gedanken, die auf mich einstürmten und die das Unbehagen und die Furcht, die sein Name immer in mir erweckt hatte, noch vermehrten, versetzten mich in so große Aufregung, daß ich kaum am Tisch sitzenbleiben konnte. Ich war völlig unfähig, der Unterhaltung zu folgen, bis ich ein wenig Zeit gehabt hatte, mich zu fassen. Als ich wieder zu mir gekommen war und sah, wie diese Nachricht meinen Vormund erschüttert hatte, und als ich hörte, daß sie angelegentlich von dem Verhafteten sprachen und sich an jedes günstige Urteil erinnerten, das wir uns nach all dem Guten, das über ihn zu unserer Kenntnis gelangt war, gebildet hatten, erwachten meine Teilnahme und meine Befürchtungen seinetwegen so lebhaft in mir, daß ich schon allein dadurch wieder zur Besinnung kam.

„Nicht wahr, Vormund, Sie halten es nicht für möglich, daß man ihn mit Recht beschuldigt?"

„Meine Liebe, ich kann es mir nicht vorstellen. Dieser Mann, den wir immer mit so offenem und mitleidigem Herzen gesehen haben; der neben der Kraft eines Riesen die Sanftmut eines Kindes besitzt; der wie der bravste Kerl von der Welt aussieht und dabei doch so einfach und so still ist – kann dieser Mann eines solchen Verbrechens mit Recht beschuldigt werden? Ich vermag es nicht zu glauben. Nicht daß ich es nicht täte oder nicht wollte – ich kann es einfach nicht!"

„Und ich auch nicht", sagte Mr. Woodcourt; „aber trotz allem, was wir von ihm glauben oder wissen, dürfen wir nicht vergessen, daß einiger Schein gegen ihn spricht. Er vertrug sich nicht mit dem Ermordeten und hat das an vielen Orten offen geäußert. Er soll gegen ihn sehr heftig geworden sein, und er hat sich auch mir gegenüber einmal heftig über ihn ausgelassen. Er gibt zu, daß er an dem Ort, wo der Mord begangen wurde, fast in derselben Minute, da er verübt worden sein muß, allein gewesen ist. Ich halte ihn tatsächlich für ebenso unschuldig an dem Mord wie mich selbst; aber das alles spricht für den Verdacht, der auf ihm lastet."

„Sehr wahr", erwiderte mein Vormund; und indem er sich an mich wandte, setzte er hinzu: „Wir würden ihm einen schlechten Dienst erweisen, meine Liebe, wenn wir hinsichtlich eines dieser Punkte unsere Augen der Wahrheit verschließen wollten."

Ich fühlte natürlich, daß wir nicht nur uns, sondern auch anderen das volle Gewicht der ihn verdächtigenden Umstände zugestehen müßten. Dennoch wüßte ich – so konnte ich mich nicht enthalten zu sagen –, daß ihr Gewicht uns nicht bewegen werde, ihn in seiner Not zu verlassen.

„Gott verhüte das!" entgegnete mein Vormund. „Wir wollen bei ihm aushalten, wie er selbst bei den beiden armen Geschöpfen, die gestorben sind, ausgehalten hat." Er meinte Mr. Gridley und den Knaben, denen beiden Mr. George ein Obdach gegeben hatte.

Mr. Woodcourt erzählte uns dann, daß ihn der Diener des Kavalleristen noch vor Tagesanbruch aufgesucht habe, nachdem er die ganze Nacht wie ein Wahnsinniger durch die Straßen gelaufen sei. Eine der ersten Sorgen des Kavalleristen sei es gewesen, wir möchten ihn für schuldig halten. Er habe seinen Boten beauftragt, uns seiner vollkommensten Unschuld mit den feierlichsten Beteuerungen, die er kenne, zu versichern, und er, Woodcourt, habe den Mann nur durch das Versprechen beruhigen können, uns diese Botschaft so zeitig wie möglich am Morgen zu überbringen. Er setzte hinzu, er sei jetzt auf dem Wege, den Gefangenen zu besuchen.

Mein Vormund erklärte sich sogleich bereit mitzugehen. Nun verband mich, außer daß ich den ehemaligen Soldaten sehr gern hatte und auch er mich mochte, jenes geheime Interesse mit dem, was geschehen war, das nur mein Vormund kannte. Es war mir, als ob mich die Sache ganz nahe anging. Es schien mir für meine Person höchst wichtig zu sein, daß die Wahrheit entdeckt werde und kein Unschuldiger in Verdacht gerate; denn wenn der Verdacht einmal in die Irre ging, so konnte er noch mehr in die Irre gehen.

Mit einem Wort: ich hielt es für meine Pflicht, die beiden zu begleiten. Mein Vormund versuchte nicht, mir das auszureden, und so ging ich mit.

Es war ein großes Gefängnis mit vielen Höfen und Gängen, die einander so sehr glichen und so einheitlich gepflastert waren, daß ich, während ich durch sie hindurchging, erst recht begreifen lernte, wie einsame Gefangene, die viele Jahre lang in diesen kahlen Wänden eingeschlossen blieben, ein Pflänzchen oder einen einzelnen Grashalm liebgewinnen konnten, wie ich gelesen hatte. In einem einzelnen gewölbten Raum, der wie ein ebenerdiger Keller aussah, mit so grellweißen Wänden, daß das starke eiserne Gitter vor dem Fenster und die eisenbeschlagene Tür dadurch noch viel schwärzer schienen, fanden wir den Kavalleristen in einer Ecke stehen. Er hatte dort auf der Bank gesessen und war aufgestanden, als er die Schlösser und die Riegel hatte rasseln hören.

Sowie er uns sah, kam er uns mit seinem gewöhnlichen wuchtigen Schritt ein kleines Stück entgegen, blieb dann stehen und machte eine knappe Verbeugung. Aber als ich immer noch weiter auf ihn zulief und ihm meine Hand entgegenstreckte, verstand er uns gleich.

„Es fällt mir eine Last von der Seele, versichere ich Ihnen, Miss, und Ihnen, meine Herren", sagte er, indem er uns mit großer Herzlichkeit begrüßte und tief Atem holte. „Und jetzt ist es mir einerlei, was für ein Ende das nimmt."

Er schien kaum der Gefangene zu sein. Infolge seiner Ruhe und seiner soldatischen Haltung sah er viel eher wie ein Gefangenenwärter aus.

„Das ist ein noch unerfreulicherer Ort als meine Schießgalerie, um eine Dame zu empfangen", fuhr Mr. George fort. „Aber ich weiß, Miss Summerson wird das Beste daraus zu machen wissen." Da er mich nach der Bank geleitete, wo er gesessen hatte, nahm ich Platz, was ihn sehr zu befriedigen schien.

„Ich danke Ihnen, Miss", sagte er.

„Nun, George", bemerkte mein Vormund, „da wir keiner neuen Beteuerungen Ihrerseits bedürfen, glaube ich auch nicht, daß Sie von uns welche erwarten."

„Durchaus nicht, Sir. Ich danke Ihnen von ganzem Herzen. Wäre ich nicht unschuldig, könnte ich Sie, da Sie sich herabließen, mich zu besuchen, nicht ansehen und mein Geheimnis für mich behalten. Ihr gegenwärtiger Besuch rührt mich zutiefst. Ich gehöre nicht zu den beredten Leuten, aber es rührt mich zutiefst, Miss Summerson und meine Herren!"

Er legte seine Hand einen Augenblick auf seine breite Brust und neigte den Kopf gegen uns. Obgleich er sich rasch wieder gerade aufrichtete, drückte er auf diese Weise doch sehr viel natürliche Empfindung aus.

„Zunächst, George", sagte mein Vormund, „können wir etwas für Ihre persönliche Bequemlichkeit tun?"

„Wofür?" fragte George mit einem Räuspern zurück.

„Für Ihre persönliche Bequemlichkeit. Haben Sie einen Wunsch, um die Unannehmlichkeiten der Haft zu erleichtern?"

„Nein, Sir", entgegnete Mr. George nach einigem Nachdenken. „Ich bin Ihnen deshalb sehr verpflichtet; da aber Tabak hier nicht erlaubt ist, so wüßte ich nichts zu sagen."

„Es werden Ihnen mit der Zeit schon noch mancherlei Kleinigkeiten einfallen. Wenn das der Fall ist, George, lassen Sie es uns wissen."

„Ich danke Ihnen, Sir. Jedoch", bemerkte Mr. George, während ein offenes Lächeln sein sonnengebräuntes Gesicht überzog, „ein Mann, der sich so lange wie ich in der Welt herumgetrieben hat, kann es notfalls auch an einem solchen Ort wie diesem hier aushalten."

„Zweitens, was Ihre Sache betrifft..." fuhr mein Vormund fort.

„Ganz richtig, Sir", entgegnete Mr. George und verschränkte vollkommen gefaßt und ein wenig neugierig die Arme über der Brust.

„Wie steht es jetzt damit?"

„Nun, Sir, vorläufig bin ich in Untersuchungshaft. Bucket gibt mir zu verstehen, daß er wahrscheinlich von Zeit zu Zeit den Polizeirichter um ein neues Verhör bitten werde, bis die Anklage vollständig beisammen sei. Wie man sie vollständig machen will, ist mir selber schleierhaft, aber Bucket wird das schon irgendwie zu bewerkstelligen wissen."

„Aber der Himmel schütze uns, Mann!" rief mein Vormund aus, den die Verwunderung wieder zu seiner alten Seltsamkeit und Heftigkeit fortriß, „Sie sprechen von sich, als wären Sie jemand anders."

„Nichts für ungut, Sir", entgegnete Mr. George. „Ich bin Ihnen sehr dankbar für Ihre Güte. Aber ich kann nicht einsehen, wie ein ehrlicher Mann so etwas hinnehmen soll, ohne mit dem Kopf gegen die Wand zu rennen, wenn er es nicht auf diese Weise hinnimmt."

„Das ist bis zu einem gewissen Grade wahr genug", erwiderte mein Vormund etwas milder; „aber, mein Lieber, selbst ein Unschuldiger muß alle nötigen Maßregeln zu seiner Verteidigung ergreifen."

„Gewiß, Sir. Und das habe ich auch getan. Ich habe den Gerichtspersonen gesagt: Meine Herren, ich bin so unschuldig an diesem Mord wie Sie selbst; die Tatsachen, die man mir zur Last legt, entsprechen vollkommen der Wahrheit, weiter weiß ich nichts von der Sache. Bei dieser Erklärung denke ich zu bleiben, Sir. Was kann ich mehr tun? Es ist die Wahrheit."

„Aber die bloße Wahrheit reicht nicht aus", erklärte mein Vormund.

„Wirklich nicht, Sir? Schlimm genug für mich", bemerkte Mr. George gutgelaunt.

„Sie müssen einen Anwalt haben", fuhr mein Vormund fort. „Wir müssen einen guten Anwalt für Sie nehmen."

„Ich bitte um Verzeihung, Sir", sagte Mr. George und trat einen Schritt zurück. „Ich bin Ihnen sehr verbunden; aber ich muß entschieden bitten, mich jedes derartigen Schrittes enthalten zu dürfen."

„Sie wollen keinen Anwalt haben?"

„Nein, Sir." Mr. George schüttelte den Kopf in der nachdrücklichsten Weise. „Ich danke Ihnen recht sehr, Sir, aber – keinen Anwalt!"

„Warum nicht?"

„Mir gefällt die Rasse nicht", sagte Mr. George. „Gridley fand auch keinen Geschmack daran. Und wenn Sie entschuldigen wollen, daß ich soviel sage – ich hätte kaum gedacht, daß Sie selbst daran viel Geschmack fänden, Sir."

„Das ist aber Billigkeitsrecht", erklärte mein Vormund, der nicht recht wußte, was er sagen sollte, „das ist Billigkeitsrecht, George."

„Wirklich, Sir?" entgegnete der Kavallerist leichthin. „Ich für meine Person kann mit diesen feinen Unterschieden nicht viel anfangen, aber im allgemeinen finde ich keinen Geschmack an solcherlei Leuten."

Er öffnete die Arme wieder und stand, die eine schwere Hand auf den Tisch gelegt und die andere auf seine Hüfte gestützt, als ein so vollkommenes Bild eines Mannes da, der sich in einem einmal gefaßten Entschluß nicht wankend machen läßt, wie ich es nur je gesehen habe. Vergeblich redeten wir ihm alle drei zu und bemühten uns, ihn umzustimmen. Er hörte uns mit der Sanftmut an, die so gut zu seinem derben, geraden Wesen paßte, aber unsere Vorstellungen machten auf ihn offenbar keinen tieferen Eindruck als auf die Mauern seines Kerkers.

„Bitte, überlegen Sie es sich noch einmal, Mr. George", sagte ich. „Haben Sie gar keinen Wunsch in bezug auf Ihre Sache?"

„Ich wünschte allerdings, sie käme vor ein Kriegsgericht, Miss", entgegnete er; „aber das steht außer Frage, wie ich recht wohl weiß. Wenn Sie so gut sein wollten, Miss, mir ein paar Minuten und länger Ihre Aufmerksamkeit zu schenken, so will ich mich bemühen, Ihnen so klar, wie ich kann, auseinanderzusetzen, was ich meine."

Er sah uns alle drei der Reihe nach an, drehte den Kopf ein wenig hin und her, als ob er ihn in der Halsbinde und dem Kragen einer knappen Uniform zurechtsetzte, und fing nach kurzem Überlegen an: „Sie sehen, Miss, man hat mir Handschellen angelegt und mich verhaftet und hierhergebracht. Ich bin ein gezeichneter und entehrter Mann, und hier bin ich. Bucket hat meine Schießgalerie von oben bis unten durchstöbert; was ich besitze – es ist wenig –, ist dahin und dorthin gewendet worden, daß ich mich selbst nicht mehr auskenne, und, wie ich vorhin sagte, hier bin ich! Ich führe darüber keine besondere

813

Beschwerde. Obgleich ich nicht unmittelbar daran schuld bin, daß ich mich gegenwärtig hier befinde, so kann ich doch recht gut einsehen, daß das nicht geschehen wäre, wenn ich nicht von Jugend auf schon dieses Vagabundenleben geführt hätte. Es ist aber geschehen. Nun erhebt sich die Frage: wie soll man sich dabei verhalten?"

Er rieb seine gebräunte Stirn einen Augenblick mit gutgelauntem Lächeln und sagte dann entschuldigend: „Ich bin ein so kurzatmiger Redner, daß ich erst eine Weile nachdenken muß." Nachdem er sich eine Weile besonnen hatte, blickte er wieder auf und fuhr fort: „Wie soll man sich dabei verhalten? Nun war der unglückliche Ermordete selbst Anwalt und hatte mich ziemlich fest in seinen Klauen. Ich wünsche seine Asche nicht zu stören, aber er hatte mich – wäre er noch am Leben, würde ich sagen: ganz verteufelt fest in seinen Klauen. Ich finde deshalb an seinen Kollegen auch keinen besseren Geschmack. Hätte ich mich nicht mit Leuten seines Faches eingelassen, wäre ich nicht hier. Aber das wollte ich nicht sagen. Nehmen wir einmal an, ich hätte ihn wirklich totgeschlagen. Nehmen wir an, ich hätte ihm eine der vor kurzem abgefeuerten Pistolen, die Bucket in meiner Wohnung gefunden hat und die er, bei Gott, jeden Tag, seitdem ich dort wohne, hätte finden können – ich hätte ihn also mit einer dieser Pistolen ins Herz geschossen. Was würde ich sofort getan haben, nachdem man mich hier eingeschlossen hatte? Ich hätte einen Anwalt genommen."

Er hielt inne, weil man draußen jemanden an den Schlössern und Riegeln hantieren hörte, und redete nicht eher weiter, als bis die Tür aufgegangen und wieder zugemacht worden war. Wozu man sie geöffnet hatte, werde ich gleich erwähnen.

„Ich hätte einen Anwalt genommen, und er hätte gesagt – so habe ich es oft in den Zeitungen gelesen –, mein Klient sagt nichts – mein Klient behält sich seine Verteidigung vor – mein Klient tut dies und das und jenes. Nun ist es meiner Meinung nach nicht die Gewohnheit dieser Leute, geradeaus zu gehen oder zu glauben, andere Leute könnten es tun. Nehmen wir an, ich bin unschuldig und nehme mir einen Anwalt. Wahrscheinlich schiene ihm die Möglichkeit, daß ich schuldig bin, ebenso gegeben wie das Gegenteil, vielleicht hielte er mich auch eher für schuldig. Was würde er nun in beiden Fällen tun? Er würde handeln, als ob ich schuldig wäre: er würde mir den Mund verschließen, mir raten, mich nicht zu kompromittieren, würde einzelne Umstände vertuschen, die Zeugenaussagen zerpflücken, Haarspaltereien treiben und vielleicht einen Freispruch für mich erlangen. Aber, Miss Summerson, liegt mir etwas daran, auf diese Weise loszukommen, oder möchte ich mich nicht lieber auf meine eigene Manier hängen lassen – wenn Sie entschuldigen, daß ich etwas so Unangenehmes erwähne?"

Er hatte sich nunmehr für seinen Gegenstand erwärmt und brauchte sich nicht mehr zu unterbrechen, um sich erst zu besinnen.

„Ich möchte mich lieber auf meine eigene Manier hängen lassen. Das möchte ich bei Gott! Ich will damit nicht sagen" – er sah uns alle der Reihe nach an, während er seine kräftigen Arme in die Seite stemmte und seine dunklen Augenbrauen in die Höhe zog –, „daß ich dem Hängen größeren Geschmack abgewänne als andere Leute. Was ich meine, ist, ich muß ganz und vollständig gerechtfertigt dastehen, oder ich will überhaupt nicht freikommen. Wenn ich daher etwas gegen mich anführen höre, was wahr ist, so erkläre ich, daß es wahr ist; und wenn man mich darauf aufmerksam macht: Was Sie sagen, wird gegen Sie gebraucht werden, so erwidere ich, daß es mir eben recht sei; ich verlange sogar, daß es gegen mich gebraucht werde. Wenn man meine Unschuld nicht in vollem Umfang erweisen kann, so wird es wahrscheinlich auch nicht mit weniger oder mit etwas anderem gehen; und wenn es doch möglich ist, so hat es keinen Wert für mich."

Er machte ein oder zwei Schritte auf dem steinernen Fußboden, trat dann wieder an den Tisch und vollendete, was er noch zu sagen hatte. „Ich danke Miss Summerson und den beiden Herrn vielmals für ihre Teilnahme. Das ist die ganze Sachlage, wie sie sich dem einem stumpfen Säbel vergleichbaren Verstand eines einfachen Soldaten darstellt. Ich habe nie viel getaugt im Leben, außer im Dienst als Soldat, und kommt es endlich zum Schlimmsten, so werde ich ziemlich genau das ernten, was ich gesät habe. Als ich mich von der ersten Erschütterung, als Mörder verhaftet zu werden, erholt hatte – bei einem, der sich soviel und unter so mancherlei Schicksalen in der Welt herumgeschlagen hat, dauert es nicht sehr lange, sich von einer Erschütterung zu erholen –, kamen mir allmählich die Überlegungen, die ich Ihnen eben auseinandergesetzt habe. Und dabei werde ich bleiben. Ich bringe keinem Verwandten Schande und breche keinem Verwandten das Herz und ... alles was ich zu sagen habe, habe ich gesagt."

Die Tür war vorhin geöffnet worden, um einen zweiten,

gleichfalls militärisch aussehenden Mann, dessen Äußeres auf den ersten Blick weniger einnehmend wirkte, und eine wettergebräunte, helläugige, gesunde Frau mit einem Korb einzulassen, die von dem Augenblick an, da sie den Raum betreten hatte, allem, was George sagte, sehr aufmerksam zuhörte. Mr. George hatte sie mit einem vertraulichen Nicken und einem freundlichen Blick empfangen, ohne jedoch seine Rede zu unterbrechen, um sie besonders zu begrüßen. Jetzt schüttelte er ihnen herzlich die Hände und sagte: „Miss Summerson und meine Herren, das ist ein alter Kamerad von mir, Matthew Bagnet, und das ist seine Frau, Mrs. Bagnet."

Mr. Bagnet machte eine steife militärische Verbeugung, und Mrs. Bagnet knickste.

„Es sind echte, gute Freunde von mir", fuhr Mr. George fort. „In ihrem Hause wurde ich verhaftet."

„Mit einem gebrauchten Violoncello", schaltete Mr. Bagnet ein und schüttelte dabei ärgerlich den Kopf. „Von gutem Klang. Für einen Freund. Dem es auf das Geld nicht eben ankam."

„Mat", sagte Mr. George, „du hast so ziemlich alles gehört, was ich dieser Dame und diesen beiden Herren auseinandergesetzt habe. Nicht wahr, du billigst es?"

Nach einiger Überlegung verwies Mr. Bagnet die Entscheidung an seine Frau. „Alte", meinte er, „sage ihm, ob es meine Billigung findet oder nicht."

„Wahrhaftig, George", rief Mrs. Bagnet aus, die ihren Korb ausgepackt hatte, in dem sich ein Stück kaltes Pökelfleisch, ein wenig Tee und Zucker und ein halbes weißes Brot befanden, „Ihr solltet wissen, daß es nicht seinen Beifall findet. Ihr solltet wissen, daß es einen ganz wild machen kann, Euch zuzuhören! Ihr wollt nicht auf diese Weise loskommen und wollt nicht auf jene Weise loskommen – was soll das wählerische Hin und Her bedeuten? Es ist dummes Zeug und Unsinn, George."

„Seid nicht hart gegen mich in meinem Unglück, Mrs. Bagnet", antwortete der Kavallerist leichthin.

„Oh, zum Kuckuck mit Eurem Unglück!" rief Mrs. Bagnet, „wenn es Euch nicht verständiger macht, als Ihr Euch bis jetzt zeigt. Ich habe mich nie in meinem Leben so geschämt, einen Menschen Unsinn reden zu hören, wie vorhin, da ich Euch zu der anwesenden Gesellschaft habe sprechen hören. Anwälte? Mein Gott, was, außer daß viele Köche den Brei verderben, kann Euch abhalten, ein Dutzend Anwälte zu haben, wenn der Herr hier sie Euch empfiehlt?"

„Sie sind eine sehr verständige Frau", sagte mein Vormund; „ich hoffe, Sie werden ihn überreden, Mrs. Bagnet."

„Ihn überreden, Sir?" gab sie zurück. „Gott schütze Sie, nein, Sie kennen George nicht. Da, sehen Sie ihn!" Mrs. Bagnet ließ ihren Korb stehen, um mit ihren beiden gebräunten Händen auf ihn zu deuten. „Da steht er! Ein so eigensinniger und in der verkehrten Richtung entschlossener Mann, wie jemals einer einen Menschen unter der Sonne um seine Geduld gebracht hat. Sie können ebensogut ganz allein einen Achtundvierzigpfünder in die Höhe heben und auf die Schulter nehmen wie diesen Mann anderen Sinnes machen, wenn er sich einmal etwas in den Kopf gesetzt hat. Mein Gott, ich kenne ihn!" rief Mrs. Bagnet aus. „Kenne ich Euch nicht, George? Ihr wollt doch nicht etwa nach so vielen Jahren vor mir in einer neuen Rolle auftreten, will ich hoffen?"

Ihre freundschaftliche Entrüstung machte einen beispielhaften Eindruck auf ihren Mann, der dem Kavalleristen mehrere Male mit einem Kopfschütteln zusetzte, als wollte er ihm stumm empfehlen nachzugeben. Währenddessen blickte mich ab und zu Mrs. Bagnet an, und ich schloß aus der Bewegung ihrer Augen, daß sie wünschte, ich sollte etwas unternehmen, obgleich ich nicht begriff was.

„Aber ich habe es seit vielen Jahren aufgegeben, Euch zuzureden, Alter", fuhr Mrs. Bagnet fort, indem sie ein wenig Staub von dem gepökelten Schweinefleisch blies, und sah mich dabei wieder an; „und wenn diese Dame und die Herren Euch erst so gut kennen wie ich, dann werden auch sie es aufgeben, Euch zuzureden. Wenn Ihr nicht zu starrköpfig seid, ein paar Bissen zum Mittagessen anzunehmen, so steht es hier."

„Ich nehme es mit vielem Dank an", entgegnete der Kavallerist.

„Wirklich?" fragte Mrs. Bagnet, die immer noch gutmütig fortbrummte. „Wahrhaftig, ich bin erstaunt darüber. Es wundert mich, daß Ihr nicht auch auf Eure eigene Manier verhungern wollt. Es sähe Euch ganz ähnlich. Vielleicht setzt Ihr Euch nächstens auch das in den Kopf." Hier sah sie mich abermals an; und jetzt erriet ich aus den Blicken, die sie abwechselnd auf die Tür und auf mich richtete, daß sie wünschte, wir möchten gehen und draußen vor dem Gefängnis auf sie warten. Ich teilte das auf ähnliche Weise meinem Vormund und Mr. Woodcourt mit und stand auf.

„Wir hoffen, Sie werden sich eines Besseren besinnen, Mr.

George", sagte ich. „Wir werden Sie wieder besuchen und Sie dann hoffentlich vernünftiger finden."

„Dankbarer können Sie mich nicht finden, Miss Summerson", entgegnete er.

„Aber leichter zu überreden, hoffe ich", sagte ich. „Und ich bitte Sie zu bedenken, daß die Aufklärung dieses Geheimnisses und die Entdeckung des wirklichen Mörders von höchster Wichtigkeit auch für andere Personen außer Ihnen sein kann."

Er hörte mir ehrerbietig zu, aber ohne meine Worte besonders zu beachten, die ich, schon auf dem Wege zur Tür, ein wenig abgewendet von ihm sprach; er musterte – das sagten sie mir später – meine Größe und Gestalt, die ihm plötzlich aufgefallen zu sein schienen.

„Es ist merkwürdig", sagte er. „Und doch kam es mir damals ebenso vor."

Mein Vormund fragte ihn, was er meine.

„Ja, sehen Sie, Sir", gab er zur Antwort, „als mich mein Unglück in der Nacht, in der der Mord geschah, an die Treppe des Toten führte, sah ich im Dunkeln eine Gestalt an mir vorübergehen, die Miss Summerson so ähnlich sah, daß ich beinahe Lust hatte, sie anzureden."

Einen Augenblick lang überlief mich ein Schauder, wie ich ihn niemals, weder vorher noch später, je gefühlt habe und hoffentlich nie wieder fühlen werde.

„Sie kam herunter, als ich die Treppe hinaufstieg", sagte der Kavallerist, „und ging an dem vom Mond erhellten Fenster vorüber, in einen weiten schwarzen Mantel gehüllt; ich bemerkte eine breite Franse daran. Das hat freilich mit der vorliegenden Sache nichts zu tun, außer daß Miss Summerson der Gestalt eben jetzt so ähnlich sah, daß sie mir wieder einfiel."

Ich kann die Empfindungen, die dabei in mir aufstiegen, nicht voneinander scheiden und mir klarmachen; ich kann nur so viel sagen, daß das unbestimmte Pflichtgefühl, das mich von Anfang an bewogen hatte, die Untersuchung zu verfolgen, stärker wurde, ohne daß ich eigentlich wagte, mir die Frage: warum? vorzulegen, und daß ich eine Art entrüstete Überzeugung hegte, auf keine Weise Grund zu Befürchtungen haben zu müssen.

Wir verließen alle drei das Gefängnis und gingen ein Stück vor seinem Tor, das sich in einer abgelegenen Gegend befand, auf und ab. Wir hatten noch nicht lange gewartet, als auch Mr. und Mrs. Bagnet herauskamen und bald bei uns waren.

Mrs. Bagnets Augen waren feucht, und ihr Gesicht war gerötet und aufgeregt. „Ich ließ George nicht merken, was ich von seiner Sache halte, verstehen Sie mich recht, Miss", war ihre erste Bemerkung, als sie uns erreichte; „aber es steht schlimm um den armen alten Burschen!"

„Nicht bei Sorgfalt und Vorsicht und guter Hilfe", warf mein Vormund ein.

„Ein Herr wie Sie muß das besser wissen, Sir", entgegnete Mrs. Bagnet und wischte sich mit dem Saum ihres grauen Mantels die Augen; „aber ich habe große Angst um ihn. Er ist so sorglos gewesen und hat soviel gesagt, was er nie hat sagen wollen. Die Herren Geschworenen könnten ihn vielleicht nicht so verstehen wie Lignum und ich. Und dann sprechen eine solche Menge von Umständen gegen ihn, und soviel Leute werden gegen ihn als Zeugen auftreten, und Bucket ist so schlau!"

„Mit einem gebrauchten Violoncello. Und sagte, er habe die Querpfeife gespielt. Als er noch ein Knabe war", fügte Mr. Bagnet feierlich hinzu.

„Ich will Ihnen etwas sagen, Miss", fuhr Mrs. Bagnet fort, „und wenn ich Miss sage, dann meine ich Sie alle. Kommen Sie einen Augenblick hier in diese Ecke, und ich will es Ihnen sagen."

Mrs. Bagnet eilte mit uns zu einem noch einsameren Ort. Sie war so außer Atem, daß sie anfangs gar nicht weitersprechen konnte, was Mr. Bagnet zu der Aufforderung veranlaßte: „Alte! sag es ihnen!"

„Sie müssen wissen, Miss", hob Mrs. Bagnet wieder an, indem sie, um mehr Luft zu bekommen, die Bänder ihres Hutes aufband, „Sie könnten ebensogut Dover-Castel von seinem Fleck rücken wie George von seinem Standpunkt abbringen, sofern Sie nicht ein neues Mittel zur Hand haben, auf ihn einzuwirken. Und ich habe es!"

„Sie sind ein Juwel von einer Frau", meinte mein Vormund. „Fahren Sie fort!"

„Ich sage Ihnen, Miss", sprach sie weiter, indem sie in ihrer Aufregung ein dutzendmal bei jedem Satz die Hände zusammenschlug, „alles, was er davon redet, er habe keine Verwandten, ist dummes Zeug. Sie wissen nichts von ihm, aber er weiß von ihnen. Er hat mir hin und wieder mehr anvertraut als allen anderen, und er hat nicht umsonst einmal zu meinem Woolwich von dem weißen Haar und dem gefurchten Gesicht der Mütter gesprochen. Fünfzig Pfund will ich wetten, daß er an diesem Tage seine Mutter gesehen hatte. Sie lebt und muß auf der Stelle hergebracht werden."

Bei diesen Worten nahm Mrs. Bagnet einige Stecknadeln in den Mund und fing an, ihr Kleid ringsum aufzustecken, so daß es ein wenig kürzer war als ihr grauer Mantel, womit sie mit überraschender Gewandtheit und Schnelligkeit zustande kam.

„Lignum", sagte Mrs. Bagnet, „du paß auf die Kinder auf, Alter, und gib mir den Schirm! Ich gehe nach Lincolnshire, um die alte Dame herzubringen."

„Aber der Himmel beschütze diese Frau!" rief mein Vormund, die Hand in der Tasche, „wie will sie denn reisen? Wieviel Geld hat sie denn?"

Mrs. Bagnet griff wieder nach ihrem Kleid und brachte einen ledernen Geldbeutel zum Vorschein, aus dem sie hastig ein paar Schillinge herauszählte und den sie dann mit der größten Befriedigung wieder zuzog.

„Sorgen Sie sich nicht um mich. Ich bin eine Soldatenfrau und gewohnt, auf meine Weise zu reisen. Lignum, mein Alter", wandte sie sich an Mr. Bagnet, indem sie ihm einen Kuß gab, „einen für dich, drei für die Kinder. Jetzt gehe ich nach Lincolnshire, um Georges Mutter zu holen!"

Und sie trabte wirklich fort, während wir drei, in Staunen verloren, einander ansahen. Sie marschierte wirklich in ihrem grauen Mantel mit kräftigem Schritt von dannen und verschwand um die Ecke.

„Mr. Bagnet", sagte mein Vormund, „wollen Sie sie auf diese Weise fortlassen?"

„Kann's nicht verhindern", gab er zurück. „Ist schon einmal nach Hause gereist. Mit demselben grauen Mantel. Und demselben Regenschirm. Wenn die Alte sagt: Tue das! soll man's tun. Wenn die Alte sagt: Ich werde es tun, so tut sie es."

„Dann ist sie so ehrlich und treu, wie sie aussieht", entgegnete mein Vormund, „und es ist unmöglich, mehr zu ihrem Lob zu sagen."

„Sie ist Fahnenjunker beim Nonpareil-Bataillon", sagte Mr. Bagnet und warf uns noch einen Blick über die Schulter zu, da er ebenfalls fortging. „Und es gibt keine zweite ihrer Art. Aber ich gestehe es vor ihren Ohren nie ein. Disziplin muß sein!"

53. KAPITEL

Die Spur

Mr. Bucket und sein fetter Zeigefinger beraten sich unter den gegenwärtigen Umständen sehr häufig miteinander. Wenn Mr. Bucket eine Sache von solch großer Wichtigkeit zu bedenken hat, scheint sich der fette Zeigefinger zu der Würde eines helfenden Dämons zu erheben. Er hält ihn an sein Ohr, und jener flüstert ihm noch unentdeckte Geheimnisse zu; er legt ihn an seine Lippen und befiehlt ihm Schweigen. Er reibt seine Nase mit ihm, und seine Witterung wird schärfer; er droht mit ihm dem Schuldigen und bezaubert ihn so, daß er seinem Verderben entgegenstürzt. Die Auguren vom Temple der Kriminalpolizei prophezeien stets, wenn Mr. Bucket und dieser Finger sich häufig miteinander beraten, daß man binnen kurzem von einer schrecklichen Rache hören werde.

Sonst ein sanfter, sinnender Beobachter der menschlichen Natur, im ganzen ein wohlwollender Philosoph, der nicht geneigt ist, allzu streng über menschliche Torheiten zu urteilen, erscheint Mr. Bucket in einer Menge Häuser und spaziert in unzähligen Straßen herum, dem äußeren Anschein nach eher gelangweilt, als ob es ihm an einem Ziel fehlte. Er befindet sich in der rosigsten Stimmung gegen seine Mitmenschen und trinkt mit den meisten Leuten. Er ist freigebig mit seinem Geld, leutselig in seinen Manieren, unschuldig in seiner Unterhaltung – aber durch den ruhigen Strom seines Lebens schleicht eine verborgene Zeigefingerströmung.

Zeit und Ort binden Mr. Bucket nicht. Wie der Mensch im allgemeinen, ist er heute da und morgen verschwunden – aber darin ist er den Menschen sehr unähnlich, daß er am nächsten Tage wieder da ist. Heute abend wirft er im Vorbeigehen einen Blick in die Fackelauslöscher vor der Tür von Sir Leicesters Haus in der Stadt, und morgen früh sieht man ihn auf den Bleidächern von Chesney Wold herumspazieren, wo früher der alte Mann umging, dessen Geist mit hundert Guineen zur Ruhe gebracht worden ist. Kästen, Pulte, Taschen, alles, was ihm gehört, untersucht Mr. Bucket. Ein paar Stunden später sind er und der Römer allein beisammen und vergleichen, was ihre Zeigefinger wissen.

Es ist möglich, daß diese Beschäftigung sich nicht mit häuslichen Vergnügungen verträgt, aber sicher ist, daß Mr. Bucket zur Zeit nicht nach Hause geht. Obgleich er im allgemeinen das Zusammensein mit Mrs. Bucket sehr hochschätzt – sie ist eine Dame von einer natürlichen detektivistischen Begabung, die es bei weiterer Ausbildung durch praktische Übungen hätte weit bringen können, aber so auf der Stufe eines geistreichen Dilettantentums stehengeblieben ist –, beraubt er sich im Augenblick doch aus freien Stücken dieses schätzenswerten Genusses. Um Gesellschaft und Unterhaltung zu haben, muß sich Mrs. Bucket an ihre Mieterin halten, glücklicherweise eine liebenswürdige Dame, an der sie großes Interesse nimmt.

Eine große Menschenmenge versammelt sich am Tage des Leichenbegängnisses in Lincoln's Inn Fields. Sir Leicester Dedlock wohnt der Feierlichkeit persönlich bei. Strenggenommen sind außer ihm nur drei weitere menschliche Leidtragende anwesend, nämlich Lord Doodle, William Buffy und der schmachtende Vetter, der nebenherläuft wie ein fünftes Rad am Wagen; aber die Zahl der Trauerkutschen ist beträchtlich. Der Adel trägt mehr vierrädrige Trauer bei, als man jemals in dieser Gegend der Stadt gesehen hat. Es sind so viele Wappen auf den Kutschenschlägen versammelt, daß man hätte denken können, das Wappenamt habe Vater und Mutter auf einen Schlag verloren. Der Herzog von Foodle schickt ein prachtvolles Gebäude von Staub und Asche, mit silbernen Büchsen, Patentaschen und allen neuesten Verbesserungen und drei verlassenen Würmern, die sich, sechs Fuß hoch, hinten an einen Trauerstrauß klammern. Alle vornehmen Kutscher Londons scheinen in Trauer versunken zu sein, und wenn der tote alte Mann in seinem rostroten Anzug einigen Geschmack für Pferde gehabt haben sollte – was kaum anders sein kann –, so muß er sich an diesem Tage ganz besonders freuen.

Ganz still unter den Leichenbesorgern und den Kutschen und den Waden so vieler Beine, die in Schmerz vergehen, sitzt Mr. Bucket verborgen in einer der untröstlichen Kutschen und überschaut durch die Vorhänge in aller Bequemlichkeit die versammelte Menge. Sein Auge weiß eine Menschenansammlung scharf zu beobachten – was sonst nicht? –, und wie er hierhin und dorthin blickt, jetzt zu diesem und jetzt zu jenem Fenster des Wagens hinaus, bald hinauf zu den Fenstern und bald über die Köpfe der Leute hinweg, entgeht ihm nichts.

Und da bist du, meine Liebe, he! sagt Mr. Bucket zu sich selbst, indem er Mrs. Bucket anredet, die durch seine Vermittlung einen Platz auf den Stufen des Trauerhauses bekommen hat. Und da bist du! Und da bist du! Und recht hübsch siehst du aus, Mrs. Bucket!

Der Zug hat sich noch nicht in Bewegung gesetzt, sondern wartet noch, bis die Leiche herausgebracht wird. Mr. Bucket – er sitzt in dem ersten wappenverzierten Wagen – hält mit seinen beiden fetten Zeigefingern die Vorhänge ein Haarbreit auseinander, während er hindurchspäht.

Und es spricht für seine Zärtlichkeit als Gatte, daß er sich immer noch mit Mrs. Bucket beschäftigt. Da bist du also, meine Liebe! murmelt er halblaut. Und auch unsere Mieterin. Ich beobachte dich, Mrs. Bucket; ich hoffe, es geht dir gut, meine Liebe!

Mr. Bucket spricht kein Wort weiter, sondern sitzt mit höchst aufmerksamen Augen da, bis im Sarg der tote Bewahrer adliger Geheimnisse heruntergetragen wird. Wo sind jetzt die Geheimnisse? Bewahrt er sie noch? Haben sie ihn auf dieser plötzlichen Reise begleitet? ... Dann setzt sich der Zug in Bewegung, und Mr. Bucket tut sich ein neuer Gesichtskreis auf. Er macht sich's zu einer Spazierfahrt bequem und besichtigt die innere Ausstattung der Kutsche, im Fall ihm einmal deren Kenntnis von Nutzen sein könnte.

Es gibt Unterschiede genug zwischen Mr. Tulkinghorn und Mr. Bucket, die jeder in ihrer dunklen Kutsche sitzen; zwischen dem ungemessenen Raum jenseits der kleinen Wunde, die den einen, der so schwer über das Straßenpflaster rumpelt, in festen Schlaf versetzt hat, und der schmalen Blutspur, die den anderen bei einer Wachsamkeit erhält, die sich in jedem Haar seines Hauptes ausspricht! Aber es ist beiden einerlei, keiner von ihnen läßt sich dadurch stören.

Mr. Bucket begleitet in seiner bequemen Weise den Zug und schlüpft aus dem Wagen, sobald die Gelegenheit, für die er sich entschieden hat, da ist. Er begibt sich in Sir Leicesters Wohnung, wo er gegenwärtig wie zu Hause ist, wo er nach Belieben zu allen Stunden kommt und geht, wo er stets willkommen ist und mit Aufmerksamkeit behandelt wird; wo er den ganzen Haushalt kennt und in einer Atmosphäre geheimnisvoller Größe herumwandelt.

Mr. Bucket braucht nicht zu klopfen oder zu klingeln. Er hat sich einen Hausschlüssel geben lassen und kann nach Belieben ins Haus. Während er durch die Vorhalle geht, benachrichtigt ihn der Diener: „Hier ist wieder ein Brief für Sie mit der Post gekommen, Mr. Bucket", und übergibt ihm das Schreiben.

„Wieder einer, so?" erwidert Mr. Bucket.

Wenn der Diener zufällig neugierig sein sollte auf Mr. Buckets Briefe, so ist dieser vorsichtige Mann nicht dazu gemacht, seine Neugier zu befriedigen. Mr. Bucket sieht ihn an, als wäre sein Gesicht eine Aussicht, die sich einige Meilen weit vor ihm ausdehnt, und als betrachtete er sie in aller Muße.

„Haben Sie vielleicht zufällig eine Dose da?" fragt Mr. Bucket. Unglücklicherweise schnupft der Diener nicht.

„Könnten Sir mir wohl eine Prise verschaffen?" fragt Mr. Bucket weiter: „Danke schön. Es ist mir gleich, was für ein Tabak es ist; die Sorte spielt keine Rolle. Danke schön!"

Nachdem er mit Muße aus einer von unten geborgten Büchse eine Prise genommen und sie unter großem Aufwand erst mit dem einen Nasenloch und dann mit dem anderen ausprobiert hat, erklärt Mr. Bucket nach vielem Überlegen die Sorte für die rechte und geht, den Brief in der Hand, hinauf.

Obgleich allerdings Mr. Bucket die Treppe zu der kleinen Bibliothek, die hinter der größeren liegt, mit der Miene eines Mannes hinaufsteigt, der ein paar Dutzend Briefe täglich erhält, so ist dennoch ein ausgedehnter Briefwechsel zufällig nicht seine Sache. Er ist der Feder nicht sehr kundig; denn er führt sie etwa wie den Amtsstab, den er beständig in der Tasche bei sich trägt, und muntert andere nicht auf, mit ihm Briefe zu wechseln, da das eine zu kunstlose und unmittelbare Art ist, delikate Geschäfte zu erledigen. Außerdem hat er oft erlebt, wie kompromittierende Briefe als Beweise beigebracht wurden, und hat allen Anlaß zu bedenken, wie wenig schlau es gewesen war, sie zu schreiben. Daher hat er sehr wenig mit Briefen zu schaffen, weder als Absender noch als Empfänger, und trotzdem hat er innerhalb der letzten vierundzwanzig Stunden genau ein halbes Dutzend erhalten.

Und der da, murmelt Mr. Bucket, indem er ihn auf dem Tisch auseinanderfaltet, stammt von derselben Hand und enthält dieselben zwei Worte.

Welche zwei Worte?

Er dreht den Schlüssel im Schloß herum, öffnet sein schwarzes Taschenbuch – ein Buch des Schicksals für viele –, legt einen anderen Brief daneben und liest in beiden mit kühnen Zügen geschrieben: „Lady Dedlock."

Ja, ja, denkt Mr. Bucket; aber ich hätte das Geld auch ohne diese anonyme Nachricht verdienen können.

Nachdem er die Briefe in das verhängnisvolle Taschenbuch

gesteckt und es wieder zugemacht hat, schließt er die Tür gerade zur rechten Zeit auf, um sein Mittagessen hereinzulassen, das auf einem anständigen Servierbrett mit einer Flasche Sherry gebracht wird. Mr. Bucket bemerkt häufig im Kreise vertrauter Freunde, daß er einen hohlen Zahn voll schönen, alten, braunen ostindischen Sherrys lieber hat als alles, was man ihm sonst anbieten könne. Daher füllt und leert er jetzt sein Glas mit schmatzendem Mund; aber während er noch seinen Wein trinkt, fällt ihm etwas ein.

Mr. Bucket öffnet vorsichtig die Tür, die ins nächste Zimmer führt, und schaut hinein. Die Bibliothek ist leer und das Feuer fast erloschen. Nachdem er sich rasch im ganzen Zimmer umgesehen hat, fällt Mr. Buckets Auge auf einen Tisch, auf dem gewöhnlich die Briefe abgelegt werden, so wie sie ankommen. Mehrere Briefe, die an Sir Leicester adressiert sind, liegen gerade dort. Mr. Bucket tritt näher und betrachtet die Anschriften. „Nein", sagt er, „von dieser Hand ist keiner darunter. Bloß an mich schreibt man. Ich kann morgen Sir Leicester, Baronet, Mitteilung machen."

Darauf kehrt er wieder zu seinem Essen zurück, das er mit gutem Appetit verzehrt, und nach einem kurzen Schläfchen wird er in den Salon befohlen. Sir Leicester hat ihn daselbst die letzten Abende empfangen, um zu erfahren, ob er etwas zu berichten habe. Der schmachtende Vetter, von dem Leichenbegängnis sehr angegriffen, und Volumnia sind anwesend.

Mr. Bucket macht diesen drei Personen drei ganz verschiedene Verbeugungen: Sir Leicester eine huldigende, Volumnia eine galante und dem schmachtenden Vetter eine anerkennende, die ihm leichthin zu verstehen gibt: Sie sind ein Dandy von der Pflastertretersorte, Sir. Sie kennen mich, und ich kenne Sie. Nachdem er diese kleine Probe seines Taktes abgelegt hat, reibt Mr. Bucket sich die Hände.

„Haben Sie etwas Neues mitzuteilen, Inspektor?" fragt Sir Leicester. „Wünschen Sie vielleicht mit mir allein zu sprechen?"

„Nein – heute abend nicht, Sir Leicester Dedlock, Baronet."

„Weil meine ganze Zeit Ihnen zur Verfügung steht, um die beleidigte Majestät des Gesetzes zu rächen", fährt Sir Leicester fort.

Mr. Bucket hustet und blickt die geschminkte und mit einem Halsband geschmückte Volumnia an, als wollte er ehrerbietig sagen: Ich versichere Ihnen, Sie sind ein reizendes Geschöpf. Ich habe Hunderte Ihres Alters gesehen, die zehnmal schlimmer aussahen, wahrhaftig!

Die schöne Volumnia, vielleicht nicht ganz ohne Ahnung von dem humanisierenden Einfluß ihrer Reize, unterbricht das Schreiben dreieckiger Briefchen und rückt gedankenvoll ihr Perlenhalsband zurecht. Mr. Bucket überschlägt in Gedanken den Preis des Schmuckes und hält es für ebenso wahrscheinlich wie nicht, daß Volumnia Verse schreibt.

„Wenn ich Sie nicht auf die nachdrücklichste Weise beschworen habe, Inspektor", fährt Sir Leicester fort, „die größte Gewandtheit an den Tag zu legen, um diese schreckliche Tat aufzuklären, so wünsche ich die gegenwärtige Gelegenheit ganz besonders zu benutzen, um diese Unterlassungssünde wiedergutzumachen. Auf das Geld brauchen Sie keine Rücksicht zu nehmen. Ich bin bereit, alle Kosten zu tragen. Sie können, wenn Sie die Sache, die Sie in der Hand haben, verfolgen, keine Kosten machen, mit deren Bezahlung ich auch nur einen Moment zögern würde."

Mr. Bucket verbeugt sich abermals in der für Sir Leicester bestimmten Weise, um dieser Freigebigkeit seine Anerkennung zu zollen.

„Mein Gemüt", fährt Sir Leicester mit edler Wärme fort, „hat sich, wie sich leicht denken läßt, seit der letzten teuflischen Tat noch nicht wieder erholt. Es wird schwerlich seine alte Stimmung wiederfinden. Aber heute abend, nachdem ich die schwere Pflicht vollzogen habe, einen treuen, eifrigen und ergebenen Diener zu bestatten, ist es von Entrüstung erfüllt."

Sir Leicesters Stimme zittert, und die grauen Haare sträuben sich auf seinem Haupt. Tränen stehen ihm in den Augen, der beste Teil seines Wesens regt sich. „Ich erkläre", fährt er fort, „ich erkläre feierlich, daß es mir fast so vorkommt, als bedeckte ein Schandfleck meinen Namen, solange das Verbrechen nicht aufgeklärt und von der Justiz bestraft ist. Ein Mann, der einen großen Teil seines Lebens mir gewidmet hat, ein Mann, der beständig an meiner Tafel gesessen und unter meinem Dach geschlafen hat, geht von mir fort nach Hause und wird, ehe noch eine Stunde vergangen ist, daß er mein Haus verlassen hat, erschlagen. Wie kann ich wissen, ob man ihn nicht von meinem Hause aus verfolgt, ob man ihm nicht bei meinem Hause aufgelauert hat? Hat er nicht möglicherweise erst dadurch Aufsehen erregt, daß er mit meinem Hause in Verbindung stand – was zu dem Gedanken verleitet haben kann, er sei reicher und überhaupt von größerer Wichtigkeit, als sein zurückgezogenes Leben verriet? Wenn ich nicht all meine Mittel und meinen Einfluß und meine Stellung einsetze, um alle Mitschuldigen eines solchen Verbrechens ihrer Strafe zuzuführen, so lasse ich es diesem Mann gegenüber an der Verehrung fehlen, mit der mich sein Gedächtnis erfüllt, und an der Treue, die ich einem Menschen schuldig bin, der mir immer treu gewesen ist."

Während er das mit großem Ernst und großer Bewegung beteuert, wobei er sich im Zimmer umsieht, als ob er zu einer Versammlung redete, betrachtet ihn Mr. Bucket mit einem beobachtenden Ernst, dem, wenn der Gedanke nicht gar zu kühn wäre, etwas Mitleid beigemischt sein könnte.

„Die heutige Feierlichkeit", fährt Sir Leicester fort, „ein glänzendes Zeichen der Achtung, die die Blüte des Landes für meinen verstorbenen Freund fühlt" – er legt auf das Wort Freund einen besonderen Nachdruck; denn der Tod hebt alle Unterschiede auf –, „die heutige Feierlichkeit hat, sage ich, die Erschütterung, die ich bei diesem frechen und schrecklichen Verbrechen fühlte, noch größer gemacht. Selbst meinen Bruder würde ich nicht schonen, wenn er die Tat begangen hätte."

Mr. Bucket macht ein sehr ernstes Gesicht, und Volumnia bemerkt, der Verstorbene sei ein so zuverlässiger, lieber Mann gewesen.

„Sie müssen seinen Verlust schwer verwinden, Miss", entgegnet Mr. Bucket tröstend, „gewiß. Er war ganz der Mann, dessen Verlust man schwer verwindet."

Volumnia gibt Mr. Bucket zu verstehen, daß ihr gefühlvolles Herz fest entschlossen sei, sich von dem Schlag, solange sie lebe, nie wieder zu erholen; daß ihre Nerven für immer zerrüttet seien und daß sie nicht die mindeste Aussicht habe, je wieder zu lächeln. Unterdessen faltet sie ein dreieckiges Briefchen für den alten tapferen General in Bath zusammen, in dem sie ihren traurigen Zustand beschreibt.

„So etwas versetzt einer zartfühlenden Frau einen Schlag", entgegnet Mr. Bucket teilnehmend, „aber man erholt sich wieder davon."

Volumnia wünscht vor allen Dingen zu wissen, was nunmehr geschieht. Ob man diesen schrecklichen Soldaten verurteilen werde? Ob er Mitschuldige habe, oder wie man das vor Gericht nenne? Sie stellt noch eine Menge solcher naiver Fragen.

„Ja, sehen Sie, Miss", erwidert Mr. Bucket und fängt an, seinen Zeigefinger überredend zu bewegen; und seine natürliche Galanterie ist so groß, daß er fast gesagt hätte: meine Liebe, „sehen Sie, es ist nicht leicht, diese Fragen im gegenwärtigen Zeitpunkt zu beantworten. Nicht im gegenwärtigen Zeitpunkt.

Ich habe mich mit dieser Sache, Sir Leicester Dedlock, Baronet" – Mr. Bucket zieht ihn seiner Wichtigkeit wegen mit in das Gespräch –, „morgens, mittags und nachts beschäftigt. Ohne ein paar Gläser Sherry hätte ich, glaube ich, meinen Geist nicht in so beständiger Spannung erhalten können. Ich könnte Ihre Frage beantworten, aber die Pflicht verbietet es mir. Sir Leicester Dedlock, Baronet, wird sehr bald alles erfahren, was man entdeckt hat. Und ich will hoffen" – Mr. Bucket macht wieder ein ernstes Gesicht –, „daß es ihn befriedigen wird."

Der schmachtende Vetter hofft nur, der Kerl werde hingerichtet werden, um ein Exempel zu statuieren. Glaubt, es sei weit wichtiger, einen Mann heutzutage an den Galgen zu bringen, als jemandem eine Stelle zu verschaffen und zehntausend jährlich Gehalt. Ist überzeugt – Beispiels wegen –, es sei viel besser, den falschen Kerl zu hängen, als gar keinen Kerl.

„Sie kennen das Leben, Sir", antwortet Mr. Bucket, wobei er halb vertraulich mit dem Auge zwinkert und den Zeigefinger krümmt, „und Sie können bestätigen, was ich dieser Dame gesagt habe. Ihnen brauche ich nicht erst zu erklären, daß mich Nachrichten, die mir zugekommen sind, veranlaßt haben, das und jenes zu tun. Sie verstehen, was man einer Dame zu verstehen nicht zumuten kann. Gott! vorzüglich bei Ihrer hohen gesellschaftlichen Stellung, Miss", fügt Mr. Bucket hinzu und wird ordentlich rot, weil ihm beinah zum zweitenmal „meine Liebe" entschlüpft wäre.

„Der Inspektor tut seine Pflicht und hat vollkommen recht, Volumnia", bemerkt Sir Leicester.

Mr. Bucket murmelt: „Erfreut, mit Ihrer Billigung beehrt zu werden, Sir Leicester Dedlock, Baronet."

„Überhaupt, Volumnia", fährt Sir Leicester fort, „gibt man kein nachahmenswertes Beispiel, wenn man dem Inspektor solche Fragen vorlegt, wie Sie sie ihm stellen. Er kann am besten beurteilen, was er verantworten kann; er handelt auf seine Verantwortung. Und es schickt sich nicht für uns, die wir die Gesetze machen helfen, denjenigen, die danach handeln, hindernd in den Weg zu treten... oder", setzt Sir Leicester etwas streng hinzu; denn Volumnia will ihn unterbrechen, ehe er seinen Satz beendet hat, „oder denen ihre Pflicht schwer zu machen, die seine beleidigte Majestät rächen."

Volumnia erläutert in aller Demut, daß sie nicht nur die Entschuldigung der Neugier für sich habe – wie sie der leichtsinnigen Jugend ihres Geschlechts im allgemeinen zukomme –, sondern daß sie auch wirklich vor Schmerz und Teilnahme für diese liebe Person, deren Verlust sie alle beklagen, sterbe.

„Sehr gut, Volumnia", entgegnet Sir Leicester. „Dann können Sie gar nicht zu verschwiegen sein."

Mr. Bucket ergreift die Gelegenheit, da das Gespräch eben verstummt, um sich erneut hören zu lassen.

„Sir Leicester Dedlock, Baronet, ich habe nichts dagegen einzuwenden, dieser Dame mit Ihrer Erlaubnis und unter uns zu sagen, daß ich die Anklage für ziemlich vollständig halte. Es ist ein schöner Fall – ein schöner Fall –, und das wenige, das noch fehlt, erwarte ich in wenigen Stunden hinzufügen zu können."

„Es freut mich sehr, das zu hören", sagt Sir Leicester. „Es macht Ihnen sehr viel Ehre."

„Sir Leicester Dedlock, Baronet", entgegnet Mr. Bucket ernst, „ich hoffe, die Sache wird mir Ehre machen und zugleich allen Befriedigung gewähren. Wenn ich sage, es sei ein schöner Fall, Miss", fährt Mr. Bucket fort und wirft einen ernsten Seitenblick auf Sir Leicester, „so müssen Sie wissen, daß ich ihn dabei von meinem Standpunkt aus betrachte. Von anderen Gesichtspunkten aus betrachtet, ziehen solche Fälle immer mehr oder weniger große Unannehmlichkeiten nach sich. Sehr sonderbare Familienangelegenheiten gelangen zu unserer Kenntnis, Miss; ja, beim Himmel, Dinge, die Sie wahrhaftig für Einbildungen halten möchten."

Volumnia kann sich das schon denken und bringt das mit ihrem naiven, halblauten Schreien zum Ausdruck.

„Ja, sogar in feinen Familien, in vornehmen Familien, in großen Familien gibt es solche Dinge", fährt Mr. Bucket fort und sieht abermals Sir Leicester ernsthaft von der Seite an. „Ich habe die Ehre gehabt, früher in vornehmen Häusern beschäftigt zu werden, und Sie haben keinen Begriff ... wahrhaftig, ich will so weit gehen zu sagen, daß selbst Sie keinen Begriff haben, Sir" – dies sagt er zu dem Vetter –, „was alles für Geschichten vorkommen."

Der Vetter, der sich im tiefsten Stadium der Langenweile einige Sofakissen unter den Kopf gestopft hat, gähnt und sagt mit matter, gleichgültiger Stimme: „Wohl möglich."

Sir Leicester hält es jetzt für angemessen, den Inspektor zu entlassen, und sagt hoheitsvoll: „Sehr gut. Ich danke Ihnen", und gibt mit seiner Handbewegung nicht nur zu verstehen, daß das Gespräch zu Ende sei, sondern auch daß vornehme Familien, wenn sie sich auf gemeine Weise benehmen, die Folgen tragen müssen. „Sie werden nicht vergessen, Inspektor", setzt er herablassend hinzu, „daß ich zu jeder Zeit zu Ihrer Verfügung stehe."

Mr. Bucket, immer noch ernst, erkundigt sich, ob der morgige Vormittag recht sei, falls er mit seiner Sache dann so weit wäre, wie er erwarte. Sir Leicester gibt zur Antwort: „Jede Stunde ist mir recht." Mr. Bucket macht seine drei Verbeugungen und will sich entfernen, als ihm ein Punkt einfällt, den er vergessen hat.

„Darf ich beiläufig fragen", sagt er leise und kehrt vorsichtig um, „wer die Bekanntmachung wegen der ausgesetzten Belohnung an der Treppe angeschlagen hat?"

„Ich habe sie dort anschlagen lassen", entgegnet Sir Leicester.

„Würde ich mir eine Freiheit herausnehmen, Sir Leicester Dedlock, Baronet, wenn ich Sie fragte warum?"

„Durchaus nicht. Ich wählte die Treppe als einen Teil des Hauses, wo jedermann hinkommt. Ich glaube, das ganze Haus kann nicht deutlich genug darauf hingewiesen werden. Ich wünsche allen meinen Leuten die Größe des Verbrechens, den festen Entschluß, es zu bestrafen, und die Unmöglichkeit, der Strafe zu entgehen, tief einzuprägen. Jedoch, Inspektor, wenn Sie bei Ihrer besseren Kenntnis von der Sache einen Einwand sehen –"

Mr. Bucket sieht jetzt keinen Einwand; da die Bekanntmachung einmal angeschlagen ist, ist es besser, wenn sie nicht entfernt wird. Er wiederholt seine drei Verbeugungen, entfernt sich und macht die Tür zu, ehe Volumnia ihren leisen Schrei ausgestoßen hat, mit dem sie die Bemerkung einleitet, daß dieser kostbar schreckliche Mann eine vollständige Ritter-Blaubart-Kammer sei.

Mit seinem Hang zur Geselligkeit und seiner Gewandtheit, mit allen Ständen gut auszukommen, steht Mr. Bucket gleich darauf vor dem Kaminfeuer der Vorhalle, hell und warm in der frühen Winterabendstunde, und bewundert den Diener.

„Wahrhaftig, ich glaube, Sie sind sechs Fuß zwei Zoll groß?" sagt Mr. Bucket.

„Drei", sagt der Diener.

„Wirklich so groß? Aber freilich, Sie sind verhältnismäßig breit, und man sieht es Ihnen nicht an. Sie gehören nicht zu den Leuten mit spindeldürren Beinen. Haben Sie nie Modell gestanden?" fragt Mr. Bucket weiter und sieht ihn mit auf die Seite geneigtem Kopf und dem Blick eines Künstlers an.

Der Diener hat nie Modell gestanden.

„Dann sollten Sie's tun", sagt Mr. Bucket; „ein Freund von mir, dessen Namen Sie eines Tages als den Namen eines Bildhauers der Königlichen Akademie werden nennen hören, würde anständig bezahlen, wenn er Sie als Modell für eine Marmorstatue haben könnte. – Mylady ist nicht zu Hause, nicht wahr?"
„Sie ist zum Essen ausgefahren."
„Sie fährt wohl so ziemlich jeden Tag aus, nicht wahr?"
„Ja."
„Nicht zu verwundern!" sagt Mr. Bucket. „Eine Frau wie sie – so schön, so anmutig und so elegant – ist wie eine frische Zitrone auf einem Speisetisch; überall eine Zierde, wo sie auch hinkommt. War Ihr Vater dasselbe, was Sie sind?"
Die Antwort fällt verneinend aus.
„Meiner aber", sagt Mr. Bucket. „Mein Vater war zuerst Page, dann Bedienter, dann Kellermeister, dann Haushofmeister und schließlich Wirt. War während seines Lebens allgemein geachtet und wurde bei seinem Tode allgemein betrauert. Sagte mit seinem letzten Atemzug, er betrachte seine Bedientenzeit als den ehrenvollsten Teil seiner Laufbahn, und das war auch der Fall. Ich habe einen Bruder, der Bedienter ist, und einen Schwager. Ist Mylady gut zu den Leuten?"
Der Diener entgegnet: „So gut, wie man erwarten kann."
„Ah!" meint Mr. Bucket, „ein wenig verwöhnt, wie? Ein wenig launenhaft? Gott! Was kann man auch anderes erwarten, wenn sie so schön ist? Und sie gefallen uns darum nur um so besser, nicht wahr?"
Der Diener, die Hände in den Taschen seiner schönen pfirsichblütenen Beinkleider, streckt seine geraden, seidenüberzogenen Beine mit der Miene eines Mannes von Galanterie von sich und kann es nicht leugnen. Draußen fährt ein Wagen vor, und es wird heftig geläutet. „Sprecht nur von Engeln..." sagt Mr. Bucket; „da ist sie!"
Die Türen werden weit geöffnet, und sie schwebt durch die Vorhalle. Sie ist immer noch sehr bleich, in Halbtrauer gekleidet und mit zwei schönen Armbändern geschmückt. Entweder deren Schönheit oder die Schönheit ihrer Arme erregt Mr. Buckets ganz besondere Aufmerksamkeit. Er betrachtet sie mit gierigen Augen und klappert mit irgend etwas in seiner Tasche – vielleicht mit Halbpence-Stücken.
Sie sieht ihn im Hintergrund stehen und wendet sich mit einem fragenden Blick an den zweiten Diener, der sie nach Hause gebracht hat.

„Mr. Bucket, Mylady."

Mr. Bucket macht eine Verbeugung und kommt nach vorn, indem er sich mit seinem Freund, dem Dämon, über den Mund fährt.

„Warten Sie, um Sir Leicester zu sprechen?"

„Nein, Mylady, ich war bereits bei ihm."

„Haben Sie mir etwas zu sagen?"

„Jetzt eben nicht, Mylady."

„Haben Sie etwas Neues entdeckt?"

„Etwas, Mylady."

Diese Worte wechseln sie nur im Vorbeigehen. Sie bleibt kaum stehen und schwebt allein die Treppe hinauf. Mr. Bucket nähert sich dem Fuß der Treppe und beobachtet sie, wie sie die Stufen hinaufgeht, die der alte Anwalt hinunterstieg, als er dem Tode entgegenschritt, an mordsüchtigen Statuen vorüber, die sich mit dem Schatten ihrer Waffen an der Wand wiederholen; vorbei an der gedruckten Bekanntmachung, auf die sie im Vorbeigehen einen Blick wirft, bis sie endlich um die Wendung der Treppe verschwindet.

„Wahrhaftig, eine schöne Frau", sagt Mr. Bucket und kehrt zu dem Diener zurück; „sieht aber nicht ganz gesund aus."

„Ist auch nicht ganz gesund", teilt ihm der Diener mit. „Leidet sehr an Kopfschmerzen."

„Wirklich? Wie schade!" Mr. Bucket möchte als Heilmittel Spaziergänge empfehlen. „Oh, sie geht spazieren", entgegnet der Diener. „Geht manchmal zwei Stunden spazieren, wenn das Kopfweh sehr schlimm ist. Noch dazu bei Nacht."

„Wissen Sie auch ganz gewiß, daß es sechs Fuß drei Zoll sind?" fragt Mr. Bucket. „Bitte jedoch um Verzeihung, daß ich Sie einen Augenblick unterbreche."

Die Sache läßt sich gar nicht bezweifeln.

„Sie sind so gut proportioniert, daß ich es nicht geglaubt hätte. Aber die Leute von der Garde, obgleich man sie für schöne Männer hält, sind ziemlich robust gebaut. – Geht also auch nachts spazieren? Sogar bei Mondschein?"

„O ja. Sogar bei Mondschein! Natürlich. Oh, natürlich!" Auf beiden Seiten herrscht vollständigste Übereinstimmung.

„Ich vermute, Sie selbst gehen nicht viel spazieren?" fragt Mr. Bucket. „Haben wahrscheinlich nicht viel Zeit dazu?"

Abgesehen davon findet der Diener auch keinen Geschmack daran. Fährt lieber.

„Gewiß", sagt Mr. Bucket. „Das macht einen Unterschied.

Dabei fällt mir ein", fährt er fort, indem er sich die Hände wärmt und gemütlich in das flackernde Feuer schaut, „sie ist an demselben Abend, als das geschehen ist, spazierengegangen."

„Ja, freilich! Ich schloß ihr den Garten auf der anderen Seite der Straße auf."

„Und verließen sie dort. Richtig. Ich sah es."

„Ich habe Sie aber gar nicht gesehen", entgegnet der Diener.

„Ich hatte ziemliche Eile", sagt Mr. Bucket; „denn ich wollte eine Tante besuchen, die in Chelsea wohnt – die zweitnächste Tür nach dem alten Bun House –, neunzig Jahre ist sie alt, unverheiratet und im Besitz eines kleinen Vermögens. Ja, ich ging gerade zufällig vorbei. Welche Zeit mochte es wohl sein? Es war noch nicht zehn."

„Halb zehn Uhr."

„Sie haben recht. Halb zehn war's. Und wenn ich mich nicht sehr irre, war Mylady in einen weiten schwarzen Mantel gehüllt mit einer breiten Franse daran."

„Ganz richtig."

Ganz richtig. Mr. Bucket muß zu einer kleinen Arbeit zurückkehren, die er oben noch zu verrichten hat. Aber er muß dem Diener in Anerkennung ihrer angenehmen Unterhaltung die Hand schütteln; und würde er wohl – weiter erbittet er nichts –, würde er wohl, wenn er eine halbe Stunde Zeit habe, diese dem Bildhauer von der Königlichen Akademie schenken, zum Vorteil beider Beteiligten?

54. KAPITEL

Eine Mine geht hoch

Vom Schlaf gestärkt, steht Mr. Bucket am nächsten Morgen beizeiten auf und bereitet sich für einen wichtigen Tag vor. Elegant hergerichtet mit Hilfe eines reinen Hemdes und einer nassen Haarbürste, mit der er bei feierlichen Gelegenheiten die dünnen Locken befeuchtet, die ihm nach einem solchen Leben angestrengter Arbeit übriggeblieben sind, nimmt er ein Frühstück ein, bei dem zwei Pökelrippchen die Grundlage und Tee, Eier, Röstbrot und Marmelade in entsprechender Menge den Überbau bilden. Nachdem er diese kräftigenden Speisen mit

Genuß verzehrt und eine geheime Konferenz mit seinem helfenden Dämon abgehalten hat, ersucht er den Diener vertraulich, „Sir Leicester Dedlock, Baronet, insgeheim wissen zu lassen, daß ich für ihn bereit bin, wenn er für mich bereit ist". Auf die gnädige Antwort hin, daß Sir Leicester seine Toilette beschleunigen und Mr. Bucket binnen zehn Minuten in der Bibliothek sehen wolle, begibt sich Mr. Bucket in das genannte Zimmer und stellt sich dort vor dem Feuer auf, den Finger am Kinn, und blickt in die brennenden Kohlen.

Mr. Bucket ist in Gedanken versunken wie ein Mann, der eine hochwichtige Arbeit zu verrichten hat, aber gefaßt, sicher und voller Selbstvertrauen. Nach seinem Gesichtsausdruck könnte man ihn für einen berühmten Whistspieler halten, der um eine große Summe spielt – sagen wir: um hundert Guineen – und der das Spiel in der Hand hat, dessen großer Ruf aber verlangt, daß er sein Spiel bis zur letzten Karte meisterhaft führt. Mr. Bucket zeigt sich nicht im mindesten erregt oder gestört, als Sir Leicester erscheint; aber während der Baronet langsam zu seinem Lehnstuhl geht, blickt er ihn wieder wie gestern von der Seite mit jenem beobachtenden Ernst an, in den gestern, wenn der Gedanke nicht gar zu kühn wäre, einiges Mitleid hätte gemischt sein können.

„Es tut mir leid, daß ich Sie habe warten lassen müssen, Inspektor; aber ich bin heute morgen etwas später aufgestanden als gewöhnlich. Ich fühle mich nicht wohl. Die Aufregung und die Empörung, die ich in den letzten Tagen durchgemacht habe, haben mich zu sehr angegriffen. Ich leide an ... an der Gicht." Sir Leicester hatte bloßes Unwohlsein vorschützen wollen und hätte es jedem gegenüber getan; aber Mr. Bucket weiß offenbar alles. „Und die jüngsten Ereignisse haben einen Anfall herbeigeführt."

Während er mit einiger Schwierigkeit und schmerzverzogenem Gesicht Platz nimmt, tritt Mr. Bucket etwas näher zu ihm und legt eine seiner großen Hände auf das Bibliotheksregister.

„Ich weiß nicht, Inspektor", bemerkt Sir Leicester, indem er aufblickt, „ob Sie mit mir allein zu sprechen wünschen; aber ich überlasse das ganz Ihnen. Wünschen Sie es, so ist es gut. Wenn nicht, so würde Miss Dedlock gern –"

„Ich muß Ihnen gestehen, Sir Leicester Dedlock, Baronet", entgegnet Mr. Bucket, während er den Kopf überzeugend auf die Seite neigt und den Zeigefinger an das eine Ohrläppchen hält, als wäre es eine Ohrglocke, „wir können gerade jetzt die

Sache nicht vertraulich genug behandeln. Sie werden gleich einsehen, daß wir sie gar nicht vertraulich genug behandeln können. Eine Dame ist mir unter allen Umständen, vornehmlich wenn ich Miss Dedlocks hohen gesellschaftlichen Rang in Betracht ziehe, willkommen; aber wenn ich ohne Rücksicht auf mich sprechen darf, so nehme ich mir die Freiheit, Ihnen zu versichern, daß wir die Sache gar nicht vertraulich genug behandeln können."

„Das genügt mir."

„So vertraulich, Sir Leicester Dedlock, Baronet", fährt Mr. Bucket fort, „daß ich Sie eben um Erlaubnis bitten wollte, die Tür zuschließen zu dürfen."

„Ganz gewiß."

Mr. Bucket trifft geschickt und geräuschlos diese Vorsichtsmaßregel und kniet aus bloßer Gewohnheit einen Augenblick nieder, um den Schlüssel im Schloß so herumzudrehen, daß von außen niemand hereinsehen kann.

„Sir Leicester Dedlock, Baronet, ich äußerte Ihnen gegenüber gestern abend, daß mir nur noch wenig fehle, um die Anklage zu vervollständigen. Ich habe sie nun lückenlos beisammen und alle Beweise gegen jene Person gesammelt, die das Verbrechen begangen hat."

„Gegen den Soldaten?"

„Nein, Sir Leicester Dedlock, nicht gegen den Soldaten."

Sir Leicester macht ein erstauntes Gesicht und fragt: „Ist der Mann in Haft?"

Mr. Bucket erwidert nach einer Pause: „Es ist eine Frau."

Sir Leicester lehnt sich in seinen Stuhl zurück und ruft atemlos aus: „Guter Gott!"

„Jetzt, Sir Leicester Dedlock", beginnt Mr. Bucket – er steht vor Sir Leicester, hat die eine Hand auf das Register gelegt und bewegt den Zeigefinger der anderen eindrucksvoll hin und her –, „jetzt ist es meine Pflicht, Sie auf eine Kette von Umständen vorzubereiten, die Sie wahrscheinlich – ich will so weit gehen zu sagen: gewiß – erschüttern werden. Aber, Sir Leicester Dedlock, Sie sind ein Gentleman, und ich weiß, was ein Gentleman ist und wessen ein Gentleman fähig ist. Ein Gentleman kann einen Stoß, wenn er kommen muß, tapfer und standhaft ertragen. Ein Gentleman kann sich fast auf jeden Schlag gefaßt machen. Nehmen Sie einmal sich selbst, Sir Leicester Dedlock, Baronet. Wenn Sie ein Schlag treffen soll, denken Sie natürlich an Ihre Familie. Sie fragen sich: wie würden alle Ihre Ahnen bis zu

Julius Caesar hinauf – um vorderhand nicht noch weiter zu gehen – diesen Schlag ertragen haben? Sie erinnern sich, daß unzählige ihn mit Ehren ertragen hätten; und ihretwegen, und um das Ansehen der Familie nicht zu beeinträchtigen, ertragen Sie ihn ebenfalls. So würden Sie denken, und so würden Sie handeln, Sir Leicester!"

In seinen Lehnstuhl zurückgelehnt, hält Sir Leicester krampfhaft die Armlehnen fest und sieht Mr. Bucket mit starrem Gesicht an.

„Indem ich Sie auf diese Weise vorbereite, Sir Leicester Dedlock", fährt Mr. Bucket fort, „erlaube ich mir, Sie zu bitten, sich keinen Augenblick darüber Sorgen zu machen, daß irgend etwas zu meiner Kenntnis gelangt ist. Ich weiß so viel von so vielen Personen hohen oder niederen Standes, daß eine Geschichte mehr oder weniger nicht das mindeste zu bedeuten hat. Ich glaube nicht, daß es auch nur einen einzigen Zug auf dem Brett gibt, der mich überraschte; und daß ich weiß, dieser oder jener Zug ist getan worden, hat gar nichts zu sagen; denn jeder mögliche Zug, vorausgesetzt, daß er nicht falsch ist, ist meiner Erfahrung nach ein wahrscheinlicher Zug. Ich möchte Ihnen daher bloß versichern, Sir Leicester Dedlock, Baronet, machen Sie sich darüber keine Sorgen, daß ich etwas von Ihren Familienangelegenheiten weiß."

„Ich danke Ihnen für Ihre Vorbereitung", entgegnet Sir Leicester, nachdem er eine Weile, ohne eine Hand, einen Fuß oder einen Muskel seines Gesichts zu bewegen, schweigend dagesessen hat. „Ich hoffe, sie ist nicht vonnöten, obgleich ich zugebe, es mag ihr eine gute Absicht zugrunde liegen. Haben Sie die Güte fortzufahren. Ich bitte Sie" – Sir Leicester scheint im Schatten von Mr. Buckets Gestalt zusammenzuschauern –, „ich bitte Sie, gleichfalls einen Stuhl zu nehmen, wenn Sie nichts dagegen haben."

„Durchaus nicht." Mr. Bucket bringt einen Stuhl und macht seinen Schatten kleiner. „Jetzt, Sir Leicester Dedlock, Baronet, jetzt, nach dieser kurzen Vorrede, komme ich zur Sache. Lady Dedlock..."

Sir Leicester erhebt sich halb von seinem Stuhl und starrt ihn wild an. Mr. Bucket bringt seinen Finger in besänftigende Bewegung.

„Lady Dedlock wird, wie Sie wissen, allgemein bewundert. In der Tat, die gnädige Frau wird allgemein bewundert", fährt Mr. Bucket fort.

„Ich zöge es sehr vor, Inspektor", entgegnet Sir Leicester mit zurückweisender Kälte, „wenn Myladys Name in dieser Angelegenheit gar nicht genannt würde."

„Ich auch, Sir Leicester Dedlock, Baronet, aber – es ist unmöglich."

„Unmöglich?"

Mr. Bucket schüttelt sein erbarmungsloses Haupt.

„Sir Leicester Dedlock, Baronet, es ist völlig unmöglich. Was ich zu sagen habe, bezieht sich auf die gnädige Frau. Sie ist der Punkt, um den sich alles dreht."

„Inspektor", entgegnet Sir Leicester mit flammendem Auge und zuckender Lippe, „Sie kennen Ihre Pflicht. Tun Sie Ihre Pflicht, aber tragen Sie Sorge, nicht darüber hinauszugehen. Ich würde es nicht dulden. Ich ertrüge es nicht. Sie ziehen Myladys Namen auf Ihre Verantwortung in diese Sache – auf Ihre Verantwortung. Myladys Name ist kein Name, mit dem gewöhnliche Leute spielen dürften."

„Sir Leicester Dedlock, Baronet, ich sage, was ich sagen muß, nicht mehr."

„Ich hoffe, daß sich das herausstellt. Gut. Fahren Sie fort. Fahren Sie fort, Sir!"

Mit einem Blick auf die zornfunkelnden Augen, die ihn jetzt meiden, und auf die Gestalt, die vom Kopf bis zu den Füßen vor Zorn erbebt und sich doch bemüht, ruhig zu erscheinen, tastet sich Mr. Bucket mit seinem Zeigefinger einen Weg und spricht mit gedämpfter Stimme weiter: „Sir Leicester Dedlock, Baronet, es ist meine Pflicht, Ihnen nunmehr zu sagen, daß der verstorbene Mr. Tulkinghorn seit langer Zeit Argwohn und Verdacht gegen Lady Dedlock hegte."

„Wenn er gewagt hätte, mir nur ein Wort davon zuzuflüstern, Sir – was er nie getan hat –, so hätte ich ihn mit eigener Hand umgebracht!" ruft Sir Leicester aus, indem er mit der Hand auf den Tisch schlägt. Aber selbst mitten im heftigsten Zorn hält er plötzlich inne, gebannt von den vielwissenden Augen Mr. Buckets, dessen Zeigefinger sich langsam bewegt und der mit Selbstvertrauen und Geduld den Kopf schüttelt.

„Sir Leicester Dedlock, der verstorbene Mr. Tulkinghorn war schlau und verschwiegen; und was er ursprünglich vorhatte, wage ich nicht zu sagen. Aber ich weiß aus seinem eigenen Munde, daß er seit langer Zeit Lady Dedlock verdächtigte, sie habe, als ihr irgendeine handschriftliche Sache zu Gesicht kam – in diesem Hause hier und in Ihrer Anwesenheit, Sir Leicester

Dedlock –, entdeckt, daß eine gewisse Person noch am Leben sei, und zwar in höchst ärmlichen Verhältnissen, die, ehe Sie um Mylady geworben haben, ihr Geliebter gewesen ist und ihr Gatte hätte werden müssen." Mr. Bucket hält inne und wiederholt nachdrücklich: „Der ihr Gatte hätte werden müssen – daran läßt sich gar nicht zweifeln. Ich weiß aus seinem Munde, daß er Lady Dedlock verdächtigte, sie habe, als diese Person kurz darauf starb, seine elende Wohnung und sein noch elenderes Grab allein und im geheimen besucht. Auf Grund meiner eigenen Nachforschungen und durch das Zeugnis meiner Augen und Ohren weiß ich, daß Lady Dedlock in den Kleidern ihrer Zofe diese Orte besucht hat; denn der verstorbene Mr. Tulkinghorn benutzte mich, um der gnädigen Frau auf die Schliche zu kommen – wenn Sie den Gebrauch eines Wortes entschuldigen wollen, das bei uns ganz üblich ist –, und ich bin ihr so weit recht gut auf die Schliche gekommen. Ich konfrontierte die Zofe in der Wohnung in Lincoln's Inn Fields mit einem Zeugen, der Lady Dedlock als Führer gedient hatte; und es blieb nicht der Schatten eines Zweifels übrig, daß sie die Kleider der Zofe angehabt hatte, ohne daß diese es wußte. Sir Leicester Dedlock, Baronet, ich bemühte mich gestern, Sie ein wenig auf diese unangenehme Enthüllung durch die Äußerung vorzubereiten, daß in vornehmen Familien zuweilen sehr seltsame Dinge vorgingen. Alles dies und mehr noch hat sich in Ihrer eigenen Familie, mit und durch die gnädige Frau, zugetragen. Ich glaube, daß der verstorbene Mr. Tulkinghorn diese Nachforschungen bis zur Stunde seines Todes fortgesetzt hat; und wahrscheinlich sind er und Lady Dedlock sogar am Abend des Mordes wegen dieser Sache miteinander in Streit geraten. Nun bitte ich Sie bloß, Sir Leicester Dedlock, Baronet, das Lady Dedlock mitzuteilen. Ferner wollen Sie die gnädige Frau bitte fragen, ob sie nicht, nachdem er das Haus hier verlassen hatte, zu ihm in seine Wohnung gegangen ist, um noch weiter mit ihm darüber zu sprechen, gekleidet in einen weiten, schwarzen Mantel mit einer breiten Franse am Saum."

Sir Leicester sitzt wie ein steinernes Bild da und starrt den grausamen Finger an, der in seinem tiefsten Herzen wühlt.

„Legen Sie der gnädigen Frau, Sir Leicester Dedlock, Baronet, diese Frage als von mir gestellt vor, von Inspektor Bucket von der Kriminalpolizei. Und wenn die gnädige Frau Schwierigkeiten machen sollte, es zuzugeben, so richten Sie ihr aus, daß das nichts nütze; Inspektor Bucket wisse es, daß sie an dem

Soldaten, wie Sie ihn nannten – obgleich er nicht mehr dient –, vorübergegangen ist, und er sei unterrichtet, daß sie wisse, sie sei auf der Treppe an ihm vorübergegangen. Aber warum erzähle ich Ihnen das alles, Sir Leicester Dedlock, Baronet?"

Sir Leicester, der die Hände vors Gesicht geschlagen hat und ein einziges, tiefes Stöhnen hat vernehmen lassen, bittet ihn, einen Augenblick innezuhalten. Nach einer Weile nimmt er die Hände vom Gesicht und hat so völlig seine Würde und äußere Ruhe beibehalten, obgleich sein Gesicht ebenso farblos ist wie sein weißes Haar, daß Mr. Bucket ihn mit einiger Ehrfurcht betrachtet. Sein Benehmen hat etwas Starres und Eisiges an sich, ganz abgesehen von seiner gewöhnlichen stolzen Unnahbarkeit; und Mr. Bucket entdeckt bald, daß er ungewöhnlich langsam spricht und sich manchmal im Anfang seltsam verwirrt, was ihn veranlaßt, unartikulierte Töne von sich zu geben. Mit solchen Tönen bricht er jetzt das Schweigen; bald aber gewinnt er wieder so viel Herrschaft über sich, daß er sagen kann, er begreife nicht, warum ein so getreuer und eifriger Herr wie der verstorbene Mr. Tulkinghorn ihm nicht diese peinliche, diese herzzerreißende, diese unerwartete, diese niederschmetternde, diese unglaubliche Enthüllung gemacht habe.

„Sir Leicester Dedlock, Baronet", entgegnet Mr. Bucket, „auch diese Frage können Sie der gnädigen Frau vorlegen. Wenn Sie es für gut finden: im Namen Inspektor Buckets von der Kriminalpolizei. Sie werden erfahren – oder ich müßte mich sehr irren –, daß der verstorbene Mr. Tulkinghorn die Absicht hatte, Ihnen alles mitzuteilen, sobald er die Sache für reif hielt; und daß er das der gnädigen Frau zu verstehen gegeben hat. Mein Gott! vielleicht wollte er es Ihnen an demselben Morgen entdecken, da ich seine Leiche besichtigte! Sie wissen nicht, Sir Leicester Dedlock, Baronet, was ich nach Ablauf der nächsten fünf Minuten sagen oder tun werde; und wenn ich jetzt tot hinfiele, würden Sie sich ebenfalls wundern, warum ich es nicht getan habe, nicht wahr?"

„Wohl wahr." Sir Leicester wird nicht ohne Mühe jener zudringlichen Töne Herr und sagt: „Wohl wahr." In dem Augenblick lassen sich draußen in der Vorhalle plötzlich lärmende Stimmen vernehmen. Mr. Bucket horcht auf, geht zur Tür des Bibliothekssaales, schließt sie leise auf, öffnet sie und lauscht abermals. Dann streckt er wieder den Kopf herein und flüstert eilig, aber gefaßt: „Sir Leicester Dedlock, Baronet, diese unglückliche Familiengeschichte ist ruchbar geworden, wie ich gleich befürchtete, als der selige Mr. Tulkinghorn so plötzlich verstorben war. Die einzige Möglichkeit, sie zu vertuschen, ist, die Leute, die sich jetzt mit Ihren Bedienten zanken, vorzulassen. Können Sie es über sich bringen, ruhig dazusitzen – der Familie wegen! –, während ich sie vernehme? Und wollen Sie mich wohl mit einem Nicken unterstützen, wenn ich darum zu bitten scheine?"

Sir Leicester gibt zur Antwort: „Inspektor! Das Beste, was Sie tun können, das Beste, was Sie tun können!" Und Mr. Bucket schlüpft mit einem Nicken und einem schlauen Krümmen des Zeigefingers in die Vorhalle hinunter, wo der Stimmenlärm sehr bald aufhört. Nach kurzer Zeit kehrt er wieder zurück, und einige Schritte hinter ihm erscheinen der Diener und ein ebenfalls gepuderter und mit pfirsichblütenen Beinkleidern angetaner Gott desselben Ranges, die einen Stuhl mit einem hilflosen, alten Manne darauf tragen. Ein anderer Mann und zwei Frauen folgen ihnen. Nachdem Mr. Bucket mit leutseligem, unbefangenem Wesen Befehl erteilt hat, wie der Stuhl aufzustellen sei, entläßt er die Diener und schließt die Tür wieder zu. Sir Leicester sieht diesem Einbruch in die geheiligten Räume mit eiskaltem, starrem Blick zu.

„Sie werden mich vielleicht kennen, meine Herren und Damen", beginnt Mr. Bucket in vertraulichem Ton. „Ich bin Inspektor Bucket von der Kriminalpolizei, und das" – bei diesen Worten läßt er die Spitze seines handlichen kleinen Stabes aus der Brusttasche hervorblicken –, „das ist mein Amtszeichen. Sie wünschen also, Sir Leicester Dedlock, Baronet, zu sehen? Gut. Hier sehen Sie ihn; und bedenken Sie wohl, es widerfährt nicht jedermann diese Ehre. Ihr Name, alter Herr, lautet Smallweed; so heißen Sie. Ich kenne den Namen recht gut."

„So, und Sie haben sicher noch nichts Böses über ihn gehört!" schreit Mr. Smallweed mit schriller, lauter Stimme.

„Wissen Sie vielleicht, warum das Schwein geschlachtet wurde?" entgegnet Mr. Bucket mit festem Blick, ohne im geringsten die Ruhe zu verlieren.

„Nein!"

„Mein Gott, es wurde geschlachtet, weil es gar zu laut schrie", antwortet Mr. Bucket. „Bringen Sie sich nicht in dieselbe Lage; sie wäre Ihrer nicht würdig. Sie sind es wohl gewohnt, mit einer tauben Person zu verkehren, nicht wahr?"

„Ja", knurrt Smallweed, „meine Frau ist taub."

„Das erklärt, warum Sie so laut sprechen. Aber da Ihre Frau nicht hier ist, bitte ich Sie, stimmen Sie Ihren Ton ein oder zwei Oktaven tiefer. Sie werden mich nicht nur verpflichten, sondern es wird Ihnen auch mehr Ehre machen", sagt Mr. Bucket. „Dieser andere Herr ist Prediger, glaube ich?"

„Mr. Chadband", erwidert Mr. Smallweed, der von nun an viel leiser spricht.

„Hatte einmal einen Freund und Kameraden desselben Namens", fährt Mr. Bucket fort und reicht ihm die Hand, „und fühle daher eine Zuneigung für ihn. – Mrs. Chadband, nicht wahr?"

„Und Mrs. Snagsby", stellt Mr. Smallweed die Damen vor.

„Der Mann ist Papierhändler und ein Freund von mir", erklärt Mr. Bucket. „Liebe ihn wie einen Bruder! – Nun, was gibt's?"

„Meinen Sie, weshalb wir hierhergekommen sind?" entgegnet Mr. Smallweed, etwas überrascht durch diese rasche Wendung.

„Ah! Sie wissen, was ich meine. Lassen Sie uns einmal alles hören, was Sie zu sagen haben. Hier vor Sir Leicester Dedlock, Baronet. Nur heraus damit."

Mr. Smallweed winkt Mr. Chadband und berät sich einen Augenblick flüsternd mit ihm. Mr. Chadband, der ziemlich viel Öl aus den Poren seiner Stirn und aus seinen Handflächen herausgepreßt hat, sagt laut: „Ja; Sie zuerst!" und zieht sich wieder auf seinen alten Platz zurück.

„Ich war ein Klient und Freund Mr. Tulkinghorns", erhebt sich jetzt Großvater Smallweeds dünne Stimme; „ich hatte geschäftlich mit ihm zu tun. Ich war ihm nützlich, und er war mir nützlich. Der verstorbene Krook war mein Schwager. Er war der leibliche Bruder einer Höllenschwefelschnatterelster – Mrs. Smallweeds, wollte ich sagen. Ich erbte Krooks Nachlaß und untersuchte alle seine Papiere und Sachen. Sie wurden vor meinen Augen ausgepackt. Es befand sich ein Stoß Briefe darunter, die einem früheren, verstorbenen Mieter gehört hatten und hinter einem Brett neben Lady Janes – seiner Katze – Bett versteckt waren. Er versteckte vielerlei Sachen an vielerlei Orten. Mr. Tulkinghorn wollte die Briefe haben und bekam sie, aber ich las sie erst. Ich bin ein Geschäftsmann und warf einen Blick hinein. Die Briefe stammten von der Geliebten des Mieters und waren mit ‚Honoria' unterzeichnet. Mein Gott, das ist kein gewöhnlicher Name, Honoria, nicht wahr? Es gibt hier im Hause keine Dame, die ihre Briefe mit Honoria unterzeichnet, nicht wahr? O nein, ich glaube nicht! Ganz sicher nicht! Und bestimmt nicht in derselben Handschrift, nicht wahr? O nein, ich glaube es nicht!"

Hier überfällt Mr. Smallweed mitten in seinem Triumph ein Hustenanfall, so daß er sich unterbrechen und ausrufen muß: "O Gott! o mein Gott! das reißt mich noch völlig in Stücke!"

"Und wenn Sie fertig sind", wirft Mr. Bucket ein, nachdem er gewartet hat, bis Mr. Smallweed sich wieder erholt hat, "dann fangen Sie endlich von dem an, was Sir Leicester Dedlock, Baronet, angeht, den Herrn, der hier sitzt, wissen Sie!"

"Habe ich noch nicht davon angefangen, Mr. Bucket?" ruft Großvater Smallweed aus. "Geht es den Herrn noch nichts an? Geht ihn auch Kapitän Hawdon und seine ewig treue Honoria und ihr Kind nichts an? Nun gut, dann will ich wissen, wo die Briefe sind. Das geht mich etwas an, wenn es Sir Leicester Dedlock nichts angeht. Ich will wissen, wo sie sind. Ich dulde es nicht, daß sie so still und leise verschwinden. Ich habe sie meinem Freund und Rechtsanwalt Mr. Tulkinghorn übergeben und niemandem sonst."

"Nun, er hat Sie ja dafür bezahlt, anständig bezahlt", entgegnet Mr. Bucket.

"Das ist mir einerlei. Ich will wissen, wer die Briefe hat. Und ich will Ihnen sagen, was wir verlangen – was wir alle hier verlangen, Mr. Bucket. Wir verlangen, daß man sich mit der Aufklärung des Mordes mehr Mühe gebe. Wir wissen, auf welcher Seite ein Interesse und ein Motiv für den Mord vorhanden ist; Sie aber haben ungenügende Arbeit geleistet. Wenn George, dieser liederliche Dragoner, etwas damit zu tun gehabt hat, so ist er nur mitschuldig und ist dazu angestiftet worden. Sie wissen so gut wie jeder andere, was ich meine."

"Nun, ich will Ihnen etwas sagen", erwidert Mr. Bucket, der sofort sein Benehmen ändert, dicht zu ihm herantritt und seinen Zeigefinger mit einer ganz ungewöhnlichen Eindringlichkeit bewegt. "Ich will verdammt sein, wenn ich auch nur einem einzigen Menschen auf der Welt gestatte, mir meine Sache zu verderben oder sich in sie hineinzumischen oder mir nur um eine halbe Sekunde vorzugreifen. Sie verlangen mehr Eifer und Anstrengung? Sie? Sehen Sie diese Hand an! Glauben Sie vielleicht, daß ich etwa nicht den rechten Zeitpunkt weiß, sie auszustrecken und damit den Arm zu packen, der jenen Schuß abgefeuert hat?"

Die gefürchtete Macht des Mannes ist so groß, und es ist so schrecklich klar, daß er keine leeren Phrasen vorbringt, daß

Mr. Smallweed sich entschuldigen will. Aber Mr. Bucket vergißt seinen Zorn und unterbricht ihn: „Ich gebe Ihnen nur den einen Rat: zerbrechen Sie sich nicht den Kopf wegen des Mordes. Das ist meine Sache. Sie werfen manchmal ein halbes Auge auf die Zeitungen; es sollte mich nicht wundern, wenn Sie binnen kurzem etwas davon lesen, sofern Sie ordentlich aufpassen. Ich verstehe mein Geschäft; weiter habe ich Ihnen über diese Angelegenheit nichts zu sagen. Jetzt zu den Briefen. Sie wollen wissen, wer sie hat? Ich will es Ihnen sagen. Ich habe sie. Ist dies das Paket?"

Mit gierigen Augen blickt Mr. Smallweed auf das kleine Bündel, das Mr. Bucket aus einem geheimnisvollen Teil seines Rockes hervorgeholt hat, und erkennt es als das echte an.

„Was haben Sie nun noch vorzubringen?" fragt Mr. Bucket. „Aber reißen Sie Ihren Mund nicht zu weit auf; Sie sehen so nämlich nicht sehr hübsch aus."

„Ich will fünfhundert Pfund haben."

„O nein! Sie meinen fünfzig", erwidert Mr. Bucket gutgelaunt.

Es stellt sich jedoch heraus, daß Mr. Smallweed tatsächlich fünfhundert Pfund meint.

„Nun, ich bin von Sir Leicester Dedlock, Baronet, beauftragt – ohne etwas zuzugestehen oder zu versprechen –, dieses Geschäft in Erwägung zu ziehen", erklärt Mr. Bucket. Sir Leicester nickt mechanisch. „Sie aber schlagen fünfhundert Pfund vor. Mein Gott, das ist eine ganz unvernünftige Forderung! Zweimal fünfzig wäre schlimm genug, aber doch noch besser. Würden Sie nicht lieber sagen zweimal fünfzig?"

Mr. Smallweed ist durchaus nicht dieser Meinung.

„Dann wollen wir Mr. Chadband anhören", sagt Mr. Bucket. „Mein Gott! Wie viele Male habe ich meinen alten Kameraden angehört, der den gleichen Namen trug! Er war in jeder Hinsicht ein gemäßigter Mann, wie man sich ihn nur wünschen konnte!"

So eingeladen, tritt Mr. Chadband vor und hält, nachdem er zur Einleitung verbindlich gelächelt und aus seinen Handflächen ein wenig Öl gequetscht hat, folgende Rede: „Meine Freunde, wir befinden uns jetzt – Rachael, mein Weib, und ich – in den Palästen der Reichen und Großen. Warum befinden wir uns jetzt in den Palästen der Reichen und Großen, meine Freunde? Sind wir etwa eingeladen? Sind wir etwa eingeladen, mit ihnen zu schmausen? Sind wir vielleicht eingeladen, mit ihnen die Laute zu spielen? Sind wir vielleicht eingeladen, um mit ihnen zu tanzen? Nein! Wozu sind wir dann hier, meine Freunde? Sind wir im Besitz eines sündigen Geheimnisses, und verlangen wir Korn und Wein und Öl – oder was ziemlich dasselbe ist, Geld – für unsere Verschwiegenheit? Wahrscheinlich, meine Freunde!"

„Sie sind ein Geschäftsmann, wie ich sehe", entgegnet Mr. Bucket sehr aufmerksam, „und stehen demnach im Begriff zu erläutern, welcher Art Ihr Geheimnis ist. Sie haben recht. Sie können nichts Besseres tun."

„So wollen wir denn, mein Bruder, im Geiste christlicher Liebe damit beginnen", meint Mr. Chadband mit schlauem Blick. „Rachael, mein Weib, tritt vor!"

Mehr als bereit, tritt Mrs. Chadband so eifrig vor, daß sie ihren Mann in den Hintergrund drängt und sich mit einem harten, finsteren Lächeln vor Mr. Bucket aufstellt.

„Da Sie wissen wollen, was wir wissen, will ich es Ihnen sagen", beginnt sie. „Ich habe Miss Hawdon, die Tochter der gnädigen Frau, mit aufziehen helfen; ich stand in Diensten bei der Schwester der gnädigen Frau, die die Schande, die die gnädige Frau über sie brachte, zutiefst fühlte und die gegen jedermann, selbst gegen die gnädige Frau, vorgab, das Kind sei tot auf die Welt gekommen. Es war fast tot – aber es lebt, und ich kenne es." Bei diesen Worten, die sie mit einem Lachen begleitet, während sie dem Ausdruck „gnädige Frau" einen bitteren Nachdruck gibt, schlägt Mrs. Chadband ihre Arme übereinander und sieht Mr. Bucket unversöhnlich an.

„Ich vermute nur", entgegnet der Inspektor, „Sie werden eine Zwanzigpfundnote oder ein Geschenk von ungefähr dem gleichen Wert erwarten?"

Mrs. Chadband lacht bloß und erwidert verächtlich, er könne ihr doch zwanzig Pence bieten.

„Und Sie, meines Freundes, des Papierhändlers, gute Frau da drüben", sagt Mr. Bucket, indem er Mrs. Snagsby mit seinem Finger in den Vordergrund zitiert, „was haben Sie denn zu sagen, Madam?"

Mrs. Snagsby kann vor lauter Tränen und Wehklagen anfangs gar nicht herausbringen, was sie zu sagen hat; aber nach und nach kommt es sehr konfus ans Licht, daß sie eine Frau ist, die unter der Last des widerfahrenen Unrechts und der ihr angetanen Beleidigungen zusammenbricht. Mr. Snagsby hintergehe sie regelmäßig, wolle sie verlassen und suche sie im dunkeln zu halten. Der Haupttrost in ihrem Leiden sei die Teilnahme des seligen Mr. Tulkinghorn gewesen, der gelegentlich eines Besuches in Cook's Court, als ihr treubrüchiger Mann nicht dagewesen sei, so viel Mitleid mit ihr gezeigt habe, daß sie sich von da an angewöhnt habe, ihm all ihr Leid zu klagen. Alle Welt, die Anwesenden ausgenommen, habe sich gegen Mrs. Snagsbys Seelenfrieden verschworen. Erstlich Mr. Guppy, der Schreiber bei Kenge und Carboy; zuerst war er so offenherzig wie die Sonne am Mittag, aber plötzlich wurde er so geheimnisvoll und verschlossen wie die Mitternacht, ganz gewiß unter Mr. Snagsbys Einfluß, von ihm verführt und bestochen. Dann Mr. Weevle, der Freund Mr. Guppys, der rätselhafterweise in einem Hof wohnte – jedenfalls aus denselben auf der Hand liegenden Gründen. Ferner der verstorbene Krook und der verstorbene Nimrod und der verstorbene Jo, und sie alle waren eingeweiht. In was sie eingeweiht waren, darüber läßt sich Mrs. Snagsby nur höchst unklar aus; aber sie weiß, daß Jo Mr. Snagsbys Sohn ist, „so sicher, als ob man es ihr mit Trompeten verkündet hätte". Sie ist Mr. Snagsby gefolgt, als er das Sterbebett des Knaben besuchte, und wenn es nicht sein Sohn gewesen ist, warum wäre er dann hingegangen? Die einzige Beschäftigung ihres Lebens hat seit langer Zeit darin bestanden, Mr. Snagsby auf Schritt und Tritt zu folgen und verdächtige Umstände aufzusammeln – und alles, was sich je zugetragen hat, ist stets höchst verdächtig gewesen –; und auf diese Weise hat sie bei Tag und Nacht ihr Ziel verfolgt, ihren treulosen Gatten seiner Schuld zu überführen. Ganz beiläufig hat sie dabei auch die Chadbands und Mr. Tulkinghorn miteinander bekannt gemacht. Sie hat Mr. Tulkinghorn über die Veränderung zu Rate gezogen, die ihr an Mr. Guppy aufgefallen war, und dabei zufällig die Umstände entdeckt, an denen die Anwesenden interessiert sind; aber sie verfolgt immer noch die große Straße, die zu Mr. Snagsbys Entlarvung und einer Ehescheidung führen soll. Alles das will Mrs. Snagsby als tiefverletztes Weib und als Freundin Mrs. Chadbands, als Anhängerin Mr. Chadbands und als Trauernde um den seligen Mr. Tulkinghorn unter dem Siegel des Vertrauens und mit jeder möglichen Verwirrung und jeder möglichen und unmöglichen Verwicklung bestätigen. Geld spielt bei ihr durchaus keine Rolle; sie kennt kein anderes Ziel als das, was sie bereits erwähnt hat. Und hierher wie überallhin bringt sie ihren eigenen, undurchdringlichen, staubigen Dunstkreis mit, der entsteht, weil sich die Mühle ihrer Eifersucht ohne Unterlaß dreht und dreht.

Während dieser Rede – sie nimmt einige Zeit in Anspruch – geht Mr. Bucket, der den ganzen Essig Mrs. Snagsbys mit einem Blick durchschaut hat, mit seinem vertrauten Dämon zu Rate und schenkt seine scharfsinnige Aufmerksamkeit den Chadbands und Mr. Smallweed. Sir Leicester Dedlock bleibt unbeweglich sitzen, immer noch von derselben Eisrinde bedeckt, außer daß er ein- oder zweimal Mr. Bucket anschaut, als verließe er sich unter allen Menschen nur noch auf diesen Beamten.

„Sehr gut", sagt Mr. Bucket. „Jetzt verstehe ich Sie, verstehe Sie vollkommen. Und da mich Sir Leicester Dedlock, Baronet, beauftragt hat, diese kleine Angelegenheit in Ordnung zu bringen" – abermals nickt Sir Leicester mechanisch, um das Gesagte zu bestätigen –, „kann ich ihm meine vollständige Aufmerksamkeit widmen. Nun will ich nicht etwa von einem Versuch, Geld zu erpressen, oder von Ähnlichem sprechen, weil wir hier welterfahrene Leute sind und keine andere Absicht haben, als die Sache im Guten zu regeln. Aber ich will Ihnen sagen, worüber ich mich wirklich wundere: ich wundere mich, daß Sie auf den Einfall kamen, Lärm unten in der Vorhalle zu machen. Das verstieß sehr gegen Ihr Interesse. So sehe ich die Sache an."

„Wir wollten eingelassen werden", entgegnet Mr. Smallweed.

„Natürlich wollten Sie eingelassen werden", pflichtet ihm Mr. Bucket mit freundlicher Bereitwilligkeit bei; „aber ich muß gestehen: für einen alten Herrn in Ihren Jahren, für einen Herrn von Ihrem wahrhaft ehrwürdigen Alter, dessen Geist ganz gewiß noch durch die Lähmung seiner Glieder geschärft ist, weil das sein ganzes Temperament in den Kopf hat hinaufsteigen lassen – für einen Mann wie Sie also ist es doch recht merkwürdig, nicht zu bedenken, daß die ganze Sache keinen Pfifferling wert ist, wenn man sie im gegenwärtigen Zeitpunkt nicht so geheimhält wie möglich. Sie sehen, Sie haben sich da von Ihrem Zorn fortreißen lassen, und dabei haben Sie an Boden verloren", sagt Mr. Bucket in überzeugendem und freundschaftlichem Ton.

„Ich sagte nur, ich werde nicht eher gehen, als bis einer der Bedienten uns bei Sir Leicester Dedlock gemeldet habe", entgegnet Mr. Smallweed.

„Das ist's eben! Da haben Sie sich von Ihrem Zorn fortreißen lassen! Ein andermal werden Sie sich zu beherrschen wissen und Geld verdienen. Soll ich dem Diener klingeln, daß er Sie hinunterbringt?"

„Wann werden wir wieder von der Angelegenheit hören?" fragt Mrs. Chadband mit großer Entschiedenheit.

„Der Himmel segne Sie – Sie sind eine echte Frau! Immer neugierig seid ihr reizenden Engel!" erwidert Mr. Bucket galant. „Ich werde das Vergnügen haben, morgen oder übermorgen bei Ihnen vorzusprechen – und ich werde auch Mr. Smallweeds Vorschlag von zweimal fünfzig nicht vergessen."

„Fünfhundert!" ruft Mr. Smallweed.

„Ganz richtig! Nominell fünfhundert." Mr. Bucket legt die Hand an den Klingelzug. „Darf ich Ihnen für jetzt guten Tag wünschen, in meinem Namen und im Namen des Hausherrn?" fragt er einschmeichelnd.

Da niemand kühn genug ist, etwas dagegen einzuwenden, tut er es, und der Besuch entfernt sich, wie er gekommen ist. Mr. Bucket folgt ihnen bis an die Tür und sagt, als er zurückgekehrt ist, mit ernster Geschäftsmiene: „Sir Leicester Dedlock, Baronet, es ist Ihre Sache zu entscheiden, ob Sie sich das Schweigen dieser Leute erkaufen wollen oder nicht; alles in allem möchte ich empfehlen, es zu erkaufen; und ich glaube, es ist ziemlich billig zu haben. Sie sehen, diese kleine Essiggurke, Mrs. Snagsby, ist von allen an der Spekulation Beteiligten ausgenutzt worden, und dadurch, daß sie das verschiedenste Zeug miteinander in Verbindung brachte, hat sie viel größeres Unheil angerichtet, als wenn das wirklich ihre Absicht gewesen wäre. Der verstorbene Mr. Tulkinghorn hatte alle Zügel in der Hand und hätte diese Pferde lenken können, wohin er wollte, daran zweifle ich nicht; aber er ist kopfüber vom Kutschbock gestürzt, und jetzt haben sie über die Stränge geschlagen. Jeder von ihnen zieht und zerrt, wohin es ihm beliebt. So liegen die Dinge, und so ist das menschliche Leben. Ist die Katze außer Haus, tanzen die Mäuse; wenn das Eis aufgeht, fängt das Wasser an zu laufen. Und nun wollen wir uns der Person zuwenden, die verhaftet werden soll."

Sir Leicester Dedlock scheint aufzuwachen, obgleich seine Augen immer weit geöffnet waren, und er betrachtet Mr. Bucket in höchster Spannung, während Mr. Bucket auf seine Uhr blickt.

„Die Person, die wir verhaften müssen, befindet sich gegenwärtig hier im Hause", fährt er fort, indem er die Uhr mit ruhiger Hand einsteckt und lebendiger wird, „und ich werde sie in Ihrem Beisein verhaften. Sir Leicester Dedlock, Baronet, sagen Sie kein Wort, und rühren Sie keinen Finger. Sie haben keinen Lärm und keine Störung zu befürchten. Ich werde, wenn es Ihnen angenehm ist, im Laufe des Abends wiederkommen und mich bemühen, Ihren Wünschen in bezug auf diese unglückliche Familienangelegenheit zu entsprechen, damit wir die anständigste Weise herausfinden, sie nicht unter die Leute kommen zu lassen. Und nun, Sir Leicester Dedlock, Baronet, werden Sie nicht unruhig: wir werden jetzt zur Verhaftung schreiten. Sie sollen eine klare Einsicht in den ganzen Fall, von Anfang bis zu Ende, gewinnen!"

Mr. Bucket klingelt, geht an die Tür, flüstert dem Diener etwas zu, schließt die Tür wieder und bleibt mit verschränkten Armen dahinter stehen. Nach ein oder zwei Minuten geht die Tür langsam auf, und eine Französin tritt herein, Mademoiselle Hortense.

In dem Augenblick, da sie das Zimmer betritt, schlägt Mr. Bucket die Tür zu und lehnt sich mit dem Rücken dagegen. Das plötzliche Geräusch veranlaßt sie, sich umzudrehen, und jetzt erst sieht sie Sir Leicester Dedlock in seinem Stuhl sitzen.

„Ich bitte um Verzeihung", murmelt sie hastig. „Man sagte mir, es sei niemand hier."

Sie geht zur Tür zurück und sieht sich plötzlich Mr. Bucket gegenüber. Mit einemmal zuckt es krampfhaft in ihrem Gesicht, und sie wird totenbleich.

„Dies ist meine Mieterin, Sir Leicester Dedlock", erklärt Mr. Bucket und nickt ihr zu. „Diese junge Französin ist seit einigen Wochen meine Mieterin."

„Was soll das Sir Leicester interessieren, mein Engel?" entgegnet Mademoiselle in scherzendem Ton.

„Das werden wir schon sehen, mein Engel", erwidert Mr. Bucket.

Mademoiselle Hortense starrt ihn böse an, aber ihr hageres Gesicht überzieht bald ein höhnisches Lächeln. „Sie sind sehr mysteriös. Sind Sie etwa betrunken?"

„Ich bin leidlich nüchtern, mein Engel", entgegnet Mr. Bucket.

„Ich habe eben mit Ihrer Frau dieses abscheuliche Haus betreten. Ihre Frau hat mich vor ein paar Minuten verlassen. Man sagte mir unten, Ihre Frau sei hier. Ich komme her, und Ihre Frau ist nicht da. Was soll dieses Possenspiel? Erklären Sie mir das!" sagt Mademoiselle und verschränkt ruhig die Arme, während etwas in ihrer dunklen Wange klopft wie eine Uhr.

Mr. Bucket bewegt nur drohend seinen Zeigefinger.

„Ah, mon dieu, Sie sind ein armer Idiot!" ruft Mademoiselle, indem sie den Kopf mit einem Lachen zurückwirft. „Lassen Sie mich vorbei, die Treppe hinunter, Sie großes Schwein!" Sie stößt es drohend hervor und stampft mit dem Fuß auf.

„Ich will Ihnen etwas sagen, Mademoiselle", entgegnet Mr. Bucket ruhig und fest. „Sie setzen sich auf jenes Sofa dort."

„Ich will mich auf gar nichts setzen", erwidert sie und nickt ein paarmal energisch.

„Mademoiselle", wiederholt Mr. Bucket, ohne etwas anderes zu tun, als seinen Zeigefinger hin und her zu bewegen, „setzen Sie sich auf jenes Sofa dort!"

„Warum?"

„Weil ich Sie wegen Mordverdacht verhafte; welches Mordes wegen brauche ich Ihnen wohl nicht erst zu sagen. Allerdings wünsche ich höflich zu sein gegen eine Dame, zumal wenn sie eine Ausländerin ist, sofern es mir möglich ist. Ist es mir nicht möglich, dann muß ich grob sein, und draußen warten noch Gröbere. Wie ich sein werde, hängt von Ihnen ab. Ich empfehle Ihnen also in aller Freundschaft, ehe noch eine halbe Sekunde verstrichen ist, auf dem Sofa Platz zu nehmen."

Mademoiselle gehorcht und sagt mit deutlicher Stimme, während das Etwas in ihrer Wange rasch und sichtbar klopft: „Sie sind ein Teufel."

„Sehen Sie", fährt Mr. Bucket billigend fort, „jetzt sind Sie ruhig und benehmen sich, wie ich es von einer jungen Französin Ihrer Einsicht erwarte. Ich möchte Ihnen daher jetzt einen Rat geben; er lautet: Sprechen Sie nicht zuviel. Niemand erwartet, daß Sie hier etwas sagen, und Sie können Ihre Zunge nicht genug im Zaum halten. Mit einem Wort: je weniger Sie parlieren, desto besser ist es für Sie." Mr. Bucket ist fast stolz auf seine französische Wendung.

Mademoiselle sitzt steif aufgerichtet auf dem Sofa, den alten tigerhaften Ausdruck um den Mund, mit geballten Fäusten und auch mit geballten Füßen, hätte man meinen können; und während sie aus ihren schwarzen Augen zornfunkelnde Blicke auf den Inspektor wirft, murmelt sie vor sich hin: „Oh, Sie, Bucket, Sie sind ein Teufel!"

„Nun hören Sie, Sir Leicester Dedlock, Baronet" – und von diesem Augenblick an hält sein Finger nicht in seiner Bewegung inne –, „dieses junge Frauenzimmer, meine Mieterin, war zu der erwähnten Zeit Zofe bei der gnädigen Frau; und außer daß dieses junge Frauenzimmer ungewöhnlich heftig und leidenschaftlich gegen die gnädige Frau war, als es entlassen wurde –"

„Lüge!" ruft Mademoiselle. „Ich habe selbst um meine Entlassung gebeten!"

„Warum befolgen Sie denn meinen Rat nicht?" entgegnet Mr. Bucket eindringlich, fast flehend. „Ich wundere mich über Ihr unvorsichtiges Benehmen. Sie werden etwas äußern, was gegen Sie gebraucht werden kann, verstehen Sie? Ihre Zeit wird schon noch kommen. Kümmern Sie sich nicht um das, was ich sage, bis es als Beweis gegen Sie angeführt wird. Ich spreche nicht zu Ihnen."

„Entlassen! auch das noch!" ruft Mademoiselle wütend, „von der gnädigen Frau entlassen! Eh, *ma foi*, eine schöne gnädige Frau! Ha, ich brächte mich um meinen Ruf, wenn ich bei einer so infamen gnädigen Frau bliebe!"

„Ich muß mich wahrhaftig über Sie wundern!" unterbricht sie Mr. Bucket. „Ich habe immer geglaubt, die Franzosen wären eine höfliche Nation, in der Tat. Aber hören zu müssen, wie sich ein Frauenzimmer so benimmt, und das vor Sir Leicester Dedlock, Baronet!..."

„Er ist ein armer betrogener Mann!" schreit Mademoiselle. „Ich spucke auf sein Haus, auf seinen Namen, auf seine Einfalt" – und für alle diese Gegenstände muß der Teppich als Stellvertreter herhalten. „Oh, was für ein großer Mann er ist! O ja, *superbe! o ciel! bah!*"

„Nun, Sir Leicester Dedlock", fährt Mr. Bucket fort, „diese leidenschaftliche Französin hat sich ebenfalls in den Kopf gesetzt, einen Anspruch auf den seligen Mr. Tulkinghorn zu haben, weil er sie bei der erwähnten Gelegenheit in sein Büro bestellt hat, obgleich sie für ihre Zeit und Bemühung reichlich bezahlt wurde."

„Lüge!" kreischt Mademoiselle. „Ich habe ihm sein Geld vor die Füße geworfen!"

„Wenn Sie unbedingt parlieren wollen", sagt Mr. Bucket beiläufig, „dann müssen Sie auch die Folgen tragen. – Nun also, Sir Leicester Dedlock, ob sie schon damals mit der Absicht zu mir zog, diese Tat auszuführen und mich in Sicherheit zu wiegen, darüber erlaube ich mir kein Urteil; aber sie wohnte bei mir zur Miete, als sie den verstorbenen Mr. Tulkinghorn in seinem Büro ständig mit Besuchen belästigte, um mit ihm zu zanken, während sie zugleich einen unglücklichen Papierhändler so sehr peinigte, daß er fast die Lust am Leben verlor."

„Lüge!" ruft Mademoiselle. „Alles Lüge!"

„Die Mordtat war begangen worden, Sir Leicester Dedlock,

Baronet, und Sie wissen, unter welchen Umständen. Nun muß ich Sie bitten, mir für ein paar Minuten Ihre angestrengteste Aufmerksamkeit zu schenken. Man schickte nach mir und vertraute mir die Sache an. Ich untersuchte also die Wohnung, die Leiche, die Papiere, kurz, alles. Infolge gewisser Nachrichten, die ich erhalten hatte, nahm ich Mr. George in Haft, weil man ihn nachts, ungefähr um die Zeit, als der Mord geschah, im Hause gesehen hatte; außerdem hatte man früher schon gehört, wie er mit dem Verstorbenen in heftigen Wortwechsel geraten war und sogar Drohungen gegen ihn ausgestoßen hatte. So berichtete wenigstens mein Zeuge. Wenn Sie mich fragen, Sir Leicester Dedlock, ob ich George von Anfang an für den Mörder gehalten habe, so antworte ich ganz ruhig: Nein! Aber er konnte es möglicherweise sein; und er war verdächtig genug, daß es meine Pflicht war, ihn zu verhaften und bis zu weiteren Verhören nicht wieder freizulassen. Jetzt merken Sie gut auf!"

Als Mr. Bucket sich in einiger Erregung – wenigstens was bei ihm Erregung heißt – vorbeugt und, was er sagen will, mit einem unheilschwangeren Schlag seines Zeigefingers in die Luft einleitet, heftet Mademoiselle Hortense ihre schwarzen Augen mit finsterem Groll auf ihn und preßt die trockenen Lippen fest zusammen.

„Ich ging abends nach Hause, Sir Leicester Dedlock, Baronet, und fand dieses junge Frauenzimmer, wie sie mit meiner Frau zu Abend aß. Vom ersten Tage an, da sie sich erboten hatte, zu uns zu ziehen, hatte sich Mademoiselle ganz schrecklich eingenommen von Mrs. Bucket gezeigt, aber an diesem Abend war es auffälliger denn je – sie übertrieb es geradezu. In ebenso übertriebenen Farben schilderte sie ihre Verehrung, ihre Achtung und so weiter für den verstorbenen Mr. Tulkinghorn. Beim lebendigen Gott, als ich sie mir gegenüber am Tisch mit einem Messer in der Hand sitzen sah, da fuhr es mir durch den Kopf, sie könnte die Tat begangen haben."

Mademoiselle zischt kaum hörbar durch ihre Zähne und Lippen: „Sie sind ein Teufel!"

„Wo war sie nun an dem Abend, als der Mord begangen wurde?" fährt Mr. Bucket fort. „Sie behauptet: im Theater. Sie ist auch wirklich dort gewesen, wie ich inzwischen erfahren habe, sowohl vor wie nach der Tat. Ich wußte, daß ich es mit einer schlauen Person zu tun hatte und daß es mir sehr schwerfallen werde, ihr die Tat zu beweisen. Ich legte ihr daher eine Schlinge – eine Schlinge, wie ich sie noch nie gelegt habe, ein

Wagnis, wie ich es noch nie unternommen habe. Ich dachte mir die Sache aus, während ich mich mit ihr beim Nachtessen unterhielt. Als ich dann zu Bett ging, stopfte ich, weil unser Haus klein ist und die Ohren dieses jungen Frauenzimmers scharf sind, Mrs. Bucket das Bettuch in den Mund, damit sie keinen Laut der Überraschung hören ließe, und erzählte ihr die ganze Geschichte. – Meine Gute, lassen Sie sich das nicht noch einmal einfallen, oder ich schließe Ihnen die Füße zusammen." Mr. Bucket hat sich unterbrochen, ganz geräuschlos Mademoiselle überfallen und seine schwere Hand auf ihre Schulter gelegt.

„Was haben Sie denn jetzt schon wieder?" fragt sie.

„Denken Sie nicht noch einmal daran", entgegnet Mr. Bucket mit warnendem Finger, „zum Fenster hinauszuspringen. Das ist es, was ‚ich jetzt schon wieder habe'. Kommen Sie, nehmen Sie meinen Arm. Sie brauchen nicht aufzustehen, ich will mich neben Sie setzen. Jetzt nehmen Sie meinen Arm, bitte. Ich bin ja ein verheirateter Mann, wie Sie wissen. Sie kennen meine Frau. Hier, nehmen Sie meinen Arm."

Sie versucht vergebens, sich die trockenen Lippen zu befeuchten, kämpft stöhnend mit sich selbst und tut, was er verlangt.

„Jetzt sind wir wieder in Ordnung. Sir Leicester Dedlock, Baronet, dieser Fall wäre nie zu einem so schönen, runden Fall geworden ohne Mrs. Bucket. Sie gibt es unter fünfzigtausend Frauen nur einmal – nein, unter hundertfünfzigtausend! Um diesem jungen Frauenzimmer jeden Argwohn zu nehmen, habe ich seither unser Haus nicht mehr betreten, obgleich ich mit Mrs. Bucket vermittels der Brote und der Milch, sooft es nötig war, in Verbindung trat. Als ich Mrs. Bucket das Bettuch in den Mund gestopft hatte, flüsterte ich ihr zu: ‚Meine Liebe, kannst du sie mit ständigen, natürlich klingenden Erzählungen von dem Verdacht, den ich gegen George oder diesen oder jenen hege, einschläfern? Kannst du ohne Schlummer leben und sie Tag und Nacht im Auge behalten? Kannst du dich dazu verstehen, zu versprechen: Sie soll nichts tun ohne mein Wissen, sie soll meine Gefangene sein, ohne daß sie es ahnt, sie soll mir ebensowenig entfliehen wie dem Tod, und ihr Leben soll mein Leben sein und ihre Seele meine Seele, bis ich sie habe, wenn sie diesen Mord begangen hat?' Mrs. Bucket antwortete mir, so gut sie nur wegen des Bettuchs zu sprechen vermochte: ‚Bucket, das kann ich!' Und sie hat ihr Versprechen glorreich gehalten!"

„Lüge!" unterbricht ihn Mademoiselle. „Alles Lüge, mein Freund!"

„Sir Leicester Dedlock, Baronet, wie trafen meine Berechnungen unter diesen Verhältnissen ein? Als ich darauf zählte, dieses leidenschaftliche Frauenzimmer werde abermals nach irgendeiner neuen Seite hin übertreiben, hatte ich da recht oder unrecht? Ich hatte recht. Denn was versuchte sie nun? Erschrecken Sie nicht darüber! Sie versuchte den Mordverdacht auf die gnädige Frau zu lenken!"

Sir Leicester erhebt sich von seinem Stuhl und sinkt wieder in ihn zurück.

„Und sie wurde in ihrem Vorhaben bestärkt, als sie hörte, ich halte mich ständig hier auf, was in voller Absicht geschah. Jetzt öffnen Sie einmal die Brieftasche, Sir Leicester Dedlock, wenn ich mir die Freiheit nehmen darf, Sie Ihnen zuzuwerfen, und sehen Sie sich die Briefe an, die ich erhielt und von denen jeder die zwei Worte: ‚Lady Dedlock' enthält. Öffnen Sie dann den einen Brief, der an Sie adressiert ist und den ich erst heute morgen abfing, und lesen Sie die drei Worte: ‚Lady Dedlock, Mörderin!' Diese Briefe folgten einander so dicht wie ein Regen von Johanniskäfern. Was sagen Sie nun, wenn Sie hören, daß Mrs. Bucket von ihrem Versteck aus gesehen hat, wie dieses Frauenzimmer alle diese Briefe schrieb? Was sagen Sie dazu, daß Mrs. Bucket vor einer halben Stunde die entsprechende Tinte, das Papier, die abgeschnittenen anderen halben Bogen und was weiß ich sonst noch in Verwahrung genommen hat? Was sagen Sie dazu, daß Mrs. Bucket gesehen hat, wie das junge Frauenzimmer jeden dieser Briefe zur Post gegeben hat, Sir Leicester Dedlock, Baronet?" fragt Mr. Bucket in triumphierender Bewunderung des Genies seiner Ehehälfte.

Zwei Dinge fallen vor allem auf, als Mr. Bucket sich dem Schluß nähert. Erstens, daß er unmerklich gewissermaßen ein grauenerregendes Eigentumsrecht auf Mademoiselle zu gewinnen scheint; und zweitens, daß sogar die Luft, die sie einatmet, sie enger und enger zu umschließen scheint, als würde ein Netz oder ein Leichentuch immer fester um ihre atemlose Gestalt zusammengezogen.

„Es kann kein Zweifel bestehen, daß die gnädige Frau in der verhängnisvollen Stunde an Ort und Stelle war", fährt Mr. Bucket fort; „und meine französische Freundin sah sie, glaube ich, vom oberen Treppenabsatz aus. Die gnädige Frau, George und meine französische Freundin folgten einander ziemlich dicht auf den Fersen. Aber das hat nichts mehr zu bedeuten; ich will also nicht weiter davon sprechen. Ich fand den Pfropfen der

Pistole, mit der Mr. Tulkinghorn erschossen worden ist. Es war ein Fetzen aus der gedruckten Beschreibung Ihres Hauses in Chesney Wold. Das hat nicht viel zu bedeuten, werden Sie sagen, Sir Leicester Dedlock, Baronet. Nein. Aber wenn meine französische Freundin sich so gänzlich einschläfern läßt, daß sie es für gefahrlos hält, das andere Stück des Blattes zu zerreißen, und wenn Mrs. Bucket die Stücke zusammenliest und findet, daß der Pfropf fehlt, so fängt die Sache an sehr merkwürdig auszusehen."

„Das sind sehr lange Lügen", unterbricht ihn Mademoiselle. „Sie schwatzen sehr viel. Sind Sie nun endlich fertig, oder wollen Sie immer noch weitersprechen?"

„Sir Leicester Dedlock, Baronet", fährt Mr. Bucket fort, für den der vollständige Titel ein Genuß ist und der sich Gewalt antut, wenn er ein Stück davon wegläßt, „der letzte Umstand dieses Falles, den ich jetzt erwähnen werde, zeigt, wie notwendig es in unserem Geschäft ist, Geduld zu haben und sich nie zu übereilen. Ich beobachtete das junge Frauenzimmer gestern ohne ihr Wissen, während sie dem Leichenbegängnis in Gesellschaft meiner Frau zusah, die sie absichtlich hingebracht hatte; und ich hatte schon so viele Beweise in der Hand, um sie zu überführen, und ich sah einen solchen Ausdruck auf ihrem Gesicht und empörte mich innerlich über die Bosheit gegen die gnädige Frau so sehr, und die Zeit war so recht dazu geeignet, sie die Rache treffen zu lassen, daß ich sie ganz gewiß festgenommen hätte, wäre ich weniger lang in meinem Beruf tätig gewesen, und hätte ich weniger Erfahrung gehabt. Auch gestern abend wieder, als die gnädige Frau, die so allgemein bewundert wird, nach Hause kam und aussah – mein Gott, man könnte fast sagen: wie Venus, die dem Meere entsteigt –, auch gestern abend wieder war es so unangenehm und verletzend zu denken, sie könnte unschuldig eines Mordes angeklagt werden, daß ich wirklich ein Bedürfnis fühlte, der Sache ein Ende zu machen. Aber was hätte mir dann gefehlt? Sir Leicester Dedlock, Baronet, mir hätte die Waffe gefehlt! Meine Gefangene schlug Mrs. Bucket nach dem Leichenbegängnis vor, mit dem Omnibus aufs Land zu fahren und in einem sehr anständigen Wirtshaus Tee zu trinken. Nun müssen Sie wissen, daß es nicht weit von diesem Wirtshaus einen Teich gibt. Während sie den Tee zu sich nehmen, geht meine Gefangene in die Stube, wo sie ihre Hüte gelassen haben, um ihr Taschentuch zu holen; sie bleibt ziemlich lange weg und kommt etwas außer Atem zurück. Sowie sie nach Haus kommen, berichtet mir Mrs. Bucket davon, nicht ohne ihre Bemerkungen und Vermutungen hinzuzufügen. Ich ließ bei Mondschein, im Beisein von einigen unserer Leute, den Teich durchsuchen und fand wirklich die Pistole, ehe sie ein halbes Dutzend Stunden im Wasser gelegen hatte. Jetzt, meine Liebe, geben Sie mir noch ein Stückchen mehr von Ihrem Arm und halten Sie ihn ruhig, und ich werde Ihnen nicht weh tun."

Im Nu hat Mr. Bucket ihr eine Handschelle um das Handgelenk schnappen lassen. „Das ist eine", sagt er. „Nun die andere, meine Liebe. Zwei, und alles ist abgemacht."

Er steht auf; sie steht ebenfalls auf. „Wo", fragt sie, indem sie halb ihre großen Augen schließt, so daß sie von den Augenlidern fast verdeckt werden – aber trotzdem stieren sie –, „wo ist Ihr falsches, Ihr verräterisches, Ihr verfluchtes Weib?"

„Sie ist nach der Polizeiwache vorausgegangen", gibt Mr. Bucket zur Antwort. „Sie werden sie dort treffen, meine Liebe."

„Ich möchte sie küssen!" ruft Mademoiselle Hortense aus und keucht dabei wie eine Tigerin.

„Und sie beißen, vermute ich", meint Mr. Bucket.

„Gewiß!" antwortet sie und reißt die Augen auf. „Ich möchte sie zerreißen, Stück um Stück."

„Das kann ich mir denken, mein Schatz", erwidert Mr. Bucket mit größter Fassung. „Ihr Frauen habt eine so merkwürdige Wut aufeinander, wenn ihr euch nicht einig seid! Mich hassen Sie nicht halb so sehr, nicht wahr?"

„Nein. Obgleich Sie ebenfalls ein Teufel sind."

„Engel und Teufel abwechselnd, he?" ruft Mr. Bucket. „Aber ich bin jetzt rein beruflich hier, müssen Sie bedenken. Erlauben Sie mir, Ihren Schal zurechtzulegen. Ich habe oft genug das Kammermädchen gemacht. Fehlt noch etwas an Ihrem Hut? Es steht ein Wagen vor der Tür."

Mademoiselle wirft einen zürnenden Blick in den Spiegel, schüttelt sich mit einer einzigen Bewegung zurecht und sieht wirklich ungewöhnlich elegant aus.

„Hören Sie, mein Engel", sagt sie, nachdem sie mehrere Male höhnisch den Kopf geschüttelt hat, „Sie sind sehr geistreich. Aber können Sie ihn wieder ins Leben zurückrufen?"

Mr. Bucket antwortet: „Das eben nicht."

„Das ist merkwürdig. Hören Sie noch einmal: Sie sind sehr geistreich; aber können Sie der gnädigen Frau ihre Ehre wiedergeben?"

„Nicht so boshaft", warnt Mr. Bucket.

„Oder ihm seinen Stolz?" ruft Mademoiselle, indem sie sich mit unsäglicher Verachtung Sir Leicester zuwendet. „Eh! Sehen Sie ihn nur an, le pauvre enfant! Hahaha!"

„Kommen Sie! Das ist ein noch schlimmeres Parlieren als vorhin", sagt Mr. Bucket. „Kommen Sie."

„Sie bringen das alles nicht fertig? Dann können Sie mit mir machen, was Sie wollen. Es ist nur der Tod, weiter nichts. Lassen Sie uns gehen, mein Engel. Leben Sie wohl, alter, grauer Mann. Ich bemitleide und verabscheue Sie!"

Nach diesen letzten Worten beißt sie ihre Zähne zusammen, als schlüge eine Feder ihren Mund zusammen. Wir können unmöglich beschreiben, wie Mr. Bucket sie hinausführt; aber er verrichtet dieses Kunststück auf eine ihm eigentümliche Weise. Er umgibt sie und hüllt sie ein wie eine Wolke und schwebt mit ihr fort, als wäre er ein schlichter Jupiter und sie der Gegenstand seiner Neigung.

Sir Leicester, nunmehr allein, verharrt in derselben Stellung wie bisher, als ob er noch zuhörte und seine Aufmerksamkeit noch immer in Anspruch genommen würde. Endlich blickt er sich in dem leeren Zimmer um, und als er niemanden sieht, steht er unsicher auf und macht ein paar Schritte, wobei er sich an dem Register festhält. Dann bleibt er stehen; und indem aus seinem Munde wieder jene unartikulierten Töne kommen, erhebt er seine Augen und scheint etwas starr anzublicken.

Der Himmel weiß, was er sieht – die grünen Waldungen von Chesney Wold, das palastartige Gebäude, die Bilder seiner Ahnen, Unbekannte, die sie verstümmeln, Polizeidiener, die seine kostbaren Erbstücke mit rohen Händen ergreifen, Tausende von Fingern, die auf ihn weisen, und Tausende von Gesichtern, die ihn höhnisch ansehen. Aber wenn diese Bilder jetzt verwirrend an ihm vorüberschweben, so ist ein Schatten darunter, den er selbst jetzt noch mit einiger Deutlichkeit nennen kann und den allein er meint, als er sein weißes Haar ausrauft und verzweifelnd die Arme ausbreitet.

Es ist der Name derjenigen Frau, an die er, außer daß sie seit Jahren der Mittelpunkt seines Stolzes und seiner Würde gewesen ist, nie mit einem selbstsüchtigen Gedanken gedacht hat. Die er geliebt, bewundert, geehrt und der Welt hingestellt hat, daß sie ihr Hochachtung zolle. Die im Herzen aller gezwungenen Förmlichkeiten und Pedanterien seines Lebens ein Kern lebendiger Zärtlichkeit und Liebe war, der, so empfindlich wie sonst nichts, die Pein fühlt, die ihn jetzt bedrückt. Er sieht sie, fast ohne sie zu sehen, und kann es nicht ertragen, sich vorzustellen, wie sie von der hohen Stelle herabgestürzt ist, die sie so schön geziert hat.

Und selbst da er auf den Boden sinkt, seiner Qual nicht mehr bewußt, kann er ihren Namen noch mit einiger Deutlichkeit aussprechen, mitten unter den Klängen, die auf ihn einstürmen; und er spricht ihn eher im Ton der Trauer und des Mitleids aus als in dem des Vorwurfs.

55. KAPITEL

Die Flucht

Inspektor Bucket von der Kriminalpolizei hat seinen Hauptschlag, von dem wir eben berichtet haben, noch nicht geführt. Noch schläft er, um sich dadurch für den großen Tag zu stärken, als durch die Nacht, die gefrorenen Winterwege entlang, ein zweispänniger Wagen Lincolnshire verläßt und die Straße nach London einschlägt.

Bald werden Eisenbahnen diese ganze Gegend durchziehen; die Lokomotive und der Zug werden mit ihrem Rasseln und ihrem grellen Licht wie ein Meteor durch die weite Landschaft schießen und den Mond erbleichen machen. Aber bis jetzt gibt es solche Dinge in dieser Gegend noch nicht, obgleich sie ihre Schatten schon vorauswerfen. Vorbereitungen sind im Gange, Messungen werden gemacht, Grund und Boden wird abgesteckt. Brücken befinden sich im Bau, und ihre noch unverbundenen Pfeiler sehen sich über Straßen und Wasser hinüber verlassen an wie Ehepaare von Ziegelstein und Kalk, die durch unüberwindliche Hindernisse getrennt sind. Hier und da sind Dämme aufgeworfen und stehen als Abgründe da, über die Ströme von schmutzigen Wagen und Karren herunterpurzeln. Dreifüße aus langen Stangen erscheinen auf den Hügelspitzen, und man spricht dunkel von Tunneln; alles sieht chaotisch und wie in gänzlicher Hoffnungslosigkeit verlassen aus. Und über die gefrorenen Wege rasselt die Postkutsche durch die Nacht, ohne daß die Ahnung einer Eisenbahn ihre Seele bedrückt.

Mrs. Rouncewell, die so lange Jahre Haushälterin in Chesney Wold war, sitzt im Wagen, und neben ihr sitzt Mrs. Bagnet in ihrem grauen Mantel und mit ihrem Regenschirm. Die Alte säße lieber vorn auf dem Bock, weil dieser Platz mehr dem Wetter ausgesetzt ist und stärker an die höchst einfache Art erinnert, in der sie sonst zu reisen pflegt; aber Mrs. Rouncewell nimmt viel zuviel Rücksicht auf ihr Wohlbefinden, um so etwas zuzulassen. Die alte Dame kann mit der andern Alten nicht genug Wesens machen. Sie sitzt in ihrer stattlich steifen Weise da, hält die Hand ihrer Nachbarin fest und führt sie, so rauh sie ist, oft an ihre Lippen. „Sie sind eine Mutter", sagt sie immer wieder, „und Sie haben die Mutter meines George gefunden!"

„Ja, sehen Sie", entgegnet Mrs. Bagnet, „George war immer sehr offen gegen mich; und als er einmal bei uns zu Hause meinem Woolwich sagte, der größte Trost, den mein Woolwich haben könne, wenn er erst zum Manne geworden wäre, sei die Gewißheit, an keiner Falte des Kummers auf dem Antlitz seiner Mutter und an keinem ihrer grauen Haare schuld zu sein – da fühlte ich mich durch seine ganze Art überzeugt, ihm müsse irgendein Ereignis gerade seine Mutter ins Gedächtnis gerufen haben. Er hatte mir gegenüber früher oft geäußert, er habe sich schlecht gegen sie benommen."

„Niemals, meine Liebe!" entgegnet Mrs. Rouncewell und bricht in Tränen aus. „Gott segne ihn, niemals! Er war mir stets ein guter und zärtlicher Sohn, mein George! Aber er war ein feuriger Junge, und er wurde ein wenig liederlich und ging unter die Soldaten. Ich weiß, daß er anfangs keine Nachricht von sich geben wollte, bis er Offizier wäre; und als er nicht avancierte, kam er sich zu schlecht für uns vor und wollte uns keine Schande machen. Das weiß ich gewiß. Denn er hatte ein Löwenherz, mein George, schon von Kindheit an!"

Die Hände der würdigen Matrone greifen unsicher in die Luft wie ehedem, während sie sich ganz aufgeregt erinnert, was für ein schöner Junge, was für ein lustiger und gescheiter Junge er war. Wie sie ihn unten in Chesney Wold alle liebhatten, wie ihn Sir Leicester liebgewann, als er noch der junge Herr war, wie ihn die jungen Hunde ins Herz schlossen, wie ihm selbst jene Leute, die ihm zürnten, verziehen, sowie er fort war, der arme Junge. Und jetzt sollte sie ihn doch wiedersehen, noch dazu im Gefängnis! Und das breite Mieder hebt sich, und die aufrechte, altmodisch gekleidete Gestalt beugt sich unter der Last liebevollen Kummers.

Mit dem angeborenen Takt eines guten, mitfühlenden Herzens überläßt Mrs. Bagnet die alte Haushälterin ein Weilchen ihrer Rührung – nicht ohne mit dem Rücken ihrer Hand über die eigenen Mutteraugen zu fahren – und nimmt dann in ihrer heiteren Art das Gespräch wieder auf: „So sage ich denn zu George, als ich ihn zum Tee hereinrufe – er gab vor, draußen seine Pfeife rauchen zu wollen –: ‚Um Gottes willen, was fehlt Euch heute mittag, George? Ich habe Euch in jeder Stimmung gesehen, bei guter und bei schlechter Laune, und zu Hause und draußen. Aber noch nie habe ich Euch mit einem so melancholischen Büßergesicht gesehen.' – ‚Weil ich wirklich diesen Nachmittag melancholisch und bußfertig bin, Mrs. Bagnet', erwiderte George, ‚sehen Sie mich so.' – ‚Was haben Sie denn angestellt, mein Lieber?' fragte ich ihn. – ‚Was ich getan habe, habe ich vor langen, langen Jahren getan', entgegnete er und schüttelte den Kopf; ‚und es ist das beste, nicht zu versuchen, es ungeschehen zu machen. Wenn ich je in den Himmel komme, so geschieht es nicht, weil ich einer alten, verwitweten Mutter ein guter Sohn gewesen bin; weiter sage ich nichts.' – Nun, Madam, als George mir sagte, es sei das beste, nicht zu versuchen, seine Tat ungeschehen zu machen, hatte ich natürlich meine eigenen Gedanken darüber, wie schon früher so oft, und ich lockte aus George heraus, weshalb ihm gerade heute nachmittag solche Dinge durch den Kopf gingen. Darauf nun erzählte er mir, er habe zufällig bei einem Anwalt eine stattliche Matrone gesehen, die ihn leibhaftig an seine Mutter erinnert habe; und er spricht über diese alte Matrone, bis er sich ganz und gar vergißt und ihr Bild malt, wie sie vor vielen, vielen Jahren gewesen ist. Da frage ich denn, als George fertig ist, wer die alte Dame gewesen sei, die er gesehen habe. Und George erklärt mir, es sei Mrs. Rouncewell gewesen, die seit über einem halben Jahrhundert Haushälterin bei den Dedlocks unten in Chesney Wold in Lincolnshire sei. Mr. George hatte mir oft erzählt, daß er aus Lincolnshire stamme, und ich sage also an diesem Abend zu meinem alten Lignum: ‚Lignum, ich wette fünfundvierzig Pfund, sie ist seine Mutter!'"

All das erzählt Mrs. Bagnet jetzt mindestens zum zwanzigsten Male seit den letzten vier Stunden. Dabei zwitschert sie wie eine Art Vogel in ziemlich hohem Ton, damit die alte Dame es trotz dem Rasseln der Räder verstehen möge.

„Ich segne Sie und danke Ihnen von ganzem Herzen, meine gute, liebe Frau!"

„Mein Gott!" ruft Mrs. Bagnet ganz unverstellt, „mir sind Sie doch keinen Dank schuldig, gewiß nicht! Ihnen selbst bin ich dankbar, daß Sie so rasch entschlossen waren! Ich erinnere Sie noch einmal daran, Madam, das Beste, was Sie tun können, wenn Sie in George Ihren Sohn finden, ist, ihn Ihretwegen... ihn auf jede Weise dahin zu bringen, sich von der Anschuldigung einer Tat zu reinigen, die er so wenig begangen hat wie Sie oder ich. Es genügt nicht, daß die Wahrheit und Gerechtigkeit auf seiner Seite sind; er muß auch die Justiz und die Juristen auf seiner Seite haben!" erklärt die alte Dame, offenbar in der Meinung, daß die Juristen ein besonderes Geschäft betreiben und die Gemeinschaft mit Wahrheit und Gerechtigkeit auf ewige Zeiten gekündigt haben.

„Es soll ihm alle Hilfe zuteil werden, die nur irgend auf der Welt zu haben ist, meine Liebe. Ich will alles hingeben, was ich besitze, mit dankbarem Herzen hingeben, um ihm diese Hilfe zu verschaffen. Sir Leicester wird sein möglichstes tun, die ganze Familie wird ihr möglichstes tun. Ich – ich weiß das, meine Liebe; und ich will ebenfalls Berufung einlegen als seine Mutter, die ihn so viele Jahre nicht gesehen hat und ihn endlich im Kerker wiederfindet."

Die große Unruhe, die die alte Haushälterin an den Tag legt, während sie das sagt, ihre abgerissenen Worte und ihre gerungenen Hände machen einen tiefen Eindruck auf Mrs. Bagnet und würden sie in Erstaunen setzen, wenn sie nicht all das ihrem Schmerz über die Lage ihres Sohnes zuschriebe. Und dennoch wundert sich Mrs. Bagnet auch, warum Mrs. Rouncewell immer wieder so verzweifelt vor sich hinmurmelt: „Mylady, Mylady, Mylady!"

Die kalte Nacht schwindet, und der Tag bricht an. Die Postkutsche kommt durch den Morgennebel dahergerollt wie ihr eigener Geist, und sie hat gespenstische Gesellschaft genug in den Schemen der Bäume und Hecken, die langsam verschwinden und der Wirklichkeit des Tages Platz machen. Die Reisenden erreichen London und steigen aus; die alte Haushälterin ist aufs höchste beunruhigt und verwirrt, Mrs. Bagnet dagegen frisch und gesammelt – genauso frisch, wie sie es wäre, wenn ihr nächstes Ziel, ohne daß sie ihre Toilette oder den Wagen wechselte, das Kap der Guten Hoffnung, die Insel Ascension, Hongkong oder irgendeine andere Militärstation wäre.

Aber als sie sich zu dem Gefängnis begeben, in dem der Soldat inhaftiert ist, hat die alte Dame mit ihrem lavendelfarbenen Kleid schon wieder ein Gutteil ihrer alten Ruhe zurückgewonnen. Sie sieht aus wie ein wunderbares ernstes,

sorgfältig gearbeitetes schönes Stück altes Porzellan, obgleich ihr Herz schnell schlägt und ihr Mieder sich stürmisch hebt und senkt, stärker, als es die Erinnerung an ihren abenteuernden Sohn in all den vielen Jahren vermocht hat.

Als sie sich der Zelle nähern, geht die Tür auf, und ein Wärter tritt heraus. Mrs. Bagnet gibt ihm durch eine bittende Gebärde rasch zu verstehen, er möge nichts sagen; er gibt mit einem Nicken seine Zustimmung und läßt sie eintreten, ehe er die Tür schließt.

So blickt George, der an seinem Tisch schreibt, in der Meinung, er sei allein, nicht auf, sondern bleibt in Nachdenken versunken sitzen. Die alte Haushälterin betrachtet ihn, und diese unruhigen, ins Leere greifenden Hände sind Bestätigung genug für Mrs. Bagnet, selbst wenn sie, obwohl sie soviel weiß, Mutter und Sohn nebeneinander sehen und an ihrer Verwandtschaft zweifeln könnte.

Kein Rauschen ihres Kleides, keine Gebärde, kein Wort verrät die Haushälterin. Sie betrachtet ihn, während er, ohne etwas zu ahnen, weiterschreibt, und nur ihre zitternden Hände bezeugen ihre innere Bewegung. Aber diese Hände sind sehr beredt, sehr, sehr beredt. Mrs. Bagnet versteht sie. Sie sprechen von Dankbarkeit, von Freude, Schmerz und Hoffnung; von unauslöschlicher Liebe, die keine Erwiderung gefunden hat, seitdem dieser kräftige Mann dem Knabenalter entwachsen ist; sie sprechen von einem besseren, minder geliebten Sohn und von diesem Sohn, den sie mit solcher Zärtlichkeit und solchem Stolz geliebt hat. Sie sprechen eine so rührende Sprache, daß Mrs. Bagnets Augen voll Tränen stehen und glänzende Tropfen ihre sonnengebräunten Wangen hinabrinnen.

„George Rouncewell! O mein geliebtes Kind, sieh her!" Der Kavallerist springt auf, fällt seiner Mutter um den Hals und sinkt vor ihr nieder auf die Knie. In später Reue oder in ernstem Gedenken an seine Jugend, die ihm bei ihrem Anblick zurückkehrt, faltet er die Hände wie ein Kind, das sein Gebet hersagt, hebt sie empor an seine Brust und läßt den Kopf sinken und weint.

„Mein George, mein liebster Sohn! Seit je mein Liebling und noch immer mein Liebling, wo bist du während dieser vielen schmerzhaften Jahre gewesen? Und zu einem solchen Manne herangewachsen, zu einem so schönen, so stattlichen Mann! So mußtest du aussehen, ich wußte es, wenn es Gott gefallen hatte, daß du noch am Leben wärest."

Eine Zeitlang können beide nichts Zusammenhängendes hervorbringen. Die ganze Zeit über wendet sich Mrs. Bagnet ab. Sie stützt sich mit einem Arm gegen die weißgetünchte Wand, läßt ihre ehrliche Stirn darauf ruhen, wischt sich mit dem überall dienstbaren Mantel die Augen und genießt die Gegenwart, wie die beste aller braven Frauen sie nur genießen kann.

„Mutter", sagt endlich der Kavallerist, als sie sich wieder gefaßt haben, „vergib mir vor allen Dingen; denn ich weiß, wie sehr ich dessen bedarf!"

Ihm vergeben! Sie tut es von ganzem Herzen und von ganzer Seele. Sie hat ihm stets verziehen. Sie hat ihm schon damals verziehen, als sie vor langen Jahren in ihrem Testament niederschrieb, daß er ihr geliebter Sohn George sei. Sie hat niemals etwas Böses von ihm geglaubt, niemals. Wenn sie gestorben wäre, ohne dieses Glück erlebt zu haben – und sie ist jetzt eine alte Frau und kann nicht erwarten, noch lange zu leben –, so hätte sie ihn mit ihrem letzten Atemzug noch als ihren geliebten Sohn gesegnet, wenn sie bei Sinnen gewesen wäre.

„Mutter, ich bin dir ein schlechter Sohn und eine Plage gewesen, und ich habe meinen Lohn dafür; aber in der letzten Zeit habe ich auch eine dunkle Ahnung davon gehabt, wozu ich auf der Welt bin. Als ich von zu Hause fortging, wurde mir der Abschied nicht schwer, Mutter – ich fürchte, nicht allzu schwer; und ich ging fort und ließ mich anwerben wie ein leichtsinniger Mensch und redete mir ein, ich kümmere mich um niemanden, und niemand kümmere sich um mich."

Der Kavallerist hat seine Augen getrocknet und das Taschentuch weggesteckt; aber es besteht ein außerordentlicher Gegensatz zwischen seiner gewöhnlichen Art, zu sprechen und sich zu benehmen, und dem gedämpften Ton, in dem er jetzt spricht, wobei er zuweilen von einem halberstickten Schluchzen unterbrochen wird.

„So schrieb ich denn eine Zeile nach Hause, Mutter, wie du nur zu gut weißt, um dir mitzuteilen, daß ich mich unter einem anderen Namen habe anwerben lassen, und ging nach Übersee. Drüben dachte ich manchmal, ich wolle das nächste Jahr nach Hause schreiben, wenn ich eine bessere Stellung hätte; und als das erste Jahr vorüber war, dachte ich abermals, ich wolle im nächsten Jahr nach Hause schreiben, wenn ich eine bessere Stellung hätte; und als dieses Jahr wiederum vorüber war, dachte ich vielleicht nicht mehr sehr häufig daran. So ging es fort von Jahr zu Jahr, eine Dienstzeit von zehn Jahren lang, bis ich älter zu werden und mich zu fragen anfing, warum ich überhaupt schreiben solle."

„Ich tadele dich nicht, Kind – aber du dachtest nicht daran, mir die Sorgen vom Herzen zu nehmen, George? Kein Wort für deine dich liebende Mutter, die gleichfalls älter wurde?"

Das schmettert den Kavalleristen fast von neuem nieder; aber er hält sich mit einem lauten, kräftigen Räuspern aufrecht.

„Der Himmel verzeihe mir, Mutter, aber ich glaubte damals, es sei ein schlimmer Trost, von mir zu hören. Du warst geachtet und geehrt. Mein Bruder war, wie ich in einigen Zeitungen aus dem Norden las, die mir zufällig in die Hand kamen, reich und berühmt geworden. Und nun ich: ein Soldat, ein Vagabund ohne Heimat, der nicht aus eigenen Kräften etwas geworden, sondern durch eigene Schuld verdorben war; ein Mensch, der alles, was er in seiner Jugend gehabt, von sich geworfen und das wenige, das er gelernt, vergessen hatte; ein Mensch, der nichts hinzugelernt hatte als Dinge, die ihn zu allem, was er sich denken konnte, untauglich machten – weshalb sollte ich, ich! Nachricht von mir geben? Was konnte das nützen, nachdem ich diese ganze lange Zeit hatte verstreichen lassen? Das Schlimmste hattest du inzwischen überwunden, Mutter. Ich wußte jetzt, da ich ein Mann war, wie du um mich geklagt und geweint und für mich gebetet hattest; der Schmerz war vergangen oder hatte sich gemildert, und in deiner Erinnerung lebte ich besser, als ich in Wirklichkeit gewesen war."

Die alte Frau schüttelt bekümmert den Kopf, ergreift seine beiden Hände und legt sie liebreich auf ihre Schulter.

„Nein, ich sage nicht, daß es so war, Mutter, aber ich stellte es mir so vor. Ich sagte eben, was hätte es nützen können? Nun ja, liebe Mutter, mir hätte es einigen Nutzen bringen können – und das wäre eben das Niedrige dabei gewesen. Du hättest mich aufgesucht; du hättest mich losgekauft; du hättest mich nach Chesney Wold mitgenommen; du hättest mich und meinen Bruder und meines Bruders Familie zusammengeführt; ihr hättet euch alle den Kopf zerbrochen, wie ihr etwas für mich hättet tun und mich zu einem anständigen Zivilisten hättet machen können. Aber wie hätte sich einer von euch fest auf mich verlassen dürfen, da ich mich nicht einmal selbst auf mich verlassen konnte? Wie hättet ihr mich anders denn als eine Last und Schmach für euch betrachten können, als einen alten, herumstrolchenden Dragoner und Tagedieb, da ich mir selbst eine Last und eine Schmach war, außer wenn ich dem Zwang der

Disziplin unterworfen war? Wie hätte ich meines Bruders Kindern ins Angesicht sehen und vorgeben können, ihnen ein Beispiel zu sein – ich, der Landstreicher, der ich aus dem väterlichen Hause fortgelaufen war und meiner Mutter das Leben verbittert hatte? Nein, George, sagte ich mir, als ich mir das überlegte, wie du dich gebettet hast, so schläfst du."

Mrs. Rouncewell richtet ihre stattliche Gestalt in die Höhe und wirft mit einem Kopfschütteln Mrs. Bagnet einen Blick zu, der von Stolz auf ihren Sohn erfüllt ist, als wollte sie sagen: Ich habe es Ihnen ja prophezeit. Mrs. Bagnet macht ihren Gefühlen Luft und gibt ihre Teilnahme an der Unterhaltung dadurch zu erkennen, daß sie dem Kavalleristen mit ihrem Regenschirm einen derben Stoß zwischen die Schultern versetzt; das wiederholt sie später noch verschiedene Male in einer Art zärtlichem Wahnsinn; und nachdem sie sich auf diese Weise in die Unterhaltung gemischt hat, versäumt sie nicht, wieder zu der geweißten Wand und dem grauen Mantel ihre Zuflucht zu nehmen.

„Auf diese Weise gewöhnte ich mich an den Gedanken, Mutter, die beste Buße für mich sei, mich zu legen, wie ich mich gebettet hatte, und so zu sterben. Und ich hätte es getan – obgleich ich mehr als einmal unten in Chesney Wold gewesen bin, um dich zu sehen, wenn du am allerwenigsten daran gedacht hast –, wäre hier nicht die Frau meines alten Kameraden gewesen, die doch zu schlau für mich gewesen ist. Ich danke Euch dafür, Mrs. Bagnet, von ganzem Herzen und ganzer Seele!"

Mrs. Bagnet antwortet darauf mit zwei Stößen.

Und jetzt schärft die alte Dame ihrem Sohn George, ihrem lieben, wiedergewonnenen Herzensknaben, ihrer Freude und ihrem Stolz, dem Licht ihrer Augen und dem glücklichen Schluß ihres Lebens, mit jedem zärtlichen Namen, den sie nur ersinnen kann, ein, er müsse sich den besten juristischen Beirat verschaffen, der für Geld und Einfluß zu haben sei; er müsse seine Sache den größten Juristen, die man auftreiben könne, anvertrauen; er müsse in dieser ernsten Lage handeln, wie man es ihm vorschreibe, und dürfe nicht eigensinnig sein, wenn er auch recht habe; vielmehr müsse er versprechen, nur an die Angst und den Kummer seiner alten Mutter zu denken, bis er frei sei, sonst breche er ihr das Herz.

„Mutter, es ist wenig genug, was ich dir damit verspreche", entgegnet der Kavallerist und unterbricht sie mit einem Kuß; „sag mir, was ich tun soll, und ich werde, mag es noch so spät sein, anfangen, ein gehorsamer Sohn zu sein. Mrs. Bagnet, Ihr nehmt meine Mutter unter Eure Obhut, nicht wahr?"

Ein sehr derber Stoß mit dem Regenschirm der guten Frau ist die Antwort.

„Wenn Ihr sie mit Mr. Jarndyce und Miss Summerson bekannt macht, wird sie finden, daß sie derselben Meinung sind wie sie, und sie werden ihr den besten Rat und Beistand geben."

„Und, George", wirft die alte Dame ein, „wir müssen so schnell wie möglich deinen Bruder kommen lassen. Er ist ein verständiger, tüchtiger Mann, wie man behauptet – draußen in der Welt, außerhalb von Chesney Wold, mein Guter, obgleich ich selbst nicht viel davon verstehe –, und wird uns sehr von Nutzen sein."

„Mutter", entgegnet der Kavallerist, „ist es zu früh, dich um etwas zu bitten?"

„Gewiß nicht, lieber Sohn."

„Dann gewähre mir diese eine große Gunst: sag meinem Bruder nichts."

„Was soll ich ihm nicht sagen, lieber Sohn?"

„Sag ihm nichts von mir. Wirklich, Mutter, ich ertrüge es nicht; ich bringe es nicht fertig, mich dazu zu entschließen. Er hat sich als so verschieden von mir bewiesen und hat so viel getan, während ich nur Soldat gespielt habe, daß ich nicht die Stirn habe, ihn an diesem Ort und unter der Last dieser Anklage wiederzusehen. Wie kann ein Mann wie er die geringste Freude an einem solchen Fund haben? Es ist unmöglich. Nein, Mutter, verbirg die Sache noch vor ihm, erweise mir eine größere Wohltat, als ich sie verdiene, und laß unter allen Menschen gerade meinen Bruder nichts von der Sache wissen."

„Aber nicht für immer, lieber George?"

„Vielleicht nicht für immer, liebe Mutter – obgleich ich dich vielleicht auch darum noch bitten muß –, aber behalte jedenfalls jetzt dieses Geheimnis für dich, bitte. Wenn er jemals erfahren sollte, daß sich der Strick von einem Bruder wiedergefunden habe, so möchte ich es ihm am liebsten selbst mitteilen", erklärt der Kavallerist, indem er mit sehr zweifelnder Miene den Kopf schüttelt; „und ich würde mich im Vorrücken oder im Zurückziehen danach richten, wie er die Sache aufzunehmen scheint."

Da seine Meinung über diesen Punkt offenbar nicht umzustoßen ist und Mrs. Bagnets Gesicht bestätigt, wie tief sie in ihm Wurzeln geschlagen hat, gibt die Mutter ihre unbedingte

Zustimmung zu seinen Wünschen zu erkennen. Dafür dankt er ihr herzlich.

„In jeder anderen Hinsicht, liebe Mutter, will ich so fügsam und gehorsam sein, wie du nur wünschen kannst; bloß auf diesem einen Punkt bestehe ich. Ich habe hier", fährt er mit einem Blick auf das auf dem Tisch liegende Schriftstück fort, „einen genauen Bericht über alles aufgesetzt, was ich von dem Verstorbenen weiß, und wie ich in diese so unglückliche Geschichte verwickelt worden bin. Es ist alles einfach und ordnungsgemäß eingetragen wie in einem Parolebuch, kein Wort weiter, als es die Tatsachen verlangen. Ich gedachte es geradeso abzulesen, wenn man mich auffordern sollte, etwas zu meiner Verteidigung vorzubringen. Ich hoffe, man wird auch jetzt noch nichts dagegenhaben; aber nun habe ich in dieser Sache keinen Willen mehr; und mag getan und gesagt werden, was da will, ich verspreche, keinen eigenen Willen zu haben."

Da die Dinge so weit zur Zufriedenheit geordnet sind und es spät wird, schlägt Mrs. Bagnet vor zu gehen. Immer wieder wirft sich die alte Dame ihrem Sohn an den Hals, und immer wieder drückt sie der Kavallerist an seine Brust.

„Wo bringt Ihr meine Mutter hin, Mrs. Bagnet?"

„In die Stadtwohnung der Familie, lieber George. Ich habe dort Geschäfte zu erledigen, die keinen Aufschub dulden", erwidert Mrs. Bagnet.

„Wollt Ihr meine Mutter sicher in einem Wagen hinbringen, Mrs. Bagnet? Natürlich tut Ihr's. Weshalb frage ich überhaupt!"

„Natürlich", gibt Mrs. Bagnet mit dem Regenschirm zu verstehen.

„Nehmt sie mit, alte Freundin, und meine Dankbarkeit dazu. Und Küsse für Quebec und Malta und herzliche Grüße meinem Patenkind und einen freundschaftlichen Händedruck für Lignum. Und das ist für Euch; ich wollte, es wären zehntausend Pfund in Gold, meine Gute!" Mit diesen Worten drückt der Kavallerist seine Lippen auf die sonnverbrannte Stirn der Alten, und die Tür seiner Zelle schließt sich wieder.

Keine Bitten der guten, alten Haushälterin können Mrs. Bagnet bewegen, die Kutsche zu behalten und nach Hause zu fahren. Sie steigt vor der Tür des Dedlockschen Palastes munter aus, begleitet Mrs. Rouncewell die Stufen hinauf, schüttelt ihr zum Abschied die Hände, trabt fort und erscheint bald darauf inmitten der Bagnetfamilie und fängt an Gemüse zu putzen, als ob nichts geschehen wäre.

Mylady befindet sich in dem Zimmer, wo sie ihre letzte Unterredung mit dem Ermordeten hatte; sie sitzt, wo sie an jenem Abend saß, blickt nach der Stelle, wo er vor dem Kamin stand und sie in aller Muße studierte, als es an die Tür klopft.

»Wer ist da?«

»Mrs. Rouncewell!«

»Was hat Mrs. Rouncewell so unerwartet in die Stadt geführt?«

»Sorgen, Mylady. Schwere Sorgen. Oh, Mylady, darf ich ein Wort mit Ihnen allein sprechen?«

Welches Ereignis macht diese sonst so ruhige Alte zittern? Warum ist sie, die soviel glücklicher als die gnädige Frau ist, wie die gnädige Frau oft und oft gedacht hat, so unruhig in ihrem Wesen und warum sieht sie sie mit so seltsamem Argwohn an?

»Was gibt es? Setzen Sie sich und kommen Sie erst einmal zu Atem.«

»Oh, Mylady, Mylady. Ich habe meinen Sohn gefunden – meinen Jüngsten, der vor vielen Jahren unter die Soldaten ging. Und er sitzt im Gefängnis.«

»Wegen Schulden?«

»O nein, Mylady; ich hätte jede Schuld mit Freuden bezahlt.«

»Weshalb sitzt er denn im Gefängnis?«

»Unter der Anklage, einen Mord begangen zu haben, Mylady, an dem er so unschuldig ist wie – wie ich selbst. Unter der Anklage, Mr. Tulkinghorn ermordet zu haben.«

Was will sie mit diesem Blick und dieser flehenden Gebärde sagen? Warum kommt sie so nahe heran? Was ist das für ein Brief, den sie in der Hand hält?

»Lady Dedlock, meine gute, liebe Lady! Sie müssen ein Herz haben, um für mich zu fühlen, Sie müssen ein Herz haben, um mir zu verzeihen. Ich war in diesem Haus, noch ehe Sie geboren waren. Ich bin Ihnen treu ergeben. Aber denken Sie an meinen geliebten, angeklagten Sohn.«

»Ich klage ihn nicht an.«

»Nein, Mylady. Aber andere erheben Anklage, und er ist im Gefängnis und ist in großer Gefahr. Oh, Lady Dedlock, wenn Sie nur ein einziges Wort für ihn sprechen können, sprechen Sie es!«

Welcher Täuschung mag sie sich hingeben? Welche Macht schreibt sie der Person zu, an die sie ihre flehende Bitte richtet, diesen ungerechten Verdacht zu beseitigen, wenn er ungerecht ist? Die schönen Augen der gnädigen Frau sehen sie mit Staunen, fast mit Furcht an.

„Mylady, ich verließ gestern abend Chesney Wold, um meinen Sohn in meinem hohen Alter wiederzufinden, und die Schritte auf dem Geisterweg verstummten keinen Augenblick und klangen so feierlich, wie ich sie in diesen vielen Jahren noch nie gehört habe. Jeden Abend, sobald es finster geworden war, schritten sie durch Ihre Zimmer, aber in der vorigen Nacht klang es am grauenhaftesten. Und gestern abend, als es dunkel wurde, Mylady, bekam ich diesen Brief."

„Was für einen Brief?"

„Still, still!" Die Haushälterin sieht sich um und antwortet mit einem erschrockenen Flüstern: „Mylady, ich habe niemandem ein Wort davon gesagt. Ich glaube nicht, was darin steht, ich weiß, daß es nicht wahr sein kann, ich bin fest überzeugt, daß es nicht wahr ist. Aber mein Sohn ist in großer Gefahr, und Sie müssen ein Herz haben, Mitleid mit mir zu fühlen. Wenn Sie etwas wissen, das anderen nicht bekannt ist; wenn Sie einen Verdacht hegen; wenn Sie das mindeste vermuten und einen Grund haben, Ihre Vermutung für sich zu behalten, oh, gute, gnädige Frau, dann denken Sie an mich, vergessen Sie diesen Grund und sagen Sie, was Sie wissen! Das ist das Äußerste, was ich für möglich halte. Ich weiß, Sie sind nicht hartherzig, aber Sie gehen immer Ihren eigenen Weg, ohne jemandes Hilfe in Anspruch zu nehmen, und machen sich nicht gemein mit Ihren Freunden; und jeder, der Sie als eine schöne und elegante Dame bewundert – und alle bewundern Sie! –, weiß, daß Sie hoch über ihm stehen und daß man Ihnen nicht nahekommen darf. Mylady, Sie können aus Zorn oder aus Stolz Gründe haben, etwas nicht auszusprechen, was Sie wissen; wenn das der Fall ist, so bitte ich Sie, denken Sie an eine getreue Dienerin, die ihr ganzes Leben in diesem Hause, das sie hoch und teuer hält, zugebracht hat, und haben Sie Erbarmen und helfen Sie meinem Sohn, sich von diesem Verdacht zu befreien! Oh, gnädige Frau, meine gute gnädige Frau", bittet die Haushälterin mit edler Einfachheit, „meine Stellung ist so bescheiden und niedrig, und Sie stehen so hoch und fern über mir, daß Sie vielleicht nicht wissen, wie ich für mein Kind fühle; aber ich fühle so tief für meinen Sohn, daß ich hergekommen bin, um so kühn zu sein, Sie zu bitten und anzuflehen, uns nicht zu verachten, wenn Sie uns in dieser schrecklichen Zeit Recht und Gerechtigkeit verschaffen können."

Lady Dedlock hebt sie vom Boden auf, ohne ein Wort zu sagen, bis sie ihr den Brief aus der Hand nimmt.

„Soll ich das lesen?"

„Wenn ich fort bin, Mylady, sofern es Ihnen gefällig ist; und dann bedenken Sie das Äußerste, was ich für möglich halte!"

„Ich kenne nichts, was ich tun könnte, nichts, was ich geheimhielte, das Ihrem Sohn zu nützen vermöchte. Ich habe ihn nie beschuldigt."

„Mylady, dann werden Sie ihn als unschuldig Angeklagten noch mehr bemitleiden, nachdem Sie den Brief gelesen haben."

Die alte Haushälterin verläßt sie, während Lady Dedlock den Brief in der Hand hält. Wirklich ist sie von Natur nicht hartherzig, und es hat eine Zeit gegeben, da sie der Anblick der ehrwürdigen Gestalt, die sie mit so innigem Ernst anflehte, bis zu tiefem Mitleid gerührt hätte. Aber sie ist seit so langer Zeit gewöhnt, jede Gefühlsregung zu unterdrücken und ihre wahre Natur zu verleugnen; sie ist so lange um ihrer eigenen Zwecke willen in der verderblichen Schule erzogen worden, die die natürliche Größe des Herzens einsperrt wie die Fliegen in den Bernstein und die das Gute und Schlechte, das Fühlen und das Nichtfühlen, das Verständige und das Unverständige mit einem einförmigen und grauen Firnis überzieht, daß sie sogar ihr Staunen bis jetzt unterdrückt hat.

Sie öffnet den Brief. Auf das Papier ist eine gedruckte Beschreibung des Leichenbefundes aufgeklebt, wie der Tote, das Gesicht zur Erde gekehrt und mitten durch das Herz geschossen, dagelegen hat, und darunter steht ihr Name und das Wort: Mörderin.

Das Blatt gleitet ihr aus den Händen. Wie lange es auf dem Boden gelegen haben mag, weiß sie nicht; aber es liegt noch auf der Stelle, wo es hingefallen ist, als ein Bedienter vor ihr steht und einen jungen Mann namens Guppy anmeldet. Wahrscheinlich hat der Diener die Worte mehrere Male wiederholt; denn sie klingen ihr noch in den Ohren, ehe sie sie versteht.

„Er mag eintreten!"

Er tritt ein. Sie hält den Brief in der Hand, den sie vom Boden aufgehoben hat, und versucht ihre Gedanken zu sammeln. Den Augen Mr. Guppys erscheint sie als dieselbe Lady Dedlock wie immer, die ihn mit derselben stolzen, kalten Vornehmheit empfängt.

„Die gnädige Frau ist vielleicht nicht sehr geneigt, diesen Besuch einer Person zu entschuldigen, die der gnädigen Frau nie sehr angenehm gewesen ist – worüber sich diese Person nicht beklagt; denn sie muß zugeben, daß die Verhältnisse keinen besonderen Anlaß geboten haben, daß sie der gnädigen Frau willkommen gewesen wäre. Aber ich hoffe, wenn ich der gnädigen Frau meine Beweggründe auseinandersetze, so werden Sie mich nicht tadeln", sagt Mr. Guppy.

„Sprechen Sie."

„Ich danke der gnädigen Frau. Ich hätte erst erwähnen sollen" – Mr. Guppy sitzt auf dem Rand eines Stuhles und legt seinen Hut vor sich auf den Teppich –, „daß Miss Summerson – deren Bild, wie ich früher einmal zu der gnädigen Frau bemerkte, eine Zeitlang in meinem Leben in mein Herz eingegraben war, bis Umstände, über die ich keine Gewalt hatte, es dort auslöschten –, daß Miss Summerson mir mitgeteilt hat, nachdem ich zuletzt das Vergnügen gehabt hatte, der gnädigen Frau meine Aufwartung zu machen, sie wünsche vor allem, ich möchte keinen weiteren Schritt in irgendeiner sie betreffenden Angelegenheit unternehmen. Und da Miss Summersons Wünsche mir Gesetz sind – es sei denn, sie beziehen sich auf Verhältnisse, über die ich keine Gewalt habe –, erwartete ich natürlich niemals wieder die hohe Ehre zu haben, der gnädigen Frau meine Aufwartung machen zu dürfen."

Und dennoch sei er jetzt hier, erinnert ihn Lady Dedlock mit unzufriedenem Gesicht.

„Und dennoch bin ich jetzt hier", gibt Mr. Guppy zu. „Meine Absicht ist, der gnädigen Frau unter dem Siegel der Verschwiegenheit mitzuteilen, warum ich hier bin."

Sie erklärt ihm, er könnte das nicht einfach und kurz genug tun.

„Und auch ich", entgegnet Mr. Guppy, fast verletzt, „kann die gnädige Frau nicht zu angelegentlich ersuchen, in erster Linie zu bedenken, daß mich keine persönliche Angelegenheit herführt. Ich habe keine selbstsüchtigen Absichten hier zu verfolgen. Wenn nicht mein Versprechen, das ich Miss Summerson gegeben habe, und meine Verpflichtung, es heilig zu halten, wären, ich wäre wahrhaftig nie wieder über die Schwelle dieses Hauses getreten, sondern wäre lieber weit weg geblieben."

Mr. Guppy hält dies für einen günstigen Augenblick, sich mit beiden Händen ins Haar zu fahren, daß es gerade in die Höhe steht.

„Die gnädige Frau werden sich wohl erinnern, wenn ich es erwähne, daß ich bei meinem letzten Hiersein mit einer in unserem Fach sehr ausgezeichneten Person zusammentraf, deren

Verlust wir alle beklagen. Diese Person tat gewiß von der Zeit an alles, was in ihren Kräften stand, um gegen mich auf eine Weise vorzugehen, die man hart nennen muß, und machte es mir bei jeder Wendung und in jedem Augenblick ausnehmend schwer zu wissen, ob ich nicht unversehens gegen Miss Summersons Wünsche verstoßen hätte. Eigenlob ist keine Empfehlung; aber ich muß von mir selbst sagen, daß ich auch kein so schlechter Geschäftsmann bin."

Lady Dedlock sieht ihn fragend und streng an. Mr. Guppy wendet die Augen sofort von ihrem Gesicht und sieht irgendwo anders hin.

„Es wurde mir in der Tat so schwer", fährt er fort, „eine Vorstellung von dem zu haben, was diese Person im Verein mit anderen beabsichtigte, daß ich bis zu dem Verlust, den wir alle beklagen, ganz auf dem trockenen saß – ein Ausdruck, den die gnädige Frau, die sich in höheren Kreisen bewegt, dahin auslegen möge, daß mir der Verstand stillstand. Auch Small – ein Name, der eine andere Person bezeichnet, die ebenfalls an der Sache beteiligt ist; es handelt sich um einen meiner Freunde, den die gnädige Frau nicht kennt - wurde so versteckt und zweideutig in seinem Benehmen, daß es mir nicht leicht wurde, seinem Kopf nicht mit meinen Fäusten zu nahe zu kommen. Jedoch ist es mir unter Anstrengung all meiner bescheidenen Fähigkeiten und mit Hilfe eines gemeinschaftlichen Freundes namens Tony Weevle, der sehr viel aristokratischen Sinn besitzt und in seinem Zimmer beständig das Porträt der gnädigen Frau vor Augen hat, gelungen, auf eine Spur zu kommen, die mich veranlaßt, die gnädige Frau zu warnen. Erstens erlaube mir die gnädige Frau die Frage, ob sie heute morgen ungewöhnlichen Besuch gehabt hat. Ich meine keinen Besuch aus der vornehmen Welt, sondern solchen Besuch wie zum Beispiel die alte Dienerin von Miss Barbary oder eine Person, deren untere Gliedmaßen gelähmt sind und die auf einem Stuhl die Treppe heraufgetragen wird."

„Nein."

„Dann gebe ich der gnädigen Frau die Versicherung, daß solche Personen hier gewesen und empfangen worden sind. Ich habe sie nämlich vor der Tür gesehen und an der Ecke des Platzes gewartet, bis sie wieder herauskamen; und nachher machte ich einen Umweg von einer halben Stunde, um ihnen aus dem Wege zu gehen."

„Was geht das mich an? Oder was geht das Sie an? Ich verstehe Sie nicht. Was wollen Sie damit sagen?"

„Gnädige Frau, ich komme, um Sie zu warnen. Es ist vielleicht kein Grund dazu vorhanden. Dann habe ich nur mein möglichstes getan, um mein Miss Summerson gegebenes Versprechen zu halten. Ich habe den starken Verdacht – nach dem, was Small angedeutet hat und was wir aus ihm herausgelockt haben –, daß die Briefe, die ich der gnädigen Frau versprochen hatte, bei der bewußten Gelegenheit nicht verbrannt sind und daß, wenn es etwas zu verraten gibt, es bereits verraten worden ist; daß der Besuch, von dem ich gesprochen habe, heute morgen hier war, um Geld damit zu verdienen, und daß das Geld inzwischen schon verdient ist oder bald verdient sein wird."

Mr. Guppy nimmt seinen Hut und steht auf.

„Die gnädige Frau weiß am besten, ob das, was ich Ihnen mitgeteilt habe, etwas zu bedeuten hat oder nicht. Sei dem, wie ihm wolle, ich habe Miss Summersons Wunsch, die Sache ihren Gang gehen zu lassen und, was ich bereits in dieser Angelegenheit getan habe, so weit wie möglich rückgängig zu machen, befolgt; das genügt mir. Falls ich mir die Freiheit genommen haben sollte, die gnädige Frau zu warnen, obwohl keine Ursache dazu vorliegt, so werden Sie die Güte haben, hoffe ich, meine Anmaßung hinzunehmen, und ich werde mich bemühen, Ihre Mißbilligung hinzunehmen. Ich sage jetzt der gnädigen Frau Lebewohl und versichere Sie, daß Sie in keinem Falle wieder einen Besuch von mir zu erdulden haben werden."

Sie erwidert seine Abschiedsworte kaum mit einem Blick; aber nachdem er eine kleine Weile fort ist, klingelt sie.

„Wo ist Sir Leicester?"

Der Diener berichtet, daß er sich gegenwärtig allein in der Bibliothek eingeschlossen habe.

„Hat Sir Leicester heute morgen Besuch gehabt?"

„Verschiedene Leute waren in Geschäften da." Der Diener will die Personen beschreiben, worin ihm Mr. Guppy zuvorgekommen ist.

Genug, er kann gehen.

So! alles ist verloren. Ihr Name geht von Mund zu Mund, ihr Gatte kennt ihre Schuld, ihre Schande wird weltbekannt werden – verbreitet sich vielleicht jetzt schon, während sie daran denkt; und außer diesem Schlag, den sie so lange hat kommen sehen und den er so wenig geahnt hat, klagt sie eine unsichtbare Hand als die Mörderin ihres Feindes an.

Ihr Feind war er, und sie hat oft, sehr oft gewünscht, er möchte tot sein. Ihr Feind ist er selbst noch in seinem Grab.

Diese schreckliche Anklage trifft sie wie eine neue Marter von seiner leblosen Hand. Und wenn sie bedenkt, wie sie an jenem Abend heimlich vor seiner Tür war und wie man den Umstand, daß sie kurz vorher ihre Lieblingsgesellschafterin fortgeschickt hat, so auslegen kann, als hätte sie damit nur eine fortwährende Beobachtung lossein wollen, dann schaudert sie, als fühlte sie die Hand des Henkers an ihrem Hals.

Sie hat sich auf den Boden geworfen und liegt da mit wirrem Haar, das Gesicht in die Kissen eines Sofas vergraben. Sie steht auf, stürmt in der Stube auf und ab, wirft sich wieder nieder und krümmt sich hin und her und stöhnt. Ein unaussprechliches Grauen beherrscht sie. Wäre sie wirklich die Mörderin, ihr Entsetzen könnte im Augenblick kaum gewaltiger sein.

Denn trotz der überlegten Schlauheit aller Vorbereitungen hätte ihr mörderischer Plan vor der Tat eine so riesenhafte Vergrößerung der verhaßten Gestalt zur Folge gehabt, daß es ihr unmöglich gewesen wäre, die Folgen ihres Tuns zu überschauen; vielmehr wären diese Folgen wie eine ungeahnte Flut in dem Augenblick über sie hereingebrochen, da die Gestalt niederstürzte und die Tat einmal getan war – was stets geschieht, wenn ein Mord verübt ist. In gleicher Weise erkennt sie jetzt, daß ihr früherer Wunsch, wenn dieser Mann, sie belauernd, vor ihr stand, der Tod möge ihn ihr aus dem Wege räumen, nur das eine Ziel hatte, alles, was er gegen sie in der Hand hatte, möchte in den Wind geworfen und an viele Orte, wie der Zufall es wollte, verstreut werden. Deshalb fühlte sie auch diese sträfliche Freude bei seinem Tod. Was aber war sein Tod anderes, als daß der Schlußstein aus einem düsteren Bogen gerissen wurde, und jetzt stürzte der Bogen in tausend Trümmer zusammen, von denen jedes einzelne Stück sie zermalmte und zerschmetterte?

So bemächtigt sich ihrer das schreckliche Gefühl, daß es vor diesem Verfolger keine Rettung gibt als den Tod. Lebendig oder tot, er steht hartherzig und unnahbar vor ihr in seiner ihr nur zu vertrauten Gestalt, hartherzig und unnahbar auch in seinem Sarg noch. Gehetzt flieht sie. Schande, Angst, Reue und Jammer überwältigen sie in schrecklichem Zusammenwirken, und selbst ihre starke Seele wird fortgerissen wie ein Blatt im Sturm.

Hastig schreibt sie folgende Zeilen an ihren Gatten, versiegelt sie und läßt sie auf dem Tisch zurück:

„Wenn man mich sucht und mich des Mordes anklagt, so seien Sie überzeugt, daß ich vollkommen schuldlos bin. Glauben

Sie sonst nichts Gutes von mir; denn ich bin in keiner anderen
Sache unschuldig, die man mir zur Last gelegt hat oder zur
Last legen wird. An jenem verhängnisvollen Abend teilte er
mir mit, daß er Ihnen meine Schuld enthüllen werde. Als er
mich verlassen hatte, ging ich aus, unter dem Vorwand, im
Garten spazierenzugehen, wie ich es manchmal zu tun pflege;
aber in Wirklichkeit wollte ich ihm folgen und ihn noch einmal
anflehen, er möchte die schreckliche Ungewißheit endigen, mit
der er mich – Sie wissen nicht, wie lange schon – auf die Folter
spannte, und er möchte so barmherzig sein, am nächsten Morgen
zuzuschlagen.

Als ich zu seiner Wohnung kam, war alles dunkel und still.
Ich klingelte zweimal an seiner Tür; aber es antwortete niemand, und ich ging wieder nach Hause.

Ich habe kein Zuhause mehr. Ich werde Ihnen nicht mehr
zur Last fallen. Mögen Sie in Ihrem gerechten Zorn fähig sein,
jene Unwürdige zu vergessen, an die Sie eine höchst edelherzige
Liebe verschwendet haben; jene unwürdige Frau, die Sie in
tiefer Scham meidet, tiefer noch als die Scham, die sie vor sich
selbst fliehen läßt; jene Frau, die Ihnen dieses letzte Lebewohl
schreibt!"

Sie kleidet sich rasch an und verhüllt sich, läßt alle ihre
Juwelen und ihr Geld liegen, horcht, geht in einem Augenblick,
da die Vorhalle leer ist, die Treppe hinunter, macht die große
Tür auf und zu und eilt hinaus durch den kalten, heulenden
Wind.

56. KAPITEL

Verfolgung

Ungerührt, wie es seine vornehme Erziehung verlangt, starrt
der Stadtpalast der Dedlocks die anderen Häuser der Straße
an, ihre trübselige Größe, und gibt durch kein äußeres Zeichen
zu erkennen, daß drinnen etwas nicht in Ordnung ist. Kutschen
rasseln, es wird an die Türen geklopft, die Welt tauscht Besuche
aus; und ältliche Engel mit dürren Hälsen und Pfirsichwangen,
die in gespenstischer Röte blühen, wenn man sie bei Tageslicht
erblickt – in dem diese reizenden Geschöpfe allerdings aussehen,
als wären der Tod und die Dame in eine Gestalt verschmolzen –,

blenden die Augen der Menschheit. Aus den frostigen Marställen rollen federnde Wagen, gelenkt von kurzbeinigen Kutschern mit flachsenen Perücken, die in daunenweiche Kutschböcke eingesunken sind, und hintenauf steigen herrliche Diener mit prächtigen langen Stäben und dreieckigen Hüten, die sie quer auf den Kopf gesetzt haben: ein Schauspiel für die Engel.

Der Stadtpalast der Dedlocks ändert sein Aussehen nicht, und Stunden vergehen, ehe seine erhabene Ruhe drinnen gestört wird. Aber die schöne Volumnia leidet an der allgemein herrschenden Krankheit der Langenweile; und da sie gerade jetzt einen besonders heftigen Anfall erleidet, wagt sie sich endlich zur Bibliothek, um eine Ortsveränderung zu haben. Da ihr schüchternes Klopfen kein Gehör findet, öffnet sie die Tür und blickt hinein; und da sie niemanden darin sieht, ergreift sie von dem Raum Besitz.

In jener grasüberwachsenen Stadt der Alten, in Bath, sagt man der munteren Dedlock nach, daß sie eine heiße Neugier quäle, die sie bei allen passenden und unpassenden Gelegenheiten zwinge, mit einem goldeingefaßten Glas vor dem Auge herumzuschweben, um Gegenstände aller Art zu betrachten. Jedenfalls benutzt sie die augenblickliche Gelegenheit, um wie ein Vogel über die Briefe und Papiere ihres Verwandten hinzuschweben; um jetzt dieses Dokument anzupicken, jetzt mit auf die Seite geneigtem Kopf jenes Dokument anzuschielen und mit dem Glas vor dem Auge wißbegierig und ruhelos von Tisch zu Tisch zu hüpfen. Im Laufe dieser Untersuchungen stolpert sie über etwas, und als sie ihr Glas in diese Richtung wendet, sieht sie ihren Verwandten auf dem Boden liegen gleich einem gefällten Baum.

Volumnias niedlicher Lieblingsschrei bekommt einen ziemlich deutlichen Anstrich von Wirklichkeit durch diese Überraschung, und bald ist das ganze Haus in Bewegung. Bediente stürzen treppauf und -ab, heftig werden Klingeln gezogen, man holt Ärzte und sucht Lady Dedlock, die aber nirgends gefunden wird. Niemand hat sie gesehen oder gehört, seit sie das letztemal geklingelt hat. Man findet ihren Brief an Sir Leicester auf dem Tisch; aber es ist noch ungewiß, ob er nicht eine Botschaft aus einer anderen Welt erhalten hat, die persönliche Antwort verlangt, und alle lebenden Sprachen und alle toten sind ihm gleich.

Man legt ihn auf sein Bett, reibt ihn ab, fächelt ihm Kühlung zu, legt ihm Eis auf den Kopf und versucht jedes Mittel, um ihn wieder zum Bewußtsein zu bringen. Aber der Tag vergeht, und es wird Nacht in seinem Zimmer, ehe sein Atem zu röcheln aufhört und seine starren Augen das Licht empfinden, das man ihm bisweilen vors Gesicht hält. Doch nachdem diese Veränderung einmal eingetreten ist, hält sie an, und bald nickt er und bewegt die Augen oder sogar die Hand zum Zeichen, daß er hört und versteht.

Er stürzte an diesem Morgen nieder als ein schöner, stattlicher Mann, etwas gebeugt vom Alter, aber von ansehnlichem Äußeren und mit vollem Gesicht. Jetzt liegt er auf seinem Bett als ein Greis mit eingefallenen Wangen, ein Schatten seiner selbst. Seine Stimme war voll und weich, und er war seit so langer Zeit vollkommen überzeugt davon, daß jedes seiner Worte wichtig und voll hoher Bedeutung für die ganze Menschheit sei, daß seine Worte wirklich klingen gelernt haben, als hätten sie etwas zu bedeuten. Aber jetzt vermag er nur zu flüstern, und was er flüstert, klingt wie das, was es ist – bloßes sinnloses Kauderwelsch.

Seine treue Haushälterin sitzt neben seinem Bett. Es ist das erste, was er bemerkt, und er freut sich offenbar darüber. Nachdem er vergeblich versucht hat, sich durch Worte verständlich zu machen, verlangt er mittels Gestikulationen einen Stift. Seine Bewegungen sind undeutlich, so daß ihn anfangs keiner versteht, bis die alte Haushälterin errät, was er haben will, und ihm eine Schiefertafel bringt.

Nachdem er einige Zeit gezaudert hat, malt er langsam in einer Schrift, die nicht die seine ist, die Worte: „Chesney Wold?"

Nein, erwidert sie ihm; er sei in London. Ihm sei heute morgen in der Bibliothek übel geworden, und sie danke dem Himmel sehr, daß sie zufällig nach London gekommen sei und für ihn sorgen könne.

„Es ist keine ernste Erkrankung, Sir Leicester", fährt sie fort. „Es wird Ihnen morgen wieder besser gehen, Sir Leicester. Alle die Herren sagen es." Während dieser Worte laufen ihr die Tränen über das schöne Matronengesicht.

Nachdem er sich im Zimmer umgesehen und mit besonderer Aufmerksamkeit die Umgebung seines Bettes gemustert hat, wo die Ärzte stehen, schreibt er: „Mylady!"

„Mylady ist ausgegangen, Sir Leicester, ehe Sie den Anfall hatten, und weiß noch nichts von Ihrer Krankheit."

Er deutet abermals in großer Unruhe auf das Wort. Sie versuchen ihn alle zu beruhigen, aber er deutet wieder und wieder in wachsender Aufregung darauf. Als sie einander ansehen und nicht wissen, was sie sagen sollen, nimmt er noch einmal die Schiefertafel und schreibt: „Mylady! Um Gottes willen wo?" und stöhnt flehentlich.

Man hält es für besser, daß die alte Haushälterin ihm Lady Dedlocks Brief gibt, dessen Inhalt niemand kennt oder auch nur ahnt. Sie öffnet den Brief für ihn und faltet ihn auseinander, damit er ihn lesen kann. Nachdem er ihn mit großer Anstrengung zweimal gelesen hat, legt er ihn verdeckt auf das Bett, so daß man nicht sehen kann, was darin steht, und liegt stöhnend da. Er bekommt eine Art Rückfall und sinkt in Ohnmacht, und es vergeht eine Stunde, ehe er wieder die Augen öffnet, gestützt auf den Arm seiner alten treuen Dienerin. Die Ärzte wissen, daß es ihm am besten geht, wenn sie um ihn ist, und halten sich fern, wenn ihre Hilfeleistungen nicht unmittelbar erforderlich sind.

Er nimmt wieder die Schiefertafel in Gebrauch, kann sich aber nicht auf das Wort besinnen, das er schreiben will. Seine Angst, sein Eifer und sein Schmerz darüber sind jammervoll anzusehen. Es scheint, als müßte er wahnsinnig werden durch das Bewußtsein, daß allerhöchste Eile geboten sei, er aber nicht auszudrücken vermöge, was er getan zu sehen wünscht. Er hat den Buchstaben B geschrieben und ist dabei steckengeblieben. Plötzlich, als seine Aufregung und sein Jammer am größten ist, setzt er ein Mr. davor. Die alte Haushälterin rät Bucket. Dem Himmel sei Dank, das meint er.

„Mr. Bucket wartet unten auf weitere Befehle. Soll er heraufkommen?"

Es ist nicht möglich, Sir Leicesters brennendes Verlangen, ihn zu sehen, und seinen Wunsch, alle außer seiner Haushälterin möchten das Zimmer verlassen, mißzuverstehen. Es geschieht sofort, und Mr. Bucket erscheint. Sir Leicester ist von seinem hohen Stand so tief herabgestürzt, daß allein dieser Mann noch sein einziger Trost und Verlaß auf der Welt ist.

„Sir Leicester Dedlock, Baronet, es tut mir leid, Sie in diesem Zustand zu sehen. Ich hoffe, Sie werden sich in Rücksicht auf Ihre Familie wieder erholen."

Sir Leicester drückt ihm den Brief in die Hand und sieht ihm gespannt ins Gesicht, während jener ihn liest. Ein neues Licht geht in Mr. Buckets Augen auf, als er ihn überfliegt. Indem er seinen Zeigefinger krümmt, während seine Augen immer noch über die Worte eilen, deutet er an: Sir Leicester Dedlock, Baronet, ich verstehe Sie.

Sir Leicester schreibt auf die Tafel: „Volle Verzeihung. Finden!"

Mr. Bucket hält seine Hand fest. „Sir Leicester Dedlock, Baronet, ich werde sie finden. Aber die Nachforschungen müssen auf der Stelle begonnen werden. Keine Minute ist zu verlieren."

Blitzschnell folgt er Sir Leicesters Blick, der sich auf ein Kästchen auf dem Tisch richtet.

„Herbringen, Sir Leicester Dedlock, Baronet? Gewiß. Es ist mit einem dieser Schlüssel aufzuschließen? Gewiß. Mit dem kleinsten Schlüssel? Natürlich. Die Banknoten herausnehmen? Das tue ich. Zählen? Ist bald geschehen. Zwanzig und dreißig ist fünfzig, und zwanzig macht siebzig – hundertzwanzig – hundertsechzig. Für die Reisekosten einstecken? Das tue ich und lege natürlich Rechnung ab. Kein Geld sparen? Nein, gewiß nicht."

Die Schnelligkeit und Sicherheit, mit der Mr. Bucket alles errät, ist fast ein Wunder zu nennen. Mrs. Rouncewell, die das Licht hält, ist, als er reisefertig aufsteht, von der Raschheit seiner Augen und Hände schwindlig geworden.

„Sie sind Georges Mutter, liebe Dame? Sie scheinen es mir jedenfalls zu sein, nicht wahr?" fragt Mr. Bucket leise, während er den Hut aufsetzt und seinen Rock zuknöpft.

„Ja, Sir, ich bin seine betrübte Mutter."

„Das dachte ich mir nach dem, was er eben zu mir geäußert hat. Nun will ich Ihnen etwas sagen: Sie brauchen sich nicht länger zu betrüben, mit Ihrem Sohn ist alles in Ordnung. Aber fangen Sie nicht an zu weinen; denn Sie müssen sich jetzt vor allen Dingen um Sir Leicester Dedlock, Baronet, kümmern, und das geht nicht, wenn Sie weinen. Was Ihren Sohn betrifft, so ist alles mit ihm in Ordnung, das versichere ich Ihnen, und er schickt Ihnen seine zärtlichsten Grüße und hofft, daß Sie seiner ebenso gedenken. Er ist ehrenvoll entlassen, das hat er erreicht. Sein Ruf ist ebenso unbescholten wie der Ihre – denn ich will ein Pfund wetten, daß Ihr Ruf ohne Makel ist. Sie können sich auf mich verlassen; denn ich habe Ihren Sohn verhaftet. Und ich sage Ihnen, er benahm sich brav und wacker dabei; und er ist ein schöner, stattlicher Mann, und Sie sind eine schöne, stattliche Matrone, und Sie sind als Mutter und Sohn ein Paar, das man auf der Messe als Muster zeigen könnte. – Sir Leicester Dedlock, Baronet, den Auftrag, den Sie mir anvertraut haben, werde ich ausführen. Fürchten Sie nicht, daß ich von meinem Weg nach rechts oder links abweiche oder daß ich schlafe, mich wasche oder mich rasiere, bis ich gefunden habe, was ich suche. Soll ich ihr alles Gute und Verzeihende von Ihnen sagen? Sir Leicester Dedlock, Baronet, das werde ich tun. Ich wünsche Ihnen gute Besserung, und daß diese Familienangelegenheiten in Ordnung gebracht werden – wie schon, ach Gott! so viele andere Familienangelegenheiten in Ordnung gebracht worden sind und bis zum Ende der Welt in Ordnung gebracht werden."

Mit diesen Worten entfernt sich Mr. Bucket, zugeknöpft und ruhig. Er sieht festen Blickes vor sich hin, als durchbohrte er schon die Nacht auf der Suche nach dem Flüchtling.

Sein erster Gang gilt Lady Dedlocks Zimmer, wo er sich überall sorgsam umsieht, ob ihm nicht irgendeine Kleinigkeit einen Anhaltspunkt geben kann. Die Zimmer sind ganz finster, und es wäre ein merkwürdiges Schauspiel, Mr. Bucket zuzusehen, wie er, ein Wachslicht hoch emporhaltend, innerlich ein ganz genaues Inventar der vielen zierlichen Gegenstände aufzeichnet, die so seltsam von ihm abstechen – ein merkwürdiges Schauspiel, das aber niemand beobachtet, da er Sorge trägt, sich einzuschließen.

„Ein schmuckes Boudoir", sagt Mr. Bucket, der das Gefühl hat, er habe heute morgen sein Französisch sozusagen aufgefrischt. „Muß schrecklich viel Geld gekostet haben. Eigenartig, von solchen Dingen davonzulaufen; sie muß hart bedrängt worden sein!"

Er öffnet Tischkästen und schiebt sie wieder zu, blickt in Kästchen und Juwelenetuis, sieht dabei sein Bild in verschiedenen Spiegeln und stellt moralische Betrachtungen darüber an.

„Man könnte fast meinen, ich bewegte mich in den Kreisen der vornehmen Welt und putzte mich zum Almack's-Ball", sagt Mr. Bucket. „Ich fange zu glauben an, ich müßte ein Offizier von der Garde sein, ohne es zu wissen."

Während er alles genau durchforscht, hat er ein zierliches Kästchen in einem versteckten Schubkasten geöffnet. Als seine große Hand in Handschuhen wühlt, die sie kaum zu fühlen vermag, so leicht und weich sind sie, findet er ein weißes Taschentuch.

„Hm! dich wollen wir einmal ansehen", murmelt Mr. Bucket und setzt das Licht nieder. „Warum bist du aufgehoben worden? Was hast du auszusagen? Gehörst du der gnädigen Frau oder sonst jemandem? Du trägst doch gewiß irgendein Zeichen, sollte ich meinen?"

Er entdeckt es, während er noch spricht: „Esther Summerson."
„Oh!" ruft Mr. Bucket und denkt nach, den großen Finger am Ohr; „wart, dich nehmen wir mit."
Er vollendet seine Nachforschungen so ruhig und sorgsam, wie er sie angefangen hat, hinterläßt alles genauso, wie er es gefunden hat, gleitet hinaus, nachdem er sich im ganzen kaum fünf Minuten aufgehalten hat, und tritt auf die Straße hinaus.

Mit einem Blick zu den schwach erhellten Fenstern von Sir Leicesters Zimmern hinauf, eilt er rasch zum nächsten Droschkenstand, sucht sich für sein Geld ein Pferd aus und befiehlt, zu der Schießgalerie zu fahren. Mr. Bucket nimmt nicht den Ruhm für sich in Anspruch, ein wissenschaftlicher Pferdekenner zu sein; aber er legt einiges Geld bei den Hauptereignissen auf diesem Gebiet an und faßt seine Kenntnis gewöhnlich in der Bemerkung zusammen, daß er über ein Pferd Bescheid weiß, wenn er es laufen sieht.

Er hat sich diesmal nicht getäuscht. Er rasselt mit einer gefährlichen Schnelligkeit über das Pflaster, wobei er aber trotzdem gedankenvoll und mit scharfem Blick jedes schleichende Geschöpf ins Auge faßt, an dem er in den mitternächtlichen Straßen vorüberfährt. Er vergißt selbst die Lichter in den oberen Fenstern nicht, wo die Leute eben zu Bett gehen oder bereits zu Bett gegangen sind, nicht die Straßenecken, um die er rasselt, und nicht den dicken Himmel und die Erde, auf der dünner Schnee liegt; denn überall kann er etwas entdecken, das ihm irgendwie zu nützen vermag. Er stürmt mit solcher Eile auf sein Ziel los, daß ihn, als er hält, das Pferd wie in einer Dampfwolke halb einhüllt.

„Laßt es eine halbe Minute verschnaufen, daß es wieder munter wird; ich bin gleich wieder zurück."

Er läuft die lange Brettergalerie hinauf und findet den Kavalleristen, der seine Pfeife raucht.

„Das dachte ich mir, George, nachdem Ihr soviel durchgemacht habt, mein Junge! Ich habe kein Wort zu verlieren. Jetzt gilt es, eine Frau zu retten. Miss Summerson, die hier war, als Gridley starb – so hieß sie, das weiß ich – alles in Ordnung! ... wo wohnt sie?"

Der Kavallerist kommt eben von dort und gibt ihm die Adresse; es ist in der Nähe der Oxford Street.

„Ihr werdet es nicht bereuen, George. Gute Nacht!"

Er ist wieder draußen. Nur ahnungsweise hat er Phil an dem kärglichen Feuer sitzen sehen, der den Ankömmling mit offenem

Munde anstarrte. In gestrecktem Galopp rasselt er weiter, und wieder steigt er, von einer Dampfwolke umgeben, aus.

Mr. Jarndyce, die einzige Person, die noch auf ist, will eben zu Bett gehen; er erhebt sich von seinem Buch, als er das ungestüme Klingeln hört, und kommt im Schlafrock an die Tür herunter.

„Erschrecken Sie nicht, Sir!"

In einem Augenblick steht der Besuch im vertraulichen Gespräch mit ihm in der Vorhalle, hat die Tür zugemacht und die Hand aufs Schloß gelegt.

„Ich habe das Vergnügen gehabt, Sie früher zu sehen. Inspektor Bucket. Sehen Sie dieses Taschentuch an, Sir! Es gehört Miss Esther Summerson. Fand es vor einer Viertelstunde in einem Schubkasten bei Lady Dedlock. Es ist kein Augenblick zu verlieren, es handelt sich um Leben und Tod. Sie kennen Lady Dedlock?"

„Ja."

„Es ist heute dort etwas vorgefallen. Familiengeschichten sind ans Tageslicht gekommen. Sir Leicester Dedlock, Baronet, hat einen Schlaganfall erlitten und konnte nicht zu sich gebracht werden; kostbare Zeit ist dadurch verlorengegangen. Lady Dedlock ist am selben Nachmittag verschwunden und hat einen Brief zurückgelassen, der schlimm aussieht. Lesen Sie ihn selbst. Hier ist er!"

Als Mr. Jarndyce ihn gelesen hat, fragt er den Inspektor, was er davon halte.

„Weiß nicht. Sieht aus wie Selbstmord. Jedenfalls wird mit jeder Minute die Gefahr größer, daß es dazu kommt. Ich gäbe hundert Pfund für jede Stunde, die ich gewinnen könnte. Mr. Jarndyce, ich bin von Sir Leicester Dedlock, Baronet, beauftragt worden, ihr zu folgen und sie zu finden – sie zu retten und ihr seine Verzeihung zu überbringen. Ich habe Geld und unumschränkte Vollmacht; aber ich brauche noch etwas: ich brauche Miss Summerson."

Mr. Jarndyce wiederholt erschrocken: „Miss Summerson?"

„Hören Sie, Mr. Jarndyce" – Mr. Bucket hat während der ganzen Zeit mit der größten Aufmerksamkeit in seinem Gesicht gelesen –, „ich spreche zu Ihnen wie zu einem Mann, dessen Herz menschlich fühlt, und ich spreche unter so drängenden Verhältnissen, wie es sie nicht oft gibt. Wenn jemals Gefahr im Verzuge war, so ist es jetzt der Fall; und wenn Sie sich jemals später nicht verzeihen können, schuld an einem Unglück zu sein, so ist jetzt Zeit dazu. Acht oder zehn Stunden, jede wenigstens hundert Pfund wert, sind seit Lady Dedlocks Verschwinden verlorengegangen. Ich bin beauftragt, sie zu finden. Ich bin Inspektor Bucket. Abgesehen von allem, was sie bedrückt, glaubt sie auch, unter Mordverdacht zu stehen. Wenn ich ihr allein folge, kann sie, da sie nicht weiß, was Sir Leicester Dedlock, Baronet, mir mitgeteilt hat, zu einem Schritt der Verzweiflung getrieben werden. Aber wenn ich ihr in Begleitung einer jungen Dame folge, die der Beschreibung jener jungen Dame entspricht, für die sie eine zärtliche Neigung fühlt – ich stelle keine Fragen und sage weiter nichts als das –, dann wird sie mir zutrauen, daß ich als Freund komme. Falls ich sie einhole und es fertigbringe, die junge Dame vorausgehen zu lassen, so will ich sie retten und überreden zurückzukehren, wenn sie überhaupt noch am Leben ist. Wenn ich sie allein finde, was viel schwerer ist, so will ich alles tun, was ich vermag; aber ich stehe nicht für das Ergebnis meiner Bemühungen ein. Die Zeit verstreicht, es geht stark auf ein Uhr. Wenn es eins schlägt, ist wieder eine Stunde verloren, und sie ist jetzt tausend Pfund wert statt hundert."

Das ist alles wahr, und die Dringlichkeit des Falles kann nicht geleugnet werden. Mr. Jarndyce bittet ihn, hier zu warten, während er mit Miss Summerson rede. Mr. Bucket verspricht es; aber er tut es nicht, sondern tut, was er zu tun gewohnt ist – er folgt ihm die Treppe hinauf und behält seinen Mann im Auge. So bleibt er lauernd auf der dunklen Treppe stehen, während sie miteinander beraten. Nach sehr kurzer Zeit kommt Mr. Jarndyce wieder herunter und erklärt ihm, Miss Summerson werde gleich bei ihm sein und werde sich unter seinen Schutz stellen, um ihn zu begleiten, wohin er wolle. Damit zufrieden, spricht ihm Mr. Bucket seinen höchsten Beifall aus und wartet an der Tür, bis sie kommt.

In Gedanken besteigt er einen hohen Turm und läßt seine Blicke in weitem Umkreis herumschweifen. Er sieht viele einsame Gestalten, die durch die Straßen schleichen; viele einsame Gestalten, die draußen auf der Heide, auf Landstraßen und unter Heuschobern hausen. Aber die Gestalt, die er sucht, ist nicht unter ihnen. Andere einsame Gestalten sieht er, wie sie von düsteren Brücken und umschatteten Stellen unten am Strom in den Fluß hinabstarren; und ein dunkler, gestaltloser Gegenstand, der, einsamer als alle anderen, mit der Flut landeinwärts

treibt, zieht mit der Kraft eines Ertrinkenden seine Aufmerksamkeit auf sich.

Wo ist sie? Lebendig oder tot – wo ist sie? Wenn das Taschentuch, das er wieder zusammengefaltet und sorgsam weggesteckt hat, imstande wäre, ihm durch einen geheimen Zauber den Ort zu Gesicht zu bringen, wo sie es fand, die Nachtlandschaft um die Hütte, wo es die kleine Leiche zudeckte – würde er sie da erblicken? Denn dort, durch diese wüste Gegend, wo mit blauem Schein die Ziegelöfen brennen, wo der Wind die Strohdächer der elenden Hütten zerzaust, in denen die Ziegel gestrichen werden; wo der Lehm und das Wasser hart gefroren sind und wo die Mühle steht, in der das magere blinde Pferd den ganzen Tag im Kreise herumgeht und die wie ein menschliches Folterwerkzeug aussieht – dort, über die verlassene trostlose Stelle, geht eine einsame Gestalt, allein in der Welt mit ihrem Schmerz, gepeitscht von Schnee und Regen und, wie es scheint, ausgestoßen aus der menschlichen Gemeinschaft. Es ist die Gestalt einer Frau; aber sie ist jämmerlich angezogen. Und solche Kleider gingen nie durch die Vorhalle zur Pforte des Hauses Dedlock hinaus.

57. KAPITEL

Esthers Erzählung

Ich war bereits zu Bett gegangen und schlief, als mein Vormund an die Tür meines Zimmers klopfte und mich bat, auf der Stelle aufzustehen. Rasch verließ ich das Bett, um mit ihm zu sprechen und um zu erfahren, was vorgefallen sei; und nach einigen vorbereitenden Worten erzählte er mir, daß Sir Leicester Dedlock alles erfahren habe. Meine Mutter sei geflohen, unten aber stehe ein Mann, der ermächtigt sei, sie des liebevollsten Schutzes und uneingeschränkter Verzeihung zu versichern, wenn er die Flüchtige nur finden könne; und ich solle diesen Mann begleiten, in der Hoffnung, meine Bitten würden sie bewegen, wenn es ihm nicht gelänge. Soviel ungefähr begriff ich; aber Unruhe, Eile und schmerzliche Überraschung verwirrten mich dermaßen, daß ich trotz aller Anstrengung, meine Aufregung zu unterdrücken, erst nach Stunden wieder klar denken konnte. So kam es mir wenigstens vor.

Nichtsdestoweniger zog ich mich rasch warm an, ohne Charley oder sonst jemanden zu wecken, und begab mich zu Mr. Bucket hinunter, der beauftragt war, sie zu suchen. Mein Vormund erzählte mir davon, während er mich hinunterführte, und erklärte mir auch, wie er auf mich gekommen sei. Mr. Bucket las mir bei dem Schein des Lichts, das mein Vormund hielt, in der Vorhalle mit leiser Stimme einen Brief vor, den meine Mutter auf dem Tisch zurückgelassen hatte; und ich glaube, zehn Minuten, nachdem man mich geweckt hatte, saß ich neben ihm und fuhr rasch durch die Straßen.

Mit größtem Eifer und doch rücksichtsvoll setzte er mir auseinander, daß sehr viel davon abhinge, ob ich ohne Verwirrung ein paar Fragen beantworten könne, die er mir vorzulegen wünsche. Sie bezogen sich hauptsächlich darauf, ob ich viel mit meiner Mutter – von der er nur als Lady Dedlock sprach – verkehrt habe, wann und wo ich mit ihr zuletzt gesprochen habe und wie sie zu meinem Taschentuche gekommen sei. Als ich ihm über diese Punkte zufriedenstellende Auskunft gegeben hatte, forderte er mich auf zu überlegen – und ich möchte mir genügend Zeit dazu lassen –, ob ich jemanden kenne, ganz gleichgültig wo, dem sie im Falle dringendster Not wohl ihr Vertrauen schenken würde. Ich konnte mich auf niemanden besinnen als auf meinen Vormund. Aber dann nannte ich auch Mr. Boythorn. Er fiel mir ein, als ich mir die altmodisch ritterliche Weise vergegenwärtigte, mit der er den Namen meiner Mutter zu nennen pflegte; und auch das, was mein Vormund von seinem früheren Verhältnis zu ihrer Schwester und von seiner unbewußten Verbindung mit ihrer unglücklichen Geschichte berichtet hatte, ließ mich an ihn denken.

Mein Begleiter hatte den Kutscher während dieses Gesprächs anhalten lassen, damit wir uns besser verstehen könnten. Er hieß ihn jetzt weiterfahren und sagte mir, nachdem er einige Augenblicke nachgedacht hatte, daß er sich über das einzuschlagende Verfahren im klaren sei. Er wollte mir gern seinen Plan auseinandersetzen, aber ich war zu verstört, um etwas davon zu begreifen.

Wir waren noch nicht weit gefahren, als wir in einer Nebenstraße vor einem Haus hielten, das wie ein öffentliches Gebäude aussah und mit Gas beleuchtet war. Mr. Bucket nahm mich mit hinein und ließ mich in einem Lehnstuhl neben einem hellen Feuer Platz nehmen. Es war jetzt ein Uhr vorüber, wie ich an der Uhr sah, die an der Wand hing. Zwei Polizeibeamte, die in ihrer sauberen Uniform gar nicht wie Leute aussahen, die die ganze Nacht aufblieben, schrieben ruhig an einem Pult, und der Ort schien sehr still zu sein, außer daß in der Ferne unterirdische Türen zugeschlagen wurden und man es schreien hörte, worauf aber niemand achtete.

Ein dritter Mann in Uniform, den Mr. Bucket zu sich rief und dem er seine Instruktionen zuflüsterte, verließ das Zimmer; dann berieten sich die beiden anderen, während einer niederschrieb, was ihm Mr. Bucket halblaut diktierte. Sie entwarfen eine Beschreibung meiner Mutter; Mr. Bucket brachte sie mir, als sie damit fertig waren, und las sie mir leise vor. Sie traf wirklich sehr genau zu.

Der zweite Beamte, der sehr aufmerksam zugehört hatte, schrieb sie dann ab und rief einen anderen Mann in Uniform herein – es befanden sich mehrere in einem Vorzimmer –, der das Papier nahm und damit hinausging. Alles das ging sehr rasch vor sich, ohne daß ein Augenblick Zeit verloren worden wäre; aber niemand schien Eile zu haben. Sowie das Papier seine Reise angetreten hatte, setzten sich die beiden Polizeibeamten wieder zu ihrer früheren ruhigen Beschäftigung nieder und schrieben sauber und sorgfältig weiter. Mr. Bucket kam zu mir und wärmte sich gedankenvoll seine Stiefelsohlen am Feuer, erst die eine, dann die andere.

„Sind Sie warm angezogen, Miss Summerson?" fragte er mich, da sein Blick dem meinen begegnete. „Es ist eine verwünscht kalte Nacht für eine junge Dame, um im Freien zu sein."

Ich erklärte ihm, das Wetter sei mir gleichgültig, und ich sei warm angezogen.

„Es kann eine lange Reise werden", bemerkte er; „aber das wird Ihnen gleich sein, denke ich, Miss, wenn nur das Ende gut ist."

„Ich bitte den Himmel um ein gutes Ende!" sagte ich.

Er nickte mir tröstend zu. „Machen Sie sich nur keine Sorgen, was auch immer geschehen mag. Bleiben Sie kühl und ruhig und machen Sie sich auf alles gefaßt; dann wird es besser für Sie, besser für mich, besser für Lady Dedlock und besser für Sir Leicester Dedlock, Baronet, sein."

Er war wirklich sehr gütig und rücksichtsvoll; und wie er vor dem Feuer seine Stiefel wärmte und sich das Gesicht mit dem Zeigefinger rieb, faßte ich Vertrauen zu seinem Scharfsinn, das mich beruhigte. Es war noch nicht ein Viertel vor zwei, als ich draußen einen Wagen hörte. „Jetzt, Miss Summerson, geht es los, wenn's gefällig ist!" sagte er.

Er gab mir seinen Arm, und die beiden Polizeibeamten begleiteten mich höflich bis an die Tür, vor der wir ein Phaeton oder eine Barouche mit einem Postillon und mit Postpferden fanden. Mr. Bucket hob mich hinein und nahm selbst auf dem Bock Platz. Der uniformierte Mann, den er nach dem Wagen geschickt hatte, reichte ihm jetzt auf sein Verlangen eine Blendlaterne hinauf, und nachdem er dem Kutscher einige Anweisungen gegeben hatte, rollten wir davon.

Ich war mir gar nicht sicher, ob ich nicht träumte. Wir rollten mit großer Schnelligkeit durch ein Labyrinth von Straßen, so daß ich bald jede Ahnung verlor, wo wir uns befinden mochten. Ich wußte nur so viel, daß wir wiederholt den Fluß überquert hatten und jetzt durch einen tiefer gelegenen Stadtteil fuhren, der nahe am Wasser lag und in dem sich die Häuser dicht zusammendrängten. Wir rollten durch schmale Gäßchen, in denen man überall Docks und Bassins, hochaufgetürmte Speicher, Zugbrücken und Schiffsmaste erblickte. Endlich hielten wir an der Ecke einer kleinen schlüpfrigen Gasse, die der vom Fluß heraufkommende Wind nicht sauberer machte, und ich sah, wie sich mein Begleiter beim Schein seiner Laterne mit mehreren Personen unterredete, die halb wie Polizisten und halb wie Matrosen aussahen. An der feuchten, modrigen Mauer, an der sie standen, klebte ein Zettel, auf dem ich die Worte erkennen konnte: „Ertrunken aufgefunden"; und dies und ein Anschlag wegen Schleppnetzen bestärkten mich in dem grauenhaften Verdacht, den unser Besuch an diesem Ort schon angedeutet hatte.

Ich brauchte mir nicht ins Gedächtnis zu rufen, daß ich nicht aus eigenem Antrieb hier war, um die Schwierigkeiten der Suche zu vergrößern oder um ihre Aussichten zu vermindern oder gar um dazu beizutragen, daß sie sich in die Länge zog. Ich verhielt mich also ruhig; aber was ich an diesem schrecklichen Ort litt, werde ich nie vergessen. Und dennoch war alles wie ein grauenhafter Traum. Ein finsterer, schlammbedeckter Mann in langen Stiefeln, die sich wie ein Schwamm vollgesogen hatten, und in einem Hute, der den Stiefeln sehr ähnlich war, wurde aus einem Boot herbeigerufen und ging mit Mr. Bucket zu Rate, der mit ihm einige feuchte Stufen hinabstieg, wie um irgendein Geheimnis anzusehen, das er zu zeigen habe. Sie kamen zurück und wischten sich die Hände an ihren Röcken ab, nachdem sie etwas

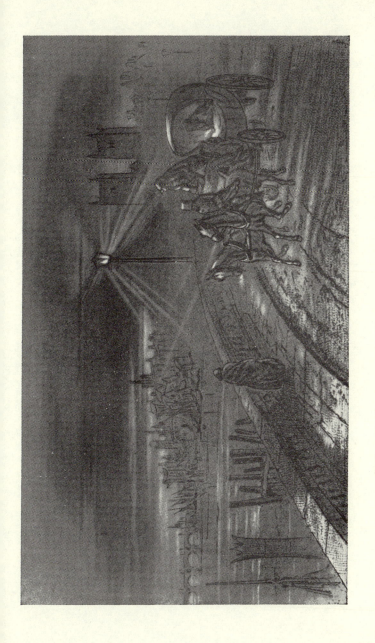

Nasses angefaßt hatten; aber Gott sei Dank! es war nicht das, was ich fürchtete!

Nach einer weiteren Beratung ging Mr. Bucket – den alle zu kennen und als eine Art Vorgesetzten zu betrachten schienen – mit den andern in ein Haus und ließ mich im Wagen zurück, während der Kutscher bei den Pferden auf und ab ging, um sich zu erwärmen. Die Flut kam stromaufwärts, wie mich das Rauschen erraten ließ, und ich konnte am Ende des Gäßchens die Wellen sich brechen hören, als ob sie mir entgegenstürzen wollten. Sie drangen niemals bis zu mir, obwohl ich es hundertmal erwartete in einer Zeitspanne, die höchstens eine Viertelstunde gedauert haben kann und wahrscheinlich viel kürzer war; aber mich durchschauerte der Gedanke, sie könnten die Leiche meiner Mutter den Pferden vor die Füße werfen.

Mr. Bucket kam wieder heraus, ermahnte die anderen zur Wachsamkeit, machte seine Laterne dunkel und nahm abermals seinen Platz ein. „Beunruhigen Sie sich nicht, Miss Summerson, daß wir hierhergefahren sind", sagte er zu mir gewandt. „Ich möchte nur, daß die Sache ihren Gang geht, und will mich überzeugen, daß alles in die Wege geleitet ist, indem ich selbst danach schaue. Fahrt zu, Kutscher!"

Wir schienen denselben Weg zurückzufahren, den wir gekommen waren. Nicht etwa, daß ich mir bei meiner Aufregung einzelne Gegenstände gemerkt hätte, sondern mehr nach dem allgemeinen Charakter der Straßen zu schließen. Wir sprachen eine Minute lang an einer anderen Polizeistation vor und überquerten abermals den Fluß. Während dieser ganzen Zeit, und solange die Suche fortdauerte, ließ mein Begleiter, der dicht vermummt auf dem Bock saß, keinen Augenblick in seiner Wachsamkeit nach; aber als wir über die Brücke fuhren, schien er womöglich noch mehr achtzugeben als vorher. Er stand auf, um über die Brustwehr zu schauen; er stieg ab und ging zurück, einer dunklen weiblichen Gestalt nach, die an uns vorübereilte; und er starrte in den tiefen schwarzen Abgrund mit einem Gesicht, das mein Herz in mir ersterben machte. Der Strom sah grauenhaft aus, wie er sich, geheimnisvoll von Nebeln überwallt, rasch und still zwischen den flachen Ufern dahinwälzte, so schwer von undeutlichen und grauenhaften Gestalten, von Dingen und Schatten; so totenähnlich und geheimnisvoll. Ich habe ihn seitdem oft gesehen, bei Sonnen- und bei Mondschein, aber niemals habe ich mich von dem Eindruck dieser Reise wieder freimachen können. In meiner Erinnerung brennen die

Laternen auf der Brücke immer trübe; der schneidend kalte
Wind umwirbelt das obdachlose Weib, an dem wir vorüber-
fahren; die Räder rasseln eintönig weiter; und im Schimmer
der Wagenlampen sieht mich ein bleiches Gesicht an, das sich
aus dem dunklen Wasser erhebt.

Nachdem wir lange durch die leeren Straßen gerasselt waren,
gelangten wir endlich vom Pflaster auf die glatte, dunkle Landstraße und ließen allmählich die Häuser hinter uns. Nach einer
Weile erkannte ich den mir vertrauten Weg nach St. Albans.
In Barnet standen frische Pferde für uns bereit; wir wechselten
das Gespann und fuhren weiter. Es war sehr kalt, und die
Gegend lag weit und breit unter einer weißen Schneedecke, aber
es schneite nicht mehr.

„Der Weg ist ein alter Bekannter von Ihnen, Miss Summerson", sagte Mr. Bucket aufmunternd.

„Ja", gab ich zurück. „Haben Sie schon etwas erfahren?"

„Noch nichts Zuverlässiges", erwiderte er; „aber es ist
noch Zeit."

Er war in jedes noch oder schon geöffnete Wirtshaus gegangen,
wo sich Licht zeigte – und es gab damals nicht wenige dort;
denn die Straße wurde gern von Viehtreibern benutzt. Er war
abgestiegen, um mit den Schlagbaumwärtern zu sprechen. Ich
hatte gehört, wie er zu trinken bestellte und mit dem Geld
klimperte und sich überall angenehm machte und überall lustig
war; und sooft er seinen Platz auf dem Bock wieder einnahm,
bekam sein Gesicht erneut den Ausdruck unablässiger Wachsamkeit, und stets sagte er zu dem Postillon im selben Ge-
schäftston: „Fahrt zu, Kutscher!"

Durch diesen häufigen Aufenthalt war es zwischen fünf und
sechs Uhr geworden, und St. Albans lag immer noch einige
Meilen vor uns, als er aus einem der Wirtshäuser am Wege
herauskam und mir eine Tasse Tee anbot.

„Trinken Sie, Miss Summerson, es wird Ihnen guttun. Sie
kommen allmählich wieder zu sich, nicht wahr?"

Ich dankte ihm und sagte, ich hoffte es.

„Im Anfang waren Sie, wenn man es so nennen kann, wie
betäubt", fuhr er fort; „mein Gott, es war kein Wunder.
Sprechen Sie nicht laut, meine Liebe. Alles ist in bester Ordnung. Wir haben sie vor uns."

Ich weiß nicht, welcher freudige Ausdruck mir entschlüpfte
oder entschlüpfen wollte; aber er hob den Finger in die Höhe,
und ich hielt an mich.

„Sie ist heute abend gegen acht oder neun Uhr zu Fuß hier durchgekommen. Ich hörte zuerst von ihr drüben in Highgate, konnte mir aber noch keine volle Gewißheit verschaffen. Ich habe ihre Spur bis jetzt mit einigen Unterbrechungen verfolgt. Ich habe sie an dem einen Ort gefunden und an einem anderen wieder verloren; aber jetzt haben wir sie sicher vor uns. Hier, nehmt die Tasse, Hausknecht. Und wenn Ihr nicht als Buttermann aufgewachsen seid, dann paßt auf und seht, ob Ihr diese halbe Krone mit der andern Hand fangen könnt. Eins, zwei, drei – da! Nun, Kutscher, versucht's mit einem Galopp!"

Es dauerte nicht lange, so erreichten wir St. Albans und stiegen kurz vor Tagesanbruch aus, gerade als ich anfing, mir Rechenschaft über die Erlebnisse der Nacht abzulegen, und als ich zu glauben begann, es sei kein Traum. Mein Gefährte ließ den Wagen im Posthaus stehen, befahl, frische Pferde bereitzuhalten, gab mir den Arm, und wir gingen zu unserer Wohnung.

„Da dies Ihr gewöhnlicher Wohnsitz ist, Miss Summerson, sehen Sie", bemerkte er, „möchte ich gern wissen, ob eine Unbekannte, auf die die Beschreibung paßt, nach Ihnen oder nach Mr. Jarndyce gefragt hat. Ich erwarte es nicht recht, aber es könnte doch sein."

Als wir die Anhöhe hinaufstiegen, blickte er mit scharfem Auge um sich – der Tag brach eben an – und erinnerte mich daran, wie ich eines Abends mit meiner kleinen Zofe und dem armen Jo, den er Toughy nannte, hier herabgekommen sei, woran mich zu entsinnen ich allen Grund hatte.

Ich drückte meine Verwunderung darüber aus, daß er das wußte.

„Sie begegneten einem Mann auf der Straße dort oben, wissen Sie", sagte Mr. Bucket.

Ja, auch daran erinnerte ich mich nur zu gut.

„Das war ich", setzte Mr. Bucket hinzu.

Da er mein Erstaunen bemerkte, fuhr er fort: „Ich kam an diesem Nachmittag in einem Gig hierher, um nach dem Knaben zu sehen. Sie hätten die Räder meines Wagens hören können, als Sie aus dem Haus traten, um ihn zu suchen; denn ich hatte gesehen, wie Sie und Ihre kleine Zofe hinaufgingen, als ich das Pferd hinunterbrachte. Durch ein paar Erkundigungen in der Stadt erfuhr ich bald, in welcher Gesellschaft er sich befand, und wollte ihn in den Zieglerhütten aufsuchen; da sah ich Sie mit ihm heraufkommen."

„Hat er ein Verbrechen begangen?" fragte ich.

„Man hat ihm kein Verbrechen vorgeworfen", sagte Mr. Bucket und lüftete gleichzeitig den Hut; „aber ich glaube, es war nicht ganz richtig mit ihm. Nein, ich brauchte ihn, um eben diese Sache mit Lady Dedlock nicht ruchbar werden zu lassen. Er hatte über kleine zufällige Dienste, für die ihn der selige Tulkinghorn bezahlt hatte, mehr gesprochen, als nötig war; und es war durchaus nicht angängig, daß er solche Streiche machte. Nachdem ich ihm daher angedeutet hatte, er müsse London verlassen, benutzte ich einen Nachmittag, um ihm zu bedeuten, auch hübsch von London wegzubleiben, nachdem er einmal fort war, und noch weiter wegzugehen, so daß ich ihn nicht noch einmal in der Stadt fände."

„Der Arme!" sagte ich.

„Arm genug", entgegnete Mr. Bucket, „und lästig genug und gut genug, wenn er nur einmal aus London weg und sonstwo war. Ich fiel geradezu auf den Rücken, als ich hörte, Sie hätten ihn in Ihr Haus aufgenommen, das darf ich Ihnen versichern."

Ich fragte ihn warum.

„Warum, meine Liebe?" antwortete Mr. Bucket. „Natürlich kam da seine Zunge doch erst recht in Bewegung; sie hätte gewiß nicht stillgestanden."

Obgleich ich mich jetzt dieses Gesprächs entsinne, war es mir damals doch ganz wirr im Kopfe, und meine Aufmerksamkeit konnte kaum mehr tun, als mich begreifen lassen, daß er von diesen Dingen nur sprach, um mich zu zerstreuen. Offenbar in derselben freundlichen Absicht sprach er mit mir von gleichgültigen Dingen, während sein Gesicht zu erkennen gab, daß er sich nur mit dem einen Gegenstand, der das Ziel unserer Reise bildete, beschäftigte. Er sprach immer noch von dieser Sache, als wir durch das Gartentor gingen.

„Ah!" sagte Mr. Bucket, „da wären wir also. Es ist ein recht hübsches, stilles Fleckchen. Erinnert an das Landhaus aus dem *Klopfenden Specht*, das man durch den Rauch entdeckte, der so schön in die Höhe wirbelte. Das Küchenfeuer brennt zeitig, und das zeugt von guter Dienerschaft. Aber worauf Sie bei Dienstboten immer achten müssen, ist, wer sie besucht. Sie wissen nie, was Sie von ihnen erwarten können, wenn Sie darüber nicht orientiert sind. Wenn Sie einen jungen Menschen hinter der Küchentür finden, so lassen Sie ihn unter dem Verdacht, sich zu einem unerlaubten Zweck eingeschlichen zu haben, verhaften."

Wir standen jetzt vor dem Hause; er suchte aufmerksam auf

dem Sand nach Fußtapfen, ehe er nach den Fenstern hinaufblickte.

„Geben Sie dem ältlichen jungen Herrn stets dasselbe Zimmer, wenn er hier zu Besuch ist, Miss Summerson?" fragte er, indem er einen Blick nach dem Fenster von Mr. Skimpoles gewöhnlichem Zimmer warf.

„Sie kennen Mr. Skimpole?" fragte ich.

„Wie nannten Sie ihn?" entgegnete Mr. Bucket und beugte sich mit dem Ohr zu mir herab. „Skimpole sagten Sie? Ich habe mir oft den Kopf zerbrochen, wie er wohl heißen möchte. Skimpole. Nicht John, sollte ich meinen, und auch nicht Jakob?"

„Harold", antwortete ich.

„Harold. Ja. Ein kurioser Bursche, dieser Harold", sagte Mr. Bucket und sah mich mit einem sehr ausdrucksvollen Gesicht an.

„Er ist wirklich ein eigentümlicher Mensch", bemerkte ich.

„Hat keinen Begriff von Geld", erwiderte Mr. Bucket, „und nimmt's doch!"

Ich gab ihm unwillkürlich zur Antwort, ich sähe, daß Mr. Bucket ihn kenne.

„Nun, ich will es Ihnen erzählen, Miss Summerson", antwortete er. „Es wird Ihnen viel besser gehen, wenn Sie nicht beständig an die eine Sache denken, und der Abwechslung halber will ich es Ihnen erzählen. Er hatte mir gesagt, wo sich Toughy aufhielt. Ich hatte mich entschlossen, diesen Abend an die Tür zu kommen und nach Toughy zu fragen, wenn es nicht anders zu machen war; aber es fiel mir ein, vorher noch einen Versuch zu unternehmen und eine Handvoll Sand an das Fenster zu werfen, wo ich einen Schatten sah. Harold öffnete, und ich hatte kaum einen Blick auf ihn geworfen, so dachte ich, das ist mein Mann. Ich lockte ihn also ein wenig auf den Leim, indem ich sagte, ich wollte nicht erst die Familie stören, die schon zu Bett gegangen sei, und es sei doch sehr zu beklagen, daß junge mitleidige Damen Vagabunden beherbergten; und als ich seine Art richtig begriffen hatte, fügte ich hinzu, ich wollte gern eine Fünfpfundnote opfern, wenn ich Toughy, ohne Lärm und Unannehmlichkeiten zu machen, hier fortbringen könnte. Darauf sagte er, indem er seine Augenbrauen auf die lustigste Weise in die Höhe zog: ,Es ist ganz unnütz, mir etwas von einer Fünfpfundnote zu erzählen, mein Freund, weil ich in solchen Dingen ein wahres Kind bin und keinen Begriff von Geld habe.' Natürlich merke ich gleich, was es zu bedeuten hatte, daß er die Sache so leicht nahm; und da ich nunmehr ganz sicher war, daß er mein Mann sei, wickelte ich die Banknote um ein Steinchen und warf sie ihm hinauf. Gut! Er lacht, macht ein freundliches Gesicht, sieht so unschuldig aus, wie Sie es nur verlangen können, und sagt: ‚Aber ich kenne den Wert dieses Scheines nicht. Was soll ich damit anfangen?‘

‚Geben Sie ihn wieder aus, Sir‘, antwortete ich.

‚Aber man wird mich betrügen‘, sagte er; ‚man gibt mir nicht genug heraus, und es nützt mir nichts.‘ Gott, Sie haben noch kein so unschuldiges Gesicht gesehen, wie er es bei diesen Worten machte! Natürlich sagte er mir, wo Toughy zu finden sei, und ich fand ihn."

Ich mußte das als einen sehr großen Verrat Mr. Skimpoles an meinem Vormund betrachten und meinte, daß es die gewöhnlichen Grenzen seiner kindergleichen Unschuld überschritte.

„Grenzen, meine Liebe?" entgegnete Mr. Bucket; „ich will Ihnen bei dieser Gelegenheit einen Rat erteilen, den Ihr Mann nützlich finden wird, wenn Sie einmal glücklich verheiratet sind und eine Familie haben. Wenn jemand zu Ihnen sagt, er sei unschuldig wie ein Kind in allem, was Geld betreffe, so nehmen Sie Ihr Geld in acht; denn Sie können sich darauf verlassen, daß er es sich holt, wenn er es bekommen kann. Wenn jemand schreit: ‚In praktischen Dingen bin ich ein Kind‘, so nehmen Sie ruhig an, daß sich dieser Jemand nur davor bewahren will, zur Rechenschaft gezogen zu werden, und daß das liebe Ich bei dieser Person an erster Stelle kommt. Nun bin ich selber kein musischer Mensch, außer im Singen, wenn es um den Tisch herumgeht, sondern ich bin eine praktische Natur, und das hat mich meine Erfahrung gelehrt. So ist die Regel: unzuverlässig in einer Sache – unzuverlässig in allem. Ich habe noch keine einzige Ausnahme gesehen. Und Sie werden auch keine erleben. Und mit dieser Warnung, nie unvorsichtig zu sein, meine Liebe, nehme ich mir die Freiheit, die Klingel zu ziehen und mich wieder unserem Geschäft zuzuwenden."

Ich glaube, er hatte keinen Augenblick aufgehört, an seine Aufgabe zu denken, ebensowenig wie ich, und auch sein Gesicht hatte erraten lassen, daß er sich ständig damit beschäftigte. Das ganze Haus war erstaunt, mich ohne vorherige Ankündigung so früh am Morgen und in solcher Begleitung zu sehen; und das Erstaunen aller wurde durch die Fragen, die ich stellte, nicht geringer. Es war jedoch niemand dagewesen. An der Wahrheit dieser Angabe konnte ich nicht zweifeln.

„Dann, Miss Summerson", erklärte mein Begleiter, „können wir nicht rasch genug die Hütte der Ziegeleiarbeiter, die Sie kennen, aufsuchen. Die meisten Erkundigungen dort überlasse ich Ihnen, wenn Sie so gut sein wollen, die entsprechenden Fragen zu stellen. Der natürlichste Weg ist der beste Weg, und am natürlichsten ist Ihr Weg."

Wir gingen auf der Stelle los. Als wir die Hütte erreichten, war die Tür zu, und sie war allem Anschein nach verschlossen; aber einer der Nachbarn, der mich kannte und der aus seiner Tür trat, als ich versuchte, mich jemandem vernehmlich zu machen, sagte mir, die beiden Frauen und ihre Männer wohnten in einem anderen Haus. Es sei aus losen Ziegeln zusammengefügt und liege am Ende jenes Feldes, wo die Ziegelöfen ständen und wo lange Reihen von Ziegelsteinen trockneten. Wir verloren keine Zeit und begaben uns sofort dorthin. Der Platz war nur ein paar hundert Schritte entfernt, und da die Tür des Hauses angelehnt war, stieß ich sie auf.

Es saßen nur drei Leute beim Frühstück, und das Kind schlief auf einem Bett in der Ecke. Jenny, die Mutter des toten Kindes, war nicht da. Die andere Frau stand auf, als sie mich erblickte, und beide Männer, obgleich sie wie gewöhnlich finster und stumm dasaßen, nickten mir mürrisch zu. Sie warfen sich einen Blick zu, als Mr. Bucket hinter mir eintrat, und es überraschte mich festzustellen, daß die Frau ihn offenbar kannte.

Ich hatte natürlich um Erlaubnis gebeten einzutreten. Liz – der einzige Name, unter dem ich sie kannte – stand auf, um mir ihren Stuhl anzubieten, aber ich setzte mich neben das Feuer, und Mr. Bucket nahm auf einer Ecke der Bettstelle Platz. Jetzt, da ich sprechen sollte und mich unter halbfremden Menschen befand, wurde mir bewußt, wie verwirrt und benommen ich war. Es wurde mir sehr schwer anzufangen, und ich konnte mich nicht enthalten, in Tränen auszubrechen.

„Liz", sagte ich, „ich habe eine weite Reise in der Nacht und durch den Schnee gemacht, um mich nach einer Dame zu erkundigen..."

„Die hier war, wißt ihr", fiel Mr. Bucket ein, indem er sich mit ruhigem, freundlichem Gesicht an sämtliche Anwesenden wandte; „diese Dame hier meint die junge Dame, die, die gestern abend hier war, versteht ihr."

„Und wer hat Euch gesagt, daß jemand hiergewesen ist?" fragte Jennys Mann, der mürrisch im Essen innegehalten hatte, um zuzuhören, und uns jetzt mit den Augen maß.

„Ein Mann namens Michael Jackson. Er trägt eine blaue Manchesterweste mit einer doppelten Reihe Perlmutterknöpfen", entgegnete Mr. Bucket schlagfertig.

„Er kümmerte sich besser um seine eigenen Angelegenheiten, wer er auch sein mag", brummte Jennys Mann unfreundlich.

„Er ist ohne Arbeit, glaube ich", entschuldigte Mr. Bucket seinen Freund Michael Jackson, „und gewöhnt sich das Schwatzen an."

Die Frau hatte sich noch nicht wieder auf ihren Stuhl gesetzt, sondern tastete unsicher auf der zerbrochenen Lehne herum und starrte mich an. Ich glaube, sie hätte mit mir allein gesprochen, wenn sie es gewagt hätte. Sie stand immer noch in zögernder Ungewißheit da, als ihr Mann, der, ein Stück Brot und Speck in der einen und sein Klappmesser in der anderen Hand, ungerührt weiteraß, mit dem Griff des Messers heftig auf den Tisch schlug und ihr mit einem Fluche befahl, sie solle sich jedenfalls um ihre eigenen Sachen kümmern und sich setzen.

„Ich hätte Jenny sehr gern gesehen", sagte ich; „denn ich bin überzeugt, sie hätte mir alles gesagt, was sie von der Dame weiß, die zu finden mir sehr am Herzen liegt – Sie können sich gar nicht denken wie sehr. Wird Jenny bald hier sein? Wo ist sie?"

Die Frau zeigte großes Verlangen, mir zu antworten, aber der Mann stieß unter einem neuerlichen Fluch mit seinem schweren Stiefel nach ihrem Fuß. Er überließ es Jennys Mann zu sagen, was er wollte, und nach einem verstockten Schweigen wandte dieser seinen struppigen Kopf mir zu.

„Ich sehe es nicht besonders gern, wenn vornehme Leute zu mir ins Haus kommen – ich habe es Ihnen schon einmal gesagt, glaube ich, Miss. Ich lasse sie in ihren Wohnungen ungeschoren, und es ist sonderbar, daß sie mich nicht ungeschoren lassen wollen. Einen schönen Lärm würden sie machen, wenn ich sie besuchen wollte, glaube ich. Über Sie freilich habe ich mich nicht so zu beklagen wie über manch andere; und ich will Ihnen eine höfliche Antwort geben, obgleich ich Ihnen im voraus sage, ich lasse mich nicht ausfragen wie ein neugeborenes Kind. Ob Jenny bald hier ist? Nein. Wo sie ist? Sie ist nach London gegangen."

„Gestern abend?" fragte ich.

„Gestern abend? Ja, gestern abend", erwiderte er, indem er mürrisch den Kopf zurückwarf.

„Aber war sie da, als die Dame kam? Und was sagte die Dame zu ihr? Und wo ist die Dame hingegangen? Ich bitte und flehe Euch an, seid so gut, es mir zu sagen; denn es liegt mir sehr am Herzen, es zu erfahren!" sagte ich.

„Wenn mein Mann mich sprechen lassen wollte und kein böses Wort..." fing die Frau schüchtern an.

„Dein Mann wird dir den Hals umdrehen, wenn du dich in Sachen mischst, die dich nichts angehen", rief ihr Mann, indem er langsam und nachdrücklich einen Fluch zwischen den Zähnen murmelte.

Nach einer abermaligen Pause antwortete mir Jennys Mann mit seinem gewöhnlichen widerwilligen Brummen.

„War Jenny da, als die Dame kam? Ja, sie war da, als die Dame kam. Was sagte die Dame zu ihr? Nun, ich will es Ihnen sagen, was die Dame zu ihr sagte. Sie sagte: Ihr erinnert Euch, daß ich einmal hier war, um mich nach der jungen Dame zu erkundigen, die Euch früher besucht hat? Ihr erinnert Euch, daß ich Euch Geld für das Taschentuch gab, das sie dagelassen hatte? Ja, sie erinnerte sich daran. Und wir anderen ebenfalls. Dann fragte sie, ob die junge Dame jetzt oben im Hause sei. Nein, sie war nicht im Haus. Nun hört weiter! Die Dame reiste ganz allein, so seltsam uns das auch vorkommen mochte, und fragte, ob sie wohl eine Stunde dort auf dem Platz, wo Sie sitzen, ausruhen könne. Ja, das könne sie, und sie ruhte sich aus. Dann ging sie wieder – es kann zwanzig Minuten nach elf oder zwanzig Minuten nach zwölf Uhr gewesen sein; wir haben hier keine Taschenuhren, um nach der Zeit zu sehen, und auch keine Standuhren. Wohin sie gegangen ist? Ich weiß nicht, wohin sie gegangen ist. Sie ging den einen Weg, und Jenny ging einen anderen. Die eine ging geradeswegs nach London, und die andere ging genau in entgegengesetzter Richtung. Das ist alles. Fragen Sie den da. Er hat alles gehört und gesehen. Er weiß es."

Der andere wiederholte: „Das ist alles."

„Weinte die Dame?" fragte ich.

„Zum Teufel auch", entgegnete der erste. „Ihre Schuhe waren in einem schlimmen Zustand und ihre Kleider auch – aber sie hielt sich tapfer, soviel ich sehen konnte."

Die Frau saß mit übereinandergeschlagenen Armen da, die Augen zu Boden gesenkt. Ihr Mann hatte seinen Stuhl ein wenig umgedreht, so daß er sie ansehen konnte, und seine hammerähnliche Faust lag auf dem Tisch, als wäre er bereit, seine Drohung auszuführen, wenn sie ihm nicht gehorchte.

„Ich hoffe, Sie werden nichts dagegen haben, wenn ich Ihre Frau frage, wie die Dame aussah", sagte ich.

„Na, sprich!" rief er ihr mürrisch zu. „Du hörst, was sie fragt. Mach's kurz und sag es ihr!"

„Schlecht", sagte die Frau. „Bleich und erschöpft. Sehr schlecht."

„Sprach sie viel?"

„Nicht viel, aber ihre Stimme war heiser."

Während sie antwortete, sah sie unverwandt ihren Mann an, als bäte sie ihn um Erlaubnis.

„War sie sehr angegriffen?" sagte ich. „Hat sie hier gegessen oder getrunken?"

„Sprich!" sagte der Mann, indem er ihren Blick beantwortete. „Sag's ihr und mach es kurz!"

„Sie trank etwas Wasser, Miss, und Jenny holte ihr Brot und Tee. Aber sie hat es kaum angerührt."

„Und als sie von hier fortging ..." wollte ich weiterfragen, als Jennys Mann mich ungeduldig unterbrach: „Als sie von hier fortging, ging sie die Landstraße geradeaus. Erkundigen Sie sich unterwegs, wenn Sie mir nicht glauben, und Sie werden sehen, daß es wahr ist. Jetzt ist's genug. Das ist alles, was wir wissen."

Ich sah meinen Begleiter an, und da ich merkte, daß er schon aufgestanden war und bereit zu gehen, dankte ich ihnen für die Auskunft, die sie mir gegeben hatten, und nahm Abschied. Die Frau musterte Mr. Bucket scharf, als er hinausging, und er musterte sie ebenso genau.

„Ich will Ihnen etwas sagen, Miss Summerson", meinte er zu mir, während wir uns rasch entfernten, „die Leute dort haben die Uhr der gnädigen Frau. Das steht fest."

„Haben Sie sie gesehen?" rief ich aus.

„Ich weiß es so genau, als hätte ich sie gesehen", gab er zurück. „Was redet er denn sonst von seinen ‚zwanzig Minuten nach' und davon, daß er keine Uhr habe, um nach der Zeit zu sehen? Zwanzig Minuten! Er teilt gewöhnlich seine Zeit nicht so genau ein. Wenn er von halben Stunden spricht, ist das schon viel. Nun sehen Sie: entweder hat ihm die gnädige Frau die Uhr gegeben, oder er hat sie genommen. Ich glaube, sie hat sie ihm gegeben. Wofür mag sie ihm die Uhr gegeben haben? Wofür mag sie ihm die nur gegeben haben?"

Er murmelte diese Frage mehrere Male halblaut vor sich hin, als wir die Straße entlangeilten, und schien zwischen verschiedenen Antworten zu schwanken, die sich ihm darboten.

„Wenn wir etwas Zeit hätten", fuhr Mr. Bucket dann fort – „und das ist gerade das einzige, was wir jetzt nicht haben –, dann könnte ich es aus dieser Frau herauskriegen; aber unter den gegenwärtigen Verhältnissen hieße es zuviel auf eine ungewisse Möglichkeit setzen. Sie sind ganz danach geschaffen, die Frau nicht aus den Augen zu lassen; und jeder Narr weiß, daß ein armes Geschöpf wie sie, gestoßen und geschlagen und vom Kopf bis zu den Füßen mit Narben und Beulen übersät, durch dick und dünn zu ihrem Mann hält, der sie mißhandelt. Sie verheimlichen etwas. Es ist schade, daß wir die andere Frau nicht haben sprechen können."

Auch ich bedauerte es lebhaft; denn sie war sehr dankbar, und ich fühlte mich überzeugt, daß sie meinen Bitten nicht widerstanden hätte.

„Es ist möglich, Miss Summerson", sagte Mr. Bucket, in seinen Gedanken noch immer mit der Uhr beschäftigt, „daß die gnädige Frau Jenny nach London geschickt hat, um Ihnen eine Botschaft zu übermitteln; und es ist möglich, daß ihr Mann die Uhr bekommen hat, damit er ihr zu gehen erlaube. Das ist nicht so klar, wie ich es gern haben möchte, aber durchaus möglich. Nur verschwende ich das Geld Sir Leicester Dedlocks, Baronet, nicht gern an solche Rüpel, und ich sehe vorderhand noch nicht ein, was es nützen sollte. Nein! so weit, Miss Summerson, führt unser Weg vorwärts, immer geradeaus – und unverbrüchliches Schweigen über die Sache!"

Wir sprachen noch einmal zu Hause vor, damit ich in aller Eile einen Brief an meinen Vormund schicken konnte, und liefen dann zum Posthaus zurück, wo der Wagen wartete. Man brachte die Pferde, sobald man uns kommen sah, und in wenigen Minuten waren wir wieder unterwegs.

Es hatte mit Tagesanbruch zu schneien begonnen und schneite jetzt sehr stark. Der Tag war so trüb und der Schneefall so dicht, daß wir nach allen Seiten nur eine sehr kleine Strecke weit sehen konnten. Obgleich es sehr kalt war, war der Schnee nur zum Teil gefroren, und unter den Pferdehufen verwandelte er sich zu Schlamm und Wasser, was klang, als ob die Straße ein Strand von kleinen Muscheln wäre. Manchmal mußten sich die Pferde eine Meile weit durch den Morast kämpfen, wobei sie bald ausglitten und bald stürzten, und wir waren gezwungen haltzumachen. Ein Pferd stürzte auf dieser ersten Strecke dreimal und war so erschöpft, daß der Kutscher zuletzt vom Sattel steigen und es führen mußte.

Ich konnte nichts essen und nicht schlafen; und diese Verzögerung und die Langsamkeit, mit der wir reisten, machten mich so unruhig, daß ich den unverständigen Wunsch fühlte, auszusteigen und zu Fuß zu gehen. Ich gab jedoch der besseren Einsicht meines Begleiters nach und blieb, wo ich war. Munter gehalten von einem gewissen Genuß an der Arbeit, die er übernommen hatte, stieg er die ganze Zeit über bei jedem Haus, an dem wir vorüberkamen, im Nu vom Bock, redete Leute, die er nie vorher gesehen hatte, wie alte Bekannte an, lief hinein zu jedem Feuer, um sich zu wärmen, sprach, trank und schüttelte in jeder Schankstube den Leuten die Hände und zeigte sich als Freund jedes Fuhrmanns, Wagners, Schmieds und Zolleinnehmers; und doch schien er niemals Zeit zu verlieren und stieg stets wieder mit seinem wachsamen Gesicht und seinem geschäftsmäßigen: „Fahrt zu, Kutscher!" auf den Bock.

Als wir das nächstemal die Pferde wechselten, kam er von den Ställen her. Der nasse Schnee lag auf seinen Kleidern und tropfte an ihm herunter, und er watete knietief durch ihn hindurch, wie er es oft getan, seitdem wir St. Albans verlassen hatten, und er sprach durch das Kutschenfenster mit mir.

„Nur nicht den Mut verlieren! Sie ist ganz gewiß hier durchgekommen, Miss Summerson; an ihrer Bekleidung läßt sich jetzt nicht mehr zweifeln, und ihre Kleider sind hier gesehen worden."

„Immer noch zu Fuß?" fragte ich.

„Immer noch zu Fuß. Ich glaube, der Herr, den Sie nannten, muß das Ziel ihrer Reise sein; und dennoch gefällt es mir auch wieder nicht, daß er in so unmittelbarer Nähe von Sir Leicesters Besitzung wohnt."

„Ich weiß so wenig", sagte ich. „Vielleicht wohnt jemand hier mehr in der Nähe, von dem ich nie etwas gehört habe."

„Das ist richtig. Aber tun Sie mir einen Gefallen, meine Liebe: fangen Sie nicht an zu weinen und ängstigen Sie sich nicht mehr, als notwendig ist! Fahrt zu, Kutscher!"

Es schneite den ganzen Tag über unaufhörlich, und früh am Nachmittag kam ein starker Nebel auf, der sich keinen Augenblick hob oder lichtete. Solche Straßen hatte ich noch nie gesehen. Manchmal glaubte ich, wir wären vom Wege ab auf das geackerte Feld oder in Sümpfe geraten. Wenn ich einmal an die Zeit dachte, die seit unserer Abreise verstrichen war, so kam sie mir wie ein unbegrenzter Zeitraum von langer Dauer vor, und ich hatte in ganz seltsamer Weise das Gefühl, als wäre ich mein Leben lang nie von der Sorge und Angst frei gewesen, die mich damals bedrückten.

Als wir unsere Reise weiter fortsetzten, fingen böse Ahnungen mich zu quälen an, daß mein Begleiter das Vertrauen verlöre. Er benahm sich genauso wie früher zu allen Leuten, die er unterwegs traf, aber er sah ernster aus, wenn er wieder allein auf dem Bock saß. Ich bemerkte, wie er während einer ganzen mühseligen Strecke den Finger unruhig hin und her über seinen Mund führte, und hörte, wie er die Fuhrleute der Landkutschen und anderer Wagen, die uns entgegenkamen, zu fragen anfing, was für Passagiere sie in den Kutschen und Fuhrwerken gesehen hätten, denen sie begegnet wären. Ihre Antworten schienen ihn nicht sehr zu ermutigen. Er gab mir zwar stets einen beruhigenden Wink mit dem Finger und den Augen, wenn er wieder auf den Bock stieg; aber er schien jetzt verwirrter zu sein, wenn er sagte: „Fahrt zu, Kutscher!"

Als wir wieder die Pferde wechselten, sagte er mir endlich, daß er die Spur der Kleidung seit so langer Zeit verloren habe, daß es ihn zu verwundern anfange. Es habe nichts zu bedeuten, meinte er, eine solche Spur eine Zeitlang zu verlieren und sie nach einiger Zeit wiederzufinden, und so fort; aber diesmal sei sie auf eine unerklärliche Weise verschwunden, und wir hätten sie seitdem nicht wiedergefunden. Das bestätigte die Befürchtungen, die mich befallen hatten, als er begann, Wegweiser zu studieren und an Kreuzungen den Wagen wohl eine Viertelstunde lang warten zu lassen, während er die Wege auskundschaftete. Aber ich solle den Mut nicht verlieren, sagte er mir; denn es sei ebenso wahrscheinlich wie nicht, daß auf der nächsten Station alles wieder in Ordnung komme.

Wir legten die nächste Strecke jedoch zurück wie die vorige und hatten keine neue Spur gefunden. Wir fanden hier ein einsam gelegenes, aber behäbig eingerichtetes, solides Wirtshaus; und als wir, bevor ich es noch merkte, durch einen großen Torweg in den Hof einfuhren, kamen eine Wirtin und ihre hübschen Töchter an den Wagenschlag und baten mich, auszusteigen und mich auszuruhen, während frische Pferde eingespannt würden. Ich konnte es nicht übers Herz bringen, ihnen ihre Bitte abzuschlagen. Sie führten mich die Treppe hinauf in ein geheiztes Zimmer und ließen mich dort allein.

Es war ein Eckzimmer, wie ich mich recht wohl entsinne, und man hatte nach zwei Seiten einen Ausblick. Auf der einen Seite sah man auf den Hof mit den Stallungen. Er hatte einen Ausgang auf einen Feldweg, und hier spannten die Stallknechte die kotbespritzten und müden Pferde von dem dreckigen Wagen.

Jenseits des Hofes erblickte man den Feldweg selbst, über dem das Wirtshauszeichen schwer im Winde schwankte. Durch das andere Fenster sah man auf ein dunkles Fichtengehölz. Die Äste der Fichten waren mit Schnee beladen, und er fiel in feuchten Haufen geräuschlos herunter, während ich am Fenster stand.

Der Abend brach herein, und die Unfreundlichkeit draußen wurde noch fühlbarer durch den Gegensatz zu dem traulichen Feuer, das sich auf der Fensterscheibe spiegelte und glühte. Als ich zwischen den Stämmen der Fichten hindurchblickte und die mißfarbigen Spuren im Schnee verfolgte, wo er zu tauen anfing und das durchsickernde Wasser ihn unterwühlte, da dachte ich an das mütterliche Gesicht mit dem schönen Kranz von Töchtern, das mich eben willkommen geheißen hatte, und ich dachte an meine Mutter, die sich vielleicht in einem solchen Gehölz zum Sterben niederlegte.

Ich erschrak, als ich sie alle um mich stehen fand; aber ich besann mich, daß ich mich, ehe ich in Ohnmacht gesunken war, sehr hart dagegen gesträubt hatte; und das war ein kleiner Trost. Sie betteten mich auf ein großes Sofa vor dem Feuer, und hier sagte mir die hübsche Wirtin, daß ich heute nacht nicht weiterreisen dürfe, sondern zu Bett gehen müsse. Aber das versetzte mich in solche Aufregung, man könnte mich hier vielleicht aufhalten, daß sie ihre Worte bald wieder zurücknahm und sich nur eine Rast von einer halben Stunde ausbedang.

Sie war ein gutes, liebes Geschöpf. Sie und ihre drei hübschen Töchter waren aufs eifrigste bemüht, mich zu pflegen. Ich sollte warme Suppe und gebratenes Huhn essen, während Mr. Bucket sich trocknete und woanders speiste; aber es war mir, als gleich darauf neben dem Kamin ein rundes Tischchen sauber gedeckt war, nicht möglich, etwas hinunterzubringen, obwohl es mir sehr leid tat, ihnen nicht den Gefallen tun zu können. Ich nahm jedoch ein wenig heißen Glühwein und etwas Röstbrot zu mir, und da mir das wirklich schmeckte, konnte es als eine kleine Entschädigung gelten.

Pünktlich nach Ablauf einer halben Stunde kam der Wagen unter den Torweg gerumpelt, und die Frauen brachten mich hinunter, erwärmt, ausgeruht, getröstet durch ihre Güte und sicher – wie ich ihnen beteuerte –, nicht wieder in Ohnmacht zu fallen. Als ich eingestiegen war und von allen dankbar Abschied genommen hatte, trat die jüngste Tochter – ein blühendes Mädchen von neunzehn Jahren, die als erste heiraten sollte, wie man mir sagte – auf den Kutschentritt und gab mir einen Kuß.

Ich habe sie seit jener Stunde nicht wiedergesehen, aber ich denke noch heute an sie wie an eine liebe Freundin.

Die schimmernden Fenster mit dem Feuer und dem Licht, die im Gegensatz zu der kalten Nacht draußen so hell und warm aussahen, waren bald verschwunden, und wir arbeiteten uns wieder mit knirschenden Rädern durch den losen, tiefen Schnee. Es ging schlecht genug vorwärts; aber die Wege waren nicht viel schlimmer als vorher, und die Strecke war nur neun Meilen lang. Mein Begleiter rauchte auf dem Bock – es war mir eingefallen, ihn im letzten Wirtshaus zu bitten zu rauchen, da ich ihn vor einem großen Feuer hatte stehen sehen, eingehüllt in eine gemütliche Wolke von Tabaksqualm –, war so wachsam wie immer und sprang so rasch wie immer vom Bock herunter und wieder hinauf, wenn wir eine menschliche Wohnung erreichten oder einem Menschen begegneten. Er hatte seine kleine Blendlaterne angezündet, deren er sich mit besonderer Vorliebe zu bedienen schien; denn wir hatten Laternen vor unserem Wagen. Und von Zeit zu Zeit ließ er ihren Schein auf mich fallen, um zu sehen, wie es mir ginge. Der Wagen hatte vorn ein Schiebefensterchen, aber ich machte es niemals zu; denn es war mir, als ob ich damit die Hoffnung aussperrte.

Wir erreichten das Ende der Strecke, und die verlorene Spur war noch nicht wiedergefunden. Ich sah ihn in angstvoller Erwartung an, als wir haltmachten, um die Pferde zu wechseln, aber ich erkannte an dem noch ernsteren Gesicht, mit dem er den Stallknechten zusah, daß er wiederum nichts gehört hatte. Es war kaum ein Augenblick vergangen – ich lehnte mich gerade in den Wagen zurück –, als er, die brennende Laterne in der Hand, aufgeregt und mit ganz verändertem Gesicht zu mir hereinblickte.

„Was gibt's?" fragte ich und fuhr in die Höhe. „Ist sie hier?"

„Nein, nein. Lassen Sie sich nicht irremachen, meine Liebe. Niemand ist hier. Aber ich habe es jetzt!"

Schneeflocken hingen in seinem Haar und an seinen Wimpern und lagen in Streifen auf seinen Kleidern. Er mußte sie sich erst aus dem Gesicht schütteln und Atem schöpfen, ehe er weitersprach.

„Jetzt, Miss Summerson", sagte er, indem er mit seinem Zeigefinger im Takt auf das Spritzleder klopfte, „seien Sie nicht enttäuscht über das, was ich gleich tun werde. Sie kennen mich. Ich bin Inspektor Bucket, und Sie können sich auf mich verlassen. Wir sind einen langen Weg gefahren – tut nichts. Vier Pferde vor, und zurück zur letzten Station! Rasch!"

Es entstand eine Bewegung im Hof, und ein Mann kam aus dem Stall gelaufen, um noch einmal zu fragen, ob er zurück oder vorwärts meine.

„Zurück, sage ich! Zurück! Zurück! Ist das nicht deutlich? Zurück!"

„Zurück?" fragte ich erstaunt. „Wir kehren nach London um?"

„Miss Summerson", erwiderte er, „wir kehren um. Geradewegs zurück wie ein Pfeil. Sie kennen mich. Machen Sie sich keine Sorgen. Ich folge der anderen, bei Gott!"

„Der anderen?" wiederholte ich. „Wem?"

„Sie nannten sie Jenny, nicht wahr? Ihr will ich folgen. Bringt die vier Pferde heraus, der Mann kriegt eine Krone. Munter, ihr Leute!"

„Sie werden doch nicht diese Dame verlassen, die wir suchen? Sie werden sie doch nicht in einer solchen Nacht und in dem Gemütszustand, in dem sie sein muß, das weiß ich, im Stich lassen?" schrie ich voll Verzweiflung und ergriff seine Hand.

„Sie haben recht, das werde ich gewiß nicht tun, meine Liebe. Aber ich folge der anderen. Rasch her mit den Pferden. Schickt einen reitenden Eilboten voraus zur nächsten Station und laßt von dort wieder einen Boten losreiten und so fort, und überall bis London sollen vier Pferde bereitgestellt werden. Liebes Kind, machen Sie sich keine Sorgen!"

Diese Befehle und die Art, wie er auf dem Hof herumrannte und die Leute antrieb, riefen eine allgemeine Aufregung hervor, die auf mich kaum minder betäubend wirkte als die plötzliche Änderung unseres Plans. Aber mitten in der wildesten Verwirrung sprengte ein reitender Bote fort, um die frischen Vorspanne zu bestellen, und unsere Pferde wurden mit Windeseile angespannt.

„Meine Liebe", sagte Mr. Bucket, indem er auf den Bock sprang und wieder in den Wagen hereinsah, „Sie müssen mich entschuldigen, wenn ich zu ungezwungen bin. Grämen und ängstigen Sie sich nicht mehr, als durchaus notwendig ist. Ich sage jetzt weiter nichts; aber Sie kennen mich, meine Liebe. Nun, ist das nicht wahr?"

Ich bemühte mich, ihm zu erklären, daß ich wüßte, er sei viel besser geeignet als ich, über das, was unter Umständen notwendig sei, einen Entschluß zu fassen; aber ob er auch bestimmt wisse, daß er recht habe? Ob ich nicht allein weiterreisen könnte, um – ich ergriff in meinem Schmerz wieder seine Hand und flüsterte es ihm zu –, um meine Mutter zu suchen.

„Meine Liebe", antwortete er, „ich weiß, ich weiß; aber glauben Sie, daß ich Ihnen etwas Falsches riete? Inspektor Bucket – Sie kennen mich ja, nicht wahr?"

Was konnte ich anderes sagen als ja?

„Dann verlieren Sie nur den Mut nicht und verlassen Sie sich darauf, daß ich zu Ihnen stehen werde, so gut wie zu Sir Leicester Dedlock, Baronet. Nun, seid ihr fertig da vorn?"

„Alles fertig, Sir!"

„Dann also los! Fahrt zu, Kutscher!"

Wir fuhren wieder die traurige Straße entlang, die wir gekommen waren, und wirbelten den halbgefrorenen Schlamm und den tauenden Schnee empor, als ob ein Mühlrad darüber hinginge.

58. KAPITEL

Ein Wintertag und eine Winternacht

Immer noch ungerührt, wie es seine gute Erziehung verlangt, steht der Stadtpalast der Dedlocks in der Straße voll trübseliger Größe. Von Zeit zu Zeit erblickt man gepuderte Köpfe in den kleinen Fenstern der Vorhalle, die auf den unbesteuerten Puder hinausblicken, der den ganzen Tag vom Himmel fällt; und in demselben Gewächshaus wendet sich eine exotische Pfirsichblüte von dem schneidend kalten Wetter draußen dem großen Feuer im Kamin zu. Man hat den Leuten gesagt, Mylady sei nach Lincolnshire gereist, werde aber bald zurückerwartet.

Das allzu geschäftige Gerücht will jedoch nicht mit nach Lincolnshire gehen. Es besteht darauf, in der Stadt herumzuflattern und zu schnattern. Es weiß, daß der arme unglückliche Sir Leicester schwer betrogen worden ist. Es vernimmt die allerschrecklichsten Dinge, meine Beste. Es macht die Welt fünf Meilen im Umkreis wahrhaft lustig. Nicht zu wissen, daß bei den Dedlocks etwas faul ist, heißt, zu den unbekannten Leuten gehören. Eines der reizenden Geschöpfe mit den Pfirsichwangen und den dürren Hälsen kennt bereits die vornehmsten Umstände, die vor den Lords zur Sprache kommen werden, wenn Sir Leicester um eine Ehescheidung einkommt.

Bei Blaze und Sparkle, Juweliere, und bei Sheen und Gloss, Seidenhändler, ist das Geschehene einige Stunden lang der

Angelpunkt des Zeitalters, das Ereignis des Jahrhunderts. Die ehedem so erhabenen und unzugänglichen Kundinnen dieser Anstalten, die hier so sorgsam wie alle anderen Artikel des Warenvorrats gewogen und gemessen werden, sind angesichts dieser neumodischen Sitte auch dem jüngsten Gehilfen hinter dem Ladentisch kein Geheimnis mehr. „Unsere Kunden, Mr. Jones", klären Blaze und Sparkle den fraglichen Gehilfen auf, wenn sie ihn einstellen, „unsere Kunden sind wie Schafe – wie richtige Schafe. Wo zwei oder drei Gezeichnete hingehen, da folgen die übrigen. Behalten Sie diese zwei oder drei im Auge, Mr. Jones, und Sie wissen über die ganze Herde Bescheid." Ebenso unterrichten Sheen und Gloss ihren Jones über die Art, wie man die Leute von Welt fassen kann und wie man etwas in Mode bringt, das sie, Sheen und Gloss, wünschen. Und nach ähnlich unfehlbaren Prinzipien gesteht Mr. Sladdery, Buchhändler und großer Spekulant in prachtvollen Schafen, an demselben Tage: „Nun ja, Sir, allerdings sind gewisse Gerüchte über Lady Dedlock unter meinen vornehmen Kunden im Umlauf. Sie sehen, meine vornehmen Kunden müssen über irgend etwas sprechen, Sir; und man braucht nur einen bestimmten Gegenstand durch ein oder zwei Damen, die ich nennen könnte, ins Gerede zu bringen, und er wird gleich bei allen übrigen populär. Geradeso, wie ich es mit diesen Damen gemacht hätte, Sir, wenn Sie mir aufgetragen hätten, eine Novität in Mode zu bringen, so haben sie es in diesem Falle mit sich selbst gemacht, weil sie Lady Dedlock kannten und vielleicht in aller Unschuld etwas eifersüchtig auf sie waren, Sir. Sie werden finden, Sir, daß dieses Thema bei meinen vornehmen Kunden sehr populär ist. Wäre es eine Spekulation gewesen, Sir, so hätte man Geld dabei verdient. Und wenn ich das sage, Sir, dann können Sie sich darauf verlassen, daß ich recht habe; denn ich habe es zu meinem Beruf gemacht, meine vornehme Kundschaft zu studieren, um imstande zu sein, sie wie eine Uhr aufzuziehen, Sir."

So gedeiht das Gerücht in der Hauptstadt und will nicht mit nach Lincolnshire reisen. Um halb sechs Uhr nachmittags – nach der Uhr am Kriegsministerium – hat es sogar den ehrenwerten Mr. Stables zu einer neuen Bemerkung veranlaßt, die alle Bemerkungen in den Schatten zu stellen verspricht, auf denen so lange sein Ruf als geistreicher Gesellschafter beruht hat. Dieser glänzende Einfall lautet: er, Mr. Stables, habe zwar immer gewußt, sie sei das bestzugerittene Pferd des ganzen Gestüts, aber er hätte ihr niemals zugetraut, daß sie durchgehen werde. Die Eingeweihten der Rennbahn sind entzückt über diesen geistvollen Witz.

Auch bei den Festlichkeiten und Gelagen an Firmamenten, die sie oft geziert, unter Sternbildern, deren Glanz sie noch gestern in den Schatten gestellt hat, ist Lady Dedlock der vorherrschende Gesprächsgegenstand. Was ist? Wer ist's? Wann war's? Wo war's? Wie war's? Selbst ihre zärtlichsten Freunde reden über sie im vornehmsten Jargon, der gerade in Mode ist, ziehen über sie mit den allerneuesten Worten her, in der neuesten Manier, mit dem allerneuesten singenden Tonfall und mit der Vollkommenheit höflicher Gleichgültigkeit. Eigentümlich an der Sache ist, daß verschiedene Leute, die nie geistreich gewesen sind, bei dieser Gelegenheit geistreich werden. William Buffy bringt eines dieser Witzworte von dort, wo er diniert, mit ins Unterhaus, wo es der Einpeitscher seiner Partei mitsamt seiner Tabaksdose zirkulieren läßt, um seine Leute, die gern fort möchten, beisammen zu halten. Die Wirkung ist derart, daß sich der Sprecher – dem man es privatim unter dem Zipfel seiner Perücke ins Ohr geflüstert hat – dreimal genötigt sieht, zur Ordnung zu rufen, ohne daß das den mindesten Eindruck macht.

Und was an der ganzen Sache nicht am wenigsten in Erstaunen setzt, ist, daß Leute, die nur am Rande noch zu Mr. Sladderys vornehmer Kundschaft zählen, Leute, die nichts von Lady Dedlock wissen und nie etwas von ihr gewußt haben – daß solche Leute glauben, es sei wichtig und notwendig für ihren Ruf vorzugeben, sie sprächen ebenfalls von ihr. Und alles, was sie aus zweiter Hand erfahren haben, geben sie mit den allerneuesten Worten und im allerneuesten Tonfall und mit der allerneuesten, höflichen Gleichgültigkeit – alles Ware aus zweiter Hand, aber für neu gehalten – untergeordneten Systemen und schwächeren Sternen weiter. Wenn sich ein Mann der Literatur, der Kunst oder Wissenschaft unter diesen Kleinhändlern befindet, wie edel ist es dann von ihm, die schwachen Schwestern mit so majestätischen Krücken zu unterstützen!

So vergeht der Wintertag außerhalb der Dedlockschen Stadtwohnung. Wie verläuft er innerhalb ihrer Mauern?

Sir Leicester liegt im Bett und kann ein wenig sprechen, jedoch nur mit Mühe, und er ist schwer zu verstehen. Die Ärzte haben ihm Stillschweigen und Ruhe empfohlen und ihm ein Opiat eingegeben, um seine Schmerzen zu lindern; denn sein alter Feind setzt ihm sehr hart zu. Er schläft nie, obgleich er manchmal in einen schweren Halbschlummer zu sinken scheint.

Er hat sich seine Bettstelle näher ans Fenster rücken lassen, nachdem er vernommen hat, daß draußen so rauhes Wetter herrscht; und er hat sich den Kopf so legen lassen, daß er den wirbelnden Schnee und Hagel sehen kann. Den ganzen langen Wintertag sieht er zu, wie er niederfällt.

Beim geringsten Geräusch im Haus, in dem überall die größte Stille herrscht, greift seine Hand nach dem Stift. Die alte Haushälterin, die neben ihm sitzt, weiß, was er schreiben will, und flüstert ihm zu: „Nein, er ist noch nicht zurück, Sir Leicester. Er reiste erst spät gestern nacht ab. Er ist noch nicht lange fort."

Er zieht die Hand wieder zurück und sieht von neuem dem Schneefall zu, bis die Flocken vom langen Hinstarren so dick und schnell zu fallen scheinen, daß er vor dem schwindelnden Tanz der weißen Kristalle und der Eiskörner für einen Augenblick die Augen schließen muß.

Er fing an ihnen zuzusehen, sowie es hell wurde. Der Tag ist noch nicht weit vorgerückt, da findet er es notwendig, ihre Räume für sie zurechtmachen zu lassen. „Es ist sehr kalt und naß. Sorgt für gute Heizung. Sagen Sie den Leuten, daß sie erwartet wird. Bitte, schauen Sie selbst danach." So schreibt er auf seine Schiefertafel, und Mrs. Rouncewell gehorcht mit schwerem Herzen.

„Denn ich fürchte, George", sagt die alte Dame zu ihrem Sohn, der unten wartet, um ihr Gesellschaft zu leisten, wenn sie ein wenig Muße hat, „ich fürchte, lieber George, daß Mylady nie wieder ihren Fuß über diese Schwelle setzen wird."

„Das ist eine böse Ahnung, Mutter."

„Und auch nicht über die Schwelle von Chesney Wold, lieber George."

„Das ist schlimm. Aber warum, Mutter?"

„Als ich gestern Mylady sah, George, hatte ich fast den Eindruck, George – und sie sah mich auch so an –, als ob die Schritte auf dem Geisterweg sie ganz zu Boden getreten hätten."

„Ach, Mutter! du machst dir mit deinen alten Geschichten unnötige Sorgen."

„Nein, gewiß nicht, lieber George. Nein, gewiß nicht. Es sind nun bald sechzig Jahre, daß ich in dieser Familie bin, und ich habe mir noch nie irgendwie Angst um sie gemacht. Aber es geht mit ihnen zu Ende, lieber George; das große, alte Haus der Dedlocks geht zugrunde."

„Ich hoffe nicht, Mutter."

„Ich danke dem Himmel, daß ich lange genug gelebt habe,

um Sir Leicester Dedlock in seiner Krankheit und in diesem Unglück beistehen zu können; denn ich weiß, ich bin noch nicht so alt oder so unbrauchbar, daß er mich nicht lieber als jeden anderen auf diesem Platz sähe. Aber die Schritte auf dem Geisterweg treten die gnädige Frau nieder, George. Sie sind ihr lange gefolgt; aber nun werden sie über sie hinweggehen und weiterschreiten."

„Ach, liebe Mutter, ich wiederhole noch einmal: ich hoffe es nicht."

„Ich auch nicht, George", entgegnet die alte Dame, indem sie den Kopf schüttelt und die gefalteten Hände auseinandernimmt. „Aber wenn meine Befürchtungen wahr werden und er es erfahren muß, wer soll es ihm dann sagen?"

„Sind das ihre Zimmer?"

„Das sind die Zimmer der gnädigen Frau; ganz so, wie sie sie verlassen hat."

„Wahrhaftig", sagt der Kavallerist, schaut sich um und spricht leise weiter, „jetzt fange ich an zu begreifen, wie du auf diese Gedanken kommst, Mutter. Alle Zimmer nehmen ein schauerliches Aussehen an, wenn sie wie diese hier für einen Menschen eingerichtet sind, den man darin zu sehen gewohnt ist, und wenn dieser Mensch unter bedrohlichen Umständen entflohen ist – vollends, wenn man nicht weiß wohin!"

Er hat nicht sehr unrecht. Wie jede Trennung die letzte große Trennung ahnen läßt, so flüstern leere Zimmer, die von ihren Bewohnern verlassen sind, dir voller Trauer zu, wie dein Zimmer und mein Zimmer eines Tages aussehen werden. Der Prunk von Myladys Gemächern hat in diesem düsteren und verlassenen Zustand einen falschen Glanz; und in dem inneren Zimmer, wo Mr. Bucket gestern nacht seine geheimen Nachforschungen anstellte, geben ihre Kleidung, ihre Schmucksachen und sogar die Spiegel, die gewohnt sind, ihr Bild zurückzustrahlen, als wären sie ein Teil ihrer selbst, allem einen trostlosen und leeren Anstrich. So finster und kalt der Wintertag draußen ist, ist es doch in diesen verlassenen Gemächern dunkler und kälter als in mancher Hütte, die kaum vor dem Winde schützt; und obgleich die Diener große Feuer auf den Rosten anschüren und obgleich sie die Sofas und Stühle innerhalb der warmen gläsernen Schirme aufstellen, die den rötlichen Schein des Feuers bis in die fernsten Ecken gelangen lassen, schwebt doch eine schwere Wolke über den Zimmern, die kein Licht zerstreuen kann.

Die alte Haushälterin und ihr Sohn bleiben, bis alle Vorbereitungen getroffen sind, und dann geht sie wieder hinauf in die oberen Räume. Volumnia hat unterdessen Mrs. Rouncewells Platz eingenommen, obgleich Perlenhalsbänder und Schminktöpfe, sosehr sie auch zur Verschönerung von Bath geeignet sein mögen, einem Kranken unter den gegenwärtigen Verhältnissen nur einen geringen Trost gewähren können. Da man Volumnia nicht zutraut, etwas von Krankenpflege zu verstehen – und sie versteht auch wirklich nichts davon –, ist es ihr sehr schwer geworden, angemessene Bemerkungen zu machen. Sie hat infolgedessen ihre Aufgabe dadurch erfüllt, daß sie mit zur Verzweiflung bringendem Eifer das Bettzeug glattgestrichen hat, mit störender Vorsicht auf den Zehen herangeschlichen ist, wachsam in die Augen ihres Verwandten gelugt und mit Ärgernis weckender Teilnahme geflüstert hat: „Er schläft." Um diese überflüssige Bemerkung zu widerlegen, hat Sir Leicester jedoch entrüstet auf die Schiefertafel geschrieben: „Nein!"

Volumnia überläßt nun den Stuhl neben dem Bett der alten Haushälterin, setzt sich an einen etwas entfernt aufgestellten Tisch und seufzt teilnehmend. Sir Leicester sieht immer noch dem fallenden Schnee zu und horcht auf die heimkommenden Schritte, die er erwartet. Der alten Dienerin, die aussieht, als wäre sie aus einem alten Bilderrahmen herausgetreten, um einen in die andere Welt abberufenen Dedlock zu bedienen, klingt durch das Schweigen immer noch der Widerhall ihrer eigenen Worte in den Ohren: Wer wird es ihm sagen?

Der Kammerdiener hat ihn heute morgen sorgfältig hergerichtet, und er sieht so repräsentabel aus, wie es die Umstände nur erlauben. Kissen stützen ihn, sein graues Haar ist wie sonst hochgebürstet, seine Wäsche ist musterhaft sauber, und er hat einen anständigen Schlafrock an. Augenglas und Uhr liegen griffbereit neben ihm. Es ist notwendig – jetzt vielleicht weniger seiner eigenen Würde wegen als um ihretwillen –, daß er so wenig angegriffen und so unverändert wie möglich aussieht. Frauen können das Schwatzen nicht lassen, und Volumnia, obgleich eine Dedlock, macht keine Ausnahme. Es läßt sich kaum bezweifeln, daß er sie hierbehält, damit sie nicht anderswo rede. Er ist sehr krank; aber er hält jetzt den Leiden des Körpers und der Seele mit größtem Mut stand.

Da die schöne Volumnia zu jenen Geschöpfen gehört, die nicht lange stumm bleiben können, ohne sich der drohenden Gefahr auszusetzen, von dem Drachen der Langenweile überwältigt zu werden, verrät sie bald, daß dieses Ungeheuer sich abermals meldet, indem sie wiederholt höchst unmißverständlich gähnt. Außerstande, ihr Gähnen anders zu unterdrücken, als indem sie sich unterhält, lobt sie Mrs. Rouncewell gegenüber deren Sohn; sie erklärt, daß er ganz bestimmt einer der schönsten Männer sei, die sie jemals gesehen habe; er sehe so soldatisch aus, meine sie, wie – wie hieß er doch? –, wie ihr Lieblingsleibgardist, der Mann, den sie anbete, jenes so ungewöhnlich liebenswürdige Geschöpf, der bei Waterloo gefallen sei.

Sir Leicester äußert solche Überraschung, als er diese Lobsprüche hört, und starrt so verwirrt um sich, daß es Mrs. Rouncewell für angebracht hält, ihm eine Erklärung zu geben.

„Miss Dedlock spricht nicht von meinem ältesten Sohn, Sir Leicester, sondern von meinem jüngsten. Ich habe ihn gefunden. Er ist wiedergekommen."

Sir Leicester unterbricht sein Schweigen mit einem lauten Schrei. „George? Ihr Sohn George ist wiedergekommen, Mrs. Rouncewell?"

Die alte Haushälterin wischt sich die Augen. „Gott sei Dank! Ja, Sir Leicester!"

Kommt ihm dies: daß ein Verlorener endlich wiedergefunden wurde, daß ein Mensch, der so lange in der Fremde gewesen ist, einmal doch zurückkehrte – kommt ihm das wie eine Bestätigung seiner Hoffnungen vor? Denkt er vielleicht: Werde ich sie bei den Mitteln, die mir zu Gebote stehen, nicht ebenfalls wiederfinden, da in ihrem Falle doch weniger Stunden vergangen sind als bei ihm Jahre?

Bitten sind vergebens; er ist jetzt entschlossen zu sprechen, und er spricht. Die Töne kommen verwirrt aus seinem Mund, aber dennoch werden einige Worte verständlich.

„Warum haben Sie es mir nicht gesagt, Mrs. Rouncewell?"

„Es ist erst gestern geschehen, Sir Leicester; und ich wußte nicht, ob Ihre Gesundheit es erlaubt, Ihnen solche Dinge mitzuteilen."

Außerdem besinnt sich die jugendlich unbesonnene Volumnia mit ihrem entzückenden Lieblingsschrei, daß niemand hätte wissen sollen, er sei Mrs. Rouncewells Sohn, und daß sie es nicht hätte sagen sollen. Aber Mrs. Rouncewell protestiert mit solcher Wärme, daß ihr Mieder sich hebt, sie hätte selbstverständlich Sir Leicester davon unterrichtet, sobald es ihm besser gegangen wäre.

„Wo ist Ihr Sohn George, Mrs. Rouncewell?" fragt Sir Leicester.

Nicht wenig beunruhigt, daß er die Vorschriften des Arztes so sehr mißachtet, entgegnet sie: „In London."
„Wo in London?"
Mrs. Rouncewell sieht sich genötigt zu gestehen, daß er im Hause ist.
„Bringen Sie ihn her in mein Zimmer. Bringen Sie ihn gleich."
Der alten Dame bleibt nichts übrig, als ihn zu suchen. Sir Leicester legt sich, so gut es ihm möglich ist, zurecht, um ihn zu empfangen. Nachdem er das getan hat, blickt er wieder hinaus in den fallenden Schnee und lauscht von neuem auf ihre heimkehrenden Schritte. Man hat die Straße unten mit Stroh belegt, um den Lärm zu dämpfen, und sie könnte vielleicht vor der Tür vorfahren, ohne daß er die Räder hörte.

So liegt er da und denkt anscheinend nicht mehr an die neue, kleinere Überraschung, als die Haushälterin, begleitet von ihrem Sohn, dem Kavalleristen, zurückkehrt. Mr. George nähert sich leise dem Bett, macht seine Verbeugung, richtet sich militärisch wieder auf und steht mit gerötetem Gesicht da, zutiefst beschämt.

„Guter Gott, es ist wirklich George Rouncewell!" ruft Sir Leicester aus. „Kennen Sie mich noch, George?"

Der Kavallerist muß ihn genau anschauen und jeden Ton einzeln erraten, ehe er versteht, was jener gesagt hat; aber nachdem er das, von seiner Mutter ein bißchen unterstützt, getan hat, antwortet er: „Ich müßte ein schlechtes Gedächtnis haben, Sir Leicester, wenn ich Sie nicht mehr kennte."

„Wenn ich Sie ansehe, George Rouncewell", bemerkt Sir Leicester mit lallender Zunge, „so erkenne ich etwas von einem Knaben in Chesney Wold ... an den ich mich noch recht gut erinnere – recht gut."

Er starrt den Kavalleristen an, bis ihm Tränen in die Augen treten; und dann blickt er wieder hinaus auf das Schneetreiben.

„Ich bitte um Verzeihung, Sir Leicester", meint der Kavallerist, „aber wollen Sie mir erlauben, Sie aufzurichten? Sie würden bequemer liegen, Sir Leicester, wenn Sie mir gestatteten, Sie anders zu legen."

„Wenn Sie wollen, George Rouncewell; wenn Sie so gut sein wollen!"

Der Kavallerist nimmt ihn in seine Arme wie ein Kind, hebt ihn mit Leichtigkeit hoch und bettet ihn so, daß sein Gesicht mehr dem Fenster zugekehrt ist.

„Ich danke Ihnen. Sie vereinen mit Ihrer Kraft", sagt Sir

Leicester, „die sanfte Hand Ihrer Mutter. Ich danke Ihnen." Er gibt ihm mit der Hand ein Zeichen, nicht wegzugehen. George bleibt an seinem Bett stehen und wartet, bis man ihn anredet.

„Warum wünschten Sie, daß es verschwiegen bliebe?" Es bereitet Sir Leicester einige Mühe, diese Frage zu stellen.

„Gewiß kann man mit mir nicht sehr viel Ehre einlegen, Sir Leicester; und ich ... ich möchte immer noch hoffen, Sir Leicester, wenn Sie nicht so krank wären – was hoffentlich nicht mehr lange dauern wird –, daß man mir erlaubt, weiterhin im allgemeinen unbekannt zu bleiben. Das verlangt Erklärungen, die nicht allzuschwer zu erraten, die jedoch hier nicht recht am Platze und für mich nicht gerade rühmlich sind. Sosehr man anderer Meinung über vielerlei Dinge sein kann, so, glaube ich, würde man doch mit mir darin übereinstimmen, daß man mit mir nicht sehr viel Ehre einlegen kann, Sir Leicester."

„Sie sind Soldat gewesen", bemerkt Sir Leicester, „und haben sich gut gehalten."

George macht seine militärische Verbeugung. „Was das angeht, Sir Leicester, so habe ich meine Pflicht, wie sie die Disziplin verlangt, getan, und das war das wenigste, was ich tun konnte."

„Sie finden mich nicht sehr wohl wieder, Mr. George Rouncewell", fährt Sir Leicester fort, der von Georges Anblick wie gebannt scheint.

„Es tut mir sehr leid, das zu hören und zu sehen, Sir Leicester."

„Gewiß, davon bin ich überzeugt. Und zu meiner alten Krankheit kommt noch ein plötzlicher und schlimmer Anfall. Etwas, das lähmt" – er versucht mit der einen Hand die eine Seite hinabzutasten – „und verwirrt." Bei den letzten Worten berührt er seine Lippen.

Mit einem beipflichtenden und teilnehmenden Blick verbeugt sich George abermals. Die ganz andern Zeiten, da sie beide junge Leute waren – der Kavallerist bei weitem der jüngere von beiden – und einander in Chesney Wold sahen, steigen vor ihnen empor und versetzen beide in eine weiche Stimmung.

Offenbar fest entschlossen, etwas, das ihm auf der Seele liegt, auf seine eigene Weise zu sagen, ehe er wieder in Schweigen versinkt, versucht Sir Leicester, sich inmitten seiner Kissen ein wenig aufzurichten. George bemerkt es sogleich, nimmt ihn wieder in seine Arme und legt ihn, wie er es wünscht.

„Ich danke Ihnen, George. Sie sind mir wie ein zweites Ich. Sie haben oft unten in Chesney Wold mein Reservegewehr getragen, George. Sie sind mir eine vertraute Erscheinung unter diesen fremdartigen Verhältnissen; eine sehr vertraute Erscheinung." George hat, als er ihn emporrichtete, Sir Leicesters gesünderen Arm über seine Achsel gelegt, und Sir Leicester zögert während dieser Worte, ihn wieder wegzunehmen.

„Ich wollte hinzusetzen", fährt er gleich darauf wieder fort, „ich wollte, was diesen Anfall angeht, hinzusetzen, daß er leider mit einem kleinen Mißverständnis zusammenfiel, das ich mit Mylady hatte. Ich meine nicht, daß wir Streit gehabt hätten, das ist nicht der Fall; sondern wir haben uns in gewissen Dingen mißverstanden, die nur für uns von Wichtigkeit sind, und dadurch bin ich für einige Zeit der Gesellschaft Myladys beraubt. Sie hat es notwendig gefunden, eine Reise zu machen – ich bin sicher, sie wird bald zurückkehren. Volumnia, mache ich mich verständlich? Ich bin nicht imstande, die Worte richtig deutlich auszusprechen."

Volumnia versteht ihn vollkommen; und er spricht sich in der Tat viel deutlicher aus, als man es vor einer Minute noch hätte für möglich halten können. Wie sehr er sich dabei anstrengt, zeigen die gespannten und erregten Züge seines Gesichts. Nichts als seine Willenskraft gibt ihm die Fähigkeit dazu.

„Daher, Volumnia, wünsche ich in Ihrer Anwesenheit zu sagen – und in der Anwesenheit meiner alten Dienerin und Freundin, Mrs. Rouncewells – und in der Anwesenheit ihres Sohnes George, der wie eine vertraute Erinnerung an meine Jugend zurückgekehrt ist, die ich im Haus meiner Ahnen in Chesney Wold verbracht habe ... daher wünsche ich in Ihrer aller Anwesenheit zu sagen: falls ich einen Rückfall erleiden, nicht wieder genesen oder die Fähigkeit zu sprechen und zu schreiben verlieren sollte, obgleich ich Besseres erhoffe ..."

Die alte Haushälterin weint still vor sich hin; Volumnia ist in der größten Aufregung und hat das frischeste Rot auf ihren Wangen; und der Kavallerist steht mit übereinandergeschlagenen Armen und ein wenig geneigtem Haupt ehrerbietig aufmerksam da.

„... daher wünsche ich zu sagen und Sie alle zu Zeugen dessen aufzurufen – indem ich mit Ihnen, Volumnia, in feierlichster Weise den Anfang mache –, daß mein Verhältnis zu Lady Dedlock unverändert dasselbe ist; daß ich durchaus keine Beschwerde gegen sie vorzubringen habe; und daß ich stets die stärkste Zuneigung für sie gefühlt habe und immer noch fühle. Sagen Sie das ihr selbst und jedermann. Wenn Sie jemals weniger sagen, machen Sie sich einer wissentlichen Unwahrheit gegen mich schuldig."

Volumnia beteuert zitternd, daß sie seine Befehle buchstäblich ausführen wolle.

„Mylady steht zu hoch, ist zu schön, zu gebildet, zu sehr in den meisten Beziehungen den Besten von denen, die sie umgeben, überlegen, als daß sie nicht ihre Feinde und Verleumder haben sollte. Sagen Sie denen, wie ich es Ihnen sage, daß ich, der ich gegenwärtig bei gesundem Verstand und ungeschwächtem Gedächtnis bin, keine Verfügung zurücknehme, die ich zu ihren Gunsten getroffen habe. Ich vermindere nichts, was ich ihr jemals vermacht habe. Mein Verhältnis zu ihr ist ganz das alte, und ich widerrufe – obwohl ich, wie Sie sehen, vollkommen fähig wäre, es zu tun, wenn ich es wollte – nichts, was ich zu ihren Gunsten, und um sie glücklich zu machen, getan habe."

Die steife Förmlichkeit seiner Worte hätte zu jeder andern Zeit, wie so oft schon, etwas Lächerliches an sich haben können; aber diesmal wirkt sie ernst und rührend. Seine edle Wärme, seine Treue, sein ritterliches Einstehen für sie, wie er sein eigenes Unrecht uneingeschränkt eingesteht und seinen Stolz ihretwegen überwindet, das alles ist einfach, ehrenhaft, männlich und wahr. Ob der gewöhnlichste Handwerker oder der edelstgeborene Herr: beiden verleiht der Glanz solcher Eigenschaften die gleiche Würde. In einem solchen Licht streben und steigen beide zu gleicher Höhe empor, und beide, Kinder des Staubs, erstrahlen in gleichem Glanz.

Von der Anstrengung überwältigt, legt er den Kopf auf die Kissen zurück und schließt die Augen – aber nicht länger als eine Minute; dann sieht er wieder dem Wetter zu und horcht auf jedes leise Geräusch. Durch die kleinen Dienste, die er ihm geleistet hat, und die Art, wie sie angenommen worden sind, ist der Kavallerist gleichsam zu einem ihm unentbehrlichen Diener ernannt worden. Kein Wort ist darüber verlautet, aber es versteht sich von selbst. Er tritt ein oder zwei Schritt zurück, um nicht gesehen zu werden, und steht hinter dem Stuhl seiner Mutter Wache.

Der Tag geht zur Neige. Der Nebel und der mit Regen untermischte Schnee werden dunkler, und der Feuerschein glänzt lebhafter an Wänden und Möbeln. Die Dunkelheit nimmt zu: das helle Gas flammt in den Straßen auf; und die hartnäckigen Öllampen, die hier noch ausdauern, mit halbgefrorenem und halbgetautem Öl, flackern schnappend wie feurige Fische auf dem Land – was sie eigentlich auch sind. Die Welt, die über das Stroh gerollt ist und die Klingeln gezogen hat, um „nachzufragen", geht nach Hause, kleidet sich an, diniert und spricht von ihrem treuen Freund nach der allerneuesten Mode, wie wir es schon erwähnt haben.

Sir Leicester geht es schlechter; er ist unruhig, aufgeregt und leidet große Schmerzen. Volumnia zündet ein Licht an – sie besitzt die einzigartige Fähigkeit, stets etwas Falsches zu tun –, aber er läßt ihr befehlen, es wieder auszulöschen; denn es ist noch nicht dunkel genug. Dennoch ist es schon sehr dunkel; so dunkel, wie es die ganze Nacht sein wird. Nach einiger Zeit versucht sie es abermals. „Nein! Löscht das Licht aus. Es ist noch nicht dunkel genug."

Seine Haushälterin erkennt zuerst, daß er sich in dem Wahn erhalten will, es werde nicht später.

„Lieber Sir Leicester, mein geehrter Herr", flüstert sie halblaut, „ich muß mir, zu Ihrem eigenen Besten, und weil es meine Pflicht ist, die Freiheit nehmen, Sie zu bitten, nicht hier in der einsamen Finsternis liegen zu wollen, wachend und wartend von Stunde zu Stunde. Erlauben Sie mir, die Vorhänge zuzuziehen und die Lichter anzuzünden und es in der Stube gemütlicher zu machen. Die Turmuhren schlagen deswegen die Stunden nicht anders, Sir Leicester, die Nacht wird ganz als dieselbe vorübergehen, und Mylady wird ganz als dieselbe zurückkommen."

„Ich weiß, Mrs. Rouncewell, aber ich bin schwach – und er ist schon so lange weg."

„Nicht so sehr lange, Sir Leicester. Noch nicht vierundzwanzig Stunden!"

„Aber das ist lange. Oh, es ist sehr lange!"

Er sagt das mit einem Stöhnen, das ihr das Herz zerreißt. Sie weiß, es ist nicht die richtige Zeit, das grelle Licht auf ihn fallen zu lassen; seine Tränen sind ihr zu heilig, als daß selbst sie sie sehen dürfte. Deshalb bleibt sie eine Weile, ohne ein Wort zu sprechen, im Dunkeln sitzen; dann macht sie sich still im Zimmer zu schaffen, schürt das Feuer und stellt sich an das dunkle Fenster, um hinauszusehen. Endlich, nachdem er seine Fassung wiedergewonnen hat, sagt er zu ihr: „Sie haben recht, Mrs. Rouncewell, es wird dadurch nicht schlimmer, daß man es sich eingesteht. Es wird spät, und sie sind noch nicht da. Machen Sie Licht!" Als das Licht angezündet und das Wetter ausgesperrt ist, kann er nur noch lauschen.

Aber die Leute merken, daß es ihn trotz seiner niedergedrückten Stimmung und trotz seinen schweren Leiden erquickt, wenn man ihn spüren läßt, daß man in ihren Gemächern nach dem Feuer sieht und sich vergewissert, ob alles zu ihrem Empfang bereit sei. So armselig dieser Anschein ist, so erhält doch die bloße Andeutung, daß man sie erwartet, die Hoffnung in ihm aufrecht.

Mitternacht kommt und mit ihr die übliche Leere. Es rollen nur wenige Wagen durch die Straßen, und ein anderes Geräusch gibt es in dieser Gegend zu so später Zeit nicht, außer etwa ein Mann ist so barbarisch betrunken, daß er sich in diesen entsetzlich anständigen Stadtteil verirrt und schreiend und brüllend durch die Straßen wankt. Und in dieser Winternacht ist es so still, daß es ist, als ob man in die dichteste Finsternis starrte, wenn man in das eindringliche Schweigen hinaushorcht. Wenn ein fernes Geräusch aufklingt, so verhallt es in der Nacht, wie ein schwacher Schein in tiefer Dunkelheit erstirbt, und alles ist schwärzer und stiller als zuvor.

Man hat die Dienerschaft zu Bett geschickt – und die Leute sind dem Befehl gefolgt; denn sie haben die ganze vorige Nacht nicht geschlafen –, und nur Mrs. Rouncewell und George wachen noch in Sir Leicesters Zimmer. Als die Nacht langsam verstreicht – oder vielmehr als sie ganz stillzustehen scheint; zwischen zwei und drei Uhr –, überkommt den Kranken ein rastloses Verlangen, mehr über das Wetter zu erfahren, da er es nicht mehr sehen kann. Also dehnt George, der regelmäßig jede halbe Stunde die so sorgfältig bereit gehaltenen Zimmer inspiziert, seine Runde bis zur Pforte des Hauses aus, sieht sich um und bringt die bestmögliche Nachricht von der schlechtesten aller Nächte zurück; Schnee und Regen fallen immer noch, und selbst auf dem Trottoir liegt der halbgefrorene Schlamm knöcheltief.

Volumnia ist in ihrem Zimmer – es liegt an einem wenig begangenen Treppenabsatz, dem zweiten Absatz über jener Stelle, wo das Schnitzwerk und die Vergoldung aufhören, und ist das für Kusinen bestimmte Zimmer mit der fürchterlichen Mißgeburt eines Porträts von Sir Leicester, seiner Verbrechen wegen hier herauf verbannt; bei Tag sieht man von hier in einen feierlich stillen Hof mit vertrockneten Büschen hinab, die antediluvianischen Exemplaren von schwarzem Tee gleichen –, Volumnia ist in diesem ihrem Zimmer eine Beute von Schrecken aller Art. Vielleicht nicht der geringste und letzte unter ihnen ist die Angst, was aus ihrem kleinen Einkommen wird, falls Sir Leicester „etwas passieren sollte", wie sie sich ausdrückt.

„Etwas" heißt hier nur eines, und zwar das letzte, was überhaupt einem Baronet, soweit die bekannte Welt reicht, widerfahren kann.

Eine Folge dieser Schrecken ist, daß Volumnia entdeckt, sie könne nicht in ihrem Zimmer zu Bett gehen und in ihrem Zimmer am Feuer sitzen, sondern müsse ihr schönes Haupt mit einer Unzahl Schals umwickeln, ihre schöne Gestalt in faltige Gewänder einhüllen, durch das Haus wandeln wie ein Geist und vorzugsweise die warmen und üppigen Zimmer heimsuchen, die für jemanden bereit gehalten werden, der immer noch nicht zurückkehrt. Da aber unter solchen Umständen an Alleinsein nicht zu denken ist, läßt sich Volumnia von ihrer Zofe begleiten, die, zu diesem Zweck aus ihrem Bett geholt, frierend und sehr schläfrig, durchaus kein freundliches Gesicht macht und überhaupt unglücklich ist über das Los, dazu verurteilt zu sein, einer Kusine dienen zu müssen, während sie sich vorgenommen hatte, nur eine Herrin mit mindestens zehntausend Pfund Einkünften anzunehmen. Daß der Kavallerist jedoch auf seinem Rundgang von Zeit zu Zeit in diese Zimmer kommt, verbürgt der Herrin so gut wie der Zofe, daß sie nicht ohne Schutz und Gesellschaft sind, was sein Erscheinen in den ersten Stunden nach Mitternacht sehr angenehm macht. Sooft sie ihn kommen hören, treffen beide einige selbstverschönernde Vorbereitungen, um ihn zu empfangen; sonst teilen sie ihre Wache in kurze Pausen der Vergessenheit und in Zwiegespräche, die nicht ganz frei von Säure sind, ob zum Beispiel Miss Dedlock, während sie, die Füße auf das Kamingitter gestützt, vor dem Feuer saß, im Begriff gestanden habe oder nicht, in die Glut zu fallen, als sie, zu ihrem großen Ärger, ihr Schutzengel, die Zofe, rettete.

„Wie geht es Sir Leicester jetzt, Mr. George?" erkundigt sich Volumnia, indem sie sich die Nachthaube über dem Kopf zurechtzieht.

„Sir Leicester geht es ziemlich genauso wie vorhin, Miss; er ist sehr schwach und krank und phantasiert sogar bisweilen."

„Hat er nach mir verlangt?" fragt Volumnia zärtlich.

„O nein, ich wüßte nicht, Miss. Wenigstens habe ich es nicht gehört, Miss."

„Es ist eine böse Zeit, Mr. George."

„Gewiß, Miss. Wäre es nicht besser, wenn Sie zu Bett gingen?"

„Es wäre in der Tat viel besser, wenn Sie zu Bett gingen, Miss Dedlock", pflichtet ihm die Zofe mit einiger Schärfe bei.

Aber Volumnia antwortet: nein, nein! Er kann jeden Augenblick nach ihr verlangen. Sie würde es sich nie verzeihen, wenn etwas passieren sollte, und sie wäre nicht zur Hand. Sie weigert sich, auf die von der Zofe aufgeworfene Frage einzugehen, warum sie gerade hier zur Hand sein muß, anstatt in ihrem Zimmer – wo sie Sir Leicester näher ist –; aber sie erklärt mit großer Bestimmtheit, daß sie hierbleiben wolle. Volumnia rechnet es sich außerdem als Verdienst an, nicht ein Auge zugetan zu haben – als ob sie zwanzig oder dreißig hätte –, obgleich diese Versicherung schwer mit der unbestreitbaren Tatsache in Einklang zu bringen ist, daß sie erst vor fünf Minuten zwei aufgemacht hat.

Aber als es auf vier Uhr zugeht und immer noch die gleiche Stille herrscht, gerät Volumnias Standhaftigkeit ins Schwanken, oder vielmehr: sie wird noch größer; denn sie sieht es jetzt für ihre Pflicht an, sich für morgen bereit zu halten, wo man große Anforderungen an sie stellen kann. Sie meint jetzt, sosehr es ihr am Herzen liege, zur Hand zu sein, müsse sie vielleicht dennoch das Opfer bringen, ihren Posten zu verlassen. Als daher der Kavallerist abermals mit seinem: „Wäre es nicht besser, Sie gingen zu Bett, Miss?" erscheint und die Zofe mit noch größerer Schärfe als früher beteuert: „Es wäre viel besser, Sie gingen zu Bett, Miss Dedlock!" steht sie wie ein geduldiges Lamm auf und erwidert: „Machen Sie mit mir, was Sie wollen!"

Mr. George hält es jedenfalls für das beste, sie bis an die Tür ihres Kusinenzimmers zu führen, und die Zofe hält es in gleicher Weise für das beste, sie, ohne viel Umstände mit ihr zu machen, ins Bett zu treiben. Das ist nun geschehen, und der Kavallerist hat jetzt das ganze Haus für sich allein.

Das Wetter hat sich nicht gebessert. Vom Portikus, von den Rinnen, vom Fries, von jedem Sims und jeder Säule und jedem Pfeiler tropft der tauende Schnee hernieder. Er ist, wie um Schutz zu suchen, in den Türsturz des großen Portals zur Vorhalle gekrochen, unter das Portal, in die Fensternischen, in jede verborgene Spalte und Ritze und verzehrt sich da und stirbt. Er fällt immer noch auf das Dach und sogar durch die Dachluke, und er tropft mit derselben Regelmäßigkeit, mit der die Schritte auf dem Geisterweg klopfen, auf den steinernen Fußboden.

In dem Kavalleristen werden durch die feierliche Einsamkeit des vornehmen Hauses – so etwas war früher in Chesney Wold für ihn nichts Neues – die alten Erinnerungen wieder wach, und er geht die Treppen hinauf und durch die Hauptzimmer, indem er das Licht hoch in die Höhe hält. Er denkt daran, wie sich sein Schicksal in den letzten paar Wochen verändert hat, denkt an seine auf dem Lande verlebte Kindheit und an die zwei Abschnitte seines Lebens, die so seltsam über die weite dazwischenliegende Periode miteinander verknüpft worden sind; er denkt an den Ermordeten, dessen Bild noch frisch vor seiner Seele steht; an die Dame, die aus diesen Zimmern verschwunden ist und deren Gegenwart sich noch in tausend Dingen verrät; er denkt an den Herrn des Hauses oben in seinem Zimmer und an das ahnungsvolle: „Wer wird es ihm sagen?" Und während ihm all das durch den Kopf geht, sieht er sich überall um und stellt sich vor, wie er jetzt etwas erblicken könnte, das all seinen Mut erfordern würde, um darauf loszugehen, seine Hand darauf zu legen und zu zeigen, daß es ein Hirngespinst sei. Aber alles ist leer, leer wie die Finsternis oben und unten, als er wieder die Treppe hinaufgeht; leer wie das bedrückende Schweigen.

„Alles noch bereit, George Rouncewell?"

„Alles in Ordnung und fertig, Sir Leicester."

„Sie hat nichts von sich hören lassen?"

Der Kavallerist schüttelt den Kopf.

„Kein Brief, der vielleicht übersehen worden sein könnte?"

Aber er weiß, daß so etwas nicht zu erhoffen ist, und legt sich, ohne eine Antwort abzuwarten, wieder nieder.

Aufs engste vertraut mit ihm, wie er selbst vor einigen Stunden gesagt hat, bettet ihn George Rouncewell während des Restes der stillen Winternacht immer wieder bequem; und ebenso vertraut mit seinem stummen Wunsch, löscht er das Licht aus und zieht die Vorhänge auf, sobald der späte Morgen dämmert. Der Tag zieht wie ein Gespenst herauf. Kalt, farblos und trübe sendet er einen warnenden, leichenfarbenen Streif voraus, als ob er riefe: Seht, was ich euch bringe, ihr, die ihr da wacht – wer wird es ihm sagen?

sie wie der Wagen selbst die Straßen entlanggeschleppt worden; und nachdem er ihnen in wenigen Worten erklärt hatte, wohin sie das Fuhrwerk bringen sollten, hob er mich heraus und setzte mich in eine Droschke, die er unter den übrigen herausgesucht hatte.

„Aber meine Liebe!" sagte er, als er das tat, „wie naß Sie sind!"

Ich hatte es nicht gespürt. Aber der tauende Schnee war in den Wagen eingedrungen, und ich war zwei- oder dreimal ausgestiegen, wenn sich ein gestürztes Pferd im Geschirr wälzte und wieder in die Höhe gebracht werden mußte, und meine Kleider waren ganz naß geworden. Ich versicherte ihm, es habe nichts zu bedeuten; aber der Kutscher, der ihn kannte, ließ sich durch mich nicht davon abbringen, die Straße hinab nach einem Stall zu laufen, von wo er einen Armvoll reines, trockenes Stroh mit zurückbrachte. Sie schütteten es auf dem Boden aus und steckten meine Füße hinein, und mir wurde warm und behaglich.

„Jetzt, meine Liebe", sagte Mr. Bucket, indem er den Kopf zum Fenster hereinsteckte, als ich in der Kutsche saß, „jetzt werden wir dieser Person Schritt für Schritt folgen. Es kostet vielleicht ein wenig Zeit, aber ängstigen Sie sich deshalb nicht. Sie sind sicher halbwegs überzeugt, daß ich Grund dazu habe, nicht wahr?"

Ich ahnte nicht, was der Grund war – ahnte nicht, in wie kurzer Zeit ich ihn besser verstehen würde; aber ich versicherte ihm, daß ich ihm volles Vertrauen schenke.

„Das können Sie, meine Liebe", entgegnete er. „Und ich will Ihnen etwas sagen: wenn Sie mir nur halb soviel Vertrauen entgegenbringen wie ich Ihnen nach dem, was ich von Ihnen gesehen habe, so genügt das vollkommen. Gott! Mit Ihnen hat man keine Arbeit! Ich habe noch kein junges Frauenzimmer gleich welchen Standes gesehen – und ich habe auch hochgestellte Frauen kennengelernt! –, das sich so benommen hätte wie Sie, seit ich Sie in der Nacht aus dem Bett geholt habe. Sie sind musterhaft, sage ich Ihnen", schloß Mr. Bucket mit Wärme; „Sie sind einfach musterhaft!"

Ich antwortete ihm, ich freue mich – was auch wirklich der Fall war –, ihm nicht im Wege gewesen zu sein, und ich hoffe, es werde so fortgehen.

„Meine Liebe", entgegnete er, „wenn eine junge Dame ebenso sanft ist wie tapfer und so tapfer wie sanft, dann verlange ich weiter nichts; es ist mehr, als ich erwarte. Sie wird einmal eine Königin, und das sind Sie so ungefähr."

59. KAPITEL

Esthers Erzählung

Es war drei Uhr morgens, als die Häuser am Stadtrand von London endlich das offene Land auszusperren und uns mit Straßen einzuschließen begannen. Die Wege, die wir befahren hatten, waren in viel schlechterem Zustand gewesen als während des Tages, denn die ganze Zeit über hatten der Schneefall und das Tauwetter fortgedauert; die Energie meines Begleiters hatte jedoch keinen Augenblick lang nachgelassen. Es kam mir vor, als hätte seine Tatkraft nicht weniger dazu beigetragen als die Pferde, uns vorwärts zu bringen, und oft hatte seine Willensanspannung den Tieren geholfen. Sie waren erschöpft auf halbem Wege einen Berg hinauf stehengeblieben; sie waren durch reißende Regenbäche gepeitscht worden; sie waren gestürzt und hatten sich in das Geschirr verwickelt; aber stets waren er und seine kleine Laterne bereit, und wenn dem Unglück abgeholfen war, hatte ich niemals eine Veränderung in seinem gefaßten: „Fahrt zu, Kutscher!" vernommen.

Die Ruhe und das Selbstvertrauen, mit denen er unsere Rückreise leitete, konnte ich mir nicht erklären. Er zauderte nie und ließ nie halten, um nach dem Weg zu fragen, bis wir bloß noch einige Meilen von London entfernt waren. Und jetzt auch genügten ihm ein paar kurze Worte hier und da, und wir erreichten zwischen drei und vier Uhr früh Islington.

Ich will nicht von der Spannung und der Angst sprechen, die mich die ganze Zeit über bei dem Gedanken erfüllten, daß wir uns mit jeder Minute weiter von meiner Mutter entfernten. Ich glaube, mich hielt die Hoffnung aufrecht, daß er recht haben müsse und unbedingt einen zuverlässigen Grund habe, dieser Frau zu folgen; aber ich quälte mich damit ab, während der ganzen Reise daran zu zweifeln und darüber hin und her zu grübeln. Was werden sollte, wenn wir sie nicht fanden, und was uns für diesen Zeitverlust entschädigen könnte, waren ebenfalls Fragen, die ich nicht loswerden konnte; meine Seele wurde durch diese unaufhörlichen Gedanken auf eine wahre Folterbank gespannt, bis der Wagen endlich anhielt.

Wir hielten in einer Hauptstraße, wo sich ein Droschkenstand befand. Mein Gefährte bezahlte unsere beiden Postillone, die von oben bis unten so mit Schmutz bedeckt waren, als wären

Mit diesen ermutigenden Worten – sie stärkten meinen Mut in dieser sorgenvollen Zeit wirklich sehr – stieg er auf den Bock, und wir fuhren abermals davon. Wohin wir fuhren, wußte ich damals nicht, und ich habe es auch seitdem nicht erfahren; aber es schien, als ob wir die engsten und schlechtesten Straßen Londons aufsuchten. Sooft ich ihn dem Kutscher Befehle erteilen sah, war ich darauf gefaßt, daß wir uns in ein noch verwickelteres Labyrinth schmaler, häßlicher Gassen verlieren würden; und meine Vermutung traf immer ein.

Manchmal gerieten wir auf eine breite Straße, oder wir erreichten ein Gebäude, das größer als die übrigen und hell erleuchtet war. Dann machten wir bei der Polizeiwache – gleich der ersten, die wir zu Anfang unserer Reise besucht hatten – halt, und ich sah, wie er sich mit andern beriet. Manchmal stieg er bei einem Torweg oder an einer Straßenecke ab und ließ geheimnisvoll das Licht seiner kleinen Blendlaterne leuchten. Sie lockte ähnliche Lichter aus verschiedenen dunklen Winkeln wie ebenso viele Insekten hervor, und es fand eine neue Beratung statt. Nach und nach schienen sich unsere Nachforschungen auf ein kleineres und leichter zu übersehendes Gebiet zu beschränken. Einzelne Polizisten, die den Streifendienst versahen, konnten jetzt Mr. Bucket sagen, was er zu wissen wünschte, und ihm zeigen, wohin er gehen sollte. Endlich machten wir halt, und er hatte mit einem dieser Leute eine ziemlich lange Unterredung, die zufriedenstellend verlaufen sein mußte; denn er nickte von Zeit zu Zeit mit dem Kopfe. Als sie zu Ende waren, kam er mit einem sehr geschäftsmäßigen und aufmerksamen Gesicht zu mir.

„Jetzt, Miss Summerson", sagte er zu mir, „werden Sie sich nicht ängstigen, was auch geschehen mag. Das weiß ich. Ich brauche Ihnen keine andere Warnung zu erteilen, als daß ich Ihnen sage, wir haben jetzt die sichere Spur dieser Person, und Sie können mir von Nutzen sein, ehe ich selbst es weiß. Ich verlange das nicht gern von Ihnen, meine Liebe, aber würden Sie ein Stück zu Fuß gehen?"

Natürlich stieg ich sofort aus und nahm seinen Arm.

„Es ist nicht so einfach, nicht auszugleiten", meinte Mr. Bucket; „aber nehmen Sie sich Zeit."

Obgleich ich mich nur höchst verwirrt und sehr hastig umsah, als wir eine Straße überquerten, kam mir die Gegend doch bekannt vor. „Sind wir in Holborn?" fragte ich.

„Ja", erwiderte Mr. Bucket. „Kennen Sie diese Querstraße?"

„Sie sieht fast aus wie Chancery Lane."

„Und ist auch so getauft", sagte Mr. Bucket.

Wir bogen in diese Straße ein, und während wir durch den Schneematsch stampften, hörte ich die Turmuhren halb sechs schlagen. Wir gingen schweigend einher und so rasch, wie es die Straßenverhältnisse erlaubten, als uns auf dem engen Trottoir eine in einen Mantel gehüllte Person entgegenkam, stillstand und uns Platz machte, um uns vorbeizulassen. Im selben Augenblick vernahm ich einen Ausruf des Erstaunens, und ich hörte Mr. Woodcourt meinen Namen nennen. Ich kannte seine Stimme recht gut.

Das kam mir so unerwartet und machte, ich weiß nicht, ob einen peinlichen oder freudigen Eindruck auf mich nach der fieberhaften Unruhe der Reise und so mitten in der Nacht, daß mir die Tränen in die Augen traten. Es war, als ob ich seine Stimme in einem fremden Land hörte.

„Meine liebe Miss Summerson, Sie? Zu dieser Stunde und in solchem Wetter auf der Straße?"

Er hatte von meinem Vormund gehört, daß man mich einer ungewöhnlichen Angelegenheit wegen abgerufen hatte, und sagte das, um mir weitere Erklärungen zu ersparen. Ich erwiderte ihm, wir wären eben aus dem Wagen gestiegen und gingen jetzt . . . aber nun mußte ich meinen Begleiter ansehen.

„Ja, sehen Sie, Mr. Woodcourt" – er hatte den Namen von mir gehört –, „wir wollen jetzt in die nächste Straße gehen – Inspektor Bucket."

Ohne meine Einwendungen zu beachten, zog Mr. Woodcourt rasch seinen Mantel aus und hüllte mich hinein. „Das ist ein guter Einfall", sagte Mr. Bucket, indem er ihm half. „Ein sehr guter Einfall."

„Darf ich Sie begleiten?" fragte Mr. Woodcourt – ich weiß nicht, ob mich oder meinen Begleiter.

„Mein Gott!" rief Mr. Bucket aus, indem er die Antwort auf sich nahm. „Natürlich!"

Das ganze Gespräch dauerte nur einen Augenblick, und sie nahmen mich, in den Mantel gehüllt, zwischen sich.

„Ich komme eben von Richard", berichtete Mr. Woodcourt. „Ich habe seit gestern abend um zehn bei ihm gesessen."

„Mein Gott, ist er krank?"

„Nein, nein, das nicht; er ist nicht krank, aber auch nicht ganz wohl. Er war so niedergeschlagen und so schwach – Sie wissen, er ist manchmal so angegriffen und matt –, und Ada ließ mich natürlich holen. Nach kurzer Zeit erholte sich Richard wieder, und Ada war so glücklich und so sehr davon überzeugt, daß meine Bemühungen daran schuld seien – obgleich ich, weiß der Himmel, wenig genug dazu getan hatte –, daß ich bei ihm blieb, bis er einige Stunden fest schlief – so fest, wie sie selbst jetzt schläft, hoffe ich."

Die freundschaftliche und vertrauliche Art, mit der er von ihnen sprach, seine unverstellte Hingebung für sie, das dankbare Vertrauen, das er, wie ich wußte, meinem Herzenskind eingeflößt hatte, und den Trost, den er für sie bedeutete – konnte ich das alles von dem Versprechen trennen, das er mir gegeben hatte? Undankbar hätte ich sein müssen, hätte ich mich nicht an die Worte erinnert, die er zu mir sprach, als er so betroffen über mein verändertes Aussehen war: „Ich werde es als ein Vertrauensamt annehmen, und es soll mir heilig sein!"

Wir bogen jetzt in eine zweite, schmälere Gasse ein. „Mr. Woodcourt", sagte Mr. Bucket, der ihn, während wir weitergingen, genau betrachtet hatte, „unser Geschäft führt uns zu einem Papierhändler; zu einem gewissen Mr. Snagsby. – Wie, Sie kennen ihn?" Sein Blick war so scharf, daß er es sogleich bemerkte.

„Ich? Ja, ich kenne ihn ein wenig und habe ihn hier besucht."

„Wirklich, Sir?" fragte Mr. Bucket. „Dann sind Sie wohl so gut und erlauben mir, Miss Summerson einen Augenblick Ihnen zu überlassen, während ich zu ihm gehe und ein paar Worte mit ihm spreche."

Der letzte Polizeibeamte, den er zu Rate zog, stand stumm hinter uns. Ich bemerkte ihn nicht eher, als bis er auf meine Bemerkung, daß ich jemanden weinen höre, erklärte: „Ängstigen Sie sich nicht, Miss; das ist Snagsbys Dienstmädchen."

„Sie müssen wissen", ergänzte Mr. Bucket, „das Mädchen leidet an Krämpfen und hat sie diese Nacht sehr heftig. Das ist heute besonders fatal; denn ich muß von diesem Mädchen etwas erfahren, und irgendwie müssen wir es zu Verstand bringen."

„Jedenfalls wäre niemand mehr auf, wenn das Mädchen nicht wäre, Mr. Bucket", meinte der andere. „Sie hat es die ganze Nacht hindurch ziemlich arg getrieben, Sir."

„Das ist wahr", erwiderte er. „Meine Laterne geht aus. Geben Sie mir Ihre für einen Augenblick."

Alles wurde flüsternd ein oder zwei Türen von jenem Haus entfernt gesprochen, in dem ich es schwach weinen oder klagen hören konnte. In dem kleinen runden Schein seiner Laterne trat

Mr. Bucket an die Tür und klopfte. Die Tür wurde geöffnet, nachdem er zweimal geklopft hatte; er ging hinein und ließ uns auf der Straße warten.

„Miss Summerson", wandte sich Mr. Woodcourt an mich, „wenn ich, ohne mich in Ihr Vertrauen zu drängen, bei Ihnen bleiben darf, so bitte ich, es mir zu erlauben."

„Sie sind wirklich sehr gütig", gab ich zurück. „Ich brauche vor Ihnen nichts, was mich angeht, geheimzuhalten; wenn ich Ihnen etwas verberge, dann ist es nicht mein Geheimnis."

„Ich verstehe Sie vollkommen. Verlassen Sie sich auf mich, ich werde nur so lange in Ihrer Nähe bleiben, wie ich Ihr Geheimnis achten kann."

„Ich vertraue Ihnen unbedingt", erwiderte ich. „Ich weiß und fühle tief, wie heilig Sie Ihr Versprechen gehalten haben."

Nach einer kleinen Weile erglänzte das kleine runde Laternenlicht von neuem, und Mr. Bucket kam mit ernstem Gesicht auf uns zu. „Bitte, kommen Sie herein, Miss Summerson", sagte er, „und nehmen Sie vorm Feuer Platz. Mr. Woodcourt, Sie sind, wie ich erfahren habe, Arzt. Wollen Sie sich wohl dieses Mädchen ansehen, ob irgend etwas geschehen kann, um sie wieder zu sich zu bringen? Sie hat einen Brief, den ich ganz dringend brauche. Er ist nicht in ihrem Koffer, und ich glaube, sie muß ihn bei sich tragen; aber sie liegt so zusammengekrümmt da, daß es schwer ist, sie, ohne ihr weh zu tun, zu bewegen."

Wir gingen alle drei zusammen in das Haus. Obgleich es kalt und rauh war, roch es doch dumpfig drinnen, weil man die ganze Nacht aufgeblieben war. In dem Gang hinter der Tür stand ein scheuer, betrübt aussehender kleiner Mann in einem grauen Rock; sein Benehmen schien von natürlicher Höflichkeit zu sein, und er redete sehr sanft.

„Die Treppe hinab, Mr. Bucket, bitte sehr", sagte er. „Die Dame wird entschuldigen, daß es die Küche nach vorn heraus ist; wir benutzen sie alltags als Wohnzimmer. Die Küche hinten hinaus ist Gusters Schlafzimmer, und dort reißt es das arme Ding jetzt aufs schrecklichste herum!"

Wir stiegen die Treppe hinab, begleitet von Mr. Snagsby; denn er war der kleine Mann, wie ich bald erfuhr. Vorm Feuer in der vorderen Küche saß Mrs. Snagsby mit sehr roten Augen und sehr strengem Gesicht.

„Mein kleines Frauchen", sagte Mr. Snagsby, als er hinter uns eintrat, „um es nicht durch die Blume zu sagen, meine Liebe, laß uns nur für einen Augenblick in dieser kalten Nacht unsere

Feindseligkeiten unterbrechen, damit ich dir Inspektor Bucket, Mr. Woodcourt und eine Dame vorstelle."

Sie machte ein sehr erstauntes Gesicht, wozu sie auch allen Grund hatte, und sah mich ganz besonders scharf an.

„Mein kleines Frauchen", fuhr Mr. Snagsby fort, der sich in die fernste Ecke neben die Tür setzte, als ob er sich eine Freiheit herausnähme, „es ist nicht unwahrscheinlich, daß du mich fragst, warum Inspektor Bucket, Mr. Woodcourt und eine Dame in gegenwärtiger Stunde nach Cook's Court, Cursitor Street, kommen. Ich weiß es nicht. Ich habe nicht die leiseste Ahnung. Wenn man es mir sagte, so würde ich es jedenfalls nicht begreifen, und lieber soll man es mir nicht sagen."

Er schien so unglücklich zu sein, wie er den Kopf in die Hand stützte, und ich war offenbar so unwillkommen, daß ich mich gerade entschuldigen wollte, als Mr. Bucket das Gespräch an sich nahm.

„Nun, Mr. Snagsby", sagte er, „das Beste, was Sie tun können, ist, Mr. Woodcourt zu begleiten, nach Ihrer Guster zu sehen..."

„Meine Guster, Mr. Bucket!" rief Mr. Snagsby. „Nur weiter so, Sir, nur weiter so. Nächstens wird man mir auch daran die Schuld in die Schuhe schieben!"

„... und das Licht zu halten", fuhr Mr. Bucket fort, ohne seine Worte zurückzunehmen, „oder das Mädchen zu halten und sich auf jede Weise, die man von Ihnen verlangt, nützlich zu machen. Und es gibt keinen Menschen, der das lieber täte als Sie; denn sehen Sie, Sie sind ein höflicher und sanfter Mann und haben ein Herz, das für andere fühlen kann. Mr. Woodcourt, wollen Sie so gut sein und sich das Mädchen ansehen und, wenn Sie den Brief von ihr bekommen können, ihn mir so bald wie möglich bringen?"

Als sie hinausgingen, veranlaßte mich Mr. Bucket, in einer Ecke vor dem Feuer Platz zu nehmen und meine nassen Schuhe auszuziehen, die er vor das Kamingitter zum Trocknen hinstellte; und während dieser ganzen Zeit sprach er.

„Lassen Sie sich durchaus nicht dadurch stören, Miss, daß Ihnen Mrs. Snagsby auch dort keinen freundlichen Blick gönnt, weil sie ganz und gar im Irrtum ist. Sie wird das viel früher einsehen, als es einer Dame von einer im allgemeinen so richtigen Denkweise angenehm sein kann; denn ich werde es ihr deutlich machen." Während er, den nassen Hut und die nassen Halstücher in der Hand und selbst von Kopf bis Fuß naß, vor dem Kamin stand, wandte er sich nun zu Mrs. Snagsby. „Das erste, was ich Ihnen als einer verheirateten Frau, die, was man Reize nennen kann, besitzt – Sie wissen ja: ‚Glaubt mir, wenn all diese reizenden Züge' und so weiter ... Sie kennen das Lied gewiß; denn Sie würden mir vergeblich einwenden, daß Sie mit guter Gesellschaft nichts zu tun haben –, was ich Ihnen als einer verheirateten Frau, die Reize besitzt, die Ihnen Selbstvertrauen einflößen sollten ... was ich Ihnen also zu sagen habe, ist, daß Sie tatsächlich daran schuld sind."

Mrs. Snagsby zog ein etwas erschrockenes Gesicht, wurde ein wenig weicher und fragte stotternd, was Mr. Bucket damit sagen wolle.

„Was Mr. Bucket damit sagen will?" wiederholte er, und ich sah an seinem Gesicht, daß er die ganze Zeit über, während er sprach, nur auf die Entdeckung des Briefes lauschte – was mich sehr aufregte; denn ich wußte, wie wichtig er sein mußte –, „ich will Ihnen sagen, was er sagen will, Madam. Sehen Sie sich einmal *Othello* an. Das ist das richtige Trauerspiel für Sie."

Mrs. Snagsby fragte gewissenhaft: „Warum?"

„Warum?" wiederholte Mr. Bucket. „Weil Sie es noch so weit bringen werden, wenn Sie sich nicht in acht nehmen. Wahrhaftig, ich weiß, wovon in demselben Augenblick, da ich spreche, Ihr Geist, was diese junge Dame angeht, nicht ganz frei ist. Aber soll ich Ihnen sagen, wer diese junge Dame ist? Nun, hören Sie: Sie sind, was ich eine gescheite Frau nenne – mit einem Geist, der zu groß für Ihren Körper ist, wenn Sie erst darauf kommen, und der Ihren Körper aufreibt –, und Sie kennen mich und erinnern sich, wo Sie mich zuletzt sahen und wovon in diesem Kreise die Rede war. Nicht wahr? Ja! Sehr gut. Diese junge Dame ist *jene* junge Dame."

Mrs. Snagsby schien ihn besser zu verstehen, als es mir möglich war.

„Und Toughy – den Sie Jo nennen – hatte mit dieser Sache zu tun und mit keiner andern; der Kopist, den Sie kennen, hatte mit dieser Sache zu tun und mit keiner andern; Ihr Mann, der nicht mehr davon wußte als Ihr Urgroßvater, hatte durch den verstorbenen Mr. Tulkinghorn, seinen besten Kunden, mit dieser Sache zu tun und mit keiner andern – und dennoch schließt eine verheiratete Frau, mit Ihren Reizen ausgestattet, die Augen – noch dazu schöne Augen! – und rennt mit ihrem zarten Köpfchen gegen eine Wand! Wahrhaftig, ich schäme mich für Sie!" (Ich dachte, Mr. Woodcourt müßte ihn jetzt haben!)

Mrs. Snagsby schüttelte den Kopf und hielt sich das Taschentuch vor die Augen.

„Ist das alles?" fuhr Mr. Bucket aufgeregt fort. „Nein. Sehen Sie, was weiter geschieht! Eine andere Person, die ebenfalls mit dieser Sache zu tun hat und mit keiner andern, eine Person im elendesten Zustand, kommt heute nacht hierher, und Sie sehen sie mit Ihrem Dienstmädchen sprechen; sie gibt Ihrem Dienstmädchen ein Papier, für das ich auf der Stelle hundert Pfund bar auf den Tisch legen würde. Und was tun Sie? Sie verstecken sich und belauern sie, und Sie stürzen auf das Dienstmädchen los – während Sie doch wissen, was für Anfällen das arme Ding ausgesetzt ist und wie wenig dazu gehört, sie auszulösen –, und stürzen so unerwartet und mit solcher Heftigkeit auf sie los, daß sie bei Gott den Verstand verliert und ihn nicht wiederfindet, während ein Menschenleben von den Worten des Mädchens abhängen kann!"

Es war ihm jetzt so vollkommen ernst mit dem, was er sagte, daß ich unwillkürlich die Hände zusammenschlug und fühlte, wie sich die Stube um mich drehte. Aber sie blieb wieder stehen. Mr. Woodcourt kam herein, drückte ihm ein Papier in die Hand und ging wieder hinaus. „Das einzige, womit Sie wieder etwas gutmachen können, Mrs. Snagsby", sagte Mr. Bucket, indem er einen raschen Blick auf das Papier warf, „ist, mich einen Augenblick mit dieser jungen Dame allein sprechen zu lassen. Und wenn Sie dem Herrn in der Küche irgend helfen oder wenn Sie sich auf irgend etwas besinnen können, wodurch Sie das Mädchen wieder zu sich zu bringen vermögen, so tun Sie es so rasch wie möglich!" In einem Augenblick war sie hinaus, und er schloß die Tür. „Jetzt, meine Liebe, sind Sie gefaßt, und können Sie sich auf sich verlassen?"

„Vollkommen", antwortete ich.

„Wessen Handschrift ist das?"

Es war die Handschrift meiner Mutter. Mit Bleistift auf ein zerknittertes und zerrissenes Papier geschrieben, von der Feuchtigkeit halb verlöscht, ohne Sorgfalt wie ein Brief zusammengelegt und an mich adressiert, bei meinem Vormund abzugeben.

„Sie kennen die Handschrift", sagte er, „und wenn Sie gefaßt genug sind, mir den Brief vorzulesen, so lesen Sie ihn vor. Aber geben Sie auf jedes Wort acht." Ich las folgendes:

„Aus zwei Gründen suchte ich die Zieglerhütte auf. Erstens, um womöglich noch einmal das geliebte Wesen zu sehen – aber bloß zu sehen, nicht um mit ihr zu sprechen oder sie wissen zu lassen, daß ich in der Nähe sei. Zweitens, um den Verfolgern zu entgehen und sie auf eine falsche Fährte zu bringen. Tadelt die Mutter nicht dessentwegen, was sie dabei getan hat. Die Hilfe, die sie mir geleistet hat, leistete sie auf meine nachdrücklichsten Versicherungen hin, daß es zum Besten meines Lieblings geschehe. Du erinnerst dich an ihr verstorbenes Kind. Die Zustimmung der Männer erkaufte ich, aber sie hat mir ohne Entgelt geholfen."

„Das hat sie geschrieben, als sie dort war", warf mein Begleiter ein. „Es stimmt mit dem überein, was ich mir dachte. Ich hatte recht."

Das nächste war später geschrieben.

„Ich bin eine weite Strecke gewandert, viele Stunden lang, und ich weiß, daß ich bald sterben muß. Diese Straßen! Ich habe kein anderes Ziel, als zu sterben. Als ich fortging, hatte ich einen schlimmeren Gedanken; aber es bleibt mir erspart, noch diese Schuld zu der übrigen auf mich zu laden. Kälte, Nässe und Ermüdung sind Ursachen genug, wenn man mich tot findet; aber ich sterbe an anderen Krankheiten, obgleich ich unter all dem leide. Es war recht, daß alles, was mich aufrechterhalten hat, auf einmal zusammenbrechen mußte und daß ich aus Angst und an meinem bösen Gewissen sterben muß."

„Fassen Sie Mut", sagte Mr. Bucket, „es sind nur noch ein paar Worte."

Diese waren wieder zu einem anderen Zeitpunkt geschrieben, allem Anschein nach fast im Dunkeln.

„Ich habe alles getan, was in meinen Kräften stand, damit man mich nicht findet. Ich werde bald vergessen sein und ihm so am wenigsten Schande bringen. Ich habe nichts bei mir, woran man mich erkennen könnte. Von diesem Papier trenne ich mich jetzt. An jene Stelle, wo ich mich hinlegen will, wenn ich sie noch erreichen kann, habe ich oft gedacht. Leb wohl! Vergib mir."

Mr. Bucket stützte mich mit seinem Arm und ließ mich sanft in meinen Stuhl sinken. „Fassen Sie sich! Halten Sie mich nicht für unmenschlich, meine Liebe, aber sobald Sie sich stark genug fühlen, ziehen Sie sich Ihre Schuhe an und halten Sie sich bereit."

Ich entsprach seinem Wunsch; aber ich blieb lange Zeit allein und betete für meine unglückliche Mutter. Sie beschäftigten sich alle mit dem armen Mädchen, und ich hörte, wie Mr. Woodcourt ihnen Anweisungen gab und dem Mädchen oft zusprach. Endlich kam er mit Mr. Bucket zu mir und sagte, es sei wichtig, ihr sanft zuzureden; er meine deshalb, es sei das beste, wenn ich sie nach dem frage, was ich von ihr zu erfahren wünsche. Zweifellos werde sie jetzt Fragen beantworten, wenn man sie beruhige und nicht einschüchtere. Die Fragen, fügte Mr. Bucket hinzu, wären: wie sie zu dem Brief gekommen sei, was zwischen ihr und der Person, die ihr den Brief gegeben habe, vorgegangen sei und wo die Frau sich hingewandt habe. Indem ich meinen Geist, so fest ich konnte, auf diese Punkte richtete, ging ich mit ihm in das anstoßende Zimmer. Mr. Woodcourt wollte draußen bleiben, kam aber auf meine Bitten mit hinein.

Das arme Mädchen saß auf dem Fußboden, wo man sie hingelegt hatte. Die übrigen standen im Kreis um sie herum, allerdings in einiger Entfernung, damit es ihr nicht an Luft fehle. Sie war nicht hübsch und sah kränklich und angegriffen aus; aber sie hatte ein bekümmertes, gutes Gesicht, obgleich ihr Blick immer noch etwas verstört war. Ich kniete auf dem Fußboden neben ihr nieder und nahm ihren Kopf an meine Brust, worauf sie den Arm um meinen Hals schlang und in Tränen ausbrach.

„Armes Kind", sagte ich, indem ich mein Gesicht an ihre Stirn legte, denn ich weinte auch und zitterte sehr, „es sieht grausam aus, dich zu belästigen; aber es hängt mehr davon ab, daß wir etwas über diesen Brief erfahren, als ich dir in einer Stunde auseinandersetzen kann."

Sie fing ganz jämmerlich zu beteuern an: sie habe es doch gar nicht böse gemeint, Mrs. Snagsby!

„Davon sind wir alle überzeugt", erwiderte ich. „Aber bitte, sage mir, wie du zu dem Brief gekommen bist!"

„Ja, das will ich tun, gute Dame, und ich will die Wahrheit sagen. Ich will alles erzählen, wahrhaftig, Mrs. Snagsby!"

„Davon bin ich überzeugt", sagte ich. „Wie war es?"

„Ich hatte einen Auftrag besorgt, gute Dame – lange, nachdem es dunkel geworden war; ganz spät –, und als ich an unsere Tür kam, stand eine gemein aussehende Person, ganz naß und schmutzig, vor dem Haus und sah hinauf. Als sie mich in die Tür hineingehen sah, rief sie mich zurück und fragte, ob ich hier wohne. Ich sagte ja, und sie fuhr fort, es wären ihr hier in dieser Gegend nur ein paar Häuser bekannt, aber sie habe sich verlaufen und könne sie nicht finden. Oh, was soll ich tun, was soll ich nur tun! Sie glauben mir nicht! Sie sagte nichts Böses zu mir, und ich sagte nichts Böses zu ihr, wahrhaftig nicht, Mrs. Snagsby."

Ihre Herrin mußte sie jetzt erst trösten – was sie, wie ich gestehen muß, mit großer Reue tat –, ehe ich wieder etwas aus ihr herausbringen konnte.

„Sie konnte sich nicht zurechtfinden?" fragte ich.

„Nein!" rief das Mädchen und schüttelte den Kopf. „Nein! Konnte sich nicht zurechtfinden. Und sie war so müde und elend, ach, so elend! Wenn Sie sie gesehen hätten, Mr. Snagsby, Sie hätten ihr gewiß eine halbe Krone gegeben!"

„Nun ja, Guster, mein Mädchen", sagte er, ohne anfangs zu wissen, was er sagen sollte, „ich hoffe, ich hätte es getan."

„Und doch sprach sie so schön", berichtete das Mädchen weiter, „und sah mich dabei mit weit offenen Augen an, daß einem das Herz darüber bluten mußte. Und sie fragte mich, ob ich den Weg zum Gottesacker wüßte. Ich fragte zurück, zu welchem Gottesacker? Und sie erwiderte, sie meine den, wo die Armen begraben würden. Und so erklärte ich ihr, daß ich selbst aus dem Armenhause sei und daß sich das nach dem Kirchspiel richte. Aber sie sagte, sie meine den Begräbnisplatz, der nicht sehr weit von hier sei, mit einem Torweg, mit einer Stufe und einem eisernen Gitter."

Als ich ihr Gesicht beobachtete und sie aufforderte fortzufahren, sah ich, daß Mr. Bucket das mit einem Blick aufnahm, der mich erschreckte.

„O Gott!" rief das Mädchen und strich sich das Haar mit den Händen zurück, „was soll ich tun, was soll ich tun! Sie meinte den Gottesacker, wo der Mann liegt, der den Schlaftrunk eingenommen hatte – von dem Sie uns erzählt haben, Mrs. Snagsby –, und der mich so erschreckte, Mrs. Snagsby. Oh, es packt mich wieder! Haltet mich!"

„Es geht dir doch jetzt viel besser", sagte ich. „Bitte, sprich weiter!"

„Ja, recht gern! Aber sind Sie nicht böse auf mich, meine gute Dame, weil ich so krank gewesen bin?"

Wer konnte dem armen Mädchen böse sein!

„So, nun will ich alles erzählen. Sie sagte also, ob ich ihr den Weg dorthin zeigen könnte, und ich sagte ja und zeigte ihn ihr, und sie sah mich mit Augen an, fast als ob sie blind wäre und zurücksinken wollte. Und nun zog sie den Brief heraus und hielt ihn mir hin und sagte, wenn sie ihn auf die Post gäbe, würde er verwischt und vergessen und niemals besorgt werden; und ob ich ihn nehmen und besorgen wollte, der Bote würde bei der Abgabe bezahlt werden. Ich sagte ja, wenn es nichts Unrechtes wäre, und sie sagte nein – nichts Unrechtes. So nahm ich denn den Brief, und sie sagte, sie könne mir nichts geben, und ich entgegnete, ich sei selbst arm und brauche deshalb nichts. Und dann sagte sie: ‚Gott segne Euch!' und ging."

„Und ging sie...?"

„Ja!" rief das Mädchen, indem sie der Frage zuvorkam, „ja, sie ging den Weg, den ich ihr gezeigt hatte. Dann trat ich ins Haus, und Mrs. Snagsby kam aus einem Versteck auf mich zu und hielt mich fest, und ich erschrak."

Mr. Woodcourt nahm sie mir liebevoll aus dem Arm. Mr. Bucket hüllte mich in den Mantel, und gleich darauf waren wir auf der Straße. Mr. Woodcourt blieb zögernd stehen, aber ich sagte: „Verlassen Sie mich jetzt nicht!" und Mr. Bucket setzte hinzu: „Es ist besser, Sie gehen mit, wir könnten Sie brauchen; verlieren Sie keine Zeit!"

Von diesem Gang sind mir nur die verwirrtesten Eindrücke geblieben. Ich entsinne mich noch, daß es weder Nacht noch Tag war; daß der Morgen graute, aber daß die Straßenlaternen noch nicht ausgelöscht waren; daß der Schnee immer noch fiel und daß alle Straßen tief verschneit waren. Ich entsinne mich noch, an ein paar fröstelnden Leuten vorübergegangen zu sein. Ich entsinne mich noch der nassen Dächer, der verstopften und berstenden Straßenrinnen und Wasserausgüsse, der schwarzen Schnee- und Eishaufen, über die wir gingen, und der engen Höfe, durch die wir eilten. Zugleich erinnere ich mich, daß mir war, als klänge mir die Geschichte, die mir das arme Mädchen erzählt hatte, noch deutlich in den Ohren; als könnte ich noch fühlen, wie die Arme auf meinem Arm ruhte; als nähmen die fleckigen Häuserfronten Menschengestalt an und starrten mich an; als gingen große Wasserschleusen in meinem Kopf oder in der Luft auf und zu und als wären die unwirklichen Dinge wesenhafter als die wirklichen.

Endlich standen wir unter einem dunklen, elenden gewölbten Gang. Eine Laterne brannte über einem eisernen Gitter, und schwach dämmerte der Morgen herein. Das Tor war verschlossen. Dahinter lag ein Begräbnisplatz: eine grauenvolle Stätte, wo die Nacht nur sehr langsam von dannen schlich. Aber ich konnte in ungewissen Umrissen Berge von vergessenen Gräbern und Leichensteinen erkennen, ringsum, ganz dicht, von schmutzigen Häusern umgeben, in deren Fenstern ein paar trübe Lichter brannten und deren Wände wie einen kranken Stoff eine klebrige Feuchtigkeit ausschwitzten. Auf der Stufe vor dem

Gittertor, benetzt von dem schrecklichen Naß einer solchen Hauswand, das überall zu Boden tropfte und rieselte, sah ich mit einem Schrei des Mitleids und des Entsetzens eine Frauengestalt liegen – Jenny, die Mutter des toten Kindes.

Ich wollte auf sie zueilen, aber meine Begleiter hielten mich zurück, und Mr. Woodcourt bat mich mit der größten Innigkeit – er hatte sogar Tränen in den Augen –, ich möchte, ehe ich zu der Gestalt hinginge, einen Augenblick auf das hören, was mir Mr. Bucket zu sagen habe. Ich tat es, wie ich glaube. Ich tat es, dessen bin ich überzeugt.

„Miss Summerson, Sie werden mich verstehen, wenn Sie einen Augenblick nachdenken: sie tauschten die Kleider in der Hütte."

Sie tauschten die Kleider in der Hütte. Ich konnte die Worte in Gedanken wiederholen, und ich wußte, was sie für sich allein zu bedeuten hatten; aber im Zusammenhang mit irgend etwas anderem hatten sie für mich keinen Sinn.

„Und eine kehrte um", fuhr Mr. Bucket fort, „und eine ging weiter. Und die eine, die weiterging, ging, so hatten sie es abgemacht, nur eine bestimmte Strecke, um die Nachkommenden zu täuschen, und kehrte dann quer übers Feld nach Hause zurück. Denken Sie einen Augenblick nach!"

Auch das konnte ich in Gedanken wiederholen, aber ich hatte nicht die leiseste Ahnung, was es bedeuten sollte. Vor mir auf den Stufen sah ich die Mutter des toten Kindes liegen. Sie lag dort und hielt mit einem Arm eine Stange des eisernen Gitters umfaßt, als wollte sie sie umarmen. Sie lag dort, die erst vor kurzem mit meiner Mutter gesprochen hatte. Sie lag dort, ein unglückliches, obdachloses, bewußtloses Geschöpf. Sie, die meiner Mutter Brief gebracht hatte, die mir allein Auskunft geben konnte, wo meine Mutter war; sie, die uns nun führen sollte, um jene zu erretten, die wir so weit gesucht hatten; sie, die auf eine Weise, welche dunkel mit meiner Mutter in Verbindung stand, in eine solche Verfassung geraten war und die jeden Augenblick den Bereich unserer Hilfe und unseres Zugriffs verlassen konnte – sie lag dort, und meine Begleiter hielten mich auf! Ich sah den feierlichen und teilnahmsvollen Blick Mr. Woodcourts, ohne ihn zu verstehen. Ich sah, wie er die Brust des anderen berührte, um ihn zurückzuhalten, aber ich verstand ihn nicht. Ich sah ihn barhäuptig in der bitterkalten Luft dastehen und irgendeinem Ding scheue Ehrfurcht erweisen. Aber von alldem verstand ich nichts.

Ich hörte sogar, wie sie sagten: „Wollen wir sie gehen lassen?"

„Es ist besser. Ihre Hände sollen sie zuerst berühren. Sie haben ein heiligeres Recht dazu als die unsern."

Ich eilte zu dem Gittertor und beugte mich zu der Gestalt hinab. Ich hob das schwere Haupt empor, strich das lange, feuchte Haar beiseite und wandte das Gesicht dem Licht zu. Und es war meine Mutter, kalt und tot.

60. KAPITEL

Aussichten

Ich komme jetzt zu anderen Teilen meiner Lebensgeschichte. Aus der Freundlichkeit aller, die um mich waren, schöpfte ich so viel Trost, daß ich nie ohne Rührung daran zurückdenken kann. Ich habe schon so viel von mir gesprochen und habe noch so viel zu sagen, daß ich mich nicht weiter über meinen Schmerz verbreiten will. Ich war krank, aber nicht lange, und ich würde es nicht einmal erwähnen, wenn ich die Erinnerung an die Teilnahme der Mitmenschen ganz unterdrücken könnte.

Ich komme zu anderen Teilen meiner Lebensgeschichte.

Während meiner Krankheit blieben wir noch in London, wohin auf Einladung meines Vormunds Mrs. Woodcourt zu uns auf Besuch gekommen war. Als mein Vormund mich für wohl und heiter genug hielt, um mit ihm in unserer alten Weise zu sprechen – obgleich ich dies schon eher hätte tun können, wenn er mir nur geglaubt hätte –, nahm ich meine Arbeit wieder auf und meinen Platz neben ihm wieder ein. Er hatte die Zeit selbst bestimmt, und wir waren allein.

„Mütterchen", sagte er, indem er mich mit einem Kuß empfing, „willkommen im Brummstübchen, meine Liebe. Ich habe einen Plan vorzulegen, Frauchen. Ich gedenke hierzubleiben, vielleicht sechs Monate, vielleicht länger – wie es sich ergibt. Mit einem Wort: mich für eine Weile hier förmlich niederzulassen."

„Und unterdessen Bleakhaus im Stich zu lassen?" fragte ich.

„Ja, meine Liebe! Bleakhaus muß für sich selbst sorgen lernen", entgegnete er.

Es schien mir, als ob seine Stimme bekümmert klänge; aber als ich ihn anblickte, sah ich sein gütiges Antlitz vom freundlichsten Lächeln erhellt

„Bleakhaus", wiederholte er, und seine Stimme kam mir jetzt nicht bekümmert vor, „muß für sich selbst sorgen lernen. Es ist weit von Ada entfernt, meine Gute, und Ada bedarf Ihrer sehr."

„Es sieht Ihnen ganz ähnlich, Vormund", sagte ich, „dies in Betracht zu ziehen, um uns beide angenehm zu überraschen."

„Aber nicht ganz uneigennützig, meine Gute, wenn Sie mich etwa wegen dieser Tugend rühmen wollen; denn wenn Sie dauernd unterwegs wären, könnten Sie selten bei mir sein. Und außerdem wünsche ich bei dieser Entfremdung von dem armen Rick möglichst viel und oft von Ada zu hören. Nicht bloß von ihr, sondern auch von ihm, dem armen Burschen."

„Haben Sie heute morgen Mr. Woodcourt gesehen, Vormund?"

„Ich sehe Mr. Woodcourt jeden Morgen, Frauchen."

„Ist er noch immer derselben Meinung über Richard?"

„Ganz derselben. Er kann keine eigentliche körperliche Krankheit an ihm entdecken, im Gegenteil, er glaubt, daß er keine hat. Aber er ist nicht ohne Sorge um ihn; wer könnte das sein?"

In der letzten Zeit war mein Herzenskind täglich bei uns gewesen, manchmal sogar zweimal. Aber wir hatten immer vorausgesehen, daß dies nur bis zu meiner vollständigen Genesung so bleiben werde. Wir wußten, daß ihr empfindsames Herz so voll Liebe und Dankbarkeit gegen ihren Vetter John war wie je, und schrieben Richard keinen Versuch zu, sie von uns fernzuhalten; aber wir wußten auf der anderen Seite, daß sie es für einen Teil ihrer Pflicht gegen ihn hielt, mit ihren Besuchen bei uns sparsam zu sein. Das Zartgefühl meines Vormunds hatte dies bald bemerkt, und er hatte versucht, sie merken zu lassen, daß er ihre Ansicht billige.

„Der liebe, unglückliche, verirrte Richard", sagte ich. „Wann wird er aus seinem Traum erwachen!"

„Er ist jetzt noch nicht auf dem Weg dazu, meine Gute", entgegnete mein Vormund. „Je mehr er leidet, desto größer wird seine Abneigung gegen mich, da er hauptsächlich in mir die Ursache seiner Leiden verkörpert sieht."

Ich konnte nicht umhin, hinzuzufügen: „Höchst unverständig!"

„Ach, Frauchen, Frauchen!" entgegnete mein Vormund, „wo sollen wir in Sachen Jarndyce gegen Jarndyce Verstand finden! Unverstand und Ungerechtigkeit an der Spitze, Unverstand und Ungerechtigkeit inmitten und auf dem Grund, Unverstand und Ungerechtigkeit von Anfang bis zu Ende – wenn es je ein Ende gibt –, wie sollte da der arme Rick, der sich beständig damit abgibt, Verstand daraus saugen? Er erntet ebensowenig Trauben von Dornen oder Feigen von Disteln, wie ältere Männer in alten Zeiten."

Die zarte Rücksicht, mit der er von Richard zu sprechen pflegte, rührte mich so, daß ich stets sehr bald wieder davon schwieg.

„Ich glaube, der Lordkanzler und die Vizekanzler und die ganze Batterie von großen Kanzleikanonen würden sich wundern, bei einer ihrer Prozeßparteien soviel Unverstand und Ungerechtigkeit zu finden", fuhr mein Vormund fort. „Wenn diese gelehrten Herren anfangen, aus dem Puder, den sie in ihre Perücken streuen, Moosrosen zu ziehen, so werde ich mich auch zunächst wundern!" Er unterbrach sich mit einem Blick zum Fenster, um zu sehen, woher der Wind wehe, und lehnte sich nun auf die Rücklehne meines Stuhles.

„Lassen wir's gut sein, Frauchen! Also weiter, meine Gute. Diesen Felsen müssen wir der Zeit, dem Zufall und dem Glück überlassen. Wir dürfen Ada nicht daran Schiffbruch erleiden lassen. Sie und er können es sich nicht im entferntesten mehr leisten, noch einen Freund zu verlieren. Deshalb habe ich Woodcourt inständig gebeten und bitte jetzt Sie, meine Liebe, diesen Punkt vor Rick nicht zu berühren. Lassen Sie ihn ruhen. Nächste Woche, nächsten Monat, nächstes Jahr, früher oder später wird er mich mit klaren Augen sehen. Ich kann warten."

Aber ich gestand ihm, daß ich bereits mit ihm darüber gesprochen hätte und, wie ich glaubte, auch Mr. Woodcourt.

„Das hat er mir gesagt", entgegnete mein Vormund. „Sehr gut. Er hat seinen Einspruch erhoben, und das Frauchen hat seinen Einspruch erhoben, und weiter läßt sich nichts darüber sagen. Jetzt kommt Mrs. Woodcourt an die Reihe. Wie gefällt sie Ihnen, meine Gute?"

Auf diese Frage, die seltsam unvermittelt kam, antwortete ich, sie gefalle mir sehr gut und komme mir angenehmer vor als früher.

„Mir auch", sagte mein Vormund. „Weniger Stammbaum? Nicht mehr soviel von Morgan ap – oder wie heißt er doch?"

Ja, das meinte ich auch, gab ich zu, obgleich er eine sehr harmlose Person sei, selbst als wir öfter von ihm hören mußten.

„Aber im ganzen wäre er in seinen heimatlichen Bergen ebenso gut aufgehoben", sagte mein Vormund. „Ich gebe Ihnen recht. Also, kleines Frauchen, kann ich etwas Besseres tun, als Mrs. Woodcourt eine Zeitlang hierzubehalten?"

„Nein. Und doch –"

Mein Vormund sah mich an in Erwartung dessen, was ich zu sagen hätte.

Ich hatte nichts zu sagen, wenigstens fiel mir nichts ein, was ich sagen könnte. Ich hatte eine unbestimmte Ahnung, daß ein anderer Gast vielleicht vorzuziehen gewesen wäre, aber ich hätte kaum erklären können warum, auch mir selbst nicht. Und wenn etwa mir selbst, so doch gewiß keinem andern.

„Sie sehen", sagte mein Vormund, „unsere Wohnung liegt auf Woodcourts Weg, und er kann sie so oft besuchen, wie er mag, was beiden angenehm ist; und sie steht mit uns auf vertrautem Fuß und hat Sie gern."

Ja. Das war nicht zu leugnen. Dagegen hatte ich nichts zu sagen. Ich hätte keine bessere Regelung empfehlen können, aber mir war doch innerlich nicht ganz wohl dabei. Esther, Esther, warum nicht? Esther, denk nach!

„Es ist wirklich eine sehr gute Anordnung, lieber Vormund, und wir können es nicht besser machen."

„Gewiß, Frauchen?"

„Ganz gewiß." Ich hatte einen Augenblick Zeit gehabt, darüber nachzudenken, da ich mir dies als Pflicht vorgehalten hatte, und war meiner Sache ganz sicher.

„Gut", sagte mein Vormund. „Es soll geschehen. Einstimmig angenommen."

„Einstimmig angenommen", wiederholte ich und arbeitete weiter.

Ich stickte eine Decke für seinen Büchertisch. Ich hatte sie am Abend vor meiner traurigen Reise weggelegt und nie wieder vorgenommen. Ich zeigte sie ihm jetzt, und er bewunderte sie sehr. Nachdem ich ihm das Muster und all die großen Effekte erklärt hatte, die mit der Zeit sichtbar werden sollten, fing ich wieder von unserem letzten Thema an.

„Sie sagten, lieber Vormund, als wir von Mr. Woodcourt sprachen, ehe uns Ada verließ, daß Sie glaubten, er werde es in einem anderen Land noch einmal gründlich versuchen. Haben Sie ihm seitdem Rat erteilt?"

„Ja, liebes Frauchen, ziemlich oft."

„Hat er sich dazu entschlossen?"

„Ich glaube nicht."

„Haben sich ihm vielleicht andere Aussichten eröffnet?" fragte ich.

„Nun ja – vielleicht", entgegnete mein Vormund, anfangs langsam und sehr überlegt. „In etwa einem halben Jahr wird in einer Stadt in Yorkshire ein Armenarzt angestellt. Es ist ein aufblühender Ort, angenehm gelegen; Bäche und Straßen, Stadt und Land, Fabrikgebäude und Moorland; sie scheint einem solchen Mann eine Aussicht zu eröffnen. Ich meine, einem Mann, dessen Hoffnungen und Ziele manchmal über das Durchschnittsmaß hinausgehen, wie das, glaube ich, bei den meisten Menschen zuweilen vorkommt, dem aber zuletzt dieses Durchschnittsmaß hoch genug ist, wenn es sich als Weg erweist, nützlich zu sein und gute Dienste zu leisten, auch wenn er sonst zu nichts führt. Ich glaube, jeder lebhafte Geist ist ehrgeizig; aber der Ehrgeiz, der mit ruhigem Vertrauen einen solchen Weg betritt, statt krampfhafte Versuche zu machen, über ihn hinwegzufliegen, gefällt mir am besten. Das ist Woodcourts Ehrgeiz."

„Und wird er diese Stelle bekommen?" fragte ich.

„Ach, liebes Frauchen", entgegnete mein Vormund lächelnd, „da ich kein Orakel bin, kann ich es nicht gewiß sagen; aber ich glaube es. Sein Ruf als Arzt ist sehr gut; es waren Leute aus jenem Landesteil bei dem Schiffbruch; und merkwürdigerweise hat diesmal, glaube ich, der beste Mann die beste Aussicht. Sie dürfen es nicht für eine große Sache halten. Es ist eine sehr gewöhnliche Stelle, meine Gute, mit sehr viel Arbeit und sehr wenig Einkommen. Aber es wird etwas Besseres daraus werden, das darf man wohl hoffen."

„Die Armen des Ortes werden Grund haben, die Wahl zu segnen, wenn sie auf Mr. Woodcourt fällt, Vormund."

„Sie haben recht, liebes Frauchen; das werden sie gewiß tun."

Wir sprachen nicht weiter davon, und er sprach auch kein Wort von der Zukunft von Bleakhaus. Aber ich saß heute das erstemal neben ihm in meinen Trauerkleidern, und daraus erklärte ich mir sein Schweigen.

Ich begann nun, meine liebe Ada täglich in dem stillen Winkel zu besuchen, wo sie wohnte. Der Vormittag war meine gewöhnliche Zeit; aber sooft ich eine Stunde oder mehr übrig hatte, setzte ich den Hut auf und lief hinüber nach Chancery Lane. Beide waren jederzeit so froh, mich zu sehen, und pflegten sich so aufzuheitern, wenn sie mich die Tür öffnen und eintreten hörten – denn da ich ganz wie zu Hause war, klopfte ich niemals an –, daß ich noch nicht fürchtete, ihnen lästig zu fallen.

Bei solchen Gelegenheiten fand ich Richard häufig abwesend. Zu anderen Zeiten schrieb er oder las Prozeßakten an seinem Tisch, der mit Papieren überhäuft war und nie aufgeräumt werden durfte. Manchmal stieß ich auf ihn, wie er vor Mr. Vholes' Büro stand. Manchmal traf ich ihn, wie er in der Nähe herumwanderte und an den Nägeln kaute. Oft fand ich ihn in Lincoln's Inn herumstreichen, nahe der Stelle, wo ich ihn – ach, so ganz, ganz anders – zuerst gesehen hatte.

Daß das von Ada ihm zugebrachte Geld mit den Lichtern dahinschmolz, die ich stets nach Dunkelwerden in Mr. Vholes' Büro brennen sah, wußte ich recht gut. Es war von Haus aus nicht viel; er hatte Schulden, als er heiratete, und ich hatte jetzt einsehen gelernt, was es hieß, daß Mr. Vholes die Schulter gegen das Rad stemmte – was er immer noch tat, wie ich hörte. Meine gute Ada war die sorgsamste Hausfrau und tat alles, um zu sparen; aber ich wußte, daß sie mit jedem Tag ärmer wurden.

Sie leuchtete in dem elenden Winkel wie ein schöner Stern und schmückte und verschönte ihn so, daß er ein ganz anderes Aussehen bekam. Blässer, als sie zu Hause gewesen war, und ein wenig stiller, als ich es für möglich gehalten hatte, als sie noch so heiter und zuversichtlich gewesen war, war doch ihr Antlitz so wenig überschattet, daß ich schier glaubte, ihre Liebe zu Richard mache sie blind gegen seine verderbliche Bahn.

Mit solchen Gedanken ging ich eines Tages zu ihnen, um mit ihnen zu essen. Als ich in Symond's Inn einbog, begegnete ich der kleinen Miss Flite, die herauskam. Sie hatte den Mündeln in Sachen Jarndyce, wie sie sie immer noch nannte, einen Anstandsbesuch gemacht und den größten Genuß daran gefunden. Ada hatte mir bereits erzählt, daß sie jeden Montag um fünf Uhr erscheine mit einer kleinen weißen Extraschleife auf dem Hut, die sonst nie in Erscheinung trat, und mit ihrem größten Strickbeutel voll Dokumenten am Arm.

„Meine Gute", begann sie, „das freut mich sehr! Wie geht es Ihnen? Freut mich ausnehmend, Sie zu sehen. Und Sie wollen unsere guten Mündel in Sachen Jarndyce besuchen? Oh, natürlich! Unser schönes Kind ist zu Hause, meine Gute, und wird sich freuen, Sie zu sehen."

„Also ist Richard noch nicht da?" fragte ich. „Das freut mich, denn ich fürchtete, ich habe mich etwas verspätet."

„Nein, er ist noch nicht da", entgegnete Miss Flite. „Er hat bei Gericht eine lange Sitzung gehabt. Ich verließ ihn dort mit

Vholes. Sie haben Vholes nicht gern, hoffe ich? Nur nicht Vholes gern haben. Gefährlicher Mensch!"

„Ich fürchte, Sie sehen jetzt Richard öfter denn je?" sagte ich.

„Liebe Freundin, täglich und stündlich", sagte Miss Flite. „Sie wissen, was ich Ihnen von der Anziehungskraft des Kanzlertisches sagte? Meine Beste, nächst mir ist er der beharrlichste Besucher im Gerichtshof. Er fängt wirklich an, unsere kleine Gesellschaft zu amüsieren. Eine sehr hübsche kleine Gesellschaft, nicht wahr?"

Es war jämmerlich, dies aus ihrem armen, wahnsinnigen Mund zu hören, obgleich es nicht überraschte.

„Mit einem Wort, meine werte Freundin", fuhr Miss Flite fort, indem sie mit geheimnisvoller Gönnermiene ihre Lippen meinem Ohr näherte, „ich muß Ihnen ein Geheimnis mitteilen. Ich habe ihn zu meinem Testamentsvollstrecker ernannt. Bezeichnet, ernannt und eingesetzt. In meinem Testamente. Jawohl."

„Wirklich?" sagte ich.

„Jawohl", wiederholte Miss Flite mit zartestem Lispeln, „zu meinem Testamentsvollstrecker, Verwalter und Treuhänder. So nennt es unser Kanzleigericht, meine Liebe. Ich habe mir gedacht, wenn ich am Ende bin, kann doch er auf das Urteil warten. Er wohnt den Sitzungen so regelmäßig bei."

Ich mußte bei dem Gedanken an ihn seufzen.

„Ich gedachte früher einmal den armen Gridley zu bezeichnen, zu ernennen und einzusetzen", sagte Miss Flite, ebenfalls seufzend. „Der war auch sehr regelmäßig, meine Liebwerteste. Ich versichere Sie, höchst regelmäßig. Aber der Arme schwand dahin, und so habe ich einen Nachfolger für ihn ernannt. Machen Sie keinen Gebrauch davon. Ich sage Ihnen das im Vertrauen."

Sie öffnete vorsichtig ihren Strickbeutel ein klein wenig und zeigte mir darin ein gefaltetes Papier: das Testament, von dem sie sprach.

„Noch ein Geheimnis, meine Liebe. Ich habe meine Vogelsammlung vermehrt."

„Wirklich, Miss Flite?" sagte ich, da ich wußte, wie gern sie es hatte, wenn man ihre vertraulichen Mitteilungen mit einem Anschein von Interesse aufnahm.

Sie nickte mehrmals, und ihr Gesicht wurde trübe und bekümmert. „Noch zwei. Ich nenne sie die Mündel in Sachen Jarndyce. Sie sind mit den übrigen eingesperrt. Mit Hoffnung, Freude, Jugend, Friede, Ruhe, Leben, Staub, Asche, Mangel, Not, Verderben, Verzweiflung, Wahnsinn, Tod, List, Narrheit,

Worte, Perücken, Lumpen, Pergament, Raub, Präzedenz, Kauderwelsch, blauer Dunst und Kohl!"

Die Arme küßte mich mit dem unruhigsten Blick, den ich je an ihr bemerkt hatte, und ging fort. Die Art, wie sie über die Namen ihrer Vögel hinwegeilte, als fürchte sie sich, sie auch nur aus ihrem eigenen Mund zu hören, flößte mir Grauen ein.

Das war keine aufheiternde Vorbereitung auf meinen Besuch, und ich hätte die Gesellschaft des Mr. Vholes missen können; aber Richard, der ein oder zwei Minuten nach mir kam, brachte ihn mit zu Tisch. Obgleich das Mahl recht bescheiden war, waren doch Ada und Richard ein paar Minuten zusammen draußen, um herzurichten, was wir essen und trinken sollten. Mr. Vholes ergriff die Gelegenheit, um mit mir ein halblautes Gespräch anzuknüpfen. Er trat an das Fenster, wo ich saß, und fing von Symond's Inn an.

„Eine langweilige Gegend, Miss Summerson, wenn man nicht aus Berufsgründen hier wohnt", sagte er, indem er die Fensterscheibe mit seinem schwarzen Handschuh abwischte, damit ich besser hinaussehen könne.

„Es ist nicht viel hier zu sehen", erwiderte ich.

„Und auch nicht viel zu hören, Miss", entgegnete Mr. Vholes. „Manchmal verirrt sich ein bißchen Musik hierher; aber wir Juristen sind nicht musikalisch und jagen sie bald fort. Ich hoffe, Mr. Jarndyce geht es so gut, wie es ihm seine Freunde wünschen können?"

Ich dankte Mr. Vholes und versicherte ihm, er befinde sich ganz wohl.

„Ich habe nicht das Vergnügen, unter seine Freunde gezählt zu werden", sagte Mr. Vholes, „und weiß, daß unser Stand von solchen Herren manchmal mit mißgünstigen Augen betrachtet wird. Unser einfacher Weg ist jedoch, bei guter und übler Nachrede und trotz allen möglichen Vorurteilen – wir sind die Opfer von Vorurteilen – alles offen zu tun. Wie finden Sie Mr. Carstones Aussehen, Miss Summerson?"

„Er sieht sehr schlecht aus. Schrecklich sorgenvoll."

„Sehr wahr", sagte Mr. Vholes.

Er stand hinter mir, und seine lange, schwarze Gestalt reichte fast bis an die Decke dieses niedrigen Zimmers; dabei befühlte er die Warzen in seinem Gesicht, als wären es Verzierungen, und sprach in sich hinein und eintönig, als kenne er keine menschliche Leidenschaft oder Bewegung.

„Mr. Woodcourt behandelt Mr. Carstone, glaube ich?" fing er wieder an.

„Mr. Woodcourt ist sein uneigennütziger Freund", antwortete ich.

„Ich meine, er behandelt ihn als Arzt."

„Das kann einem kummervollen Gemüt wenig helfen", sagte ich.

„Sehr wahr", sagte Mr. Vholes.

Er sagte es so langsam, so gierig, so blutlos und karg, daß es mir vorkam, als ob Richard unter den Augen dieses Rechtsbeistands hinsieche und er etwas von einem Vampir an sich hätte.

„Miss Summerson", fuhr Mr. Vholes fort und rieb sich langsam die behandschuhten Hände, als wäre es für seinen kalten Tastsinn ziemlich einerlei, ob sie in schwarzen Handschuhen stäken oder nicht, „bei dieser Heirat war Mr. Carstone nicht gut beraten."

Ich bat ihn, es mir zu erlassen, darüber weiter zu sprechen. Ich sagte ihm, etwas entrüstet, sie hätten sich verlobt, als beide noch sehr jung und ihre Zukunftsaussichten weit besser und freundlicher gewesen seien und als sich Richard noch nicht dem unseligen Einfluß hingegeben habe, der jetzt sein Leben verdüstere.

„Sehr wahr", stimmte Mr. Vholes wiederum bei. „Dennoch möchte ich, um alles offen zu tun, mit Ihrer Erlaubnis, Miss Summerson, bemerken, daß ich diese Heirat für einen Mißgriff halte. Dies zu sagen bin ich nicht nur Mr. Carstones Verwandten schuldig, gegen die mich zu schützen mein natürlicher Wunsch sein muß, sondern auch meinem Ruf – der mir, einem auf Achtbarkeit bedachten Geschäftsmann, teuer ist, teuer auch meinen drei Mädchen zu Hause, für die ich ein kleines, unabhängiges Vermögen zu erwerben bemüht bin, teuer, möchte ich sogar sagen, meinem alten Vater, den zu erhalten mein Vorrecht ist."

„Es würde eine ganz andere Ehe, eine viel glücklichere und bessere Ehe werden, Mr. Vholes", sagte ich, „wenn sich Richard überreden ließe, dem unseligen Unternehmen, in das Sie mit ihm verstrickt sind, den Rücken zu kehren."

Mit einem lautlosen Husten oder vielmehr Keuchen in einen seiner schwarzen Handschuhe neigte Mr. Vholes das Haupt, als ob er nicht einmal dies bestreite.

„Miss Summerson", sagte er, „das ist wohl möglich, und ich

gebe gern zu, daß die junge Dame, die so unbesonnen Mr. Carstones Namen angenommen hat – ich bin überzeugt, Sie zürnen mir nicht, daß ich als eine Pflicht, die ich Mr. Carstones Verwandten schuldig bin, diese Bemerkung noch einmal mache –, eine hochansehnliche junge Dame ist. Geschäfte haben mich abgehalten, viel in der Gesellschaft zu verkehren außer in Fachkreisen, aber dennoch traue ich mir die Einsicht zu, daß sie eine hochansehnliche junge Dame ist. Was Schönheit betrifft, so kann ich darüber nicht urteilen und habe schon von klein auf nicht viel darauf gegeben; aber ich glaube sagen zu dürfen, daß an der jungen Dame auch in diesem Punkt nichts auszusetzen ist. Wie ich höre, gilt sie bei den Schreibern in Symond's Inn als eine Schönheit, und diese können darüber besser urteilen als ich. Was die Art betrifft, in der Mr. Carstone seine Interessen verfolgt –"

„Oh! Seine Interessen, Mr. Vholes!"

„Verzeihen Sie", entgegnete Mr. Vholes, indem er in genau der gleichen in sich gekehrten, leidenschaftslosen Weise fortfuhr, „Mr. Carstone hat gewisse Interessen kraft gewisser, im Prozeß bestrittener Testamente. Es ist ein Fachausdruck bei uns. Was die Art betrifft, in der Mr. Carstone seine Interessen verfolgt, so erwähnte ich schon, als ich das erstemal das Vergnügen hatte, Sie zu sehen, Miss Summerson, von dem Wunsch beseelt, alles offen zu betreiben – ich gebrauchte diese Worte, denn ich habe sie später zufällig in mein Tagebuch eingetragen, das ich jederzeit vorweisen kann –, ich erwähnte damals, daß Mr. Carstone den Grundsatz befolge, selbst über seine Interessen zu wachen, und daß, wenn einer meiner Klienten einen Grundsatz aufstellt, der seiner Natur nach nicht unsittlich, das heißt gesetzwidrig ist, es meine Pflicht sei, diesen Grundsatz zu befolgen. Ich habe ihn befolgt, ich befolge ihn jetzt. Aber ich möchte um keinen Preis einem Bekannten Mr. Carstones die Sachen besser darstellen, als sie sind. So offen, wie ich zu Mr. Jarndyce war, bin ich auch zu Ihnen. Ich halte das für meine Berufspflicht, obgleich sie keinem angerechnet werden kann. Ich sage offen, so unangenehm es auch berühren mag, daß meiner Meinung nach Mr. Carstones Angelegenheiten sehr schlecht stehen, daß es um ihn selbst sehr schlecht steht und daß ich diese Heirat für einen Mißgriff halte. – Ob ich hier bin, Sir? Ja, danke, ich bin hier, Mr. Carstone, und erfreue mich einer angenehmen Unterhaltung mit Miss Summerson, für die ich Ihnen sehr dankbar sein muß, Sir."

So brach er ab, als Richard hereinkam und ihn anredete. Ich verstand Mr. Vholes' gewissenhafte Weise, sich und seine Achtbarkeit sicherzustellen, schon viel zu gut, um nicht zu fühlen, daß unsere schlimmsten Befürchtungen mit den Fortschritten seines Klienten Schritt hielten.

Wir setzten uns zu Tisch, und ich hatte Gelegenheit, Richard besorgten Blicks zu beobachten. Ich wurde darin durch Mr. Vholes, der zum Essen seine Handschuhe auszog, nicht gestört, obgleich er mir an dem kleinen Tisch gegenübersaß; denn ich zweifle, ob er, wenn er überhaupt aufblickte, sein Auge ein einziges Mal vom Gesicht seines Gastgebers abwendete. Ich fand Richard abgemagert und schlaff, unordentlich in der Kleidung, zerstreut in seinem Wesen, dann und wann gezwungen lebhaft und dann wieder in trübe Gedanken versunken. Seine großen, hellen Augen, die so lustig zu sein pflegten, waren so hohl und ruhelos, daß man sie gar nicht wiedererkannte. Ich kann nicht den Ausdruck gebrauchen, daß er alt aussah. Es gibt eine verbrauchte Jugend, die dem Alter nicht gleicht, und einem solchen Ruin waren Richards Jugend und Jugendschönheit verfallen.

Er aß wenig, und es schien ihm gleichgültig zu sein, was er aß; er zeigte sich viel ungeduldiger als gewöhnlich und war selbst gegen Ada heftig. Anfangs glaubte ich, sein früheres leichtblütiges Wesen sei ganz verschwunden; aber manchmal kam es wieder zum Vorschein, wie ich ja auch zuweilen für Augenblicke einen Zug meines alten Gesichts aus dem Spiegel hatte hervortreten sehen. Auch sein Lachen hatte er nicht ganz verlernt, aber es war wie der Nachhall eines freudigen Klanges, und der ist immer traurig.

Dennoch war er in seiner alten, liebenswürdigen Art so froh wie sonst, mich bei ihnen zu sehen, und wir sprachen gemütlich von den alten Zeiten. Diese schienen Mr. Vholes nicht zu interessieren, obgleich er manchmal mit dem Mund schnappte, was ich für sein Lächeln halten mußte. Er stand kurz nach dem Essen auf und sagte, er werde sich mit Erlaubnis der Damen in sein Büro zurückziehen.

„Immer bei den Geschäften!" rief Richard.

„Ja, Mr. Carstone", entgegnete er, „die Interessen der Klienten dürfen nie vernachlässigt werden. Sie überwiegen alles im Denken eines Berufsmenschen wie ich, der sich unter seinen Kollegen und in der Gesellschaft im allgemeinen einen guten Namen zu erhalten wünscht. Daß ich mir das Vergnügen der gegenwärtigen angenehmen Unterhaltung versage, geschieht vielleicht nicht ganz ohne Rücksicht auf Ihre Interessen, Mr. Carstone."

Richard erklärte, davon sei er ganz überzeugt, und leuchtete Mr. Vholes hinaus. Bei seiner Rückkehr versicherte er uns wiederholt, Vholes sei ein guter, ein verlässiger Kerl, ein Mann, der tue, was er sage, wirklich ein sehr guter Kerl! Er brachte das so trotzig vor, daß ich mich des Gedankens nicht erwehren konnte, er habe an Mr. Vholes zu zweifeln begonnen.

Dann warf er sich ganz müde aufs Sofa, und Ada und ich räumten auf, denn sie hatten keinen anderen Dienstboten als eine Scheuerfrau. Meine liebe Ada, die ein kleines Klavier hatte, setzte sich, um einige von Richards Lieblingsliedern zu singen, nachdem die Lampe ins Nebenzimmer verbracht worden war, da er klagte, daß sie seinen Augen weh tue.

Ich saß zwischen ihnen neben meiner guten Ada und wurde recht traurig, während ich ihrer lieblichen Stimme lauschte. Ich glaube, Richard ging es ebenso, und er ließ deshalb die Lampe hinaustragen. Ada hatte eine Zeitlang gesungen und war nur dazwischen manchmal aufgestanden, um sich über ihn zu beugen und mit ihm zu sprechen, als Mr. Woodcourt kam. Dieser nahm nun neben Richard Platz und lockte ihm halb im Scherz, halb im Ernst ganz zwanglos heraus, wie er sich befinde und wo er den ganzen Tag gewesen sei. Darauf schlug er ihm einen Spaziergang auf einer der Brücken vor, da es eine helle Mondnacht war; Richard stimmte bereitwillig zu, und sie gingen zusammen fort.

Meine liebe Ada saß noch immer am Klavier und ich neben ihr. Als sie gegangen waren, schlang ich den Arm um sie. Sie legte ihre linke Hand in die meine – ich saß zu ihrer Linken –, ließ aber ihre rechte auf den Tasten ruhen, über die sie hinglitt, ohne einen Ton anzuschlagen.

„Liebste Esther", sagte sie endlich, „Richard geht es nie so gut, und ich bin nie so beruhigt über ihn, wie wenn er in Allan Woodcourts Gesellschaft ist. Das haben wir dir zu danken."

Ich machte meinem Herzenskind klar, daß das kaum zutreffe, da Mr. Woodcourt das Haus ihres Vetters John besucht und uns alle dort kennengelernt habe und da er immer an Richard und Richard an ihm Gefallen gefunden habe, und mehr dergleichen.

„Das ist alles wahr", sagte Ada; „aber daß er uns ein so treuer Freund ist, verdanken wir dir."

Ich hielt es für das beste, meiner guten Ada ihre Ansicht zu lassen und weiter nicht darüber zu sprechen. Das sagte ich ihr denn auch. Ich sagte es leichthin, weil ich fühlte, daß sie zitterte.

„Liebste Esther, ich wünsche eine gute, eine sehr gute Gattin zu sein. Du sollst es mich lehren."

Ich und lehren! Ich sagte weiter nichts, denn ich bemerkte, wie ihre Hand unruhig über die Tasten glitt, und wußte, daß das Sprechen nicht an mir war, sondern daß sie mir etwas zu sagen hatte.

„Als ich Richard heiratete, war mir nicht verborgen, was ihm bevorstand. Ich war lange Zeit mit dir vollkommen glücklich gewesen und hatte nicht Kummer und Sorge gekannt, so liebten und pflegten mich alle; aber ich wußte, welche Gefahr ihm drohte."

„Ich weiß, ich weiß, meine Gute."

„Als wir heirateten, hegte ich einige Hoffnung, daß ich imstande sei, ihn von seinem Irrtum zu überzeugen; daß er als mein Gatte die Sache in neuem Licht betrachten und sie nicht meinetwegen noch verzweifelter verfolgen werde – wie er es tut. Aber auch wenn ich diese Hoffnung nicht gehegt hätte, liebe Esther, hätte ich ihn doch genauso geheiratet. Ganz genauso!"

In der plötzlichen Festigkeit der Hand, die nie ruhig war – einer Festigkeit, die von den letzten Worten ausging und mit ihnen wieder erstarb –, sah ich die Bestätigung ihrer innigen Sprechweise.

„Du darfst nicht denken, liebe Esther, daß ich nicht sehe, was du siehst, und nicht fürchte, was du fürchtest. Niemand kann ihn besser kennen als ich. Die größte Weisheit der Welt könnte Richard kaum besser kennen, als meine Liebe ihn kennt."

Sie sprach ganz bescheiden und sanft, und ihre zitternde Hand verriet tiefe Erregung, wie sie sich so auf den stummen Tasten hin und her bewegte. Meine gute, gute Ada!

„Ich sehe ihn jeden Tag in seinem schlimmsten Zustand. Ich beobachte ihn im Schlaf. Ich kenne jede Veränderung seines Gesichts. Aber als ich Richard heiratete, war ich fest entschlossen, Esther, wenn Gott mir helfe, ihm nie zu zeigen, daß ich mich über sein Verhalten grämte, und ihn nicht dadurch noch unglücklicher zu machen. Wenn er nach Hause kommt, soll er keine Sorge auf meinem Gesicht sehen. Wenn er mich ansieht, soll er finden, was er an mir geliebt hat. Deshalb habe ich ihn geheiratet, und das hält mich aufrecht."

Ich fühlte, daß sie immer mehr zitterte. Ich wartete, was noch kommen werde, und glaubte jetzt zu wissen, was es sei.

„Und noch etwas anderes hält mich aufrecht, Esther."

Sie hielt eine Minute inne – nur im Sprechen; ihre Hand bewegte sich immer noch.

„Noch eine kleine Weile, und wer weiß, welch große Hilfe mir Gott vielleicht schickt. Wenn dann Richard seinen Blick auf mich richtet, liegt vielleicht an meiner Brust etwas, das beredter ist als ich, das größere Macht hat als ich, ihm seinen wahren Weg zu zeigen und ihn zurückzugewinnen."

Ihre Hand lag jetzt still. Sie schloß mich in die Arme, und ich schlang die meinen um sie.

„Auch wenn es diesem kleinen Geschöpf nicht gelingen sollte, Esther, hoffe ich immer noch. Ich hoffe dann auf lange Sicht, über Jahre und Jahre, und denke mir, daß, wenn ich alt oder vielleicht tot bin, ein schönes Weib, seine Tochter, glücklich verheiratet, stolz auf ihn ist und sein Segen wird. Oder daß ein wackerer, braver Mann, so schön, wie er einst war, ebenso hoffnungsvoll, aber viel glücklicher, mit ihm im Sonnenschein geht, sein graues Haupt ehrt und zu sich sagt: Gott sei Dank, das ist mein Vater! Zugrunde gerichtet durch eine unselige Erbschaft und wiederhergestellt durch mich!"

Oh, meine geliebte Ada, welch ein Herz, das so heiß am meinigen schlug!

„Diese Hoffnungen halten mich aufrecht, meine gute Esther, und ich weiß, sie tun es auch ferner. Obgleich manchmal sogar sie einer Angst weichen, die mich packt, wenn ich Richard ansehe."

Ich versuchte, mein liebes Kind zu trösten, und fragte, was sie damit meine. Schluchzend und weinend gab sie zur Antwort: „Daß er nicht lange genug lebt, um sein Kind zu sehen!"

61. KAPITEL

Eine Entdeckung

Nie können die Tage, da ich jenen elenden Winkel besuchte, den mein Herzenskind erhellte, aus meinem Gedächtnis entschwinden. Ich sehe ihn jetzt nie mehr und wünsche ihn nie wieder zu sehen; ich bin seit jener Zeit nur ein einziges Mal dort gewesen; aber in meiner Erinnerung liegt auf ihm ein trauervoller Glanz, der ihn stets umschweben wird.

Natürlich verging kein Tag, ohne daß ich hinging. Anfangs fand ich zwei- oder dreimal Mr. Skimpole dort, der auf dem Klavier herumklimperte und in seiner gewöhnlichen lebhaften Art sprach. Abgesehen davon, daß ich es für sehr unwahrscheinlich hielt, daß er hinkomme, ohne Richard ärmer zu machen, schien mir auch etwas an seiner sorglosen Fröhlichkeit allzu unvereinbar mit dem, was ich von Adas innerstem Herzen wußte. Auch merkte ich deutlich, daß Ada meine Empfindungen teilte. Nach vielem Nachdenken darüber beschloß ich daher, Mr. Skimpole einen ganz privaten Besuch zu machen und zu versuchen, ihm meine Bedenken taktvoll auseinanderzusetzen. Mein Herzenskind war das große Anliegen, das mich kühn machte.

Ich begab mich eines Morgens, begleitet von Charley, nach Somers Town. Als ich mich dem Haus näherte, fühlte ich starke Neigung, umzukehren, denn es fiel mir ein, welch verzweifelter Versuch es sei, Eindruck auf Mr. Skimpole zu machen, und wie außerordentlich wahrscheinlich es sei, daß ich gegen ihn den kürzeren zöge. Ich dachte jedoch, da ich einmal hier sei, wolle ich es auch zu Ende führen. Ich klopfte mit zitternder Hand an Mr. Skimpoles Tür – buchstäblich mit der Hand, denn der Klopfer war abgebrochen – und wurde nach langem Verhandeln von einer Irländerin eingelassen, die auf dem Vorplatz mit dem Schüreisen den Deckel eines Wasserfasses zerschlug, um ein Feuer anzuzünden.

Mr. Skimpole, der in seinem Zimmer auf dem Sofa lag und Flöte spielte, war entzückt, mich zu sehen. Er fragte mich, wer mich empfangen solle. Wer mir als Zeremonienmeisterin am liebsten sei: die Komödie, die Schönheit oder das Gemüt. Oder ob alle drei Töchter auf einmal auftreten sollten in einem vollkommenen Blumenstrauß.

Schon halb geschlagen, erwiderte ich, daß ich mit ihm allein zu sprechen wünsche, wenn er es erlaubte.

„Meine liebe Miss Summerson, mit dem größten Vergnügen! Natürlich", sagte er, indem er seinen Stuhl neben den meinen schob und gewinnend lächelte, „natürlich nicht von Geschäften. Dann ist es ein Vergnügen."

Ich sagte, ich komme allerdings nicht in Geschäften, aber es sei eigentlich keine angenehme Sache.

„Dann, meine liebe Miss Summerson, sprechen Sie lieber nicht davon", erwiderte er mit der offensten Heiterkeit. „Warum wollen Sie von etwas sprechen, das nicht angenehm ist? Ich tue das nie. Und Sie sind in jeder Hinsicht ein viel angenehmeres Wesen als ich. Sie sind vollkommen angenehm, ich bin unvollkommen angenehm; wenn ich schon nicht von einer unangenehmen Sache spreche, wieviel weniger dürfen Sie's tun! Das wäre also abgemacht, und wir wollen von etwas anderem sprechen."

Obgleich ich verlegen war, faßte ich mir doch ein Herz, ihm anzudeuten, daß ich noch länger über diese Sache zu sprechen wünschte.

„Das hielte ich für einen Irrtum", sagte Mr. Skimpole mit seinem unbekümmerten Lachen, „wenn ich Miss Summerson eines Irrtums für fähig ansähe. Aber das tue ich nicht."

„Mr. Skimpole", erwiderte ich, indem ich ihm in die Augen sah, „ich habe Sie so oft sagen hören, daß Ihnen die Dinge des täglichen Lebens ganz fremd sind –"

„Sie meinen unsere drei Freunde von der Bank, Pfund, Schilling und – wie heißt doch gleich der jüngste Teilhaber? Pence?" sagte Mr. Skimpole vergnügt. „Habe keinen Begriff von ihnen."

„– daß Sie vielleicht deshalb meine Keckheit entschuldigen", fuhr ich fort. „Ich glaube, Sie sollten sich sehr ernstlich daran erinnern, daß Richard ärmer ist als früher."

„Mein Gott!" sagte Mr. Skimpole. „Das bin ich auch, sagt man mir."

„Und in sehr bedrängten Umständen."

„Ganz genau mein Fall", sagte Mr. Skimpole mit fröhlicher Miene.

„Das macht natürlich Ada gegenwärtig viel geheimen Kummer, und da ich glaube, daß sie sich weniger Sorgen macht, wenn Besuche keine Ansprüche an sie stellen, und da Richard immer einen schweren Druck auf der Seele liegen hat, so habe ich es für meine Pflicht gehalten, Sie zu bitten – lieber – nicht –"

Bis hierher war ich mühsam gekommen, als er meine beiden Hände ergriff und mir mit strahlendem Gesicht auf die munterste Weise zuvorkam: „Nicht hingehen? Gewiß nicht, meine liebe Miss Summerson, ganz gewiß nicht. Warum sollte ich hingehen? Wenn ich irgendwohin gehe, tue ich es des Vergnügens wegen. Um mir Schmerz zu bereiten, gehe ich nirgends hin, weil ich für Vergnügen geschaffen bin. Der Schmerz kommt zu mir, wenn er mich braucht. Nun habe ich in jüngster Zeit sehr wenig Vergnügen bei unserem guten Richard gehabt, und Ihr praktischer Scharfsinn erklärt auch warum. Unsere jungen Freunde verlieren die jugendliche Poesie, die sie einst so reizend machte;

sie fangen an zu denken: Das ist ein Mann, der Pfunde braucht. Das ist mein Fall; ich brauche immer Pfunde, nicht für mich, sondern weil irgendwelche Gewerbetreibende sie dauernd von mir verlangen. Demnächst werden unsere jungen Freunde geldgierig und fangen an zu denken: Das ist der Mann, welcher Pfunde hatte – der sie borgte, was ich ja auch tat. Ich borge immer Pfunde. So sinken unsere jungen Freunde zur Prosa herab, was sehr zu bedauern ist, und verlieren ihre Fähigkeit, mir Vergnügen zu verschaffen. Weshalb sollte ich sie da besuchen? Einfältig!"

Durch das strahlende Lächeln, mit dem er mich während dieser Rede betrachtete, brach jetzt, erstaunlich genug, ein Blick uneigennützigen Wohlwollens.

„Außerdem", führte er in seinem Ton leichtherziger Überzeugung seine Darlegung weiter, „wenn ich nirgends hingehe, um Schmerz zu suchen, was eine Verkehrung meines Lebenszweckes und etwas ganz Ungeheuerliches wäre, warum sollte ich irgendwohin gehen, um Schmerz zu verursachen? Wenn ich fortführe, unsere jungen Freunde in ihrer gegenwärtigen unausgeglichenen Gemütsverfassung zu besuchen, so verursachte ich ihnen Schmerz. Die Gedanken, die sich an mich knüpfen, wären unangenehm. Sie könnten sagen: ‚Das ist der Mann, der Pfunde hatte und keine bezahlen kann', was ich natürlich nicht kann, nichts könnte mehr außer Frage stehen! In diesem Fall verlangt also die Freundschaft, nicht zu ihnen zu gehen – und ich bleibe weg."

Er schloß damit, daß er mit Wärme meine Hand küßte und mir dankte. Nichts als Miss Summersons feiner Takt, sagte er, habe dies für ihn entdecken können.

Ich war sehr verlegen, aber ich bedachte, wenn nur der Hauptzweck erreicht sei, komme wenig darauf an, wie seltsam er alles verdrehte, was dorthin führte. Ich hatte mir jedoch vorgenommen, noch etwas anderes zu erwähnen, und gedachte mich dabei nicht aus dem Feld schlagen zu lassen.

„Mr. Skimpole", begann ich, „ehe ich meinen Besuch beende, muß ich mir die Freiheit nehmen, Ihnen zu sagen, daß ich zu meinem Erstaunen vor kurzem aus zuverlässigem Mund erfahren habe, daß Sie wußten, mit wem jener arme Knabe von Bleakhaus wegging, und daß Sie bei dieser Gelegenheit ein Geschenk angenommen haben. Ich habe meinem Vormund nichts davon gesagt, weil ich fürchtete, ihm unnötigerweise weh zu tun; aber Ihnen kann ich sagen, daß ich mich sehr darüber gewundert habe."

„Oh? Wirklich gewundert, meine liebe Miss Summerson?" entgegnete er fragend und zog lächelnd die Augenbrauen in die Höhe.

„Höchlich gewundert."

Er dachte mit behaglichem, gutmütigem Gesichtsausdruck eine kleine Weile darüber nach, gab es dann aber auf und sagte in seiner gewinnendsten Weise: „Sie wissen, was für ein Kind ich bin. Warum gewundert?"

Ich ging ungern genauer auf diese Frage ein, aber da er mich darum bat, denn er sei wirklich neugierig darauf, gab ich ihm mit den schonendsten Worten, die ich finden konnte, zu verstehen, daß er durch sein Benehmen mehrere moralische Verpflichtungen mißachtet habe. Dies zu hören ergötzte und interessierte ihn sehr, und er sagte mit großartiger Einfalt: „Oh, wirklich?"

„Sie wissen, ich beanspruche nicht, verantwortlich zu sein. Ich wäre dazu nie imstande. Verantwortung ist etwas, das immer hoch über mir lag – oder tief unter mir", sagte Mr. Skimpole. „Ich weiß nicht einmal, was von beiden; aber wie ich die Art verstehe, mit der meine liebe Miss Summerson, stets bekannt für ihren praktischen Sinn und klaren Verstand, den Fall anpackt, möchte ich denken, es sei hauptsächlich eine Geldfrage, nicht wahr?"

Unvorsichtig stimmte ich dem halb und halb zu.

„Ah! dann müssen Sie einsehen", sagte Mr. Skimpole mit Kopfschütteln, „daß ich es ganz unmöglich verstehen kann."

Als ich aufstand, um zu gehen, gab ich ihm noch zu bedenken, daß es nicht recht sei, das Vertrauen meines Vormunds für Geld zu verraten.

„Meine liebe Miss Summerson", entgegnete er mit der aufrichtigen Heiterkeit, die ihm eigen war – „ich kann nicht bestochen werden."

„Auch nicht von Mr. Bucket?" fragte ich.

„Nein", sagte er. „Von niemandem. Ich lege nicht den mindesten Wert auf Geld. Ich kümmere mich nicht darum, ich verstehe nichts davon, ich brauche keins, ich behalte keins – es schmilzt mir unter der Hand weg. Wie kann ich bestochen werden?"

Ich gab zu erkennen, daß ich anderer Meinung sei, obgleich ich mich außerstande fühlte, ihm das auseinanderzusetzen.

„Im Gegenteil", meinte Mr. Skimpole, „ich bin gerade der Mann, der in einem solchen Fall eine höhere Stellung einnimmt.

Ich stehe in einem solchen Fall über der übrigen Menschheit. Ich kann in einem solchen Fall als Philosoph handeln. Ich bin nicht in Vorurteile eingeschnürt wie ein Bambino in seine Windeln. Ich bin so frei wie die Luft. Ich fühle, daß ich über jeden Verdacht erhaben bin wie Caesars Frau."

Die Unbefangenheit seines Wesens und die harmlose Unparteilichkeit, mit der er sich selbst zu überzeugen schien, indem er die Angelegenheit wie einen Federball hin und her warf, war gewiß ohne Beispiel.

„Fassen Sie den Fall wohl ins Auge, meine liebe Miss Summerson. Wir haben einen Knaben ins Haus aufgenommen und zu Bett gebracht in einem Zustand, gegen den ich viel einzuwenden habe. Als er im Bett liegt, kommt ein Mann – ganz wie das Haus, das Hans baute. Hier ist der Mann, der den Knaben haben will, der in einem Zustand, gegen den ich viel einzuwenden habe, ins Haus aufgenommen und zu Bett gebracht ist. Hier ist eine Banknote von dem Mann, der den Knaben haben will, der in einem Zustand, gegen den ich viel einzuwenden habe, ins Haus aufgenommen und zu Bett gebracht ist. Hier ist der Skimpole, der die Banknote annimmt von dem Mann, der den Knaben haben will, der in einem Zustand, gegen den ich viel einzuwenden habe, ins Haus aufgenommen und zu Bett gebracht ist. Das sind die Tatsachen. Sehr gut. Sollte der Skimpole die Banknote ausschlagen? Warum sollte Skimpole die Banknote ausschlagen? Skimpole sagt zu Bucket: ‚Wofür ist das? Ich verstehe es nicht. Es nützt mir nichts, nehmt es wieder.' Bucket bittet immer noch Skimpole, es anzunehmen. Gibt es Gründe, warum es der nicht von Vorurteilen eingeschnürte Skimpole annehmen sollte? Ja. Skimpole erkennt sie. Worin bestehen sie? Skimpole sagt zu sich: Dieser Mann ist ein gezähmter Luchs, ein tätiger Polizeibeamter, ein gescheiter Mann, eine Person von zielstrebiger Energie und großer Schläue im Entwerfen und Ausführen seiner Pläne, einer, der unsere Freunde und Feinde auffindet, wenn sie davongelaufen sind, der unser Eigentum zurückholt, wenn wir beraubt worden sind, der uns gründlich rächt, wenn wir umgebracht worden sind. Dieser tätige Polizeibeamte und gescheite Mann hat bei Ausübung seines Amtes großes Vertrauen zum Geld gewonnen; er findet, daß es ihm nützt, und verwendet es auf eine der Gesellschaft nützliche Weise. Soll ich dieses Vertrauen Buckets erschüttern, weil ich es selbst nicht habe? Soll ich mit voller Überlegung eine der Waffen Buckets abstumpfen? Soll ich möglicherweise Bucket in seiner nächsten Entdeckungsarbeit hemmen? Und weiter: wenn es an Skimpole tadelnswert ist, die Banknote anzunehmen, so ist es an Bucket tadelnswert, sie anzubieten – viel tadelnswerter an Bucket, weil er der erfahrene Mann ist. Nun wünscht Skimpole gut von Bucket zu denken; Skimpole hält es für wesentlich für den allgemeinen Zusammenhalt der Dinge, daß er in seiner unbedeutenden Stellung gut von Bucket denkt. Der Staat fordert von ihm ausdrücklich, Bucket Vertrauen zu schenken, und er tut es. Weiter tut er nichts!"

Ich hatte auf diese Auseinandersetzung nichts zu erwidern und nahm daher Abschied. Mr. Skimpole jedoch, der bei bester Laune war, wollte durchaus nicht gestatten, daß ich nur von der kleinen „Coavinses" begleitet nach Hause ging, und begleitete mich selbst. Unterwegs unterhielt er mich mit einem vergnüglichen Allerlei und versicherte mir beim Abschied, er werde nie vergessen, mit welch feinem Takt ich für ihn die Entdeckung bezüglich unserer jungen Freunde gemacht habe.

Da ich nie wieder mit Mr. Skimpole zusammenkam, will ich gleich hier seine Geschichte zu Ende führen, soweit ich sie kenne. Zwischen ihm und meinem Vormund trat eine Entfremdung ein, hauptsächlich aus den erwähnten Gründen, und weil er die Bitten meines Vormunds in Bezug auf Richard gewissenlos mißachtete, wie wir später von Ada erfuhren. Daß er tief in der Schuld meines Vormunds stand, spielte dabei keine Rolle. Er starb ungefähr fünf Jahre später und hinterließ ein Tagebuch mit Briefen und anderen Zeugnissen seines Lebens, die veröffentlicht wurden und zeigten, daß er das Opfer einer Verschwörung der Menschheit gegen ein liebenswertes Kind geworden sei. Man rühmte das Buch als angenehme Lektüre, aber ich habe in ihm nie mehr gelesen als einen Satz, auf den mein Auge zufällig fiel, als ich es aufschlug. Er lautete: „Jarndyce ist, wie die meisten anderen Menschen, die ich kennengelernt habe, die verkörperte Selbstsucht."

Und nun komme ich zu einem Teil meiner Geschichte, der mich sehr nahe angeht und auf den ich gar nicht gefaßt war, als er sich ereignete. Wenn dann und wann noch ein paar flüchtige Gedanken in mir aufgetaucht waren, die meinem armen, alten Gesicht galten, so doch nur als einem Teil jenes Lebens, das hinter mir lag – hinter mir wie meine Kindheit und Jugend. Ich habe keine meiner vielen Schwächen in diesem Punkt verschwiegen, sondern habe sie so getreulich niedergeschrieben, wie sie mein Gedächtnis bewahrt hat. Und ich hoffe und gedenke das bis zu den letzten Worten dieser Blätter zu tun, die ich in nicht zu weiter Ferne vor mir sehe. Die Monate gingen dahin, und mein Herzenskind, aufrechterhalten von der Hoffnung, die es mir anvertraut hatte, blieb derselbe schöne Stern in dem elenden Winkel. Immer abgespannter und ausgemergelter besuchte Richard Tag für Tag den Gerichtshof; er saß dort teilnahmslos den ganzen Tag über, wenn er wußte, es bestehe gar keine Aussicht, daß der Prozeß zur Sprache komme, und wurde zu einer der Merkwürdigkeiten des Ortes. Ich möchte wissen, ob sich einer der Herren noch erinnerte, wie er aussah, als er zuerst dort erschien.

Seine fixe Idee hielt ihn so vollkommen gefangen, daß er in seinen heiteren Augenblicken zu gestehen pflegte, er hätte in dieser Zeit nie frische Luft geschöpft „ohne Woodcourt". Nur Mr. Woodcourt konnte gelegentlich ein paar Stunden hintereinander seine Aufmerksamkeit ablenken und ihn erwecken, wenn er geistig und körperlich in eine Lethargie versank, die uns sehr beunruhigte und die mit jedem Monat häufiger wiederkehrte. Meine geliebte Ada hatte recht, wenn sie sagte, daß er seine Irrtümer ihretwegen nur um so verzweifelter verfolgte. Sein Kummer um sein junges Weib stachelte zweifellos noch sein Verlangen, das Verlorene wiederzugewinnen, bis es dem Wahnsinn eines Spielers glich.

Ich war, wie gesagt, zu allen Stunden bei ihnen. Wenn ich abends dort war, fuhr ich meist mit Charley nach Hause; manchmal erwartete mich auch mein Vormund in der Nachbarschaft, und wir gingen zusammen heim. Eines Abends hatte er versprochen, mich um acht Uhr zu treffen. Ich konnte nicht ganz so pünktlich gehen wie sonst, denn ich arbeitete etwas für meine Ada und hatte noch ein paar Stiche zu machen, um es fertigzustellen; aber nur ein paar Minuten nach der bestimmten Stunde packte ich mein Arbeitskörbchen zusammen, gab meinem Herzenskind zum Abschied einen Gutenachtkuß und eilte die Treppe hinunter. Mr. Woodcourt begleitete mich, da es schon dämmerte.

Als wir den gewöhnlichen Treffpunkt erreichten – er war nicht weit entfernt, und Mr. Woodcourt hatte mich schon oft hinbegleitet –, war mein Vormund nicht da. Wir warteten eine halbe Stunde und gingen dabei auf und ab, aber von ihm war nichts zu sehen. Wir nahmen an, entweder habe ihn etwas abgehalten, zu kommen, oder er sei dagewesen und wieder fortgegangen, und Mr. Woodcourt erbot sich, mich nach Hause zu bringen.

Es war der erste Gang, den wir je zusammen machten, mit Ausnahme des sehr kurzen zu dem gewöhnlichen Treffpunkt. Wir sprachen auf dem ganzen Weg von Richard und Ada. Ich dankte ihm nicht in Worten für das, was er getan hatte – meine Wertschätzung überstieg längst alle Worte –, aber ich hoffte, er ahne etwas von dem, was ich so tief empfand.

Als wir nach Hause kamen und hinaufgingen, fanden wir, daß mein Vormund ausgegangen war und Mrs. Woodcourt gleichfalls. Wir befanden uns in demselben Zimmer, in das ich meine errötende Ada geführt hatte, als ihr jugendlicher Liebhaber, jetzt ihr so ganz veränderter Gatte, der Erwählte ihres jungen Herzens war; in demselben Zimmer, aus dem mein Vormund und ich die beiden in der frischen Blüte der Hoffnung und Verheißung in den Sonnenschein hatten hinaustreten sehen.

Wir standen am offenen Fenster und blickten die Straße hinab, als Mr. Woodcourt zu sprechen begann. Ich wußte augenblicklich, daß er mich liebte; ich wußte augenblicklich, daß mein zerschrammtes Gesicht für ihn noch das alte war. Ich wußte augenblicklich, daß das, was ich für Teilnahme und Mitleid gehalten hatte, hingebende, edle, treue Liebe war. Oh, ich wußte es jetzt zu spät, zu spät, zu spät. Das war der erste undankbare Gedanke, der in mir aufstieg. Zu spät.

„Als ich zurückkehrte", sagte er zu mir, „nicht reicher, als ich ausgezogen war, und Sie vorfand, kaum vom Krankenlager erstanden und doch voll liebreicher Sorge für andere und frei von jedem selbstsüchtigen Gedanken –"

„Oh, Mr. Woodcourt, schweigen Sie!" bat ich ihn. „Ich verdiene Ihr hohes Lob nicht. Ich hatte damals viele selbstsüchtige Gedanken!"

„Der Himmel weiß, Geliebte meiner Seele", fuhr er fort, „daß mein Lob nicht das eines Liebenden ist, sondern die Wahrheit. Sie wissen nicht, was alle um Sie herum in Esther Summerson sehen, wie viele Herzen sie rührt und erweckt, welch heilige Bewunderung und Liebe sie erntet."

„Oh, Mr. Woodcourt", rief ich, „es ist etwas Großes, Liebe zu ernten, es ist eine große Sache! Ich bin stolz darauf und fühle mich geehrt, und daß ich es höre, macht mich Tränen vergießen, Tränen der Freude und des Schmerzes zugleich: der Freude, daß ich sie gewonnen, des Schmerzes, daß ich sie nicht besser verdient habe; aber an Ihre Liebe zu denken ist mir nicht erlaubt."

Ich sagte es festeren Herzens; denn als er mich so pries und ich aus seiner Stimme den Glauben herausklingen hörte, daß das, was er sagte, die Wahrheit sei, da trachtete ich des Lobes würdiger zu werden. Dazu war es nicht zu spät. Auch wenn ich dieses unerwartete Blatt in meinem Leben an diesem Abend umwandte, konnte ich mein Leben lang seiner würdiger sein. Und es war mir Trost und Ansporn, und ich fühlte in mir eine Würdigkeit aufsteigen, die ich ihm verdankte, wenn ich so dachte.

Er brach das Schweigen.

„Ich gäbe eine armselige Probe des Vertrauens auf die Geliebte, die mir stets so teuer sein wird wie heute" – die tiefe Innigkeit, mit der er das sagte, stärkte mich und machte mich zugleich weinen, „wenn ich nach ihrer Versicherung, daß sie meiner Liebe nicht gedenken dürfe, noch weiter in sie dringen wollte. Geliebte Esther, erlauben Sie mir nur, Ihnen zu sagen, daß die innige Zuneigung zu Ihnen, die ich mit übers Meer nahm, bis zum Himmel emporwuchs, als ich heimkehrte. Ich habe stets gehofft, Ihnen dies in der ersten Stunde zu sagen, in der ein Strahl von Glück auf mich fiele. Ich habe stets gefürchtet, ich werde es Ihnen vergeblich sagen. Meine Hoffnungen und Befürchtungen haben sich beide heute Abend erfüllt. Ich tue Ihnen weh. Ich habe genug gesagt."

Etwas schien an meine Stelle zu treten, das dem Engel glich, für den er mich hielt, und der Verlust, den er erlitten hatte, betrübte mich tief! Ich wünschte ihn in seinem Kummer zu trösten, wie damals, als er das erstemal Mitleid mit mir gezeigt hatte.

„Lieber Mr. Woodcourt", sagte ich, „ehe wir heute scheiden, bleibt mir noch etwas zu sagen. Ich könnte es nie so sagen, wie ich wünsche – niemals – aber –"

Ich mußte mich noch einmal ermahnen, seiner Liebe und seines Schmerzes würdiger zu werden, bevor ich fortfahren konnte.

„– ich fühle Ihren Edelmut tief und werde das Andenken daran bis zu meiner letzten Stunde bewahren. Ich weiß genau, wie verändert ich bin, ich weiß, daß Ihnen meine Geschichte nicht unbekannt ist, und ich weiß, was für eine edle Liebe das ist, die so treu aushält. Was Sie mir gesagt haben, hätte mich aus keinem anderen Mund so rühren können, denn aus keinem anderen hätte es für mich solchen Wert gehabt. Es wird nicht verloren sein. Es macht mich besser."

Er bedeckte die Augen mit der Hand und wandte sich weg. Wie könnte ich je dieser Tränen würdig sein?

„Wenn Sie in dem Umgang, den wir unverändert pflegen werden – indem wir über Richard und Ada wachen, und ich hoffe, unter viel glücklicheren Lebensumständen –, etwas an mir entdecken, das Sie ehrlich für besser halten können, als es früher war, so glauben Sie, daß es von diesem Abend herrührt und daß ich es Ihnen verdanke. Und glauben Sie niemals, lieber, lieber Mr. Woodcourt, glauben Sie nie, daß ich diesen Abend vergessen werde oder daß ich, solange mein Herz schlägt, unempfindlich für den Stolz und die Freude sein kann, von Ihnen geliebt worden zu sein."

Er ergriff meine Hand und küßte sie. Er hatte sich wieder ganz gefaßt, und ich fühlte mich noch mehr ermutigt.

„Was Sie soeben sagten", fuhr ich fort, „läßt mich hoffen, daß Ihre Bemühungen Erfolg gehabt haben?"

„Ja", antwortete er. „Mit der Unterstützung Mr. Jarndyces, die Sie sich, da Sie ihn so gut kennen, wohl vorstellen können, haben sie Erfolg gehabt."

„Der Himmel segne ihn dafür", sagte ich und reichte ihm die Hand, „und der Himmel segne Sie in all Ihrem Tun."

„Ihr Wunsch wird mich in meinem Tun kräftigen", antwortete er; „er wird mich lehren, diese neuen Pflichten wahrzunehmen wie ein anderes mir von Ihnen anvertrautes heiliges Unterpfand."

„Ach, Richard!" rief ich unwillkürlich aus, „was wird er tun, wenn Sie fort sind?"

„Ich brauche jetzt noch nicht zu gehen; aber ich ließe ihn auch nicht im Stich, selbst wenn ich jetzt fort müßte, liebe Miss Summerson."

Noch einen anderen Gegenstand mußte ich berühren, ehe er mich verließ. Ich wußte, daß ich der Liebe, die ich nicht annehmen konnte, nicht würdiger sei, wenn ich es unterließ.

„Mr. Woodcourt", sagte ich, „es wird Sie freuen, ehe ich gute Nacht sage, aus meinem Mund zu hören, daß ich in der Zukunft, die klar und hell vor mir liegt, sehr glücklich und geborgen sein werde und nichts zu beklagen und nichts zu wünschen habe."

Es freue ihn allerdings sehr, dies zu hören, erwiderte er.

„Von Kindheit an", fuhr ich fort, „bin ich der Gegenstand der unerschöpflichen Güte des besten aller Menschen gewesen, an den ich durch jedes Band der Zuneigung, Dankbarkeit und Liebe so fest geknüpft bin, daß nichts, was ich im Verlauf eines ganzen Lebens tun könnte, die Gefühle eines einzigen Tages auszudrücken vermöchte."

„Ich teile diese Gefühle", entgegnete er; „Sie sprechen von Mr. Jarndyce."

„Sie kennen seine Vorzüge", sagte ich, „aber wenige können die Größe seines Charakters so kennen wie ich. All seine besten und edelsten Eigenschaften sind mir durch nichts schöner enthüllt worden als durch die Ausgestaltung jener Zukunft, in der ich so glücklich bin. Und wenn Sie ihm noch nicht die höchste Verehrung und Achtung zollten – was Sie aber tun, wie ich weiß –, so täten Sie es jetzt, glaube ich, nach dieser Versicherung und in dem Gefühl, das sie um meinetwillen in Ihnen für ihn geweckt haben muß."

Er antwortete mit Innigkeit, das wäre gewiß eingetreten. Ich reichte ihm nochmals meine Hand.

„Gute Nacht", sagte ich, „leben Sie wohl."

„Das erste, bis wir uns morgen wiedersehen; das zweite als Abschied von diesem Gegenstand zwischen uns auf immer?"

„Ja."

„Gute Nacht, leben Sie wohl!"

Er verließ mich, und ich stand an dem dunklen Fenster und sah auf die Straße hinunter. Seine Liebe mit all ihrer Beständigkeit und Hochherzigkeit war so jäh über mich gekommen, daß er noch keine Minute von mir fortgegangen war, als meine Kraft schon zusammenbrach und die strömenden Tränen die Straße meinem Blick verhüllten.

Aber es waren nicht Tränen des Schmerzes und der Trauer. Nein. Er hatte mich die Geliebte seiner Seele genannt und hatte gesagt, ich werde ihm stets so teuer bleiben wie jetzt, und es war mir, als könne mein Herz das Frohlocken, diese Worte gehört zu haben, nicht fassen. Mein erster abweger Gedanke war vergessen. Es war nicht zu spät, sie zu hören, denn es war nicht zu spät, sich durch sie zur Güte, Wahrheit, Dankbarkeit und Zufriedenheit aufmuntern zu lassen. Wie eben war mein Weg, wieviel ebener als der seine!

62. KAPITEL

Noch eine Entdeckung

Ich hatte nicht den Mut, an diesem Abend jemanden zu sehen. Ich hatte nicht einmal den Mut, mich selbst anzusehen, denn ich fürchtete, meine Tränen würden mich verklagen. Ich ging im Finstern in mein Zimmer hinauf, betete im Finstern und legte mich im Finstern schlafen. Ich brauchte kein Licht, um den Brief meines Vormundes zu lesen, denn ich konnte ihn auswendig. Ich nahm ihn heraus und wiederholte seinen Inhalt bei seinem eigenen hellen Licht der Redlichkeit und Liebe und schlief ein mit dem Brief neben mir auf dem Kissen.

Ich stand sehr früh am Morgen auf und rief Charley zu einem Spaziergang. Wir kauften Blumen für den Frühstückstisch, kamen zurück, bauten sie auf und waren so geschäftig wie möglich. Wir waren so früh fertig, daß ich noch vollauf Zeit hatte, Charley vor dem Frühstück ihre Lektion zu erteilen; Charley, bei der dem alten Mangel an Grammatik freilich nicht im mindesten abgeholfen war, bestand sie mit Ehren, und wir machten unsere Sache recht gut. Als mein Vormund kam, sagte er: „Wahrhaftig, Frauchen, Sie sehen frischer aus als Ihre Blumen!" und Mrs. Woodcourt rezitierte und übersetzte eine Stelle aus dem Mewlinnwillinwodd, die mich mit einem Berg verglich, auf den die Sonne niederscheint.

Das alles war so hübsch, daß ich hoffe, es machte mich dem Berg ähnlicher, als ich vorher gewesen war. Nach dem Frühstück paßte ich die Gelegenheit ab und lauerte ein wenig, bis ich meinen Vormund in seinem Zimmer – dem Zimmer von gestern abend – allein sah. Dann benutzte ich meine Wirtschaftsschlüssel als Vorwand, einzutreten, und schloß die Tür hinter mir.

„Nun, Frauchen?" fragte mein Vormund. Die Post hatte ihm mehrere Briefe gebracht, und er war mit Schreiben beschäftigt. „Sie brauchen Geld!"

„O nein, ich habe noch genug."

„Es hat noch nie ein Frauchen gegeben, bei dem das Geld so lang reicht", sagte mein Vormund.

Er hatte die Feder hingelegt, lehnte sich im Sessel zurück und sah mich an. Ich habe oft sein heiteres Gesicht erwähnt, aber mir war, als hätte ich es nie so heiter und gut gesehen. Es sprach aus ihm ein tiefes Glück, das mich denken ließ: Er hat heute Morgen etwas sehr Gutes getan.

„Es hat noch nie ein Frauchen gegeben, bei dem das Geld so lang gereicht hat", wiederholte mein Vormund nachdenklich und lächelte mich an.

Er hatte an seinem alten Benehmen nie etwas geändert. Ich liebte es und liebte ihn so sehr, daß ich ihn jetzt, als ich zu ihm ging und meinen gewöhnlichen Stuhl neben ihm einnahm, der immer dort stand – denn manchmal las ich ihm vor, manchmal sprach ich mit ihm, und manchmal arbeitete ich still neben ihm –, ungern dadurch störte, daß ich meine Hand auf seine Brust legte. Aber ich fand, daß es ihn gar nicht störte.

„Lieber Vormund", sagte ich, „ich möchte mit Ihnen sprechen. Bin ich in etwas säumig gewesen?"

„Säumig gewesen, meine Gute?"

„Bin ich nicht so gewesen, wie ich sein wollte, seit ich die Antwort auf Ihren Brief brachte, Vormund?"

„Sie sind alles gewesen, was ich wünschen konnte, meine Liebe."

„Es freut mich sehr, das zu hören", gab ich zurück. „Sie wissen, Sie fragten mich, ob dies die Herrin von Bleakhaus sei. Und ich sagte ja."

„Ja", erwiderte mein Vormund und nickte. Er hatte den Arm um mich gelegt, als ob er mich vor etwas beschützen müßte, und sah mir lächelnd ins Gesicht.

„Seit damals haben wir nie wieder über diese Sache gesprochen, bis auf einmal", fuhr ich fort.

„Und damals sagte ich, Bleakhaus wird sehr rasch leer; und so war es auch, meine Gute."

„Und ich sagte", erinnerte ich ihn schüchtern, „aber seine Herrin bleibe."

Er hielt mich immer noch in derselben beschützenden Weise umschlungen und mit derselben strahlenden Herzensgüte auf dem Gesicht.

„Lieber Vormund", begann ich wieder, „ich weiß, wie Sie alles, was geschehen ist, mitgefühlt haben und wie rücksichtsvoll Sie gewesen sind. Da es aber schon so lang her ist und da Sie gerade heute Morgen äußerten, daß ich wieder so wohl sei, so erwarten Sie vielleicht, daß ich auf die Sache zurückkomme. Vielleicht ist dies meine Pflicht. Ich will die Herrin von Bleakhaus sein, sobald Sie es wünschen."

„Mein Gott", entgegnete er froh, „welche Sympathie muß

zwischen uns herrschen! Den armen Rick ausgenommen – das ist freilich eine große Ausnahme – hat mir sonst nichts auf der Seele gelegen. Als Sie eintraten, war ich ganz damit beschäftigt. Wann wollen wir Bleakhaus seine Herrin geben, Frauchen?"

„Wann Sie wünschen."

„Nächsten Monat?"

„Nächsten Monat, lieber Vormund."

„Der Tag, an dem ich den glücklichsten und besten Schritt meines Lebens tue – der Tag, an dem ich der froheste und beneidenswerteste Mensch auf der Welt sein werde, der Tag, an dem ich Bleakhaus seine kleine Herrin gebe, soll also nächsten Monat sein", sagte mein Vormund.

Ich umarmte und küßte ihn, geradeso wie an dem Tag, als ich ihm meine Antwort überbrachte.

Ein Bedienter öffnete die Tür, um Mr. Bucket zu melden, was ganz unnötig war, denn Mr. Bucket blickte schon über die Schulter des Bedienten ins Zimmer. „Mr. Jarndyce und Miss Summerson", sagte er etwas außer Atem, „ich bitte um Verzeihung, daß ich störe, aber wollen Sie mir erlauben, eine Person heraufkommen zu lassen, die auf der Treppe wartet und nicht dort bleiben will, weil sie fürchtet, daß wir in ihrer Abwesenheit Bemerkungen über sie machen? Danke. Seid so gut und bringt diesen Stuhl hier herauf, nicht wahr?" sagte Mr. Bucket, indem er über das Treppengeländer winkte.

Auf diese seltsame Aufforderung hin wurde ein alter Mann mit einem schwarzen Käppi, der nicht gehen konnte, von ein paar Trägern heraufgeschafft und in der Stube bei der Tür abgesetzt. Mr. Bucket schickte auf der Stelle die Träger fort, schloß geheimnisvoll die Tür und schob den Riegel vor.

„Nun sehen Sie, Mr. Jarndyce", begann er dann, indem er seinen Hut ablegte und seinen Vortrag mit einem Schwenken seines unvergeßlichen Fingers eröffnete, „Sie kennen mich, und Miss Summerson kennt mich. Dieser Herr kennt mich ebenfalls, und sein Name ist Smallweed. Diskontieren ist hauptsächlich sein Geschäft, und er macht vor allem in Wechseln, wie man sagen kann. Nicht wahr, das ist ungefähr Ihr Geschäft?" fragte Mr. Bucket, indem er sich ein wenig herabbeugte, um zu dem fraglichen Herrn zu sprechen, der sehr mißtrauisch gegen ihn war.

Er schien die gegebene Beschreibung seines Geschäfts bestreiten zu wollen, als ihn ein heftiger Hustenanfall überkam.

„Sehen Sie, das ist eine Lehre für Sie", sagte Mr. Bucket, der das sogleich ausnutzte. „Widersprechen Sie nicht, wo es nicht nötig ist, und Sie werden nicht solche Anfälle bekommen. Jetzt, Mr. Jarndyce, wende ich mich an Sie. Ich habe mit diesem Herrn im Auftrage Sir Leicester Dedlocks, Baronet, verhandelt und bin in dieser und in anderen Sachen viel bei ihm ein und aus gegangen. Wo er wohnt, wohnte früher Krook, Lumpen- und Flaschenhändler – ein Verwandter dieses Herrn, den Sie gesehen haben, als er noch lebte, wenn ich nicht irre?"

Mein Vormund bejahte das.

„Gut! Sie müssen wissen", fuhr Mr. Bucket fort, „daß dieser Herr hier Krooks Hinterlassenschaft erbte, und sie sah der Hinterlassenschaft einer Elster ziemlich ähnlich. Ungeheure Mengen Makulatur waren darunter. Mein Gott, altes Papier, das keinem nützen konnte!"

Die Schläue in Mr. Buckets Augen und die meisterhafte Art, in der er, ohne durch ein Wort oder einen Blick seinen mißtrauischen Zuhörer zu reizen, uns merken ließ, daß er die Sache nach vorherigem Übereinkommen darstelle und uns viel mehr von Mr. Smallweed sagen könnte, wenn er es für ratsam hielte, machten es uns leicht, ihn richtig zu verstehen. Die Sache wurde ihm noch dadurch erschwert, daß Mr. Smallweed nicht nur mißtrauisch, sondern auch taub war und sein Gesicht mit der schärfsten Aufmerksamkeit beobachtete.

„Unter diesem Haufen alter Papiere fängt dieser Herr, als er die Erbschaft antritt, natürlich an herumzustöbern, sehen Sie wohl?" sagte Mr. Bucket.

„Was tut er? Sagen Sie das noch einmal", rief Mr. Smallweed mit schriller, dünner Stimme.

„Fängt an, darin herumzustöbern", wiederholte Mr. Bucket. „Denn da Sie ein kluger Mann und gewohnt sind, Ihre Angelegenheiten selbst zu besorgen, so fangen Sie an, in den Papieren herumzustöbern, nicht wahr?"

„Natürlich tue ich das", schrie Mr. Smallweed.

„Natürlich tun Sie es", sagte Mr. Bucket im Gesprächston, „und Sie wären sehr zu tadeln, wenn Sie es nicht täten. Und so finden Sie zufällig, wissen Sie", fuhr Mr. Bucket fort, indem er sich mit einer Miene freundlicher Neckerei, die Mr. Smallweed keineswegs erwiderte, über ihn beugte, „und so finden Sie zufällig ein Papier mit dem Namen Jarndyce als Unterschrift, nicht wahr?"

Mr. Smallweed blickte uns mit unruhigen Augen an und nickte widerwillig zustimmend.

„Und als Sie sich dieses Papier in voller Muße und Bequemlichkeit – alles zu seiner Zeit, denn Sie sind gar nicht neugierig, es zu lesen, und warum sollten Sie auch! – ansehen, was ist es? Ein Testament, nicht wahr? Das ist eben das Komische dabei", sagte Mr. Bucket so fröhlich wie vorhin, als ob er einen Witz zum Ergötzen Mr. Smallweeds erzählte, der noch ebenso gedrückt wie vorhin aussah, als ob er keinen Spaß daran fände. „Was sollte es sein als ein Testament?"

„Ich weiß nicht, ob es so gut ist wie ein Testament oder sonst was", knurrte Mr. Smallweed.

Mr. Bucket sah den Alten einen Augenblick an – er war in seinem Stuhl zu einem wahren Bündel zusammengesunken –, als wäre er sehr geneigt, über ihn herzufallen, fuhr aber doch fort, sich mit unverändert freundlicher Miene über ihn zu beugen, während er aus einem Augenwinkel zu uns herüberschaute.

„Dennoch", sagte Mr. Bucket, „werden Sie in Ihrem Gewissen ein wenig unsicher und unruhig darüber, denn Sie haben ein sehr zartes Gewissen."

„He? Was soll ich haben?" fragte Mr. Smallweed mit der Hand am Ohr.

„Ein sehr zartes Gewissen."

„Oh! Gut, weiter", sagte Mr. Smallweed.

„Und da Sie sehr viel von einem berühmten Kanzleigerichtsprozeß um ein Testament gehört haben, der unter diesem Namen dort läuft, und da Sie wissen, wie stark Krook darin war, allen möglichen alten Hausrat und Bücher und Papiere und was nicht alles sonst aufzukaufen und es nicht wieder herauszugeben und beständig zu versuchen, von selber lesen zu lernen, so fangen Sie an zu denken – und haben nie im Leben richtiger gedacht: Mein Gott, wenn ich mich nicht in acht nehme, so kann ich mit diesem Testament in Ungelegenheiten kommen."

„Jetzt geben Sie acht, Bucket, wie Sie es sagen", rief der Alte aufgeregt und hielt die Hand ans Ohr. „Heraus mit der Sprache; keinen von Ihren Höllenstreichen! Heben Sie mich in die Höhe; ich muß es besser hören. O Gott, er schüttelt mich in Stücke!"

Mr. Bucket hatte ihn allerdings mit einem Ruck in die Höhe gehoben; sobald er sich aber über Mr. Smallweeds Husten und empörte Klagen: „O meine Knochen! O Gott! Keine Luft mehr im Leib! Ich bin schlimmer dran als die höllische Schnatterhexe zu Hause!" wieder vernehmbar machen konnte, fuhr Mr. Bucket in derselben gemütlichen Weise wie früher fort: „Und da ich viel bei Ihnen aus und ein gehe, so ziehen Sie mich ins Vertrauen, nicht wahr?"

Ich glaube nicht, daß man etwas mit größerem Widerwillen zugeben kann, als Mr. Smallweed dies zugab: er ließ klar erkennen, daß Mr. Bucket der Allerletzte sei, den er ins Vertrauen gezogen hätte, wenn er ihn hätte draußen halten können.

„Und wir sehen uns die Sache miteinander an – in aller Gemütlichkeit; und ich bestätige Ihre wohlbegründete Befürchtung, daß Sie in eine höchst fatale Lage kommen können, wenn Sie das Testament nicht herausgeben", sagte Mr. Bucket mit Nachdruck, „und demnach kommen Sie mit mir überein, es diesem hier anwesenden Mr. Jarndyce ohne Vorbehalt zu übergeben. Wenn es sich als wertvoll erweisen sollte, so überlassen Sie es ihm, Sie zu belohnen. So ungefähr liegen die Dinge, nicht wahr?"

„Das haben wir miteinander vereinbart", stimmte Mr. Smallweed mit unverändertem Widerwillen bei.

„Demgemäß", fuhr Mr. Bucket fort, indem er sein gemütliches Wesen plötzlich aufgab und streng dienstlich wurde, „haben Sie das Testament mit hierhergebracht, und das einzige, was Ihnen noch zu tun übrigbleibt, ist, es herauszugeben!"

Mit einem Blick auf uns aus dem wachsamen Augenwinkel und nachdem er seine Nase einmal triumphierend mit dem Zeigefinger gerieben hatte, stand Mr. Bucket da, die Augen auf seinen vertrauten Freund geheftet und die Hand ausgestreckt, um das Papier in Empfang zu nehmen und es meinem Vormund zu übergeben. Mr. Smallweed brachte es erst nach langem Sträuben und vielen Erklärungen hervor, daß er ein armer, fleißiger Mann sei und es ganz Mr. Jarndyces Ehrenhaftigkeit überlasse, daß er durch seine Ehrlichkeit nichts verliere. Dann zog er langsam, Zoll für Zoll, aus einer Brusttasche ein beflecktes, vergilbtes Papier, das auf der Außenseite sehr versengt und an den Rändern ein wenig angebrannt war, als wäre es vor langer Zeit ins Feuer geworfen und hastig wieder herausgerissen worden. Mr. Bucket verlor keine Zeit, das Papier mit der Gewandtheit eines Taschenspielers aus Mr. Smallweeds Händen in die Mr. Jarndyces zu befördern. Als er es meinem Vormund übergab, flüsterte er ihm hinter der Hand zu: „Waren nicht einig, wie sie ihren Preis machen sollten. Zankten sich darüber und hielten nicht reinen Mund. Ich wendete zwanzig Pfund daran. Zuerst verrieten ihn die geizigen Enkelkinder, verärgert darüber, daß er so unvernünftig lange lebt, und dann verrieten sie einander. Gott! In der ganzen Familie ist keiner, der nicht den andern für ein oder zwei Pfund verkaufen würde, außer der alten Dame – und die ist nur nicht dabei, weil sie zu geistesschwach ist, um einen Handel zu machen."

„Mr. Bucket", erklärte mein Vormund laut, „ich bin Ihnen sehr verpflichtet, was immer der Wert dieses Papieres für irgendwen sein mag; und wenn es von Wert ist, so halte ich mich für verpflichtet, Mr. Smallweed angemessen zu belohnen."

„Nicht nach Ihren Verdiensten, müssen Sie wissen", sagte Mr. Bucket freundschaftlich erläuternd zu Mr. Smallweed. „Das brauchen Sie nicht zu fürchten. Nach seinem Wert."

„Das meine ich", fuhr mein Vormund fort. „Sie werden bemerken, Mr. Bucket, daß ich für meinen Teil mich enthalte, dieses Papier zu prüfen. Die einfache Wahrheit ist, daß ich seit vielen Jahren es abgeschworen habe, mich um die Sache zu kümmern, und daß sie mir in der Seele zuwider ist. Aber Miss Summerson und ich werden das Papier alsbald meinem Rechtsbeistand in dieser Sache übergeben, und sein Vorhandensein soll allen anderen Beteiligten ohne Verzug mitgeteilt werden."

„Mr. Jarndyce kann nicht mehr sagen, hören Sie", bemerkte Mr. Bucket zu seinem Begleiter. „Und da jetzt klargestellt ist, daß niemandem Unrecht geschehen soll, was für Ihr Gewissen ein großer Trost sein muß, so können wir Sie jetzt in aller Form wieder nach Hause bringen."

Er entriegelte die Tür, rief die Träger, wünschte uns guten Morgen und entfernte sich mit einem vielsagenden Blick und einem Wink seines gekrümmten Fingers zum Abschied.

Wir brachen gleichfalls so schnell wie möglich auf, und zwar nach Lincoln's Inn. Mr. Kenge war zu sprechen, und wir fanden ihn am Tisch in seinem staubigen Zimmer mit den ausdruckslos aussehenden Büchern und den Stößen von Akten. Nachdem uns Mr. Guppy Stühle hingesetzt hatte, sprach Kenge sein Erstaunen und seine Freude über die ungewohnte Anwesenheit Mr. Jarndyces in seinem Büro aus. Er drehte beim Sprechen seine Brille um und um und war mehr denn je Konversations-Kenge.

„Ich hoffe", sagte er, „daß der wohltätige Einfluß Miss Summersons" – er verbeugte sich gegen mich – „Mr. Jarndyce vermocht hat" – er verbeugte sich gegen ihn –, „seine Gereiztheit gegen einen Prozeß und gegen einen Gerichtshof einigermaßen zu vergessen, die, wenn ich so sagen darf, für den imposanten Anblick der Grundpfeiler unserer Wissenschaft nicht unwesentlich sind."

„Ich möchte glauben", entgegnete mein Vormund, „daß Miss

gebracht hat, meinen beiden jungen Verwandten zufallen könnte, so wäre ich sehr zufrieden. Aber wollen Sie sich glauben machen, daß aus Jarndyce gegen Jarndyce etwas Gutes erwachsen könnte?"

„Oh, ich bitte Sie, Mr. Jarndyce! Reines Vorurteil. Verehrter Herr, England ist ein großartiges Land, ein ganz großartiges Land. Sein Prozeßsystem ist ein großartiges System, ein ganz großartiges System. Glauben Sie mir das, glauben Sie das!"

Mein Vormund sagte weiter nichts, bis Mr. Vholes erschien. Er zog sich vor Mr. Kenges beruflichem Ansehen in Bescheidenheit zurück.

„Wie geht es Ihnen, Mr. Vholes? Bitte, nehmen Sie Platz und sehen Sie sich dieses Dokument an."

Mr. Vholes entsprach seinem Wunsche und schien es Wort für Wort zu lesen. Es versetzte ihn nicht in Aufregung; aber ihn versetzte überhaupt nichts in Aufregung. Als er es gründlich geprüft hatte, zog er sich mit Mr. Kenge in eine Fensternische zurück, hielt seinen schwarzen Handschuh vor den Mund und sprach sehr ausführlich mit seinem Kollegen. Es wunderte mich nicht, daß sich Mr. Kenge geneigt zeigte, mit ihm zu streiten, ehe er viel gesagt hatte, denn ich wußte, daß in Sachen Jarndyce gegen Jarndyce noch nie zwei Personen über einen Punkt einig gewesen waren. Aber er schien doch gegen Mr. Kenge recht zu behalten in einem Gespräch, das so klang, als bestünde es fast nur aus den Worten Generaleinnehmer, Hauptrechnungsführer, Gutachten, Masse und Kosten. Als sie fertig waren, traten sie wieder an Mr. Kenges Tisch und sprachen laut.

„Nun, das ist gewiß ein merkwürdiges Dokument, Mr. Vholes?" sagte Mr. Kenge.

Mr. Vholes erwiderte: „Ein sehr merkwürdiges Dokument."

„Und ein sehr wichtiges, Mr. Vholes?" fragte Mr. Kenge.

Wiederum antwortete Mr. Vholes: „Ein sehr wichtiges."

„Und wie Sie sagen, Mr. Vholes, wenn die Sache in der nächsten Sitzung auf die Tagesordnung kommt, so wird es eine unerwartete, interessante Wendung bringen", sagte Mr. Kenge und sah meinen Vormund von oben herunter an.

Es schmeichelte Mr. Vholes als einem kleinen Advokaten, der auf Achtbarkeit bedacht ist, in irgendeiner Meinung von einer solchen Autorität bestätigt zu werden.

„Und wann ist die nächste Sitzung?" fragte mein Vormund nach einer Pause, in der Mr. Kenge mit seinem Geld geklimpert und Mr. Vholes an seinen Warzen gezupft hatte, und stand auf.

Summerson zuviel, von den Wirkungen des Gerichtshofs und des Prozesses gesehen hat, um sich zu ihren Gunsten zu verwenden. Dennoch sind sie zum Teil der Grund meines Hierseins. Mr. Kenge, ehe ich dieses Papier auf Ihren Schreibtisch lege und nichts mehr damit zu tun habe, lassen Sie sich von mir erzählen, wie es in meine Hände gekommen ist."

Er erzählte es ihm kurz und bestimmt. „Man hätte es nicht einfacher und zweckmäßiger auseinandersetzen können, wenn es ein Rechtsfall wäre", meinte Mr. Kenge.

„Haben Sie Gesetzesrecht oder Gewohnheitsrecht je einfach und zweckmäßig gesehen?" fragte mein Vormund.

„O pfui!" sagte Mr. Kenge.

Anfangs schien er dem Papiere keine große Wichtigkeit beizulegen, aber als er es sah, begann es ihn offensichtlich zu fesseln, und als er es aufgemacht und ein Stück davon durch seine Brille gelesen hatte, fiel er in Staunen. „Mr. Jarndyce", sagte er aufblickend, „haben Sie es gelesen?"

„Nein", entgegnete mein Vormund.

„Aber mein Bester", erklärte Mr. Kenge, „es ist ein Testament späteren Datums, als bis jetzt eines im Prozeß vorgekommen ist. Es scheint ganz vom Erblasser eigenhändig geschrieben. Es ist in aller Form abgefaßt und von Zeugen bestätigt. Und selbst wenn die Absicht war, es zu vernichten, was diese Brandspuren möglicherweise andeuten, so ist es doch nicht vernichtet. Es ist eine vollkommene Urkunde!"

„Gut!" sagte mein Vormund. „Was bedeutet das für mich?"

„Mr. Guppy!" rief Mr. Kenge mit erhobener Stimme. „Entschuldigen Sie, Mr. Jarndyce."

„Sir?"

„Meine Empfehlungen an Mr. Vholes in Symond's Inn, Jarndyce gegen Jarndyce. Möchte ihn gern sprechen."

Mr. Guppy verschwand.

„Sie fragen mich, was das für Sie bedeutet, Mr. Jarndyce. Wenn Sie das Dokument gelesen hätten, so hätten Sie gesehen, daß es Ihren Anteil beträchtlich vermindert, obgleich er immer noch sehr anständig bleibt, immer noch sehr anständig", sagte Mr. Kenge mit sanft überredender Handbewegung. „Sie hätten ferner daraus ersehen, daß die Anteile Mr. Richard Carstones und Miss Ada Clares, jetzt Mrs. Richard Carstone, dadurch wesentlich erhöht werden."

„Kenge", sagte mein Vormund, „wenn der ganze große Reichtum, den der Prozeß vor dieses abscheuliche Kanzleigericht

975

„Die nächste Session ist nächsten Monat, Mr. Jarndyce", sagte Mr. Kenge. „Natürlich werden wir auf der Stelle alles besorgen, was zu diesem Dokument gehört, und die erforderlichen Zeugenaussagen sammeln, und natürlich berichten wir Ihnen wie gewöhnlich, daß die Sache auf der Tagesordnung steht."

„Und natürlich werde ich wie gewöhnlich diese Nachricht berücksichtigen."

„Immer noch darin befangen, geehrtester Herr, selbst bei Ihrem aufgeklärten Geist, ein Vorurteil des großen Haufens nachzureden?" sagte Mr. Kenge, der uns durch das Vorzimmer zur Tür begleitete. „Wir sind ein blühendes Gemeinwesen. Wir sind ein großes Land, Mr. Jarndyce, ein sehr großes Land. Dies ist ein großes System, Mr. Jarndyce, und wünschen Sie etwa, daß ein großes Land ein kleines System hätte? Nein, gewiß nicht!"

Er sagte dies oben an der Treppe und bewegte dabei elegant seine rechte Hand, als wäre sie eine silberne Kelle, mit der er den Zement seiner Worte an das Mauerwerk des Systems werfe und es für tausend Generationen befestige.

63. KAPITEL

Stahl und Eisen

Georges Schießgalerie ist zu vermieten, die Ausstattung wird verkauft, und George selbst ist in Chesney Wold, wo er Sir Leicester auf seinen Spazierritten begleitet und dicht neben ihm reitet, weil Sir Leicester sein Pferd nur mit unsicherer Hand lenkt. Aber heute ist George anders beschäftigt. Heute reist er weiter nördlich in die Eisendistrikte, um sich umzusehen.

Als er weiter nördlich in die Eisendistrikte kommt, sind keine so frischen grünen Wälder mehr zu sehen wie in Chesney Wold; Kohlengruben und Schlacken, hohe Schlote und rote Ziegelmauern, versengtes Grün, versengende Feuer und eine schwere, nie zerteilte Rauchwolke werden die Merkmale der Landschaft. In solcher Umgebung reitet der Kavallerist die Straße entlang, sieht sich um und sieht sich immer um, als ob er etwas suche.

Endlich an der geschwärzten Kanalbrücke einer geschäftigen

Stadt, wo man überall Eisen rasseln hört und wo es mehr Feuer und Rauch gibt, als er bisher gesehen hat, hält er, vom Staub der Kohlenstraßen geschwärzt, sein Pferd an und fragt einen Arbeiter, ob ihm der Name Rouncewell bekannt sei.

„Das wäre ja, als ob ich meinen eigenen Namen nicht kennte", entgegnet der Arbeiter.

„So gut bekannt ist er hier, Kamerad?" fragt der Kavallerist.

„Rouncewell? Ei gewiß!"

„Und wo ist er zu finden?" fragt der Kavallerist mit suchendem Blick.

„Die Bank, die Fabrik oder das Haus?" will der Arbeiter wissen.

„Hm! Rouncewells sind allem Anscheine nach so groß", brummt der Kavallerist vor sich hin und streicht sich das Kinn, „daß ich fast Lust hätte, wieder umzukehren. Hm, ich weiß eigentlich nicht, wohin ich gehen soll. Meint Ihr wohl, daß ich Mr. Rouncewell in der Fabrik finde?"

„Es ist nicht leicht zu sagen, wo Sie ihn finden – um diese Tageszeit können Sie entweder ihn oder seinen Sohn dort finden, wenn er in der Stadt ist; aber er ist wegen seiner Kontrakte oft auf Reisen."

Und wo die Fabrik sei? Nun, er sehe doch jene Schornsteine – die höchsten! Ja, die sehe er. Gut, diese Schornsteine solle er im Auge behalten und so geradeaus reiten, wie er könne, dann werde er sie an einer Seitenstraße links finden, umgeben von einer Ziegelmauer, die die eine Seite der Straße bilde. Das sei Rouncewells Fabrik.

Der Kavallerist dankt dem Mann und reitet langsam weiter, während er sich umschaut. Er kehrt nicht um, sondern stellt sein Pferd in einem Wirtshaus ein, wo etliche von Rouncewells Arbeitern zu Mittag essen, wie ihm der Hausknecht sagt. Etliche von Rouncewells Arbeitern machen eben Mittagspause und scheinen die ganze Stadt auszufüllen. Rouncewells Arbeiter sind sehr muskulös und stark – auch ein wenig rußig.

Er kommt an einen Torweg in der Ziegelmauer, blickt hinein und sieht einen großen Wirrwarr von Eisen auf jeder Entwicklungsstufe und in unendlich vielerlei Formen herumliegen: Stangen, Keile, Platten, Pfannen, Kessel, Achsen, Räder, Zapfen, Kurbeln, Schienen; Eisen, in seltsame, verrückte Formen gedreht und gepreßt als einzelne Maschinenteile; Berge von Brucheisen, vor Alter verrostet; ferne Öfen, wo es in seiner Jugend glüht und kocht; schöne Feuerwerke, die es erzeugt, wenn es unter den Schlägen des Dampfhammers Funken sprüht; rotglühendes Eisen, weißglühendes Eisen, schwarzkaltes Eisen; Geschmack von Eisen, Geruch von Eisen und ein tausendstimmiger Wirrwarr von Eisenklängen.

„Da könnte einem der Kopf weh tun!" sagt der Kavallerist und sieht sich nach einem Kontor um. „Wer kommt da? Er sieht mir sehr ähnlich, ehe ich fortging. Das müßte mein Neffe sein, wenn sich Ähnlichkeit in Familien fortpflanzt. Ihr Diener, Sir."

„Ihr Diener, Sir. Suchen Sie jemanden?"

„Entschuldigen Sie, Sie sind der junge Rouncewell, glaube ich?"

„Ja."

„Ich suchte Ihren Vater, Sir. Ich wünschte ein paar Worte mit ihm zu sprechen."

Der junge Mann sagt ihm, daß er die Zeit gut getroffen habe, denn der Vater sei da, und führt ihn ins Kontor, wo er zu finden sei. Mir sehr ähnlich, ehe ich fortging – verteufelt ähnlich, denkt der Kavallerist, als er ihm folgt. Sie kommen zu einem Gebäude im Hof, in dessen Obergeschoß sich ein Kontor befindet. Mr. George wird sehr rot, als er den Herrn im Kontor erblickt. „Was für einen Namen soll ich meinem Vater nennen?" fragt der junge Mann.

George, den Kopf voller Eisen, antwortet in seiner Zerfahrenheit: „Stahl" und wird unter diesem Namen eingeführt. Er bleibt allein mit dem Herrn im Kontor, der an einem Tisch sitzt mit Rechnungsbüchern vor sich und einigen Bogen Papier, die mit Reihen von Figuren und Aufrissen seltsamer Gebilde bedeckt sind. Es ist ein kahles Zimmer mit kahlen Fenstern, und man sieht auf das Eisen hinunter. Auf dem Tisch liegen einige Stücke Eisen unordentlich übereinander, die absichtlich zerbrochen wurden, um zu verschiedenen Zeiten ihres Dienstes auf ihre verschiedenen Eigenschaften geprüft zu werden. Überall liegt Eisenstaub, und den Rauch sieht man durch die Fenster schwer aus den hohen Schornsteinen qualmen, um sich mit dem Rauch eines dunstigen Babels anderer Schornsteine zu mischen.

„Ich stehe zu Diensten, Mr. Stahl", sagt der Herr, als sein Besucher einen rostigen Stuhl eingenommen hat.

„Mr. Rouncewell", entgegnet George, indem er sich vorbeugt, den linken Arm aufs Knie legt, den Hut in der Hand hält und es vermeidet, dem Auge seines Bruders zu begegnen, „ich fürchte fast, mit meinem gegenwärtigen Besuch eher zudringlich als willkommen zu erscheinen. Ich habe zu meiner Zeit bei den Dragonern gedient; und einer meiner Kameraden, den ich sehr gern hatte, war, wenn ich nicht irre, Ihr Bruder. Ich glaube, Sie hatten einen Bruder, der seiner Familie einigen Kummer machte, durchbrannte und nichts Besseres tun konnte als wegzubleiben."

„Heißen Sie auch wirklich Stahl?" entgegnet der Eisenwerkbesitzer mit veränderter Stimme.

Der Kavallerist stockt und blickt ihn an. Sein Bruder springt auf, ruft ihn beim Namen und ergreift seine beiden Hände.

„Du bist zu rasch für mich", ruft der Kavallerist, und Tränen treten ihm in die Augen. „Was machst du, mein guter alter Kerl? Ich hätte mir nie gedacht, daß du dich halb so freuen würdest, mich zu sehen. Wie geht's dir, mein lieber alter Kerl, wie geht's dir?"

Sie schütteln sich die Hände und umarmen einander immer und immer wieder, und der Kavallerist knüpft immer noch an seine Frage: „Wie geht's dir, mein guter alter Kerl?" die Beteuerung, daß er nie geglaubt hätte, sein Bruder werde sich halb so sehr freuen, ihn wiederzusehen! „Weit entfernt davon, dachte ich eigentlich gar nicht daran, mich zu erkennen zu geben", erklärt er, nachdem er ausführlich erzählt hat, was seiner Ankunft hier vorausgegangen ist. „Ich dachte, wenn du meinen Namen einigermaßen nachsichtig aufnähmst, wollte ich mich vielleicht allmählich dazu aufschwingen, einen Brief zu schreiben. Aber ich hätte mich nicht gewundert, wenn du es nicht als angenehme Nachricht betrachtet hättest, von mir zu hören."

„Wir werden dir zu Hause zeigen, als welche Art Nachricht wir es ansehen", entgegnet sein Bruder. „Heute ist ein großer Tag bei uns, und du hättest an keinem besseren kommen können, du sonnenverbrannter alter Soldat. Ich treffe heute mit meinem Sohn Watt eine Übereinkunft, daß er heute übers Jahr ein so schönes und gutes Mädchen heiratet, wie du nur je auf all deinen Reisen eines gesehen hast. Sie reist morgen mit einer deiner Nichten nach Deutschland ab, um ihre Erziehung zu vollenden. Wir geben aus diesem Anlaß ein Fest, und du sollst der Held dieses Festes sein."

Diese Aussicht überwältigt Mr. George anfangs so, daß er die angetragene Ehre mit großem Ernst zurückweist. Sein Bruder und sein Neffe aber, dem er seine Beteuerungen wiederholt, daß er sich nie gedacht hätte, sie würden sich halb so freuen, ihn wiederzusehen, überwinden ihn und bringen ihn zu einem eleganten Haus, in dessen ganzer Einrichtung sich eine gefällige Mischung der ursprünglichen einfachen Gewohnheiten des Vaters und der Mutter mit den Lebensformen zeigt, die ihrer veränderten Stellung und dem größeren Reichtum ihrer Kinder entsprechen. Hier wird Mr. George sehr bestürzt angesichts der Reize und der Bildung seiner gegenwärtigen Nichten und der Schönheit Rosas, seiner künftigen Nichte, und bei den liebreichen Begrüßungen durch diese jungen Damen, die er in einer Art Traum entgegennimmt. Arg beschämt ihn auch das ehrerbietige Benehmen seines Neffen, und er fühlt recht eindringlich, daß er ein Taugenichts ist. Aber es ist großes Frohlocken und eine sehr gemütliche Gesellschaft und unendliche Freude, und Mr. George hilft sich als ein alter, gerader Soldat durch, und sein Versprechen, zur Hochzeit zu kommen und die Braut wegzugeben, wird von allen mit Jubel aufgenommen. Mr. George ist es in dieser Nacht wirr im Kopf, als er sich in das Staatsbett in seines Bruders Haus legt und über alle diese Sachen nachdenkt und die Bilder seiner Nichten, die den ganzen Abend in ihren wallenden Musselinkleidern so feierlich wirkten, über die Bettdecke nach deutscher Manier walzen sieht.

Die Brüder haben am nächsten Morgen im Zimmer des Eisenwerkbesitzers ein Privatgespräch, bei dem der ältere in seiner klaren, verständlichen Weise auseinandersetzt, wie er George am besten in seinem Geschäft verwenden könne; aber George drückt ihm die Hand und unterbricht ihn.

„Bruder, ich danke dir millionenmal für dein mehr als brüderliches Willkommen und noch millionenmal mehr für deine mehr als brüderlichen Absichten. Aber meine Pläne sind gemacht. Ehe ich ein Wort darüber sage, möchte ich dich über eine Familienangelegenheit um Rat fragen. Wie", fragt der Kavallerist, indem er die Arme verschränkt und seinen Bruder unerschütterlich fest anblickt, „wie wäre meine Mutter zu bewegen, mich zu streichen?"

„Ich weiß nicht, ob ich dich verstehe, George", entgegnet der Eisenwerkbesitzer.

„Ich meine, Bruder, wie meine Mutter zu bewegen wäre, mich zu streichen? Sie muß irgendwie dazu gebracht werden."

„Dich aus ihrem Testament zu streichen, meinst du wohl?"

„Natürlich. Mit einem Wort", sagt der Kavallerist und verschränkt seine Arme noch entschlossener, „ich meine, mich auszustreichen."

„Lieber George", entgegnet sein Bruder, „ist es so unumgänglich notwendig, daß dies geschieht?"

„Ganz unbedingt notwendig! Sonst könnte ich mir nicht die Niedertracht zuschulden kommen lassen, zurückzukommen. Ich wäre nie sicher, nicht noch einmal fortzugehen. Ich habe mich nicht daheim wieder eingeschlichen, um deinen Kindern, wenn nicht dir selbst, ihre Rechte zu rauben. Ich, der die seinigen längst verwirkt hat! Wenn ich bleiben und den Kopf hochtragen soll, so muß ich gestrichen werden. Sprich. Du bist ein Mann von berühmtem Scharfsinn und kannst mir sagen, wie es anzufangen ist."

„Ich kann dir sagen, George", entgegnet der Eisenwerkbesitzer mit Überlegung, „wie es nicht zu machen ist, was, hoffe ich, dem Zweck ebensogut entspricht. Sieh unsere Mutter an, denke an sie, erinnere dich ihrer Bewegung, als sie dich wiederfand. Glaubst du, etwas auf der Welt könnte sie dazu bringen, ihrem Lieblingssohn so etwas anzutun? Glaubst du, es gäbe eine Aussicht auf ihre Zustimmung, die den Schmerz aufwiegen könnte, den der Vorschlag der lieben, liebevollen, alten Frau verursachen würde? Wenn du das glaubst, so irrst du dich. Nein, George! Du mußt dich darauf gefaßt machen, unausgestrichen zu bleiben. Ich glaube" – auf dem Gesicht des Eisenwerkbesitzers zeigt sich ein lustiges Lächeln, als er seinen Bruder beobachtet, der tiefenttäuscht nachsinnt –, „ich glaube aber doch, du könntest die Sache fast ebensogut einrichten, wie wenn es geschehen wäre."

„Wieso, Bruder?"

„Wenn du durchaus darauf erpicht bist, so kannst du ja alles, was du zu deinem Leidwesen geerbt hast, testamentarisch vermachen, wem du willst."

„Das ist richtig!" sagt der Kavallerist und sinnt wieder nach. Dann fragt er angelegentlich, indem er seine Hand auf die des Bruders legt: „Hättest du etwas dagegen, dies deiner Frau und deiner Familie zu sagen?"

„Durchaus nicht."

„Danke. Du hättest vielleicht nichts dagegen, zu sagen, daß ich zwar zweifellos ein Vagabund, aber ein leichtsinniger, kein niedrig denkender bin."

Der Eisenwerkbesitzer unterdrückt ein belustigtes Lächeln und stimmt zu.

„Danke. Danke. Mir fällt eine Last von der Seele", sagt der Kavallerist und atmet hoch auf, als er die Arme löst und auf jeden Schenkel eine Hand stützt, „obgleich mir auch viel daran lag, gestrichen zu werden."

Die Brüder sehen einander sehr ähnlich, wie sie sich gegenübersitzen; aber eine gewisse massive Einfachheit und eine

Unerfahrenheit in den Gängen der Welt tritt an dem Kavalleristen hervor.

„Nun also zunächst und zuletzt meine Pläne", fährt er fort, indem er seine Enttäuschung abschüttelt. „Du bist so brüderlich gewesen, mir vorzuschlagen, mich hier niederzulassen und einen Platz zwischen den Früchten deiner Ausdauer und Klugheit einzunehmen. Ich danke dir herzlich. Das ist mehr als brüderlich, wie ich schon sagte, und ich danke dir herzlich dafür", und er schüttelt ihm lange die Hand. „Aber die Wahrheit ist, Bruder, ich bin – ich bin eine Art Unkraut, und es ist zu spät, mich in einen ordentlichen Garten zu versetzen."

„Lieber George", entgegnet der Ältere und wendet ihm mit vertrauensvollem Lächeln seine breite, feste Stirn zu, „überlaß das mir und laß mich's versuchen."

George schüttelt den Kopf. „Wenn es jemand könnte, dann du, daran zweifle ich nicht. Aber es ist unausführbar. Es geht nicht, Sir! Wogegen es sich andererseits so trifft, daß ich Sir Leicester Dedlock seit seiner Krankheit, die Familiensorgen über ihn gebracht haben, von einigem Nutzen sein kann und daß er diese Hilfe lieber vom Sohn unserer Mutter annimmt als von jedem anderen."

„Nun ja, lieber George", entgegnet der andere, während ein ganz leichter Schatten über sein offenes Gesicht fliegt, „wenn du vorziehst, in Sir Leicester Dedlocks Leibgarde zu dienen –"

„Das ist's, Bruder!" unterbricht ihn der Kavallerist, indem er die Hand wieder aufs Knie legt, „das ist's! Dir gefällt dieser Gedanke nicht recht, mich stört er nicht. Du bist nicht gewohnt, kommandiert zu werden, ich bin es. Alles um dich herum ist in voller Ordnung und Disziplin; bei mir verlangt alles danach. Wir sind nicht gewohnt, die Dinge auf dieselbe Art zu behandeln oder unter demselben Gesichtspunkt zu sehen. Ich sage weiter nichts von meinen Soldatenmanieren, weil ich mich gestern abend recht wohl gefühlt habe und nicht glaube, daß man hier sehr darauf achten würde, wenn man sie einmal gewohnt wäre. Aber ich werde mich am besten in Chesney Wold niederlassen, wo mehr Platz für ein Stück Unkraut ist als hier; und die gute alte Mutter wird dies außerdem glücklich machen. Deshalb nehme ich Sir Leicester Dedlocks Angebot an. Wenn ich nächstes Jahr wiederkomme, um die Braut wegzugeben, oder wenn ich sonst wiederkomme, werde ich so klug sein, die Leibgarde im Hintertreffen zu halten und sie nicht auf deinem Gelände manövrieren zu lassen. Ich danke dir nochmals herzlich und denke mit Stolz an die Rouncewells, deren Haus du begründen wirst."

„Du kennst dich am besten, George", sagt der ältere Bruder, indem er seinen Händedruck erwidert, „und vielleicht kennst du mich besser als ich mich selbst. Tu, was du willst – nur so, daß wir einander nicht wieder ganz verlieren."

„Das ist nicht zu befürchten!" entgegnet der Kavallerist. „Aber ehe ich wieder heimreite, Bruder, wollte ich dich bitten, wenn du so gut sein magst, einen Brief für mich durchzulesen. Ich habe ihn mit hierhergebracht, um ihn von hier aus abzuschicken, da der Name Chesney Wold die Person, an die er geschrieben ist, gerade jetzt schmerzlich berühren könnte. Ich bin nicht sehr ans Briefeschreiben gewöhnt, und an diesem Brief liegt mir besonders viel, weil er geradezu und zartfühlend zugleich sein soll."

Damit übergibt er dem Eisenwerkbesitzer einen Brief, der mit etwas blasser Tinte eng, aber hübsch und zügig geschrieben ist, und dieser liest:

„Miss Esther Summerson!

Da mir Inspektor Bucket mitgeteilt hat, daß man unter den Papieren einer gewissen Persönlichkeit einen an mich gerichteten Brief gefunden habe, so bin ich so frei, Sie zu benachrichtigen, daß es bloß eine kurze schriftliche Instruktion aus dem Ausland war, wann, wo und wie ich einen beigeschlossenen Brief an eine schöne junge Dame, die damals unverheiratet in England lebte, abgeben solle. Ich habe die Weisung genau befolgt.

Ich nehme mir außerdem die Freiheit, Ihnen mitzuteilen, daß er mir nur als Handschriftenprobe abverlangt worden ist und daß ich ihn sonst, obgleich er unter den Schriftstücken in meinem Besitz als das harmloseste erschien, nicht herausgegeben hätte, wenn man mich nicht zuvor durchs Herz geschossen hätte. Ich bin weiter so frei, zu erwähnen, daß ich, wenn ich hätte vermuten können, daß ein gewisser unglücklicher Herr noch am Leben war, nicht geruht hätte, bis ich ihn entdeckt und meinen letzten Pfennig mit ihm geteilt gehabt hätte, wie mir Pflicht und Neigung gleicherweise vorschrieben. Aber er wurde amtlich als ertrunken gemeldet und fiel allerdings nachts in einem irischen Hafen von einem eben erst aus Westindien angekommenen Transportschiff über Bord, wie ich sowohl von Offizieren wie von Mannschaften gehört habe und wie es meines Wissens amtlich bestätigt worden ist.

Ich nehme mir außerdem die Freiheit, zu versichern, daß ich als bescheidener Soldat ohne Rang Ihr ganz ergebener und verehrungsvoller Diener bin und bleibe und daß ich die Eigenschaften, die Sie besitzen, vor allen anderen und weit mehr schätze, als dieses Schreiben ausdrücken kann.

Ich habe die Ehre zu unterzeichnen
George."

„Etwas förmlich", bemerkt der ältere Bruder, indem er den Brief mit verwirrtem Gesicht wieder zusammenfaltet.

„Aber nichts, was man nicht einer mustergültigen jungen Dame schreiben könnte?" fragt der andere.

„Durchaus nichts."

Sonach wird er versiegelt und mit unter die Eisenkorrespondenz des Tages gelegt, um zur Post gebracht zu werden. Nachdem dies geschehen, nimmt Mr. George herzlichen Abschied von der Familie und macht sich fertig, zu satteln und aufzusitzen. Sein Bruder möchte sich jedoch noch nicht so bald von ihm trennen und schlägt ihm vor, ihn in einem leichten, offenen Wagen dorthin zu begleiten, wo er zu übernachten gedenkt, und dort bis zum Morgen bei ihm zu bleiben; ein Bedienter soll den alten Grauschimmel von Chesney Wold diese Strecke Wegs reiten.

Das Anerbieten wird freudig angenommen, und es folgt nun eine angenehme Fahrt, ein angenehmes Abendessen und ein angenehmes Frühstück in brüderlicher Eintracht. Dann schütteln sie sich noch einmal lang und herzlich die Hände und scheiden; der Eisenwerkbesitzer wendet sein Gesicht dem Rauch und den Feuern zu, der Kavallerist dem frischgrünen Land. Früh am Nachmittag hört man den gedämpften Schall seines schweren Kavalleristentrabs auf dem Rasen der Allee, wie er mit hinzugedachtem Klappern und Rasseln der Ausrüstungsgegenstände unter den alten Ulmen dahinreitet.

64. KAPITEL

Esthers Erzählung

Kurz nach jener Unterredung mit meinem Vormund drückte er mir eines Morgens ein versiegeltes Papier in die Hand und sagte: "Das ist für nächsten Monat, meine Liebe." Ich fand zweihundert Pfund darin.

Ich begann jetzt sehr ruhig alle Vorbereitungen zu treffen, die ich für nötig hielt. Ich hielt mich in meinen Anordnungen an den Geschmack meines Vormunds, den ich natürlich genau kannte, und richtete meine Garderobe darauf ein, ihm zu gefallen; ich hoffte, daß mir dies gut gelinge. Ich besorgte alles so im stillen, weil ich nicht ganz frei war von meiner Befürchtung, es könnte Ada eher leid tun, und weil mein Vormund selbst so still war. Ich zweifelte nicht, daß wir unter allen Umständen ganz still und schlicht getraut würden. Vielleicht brauchte ich nur zu Ada zu sagen: "Meine Liebe, möchtest du wohl morgen an meiner Trauung teilnehmen?" Vielleicht war unsere Hochzeit ebenso bescheiden wie die ihre, und ich brauchte ihr nichts davon zu sagen, ehe sie vorbei war. Ich dachte, wenn ich zu wählen hätte, zöge ich dies vor.

Nur mit Mrs. Woodcourt machte ich eine Ausnahme. Ich sagte ihr, daß ich bald meinen Vormund heiraten werde und daß wir schon seit einiger Zeit verlobt wären. Sie billigte dies höchlich. Sie konnte nie genug für mich tun und war gegen früher, als wir sie zuerst kennenlernten, auffallend milder geworden. Sie sparte keine Mühe, um mir von Nutzen zu sein; aber ich brauche kaum zu sagen, daß ich sie nur soviel tun ließ, wie ihrem guten Willen schmeichelte, ohne daß es ihr lästig fiel.

Natürlich war dies keine Zeit, um meinen Vormund zu vernachlässigen; und natürlich war es keine Zeit, mein Herzenskind zu vernachlässigen. So hatte ich viel zu tun, was mir ganz angenehm war, und was Charley betrifft, so war sie vor lauter Näherei gar nicht mehr zu sehen. Sich mit großen Haufen solcher Arbeit – Körben und Tischen voll – zu umgeben, ein wenig zu schaffen und viel Zeit darauf zu verwenden, mit ihren großen runden Augen das anzusehen, was noch zu tun war, und sich einzureden, sie sei dabei, es zu erledigen, das waren Charleys große Würden und Freuden.

Unterdessen, muß ich sagen, konnte ich mit meinem Vormund

über das Testament nicht einig werden und hegte sanguinische Hoffnungen in Sachen Jarndyce gegen Jarndyce. Wer von uns recht hatte, wird sich bald zeigen, aber jedenfalls ermutigte ich Erwartungen. Bei Richard rief die Entdeckung einen Anfall von Geschäftigkeit und Aufregung hervor, der ihn kurze Zeit aufrecht hielt; aber er hatte jetzt sogar die Elastizität der Hoffnung verloren und schien mir nur noch deren fieberische Spannung zu besitzen. Aus dem, was mein Vormund eines Tages äußerte, als wir von dieser Sache sprachen, schloß ich, daß meine Hochzeit erst nach Beginn der Sitzungszeit stattfinden solle, von der wir angeblich soviel zu erwarten hatten, und ich malte mir daher erst recht aus, wie es mich freuen würde, meine Hochzeit zu feiern, sobald es Richard und Ada etwas besser ginge.

Die Sitzungszeit stand schon sehr nahe bevor, als sich mein Vormund zu einer Reise nach Yorkshire in Mr. Woodcourts Angelegenheiten veranlaßt sah. Er hatte mir schon früher gesagt, daß seine Anwesenheit dort nötig sein werde. Ich war eines Abends gerade von meiner guten Ada nach Hause gekommen und saß mitten unter allen meinen neuen Kleidern, sah sie an und dachte nach, als ich einen Brief von meinem Vormund erhielt. Er bat mich, zu ihm zu kommen, und gab an, welche Postkutsche ich benutzen und zu welcher Stunde am Morgen ich die Stadt verlassen solle. Er setzte in einer Nachschrift hinzu, daß ich nur wenige Stunden von Ada wegbleiben müsse.

Ich war auf wenige Dinge weniger gefaßt als auf eine Reise zu diesem Zeitpunkt, aber ich war in einer halben Stunde reisefertig und fuhr wie vorgesehen am nächsten Morgen ab. Ich reiste den ganzen Tag und grübelte den ganzen Tag, wozu ich wohl in solcher Entfernung benötigt werde: bald dachte ich mir diesen, bald jenen Zweck aus, aber nie, nie kam ich der Wahrheit nahe.

Es war Nacht, als ich mein Reiseziel erreichte; mein Vormund erwartete mich. Das war mir eine große Erleichterung, denn gegen Abend hatte ich zu fürchten begonnen, zumal da sein Brief sehr kurz gewesen war, er könne krank sein. Aber da war er nun, so wohl wie nur möglich, und als ich sein gemütliches Gesicht wieder in seiner hellsten Freundlichkeit glänzen sah, sagte ich mir, daß er gewiß wieder eine gute Tat verrichtet habe. Es gehörte kein großer Scharfsinn dazu, denn ich wußte, sein Hiersein war an sich schon eine gute Tat.

Das Abendessen stand im Gasthof bereit, und als wir allein bei Tisch saßen, fragte er: „Gewiß sehr neugierig, liebes Frauchen, warum ich Sie hergerufen habe."

„Nun ja, Vormund", sagte ich, „obgleich ich mich für keine Fatime und Sie für keinen Blaubart halte, bin ich doch ein wenig neugierig."

„Nun, damit Sie ruhig schlafen können, meine Liebe", entgegnete er heiter, „will ich nicht erst bis morgen warten, es Ihnen zu sagen. Es hat mir immer sehr am Herzen gelegen, Woodcourt irgendwie meine Dankbarkeit zu zeigen, für seine Menschlichkeit gegen den armen unglücklichen Jo, für seine unschätzbaren Dienste an Richard und für den Wert, den er für uns alle hat. Als es ausgemacht war, daß er hierher ziehe, fiel mir ein, ihn zu bitten, ein anspruchsloses, passendes Häuschen von mir anzunehmen, wo er wohnen könne. Deshalb gab ich Auftrag, ein solches Häuschen zu suchen; es wurde auch unter sehr annehmbaren Bedingungen gefunden, und ich habe es für ihn herrichten lassen und bewohnbar gemacht. Aber als ich es mir vorgestern besah und Bericht erhielt, daß es fertig sei, fand ich, daß ich nicht haushaltskundig genug sei, um zu wissen, ob alles ist, wie es sein soll. Daher schickte ich nach der besten kleinen Hausfrau, die nur zu haben war, damit sie Urteil und Rat abgebe. Und da sitzt sie", sagte mein Vormund, „und lacht und weint in einem Atem!"

Weil er so lieb, so gut, so bewundernswert war. Ich versuchte ihm zu sagen, was ich von ihm dachte, brachte aber kein Wort hervor.

„Still, still!" sagte mein Vormund. „Sie machen zu viel Aufhebens davon, kleines Frauchen. Wie Sie schluchzen, Altchen, wie Sie schluchzen!"

„Vor unbändiger Freude, Vormund – mit dankerfülltem Herzen."

„Nun, nun", sagte er. „Es freut mich, daß Sie einverstanden sind. Ich dachte es mir. Ich hatte es als frohe Überraschung für die kleine Herrin von Bleakhaus bestimmt."

Ich küßte ihn und wischte mir die Tränen aus den Augen.
„Ich weiß jetzt!" sagte ich. „Ich habe dies seit langem auf Ihrem Gesicht gelesen."

„O wirklich, meine Gute?" fragte er. „Was so ein Frauchen im Gesicht lesen kann!"

Er war so allerliebst heiter, daß ich nicht lange traurig sein konnte und mich fast schämte, es überhaupt gewesen zu sein. Als ich zu Bett ging, weinte ich, das muß ich gestehen; aber ich hoffe, es war vor Freude, obgleich ich dessen nicht ganz sicher bin. Ich wiederholte jedes Wort des Briefes zweimal.

Ein wunderschöner Sommermorgen folgte diesem Abend, und nach dem Frühstück gingen wir Arm in Arm zu dem Haus, über das ich mein gewichtiges Hausfrauenurteil abgeben sollte. Wir traten durch ein Mauertor, zu dem er den Schlüssel hatte, in einen Blumengarten, und als erstes sah ich, daß die Beete und Blumen alle so verteilt waren wie die meinen zu Hause.

„Sie sehen, meine Liebe", bemerkte mein Vormund, der mit frohem Gesicht stehenblieb, um mich zu beobachten, „da ich keine bessere Einteilung kannte, habe ich die Ihre nachgemacht."

Wir gingen durch einen hübschen, kleinen Obstgarten, wo die Kirschen im grünen Laub saßen und der Schatten der Apfelbäume auf dem Rasen zitterte, zum Haus - einem Hüttchen, einem ganz ländlichen Hüttchen mit Puppenstuben, aber es war ein so allerliebster Ort, so friedlich und schön, mit so fruchtbarer, freundlicher Landschaft ringsum, mit weithin funkelndem Wasser, hier von frischem Grün überhangen, dort eine brausende Mühle treibend, während es in nächster Nähe glitzernd durch eine Wiese bei der heiteren Stadt floß, wo sich Ballspieler in munteren Gruppen sammelten und über einem weißen Zelt eine Fahne wehte, mit der der linde Westwind spielte. Und als wir durch die hübschen Zimmer und zu den kleinen, ländlichen Verandatüren hinaus und unter den zierlichen, von Waldrebe, Jasmin und Jelängerjelieber umschlungenen Holzkolonnaden gingen, sah ich überall, an den Tapeten, an den Wänden, in den Farben des Hausrats, in der Anordnung all der hübschen Gegenstände meinen Geschmack, meine kleinen Gepflogenheiten, Erfindungen und Einfälle, über die sie immer lachten, während sie sie lobten: überall war meine eigene Weise befolgt.

Ich konnte nicht genug meine Bewunderung ausdrücken, wie schön alles war, aber ein geheimer Zweifel stieg in mir auf, als ich es sah. Ich dachte: Wird ihn das glücklicher machen? Wäre es nicht für seinen Seelenfrieden besser gewesen, wenn ich ihm nicht so vor Augen gebracht würde? Denn wenn ich auch nicht war, wofür er mich hielt, so liebte er mich doch innig, und es konnte ihn schmerzlich an das erinnern, was er verloren zu haben glaubte. Ich wünschte nicht, daß er mich vergesse – vielleicht hätte er es auch ohne diese Erinnerungsstützen nicht getan –, aber ich konnte mich leichter hineinfinden als er und hätte mich sogar damit völlig aussöhnen können, wenn es ihn glücklicher gemacht hätte.

„Und nun, kleines Frauchen", sagte mein Vormund, den ich nie so stolz und froh gesehen hatte wie jetzt, da er mir dies alles zeigte und den Eindruck auf mich beobachtete, „nun als letztes der Name des Hauses."

„Wie heißt es, lieber Vormund?"

„Liebes Kind", sagte er, „sehen Sie selbst nach."

Er führte mich zur Eingangspforte, die er bis jetzt vermieden hatte, blieb stehen, ehe wir hinausgingen, und fragte: „Liebes Kind, erraten Sie den Namen nicht?"

„Nein!" sagte ich.

Wir durchschritten die Pforte, und er zeigte mir darüber das Wort „Bleakhaus".

Er führte mich zu einer Bank nahebei unter dem Laub, setzte sich neben mich, ergriff meine Hand und sprach: „Mein Herzenskind, in dem, was zwischen uns bestanden hat, habe ich, wie ich hoffe, wahrhaft Ihr Glück im Auge gehabt. Als ich Ihnen den Brief schrieb, auf den Sie mir die Antwort brachten" – er lächelte, als er davon sprach –, „dachte ich zu sehr an mein eigenes, aber doch auch an das Ihre. Ob ich unter anderen Verhältnissen den alten Traum je erneuert hätte, den ich zuweilen träumte, als Sie noch sehr jung waren, Sie einmal zu meiner Gattin zu machen, brauche ich mich nicht zu fragen. Ich erneuerte ihn und schrieb meinen Brief, und Sie brachten die Antwort. Sie hören, was ich sage, mein Kind?"

Mich fröstelte, und ich zitterte heftig; aber ich verlor kein Wort von dem, was er sprach. Wie ich dasaß und ihn fest ansah und die Sonnenstrahlen durch das Laub hindurch sanft auf sein kahles Haupt fielen, war es mir, als müsse die Glorie um ihn wie die der Engel sein.

„Hören Sie mir zu, meine Liebe, aber sprechen Sie nicht. Das Sprechen ist an mir. Wann ich zu zweifeln begann, ob Sie mein Schritt wirklich glücklich machen werde, tut nichts zur Sache. Woodcourt kam zurück, und ich hatte bald keinen Zweifel mehr."

Ich schlang meine Arme um ihn, ließ meinen Kopf an seiner Brust ruhen und weinte. „Ruhen Sie hier leicht und voll Vertrauen, mein Kind", sagte er und drückte mich sanft an sich. „Ich bin jetzt Ihr Vormund und Ihr Vater. Ruhen Sie voller Vertrauen hier."

Besänftigend wie das leise Rauschen der Blätter, wohltuend wie die Sommerluft und heiter und gut wie der Sonnenschein fuhr er fort: „Verstehen Sie mich, liebes Kind. Ich zweifelte nicht, daß Sie mit mir zufrieden und glücklich sein würden, da Sie so voller Pflichttreue und Hingebung sind; aber ich sah, mit wem Sie glücklicher sein würden. Daß ich sein Geheimnis durchschaute, als das Frauchen noch nichts davon ahnte, ist kein Wunder; denn ich kannte das Gute an ihr, das sich nie verlieren kann, weit besser als sie selbst. Allan Woodcourt hat mich schon längst ins Vertrauen gezogen, obgleich ich ihn erst gestern, wenige Stunden vor Ihrer Ankunft, in meine Pläne eingeweiht habe. Aber meiner Esther glänzendes Beispiel durfte nicht verloren gehen; kein Jota ihrer Tugenden durfte ungesehen und ungeehrt bleiben; sie durfte im Geschlecht Morgan ap Kerrigs nicht einfach bloß geduldet werden, nein, nicht um das Gewicht aller Berge von Wales in Gold!"

Er hielt inne, um mich auf die Stirn zu küssen, und ich schluchzte und weinte von neuem. Denn es war mir, als könne ich das schmerzliche Glück seines Lobes nicht ertragen.

„Still, kleines Frauchen! Weinen Sie nicht; das soll ein Tag der Freude sein. Ich habe mich viele Monate lang darauf gefreut", sagte er frohlockend. „Noch ein paar Worte, Frauchen, und ich habe gesagt, was zu sagen ist. Entschlossen, auch kein Atom vom Wert meiner Esther verlorengehen zu lassen, nahm ich Mrs. Woodcourt besonders vor. ,Hören Sie, Madam', sagte ich, ,ich sehe klar – und weiß obendrein bestimmt –, daß Ihr Sohn mein Mündel liebt. Ich weiß auch, daß mein Mündel Ihren Sohn liebt, aber ihre Liebe einem Gefühl der Pflicht und der Hingebung opfern wird, und zwar so vollständig und gewissenhaft, daß Sie es nie ahnen könnten, wenn Sie sie auch Tag und Nacht beobachten.' Dann erzählte ich ihr unsere ganze Geschichte – unsere – die Ihre und die meine. ,Nun, Madam', sagte ich, ,nachdem Sie dies erfahren haben, besuchen Sie uns und wohnen Sie bei uns. Kommen Sie und sehen Sie mein Kind zu jeder Stunde; halten Sie das, was Sie sehen, gegen ihren Stammbaum, der so und so ist' – ich verschmähte, ihr etwas zu verhehlen –, ,und sagen Sie mir, was echtes, reines Blut ist, wenn Sie sich die Sache gründlich überlegt haben.' Aber Ehre sei ihrem alten, walisischen Blut, meine Liebe!" rief mein Vormund voll Begeisterung, „ich glaube, ihr Herz schlägt nicht weniger warm, nicht weniger bewundernd, nicht weniger liebevoll für das Frauchen als mein eigenes!"

Er hob zärtlich meinen Kopf und küßte mich auf seine alte, väterliche Weise wieder und wieder, während ich mich an ihn klammerte. Welches Licht fiel jetzt auf die Beschützermiene, über die ich nachgedacht hatte!

„Noch ein letztes Wort. Als Allan Woodcourt mit Ihnen

sprach, meine Liebe, geschah es mit meinem Wissen und Willen – aber ich ermutigte ihn nicht, durchaus nicht, denn diese Überraschungen waren meine große Belohnung, und ich war zu geizig, um nur einen Deut davon zu missen. Er sollte mir alles erzählen, was vorgegangen war, und er tat es. Weiter habe ich nichts zu sagen. Mein liebstes Kind, Allan Woodcourt stand neben der Leiche Ihres Vaters – stand neben der Ihrer Mutter. Dies ist Bleakhaus. Heute gebe ich diesem Haus seine kleine Herrin; und bei Gott, es ist der schönste Tag meines ganzen Lebens!"

Er stand auf und zog mich mit empor. Wir waren nicht länger allein. Mein Gatte – ich habe ihn jetzt volle sieben Jahre so genannt – stand neben mir.

„Allan", sagte mein Vormund, „nehmen Sie von mir als freies Geschenk das beste Weib, das je ein Mann gehabt hat. Kann ich Ihnen mehr sagen, als daß ich weiß, Sie verdienen es? Nehmen Sie mit ihr das Häuschen, das sie Ihnen zubringt. Sie wissen, was sie daraus machen wird, Allan; Sie wissen, was sie dem anderen Bleakhaus gewesen ist. Lassen Sie mich manchmal an seinem Glück teilhaben – was opfere ich dann? Nichts, gar nichts."

Er küßte mich noch einmal; und jetzt standen ihm Tränen in den Augen, als er mit gedämpfterer Stimme sagte: „Liebe Esther, nach so vielen Jahren ist dies auch eine Art Scheiden. Ich weiß, daß mein Irrtum Ihnen einigen Schmerz verursacht hat. Verzeihen Sie Ihrem alten Vormund, geben Sie ihm seinen alten Platz in Ihrem Herzen wieder und löschen Sie den Irrtum aus Ihrem Gedächtnis. Allan, nehmen Sie meinen Liebling hin!"

Er trat unter dem grünen Blätterdach hervor, wandte sich draußen im Sonnenschein heiter nach uns um und sagte: „Ich werde irgendwo zu finden sein. Es ist Westwind, kleines Frauchen, reiner Westwind! Es darf mir keiner mehr danken; denn ich kehre zu meinen Junggesellengewohnheiten zurück, und wenn jemand diese Warnung mißachtet, laufe ich fort und komme nie wieder!"

Oh, dieser Tag mit seinem Glück, seiner Freude, seinem Frieden, seiner Hoffnung, seinem Dank, seiner Seligkeit! Wir sollten vor Ablauf dieses Monats noch getraut werden; aber wann wir unser Haus in Besitz nehmen sollten, hing von Richard und Ada ab.

Am nächsten Tag reisten wir alle drei zusammen nach Hause. Sobald wir in der Stadt angekommen waren, begab sich Allan sogleich zu Richard, um ihm und meinem Herzenskind die freudige Nachricht zu bringen. So spät es war, gedachte ich sie doch vor dem Schlafengehen noch auf ein paar Minuten zu besuchen; aber ich ging zuerst mit meinem Vormund nach Hause, um ihm seinen Tee zu bereiten und meinen alten Platz an seiner Seite einzunehmen; denn ich mochte nicht denken, daß er so bald leer werden sollte.

Als wir nach Hause kamen, erfuhren wir, daß ein junger Mann im Lauf dieses einen Tages dreimal nach mir gefragt habe und daß er, als ihm bei seinem dritten Besuch gesagt wurde, ich werde nicht vor zehn Uhr abends zurückerwartet, hinterlassen habe, er werde um diese Zeit wiederkommen. Er hatte seine Karte dreimal abgegeben: „Mr. Guppy."

Da ich mir natürlich über den Zweck dieser Besuche Gedanken machte und in der Erinnerung mit dem Besucher immer etwas Lächerliches verband, ergab es sich, daß ich, während ich über Mr. Guppy lachte, meinem Vormund von seinem Heiratsantrag und dessen späterer Zurücknahme erzählte. „Wenn das so ist, wollen wir diesen Helden unbedingt empfangen", sagte mein Vormund. So wurde Befehl erteilt, Mr. Guppy hinaufzuweisen, wenn er wieder erscheine, und er war kaum erteilt, als er wieder erschien.

Er geriet in Verlegenheit, als er meinen Vormund bei mir fand, faßte sich aber und fragte: „Wie geht es Ihnen, Sir?"

„Wie geht es Ihnen, Sir?" entgegnete mein Vormund.

„Danke, Sir, leidlich", erwiderte Mr. Guppy. „Erlauben Sie mir, Ihnen meine Mutter, Mrs. Guppy von Old Street Road, und meinen Freund Mr. Weevle vorzustellen. Das heißt, mein Freund hat den Namen Weevle geführt, heißt aber wirklich und eigentlich Jobling."

Mein Vormund bat sie, Platz zu nehmen, und alle drei setzten sich.

„Tony", fragte Mr. Guppy seinen Freund nach einer verlegenen Pause, „willst du anfangen?"

„Tu es nur selber", entgegnete der Freund ziemlich kurz.

„Sehen Sie, Mr. Jarndyce", begann Mr. Guppy nach kurzem Besinnen zum großen Ergötzen seiner Mutter, das sie dadurch zeigte, daß sie Mr. Jobling mit dem Ellbogen stieß und mir auf die merkwürdigste Weise mit den Augen winkte, „ich hoffte, Miss Summerson allein zu finden und war auf Ihre geehrte Gegenwart nicht ganz gefaßt. Aber Miss Summerson hat vielleicht gegen Sie erwähnt, daß bei früheren Gelegenheiten etwas zwischen uns vorgefallen ist?"

„Miss Summerson hat mir eine solche Mitteilung gemacht", entgegnete lächelnd mein Vormund.

„Das erleichtert die Sache", sagte Mr. Guppy. „Sir, ich habe meine Lehrzeit bei Kenge und Carboy überstanden, zur Zufriedenheit aller Beteiligten, wie ich glaube. Ich bin jetzt nach einem Examen über einen Haufen Unsinn, den niemand zu wissen braucht und bei dem man blau anlaufen könnte, Notar geworden und habe meine Bestallung erlangt, wenn Sie die sehen wollen."

„Ich danke Ihnen, Mr. Guppy", entgegnete mein Vormund. „Ich bin gern bereit – ich glaube, ich gebrauche einen juristischen Ausdruck –, die Bestallung als gültig anzuerkennen."

Mr. Guppy verzichtete folglich darauf, etwas aus der Tasche zu holen, und fuhr fort: „Ich habe selbst kein Kapital, aber meine Mutter hat ein kleines Vermögen in Form einer Leibrente"; hier wackelte Mr. Guppys Mutter mit dem Kopf, als könne sie sich über die Bemerkung gar nicht genug freuen, hielt sich das Taschentuch vor den Mund und zwinkerte mir wieder zu; „und an ein paar Pfund für die Barauslagen im Geschäft wird es nie fehlen, zinslos, was ein Vorteil ist, wie Sie wissen", sagte Mr. Guppy mit Gefühl.

„Gewiß ein Vorteil", erwiderte mein Vormund.

„Ich habe einige Beziehungen", fuhr Mr. Guppy fort, „hauptsächlich in der Gegend von Walcot Square, Lambeth. Ich habe daher in jener Gegend ein Haus gemietet, das nach dem Urteil meiner Freunde spottbillig ist – die Abgaben lächerlich gering und die Benutzung der eingebauten Sachen in der Miete mit inbegriffen –, und gedenke mich dort niederzulassen."

Hier geriet Mr. Guppys Mutter in eine außerordentliche Leidenschaft, mit dem Kopf zu wackeln und jeden, der sie ansah, schelmisch anzulächeln.

„Das Haus hat sechs Räume, die Küchen ungerechnet", sagte Mr. Guppy, „und ist nach dem Urteil meiner Freunde eine bequeme Wohnung. Wenn ich von meinen Freunden spreche, so meine ich hauptsächlich meinen Freund Jobling, der mich, glaube ich" – Mr. Guppy sah ihn mit sentimentalem Augenaufschlag an –, „von zarter Jugend an kennt."

Mr. Jobling bestätigte dies mit einem Kratzfuß unter dem Stuhl.

„Mein Freund Jobling wird mir seine Unterstützung als Schreiber leihen und in dem Haus wohnen", sagte Mr. Guppy. „Meine Mutter wird ebenfalls in dem Haus wohnen, wenn der

Mietvertrag ihrer jetzigen Wohnung in Old Street Road abgelaufen und erloschen ist; somit wird es nicht an Gesellschaft fehlen. Mein Freund Jobling hat von Natur aristokratische Neigungen; und außer daß er mit den Gepflogenheiten der vornehmen Kreise vertraut ist, teilt er ganz die Ansichten, die ich jetzt entwickle."

Mr. Jobling sagte: „Gewiß", und zog sich ein wenig vom Ellbogen der Mrs. Guppy zurück.

„Da Sie Miss Summersons Vertrauen besitzen, Sir, so brauche ich Ihnen nicht zu sagen", fuhr Mr. Guppy fort, „– Mutter, sei so gut und sei still –, daß Miss Summersons Bild früher meinem Herzen eingeprägt war und daß ich ihr einen Heiratsantrag gemacht habe."

„Das habe ich gehört", entgegnete mein Vormund.

„Umstände", fuhr Mr. Guppy fort, „über die ich keine Macht hatte, sondern ganz das Gegenteil, drängten dieses Bild eine Zeitlang in den Hintergrund. Damals war Miss Summersons Benehmen sehr rücksichtsvoll, ich darf sogar hinzusetzen: hochherzig."

Mein Vormund klopfte mir auf die Schulter und schien sehr ergötzt.

„Nun bin ich selbst in einen Gemütszustand gelangt", sagte Mr. Guppy, „daß ich das edelmütige Benehmen erwidern möchte. Ich wünsche Miss Summerson zu beweisen, daß ich mich zu einer Höhe erheben kann, deren sie mich wohl kaum für fähig gehalten hat. Ich finde, daß das Bild, das ich aus meinem Herzen gerissen zu haben glaubte, nicht herausgerissen ist. Es übt noch einen gewaltigen Einfluß auf mich aus; und indem ich ihm nachgebe, bin ich bereit, über die Verhältnisse hinwegzusehen, über die keiner von uns Macht hatte, und Miss Summerson den Antrag zu wiederholen, den ich die Ehre hatte ihr früher zu machen. Ich bitte Miss Summerson um die Erlaubnis, ihr das Haus in Walcot Square, das Geschäft und mich selbst zu Füßen zu legen."

„In der Tat sehr edel, Sir", bemerkte mein Vormund.

„Nun ja, Sir", entgegnete Mr. Guppy mit Offenheit, „ich wünsche hochherzig zu sein. Ich bin nicht der Ansicht, daß ich mich durch diesen Antrag an Miss Summerson wegwerfe, durchaus nicht; und dies ist auch nicht die Ansicht meiner Freunde. Aber doch gibt es Verhältnisse, die ich als eine Art Gegenposten gegen etwaige kleine Mängel meiner Person angesehen wissen möchte, damit ein rechtes, billiges Gleichgewicht erreicht werde."

„Ich übernehme es selbst, Sir, Ihre Anträge an Miss Summerson zu beantworten", sagte mein Vormund, indem er lachend nach der Klingel griff. „Sie ist Ihnen sehr dankbar für Ihre guten Absichten, wünscht Ihnen einen guten Abend und daß es Ihnen gut gehe."

„Oh!" sagte Mr. Guppy mit verblüfftem Gesicht. „Bedeutet das Annahme oder Verwerfung oder Bedenkzeit?"

„Entschiedene Verwerfung, wenn Sie erlauben", entgegnete mein Vormund.

Mr. Guppy sah ungläubig seinen Freund, seine Mutter, die plötzlich sehr zornig wurde, den Fußboden und die Decke an.

„Wirklich?" fragte er. „Dann, Jobling, wenn du der Freund bist, als den du dich ausgibst, solltest du eigentlich meine Mutter auf den Flur hinausführen und sie nicht dort verweilen lassen, wo man sie nicht haben will."

Aber Mrs. Guppy weigerte sich entschieden, auf den Flur hinauszugehen. Sie wollte nichts davon wissen. „Machen Sie, daß Sie fortkommen", sagte sie zu meinem Vormund, „was soll das heißen? Ist mein Sohn nicht gut genug für Sie? Sie sollten sich schämen. Fort mit Ihnen!"

„Gute Frau", entgegnete mein Vormund, „es ist kaum vernünftig, mich aus meinem eigenen Haus zu weisen."

„Das ist mir einerlei", sagte Mrs. Guppy. „Machen Sie, daß Sie fortkommen. Wenn wir Ihnen nicht gut genug sind, so suchen Sie sich jemanden, der Ihnen gut genug ist. Gehen Sie nur und sehen Sie, ob Sie ihn finden."

Ich hatte nicht gedacht, daß sich Mrs. Guppys energische Lustigkeit so schnell in die Kraft des Übelnehmens verwandeln könnte.

„Suchen Sie nur jemanden, der gut genug für Sie ist", wiederholte Mrs. Guppy. „Hinaus!" Nichts schien Mr. Guppys Mutter so in Erstaunen und Entrüstung zu versetzen wie die Tatsache, daß wir nicht hinausgingen. „Warum machen Sie nicht, daß Sie fortkommen?" fragte sie. „Worauf warten Sie hier?"

„Mutter", mischte sich jetzt ihr Sohn ein, der sich immer vor sie stellte und sie mit einer Schulter zurückschob, als sie auf meinen Vormund los wollte, „wirst du endlich den Mund halten?"

„Nein, William", entgegnete sie, „nein! Wenn er nicht macht, daß er fortkommt, gewiß nicht."

Mr. Guppy und Mr. Jobling nahmen jedoch Mr. Guppys Mutter, die sehr zu schelten anfing, in die Mitte und schoben sie, sehr gegen ihren Willen, die Treppe hinunter. Ihre Stimme hob sich mit jeder Stufe, die ihr Körper hinabstieg, eine Stufe höher und bestand immer noch darauf, daß wir sogleich gehen und jemanden suchen sollten, der für uns gut genug sei, und vor allem sollten wir machen, daß wir fortkämen.

65. KAPITEL

Ein neues Leben

Die Sitzungsperiode hatte begonnen, und mein Vormund fand eine Meldung von Mr. Kenge vor, daß seine Sache übermorgen verhandelt werde. Da ich auf das Testament Hoffnung genug setzte, um erregt zu sein, vereinbarten Allan und ich, an diesem Vormittag zum Gericht zu gehen. Richard war äußerst aufgeregt und so schwach und matt, obgleich er immer noch nur gemütskrank war, daß meine Ada der Unterstützung sehr bedurfte. Aber sie hoffte – jetzt sehr kurzfristig – auf die Hilfe, die ihr winkte, und verzagte nie.

Der Prozeß sollte in Westminster zur Verhandlung kommen. Er war dort wohl schon hundertmal verhandelt worden, aber ich wurde den Gedanken nicht los, daß diesmal etwas dabei herauskommen könnte. Wir gingen gleich nach dem Frühstück fort, um rechtzeitig in Westminster Hall zu sein, und wandelten Arm in Arm – es schien so glücklich und seltsam! – durch die belebten Straßen dorthin.

Als wir so dahingingen und besprachen, was wir für Richard und Ada tun könnten, hörte ich jemanden rufen: „Esther! Liebe Esther! Esther!" Es war Caddy Jellyby, die ihren Kopf aus einem kleinen Wagen streckte, den sie jetzt mietete, um ihre Schüler aufzusuchen – so viele hatte sie –, gerade als wollte sie mich aus hundert Schritt Entfernung umarmen. Ich hatte ihr in einem Brief alles erzählt, was mein Vormund getan hatte, aber keinen Augenblick Zeit gehabt, sie zu besuchen. Natürlich kehrten wir um, und das herzensgute Kind war so entzückt und freute sich so sehr, von dem Abend sprechen zu können, an dem sie mir die Blumen gebracht hatte, und war so darauf erpicht, mein Gesicht samt Hut und Zubehör zwischen ihren Händen zu drücken und ganz außer Rand und Band zu geraten und mir allerlei hübsche Namen zu geben und Allan zu erzählen, ich hätte, ich weiß nicht was, für sie getan, daß ich mich durchaus einen Augenblick in den Wagen setzen und sie beruhigen mußte, indem ich ihrem Reden und Tun freien Lauf ließ. Allan, der am Fenster stand, freute sich so sehr wie Caddy, und ich freute mich so sehr wie beide; und ich wundere mich mehr darüber, daß ich überhaupt fortkam, als darüber, daß ich lachend und rot und gar nicht sehr schmuck fortging, den Blick nach Caddy zurückgewandt, die uns aus dem Wagenfenster nachschaute, solange sie uns sehen konnte.

Dadurch verspäteten wir uns etwa eine Viertelstunde, und als wir Westminster Hall erreichten, hatten die Verhandlungen schon begonnen. Schlimmer noch: im Kanzleigericht herrschte ein so ungewöhnliches Gedränge, daß die Menschen bis an die Tür standen und wir weder sehen noch hören konnten, was drinnen vorging. Es schien etwas Komisches zu sein, denn ab und zu hörte man ein Lachen und den Ruf: Ruhe! Es schien etwas Interessantes zu sein, denn alles drängte und stieß sich, um näher heranzukommen. Es schien etwas zu sein, was die Herren vom Fach sehr erheiterte, denn verschiedene junge Advokaten mit Perücken und Backenbärten standen außerhalb des Gedränges, und als einer von ihnen den anderen die Sache erzählte, fuhren sie mit den Händen in die Taschen und krümmten sich vor Lachen und liefen, aufs Pflaster stampfend, in der Halle herum.

Wir fragten einen Herrn in unserer Nähe, ob er wisse, welche Sache an der Reihe sei. Er sagte uns: Jarndyce gegen Jarndyce. Wir fragten ihn, ob er wisse, wie es damit stehe. Er sagte: Nein, das habe noch niemand gewußt, aber soviel er herausbringen könne, sei es vorbei damit. Vorbei für diesen Tag? fragten wir ihn. Nein, sagte er, vorbei für immer.

Vorbei für immer!

Als wir diese unerklärliche Antwort hörten, sahen wir uns ganz in Staunen verloren an. Konnte es sein, daß das Testament endlich alles in Ordnung gebracht hatte und daß Richard und Ada reich würden? Es schien zu schön, um wahr zu sein. Ach, es war wahr!

Wir brauchten nicht lange zu warten; denn das Gedränge geriet bald in Bewegung, und die Leute kamen mit roten, heißen Gesichtern und mit einer Welle schlechter Luft herausgeströmt. Sie waren immer noch ausnehmend lustig und glichen mehr Leuten, die aus einer Komödie oder von einem Taschenspieler kommen, als solchen, die einen Gerichtshof verlassen. Wir traten beiseite, um auf ein bekanntes Gesicht zu warten, und jetzt wurden große Pakete Papiere herausgetragen – Pakete in Beuteln, Pakete, die zu groß waren, um sie in Beutel zu stecken, unermeßliche Papiermassen in allen Formen und Unformen, unter denen die Träger wankten und die sie vorläufig einfach aufs Pflaster der Halle warfen, während sie wieder hineingingen, um mehr zu holen. Selbst diese Gerichtsdiener lachten. Wir warfen einen Blick auf die Papiere, und da wir überall Jarndyce gegen Jarndyce lasen, fragten wir einen Mann, der mitten unter ihnen stand und aussah wie eine Amtsperson, ob der Prozeß aus sei. „Ja", sagte er, „endlich hat er sein Ende gefunden!" und brach gleichfalls in Lachen aus.

Da sahen wir Mr. Kenge mit leutseliger Würde aus dem Gericht kommen. Er hörte Mr. Vholes zu, der ehrerbietig war und seinen Beutel selbst trug. Mr. Vholes erblickte uns zuerst. „Da ist Miss Summerson, Sir", sagte er. „Und Mr. Woodcourt."

„O wirklich! Ja. Wahrhaftig!" rief Mr. Kenge und zog vor mir mit vollendeter Höflichkeit den Hut. „Wie geht es Ihnen? Freut mich, Sie zu sehen. Mr. Jarndyce ist nicht hier?"

„Nein. Er kommt nie hierher", erinnerte ich ihn.

„Richtig", sagte Mr. Kenge, „es hat sein Gutes, daß er heute nicht hier ist, denn seine – soll ich in Abwesenheit meines guten Freundes sagen, seine hartnäckig eigenwillige – Auffasung wäre vielleicht bestärkt worden, nicht verständigerweise, aber vielleicht doch bestärkt."

„Bitte, was ist denn heute geschehen?" fragte Allan.

„Verzeihung, Sie sagten?" entgegnete Mr. Kenge mit ausgezeichneter Höflichkeit.

„Was ist heute geschehen?"

„Was geschehen ist?" wiederholte Mr. Kenge. „Ganz richtig. Ja. Nun, nicht viel ist geschehen; nicht viel. Wir sind zum Stillstand gekommen – zum plötzlichen Stillstand, möchte ich sagen – auf der – soll ich es nennen? – Schwelle."

„Ist das Testament als echt anerkannt, Sir?" fragte Allan; „bitte, sagen Sie uns das."

„Gewiß, wenn ich könnte", sagte Mr. Kenge; „aber wir haben uns darauf nicht eingelassen, darauf nicht."

„Wir haben uns darauf nicht eingelassen", wiederholte Mr. Vholes, als wäre seine gedämpfte, nach innen tönende Stimme ein Echo.

„Sie müssen bedenken, Mr. Woodcourt", bemerkte Mr. Kenge

und schwenkte überredend und besänftigend seine silberne Kelle, „daß dies ein großer Prozeß, ein ausgedehnter Prozeß, ein verwickelter Prozeß gewesen ist. Man hat Jarndyce gegen Jarndyce nicht ganz unpassend ein Denkmal der Kanzleigerichtspraxis genannt."

„Und die Geduld hat lange auf ihm gesessen", sagte Allan.

„Wahrhaftig, sehr gut, Sir", entgegnete Mr. Kenge mit dem herablassenden Lachen, das ihm eigen war. „Sehr gut! Sie müssen ferner bedenken, Mr. Woodcourt", er wurde würdevoll bis zur Strenge, „daß auf die zahlreichen Schwierigkeiten, Zwischenfälle, meisterhaften Fiktionen und Verfahrensarten in diesem großen Prozeß Studium, Geschicklichkeit, Beredsamkeit, Kenntnis, Geist, viel Geist, Mr. Woodcourt, verwendet worden ist. Viele Jahre lang hat Jarndyce gegen Jarndyce die – ah – ich wollte sagen die Blüte des Advokatenstandes – und die – ah – ich möchte mir hinzuzusetzen erlauben, die gereiften herbstlichen Früchte des hohen Gerichts in Anspruch genommen. Wenn das Publikum die Wohltat und das Vaterland die Zier dieses großen geistigen Aufwands genießt, so muß dafür bezahlt werden, Sir, in Geld oder Geldeswert."

„Mr. Kenge", sagte Allan, der schlagartig erleuchtet zu sein schien, „entschuldigen Sie mich, wir haben Eile. Verstehe ich recht, daß die ganze Hinterlassenschaft von den Kosten aufgezehrt ist?"

„Hm! Ich glaube", entgegnete Mr. Kenge. „Mr. Vholes, was meinen Sie?"

„Ich glaube auch", sagte Mr. Vholes.

„Und daß auf diese Weise der Prozeß sozusagen in Rauch aufgeht?"

„Wahrscheinlich", entgegnete Mr. Kenge. „Mr. Vholes?"

„Wahrscheinlich", sagte Mr. Vholes.

„Liebste Esther", flüsterte mir Allan zu, „dies bricht Richard das Herz."

In seinem Gesicht malte sich ein so jäher Schrecken, er kannte Richard so vollkommen, und auch ich hatte sein allmähliches Hinschwinden so deutlich bemerkt, daß mir das, was mir Ada in der Fülle ihrer vorahnenden Liebe gesagt hatte, wie ein Totengeläut in den Ohren klang.

„Falls Sie Mr. Carstone zu sehen wünschen, Sir", sagte Mr. Vholes, der hinter uns herkam, „finden Sie ihn im Gerichtssaal. Ich ließ ihn dort, weil er ein wenig ruhen wollte. Guten Tag, Sir; guten Tag, Miss Summerson." Indem er mich mit seinem langsam verzehrenden Blick ansah, während er die Schnüre seines Beutels zusammendrehte, ehe er Mr. Kenge nacheilte, weil er offenbar den wohlwollenden Schatten seiner Gesprächigkeit nicht missen wollte, schnappte er einmal, als hätte er den letzten Bissen dieses Klienten hinuntergeschlungen, und seine schwarze, zugeknöpfte Unheilsgestalt glitt hinweg, der niedrigen Tür am Ende der Halle zu.

„Liebes Herz", sagte Allan, „überlaß mir auf eine kleine Weile den Schützling, den du mir anvertraut hast. Geh mit dieser Nachricht nach Hause und komm dann zu Ada!"

Ich ließ ihn nicht erst einen Wagen holen, sondern bat ihn, unverzüglich nach Richard zu sehen und mich allein gehen zu lassen. Ich eilte nach Hause, fand meinen Vormund vor und berichtete ihm nach und nach die Neuigkeiten, die ich mitbrachte.

„Kleines Frauchen", sagte er, ganz unbekümmert um seinen eigenen Vorteil, „den Prozeß unter allen Umständen los zu sein, ist etwas viel Besseres, als ich erwartet hatte. Aber die armen jungen Leute!"

Wir sprachen den ganzen Morgen von ihnen und berieten, was wir für sie tun könnten. Nachmittags begleitete mich mein Vormund nach Symond's Inn und verließ mich erst an der Tür. Ich ging hinauf. Als Ada meine Schritte hörte, kam sie auf den schmalen Gang heraus und warf sich mir um den Hals; aber sie faßte sich gleich wieder und sagte, daß Richard mehrmals nach mir gefragt habe. Sie erzählte mir, Allan habe ihn in einer Ecke des Gerichtssaals sitzen gefunden, starr wie eine Statue. Als er ihn weckte, war er aufgesprungen und hatte eine Bewegung gemacht, als wolle er mit zürnender Stimme zum Richter sprechen. Aber er bekam plötzlich einen Blutsturz, und Allan hatte ihn nach Hause gebracht.

Er lag mit geschlossenen Augen auf dem Sofa, als ich eintrat. Es standen Belebungsmittel auf dem Tisch; das Zimmer war so luftig wie möglich gemacht und verdunkelt und sehr ordentlich und still. Allan stand hinter ihm und beobachtete ihn ernst. Richards Gesicht schien mir ganz farblos, und jetzt erst, da ich ihn sah, ohne daß er mich sehen konnte, erkannte ich ganz, wie hinfällig er war. Aber sein Gesicht war schöner, als ich es seit langem gesehen hatte.

Ich setzte mich stumm neben ihn. Bald darauf schlug er die Augen auf und sagte mit schwacher Stimme, aber mit seinem alten Lächeln: „Mütterchen, küssen Sie mich, Sie Gute!"

Es war mir Trost und Überraschung, daß er in seinem hinfälligen Zustand heiter und hoffnungsvoll war. Er sagte, unsere bevorstehende Heirat mache ihn glücklicher, als er mit Worten ausdrücken könne. Mein Mann sei ihm und Ada ein Schutzengel gewesen, und er segne uns beide und wünsche uns alles Glück, das uns das Leben gewähren könne. Mir war fast, als sollte mir selbst das Herz brechen, als ich ihn meines Mannes Hand ergreifen und an seine Brust drücken sah.

Wir sprachen möglichst viel von der Zukunft, und er sagte mehrmals, er müsse bei unserer Hochzeit dabeisein, wenn er sich auf den Füßen halten könne. Ada werde ihn schon irgendwie hinbringen, sagte er. „Ja gewiß, guter Richard!" Aber als ihm mein Herzenskind so hoffnungsvoll, so heiter und schön antwortete, getragen von dem, was sie so bald erwartete – wußte ich – wußte ich –

Er durfte nicht zuviel sprechen; und als er schwieg, schwiegen wir auch. Während ich so neben ihm saß, tat ich, als ob ich etwas für mein Herzenskind arbeitete, da er mich immer wegen meines Fleißes geneckt hatte. Ada beugte sich über sein Kissen und hielt sein Haupt in ihrem Arm. Er fiel oft in Halbschlummer, und sooft er erwachte, galt seine erste Frage Woodcourt, wenn er ihn nicht sah.

Es war Abend geworden, als ich aufblickte und meinen Vormund in dem kleinen Vorzimmer stehen sah. „Wer ist da, Mütterchen?" fragte Richard. Die Tür war hinter ihm, aber er hatte es in meinem Gesicht gelesen, daß jemand da war.

Ich fragte Allan mit den Augen, und da er zustimmend nickte, beugte ich mich über Richard und sagte es ihm. Mein Vormund sah, was vorging, trat leise an mich heran und legte seine Hand auf Richards Hand. „O Sir", sagte Richard, „Sie sind so gut, Sie sind so gut!" und brach zum erstenmal in Tränen aus.

Mein Vormund, das Bild eines guten Mannes, nahm auf meinem Stuhl Platz und ließ seine Hand auf Richards Hand ruhen.

„Lieber Rick", sagte er, „die Wolken haben sich verzogen, und es ist hell geworden. Wir können jetzt sehen. Wir gingen alle irre, Rick, mehr oder weniger. Was tut das! Und wie geht es dir, lieber Junge?"

„Ich bin sehr schwach, Sir, aber ich hoffe, ich werde zu Kräften kommen. Ich muß mein Leben von vorn anfangen."

„Jawohl; gut gesagt."

„Ich werde es diesmal nicht in der alten Weise anfangen",

sagte Richard mit trübem Lächeln. „Ich habe jetzt eine Lehre erhalten, Sir. Es war eine harte Lehre; aber Sie können wirklich sicher sein, daß ich sie nicht vergesse."

„Schon gut", sprach ihm mein Vormund tröstend zu; „schon gut, schon gut, lieber Sohn!"

„Ich dachte mir eben, Sir", fing Richard wieder an, „daß ich nichts auf Erden so gern sähe wie ihr Haus – Frauchens und Woodcourts Haus. Wenn ich dorthin gebracht werden könnte, sobald sich die Kräfte wieder einstellen, kommt es mir vor, als würde ich dort früher genesen als anderswo."

„Daran habe ich auch schon gedacht, Rick!" sagte mein Vormund, „und unser kleines Frauchen auch; sie und ich haben erst heute darüber gesprochen. Ich glaube nicht, daß ihr Mann etwas dagegen hat. Was meinst du?"

Richard lächelte und hob den Arm, um nach ihm zu tasten, da er hinter ihm zu Häupten seines Bettes stand.

„Ich sage nichts von Ada", fuhr Richard fort, „aber ich denke an sie und habe sehr viel an sie gedacht. Schauen Sie hin! Sehen Sie sie, Sir, wie sie sich über das Kissen beugt, auf dem zu ruhen sie selbst so nötig hätte, mein heißgeliebtes, armes Mädchen!"

Er schloß sie in seine Arme, und niemand von uns sprach. Er ließ sie langsam los; sie sah uns an, blickte hinauf zum Himmel und bewegte die Lippen.

„Wenn ich nach Bleakhaus komme", sagte Richard, „habe ich Ihnen viel zu erzählen, Sir, und Sie haben mir viel zu zeigen. Sie kommen doch, nicht wahr?"

„Ganz gewiß, lieber Rick."

„Danke. Es sieht Ihnen ganz ähnlich", fuhr er fort. „Ganz ähnlich. Ich habe mir erzählen lassen, wie Sie alles geplant und keine von Esthers Lieblingsgewohnheiten außer acht gelassen haben. Es wird sein, als ob ich das alte Bleakhaus wieder besuchte."

„Und auch dorthin werden Sie kommen, hoffe ich, lieber Rick. Ich bin jetzt ein alleinstehender Mann, wie Sie wissen, und daß sie recht gut ohne viel Schönheit an mir auskommen Liebe!" wiederholte er zu Ada gewandt, wobei er sanft ihr goldenes Haar streichelte und eine Locke davon an seine Lippen drückte. Ich glaube, er gelobte sich, ihr ein Vater zu sein, wenn sie allein zurückbliebe.

„Es war alles ein böser Traum?" fragte Richard, und faßte dringend beide Hände meines Vormundes.

„Weiter nichts, Rick; weiter nichts."

„Und Sie in Ihrer Güte können es so betrachten und dem Träumer verzeihen und mitleidig und nachsichtig gegen ihn sein und ihn ermutigen, wenn er aufwacht?"

„Gewiß kann ich das. Bin ich nicht selbst nur ein Träumer, Rick?"

„Ich will ein neues Leben anfangen", sagte Richard und seine Augen leuchteten.

Mein Mann trat etwas näher an Ada heran, und ich sah, wie er feierlich die Hand erhob, um meinen Vormund vorzubereiten.

„Wann werde ich diesen Ort mit dem schönen Land vertauschen, wo die alten Zeiten wiederkehren? Wo ich Kraft genug habe, zu sagen, was Ada mir gewesen ist; wo ich imstande bin, meine vielen Fehler und meine arge Verblendung gutzumachen; wo ich mich vorbereiten kann, meinem ungeborenen Kind ein Führer zu sein?" fragte Richard. „Wann werde ich reisen?"

„Lieber Rick, wenn du stark genug bist", entgegnete mein Vormund.

„Ada, geliebte Ada."

Er versuchte sich ein wenig zu erheben. Allan hob ihn so, daß sie ihn an ihrem Busen halten konnte, was er sich wünschte.

„Ich habe dir viel Unrecht zugefügt, mein Lieb. Ich bin wie ein armer, verirrter Schatten auf deinen Weg gefallen, ich habe dich mit Armut und Sorgen vermählt, ich habe dein Vermögen vergeudet. Vergibst du mir das alles, meine Ada, ehe ich ein neues Leben anfange?"

Ein Lächeln erhellte sein Gesicht, wie sie sich niederbeugte, ihn zu küssen. Er legte langsam sein Gesicht an ihre Brust, schlang seine Arme fester um ihren Hals und begann mit einem Abschiedsseufzer sein neues Leben. Nicht dieses Leben, nein, nicht dieses! Jenes Leben, das dieses irdische läutert.

Als spät abends alles still war, kam die arme, verrückte Miss Flite weinend zu mir und sagte, daß sie ihren Vögeln die Freiheit geschenkt habe.

66. KAPITEL

Unten in Lincolnshire

Über Chesney Wold liegt in diesen veränderten Zeiten Schweigen, wie auch über einem Teil der Familiengeschichte. Die Leute erzählen sich, Sir Leicester habe einigen, die hätten sprechen können, Geld gegeben, damit sie still blieben; aber es ist eine lahme Geschichte, die nur leise geflüstert wird und herumschleicht, und jeder hellere Lebensfunke in ihr ist bald erstorben. So viel weiß man gewiß, daß die schöne Lady Dedlock in dem Mausoleum im Park ruht, über dem sich die Bäume dunkel wölben und wo die Eule nachts durch den Wald schreit; aber woher man sie heimgeholt hat, damit sie im Raunen des einsamen Platzes liege, und wie sie gestorben ist, bleibt Geheimnis. Einige ihrer alten Freunde, vorzüglich unter den Jungfrauen mit Pfirsichwangen und dürren Hälsen, sagten einmal, während sie grauenhaft mit großen Fächern spielten wie Hexen, die mit dem grimmen Tod kokettieren müssen, nachdem sie alle ihre anderen Liebhaber verloren haben – solche Freunde sagten einmal gelegentlich, als sich die große Welt versammelte, sie wunderten sich, daß die im Mausoleum ruhende Asche der Dedlocks nie gegen die Entweihung durch ihre Gesellschaft aufstehe. Aber die abgeschiedenen Dedlocks nehmen es sehr ruhig hin, und nie hat man von einem Protest von ihnen gehört.

Durch das Farnkraut in der Vertiefung und den Reitweg unter den Bäumen herauf nähert sich manchmal dieser einsamen Stelle der Schall von Pferdehufen. Dann erscheint Sir Leicester – gelähmt, gekrümmt und fast blind, aber noch eine würdige Gestalt – zu Pferd, und ein kräftiger Mann reitet an seiner Rechten. Wenn sie eine bestimmte Stelle vor der Tür des Mausoleums erreichen, bleibt Sir Leicesters Leibpferd von selbst stehen; Sir Leicester entblößt schweigend das Haupt, und erst nach einigen Augenblicken reiten sie weiter.

Der Krieg mit dem kühnen Boythorn geht weiter, wenn auch in ungewissen Zwischenräumen und bald hitzig, bald schläfrig; er flackert wie ein unstetes Feuer. Die Wahrheit zu sagen: als Sir Leicester krank nach Lincolnshire kam, legte Mr. Boythorn offen den Wunsch an den Tag, sein Wegerecht aufzugeben und alles zu tun, was Sir Leicester wollte; aber Sir Leicester, der dies für eine Nachgiebigkeit gegen seine Krankheit oder sein

Unglück hielt, nahm es so übel auf und fühlte dadurch seinen Stolz so verletzt, daß sich Mr. Boythorn in die Notwendigkeit versetzt sah, eine offene Grenzüberschreitung zu begehen, um ihn wieder zu sich selbst zu bringen. Ebenso fährt Mr. Boythorn fort, drohende Zettel an dem umstrittenen Durchgang anzubringen und, während der Vogel auf seinem Kopf sitzt, im Heiligtum seines Hauses leidenschaftlich gegen Sir Leicester zu deklamieren; auch trotzt er ihm wie vor alters in der kleinen Kirche, indem er eine heitere Unkenntnis seiner Anwesenheit zur Schau trägt. Aber man flüstert sich zu, wenn er sich gegen seinen alten Feind am wildesten auslasse, sei er in Wirklichkeit am rücksichtsvollsten gegen ihn, und Sir Leicester in seiner würdevollen Unversöhnlichkeit ahne kaum, wie sehr man ihm zu Gefallen lebe. Ebensowenig ahnt er, wie eng verbunden er und sein Widersacher durch die Schicksale zweier Schwestern gelitten habe, und sein Gegner, der es jetzt weiß, ist nicht der Mann, es ihm zu sagen. So wird der Streit zur Befriedigung beider fortgesetzt.

In einem der Pförtnerhäuser des Parks, das man vom Herrenhaus aus sieht, wo zur Zeit der Überschwemmung in Lincolnshire Mylady das Kind des Parkwärters beobachtete, wohnt der handfeste Begleiter, der ehemalige Kavallerist. Einige Reliquien aus seinem alten Stand hängen an den Wänden, und sie blitzblank zu erhalten, ist die Lieblingserholung eines kleinen, lahmen Mannes, den man bei den Ställen sieht. Er ist immer vor Geschirrkammertüren emsig dabei, Steigbügel, Gebisse, Kinnketten, Geschirrteile und alles, was zu Ställen gehört und sich blankputzen läßt, zu polieren – sein Lebens ist ein ewiges Reiben. Es ist ein kleiner, zottiger, mehrfach beschädigter Mann, nicht unähnlich einem alten Hund zweifelhafter Herkunft, der sich viel herumgeschlagen hat. Er hört auf den Namen Phil.

Ein hübscher Anblick ist es, die würdige alte Hausdame, die jetzt etwas schwerhöriger ist, am Arm ihres Sohnes zur Kirche gehen zu sehen und ihre Beziehungen zu Sir Leicester und die seinen zu ihnen zu beobachten – was nur wenige tun, denn das Haus sieht jetzt selten Gäste. Besuch haben die beiden an warmen Sommertagen, wenn man einen zu anderen Zeiten in Chesney Wold unbekannten grauen Mantel und Schirm durch das Laub erblickt, wenn man manchmal in abgelegenen Sägegruben und ähnlichen Schlupfwinkeln des Parks zwei junge Damen herumspringen sieht und wenn sich vor der Tür des Kavalleristen der Rauch zweier Pfeifen in die duftende Abendluft hinaufkräuselt.

Dann hört man auf einer Querpfeife im Pförtnerhäuschen die begeisternde Melodie von Englands Grenadieren spielen; und wenn der Abend anbricht, hört man eine tiefe Baßstimme sagen, während zwei Männer miteinander auf und ab schreiten: „Aber ich gebe es vor der Alten nie zu. Disziplin muß sein."

Der größere Teil des Hauses ist verschlossen, es wird Fremden nicht mehr gezeigt; aber Sir Leicester hält doch noch Hof in dem langen Salon und ruht auf seinem alten Platz vor Myladys Bild. Des Abends von breiten Schirmen geschützt und nur in diesem Teil angezündet, scheint das Licht des Salons allmählich zu schrumpfen, bis es ganz dahin ist. Ja, noch ein Weilchen und es wird für Sir Leicester ganz erlöschen; und die dumpfige Pforte des Mausoleums, die so fest schließt und so hartherzig aussieht, wird sich auftun und ihn aufnehmen.

Volumnia, die mit der flüchtigen Zeit röter wird, wo sie rot, und gelber, wo sie weiß im Gesicht ist, liest Sir Leicester an den langen Abenden vor und muß, um ihr Gähnen zu verbergen, ihre Zuflucht zu verschiedenen Kunstgriffen nehmen, deren vornehmster und wirksamster darin besteht, das Perlenhalsband zwischen ihre rosigen Lippen zu nehmen. Hauptsächlich liest sie langatmige Abhandlungen über die Buffy- und Boodlefrage, die zeigen, daß Buffy ein fleckenloser Patriot und Boodle ein Schurke ist, und wie das Vaterland zugrunde geht, wenn es ganz für Boodle ist statt für Buffy, oder wie es gerettet wird, wenn es ganz für Buffy ist statt für Boodle – einer von beiden kann es nur sein und kein anderer. Sir Leicester ist es ziemlich gleich, was gelesen wird; er scheint nicht sehr aufmerksam zu folgen, außer daß er auf der Stelle munter wird, sobald Volumnia aufzuhören wagt: dann wiederholt er mit sonorer Stimme ihr letztes Wort und fragt verdrießlich, ob sie müde sei. Volumnia hat jedoch bei ihrem vogelartigen Herumhüpfen und Anpicken von Papieren eine Notiz gefunden, die sich auf sie bezieht für den Fall, daß ihrem Verwandten etwas zustoßen sollte, und diese Notiz ist eine anständige Entschädigung für einen langen Leseabend und hält selbst den Drachen Langeweile fern.

Die Vettern fürchten sich gemeinhin etwas vor Chesney Wold in der stillen Zeit, wagen sich aber in der Jagdsaison doch heran; dann hört man Schüsse im Park, und ein paar armselige Treiber und Jagdgehilfen warten an den alten Sammelplätzen auf zwei oder drei schwermütige Vettern. Der schmachtende Vetter, den die Eintönigkeit des Ortes noch schmachtender macht, verfällt in eine schrecklich gedrückte Stimmung, stöhnt in seinen jagdfreien Stunden unter Sofakissen, die zur Buße angetan sind, und beteuert, daß so ein höllischer, alter Kerker einen Kerl fertigmachen könne.

Die einzigen großen Gelegenheiten für Volumnia sind bei diesen veränderten Verhältnissen des Schlosses in Lincolnshire die seltenen, weit voneinander getrennten Anlässe, wo durch den Besuch eines öffentlichen Balles etwas für die Grafschaft oder für das Vaterland getan werden muß. Dann zeigt sich die verschleierte Sylphe in Feengestalt und fährt voller Freude, geleitet von der Vetternschaft, vierzehn lange Meilen weit zu dem ausgedienten alten Gesellschaftshaus, das dreihundertvierundsechzig Tage und Nächte jedes gewöhnlichen Jahres eine Art gegenfüßlerische Rumpelkammer voll alter Tische und Stühle ist, die auf dem Kopf stehen. Hier gewinnt sie alle Herzen durch Herablassung, ihre mädchenhafte Munterkeit und ihr Herumspringen, wie in den Tagen, als der garstige, alte General mit den zu vielen Zähnen im Mund noch keinen von ihnen bekommen hatte, jeden zu zwei Guineen. Dann dreht und wirbelt sie sich als ländliche Nymphe von guter Familie durch die Irrgärten des Tanzes. Dann nahen ihr die Schäfer mit Tee, Limonade, belegten Brötchen und Huldigungen. Dann ist sie freundlich und grausam, stolz und anspruchslos, veränderlich, reizend und launenhaft. Dann besteht eine eigentümliche Ähnlichkeit zwischen ihr und den kleinen Glasleuchtern aus einem anderen Zeitalter, die das Gesellschaftshaus zieren: mit ihren dünnen Armen, ihren spärlichen Tropfen, ihren täuschenden Knöpfen, wo keine Tropfen sind, ihren kahlen Stielen, von denen Tropfen wie Knöpfe abgefallen sind, und ihrem schwachen, prismatischen Schillern sehen sie aus wie lauter Volumnias.

Sonst aber ist das Leben in Lincolnshire für Volumnia ein ödes, leeres Dasein in einem übergroßen Haus mit dem Blick auf Bäume, die seufzen, die Hände ringen, die Köpfe senken und in eintöniger Trauer ihre Tränen gegen die Fensterscheiben werfen. Ein Labyrinth der Großartigkeit, das weniger einer alten Familie menschlicher Wesen und ihrer gespenstischen Ebenbilder gehört als einer alten Familie widerhallender Klänge, die bei jedem Ton aus ihren hundert Gräbern aufsteigen und sich durch das ganze Gebäude fortpflanzen. Eine Einöde unbenutzter Korridore und Treppen, wo es ist, als hätte man einen verstohlenen Tritt durchs Haus entsandt, wenn man nachts in einem Schlafzimmer einen Kamm zu Boden fallen läßt. Ein Haus, wo wenige Leute gern allein herumgehen, wo das Dienstmädchen aufschreit, wenn eine Schlacke durch den Rost fällt, wo es sich angewöhnt, zu allen Zeiten und bei allen Gelegenheiten zu weinen, wo es einer krankhaften Melancholie verfällt, kündigt und abzieht.

Dies ist Chesney Wold. So viel von ihm ist der Nacht und der Leere überlassen; so wenig verändert es sich im glänzenden Sommer oder im trüben Winter; so düster und unbewegt ist es stets: kein Banner weht mehr bei Tag, keine Lichterreihen glänzen bei Nacht, keine Familie kommt und geht, keine Gäste sind die Seelen der blassen, kalten Zimmerfluchten, kein Leben regt sich in ihm – Leidenschaft und Stolz sind, selbst für das Auge des Fremden, auf dem Herrensitz in Lincolnshire erstorben und haben ihn toter Ruhe preisgegeben.

67. KAPITEL

Esthers Erzählung klingt aus

Volle sieben glückliche Jahre bin ich nun Herrin von Bleakhaus. Die wenigen Worte, die ich meiner Niederschrift hinzuzufügen habe, sind bald geschrieben, dann werden ich und die unbekannten Freunde, für die ich schreibe, für immer scheiden. Nicht ohne viel liebes Gedenken auf meiner Seite, nicht ohne ein wenig davon, hoffe ich, auf der ihren.

Sie legten mir mein Herzenskind an die Brust, und viele Wochen wich ich nicht von ihr. Das Kind, das so viel hätte bewirken sollen, kam zur Welt, ehe der Rasen das Grab seines Vaters bedeckte. Es war ein Knabe; und ich, mein Mann und mein Vormund gaben ihm den Namen seines Vaters.

Die Hilfe, auf die meine Ada gebaut hatte, ward ihr zuteil, wenn auch nach ewigem Rat zu einem anderen Zweck. Wenn es auch diesem Kindchen bestimmt war, seine Mutter zu trösten und zu beglücken, nicht seinen Vater, so war doch seine Macht, es zu tun, gewaltig. Als ich die Kraft dieser kleinen schwachen Hand sah, und wie ihre Berührung das wunde Herz meines Lieblings heilen und Hoffnung darin pflanzen konnte, offenbarte sich mir Gottes Güte und Barmherzigkeit neu. Sie genas; und wieder etwas später sah ich meine Ada in meinen ländlichen Garten kommen und dort mit dem Kind auf dem Arm wandeln. Ich war nun verheiratet. Ich war die Glücklichste der Glücklichen.

Um diese Zeit besuchte uns mein Vormund und fragte Ada, wann sie nach Hause komme.

„Beide Häuser sind jetzt Ihr Daheim, meine Liebe", sagte er, „aber das ältere Bleakhaus beansprucht den Vorrang. Wenn Sie und Ihr Knabe kräftig genug sind, kommen Sie und nehmen Sie Ihr Heim in Besitz."

Ada nannte ihn ihren herzlieben Vetter John. Aber er sagte: Nein, es müsse jetzt Vormund heißen. Er war von da an ihr und des Knaben Vormund! Er war ja schon längst mit dem Namen vertraut. So nannte sie ihn Vormund und hat ihn seitdem stets so genannt. Die Kinder kennen ihn unter keinem andern Namen – ich sage: die Kinder, denn ich habe zwei kleine Töchter.

Es ist kaum zu glauben, daß Charley, die immer noch runde Augen macht und keine Grammatik kann, mit einem Müller unserer Gegend verheiratet ist. Aber es ist doch wahr, und eben jetzt, da ich am frühen Sommermorgen von meinem Schreibpult zum Fenster hinausschaue, sehe ich, wie sich ihre Mühle zu drehen beginnt. Ich hoffe nur, der Müller verwöhnt mir Charley nicht; aber er ist ihr sehr gut, und Charley ist etwas eitel auf ihren Mann – denn er hat sein gutes Auskommen und war sehr begehrt. Was meine kleine Zofe betrifft, so könnte ich meinen, die Zeit sei sieben Jahre lang ebenso stillgestanden wie die Mühle noch vor einer halben Stunde, denn die kleine Emma, Charleys Schwester, ist ganz so, wie Charley zu sein pflegte. Von Tom, Charleys Bruder, wage ich gar nicht zu sagen, wie weit er es in der Schule im Rechnen gebracht hat, aber ich glaube, bis zu den Dezimalbrüchen. Was es auch war, jetzt ist er Lehrling bei dem Müller, ein guter, schüchterner Junge, der sich immer wieder verliebt und sich darüber schämt.

Caddy Jellyby verlebte jüngst ihre Ferien bei uns und war herzgewinnender denn je; sie tanzte beständig mit den Kindern im Haus und ums Haus herum, als ob sie in ihrem Leben nie eine Tanzstunde gegeben hätte. Sie hat jetzt ihren eigenen kleinen Wagen statt eines gemieteten und ist von Newman Street ganze zwei Meilen weiter westlich gezogen. Sie arbeitet sehr angestrengt, denn ihr Mann, ein vortrefflicher Gatte, ist lahm und kann nur sehr wenig tun. Dennoch ist sie mehr als zufrieden und tut alles, was sie zu tun hat, mit dem Herzen.

Mr. Jellyby verbringt seine Abende in ihrem neuen Haus, wo er den Kopf gegen die Wand lehnt wie im alten. Ich habe vernommen, daß sich Mrs. Jellyby über die unwürdige Heirat und Tätigkeit ihrer Tochter sehr ärgerte, hoffe aber, daß sie mit der Zeit darüber hinweggekommen ist. Mit Borriobula-Gha hat sie Unglück gehabt: das Unternehmen schlug fehl, weil der König von Borriobula jeden, den das Klima am Leben ließ, für Rum verkaufen wollte; aber sie hat sich jetzt des Rechts der Frauen, im Parlament zu sitzen, angenommen, und Caddy erzählt mir, daß diese Mission einen noch größeren Briefwechsel mit sich bringt als die alte. Ich hätte fast Caddys armes kleines Mädchen vergessen. Es ist jetzt gar nicht mehr so winzig klein; aber es ist taubstumm. Ich glaube, es hat nie eine bessere Mutter gegeben als Caddy, die in ihren kärglichen Mußestunden unzählige Taubstummen-Künste lernt, um dem Kind sein Unglück weniger fühlbar zu machen.

Als ob ich mit Caddy nie fertig werden sollte, fallen mir hier Peepy und der alte Mr. Turveydrop ein. Peepy ist beim Zollamt angestellt, und es geht ihm sehr gut. Der alte Mr. Turveydrop, sehr apoplektisch geworden, trägt noch immer seinen Anstand in der Stadt zur Schau, genießt das Leben noch immer auf die alte Weise und findet noch immer wie ehedem seine Gläubigen. Er ist immer Peepys Gönner und hat ihm dem Vernehmen nach seine Lieblingsstutzuhr im Ankleidezimmer vermacht – die nicht sein Eigentum ist.

Mit dem ersten Geld, das wir ersparten, bauten wir an unser hübsches Haus ein Brummstübchen eigens für meinen Vormund, das wir glanzvoll einweihten, als er uns das nächstemal besuchte. Ich versuche all dies leicht hinzuschreiben, weil mein Herz jetzt, da es zu Ende geht, voll ist; aber wenn ich von ihm schreibe, kann ich mich der Tränen nicht erwehren.

Ich kann ihn nicht ansehen, ohne in der Erinnerung wieder zu hören, wie ihn unser armer, lieber Richard einen guten Mann nannte. Ada und ihrem hübschen Jungen ist er der zärtlichste Vater; mir ist er, was er mir immer gewesen ist, und mit welchem Namen kann ich das ausdrücken? Er ist meines Mannes bester und teuerster Freund, er ist der Liebling unserer Kinder, er ist der Gegenstand unserer innigsten Liebe und Verehrung. Aber während ich ihn mit einem Gefühl betrachte, als wäre er ein höheres Wesen, bin ich doch so vertraut und unbefangen mit ihm, daß ich mich fast über mich wundere. Ich habe meine früheren Namen nicht verloren und er nicht den seinen, und wenn er bei uns ist, nehme ich keinen anderen Platz ein als meinen alten auf dem Stuhl neben ihm. Spinnwebchen, Mütterchen, kleines Frauchen – so heißt es immer noch; und ich antworte: Ja, lieber Vormund! ganz wie früher.

Ich wüßte nicht, daß der Wind nur einen einzigen Augenblick aus Osten geweht hätte seit dem Tag, da er mich an die Pforte führte, damit ich den Namen des Hauses lese. Ich äußerte einmal zu ihm, daß der Wind jetzt nie von Osten zu wehen scheine, und er sagte: Nein, gewiß nicht; er habe an jenem Tag endgültig aufgehört, aus dieser Ecke zu blasen.

Ich glaube, mein Herzenskind ist schöner denn je. Der Schmerz, der auf ihrem Gesicht lag – er ist jetzt nicht mehr zu sehen –, scheint sogar seinen unschuldigen Ausdruck noch geläutert und ihm etwas Heiliges verliehen zu haben. Manchmal, wenn ich sie im Trauerkleid sehe, das sie immer noch trägt, wie sie meinen Richard unterrichtet, kommt es mir vor – es ist schwer auszudrücken –, als tue es gut, zu wissen, daß sie ihrer lieben Esther in ihren Gebeten gedenkt.

Ich nenne ihn meinen Richard! Aber er sagt, er habe zwei Mamas, und ich sei die eine.

Wir sind nicht reich an Geld, aber es ist uns stets wohl ergangen, und wir haben genug. Ich gehe nie mit meinem Gatten aus, ohne zu hören, wie ihn die Leute segnen. Ich trete nie in ein Haus, vornehm oder gering, ohne sein Lob zu hören oder es in dankerfüllten Augen zu lesen. Ich lege mich nachts nie nieder, ohne zu wissen, daß er im Lauf des Tages Schmerzen gelindert oder einem Mitmenschen in der Stunde der Not beigestanden hat. Ich weiß, daß vom Lager hoffnungsloser Kranker oft und oft in der Sterbestunde Dank für seine geduldige Pflege zum Himmel steigt. Heißt das nicht reich sein?

Die Leute loben sogar mich als Frau des Arztes. Sogar mich haben sie gern, wenn ich zu ihnen komme, und machen so viel Aufhebens von mir, daß ich mich ordentlich schäme. Das verdanke ich alles ihm, meiner Liebe, meinem Stolz! Sie haben mich gern um seinetwillen, wie ich alles, was ich auf Erden tue, um seinetwillen tue.

Gestern oder vorgestern Abend, als ich für meine Ada, meinen Vormund und den kleinen Richard, die morgen kommen, allerlei vorgerichtet hatte, saß ich vor der Tür, die ich in so teuerem Andenken halte, als Allan nach Hause kam. Er fragte: „Nun, mein kostbares, kleines Frauchen, was machst du hier?" und ich antwortete: „Der Mond scheint so hell, und die Nacht ist so köstlich, daß ich mich hierhergesetzt habe zum Nachdenken."

„Und worüber hast du nachgedacht, meine Liebe?" fragte Allan weiter.

„Wie neugierig du bist", entgegnete ich. „Ich schäme mich fast, es zu sagen, aber du sollst es wissen. Ich habe an mein altes Gesicht gedacht – wie es früher war."

„Und was hast du von ihm gedacht, mein fleißiges Bienchen?" begann Allan wieder.

„Ich habe mir gedacht, daß es mir unmöglich scheint, du könntest mich mehr lieben, selbst wenn ich es behalten hätte."

„Wie es früher war?" sagte Allan lachend.

„Natürlich wie es früher war."

„Mein liebes Frauchen", fragte Allan, indem er meinen Arm durch den seinen zog, „schaust du manchmal in den Spiegel?"

„Du weißt, daß ich es tue; du siehst es ja."

„Und weißt du nicht, daß du hübscher bist denn je?"

Ich wußte es nicht; ich bin nicht sicher, daß ich es jetzt weiß. Aber ich weiß, daß meine lieben Kleinen sehr hübsch sind und daß meine Herzens-Ada sehr schön ist und daß mein Mann sehr stattlich ist und daß das Gesicht meines Vormunds von Heiterkeit und Herzensgüte strahlt wie kein anderes auf der Welt und daß sie recht gut ohne viel Schönheit an mir auskommen können – selbst vorausgesetzt, daß ...

INHALT

Vorrede		5
1. Kapitel:	Im Kanzleigericht	7
2. Kapitel:	In der großen Welt	14
3. Kapitel:	Werden und Wachsen	23
4. Kapitel:	Menschenliebe durchs Fernrohr	45
5. Kapitel:	Abenteuer am Morgen	60
6. Kapitel:	Ganz zu Hause	75
7. Kapitel:	Der Geisterweg	101
8. Kapitel:	Deckt eine Menge Sünden zu	112
9. Kapitel:	Merkmale und Anzeichen	134
10. Kapitel:	Der Gerichtsschreiber	152
11. Kapitel:	Unser lieber Bruder	163
12. Kapitel:	Auf der Wacht	179
13. Kapitel:	Esthers Erzählung	194
14. Kapitel:	Anstand	214
15. Kapitel:	Bell Yard	239
16. Kapitel:	Tom-all-alone's	255
17. Kapitel:	Esthers Erzählung	266
18. Kapitel:	Lady Dedlock	283
19. Kapitel:	Es geht vorwärts	303
20. Kapitel:	Ein neuer Mieter	317
21. Kapitel:	Familie Smallweed	334
22. Kapitel:	Mr. Bucket	354
23. Kapitel:	Esthers Erzählung	368
24. Kapitel:	Berufungsverfahren	389
25. Kapitel:	Mrs. Snagsby sieht alles	408
26. Kapitel:	Scharfschützen	420
27. Kapitel:	Mehr als ein Veteran	436
28. Kapitel:	Der Eisenwerkbesitzer	449
29. Kapitel:	Der junge Mann	461
30. Kapitel:	Esthers Erzählung	473
31. Kapitel:	Wärterin und Kranke	490
32. Kapitel:	Die bestimmte Stunde	509

33. *Kapitel:* Eindringlinge	525
34. *Kapitel:* Die Schraube wird angezogen	543
35. *Kapitel:* Esthers Erzählung	561
36. *Kapitel:* Chesney Wold	577
37. *Kapitel:* Jarndyce gegen Jarndyce	597
38. *Kapitel:* Ein Kampf	617
39. *Kapitel:* Advokat und Klient	628
40. *Kapitel:* Staats- und Hausangelegenheiten	646
41. *Kapitel:* In Mr. Tulkinghorns Zimmer	661
42. *Kapitel:* In Mr. Tulkinghorns Amtsräumen	670
43. *Kapitel:* Esthers Erzählung	678
44. *Kapitel:* Der Brief und die Antwort	696
45. *Kapitel:* Anvertrautes Pfand	704
46. *Kapitel:* Haltet ihn!	718
47. *Kapitel:* Jos Testament	729
48. *Kapitel:* Das Verhängnis naht	745
49. *Kapitel:* Pflicht und Freundschaft	765
50. *Kapitel:* Esthers Erzählung	782
51. *Kapitel:* Eine Entdeckung	793
52. *Kapitel:* Halsstarrigkeit	808
53. *Kapitel:* Die Spur	821
54. *Kapitel:* Eine Mine geht hoch	835
55. *Kapitel:* Die Flucht	859
56. *Kapitel:* Verfolgung	878
57. *Kapitel:* Esthers Erzählung	889
58. *Kapitel:* Ein Wintertag und eine Winternacht	911
59. *Kapitel:* Esthers Erzählung	927
60. *Kapitel:* Aussichten	943
61. *Kapitel:* Eine Entdeckung	956
62. *Kapitel:* Noch eine Entdeckung	968
63. *Kapitel:* Stahl und Eisen	977
64. *Kapitel:* Esthers Erzählung	986
65. *Kapitel:* Ein neues Leben	999
66. *Kapitel:* Unten in Lincolnshire	1007
67. *Kapitel:* Esthers Erzählung klingt aus	1013

Alle Rechte, einschließlich derjenigen des auszugsweisen Abdrucks und der photomechanischen Wiedergabe, vorbehalten. Verlegt 1959 im Winkler Verlag München. Druck: C. H. Beck'sche Buchdruckerei, Nördlingen. Bindearbeiten: Großbuchbinderei G. Lachenmaier, Reutlingen. Gedruckt auf Persia-Bibeldruckpapier der Papierfabrik Schoeller & Hoesch, Gernsbach/Baden.
Printed in Germany 1977